Elizabeth Haran

Im Tal der flammenden Sonne

Roman

Aus dem Englischen von
Sylvia Strasser & Veronika Dünninger

Weltbild

Ich möchte dieses Buch meiner Mutter Lucy May widmen, die gestorben ist, während ich es geschrieben habe. Mom, du hast mich immer unterstützt und warst stolz auf mich. Ich vermisse dich jeden Tag mehr.

1

Im Herzen Australiens,
Oktober 1933

Wie eine Schlange aus der mythischen Traumzeit der Aborigines glitt der Ghan, wie der Afghan-Expresszug genannt wurde, durch die flirrende Hitze des Outback. Es war früh am Nachmittag. Am Horizont, der mit dem endlosen blauen Himmel zu verschmelzen schien, krochen erste Schatten über die karge Landschaft. Windhosen, die wie Derwische über der Wüste wirbelten, waren die einzige Abwechslung in dieser Einöde.

Der Zug war auf dem Weg nach Alice Springs. Neben der Lokomotive gab es einen Reisewagen, einen Speise- und einen Salonwaggon, zwei Wagen mit Schlafabteilen für Erste-Klasse-Passagiere sowie zwei Wagen für Fracht und Post. Da die Gleise sich bei Temperaturen von über 40 Grad zu verformen drohten und im Schatten fast 45 Grad Hitze herrschten, fuhr der Lokführer aus Sicherheitsgründen so langsam, dass kaum ein Lufthauch durch die geöffneten Fenster drang.

»Warum wird der Zug denn jetzt noch langsamer, Mummy?«, nörgelte Arabella Fitzherbert und verzog unwillig ihren hübschen Mund. Sie war neunzehn Jahre alt, wirkte aber jünger. Arabella saß auf ihrem Bett im Erster-Klasse-Abteil, das Gesicht von den schulterlangen honigblonden Haaren umrahmt. Der sengenden Hitze wegen hatte sie die feuchte Kleidung ausgezogen, die ihr am Körper geklebt hatte, und trug nun ein luftiges Nachthemd.

Clarice beugte sich aus dem Fenster. »Ich glaube, wir nähern uns einer kleinen Ortschaft. Scheint mir ein ziemlich hässliches und einsames Nest zu sein.«

Bald darauf kam der Zug mit einem Ruck an einem Bahnsteig zum Stehen, der aus übereinandergeschichteten Eisenbahnschwellen bestand, über denen sich ein Wellblechdach spannte. Auf einem Schild, das schief an einen Pfosten genagelt war, stand:

Marree – 84 Einwohner und eine Milliarde Fliegen

Clarice schüttelte den Kopf. Die Menschen hier im Outback hatten wirklich einen merkwürdigen Sinn für Humor.

Das Zischen der Lok verstummte, die Dampfwolke verflüchtigte sich und gab den Blick auf die Ortschaft frei. Obwohl sich den Fahrgästen über viele Meilen hinweg nichts Sehenswertes geboten hatte, hielt ihre Neugier sich in Grenzen. Die »Hauptstraße«, kaum mehr als ein staubiger Weg, wurde von dem zweistöckigen Sandsteingebäude des Great Northern Hotels, einem Postamt, einer Polizeiwache und drei aus Brettern und Wellblech erbauten Läden gesäumt. Durch den vom Wind aufgewirbelten roten Staub konnte man in der Ferne einige Häuser zwischen dürren Bäumen erkennen. Clarice sah, wie ein uniformierter Eisenbahnbeamter Postsäcke aus dem Zug wuchtete und neue Post entgegennahm. Dann fiel ihr Blick auf eine Gruppe von Aborigines und dunkelhäutigen Männern mit Turbanen, die sich dem Zug näherten.

»O Gott!« Clarice prallte erschrocken zurück. »Sieh dir bloß diese Bettler an, Bella! Da bekommt man es ja mit der Angst zu tun! Wir werden auf keinen Fall aussteigen, egal was dein Vater sagt.«

Als die Männer neugierig ins Innere des Abteils spähten, riss Clarice ein Bettlaken hoch und hielt es schützend vor ihre Tochter. »Zieh dir etwas über, Bella! Wer weiß, auf was für Gedanken diese Leute sonst kommen.«

Sie zog den Vorhang vors Fenster und warf einen furchtsamen Blick auf die Tür des Abteils. Ob sie vorsichtshalber abschließen sollte?

Die Luft im Abteil wurde unerträglich heiß und stickig.

»Ist das eine Hitze hier drin!«, stöhnte Arabella.

»Morgen sind wir in Alice Springs und können in unser Hotel«, tröstete Clarice sie. Auch sie träumte von einem kühlen Salon mit Ventilator und einem Drink mit viel Eis.

Arabella klappte einen chinesischen Papierfächer auf, den sie auf einer Reise gekauft hatte, und fächelte sich Luft zu. »Diese Hitze macht mich ganz fertig, Mummy«, klagte sie mit weinerlicher Stimme. »Ich hab Kopfschmerzen!«

»Sobald wir weiterfahren und ein bisschen frische Luft ins Abteil weht, wirst du dich besser fühlen.« Clarice schlug nach den Fliegen, die unter dem Vorhang hindurch ins Abteil krochen. »Übrigens, die Leute aus dem Nachbarabteil sind sehr nett. Dein Vater und ich werden nach dem Essen eine Partie Rommé mit ihnen spielen. Möchtest du nicht mitkommen, Bella?«

Arabella ließ sich in die Kissen fallen. »Nein, und essen will ich auch nichts. Ich hab Bauchweh.«

Das war nichts Neues. Arabella klagte oft über Bauchschmerzen und andere Beschwerden; deshalb war Clarice auch nicht allzu beunruhigt. Ihre Tochter neigte zur Hypochondrie und war immer schon eine schlechte Esserin gewesen, was auch der Grund für ihre eher knabenhafte Figur war.

»Das Bauchweh kommt von der Hitze, Bella«, sagte Clarice. »Wenigstens hat dein Husten sich gelegt. Wie du weißt, hofft dein Vater sehr, dass das trockene Klima dir guttut. Schließlich sind wir nur deinetwegen nach Australien gereist. Als Dr. Portman sagte, deine Bronchitis werde sich in der feuchten, schlechten Luft Londons niemals bessern, hat dein Vater nicht gezögert, alles aufzugeben und hierherzukommen. Also tu mir den Gefallen, und reiß dich zusammen, ihm zuliebe.«

Edward Fitzherbert war ein erfolgreicher und in England sehr bekannter Theaterproduzent. Doch um seiner Tochter willen hatte er beschlossen, London für ein Jahr den Rücken zu kehren. Finanziell konnten sie es sich trotz der Weltwirtschaftskrise leisten, denn Clarice stammte aus einer wohlhabenden Adelsfamilie. Von Adelaide aus, wo sie seit ihrer Ankunft vier Wochen zuvor gewohnt hatten, waren sie zu einer dreimonatigen Reise durch den australischen Kontinent aufgebrochen. Clarice wäre zwar lieber in Adelaide geblieben, wo es angenehm warm und die Luft sauber war und wo zahlreiche Geschäfte zum Einkaufsbummel luden, doch Edward hatte wie so oft die Abenteuerlust gepackt, und so waren sie ins glutheiße Innere Australiens aufgebrochen.

Arabella schnitt eine Grimasse. Ihre lebhaften blauen Augen wirkten fast unnatürlich groß. »Dieses ewige Schwitzen ist unerträglich«, jammerte sie.

»Ich weiß, mein Schatz.« Clarice tätschelte ihrer Tochter die Hand.

»Ich glaube, ich krieg Ausschlag.«

»Ausschlag? Wo denn?«

Arabella zeigte auf einen winzigen roten Punkt auf ihrem Oberschenkel.

»Ach was, das ist bloß ein Pickel. Das ist nicht schlimm.«

»Doch, ist es!«, beharrte sie. »Die Hitze ruiniert meine Haut!«

Clarice hatte Mühe, nicht genervt die Augen zu verdrehen. Sie liebte ihre einzige Tochter über alles, doch Arabellas Angewohnheit, an allem herumzumäkeln, stellte ihre Geduld manchmal auf eine harte Probe. Im Unterschied zu Arabella war Clarice ein anpassungsfähiger Mensch, was bei einem Ehemann wie Edward, mit dem Clarice vor der Geburt ihrer Tochter ganz Afrika bereist hatte, nur von Vorteil war. Dies war seit neunzehn Jahren die erste lange Reise, die sie unternahm, und wenngleich sie über eine robuste Gesundheit verfügte, musste sie sich eingestehen, dass sie die Annehmlichkeiten ihres Zuhauses ebenso vermisste wie die Gesellschaft ihrer Freunde.

Clarice wusste natürlich, dass sie an Arabellas Verhalten nicht ganz schuldlos war. Sie hatte ihre Tochter als kleines Mädchen viel zu sehr behütet und verhätschelt. Und seit Arabella immer wieder an Bronchitis erkrankte, zeigte Clarice sich ihr gegenüber viel zu nachsichtig. Sie hoffte, die Reise werde Arabella helfen, erwachsener zu werden, damit sie lernte, auf eigenen Füßen zu stehen, doch bisher deutete nichts darauf hin.

»Du wirst dich schon noch an die Hitze gewöhnen.« Clarice wusste vom Zugpersonal, dass es in der Wüstenstadt Alice Springs kaum Geschäfte und kein einziges Theater gab; deshalb hoffte sie, sie würden nicht allzu lange dort bleiben, verschwieg es aber wohlweislich. Arabella war die Reise jetzt schon leid.

Der Zug setzte sich wieder in Bewegung, und Clarice schob die Vorhänge zurück, damit Luft ins Abteil wehte. »So, ich werde jetzt in den Salonwagen gehen«, sagte sie dann.

»Kannst du nicht hierbleiben, Mummy?«, fragte Arabella kläglich. »Wer soll sich denn um mich kümmern?«

»Dir fehlt doch nichts, Schatz. Komm später nach, wenn du Lust hast. Die Harris sind sehr nette Leute.«

»Ist mir egal. Ich will sie nicht kennen lernen. Außerdem will ich mich bei der Hitze nicht wieder anziehen«, murrte Arabella.

»Wie du möchtest«, erwiderte Clarice geduldig. »Ich werde dir ein paar belegte Brote bringen.« Als der Zug aus der Stadt rollte, fiel ihr Blick auf einen großen Pferch auf der anderen Seite der Bahngleise, in dem sich eine Kamelherde mit mehreren Jungtieren befand. In einem Hain aus Dattelpalmen waren merkwürdige Gebäude um eine Moschee gruppiert. Anscheinend lebten hier die Männer mit Turbanen, die sie vorhin gesehen hatte. Ein Glück, dass ihr Mann keinen Rundgang durch den Ort vorgeschlagen hatte.

»Lass nur«, schmollte Arabella. »Ich hab noch ein halbes Sandwich von heute Mittag. Das Brot ist zwar trocken und der Belag ekelhaft, aber im Speisewagen gibt's sicher auch nichts Besseres, da verzichte ich lieber.«

»Wie du willst. Dann ruh dich aus, mein Schatz. Morgen werden wir in aller Frühe in Alice Springs eintreffen, hat der Zugführer gesagt.« Clarice küsste ihre Tochter auf die bleiche Wange und eilte hinaus. Sie hatte ein schlechtes Gewissen, weil sie Arabella allein ließ, doch sie spielte für ihr Leben gern Rommé. Außerdem würde es ihr guttun, endlich einmal etwas anderes zu hören als das Gejammer ihrer Tochter.

Als die Tür sich hinter ihrer Mutter geschlossen hatte, legte Arabella sich hin und suchte die endlose Weite des blauen Himmels nach einer Wolke ab. Müde von der Hitze und dem monotonen Rattern des Zuges, nickte sie nach kurzer Zeit ein.

Arabella fuhr aus dem Schlaf, als der Zug mit einem Ruck zum Stehen kam. Sie setzte sich auf und blickte aus dem Fenster, doch es gab nur die schier endlose Wüste zu sehen, die in der unbarmherzigen Hitze lag. Arabella schob den Vorhang der Abteiltür zurück und spähte durch das Fenster auf der anderen Seite des Waggons, aber auch hier bot sich dem Auge nichts als Sand und Gänsefußsträucher. Anscheinend waren sie doch noch nicht am Ziel der Reise, wie Arabella insgeheim gehofft hatte. Als niemand kam, um ihr zu sagen, was es mit dem Halt auf sich hatte, streckte sie den Kopf neugierig zum Fenster hinaus. Im Reisezugwagen weiter vorn hatte sich ein Mann mittleren Alters ebenfalls aus dem Fenster gebeugt. Arabella hörte, wie er zu jemandem im Innern sagte: »Da liegt ein totes Tier auf den Gleisen. Es muss fortgeschafft werden. Und der Wind hat Sand auf die Schienen geweht.«

Das Tier, ein großes Kängurumännchen, das offenbar im Kampf mit einem anderen Männchen tödliche Verletzungen davongetragen hatte, wurde von den Schienen gezerrt. Doch es würde sehr viel länger dauern, den Sand von den Gleisen zu schaufeln.

Die Zeit verstrich unendlich langsam, und Arabella wurde unruhig. Die Sonne sank tiefer, die Schatten wurden länger. Wenigstens war es nicht mehr so glühend heiß. Als Arabella den Blick träge über die Landschaft schweifen ließ, fiel ihr eine ungewöhnliche Blume nur wenige Meter vom Zug entfernt auf. Die Blüte war leuchtend rot und in der Mitte tiefschwarz. Arabella liebte Blumen, und eine wie diese hatte sie nie zuvor gesehen. Inmitten der dürren Gänsefußsträucher wirkte sie wie ein kostbares Juwel. Arabella überlegte, ob sie aussteigen und die exotische Blume pflücken sollte, verwarf den Gedanken aber. Es war zu gefährlich; schließlich konnte der Zug jeden Moment weiterfahren.

Fünfzehn lange Minuten vergingen. Allmählich senkte sich die Dämmerung herab. Noch immer zog die wunderschöne Blume Arabellas Blick wie magisch auf sich. Schließlich stand sie auf und spähte in den Korridor hinaus. Niemand war zu sehen. Sie eilte die paar Schritte bis zur Waggontür und öffnete sie. Bis zu der Blume waren es höchstens vier Meter.

Die habe ich schnell gepflückt, sagte sich Arabella. In fünf Sekunden bin ich wieder im Zug. Und falls er doch vorher anfährt, kann ich immer noch aufspringen. Da sie Pantoffeln trug, würden ihr weder die Steine im roten Wüstensand noch die kleinen Dornensträucher etwas anhaben können. Eine Hand auf dem Geländer, trat sie auf die oberste Holzstufe des Einstiegs. Als sie den Fuß auf die nächste Stufe setzen wollte, verfing sie sich in ihrem langen Nachthemd, verlor das Gleichgewicht, musste den Handlauf loslassen, um sich nicht den Arm zu verdrehen, und landete unsanft im Sand neben der Bahnstrecke. Instinktiv stützte sie sich mit einer Hand ab und fasste dabei in dorniges Gestrüpp.

»Autsch!« Ein heftiger Schmerz fuhr Arabella durch den Fußknöchel und die Hand, der ihr die Tränen in die Augen trieb. »Verflixt!«

Plötzlich stieß die Lokomotive fauchend Dampf aus, und der Zug fuhr ruckend an.

»O nein!« In Panik versuchte Arabella aufzustehen, doch der Knöchel, mit dem sie umgeknickt war, gab nach, und ihre Handfläche pochte vor Schmerz. »Halt! O Gott … halt!«, schrie sie verzweifelt. Trotz der Schmerzen rappelte sie sich hoch und hinkte zum Zug, doch der Einstieg mit dem Handlauf war bereits zu weit weg, und es gab nichts, woran sie sich hätte festhalten können. Der Zug gewann an Fahrt, und Arabella musste hilflos mit ansehen, wie die letzten Waggons an ihr vorbeirumpelten. Da es sich um Güterwaggons handelte, gab es niemanden, der sie bemerkte oder den sie hätte auf sich aufmerksam machen können. Schlimmer noch – niemand wusste, dass sie den Zug verlassen hatte.

»Mummy! Daddy!«, rief sie entsetzt und hob die Arme. »Wartet …!«

Arabella ließ die Arme langsam sinken. Sie stand wie versteinert da und starrte fassungslos dem Zug nach, der in der Unendlichkeit der Landschaft verschwand. Als ihr klar wurde, dass man sie mutterseelenallein in dieser lebensfeindlichen Ödnis zurückgelassen hatte, ergriff sie namenloses Entsetzen, und sie brach in Tränen aus.

So schnell würde niemand nach ihr suchen. Ihre Eltern saßen ahnungslos beim Kartenspielen. Arabella wusste, dass sie darüber oft die Zeit vergaßen und manchmal die halbe Nacht spielten. Sie würden zu Bett gehen und nicht bemerken, dass ihre Tochter verschwunden war; es würde ihnen frühestens am nächsten Morgen auffallen, wenn sie hinter den Vorhang sahen und realisierten, dass sie nicht in ihrem Bett lag. Arabella stand verlassen in der Wüste, und kein Mensch wusste, wo sie war. Der Gedanke war so unfassbar, dass sie einen verzweifelten Schrei ausstieß. Ihre Stimme verlor sich in der unendlichen Weite ringsum.

Als sie den Zug vollends aus dem Blick verloren hatte, ließ sie sich in den Sand fallen, legte den Kopf auf die Knie und schluchzte. Auf einmal krabbelte etwas an ihrem Bein entlang. Kreischend vor Entsetzen sprang sie auf und stampfte mit dem Fuß in den Sand. Ein stechender Schmerz schoss durch ihren Knöchel und trieb ihr von neuem Tränen in die Augen. Hastig riss sie den Saum ihres Nachthemds hoch. Ein großes Insekt kroch über die Innenseite ihres Schenkels. Schaudernd vor Abscheu schlug Arabella es weg. Dann schleppte sie sich zu den Gleisen und humpelte in die Richtung, die der Zug genommen hatte.

Wirre Gedanken schossen ihr durch den Kopf. Ich könnte nach Alice Springs laufen, dachte sie. Ich muss nur den Gleisen folgen, dann verirre ich mich nicht. Dann aber fiel ihr ein, dass ihre Mutter gesagt hatte, sie würden erst am nächsten Morgen in Alice Springs eintreffen. Arabella machte sich nichts vor. Eine solche Strecke würde sie niemals zu Fuß schaffen, zumal ihr schmerzender Knöchel jetzt schon geschwollen war.

Als die Sonne hinter dem Horizont verschwunden war, fielen die Temperaturen dramatisch. Arabella zitterte vor Kälte in ihrem dünnen Nachthemd. Hinzu kam die Angst in der undurchdringlichen Finsternis, die sich über das Land gesenkt hatte. Es war eine solch tiefe Dunkelheit, wie Arabella sie nie zuvor erlebt hatte. Sie konnte die Schwellen nicht mehr sehen und stieß sich ständig die Zehen an; ihr verstauchter Knöchel schmerzte höllisch. Schließlich verließ sie die Gleise und stolperte neben der Bahnstrecke durch den Sand.

Erst als der Mond aufging und die Sterne am tiefschwarzen Himmel funkelten, konnte Arabella etwas erkennen, doch Bäume oder Felsen, in deren Schutz sie die Nacht verbringen könnte, waren nirgends auszumachen. Von Zeit zu Zeit huschte ein Schatten vorüber, riesige Insekten und kleine nagetierähnliche Geschöpfe, und jedes Mal schrie Arabella erschrocken auf.

Bald klapperte sie mit den Zähnen vor Kälte, und sie konnte ihre Füße kaum noch spüren. Ihre Hoffnung, dass der Zug noch in dieser Nacht zurückkehren würde, schwand mit jeder Minute. Es kam ihr vor, als irrte sie bereits seit Stunden durch die Einöde. Immer wieder sagte sie sich, es würde nicht mehr lange dauern, bis ihre Eltern bemerkten, dass sie verschwunden war, und den Lokführer zur Umkehr drängten. Arabella musste sich an diese Hoffnung klammern, wollte sie nicht den Verstand verlieren. Doch als die Minuten sich zu Stunden dehnten, verflog ihre Zuversicht. Mit der Erschöpfung wuchs ihre Niedergeschlagenheit. Sie war inzwischen völlig durchgefroren und konnte sich nur noch mühsam auf den Beinen halten. Immer wieder stolperte sie und fiel auf die Knie, die bald zerschrammt und blutig waren. Irgendwann konnte sie vor Müdigkeit kaum noch die Augen offen halten. Sie kam schwankend wie eine Betrunkene von der Bahnstrecke ab. Arabella war mit ihrer Kraft am Ende. Als sie das nächste Mal strauchelte und fiel, blieb sie völlig geschwächt im Sand liegen. Vergeblich kämpfte sie gegen die Müdigkeit an, und schließlich fielen ihr die Augen zu.

Als die Dunkelheit allmählich dem Tageslicht wich, lag Arabella immer noch im ohnmachtsähnlichen Schlaf der Erschöpfung da. Irgendetwas kitzelte sie, und langsam schlug sie die Augen auf. Sie schrie entsetzt: Die größte Spinne, die Arabella jemals gesehen hatte, krabbelte an ihrem Bein entlang. Vor Abscheu und voller Panik schüttelte sie ihr Bein. Die Spinne fiel herunter und flüchtete unter ein Gestrüpp. Als Arabella sich ein wenig beruhigt hatte, schaute sie sich um. Verzweiflung überkam sie, als sie nirgends die Bahnstrecke entdecken konnte. Alles sah fremd aus. Das Land war flach und endlos weit; auf dem roten Sand kämpften dorniges Gestrüpp und unscheinbare Gänsefußsträucher ums Überleben. Arabella sah keine Landmarken, die ihr zur Orientierung hätten dienen können, weder Felsformationen noch Hügel oder Baumgruppen. Langsam stand sie auf und drehte sich im Kreis. Ihr Blick fiel auf einen einsamen Baum in der Ferne, dem einzigen weit und breit. Sie beschloss, dorthin zu gehen, in der Hoffnung, ein wenig Wasser oder vielleicht sogar essbare Früchte zu finden. Ohne Wasser hätte der Baum in dieser kargen Vegetation ja kaum überleben können.

Arabellas Knöchel war zwar noch geschwollen, tat aber nicht mehr ganz so weh. Dennoch kam sie nur langsam voran, denn ihre Glieder fühlten sich taub und steif an. Sie war durchgefroren und dankbar für die Wärme, die die aufgehende Sonne spendete. Sie konnte sich nicht erinnern, jemals so gefroren zu haben – und das nach der Gluthitze des vergangenen Tages. Die Temperaturschwankungen in diesem Wüstenklima waren schier unvorstellbar. Und die Nacht war nicht nur bitterkalt gewesen, sondern auch feucht. Arabella hustete. Ihr Mund war so ausgetrocknet wie die Landschaft ringsum. In ihrer Not leckte sie den Tau von den Blättern der Sträucher, an denen sie vorbeikam.

Ein merkwürdiges Geräusch ließ sie herumfahren. Fünf Emus näherten sich. Sie gaben einen bedrohlichen Trommellaut von sich. Die Schnäbel der Laufvögel waren messerscharf und ihre muskulösen Beine sehr kräftig. Die langen Krallen können einem Menschen bestimmt schreckliche Wunden schlagen, dachte Arabella. Die Tiere musterten die junge Frau aus ihren dunklen, neugierigen Augen, und sie bekam Angst. Schreiend rannte sie los, so schnell sie konnte. Sie stürzte, rappelte sich hoch, hinkte weiter, fuchtelte mit den Armen und kreischte hysterisch. Hätte sie sich umgedreht, hätte sie gesehen, dass ihr Geschrei die Emus längst vertrieben hatte.

Endlich hatte sie den Baum erreicht, ging hinter dem Stamm in Deckung und spähte vorsichtig, mit wild klopfendem Herzen, dahinter hervor. Verdutzt stellte Arabella fest, dass die Emus in weiter Ferne unbekümmert über den Sand staksten. Einen Augenblick kam sie sich schrecklich dumm vor, weil sie sich vor den Tieren gefürchtet hatte. Beinahe wünschte sie sich, die Emus wären dageblieben, damit sie nicht so allein wäre. Ihr Magen knurrte vor Hunger, und sie hob den Blick und suchte die Äste nach Früchten oder Beeren ab, doch außer einem verlassenen Vogelnest war nichts zu entdecken. Auch von Wasser gab es weit und breit keine Spur. Grenzenlose Verzweiflung überkam Arabella. Sie hockte sich hin. »Bitte komm und hol mich, Mummy«, schluchzte sie. »Lass mich nicht hier draußen sterben!«

Gegen sechs Uhr an diesem Morgen kam der Afghan-Express mit einem so heftigen Ruck zum Stehen, dass die Passagiere unsanft aus dem Schlaf gerissen wurden. Edward Fitzherbert warf einen Blick aus dem Abteilfenster und sah, dass der Zug auf freier Strecke hielt. Lag schon wieder ein Tierkadaver auf den Gleisen? Edward wartete ein paar Minuten und lauschte. Dann stand er auf, um nachzusehen, was draußen los war. Clarice hatte sich noch einmal auf die andere Seite gedreht. Edward spähte hinter den Vorhang zwischen den Abteilbetten und stellte verwundert fest, dass Arabellas Bett leer war. Seltsam. Sie hatte das Abteil während der gesamten Zugfahrt nicht verlassen. Dann aber sagte er sich, dass sie vermutlich auf der Toilette war, die zum Abteil gehörte.

Als Edward sich seinen Morgenrock übergeworfen hatte und seine Pantoffeln suchte, klopfte es an der Abteiltür. Ein Schlafwagenschaffner stand draußen.

»Ich muss Sie bitten, sich anzuziehen, Sir. Alle Fahrgäste müssen den Zug verlassen. Nehmen Sie nur das Nötigste mit.«

»Was ist denn passiert?«, wollte Edward wissen.

»Der Zug kann nicht weiter. Termiten haben die Schwellen zerfressen. Auf welcher Länge, wissen wir noch nicht, aber eine Weiterfahrt wäre in jedem Fall zu riskant. Wir müssen zu Fuß weiter. Ihr Gepäck wird später abgeholt.«

»Zu Fuß? Wie weit ist es denn noch?«

»Ungefähr fünf Meilen, Sir. Entschuldigen Sie mich bitte, ich muss die anderen Fahrgäste informieren.« Schon eilte er davon.

»Was ist los, Schatz?«, murmelte Clarice schlaftrunken, als Edward die Tür geschlossen hatte.

»Der Zug kann nicht weiter, weil die Schwellen von Termiten zerfressen wurden. Wir müssen unseren Weg zu Fuß fortsetzen, hat der Schaffner gesagt.« Während er sprach, klopfte er leise an die Toilettentür, aber niemand antwortete.

»Seltsam«, sagte er. »Ich dachte, Arabella wäre auf der Toilette, aber sie antwortet nicht.«

»Arabella? Arabella!«, rief Clarice. Keine Antwort. »Schau bitte nach, Schatz«, bat sie ihren Mann.

Edward öffnete die Toilettentür. Verwundert drehte er sich zu seiner Frau um. »Leer.«

Clarice schwang die Beine aus dem Bett. »Ich ziehe mich an und packe unsere Sachen. Du siehst unterdessen nach, wo Arabella steckt.«

Kurze Zeit später kehrte Edward ins Abteil zurück. Seine Miene war besorgt.

»Hast du sie gefunden?«, fragte Clarice.

Er schüttelte den Kopf. »Niemand hat sie gesehen.«

Clarice sah ihn beunruhigt an. »Das gibt's doch nicht, sie muss doch irgendwo sein! Hast du die Harris von nebenan schon gefragt?«

»Ja, aber die haben sie auch nicht gesehen. Vielleicht hat sie sich jemandem in einem der anderen Waggons angeschlossen.« Edward bemühte sich, seine aufsteigende Panik zu unterdrücken. Arabella konnte sich schließlich nicht in Luft aufgelöst haben.

Mit dem Nötigsten bepackt, eilten Edward und Clarice den Korridor entlang. Zugbegleiter halfen den Fahrgästen beim Aussteigen. Einige Passagiere gingen bereits an der Bahnstrecke entlang in Richtung Stadt. Clarice stieg aus, während Edward oben in der Tür stehen blieb und den Blick über die Fahrgäste schweifen ließ. Doch sosehr er sich den Hals verrenkte, er konnte Arabella nirgends entdecken.

Edward stieg die Stufen hinunter. Er hörte, wie Clarice, die schon vorausgegangen war, immer wieder den Namen ihrer Tochter rief, und eilte ihr nach.

»Ich kann sie nirgends finden, Edward!« Die Panik in ihrer Stimme war unüberhörbar.

Das Zugpersonal trieb die Fahrgäste zur Eile an. Bald würde es unerträglich heiß werden.

»Bitte gehen Sie weiter«, drängte der Zugführer.

»Ohne unsere Tochter gehen wir nirgendwohin!«, fuhr Edward ihn an. »Sie muss noch im Zug sein. Wir gehen nicht von hier weg, bis wir sie gefunden haben!«

Eine halbe Stunde später waren auch die letzten Passagiere ausgestiegen, doch Arabella war immer noch wie vom Erdboden verschluckt. Clarice' Furcht schlug in Hysterie um. Edward war erbost, weil das Zugpersonal so wenig Anteilnahme zeigte.

»Jedes Abteil muss durchsucht werden!«, verlangte er nachdrücklich.

»Beruhigen Sie sich, Sir«, sagte der Zugführer, »wir machen das schon. Wenn Ihre Tochter noch im Zug ist, werden wir sie finden.« Er vermutete, dass die Fitzherberts sich mit ihrer Tochter gestritten hatten, sodass sie sich aus Trotz jemand anderem angeschlossen hatte, ohne ihren Eltern ein Wort davon zu sagen. Andererseits hatte der Zug nur einundvierzig Fahrgäste gehabt, und auf keinen von denen, die sich zu Fuß auf den Weg nach Alice Springs gemacht hatten, traf Arabellas Beschreibung zu.

»Natürlich ist sie noch im Zug!«, ereiferte sich Edward, den so viel Gemütsruhe zur Raserei brachte. »Wo soll sie denn sonst sein?«

Zwanzig qualvolle Minuten später war der Zug bis in den letzten Winkel durchsucht worden, doch von Arabella fand sich keine Spur.

»Wo ist unsere Tochter dann?«, wollte Edward wissen, der in der Zwischenzeit noch einige Mitreisende befragt hatte.

»Das kann ich Ihnen leider nicht sagen, Sir«, antwortete der Zugführer.

»Was soll das heißen? Kommt es öfter vor, dass Ihnen unterwegs Fahrgäste abhanden kommen?«

»Natürlich nicht!«, rief der Zugführer gereizt.

Clarice sah ihren Mann bestürzt an. »Du denkst doch nicht etwa … Arabella wird doch nicht …?« Sie schlug entsetzt die Hand vor den Mund.

Edward begriff nicht. »Was meinst du, Liebes?«

Clarice wandte sich dem Zugführer zu. »Könnte es sein, dass … dass unsere Tochter aus dem Zug gefallen ist?«, fragte sie mit vor Angst schriller Stimme.

»Nun ja … Ihr Wagen war der letzte, und falls Ihre Tochter die hintere Zugtür geöffnet hat, dann … dann könnte es möglich sein«, erwiderte er stockend. Der Gedanke war ihm selbst auch schon gekommen, doch er hatte nicht gewagt, es laut auszusprechen, denn es käme für das Mädchen einem Todesurteil gleich. Noch nie war ein Passagier aus dem fahrenden Zug gefallen. Die Vorstellung war entsetzlich, aber welche Erklärung konnte es sonst geben?

»Mein Gott.« Alle Farbe wich aus Clarice' Gesicht. Sie schwankte, und Edward konnte sie gerade noch auffangen. Er half ihr, sich auf eines ihrer Gepäckstücke zu setzen. Sein Blick wanderte die Bahnstrecke entlang, die sich am Horizont in der Wüste verlor, und schaudernd stellte er sich vor, wie Arabella verletzt und hilflos irgendwo in der glutheißen Weite lag und auf den Tod wartete.

»Ich muss zurück und meine Tochter suchen«, sagte er entschlossen.

Jetzt war es der Zugführer, der blass wurde. »Das kann ich nicht zulassen, Sir.«

»Und was wollen Sie dagegen tun? Mich aufhalten?«, stieß Edward zornig hervor.

»Sir, Ihrer Tochter ist nicht geholfen, wenn Sie jetzt auf eigene Faust losgehen und vielleicht dabei umkommen. Sobald wir in Alice Springs sind, werden wir die Behörden alarmieren, damit sie eine sofortige Suche einleiten.«

Clarice klammerte sich an Edwards Arm. »Er hat Recht, Edward. Der Zug hat heute Nacht einige hundert Meilen zurückgelegt. Du kannst diese Strecke nicht zu Fuß gehen!«

Die Worte seiner Frau trafen Edward wie ein Schlag in den Magen. Die Entfernungen in diesem Land waren gewaltig. Wie sollten sie Arabella in einem Gebiet von so riesigen Ausmaßen finden?

Der Zugführer rief zwei Angestellte herbei und befahl ihnen, das Gepäck der Fitzherberts zu tragen. »Wo werden Sie in Alice Springs wohnen, Sir?«

»Im Central Hotel in der Todd Street«, antwortete Edward benommen.

»Wir werden Ihre Sachen dorthin bringen, Sir. Kümmern Sie sich um Ihre Frau. Sie braucht Sie jetzt. Sobald wir in Alice Springs sind, werde ich die Polizei informieren, damit die Suche unverzüglich eingeleitet wird. Nur so hat Ihre Tochter eine Chance, Sir.«

Arabella schlug die Augen auf und stieß einen gellenden Schrei des Entsetzens aus. Unzählige Ameisen krabbelten über ihre Beine. Sie sprang auf, stampfte mit den Füßen und streifte mit beiden Händen hektisch die wimmelnden Tiere von ihrer Haut, die von den schmerzhaften Bissen brannte. Nie wieder würde sie sich in dieser elenden Wüste auf den Boden legen! Arabella rieb sich die Beine mit Sand ab und humpelte aus dem kärglichen Schatten des Baumes in die gleißende Sonne. Als sie an sich hinunterschaute, erschrak sie heftig. Ihre Haut war übersät mit roten, juckenden Quaddeln. Vor Schmerz und Verzweiflung brach sie in Tränen aus. Sie sehnte sich nach der Geborgenheit ihres Elternhauses in London, nach menschlicher Gesellschaft, nach der Betriebsamkeit der Stadt. Ihre elende Situation erschien ihr wie ein Albtraum. Sie begriff nicht, wie sie in eine solche Lage hatte geraten können.

Musste sie hier draußen sterben? Sie stellte sich vor, wie jemand eines Tages ihr Skelett entdeckte. Oder es würde nie gefunden, und ihre Eltern würden niemals erfahren, was geschehen war …

Der Gedanke war ihr unerträglich.

Ringsum herrschte Totenstille. War der Zug vorbeigefahren, als sie geschlafen hatte, und sie hatte ihn nicht gehört? Arabella fragte sich, wie weit sie sich von der Bahnstrecke entfernt hatte. Suchend ließ sie den Blick über die flirrende Landschaft schweifen. Die Sonne stach unbarmherzig, und sie spürte, wie ihre Arme schmerzhaft brannten, doch unter den Baum, wo der Ameisenhaufen war und anderes Getier herumkroch, würde sie sich auf keinen Fall mehr setzen. In ihrem Kopf drehte sich alles, und der quälende Durst war kaum zu ertragen. Sie dachte an das trockene Sandwich, das sie im Zug verschmäht hatte. Jetzt hätte sie alles dafür gegeben. Und dazu ein großes Glas Wasser! Für ein Glas Wasser hätte sie dem Teufel ihre Seele verkauft.

Am frühen Nachmittag brach Arabella entkräftet zusammen. Trugbilder von vorbeifahrenden Zügen hatten ihren vor Hitze und Erschöpfung wirren Verstand genarrt. Sie verlor jeden Orientierungssinn und irrte im Kreis umher. Die Ameisenbisse an ihren Beinen juckten und brannten, und sie hatte rasende Kopfschmerzen.

Als sie in den glühend heißen Sand fiel, wusste sie, dass sie nie mehr aufstehen würde. Sie konnte nicht einmal mehr weinen. Salzige Schweißtropfen liefen ihr in die Augen, und sie senkte die Lider. Ihre Lippen waren geschwollen und rissig. Ihre Zunge fühlte sich wie ein Stück Leder an. War dies das Ende?

Plötzlich vernahm sie in der drückenden Stille, die nur vom Summen der Fliegen unterbrochen wurde, das Knacken eines Zweiges. Entsetzt dachte sie an die Wildhunde, die sie vom Zug aus gesehen hatten. Pirschten die Hunde sich heran, weil sie Beute witterten?

»Noch … bin ich nicht … tot«, lallte sie wirr. Sie öffnete ein Auge und blinzelte ins grelle Sonnenlicht. Ein dunkler Schatten beugte sich über sie. Erschrocken hob Arabella die Hand und schirmte ihre Augen ab, um besser sehen zu können. Sie blickte entsetzt in ein derbes, dunkelhäutiges Männergesicht mit breiter, flacher Nase und unergründlichen schwarzen Augen. Der Fremde hatte krauses Haar und eine flächige Stirn, und auf die Backenknochen waren ockerfarbene Zeichen gemalt. Arabella starrte den Mann wie versteinert an. Sie hörte Stimmen, verstand aber nicht, was sie sagten.

Einen Moment lang glaubte sie, ihr Verstand gaukle ihr etwas vor. Dann spürte sie, wie sie angestupst wurde – mit einem Stock, wie sie vermutete. Der Mann, dem der Stock gehörte, rief ihr in barschem Tonfall etwas zu. Er wirkte zornig. Angst erfasste Arabella. Mühsam richtete sie sich auf und sah, dass sie von Eingeborenen umringt war, die sie feindselig musterten. Verglichen mit diesen Fremden hatten sogar die Aborigines in Marree einen geradezu freundlichen Eindruck gemacht. Arabella schrie gellend. Die Ureinwohner fuhren erschrocken zurück und redeten dann in einer eigentümlich schnellen, völlig unverständlichen Sprache aufeinander ein. Arabella konnte nicht ahnen, dass sie sich darüber verständigten, offenbar eine Verrückte vor sich zu haben.

Mühsam rappelte Arabella sich hoch. Sie war überzeugt, dass die nächsten Augenblicke über Leben und Tod entscheiden würden. Obwohl sie Todesängste ausstand, versuchte sie, sich nichts anmerken zu lassen, sondern den Aborigines unerschrocken gegenüberzutreten. »Wagt es ja nicht … mich anzurühren!«, herrschte Arabella sie an und hoffte, dass die Fremden das Zittern in ihrer Stimme nicht bemerkten. »Mein … mein Vater wird euch erschießen lassen, wenn ihr mir … auch nur ein Haar krümmt!«

Die Männer vom Stamm der Arrernte schauten sich verblüfft an. »Eine Verrückte«, sagte Djalu, der Stammesälteste, in seinem Dialekt. Neugierig musterte er das sonnenverbrannte Gesicht der weißen Frau. »Sie sieht aus wie ein gebratener Emu«, stellte er lachend fest.

Die anderen stimmten in sein Gelächter ein und spotteten, an der Frau sei ja kaum was dran, so mager sei sie. Arabella blickte verwirrt von einem zum anderen. Machten diese Wilden sich etwa über sie lustig?

»Was tun wir mit ihr?«, wandte sich einer an Djalu. »Hier draußen wird sie bald sterben.«

»Wo sie wohl herkommt?«, wunderte sich ein anderer. Jetzt gesellten sich auch zwei Frauen und ein Kind zu der Gruppe. Arabella konnte sie nicht sehen, weil sie ihnen den Rücken zukehrte.

»Vermutlich aus Marree«, antwortete Djalu. »Möchte bloß wissen, was sie hier verloren hat, so weit weg von der Stadt.« Ob man sie davongejagt hatte, weil sie wirr im Kopf war? Oder war sie einfach losgegangen und hatte sich verlaufen?

Arabellas Gedanken überschlugen sich. Sie blickte verstohlen an sich hinunter. Ihr dünnes Nachthemd war zerrissen, weil sie immer wieder an dornigen Sträuchern hängen geblieben war. Unwillkürlich verschränkte sie die Arme über den Brüsten. Jetzt erst fiel ihr auf, dass die Eingeborenen bloß einen winzigen Lendenschurz aus Tierhaut trugen. Verlegen senkte Arabella den Blick. In diesem Moment drehte einer der Aborigines sich um. Als Arabella sein nacktes Hinterteil sah, stieß sie erneut einen gellenden Schrei aus, wirbelte herum und wollte davonrennen, blieb aber wie angewurzelt stehen. Sie sah sich zwei Frauen gegenüber.

Im ersten Moment war sie erleichtert. Die Frauen würden bestimmt Mitleid mit ihr haben. Doch dann sah sie deren nackte Brüste und war von neuem schockiert. Sie wurde rot vor Verlegenheit. Um die Hüften hatten die Frauen eine Tierhaut geknotet. Eine trug ein kleines nacktes Kind auf dem Arm, einen Jungen, der die weiße Frau aus riesengroßen braunen Augen staunend musterte. Arabella wurden die Knie weich. Offenbar waren diese Fremden äußerst primitiv. Das verhieß nichts Gutes …

Plötzlich legte sich von hinten eine Hand auf ihre Schulter. Mit einem Aufschrei fuhr sie herum. Der Mann hielt einen Stock in der erhobenen Hand. Arabella fürchtete, er wolle auf sie einschlagen, und fing abermals zu kreischen an. Die Aborigines zuckten erschrocken zurück.

Instinktiv versuchte Arabella zu fliehen, doch auf einen Zuruf Djalus bildeten die Männer einen Kreis um sie und drängten sie in eine bestimmte Richtung. Als Arabella auswich und zu fliehen versuchte, lief ein junger Aborigine ihr nach und zerrte sie zurück. Arabella schrie wie am Spieß. Sie war überzeugt, die Aborigines trieben nur ihre Späße mit ihr, um sie dann zu braten und zu verspeisen.

Die Aborigines waren jetzt sicher, dass die weiße Frau den Verstand verloren hatte. Da sie mit ihrem verletzten Knöchel nur langsam vorankam, hatten sie keine Mühe, mit ihr Schritt zu halten und sie wie ein Stück Vieh vor sich her zu treiben.

Nach einer Weile fiel Arabella erschöpft auf die Knie. In ihrem Kopf drehte sich alles, und sie bekam kaum noch Luft. »Bitte, gebt mir Wasser«, stöhnte sie. Sie war völlig ausgetrocknet und nicht mehr fähig, auch nur noch einen Meter weiterzugehen. Sie zeigte auf ihren Mund, um sich den Ureinwohnern verständlich zu machen. »Wasser … Wasser …«

Nach einer kurzen, heftigen Diskussion ging einer der Aborigines zu einer fleischigen Pflanze in der Nähe und begann, im sandigen Boden zu graben. Arabella fragte sich, was der Mann da tat. Offensichtlich hatten diese Leute nicht verstanden, worum sie gebeten hatte. Doch das spielte jetzt keine Rolle mehr. Arabella war überzeugt, nicht mehr lange durchzuhalten, sie hoffte nur, dass das Ende schnell und schmerzlos kam.

Zwei Männer schleiften sie zu dem Loch, das der Aborigine gegraben hatte. Arabella erstarrte. Diese Leute wollten sie bei lebendigem Leib verscharren! Sie wehrte sich verzweifelt und flehte um ihr Leben, doch die Männer ließen sie ungerührt in den

Sand fallen. Da erst sah sie, dass sich Wasser darin befand. Es war trüb und brackig, aber es war *Wasser*! Dankbar schöpfte sie es mit den Händen und trank gierig, obwohl es scheußlich schmeckte. Als der ärgste Durst gestillt war, fuhr sie sich mit nassen Händen über Gesicht und Hals. Was für eine Wohltat!

Schließlich hob Arabella wieder den Kopf. Sie glaubte in der flirrenden Hitze ein Gebäude und Bäume zu erkennen, doch sie war sicher, dass es nur eine Fata Morgana war, die ihr etwas vorgaukelte. Einer der Aborigines stupste sie mit dem stumpfen Ende seines Speers in den Rücken. Arabella drehte sich um. Djalu redete mit schroffer Stimme auf sie ein und zeigte heftig gestikulierend in die Richtung, in der sie das Gebäude und die Bäume zu sehen glaubte. Anscheinend wollte er, dass sie dorthin ging.

Plötzlich durchzuckte sie ein Gedanke. »Alice Springs«, rief sie aufgeregt. »Ist das dort Alice Springs?« War es möglich, dass sie so weit gelaufen war? »Mummy, Daddy!«, schrie sie. »Ich bin hier! Ich komme!« Es interessierte sie nicht mehr, wo die Bahnstrecke verlief. Sie hatte es geschafft! Irgendwie hatte sie den Weg nach Alice Springs gefunden.

Arabella lief los, so schnell ihre Füße sie trugen. Sie fühlte sich schwach vor Hunger, doch ihre Eltern würden schon dafür sorgen, dass sie rasch wieder zu Kräften käme. Die Aborigines folgten ihr. Immer wieder wurde ihr das stumpfe Ende des Speers in den Rücken gestoßen. Schließlich hatte Arabella es satt. Sie fuhr zornig herum, doch der feindselige Ausdruck auf dem Gesicht des Speerträgers brachte sie zum Schweigen, noch ehe sie auch nur ein Wort gesagt hatte. Furchtsam drehte sie sich wieder um und hinkte hastig weiter.

»Wartet nur, wenn mein Vater erfährt, was ihr mir angetan habt«, knurrte sie trotzig über die Schulter. »Er wird euch am nächsten Baum aufknüpfen lassen!«

Bald konnte sie Dattelpalmen und Kamele erkennen. Durch die Palmen entstand der Eindruck einer schattigen Oase inmitten der Wüste. Arabella konnte sich kaum noch auf den Beinen halten, zwang sich aber weiterzugehen. Sie sehnte sich danach, im kühlen Schatten auszuruhen. Der glühend heiße Sand verbrannte ihr die Fußsohlen durch ihre Pantoffeln hindurch. Die Ameisenbisse an ihren Beinen juckten und kribbelten, und in ihrem Kopf pochte ein dumpfer Schmerz. Grelle Lichtpunkte flimmerten vor ihren Augen. Die Häuser waren noch gut eine Meile entfernt. Hätten die Aborigines sie nicht jedes Mal, wenn sie vor Schwäche auf die Knie fiel, hochgezerrt und ihr grimmig zu verstehen gegeben, dass sie weitergehen solle, wäre sie einfach liegen geblieben.

Endlich erreichten sie die Ansiedlung. Arabella stutzte. Irgendwie kam die Stadt ihr bekannt vor. Als sie den Schienenstrang der Eisenbahn und den Bahnsteig erblickte, wusste sie, dass sie sich in Marree befand. Ein Aufschrei der Enttäuschung entfuhr ihr. Sie hatte so sehr gehofft, wieder mit ihren Eltern vereint zu sein!

Die Aborigines, die geglaubt hatten, Arabella wäre froh über die Rückkehr in die Zivilisation, sahen sich in ihrer Meinung bestätigt: Die weiße Frau hatte offensichtlich den Verstand verloren. Als sie an der Ghan-Siedlung vorbeikamen, sah Arabella Männer mit Turbanen, die unter den Palmen auf Teppichen knieten und beteten, alle in dieselbe Richtung gewandt, den Oberkörper so weit vorgebeugt, dass die Stirn den Boden berührte. Sie waren so in ihr Gebet vertieft, dass sie die seltsame Gruppe kaum beachteten – Aborigines, die eine junge, nur mit einem dünnen Nachthemd bekleidete Weiße mit zerzaustem Haar und einem Gesicht so rot wie der Wüstensand vor sich her trieben. Lediglich ein paar Eingeborenenkinder, die im Staub spielten, schauten der jungen Frau staunend nach.

Arabella strebte dem Hotel zu, so schnell sie konnte. Plötzlich hatte sie das Gefühl, allein zu sein. Sie drehte sich um und stellte fest, dass die Aborigines tatsächlich verschwunden waren, als hätte der Erdboden sie verschluckt. Verdutzt schaute sie sich um. Wie war das möglich? Diese Leute konnten sich doch nicht in Luft aufgelöst haben! Doch sie war viel zu erschöpft, um sich Gedanken darüber zu machen. Vor Schwäche, Hunger und Durst konnte sie kaum noch auf den Beinen stehen. Schiere Willenskraft trieb sie voran. Sie schleppte sich weiter und schwankte auf das Hotel zu, vor dem ein paar Pferde angebunden waren. Als sie die Tür erreichte, musste sie sich mit ihrem ganzen Gewicht dagegenlehnen, um sie aufzubekommen. Arabella taumelte ins Innere. Ihre Augen brauchten ein paar Sekunden, bis sie sich nach dem grellen Sonnenschein an das dämmrige Licht gewöhnt hatten. Ein Mann und eine Frau standen hinter der Bar und starrten sie sprachlos an; an der Theke saßen, mit dem Rücken zu ihr, vier oder fünf Männer vor ihren Drinks.

»Ist der Zug ... zurückgekommen?«, fragte Arabella mit schwacher Stimme. Sie registrierte noch die entgeisterten Blicke der Gäste, die sich umgedreht hatten und sie verblüfft ansahen, dann gaben ihre Knie nach, und sie wurde ohnmächtig.

2

Als die Fitzherberts in Alice Springs eintrafen, brachte Edward seine Frau ins Hotel und eilte dann unverzüglich zur Polizeiwache, um eine Vermisstenanzeige zu erstatten. Der Zugführer, ein gewisser Mr Hampton, war bereits dort. Kurz zuvor waren die Städte, die per Bahn versorgt wurden, telegrafisch informiert worden, dass der Zugverkehr vorläufig eingestellt werden musste, bis die Gleise instand gesetzt waren. Zur gleichen Zeit, als Mr Hampton das Verschwinden der jungen Frau meldete, stürzte zwischen Marree und Alice Springs ein Telegrafenmast um, wobei die Leitung heruntergerissen wurde.

»Wann werden Sie einen Suchtrupp losschicken?«, fragte Edward den Polizeibeamten.

»Vorher möchte ich Ihnen noch ein paar Fragen stellen, um andere Möglichkeiten auszuschließen«, antwortete Sergeant Menner.

»Was für andere Möglichkeiten?«, brauste Edward auf. »Meine Tochter liegt irgendwo da draußen! Wahrscheinlich ist sie verletzt und braucht unsere Hilfe!«

»Bevor wir eine Suche starten, müssen wir ganz sicher sein, dass sie aus dem Zug gefallen ist.«

»Was soll ihr denn sonst passiert sein?«, erwiderte Edward hitzig.

Der Sergeant seufzte. Er konnte den Mann gut verstehen. »Wann haben Sie Ihre Tochter das letzte Mal gesehen, Sir?«

»Gestern Abend. Meine Frau und ich sind in den Salonwagen

gegangen, um mit dem Paar aus dem Abteil nebenan Rommé zu spielen. Arabella hatte keine Lust, uns zu begleiten. Sie war müde.«

»In was für einer Verfassung war sie?«

Edward sah ihn irritiert an. »Ich verstehe nicht …«

»War sie guter Dinge oder deprimiert?«

»Sie hatte keinen Grund, deprimiert zu sein.«

»Hat sie zu Abend gegessen?«

Edward wusste nicht, worauf der Sergeant mit seinen Fragen hinauswollte. Sein hilfloser Zorn wuchs. »Hören Sie«, stieß er gepresst hervor, »meine Tochter liegt dort draußen in der Wüste und ist vielleicht schwer verletzt. Wenn Sie nichts unternehmen, werde ich es tun!«

»Sobald ich das Zugpersonal befragt habe, stelle ich eine Suchmannschaft zusammen.«

»Und wie lange wird das dauern?«

»Schwer zu sagen. Das hängt davon ab, was ich in Erfahrung bringe.«

Edward war kurz davor, die Beherrschung zu verlieren. »Und wozu soll diese Befragung gut sein? Das Zugpersonal weiß auch nicht mehr als ich. Meine Tochter muss aus dem fahrenden Zug gefallen sein, eine andere Erklärung gibt es nicht!«

»Ich muss den Fall genau prüfen, bevor ich Männer in die Wüste hinausschicke und dadurch möglicherweise ihr Leben aufs Spiel setze. Die Wüste ist ein sehr gefährlicher Ort.«

Edward wurde bleich. »Ein Grund mehr, sofort nach meiner Tochter zu suchen! Wenn sie stirbt, nur weil Sie zuerst irgendwelche Fragen klären müssen, tragen Sie die Schuld an ihrem Tod!« Damit stürmte Edward hinaus. Er überquerte die Straße und betrat ein Hotel auf der anderen Seite. Drei Gäste saßen in der Bar. Der Barkeeper hantierte mit einem Geschirrtuch und polierte Gläser.

»Was darf ich Ihnen bringen, Sir?«, fragte er.

»Gar nichts. Sagen Sie mir lieber, wo ich ein paar Männer finde, die in der Wüste nach meiner Tochter suchen würden.«

Der Barkeeper hielt inne und warf Edward einen verdutzten Blick zu. »Sie ist abgehauen, hm? Und nun brauchen Sie gute Spurenleser, um sie dort draußen zu finden.«

»Sie ist nicht abgehauen«, protestierte Edward. »Wir vermuten, dass sie in der Nacht aus dem Afghan-Express gefallen ist.«

Der Barkeeper machte große Augen. »Verstehe. Nun, da draußen eine Leiche zu finden ist kein leichtes Unterfangen«, meinte er. »Wissen Sie denn ungefähr, wann es passiert ist?«

Edward glaubte, nicht richtig gehört zu haben, und starrte den Barkeeper offenen Mundes an.

»Wird nicht viel von ihr übrig sein«, mischte sich ein älterer Mann ein, der die Unterhaltung belauscht hatte.

Edward brachte vor Fassungslosigkeit kein Wort hervor. Dem betroffenen Barkeeper wurde klar, dass der Fremde gar nicht damit gerechnet hatte, seine Tochter könnte tot sein. Er stellte ihm einen Whiskey hin, den Edward in einem Zug hinunterstürzte, bevor er ein paar Münzen auf die Theke warf und die Bar ohne ein weiteres Wort verließ. Edward überquerte die Straße und betrat abermals die Polizeiwache. Als der Sergeant sein aschfahles Gesicht sah, wusste er, dass Edward Fitzherbert den Ernst der Lage begriffen hatte.

Edward stammelte: »Wir … wir *müssen* daran glauben, dass Arabella noch am Leben ist …«

»Wunder geschehen immer wieder, Sir«, sagte Sergeant Menner. Da er selbst Kinder hatte, konnte er sich vorstellen, was in dem Mann vorging.

»Genau, das stimmt!«, sagte Edward eifrig. »Ich kann meiner Frau doch nicht sagen, dass es keine Hoffnung mehr gibt! Um Himmels willen, das kann ich ihr unmöglich antun!«

Der Sergeant nickte. »Tatsache ist, dass wir möglicherweise keine Leiche finden werden, Sir. Darüber müssen Sie sich im Klaren sein. Es gibt Dingos da draußen, Raubvögel und Millionen Ameisen. Sie sagten, Sie hätten Ihre Tochter zuletzt in der Nähe von Marree gesehen?«

»Ja.«

»Das sind von hier aus etliche hundert Meilen. Mit Kamelen würde es Wochen dauern, die Gegend gründlich abzusuchen. Pferde sind für eine solche Distanz nicht geeignet, sie würden in der Wüste zugrunde gehen. Niemand kann da draußen länger als ein paar Tage überleben. Nicht einmal ein gesunder, kräftiger Mann. Und jemand, der verletzt ist …« Er beendete den Satz nicht.

»Ich werde mich nicht damit abfinden, dass meine Tochter tot sein soll. Ich werde nach ihr suchen«, beharrte Edward. »Sie könnte ja auch erst heute Morgen aus dem Zug gefallen sein, nur ein paar Meilen von hier, kurz bevor wir aussteigen mussten.«

Der Sergeant nickte. Er konnte verstehen, dass Edward sich an jeden Strohhalm klammerte. »Aber es ist zu gefährlich und obendrein viel zu anstrengend, Ihre Tochter auf eigene Faust zu suchen, Sir. Überlassen Sie das Leuten, die etwas davon verstehen. Ich werde meine besten Männer zu einer Suchmannschaft abkommandieren.«

»Wann?«

»Sobald wie möglich. Es ist besser, wenn Sie jetzt ins Hotel zurückkehren und sich um Ihre Frau kümmern«, fügte der Sergeant hinzu. »Ich werde mich bei Ihnen melden, sobald ich etwas Neues weiß.«

Auf dem Rückweg zum Hotel fiel Edward plötzlich ein, dass der Zug kurz hinter Marree gehalten hatte, weil ein Tierkadaver auf den Schienen gelegen hatte. Möglicherweise hatte Arabella die Gelegenheit genutzt, um auszusteigen und sich die Füße zu vertreten. Für einige Augenblicke erfüllte ihn Hoffnung. Dann aber meldeten sich Zweifel. Weshalb sollte Arabella freiwillig mitten in der Wüste aus dem Zug steigen, noch dazu nur mit einem Nachthemd bekleidet? Alle ihre anderen Sachen hatten sich ja noch im Abteil befunden. Arabella musste doch klar gewesen sein, dass der Zug jeden Moment weiterfahren konnte. Außerdem hasste sie die Hitze. Da die Telegrafenleitung unterbrochen war und die Reparatur möglicherweise Wochen dauerte, konnte keine Verbindung nach Marree hergestellt werden. Und warum sollte jemand aus Marree einfach in die Wüste spazieren und dabei Arabella finden?

Der Hoffnungsfunke erlosch schlagartig. Edward beschloss, seiner Frau keinen seiner Gedanken anzuvertrauen, um ihr keine falschen Hoffnungen zu machen. Die Worte des Sergeants fielen ihm wieder ein und gingen ihm nicht mehr aus dem Kopf. Der Gedanke, seine Tochter könnte von wilden Tieren zerfleischt und gefressen werden, war Edward unerträglich. Er taumelte in die Bar des Central Hotel, bestellte einen doppelten Whiskey und leerte sein Glas in einem Zug.

»Alles in Ordnung, Sir?«, erkundigte sich der Barkeeper, dem das blasse Gesicht und die zitternden Hände des Gastes auffielen.

Edward schüttelte den Kopf. »Nein«, erwiderte er leise. Nichts würde jemals wieder in Ordnung sein. Er bestellte noch einen Drink und fragte sich, wie er seiner Frau unter die Augen treten und ihr die schmerzliche Nachricht überbringen sollte.

Arabella kam zu sich, als sie spürte, wie Fliegen ihr übers Gesicht krabbelten. Sie machte eine unwirsche Handbewegung und schlug die Augen auf. Eine Sekunde lang dachte sie, sie läge zu Hause in ihrem Bett und alles sei nur ein böser Traum gewesen. Dann aber sah sie die hässliche, verschossene Tapete, die sich an den Rändern von der Wand löste, und die in einer Ecke durchhängende Decke, und sie wusste, dass sie sich in einem fremden Zimmer befand. Die Vorhänge vor der geöffneten Balkontür waren aus zerschlissener Spitze, und das breite Bett mit dem Eisengestell und der durchgelegenen Matratze quietschte bei jeder Bewegung. Arabella stöhnte. Dieser Albtraum war Wirklichkeit.

Sie wollte sich aufsetzen, als die Zimmertür geöffnet wurde und eine schlanke Frau in einem gebrochen weißen Kleid mit verwaschenem lavendelfarbenem Muster hereinkam. Sie brachte ein Tablett mit einem Krug Wasser und einem Teller mit belegtem Brot. Ihre dunklen, über der Stirn leicht ergrauten Haare hatte sie zu einem Knoten zusammengesteckt. Ihr Gesicht war braun gebrannt, was die Lachfältchen in ihren Augenwinkeln hervorhob. Arabella schätzte die Frau auf Anfang vierzig.

»Sie sind ja wach«, stellte sie freundlich fest. »Wie fühlen Sie sich?«

»Grässlich. Wo bin ich hier?«, erwiderte Arabella. Sie hatte fürchterliche Kopfschmerzen und fühlte sich matt und kraftlos.

»In Marree. Sie sind vor ein paar Stunden ins Great Northern Hotel gewankt, wissen Sie nicht mehr?«

»Oh ... ja, jetzt erinnere ich mich«, sagte Arabella leise, der mit einem Mal ihr schreckliches Abenteuer in der Wüste wieder einfiel.

»Ich bin Margaret McMahon, aber alle nennen mich Maggie. Mein Mann Tony und ich führen dieses Hotel seit acht Jahren. Wir sind schon sehr gespannt auf Ihre Geschichte. Wo kommen Sie her? Tony hat vorsorglich ein paar Spurenleser losgeschickt für den Fall, dass noch jemand dort draußen ist und Hilfe braucht.«

»Spurenleser?«

»Ja, es gibt ausgezeichnete Fährtensucher unter den Aborigines.«

»Da draußen ist niemand mehr«, murmelte Arabella.

»Aber wie sind Sie dann hierhergekommen?«

»Ich war in dem Zug, der gestern hier durchgefahren ist.«

Maggie sah sie verdutzt an. »Im Afghan-Express?«

»Ja, und die Nacht habe ich mutterseelenallein in der Wüste verbracht.«

»Aber … wieso denn? Sie sind doch noch ein halbes Kind! Was hat eine so junge Frau wie Sie ganz allein in der Wüste verloren? Sind Sie aus dem Zug gefallen?« Maggie wusste nicht, was sie von der Geschichte halten sollte. Von einem Zugunglück war ihr nichts bekannt, und es erschien ihr sehr unwahrscheinlich, dass ein Fahrgast einfach so verloren ging.

Arabella war es gewohnt, für jünger gehalten zu werden, als sie war, und doch kränkte es sie jedes Mal aufs Neue. »Ich bin neunzehn Jahre alt«, entrüstete sie sich.

»Tatsächlich?« Maggie hätte sie auf höchstens vierzehn geschätzt. Ungläubig ließ sie ihre Blicke über Arabellas knabenhaften Körper gleiten.

»Ist der Zug schon zurückgekommen?«, fragte Arabella. »Inzwischen muss man doch bemerkt haben, dass ich verschwunden bin.«

»Der Zug … zurückgekommen?« Maggie schüttelte den Kopf. Wie konnte jemand auf so eine Idee kommen? Glaubte dieses Mädchen im Ernst, der Zug würde ihretwegen zurückfahren? »Nein, und es wird in nächster Zeit auch kein Zug mehr erscheinen. Heute Morgen haben wir ein Telegramm erhalten. In der Nähe von Alice Springs sind die Eisenbahnschwellen auf einer Länge von einer Meile von Termiten zerfressen.«

Seltsam, dass in dem Telegramm kein Wort davon stand, dass jemand aus dem Zug gefallen ist, überlegte Maggie. Ob dieses Mädchen sich die Geschichte nur ausgedacht hatte? Andererseits würde niemand damit rechnen, dass jemand einen Sturz aus einem fahrenden Zug überlebte oder dass man eine Leiche fand.

»Der Zug hat auf freier Strecke gehalten«, fuhr sie fort, »und die Fahrgäste mussten die restlichen fünf Meilen bis zur Stadt zu Fuß gehen. Es wird Monate dauern, um die Schwellen auszutauschen. Aber so was sind wir hier gewohnt. Heuschreckenplagen, Sandstürme … von der Dürre gar nicht erst zu reden. Seit fünf

Jahren leiden die Stadt und die umliegenden Farmen darunter. Würden die Kamele uns nicht das Wasser bringen, wäre hier alles längst zu Staub zerfallen. Und jetzt, wo der Afghan-Express nicht mehr verkehrt, werden die Kamele uns auch Lebensmittel aus dem Süden in die Stadt transportieren müssen.«

Arabella durchzuckte ein Gedanke. »Sie sagten, Sie hätten ein Telegramm bekommen. Ich könnte meinen Eltern in Alice Springs telegrafieren, wo ich bin, damit sie mich holen«, sagte sie aufgeregt.

Maggie zog die Stirn in Falten. »Wie stellen Sie sich das vor? Ich wüsste nicht, wie Ihre Eltern hierherkommen könnten. Der Zug ist unsere einzige Verbindung nach Alice Springs. Außerdem ist die Telegrafenleitung zusammengebrochen. Wir sind im Moment völlig von der Außenwelt abgeschnitten.«

Arabella konnte nicht fassen, dass sie so sehr vom Pech verfolgt wurde. »Was ist denn passiert?«

»Keine Ahnung«, erwiderte Maggie achselzuckend. »Als wir versucht haben, wegen dem Zug zu telegrafieren, sind wir nicht durchgekommen. Die Leitung war tot.«

»Soll das heißen, dass ich in diesem Nest hier festsitze?«, jammerte Arabella. »Gibt es keine Möglichkeit, meine Eltern zu benachrichtigen?«

»Vorerst nicht. Aber vielleicht ist der Schaden an der Telegrafenleitung ja bald behoben.« Maggie wusste, dass sie eine unverbesserliche Optimistin war. Hier draußen im Outback brauchte alles sehr, sehr viel Zeit. »Wie heißen Sie eigentlich?«

»Arabella Fitzherbert.«

»Nun, Arabella …«, begann Maggie freundlich.

»*Miss* Arabella Fitzherbert.«

Eine zwanglose Anrede, wie Maggie sie gewohnt war, kam für die junge Frau offenbar nicht in Betracht.

»Nun, *Miss* Arabella Fitzherbert, Sie haben mir immer noch nicht verraten, wie es kommt, dass der Zug ohne Sie weitergefahren ist. Sind Sie hinausgefallen?« Der Zug war ziemlich langsam gefahren; Maggie hatte es selbst beobachtet. Vielleicht war der Aufprall beim Sturz von Dickicht gedämpft worden. Das würde erklären, warum die junge Frau lediglich ein paar Schrammen und Blutergüsse davongetragen hatte. Die Behörden in Alice Springs würden allerdings davon ausgehen, dass sie ums Leben gekommen war. Ob verletzt oder nicht – ohne Flüssigkeit konnte ein Mensch nur wenige Tage in der Wüste überleben. Deshalb war mit großer Wahrscheinlichkeit davon auszugehen, dass man gar nicht erst nach der jungen Frau suchte. Es würde Wochen dauern, bis eine Suchmannschaft auf Kamelen die ganze Gegend von Alice Springs bis Marree durchkämmt hätte, und bis dahin wären von der Vermissten nur noch bleiche Knochen übrig. Eine Straße gab es nicht, und im Wüstensand kam kein Automobil voran. Und wer sich zu Fuß auf den Weg machte, würde seinen Leichtsinn mit dem Leben bezahlen.

Mit Tränen in den Augen sagte Arabella: »Der Zug musste auf offener Strecke halten, weil ein Tierkadaver auf den Schienen lag. Es dauerte schrecklich lange. Da bin ich ausgestiegen, um eine Blume zu pflücken, die ich entdeckt hatte. Ich bin auf dem Tritt ausgerutscht und hab mir dabei den Knöchel verdreht. In dem Moment fuhr der Zug an, und ich kam nicht schnell genug auf die Füße. Und dann war er auch schon weg …«

»Verstehe«, sagte Maggie langsam. Auf den Gedanken, dass Arabella bei einem kurzen Halt ausgestiegen war, war bestimmt niemand gekommen. »Aber Ihre Eltern müssen doch gemerkt haben, dass Sie nicht mehr da sind?«

»Sie waren zum Kartenspielen in den Salonwagen gegangen, und da wird es meist sehr spät. Wahrscheinlich haben sie erst heute Morgen gesehen, dass ich verschwunden bin.«

»Ich verstehe.« Selbst wenn die Eltern das Verschwinden ihrer Tochter früher bemerkt hätten und den Lokomotivführer zur Umkehr hätten bewegen können, hätten die Chancen, Arabella in der Wüste zu finden – noch dazu nachts –, eins zu einer Million gestanden. Das war Maggie völlig klar.

»Und dann bin ich die ganze Nacht in dieser mörderischen Kälte umhergeirrt«, fügte Arabella voller Selbstmitleid hinzu.

Maggie nickte. »Ja, nachts kann es in der Wüste bitterkalt werden. Wir müssen hier acht Monate im Jahr nach Sonnenuntergang heizen. Aber wie haben Sie hierhergefunden? Das grenzt an ein Wunder.«

»Ein paar Aborigines haben mich gefunden und hergeführt. Ich hatte schreckliche Angst, sie würden mich umbringen.«

»Wie kommen Sie denn darauf?« Maggie sah sie verwundert an. Sie hatte noch keinen Aborigine getroffen, der aggressiv gewesen wäre.

»Einer hat mir ständig seinen Speer in die Rippen gestoßen. Ein anderer hatte einen Ast in der Hand und wollte mich schlagen. Ich hatte Todesangst!«

»Er wollte Sie schlagen?«, fragte Maggie verwirrt.

Arabella nickte heftig.

Maggie betrachtete nachdenklich die sonnenverbrannte Haut des mageren Mädchens. »Sind Sie sicher, dass er Ihnen den Zweig nicht zum Schutz vor der Sonne über den Kopf halten wollte?«

»Was reden Sie denn da?«

»Er hat bestimmt gesehen, wie verbrannt Ihre Haut ist.«

Arabella fand die Vorstellung geradezu lächerlich. »Als ob diese Wilden an so was denken würden!«

Maggie war wütend über so viel Arroganz. »Diese *Wilden*, Miss Fitzherbert, sind hervorragend an das Leben in der Wüste angepasst. Sie können dort überleben, während wir schon nach kürzester Zeit verdursten oder verhungern würden.«

Arabella musste zugeben, dass sie ohne die Hilfe der Aborigines umgekommen wäre. Aber wie diese Leute sie behandelt hatten! Und wie sie herumliefen! »Sie hatten nichts an«, sagte sie angewidert. »Sogar die Frauen waren fast nackt. Nur primitive Wilde laufen so herum!«

»Kleidung zu tragen macht für die Aborigines keinen Sinn. Ganz abgesehen davon, dass Wasser hier draußen viel zu kostbar ist, um es zum Wäschewaschen zu vergeuden.«

Arabella fiel plötzlich auf, dass Maggies Kleid ein bisschen schmuddelig war. Sie rümpfte die Nase. »Da wir gerade von Wasser sprechen – ich kann es kaum erwarten, ein Bad zu nehmen.«

Maggie schüttelte den Kopf. »In unserer Badewanne liegt zentimeterhoch der Staub, so lange wurde sie nicht benutzt. Und daran wird sich auch nichts ändern.«

Arabella starrte sie entgeistert an.

»Während einer Dürreperiode können wir kein Wasser fürs Baden verschwenden«, erklärte Maggie. »Erst recht nicht, wenn die Dürre seit Jahren anhält, so wie diesmal.«

»Dann müssen Sie eine Ausnahme machen!«, rief Arabella. »Sie können doch nicht von mir erwarten, dass ich wie ein Dreckspatz herumlaufe. So fürchterlich habe ich in meinem ganzen Leben noch nicht gerochen.« Arabella schnupperte an ihren Achselhöhlen und rümpfte abermals die Nase.

»Das wird hier niemanden stören, Miss Fitzherbert. Eine Schüssel Wasser zum Waschen können Sie gern haben. Aber schütten Sie es nicht weg, wenn Sie fertig sind. Ich nehme es zum Gießen im Gemüsegarten.« Maggie schenkte ihr ein Glas Wasser ein und reichte es ihr. »Sie müssen viel trinken, weil Sie viel Flüssigkeit verloren haben. Das ist Quellwasser. Unsere Regentanks sind seit Jahren leer. Die Afghanen holen uns Trinkwasser aus den Quellen bei Mungerannie. Das Wasser aus unserem Brunnen nutzen wir zum Waschen, aber die Vorräte sind begrenzt, deshalb ist jeder Tropfen kostbar.«

»Wie soll ich mich denn mit einer einzigen Schüssel Wasser richtig waschen?«, klagte Arabella weinerlich.

»Das geht schon, Kindchen, glauben Sie mir. Wir machen es

auch nicht anders. Als wir Sie heraufgetragen haben, habe ich gesehen, dass Ihre Beine voller Stiche sind. Was ist passiert?«

Arabella zog ihr Nachthemd bis zu den Knien hoch. Ihre Beine waren mit hässlichen roten Pusteln übersät, die fürchterlich juckten. »Ich habe mich unter einen Baum gesetzt und bin eingeschlafen. Als ich wieder aufwachte, krabbelten die grässlichen Ameisen auf mir herum!«

Jeder, der sich im Outback ein wenig auskannte, hätte den Ameisenhaufen sofort gesehen. Doch Maggie verkniff sich diese Bemerkung und sagte stattdessen: »Ich werde Ihnen ein wenig Teebaumöl bringen. Wenn Sie die Schwellungen damit betupfen, wird zumindest der Juckreiz nachlassen.« Maggie lächelte. »Wissen Sie, wir haben im Lauf der Jahre schon viel Merkwürdiges aus der Wüste kommen sehen, aber Sie sind mit Abstand das Merkwürdigste. Wie ein Gespenst haben Sie ausgesehen, als Sie heute Nachmittag in die Bar wankten.«

Arabella schnappte vor Empörung nach Luft. Doch bevor sie etwas sagen konnte, hatte Maggie die Schublade einer Kommode aufgezogen und einen Spiegel herausgenommen. Sie reichte ihn der verdutzten Arabella. Als diese hineinschaute, stieß sie einen Entsetzensschrei aus. Maggie zuckte erschrocken zusammen.

»O Gott! Wie lange bleibt das so?«, fragte Arabella mit Tränen in den Augen. Trotz des Sonnenbrands an ihren Armen, Schultern und Füßen war sie auf den schlimmen Anblick ihres Gesichts nicht gefasst gewesen. Ihre Haut war krebsrot. Auf dem Nasenrücken und den geschwollenen, aufgeplatzten Lippen hatten sich Blasen gebildet. Das Weiß ihrer Augen stach unnatürlich hervor. Ihre sonst so gepflegten Haare sahen aus, als hätte sie ein Jahr auf der Straße gelebt.

»Ein, zwei Wochen auf jeden Fall«, sagte Maggie. »Sie werden sich häuten wie eine Schlange, allerdings nicht auf einmal. Die Haut wird sich in Fetzen abschälen, sodass Sie eine Zeit lang wie eine Patchworkdecke aussehen werden.«

»O Gott! Mummy wird mich gar nicht wiedererkennen«, jammerte Arabella. »Ich werde dieses Zimmer erst verlassen, wenn ich wieder wie ein normaler Mensch aussehe!«

»Das geht nicht, Sie können nicht hier oben bleiben«, sagte Maggie. »Ich habe schon genug um die Ohren, auch ohne dass ich dauernd die Treppe rauf- und runterrenne, um nach Ihnen zu sehen.«

»Wie soll ich denn allein zurechtkommen?«, rief Arabella wehleidig. »Schauen Sie sich doch meine Beine an! Ich glaube kaum, dass ich gehen kann.«

»Mein Mann hat sich mal mit einem gebrochenen Bein fünf Meilen weit durch die Wüste geschleppt. Da werden Sie mit ein paar Ameisenbissen doch wohl eine Treppe schaffen, Miss Fitzherbert.«

Tonys Pferd hatte damals vor einer Schlange gescheut. Er war abgeworfen worden und hatte sich dabei das Bein gebrochen. Sein Pferd war in die Stadt zurückgelaufen. Tony hatte sein Überleben nur seinem Mut und seinem zähen Lebenswillen zu verdanken. Trotzdem hätte er um ein Haar sein Bein verloren, weil es brandig geworden war. Erst eine Medizin der Aborigines hatte ihn heilen können.

»Aber ich hab mir den Knöchel verstaucht!«, stöhnte Arabella. »Es tut schrecklich weh!«

Maggie besah sich Arabellas Knöchel. Er war kaum geschwollen und nur leicht verfärbt. »Je eher Sie ihn wieder belasten, desto besser.«

»Und wenn ich eine Lungenentzündung kriege?«, jammerte Arabella. »Ich bin noch nie so leicht bekleidet in der Kälte herumgelaufen.«

»Hätten Sie eine Lungenentzündung bekommen, wäre Ihnen das Jammern längst vergangen, so schlecht würde es Ihnen dann gehen.«

Diese Maggie ist eine herzlose Person, dachte Arabella wütend.

»Ich kann doch so nicht unter die Leute«, klagte sie bei einem weiteren Blick in den Spiegel.

»Sie sind hier im Outback, Miss Fitzherbert. Hier ist kein Platz für Eitelkeit. Wir haben andere Sorgen. Außerdem, wie stellen Sie sich das vor? Wer soll Sie versorgen?«

»Sie werden doch Personal haben! Irgendjemand wird mich ja wohl bedienen können!«

Maggie lachte laut auf. »Personal? Bedienen? Hier gibt's kein Personal. Tony und ich machen alles allein. Er steht hinter der Bar und erledigt alle handwerklichen Arbeiten, und ich koche und putze. Entweder Sie bezahlen für das Zimmer, oder Sie gehen mir zur Hand, solange Sie da sind.«

»Meine Eltern werden natürlich für das Zimmer bezahlen, wenn sie mich hier abholen«, entgegnete Arabella hastig. Der Gedanke, beim Putzen und Kochen helfen zu müssen, versetzte sie in Panik. Von solchen Dingen verstand sie nichts.

»Das könnte Wochen oder gar Monate dauern.«

Arabella glaubte sich verhört zu haben. »Monate?«

»Ganz recht. Selbst wenn Ihre Eltern in Alice Springs einen Afghanen anheuern und auf Kamelen hierherreisen würden, wären sie mehrere Wochen unterwegs.«

Arabella schüttelte stur den Kopf. Ihre Eltern würden einen schnelleren Weg finden, ganz bestimmt. »Meine Eltern werden alle Hebel in Bewegung setzen, um mich zu finden, und mein Vater wird sich erkenntlich zeigen, wenn Sie gut für mich sorgen. Ich bin das einzige Kind, und sie lieben mich abgöttisch.«

Maggie war einen Augenblick sprachlos. Diese junge Frau war offenbar nicht nur maßlos verwöhnt, sie lebte anscheinend auch in einer Fantasiewelt. Was für Eltern waren das, die ihr Kind in dem Glauben erzogen, jeder Wunsch würde ihm immer und überall von den Augen abgelesen? »Ich habe Wichtigeres zu tun, als Sie zu bedienen. Wenn Sie Wasser wollen, holen Sie es sich selbst. Hinter dem Haus steht ein Fass. Krug und Schüssel lasse ich Ihnen hier.« Falls *Miss Fitzherbert* gedacht hatte, sie, Maggie, würde sie verhätscheln, wie sie es offensichtlich gewohnt war, hatte sie sich gewaltig getäuscht.

»Bitte bringen Sie es mir nach oben, Mrs McMahon!«, bettelte Arabella. »Mir ist immer noch ganz schwindlig.«

Maggie seufzte. Verwöhnte Göre hin oder her – die junge Frau hatte einiges mitgemacht, deshalb wollte Maggie sie nicht zu hart anfassen. »Na schön. Aber nur dies eine Mal. Ich muss mich um das Essen kümmern. Normalerweise haben wir samstagabends zehn bis zwanzig Gäste zu bewirten.«

»Was steht denn auf der Karte?«

»Karte? So etwas haben wir nicht. Die Einheimischen wissen, dass es entweder Lamm oder Rind gibt.«

»Dann hätte ich gern ein Stück Lammbraten mit Pfefferminzsoße.« Arabella konnte sich nicht erinnern, jemals so hungrig gewesen zu sein.

»Diese Woche gibt's Rind.«

»Die ganze Woche?«

»Ja. Wenn Tony ein Rind geschlachtet hat, muss es schnellstens verzehrt werden. In der Hitze würde das Fleisch rasch verderben. Außerdem schlage ich vor, Sie essen das Brot, das ich Ihnen gebracht habe.«

»Igitt, nein!«, rief Arabella. »Also, wenn es Rind gibt, nehme ich ein kleines Beefsteak, aber ohne Fett. Und braten Sie es gut durch, ich kann nichts Blutiges essen. Und dann hätte ich gern Gemüse dazu. Bohnen mag ich nicht, aber Erbsen und sahniges Kartoffelpüree …«

Maggie war der Unterkiefer heruntergeklappt. Als sie sich wieder gefasst hatte, sagte sie: »Bei der Trockenheit und all den hungrigen Kängurus, die jedes Pflänzchen abfressen, wächst hier nichts über der Erde. Wir können von Glück sagen, wenn uns die Beutelratten nicht sämtliche Möhren und Kartoffeln ausgraben. Und so ausgefallene Dinge wie Kartoffelpüree gibt's bei uns sowieso nicht. Hier wird bodenständig gekocht – das Gemüse im Wasser und das Fleisch auf dem Grill.«

»Aber Sie machen doch sicher eine Soße dazu, oder?«

»Nein!«, entgegnete Maggie zornig. »Für so was hab ich keine Zeit.« Sie drehte sich auf dem Absatz um und verließ das Zimmer. Arabella schaute ihr verdutzt nach.

Maggie ging nach unten. Im Flur begegnete ihr Tony, doch nur Maggie nannte ihren Mann so. Bei den Einheimischen trug er den Spitznamen Macca.

»Ist unser geheimnisvoller Gast schon aufgewacht?«

»O ja, allerdings«, versetzte Maggie trocken. Sie schüttelte noch immer ungläubig den Kopf.

»Hat sie gesagt, wie sie heißt?«

»*Miss* Arabella Fitzherbert. Sie sei mit ihren Eltern auf dem Weg nach Alice Springs gewesen, sagt sie.«

»Die Spurenleser haben einige Aborigines vom Stamm der Arrernte getroffen. Sie haben ihnen erzählt, sie hätten eine verrückte Weiße in die Stadt gebracht, die sie ganz allein in der Wüste entdeckt hätten, nicht weit von der Bahnlinie.«

»Das ist sie. Anscheinend musste der Zug kurz hinter Marree halten, weil ein Tierkadaver auf den Gleisen lag, und da ist sie ausgestiegen, um eine Blume zu pflücken! Stell dir das vor! Dabei ist sie wohl ausgerutscht und gestürzt und hat sich den Knöchel verstaucht. Und dann ist der Zug ohne sie weitergefahren.«

Tony verdrehte die Augen. »Diese verdammten Touristen!«

»Oh, das ist noch nicht alles. Sie will ihr Zimmer erst wieder verlassen, wenn sie wieder *normal* aussieht«, fuhr Maggie sarkastisch fort.

»Du kannst sie nicht bedienen, Maggie, das geht nicht«, sagte Tony.

»Das habe ich ihr auch gesagt. Und als ich ihr erklärte, sie müsse für das Zimmer und ihr Essen arbeiten, schien sie beleidigt zu sein.«

»Tatsächlich?«

»Ja. Ihr Vater werde für alles bezahlen, wenn er sie holen käme, meinte sie.«

Tony schüttelte zweifelnd den Kopf. »Wir haben harte Zeiten. Nur die wirklich Reichen oder Schieber und Schwarzhändler haben noch ein paar Pfund extra übrig. Ich weiß nicht, ob die Kleine uns die Wahrheit erzählt.«

»Ihrem Benehmen nach könnte sie tatsächlich eine verwöhnte Göre aus wohlhabender Familie sein«, gab Maggie zu bedenken.

»Und wenn ihre Eltern nicht für ihre Unterkunft und die Verpflegung bezahlen können? Möglicherweise muss das Mädchen ein paar Wochen hierbleiben. Nein, sie wird im Hotel aushelfen müssen, ob es ihr gefällt oder nicht.«

Als Maggie Arabella eine Schüssel Wasser brachte, fiel ihr auf, dass ihr Gast sein Sandwich kaum angerührt hatte. »Sie haben ja gar nicht gegessen. Nach einem Fußmarsch durch die Wüste müssen Sie doch halb verhungert sein.«

»Bin ich auch, aber der Käse auf dem Brot ist hart und ausgetrocknet«, schmollte Arabella.

Maggie blickte sie verdutzt an. »Der Käse ist ausgezeichnet. Ich habe zu Mittag selbst ein Käsebrot gegessen, und Tony ebenfalls.«

»Dann haben Sie mir ein Stück abgeschnitten, das schon mehrere Monate alt ist«, beklagte sich Arabella.

»Unsere Vorräte *sind* mehrere Monate alt. Der Zug fährt die Stadt nicht regelmäßig an.«

»Ist denn gestern kein frischer Käse mitgekommen?«

»Doch, aber wegen der Wirtschaftskrise ist alles rationiert. Außerdem müssen die alten Lebensmittel zuerst aufgebraucht werden.«

»Ich bin zahlender Gast – oder werde es sein, sobald meine

Eltern herkommen –, deshalb habe ich ein Recht auf frischen Käse! Wann bringen Sie mir mein Essen herauf?«

Maggie verschlug es erneut für einen Augenblick die Sprache. Dann sagte sie mit Bestimmtheit: »Miss Fitzherbert, wenn Sie Hunger haben, müssen Sie sich nach unten in den Speisesaal bemühen. Entweder Sie sind bis halb sieben unten, oder Sie gehen leer aus. Ich werde Ihnen Ihr Essen ganz sicher nicht hier oben servieren!«

Arabella schürzte schmollend die Lippen. »Soll ich mich im Nachthemd in den Speisesaal setzen?«

Das war ein Argument. »Also gut, meinetwegen. Ich werde Ihnen Ihr Essen ausnahmsweise aufs Zimmer bringen. Aber gleich morgen besorge ich Ihnen etwas zum Anziehen. Bis dahin können Sie einen Morgenmantel von mir überstreifen. Falls Sie auf die Toilette müssen, die ist gleich hinterm Haus – die Treppe hinunter bis ans Ende vom Flur und dann rechts. Es brennt immer Licht dort.«

Maggie verließ das Zimmer und kam kurz darauf mit dem Abendessen zurück. Den Morgenmantel, den sie Arabella borgen wollte, hatte sie über den Arm gehängt. Neben einem Steak lagen drei halbe Kartoffeln und eine große Portion Möhren auf dem Teller. Das Steak war fast fünf Zentimeter dick und so groß, dass es über den Tellerrand hing. Arabella starrte es entgeistert an. Nicht einmal ihr Vater könnte eine solche Portion verzehren! »Sie erwarten doch hoffentlich nicht, dass ich das esse«, sagte sie bestürzt.

»Wieso nicht? Was haben Sie daran auszusetzen?«, gab Maggie zurück.

»Ich wollte ein *kleines* Steak.« Arabella zeigte ihr mit beiden Händen, was sie darunter verstand. »Außerdem ist das hier angebrannt.«

Maggie ging das ständige Genörgel allmählich auf die Nerven. »Es ist nicht angebrannt, sondern durch. Sie sagten doch, Sie wollen es gut durchgebraten. Und was die Größe angeht – mein Mann schneidet das Fleisch auf, und das hier war das kleinste Stück. Kein Wunder, dass Sie nichts auf den Rippen haben, wenn Sie immer so winzige Portionen essen. Körperliche Arbeit und ein paar nahrhafte Mahlzeiten, und Sie werden sehen, wie schnell Sie eine frauliche Figur bekommen.«

Jetzt war es Arabella, der es die Sprache verschlug. Doch Maggie, die sich bereits zum Gehen gewandt hatte, bemerkte es nicht. »Samstagabends geht es in der Bar meistens hoch her. Seien Sie also nicht beunruhigt, wenn es ein bisschen laut wird. Normalerweise befördern wir die Gäste spätestens um Mitternacht hinaus.« Damit schloss sie die Tür hinter sich.

Arabella blickte fassungslos auf ihren Teller, doch dann schnitt sie das Steak auf. Der Saft lief heraus, und es duftete köstlich. Sie schob sich ein kleines Stückchen Fleisch in den Mund. Es war nicht so zart, wie sie es gewohnt war, aber es schmeckte nicht schlecht. Dennoch schaffte sie nur wenige Bissen. Die Portion war für einen schlechten Esser wie sie viel zu groß – und es fehlte ein Klacks Butter fürs Gemüse. Doch sie würde ganz bestimmt nicht hinuntergehen und danach fragen.

Gegen neun Uhr an diesem Abend musste Arabella auf die Toilette. Sie warf sich Maggies Morgenmantel über, schlich aus dem Zimmer, blieb oben am Treppenabsatz stehen und lauschte. Der Lärm tiefer Stimmen klang von der Bar herauf. Zuerst fürchtete Arabella, unter den Gästen sei ein Streit ausgebrochen, doch dann hörte sie lautes Gelächter und war beruhigt. Sie stahl sich die Treppe hinunter und durch den Korridor, an dessen Ende rechter Hand eine Tür nach draußen führte. Eine von einem Generator gespeiste Lampe, deren Licht Schwärme von Nachtfaltern anlockte, brannte draußen neben dem Eingang. Einige Meter vom Haus entfernt befand sich die Außentoilette. Arabella konnte in der Dunkelheit die Stadt ausmachen, die trotz der vereinzelten

Lichter in den Häusern so still wie ein Friedhof dalag. Sie blickte sich noch einmal furchtsam um, eilte dann hinaus und schob vorsichtig die Tür des Toilettenhäuschens auf. Ein mörderischer Gestank schlug ihr entgegen. Aber was blieb ihr übrig? Sie betrat das Häuschen, nach Spinnen und anderem ekligen Getier Ausschau haltend. Durch einen Spalt in der oberen Hälfte der Tür fiel ein wenig Licht herein.

Arabella hatte sich gerade hingehockt, als sie Stimmen hörte, eine Männer- und eine Frauenstimme. Sie erschrak. Sie hatte gehofft, sich unbemerkt wieder auf ihr Zimmer schleichen zu können. Mit einer Hand stemmte sie sich gegen die Tür, damit diese nicht unversehens geöffnet wurde, und beeilte sich. Die Frau draußen sprach schnell und schrill. Anscheinend handelte es sich um eine Aborigine. Der Mann klang mürrisch und betrunken. Arabella hörte dumpfes Geraschel wie von Kleidung, dann seltsame Grunzlaute. Ob jemandem schlecht geworden war?

Arabella überlegte fieberhaft, wie sie die Außentoilette ungesehen verlassen könnte. Sie öffnete die Tür einen Spaltbreit und spähte hinaus. Ein Mann presste eine dunkelhäutige Frau gegen die Wand des Hotels. Seine Hose hing ihm auf Kniehöhe, die Frau hatte ihr Kleid bis zur Taille hochgeschoben und dem Mann die Beine um die Hüften geschlungen. Der Kerl stöhnte widerwärtig.

Arabella war schockiert. Rasch schloss sie die Tür und schlug sich die Hand vor den Mund, um einen Aufschrei zu unterdrücken. Sie wünschte, sie hätte drei Hände, damit sie sich auch die Ohren zuhalten könnte. Augenblicke später verstummten die Grunzlaute. Der Mann tat einen tiefen, zitternden Atemzug und machte sich dann offenbar an seiner Kleidung zu schaffen. Arabella kämpfte gegen aufsteigende Übelkeit an.

Plötzlich entbrannte ein heftiger Streit. Arabella verstand nicht genau, worum es ging, doch der Mann hatte der Frau anscheinend etwas versprochen, das diese jetzt einforderte. Bald kreischte sie in den höchsten Tönen, während der Mann sie anfuhr, sie solle gefälligst den Mund halten. Arabella wünschte sich nichts sehnlicher, als dass der Lärm aufhörte.

Doch es kam, wie sie es befürchtet hatte. Der Streit lockte Neugierige an. Arabella hörte eine weitere Stimme, eine Frauenstimme, die allerdings wenig fraulich klang, sondern tief und drohend. Neugierig geworden, öffnete Arabella abermals die Tür einen Spalt. Bei dem Anblick, der sich ihr bot, riss sie die Augen auf. Die tiefe Stimme gehörte einer Aborigine, die größer war als die meisten Männer und von gewaltigem Leibesumfang. Das einzig Weibliche an ihr war das rosarote, schmutzige Hemd, das sich straff über ihren schlaffen Brüsten und den dicken Bauch spannte. Ihre Arme waren kräftiger als die jedes Mannes, den Arabella je gesehen hatte. Ein grimmiger Ausdruck lag auf ihrem Gesicht, das so schwarz war, dass das Weiß ihrer Augen und ihrer drei verbliebenen Zähne hell hervorstach. Durch ihr Äußeres und die Art, wie sie sich vor dem Mann aufgebaut hatte, haftete der Frau etwas Angsteinflößendes an. Der Mann war sichtlich eingeschüchtert.

»Das hier geht dich nichts an, Rita«, sagte er, doch in seiner Stimme lag Furcht. Arabella staunte. Sie hätte nicht gedacht, dass ein Mann vor einer Aborigine kuschen würde. Wieso hatte er solchen Respekt vor ihr?

»Wally Jackson, du hast Lily versprochen, sie kriegt zwei Shilling oder 'ne Flasche Gin, wenn sie mit dir hinters Haus geht. Das hat sie getan. Jetzt bist du an der Reihe, mein Freund.«

»Ich hab kein Geld mehr, Rita«, sagte der Mann nervös. »Ich hab alles für Bier ausgegeben, und den nächsten Lohn bekomme ich erst am Monatsende.«

Rita hob ihren muskulösen Arm und ballte die Faust. Der Anblick hätte auch dem mutigsten Mann Angst eingejagt. Arabella schnappte erschrocken nach Luft.

Wally Jackson tat das einzig Vernünftige: Er gab nach. »Schon gut, Rita, schon gut!« Abwehrend hob er beide Hände und grub dann in seinen Hosentaschen nach Münzen. Schließlich drückte er Lily – einer spindeldürren Frau mit wuscheligem Haarschopf, riesengroßen Augen und dünnen Beinen – ein paar Münzen in die Hand.

»Was denn, nur ein Shilling? Ich will mehr!«, sagte Lily.

Wally wollte protestieren, gab nach einem Blick in Ritas finstere Miene aber klein bei. »Da muss ich mir was von Macca borgen, Rita«, sagte er. »Ich bin gleich wieder da.«

»Das hoffe ich für dich. Wenn ich kommen und dich holen muss, kannst du was erleben!«, drohte Rita ihm.

Wally zweifelte keine Sekunde, dass sie es ernst meinte. »Ich bin gleich zurück, Rita. Versprochen!«

Lily wirkte erleichtert.

Als Wally fort war, erkundigte Rita sich nach Lilys Kindern.

»Ich brauch das Geld, damit ich ihnen was zu essen kaufen kann«, sagte Lily kleinlaut. »Sonst hätte ich einen stinkenden Widerling wie Wally Jackson nicht an mich herangelassen, das kannst du mir glauben.«

Noch bevor Rita etwas erwidern konnte, kam Wally zurück. Lily streckte die Hand aus, und widerstrebend legte Wally einen Shilling hinein. Kaum hatten sich Lilys Finger um das Geldstück geschlossen, holte Rita aus und verpasste Wally eine schallende Ohrfeige.

Der Knall ließ Arabella erschrocken zusammenzucken. Wally hielt sich verblüfft die gerötete Wange.

»Au! Was soll das, Rita? Lily hat doch ihr Geld bekommen!«

»Wenn du noch einmal versuchst, eins der Mädchen anzuschmieren, lernst du mich richtig kennen«, drohte sie ihm.

Wally musterte Rita finster, erwiderte aber nichts. Sich die Wange reibend, kehrte er ins Hotel zurück.

Rita wandte sich Lily zu. »Und du machst, dass du nach Hause zu deinen Kindern kommst«, sagte sie streng.

Lily nickte und stapfte in der Dunkelheit davon. Arabella schloss leise die Tür der Außentoilette und hoffte inständig, Rita würde sich ebenfalls auf den Weg machen.

Sekunden später flog die Tür auf. Arabella, die es fast von den Füßen gerissen hätte, schrie auf.

Rita fuhr erschrocken zurück. »Wer sind Sie denn?«, fragte sie verblüfft.

Arabella schlotterte vor Angst. Es dauerte einige Augenblicke, bis sie die Sprache wiederfand. »Ich … ich bin Arabella … Fitzherbert«, stammelte sie. »Ich wohne im Hotel, und …«

Rita starrte sie verdutzt an und brach dann in dröhnendes Gelächter aus. »Dann sind Sie die Gespensterfrau! In der Bar reden die Leute von nichts anderem.«

»Gespensterfrau?«

Rita nickte. »Die Kleine aus der Wüste. Was machen Sie denn hier?«

»Ich … ich wollte gerade auf mein Zimmer zurück.«

»Nehmen Sie sich lieber in Acht. Ganz schön viel betrunkene Gestalten da drin.« Rita zeigte auf das Hotel.

Arabella wunderte sich über die Warnung. Rita schien selbst einen über den Durst getrunken zu haben. Man konnte es riechen. »Danke, mach ich …« Sie drückte sich an der Wand entlang zur Tür, wobei sie die riesige Rita nicht aus den Augen ließ. »Also dann … gute Nacht.« Arabella drehte sich um und lief in ihr Zimmer hinauf, so schnell ihr verstauchter Knöchel es zuließ. Sie war verzweifelt. Was sollte aus ihr werden? Wie sollte sie das alles überleben?

Da kein Schlüssel in der Zimmertür steckte, schob sie einen Stuhl davor und klemmte die Lehne unter die Klinke. Dann schlüpfte sie ins Bett, zog die Decke bis zum Kinn hoch und lauschte angestrengt auf jedes Geräusch. Die ersten Gäste verließen das Hotel; sie konnte sie unten reden und lachen hören. Noch immer zitterte Arabella am ganzen Leib.

Plötzlich dröhnten Schritte auf der Treppe. Starr vor Angst sah sie zur Tür. Das Herz schlug ihr bis zum Hals. Die Schritte kamen näher und verstummten draußen auf dem Flur. Arabella stockte der Atem. Sie hörte, wie die Tür auf der anderen Seite des Flurs geöffnet und wieder geschlossen wurde. Offenbar war sie nicht der einzige Hotelgast.

Arabella wusste, dass sie kein Auge zutun würde. Angespannt lag sie in der Dunkelheit. Ihr Sonnenbrand tat schrecklich weh, und draußen vor dem Hotel lärmten ein paar Gäste. Einmal meinte sie Ritas lallende Stimme zu hören. Arabella konnte es nicht fassen, dass die riesige Aborigine sich derart betrank. Schlimm genug, wenn die Männer nicht mehr gerade stehen konnten.

Als die Stimmen sich entfernten und draußen endlich Ruhe einkehrte, lauschte Arabella auf Geräusche im Innern des Hotels. Wieder hörte sie Schritte und Stimmen. Irgendetwas trippelte übers Dach, und aus der Bar drangen merkwürdige Geräusche herauf. Die Szene, die sie von der Außentoilette aus beobachtet hatte, ging Arabella nicht aus dem Kopf. Sie sah den Mann vor Augen, dessen Hose in den Kniekehlen hing, hörte sein grässliches Grunzen, sah die dürre Frau, die ihr Kleid bis über die Hüften hochgeschoben hatte.

Bilder und Gedanken wirbelten Arabella durch den Kopf. In den frühen Morgenstunden schlief sie endlich vor Erschöpfung ein.

3

Edward Fitzherbert war todmüde. Er hatte die Verzweiflung seiner Frau nicht länger mit ansehen können und mitten in der Nacht das Haus verlassen. Ruhelos war er ein paar Meilen weit an den Gleisen entlanggelaufen und hatte immer wieder Arabellas Namen gerufen. Irgendwann, körperlich und seelisch erschöpft, war er auf die Knie gesunken.

Arabella kann nicht tot sein, hatte er sich verzweifelt gesagt. Sie *darf* nicht tot sein!

Als der Morgen heraufdämmerte, war Edward ins Hotel zurückgekehrt, wo Clarice in einen unruhigen Schlaf gesunken war.

Ein paar Stunden später klopfte es, und Sergeant Menner stand vor der Tür. »Ich habe drei Leute nach Ihrer Tochter ausgeschickt«, teilte er dem übernächtigten Edward mit.

»Bis wohin werden sie vordringen?« Edward verschwieg ihm, dass er sich in der Nacht selbst auf die Suche gemacht hatte.

»Das kann ich Ihnen nicht sagen, Sir. Aber der Constable ist einer meiner besten Männer.« Der junge Polizist, dem die anderen beiden unterstellt waren, würde selbstständig entscheiden, wann die Suche abgebrochen würde. Doch Menner hielt es für klüger, das für sich zu behalten. »Ich werde Sie auf dem Laufenden halten, Sir.«

Maggie machte sich keine Gedanken, als Arabella nicht zum Frühstück herunterkam. Wahrscheinlich, witzelte Tony, wolle sie ihren Tee ans Bett serviert bekommen. Es wurde neun Uhr, und Arabella ließ sich immer noch nicht blicken. Maggie machte sich allmählich Sorgen.

Sie eilte hinauf und klopfte. Keine Antwort. Sie versuchte, die Tür zu öffnen, doch die Klinke ließ sich nicht herunterdrücken.

»Arabella?« Maggie klopfte lauter. »Alles in Ordnung?«

Sie schickte sich gerade an, Tony zu holen, damit er das Schloss aufbräche, als von drinnen Schritte zu hören waren. Langsam öffnete sich die Tür.

Arabella blinzelte Maggie verschlafen an.

Maggies Blick fiel auf den Stuhl neben der Tür. Anscheinend hatte die junge Frau sich in ihrem Zimmer verbarrikadiert. »Ist alles in Ordnung?«, fragte Maggie besorgt.

Arabella brach in Tränen aus.

Maggie ging ins Zimmer und schloss die Tür hinter sich. »Was haben Sie denn, Kindchen?« Sie drückte Arabella sanft aufs Bett und setzte sich zu ihr.

Arabella wusste nicht, wo sie anfangen sollte. »Ich musste letzte Nacht … auf die Toilette«, schluchzte sie. »Da draußen war … ein Mann mit einer schwarzen Frau, und sie haben … haben …« Arabella brachte es nicht über sich, Maggie zu beschreiben, was sie gesehen hatte.

Maggie musterte die junge Frau verwirrt. Dann begriff sie plötzlich. Sie erinnerte sich, dass Wally Jackson ihren Mann gefragt hatte, ob der ihm einen Shilling leihen würde, damit er Lily für ihre »Dienste« bezahlen könne. »Oh, dieser Wally!«, fauchte sie wütend. »Muss sich ein Mann denn wie ein Idiot aufführen, nur weil er einen über den Durst getrunken hat? Ist es zu viel verlangt, dass er Rücksicht nimmt?« Sie warf einen Blick himmelwärts und seufzte: »Natürlich ist das zu viel verlangt.« Arabella war ein unschuldiges junges Ding. Das Erlebnis musste sie verstört haben. »Tut mir leid, Kindchen. Ich hätte Sie warnen müssen.«

Arabella riss die Augen auf. »Wollen Sie damit sagen, Sie wissen davon? Kommt so was denn öfter vor?«

Maggie nickte.

»Da war noch eine riesige Aborigine«, fuhr Arabella fort. »Sie tauchte plötzlich auf und drohte dem Mann Schläge an.«

»Das kann nur Rita gewesen sein.« Maggie wusste, wie Furcht einflößend Rita auf Fremde wirkte.

»Ja, so hieß sie …«

»Es gibt da etwas, das Sie wissen müssen, Arabella. Ich darf Sie doch so nennen?«

Arabella nickte.

»Rita ist sozusagen die Beschützerin der schwarzen Frauen. Sie ist stärker als die meisten Männer, und sie hat fast ihr ganzes Leben in irgendeiner Stadt verbracht, deshalb spricht sie ganz gut Englisch. Sie bringt es sogar den jüngeren Frauen bei. Die werden von den Männern oft respektlos behandelt, aber wo es geht, sorgt Rita für Ordnung. Sie könnte Hackfleisch aus jedem Mann machen, und das wissen die Kerle. Rita trinkt zwar zu viel und treibt es manchmal ein bisschen zu wild, aber sie hat ein gutes Herz.«

Arabella wusste nicht, was sie davon halten sollte. »Kann die Polizei denn nichts unternehmen?«

»In der Stadt gibt es nur einen einzigen Constable, und der ist für ein Gebiet von etlichen hundert Meilen zuständig. Er kann sich nicht um solche Bagatellen kümmern.«

Arabella zog die Nase hoch. »Da war noch etwas«, sagte sie schniefend. »Ich habe heute Nacht seltsame Geräusche gehört und hatte schreckliche Angst …«

»Das ist ein altes Haus, da knarrt und ächzt es in allen Ecken. Das Eisendach heizt sich tagsüber auf, und wenn es nachts abkühlt, gibt es sonderbare Geräusche von sich. Man gewöhnt sich daran.« Maggie blickte flüchtig zu dem Stuhl neben der Tür. »Sie brauchen keine Angst zu haben, dass die Männer heraufkommen. Die Kerle wissen, dass sie hier oben bei den Gästen nichts zu suchen haben.« Dass sie meist zu betrunken waren, um die Treppe hinaufsteigen zu können, sagte Maggie nicht. »Sie sind hier sicher, Arabella. Es ist nicht nötig, die Tür zu verbarrikadieren.«

»Ich habe Schritte im Flur gehört, und dann ging die Tür gegenüber. Wohnt hier noch jemand außer mir?«

Maggie hörte die Furcht in Arabellas Stimme. »Wahrscheinlich haben Sie Tony und mich gehört. Wir haben unsere Wohnung hier oben. Und das Zimmer gegenüber hat ein Mann namens Jonathan Weston gemietet. Er wohnt seit vier Wochen hier, übernachtet aber gelegentlich auswärts. Seltsam, gestern habe ich ihn gar nicht kommen hören«, fügte sie nachdenklich hinzu.

»Ich bin mir aber sicher, dass drüben die Tür gegangen ist.«

»Kann sein, dass Jonathan von einer seiner Reisen zurückgekommen ist«, sagte Maggie. »Er ist Fotograf und verbringt zwei, drei Nächte die Woche in der Wüste, je nachdem, was für ein Motiv er sich ausgesucht hat. Manchmal, wenn er weit draußen Aufnahmen machen möchte, bezahlt er einen der Kameltreiber, damit der ihn hinführt, oder er leiht sich ein Packpferd und geht zu Fuß. Er ist ein stiller Mann und bleibt meist für sich. Er wird Sie bestimmt nicht stören.«

»Ich möchte auf keinen Fall, dass er mich sieht«, sagte Arabella. »Ich würde ihn ja zu Tode erschrecken. Doch, doch, ich weiß es!«, fügte sie rasch hinzu, als Maggie protestieren wollte. »Sie und Ihre Gäste haben sich ja auch erschreckt, als Sie mich das erste Mal gesehen haben.« Sooft Arabella in den Spiegel schaute, musste sie weinen. Sie hatte Blasen im ganzen Gesicht, und ihre Haut schälte sich. Besonders ihre schuppige, in diversen Rottönen verfärbte Nase sah zum Erbarmen aus.

Maggie musste ihr Recht geben. Tatsächlich hatte Arabella ihnen allen einen gehörigen Schrecken eingejagt, als sie in die Bar getaumelt war. In ihrem Nachthemd, mit ihrem sonnenverbrannten Gesicht und dem offenen Haar hatte sie wie ein Gespenst ausgesehen.

Arabella brach in Tränen aus.

»Nicht doch, Kindchen!«, sagte Maggie begütigend. Sie sah der jungen Frau an, dass sie kaum geschlafen hatte, nicht nur wegen des sicherlich schmerzhaften Sonnenbrands. »Wie wär's mit einer guten Tasse Tee?«

Arabella schniefte und nickte.

»Und einer Scheibe Toast?«

Arabella nickte abermals. »Kann ich auch Butter und Honig dazu haben?«, fragte sie mit kläglicher Stimme.

Maggie unterdrückte einen gereizten Seufzer und schalt sich im Stillen für ihre Nachgiebigkeit. »Mit der Butter müssen wir haushalten. Sie können einen kleinen Klacks haben, mehr nicht. Und Honig haben wir keinen.«

Sie stand auf und verließ das Zimmer. Arabella hörte, wie sie an die Tür gegenüber klopfte und sie dann öffnete. Einen Augenblick später schloss die Tür sich wieder, und Maggie streckte den Kopf ins Zimmer.

»Mr Weston ist anscheinend nicht da«, sagte sie. Da er nicht zum Frühstück hinuntergekommen war, musste er das Hotel sehr früh verlassen haben. Wahrscheinlich wollte er den Sonnenaufgang fotografieren.

Arabella war neugierig geworden. »Ist er hier aus Marree?«

»Nein, er kommt aus England, aber er hat bereits an verschiedenen Orten in Australien gewohnt. Er ist mit dem Afghan-Express gekommen. Er liebt die Abgeschiedenheit. Dass es hier ein Afghanen-Viertel gibt, war einer der Gründe, weshalb er sich gerade Marree ausgesucht hat, denn er braucht die Dienste der Kameltreiber, um in die Wüste zu gelangen. Wenn er seine Aufnahmen entwickelt, das macht er unten in einer Kammer, hängt immer ein Schild an der Tür. Sie dürfen sie dann auf keinen Fall öffnen, sonst verdirbt das Licht alles. Er hat uns einige seiner Arbeiten gezeigt. Seine Fotografien sind wunderschön.«

»Gehört er auch zu denen, die in der Bar sitzen und trinken?«, fragte Arabella und fügte stumm hinzu: Und die sich hinter dem Haus mit Aborigine-Frauen vergnügen?

Maggie lachte. »Nein, er bleibt meistens für sich. Sie werden ihn schon noch kennen lernen!«

Wenig später brachte Maggie das Frühstück und das Kleid herauf, das sie Arabella borgen wollte. »Es wird Ihnen ein bisschen zu groß sein«, meinte sie. Maggie war eine zierliche Frau, doch Arabella war noch kleiner und zarter. »Sobald Sie sich besser fühlen, werden wir Ihnen in der Stadt ein Kleid besorgen. Bis dahin muss das hier genügen. So, ich hab zu tun, ich muss wieder hinunter.«

Gegen Mittag wurde es Arabella langweilig. Sie trat auf den Flur hinaus und rief nach Maggie. Ein Geschirrtuch in der Hand, kam sie aus der Bar. Sie sah erhitzt und abgekämpft aus.

»Ja?«

»Können Sie mir einen Krug Wasser und etwas zu essen heraufbringen, Maggie?«

Maggie seufzte und wischte sich den Schweiß von der Stirn. »Ich kann Ihnen ein Käsesandwich machen. Aber erst, wenn ich hier fertig bin.« Sie wandte sich zum Gehen.

»Könnten Sie mir den Käse geschmolzen auf einem Stück Toast servieren, damit er nicht so furchtbar hart ist?«

Maggie traute ihren Ohren nicht. »Wie stellen Sie sich das denn vor?« Sie konnte die Gereiztheit in ihrer Stimme nur mühsam unterdrücken.

»Meine Mutter hat mir meinen Käsetoast immer kurz im Ofen überbacken.«

»Der Ofen ist noch nicht an«, versetzte Maggie. »Und ich hab jetzt keine Zeit, ihn anzumachen. Es gibt Brot und Käse dazu – basta. Tony und ich essen auch nichts anderes.«

Sie ging zurück in den Salon, um wie jeden Tag dort sauber zu machen.

»Was war denn los?«, wollte Tony wissen. Er füllte die Vorräte in der Bar auf und staubte die Regale ab.

Maggie trat in den Durchgang zur Bar und sagte: »Die junge Frau oben möchte etwas zu essen und zu trinken.«

»Dann sag ihr, sie soll herunterkommen.«

»Das wollte ich ja, aber sie war heute Morgen völlig verstört. Sie hat mir erzählt, dass sie in der Nacht zur Toilette musste, und da hat sie Wally Jackson und Lily beobachtet. Du kannst dir ja denken, wobei.«

Tony schüttelte den Kopf. »Das arme Ding! Würde mich nicht wundern, wenn ihr die Lust zum Heiraten glatt vergehen würde«, bemerkte er trocken.

»Das kannst du laut sagen!«, pflichtete Maggie ihm bei. »Und als wären Wally und Lily nicht schon genug gewesen, tauchte auch noch Rita auf. Die drei müssen dem jungen Ding einen ziemlichen Schrecken eingejagt haben.«

»Das glaub ich gern. Uns geht's ja nicht anders, obwohl wir Rita seit Jahren kennen!«, erwiderte Tony lachend. Er war kein besonders großer, aber ein äußerst zäher, vom Leben im Outback gestählter Mann. Dennoch hatte er nichts dagegen, dass Rita es übernahm, die Männer unter Kontrolle zu halten, insbesondere, was deren »Beziehungen« zu den Aborigine-Frauen betraf. »Aber bei allem Verständnis«, fügte Tony ernst hinzu, »du hast keine Zeit, das Mädchen zu bedienen.«

»Das weiß ich doch«, entgegnete Maggie. Samstagabends halfen ihr Lily und eine weitere junge Aborigine namens Missy zwar beim Abwasch, doch es gab auch so immer noch eine Menge zu tun, und sie und Tony waren nach getaner Arbeit rechtschaffen müde. Die Frauen ließen sich von den Männern zu einem Drink einladen, sobald es für sie nichts mehr zu tun gab. Eins führte zum anderen, und schließlich gingen sie mit den Männern nach draußen. Auch Rita war nicht selten betrunken, wenn der Abend sich seinem Ende näherte. Maggie hatte ihr schon oft gesagt, sie solle Missy und Lily nach Hause schicken, doch Rita wusste, dass die beiden das Geld brauchten, das die Männer ihnen zusteckten, da sie weder einen Ehemann hatten, der sie versorgte, noch bei einem Clan lebten. Genau wie Rita hausten sie in Hütten im Eingeborenenviertel der Stadt. Lily hatte vier Kinder – drei von einem eingeborenen Viehhirten, den sie aber nur selten zu Gesicht bekam, und eins von einem afghanischen Kameltreiber. Missy hatte zwei Kinder. Das eine, ein Junge, hatte eine sehr helle Hautfarbe, und es wurde spekuliert, wer der Vater war: Wally Jackson, behaupteten die einen, Les Mitchell, vermuteten die anderen. Les arbeitete auf der Lizard Creek Station, der Farm, die Marree am nächsten lag. Wally verdiente sein Geld als Schafscherer auf den umliegenden Farmen. Da es zurzeit nicht viel für ihn zu tun gab, wohnte er seit fast zwei Monaten in der Stadt beim Aborigine-Halbblut Frankie Miller, der von Beruf Wollsortierer war. Der Vater von Missys zweitem Kind, so wurde gemutmaßt, war ein Stammes-Aborigine.

Arabella, die oben auf ihrem Zimmer geblieben war, die Tür aber nur angelehnt hatte, hörte jemanden die Treppe heraufkommen. Dann ging die Tür gegenüber auf. Neugierig geworden, spähte sie auf den Flur hinaus. Im Zimmer auf der anderen Seite stand ein großer, schlanker Mann mit dem Rücken zu ihr. Er legte einen Koffer aufs Bett, öffnete ihn und entnahm ihm verschiedene Gegenstände, die er sorgfältig säuberte und zurück an ihren Platz legte. Arabella verstand zwar nichts vom Fotografieren und der Ausrüstung, aber sie vermutete, der Mann war Jonathan Weston.

Sie betrachtete ihn aufmerksam. Er hatte fast schwarze gewellte Haare und bewegte sich mit der Geschmeidigkeit einer Wildkatze. Sie konnte sich gut vorstellen, wie er sich beinahe lautlos an ein Tier heranpirschte, um es zu fotografieren. Seine Kleidung war sauber und ordentlich. Ordnung herrschte auch in seinem Zimmer: Nichts lag herum, alles wirkte aufgeräumt.

Jonathan Weston spürte plötzlich Blicke im Rücken. Er drehte sich um und entdeckte eine junge Frau, die hinter der Tür des Zimmers gegenüber hervorspähte.

Arabella fuhr hastig zurück, sah aber noch die hübschen Züge und die dunklen Augen des Mannes. Es war ihr peinlich, dass er sie dabei ertappt hatte, wie sie ihn heimlich betrachtete.

Jonathan machte ein verdutztes Gesicht. Die junge Frau hatte einen schlimmen Sonnenbrand. Ob sie sich deshalb vor ihm versteckte? Er schmunzelte bei dem Gedanken, wie unangenehm es ihr offensichtlich gewesen war, dass er sie dabei überrascht hatte, wie sie ihn verstohlen beobachtete. Nach einem Augenblick wandte er sich wieder seiner Arbeit zu, noch immer leise lächelnd.

Der Nachmittag war bereits fortgeschritten, als Arabella auf dem Flur die Stimmen Maggies und eines Mannes hörte, den Maggie anscheinend auf sein Zimmer führte. Arabella, die Maggie abpassen wollte, öffnete ihre Tür einen Spalt und schaute hinaus. Im selben Augenblick drehte Jonathan Weston, dessen Zimmertür immer noch weit offen stand, sich um und ertappte Arabella von neuem, wie sie verstohlen hinausspähte. Erschrocken schloss sie die Tür wieder.

Wenig später vernahm sie abermals Schritte auf dem Flur, dann eine Männerstimme. Sie lauschte. Der neue Gast sprach mit Jonathan und stellte sich ihm als Stuart Thompson vor. Er hatte eine tiefe Stimme, doch sein Alter war schwer zu schätzen.

»Ist das eine Fotoausrüstung?«, fragte er.

»Ja, es gibt hier in der Gegend wunderschöne Landschaftsmotive«, antwortete Jonathan. Er hatte eine angenehme Stimme, wie Arabella fand; sie passte zu seiner hochgewachsenen, schlanken Gestalt und seinen fein geschnittenen Zügen.

»Sind Sie auf der Durchreise?«, wollte er von dem Neuankömmling wissen.

»Nein, nein. Ich komme aus dem Süden von Queensland und bin über den Birdsville Track hergeritten. Jetzt möchte ich eine Zeit lang hierbleiben, oder in der näheren Umgebung.«

»Tatsächlich? Marree hat aber nicht gerade viel zu bieten.«

»Ich möchte nach Gold suchen«, erklärte Stuart. Er spürte, dass er die Neugier des Fotografen geweckt hatte.

Gold, dachte Arabella. Wie aufregend!

»Ich wusste gar nicht, dass es hier Gold gibt«, sagte Jonathan erstaunt.

»Das wissen die Wenigsten. Aber vielleicht hab ich ja Glück und werde fündig.«

Irgendetwas in Stuarts Tonfall ließ Jonathan aufhorchen. Ob er ein Geheimnis hatte, von dem niemand sonst wusste? »Dann wünsche ich Ihnen viel Glück, Mr Thompson«, sagte Jonathan.

»Stuart, bitte. Ich nehme an, wir laufen uns jetzt öfter über den Weg.«

»Ganz bestimmt. Obwohl ich zu den unmöglichsten Stunden komme und gehe. Manchmal bleibe ich die ganze Nacht weg und schlafe im Freien.«

»Genau das habe auch ich vor«, erwiderte Stuart. »Darf ich Sie auf einen Drink in der Bar einladen?«

Arabellas Neugier war plötzlich stärker als ihre Furcht vor einer Entdeckung. Vorsichtig öffnete sie die Tür einen Spalt und spähte hindurch. Stuart Thompson hatte ihr den Rücken zugedreht, aber sie konnte sehen, dass er groß, schlank und blond war.

»Ich trinke zwar keinen Alkohol, aber zu einem Glas Limonade sage ich nicht Nein«, antwortete Jonathan. Eigentlich hatte er zu tun, aber er konnte seine Aufnahmen auch später entwickeln. Er liebte es, Menschen zu studieren. Mancher entpuppte sich als lohnendes fotografisches Objekt. Und er spürte, dass sich hinter Stuart Thompson eine spannende Geschichte verbarg.

Arabella wünschte, sie könnte in die Bar hinunter. Sie fühlte sich einsam und sehnte sich nach Gesellschaft. Doch eher wollte sie tot umfallen, als sich mit ihrem schrecklichen Sonnenbrand in der Öffentlichkeit zu zeigen.

»Wohnt sonst noch jemand hier?«, erkundigte sich Stuart, als Jonathan die Tür hinter sich schloss und zu ihm auf den Flur trat.

»Ja, eine junge Dame. Ich konnte aber nur einen flüchtigen Blick auf sie werfen.« Ein Lächeln spielte um Jonathans Lippen. Er vermutete, dass besagte junge Dame sie gerade eben belauschte.

Gegen fünf Uhr an diesem Nachmittag stieg Maggie wieder in den oberen Stock und klopfte an Arabellas Tür. »Möchten Sie auf ein Stündchen hinunterkommen? Wir haben geschlossen, und Sie langweilen sich hier drin doch bestimmt zu Tode!«

Arabella hatte es tatsächlich satt, die Wände anzustarren. Dennoch zögerte sie. Vor Angst, jemand könnte sie sehen, wagte sie sich nicht einmal auf den Balkon. »Wer ist denn alles da?«

»Nur Tony und ich. Mr Thompson ist zu einem Streifzug aufgebrochen, und Mr Weston arbeitet in seiner Dunkelkammer. Er hat sicher eine Stunde oder länger zu tun.«

Wäre sie mit Maggie allein gewesen, wäre Arabella die Entscheidung leicht gefallen, doch sie genierte sich vor Tony. Andererseits würde sich vermutlich so schnell keine zweite Gelegenheit mehr bieten, mal aus ihrem Zimmer zu kommen und etwas anderes zu sehen. Die Bar würde am Abend lediglich für zwei Stunden geöffnet sein, sagte Maggie. Sie gab freimütig zu, dass sie für sonntags keine Schankgenehmigung hatten, doch Constable Higgins hielt sich für eine Woche in Farina auf.

»Es ist ein offenes Geheimnis, dass die Bar sonntags ein paar Stunden auf hat, wenn Constable Higgins nicht in der Stadt ist«, fügte sie hinzu. In Wirklichkeit kümmerte es Terry Higgins herzlich wenig, dass gegen die Öffnungszeiten verstoßen wurde – er trank schließlich selbst ganz gern das eine oder andere Glas Bier. Aber er musste zumindest so tun, als achte er auf die Einhaltung der Gesetze.

Arabella überwand sich und folgte Maggie in die Bar hinunter. Es war ein langer, schmaler Raum, an dessen einem Ende sich ein offener Kamin befand. Die eine Wand war mit Fellen von Kängurus, Wombats und Beutelratten geschmückt. Auch eine Sammlung von Hüten, die aussahen, als hätte jeder seine eigene interessante Geschichte, hing dort. Einige waren sogar von einer Kugel durchlöchert, was Arabella reichlich beunruhigend fand. In einem Regal reihten sich staubige Flaschen in allen Größen und Formen. An den Wänden gegenüber der Bar hingen gerahmte Karikaturen von Originalen aus dem Outback mit Korkhüten und Schmerbäuchen.

»Kommen Sie, gehen wir in den Salon hinüber«, forderte Maggie die junge Frau auf. Sie zog ihr einen Stuhl an einem Tisch nahe dem Fenster hervor. »Möchten Sie eine Limonade?«

»Danke, sehr gern«, antwortete Arabella. Sie schaute sich nervös um. In Maggies Kleid, das wie ein Sack an ihr herunterhing, fühlte sie sich noch befangener. Im Salon, einem großen, viereckigen Raum, standen Sessel um niedrige Tische herum angeordnet. Durch eine Türöffnung am anderen Ende des Zimmers konnte man den Speisesaal sehen. Über dem Kamin hing ein großer Spiegel. Arabella setzte sich so, dass sie ihm den Rücken zukehrte, damit sie nicht zufällig ihr hässliches Spiegelbild erblickte. Um sich abzulenken, betrachtete sie die Schwarz-Weiß-Fotos an den Wänden zwischen den Fenstern. Die meisten Bilder zeigten Schafscherer vor den Scherschuppen oder Kamele und ihre afghanischen Führer in der Wüste. Auf drei Fotos waren – inmitten der steinigen Einöde oder vom Wind halb unter rotem Sand begraben – die bescheidenen Behausungen früher Siedler zu sehen. Dass jemand freiwillig ein solches Leben auf sich nahm, überstieg Arabellas Vorstellungsvermögen. Sie hatte nie etwas anderes als Bequemlichkeit und Luxus gekannt.

Maggie brachte zwei Gläser Limonade und setzte sich zu Arabella. Kurz darauf gesellte Tony sich zu ihnen. Arabella hätte sich am liebsten verkrochen. Verlegen senkte sie den Kopf.

»Hallo, Sie müssen Arabella Fitzherbert sein. Ich bin Tony McMahon, Maggies Ehemann.« Tony streckte ihr die Hand hin. Arabella ergriff sie und drückte sie kurz, ohne aufzublicken. »Guten Tag«, murmelte sie.

Tony ging zur Bar und schenkte sich einen Drink ein. Ihm war klar, dass die junge Frau wegen ihres Äußeren gehemmt war, deshalb erwähnte er ihren Sonnenbrand mit keinem Wort, sondern tat so, als wäre alles in bester Ordnung. »Haben Sie sich schon ein bisschen eingelebt?«

»Ja, danke«, antwortete Arabella scheu und hob den Kopf ein wenig. Tony war nicht besonders groß. Er hatte helle Haare, wässrig blaue Augen und einen sorgfältig gestutzten Bart, der mehr grau als blond war.

»Die Telegrafenleitung ist immer noch unterbrochen«, sagte er. »Ein afghanischer Straßenhändler, der gegen Mittag in die Stadt kam, hat berichtet, ein Blitz habe in einen Mast eingeschlagen, der daraufhin umgestürzt ist und die Leitung mitgerissen hat. Im Moment kann niemand sagen, wie lange die Reparatur dauern wird.«

Arabellas Kopf fuhr hoch. »Ach herrje! Mummy und Daddy werden außer sich sein vor Sorge! Könnte ich ihnen doch nur irgendwie mitteilen, dass ich am Leben bin und dass es mir gut geht!«

»Was führt Ihre Familie ausgerechnet nach Alice Springs?«, fragte Tony. Die junge Frau war ihm ein Rätsel. Sie klang wie ein kleines Mädchen, wenn sie von ihren Eltern sprach.

»Daddy wollte unbedingt ins Landesinnere. Wir hatten einen Monat in Adelaide verbracht. Mummy gefiel es dort sehr gut, aber Daddy ist ein abenteuerlustiger Mann. Außerdem hofft er, dass das trockene Klima mir guttut, weil ich in England ständig krank war. Der Arzt meinte, es läge an der Feuchtigkeit und der schlechten Luft, aber diese Hitze hier bringt mich noch um! Ich fühle mich schlapp und kraftlos.«

»Es dauert eine Weile, bis man sich an dieses Klima gewöhnt hat. Was ist Ihr Vater denn von Beruf?«, erkundigte sich Tony, den Arabella neugierig machte.

»Er produziert Theaterstücke im Londoner West End. Er hat ein Jahr Urlaub genommen, damit wir reisen können. Mummy war eine berühmte Theaterschauspielerin. Als Daddy ein Stück auf die Bühne brachte, in dem sie mitspielte, haben sie sich ineinander verliebt. Dann kam ich auf die Welt, und Mummy gab ihre Karriere für mich auf.«

Ihr selbstgefälliger Ton entging Tony nicht. Außerdem hatte er den Eindruck, dass sie sich diese Geschichte aus den Fingern gesogen hatte. Sie war so naiv. Und träumten nicht viele Kinder davon, berühmte Schauspieler als Eltern zu haben? Arabella selbst schien auch über ein beachtliches schauspielerisches Talent zu verfügen. »Nun, es dürfte noch einige Zeit vergehen, bis Sie Ihre Eltern wiedersehen«, sagte Tony. »Bis dahin können Sie gern hier wohnen, aber Sie werden verstehen, dass wir nichts zu verschenken haben. Das Leben im Outback ist hart. Als Gegenleistung für Unterkunft und Verpflegung werden Sie Maggie ein wenig helfen.« Tony fand, das war das Mindeste, was die junge Frau tun konnte. »Maggie hat viel um die Ohren.«

»Aber mein Vater wird Sie bezahlen!«, rief Arabella bestürzt. Der Gedanke, Dienstbotenarbeit verrichten zu müssen, erschreckte sie. »Ich bin doch keine Hausangestellte!«

Tony hielt Arabella schlicht für faul. Er warf Maggie einen bedeutungsvollen Blick zu.

»Das alles ist ja schön und gut«, sagte er, »aber falls die Geschichte stimmt, die Sie Maggie erzählt haben, wird keiner damit rechnen, dass Sie noch leben. Hätten die Aborigines Sie nicht gefunden, wären Sie in der Wüste umgekommen. Eine zweite Nacht dort draußen hätten Sie nicht überstanden.«

Arabella starrte ihn fassungslos an. Wie konnte er etwas so Grausames sagen?

»Falls Sie hierbleiben und warten wollen, bis der Zug wieder fährt, werden Sie Maggie zur Hand gehen«, sagte Tony mit Bestimmtheit.

Er meinte es ernst, das konnte Arabella ihm ansehen, und sie wusste, sie war ihm ausgeliefert. Ihr blieb gar keine andere Wahl, als auf die Bedingungen der McMahons einzugehen. Und es hatte ganz den Anschein, als wollten die beiden sie zu ihrer Sklavin machen. Der einzige Ausweg war, jemanden zu finden, der sie nach Alice Springs brachte.

»Ist dieser Afghane, mit dem Sie gesprochen haben, noch in der Stadt?«, fragte Arabella hoffnungsvoll.

Tony nickte. »Faiz Mohomet wird sich ein paar Tage in der Ghan-Siedlung aufhalten.«

»Könnten Sie ihn vielleicht herholen, damit ich mit ihm reden kann?«

»Jetzt gleich?«

Arabella nickte.

Tony sah Maggie an, die mit den Achseln zuckte. »Meinetwegen«, erwiderte er dann.

Als er fort war, wollte Maggie wissen, warum sie den Straßenhändler sehen wolle.

»Ich werde ihn bitten, mich nach Alice Springs zu bringen«, sagte Arabella aufgeregt. »Ich weiß nicht, warum ich nicht schon eher darauf gekommen bin!«

Sosehr Maggie sich auch bemühte – sie konnte sich Arabella beim besten Willen nicht auf dem Rücken eines Kamels vorstellen.

Kurz darauf kam Tony zurück. Faiz Mohomet warte draußen, sagte er und fügte hinzu: »Ich habe ihm schon erzählt, wie es Sie hierherverschlagen hat.«

»Oh, ich danke Ihnen. Er soll doch bitte hereinkommen«, sagte Arabella.

Tony sah sie verblüfft an. »Das wird er bestimmt nicht tun.«

»Und wieso nicht, wenn ich fragen darf?«

»Afghanen trinken keinen Alkohol. Ihre Religion verbietet es ihnen. Sie werden einen Afghanen nie an einem Ort sehen, an dem Alkohol ausgeschenkt wird.«

»Ich werde auf keinen Fall hinausgehen«, beharrte Arabella eigensinnig.

»Ihnen wird gar nichts anderes übrig bleiben, wenn Sie mit ihm reden wollen. Und Sie sollten sich beeilen, weil bald Zeit zum Gebet ist. Die Afghanen beten mehrmals am Tag und lassen sich durch nichts davon abbringen.«

»Oh«, machte Arabella. Tränen traten ihr in die Augen. Sie sah Maggie flehentlich an. »Aber ich kann doch so nicht nach draußen!«

Tony zuckte die Schultern. »Machen Sie, was Sie wollen. Faiz kommt jedenfalls nicht herein.«

»Sag ihm, er soll zur Hintertür kommen«, bat Maggie ihren Mann und wandte sich dann Arabella zu. »Niemand wird Sie dort sehen, bleiben Sie einfach in der Tür stehen.«

Tony warf seiner Frau einen verdutzten Blick zu, ging dann aber nach draußen, um mit dem Afghanen zu reden. Faiz folgte ihm zum Hintereingang des Hotels. Arabella wartete dort schon.

»Guten Tag«, sagte sie zögernd. Der Afghane erschrak unwillkürlich beim Anblick ihres vom Sonnenbrand entstellten Gesichts, und Arabella entging seine Reaktion nicht.

Faiz war ein kleiner Mann. Er trug ein weites, tunikaähnliches Gewand und einen Turban. Der beinahe verschlagene Ausdruck in seinen dunklen Augen behagte Arabella nicht. Sie fragte sich, ob es klug war, ihm ihre Bitte vorzutragen. Dann aber dachte sie an ihre Eltern und das mögliche Wiedersehen, und dieser Gedanke gab ihr Mut. Sie holte tief Luft und sagte:

»Ich möchte nach Alice Springs zu meinen Eltern. Sie wissen

nicht, wo ich bin. Würden Sie mich hinbringen? Ich werde Sie selbstverständlich dafür bezahlen.«

»Von hier aus wird mein Weg mich nach Süden führen«, erwiderte Faiz mit einem flüchtigen Seitenblick auf die McMahons, die nicht glauben konnten, dass die junge Frau Geld anbot, das sie gar nicht besaß.

Faiz ziehe mit seinen Handelswaren von Farm zu Farm, erklärte Tony. Er sei im Norden gewesen und würde sich, nachdem er seine Vorräte in der Stadt ergänzt hätte, nach Süden in Richtung Flinderskette, einer Bergkette, wenden.

Arabella machte große Augen. »Er ist ein Vagabund, meinen Sie? Eine Art Zigeuner?«

»Nein, so kann man das nicht sagen.« Tony warf Faiz einen verlegenen Blick zu. Der Afghane schien nicht sehr erfreut über den Vergleich. »Er ist ein fahrender Händler. Die Leute auf den Farmen, vor allem die Frauen, sind dankbar, dass Faiz ihnen Waren ins Haus bringt. Sie haben nicht oft die Gelegenheit, in der Stadt einzukaufen.«

Arabella wandte sich Faiz zu. »Mein Vater wird Sie großzügig bezahlen, wenn Sie mich sicher nach Alice Springs bringen. Ich verspreche Ihnen, der Umweg wird sich für Sie lohnen.«

»Kann sie auf einem Kamel reiten?«, wollte Faiz von Tony wissen.

»Natürlich nicht!«, rief Arabella entsetzt. »Ich will ein Pferd und eine Kutsche mit Dach, damit ich nicht in der prallen Sonne sitzen muss.«

»Eine Kutsche?« Der Afghane starrte sie verblüfft an. »Es gibt keine Kutschen in Marree.«

»Es wird doch nicht so schwer sein, irgendwo eine aufzutreiben«, entgegnete Arabella hochnäsig.

Faiz schüttelte den Kopf. »Entweder Sie reiten auf einem Kamel, oder Sie bleiben hier. Die Wüste ist kein Ort für ein Pferdefuhrwerk.«

»Kamele stinken und spucken«, stieß Arabella verächtlich hervor.

Das war nun doch zu viel für Faiz. Er schoss einen bösen Blick auf Arabella ab und knurrte mit verhaltener Stimme ein Schimpfwort.

»Auf einem Kamel zu reiten ist gar nicht so schwer«, flüsterte Maggie der jungen Frau zu. »Wenn Sie Ihre Eltern bald wiedersehen wollen, sollten Sie dieses Opfer bringen. Sie können einen Schirm von mir haben, damit Sie vor der Sonne geschützt sind.«

»Meine Eltern würden niemals von mir erwarten, dass ich auf so einem stinkenden Vieh reite«, versetzte Arabella beinahe hysterisch.

»Meine Kamele stinken nicht!«, sagte Faiz zornig. Dann wandte er sich ohne ein weiteres Wort um und stapfte davon.

Arabella sah ihm verblüfft nach. Der Gedanke, sie könnte ihn mit ihren Worten beleidigen, war ihr offenbar gar nicht gekommen.

»Na, das haben Sie ja hervorragend hingekriegt«, bemerkte Tony mit einem genervten Seitenblick auf seine Frau. Kein Kameltreiber, das wusste er, wäre jetzt noch bereit, Arabella nach Alice Springs zu bringen.

4

Der Tag zog sich dahin. Clarice und Edward schwebten zwischen Hoffen und Bangen und beteten, dass ihre Tochter lebend gefunden wurde. Es dämmerte bereits, als es an der Tür des Hotelzimmers klopfte. Edward öffnete. Es war Sergeant Menner. Edward brauchte ihn nur anzusehen und wusste, dass der Sergeant keine guten Nachrichten hatte. Unwillkürlich hielt er den Atem an.

»Es tut mir sehr leid, Mr Fitzherbert«, sagte Sergeant Menner leise. »Der Suchtrupp hat keine Spur von Ihrer Tochter gefunden.«

Edward schwankte zwischen Niedergeschlagenheit und der Erleichterung darüber, dass keine Leiche entdeckt worden war. Er hörte, wie hinter ihm Clarice wieder zu weinen anfing. »Wie weit sind Ihre Männer vorgestoßen?«

»So weit es ihnen zu Pferd möglich war, Sir. Sie haben ein ziemlich großes Gebiet durchkämmt.« Der Sergeant wich Edwards Blick aus. Er wusste, dass einem besorgten Vater diese Erklärung nicht reichen würde.

»Anscheinend nicht groß genug«, blaffte Edward den Sergeant auch schon an. »Ich dachte, Ihre Leute wären mindestens zwei Tage unterwegs!«

»Ich kann verstehen, dass Sie das nicht gerne hören, Sir«, begann Sergeant Menner behutsam. »Aber wie ich Ihnen bereits sagte, sind die Chancen, dass der Leichnam Ihrer Tochter gefunden wird, äußerst gering …«

»Hören Sie endlich auf, von einer Leiche zu reden, verdammt

noch mal!«, brauste Edward auf. »Sie können nicht mit Sicherheit sagen, dass Arabella tot ist! Und wir werden die Hoffnung, dass sie noch lebt, nicht so schnell aufgeben! Ich werde Männer anheuern, die nach ihr suchen. Und dieses Mal werden sie *gründlich* suchen, ich werde mit ihnen gehen! Wir werden das ganze Gebiet durchkämmen – wenn es sein muss, von hier bis nach Marree!«

»Ich kann Sie nicht daran hindern, Sir, aber Sie werden niemanden finden, der bereit ist, sein Leben zu riskieren, wo die Chancen, Ihre Tochter …«

Edward ließ ihn nicht ausreden. »Was würden Sie denn tun, wenn es *Ihre* Tochter wäre?« Seine Stimme bebte vor Erregung.

»Ich kann Sie ja verstehen«, entgegnete der Sergeant betreten. »Aber im Gegensatz zu Ihnen habe ich bereits Leute gesehen, die sich in der Wüste verirrt hatten. Kein schöner Anblick, glauben Sie mir.«

»Wunder gibt es immer wieder, das haben Sie selbst gesagt«, entgegnete Edward mit erstickter Stimme.

»Das stimmt, Sir. Hätte Ihre Tochter sich nur verlaufen, wäre es durchaus möglich, dass sie einen oder zwei Tage überlebt hat, aber wenn sie aus einem fahrenden Zug gefallen ist …« Der Sergeant beendete den Satz nicht. Er senkte den Blick. Er brachte es nicht über sich, Edward ins schmerzerfüllte Gesicht zu sehen. »Es tut mir aufrichtig leid, Sir.«

Edward schloss die Tür, holte zittrig Luft und riss sich zusammen. Er musste stark sein, schon Arabella zuliebe. Falls er sie finden wollte, würde er all seine Kraft und seinen Verstand brauchen.

Da sie in der ersten Nacht im Hotel kaum ein Auge zugetan hatte, schlief Arabella an jenem Abend sofort nach dem Zubettgehen ein und erwachte erst am nächsten Morgen. Maggie hatte ihr einen Schlüssel für ihre Zimmertür gegeben, damit sie abschließen konnte, was sehr dazu beitrug, dass Arabellas innere Anspannung sich löste. Außerdem hatte Maggie ihr versichert, die Aborigine-Frauen würden sich nicht blicken lassen, weil an diesem Abend nichts für sie zu holen war: In den zwei Stunden, die die Bar geöffnet hatte, konnten sich die Männer nicht so sehr betrinken, dass ihnen der Sinn nach einem sexuellen Abenteuer stand.

Arabella stand auf und ging zur Tür, um zu lauschen, ob jemand auf dem Flur war. Sie hörte, wie Jonathan Weston sich mit Stuart Thompson unterhielt. Er werde den ganzen Tag unterwegs sein, sagte Stuart, und Jonathan erwiderte, auch er werde das Hotel für einige Stunden verlassen. Als beide gegangen waren, schlüpfte Arabella aus ihrem Zimmer und die Treppe hinunter. Sie suchte Maggie und bat sie um einen Hut und einen Schleier. Einen Hut könne sie gern bekommen, aber einen Schleier habe sie nicht, erwiderte Maggie verdutzt. Dann aber kramte sie aus einer Schachtel mit alten Sachen einen hauchdünnen schwarzen Schal hervor, von dem Arabella meinte, er eigne sich hervorragend für ihre Zwecke. Sie setzte den breitkrempigen Hut auf, warf den Schal darüber, sodass er ihr Gesicht verdeckte, und verknotete ihn am Hals.

Maggie musterte sie ungläubig. »Sie wollen doch nicht etwa in diesem Aufzug das Haus verlassen?«

»Ich werde das Haus *nur* in diesem Aufzug verlassen. Die Idee ist mir heute Morgen beim Aufwachen gekommen. Ist das nicht ein genialer Einfall?«, sagte Arabella aufgeregt. Es war nicht die einzige Idee, die ihr gekommen war, doch das behielt sie im Moment noch für sich.

Maggie brachte es nicht übers Herz, ihr zu sagen, dass sie wie eine Vogelscheuche aussah.

»Ich würde mir gern ein Kleid kaufen, Maggie. Glauben Sie, ich kann im Geschäft anschreiben lassen, bis meine Eltern kommen und bezahlen?«

»Das kann ich mir ehrlich gesagt nicht vorstellen«, sagte Maggie zweifelnd. Sie kannte den Ladeninhaber als gerissenen Geschäftsmann. Sie würde ihn nicht unbedingt einen Gauner nennen, aber sie wusste, dass er Durchreisenden, die den Lake Eyre auf einer Landkarte gesehen hatten, schon einmal Badeanzüge verkauft hatte, anstatt die Leute darauf hinzuweisen, dass es sich um einen ausgetrockneten Salzsee handelte, der sich ungefähr alle hundert Jahre einmal mit Wasser füllte. »Er gibt nur Einheimischen und Händlern Kredit, die sich regelmäßig in der Stadt aufhalten. Aber Sie können das Kleid auf meine Rechnung setzen lassen und mir das Geld später geben.« Davon würde sie Tony vorerst allerdings nichts sagen. Er wäre wenig begeistert.

»Vielen Danke, Maggie. In welches Bekleidungsgeschäft soll ich gehen?«

Maggie lachte. »Oh, wir haben nur ein einziges Geschäft in Marree. Ich werde Sie mit dem Inhaber bekannt machen, Mohomet Basheer.«

»Mohomet? Ist er mit Faiz Mohomet verwandt?«

»Nein. Mohomet ist ein häufiger afghanischer Name, wie Smith oder Jones im Englischen. Mohomet Basheer war früher fahrender Händler, aber dann hat er sich vor einigen Jahren in Marree niedergelassen und ein kleines Kaufhaus eröffnet.«

Arabella dachte an ihre Begegnung mit Faiz, dem Straßenhändler. »Hoffentlich ist er freundlicher als Faiz Mohomet«, meinte sie. Maggie schaute sie verwundert an. Dass ihr eigenes Verhalten Faiz gegenüber nicht gerade liebenswürdig gewesen war, schien Arabella gar nicht in den Sinn zu kommen.

Mohomet Basheers Laden war aus Wellblech, und unter dem niedrigen Dach staute die Hitze sich schon früh am Morgen. Der Raum war vollgestopft mit Kleiderständern, und die Regale an den Wänden waren gut bestückt mit Kurzwaren aller Art. Die Ladenglocke über der Tür bimmelte, als Maggie und Arabella eintraten. Einen Augenblick später kam Mohomet aus dem hinteren Teil des Ladens nach vorn. Er erschrak beim Anblick der verschleierten Arabella, und die junge Frau war nicht minder verblüfft, als sie den Afghanen sah. Mohomet trug etliche goldene Halsketten und goldene Ringe an fast jedem Finger, da er die Ansicht vertrat, diese Zurschaustellung von Reichtum flöße potenziellen Kunden Vertrauen in seine Fähigkeiten als Geschäftsmann ein und verleite sie zum Kauf. Da sein Laden das einzige Bekleidungsgeschäft in der Stadt war – sogar im Umkreis von mehr als hundert Meilen –, war es schwierig, seine Theorie auf ihre Richtigkeit hin zu überprüfen. Auch Mohomet war mit einem weiten Gewand und einem Turban bekleidet, doch im Gegensatz zu Faiz Mohomet strömte er geradezu über vor Liebenswürdigkeit, nachdem er sich von seinem Schrecken erholt hatte. Als Maggie ihm Arabellas traurige Geschichte erzählte, erlosch sein Lächeln, und er setzte eine mitfühlende Miene auf.

»Sie können von Glück sagen, dass Sie noch am Leben sind«, meinte er ernst.

»Das hab ich ihr auch gesagt, Mohomet«, pflichtete Maggie ihm bei. »Aber sie hat einen fürchterlichen Sonnenbrand bekommen, deshalb verdeckt sie ihr Gesicht.«

»Keine Sorge, das heilt bald wieder ab«, beruhigte Mohomet die junge Frau. An Maggie gewandt, fuhr er fort: »Was kann ich für Sie tun?«

»Miss Fitzherbert braucht dringend etwas zum Anziehen. Das Kleid da hab ich ihr geborgt, aber Sie sehen ja selbst, dass es ihr zu groß ist. Könnten Sie den Betrag auf meine Rechnung setzen?«

»Mit dem größten Vergnügen, Maggie. Stets zu Ihren Diensten«, fügte Mohomet mit einer knappen Verbeugung hinzu. »Ich werde schon das Passende für Miss Fitzherbert finden. Sie können die junge Dame unbesorgt in meiner Obhut lassen.«

Maggie – froh über die Gelegenheit, entkommen und ins Hotel zurückkehren zu können – wich langsam zur Tür zurück.

»Vielen Dank, Mohomet. Auf mich wartet schrecklich viel Arbeit. Hoffentlich finden Sie etwas, das Ihnen gefällt, Arabella!«

Ohne eine Antwort abzuwarten, verließ sie eilig den Laden. Arabella, die es lieber gesehen hätte, wenn Maggie geblieben wäre, machte noch eine Handbewegung, um sie aufzuhalten, doch es war zu spät. Der Ladeninhaber bemerkte es nicht. Er durchsuchte bereits einen Kleiderständer nach etwas Passendem.

»Sie sind in der Tat ein sehr zierliches kleines Mädchen«, sagte er nach einem prüfenden Blick. Dann hielt er ihr ein Kleid hin, das nach Arabellas Meinung scheußlich und obendrein ein Kinderkleid war: rosarot und gelb gemustert, vorne durchgeknöpft und ärmellos. »Ich fürchte, ich habe nicht viel in Ihrer Größe da.«

»Ich bin neunzehn und kein kleines Mädchen mehr«, fauchte sie. »Und ich weiß selbst, dass ich klein und schmal bin. Aber haben Sie nicht etwas, das mich vollständig bedeckt?«

Mohomet sah sie verblüfft an. »Warum wollen Sie sich denn verstecken?«

»Ich möchte mich vor der Sonne schützen, so gut es geht.«

»Am besten meidet man die Sonne ganz«, sagte Mohomet in einem, wie er hoffte, sachlichen Ton. »Ist das nicht möglich, sollte man auf jeden Fall zwischen zwölf und zwei Uhr, wenn die Sonne am heißesten brennt, drinnen bleiben. Ich zum Beispiel schließe mein Geschäft um zwölf, bete und schlafe dann zwei Stunden.«

Doch bei dem, was Arabella vorhatte, würde ihr gar nichts anderes übrig bleiben, als sich der Sonne auszusetzen, deshalb benötigte sie zweckmäßige Kleidung. »Haben Sie nicht etwas Knöchellanges mit langen Ärmeln?«

Mohomet machte ein verdutztes Gesicht. »Ich glaube nicht«, murmelte er, während er die Kleider auf dem Ständer durchsah. »Dafür ist hier kein Bedarf.«

»Aber Sie haben doch auch so etwas an«, meinte Arabella, ihn von Kopf bis Fuß musternd.

»Sie suchen etwas in der Art?« Mohomet deutete verwundert auf sein langes Gewand.

»Ja.«

Der Händler ging ans andere Ende des Ladens, wo weitere Kleiderständer standen. »Ah!« Er nickte zufrieden und zog ein Gewand hervor. »Wie wäre es damit?«

Arabella betrachtete es prüfend. Es war eine Art Kaftan in einem warmen Bronzeton, knöchellang und mit dreiviertellangen Ärmeln. Der Stoff war mit einem schwarzen Muster bedruckt, eine Kordel diente als Gürtel. »So etwas habe ich noch nie gesehen«, staunte sie.

»Das trägt man in Vorderasien«, klärte Mohomet sie auf. »Meine Landsleute verlangen schon mal solche Sachen.«

Arabella gefiel das Gewand zwar nicht, aber sie durfte nicht wählerisch sein. Immerhin war es aus Baumwolle. »Na ja, besser als gar nichts«, meinte sie. »Und lange muss ich es ja nicht tragen, weil ich bald wieder bei meinen Eltern sein werde«, fügte sie zuversichtlich hinzu.

Mohomet warf ihr einen eigenartigen Blick zu. »Woher sollen Ihre Eltern denn wissen, dass Sie noch am Leben sind? Die Telegrafenleitung ist unterbrochen, und es wird einige Zeit dauern, bis sie wieder repariert ist.«

»Meine Eltern wissen, dass ich lebe«, erwiderte Arabella mit Nachdruck, »und sie werden nach mir suchen, bis sie mich gefunden haben.«

»Niemand kann ohne Wasser in der Wüste überleben, Miss Fitzherbert. Oder nur für sehr kurze Zeit. Viele sind schon verdurstet oder verhungert. Sie können von Glück sagen, dass die Aborigines Sie entdeckt haben.« Mohomet war überzeugt, dass die Familie der jungen Frau nicht mehr damit rechnete, sie lebend wiederzusehen, sprach es aber nicht aus.

»Von Glück sagen? Ha! Ich kann von Glück sagen, dass diese Wilden mich nicht getötet haben!«, brauste Arabella auf. »Wo ist die Umkleidekabine?«

»Oh, Sie möchten das Kleid anprobieren?«

»Es passt mir garantiert nicht besser als das von Maggie, aber ich möchte es trotzdem gleich anziehen.«

Mohomet fragte sich, weshalb sie es so eilig hatte. »Sie können sich hinten in meiner Wohnung umziehen.«

»Ich hoffe, die Tür lässt sich abschließen«, murrte Arabella, als sie durch den Laden nach hinten ging. Mohomet sah ihr tödlich beleidigt nach.

Einige Minuten später kam sie zurück. Sie hatte den Kaftan angezogen und trug Maggies Kleid über dem Arm. Das weite, lange Gewand bedeckte ihren Körper fast vollständig. Zusammen mit dem Hut und dem Schleier bot sie einen reichlich merkwürdigen Anblick. Sie suchte sich verschämt passende Unterwäsche und ein Paar Sandalen aus, die sie anprobierte. »Bitte setzen Sie die Sachen auch auf Maggies Rechnung, Mr Basheer«, sagte sie. Ihre Hausschuhe in der Hand, verließ sie ohne ein weiteres Wort den Laden.

Im Hotel brachte Arabella die Schuhe auf ihr Zimmer und legte Maggies Kleid zum Waschen beiseite. Maggie, die in der Bar zu tun hatte, sah sie zufällig, als sie wieder herunterkam.

»Arabella?«

Arabella blieb stehen.

Maggie trat auf den Flur hinaus und musterte sie offenen Mundes von Kopf bis Fuß. »*Das* haben Sie sich ausgesucht?«

»Ja, genau so etwas hatte ich mir vorgestellt. Die Farben sind zwar hässlich, aber wenigstens bin ich vollständig bedeckt.«

»Das kann man wohl sagen«, murmelte Maggie.

»Ich habe übrigens auch Unterwäsche und ein Paar Sandalen gekauft und auf Ihre Rechnung setzen lassen.«

Maggie traute ihren Ohren nicht. Das Hotel und die Bar warfen kaum etwas ab, daher würde Tony alles andere als begeistert sein über die zusätzlichen Posten auf der Rechnung. Als Maggie ihm von dem Kleid erzählt hatte, hatte er nur geknurrt, irgendjemand werde es bezahlen müssen und das werde ganz bestimmt nicht Miss Fitzherbert sein. Er bezweifelte stark, dass ihre Eltern jemals auftauchen und für die Unkosten aufkommen würden. Wenn Tony die Sache mit den Schuhen und der Unterwäsche jetzt auch noch herausfand, würde ihm wohl endgültig der Kragen platzen.

Plötzlich erklang Wally Jacksons Stimme drinnen in der Bar: »Was ist *das* denn?«

Einige Männer hatten sich um ihn geschart. Alle starrten ungläubig auf die seltsame Erscheinung im Flur.

»Das ist Miss Fitzherbert«, antwortete Tony ruhig. »Die junge Dame, die durch die Wüste geirrt ist.« Da seine Frau ihn bereits wegen Arabellas seltsamer Kopfbedeckung vorgewarnt hatte, überraschte ihr Anblick ihn nicht allzu sehr.

»Hey, Fitzi«, rief Wally ihr zu, »was soll dieser komische Aufzug denn darstellen?«

Die Männer lachten, doch Maggie warf Arabella einen besorgten Blick zu.

»Pssst!«, machte Tony. »Sie hat einen schlimmen Sonnenbrand, und es ist ihr unangenehm, darauf angesprochen zu werden.«

Wally achtete nicht auf ihn. Höhnisch grinsend musterte er Arabella mit anzüglichen Blicken.

Sie errötete unwillkürlich, als sie Wally Jackson erkannte. »Meint er mich?«, wandte sie sich an Maggie.

»Beachten Sie Jacko einfach nicht.«

»Jacko?«

»So heißt Wally bei den Einheimischen«, erklärte Maggie. »Hier bekommt jeder einen Spitznamen, wissen Sie. Tony wird Macca genannt, von McMahon. Wally ist Jacko. Und Sie sind anscheinend Fitzi getauft worden.«

»Das will ich aber nicht hoffen!«, rief Arabella entsetzt. »Das ist ein Name für einen Dackel!«

Vom Lachen der Männer begleitet, rauschte sie durch den Hintereingang hinaus.

Arabella machte sich auf die Suche nach dem Eingeborenenviertel, wo Maggie zufolge Missy, Lily und Rita wohnten. Sie war zuversichtlich, sich in einer kleinen Stadt wie Marree zurechtzufinden. Vor dem General Store spielten einige Aborigine-Kinder im Staub rings um eine Sitzbank. Arabella ging auf die Kinder zu, um sie zu fragen, wo sie wohnten. Als sie bis auf drei Meter herangekommen war, blickte eins der Kinder auf, sah sie und flitzte davon, als hätte es ein doppelköpfiges Ungeheuer erblickt. Die anderen Kinder, zwei Jungen und ein Mädchen, drehten sich verblüfft um und sahen nun auch, was ihrem Spielkameraden solche Angst eingejagt hatte. Sie kreischten in panischem Entsetzen und flüchteten ebenfalls, blieben aber nach ungefähr zehn Metern stehen und starrten die seltsame Erscheinung mit großen Augen an.

Arabella ihrerseits erschrak über die Reaktion der Kinder. Anscheinend bekamen sie nicht oft Fremde zu Gesicht. Der Gedanke, dass ihr merkwürdiger Aufzug die Kinder in Panik versetzt hatte, kam ihr gar nicht.

»Ich suche Lily«, rief Arabella ihnen zu. »Könnt ihr mir sagen, wo ich sie finde?«

Eins der Kinder deutete zögernd nach Westen.

»Dort?« Arabella zeigte mit dem Finger, um sicherzugehen. Der Junge nickte scheu und machte dabei ein Gesicht, als frage er sich, ob es richtig war, was er da tat.

Arabella ging weiter. Die Kinder folgten ihr in einiger Entfernung. Nach einer Weile blieb sie verwirrt stehen, weil sie am Stadtrand angekommen war und nirgends Häuser erblickte. Sie drehte sich zu den Kindern um, die ebenfalls stehen geblieben waren. Wollten diese kleinen Racker sie an der Nase herumführen?

Der älteste Junge zeigte abermals mit dem Finger. Zögernd wandte Arabella sich um und ging weiter, doch wieder war weit und breit nichts zu sehen. Gerade als sie aufgeben und die Kinder ausschimpfen wollte, weil diese sie offensichtlich zum Besten hielten, entdeckte sie in der Ferne zwischen ein paar Bäumen mehrere Behausungen. Beim Näherkommen erkannte sie, dass es sich um niedrige Hütten handelte, die aus Brettern, Wellblechteilen und Astwerk grob zusammengezimmert waren. Um ein Lagerfeuer in der Mitte saßen Frauen mit gekreuzten Beinen auf dem kahlen Boden. Ihre Brüste waren mit schmuddeligen Hemdchen nur spärlich bedeckt. Lily oder Rita waren nirgends zu sehen. Klapperdürre Hunde streunten zwischen ihnen umher oder nagten an sonnengebleichten Knochen, und nackte Kleinkinder spielten im Staub. Es wimmelte von Fliegen. Arabella war entsetzt.

Als die Aborigine-Frauen sie erblickten, sperrten sie Mund und Augen auf und wechselten dann fragende Blicke. Eine der Frauen sagte etwas in der Sprache der Ureinwohner; eine andere tippte sich viel sagend an die Schläfe, woraufhin alle zu lachen anfingen. Die Frauen hatten bereits die Geschichte von der verrückten Weißen gehört, die man in der Wüste entdeckt und in die Stadt gebracht hatte.

Arabella aber glaubte irrtümlich, die Frauen würden sich wegen ihres seltsamen Aufzugs über sie lustig machen. »Ich habe einen Sonnenbrand«, erklärte sie daher und zeigte hinauf zur Sonne. Als die Frauen sie zweifelnd ansahen, schob sie die Ärmel ihres Kaftans hoch und entblößte ihre roten Arme, an denen sich die Haut schälte.

Eine der Frauen nickte, wandte sich an die anderen und sagte etwas in ihrer Sprache, die aus kurzen, schnellen Silben bestand. Arabella war erleichtert, dass die Frauen sie anscheinend verstanden.

»Ich suche jemanden, der mir ein Pferd leiht und mit mir nach Alice Springs reitet.« Sie hatte eingesehen, dass sie mit einem Fuhrwerk in der Wüste nicht weit käme. »Kennt ihr jemanden, der mir helfen kann?«

Die Frau in der Mitte der Gruppe, allem Anschein nach die älteste, schüttelte den Kopf. »Nein, Missus. Pferde gibt's hier keine.«

»Aber ich habe gestern vor dem Hotel welche gesehen«, entgegnete Arabella verdutzt.

»Das sind die Pferde der Viehzüchter, Missus. Von den Farmen weit draußen in der Wüste.« Sie machte eine unbestimmte Handbewegung in Richtung des Gebiets jenseits der Hütten.

»Wer mich nach Alice Springs bringt, den wird mein Vater gut bezahlen«, versicherte Arabella mit wachsender Verzweiflung. »Viel Geld, versteht ihr?«

»Alice Springs ist weit weg von hier, Missus«, sagte die Frau. »Fahren Sie mit dem Zug.«

»Aber der Zug verkehrt zurzeit nicht, und ich weiß nicht, wann er wieder fahren wird!«

»Alle schwarzen Männer sind auf *walkabout*, Missus«, meldete eine andere Frau sich zu Wort.

Arabella, die nicht wusste, dass es sich dabei um die rituelle Wanderung der Aborigines handelte, sah sie verständnislos an. »*Walkabout?*«

»Ja, Missus. Wir wissen nicht, wann sie zurückkommen.«

»Und ihr Frauen? Eine von euch wird doch den Weg nach Alice Springs kennen?«

»Schon, Missus, aber wir gehen nicht fort von hier.«

Arabella konnte es nicht fassen. »Aber irgendjemand muss mir doch helfen können!«

Die Frau zuckte die Schultern. »Der Zug kommt bald wieder, Missus. Warten Sie einfach.«

Die Aborigine verstand offenbar nicht, wo das Problem lag. Dafür hatte sie im Gegensatz zu Arabella eine geradezu himmlische Geduld. Die Fliegen, die der Eingeborenen übers Gesicht krabbelten, schienen ihr nicht das Geringste auszumachen. Arabella war es unbegreiflich, wie die lästigen Insekten sie nicht stören konnten und dass die Frauen es gelassen hinnahmen, dass auch ihre Kinder von Fliegen übersät waren. Sie war unendlich dankbar für ihren Schleier, der die Insekten von ihr fernhielt. »Wie könnt ihr bloß so leben?«, brach es aus ihr hervor. »Seht euch eure Kinder an! Die Fliegen werden Krankheiten auf sie übertragen! Und wieso lasst ihr sie nackt herumlaufen?«

Da sprang eine der Frauen auf, beschimpfte Arabella und gab ihr mit einer unmissverständlichen Handbewegung zu verstehen, dass sie verschwinden solle. Arabella wich unwillkürlich zurück. Plötzlich nahm sie aus dem Augenwinkel eine Bewegung wahr. Ein Kopf wurde aus der Öffnung einer der Hütten gesteckt. Arabella erkannte zu ihrem Entsetzen, dass es Ritas Kopf war.

Rita hatte glasige Augen und noch wirreres Haar als bei ihrem ersten Zusammentreffen. Offensichtlich hatte sie auf der nackten Erde gelegen, denn eine Seite ihres Gesichts war rot vom Staub. Rita und die Frau, mit der Arabella gesprochen hatte, unterhielten sich kurz in der Sprache der Aborigines.

»Wer sind Sie?«, fragte Rita dann, noch immer auf Händen und Knien.

»Ich … äh, bin Arabella Fitzherbert. Ich wohne im Great Northern Hotel. Wir … haben uns Samstagnacht schon einmal getroffen, als ich … auf der Außentoilette war.« Das würde Ritas Gedächtnis hoffentlich auf die Sprünge helfen.

»Was wollen Sie hier?«, fuhr Rita sie unwirsch an. Es hatte nicht den Anschein, als ob sie sich an ihre erste Begegnung erinnerte.

Die Angst schnürte Arabella buchstäblich den Atem ab. Der Gedanke, dass sie Rita hier antreffen könnte, war ihr gar nicht gekommen. Und Rita war leider nicht so umgänglich wie bei ihrer ersten Begegnung, sondern übel gelaunt. Dann aber fielen Arabella Maggies Worte ein: Rita hätte großen Einfluss auf die anderen Frauen, die zu ihr aufblickten.

»Ich suche jemanden, der sich in der Wüste auskennt und mich nach Alice Springs bringt«, sagte Arabella.

»Was denn, zu Fuß?« Rita starrte sie ungläubig an.

»Nein, zu Pferd.«

Rita stieß ein höhnisches Schnauben aus und schüttelte den Kopf. »Ein Pferd braucht viel, viel Wasser für den Weg durch die Wüste. Wer soll das tragen? Sie etwa?«

»Faiz Mohomet hat mir das auch schon gesagt«, gab Arabella zu. »Er sagte, ich soll auf einem Kamel reiten, aber ich könnte mich niemals auf eins dieser grässlichen Viecher setzen.«

»Dann sitzen Sie hier fest«, meinte Rita und verschwand wieder in ihrer Hütte.

Bedrückt machte Arabella sich auf den Rückweg zum Hotel. Sie hatte so sehr gehofft, dass einer der Aborigines mit ihr nach Alice Springs reiten würde, doch diese Hoffnung hatte sich zerschlagen. Enttäuscht betrat sie das Hotel durch den Hintereingang und ging durch den Flur. Als sie die Treppe hinaufsteigen wollte, rief Tony: »Miss Fitzherbert!«

Arabella blieb stehen. »Ja?«

»Ich habe gerade mit Mohomet Basheer gesprochen«, sagte Tony streng. »Er wollte sich vergewissern, dass ich die Kleidung und die Schuhe bezahle, die Sie auf unsere Rechnung haben setzen lassen.«

»Keine Sorge, mein Vater wird alles bezahlen.«

Tony seufzte. »Maggie und ich müssen mit jedem Cent rechnen, Miss Fitzherbert. Wir leiden seit fünf Jahren unter einer verheerenden Trockenheit. Sie setzt den Farmern zu, und wenn es den Farmern nicht gut geht, können sie ihren Arbeitern kaum etwas zahlen, und wenn die Arbeiter kein Geld haben, können sie es nicht in unserer Bar ausgeben. Daher müssen Maggie und ich jeden Cent zweimal umdrehen, verstehen Sie?«

»Ja, natürlich verstehe ich das …«

»Wirklich? Ich will Ihnen ja gern helfen, aber wenn ich Ihnen ein Dach über dem Kopf und etwas zu essen gebe, müssen Sie schon etwas dafür tun.«

»Ich sagte doch schon, mein Vater wird alles be…«

Tony war mit seiner Geduld am Ende. Er fiel ihr schroff ins Wort: »Ich bezweifle, dass wir Ihren Vater jemals zu Gesicht bekommen werden, daher schlage ich vor, Sie machen sich endlich an die Arbeit. Entweder Sie gehen Maggie zur Hand, oder Sie sehen sich nach einem anderen Quartier um.« Damit ließ er sie stehen und ging in die Bar zurück, wo er sich einen Drink einschenkte. Den konnte er jetzt brauchen.

Arabella stieg langsam die Treppe hinauf. Was für ein schrecklicher Tag! Sie hatte pochende Kopfschmerzen. In ihrem Zimmer warf sie sich aufs Bett, vor Selbstmitleid schluchzend.

Ein lautes Räuspern ließ sie erschrocken herumfahren. Jonathan Weston stand in der Tür.

»Ich habe Sie weinen hören«, sagte er. »Wenn ich Ihnen irgendwie helfen kann…«

Arabella stand auf. »Ja, Sie können mich nach Alice Springs bringen! Wenn nicht, lassen Sie mich gefälligst in Ruhe!«

Sie schlug ihm die Tür vor der Nase zu, setzte sich aufs Bett und nahm Hut und Schleier ab. Sie konnte noch immer nicht fassen, dass Tony McMahon ihr tatsächlich mit einem Rauswurf gedroht hatte. Aber er meinte es zweifellos ernst. Fast noch schlimmer aber war seine Bemerkung, er glaube nicht, ihren Vater jemals zu Gesicht zu bekommen. Wie konnte er nur etwas so Gemeines sagen?

Eine Stunde später, als ihre Tränen getrocknet waren, dachte Arabella über Jonathan Weston nach. Jetzt tat es ihr leid, dass sie so unfreundlich zu ihm gewesen war. Er hatte es schließlich nur gut gemeint. Und sie konnte jeden Freund brauchen, solange sie in dieser erbärmlichen Stadt festsaß. Vielleicht wusste Jonathan sogar einen Weg, wie sie nach Alice Springs gelangen könnte. Hatte Maggie nicht gesagt, er habe bereits einiges von Australien gesehen?

Arabella setzte ihren Hut auf, band den Schleier um und öffnete ihre Zimmertür. Jonathans Tür stand offen. Er saß mit dem Rücken zu ihr auf dem Bett und schien seine Fotoausrüstung zu reinigen. Arabella holte tief Luft, überquerte den Flur und klopfte an die offene Tür.

Jonathan drehte sich um und machte ein überraschtes Gesicht.

»Hallo«, sagte Arabella verlegen. »Ich wollte mich bei Ihnen entschuldigen, weil ich vorhin so unfreundlich war. Ich war ziemlich durcheinander …«

»Das habe ich gemerkt.«

»… aber es war ein schrecklicher Tag für mich.« Arabella seufzte. »Ich weiß, das hätte ich nicht an Ihnen auslassen dürfen. Es tut mir leid.«

»Möchten Sie darüber reden?«

»Wenn ich Sie nicht störe …?«

»Aber nein, kommen Sie herein.«

Arabella zögerte.

»Sie können ja die Tür offen lassen«, sagte Jonathan, als er ihre Unsicherheit bemerkte. »Oder möchten Sie lieber nach unten in den Salon?«

Arabella dachte kurz nach. Nein, sie wollte Tony lieber nicht über den Weg laufen. »Ich lass die Tür offen.« Sie betrat das Zimmer. Nachdem die Männer in der Bar sie ausgelacht, die Kinder auf der Straße vor ihr die Flucht ergriffen und die Aborigine-Frauen sie für verrückt gehalten hatten, konnte Arabella auf weitere Demütigungen verzichten.

»Sie denken wahrscheinlich auch, dass ich lächerlich aussehe«, sagte sie und riss sich mit einer raschen Bewegung Hut und Schleier herunter. Sie hatte damit gerechnet, dass er beim Anblick ihres verbrannten Gesichts voller Abscheu zurückzucken würde, doch er tat nichts dergleichen. Stattdessen sagte er zu ihrem Erstaunen:

»Ich hatte schon viel schlimmere Sonnenbrände.«

Arabella glaubte ihm kein Wort, das konnte Jonathan ihr ansehen. Er stand auf, ging zu einer Kommode, auf der ein Karton mit Fotografien stand, suchte eine heraus und hielt sie ihr hin.

»Hier, vielleicht glauben Sie mir jetzt.«

Arabella schnappte erschrocken nach Luft. »Wie ist das denn passiert?« Jonathan sah auf dem Foto beinahe entstellt aus.

»Ich war an einem ungewöhnlich heißen und windigen Tag in der Wüste unterwegs. Der Wind wehte mir den Hut vom Kopf, aber ich habe weiter fotografiert und war so in meine Arbeit vertieft, dass ich mir nicht die Mühe machte, mir den Hut wiederzuholen. Ein paar Stunden später sah ich dann so aus. Ich habe ein Bild davon gemacht, damit ich in Zukunft immer daran denke, vorsichtiger zu sein.«

»Wie lange hat es gedauert, bis Sie wieder normal ausgesehen haben?« Seine Haut war glatt und zeigte eine leichte, gesunde Bräune.

»Ein paar Wochen«, antwortete er, und Arabella stöhnte auf. »Ich habe jedenfalls nie wieder vergessen, einen Hut aufzusetzen, den der Wind mir nicht vom Kopf reißen kann.« Er betrachtete sie mitfühlend. »So ein Sonnenbrand tut ganz schön weh, nicht wahr? Kaltes Wasser lindert den Schmerz, aber dummerweise muss man hier draußen sehr sparsam mit dem Wasser umgehen.«

»Es lässt sich aushalten, aber mich stört, dass meine Haut überall dort, wo sie sich geschält hat, rosarot ist. Da, sehen Sie?« Sie zeigte ihm einige Stellen an den Armen.

»Das geht schnell vorbei. Bald werden Sie wieder wunderschön aussehen.«

Arabella blickte ihn an. »Wie können Sie so etwas sagen? Ich sehe furchtbar aus!«

»Nein, ganz und gar nicht. Das bilden Sie sich nur ein.«

»Das bilde ich mir überhaupt nicht ein! Ich kriege Angst, wenn ich nur in den Spiegel gucke!«

»Ja, weil Sie sich einreden, dass Sie grauenvoll aussehen. Es ist eine Frage des Selbstbewusstseins.«

»Ich bin nie besonders selbstbewusst gewesen«, gestand Arabella leise.

»Das sollten Sie aber sein. Ich habe mich damals mit meinem Sonnenbrand nicht versteckt. Die Leute waren bei meinem Anblick schockiert, aber ich hab den Kopf hoch getragen. Passen Sie auf, ich zeig Ihnen was.« Jonathan stand auf und schlurfte in gebeugter Haltung und mit ängstlichem Gesichtsausdruck zu einem Stuhl in der Ecke. Er setzte sich auf die Kante und blickte sich furchtsam um. »Was sehen Sie?«, fragte er.

»Einen schüchternen, gehemmten Mann«, antwortete Arabella.

»Richtig. Und jetzt geben Sie Acht.« Er erhob sich, straffte die Schultern, reckte das Kinn vor und schlenderte gelassen, mit hochmütigem Blick und siegessicherem Gesichtsausdruck, durchs Zimmer. »Und was sehen Sie jetzt?«

»Einen Mann, der ganz schön von sich eingenommen ist«, sagte Arabella kichernd.

Jonathan lachte. »Ganz recht. Ich könnte ein berühmter Schauspieler oder eine bedeutende Persönlichkeit sein. Dennoch bin ich ein und derselbe Mensch. Es ist mein Selbstbewusstsein, das den Unterschied macht. Den Mann, der geduckt auf dem Stuhl saß, würde man niemals respektieren, weil er keine Achtung vor sich selbst hat. Aber jeder würde den Mann achten, der hoch erhobenen Hauptes durchs Zimmer geht, als gehöre ihm die Welt. Egal, ob er einen Sonnenbrand hat oder nicht.«

Arabella seufzte. »Nur muss man so viel Selbstbewusstsein erst einmal aufbringen.«

»Das schaffen Sie schon«, sagte Jonathan und fuhr nach einer kleinen Pause leise fort: »Maggie hat mir Ihre Geschichte erzählt. Es tut mir sehr leid, was passiert ist.«

Arabella nickte. »Nach allem, was ich durchgemacht habe,

verlangt Mr McMahon nun auch noch von mir, dass ich Maggie zur Hand gehe. Er glaubt mir nicht, dass mein Vater für alles bezahlen wird, deshalb will er, dass ich für mein Zimmer und mein Essen arbeite.«

»Ich finde, das ist ein faires Angebot«, meinte Jonathan.

Arabella schwieg, doch Jonathan konnte ihr ansehen, wie wenig der Gedanke ihr behagte.

»Sie werden sich doch zu Tode langweilen, wenn Sie den ganzen Tag bloß herumsitzen, bis der Zug wiederkommt«, fügte er hinzu.

»Aber ich weiß gar nicht, wie ich Maggie helfen könnte.« Arabella war es peinlich zuzugeben, dass sie auch sonst ihre Tage mit Nichtstun verbrachte und von Hausarbeit nicht das Geringste verstand. »Was soll ich tun?«

»Mit mir zu Abend essen«, sagte er unvermittelt. »Dann könnten Sie ausprobieren, wie es ohne Schleier ist, und Sie hätten mich als moralische Unterstützung. Und sagen Sie bitte Jonathan zu mir.«

Arabella blickte ihn verdutzt an, schaute dann aber enttäuscht an ihrem Kaftan hinunter. »Ich hab nichts anzuziehen. Dieses hässliche Ding da hab ich zum Schutz vor der Sonne gekauft, weil ich hoffte, einer der Aborigines würde mich nach Alice Springs bringen. Zum Essen würde ich es ganz sicher nicht tragen. Trotzdem danke für die Einladung.« Sie stand auf und ging schweren Schrittes in ihr Zimmer zurück, wo sie sich auf ihr Bett warf und sich von neuem ihrem Selbstmitleid überließ.

Eine Stunde später klopfte jemand an die Tür. Arabella stand auf und öffnete. Draußen war niemand, der Flur lag verlassen da. Die Tür zu Jonathans Zimmer war geschlossen. Dann erst bemerkte Arabella eine Schachtel auf dem Fußboden. Sie hob sie auf und nahm sie mit ins Zimmer. Zwei Kleider lagen darin, beide kurzärmlig und wadenlang, mit Gürtel und hinten mit Knöpfen zu schließen. Eines war weiß mit rotem Besatz, das andere hellblau mit marineblauen Borten. Beide Kleider waren geschmackvoll und modisch, zumindest für eine Stadt im Outback. Arabella faltete das beigefügte Blatt Papier auseinander. Die Mitteilung darauf lautete:

Ich hoffe, eines der beiden Kleider ist das richtige für ein gemeinsames Abendessen, und Sie haben bald Zeit. Jonathan.

Arabella war sprachlos. Er hatte ihr tatsächlich zwei Kleider gekauft! Sie betrachtete sie abermals, und ein Lächeln legte sich auf ihr Gesicht. »Wie aufmerksam von ihm«, flüsterte sie. Sie freute sich so sehr, dass ihr gar nicht der Gedanke kam, es könnte unschicklich sein, ein Geschenk von einem fast Unbekannten anzunehmen. Sie fragte sich auch nicht, ob Jonathans Motive vielleicht nicht ganz uneigennützig waren.

Arabella warf einen Blick in den Spiegel über der Kommode. Würde sie den Mut haben, sich den Leuten unvermummt zu zeigen? Dann dachte sie an Jonathans Demonstration einer selbstbewussten Haltung, straffte die Schultern und hob stolz den Kopf.

5

Arabella probierte gerade das weiße Kleid an, als es klopfte. Tony stand draußen.

»Wir haben eben erfahren, dass wir heute über zwanzig Gäste zum Abendessen haben, deshalb braucht Maggie dringend Hilfe«, sagte er kurz angebunden. »Also sehen Sie zu, dass Sie hinunter in die Küche kommen.«

»Aber ich …«, stammelte Arabella.

»Und zwar jetzt gleich, Miss Fitzherbert«, sagte Tony ungeduldig.

Jonathan Weston, der durch die angelehnte Tür hindurch alles mit angehört hatte, öffnete diese ganz. Erfreut stellte er fest, dass Arabella eins der Kleider trug, die er ihr vor die Tür gelegt hatte. Er lächelte in sich hinein, als er an seinen Handel mit Mohomet Basheer dachte: Als Gegenleistung für die beiden Kleider hatte er den Händler in stolzer Pose vor dessen Geschäft fotografiert. Mohomet wollte seiner Mutter einen Abzug in seine Heimat Kaschmir schicken – als unwiderlegbaren Beweis dafür, dass er es in Australien zu etwas gebracht hatte.

»Entschuldigen Sie, Tony«, sagte Jonathan nun, »aber ich habe zufällig gehört, dass Sie viele Gäste zum Abendessen erwarten.«

»Ja. Einer der Arbeiter von der Lizard Creek Station kam gerade herüber und sagte, Ruth und Bob Maxwells Sohn Troy sei überraschend zu Besuch gekommen. Er ist Soldat und hat Urlaub, seine Eltern haben ihn seit zwei Jahren nicht mehr gesehen. Außerdem feiern sie heute ihren Hochzeitstag, und deshalb haben sie alle Farmarbeiter zum Essen mit der Familie eingeladen. Ungefähr zwanzig Personen, und das so kurzfristig! Auf Maggie und mich wartet eine Menge Arbeit.«

»Kann ich Ihnen irgendwie helfen?«

»Das wäre nett, wir können jede Hilfe brauchen«, sagte Tony dankbar. Dann sah er wieder Arabella an und fuhr in harschem Ton fort: »Beeilen Sie sich, Miss Fitzherbert, machen Sie, dass Sie in die Küche kommen! Worauf warten Sie?«

»Na schön«, murmelte Arabella resigniert.

Jonathan trat auf den Flur, schloss die Zimmertür und lächelte Arabella aufmunternd zu, bevor er Tony nach unten folgte. Arabella trottete hinter den beiden her. Tony bat Jonathan, hinter dem Haus Brennholz für den Herd zu hacken.

Maggie stand in der Küche an der Spüle und säuberte Kartoffeln. Es war nicht zu übersehen, dass sie nicht wusste, wo ihr der Kopf stand. Arabella schaute sich um. Der lange, schmale Raum besaß eine Kücheninsel in der Mitte und graubraune Schränke an zwei Wänden. An der hinteren Wand war neben einem gemauerten Backofen Platz für einen Fliegenschrank mit Gittertür, einen Eisschrank und eine breite Anrichte, in der sich das Geschirr stapelte. Spüle und Abtropfbrett befanden sich unter dem einzigen kleinen Fenster, das einen wenig ansprechenden Blick auf die Außentoilette bot. Der Fußboden war aus Naturstein, von der etwa drei Meter hohen Decke hingen Fliegenfänger.

»Tony hat mich gebeten, Ihnen zu helfen«, sagte Arabella kleinlaut.

Maggie wandte kaum den Kopf. »Das wäre nicht schlecht«, sagte sie, während sie die Erde von den Kartoffeln schabte. »Ich konnte weder Missy noch Lily finden und bin deshalb allein.« Sie trocknete sich die Hände ab und wischte sich dann mit einem Taschentuch den Schweiß von der Stirn. »Sie können die Kartoffeln waschen und schälen …« Maggie drehte sich um und verstummte. Jetzt erst sah sie, dass Arabella ihr Gesicht nicht verschleiert hatte und ein neues Kleid trug. »Sind Sie etwa noch einmal bei Mohomet Basheer gewesen?«, fragte sie beunruhigt.

»Nein, nein«, sagte Arabella schnell.

»Woher haben Sie dann das Kleid?«

»Jonathan … ich meine, Mr Weston hat es mir gekauft.«

Maggie zog die Stirn kraus, fragte aber nicht weiter nach.

»Binden Sie sich lieber eine Schürze um, sonst wird Ihr schönes neues Kleid schmutzig.« Maggie zog eine Schürze aus einer Schublade.

Arabella band sie sich um und betrachtete seufzend den Berg Kartoffeln, der neben dem Spülbecken darauf wartete, gewaschen zu werden. Das Wasser in der Schüssel, die Maggie benutzt hatte, war fast schwarz, und Arabella verzog angewidert das Gesicht.

Maggie öffnete die Aschetür unter dem Herd und fegte die Asche heraus in einen kleinen Eimer. »Schütten Sie das Wasser ins Gemüsebeet hinterm Haus, wenn Sie fertig sind«, sagte sie über die Schulter zu Arabella.

»Könnte ich das hier nicht gleich wegschütten und frisches holen?«, fragte Arabella hoffnungsvoll.

»Nein, auf gar keinen Fall!« Maggie blickte sie beinahe entsetzt an. »Das da reicht völlig!«

Widerwillig machte Arabella sich daran, die Kartoffeln im Schmutzwasser zu säubern.

»Es genügt, wenn Sie das Gröbste abwaschen«, sagte Maggie. »Sie müssen die Kartoffeln ja sowieso schälen. Danach halbieren Sie die kleinen und vierteln die großen. Ich werde sie zusammen mit einem Stück Rindfleisch anbraten. Ich glaube, so geht es am schnellsten bei den vielen Gästen.«

Jonathan kam mit einem Bündel Brennholz, das er in die Kiste neben dem Ofen legte. »Und, wie geht's?«, fragte er Arabella.

»Sie hat jetzt keine Zeit zum Plaudern«, belehrte Maggie ihn. »Und das Holz da reicht bei weitem nicht! Ich brauche mindestens noch ein Bündel.«

Arabella verdrehte genervt die Augen, doch Jonathan lächelte ihr gutmütig zu und verließ die Küche.

Eine halbe Stunde später war Arabella immer noch mit Kartoffelschälen beschäftigt. Maggie hatte unterdessen Möhren aus dem Garten geholt und das Rindfleisch für den Ofen vorbereitet. Missbilligend schüttelte sie den Kopf, als sie sah, wie wenig Arabella geschafft hatte.

»Geht das nicht ein bisschen schneller? Und schälen Sie nicht so viel ab«, tadelte sie. »Wir haben viele hungrige Mäuler und keine Kartoffeln im Überfluss.«

»Entschuldigung«, murmelte Arabella, den Tränen nahe. Sie schwitzte, und die Hände taten ihr weh. Mit einem scheuen Seitenblick auf Maggie fügte sie hinzu: »Ich habe das noch nie gemacht.«

»Geben Sie schon her«, sagte Maggie ungeduldig. »Ich mach das selbst. Schaben Sie die Möhren. Das können Sie doch hoffentlich, oder?«

»Ich … ich glaub schon«, antwortete Arabella verzagt.

Jonathan, der in diesem Moment eine weitere Ladung Brennholz hereinschleppte, hörte Arabellas Worte. Als sie zu ihm hinschaute, straffte er demonstrativ die Schultern und reckte das Kinn in die Höhe, um sie daran zu erinnern, dass sie Selbstbewusstsein zeigen sollte. Doch Arabella war nicht danach zumute. Selbstbewusstsein würde sie nicht zu einer tüchtigeren Küchenhilfe machen.

Sie schabte die Möhren und schnitt sie klein. Als sie fertig war, scheuchte Maggie, der alles viel zu langsam ging, sie in den Speisesaal, damit sie dort die Tische deckte. Das war schon eher nach Arabellas Geschmack. Sie hatte mit ihren Eltern häufig in Hotelrestaurants gegessen, daher verstand sie etwas von hübsch gedeckten Tischen. Außerdem war es eine saubere Arbeit. Als sie die Bestecke auflegte, fiel ihr auf, dass die Beine des mit einem

Tischtuch abgedeckten Möbels in der Ecke zu einem Konzertflügel gehörten. Obendrauf stand eine Vase. Als Maggie mit Salz- und Pfefferstreuern erschien, die sie auf den Tischen verteilen wollte, fragte Arabella neugierig:

»Wieso ist der Flügel zugedeckt?«

»Weil niemand darauf spielen kann«, antwortete Maggie kurz angebunden. »Und ich war es leid, das Ding ständig abstauben zu müssen.«

»Wem gehört er?«

»Er war schon da, als wir das Hotel übernommen haben.«

»Was für eine Verschwendung«, meinte Arabella. »Wirklich schade.«

Maggie zuckte mit den Schultern. »Tony hat schon oft gedroht, dass er eines Tages Brennholz daraus macht«, sagte sie und eilte wieder hinaus.

Arabella riss entsetzt Mund und Augen auf, als sie das hörte.

»Wissen Sie, wie man eine Soße zubereitet?«, fragte Maggie, als Arabella in die Küche zurückkam, in Gedanken immer noch bei dem Flügel.

Arabella blickte sie verlegen an. »Nein, wir hatten eine Köchin.«

»Sie Glückspilz«, bemerkte Maggie spöttisch. »Ich wünschte, ich hätte auch eine. Da fällt mir ein, ich muss unbedingt Lily und Missy suchen. Ohne sie schaffe ich den ganzen Abwasch nicht.« Sie band ihre Schürze ab. »Ich schau mal, wo sie bleiben.« Das Fleisch war im Ofen; die Kartoffeln und Karotten mussten nur noch dazugegeben werden. »Achten Sie darauf, dass das Feuer nicht ausgeht. Der Schornstein muss wieder mal gefegt werden, er zieht schlecht.«

»In Ordnung«, sagte Arabella zögernd. »Und was mache ich, wenn das Feuer doch ausgeht?«

»Holz nachlegen. Eine gleichbleibende Temperatur ist wichtig für das Fleisch. Das Gemüse stelle ich in den Ofen, wenn ich wieder da bin.«

Maggie blieb ziemlich lange fort, sodass Arabella beschloss, sich den Flügel im Speisesaal näher anzusehen. Sie nahm die Vase herunter und zog das Tischtuch weg. Darunter kam ein wunderschöner, gut erhaltener Stutzflügel zum Vorschein. Wem er wohl gehört hatte? Und wieso hatte sein Eigentümer ihn zurückgelassen? Arabella klimperte ein bisschen darauf herum und staunte, wie gut gestimmt das Instrument war. Nachdenklich deckte sie den Flügel wieder ab und kehrte in die Küche zurück. Als sie nach dem Herdfeuer schauen wollte, ließ die Fülltür sich nicht öffnen. Sie rüttelte am Griff, doch der klemmte. Merkwürdig, Maggie hatte die Tür doch auch mühelos aufbekommen.

Suchend schaute Arabella sich um. Ihr Blick fiel auf einen kleinen Hammer. Sie nahm ihn und schlug damit kräftig auf den Griff. Die Ofentür flog auf, und eine pechschwarze Wolke schoss heraus. Arabella schrie auf, blinzelte und hustete. Ihr Gesicht, Hals und Oberkörper waren schwarz vom Ruß.

Tony kam in die Küche gestürzt. »Was ist denn hier los?« Er starrte Arabella an, die wie ein Schornsteinfeger aussah. Im Gegensatz zu ihr war Tony weiß wie die Wand geworden. Er eilte zum Herd.

»Ich weiß auch nicht«, jammerte Arabella. »Maggie hat gesagt, ich soll aufpassen, dass das Feuer nicht ausgeht.«

Tony bückte sich, um einen Blick in die Feuerstelle zu werfen. »Mein Gott! Sie können von Glück sagen, dass das Feuer fast erloschen war. Das ganze Haus hätte in Flammen aufgehen können!«

»Aber … wieso denn?«

»Wenn Ruß aus dem Schornstein ins Feuer fällt, fängt er normalerweise an zu brennen. Und so ein Kaminbrand kann sich blitzschnell ausbreiten.« Tony kratzte sich ratlos am Kopf. »Ich frage mich, wo so viel Ruß herkommt. Ich habe den Schornstein erst vor ein paar Monaten gefegt. Na ja, ich werde mich darum kümmern.«

In diesem Augenblick kam Maggie zurück. Sie riss die Augen auf, als sie die Bescherung sah. Nicht nur Arabella, der ganze Fußboden war rußgeschwärzt. »Was ist denn hier passiert? Ich war doch bloß ein paar Minuten weg!« Maggie konnte nicht fassen, dass Arabella ihre Küche in so kurzer Zeit verwüstet hatte.

»Aus dem Schornstein ist Ruß gefallen«, sagte Tony. »Ich weiß auch nicht, wie das passieren konnte. Es sei denn, Arabella hat die Fülltür zu fest zugeknallt.«

»Das hab ich nicht!«, verteidigte sich Arabella. »Ich hab sie gar nicht aufgekriegt!«

»Und warum steht sie jetzt offen?«, fragte Tony.

»Weil ich auf den Griff geschlagen habe.« Sie zeigte auf den Hammer, den sie hatte fallen lassen.

Maggie stöhnte entnervt auf. »Ich hab ja gleich gesagt, der Schornstein muss wieder gefegt werden!« Zum Glück hatte wenigstens der Braten keinen Schaden genommen, auch wenn das Feuer darunter jetzt erloschen war.

»Ich kümmere mich gleich darum, Maggie«, beruhigte Tony seine Frau. Er wusste, sie stand kurz vor einer Panikattacke.

»Und wie lange wird das dauern?« Maggies Stimme war schrill geworden. »In ein paar Stunden wollen mehr als zwanzig Gäste ihr Essen!«

»Ich mach, so schnell ich kann«, versprach Tony.

Maggie war der Verzweiflung nahe. Sie blickte Arabella vorwurfsvoll an.

»Das konnte ich doch nicht wissen«, sagte Arabella kläglich. Tränen liefen ihr übers Gesicht und hinterließen helle Schlieren in der Rußschicht.

»Gehen Sie, Kindchen, und waschen Sie sich«, sagte Maggie seufzend. Sie wusste, dass das Ganze ein dummer Unfall gewesen war, der allerdings nicht passiert wäre, hätte Arabella sich nicht so ungeschickt angestellt. Und das ausgerechnet heute, wo sie so viele Gäste erwartete! »Ich mach inzwischen hier sauber. Das

Rindfleisch gart jetzt natürlich nicht mehr«, fügte sie mit einem Blick zum Herd hinzu. Sie wandte sich zu der Kücheninsel um, auf der die Kartoffeln und Karotten lagen. Alles war mit einer Rußschicht überzogen. Maggie stieß einen tiefen Seufzer aus. »Jetzt muss ich alles noch einmal waschen«, sagte sie. »Kein Wort zu den Gästen, verstanden? Sie brauchen nicht zu wissen, dass das Gemüse voller Ruß war.« Sie musterte Arabella. »Und jetzt gehen Sie schon; machen Sie sich sauber!«

Arabella nickte und schlich mit gesenktem Kopf aus der Küche. Bedrückt ging sie auf ihr Zimmer.

Nachdem sie sich über dem Balkongeländer den Ruß aus ihrem Haar gebürstet hatte, wusch sie sich Gesicht, Hals und Hände. Dann versuchte sie, mit dem Waschwasser ihr weißes Kleid zu säubern, machte es jedoch nur noch schlimmer. Sie schlüpfte in das hellblaue Kleid. Während sie überlegte, wie sie sich unbemerkt frisches Wasser besorgen könnte, um ihr weißes Kleid zu waschen, klopfte es. Es war Tony. Er sah sofort, dass Arabella schon wieder ein neues Kleid trug.

»Haben Sie etwa noch mehr Sachen auf unsere Rechnung gekauft?«, fragte er schroff.

»Nein, das hier hat Mr Weston mir geschenkt«, erwiderte Arabella mit leisem Trotz.

»Was Sie nicht sagen.« Tonys Augen wurden schmal. »Wie haben Sie ihn denn dazu gekriegt?«

Die Anspielung gefiel Arabella nicht. »Ich habe ihn nicht dazu überredet, wenn Sie das meinen. Er hat mich zum Abendessen eingeladen, aber ich habe abgelehnt und gesagt, ich hätte nichts anzuziehen. Kurz darauf lag ein Päckchen mit zwei Kleidern, die Mr Weston mir gekauft hatte, vor meiner Tür. Ich finde das sehr großzügig von ihm.«

»O ja, in der Tat«, versetzte Tony spöttisch. Er fühlte sich in seiner Meinung bestätigt, dass Arabella die Leute ausnutzte. »Und jetzt beeilen Sie sich, Sie werden unten gebraucht.«

Arabella machte ein betrübtes Gesicht. »Mir geht es nicht besonders, Tony. Ich habe schreckliche Kopfschmerzen. Kommt Maggie nicht ohne mich aus?«

»Glauben Sie etwa, Maggie und ich hätten keine Kopfschmerzen?«, brauste er auf. »Trotzdem können wir nicht einfach die Hände in den Schoß legen. Es gibt viel zu tun, und wir brauchen Ihre Hilfe.«

»Was soll ich denn machen?«

»Sie können die Gäste bedienen.«

Arabella riss erschrocken die Augen auf. »Ich soll kellnern?«

»Nennen Sie's, wie Sie wollen. Und jetzt kommen Sie endlich.«

Arabella geriet in Panik. »Ich kann doch so nicht unter Menschen«, jammerte sie und deutete auf ihr Gesicht.

»Diesen albernen Schleier werden Sie mir jedenfalls nicht mehr tragen. Was sollen unsere Gäste denken?«

»Und was werden sie denken, wenn sie mein Gesicht sehen?«, konterte Arabella. »Ich will nicht, dass die ganze Stadt darüber redet, wie grauenvoll ich aussehe!«

Tony schüttelte seufzend den Kopf. »Die Leute hier haben andere Sorgen. Sie müssen täglich aufs Neue ums Überleben kämpfen. Auf den Farmen verendet das Vieh, weil es kein Wasser und kein Futter mehr gibt, und die Viehtreiber müssen die Herden entweder hunderte Meilen weit bis zur nächsten Wasserstelle treiben oder gleich auf die Viehmärkte im Süden, damit sie nicht jämmerlich zugrunde gehen. Glauben Sie, da interessiert es die Leute, ob Sie einen Sonnenbrand haben?«

Arabellas Unterlippe zitterte.

»Die Männer von Lizard Creek Station wollen sich bloß einen schönen Abend machen«, fuhr Tony fort. »Die interessieren sich nur für das Essen und den Schnaps. Ich bezweifle, dass die Jungs Sie auch nur eines zweiten Blickes würdigen.«

Die Bemerkung kränkte Arabella, doch mehr noch empfand sie Angst bei dem Gedanken, wildfremde Menschen bedienen zu müssen, und das mit einem entstellten Gesicht wie dem ihren. Ihr Anblick musste den Leuten doch den Appetit verderben! »Aber Ihre Gäste sind noch nicht da, oder?«

»Die ersten sind schon eingetroffen, und sie sind ein verdammt durstiger Haufen, deshalb muss ich gleich wieder in die Bar hinunter. Sehen Sie zu, dass Sie in die Küche kommen.«

Arabella wand sich. »Könnte nicht Maggie die Gäste bedienen, und ich bleibe in der Küche?«

Tony verlor allmählich die Geduld. »Ich kann mir nicht vorstellen, dass Maggie Ihnen ein zweites Mal ihre Küche überlässt.«

»Aber wenn ich Ihren Gästen nun den Drink über die Hose schütte oder den Teller auf den Schoß fallen lasse?«, sagte Arabella und kam sich sehr schlau vor.

»Hören Sie, Miss Fitzherbert, Verschwendung können wir uns nicht leisten«, erwiderte Tony mühsam beherrscht. »Wir sind auf das Geld angewiesen, das unsere Gäste heute Abend dalassen, also seien Sie so gut und versuchen Sie Ihr Bestes, ja?«

»Also schön, meinetwegen«, murrte Arabella.

»Gut, dass Sie kommen«, sagte Maggie, als Arabella wieder in die Küche kam. »Ich konnte weder Lily noch Missy finden und muss noch einmal weg. Achten Sie darauf, dass die Kartoffeln und Möhren nicht anbrennen, ja?«

»In Ordnung.« Arabella nahm die große Gabel, die Maggie ihr reichte.

»Und Hände weg von der Fülltür!«, warnte Maggie. »Tony hatte keine Zeit, den Schornstein zu reinigen. Es könnte also sein, dass noch mehr Ruß herunterkommt.«

Es war drückend heiß in der Küche, und das Feuer im Herd strahlte zusätzliche Hitze aus. Arabella lief der Schweiß in Strömen über Gesicht und Körper. Gewissenhaft wendete sie die Kartoffeln und Karotten und stellte das Blech dann in den Ofen zurück.

Kurz darauf kam Jonathan herein. »Wie geht es Ihnen?«, erkundigte er sich.

»Es geht so. Wenn diese Hitze nicht wäre.« Plötzlich kam ihr eine Idee. »Sie wissen nicht zufällig, wie man Soße zubereitet?«

»Doch. Wieso fragen Sie?«

»Im Ernst? Ist es schwer?«

»Überhaupt nicht. Wir waren vier Jungs zu Hause, und da habe ich meiner Mutter manchmal in der Küche geholfen. Aber erzählen Sie das bloß niemandem«, fügte er lächelnd hinzu.

»Keine Sorge. Was braucht man dazu?«

»Mehl und Bratensaft, mehr nicht.«

»Bratensaft?« Arabella hatte keine Ahnung, wovon er sprach.

»Ja. Wenn das Fleisch gar ist, nimmt man es aus der Pfanne, schüttet das Fett ab und rührt ungefähr drei Esslöffel Mehl und ein bisschen Wasser in die Flüssigkeit, die beim Braten aus dem Fleisch ausgetreten ist. Das Ganze wird unter Umrühren erhitzt, bis es schön cremig geworden ist. Bei Bedarf gib man noch ein wenig Wasser hinzu, und schon hat man eine köstliche Bratensoße.«

»Das kriege ich hin«, sagte Arabella mehr zu sich selbst, entschlossen, Eindruck auf Maggie zu machen. »Würden Sie mir bitte Feuer unter der Kochstelle machen?«

»Sicher, gern.«

Jonathan ging hinaus, um weiteres Brennholz zu holen. Kurz darauf kehrte Maggie zurück. Sie habe Lily und Missy gefunden, sagte sie, doch Missy sei schon betrunken und Lily beschwipst. »Ich verstehe einfach nicht, warum manche Viehtreiber den Aborigine-Frauen Alkohol zu trinken geben«, knurrte sie verärgert. »Sie wissen doch, dass die Frauen nichts vertragen. Ich habe Rita gebeten, dafür zu sorgen, dass Lily und Missy wieder nüchtern werden, und sie dann herzuschicken. Ich hoffe, sie ziehen sich vorher um. So schmuddelig, wie sie jetzt sind, will ich sie nicht in meiner Küche haben.« Maggie vergewisserte sich, dass das Gemüse garte. »Ich brauche Sie hier nicht mehr. Helfen Sie Tony. Es ist zu spät, um noch Trockenerbsen einzuweichen«, murmelte sie vor sich hin. »Ich werde die Dosenerbsen nehmen, die ich für einen besonderen Anlass aufgehoben habe.«

Arabella holte tief Luft und ging in die Bar hinüber. Tony stellte ihr acht Gläser Bier auf ein Tablett. Sie bemühte sich, die neugierigen Blicke der Männer zu ignorieren, denen sie das Bier am Tisch servierte, doch das war gar nicht so leicht. Außerdem war das Tablett ziemlich schwer, und Arabellas Hände zitterten so stark, dass das Bier aus den Gläsern schwappte. Als sie mit dem leeren Tablett zur Bar zurückkam, ermahnte Tony sie, besser Acht zu geben, weil die Männer für ein volles und nicht für ein halb leeres Glas bezahlten. Am liebsten hätte Arabella erwidert, dass sie sich ihr Bier selbst holen sollten, sagte aber nichts. Tony war ohnehin schon sauer auf sie.

Er beobachtete sie mit Argusaugen, als sie das nächste volle Tablett an einen der Tische trug und die Drinks wortlos und ohne ein Lächeln vor die Männer hinstellte. Diese musterten die schweigsame junge Frau mit unverhohlenem Interesse. Die Bewohner des Outback waren normalerweise freundlich und umgänglich, und viele Viehtreiber – vor allem die, die nicht oft in eine Stadt kamen – waren Frauen gegenüber eher schüchtern. Doch es gab auch Männer, die nicht einmal wussten, was »schüchtern« bedeutete. So einer war Wally Jackson.

Als Tony neue Gläser auf Arabellas Tablett stellte, raunte er ihr zu: »Die Kerle starren Sie nicht wegen Ihres Sonnenbrands an, sondern weil ein neues Gesicht in der Stadt jedes Mal für Aufsehen sorgt. Es wäre nicht schlecht fürs Geschäft, wenn Sie sich ein Lächeln abringen könnten.«

Am nächsten Tisch, an dem Arabella servierte, sprach einer der Männer sie an.

»Ich hab Sie noch nie in der Gegend gesehen. Sie sind wohl neu hier, hm?«, meinte Colin Robinson. »Woher kommen Sie?«

»London«, antwortete Arabella frostig.

»Das ist Fitzi«, rief Wally Jackson, der mit Barry Bonzarelli an der Bar saß. »Hey, Fitzi, wo haben Sie denn Ihren fantasievollen Kopfschmuck gelassen?«

Arabella tat so, als hätte sie nichts gehört.

»Wie heißen Sie denn, Kleine?«, wollte Les Mitchell wissen. Nach ein paar Drinks wurden die Männer mutiger.

»*Miss* Arabella Fitzherbert«, antwortete sie ruhig. Sie brachte es nicht fertig, den Männern in die Augen zu blicken. Stattdessen schaute sie zur Bar hinüber, wo Jonathan Tony aushalf.

»Wie lange bleiben Sie in der Stadt?«, fragte ein anderer Gast.

»Keine Ahnung«, erwiderte Arabella knapp und eilte davon. Sie wusste, dass sie unfreundlich war, doch es war ihr egal. Früher oder später würde die Frage kommen, warum sie ein Gesicht wie eine überreife Tomate hatte; also wich sie lieber gleich jedem Versuch einer Unterhaltung aus.

Der Rinderbraten lag auf einer warmen Platte, als Arabella in die Küche zurückkehrte; die Kartoffeln und Karotten garten noch im Ofen. Maggie kam gerade von draußen herein, wo sie das Tranchiermesser an einer Steinstufe gewetzt hatte.

»Soll ich die Soße machen, Maggie?«, fragte Arabella.

Maggie warf ihr einen misstrauischen Blick zu. Es war schon genug schiefgegangen. »Ich dachte, Sie wüssten nicht, wie das geht.«

»Jonathan hat es mir erklärt. Es ist gar nicht so schwer. Haben Sie Mehl da?«

»Ja, in der Speisekammer.« Während Maggie es holte, goss Arabella das überschüssige Fett aus der Bratpfanne ab, gab drei Esslöffel Mehl in die Flüssigkeit, wie Jonathan gesagt hatte, fügte ein wenig Wasser hinzu und verrührte das Ganze über dem Feuer. Nach einer Weile färbte das Mehl sich bräunlich, und die Flüssigkeit dickte ein. Doch es waren Klümpchen darin. Maggie, die Arabella beobachtete, rührte rasch einen Eierflip unter, bis sämtliche Klümpchen sich aufgelöst hatten. Dann tunkte sie die Fingerspitze in die Soße, um zu kosten, und gab eine Prise Salz dazu.

»Und?«, fragte Arabella gespannt.

»Nicht übel, aber es ist zu wenig. Rühren Sie noch ein bisschen Wasser hinein.«

Maggie schnitt derweil das Fleisch auf und verteilte es auf die Teller. Das Essen hätte schon vor einer Stunde fertig sein sollen, und die Gäste wurden unruhig. Die meisten Männer waren bereits angetrunken.

»Sie können anfangen, das Essen zu servieren«, sagte Maggie schließlich. »Beeilen Sie sich, sonst wird es kalt.«

Arabella nahm zwei Teller.

»Können Sie nicht mehr als zwei tragen?«

»Wenn Sie wollen, dass das Essen auf dem Fußboden landet, dann ja«, gab Arabella zurück.

Maggie sah ein, dass das ein Argument war. Sie nahm vier Teller und trug sie in den Speisesaal hinüber, wo sie ihre Gäste herzlich begrüßte. Für die Maxwells und deren Sohn hatte sie einen separaten Tisch eingedeckt. Doch zum Plaudern blieb ihr keine Zeit – die hungrigen Gäste warteten auf ihr Essen.

Jedes Mal, wenn Arabella mit vollen Tellern durch die Bar und den Salon ging, ließ Wally Jackson eine dumme Bemerkung fallen. Je mehr Alkohol er intus hatte, desto lauter grölte er, und bald riefen alle Männer und sogar die Gäste im Speisesaal sie nur noch »Fitzi«. Eine Zeit lang versuchte sie, Wally zu ignorieren, doch es fiel ihr immer schwerer. Sie hätte platzen können vor Wut. Irgendwann reichte es ihr. Sie trat vor Wally hin und sagte zornig:

»Ich heiße nicht Fitzi!«

Er grinste unverschämt. »Immer schön ruhig bleiben, Fitzi Fitzherbert.«

Arabella sah ihm ins Gesicht. Er hatte einen stieren Blick; offensichtlich hatte er schon zu tief ins Glas geschaut. »Für Sie *Miss* Fitzherbert!«

»Warum setzen Sie nicht Ihre tolle Kopfbedeckung auf, Fitzi?«, lallte er. »Dann haben die Leute wenigstens was zu lachen.«

»Es reicht, wenn Sie sich zum Affen machen«, fauchte Arabella.

»Wenigstens sehe ich nicht aus wie 'ne aufgeplatzte Tomate.«

Arabella senkte die Stimme zu einem Flüstern und zischte: »Ich an Ihrer Stelle würde den Mund nicht so voll nehmen. Ich habe Ihren nackten Hintern gesehen, und das war auch kein schöner Anblick!« Sie konnte es selbst nicht fassen, dass ihr diese Worte über die Lippen gekommen waren.

Einen Augenblick lang verschlug es Wally die Sprache, und er warf einen raschen Seitenblick auf seine Freunde. Er wusste nicht, ob Arabella bluffte. »Und wenn schon«, sagte er dann. »Was glauben Sie, wie viele schon meinen nackten Hintern gesehen haben! Stimmt doch, Bonzarelli, oder?« Er lachte, aber es klang nicht echt.

Arabella hätte ihn ohrfeigen können. »Das mag schon sein«, stieß sie gepresst hervor, »aber wissen die Leute auch, dass Sie grunzen wie ein Eber, wenn Sie die Hosen heruntergelassen haben?« Zu Barry Bonzarelli sagte sie: »Fragen Sie Lily.«

Damit drehte sie sich um und stürmte davon, zitternd vor Wut. Die Männer an der Bar waren in schallendes Gelächter ausgebrochen.

»Was ist denn los, Arabella?«, wollte Maggie wissen, als sie sah, wie aufgewühlt die junge Frau war.

»Ach, dieser Kerl … dieser Wally Jackson. Er ist so gemein!« Arabella wischte Tränen des Zorns fort.

»Beachten Sie ihn gar nicht. Jacko ist im Grunde seines Herzens ein guter Kerl. Wenn Sie ihn erst mal besser kennen …«

»Ich will ihn gar nicht besser kennen!«, gab Arabella gereizt zurück. Maggie sah anscheinend nur das Gute in den Menschen –

eine Eigenschaft, die Arabella nicht unbedingt für erstrebenswert hielt.

»Hoffentlich haben Sie ihn nicht vor seinen Freunden bloßgestellt«, sagte Maggie. »Männer sind in dieser Beziehung komisch. So was verzeihen sie einem nie.«

Arabella lief rot an und sammelte sich einen Augenblick, ehe sie die nächsten vollen Teller hinaustrug. Diesmal sagte Wally nichts, als sie an ihm vorbeiging, doch Arabella spürte, wie er sie finster anstarrte. Seine Freunde machten sich immer noch über ihn lustig.

Als sie in die Küche zurückkam, fiel ihr Maggies Nervosität auf. »Was ist denn, Maggie?«

»Ach, ich stehe schon viel zu lange in der Küche, ich muss mich unbedingt um meine Gäste kümmern. Sind Sie so gut und räumen die leeren Teller ab? Und wenn Lily und Missy kommen, sagen Sie ihnen bitte, sie sollen schon mit dem Abwasch anfangen. Wenn ich nur wüsste, wo die beiden so lange bleiben!« Maggie band ihre Schürze ab.

Arabella war todmüde. Sie hoffte, dass die beiden Aborigine-Frauen tatsächlich kamen, sonst würde sie sich die Nacht um die Ohren schlagen und abspülen müssen. Ihre Ahnung trog sie nicht, denn im gleichen Augenblick sagte Maggie:

»Wenn die beiden mich im Stich lassen, müssen Sie schon mal mit dem Abwasch anfangen, sonst stehe ich bis morgen früh in der Küche. Ich helfe Ihnen, sobald ich kann.«

Arabella stapelte das schmutzige Geschirr ineinander, als sie jemanden hinter dem Haus laut zetern hörte. Sie spähte aus dem Fenster und sah Rita, die Lily und Missy die Leviten las. Ein Stück entfernt lag ein Eimer. Arabella fragte sich, ob eine der Frauen ihn versehentlich umgestoßen oder ob Rita ihm aus Wut einen Tritt verpasst hatte. Bei Ritas Anblick bekam Arabella weiche Knie. Sie hoffte inständig, dass Rita nicht mit ins Haus kam.

Sie hatte Glück: Lily und Missy wankten allein durch die Hintertür. Missy war immer noch betrunken, und auch Lily wirkte angeschlagen.

»Maggie hat gesagt, ihr sollt schon mal mit dem Abwasch anfangen«, meinte Arabella nervös.

Die beiden Frauen beachteten sie kaum. Sie zankten sich, und Arabella glaubte herauszuhören, dass es dabei um einen Mann ging. Als Missy das schmutzige Geschirr abspülen wollte, ließ sie prompt einen Teller fallen.

»O nein!« Arabella bückte sich und machte sich verärgert daran, die Scherben aufzulesen.

Lily schrie Missy an, und im Handumdrehen war die schönste Rauferei im Gang. Die beiden Frauen zogen sich an den Haaren und schlugen kreischend aufeinander ein. Arabella wusste nicht, was sie tun sollte. Jetzt wünschte sie, Rita wäre hier und würde die beiden trennen. Maggie bekam von dem Krawall nichts mit, weil die Gäste lauthals zu singen angefangen hatten.

»Aufhören!«, rief Arabella verzweifelt. »Hört sofort auf!« Da sie sich nicht traute, dazwischenzugehen, füllte sie ein Glas mit Spülwasser und schüttete es den beiden ins Gesicht. Missy und Lily schnappten erschrocken nach Luft, doch sie fassten sich schnell wieder. Missy flüchtete zum Hintereingang hinaus. Die zeternde Lily folgte ihr.

»Was ist denn hier los?«, fragte Jonathan verwundert. Er hatte nach Arabella sehen wollen und die lautstarke Auseinandersetzung schon im Flur gehört.

»Lily und Missy«, stieß Arabella hervor, der vor Aufregung die Knie zitterten. »Die beiden sollten den Abwasch machen, haben sich aber in die Haare gekriegt.«

Jonathan sah sich um. »Mir scheint, Sie können Hilfe brauchen.«

»Müssen Sie nicht Tony zur Hand gehen?«

»Stuart Thompson ist gerade gekommen, er kann ihm helfen.«

»Hoffentlich schlagen Lily und Missy sich nicht die Köpfe ein. Die hatten sich ganz schön in den Haaren.«

»Morgen früh werden sie nicht mal mehr wissen, weshalb sie sich gestritten haben.«

Jonathan begann mit dem Abwasch, und Arabella trocknete ab.

»So haben wir uns den heutigen Abend nicht vorgestellt, hm?« Er lächelte ihr zu.

»Ganz bestimmt nicht.« Arabella erwiderte sein Lächeln zaghaft. Allmählich beruhigte sie sich. »Ich habe mich noch gar nicht für die Kleider bedankt. Das war sehr großzügig von Ihnen.«

»Eine Lady kann gar nicht genug Kleider haben.«

»Ich fürchte, eines habe ich schon ruiniert. Beim Feuermachen kam eine Rußwolke aus dem Kamin, und ich hab alles abgekriegt.«

»Hört sich an, als wäre es ein kurzweiliger Abend gewesen«, sagte Jonathan trocken.

»Der schlimmste Abend meines Lebens! Ich verstehe wirklich nicht, wie jemand freiwillig länger als eine Minute in diesem elenden Kaff bleiben kann.«

»Manchmal offenbart sich Schönheit nur bei genauerem Hinsehen«, erwiderte Jonathan.

Arabella schnaubte verächtlich. »Marree ist die hässlichste Stadt, die ich je gesehen habe. Die Häuser sind heruntergekommen, immerzu wirbelt roter Staub durch die Luft, die Aborigines vegetieren in größter Armut vor sich hin, und das afghanische Viertel ist primitiv. Ich kann es kaum erwarten, von hier wegzukommen.«

Sie bemerkte nicht den Ausdruck von Traurigkeit in Jonathans dunklen Augen.

»So, das wär's«, meinte Jonathan, als er Arabella den letzten gespülten Teller reichte.

»Gott sei Dank.« Sie trocknete ihn ab und legte ihn auf den Stapel sauberen Geschirrs auf der Anrichte. So hatte sie in ihrem ganzen Leben noch nicht geschuftet. Eigentlich hatte sie überhaupt noch nie gearbeitet. Ihre Eltern würden aus allen Wolken fallen, wenn sie erführen, dass sie in einem Hotel als Tellerwäscherin arbeitete!

Maggie kam in die Küche, ein Tablett Gläser in den Händen. Sie war sichtlich überrascht, als sie Jonathan an der Spüle stehen sah. »Sind Lily und Missy nicht gekommen?«

»Doch, aber beide waren betrunken«, antwortete Arabella. »Sie haben sich gestritten, dass die Fetzen flogen, und einen Teller zerbrochen.Dann sind sie wieder gegangen.«

Maggie schloss die Augen und stieß einen gereizten Seufzer aus. »Und jetzt haben Sie den ganzen Abwasch gemacht?« Sie sah Jonathan an. »Das war wirklich nett von Ihnen, vielen Dank.« Sie klang sehr müde. »Bis auf ein paar Farmarbeiter, die noch austrinken, sind alle gegangen. Tony bringt Wally Jackson heim, weil der in seiner Verfassung nicht mehr allein nach Hause finden würde.« Maggie stellte das Tablett auf die Arbeitsfläche. Plötzlich gaben ihre Knie nach. Sie griff sich an die Brust und stützte sich mit der anderen Hand ab, um nicht zu fallen.

Jonathan eilte zu ihr, fasste sie um die Taille und half ihr zu einem Stuhl. »Alles in Ordnung, Maggie?«

»Ja … ja, es geht schon wieder«, flüsterte sie atemlos. »Mir ist nur ein bisschen … schwindlig. Das hab ich manchmal.«

»Sie sollten sich hinlegen.«

In diesem Moment kam Tony herein. Als er sah, dass Arabella und Jonathan sich besorgt über seine Frau beugten, die zusammengesunken dasaß, eilte er mit großen Schritten zu ihr. »Maggie! Was hast du?«

Seine Stimme zitterte vor Angst.

»Mir fehlt nichts, Tony … mir war bloß ein bisschen schwindlig. Daran ist nur diese furchtbare Hitze schuld.«

»Du bist erschöpft. Komm, ich bring dich hinauf, dann legst du dich hin.«

»Ach Unsinn, Schatz, mir geht's gut. Außerdem wartet noch eine Menge Arbeit auf mich.«

»Keine Widerrede, Maggie«, sagte Tony streng. »Du musst dich ausruhen. Es war ein langer Tag für uns beide.«

»Aber die Gläser …«

»Überlassen Sie das uns«, sagte Jonathan. »Wir machen das schon.«

»Sie haben bereits so viel getan«, sagte Maggie.

»Dann kommt's auf ein paar Gläser auch nicht mehr an«, erwiderte Jonathan. »Gehen Sie schlafen, und ruhen Sie sich aus.«

Maggie sah ihn dankbar an. »Ich weiß gar nicht, wie ich Ihnen danken soll.« Sie ließ sich von Tony hinausführen.

Arabella stöhnte innerlich auf. »Ich bin auch müde«, sagte sie, als die McMahons außer Hörweite waren. »Können die Gläser nicht bis morgen warten?«

»Was meinen Sie, wie Maggie sich fühlen würde, wenn sie morgen früh herunterkäme und als Erstes die schmutzigen Gläser sähe?«

Daran hatte Arabella nicht gedacht, und es erstaunte sie, dass ausgerechnet Jonathan auf den Gedanken gekommen war. Anscheinend war er nicht nur ein rücksichtsvoller Mann, sondern steckte auch voller Überraschungen. Nicht viele Männer würden freiwillig Geschirr abwaschen. Ihren Vater hatte sie nie auch nur in der Nähe des Spülsteins gesehen, nicht einmal dann, wenn ihre Haushälterin ihren freien Tag hatte.

Jonathan ging, um schmutzige Gläser aus der Bar und dem Speisesaal zu holen. Auf dem Weg zurück in die Küche begegnete er Tony, der Maggie in ihr Schlafzimmer gebracht hatte.

»Ich wollte Ihnen und Miss Fitzherbert nur sagen, dass Sie die Gläser stehen lassen sollen. Sie beide haben für heute genug getan. Wir sind Ihnen sehr dankbar für die Hilfe.«

Jonathan nickte. »Sollen wir die Gläser nicht lieber doch noch spülen?«

»Nein, das kann bis morgen warten. Sie und Miss Fitzherbert sind bestimmt rechtschaffen müde.«

»Na schön, dann machen wir es gleich morgen früh. Sagen Sie Maggie, sie soll sich richtig ausschlafen.«

»Das werde ich, aber ich bezweifle, dass sie auf mich hören wird«, meinte Tony.

»Wo steckt eigentlich Stuart Thompson?«

»Er hat sich vor etwa einer Stunde auf sein Zimmer zurückgezogen, weil er völlig erledigt war. Kein Wunder!« Tony schüttelte den Kopf. »Er ist heute Morgen in aller Frühe mit Goolim Rasool und seinen Kamelen aufgebrochen und den Oodnadatta Track entlang bis zum Dingo-Zaun geritten. Er war todmüde, als er zurückkam, deshalb rechne ich es ihm umso höher an, dass er mir noch in der Bar geholfen hat. Also dann, eine gute Nacht. Schlafen Sie gut.«

»Das wünsche ich Ihnen auch«, erwiderte Jonathan.

Er ging in die Küche und sagte Arabella, sie sollten die Gläser stehen lassen. Sie war sichtlich erleichtert. Gemeinsam gingen sie zur Treppe, die nach oben führte.

»Hätten Sie Lust, mich morgen zu einem Spaziergang zu begleiten?«, fragte Jonathan unvermittelt.

»Wohin denn?« Es gab kein Fleckchen in Marree, das zu erkunden Arabella gereizt hätte.

»In die Ghan-Siedlung. Ich möchte, dass Paddy Khan mich morgen zum südlichen Lake Eyre bringt. Ich will an dem See ein paar Aufnahmen machen.«

»Ich glaube nicht, dass ich mitkomme«, sagte Arabella.

Jonathan überraschte das nicht.

»Werden Sie auch schwimmen gehen?«

Jonathan lachte. »Ich hätte bei dieser Hitze nichts gegen ein erfrischendes Bad einzuwenden, aber das geht leider nicht. Der

Lake Eyre ist ein ausgetrockneter Salzsee, der sich nur in der Regenzeit mit Wasser füllt, das Flüsse wie der Diamantina River und der Warburton Creek von Queensland herunterbringen. Das kommt nur alle paar Jahre vor. Ich bin schon einmal dort gewesen. In der Morgendämmerung und bei Sonnenuntergang ist das Licht einzigartig, deshalb möchte ich unbedingt noch ein paar Fotos machen.«

»Und was tun Sie mit den Bildern?«

»Wenn ich genügend gute Aufnahmen habe, veranstalte ich eine Ausstellung und verkaufe sie.«

»Sind Sie ein guter Fotograf?«

»Na ja, ich denke schon.«

Er hatte gehofft, Arabella werde ihn begleiten, damit sie ihre Vorbehalte gegen die Stadt und deren Einwohner ablegte. Er versuchte es noch einmal. »Möchten Sie nicht doch mitkommen? Die Afghanen sind wunderbare Menschen, wenn man sie erst einmal näher kennt. Und Paddy ist ein richtiges Original. Wie sein Name schon verrät, ist er ein halber Ire.«

Arabella wirkte unschlüssig.

»Kommen Sie schon, sagen Sie Ja«, drängte er. »Wir werden nicht lange weg sein, und die Abwechslung wird Ihnen guttun.«

»In Ordnung, meinetwegen«, willigte Arabella ein, aber wirklich überzeugt hatte er sie ganz und gar nicht.

6

Als Arabella am nächsten Morgen in die Küche kam, war Maggie bereits da. Sie hatte die schmutzigen Gläser zum Spülen bereitgestellt. Missy und Lily betraten die Küche im gleichen Augenblick wie Arabella, allerdings durch den Hintereingang. Rita folgte ihnen. In ihrem sauberen rosaroten Hemd sah sie ungewohnt adrett aus.

Arabella fand es seltsam, dass sie eine so feminine Farbe wie Rosa bevorzugte. Rita beachtete sie nicht, worüber sie ganz froh war, und Missy und Lily standen mit gesenkten Köpfen da. Die beiden kamen Arabella wie zwei ungezogene Schulmädchen vor, die zur Direktorin zitiert worden waren.

»Die zwei wollen Ihnen was sagen, Missus.« Rita starrte Lily und Missy so finster an, dass Arabella sie unwillkürlich bemitleidete.

Ohne den Kopf zu heben, blickten die beiden Maggie von unten herauf an. »Es tut uns leid, dass wir Sie im Stich gelassen haben, Missus«, murmelte Lily.

Mit einem Blick auf die schmutzigen Gläser fragte Missy: »Können wir Ihnen jetzt helfen, Missus?«

Maggie war viel zu müde, um den beiden den Kopf zu waschen, wie sie es verdient hätten. »Zwei meiner Gäste haben gestern Abend das ganze Geschirr und das Besteck abgewaschen«, sagte sie. »Und das Spülen der Gläser hätten sie mir auch noch abgenommen.« Sie hatte es ja selbst machen wollen, doch das brauchten Missy und Lily nicht zu wissen.

»Bitte, Missus«, flehte Lily.

Maggie wusste, dass sie das Geld brauchten. »Also gut. Wisch den Boden auf, Lily. Und du, Missy, kannst schon mal mit den Gläsern anfangen. Aber ich werde euch nur die Hälfte von dem geben, was ich euch versprochen habe, weil ihr nur die halbe Arbeit leistet und außerdem gestern Abend einen Teller zerbrochen habt, wie ich gehört habe.«

Missy nickte. »Sicher, Missus. Das ist nur gerecht.«

Sie hatte ein blaues Auge, wie Arabella jetzt erst auffiel, und Lilys Gesicht war zerkratzt. Ob das von ihrer handgreiflichen Auseinandersetzung herrührte? Oder war Rita gegen die beiden Frauen gewalttätig geworden? Arabella traute es ihr zu.

»Wie geht's dir heute, Rita?«, erkundigte sich Maggie.

»Gut, Missus.«

»Würdest du die Finger vom Schnaps lassen, würde es dir noch besser gehen. Du weißt, dass du das Zeug nicht verträgst.«

»Ja, ich weiß, Missus.« Rita rieb sich den Bauch und verzog das Gesicht.

Maggie vermutete, dass sie an einem Magengeschwür litt. Aber es war sinnlos, Rita auf die Gefahren des Alkohols hinzuweisen; sie würde sowieso nicht mit dem Trinken aufhören. Der Alkohol war ihr schwacher Punkt, und dummerweise wussten das auch die Männer. In betrunkenem Zustand war Rita nicht in der Lage, die Aborigine-Frauen zu beschützen, und das nutzten manche Kerle aus. Einige machten sich sogar einen Spaß daraus, Rita regelrecht abzufüllen, was allerdings nicht so leicht war: Sie konnte die meisten Männer unter den Tisch trinken.

Arabella hatte die Schüssel mit heruntergebracht, in der sie ihr weißes Kleid eingeweicht hatte. Das Wasser hatte sich grau gefärbt vom Ruß. Als Rita fort war, fragte sie:

»Wer macht eigentlich die Wäsche, Maggie?«

Maggie warf ihr einen erstaunten Blick zu und schaute dann in die Schüssel. »Ich wasche meine und Tonys Sachen und die

Bettwäsche aus den Gästezimmern. Ihre Sachen waschen die Gäste selbst. Wenn Sie wollen, können Sie sich einen Eimer Brunnenwasser holen, um das da auszuwaschen«, fügte sie hinzu und deutete mit dem Kinn auf die Schüssel.

Jetzt war es Arabella, die verdutzt die Augen aufriss. »Ich?«

»Natürlich. Wer sonst?«, versetzte Maggie. »Die Pumpe ist hinter dem Haus, zwischen dem Hühnerstall und dem Gemüsegarten.«

»Ich … ich dachte, Sie hätten jemanden, der die Wäsche macht.«

»Du meine Güte, wo denken Sie hin! Das mag in England so sein, hier draußen ganz sicher nicht. Wir verdienen nicht so viel, dass wir uns Angestellte leisten könnten. Tony und ich machen fast alles selbst. Wenn wir Fleisch brauchen, schlachtet er ein Lamm oder einen Ochsen, und wenn das Dach undicht ist, repariert er es. Ich backe Brot in unserem Backhaus, manchmal für die ganze Stadt, und die Fenster putze ich auch allein, obwohl es bei dem ständigen Staub die reinste Zeitverschwendung ist. Ich kann Lily und Missy für den Abwasch anstellen, wenn sich mehr als zehn Gäste zum Essen angekündigt haben, aber ich kann ihnen nicht viel bezahlen.«

Arabella verließ die Küche mit gesenktem Kopf. Sie beschloss, erst einmal zu frühstücken und sich ihr Kleid später vorzunehmen. Sie schauderte beim bloßen Gedanken ans Wäschewaschen.

Als sie bei Tee und Toast im Speisesaal saß, kam Jonathan herein.

»Ich hab glatt verschlafen«, gestand er verlegen. »So viel zu meinen guten Vorsätzen! Aber Maggie hat mir gerade gesagt, dass Lily und Missy den Abwasch machen.«

»Ja, zum Glück«, erwiderte Arabella und forderte ihn mit einer Handbewegung auf, sich zu ihr zu setzen.

»Steht unsere Verabredung zu einem Spaziergang in die Ghan-Siedlung noch?«

»Nein, es ist etwas dazwischengekommen. Ich muss das weiße Kleid, das Sie mir geschenkt haben, waschen.«

Jonathan hatte das Gefühl, dass es nur eine Ausrede war. »Wenn Sie mich nicht in die Ghan-Siedlung begleiten, versäumen Sie was«, sagte er, schenkte sich Tee ein und nahm sich eine Scheibe Toast. »Wissen Sie eigentlich, dass es die Afghanen waren, die mit ihren Kamelen das Outback erschlossen haben?«

Arabella schüttelte den Kopf. »Nein.«

»Die ersten Afghanen sind 1838 in Südaustralien eingetroffen. Sie verdingten sich als Führer für Expeditionen im Outback und halfen später beim Bau der Telegrafenleitung und der Eisenbahnlinien. Sie errichteten auch Zäune und versorgten die Minen und Farmen im Landesinnern mit allem Lebensnotwendigen, bis die Eisenbahn regelmäßig verkehrte …«

Ein junger Mann betrat den Speisesaal. »Guten Morgen!«, grüßte er fröhlich.

»Guten Morgen, Stuart«, antwortete Jonathan.

Der junge Mann wandte sich an Arabella. »Ich habe mich Ihnen noch gar nicht vorgestellt. Mein Name ist Stuart Thompson.« Er blickte sie gut gelaunt aus seinen blauen Augen an.

»Arabella Fitzherbert …«, sagte sie stockend. Stuart war jünger, als sie gedacht hatte. Am Abend zuvor war sie viel zu beschäftigt gewesen, als dass sie ihn genauer hätte betrachten können. Er sah gut aus und war zwanglos gekleidet. Die Ärmel seines Hemdes hatte er aufgekrempelt, dazu trug er eine leichte Hose. Seine Arme waren braun gebrannt, und die Sonne hatte helle Strähnen in seine langen blonden Haare gebleicht, was im Kontrast zu seinen ungewöhnlich blauen Augen attraktiv aussah. Er wirkte sehr männlich. Arabella musste sich zwingen, den Blick von ihm abzuwenden.

»Die Männer haben Ihnen den Spitznamen Fitzi verpasst, nicht wahr?«, sagte Stuart.

Sie sah ihn an und bemerkte den Schalk in seinen blauen Augen. »Wagen Sie es ja nicht, mich so zu nennen«, erwiderte sie mit einem Schmunzeln.

»Wie ich sehe, haben Sie sich gestern einen Sonnenbrand geholt, Stuart«, sagte Jonathan.

»Ja, im Norden ging ein verdammt heißer Wind, da hat man gar nicht gemerkt, wie die Sonne herunterbrennt.« Stuart schenkte sich Tee ein und gab einen Klacks Marmelade auf seinen Toast. »Das wird mir nicht wieder passieren.«

»Wollen Sie etwa schon wieder aufbrechen?«, fragte Jonathan.

Stuart nickte. »Ja, für ein paar Tage.«

»Geht Goolim mit?«

»Nein. Aber er leiht mir eins seiner Packkamele.«

»Kamele sind nicht leicht zu führen. Glauben Sie, Sie schaffen es allein?«

»Ich denke schon. Goolim hat mir gestern gezeigt, worauf ich achten muss.«

»Ich habe Arabella gerade einiges über die Afghanen erzählt«, sagte Jonathan.

»Sie sind ein außergewöhnliches Volk.« Stuart nickte. »Was hätten die ersten Forschungsreisenden nur ohne sie angefangen?«

»Ohne die Afghanen wäre das Outback niemals besiedelt worden«, sagte Jonathan.

»Das wäre weiß Gott keine Katastrophe«, bemerkte Arabella trocken.

Stuart und Jonathan wechselten einen verdutzten Blick.

»Ohne die Afghanen und ihre Kamele hätten sich die ersten europäischen Siedler hier schwergetan«, sagte Jonathan.

»Ich finde, Kamele sind grässliche Geschöpfe.« Arabella rümpfte die Nase.

»Nun, im Gegensatz zu Pferden sind sie perfekt an das Leben in der Wüste angepasst«, sagte Stuart. »Kamele sind genügsamer als Ziegen und kommen tagelang ohne Wasser aus. Sie können binnen zehn Minuten über hundert Liter Wasser zu sich nehmen und es im Körper speichern. Und während der Regenzeit im Norden können sie genauso gut durch den Schlamm laufen wie bei uns hier über den Wüstensand, ohne einzusinken, weil sie dicke Sohlenpolster haben und die Zehen sich spreizen.«

»Und man kann ohne Übertreibung sagen, dass die Afghanen genauso genügsam und robust sind wie ihre Kamele«, fügte Jonathan hinzu. »Sie können unter härtesten Bedingungen überleben.«

»Und was machen sie hier draußen? Abgesehen davon, dass sie Leute wie euch beide in die Wüste führen«, sagte Arabella. »Maggie hat mir erzählt, sie würden auf ihren Kamelen Quellwasser für die ganze Stadt hierhertransportieren und Mohomet Basheer hätte früher mit ihrer Hilfe seine Waren draußen auf den Farmen verkauft. Aber es leben viele Afghanen hier, und nach allem, was ich gesehen habe, besitzen sie etliche hundert Kamele. Sie können doch nicht alle das Gleiche machen, oder?«

»Sie transportieren nicht nur Quellwasser, sondern auch Lebensmittel und andere Waren aus dem Süden. Wenn der Zug aus irgendeinem Grund nicht verkehrt, sind die Menschen hier im Outback auf sie angewiesen. Ein Kameltreiber kann bis zu fünfzig Tiere führen. Sie beliefern sogar die Hotels entlang der Bahnlinie mit Schnaps – nicht nur Maggie und Tony.«

Arabella blickte Jonathan erstaunt an. »Aber Tony hat doch gesagt, dass ihre Religion ihnen den Genuss von Alkohol verbietet.«

»So ist es auch«, meldete Stuart sich zu Wort. »Deshalb sind die Afghanen wie geschaffen für diesen Job. Tony kann sicher sein, dass er die bestellte Menge Schnaps auch bekommt, weil die Afghanen nie etwas für sich selbst abzweigen.«

»Aber nicht alle, die hier Afghanen genannt werden, stammen tatsächlich aus Afghanistan«, ergänzte Jonathan. »Viele kommen aus Kaschmir, Ägypten, Persien und der Türkei.«

»Was ist mit ihren Frauen?«, fragte Arabella. »Ich habe noch keine gesehen.«

»Ihre Frauen und Kinder haben sie in der Heimat zurückgelassen«, erklärte Jonathan. »Ursprünglich kamen diese Männer eigens zur Erschließung des Outback hierher, um später nach Hause zurückzukehren, aber viele sind geblieben und haben eine andere Arbeit gefunden. Faisal Ahmed – oder Fuzzy Ahmed, wie alle hier ihn nennen – verdiente seinen Lebensunterhalt damit, dass er auf der Rosebud Station Kupfer aus dem Boden kratzte. Und Goolim war früher fahrender Händler. Es hat ihn hierherverschlagen, weil er einem Ladenbesitzer viel Geld schuldete. Jeder, der eine Familie in der Heimat hat, schickt ihr regelmäßig Geld.«

»Die Männer dürfen übrigens mehrere Ehefrauen haben«, warf Stuart ein, und seine Augen funkelten schelmisch. »Deshalb haben viele eine Aborigine oder eine Europäerin zur Frau.«

»Oh«, machte Arabella und wich Stuarts Blicken aus. »Eine sonderbare Sitte. Ich finde ohnehin, sie sehen nicht sehr Vertrauen erweckend aus. Als der Zug hier in der Stadt hielt, sind ein paar ganz dicht herangekommen und haben versucht, in unser Abteil zu schauen. Mummy wäre fast zu Tode erschrocken.«

»Die waren bestimmt nur neugierig oder wollten Ihnen Waren zum Verkauf anbieten«, sagte Jonathan. »Sie hätten Ihnen garantiert nichts getan.«

»Ich habe einen der Afghanen gefragt, ob er mich nach Alice Springs bringen könnte«, sagte Arabella.

»Wen?«, fragte Jonathan.

»Faiz Mohomet.«

»Ah, ja, den kenne ich ganz gut. Was hat er geantwortet?«

»Er hat abgelehnt.«

»Hat er gesagt, weshalb?«

Arabella zuckte mit den Schultern. »Ich hatte gehofft, er würde mich in einem Pferdefuhrwerk durch die Wüste begleiten. Inzwischen weiß ich, dass ein Pferdefuhrwerk sich nicht für eine Fahrt durch die Wüste eignet.«

»Soll ich noch einmal mit ihm reden?«, fragte Jonathan. »Er würde Ihnen sicher ein Kamel zum Reiten geben.«

Arabella konnte es kaum erwarten, die Stadt zu verlassen, zumal sie wie eine Hausangestellte behandelt und für ihre Arbeit nicht einmal bezahlt wurde. Wenn es sein musste, würde sie jetzt sogar auf einem Kamel reiten, um von Marree wegzukommen. »Würden Sie das für mich tun, Jonathan?«

»Ja, sicher. Ich rede mit ihm, wenn ich nachher zu Paddy gehe, und gebe Ihnen dann Bescheid.«

Stuart erhob sich. »Ich mach mich dann mal auf den Weg«, sagte er. Er lächelte Arabella zu, und seine blauen Augen funkelten. Ihr Herz schlug schneller; gleichzeitig kämpfte sie gegen den Impuls an, vor Verlegenheit ihr sonnenverbranntes Gesicht abzuwenden.

»Auf Wiedersehen«, sagte sie errötend.

»Passen Sie gut auf sich auf«, sagte Jonathan. Arabellas Reaktion auf Stuart war ihm nicht entgangen, und er wusste nicht recht, was er davon halten sollte.

Arabella ging mit ihrem schmutzigen Kleid hinters Haus. Auf dem Weg zum Waschhäuschen kam sie an einem aus dicken Steinquadern erbauten Lagerschuppen vorbei. Da die Tür verschlossen war, spähte sie neugierig durch das kleine Fenster. Sie konnte die Kühle des Raums durch die Glasscheibe hindurch auf ihrem Gesicht fühlen. Eine Hälfte der Kammer war mit Fliegengitter abgetrennt; dahinter hingen große Stücke Fleisch an Haken und Leinenbeutel mit Käse und Butter. Diese leicht verderblichen Lebensmittel wurden aufgehängt, damit sie vor Ungeziefer sicher waren. Unmittelbar hinter der Tür lagerten Fässer mit Mehl, Hafer und Zucker sowie Ölkanister und große weiße Salztafeln aus dem Lake Eyre.

Nachdem Arabella sich eine Zeit lang vergeblich abgemüht hatte, ihr Kleid sauber zu bekommen, ging sie in die Küche, um Maggie um Rat zu fragen.

»Nehmen Sie Seife, damit kriegen Sie die Flecken raus.« Maggie schob ihr eine Schachtel mit der Aufschrift *Sunlight* hin, die sie aus einem Regal genommen hatte. Arabella ging ins Waschhaus zurück und schrubbte, bis ihr die Hände wehtaten. Es war eine mühsame Arbeit, aber die Rußflecken gingen langsam heraus.

»Hier verstecken Sie sich also«, erklang plötzlich Tonys Stimme.

»Ich verstecke mich doch nicht«, gab Arabella empört zurück.

»Was machen Sie dann hier?«

»Ich wasche, das sehen Sie doch«, erwiderte sie trotzig.

»Maggie braucht ein bisschen Gemüse aus dem Garten. Ich will nicht, dass sie in dieser Hitze draußen schuftet, wo sie sich gestern so elend gefühlt hat. Deshalb werden Sie sich darum kümmern, sobald Sie hier fertig sind.«

Eine Sekunde lang starrte Arabella ihn offenen Mundes an. »Ich? Ich kann doch in dieser glühenden Hitze nicht im Garten arbeiten!«

»Wieso nicht? Sie sind jünger als Maggie, und Maggie macht das regelmäßig.«

»Aber ... und mein Sonnenbrand?«

»Setzen Sie einen Hut auf. Maggie braucht Kartoffeln und Möhren fürs Abendessen. Und die Außentoilette muss auch geputzt werden.«

Arabella schnappte nach Luft. »Das mache ich auf gar keinen Fall!«, rief sie. »Und wenn Sie mich rauswerfen!«

»Jemand muss es tun«, versetzte Tony wütend. Dass das normalerweise zu seinen Aufgaben gehörte, verschwieg er ihr wohlweislich.

»Ich jedenfalls nicht«, entgegnete sie heftig und stampfte mit dem Fuß auf. »Mir wird schon übel, wenn ich bloß daran denke!«

Sie war blass geworden. Tony konnte sie verstehen, doch ihre Bockigkeit ärgerte ihn trotzdem. Wäre sie nicht eine kleine Hilfe für Maggie, hätte er sie wirklich hinausgeworfen.

»Gut, dann misten Sie den Stall aus.«

»Den Stall?«, echote Arabella.

»Ja, das ist der Schuppen ungefähr zwanzig Meter hinter dem Gemüsegarten. Stuart Thompson hat sein Pferd darin untergestellt. Aber erst holen Sie das Gemüse und helfen Maggie in der Küche. Die Grabegabel steht hinter Ihnen in der Ecke, gleich neben dem Eimer.«

Bevor Arabella protestieren konnte, hatte er sich umgedreht und stapfte davon.

Edward Fitzherbert stand an einer Straßenecke und wischte sich den Schweiß von der Stirn. Ein heißer, böiger Wind zerrte an seiner Kleidung. Zwischen ein und vier Uhr nachmittags, wenn die Hitze am größten war, lag Alice Springs vollkommen verlassen da – wie eine Geisterstadt. Edward war die einzige lebende Seele, die um diese Zeit durch die Straßen irrte.

In den letzten beiden Tagen hatte er jedes Hotel in der Stadt mehrmals aufgesucht und sowohl die Angestellten als auch die Gäste gefragt, ob sie nicht jemanden wüssten, der bereit wäre, seine Tochter in der Wüste zu suchen. Die einzige Möglichkeit, mit den Einheimischen ins Gespräch zu kommen, bestand darin, ihnen einen Drink zu spendieren und sich selbst auch einen zu genehmigen, und so hatte Edward mehr getrunken, als ihm lieb war. Er hatte überdies sämtliche Geschäfte und Kirchen abgeklappert. Lediglich die Freudenhäuser hatte er ausgelassen: Er wusste, Clarice hätte es selbst unter den gegebenen Umständen nicht verstanden, wenn er diese Etablissements betreten hätte. Sogar Leute auf der Straße hatte er angesprochen. Die Antwort war fast immer die gleiche gewesen: »Fragen Sie die Aborigines.«

Die Eingeborenen in der Stadt machten einen unterernährten, schmuddeligen, verwahrlosten Eindruck auf Edward, sodass er davor zurückschreckte, sie mit einer so wichtigen Aufgabe zu betrauen. Da ihnen der Zutritt zu Hotels und Kneipen verboten war, beschafften sie sich ihren Schnaps auf andere Weise und betranken sich. Einige boten selbst hergestellte Kunstgegenstände auf der Straße an, andere bettelten. Edward war nachts mehrmals von Gestalten, die plötzlich aus dunklen Hauseingängen hervorsprangen, um Geld oder Zigaretten genötigt worden. Man hatte ihm geraten, sich an die Afghanen zu wenden, doch die paar, die er in der Stadt gesehen hatte, waren ihm wenig Vertrauen erweckend erschienen.

Zu Edwards Enttäuschung kannten sich die weißen Siedler in der Gegend offenbar überhaupt nicht in der Wüste aus. Die meisten hatten am eigenen Leib erfahren – sei es durch den Verlust von Vieh, sei es durch den Tod von Freunden oder Angehörigen –, wie grausam die Wüste sein konnte, und waren deshalb für keine Summe bereit, ihr Leben aufs Spiel zu setzen. Die Bewohner der Stadt hielten sich in deren nahem Umkreis auf, und wer auf einer Farm zu Hause war, kam nach kürzester Zeit auf die Gefahren zu sprechen, die in der Wüste lauerten.

»Aber ihr lebt doch auch dort draußen«, hielt Edward ihnen entgegen.

»Ja, aber wir bleiben auf unseren Farmen«, erwiderten sie, »und wenn wir aus irgendeinem Grund doch durch die Wüste müssen, dann nie ohne Fährtensucher oder eingeborenen Farmarbeiter.«

Mit jeder Minute, die verstrich, wuchs Edwards Verzweiflung. Er wusste, dass die Zeit gegen ihn arbeitete. Es kam ihm so vor, als würde er vor Kummer allmählich den Verstand verlieren und er könnte nichts dagegen tun.

In der Todd Street ließ er sich auf eine Bank fallen. Er stand kurz vor einem Nervenzusammenbruch. Wo war der selbstbewusste Mann geblieben, der sich voller Abenteuerlust mit seiner Familie auf den Weg nach Australien gemacht hatte? Edward kannte sich nicht wieder. Falls sie Arabella nicht lebend fanden, würde er nie mehr der Alte sein. »Wären wir doch alle in der Wüste umgekommen!«, stieß er verbittert hervor.

»Sie suchen 'nen Fährtensucher, Boss?«

Edward erschrak. Er blickte auf und sah drei Aborigines vor sich. Sie waren mager und ärmlich gekleidet, und Edward kam unwillkürlich der Gedanke, dass die Kerle ihn ausrauben wollten. »Na ja«, antwortete er vorsichtig, »ich brauche jemanden, der in der Wüste nach meiner Tochter sucht oder mich zumindest dorthin bringt. Woher wisst ihr das?«

»Wir haben gehört, dass Sie überall herumfragen.«

»Kennt ihr jemanden, der mir helfen könnte?«

»Was springt dabei raus?«

»Eine hohe Belohnung. Ich werde jedem, der mir hilft, eine anständige Summe bezahlen.«

»Wir können Ihre Tochter finden, Boss«, sagte der Mann, der bisher gesprochen hatte.

»Ihr?« Edward musterte die drei argwöhnisch. Mit ihren dünnen Beinen und ausgemergelten Körpern schienen sie ihm wenig geeignet für einen strapaziösen Marsch durch die Wüste. Da würde er selbst ja länger durchhalten!

»Wir sind die besten Spurenleser in der ganzen Gegend, Boss.«

»Tatsächlich?« Edward machte ein überraschtes Gesicht. »Habt ihr so etwas denn schon einmal gemacht?«

»O ja, Boss, schon oft.«

»Wirklich?« Edward schöpfte neue Hoffnung. Er wollte ihnen gern glauben, aber noch war sein Misstrauen stärker. »Meine Tochter wird seit einigen Tagen vermisst. Wahrscheinlich ist sie aus dem Zug gestürzt. Es könnte also sein, dass sie verletzt ist.«

»Wir können sie finden, Boss«, behauptete der Aborigine im Brustton der Überzeugung.

Grenzenlose Erleichterung überkam Edward. Er streckte die Hand aus und sagte: »Ich bin Edward Fitzherbert.«

»Mein Name ist Billy, und das hier sind Charlie und Danny.«

»Das sind ja englische Namen«, sagte Edward erstaunt.

»In der Stadt benutzen wir nicht unsere Stammesnamen, Boss«, meinte Billy und grinste Edward mit seinem zahnlosen Mund an.

Es war das erste wirklich freundliche Gesicht, dem Edward in Alice Springs begegnete. »Wann können wir aufbrechen?«

»*Sie* bleiben hier, Boss. *Wir* gehen.« Billy deutete mit dem Daumen auf seine beiden Begleiter.

»Oh.« Clarice würde erleichtert sein, wenn er bliebe, das wusste Edward. »Gut. Wann könnt ihr aufbrechen?«

»Heute noch, Boss. Jetzt gleich, wenn Sie wollen«, antwortete Billy.

Edward hätte jubeln können. Nicht mehr lange, und Arabella würde gefunden! »Großartig! Haltet euch immer an den Schienenstrang, dann könnt ihr sie eigentlich nicht verfehlen. Sie ist ungefähr eins sechzig groß, hat honigblonde Haare und …«

Billy hob beide Hände. »Keine Sorge, Boss. Wir werden sie bestimmt nicht mit den anderen weißen Mädchen da draußen verwechseln.«

»Was?« Edward schaute Billy verwirrt an. Wollte der Kerl ihn auf den Arm nehmen? Plötzlich dämmerte es ihm. »Oh, ja, sicher. Ich brauche euch Arabella gar nicht zu beschreiben, weil sie die einzige weiße Vermisste ist.«

Billy nickte.

»Dann will ich euch nicht aufhalten. Ich kann es kaum erwarten, meiner Frau die gute Nachricht mitzuteilen. Endlich macht sich jemand auf die Suche nach unserer Tochter!«

»Das macht zwanzig Pfund«, sagte Billy.

Edward riss verblüfft die Augen auf und ließ den Blick über die drei Aborigines wandern, die ihn ausdruckslos anstarrten. »Zwanzig Pfund?«

Billy nickte. »Für uns drei. Das ist ein fairer Preis, Boss. Wir werden uns in der Wüste aufteilen, damit wir ein größeres Gebiet absuchen können.«

»Ich verstehe.« Zwanzig Pfund waren eine stolze Summe, doch Edward hätte mit Freuden das Zehnfache bezahlt, um Arabella zurückzubekommen.

»Wir wollen das Geld jetzt gleich«, sagte Billy.

»Jetzt gleich?« Eine Sekunde lang kehrte Edwards Misstrauen zurück. Aber was hätte er tun sollen? Diese drei Männer waren die Einzigen, die ihm Hilfe anboten. Er stand mit dem Rücken zur Wand. »Wie wäre es mit zehn Pfund jetzt und den Rest bei eurer Rückkehr?«, schlug er vor.

»Nein, Boss. Alles jetzt gleich, oder wir blasen die Sache ab. Wir sind schon einmal von Weißen aufs Kreuz gelegt worden. Wir haben getan, was sie uns sagten, und dann haben sie uns nicht bezahlt.«

»Na schön.« Edward zweifelte nicht an seinen Worten. Die Weißen hatten keinen Respekt vor den in der Stadt lebenden Ureinwohnern, das hatte er immer wieder festgestellt. Einige Weiße hatten sogar schreckliche Dinge über die Aborigines erzählt. »Ich wohne im Central Hotel. Gebt mir sofort Bescheid, wenn ihr zurück seid.« Er zog zwanzig Pfund aus seiner Brieftasche.

Billy nahm das Geld. »Wir werden Ihre Tochter finden und zurückbringen, Boss.«

Die Männer wandten sich zum Gehen. Edward sah ihnen einen Augenblick nach. Dann eilte er ins Hotel zurück, um Clarice die gute Nachricht zu überbringen.

Arabella hatte erst wenige Minuten in der harten Erde gestochert, aber ihre Handflächen brannten schon wie Feuer. Da sie nie im Leben auch nur in der Nähe eines Gemüsebeets gewesen war, hatte sie keine Ahnung, wie man Kartoffeln erntete.

Zum Schutz vor der Sonne hatte sie den großen Hut von Maggie aufgesetzt und ihren weiten Kaftan angezogen. Trotzdem lief ihr der Schweiß in Strömen über den Körper. Als Maggie mit einem Eimer schmutzigem Wasser für den Gemüsegarten nach draußen kam, hockte Arabella auf den Fersen und starrte mit schmerzverzerrtem Gesicht auf ihre Hände.

»Was haben Sie denn?«, fragte Maggie.

»Ich hab überall Blasen«, jammerte Arabella, »und noch keine einzige Kartoffel gefunden!«

»Da müssen Sie schon ein bisschen tiefer graben«, erwiderte Maggie stirnrunzelnd. »Geben Sie mal her, ich zeig's Ihnen.« Sie nahm Arabella das Gartengerät aus der Hand und stieß es mit dem Fuß kraftvoll in den ausgetrockneten Boden. Die Sonne brannte heiß vom Himmel. Kein Baum, kein Strauch spendete Schatten. Nicht einmal Unkraut wuchs hier. Alles wurde abgefressen, sogar das Kraut der Möhren, kaum dass es sich an der Oberfläche zeigte.

»Ein schrecklicher Boden«, meinte Arabella. »Knochenhart und steinig.«

»Das kommt daher, weil es jahrelang nicht geregnet hat. Würde ich das Schmutzwasser vom Hotel nicht zum Gießen verwenden, würden hier nicht einmal die paar Kartoffeln und Möhren wachsen.«

Unweit des Gartens, beim Hühnerstall und dem Verschlag für das Vieh, befand sich der Ziehbrunnen. »Warum nehmen Sie kein Brunnenwasser zum Bewässern?«, wollte Arabella wissen.

»Weil es zu salzig ist«, antwortete Maggie. »Wir können es nicht mal den Hühnern zu trinken geben.«

Arabella schaute sich um. Ein grobmaschiger, löchriger Drahtzaun umgab den Garten, in dem es vor riesigen Ameisen und anderen sonderbaren Insekten nur so wimmelte. Am liebsten wäre sie ins Haus geflüchtet. In der Ferne konnte sie Kängurus erkennen, die sich im Schatten eines Baumes ausruhten. Sie beneidete die Tiere.

Maggie folgte Arabellas Blick. »Die Kängurus sind nicht dumm«, sagte sie. »Sie gehen frühmorgens und abends auf Futtersuche und bleiben tagsüber im Schatten ...« Plötzlich schwankte sie.

»Maggie!« Arabella nahm ihren Arm. »Alles in Ordnung?«

»Ich muss zurück ins Haus«, flüsterte Maggie schwach.

»Soll ich mitkommen?«

»Nein, das ist nicht nötig. Mir fehlt nichts, ich brauche nur einen Schluck Wasser.« Maggie ging mit schleppenden Schritten davon.

Arabella sah ihr nach. Ob sie krank war? Aber dann hätte Tony doch etwas gesagt.

Sie grub weiter. Sooft sie die Gabel in die Erde stieß, durchfuhr sie ein stechender Schmerz, und sie zuckte zusammen.

»Wieso hat Maggie im Garten gearbeitet? Hatte ich nicht gesagt, *Sie* sollen das übernehmen?«, fuhr eine wütende Stimme sie plötzlich an.

Arabella fuhr heftig zusammen. Sie hatte Tony gar nicht kommen hören.

»Ich ... Maggie hat mir nur gezeigt, wie es geht«, stammelte sie.

»Ich hatte Ihnen doch gesagt, dass Maggie bei der Hitze auf keinen Fall draußen arbeiten soll.«

Arabella konnte ihm ansehen, wie besorgt er war. »Ist sie denn krank?«

Tony zögerte, öffnete den Mund, um etwas zu erwidern, überlegte es sich dann aber anders und stapfte davon.

7

»Wir werden heute wohl nur drei Gäste zum Abendessen haben«, sagte Maggie, als Arabella aus dem Garten hereinkam. »Les, Ted Wallace und Fred Powell. Fred gehört der General Store, außerdem betreibt er das Postamt. Ich werde Sandwiches mit Steak und Ei machen. Das essen alle gern.«

»Das Postamt?« Arabella war plötzlich ganz aufgeregt. »Dann könnte ich doch meinen Eltern schreiben, dass es mir gut geht, damit sie beruhigt sind!«

»Natürlich könnten Sie das. Aber es würde nicht viel nützen. Solange der Zug nicht verkehrt, bleibt der Brief hier liegen.«

»Ach so, ja.« Arabella machte ein enttäuschtes Gesicht. Dann betrachtete sie den Eimer mit den Möhren und Kartoffeln, die sie aus dem Garten geholt hatte. »Und was machen wir mit denen hier?«

»Keine Sorge, die halten bis morgen Abend«, sagte Maggie. Sie knetete Brotteig. Das Feuer im Ofen brannte bereits, und in der Feuerstelle unter dem Rost, auf dem die Steaks braten würden, lag das Holz zum Anzünden bereit. »Könnten Sie ein paar Eier aus dem Hühnerstall holen? Nehmen Sie die Schüssel da.« Sie deutete mit dem Kinn auf eine Blechschüssel auf der Arbeitsfläche.

In der Küche herrschte bereits enorme Hitze. Arabella brach der Schweiß aus allen Poren. Kein Wunder, dass Maggie immer wieder schwindlig wurde. Sie stellte den Eimer ab und seufzte müde. Da hatte sie über eine Stunde lang geschuftet, hatte Blasen an den Händen und konnte kaum noch aufrecht stehen, weil ihr der Rücken wehtat, und jetzt würde Maggie die Kartoffeln und Möhren nicht einmal verwenden!

»Aber ich hab den Stall noch nicht ausgemistet«, sagte Arabella stöhnend.

Maggie schaute sie verdutzt an. »Den Stall? Hat Tony das gesagt?«

Arabella nickte. Sie war den Tränen nahe.

»Ich werde mit ihm reden«, versprach Maggie. »Das ist keine Arbeit für eine Frau.«

»Die Außentoilette soll ich auch sauber machen«, klagte Arabella.

Maggie zog die Stirn in Falten. »Was ist bloß in ihn gefahren?«, murmelte sie vor sich hin. Um das Thema zu wechseln, fuhr sie fort: »Was es wohl mit Stuart Thompsons Goldsuche auf sich hat?« Sie bestäubte ihre Hände mit Mehl, damit der Teig nicht kleben blieb. »Mr Thompson verrät ja nicht viel, aber die meisten glauben, er weiß, wo sich ein reiches Vorkommen befindet.«

»Glauben Sie das auch? Das wäre aufregend!«

»Nun, falls es wirklich stimmt, wäre es in einer kleinen Stadt wie Marree kaum geheim zu halten. Das Goldfieber ist etwas Seltsames. Es kann ganz normale Männer zu Verrückten machen. Oh, fast hätte ich es vergessen – Tony sagte, Jonathan Weston hätte vorhin nach Ihnen gesucht. Ich hab Tony gesagt, Sie wären noch im Garten, aber anscheinend war es nicht so wichtig.«

Zorn loderte in Arabella auf. Tony hatte doch gewusst, dass sie draußen im Garten arbeitete. Warum hatte er Jonathan nicht hinausgeschickt? »Wo ist Jonathan jetzt?«

»Ich glaube, oben in seinem Zimmer. Er will am frühen Nachmittag aufbrechen und schon alles vorbereiten.«

»Vielleicht hat er gute Nachrichten für mich«, sagte Arabella und eilte zur Küche hinaus.

»Holen Sie mir zuerst die Eier«, rief Maggie ihr nach, doch

Arabella hörte nicht. Maggie wandte sich kopfschüttelnd wieder dem Teigkneten zu. Was für eine gute Nachricht konnte Jonathan wohl für Arabella haben? Die Telegrafenleitung war noch immer unterbrochen, und soweit Maggie wusste, waren keine fahrenden Händler aus Alice Springs in Marree eingetroffen.

Die Tür zu Jonathans Zimmer stand offen. »Hallo«, sagte Arabella. »Ich habe gerade gehört, Sie hätten mich gesucht. Haben Sie gute Nachrichten für mich?«

Jonathan, der mit dem Rücken zur Tür auf seinem Bett saß, drehte sich um. Er polierte die Objektive seiner Kamera. »Ich fürchte, nein.«

»Oh.« Arabella ließ den Kopf hängen.

Jonathan stand auf und ging zu ihr. »Kein Afghane ist bereit, Sie nach Alice Springs zu bringen«, sagte er sanft. »Ich habe jeden gefragt. Ihre Kamele gehen ihnen über alles, und es scheint, als hätten Sie sie beleidigt.«

»Ich habe nur die Wahrheit gesagt«, verteidigte Arabella sich trotzig.

Als Jonathan von Faiz Mohomet erfahren hatte, dass Arabella die Tiere als »stinkende Viecher« bezeichnet hatte, war er entsetzt gewesen. Diplomatie musste die junge Frau offenbar noch lernen. »Es tut mir leid«, sagte er. Er hatte sich sogar bei den Afghanen für ihr Benehmen entschuldigt, doch der Schaden, den Arabella mit ihrer Äußerung angerichtet hatte, war nicht wiedergutzumachen. Die Afghanen wollten nichts mehr mit ihr zu tun haben. »Die Afghanen sind in gewissen Dingen sehr empfindlich, zumal sie in Australien benachteiligt werden. Als Asiaten bleibt ihnen beispielsweise die Staatsbürgerschaft verwehrt. Wenn man bedenkt, was sie geleistet haben und noch immer leisten, ist das mehr als ungerecht.«

»Ich habe nie etwas gegen die Leute gesagt, nur gegen ihre Kamele.«

»Das macht für die Afghanen keinen Unterschied«, erklärte Jonathan. »Sie haben größte Achtung vor den Tieren und ihren Fähigkeiten. Wenn Sie ihre Kamele beleidigen, beleidigen Sie die Menschen.«

Arabella war viel zu gekränkt über die Zurückweisung, als dass sie auf die Gefühle der Afghanen hätte Rücksicht nehmen können. »Mit einem von denen allein würde ich mich auf so einer langen Reise sowieso nicht sicher fühlen«, versetzte sie bockig. »Dann warte ich eben, bis meine Eltern mit dem Zug kommen und mich holen. Das dauert bestimmt nicht mehr lange.«

»Hoffentlich behalten Sie Recht«, meinte Jonathan.

»Ich will nur noch fort von hier! Ich kann weder kochen noch putzen, aber erklären Sie das mal Tony McMahon! Ich hab ihm gesagt, dass ich noch nie im Haushalt gearbeitet habe, und er muss doch selbst sehen, dass ich nicht zur dieser Arbeit tauge. Mein Vater wird die Hotelrechnung bezahlen, aber Tony hält mich wohl für eine Hochstaplerin. Ich kann es kaum erwarten, sein Gesicht zu sehen, wenn meine Eltern kommen! Wie ich das alles hier hasse«, fügte sie heftig hinzu. »Ich sehne mich nach meinem alten Leben!«

Jonathan musterte sie nachdenklich. Allmählich konnte er sich vorstellen, was für ein Leben sie geführt hatte. Hausarbeit war fraglos nichts für sie. Sie war aber auch kein hilfsbereiter Mensch. Bestimmt hatten ihre Eltern sie viel zu sehr verwöhnt. Arabella hatte offenbar stets im Mittelpunkt gestanden, und alles hatte sich immer nur um sie gedreht; deshalb war sie nicht fähig, sich in andere hineinzuversetzen und Dinge aus einer anderen Warte als der eigenen zu betrachten. Jonathan fragte sich auch, was es mit ihrem angeblichen Leiden auf sich hatte. Trotz allem, was sie durchgemacht hatte, wirkte sie nicht besonders zerbrechlich. Vielleicht war sie nur eine verängstigte junge Frau, die sich hinter eingebildeten Krankheiten versteckte. Die Frage war nur: *Wovor* fürchtete sie sich? Das hatte Jonathan noch nicht herausgefunden, aber sie hatte ihn auf jeden Fall neugierig gemacht.

»Sie kommen aus London?«

»Ja. Wie sehr ich die Stadt vermisse! Ich bin gern ins Theater gegangen und nachmittags zum Tee ins Dorchester und andere feine Hotels. Am meisten aber vermisse ich mein Zuhause, mein Zimmer und mein großes, weiches Bett. Ich hatte oft Bronchitis, wissen Sie, deshalb sorgte Nellie, unsere Haushälterin, immer dafür, dass im Kamin in meinem Zimmer ein Feuer brannte, damit ich es schön warm hatte. Und Mummy umsorgte mich liebevoll.« Brennendes Heimweh und heftige Sehnsucht nach ihren Eltern überkamen sie. Vor allem ihre Mutter fehlte ihr. Zum ersten Mal wurde ihr klar, dass sie deren rührende Fürsorglichkeit immer für selbstverständlich gehalten hatte. Nicht eine Sekunde lang hatte Arabella damit gerechnet, ihr Leben könne sich jemals ändern.

»Was wollen Sie später einmal machen? Beruflich, meine ich?«

Arabella blickte ihn verdutzt an. »Beruflich? Ich habe keine beruflichen Pläne.«

»Aber Sie haben doch sicher Hobbys.«

»Ich male ein bisschen, aber nicht besonders gut, und ich liebe Musik, besonders Opern, aber auch Musicals.«

Jonathan konnte nicht fassen, dass Arabella keine ernsthaften Interessen oder Zukunftspläne hatte. Anscheinend bestand ihr ganzes Leben aus gesellschaftlichen Vergnügungen.

»Tja, ich gehe dann mal wieder«, sagte Arabella gereizt. »Maggie hat mich gebeten, Eier aus dem Hühnerstall zu holen.«

»Und ich muss meine Sachen noch zusammenpacken. Tut mir leid, dass ich bei Faiz Mohomet nichts erreicht habe, aber Sie müssen das verstehen. Seine Kamele bedeuten ihm alles. Für einen Mann wie ihn sind seine Tiere nicht mit Gold aufzuwiegen.«

Arabella schüttelte den Kopf. »Merkwürdig.«

»Vielleicht werden Sie bald verstehen, warum die Kamele so wertvoll sind«, sagte Jonathan lächelnd.

»Wieso?«

»Tony hat mir erzählt, dass heute Wasser geliefert wird.«

»Was hat das mit den Kamelen zu tun?«

»Warten Sie's ab. Sie werden schon sehen.«

Arabella scheuchte die Hennen aus ihren Legeboxen, damit sie die Eier einsammeln konnte. In Gedanken war sie noch bei Jonathan und seiner Bemerkung, auf die sie sich keinen Reim machen konnte. Plötzlich wehte eine gewaltige Staubwolke in den Hühnerhof.

»Iiih!« Angewidert hielt Arabella sich Mund und Nase zu. Da sich schon etliche Eier in der Schüssel befanden, eilte sie zur Gittertür, schlüpfte hindurch und schloss sie hinter sich. Sie war schon auf dem Weg zum Haus, als sie den Kopf in die Richtung drehte, aus der der Staub heranwirbelte, und ihre Augen wurden groß. Zwei Karawanen mit sicherlich je dreißig Kamelen zogen vorbei. Auf dem jeweils ersten Kamel saß ein Reiter; alle Tiere waren durch Nasenringe und Seile miteinander verbunden. Einer der beiden Reiter trug einen Turban und eine ausgebeulte Latzhose über einem weiten Hemd. Ein buschiger Bart zierte sein Gesicht. Jedes der Kamele hinter ihm war mit zwei großen Wassertanks beladen, die jeweils annähernd hundert Liter fassten und rechts und links des Höckers befestigt waren. Die Behälter sahen groß und schwer aus, doch die Tiere schienen die Last mit Leichtigkeit zu tragen. Vor dem Hotel hielten die Kamele auf ein Kommando des Treibers hin an. Nach einem zweiten Kommando ließ sich sein Reittier, wenn auch unter protestierendem Brummen, auf die Knie herab. Die anderen Kamele folgten seinem Beispiel, wobei auch sie ein widerwilliges Grummeln von sich gaben.

Arabella beobachtete die Szene in ehrfürchtigem Staunen.

»Hallo, Musloom!«, begrüßte Tony, der herausgekommen war, den Kameltreiber. »Wie war die Reise? Ist alles gut gegangen?«

»Alles bestens«, erwiderte Musloom. »Trotzdem freue ich mich darauf, mich endlich ausruhen zu können!«

Musloom Shar und Mahomet Drim waren elf Tage zuvor von Marree aus aufgebrochen. Sie hatten sich mit ihren Kamelen nach Norden gewandt und waren dem Birdsville Track bis nach Mungerannie gefolgt, wo es eine Quelle gab. Sie hatten eine Strecke von insgesamt etwa zweihundertfünfzig Meilen zurückgelegt. Einhundertzwanzig Tanks mussten mit Wasser gefüllt und die Kamele anschließend beladen werden. Das war eine überaus harte, schweißtreibende Arbeit. Zum Glück hatten sie beim Beladen der Tiere Hilfe von zwei Männern vom Rasthaus in Mungerannie bekommen. Hier in Marree halfen ihnen Tony und die anderen Männer beim Entladen, unterwegs aber hatten sie bei jeder Rast die Wasserbehälter ohne fremde Hilfe herunternehmen müssen.

Arabella stand da und staunte. Sie musste zugeben, dass die Kamele etwas Majestätisches besaßen, wie sie so daherschritten. Ihr Fell war zwar staubig und sah ganz zerrupft aus, doch ihr Gang war anmutig und ihre Haltung würdevoll. Arabella wusste von Maggie, welch gewaltige Entfernung die Kamele in der sengenden Hitze mit ihrer schweren Last zurückgelegt hatten, und sie bewunderte die Tiere für deren gewaltige Leistung. Plötzlich begriff sie, was Jonathan gemeint hatte, als er sagte, sie würde schon noch verstehen, weshalb die Afghanen so große Achtung vor ihren Kamelen hatten.

Inzwischen waren drei Männer aus der Bar gekommen. Gemeinsam machten sie sich daran, die Wasserbehälter abzuladen und sie hinter dem Stall im Schatten eines Baumes zu lagern. Im Gegensatz zu dem großen, kräftigen Musloom Shar, dem Kameltreiber mit dem buschigen Bart, war Mahomet Drim ein Knirps. Er maß höchstens einen Meter fünfunddreißig, war aber von stämmiger Statur.

Maggie war ebenfalls nach draußen gekommen und hatte sich zu Arabella gesellt. Sie bemerkte deren verblüffte Miene beim Anblick des kleinen Mannes. Mahomet Shar reichte dem knienden Kamel kaum bis zum Kopf.

»Er ist zwar klein, aber bärenstark«, raunte Maggie. »Und ein richtiger Mann – er hat elf Kinder mit seiner Frau gezeugt, einer Aborigine.«

»Elf Kinder!« Arabella riss die Augen auf, und Maggie lachte laut heraus.

Es war früh am Abend. Arabella half Maggie gerade beim Belegen der Sandwiches, als Tony hereinkam. Er machte ein mürrisches Gesicht.

»Ich habe einen meiner besten Kunden verloren, und das ist allein Ihre Schuld!« Er zeigte mit dem Finger anklagend auf Arabella.

»Wieso? Was habe ich denn jetzt wieder getan?« Arabella starrte ihn an.

»Die Männer hänseln Wally gnadenlos, seit Sie ihn blamiert haben, und jetzt weigert er sich, in die Kneipe zu kommen. Wally hat eine Menge Geld in Alkohol umgesetzt – wir werden es merken, wenn er nicht mehr kommt. Es sind harte Zeiten. Wir sind auf jedes Pfund angewiesen, das ein Gast hierlässt.«

»Was haben Sie denn zu ihm gesagt?«, fragte Maggie.

»Na ja … nur, dass ich seinen nackten Hintern gesehen habe«, antwortete Arabella errötend.

»Sie haben gesagt, dass er grunzt, wenn er mit einer Frau zusammen ist«, schimpfte Tony. »Jetzt fangen seine Kumpel zu grunzen an, sooft sie ihn sehen.«

»Nicht zu fassen.« Arabella schüttelte den Kopf. »Wie können erwachsene Männer nur so kindisch sein!«

Maggie schürzte die Lippen. »Habe ich Ihnen nicht gesagt, Sie sollen Jacko nicht vor seinen Freunden bloßstellen?«

»Aber mich darf er ungestraft demütigen, was?« Arabella war den Tränen nahe.

»Er hat lediglich Fitzi zu Ihnen gesagt.« Tony machte eine ungeduldige Handbewegung. »Das ist doch keine Demütigung, das ist nur ein Spitzname. Mich nennen sie Macca, aber mache ich einen Aufstand deswegen?«

»Maggie hat doch auch keinen Spitznamen«, klagte Arabella.

»Eigentlich heiße ich Margaret. Ich wurde immer so gerufen, bis ich hierherkam.«

»Ich kann ›Fitzi‹ nicht ausstehen!«, beharrte Arabella.

»Sich damit abzufinden wäre aber das kleinere Übel gewesen«, sagte Maggie. »Jacko kann manchmal komisch sein, wenn ihn etwas ärgert. Nicht, Tony?«

Der nickte zerstreut. Die Einnahmen, die ihm jetzt entgehen würden, beschäftigten ihn mehr.

»Was soll das heißen?«, fragte Arabella beunruhigt.

Maggie zuckte die Achseln. »Na ja, wer weiß, auf was für Ideen er kommt.«

»Ich schlage vor, Sie entschuldigen sich bei ihm«, sagte Tony. »Ich will, dass er wieder in meiner Bar sitzt und das tut, was er am besten kann – sein Geld versaufen.«

»Ich denke gar nicht daran!«, gab Arabella entrüstet zurück. »Ich werde mich auf keinen Fall bei ihm entschuldigen! Ich finde es unerhört, dass Sie so etwas von mir verlangen!«

Tony blickte seine Frau an. »Vielleicht kannst du sie zur Vernunft bringen«, meinte er gereizt. Dann kehrte er in die Bar zurück.

»Nehmen Sie die Sache nicht auf die leichte Schulter, Arabella«, sagte Maggie warnend. »Wally Jackson ist ziemlich nachtragend. Ich an Ihrer Stelle würde mich schnellstens bei ihm entschuldigen. Männer wie er vertragen es nicht, vor ihren Freunden bloßgestellt zu werden, schon gar nicht von einer Frau. Er wird das nicht einfach so hinnehmen.«

»Was wollen Sie damit sagen? Dass er mir etwas antun könnte?«

»Ich weiß es nicht.« Maggie schüttelte besorgt den Kopf. »Ich weiß es wirklich nicht.«

»Sie haben doch gesagt, er wäre im Grunde ein guter Kerl.«

»Das ist er auch. Aber es ist für ihn sehr wichtig, was seine Freunde von ihm denken. Das ist in einer Kleinstadt nun mal so. Es ist nicht leicht, von den Leuten akzeptiert zu werden, aber hat man es geschafft, nimmt diese Freundschaft einen wichtigen Platz ein. Sie können das nicht verstehen, weil Sie hier noch keine Freunde gefunden haben.«

»Ich lege auch keinen Wert darauf, mich mit Betrunkenen anzufreunden«, giftete Arabella. »In diesem Kaff mag ich nur einen Menschen, und das ist Jonathan Weston.«

»Ja, Jonathan scheint ein netter Kerl zu sein. Von ihm könnten Sie diplomatisches Geschick lernen. Er setzt sich gelegentlich mit den Männern auf einen Drink zusammen. Jonathan weiß, was er sagen darf und was nicht.« Sie sah Arabella eindringlich an. »Wenn Sie sich schon nicht bei Wally entschuldigen wollen, dann lassen Sie sich wenigstens etwas einfallen, damit seine Kumpel sich nicht mehr über ihn lustig machen.«

»Was soll ich denn tun?«

»Keine Ahnung. Denken Sie darüber nach.« Maggie zündete das Feuer unter dem Grill an. »Ich gehe in die Bar und nehme die Bestellungen für die Steaksandwiches auf. Können Sie schon mal anfangen, die Steaks aufzulegen, sobald das Feuer richtig brennt?«

Arabella machte ein zweifelndes Gesicht. »Sie kommen doch gleich wieder?«

»Wieso? Sie können doch hoffentlich ein Steak braten?« Maggie begriff nicht, was daran so schwer sein sollte.

»Ich habe noch nie irgendwas zubereitet.«

Maggie schüttelte ungläubig den Kopf. »Sie legen einfach die Steaks auf. Wenn sie auf einer Seite schön braun sind, drehen Sie sie um. Sogar Sie kriegen das hin, Sie werden sehen. Aber Hände weg von der Feuerstelle!«, warnte sie und verließ die Küche.

Eine halbe Stunde später spießte Arabella das erste Steak mit einer Gabel auf und warf es auf den heißen Rost. Sie fuhr zusammen, als es laut zischte. Seit der Geschichte mit der Rußwolke, die aus dem Schornstein gequollen war, hatte sie Angst, etwas falsch zu machen.

Sie legte zwei weitere große Steaks auf den Rost. Plötzlich hörte sie draußen ein merkwürdiges Geräusch und schlich ans Fenster. Obwohl es rasch dunkel wurde, vermeinte sie, jemanden davonhuschen zu sehen. Hastig wich sie zurück. Da keine Gardine am Fenster war, konnte jeder hereinschauen und sie in der Küche beobachten. Das Herz schlug ihr bis zum Hals, als ihr Maggies Bemerkung über Wally Jackson einfiel. Würde er ihre unbedachte Äußerung, die sie in der Hitze des Augenblicks gemacht hatte, wirklich so übel nehmen, dass er es ihr heimzahlen wollte?

Wieder vernahm Arabella das eigenartige Geräusch, diesmal lauter. Sie überlegte, ob sie Maggie holen sollte, doch sie wollte Tony und den Gästen nicht begegnen. Außerdem würde sie sich dumm vorkommen, wenn sich herausstellte, dass das Geräusch von einem Tier stammte. Arabella beschloss, selbst nachzusehen. Vorsichtig bewegte sie sich zur Hintertür und spähte durchs Fliegengitter. In der Nähe der Außentoilette glaubte sie die dunklen Umrisse eines Tieres zu erkennen. Zuerst hielt sie es für einen kleinen Hund, doch als es sich fortbewegte, erkannte sie, dass es ein Wombat war. Sie hatte diese Beuteltiere im Zoo von Adelaide gesehen, bevor sie mit dem Afghan-Express nach Alice Springs aufgebrochen waren. Arabella stieß einen erleichterten Seufzer aus und fasste sich an den Hals. Sie spürte, wie ihr Herz raste, und zwang sich, ruhig zu atmen. Ein Glück, dass sie Maggie nicht geholt hatte. Sie hätte sich blamiert bis auf die Knochen.

Arabella öffnete die Gittertür und ging nach draußen. Obwohl es bereits ziemlich dunkel war, sah sie den Wombat um die Ecke der Außentoilette biegen. Offenbar hatte das Tier bei der Mülltonne nach Abfällen gesucht. Arabella wartete eine Weile, doch der Wombat kam nicht zurück. Als sie gerade in die Küche zurückwollte, nahm sie aus dem Augenwinkel eine Bewegung wahr. Ein Mann! Blitzschnell verschwand er hinter der Außentoilette. Arabella schnappte erschrocken nach Luft, eilte ins Haus, schlug die Tür hinter sich zu und drehte den Schlüssel herum.

Dann roch sie den Rauch.

»O nein!«, schrie sie auf.

Im gleichen Moment kam Maggie herein. Die Steaks waren auf der einen Seite völlig verkohlt; Rauchschwaden zogen durch die Küche.

»Was haben Sie denn jetzt wieder angestellt?«, stieß Maggie hervor. Sie riss die Steaks vom Rost und fächelte mit der anderen Hand den Rauch weg.

»Da draußen war jemand!«, jammerte Arabella hysterisch. »Ein Mann! Ich glaube, es war Wally Jackson!«

Maggie blickte aus dem Fenster. »Es ist stockdunkel da draußen. Wie wollen Sie da etwas erkennen?«

»Ich habe ein seltsames Geräusch gehört, und da bin ich raus, um nachzuschauen. Ich dachte zuerst, es wäre ein Wombat, und dann …«

»Die sieht man hier des Öfteren. Sie durchwühlen die Abfälle nach Essensresten.«

»… und dann hab ich gesehen, dass es ein Mann war. Er hat sich in der Nähe der Außentoilette herumgetrieben.«

»Sind Sie sicher?«

»Wenn ich es sage!«

»Das hätte Gott weiß wer sein können, Arabella. Die Aborigines lungern auch ständig hier herum.«

Arabella schüttelte energisch den Kopf. »Nein, es war ein Weißer.« Obwohl sie ihn nur flüchtig gesehen hatte, war sie ganz sicher. »Und er hat wie Wally Jackson ausgesehen.«

Maggie konnte ihr schlecht das Gegenteil beweisen. Außerdem wusste sie, dass sie nicht ganz unschuldig an Arabellas Panikattacke war. »Sie haben sich ganz bestimmt getäuscht«, sagte sie, um Arabella zu beruhigen. »Wally wird sich hier so bald nicht blicken lassen. Er ist in seinem Stolz verletzt.« Sie seufzte. »Schade um die Steaks. Sie hätten besser aufpassen müssen, Arabella. Tony sollte das lieber nicht sehen.« Sie stellte einen großen Teller auf die verkohlten Steaks. »Machen Sie die Tür auf, damit der Rauch abziehen kann.«

Arabella starrte sie ängstlich an. »Auf keinen Fall!«

Maggie verdrehte die Augen. »Herrgott, dann mach ich es eben. Bei der Gelegenheit kann ich auch gleich das Licht draußen einschalten.«

Als sie zurückkam, begann sie mit den Essensvorbereitungen. Sie warf ein paar neue Steaks auf den Rost, legte Brotscheiben zum Rösten dazu und briet Eier, als die Steaks fast durch waren. Im Handumdrehen waren die Sandwiches fertig.

»Haben Sie schon überlegt, was Sie den Männern sagen könnten, damit sie Wally nicht mehr hänseln?«, fragte Maggie und schloss die Tür wieder.

Arabella schüttelte den Kopf. »Nein.«

Maggie warf ihr einen tadelnden Blick zu, während sie die Teller mit den Sandwiches nahm. »Fangen Sie schon mal an, die Küche aufzuräumen«, sagte sie und eilte hinaus.

Arabella gehorchte, achtete jedoch darauf, dem Fenster und der Tür nicht zu nahe zu kommen. Als Maggie die leeren Teller zurückbrachte, bat sie Arabella, das Geschirr zu spülen. Das aber bedeutete, dass sie direkt am Fenster stehen müsste.

»Könnten Sie das nicht machen, Maggie? Wenn Wally da draußen herumlungert …«

»Ganz bestimmt nicht, weil er nicht von seinen Freunden gesehen werden will, wenn die zur Toilette müssen«, entgegnete Maggie mit Entschiedenheit und kehrte in die Bar zurück, um schmutzige Gläser zu holen.

Arabella sah ein, dass Maggie Recht hatte. Wally würde sich

bestimmt nicht draußen herumtreiben, zumal jetzt Licht brannte. Arabella nahm die Schüssel Wasser, die Maggie zum Erwärmen hinten auf den Rost gestellt hatte, und füllte das Spülbecken. Als sie die Teller ins Wasser stellen wollte, tauchte plötzlich ein Gesicht hinter der Fensterscheibe auf. Arabella stieß einen Entsetzensschrei aus und ließ die Teller fallen. Scherben klirrten.

Die Tür flog auf, und Maggie kam mit Tony in die Küche gestürzt.

»Was ist los?« Maggie warf einen Blick ins Spülbecken und sah das zerbrochene Geschirr. »Was haben Sie denn jetzt schon wieder gemacht?«

»Da war ein … ein Gesicht am Fenster!«, stammelte Arabella. Sie zitterte am ganzen Leib.

»Ein Gesicht?« Maggie schüttelte den Kopf, als wollte sie sagen: Was für ein alberner Gedanke! Sie stieß die Hintertür auf und ging nach draußen.

Tony seufzte tief. Er war überzeugt, Arabella wollte sich nur vor der Arbeit drücken. Wortlos drehte er sich um und kehrte in die Bar zurück.

Arabella drückte sich an die Wand neben dem Fenster, damit sie von draußen nicht gesehen werden konnte. Sie hörte, wie Maggie mit jemandem redete. Einen Augenblick später kam sie wieder herein.

»War es Wally?«, hauchte Arabella.

»Nein, das war Jack Emu. Er ist gerade vom *walkabout* zurück und stirbt fast vor Hunger. Ich habe ihm gesagt, dass er Sie zu Tode erschreckt hat. Es tut ihm leid. Er wollte bloß etwas zu essen und hat nicht gewusst, wer Sie sind. Ich hab ihm gesagt, ich kann ihm nur noch ein paar verbrannte Steaks anbieten, aber das macht ihm nichts, er nimmt sie gern.« Maggie schnitt zwei Scheiben Brot ab und klemmte die Steaks dazwischen. »Dann sind sie wenigstens weg, und Tony kriegt sie nicht zu Gesicht.« Sie trug die belegten Brote zur Hintertür hinaus.

Arabella folgte ihr zaghaft. Draußen stand ein dürrer Aborigine. Das war nicht der Mann, dessen Gesicht Arabella am Fenster gesehen hatte. »Ist sonst noch jemand hier draußen?«, fragte sie Jack über Maggies Schulter hinweg.

Er schien zu überlegen, was er darauf antworten sollte. »Nein, Missus«, sagte er dann, nahm sein Essen dankbar entgegen und wandte sich zum Gehen. Sekunden später hatte die Dunkelheit ihn verschluckt.

Die beiden Frauen kehrten in die Küche zurück.

»Maggie«, flüsterte Arabella verängstigt, »Jack war nicht der Mann, den ich am Fenster gesehen habe!«

Maggie klaubte die Scherben aus dem Spülbecken. »Hören Sie auf mich, Arabella, und entschuldigen Sie sich bei Wally. Oder reden Sie mit seinen Freunden. So oder so – bringen Sie die Sache ins Reine, damit endlich Ruhe ist.«

Arabella wusste, dass sie in dieser Nacht kein Auge zutun würde. Sie wünschte, Jonathan wäre da, damit sie jemanden zum Reden hätte. Er war nur wenige Stunden nach Stuart Thompson aufgebrochen, und auch Stuart würde erst in ein oder zwei Tagen zurück sein. Arabella fühlte sich einsamer als je zuvor.

Sie lag lange wach und lauschte angespannt auf jedes Knarren und Ächzen. Ihre Beklommenheit wuchs stetig. Schließlich stand sie auf und trat hinaus auf den Balkon. Sie hatte kein Licht gemacht. Sollte jemand sich unten auf der staubigen roten Straße aufhalten, würde er sie bestimmt nicht sehen. Eine Zeit lang stand sie regungslos da und ließ den Blick in die Ferne schweifen. Im Mondlicht konnte sie hüpfende Kängurus erkennen, und dann und wann einen Emu.

Am Rand ihres Blickfelds nahm sie plötzlich eine Bewegung unten auf der Straße wahr. Starr vor Angst beobachtete Arabella, wie ein Mann auf das Hotel zukam. Sie wagte kaum zu atmen. Arabella fürchtete, den Kerl auf sich aufmerksam machen, wenn sie in ihr Zimmer flüchtete. Der Mann war Wally Jackson. Dieses Mal war sie sich hundertprozentig sicher. Sie erkannte ihn am Gang, an seiner Gestalt, an der Form seines Huts. Das Hotel hatte früh geschlossen, wie montags und dienstags üblich, deshalb waren seine Kumpel längst gegangen. Als Wally nur noch wenige Meter vom Haus entfernt war, blieb er stehen, hob den Kopf und sah nach oben. Arabella kam es so vor, als bohrte sein Blick sich in ihre Augen. Voller Angst fragte sie sich, ob er wohl wusste, welches Zimmer ihres war. Auf einmal bückte er sich, hob etwas vom Boden auf und schleuderte es in ihre Richtung. Ein Stein prallte nur wenige Zentimeter neben ihr gegen die Fassade, und sie schrie erschrocken auf. Endlich löste sie sich aus ihrer Erstarrung, rannte in ihr Zimmer und schlug die Tür hinter sich zu. Schluchzend warf sie sich aufs Bett, rollte sich zusammen und zog sich die Decke über den Kopf.

8

Am nächsten Morgen erkundigte Arabella sich bei Maggie, wo Wally Jackson wohnte.

»Wieso interessiert Sie das?«, fragte Maggie verwundert.

»Ich will mit ihm reden«, antwortete Arabella. Sie hoffte inständig, dass der Mut sie nicht verließ.

»Sie werden sich bei ihm entschuldigen?«

»Ja. Er hat es zwar nicht verdient, aber ich tue es trotzdem … Ihnen und Tony zuliebe.« Arabella war viel zu stolz, als dass sie den wahren Grund für ihren Sinneswandel eingestanden hätte: Sie fürchtete sich. Sie hatte den McMahons nichts von dem Vorfall vergangene Nacht erzählt, aus Angst, Tony könnte sie womöglich hinauswerfen, wenn er davon erfuhr. Es wäre ihre Schuld, wenn sein Hotel beschädigt würde.

»Sie tun das Richtige, Arabella, nicht nur unseretwegen«, sagte Maggie.

»Ist der Constable zurück?«

»Nein, aber er müsste jeden Tag kommen. Warum?«

»Falls Wally meine Entschuldigung nicht annimmt und versucht, mir etwas anzutun, werde ich Anzeige gegen ihn erstatten.«

»Das würde ich an Ihrer Stelle nicht tun«, riet Maggie. »Damit machen Sie alles nur noch schlimmer.«

»Schlimmer kann es wohl nicht werden«, versetzte Arabella.

Maggie wiegte zweifelnd den Kopf. Dann beschrieb sie Arabella den Weg zu Frankie Millers Haus.

Arabella war zuversichtlich, dass sie es finden würde – die Stadt bestand schließlich nur aus einigen wenigen Gebäuden. Nach etwa einer halben Meile konnte sie Frankies Haus sehen. Wally saß auf der vorderen Veranda und hatte die Füße aufs Geländer gelegt. Anscheinend gab es auf den umliegenden Farmen nichts für ihn zu tun. Er beobachtete Arabella mit ausdrucksloser Miene.

Arabella wurden die Knie weich. Wenn der Kerl nun auf sie losging? Kein Mensch war zu dieser frühen Stunde unterwegs, sie war ganz allein. Ihr Mund war so trocken wie Schmirgelpapier. Etwa fünf Meter vor der Veranda blieb sie mit zitternden Knien stehen.

»Maggie weiß, dass ich hier bin«, begann sie für den Fall, dass Wally auf dumme Gedanken kam.

Wally sagte nichts, starrte sie nur mürrisch an. Die wenigen Male, die sie ihn gesehen hatte, war er stets angetrunken und in diesem Zustand meist redselig gewesen, sodass sie gewusst hatte, was in ihm vorging. Jetzt aber verriet seine undurchdringliche Miene ihr gar nichts. Sie bereute, dass sie hergekommen war. Es war eine dumme Idee gewesen. Aber wo sie schon einmal da war, konnte sie auch sagen, was sie zu sagen hatte.

»Ich … Tony hat erzählt, die Männer in der Bar machen sich lustig über Sie«, fuhr Arabella fort. Ihr Herz klopfte so heftig, und ihre Hände waren schweißnass. Sie rieb nervös mit den Handflächen über ihren Rock.

Wally funkelte sie finster an und schwieg. Anscheinend hatte er nicht vor, ihr die Sache leicht zu machen.

»Ich … ich wollte mich entschuldigen. Ich hätte das nicht sagen sollen. Ich war wütend. Ich mag es nicht, wenn man mich auf den Arm nimmt, aber ich hätte es trotzdem nicht sagen dürfen.« Sie wartete, dass Wally etwas erwiderte, doch er blieb stumm. Schließlich sagte Arabella: »Tja, jetzt wissen Sie's. Dann werde ich mal wieder gehen.« Sie wandte sich halb um. Wenn der Kerl glaubte, sie würde vor ihm im Staub kriechen, hatte er sich gewaltig getäuscht. Dieser Sturkopf! Hätte er nicht wenigstens sagen können: »Danke, dass Sie gekommen sind, auch ich habe einen Fehler gemacht«? Ein einziges Wort hätte genügt, doch Wally schwieg wie ein Grab.

Arabella war noch keine drei Schritte gegangen, als Zorn in ihr aufloderte. Sie fuhr herum und fauchte: »Wenn ich schon herkomme und mich entschuldige, könnten Sie meine Entschuldigung wenigstens annehmen! *Sie* waren es, der betrunken war und sich unmöglich aufgeführt hat! Finden Sie nicht, dass es zum Teil auch Ihre Schuld war?«

Wally sagte noch immer nichts, er starrte sie nur mit unbewegter Miene an.

»Ach, scheren Sie sich zum Teufel!«, fuhr Arabella ihn an. »Sie sind ein ungehobelter Klotz! Ich nehme meine Entschuldigung zurück! Außerdem sind Sie ein Feigling. Sie führen sich wie ein kleines Kind auf. Ihre Freunde verspotten Sie – na und? Warum wehren Sie sich nicht, anstatt den Beleidigten zu spielen? Sie haben auch unfreundliche Dinge zu mir gesagt, aber war ich deswegen böse auf Sie?« Damit drehte sie sich abermals um und stürmte wutentbrannt davon. Arabella konnte nicht ahnen, dass Wally bereit gewesen war, ihr zu verzeihen. Er sagte sich, dass sie schließlich ein dummes junges Ding war. Doch mit ihrer letzten Bemerkung hatte Arabella es sich endgültig mit Wally verdorben. Kalte Wut flackerte in seinen Augen auf. Arabella ahnte nichts davon.

»Was ist passiert?«, fragte Maggie, als Arabella sichtlich aufgewühlt die Küche betrat.

»Nichts«, gab sie zurück.

»Was heißt nichts? Haben Sie sich nun bei Jacko entschuldigt oder nicht?«

»Ja, habe ich«, antwortete Arabella knapp.

»Und?«

»Nichts und! Er hat kein Wort gesagt, hat mich nur böse angestarrt. Was bildet der Kerl sich ein? Und deshalb habe ich …« Maggies angespannter Gesichtsausdruck brachte sie zum Schweigen.

»Und deshalb haben Sie was, Arabella?«, drängte Maggie ungeduldig.

»Und deshalb habe ich meine Entschuldigung zurückgenommen.«

Maggie riss entgeistert die Augen auf. »Sie haben *was?*«

»Die Entschuldigung zurückgenommen. Er verdient es nicht, dass ich mich bei ihm entschuldige. Außerdem habe ich ihm gesagt, dass er in meinen Augen ein Feigling ist.«

»Allmächtiger!« Maggie ließ sich auf einen Stuhl sinken. Sie hätte es nicht für möglich gehalten, dass Arabella alles noch schlimmer machen könnte, doch genau das hatte sie getan.

»Keine Sorge, Maggie, mir ist da eine Idee gekommen.«

»Ich traue mich fast nicht zu fragen, aber was für eine?«

»Das kann ich noch nicht verraten, ich will erst eingehender darüber nachdenken«, antwortete Arabella und eilte auf ihr Zimmer.

»Denk lieber lange und gründlich darüber nach«, flüsterte Maggie. Sie hatte schon überlegt, ob *sie* mit Wally reden sollte, hielt es aber für klüger, sich nicht einzumischen. Und Tony war ohnehin strikt dagegen.

Arabella dachte nach und kam zu dem Schluss, dass sie Wally nichts mehr schuldig war. In ihren Augen war er ein eingebildeter, rücksichtsloser, kindischer Kerl. Sie nahm sich vor, sich nicht von ihm einschüchtern zu lassen. Sollte er dem Hotel doch fernbleiben! Ihr konnte es nur recht sein. Dann brauchte sie seinen Anblick wenigstens nicht mehr zu ertragen. Dass Tony einen seiner besten Gäste verlor, war bedauerlich, aber nicht zu ändern.

Tony sprach den ganzen Tag kein Wort mit Arabella, und Maggie war ebenfalls schweigsam. Sie war unglücklich, weil ihrem Mann die Situation nicht geheuer war, doch Arabella war zuversichtlich, dass sich alles wieder einrenken würde. Es war sieben Uhr und bereits dunkel, als sie in ihr Zimmer hinaufging. Sie stellte einen Stuhl auf den Balkon und setzte sich eine Weile nach draußen. Ihre Unerschrockenheit wich leisem Unbehagen, als sie zu Frankie Millers Haus hinüberschaute und sah, dass dort kein Licht brannte. In der Hotelbar hielt Wally sich jedenfalls nicht auf – dort saßen Ted und Les, und seinen Freunden ging er zurzeit ja aus dem Weg.

Arabella schaute zu den Sternen hinauf und ließ ihren Blick dann wieder über die nähere Umgebung schweifen. In der Nähe der Außentoilette standen ein paar Bäume, die im schwachen Mondlicht dunkle Schatten warfen. Wie leicht sich dort jemand verstecken konnte …

Hör auf, schalt sie sich. Da ist niemand, das bildest du dir nur ein. Wieder blickte sie zu den Sternen hinauf. Dann vernahm sie ein leises Geräusch. Es klang wie ein Hüsteln oder Räuspern. Das ist sicher nur ein Hotelgast, versuchte sie sich zu beruhigen, heftete den Blick aber auf die Schatten unter den Bäumen.

Sie wollte gerade aufstehen und ins Haus gehen, als sie sich plötzlich beobachtet fühlte. Vor Angst blieb sie ganz still sitzen. Wieder zogen die Schatten unter den Bäumen ihren Blick wie magnetisch an. Das würde Wally ähnlich sehen, sich dort zu verstecken, um ihr Angst einzujagen! So etwas Kindisches passte zu ihm. Arabella zwang sich, langsam aufzustehen. Als sie sich der Tür zuwandte, ließ ein lautes Knacken wie von einem zerbrechenden Ast sie herumfahren.

»Wer ist da?«, rief sie mit vor Entsetzen brüchiger Stimme und fuhr herum. Die Konturen der Schatten hatten sich verändert. Jetzt wusste sie, dass sich tatsächlich jemand dort versteckt und darauf gewartet hatte, bis sie ihm den Rücken kehrte, damit er sich davonschleichen konnte. »Du bist ein Feigling, Wally Jackson«, wisperte sie.

Fröstelnd ging sie ins Haus und schloss fest die Tür hinter sich.

Es war gegen Mitternacht, als Arabella aufwachte, weil sie ein dringendes Bedürfnis verspürte. Schlaftrunken wankte sie die Treppe hinunter. Sie hatte schon die Hand auf den Knauf an der Hintertür gelegt, als ihr jäh Wally Jackson einfiel. Mit einem Schlag war sie hellwach. Wally war bestimmt nicht mehr da. Sicher schlief er längst.

Sie öffnete die Tür einen Spalt und spähte hinaus. Alles war ruhig. Arabella nahm ihren Mut zusammen, huschte zur Außentoilette und schlüpfte hinein. Sekunden später, als sie ihr Nachthemd schon hochgeschoben hatte, hörte sie plötzlich ein Kratzen an der Rückseite. Sie erschrak. Das Geräusch konnte unmöglich von einem Tier stammen!

»Wer ist da?«, rief sie. Keine Antwort. Ihr Herz hämmerte wild, ihr wurde schwindlig vor Angst. Mit angehaltenem Atem wartete sie in dem kleinen Häuschen, in dem nur eine düstere Glühlampe über der Tür brannte. Da! Da war es wieder, das Kratzen. Dieses Mal kam es von der Seite und bewegte sich in Richtung Tür. Arabella war starr vor Entsetzen. Sie wollte schreien, brachte aber keinen Laut hervor.

Plötzlich ließ ein dumpfer Schlag die Tür erzittern. Endlich löste Arabella sich aus ihrer Erstarrung, stieß einen gellenden Schrei aus und riss die Tür auf. Sie hatte fest damit gerechnet, sich Wally gegenüberzusehen, doch da war niemand. So schnell ihre zitternden Beine sie trugen, lief Arabella zum Hintereingang, stürzte ins Haus und verriegelte die Tür. Ihr Herz raste. Sie ließ sich gegen die Tür fallen und atmete ein paar Mal tief durch, hin und her gerissen zwischen ohnmächtigem Zorn und grenzenloser Erleichterung. Dann durchzuckte sie ein schrecklicher Gedanke: Was, wenn Wally ihr auflauerte? Er konnte gegen die Tür der Außentoilette geschlagen haben und dann ins Haus gelaufen sein. Er konnte sich ja denken, dass sie sich ins Hotel flüchtete …

Die Augen weit aufgerissen, ließ Arabella den Blick durch die Küche schweifen. Von der Außenbeleuchtung fiel ein wenig Licht ins Innere, doch die Ecken des Zimmers lagen im Schatten.

Plötzlich hörte sie Schritte im Flur. Wally musste im Haus sein!

Zitternd vor Angst starrte Arabella auf die Tür zum Gang. Aus dem Augenwinkel sah sie Maggies Nudelholz im Spülbecken. Als sie danach tastete, knarrten die Dielen unter ihren Füßen. Sie erstarrte. Die Tür ging auf, und in der Öffnung zeichnete sich die Silhouette eines Mannes ab. Obwohl vor Entsetzen einer Ohnmacht nahe, packte Arabella das Nudelholz fester und holte zum Schlag aus. Da griff eine kräftige Hand nach ihrem Arm.

»He«, sagte Stuart Thompson, »immer hübsch langsam. Mit dem Ding könnten Sie jemanden verletzen.«

Arabella war dermaßen erleichtert, dass ihre Knie nachgaben. Sie sank Stuart in die Arme.

»Was haben Sie denn? Sie zittern ja wie Espenlaub!«

»Ich … ich dachte …« Arabella verstummte, als ihr klar wurde, wie verrückt es sich anhören würde, wenn sie Stuart erklärte, sie hätte ihn für Wally Jackson gehalten. Stattdessen fragte sie: »Was tun Sie hier? Ich dachte, Sie wären fort.«

»Ich bin erst vor ein paar Minuten zurückgekommen. Tut mir leid, wenn ich Sie erschreckt habe.«

Arabella sah ihm in die Augen. »Ich habe Schritte gehört. Und da draußen waren seltsame Geräusche …«

Stuart konnte es nicht gewesen sein. Wally musste sich draußen herumgetrieben haben, eine andere Erklärung gab es nicht.

Stuart legte den Arm fester um sie und warf einen Blick aus dem Fenster. »Für eine Frau kann es da draußen ganz schön unheimlich sein. Aber jetzt bin ich ja da, jetzt kann Ihnen nichts mehr passieren.«

Arabella spürte die Wärme seines Körpers, seinen regelmäßigen Herzschlag und fühlte sich geborgen. »Ich hätte eine Bitte«, flüsterte sie.

»Ja?«

»Könnten Sie mich nach oben begleiten?«

Ein Lächeln legte sich auf seine Lippen. Arabella errötete. Hoffentlich hatte er es nicht falsch verstanden!

»Mit dem größten Vergnügen«, sagte er leise.

»Ich komme mir richtig dumm vor, aber …«

»Machen Sie sich keine Gedanken. Den galanten Helden spiele ich für mein Leben gern«, sagte er und fasste sie am Arm.

Als sie vor ihrem Zimmer angelangt waren, zögerte sie. Wenn Wally ihr nun drinnen auflauerte?

»Könnten Sie vielleicht …«, begann Arabella, obwohl es ihr schrecklich peinlich war.

»Sie möchten, dass ich erst einen Blick hineinwerfe?« Sie hörte mehr, als dass sie sah, wie er lächelte.

»Ich benehme mich albern, ich weiß …«, flüsterte sie.

»Kein Problem. Wenn es Sie beruhigt, schaue ich gern nach, ob alles in Ordnung ist. Warten Sie so lange hier.« Als er hineingegangen war, wurde die Tür auf der anderen Seite des Flurs geöffnet, und Arabella fuhr erschrocken herum.

»Arabella!« Jonathan sah sie verdutzt an. »Was machen Sie denn auf dem Gang? Ist etwas passiert? Mir war, als hätte ich Stimmen gehört.« Er rieb sich verschlafen die Augen. Arabella stellte entsetzt fest, dass er nur eine Pyjamahose trug.

»Ja … ich meine, nein, alles in Ordnung«, stotterte sie. »Ich wusste gar nicht, dass Sie schon zurück sind.«

»Ich bin vor ungefähr einer Stunde gekommen.«

In diesem Moment trat Stuart auf den Flur hinaus. »Alles klar, Sie können beruhigt hineingehen.«

»Vielen Dank«, sagte sie leise.

Verlegenes Schweigen entstand. Arabella sah den verwunderten Blick Jonathans, mit dem er Stuart musterte. Was würde er jetzt von ihr denken, wenn er mitten in der Nacht einen Mann aus ihrem Zimmer kommen sah? »Ich habe unten merkwürdige Geräusche gehört«, versuchte Arabella ihm die Situation zu erklären.

»Unten?«, wiederholte Jonathan.

»Ja, und dann kam Mr Thompson, und ich habe ihn gebeten, mich nach oben zu begleiten und nachzusehen, ob jemand in meinem Zimmer ist. Ich weiß, es ist albern, aber ich hatte schreckliche Angst...«

»Wenn ich runtergehe, werde ich noch einmal nach dem Rechten schauen, damit Sie beruhigt schlafen können«, versicherte Stuart.

»Vielen Dank, Mr Thompson, das ist sehr freundlich«, erwiderte Arabella höflich.

»Sagen Sie Stuart zu mir«, erwiderte der Goldgräber. »Jetzt, wo ich in Ihrem Schlafzimmer gewesen bin, können wir auf das förmliche Mr Thompson verzichten, finden Sie nicht?« Es hatte ein Scherz sein sollen, um die gespannte Atmosphäre zu lockern, doch Arabella war viel zu nervös und verlegen.

»Ja, gut... Stuart«, sagte sie und ging in ihr Zimmer. »Gute Nacht.« Sie schloss die Tür und lauschte einen Augenblick, ob die beiden Männer noch ein paar Worte wechselten, konnte aber nur Stuarts Schritte auf der Treppe hören und den gedämpften Knall, als Jonathan seine Zimmertür ins Schloss warf.

Am nächsten Tag, Arabella war auf dem Weg in die Küche, blieb sie einen Moment in der Tür zur Bar stehen und beobachtete die Männer, die sich dort zu einem Bier eingefunden hatten. Außer Barry Bonzarelli saßen noch zwei weitere Männer da, die sie vom Sehen kannte. Les Mitchell, das wusste sie schon, arbeitete auf der Lizard Creek Station und war einer von Wallys Zechkumpanen. Der zweite Mann war Ted Wallace, der Bahnhofsvorsteher. Jetzt, wo der Zug nicht verkehrte, war er öfter als sonst in der Bar anzutreffen. Die Männer unterhielten sich mit gedämpfter Stimme, und Arabella konnte sie lachen hören. Wahrscheinlich machten sie sich wieder über Wally lustig. Arabella hatte nach einer schlaflosen Nacht begriffen, dass sie die Sache irgendwie ins Reine bringen musste, sonst würde Wally sie nie in Frieden lassen.

Das war aber nicht das einzige Problem, das ihr Kopfzerbrechen bereitete. Da war noch die Geschichte mit Stuart und Jonathan – die peinliche Situation, in die sie in der vergangenen Nacht geraten war. Da die beiden Männer das Hotel am frühen Morgen schon wieder verlassen hatten und erst in einigen Tagen zurück sein würden, hatte es keine Gelegenheit zu einem klärenden Gespräch gegeben. Deshalb wollte Arabella wenigstens die Sache mit Wally aus der Welt schaffen. Danach würde sie sich um Jonathan und Stuart kümmern.

Arabella holte noch einmal tief Luft und betrat die Bar. Die Männer waren sichtlich überrascht, als sie die junge Frau auf sich zukommen sahen.

»Ich habe gelogen«, platzte sie heraus, bevor der Mut sie verließ. Sie warf Tony, der sie wachsam beobachtete, einen nervösen Blick zu. Sie konnte seinen Argwohn verstehen: Er wollte nicht noch mehr Gäste verlieren.

»Wovon reden Sie?«, dröhnte Barry in einer Lautstärke, dass Arabella am liebsten geflüchtet wäre.

»Was ich über Wally gesagt habe, war gelogen. Ich war wütend. Er war betrunken und hat mich aufgezogen, und ich kann es nicht ausstehen, wenn man mich Fitzi nennt. Deshalb habe ich das alles erfunden, um es Wally heimzuzahlen«, sprudelte sie hervor.

»Soll das heißen, es stimmt gar nicht, was Sie uns über ihn

erzählt haben?« Barry musterte sie misstrauisch. Er war ein Hüne von einem Mann mit einem Mondgesicht und der platten Nase eines Boxers. Und er roch nicht gerade gut. Sein bloßer Anblick schüchterte Arabella ein.

Dennoch erwiderte sie ruhig: »Ja, ich habe alles nur erfunden.«

»Dann haben Sie uns angelogen?«, fragte Barry.

Arabella atmete tief durch. Sich als Lügnerin bezeichnen zu müssen war schrecklich für sie, aber sie wusste sich nicht anders zu helfen. Sie spürte, wie ihr die Röte ins Gesicht schoss. »Normalerweise lüge ich nicht«, brachte sie mühsam hervor. »Aber das mit Wally war eine Lüge, ich gebe es zu. Und … und da er ein guter Freund von Ihnen ist, wollte ich, dass Sie die Wahrheit erfahren.«

Die Männer wechselten einen argwöhnischen Blick.

»Warum sollten wir Ihnen jetzt glauben?«, sagte Ted. »Vielleicht lügen Sie ja schon wieder.«

»Ich hätte Ihnen das nicht erzählen müssen«, wandte Arabella ein. »Ich hätte auch den Mund halten können, oder?«

Les nickte. »Da ist was dran.« Er war fast so groß wie Barry, aber klapperdürr. Wenngleich er auf die sechzig zuging, konnte er genauso hart arbeiten wie die Jungen und die meisten von ihnen mühelos unter den Tisch trinken.

»Ich habe mich bei Wally entschuldigt, und jetzt habe ich zugegeben, dass ich alles nur erfunden habe. Mehr kann ich nicht tun.« Arabella fürchtete, ihre zitternden Beine würden gleich unter ihr nachgeben, deshalb hielt sie es für besser zu gehen. Als sie sich umdrehte, sah sie Maggie in der Tür stehen. Sie hatte alles mit angehört.

»Alle Achtung, das war ganz schön mutig«, raunte sie Arabella zu. »Aber ich weiß nicht, ob es klug war, sich als Lügnerin hinzustellen. Das könnte sich rächen.«

»Wenn Wally wieder herkommt und alles wie früher wird, ist es das wert«, entgegnete Arabella. Sie hoffte inständig, ihre Rechnung ginge auf und Wally würde sie künftig in Ruhe lassen. Mit weichen Knien stieg sie die Treppe hinauf.

Maggie blickte ihr nach. Sie wusste nicht, ob Arabella mutig oder dumm war, doch was sie getan hatte, nötigte ihr Respekt ab. Nicht viele Männer – und schon gar keine junge, zierliche Frau wie Arabella – wagten eine Konfrontation mit Barry Bonzarelli. Maggie musterte Barry, Ted und Les verstohlen. Die Männer wirkten ratlos und verwirrt.

Barry wandte sich Tony zu. »Was meinst du, sagt sie die Wahrheit?«

»Ich glaub schon«, antwortete dieser achselzuckend. »Wie sie schon sagte – sie hätte ja auch den Mund halten können.«

Barry kratzte sich am Kopf. Seine dichten Haare standen ihm in allen Richtungen vom Kopf ab.

»Tja, wie's aussieht, haben wir Wally umsonst getriezt«, meinte Les. »Wir hätten es wissen müssen. Warum haben wir auch einer Zugereisten geglaubt – noch dazu einem Mädchen wie diesem. Die Kleine ist ziemlich merkwürdig, wenn du mich fragst.«

Ted nickte. »Da hast du allerdings Recht.«

»Gib mir vier Bier«, sagte Barry zu Tony. »Ich glaube, wir müssen da jemandem Abbitte leisten.«

Tony stellte vier Flaschen auf die Theke.

»Dann bis später«, sagte Barry und fügte an seine Kumpel gewandt hinzu: »Kommt, Jungs, gehen wir.« Die Männer verließen die Bar.

Tony sah ihnen nach. Er konnte sich denken, wo sie hinwollten: zu Wally.

Barry, Les und Ted gingen zu Frankie Millers Haus. Frankie selbst war nicht da; er war in Alice Springs, wo er wegen seiner schlechten Augen einen Arzt aufsuchen wollte. Die Männer klopften und traten ein, ohne eine Antwort abzuwarten. Wally hockte am Küchentisch, den Kopf auf einer alten Zeitung, und schlief. Seine

Kumpel überkam bei seinem Anblick das schlechte Gewissen. Barry tippte ihm auf die Schulter, und Wally schreckte aus dem Schlaf hoch. Einen Augenblick lang glaubte er zu träumen, als er seine drei Freunde sah. Anscheinend war dieser Tag für mehr als eine Überraschung gut.

»Sieht so aus, als müssten wir uns bei dir entschuldigen«, sagte Barry verlegen.

»Entschuldigen? Wofür denn?«, fragte Wally, noch immer benommen.

»Die Kleine im Hotel hat uns gerade gebeichtet, dass alles nur erfunden war, was sie über dich erzählt hat«, erwiderte Les. »Schätze, wir haben es mit unseren Frotzeleien ein bisschen übertrieben. Du weißt doch, dass wir dich bloß auf die Schippe genommen haben, nicht wahr? Ich geb ja zu, manchmal sind wir ein bisschen zu weit gegangen, aber es war nur Spaß. Ehrlich!« Die Männer kannten Wally und wussten, dass er nachtragend sein konnte.

Wally war sprachlos.

Seine Freunde dachten, er würde aus Verärgerung schweigen.

»Trinkst du ein Bier mit uns?« Ted hielt ihm eine Flasche hin.

Wally griff wie in Trance danach. Er musste erst noch verdauen, was Les gerade gesagt hatte.

»Was soll das heißen?«, fragte er dann. »Willst du damit sagen, die Kleine hat zugegeben, dass sie gelogen hat?«

Les nickte und kratzte sich verlegen am Kopf. »Sie hätte sich die ganze Geschichte über dich und … na ja, du weißt schon, nur aus den Fingern gesogen, hat sie gesagt.«

»Im Ernst?« Wally konnte es nicht fassen.

»Wenn wir's dir sagen«, bekräftigte Barry. Er öffnete die vier Flaschen Bier.

»Wir hätten es wissen müssen«, meinte Ted. »Irgendwas stimmt mit der Kleinen nicht, das sieht doch ein Blinder!« Seiner Meinung nach trug Arabella die alleinige Verantwortung für diese unangenehme Geschichte, und er hoffte, Wally sah es genauso.

»Da hast du allerdings Recht«, pflichtete Wally ihm bei und rieb sich sein stoppliges Kinn. Die vier Männer prosteten sich zu. Wally nahm einen kräftigen Schluck. Es kam ihm so vor, als wären Wochen vergangen, seit er das letzte Mal ein kühles Bier mit seinen Freunden genossen hatte, und es schmeckte herrlich.

Dass er Arabella so sehr eingeschüchtert hatte, verschaffte ihm tiefe Befriedigung. Das änderte jedoch nichts daran, dass er ihr die letzten beleidigenden Worte, die sie zu ihm gesagt hatte, niemals verzeihen würde, ganz egal, was sie seinen Freunden erzählte.

Als Maggie an Arabellas Zimmer vorbeiging, stutzte sie. Hörte sie da nicht ein Schluchzen? Behutsam öffnete sie die Tür. Arabella lag bäuchlings auf dem Bett und weinte herzzerreißend.

»Arabella, Kindchen, was haben Sie denn?«

Arabella setzte sich aufrecht hin. »Ich vermisse meine Eltern so sehr. Seit fast einer Woche habe ich sie nicht mehr gesehen … Sie halten mich bestimmt für tot!«, stieß sie hervor. »Ich habe Sehnsucht nach ihnen, Maggie!«

Ein mitfühlender Ausdruck legte sich auf Maggies Gesicht. Sie setzte sich neben Arabella und nahm sie tröstend in den Arm. »Ich weiß, Kindchen, ich weiß.«

»Nehmen Sie es nicht persönlich, Maggie, aber ich hasse diese Stadt!«

»Das kann ich gut verstehen. Mir ging es damals nicht viel anders. Mein erstes Jahr hier war das schlimmste meines Lebens. Die fürchterliche Hitze, der verdammte Staub und die ewige Trockenheit. Aber wissen Sie was? Man gewöhnt sich an diese Stadt und ihre Menschen, und irgendwann möchte man sie gar nicht mehr missen.«

Das konnte Arabella sich beim besten Willen nicht vorstellen. »Haben Sie sonst keine Verwandten mehr?«, fragte sie und wischte sich die Tränen ab. Es war ihr unbegreiflich, wie man freiwillig in einem staubigen, gottverlassenen Nest wie Marree bleiben konnte.

»Doch. Ich habe eine Schwester, die auf Warratah Station lebt, und einen Bruder in England.«

»Wo liegt Warratah Station?« Arabella schnäuzte sich.

»Die am nächsten liegende Grenze verläuft ungefähr fünfzig Meilen nördlich von hier, aber bis zum Farmhaus selbst sind es etwa hundert Meilen.«

Arabella riss erstaunt die Augen auf. »So riesig sind die Farmen hier?«

»Oh, Warratah ist noch eine von den kleineren Farmen. Manche, wie Anna Creek, sind so groß wie europäische Kleinstaaten. Auf über zweiundzwanzigtausend Quadratkilometer Land tummeln sich bis zu achtzehntausend Rinder.«

Arabella schnappte nach Luft. »Du meine Güte! Wo liegt denn Anna Creek?«

»Nordwestlich von hier, dreißig Meilen von William Creek entfernt.«

»Besuchen Sie Ihre Schwester oft?«

»Peg hat eine große Kinderschar, um die sie sich kümmern muss. Deshalb kommt sie nur ein-, zweimal im Jahr in die Stadt. Ich kann auch nicht viel öfter weg, weil Tony das alles hier allein nicht schafft, jedenfalls nicht für lange Zeit.«

»Sie haben keine Kinder, Maggie?«

Ein trauriger Ausdruck huschte über Maggies Gesicht. »Nein«, sagte sie leise, »Kinder waren Tony und mir nicht vergönnt.«

»Ich bin Einzelkind. Meine Mutter sagt, sie hätte so viel mit mir zu tun gehabt, dass ihr die Kraft und die Zeit für ein weiteres Kind gefehlt hätten«, gestand Arabella.

Das konnte sich Maggie lebhaft vorstellen.

»Was meinen Sie, Maggie, wann wird der Zug wieder verkehren?«, fragte Arabella.

»Ich will ehrlich zu Ihnen sein, Kindchen. Es kann Monate dauern. Im Outback braucht alles sehr viel Zeit.«

»Aber die Telegrafenleitung wird doch bestimmt schneller repariert sein, oder?«

»Ganz bestimmt.« Maggie tätschelte ihr tröstend die Hand. »Egal, wie lange es dauern mag – Ihre Eltern werden mit dem nächsten Zug kommen, weil es kein anderes Verkehrsmittel von Alice Springs aus gibt. Bis dahin müssen Sie sich gedulden.«

Arabellas Miene hellte sich auf. Natürlich! Daran hatte sie noch gar nicht gedacht. Ihre Eltern würden vor der Rückreise nach England nach Adelaide zurückkehren, weil sie dort einen Schrankkoffer zurückgelassen hatten. Das bedeutete, ihr Weg würde sie zwangsläufig durch Marree führen. »Sie haben Recht, Maggie!«

»Was meinen Sie, was für eine freudige Überraschung das sein wird, wenn sie Sie hier treffen!«

Arabella lächelte. »O ja, sie werden bestimmt aus allen Wolken fallen!«

Kurze Zeit später betraten Wally, Les, Ted und Barry die Bar. Arabella ging auf dem Weg zum Speisesaal, in dem sie abstauben wollte, an den Männern vorbei, doch Wally ignorierte sie. Arabella war es nur recht. Wenigstens ließ er sie in Ruhe, mehr wollte sie gar nicht, und Tony hatte seinen durstigen Gast zurück.

Am Abend verließen sie das Lokal jedoch früher als sonst. Arabella wunderte sich darüber und fragte Maggie nach dem Grund.

»Wahrscheinlich wollen sie bei Frankie Miller noch Karten spielen.«

»Das könnten sie doch auch hier.«

»Glücksspiel ist in öffentlichen Gaststätten verboten, obwohl Tony sicher nichts dagegen hätte.«

»Das ist nicht gut fürs Geschäft, wenn sie so früh gehen, oder?«

»Nein«, gab Maggie zu. »Aber sie langweilen sich nun mal,

und andere Möglichkeiten der Unterhaltung gibt es in der Stadt nicht. Seien wir ehrlich – auch die tüchtigsten Zecher haben irgendwann den Kanal voll.«

Arabella erwiderte nichts darauf. Sie konnte Maggie jedoch ansehen, dass sie beunruhigt war.

Bevor sie sich auf ihr Zimmer zurückzog, suchte Arabella die Toilette auf. Sie beeilte sich, weil sie dort draußen jedes Mal ein mulmiges Gefühl beschlich. Als sie wieder hineinging und schon die Treppe hinaufsteigen wollte, hielt sie inne. Aus der Bar drang Tonys erregte Stimme auf den Flur hinaus. Dann hörte sie Maggie und begriff, dass die beiden offenbar eine Auseinandersetzung hatten. Sie schlich sich auf Zehenspitzen davon, als plötzlich ihr Name fiel. Ihre Neugier gewann die Oberhand. Sie blieb auf dem Treppenabsatz stehen und lauschte.

»Arabella kostet zu viel und arbeitet zu wenig«, sagte Tony gerade.

»Sie tut ihr Bestes«, erwiderte Maggie besänftigend.

»Ihr Bestes? Dass ich nicht lache! Sie zerbricht Geschirr und lässt das Essen anbrennen. Glaubst du, ich hätte den Rauch nicht gerochen? Und dann die Sache mit dem Backofen. Die Maxwells und ihre Gäste mussten eine halbe Ewigkeit auf ihr Essen warten. Wir können von Glück reden, wenn sie noch mal wiederkommen. Außerdem habe ich Arabella gesagt, sie soll den Stall ausmisten, und was hat sie getan? Gar nichts! Dabei könnte sie im Stall wenigstens keinen großen Schaden anrichten«, fügte er brummig hinzu.

»Das ist keine Arbeit für eine Frau«, widersprach Maggie. »Schon gar nicht für eine so junge, zierliche Person, die bisher ein behütetes Leben geführt hat. Du bist ein richtiger Dickschädel, weißt du das?«

»Dass sie ein behütetes Leben geführt hat, sagt *sie*, aber wissen wir, ob das stimmt? Nein, nein, sie kostet uns nur einen Haufen Geld und vergrault unsere Kundschaft.«

»Wally ist wieder da, oder etwa nicht? Ich finde es mutig von Arabella, dass sie vor die Männer hingetreten ist und sich als Lügnerin bezichtigt hat, nur damit die anderen Wally in Ruhe lassen.«

»Und wenn sie doch die Wahrheit gesagt hat und die ganze Geschichte nur erfunden ist?«

»Tony, wir haben beide Wally schon dabei ertappt, wie er hinter dem Haus mit einem der Aborigine-Mädchen zusammen war«, erwiderte Maggie geduldig. »Und wir wissen, dass er tatsächlich grunzt. Du wirst Arabella doch nicht rauswerfen? Wo soll sie denn hin?«

»Keine Ahnung, und es interessiert mich auch nicht«, entgegnete Tony. »Sie taugt zu nichts und nutzt unsere Gastfreundschaft nur aus!« Er knallte irgendetwas auf die Theke. »Ich muss an die frische Luft, ein paar Schritte gehen.« Wütend stürmte er hinaus.

Als Maggie auf den Flur trat, sah sie Arabella die Treppe hinaufsteigen. Ihr war sofort klar, dass sie den Wortwechsel belauscht hatte.

»Sie haben alles gehört, nicht wahr?«, sagte Maggie bedrückt.

Arabella drehte sich langsam um. Maggie war die Sache sichtlich peinlich, doch Arabella wusste nicht, was sie sagen sollte.

»Tony macht sich Sorgen«, fuhr Maggie fort. »Seit längerer Zeit läuft das Geschäft nicht mehr so gut. Ein paar Abende wie die mit den Maxwells und ihren Gästen würden uns sehr helfen.«

»Und jetzt werden sie nicht mehr herkommen, und ich bin schuld daran«, sagte Arabella betrübt.

»Ach was, Unsinn, natürlich werden sie wiederkommen. Sie dürfen nicht so ernst nehmen, was Tony gesagt hat.«

»Müssen Sie das Hotel schließen, wenn die Lage sich nicht bessert?«

»Das Finanzielle ist Tonys Angelegenheit, er kümmert sich um die Bücher. Gesagt hat er zwar nichts, aber ich fühle, dass er mir etwas verheimlicht«, sagte Maggie nachdenklich. »Ich kenne ihn lange genug. Er will mich nur nicht beunruhigen. Jack Emu meinte, in den nächsten Tagen müssten einige Schafscherer durch die Stadt kommen. Die lassen normalerweise ordentlich Geld da, aber manchmal machen sie auch ziemlichen Ärger.«

Arabella zog die Stirn kraus. »Inwiefern?«

»Wenn sie betrunken sind, fangen sie Streit an, und es kommt zu Schlägereien. Andererseits sind sie gute Esser. Ich sollte für alle Fälle noch ein paar Laib Brot backen. Tony will morgen mehrere Schafe schlachten, weil wir kaum noch Rindfleisch haben.«

»Ich werde helfen, wo ich kann, Maggie«, versprach Arabella. »Und ich werde versuchen, dass ich nicht wieder etwas kaputtmache.«

»Denken Sie nicht mehr an Tonys Worte. Er hat es nicht so gemeint.«

Doch Arabella wusste, dass Maggie sie nur trösten wollte. Tony hatte jedes Wort genauso gemeint, wie er es gesagt hatte. Sie ließ den Kopf hängen und zog sich niedergeschlagen in ihr Zimmer zurück.

9

Schon am nächsten Tag ritten fünfzehn Schafscherer in die Stadt. Zum Glück hatte Maggie den ganzen Morgen Brot gebacken. Um Tony zu besänftigen, hatte Arabella darauf bestanden, den Stall auszumisten. Da Stuart Thompson sein Pferd mitgenommen hatte, war er wenigstens leer.

Die Schafscherer waren über den Birdsville Track aus Queensland gekommen, wo sie einen Monat gearbeitet hatten. Nach dem langen Ritt waren sie müde, durstig und schmutzig und freuten sich auf eine Waschgelegenheit, eine Rasur, ein weiches Bett und ein Bier – natürlich nicht unbedingt in dieser Reihenfolge.

Arabella versuchte, den Scherern aus dem Weg zu gehen, bemühte sich aber gleichzeitig, Maggie nach Kräften zu helfen. Während die Scherer in der Bar ein kühles Bier genossen, hängte Maggie an einer Wäscheleine hinter dem Haus Laken auf und stellte eine große Wanne dahinter, damit die Männer sich ausziehen und waschen könnten, vor neugierigen Blicken geschützt. Sie bat Arabella, Handtücher, einen Spiegel, ein Rasiermesser, einen Streichriemen und Seife zu holen. Als Maggie das Wasser erwärmt und in die Wanne gefüllt hatte, gingen die Männer nacheinander hinaus, um sich frisch zu machen.

Ted Wallace machte hinten im Hof ein großes Feuer und legte eine Stahlplatte auf die Backsteine rechts und links der Feuerstelle. Um Maggie Arbeit abzunehmen, hatten er und Tony beschlossen, die Lammkoteletts draußen über dem offenen Feuer zu braten. Maggie brauchte nur noch das Brot aufzuschneiden und

Tomatensoße bereitzuhalten. Bis das Essen fertig war, labten die Scherer sich am Bier.

Kurz nach Einbruch der Dunkelheit war es so weit. Im Schein der Fackeln, die Tony rings um die Grillstelle in den Boden gesteckt hatte, konnte Arabella von der Küche aus beobachten, wie Ted die Lammkoteletts und Brot austeilte und die Scherer es sich schmecken ließen. Sie hatten einen gesunden Appetit und waren ein fröhliches Völkchen, doch Maggie hatte so ihre Befürchtungen.

»Eben reißen sie noch Witze und lachen«, sagte sie zu Arabella, »und eine Sekunde später ist die wildeste Schlägerei im Gange. Diese Kerle sind unberechenbar. So hart, wie sie arbeiten, so leidenschaftlich gern spielen sie Karten. Das einzig Gute ist, dass sie selbst in schweren Zeiten Geld für Bier übrig haben. So wie diese Burschen hier – nach einem Monat Schufterei auf den Schaffarmen können sie das Geld nun mit vollen Händen ausgeben.«

Arabella fiel auf, dass die Aborigine-Mädchen sich mitsamt ihrer Beschützerin Rita eingefunden hatten und in der Nähe der Scherer herumlungerten. Anscheinend hofften sie, dass auch für sie ein paar Scheine heraussprangen. Arabella schauderte bei dem Gedanken, auf welche Weise die Mädchen sich ihr Geld verdienen mussten.

Nach dem Essen steuerten die Männer abermals die Bar an. Als alle drinnen waren, schnappte Maggie sich einen Abfalleimer. »Ich will nur rasch den Müll draußen einsammeln. Es ist jedes Mal die gleiche Schweinerei.«

Arabella folgte ihr nach draußen. Überall lagen leere Flaschen, Kotelettknochen und Knorpel herum.

»Die Abfälle locken Fliegen und Dingos an, wenn man sie nicht gleich beseitigt«, sagte Maggie.

»Wenigstens ist die Küche sauber geblieben«, stellte Arabella fest. Sie bemerkte die Blicke der Männer, die sie mit unverhohlener Neugier musterten, und fühlte sich befangen. Als sie Ordnung geschaffen hatten, gingen die beiden Frauen wieder ins Haus. Arabella fragte, ob sie sich zurückziehen dürfe. Die Blicke der Männer machten sie nervös.

»Sicher, gehen Sie nur«, sagte Maggie. Sie hielt es für klüger, wenn Arabella den Scherern aus dem Weg ging. Einige hatten seit Monaten keine Frau mehr gesehen – wer konnte schon sagen, auf welche Gedanken diese Kerle kamen. Das behielt Maggie aber wohlweislich für sich. »Sobald hier unten alle versorgt sind, werde ich auch nach oben gehen«, sagte sie. Tony und Ted würden allein zurechtkommen, und Rita war ja auch noch da, falls es einem der Schafscherer einfallen sollte, Ärger zu machen.

Arabella ging auf ihr Zimmer und schloss die Tür ab. Von unten drang das Krakeelen und Grölen herauf, das an Lautstärke noch zuzunehmen schien, als die Einheimischen sich unter die Scherer mischten, um zu erfahren, was es Neues in der Gegend gab.

Plötzlich kreischte eine Frau. Arabella trat neugierig auf den Balkon hinaus. Im Schein einer Fackel konnte sie erkennen, wie Lily von einem der Scherer herumgestoßen wurde. Auch Rita hatte die Schreie offenbar gehört, denn schon kam sie herbeigelaufen und stürzte sich auf den betrunkenen Mann. Im Nu war die schönste Rauferei im Gange. Arabella beobachtete, wie die beiden sich prügelten. Nach einem gezielten Tiefschlag ging der Scherer ächzend in die Knie. Rita versetzte ihm einen kräftigen Tritt in den Hintern, und er fiel vornüber in den Staub, wo er ein paar Sekunden liegen blieb. Dann rappelte er sich auf und torkelte davon, zutiefst gedemütigt. Lily und Missy, die ebenfalls herbeigeeilt war, jubelten Rita zu. Lily reichte ihr eine Flasche Bier. Rita nahm einen langen Schluck und wischte sich mit dem Handrücken ihre blutige Nase ab.

Plötzlich begann sie zu keuchen, schwankte und fiel mit dem Gesicht voran zu Boden. Arabella griff sich erschrocken an den

Hals. Doch Lily goss ihr kurzerhand den Rest Bier über den Kopf. Rita schüttelte sich und setzte sich mühsam auf. Die beiden Frauen nahmen sie in ihre Mitte, legten sich jeweils einen ihrer massigen Arme um die Schultern und schleppten sie nach Hause. Arabella konnte sie noch eine ganze Weile kichern und lallen hören.

Schockiert ging sie wieder hinein. Sie hatte noch nie Frauen gesehen, die sich prügelten, schon gar nicht mit einem Mann. Obwohl sie geahnt hatte, wie stark Rita war, konnte sie kaum glauben, dass sie den Scherer tatsächlich niedergeschlagen hatte. Hoffentlich blieb es die einzige Prügelei an diesem Abend.

Doch keine fünf Minuten später hörte Arabella, wie unten klirrend etwas zu Bruch ging. Mit pochendem Herzen riss sie die Tür auf. Maggie, die das Scheppern ebenfalls gehört hatte, eilte an Arabellas Zimmer vorbei zur Treppe. »Hoffentlich prügeln sie sich nicht! Wenn sie uns den Laden kurz und klein schlagen, können wir dichtmachen!«, rief sie. Sorgenfalten standen ihr auf der Stirn.

Arabella folgte Maggie zögernd nach unten und spähte ihr über die Schulter. In der Bar war ein Fenster zu Bruch gegangen. Zwei Männer, der eine hager, der andere grobschlächtig, standen sich kampflustig gegenüber. Tony versuchte, die Streithähne zu trennen, doch die Gemüter waren zu sehr erhitzt.

Anscheinend ging es darum, wer von beiden der bessere Scherer war; außerdem beschuldigte der eine den anderen, ihm Geld gestohlen zu haben. Als Nächstes ging es um Frauen. Der Dürre warf seinem Kontrahenten vor, mit seiner Frau zu flirten, und deutete an, dass eins seiner Kinder gar nicht von ihm, sondern von dem grobschlächtigen Klotz war. »Der Junge ist genauso hässlich wie du«, giftete er. »Und ich weiß, dass du dich bei mir zu Hause rumgetrieben hast, wenn ich nicht da war!«

»Du bist ja nicht ganz dicht, Freundchen«, gab der andere zurück. »Oder vielleicht nicht Manns genug für deine Frau!«

Das reichte. Schon flog ein Glas und traf das Raubein am Kopf. Der Hüne erstarrte einen Augenblick und ging dann unvermittelt zum Angriff über. Mit lautem Gebrüll stürzte er sich auf den Dürren, der sich ängstlich duckte. Ehe man sich's versah, war eine Massenschlägerei im Gange. Maggie und Arabella wichen erschrocken in den Salon zurück, als zwei ineinander verschlungene Männer in den Flur rollten und ihnen den Weg zur Treppe versperrten.

Maggie musste hilflos mit ansehen, wie Barhocker und Tische umstürzten und zersplitterten. Arabella brach in Tränen aus. Sie wünschte, Jonathan und Stuart wären da. Jetzt benutzten die Männer sogar Stuhl- und Tischbeine als Waffen. Gelegentlich sauste ein Trümmerstück durch die Luft und flog gefährlich nahe an den beiden Frauen vorbei, die sich in den Speisesaal flüchteten. Der Spiegel über dem Kamin ging zu Bruch; die zierlichen kleinen Tische zerbrachen unter dem Gewicht miteinander ringender Männer, die sie unter sich begruben. Arabella zitterte am ganzen Leib. Starr vor Entsetzen beobachtete sie den Gewaltausbruch, hörte den Aufprall von Fäusten, das Klirren von Gläsern und das wüste Gefluche. Wie in Trance wich sie immer weiter zurück, bis sie gegen das Klavier stieß. Um die scheußliche Geräuschkulisse auszublenden, riss sie das Tuch herunter, mit dem das Instrument abgedeckt war, setzte sich und begann, mit zitternden Fingern *Greensleeves* zu spielen, eines ihrer Lieblingslieder. Bald war sie dermaßen in ihr Spiel vertieft, dass sie gar nicht bemerkte, wie Maggie hinter sie trat und ihr staunend zuhörte.

Es dauerte nicht lange, bis auch die Männer verblüfft in ihrer Rauferei innehielten. Fast schlagartig wurde es still, nur die Musik war zu vernehmen. Aus der Bar und dem Salon kamen die Männer auf leisen Sohlen herüber. Tony, der sich genauso wenig wie die anderen erklären konnte, woher die Klavierklänge kamen, schloss sich ihnen an.

Arabella spielte unbeirrt weiter. Tonys und Maggies Blicke trafen sich. Beide waren sprachlos. Als das Stück zu Ende war, legte Arabella die Hände in den Schoß und schaute zögernd auf. Alle starrten sie verwundert an. Ihr Herz klopfte heftig, und ihr war schwindlig. Sie sah Wally ganz hinten stehen; im Gegensatz zu den anderen durchbohrte er sie mit feindseligen Blicken.

»Das war wundervoll«, nuschelte ein Scherer mit blutiger Nase und angeschwollener Lippe. Wie auf ein Zeichen hin brach Beifall los.

Arabella fühlte, wie sie rot wurde. Bevor sie aufstehen und sich auf ihr Zimmer flüchten konnte, wurden Rufe laut: »Spielen Sie noch was!«

»Ja, spielen Sie bitte noch etwas für uns, Arabella«, drängte auch Maggie, da sie befürchtete, dass die Kerle ihre Schlägerei wieder aufnahmen, sobald Stille einkehrte. Arabella begriff sofort. Als sie das Ragtime-Stück *The Entertainer* anstimmte, hoben die Männer leise die Tische und Stühle wieder auf und setzten sich. Maggie und Tony warfen sich einen verständnisinnigen Blick zu und gingen zur Bar, um Drinks für alle zu holen.

»Ich wusste gar nicht, dass sie Klavier spielen kann«, raunte Tony seiner Frau zu. »Warum hast du mir das nicht gesagt?«

»Ich hatte selbst keine Ahnung!«

»Jetzt wissen wir wenigstens, dass sie doch zu etwas zu gebrauchen ist«, meinte Tony. Zum ersten Mal seit Wochen huschte ein Lächeln über sein Gesicht. »Hast du gesehen, wie verzückt die Kerle ihr zuhören? Ihr Klavierspiel ist eine Attraktion! Damit können wir die Gäste scharenweise anlocken.«

Maggie schürzte missbilligend die Lippen. »Wir dürfen das Mädchen nicht ausnutzen. Vielleicht hat sie gute Gründe, weshalb sie bisher nie gespielt hat.«

»Wir nutzen sie doch nicht aus!«, widersprach Tony. »Wir machen uns lediglich ihre Begabung zunutze. Außerdem kann sie auf diese Weise die Kosten für Unterkunft und Verpflegung begleichen.«

Arabella unterhielt die Gäste den ganzen Abend mit ihrem Klavierspiel. Die Musik wirkte Wunder: Von Stund an herrschte Frieden im Lokal. Schafscherer und Einheimische lauschten gebannt, und Arabellas Nervosität legte sich.

Maggie räumte unterdessen auf und fegte die Scherben zusammen. Sooft sie einen der Scherer anschaute, senkte dieser betreten den Blick. Allen war der Schaden, den sie angerichtet hatten, sichtlich unangenehm.

Schließlich nahte die Sperrstunde. Normalerweise wurde die Ankündigung, dass die Bar gleich geschlossen würde, mit Verärgerung aufgenommen, doch dieses Mal reagierten die Männer friedlich, so sehr hatte sie Arabellas Spiel verzaubert. Als letztes Stück an diesem Abend spielte sie *Stille Nacht*. Tony und Maggie bemerkten, dass der eine oder andere raue Bursche ein paar Tränen verdrückte. Sogar der ungehobelte Klotz, der den Streit angezettelt hatte, hatte feuchte Augen.

Als das Lied zu Ende war, brandete wieder Applaus auf.

»Wo haben Sie so wunderbar spielen gelernt?«, wollte einer der Schafscherer wissen. »Machen Sie das beruflich?«

»Das nicht, aber ich habe schon mit sechs Jahren angefangen und hatte lange Zeit Privatunterricht«, antwortete Arabella und lächelte scheu. Für ihre Klavierstunden hatte sie stets Begeisterung aufgebracht. Die Musik hatte ihr über viele einsame Stunden hinweggeholfen, wenn ihre Eltern gesellschaftlichen Verpflichtungen nachgekommen waren.

»Sie spielen großartig«, staunte auch Maggie. »Und ganz ohne Noten!«

»Wenn man ein Stück etliche hundert Mal gespielt hat, braucht man keine Noten mehr«, erwiderte Arabella und gähnte diskret.

»Sie müssen todmüde sein«, sagte Maggie. »Gehen Sie schlafen.« Dass der Abend sich so entwickeln würde, hätte sie in ihren kühnsten Träumen nicht zu hoffen gewagt. »Und vielen Dank, dass Sie unsere Gäste so wunderbar unterhalten haben.«

Am nächsten Morgen brachen die Schafscherer in aller Frühe nach Farina auf. Von dort würden sie in die Flinderskette weiterreiten. Nach dem Frühstück bezahlten sie für Unterkunft, Speisen und Getränke und ließen dann einen Hut herumgehen, um für die Schäden zu sammeln, die sie bei der Schlägerei angerichtet hatten. Tony nahm das Geld erfreut entgegen.

»Ich hätte nie gedacht, dass der Abend gestern eine solche Wendung nehmen würde«, sagte Maggie zu ihrem Mann, als die Scherer fort waren.

Tony nickte. »Ich auch nicht. Die Scherer haben mir zweiundfünfzig Pfund für den entstandenen Schaden gegeben, und an Essen und Getränken haben wir einen kleinen Gewinn gemacht. Wir können zufrieden sein.«

»Unglaublich, dass Arabella den Abend gerettet hat.« Maggie schüttelte verwundert den Kopf.

»Ja, wer hätte gedacht, dass sie eine so großartige Pianistin ist?«

»Wenn sie schon als kleines Mädchen Klavier spielen gelernt hat«, meinte Maggie, »muss sie tatsächlich aus einer wohlhabenden Familie stammen.«

Tony nickte. »Trotzdem habe ich meine Zweifel, dass wir ihre Eltern jemals zu Gesicht bekommen. Wie dem auch sei – ich werde ihr vorschlagen, regelmäßig für die Leute von den umliegenden Farmen zu spielen. Ein volles Haus ein-, zweimal die Woche, und wir sind gerettet.«

Tony verschwieg Maggie, wie ernst ihre finanzielle Lage tatsächlich war, denn er wollte sie nicht auch noch mit diesem Problem belasten. Aber er konnte Maggie nichts vormachen: Sie hörte am Klang seiner Stimme, dass ihn etwas beunruhigte – sie sagte jedoch nichts. Vielleicht hatte er ja Recht, und Arabella erwies sich als ihre Rettung.

Arabella wurde von dem Lärm geweckt, den die Schafscherer bei ihrem Aufbruch veranstalteten, blieb jedoch im Bett liegen und dachte an den vergangenen Abend. Sie musste unwillkürlich lächeln. Die raubeinigen Scherer hatten sie mit Achtung und Respekt behandelt. Sie hatten ihr sogar Drinks spendieren wollen, was Arabella jedoch abgelehnt hatte. Wally Jackson hatte ihr als Einziger nicht applaudiert, sondern sie nur finster angestarrt. Seine Freunde hatten ihm bestimmt erzählt, dass sie mit ihnen gesprochen hatte, doch Wally war anscheinend nicht gewillt, ihr zu verzeihen. Ob er doch etwas gegen sie im Schilde führte? Sollte sie mit Maggie und Tony darüber reden?

Arabella dachte wieder an den vergangenen Abend. Beim Klavierspielen waren Kindheitserinnerungen in ihr erwacht. Solange sie zurückdenken konnte, hatte ein Flügel in ihrem Elternhaus gestanden. Ihre Eltern hatten sie oft gebeten, ihren Gästen etwas vorzuspielen, doch Arabella hatte sich stets geweigert: Ihre Mutter war eine so herausragende Pianistin, dass sie den Vergleich mit ihr fürchtete. Am Abend zuvor hatte sie zum ersten Mal selbst im Mittelpunkt gestanden, und sie musste gestehen, dass sie die Aufmerksamkeit genossen hatte. Es kam ihr vor, als hätte diese Erfahrung ihr ganzes Leben verändert.

Als Arabella hinunterging, rief Tony sie zu sich.

»Miss Fitzherbert? Ich würde gern mit Ihnen reden. Kommen Sie bitte in den Speisesaal?«

»Ja, sicher«, sagte Arabella schuldbewusst. Sie wusste, sie war viel zu spät dran.

Sie folgte Tony in den Speiseraum und sah, dass bereits tadellos aufgeräumt war. »Tut mir leid, dass ich verschlafen habe«, sagte sie zu Maggie, die ihr eine Tasse Tee einschenkte und eine Scheibe Toast butterte. Dann warf sie Tony einen ängstlichen Blick zu. Seine Miene war ausdruckslos, aber sie konnte sich denken, dass er wütend auf sie war, weil sie so lange im Bett geblieben war und Maggie unterdessen die ganze Arbeit getan hatte. Doch Arabella konnte nichts dafür, dass sie so müde war: Den ganzen Abend Klavier zu spielen hatte sie angestrengt.

»Das macht doch nichts, Kindchen«, sagte Maggie, die bereits seit Stunden auf den Beinen war, weil sie den Schafscherern das Frühstück zubereitet hatte.

»Aber die vielen Gläser … Haben Sie die etwa alle allein gespült?«

»Nein. Lily und Missy waren da und haben mir geholfen. Wir haben gestern Abend so viel eingenommen, dass ich es mir leisten konnte.«

»Wirklich?«, staunte Arabella. »Aber bei der Schlägerei ist doch eine Menge zu Bruch gegangen.«

»Die Scherer haben für den Schaden bezahlt«, sagte Tony. »Und das alles haben wir letztlich Ihnen zu verdanken.«

Arabella blickte ihn mit großen Augen an.

»Ja«, pflichtete Maggie ihrem Mann bei. »Uns war ganz schön mulmig zumute. Wir hatten schon Angst, die Scherer würden uns die ganze Einrichtung zertrümmern.«

»Die Musik hat ihnen offenbar gefallen«, sagte Arabella. Bei der Erinnerung an den stürmischen Beifall wurde ihr warm ums Herz.

»Ja, und anderen würde sie sicher auch gefallen«, sagte Tony.

Arabella schaute ihn überrascht an. »Meinen Sie wirklich?«

Tony räusperte sich unbehaglich. Es war ihm unangenehm, Arabella um einen Gefallen zu bitten, nachdem er ihr gegenüber erst so ungnädig gewesen war. »Wir haben uns gedacht, Sie könnten regelmäßig auftreten … sagen wir, freitag- und samstagabends. Was halten Sie davon?«

Arabella verschlug es die Sprache. Damit hatte sie nun wirklich nicht gerechnet. »Deshalb wollten Sie mit mir reden?«

»Ja, der Gedanke ist uns gekommen, weil unsere Gäste sich gestern Abend so großartig unterhalten haben. So etwas wird den

Leuten hier draußen nicht oft geboten. Es gibt wenig Abwechslung im Outback.«

»Ich spiele gern noch einmal für Ihre Gäste, aber sobald der Zug wieder fährt, werde ich die Stadt verlassen. Das wird ja wohl nicht mehr lange dauern, oder?«

Tony zögerte. Er wollte ihr die Illusionen nicht nehmen, aber er wusste, wie viel Zeit hier draußen vergehen konnte, bis manche Dinge erledigt wurden. »Das ist schwer zu sagen«, meinte er mit einem Seitenblick auf seine Frau, die keine Miene verzog.

»Egal. Ich bin sicher, dass der Zug bald kommt, aber bis dahin spiele ich gern für Ihre Gäste«, versicherte Arabella.

»Großartig! Sie werden sehen, bald wird der Laden hier voll sein.« Tony war ganz aufgeregt. »Die Leute sind begeistert von Ihrem Können. Wenn Sie ein paar Abende die Woche spielen, bin ich gern bereit, Ihnen einen Teil der aufgelaufenen Kosten zu erlassen.«

»Vielen Dank«, erwiderte Arabella, verblüfft über das unerwartete Lob. »Aber sollte ich Ihnen nicht in der Küche helfen, Maggie?«

»Wenn wir zwanzig oder mehr Gäste am Abend zum Essen haben, kann ich es mir leisten, Missy und Lily zu bezahlen. Die beiden werden froh sein, sich den einen oder anderen Shilling verdienen zu können, ohne sich dafür den Männern …« Sie brach ab, doch Arabella wusste, was sie meinte, und wurde rot.

»Aber was ist, wenn die Einheimischen und die Leute von den Farmen meine Musik nicht so begeistert aufnehmen wie die Schafscherer gestern?«, gab Arabella zu bedenken.

»Warum lassen wir es nicht darauf ankommen?«, sagte Tony. »Probieren wir's aus, dann sehen wir ja, was dabei herauskommt.«

»Einverstanden«, willigte Arabella ein.

Tony nickte ihr zu und ging in die Bar zurück.

»Jonathan wird wahrscheinlich heute zurückkommen«, sagte Maggie. »Er wird sich ärgern, dass er gestern nicht da war, um

Sie spielen zu hören. Ich glaube, er ist ein Mann, der Kultur zu schätzen weiß. Stuart ist übrigens auch wieder da. Er ist heute früh schon gekommen und ruht sich noch ein wenig aus. Als ich ihm erzählt habe, was gestern hier los gewesen ist, war er außer sich.«

»Tatsächlich?«

»Ja, ich glaube, er hat sich Sorgen um Sie gemacht. Vielleicht hat er sich in Sie verguckt.«

Arabella lief rot an.

»Dann hat er in Jonathan allerdings einen Konkurrenten«, fuhr Maggie lächelnd fort. »Jonathan mag Sie sehr, das sieht sogar ein Blinder.«

Jonathan staunte, als er um die Mittagszeit zurückkehrte und von Maggie erfuhr, was am Abend zuvor geschehen war.

»Warum haben Sie uns nie erzählt, dass Sie Klavier spielen können, Arabella?«

Sie zuckte die Achseln. »Das ist doch nichts Besonderes. Meine Mutter hat auch Klavier gespielt, aber viel besser als ich.«

Maggie blickte sie erstaunt an. »Ihre Mutter?«

»O ja, sie ist eine begnadete Pianistin. Sie hat oft für Freunde gespielt und ist sogar schon öffentlich aufgetreten.«

»Und Sie nicht?«, fragte Jonathan.

»Um Himmels willen, nein«, entgegnete Arabella. »Ich wollte nicht als billige Kopie meiner Mutter dastehen.«

Jonathan glaubte langsam zu verstehen, weshalb es Arabella an Selbstvertrauen fehlte. Sie hatte anscheinend stets im Schatten ihrer Mutter gestanden.

»Sie wissen offenbar gar nicht, wie viel Talent Sie haben«, sagte Maggie freundlich.

»Nur weil die Schafscherer begeistert waren, heißt das noch lange nicht, dass ich begabt bin«, wehrte Arabella bescheiden ab. »Die Männer hören bestimmt nicht oft Musik. Wie sollen sie da einen guten Vortrag von einem schlechten unterscheiden können?«

»Na ja, sie sind ständig unterwegs und kommen höchstens einmal im Monat nach Hause. Konzerte werden sie da sicherlich nicht besuchen. Aber man muss kein Kenner sein, um zu hören, wie wundervoll Sie spielen«, versicherte Maggie ihr. »Im Lauf der Jahre ist immer mal wieder ein Gast bei uns gewesen, der sich an den Flügel gesetzt hat, aber keiner war auch nur annähernd so talentiert wie Sie. Hätten Sie nicht Lust, heute Abend ein bisschen zu spielen, damit Jonathan Sie auch einmal hören kann?«

»Sicher, warum nicht.« Arabella freute sich, für ihn spielen zu können.

»Gut. Und jetzt entschuldigt mich bitte – ich habe eine Verabredung mit meinen Hennen, die hoffentlich ein paar Eier gelegt haben.«

Jonathan schlug sich entschlossen mit beiden Händen auf die Schenkel. »Und ich muss noch einige Aufnahmen entwickeln.«

»Darf ich die Bilder sehen, wenn sie fertig sind?«, fragte Arabella. Die Fotos, die er ihr gezeigt hatte, hatten ihr sehr gefallen.

»Gern, aber ich brauche ein paar Stunden. Ich glaube, einige Aufnahmen sind sehr gut geworden. Das Licht über dem Salzsee war einzigartig. Sie werden sehen.«

»Ich lass mich überraschen«, sagte Arabella und folgte Maggie nach draußen, um zu fragen, ob sie ihr helfen könne. Noch vor einer Woche wäre sie nicht im Traum auf diese Idee gekommen. Zu Hause hatte niemand auch nur die kleinste Handreichung von ihr verlangt, während hier von ihr erwartet wurde, dass sie für ihre Unterbringung arbeitete.

Inzwischen war die Arbeit für Arabella keine lästige Pflicht mehr, sie machte ihr Freude. Außerdem mochte sie Maggie und Tony immer mehr, und die beiden schienen aufrichtig dankbar für ihre Bereitschaft, die Gäste mit ihrem Klavierspiel zu unterhalten. Das gab Arabella zum ersten Mal im Leben das Gefühl, gebraucht zu werden, etwas Sinnvolles zu tun – eine ganz neue und überaus angenehme Erfahrung.

Als Arabella zum Hühnerhof ging, sah sie, dass Maggie schon mit ihrer Arbeit angefangen hatte. Plötzlich verlor sie das Gleichgewicht und strauchelte. Sie konnte sich im letzten Moment an einem Zaunpfosten festhalten. Die Schüssel mit den Eiern fiel herunter.

Arabella lief zu ihr. »Maggie, alles in Ordnung?«

Maggie antwortete nicht. Sie atmete schwer. Erst als Arabella in den Verschlag eilte, hob sie den Kopf. Sie war kalkweiß im Gesicht und presste sich eine Hand an die Brust.

»Haben Sie Schmerzen?«, fragte Arabella besorgt.

Maggie schüttelte den Kopf. »Mir ist nur ein bisschen schwindlig«, sagte sie mit schwacher Stimme. »Die verflixte Hitze … manchmal macht sie mir sehr zu schaffen.«

»Sind Sie sicher, dass nicht mehr dahintersteckt? Waren Sie schon beim Arzt?«

Wieder schüttelte Maggie den Kopf. »Was wissen die schon.«

Arabella kam der Gedanke, dass Maggie vielleicht Angst davor hatte, die Ärzte könnten irgendetwas feststellen. »Sie sollten sich untersuchen lassen. Vielleicht ist es ja etwas völlig Harmloses.«

»Wenn es harmlos ist, brauche ich keinen Doktor«, beharrte Maggie eigensinnig.

»Vielleicht ist mit Ihrem Blut etwas nicht in Ordnung.«

Maggie warf ihr einen verstörten Blick zu. »Wie kommen Sie darauf?«

»Eine Freundin meiner Mutter litt an Blutarmut. Ihr ist immer wieder schwindlig geworden, und manchmal wurde sie sogar ohnmächtig. Als die Ärzte herausfanden, was ihr fehlte, musste sie jede Menge Leber essen.«

»Ich esse gern Leber«, erwiderte Maggie, »und ich leide bestimmt nicht an Blutarmut.«

»Aber an die Hitze sollten Sie doch mittlerweile gewöhnt sein.«

»Wenn man sich während der heißesten Zeit des Tages ausruhen kann, ist es auszuhalten, aber ich hab nun mal keine Zeit für eine Pause.« Maggie sah auf die zerbrochenen Eier. »So was Dummes aber auch«, murmelte sie verärgert.

Arabella hob die Schüssel auf. »Gehen Sie hinein, und ruhen Sie sich ein wenig aus. Ich werde die Eier weiter einsammeln.«

»Danke, das ist nett von Ihnen«, sagte Maggie. Auf einmal war sie froh, Arabella bei sich zu haben.

Am Nachmittag breitete Jonathan die frisch entwickelten Fotografien auf einem Tisch im Speisesaal aus und rief Arabella. Verblüfft riss sie die Augen auf.

»Die sind wundervoll, Jonathan!«

»Das Foto hier habe ich im Morgengrauen gemacht, und das hier zeigt den Sonnenuntergang am Salzsee«, erklärte er. »Sehen Sie, wie das Salz das Sonnenlicht reflektiert?«

Arabella nickte und betrachtete das Foto beinahe andächtig. »So etwas Schönes habe ich noch nie gesehen. Sie verstehen, wie man die perfekte Stimmung einfängt.«

»Danke«, sagte Jonathan. »Ich kann es kaum erwarten, bis der Farbfilm auf den Markt kommt. Angeblich soll es bald so weit sein. Dann kann ich die einzigartigen Farben der Wüste einfangen. Sie hätten den Sonnenuntergang sehen soll. Der ganze See hat rosa geschimmert. Es war ein unglaublicher Anblick.«

»Ich würde zu gern Ihre anderen Fotografien sehen.«

»Sagen Sie das nicht, Sie könnten es bereuen.« Jonathan schmunzelte. »Ich habe nämlich tausende.« Ihm fiel auf, wie Arabella sich verändert hatte. Ob das an der Anerkennung für ihr Klavierspiel lag?

»Vielleicht könnte ich Ihnen helfen, eine Auswahl für eine Ausstellung zusammenzustellen«, schlug Arabella vor.

»Ich würde mich freuen«, sagte er. »Leider weiß ich noch nicht, wann meine nächste Ausstellung stattfindet.«

Maggie, die hereingekommen war und die letzten Worte gehört hatte, meinte: »Sie können sie gern hier im Hotel zeigen.«

»Vielen Dank, Maggie, aber warten wir erst einmal ab, wie groß der Andrang zu den Konzerten unserer Pianistin sein wird.«

»Bestimmt nicht so groß, dass kein Platz mehr für Ihre Fotos wäre«, sagte Arabella bescheiden.

Nach dem Abendessen setzte Arabella sich an den Flügel. Jonathan und Maggie waren anfangs ihre einzigen Zuhörer. Doch als sie ein paar Takte eines Menuetts von Leopold Mozart gespielt hatte, gesellten sich auch Ted, Les und Tony, die in der Bar gewesen waren, mit ihren Drinks zu ihnen. Nur Wally Jackson blieb an der Theke sitzen.

Als Tony ihn aufforderte mitzukommen, hörte Arabella, wie er mürrisch erwiderte: »Ich hab keine Lust, mir das Geklimper anzuhören. Ich bleib lieber hier.«

Seine Reaktion beunruhigte Arabella.

»Bravo!«, rief Jonathan und spendete begeistert Beifall, als das Stück zu Ende war. »Sie sind brillant!«

Arabella lächelte erfreut.

»Würden Sie *Für Elise* von Beethoven für mich spielen? Es gehört zu meinen Lieblingsstücken.«

»Wirklich?« Arabella strahlte. »Zu meinen auch.«

Ihr Spiel zauberte ein Lächeln auf Jonathans Gesicht.

Der Abend war schon fortgeschritten, als Stuart hereinkam. Er sah Arabella am Flügel sitzen und riss die Augen auf. »Sie sind das? Sie spielen fantastisch!« Er zog sich einen Stuhl nahe an den Flügel heran und stellte den Drink, den er sich in der Bar geholt hatte, auf einen kleinen Tisch.

»Danke«, erwiderte Arabella schüchtern. »Habe ich Sie etwa geweckt?«

Er seufzte theatralisch. »Ich dachte, ich wäre gestorben und ins Paradies gekommen, so liebliche Klänge habe ich vernommen. Spielen Sie bitte noch etwas.«

»Haben Sie einen bestimmten Wunsch?«

»Ich verstehe nicht viel von Musik. Spielen Sie, was immer Sie möchten, ich bin sicher, es gefällt mir.«

Arabella strahlte, doch Jonathan gefiel es nicht, wie viel Aufmerksamkeit Stuart ihr schenkte. Und es gefiel ihm noch viel weniger, dass sie sein Interesse offensichtlich genoss.

Es war kurz vor Mitternacht, als das letzte Stück verklungen war.

»Du meine Güte!«, rief Maggie aus, als sie sah, wie spät es war. »Jetzt wird es aber höchste Zeit für mich, sonst komme ich morgen früh nicht aus den Federn.«

»Dann bleibst du eben liegen und schläfst dich aus«, sagte Tony. Seine Frau sah ihn strafend an und schüttelte in gespielter Entrüstung den Kopf.

»Er hat Recht, Maggie«, meinte auch Jonathan. »Die Hausarbeit läuft Ihnen sicher nicht weg. Meine Mutter hat immer gesagt, was getan werden muss, wartet, bis man Zeit dafür hat. Und sie hat Recht gehabt.«

»Dummerweise erledigt Hausarbeit sich aber nicht von allein«, sagte Maggie und fügte seufzend hinzu: »Ich wünschte, die Heinzelmännchen kämen und würden die ganze Arbeit tun, und wenn wir am Morgen aufwachten, wäre alles tipptopp.«

10

Am frühen Nachmittag des nächsten Tages trafen sieben Reiter aus Farina in der Stadt ein. Sie ritten geradewegs zum Hotel. Tony war erstaunt, die Reiter zu sehen, zumal drei Fremde dabei waren.

»Die Schafscherer sind bei uns durchgekommen und haben erzählt, dass eine Konzertpianistin bei euch wohnt«, sagte Moira Quiggley. Sie wurde von ihrem Ehemann Phil und ihren beiden Söhnen im Teenageralter sowie einem Paar mit einem jungen Mädchen begleitet. Phil stellte sie als die McKenzies und ihre Tochter vor und fügte hinzu, sie hätten ein paar Tage in Farina verbringen wollen und säßen jetzt fest, weil der Zug nicht mehr verkehrte.

»Eine Konzertpianistin ist Miss Fitzherbert zwar nicht, aber sie spielt wundervoll«, erklärte Tony, erfreut, dass die Neuigkeit sich bereits herumsprach.

»Die Schafscherer haben sie in den höchsten Tönen gelobt«, sagte Moira und fügte schmunzelnd hinzu: »Ich glaube, sie wären glatt hiergeblieben, würden in der Flinderskette nicht ein paar tausend Schafe auf sie warten.«

»Meinetwegen hätten die Burschen gern bleiben können, solange sie sich anständig benehmen«, sagte Tony.

Phil bemerkte das mit Brettern vernagelte Fenster in der Bar und nickte. »Dave hat gestern kurz nach dem Abendessen den Zapfhahn zugedreht«, sagte er. Dave Brewer führte das Transcontinental Hotel in Farina. Er war ein Mann, mit dem man sich besser nicht anlegte.

»Das sieht dem Faulpelz ähnlich. Und wie haben die Männer es aufgenommen?«, fragte Tony.

»Ganz gut. Sie waren noch ziemlich verkatert von ihrem Aufenthalt hier, deshalb haben sie nicht allzu heftig protestiert.«

»Da hat Dave aber Glück gehabt«, bemerkte Tony trocken.

»Du kannst dir nicht vorstellen, wie sie von dieser jungen Klavierspielerin geschwärmt haben«, warf Moira ein. »Sie haben von nichts anderem geredet. Da sind wir natürlich neugierig geworden. Ob sie heute Abend für uns spielt?«

»Ich denke, das lässt sich einrichten. Constable Higgins hat bestimmt nichts dagegen, wenn wir am Sonntag bei einem spontanen Konzert Drinks ausschenken«, meinte Tony lächelnd. »Wie lange werdet ihr bleiben?«

»Nur ein paar Tage«, antwortete Phil mit einem Seitenblick auf seine Frau.

»Wir sind zwei Jahre lang nicht aus Farina rausgekommen«, erklärte Moira. »Ich will schon lange nach Adelaide, um dort mal ein Konzert zu besuchen, aber Phil ist der Weg zu weit. Deshalb habe ich darauf bestanden, wenigstens ein paar Tage hierherzukommen, als ich von dieser Pianistin hörte.«

»Du weißt doch, dass wir die Farm nicht so lange allein lassen können, Moira«, sagte Phil.

»Ja, aber die Stadt fehlt mir. Angenehme Gespräche, Kultur …«

In diesem Moment betrat Arabella die Bar. Sie war auf dem Weg in den Speisesaal, um Tische einzudecken.

»Da kommt ja unsere Pianistin«, sagte Tony. »Arabella, diese Leute sind den weiten Weg von Farina hierhergekommen, nur um Sie spielen zu hören.«

»Oh …« Arabella war überrascht.

Moira trat auf sie zu. »Wir freuen uns sehr, Sie kennen zu lernen.« Sie stellte sich und ihre Familie vor. »Sie sind aber noch *sehr* jung«, meinte sie dann, wobei sie Arabella ungeniert von Kopf bis Fuß musterte.

»Ich bin neunzehn«, erwiderte Arabella leicht gereizt.

»Tatsächlich?« Moira streifte ihre beiden Söhne mit einem vielsagenden Blick, was den beiden sichtlich unangenehm war. Warum musste ihre Mutter immer versuchen, sie mit irgendwelchen Mädchen zusammenzubringen?

»Hat mich sehr gefreut«, sagte Arabella hastig. »Ich werde Maggie Bescheid sagen, dass wir Gäste haben.« Sie hatte es eilig, von Mrs Quiggley und ihren Sprösslingen wegzukommen.

»Sie spielen doch heute Abend für uns?«, rief Moira ihr nach. »Wir freuen uns schon darauf!«

Arabella verschwand in die Küche und kam genau im rechten Augenblick. Maggie hatte einen neuerlichen Schwächeanfall. Arabella eilte zu ihr, stützte sie und führte sie zu einem Stuhl. Jonathan kam zufällig an der Küche vorbei. Stuart hielt sich im Stall auf und versorgte Bess, seine Stute, nach einem langen Ausritt.

»Was ist passiert?«, fragte Jonathan besorgt.

»Maggie wäre fast ohnmächtig geworden. Ich glaube, es ist besser, wenn sie nach oben geht und sich ausruht.«

»Mir fehlt nichts«, protestierte Maggie mit schwacher Stimme.

»Das sehe ich anders«, widersprach Arabella. »Sie müssen sich unbedingt ausruhen. Tony würde Ihnen dasselbe sagen.«

»Tony darf nichts davon erfahren!«, flehte Maggie sie an.

»Warum denn nicht?«

»Weil er sich unnötig Sorgen machen würde.«

Arabella ging in die Hocke und blickte Maggie eindringlich an. »Seine Sorgen wären nicht unberechtigt, Maggie. Wenn Sie sich nicht schonen, klappen Sie irgendwann zusammen. Legen Sie sich eine Stunde hin. Sagen Sie mir, was getan werden muss, und ich erledige es. Jonathan kann mich ja im Auge behalten.« Sie schaute zu ihm auf. »Nicht wahr?«

»Ich habe eine bessere Idee. Ich werde Ihnen helfen«, sagte er.

Maggies Blick wanderte von Arabella zu Jonathan und wieder

zu Arabella. »Also gut. Ich leg mich ein Stündchen hin. Aber keine Sekunde länger!«

»Fein.« Arabella stützte sie, als sie zur Treppe gingen, und achtete darauf, dass sie die neuen Gäste nicht zu Gesicht bekam. Sie kannte Maggie gut genug, um zu wissen, dass sie sich niemals ausruhen würde, wenn sie glaubte, für das Wohl ihrer Gäste sorgen zu müssen.

Nachdem sie Maggie hinaufgebracht hatte, kehrte sie in die Küche zurück, wo Jonathan Holzscheite in den dafür vorgesehenen Eimer steckte. »Ich habe Maggie vorsichtshalber nichts von den sieben neuen Gästen gesagt. Sie hätte sich sonst nie hingelegt.«

»Was ist mit Maggie?«, fragte Tony, der seine Frau schon überall gesucht hatte. Er hatte gehört, wie ihr Name fiel.

Arabella fuhr erschrocken herum; sie hatte ihn gar nicht kommen hören. »Maggie … äh, war sehr müde«, schwindelte sie, um Tony nicht zu erschrecken. »Wir haben sie überredet, sich ein wenig auszuruhen. Ich hab gerade zu Jonathan gesagt, dass ich Maggie nichts von den neuen Gästen erzählt habe, weil sie sich sonst nie hingelegt hätte.«

Tony nickte. »Da haben Sie Recht. Sie hat sich in letzter Zeit zu viel zugemutet«, fügte er besorgt hinzu.

»Jonathan und ich werden uns um das Essen kümmern. Was hätte Maggie denn heute Abend gekocht?«

»Ich glaube, sie wollte eine Lammkeule braten, aber jetzt brauchen wir auf jeden Fall zwei«, antwortete Tony. »Und wahrscheinlich hätte sie Möhren und Kartoffeln dazu gemacht.«

»Gut, dann sehen wir zu, dass die Keulen bis spätestens um drei im Ofen sind«, sagte Jonathan. »Soll ich Kartoffeln und Möhren aus dem Garten holen?«, fragte er, wobei er Arabella anschaute.

Diese sah Tony an.

»Tun Sie das, Jonathan«, antwortete er. »Diese junge Dame hier darf schließlich keine Blasen an den Händen haben, wenn sie heute Abend unsere Gäste unterhalten soll.« Seine Augen funkelten belustigt, und Arabella musste unwillkürlich lächeln. Wie die Dinge sich verändert hatten!

»Ich hätte mich gleich am ersten Tag an den Flügel setzen sollen«, murmelte sie vor sich hin, als Tony in die Bar zurückkehrte.

Gegen drei Uhr waren die Lammkeulen im Ofen, und Jonathan hatte einen großen Topf Kartoffeln und Möhren zum Kochen vorbereitet. Dazu sollte es Pfefferminzsoße geben; er wisse, wo wilde Minze wachse, die sie verwenden könnten, hatte Jonathan gemeint. Maggie war eingeschlafen und kam erst um halb fünf wieder nach unten. Sie war ein wenig verstört, als sie sah, dass ihre Hilfe nicht mehr gebraucht wurde, zugleich aber dankbar und erleichtert. Dann erfuhr sie, dass sie für die nächsten beiden Tage sieben Gäste zusätzlich hatten, und ihre Laune verschlechterte sich abrupt.

»Ich muss doch erst die Zimmer herrichten«, brauste sie auf.

»Die Zimmer sind in Ordnung«, sagte Tony besänftigend. »Du hast erst gestern die Betten abgezogen.«

»Aber die Betten sind noch nicht gemacht!«

»Doch, ist alles schon erledigt. Ich habe Moira Quiggley gesagt, dass du dich nicht wohl fühlst, und da hat sie zusammen mit Mrs McKenzie und deren Tochter die Betten gemacht.«

Maggie starrte ihn entsetzt an. »Das ist nicht dein Ernst! Du kannst doch nicht zulassen, dass unsere Gäste die Betten beziehen!«

»Sie haben es gerne getan«, beruhigte Tony sie. »Ihnen war langweilig, da kam es ihnen gerade recht. Sie sind nur hergekommen, um Arabella spielen zu hören, und bis zum Abendessen sind es ja noch ein paar Stunden.«

»Wie haben sie denn von Arabella erfahren?«

»Die Schafscherer haben ihnen erzählt, wie wundervoll sie Klavier spielt. Siehst du, unsere Rechnung geht auf!« Er lächelte, doch Maggie funkelte ihn zornig an.

»Dann darf ich mich erst recht nicht am helllichten Tag ins Bett legen und faulenzen«, stieß sie hervor.

Als das Lamm fertig war, half Arabella Maggie beim Aufschneiden und Servieren.

»Kellnern ist doch keine Arbeit für Sie«, sagte Moira mit leisem Vorwurf in der Stimme, als Arabella zwei Teller hereintrug.

»Maggie schafft es nicht allein«, erwiderte Arabella. »Außerdem haben sie und Tony mich bei sich aufgenommen, als ich mich hierherverirrt hatte. Da ist es für mich das Mindeste, ihnen zur Hand zu gehen, um mich erkenntlich zu zeigen.«

Tony hatte die letzten Worte zufällig gehört und freute sich darüber. Vielleicht war Arabella doch nicht so selbstsüchtig, wie er zunächst angenommen hatte. Oder sie wurde allmählich erwachsen. Sie wirkte viel reifer als bei ihrer Ankunft.

»Warum kommen Sie nicht mit uns nach Farina?«, schlug Moira vor. »Bei Dave müssten Sie nicht als Bedienung arbeiten.«

»Hör mit diesen Abwerbungsversuchen auf, Moira!«, rief Tony dazwischen.

Moira achtete nicht auf ihn. »Ich könnte mir vorstellen, dass er Ihnen sogar ein Gehalt zahlt.«

»Ich will hier auf meine Eltern warten«, sagte Arabella. »Sie kommen mit dem nächsten Zug. Das dauert bestimmt nicht mehr lange.« Sie erinnerte sich, dass sie und ihre Eltern mit dem Zug durch Farina gekommen waren – eine Stadt, die noch kleiner und hässlicher war als Marree. Doch das war nicht der einzige Grund, weshalb Arabella hier in Marree bleiben wollte. Sie fühlte sich bei den McMahons wohl, und sie mochte Jonathans und Stuarts Gesellschaft. Stuart sah sie zwar nicht oft, freute sich aber jedes Mal, wenn er von seiner Goldsuche zurückkehrte. Durch die beiden Männer wurde ihr Zwangsaufenthalt in Marree erträglich. Jonathan war zuverlässig und gut aussehend, aber zurückhaltender als Stuart, in dessen Nähe sie stets ein erregendes Prickeln überkam. Diese Empfindung war völlig neu für sie. Fühlte es sich so an, wenn man verliebt war? Sie brachte es nicht über sich, Maggie zu fragen. Sie war sicher, dass sie es bald selbst herausfinden würde.

Moira riss sie aus ihren Tagträumen. »Bis der Zug wieder fährt, kann es Monate dauern. Als die Termiten das letzte Mal auf einer größeren Strecke die Schwellen zerfressen haben, hat es ein Vierteljahr gedauert.«

Arabella war sichtlich bestürzt. »Es kann doch nicht so lange dauern, ein paar Schwellen zu erneuern!«

»Die Gleisarbeiten sind vermutlich in ein paar Wochen abgeschlossen, aber danach wird die gesamte Strecke überprüft – und *das* dauert Monate«, erwiderte Moira.

Arabella ließ den Kopf hängen, wandte sich wortlos ab und kehrte bedrückt in die Küche zurück. Sie konnte ihre Eltern doch nicht monatelang in dem Glauben lassen, sie sei tot! Sie musste einen Weg finden, nach Alice Springs zu gelangen. Vielleicht würde Jonathan sie begleiten. Stuart war zu beschäftigt.

»Musste das sein? Hättest du nicht den Mund halten können?«, fuhr Tony Moira an, als Arabella außer Hörweite war.

»Ich hab doch nur die Wahrheit gesagt«, entgegnete Moira pikiert.

»Sie vermisst ihre Eltern, und du hast alles nur noch schlimmer gemacht. Wenn sie heute Abend nicht spielen will, ist es allein deine Schuld!«

Moira blickte ihn groß an.

Arabella hatte Tränen in den Augen, als sie die Küche betrat, und nahm ihre Umgebung nur verschwommen wahr. Sie sah Maggie erst, als sie beinahe über sie gestolpert wäre. Erschrocken schnappte sie nach Luft. »O Gott, Maggie!«

Maggie rührte sich nicht. Arabella wirbelte herum und rannte in die Bar, um Hilfe zu holen.

Drei Meilen südlich von Alice Springs sahen vier Männer vom Stamm der Garawerigal eine Rauchsäule in der Ferne. Bald würde es dunkel werden. Sie hatten einen Waran erlegt und suchten einen Platz für ihr Nachtlager.

»Ein Lagerfeuer«, meinte der Älteste in seinem Stammesdialekt. Ein vom Blitz entzündetes Feuer konnte es nicht sein; es hatte kein Gewitter gegeben. Die Männer beschlossen, sich das Feuer aus der Nähe anzusehen.

Vorsichtig schlichen sie sich an das Lager heran. Beim Näherkommen sahen sie, dass weder Pferde noch Kamele in der Nähe waren; folglich mussten es Aborigines sein, die hier lagerten.

Drei Männer, Arme und Beine weit abgespreizt, lagen um das Feuer herum und schliefen mit offenem Mund. Zwischen ihnen lagen Essensreste und leere Schnaps- und Bierflaschen. Die drei waren Billy, Charlie und Danny – jene Aborigines, die Edward Fitzherbert mit der Suche nach seiner Tochter beauftragt hatte.

Der Anblick erfüllte die Stammesangehörigen mit Abscheu und Zorn. Sie hatten nur Verachtung für die »weißen Aborigines« übrig, wie sie jene nannten, die in den Städten lebten und meistens betrunken waren. Ihrer Ansicht nach brachten sie alle Ureinwohner in Verruf.

Einer der Garawerigal-Männer stieß Billy mit dem stumpfen Ende seines Speers an und rief ihm etwas zu. Billy öffnete langsam die Augen und blinzelte benommen.

Birrimbai – oder Billy, wie er sich in der Stadt nannte – gehörte dem Stamm der Warringal an, die einen anderen Dialekt sprachen, doch er konnte sich in der Sprache der Garawerigal verständigen. Was Billy in der Wüste zu suchen habe und wieso er sich mit dem Gift des weißen Mannes betäube, wollte der Stammesangehörige wissen. Um sich wichtig zu machen und sein Gesicht zu wahren, erzählte Billy ihm, er und seine Freunde seien auf der Suche nach einer Weißen, die aus dem Zug gefallen sei. Sie seien die besten Fährtensucher in der Umgebung von Alice Springs, brüstete er sich; auch die Weißen wüssten das. Deshalb hätten sie ihnen viel

Geld gegeben, damit sie das Mädchen zurückbrächten. Die Garawerigal-Männer schienen tatsächlich beeindruckt.

Sie wechselten noch ein paar Worte mit Billy und zogen weiter. Als sie außer Hörweite waren, brachen sie in Gelächter aus bei der Vorstellung, dass die drei Betrunkenen gute Fährtensucher sein sollten. Billy und seine Freunde hatten das Geld des einfältigen Weißen genommen und unverzüglich in Schnaps umgesetzt. Von einer weißen Frau, die aus dem Zug gefallen war, hatten die Garawerigal nirgendwo etwas gehört; sie waren sich nicht einmal sicher, ob die Geschichte überhaupt stimmte.

Djalusi und Djilaynga – oder Charlie und Danny, wie ihre englischen Namen lauteten – schliefen noch. Sie hatten von dem Besuch der Garawerigal gar nichts mitbekommen. Billy legte sich ebenfalls wieder aufs Ohr.

Eine Stunde später wachten alle drei auf. Es war Nacht geworden und das Feuer fast heruntergebrannt. Billy konnte sich im ersten Moment an nichts erinnern.

»Wie lange wollen wir denn noch hier draußen bleiben?«, nuschelte Djalusi. Er hatte höllische Kopfschmerzen, und ihm war speiübel. Normalerweise tranken sie nur billigen Wein, aber für die zwanzig Pfund des weißen Mannes hatten sie den besten Schnaps bekommen, der in der Stadt zu haben war, und obendrein so viel, dass sie sich gleich tagelang betrinken konnten. Aber jetzt wollte Djalusi nach Alice Springs zurück. Ihm knurrte der Magen: In ihrer Verfassung waren sie nicht imstande gewesen, auf die Jagd zu gehen.

»Nicht mehr lange«, erwiderte Birrimbai. Plötzlich erinnerte er sich verschwommen, dass er mit jemandem gesprochen hatte. Oder hatte er nur geträumt? Dann entdeckte er im Sand Tropfen von frischem Blut. Nein, das war kein Traum gewesen. »Es war jemand hier«, sagte er zu seinen beiden Gefährten. Djilaynga und Djalusi sahen ihn an, als hätte er den Verstand verloren. Ob er zu viel getrunken habe und an Wahnvorstellungen leide, witzelte Djalusi.

Birrimbai wurde wütend. »Vier Stammesangehörige waren da«, sagte er mit Nachdruck. Er konnte sich jetzt wieder genau erinnern. Er zeigte auf das Blut im Sand und fügte hinzu: »Das ist von der Beute, die sie erlegt hatten. Ihr habt geschlafen.«

Als Djilaynga und Djalusi das Blut sahen, wussten sie, dass Birrimbai die Wahrheit sagte. Zerknirscht schauten sie zu Boden, zutiefst beschämt, dass Stammesangehörige sie betrunken gesehen hatten. Was die Weißen von ihnen dachten, war ihnen egal, doch vor den Stammes-Aborigines wollten sie auf keinen Fall das Gesicht verlieren.

»Hast du ihnen gesagt, weshalb wir hier sind?«, fragte Djilaynga.

»Ja. Ich hab ihnen erzählt, wir wären die besten Fährtenleser in Alice Springs und würden eine weiße Frau suchen.«

Das gefiel Djalusi. »Was haben sie dazu gemeint?«

»Sie haben mir einen wichtigen Tipp gegeben«, log Birrimbai. »Ungefähr zwei Stunden von hier, sagten sie, sind vor ein paar Tagen die Überreste eines weißen Mädchens gefunden worden.« Er war überzeugt, dass es sich ohnehin so verhielt. Warum diese Vermutung also nicht als Tatsache ausgeben und nach Alice Springs zurückkehren? Auf diese Weise wäre das Rätsel um die Vermisste gelöst und ihr Auftrag erfüllt.

Djilaynga und Djalusi sahen ihn erschrocken an.

»Wollen wir nachsehen?«, fragte Djalusi.

»Nein, wir kehren um«, sagte Birrimbai.

»Aber wir haben dem Vater des Mädchens doch versprochen, dass wir ihm seine Tochter zurückbringen«, beharrte Djalusi.

Birrimbai winkte ab. »Ihre Überreste sind längst in der Wüste verstreut.«

Seine Gefährten mussten ihm Recht geben.

»Wir wissen, was passiert ist, wir können dem Vater also Auskunft über ihr Schicksal geben.« Birrimbai war zufrieden mit sich. Zum einen stand er gut vor seinen Freunden da, zum anderen würde er dafür sorgen, dass der Vater des Mädchens nicht länger in Ungewissheit leben musste. Er machte eine neue Flasche Schnaps auf.

»Maggie!« Tony eilte angsterfüllt zu seiner Frau. Jonathan und Arabella folgten ihm auf den Fersen.

Maggie stöhnte. »Was … ist passiert?«

»Du bist ohnmächtig geworden.« Behutsam schob Tony einen Arm unter ihren Kopf.

Arabella reichte ihm ein Glas Wasser, und er flößte Maggie ein paar Schlucke ein. An einer Schläfe hatte sie eine Abschürfung und eine kleine Beule.

»Du hast dir den Kopf angeschlagen«, sagte Tony, gab Arabella das Wasserglas, hob Maggie hoch und trug sie zur Treppe. »Ich bringe dich nach oben. Du gehörst ins Bett. Keine Widerrede.«

»Aber die Gäste …«, protestierte Maggie mit schwacher Stimme.

»Um die brauchst du dich nicht zu sorgen. Du wirst dich jetzt erst einmal ausruhen. Und jetzt möchte ich kein Wort mehr hören«, sagte Tony streng.

Als er Maggie ins Schlafzimmer getragen und zu Bett gebracht hatte, setzte Arabella sich zu ihr und bestand darauf, dass sie das Glas Wasser austrank. »Das wird Ihnen guttun. Machen Sie sich keine Sorgen, Maggie. Ich werde mich in der Küche um alles kümmern, so gut ich kann.«

»Danke, Arabella«, flüsterte Maggie. »Aber Sie sollen doch für unsere Gäste Klavier spielen …«

»Klavierspielen ist keine anstrengende Küchenarbeit, und Jonathan wird mir sicherlich seine Hilfe anbieten.«

»Das wäre nett von ihm. Trotzdem ist es mir gar nicht recht, dass unsere Gäste meine Arbeit erledigen«, sagte Maggie.

»Ach, das macht Jonathan gern.« Arabella sah Tony an. »Soll ich eine kalte Kompresse für die Beule am Kopf holen?«

Tony nickte. »Gute Idee. Dann geht die Schwellung schneller zurück.« Er betrachtete seine Frau besorgt. »Hast du Kopfweh, Maggie?«

Sie verneinte.

»Sehstörungen?«, fragte Arabella.

»Nein, nur als ich bewusstlos wurde, habe ich alles verschwommen gesehen. Aber jetzt geht es mir schon viel besser. Ich muss mich nur ein paar Minuten ausruhen.«

»Du bleibst heute im Bett«, befahl Tony in einem Tonfall, der keinen Widerspruch duldete. »Und morgen auch.«

»Das geht nicht, Tony. Denk an unsere Gäste!«

»Ich denke vor allem an dich, Maggie. Unsere Gäste kommen schon zurecht. Du musst dich endlich ein wenig schonen.« Tony tätschelte ihre Hand. »Arabella wird dir etwas zu essen heraufbringen.«

»Also gut, meinetwegen«, seufzte Maggie. Doch Tony kannte seine Frau: Er wusste, dass er sie anbinden müsste, damit sie im Bett blieb. Maggie hatte viele gute Eigenschaften, aber sie war auch eine der eigensinnigsten Frauen, denen er je begegnet war.

Als Arabella ihr das Abendessen brachte, hatte sie bereits alle Mühe, Maggie zu überreden, im Bett zu bleiben.

»Aber so geht das doch nicht«, beschwerte sie sich, als Arabella hereinkam. »Sie sollen die Gäste unterhalten und nicht in der Küche hantieren.«

»Moira Quiggley und Jane McKenzie haben spontan ihre Hilfe angeboten, als Sie von Ihrem Schwächeanfall hörten, und schon mal mit dem Aufräumen angefangen«, erwiderte Arabella.

»Was?« Maggie setzt sich abrupt auf und wollte die Beine aus dem Bett schwingen, doch Arabella drückte sie zurück und deckte sie wieder zu.

»Die Leute wollen mich unbedingt spielen hören, und je eher ich in der Küche fertig bin, desto schneller sitze ich am Flügel.

Also haben sie beschlossen, mir zu helfen. Was spricht dagegen, Maggie?«

»Sie sind Hotelgäste! Sie bezahlen für ihre Übernachtung und nicht dafür, dass sie hier arbeiten.«

»Tony hat gesagt, sie bezahlen nichts für den Klavierabend, also ist es nur recht und billig, dass sie aushelfen.«

Maggie seufzte und sank in die Kissen zurück. Es ist typisch für Tony, so etwas zu sagen, dachte sie resigniert.

»Es ist doch nichts dabei, Maggie«, fuhr Arabella beschwichtigend fort. »Jonathan hat mir erklärt, dass man sich im Outback gegenseitig hilft. Ist doch so, oder?«

Maggie nickte.

»Na also. Und jetzt hören Sie auf, sich Sorgen zu machen, und essen Sie etwas.«

Maggie seufzte abermals und ergab sich in ihr Schicksal. Ihr war viel zu schwindlig, als dass sie die Kraft gehabt hätte, Widerstand zu leisten. Aber am kommenden Tag, so war sie sich sicher, würde das schon ganz anders aussehen.

Moira Quiggley und Jane McKenzie brauchten nicht lange, um die Küche wieder auf Vordermann zu bringen. Beide konnten es kaum erwarten, Arabella spielen zu hören.

Als ihr Publikum, das aus Gästen und Einheimischen bestand, Platz genommen hatte, setzte Arabella sich an den Flügel und unterhielt ihre Zuhörer zwei Stunden lang mit ihrem Spiel. In einer kurzen Pause hörte sie zufällig, wie Tony Ted erzählte, er wolle den Flügel in den Salon stellen, weil dort mehr Leute Platz fänden.

Die Quiggleys und die McKenzies waren begeistert vom Talent der jungen Pianistin. Moira beugte sich zu Arabella vor, als ein Stück zu Ende war, und raunte ihr zu: »Möchten Sie nicht doch mit uns nach Farina kommen? Das Hotel dort hat einen wunderschönen großen Salon, und jedes Zimmer hat seinen eigenen Kamin …«

»Es gibt nur ein Problem, Moira«, sagte Tony, der das mitbekommen hatte. »Im Transcontinental steht kein Klavier. Und unseres bekommt ihr ganz sicher nicht!«

Moira verzog das Gesicht. »Dann müssen wir eben wieder hierherfahren, um Arabella spielen zu hören.« Ihr Mann sah Tony an und verdrehte die Augen. Phil konnte Arabellas Spiel nicht unbeschwert genießen; er hatte ganz andere Sorgen. Da es seit Jahren praktisch nicht mehr geregnet hatte, war es nur noch eine Frage der Zeit, bis sie ihre Farm aufgeben mussten – eine Tatsache, vor der Moira die Augen verschloss. Wo gepflügt wird, regnet es auch, lautete eine Weisheit der ersten Siedler; sie hatten gehofft, durch verstärkten Getreideanbau würde die Gegend zur Kornkammer des Nordens werden. Farina war Lateinisch und bedeutete »Mehl«. Doch Logik war offenbar nicht die Stärke dieser Siedler gewesen, und an eine Ernte war nicht zu denken.

Phil hatte sich auf die Rinderzucht spezialisiert, musste jetzt aber, nach jahrelanger Trockenheit, erkennen, dass es sinnvoller gewesen wäre, Ziegen zu züchten. Phil wollte seine Herden auf die Märkte im Süden treiben. »Falls es in den nächsten Tagen nicht doch noch regnet, muss ich auch meinen Zuchtbestand verkaufen, Macca«, sagte er leise zu Tony. »Es bricht mir das Herz, aber das Futter reicht einfach nicht. Wenn nicht ein Wunder geschieht, werden wir die Farm verlieren.«

Tony nickte. Eine steile Sorgenfalte erschien auf seiner Stirn. »Sollen die Städte entlang der Bahnlinie nicht zu Geisterstädten verkommen, muss es regnen, und zwar bald. Die Farmer verdienen nichts mehr, also können sie in der Stadt auch nichts ausgeben. Das bekommt jeder hier zu spüren. Und dass der Zug nicht verkehrt, macht die Sache auch nicht besser.«

»Ich hatte einen Hintergedanken, als ich mit Moira und den Jungs hierhergekommen bin, um deine Pianistin spielen zu hören«, gestand Phil. »Ich hoffe, es mildert die Enttäuschung ein wenig, wenn ich ihnen eröffne, dass wir bald in die Stadt ziehen müssen.«

»Deine Jungs lieben das Outback«, gab Tony zu bedenken.

»Ich weiß. Sie haben nie woanders gelebt, und sie werden alles andere als begeistert sein, wenn ich ihnen sage, dass wir nach Adelaide ziehen. Mir selbst geht's ja nicht anders. Ich bin mit Leib und Seele Farmer.«

Darauf wusste Tony nichts zu erwidern. Er hatte seine eigenen finanziellen Sorgen, wollte aber nicht darüber reden, aus Furcht, Maggie könnte etwas zu Ohren kommen. Er beschloss, das Thema zu wechseln. »Ist Terry Higgins immer noch in Farina?« Der junge Constable war bereits vor zwei Tagen zurückerwartet worden.

»Nein, er ist weiter nach Lyndhurst, wo er ein paar Tage bleiben will«, antwortete Phil.

»Lyndhurst? Hat's da Ärger gegeben?«

»Ganz im Gegenteil. Er hat sich in eins der Mädchen dort verguckt.«

»Wer ist die Glückliche?«

»Barney Oldfields Tochter von Oradulla Station.«

»Die Kleine kann doch höchstens fünfzehn sein.«

»Von wegen. Sie ist zwanzig geworden und verdammt hübsch obendrein.«

Tony machte ein ungläubiges Gesicht. »Als ich sie das letzte Mal sah, war sie ein Pummelchen mit Rattenschwänzen und Sommersprossen.«

»Du solltest sie jetzt mal sehen«, meinte Phil. »Jeder junge Bursche im Umkreis von zweihundert Meilen hat ein Auge auf sie geworfen.«

Tony schüttelte lächelnd den Kopf. Er konnte sich lebhaft vorstellen, wie Terry dem jungen Mädchen nachstieg.

Gegen zehn Uhr fand Jonathan, es sei an der Zeit, den Abend zu beschließen. Er sah Arabella an, wie erschöpft sie war. Obwohl ihr das Klavierspiel viel Freude bereitete, warf sie ihm einen dankbaren Blick zu. Es war rührend, wie er sich um ihr Wohlergehen sorgte. Moira, Jane und ihre Familien hatten Arabella begeistert applaudiert. Stuart, der ebenfalls zugehört hatte, war stiller gewesen als sonst. Er wirkte müde und hatte schweigend vor seinem Bier gesessen. Hin und wieder hatte er zu Arabella hingeschaut und ihr zugelächelt.

»Das war der schönste Abend seit Jahren!«, schwärmte Moira, als sie hinter Arabella die Treppe hinaufstieg. »Würden Sie uns die Freude machen, morgen noch einmal für uns zu spielen?«

»Ja, sehr gern.«

»Ob es Maggie morgen besser geht?«

»Ich weiß nicht. Tony besteht darauf, dass sie noch einen Tag im Bett bleibt«, erwiderte Arabella. »Es macht Ihnen doch nichts aus, mit dem Frühstück zu helfen?«

»Aber nein, Kindchen, keineswegs. Sagen Sie Maggie, sie soll sich keine Sorgen machen. Wir werden morgen nach dem Frühstück bei ihr reinschauen.«

Arabella lächelte. Sie wusste, Maggie würde morgen früh kaum im Bett zu halten sein. Tony würde all seine Überredungskunst aufbieten müssen, damit sie sich einen weiteren Tag schonte.

Als Arabella am anderen Morgen an Maggies Tür klopfte und von drinnen »Herein!« gerufen wurde, war sie ehrlich überrascht. Sie hatte damit gerechnet, dass Maggie aufgestanden war und in der Küche schon wieder das Kommando übernommen hatte. Doch zu Arabellas Verwunderung lag Maggie noch im Bett.

»Guten Morgen, Maggie. Wie fühlen Sie sich heute?«, fragte Arabella vorsichtig.

»Noch ein bisschen benommen, aber das gibt sich bis heute Abend sicher wieder.« Maggie klang bedrückt.

»Werden Sie nur wieder richtig gesund, alles andere können Sie getrost uns überlassen.«

»Wie ist es denn gestern Abend gelaufen? Haben unsere Gäste sich gut unterhalten?«

»O ja, großartig«, sagte Arabella. »Moira hat mich schon gefragt, ob ich heute Abend noch einmal für sie spiele.«

Maggie zog die Stirn in Falten. »Ich muss mich unbedingt um das Essen kümmern.«

»Wir helfen heute Morgen alle, damit das Frühstück auf den Tisch kommt, und beim Mittagessen machen wir's genauso.« Sie deutete auf die Teekanne neben dem Bett. »Tony hat Ihnen schon Tee gebracht, wie ich sehe. Ich werde Ihnen ein paar Scheiben Toast dazu bringen.« Sie wandte sich zum Gehen.

»Ich sollte Brot backen«, sagte Maggie mit einem Anflug von Verzweiflung in der Stimme. »Es kann ja kaum noch was da sein.«

»Das Backen hat schon jemand anders übernommen«, sagte Arabella, die den Duft von frischem Brot im Flur gerochen hatte.

Maggie machte ein verdrießliches Gesicht. Es war einfach nicht in Ordnung, dass ihre Gäste ihre Arbeit für sie erledigten.

»Nun schauen Sie nicht so finster, Maggie«, sagte Arabella begütigend. »Glauben Sie mir, jeder hier hilft gern. So, und jetzt hole ich Ihnen Toast.«

Sie ging nach unten in die Küche, wo Moira und Jane mit der Zubereitung des Essens beschäftigt waren. Auch Janes zwölfjährige Tochter Alice packte mit an. Anscheinend waren die Frauen schon sehr früh aufgestanden: Gleich mehrere Brotlaibe lagen zum Auskühlen auf der Arbeitsfläche. Jane, die Spiegeleier briet, drehte sich um, als Arabella hereinkam.

»Da kommt ja unser großes Talent!«, begrüßte Moira sie und brachte Arabella damit in Verlegenheit. »Wir wollten Ihnen gerade das Frühstück hinaufbringen.«

»Das ist doch nicht nötig«, wehrte Arabella ab. Erst jetzt wurde ihr bewusst, wie sehr sie sich verändert hatte. Daheim in England hätte sie es für selbstverständlich gehalten, bedient zu werden. Auch wenn sie sich unfreiwillig in Marree aufhielt, so hatte sie hier zum ersten Mal im Leben das wunderbare Gefühl, gebraucht zu werden, zu etwas nütze zu sein.

»Wir dachten, Sie würden gern noch ein bisschen im Bett bleiben«, sagte Moira, »damit Sie heute Abend frisch und ausgeruht sind.«

»Ich wollte eigentlich nur das Frühstück für Maggie holen«, erwiderte Arabella. An den Abend hatte sie gar nicht mehr gedacht, weil ihr so viele andere Dinge durch den Kopf gingen.

»Was möchte sie denn?«, fragte Moira.

»Ein, zwei Scheiben Toast reichen.«

»Wie wär's mit einem Spiegelei dazu?«, schlug Jane vor. »Die Eier sind gleich so weit.«

»Gute Idee«, pflichtete Arabella ihr bei. »Wo ist Tony?«

»Hinter dem Haus, Holz hacken«, antwortete Moira. »Wie geht es Maggie heute Morgen?«

»Besser, aber ihr ist immer noch schwindlig. Ein zusätzlicher Tag Bettruhe wird ihr guttun.«

»Ich hab gehört, sie soll ernsthaft krank sein«, sagte Moira im Flüsterton. »Aber als ich sie das letzte Mal sah, vor ungefähr zwei Monaten, schien sie in guter Verfassung, deshalb habe ich nicht nachgefragt.« Die Frauen trafen sich zweimal im Jahr bei einer Zusammenkunft der Landfrauen in Marree, Farina oder Lyndhurst. Moira war die Vorsitzende des Vereins.

»Zu mir hat sie nie etwas gesagt«, meinte Arabella beunruhigt.

»Wahrscheinlich ist auch nichts dran an der Geschichte«, entgegnete Moira. »Im Outback kursieren eine Menge Gerüchte.«

»Wo wohnt eigentlich der nächste Arzt?«, fragte Arabella.

»Dr. Roberts? Oh, der ist ständig zwischen Hawker in der Flinderskette und Alice Springs unterwegs – vorausgesetzt, der Zug fährt. Meist bleibt er eine Woche in jeder Stadt und kümmert sich um seine Patienten. Wer auf den umliegenden Farmen wohnt, hat dann Zeit genug, zu Dr. Roberts zu kommen. Jetzt, wo der Zug nicht verkehrt, wird er auf einem Kamel unterwegs sein. Deshalb lässt sich schwer sagen, wann er hier eintreffen wird.«

Arabella stellte das Tablett mit Maggies Frühstück auf dem Nachttisch ab.

»Wie läuft es unten?«, fragte Maggie.

»Bestens. Moira und Jane erledigen gerade den Abwasch.«

»Sind die Hühner schon gefüttert?«

»Ja, und Tony hat auch gleich die Eier eingesammelt. Jane hat Brot gebacken und Spiegeleier gebraten, Moira hat den Toast gemacht. Nach dem Abwasch will sie abstauben und die Böden aufwischen. Für mich gibt's im Moment nichts zu tun, deshalb dachte ich, ich begleite Jonathan in die Ghan-Siedlung. Es sei denn, ich kann noch irgendetwas für Sie tun.«

»Nein, gehen Sie nur.«

»Moira und Jane würden Ihnen nach dem Frühstück gern einen kleinen Besuch abstatten, wenn es Ihnen recht ist.«

Maggies Miene hellte sich auf. »Das wäre wunderbar! Ich bin gespannt, was es in Farina Neues gibt.«

»Gut. Dann sage ich ihnen, sie können in ein paar Minuten heraufkommen.«

»Sie können gern sofort kommen«, sagte Maggie eifrig und streute ein wenig Salz aufs Ei. »Das hier hab ich schnell verputzt.«

Arabella freute sich über Maggies gesunden Appetit, da sie ihn als gutes Zeichen ansah. Wer Hunger hat, sagte sie sich, kann nicht ernsthaft krank sein.

Nachdem sie den Frauen unten gesagt hatte, wohin sie ging und dass Maggie sie erwartete, eilte sie in den Salon, wo Jonathan seine neuesten Fotografien durchsah. Er hatte Paddy Khan versprochen, sie ihm zu zeigen. Und er wollte Arabella unbedingt mit ihm bekannt machen.

Die Ghan-Siedlung auf der anderen Seite der Bahngleise bestand aus einem Dutzend kleiner Hütten aus Lehmziegeln. Die Dächer waren flach, die unverglasten Fenster zu beiden Seiten des Eingangs mit Läden versehen. Diese wurden gegen die Sonneneinstrahlung geschlossen, sodass die Hitze draußen blieb, die Luft aber zirkulieren konnte, erklärte Jonathan. Eine für Outback-Verhältnisse stattliche Moschee bildete den Mittelpunkt der Siedlung. Davor lagen Matten, die alle in derselben Richtung ausgerichtet waren.

»Das sind Gebetsteppiche, aber das Morgengebet ist vorbei, deshalb ist niemand mehr da«, klärte Jonathan seine Begleiterin auf.

Männer betraten ihre Häuser oder verließen sie; einige hatten auf den Kamelkoppeln zu tun. Arabella bemühte sich, die finsteren, argwöhnischen Blicke zu ignorieren, mit denen sie bedacht wurde. Vor zwei Hütten in unmittelbarer Nähe hockten Aborigine-Frauen mit Kindern. Die dumpfe Teilnahmslosigkeit, mit der sie die Weiße musterten, war Arabella wesentlich lieber als die Feindseligkeit der Männer.

»Paddy ist bei seinen Kamelen«, sagte Jonathan und deutete mit dem Kinn auf eine von mehreren großen Koppeln. Paddy winkte, als er sie kommen sah. Er war groß und schlank und trug einen Hut statt eines Turbans und eine weite Latzhose ohne Hemd darunter. Seine Haut war heller als die der anderen Afghanen, und seine Miene drückte heitere Zufriedenheit aus, wie Arabella sie bisher noch bei keinem Afghanen gesehen hatte. Sie vermutete, dass sein irisches Erbe dafür verantwortlich war. Je näher sie den Koppeln kamen, desto stechender wurde der Gestank, der ihnen in der Hitze entgegenschlug. Arabella verzog das Gesicht und hielt sich Mund und Nase zu. Als sie Jonathans warnenden Blick auffing, wurde ihr klar, dass Paddy ihr Benehmen für unhöflich halten würde. Sie nahm die Hand wieder herunter und versuchte, so flach wie möglich zu atmen.

»Guten Morgen«, rief Jonathan, und Paddy erwiderte den Gruß freundlich.

»Paddy, ich möchte dir Arabella Fitzherbert vorstellen. Es hat sie nach Marree verschlagen, und jetzt sitzt sie für eine Weile hier fest…« Jonathans Stimme verlor sich. Die Situation war ihm unangenehm. Natürlich hatte Paddy wie alle anderen Afghanen von Arabellas Missgeschick gehört und wusste, dass sie Kamele für »stinkende Viecher« hielt. Aber er kannte Jonathan gut genug, um zu wissen, was dieser mit seinem Besuch in der Ghan-Siedlung bezweckte: Er hoffte, Arabella die Augen zu öffnen.

»Ich freue mich, Sie kennen zu lernen«, sagte Paddy mit singender Stimme. Da er ein hilfsbereiter Mensch war, hätte er vielleicht Mitleid mit Arabella gehabt und sie nach Alice Springs gebracht, doch einige seiner Kamelstuten würden bald fohlen, und er wollte die Tiere nicht allein lassen. Dieses Ereignis war in seinen Augen wichtiger als eine im Grunde überflüssige Reise – schließlich würde die junge Frau mit ihren Eltern vereint sein, sobald der Zug wieder verkehrte.

»Die Fotos sind noch besser geworden, als ich gehofft hatte«, meinte Jonathan und zeigte sie Paddy.

»Großartig«, lobte Paddy. »Der Ausflug hat sich wirklich gelohnt.« Er bewunderte jede Aufnahme und schien sehr stolz auf Jonathan zu sein.

Eins der Kamele stieß plötzlich ein dumpfes Knurren aus, und Arabella sprang erschrocken zurück.

»Alles in Ordnung«, beruhigte Paddy sie. »Mosis Fohlen wird in Kürze zur Welt kommen. Nach einer Tragzeit von dreizehn Monaten kann sie es kaum erwarten, bis es endlich so weit ist.«

»Sie kam mir gleich ein bisschen pummelig vor«, meinte Arabella, die sich schnell von ihrem Schreck erholte. »Sie muss ein ganz schönes Gewicht mit sich herumschleppen, nicht wahr?«

»Ein Fohlen wiegt bei der Geburt zwischen dreißig und sechsunddreißig Kilo. Aber das Gewicht ist nicht das Problem, Mosi will einfach nur, dass es vorbei ist – so wie alle werdenden Mütter.«

In einem Pferch nebenan brüllte ein riesiger Kamelhengst, und Arabella fuhr abermals erschrocken zusammen.

»Sei still, Hannibal«, tadelte Paddy das Tier. An Arabella gewandt, fügte er hinzu: »Der Bursche kennt kein Erbarmen mit den Stuten. Er kann es kaum erwarten, bis er sie wieder besteigen kann.«

Arabella wurde rot vor Verlegenheit. Ein leises Blöken lenkte sie ab, und sie wandte den Kopf. Ein Kamelfohlen drängte sich zwischen den erwachsenen Tieren hindurch zur Umzäunung und streckte seinen Kopf heraus. Sie wich unwillkürlich zurück.

»Der tut Ihnen nichts«, sagte Paddy lachend. »Er sucht seine Mutter.«

Arabella konnte den Schmerz des Tieres nachempfinden. »Ist sie denn nicht da drin?«

»Nein, ein brünstiger wilder Hengst hat sie draußen bei der Nahrungssuche so erschreckt, dass sie davongelaufen ist. Vielleicht hat er sie in seine Herde aufgenommen. Aber ich hoffe immer noch, dass sie zurückkommt.«

Arabella sah in die sanften braunen Augen des Kamelfohlens, das jämmerlich blökte und ihr den Kopf entgegenstreckte, um sie zu beschnuppern. Das Tier tat ihr leid.

»Er mag Sie«, staunte Paddy. »Uri ist normalerweise sehr scheu.«

»Was für wunderschöne Wimpern er hat. So lang und dicht«, sagte Arabella staunend.

»Die Augen der Kamele sind besonders dicht bewimpert, damit Staub und Sand nicht eindringen können. Außerdem haben sie ein zusätzliches Augenlid. Und ihre buschigen Brauen schützen die Augen vor der Sonne.«

Arabella betrachtete die erwachsenen Tiere mit abschätzigem Blick. »Sie sehen aus, als wäre ihr Fell von Motten zerfressen.«

Zu Jonathans Erleichterung schien Paddy ihr die taktlose Bemerkung nicht übel zu nehmen. »Im Frühjahr wechseln sie das Fell, deshalb sehen sie so zerrupft aus. Aber im Herbst wächst ihnen ein neues, prächtiges Haarkleid.«

Das Kamelfohlen gab abermals ein klägliches Blöken von sich.

»Ob es Hunger hat?« Sein jämmerliches Schreien ging Arabella zu Herzen.

»Kann ich mir nicht vorstellen.« Paddy schüttelte den Kopf. »Ich melke regelmäßig eine Kamelstute und gebe ihm die Milch zu trinken.«

Arabella traute ihren Ohren nicht. »Man kann Kamele melken?«

»Ja, sicher. Im Mittleren Osten werden sie eigens dafür gehalten. Kamelmilch ist viel nahrhafter als Kuhmilch, aber für einen Europäer ist der Geschmack ziemlich ... nun ja, gewöhnungsbedürftig.«

»Stimmt es, dass Kamele Wasser in ihren Höckern speichern?«, fragte Arabella.

»Nein, das ist ein Märchen. Der Höcker ist ein Fettspeicher, der es den Tieren erlaubt, tagelang ohne Nahrung auszukommen. Werden sie allerdings über längere Zeit schlecht gehalten oder nicht ausreichend gefüttert, schrumpft der Höcker oder kippt zur Seite.«

»Wieso hat das Fohlen keinen Höcker?«

»Kamele werden ohne Höcker geboren. Die entwickeln sich erst, wenn das Tier feste Nahrung zu sich nimmt. Den Kleinen da werde ich bald daran gewöhnen.«

Das Fohlen streckte wieder den Kopf in Arabellas Richtung.

»Was will er denn von mir?«, fragte sie beunruhigt.

»Gestreichelt werden. Er sucht Schutz und Geborgenheit.« Paddy rieb dem Fohlen liebevoll über die Schnauze. Arabella konnte sehen, wie viel seine Tiere ihm bedeuteten.

»Wie lange bleiben die Jungen bei der Mutter?«, fragte sie mit einem mitleidigen Blick auf das Fohlen.

»Ungefähr fünf Jahre. Aber mit dem Abrichten beginnt man normalerweise schon vorher. Sind in einer Herde zu viele junge Männchen, werden einige geschlachtet.«

Arabella riss entsetzt die Augen auf. »Sie werden gegessen?«

»Aber ja. Kamelfleisch ist eine Delikatesse.«

Jonathan bemerkte Arabellas Unbehagen. Schnell verabschiedete er sich von Paddy.

»Danke, dass du vorbeigekommen bist und mir die Fotos gezeigt hast.« Paddy drückte Jonathan die Hand und sah dann Arabella an. »Hat mich sehr gefreut.«

»Mich auch.« Arabella lächelte ihm nervös im Rückwärtsgehen zu. Sie hatte es eilig, von den Kamelen wegzukommen.

»Nun, was halten Sie von Paddy?«, wollte Jonathan auf dem Rückweg zum Hotel wissen.

Arabella ging das klägliche Blöken des Kamelfohlens nicht mehr aus dem Kopf. »Ich weiß nicht recht. Eigentlich fand ich ihn ganz nett... bis zu dem Moment, wo er sagte, dass man die überzähligen jungen Männchen schlachtet.« Sie sah Uris sanfte braune Augen vor sich.

»Lämmchen werden auch geschlachtet und gegessen«, wandte Jonathan ein.

»Ja, schon...«

»Wo ist der Unterschied?«

Arabella seufzte. »Wahrscheinlich haben Sie Recht.«

»Glauben Sie mir, Kameltreiber haben den größten Respekt vor ihren Tieren. Und das ist nur verständlich, wenn man bedenkt, was sie zu leisten imstande sind.«

Arabella nickte. Sie verstand jetzt besser, weshalb die Kamele für die Bewohner des Outback solch eine große Bedeutung hatten, und Paddy hatte zweifellos ein Herz für seine Tiere.

Im Hotel wartete nicht viel Arbeit auf sie: Tony plante einen Grillabend, und die Frauen brauchten nichts weiter zu tun, als das Brot aufzuschneiden, das sie zu den Lammkoteletts servieren würden. Maggie war in ihrem Zimmer geblieben; sooft sie aufzustehen versuchte, drehte sich alles in ihrem Kopf.

Arabella schaute kurz bei ihr herein, musste sich dann aber ebenfalls hinlegen, weil sie Kopfschmerzen bekommen hatte und ihr schlecht von dem stechenden Geruch der Kamele war. Moira und Jane konnten ihre Enttäuschung kaum verbergen, da sie bereits am nächsten Tag nach Farina zurückkehren würden. Sie befürchteten, Arabella werde am Abend nicht in der Lage sein, noch einmal für sie zu spielen.

Am frühen Abend ging es Arabella tatsächlich kaum besser. Sie brachte keinen Bissen hinunter, doch da sie die Gäste nicht enttäuschen wollte, versprach sie, sich nach dem Essen ans Klavier zu setzen. Sie hielt ihr Versprechen, doch nach einer halben Stunde entschuldigte sie sich. »Ich muss mich zurückziehen, ich fühle mich nicht gut«, sagte sie.

»Hoffentlich sehen wir Sie noch einmal wieder, bevor Sie Marree verlassen«, meinte Moira.

Arabella, die am Fuß der Treppe stand, drehte sich um. »Ich glaube nicht, dass ich noch lange hier sein werde.« Sie war immer noch zuversichtlich, dass der Zug bald wieder verkehrte.

Arabella wusste nicht, wie lange sie geschlafen hatte, als sie von einem merkwürdigen Geräusch geweckt wurde. Sie setzte sich auf und lauschte. Verwundert zog sie die Stirn kraus. Plötzlich fiel ihr ein, woher sie den seltsamen Laut kannte. Sie stand auf und trat auf den Balkon hinaus. Und tatsächlich: Unten stand Uri, das Kamelfohlen.

»Was willst du denn hier?«, raunte Arabella. »Mach, dass du auf deine Koppel zurückkommst!«

Das Kamel trabte verwirrt blökend im Kreis herum. Anscheinend versuchte es herauszufinden, von wo die Stimme kam.

»Pssst!«, machte Arabella. »Du weckst ja das ganze Hotel! Wie bist du überhaupt hierhergekommen?«

Das Fohlen wirkte so verloren, dass Arabella unwillkürlich Mitleid mit ihm hatte. Dem Tier ging es im Grunde nicht anders als ihr selbst: Es suchte verzweifelt nach seiner Mutter. Als es keine Anstalten machte umzukehren, überlegte sie, ob sie Jonathan wecken und um Rat fragen sollte. Aber sie wollte nicht mitten in der Nacht sein Zimmer betreten. Schließlich warf sie sich den von Maggie geborgten Morgenrock über und eilte nach unten.

Als das Kamelfohlen sie sah, kam es sofort auf sie zu. Ganz wohl war Arabella nicht in ihrer Haut, doch sie blieb tapfer stehen. Das Tier näherte sich zutraulich, als freute es sich, sie zu sehen. Arabella beobachtete es argwöhnisch, doch als sie merkte, dass es nicht die Absicht hatte, sie zu beißen, streckte sie zögernd die Hand aus und strich ihm über den Hals. Sein Fell fühlte sich erstaunlich weich an. Sogar in der Dunkelheit konnte sie seine riesigen braunen Augen erkennen, in denen sie tiefe Traurigkeit zu sehen meinte. Das Kleine wirkte hilflos und verloren.

»Ich kann dich ja verstehen«, flüsterte sie. »Mir geht's genauso, weißt du. Ich vermisse meine Mutter auch ganz schrecklich, aber was können wir tun?« Ihre Augen füllten sich mit Tränen. »Wir müssen ganz fest daran glauben, dass unsere Mütter kommen und uns holen werden. Und das werden sie auch, weil sie uns lieben.«

Das Kamel blökte und wandte den Kopf in Richtung Wüste.

»Du weißt, dass sie irgendwo da draußen ist, nicht wahr?«, flüsterte Arabella. »Sie vermisst dich bestimmt genauso sehr, wie du sie vermisst.«

Plötzlich kam ihr der Gedanke, dass das Jungtier in Gefahr sein und möglicherweise von Dingos angegriffen werden könnte. Sie eilte die Treppe hinauf, holte tief Luft und klopfte bei Jonathan. »Jonathan, wachen Sie auf…«

Nach kurzer Zeit öffnete er. »Was ist denn, Arabella?«, fragte er gähnend.

»Draußen vor dem Hotel steht das Kamelfohlen und schreit ununterbrochen.«

Jonathan blickte sie verstört an. »Machen Sie sich um den Kleinen keine Sorgen, der findet schon zurück.«

»Aber wenn er nun von Dingos angegriffen wird?« Furcht lag in Arabellas Stimme. »Ich kriege kein Auge zu, solange er nicht auf der Koppel und in Sicherheit ist.«

Ein Stück den Flur hinunter wurde eine Tür geöffnet, und Stuart Thompson trat im Schlafanzug auf den Gang. »Was ist los?«

»Draußen steht ein junges Kamel und schreit jämmerlich«, flüsterte Arabella. »Es gehört einem der Treiber in der Ghan-Siedlung.«

»Oh. Und jetzt wollen Sie es dorthin zurückbringen?«

»Ja«, antwortete Arabella eifrig. »Wenn Sie vielleicht so nett wären …«

»Es ist alles in Ordnung, Stuart«, fiel Jonathan ihr hastig ins Wort. »Ich kümmere mich darum. Sie können sich ruhig wieder hinlegen.«

Stuart sah Arabella an. »Sind Sie sicher? Wenn ich Ihnen doch irgendwie helfen kann …«

Arabella lächelte ihm dankbar zu.

»Nein, danke, das ist wirklich nicht nötig«, erwiderte Jonathan mit Nachdruck. »Wir sehen uns dann morgen früh.«

Stuart zögerte. »Wie Sie wollen. Rufen Sie mich, falls Sie Hilfe brauchen.«

»Das ist sehr nett, vielen Dank«, entgegnete Arabella liebenswürdig.

Jonathan musterte sie argwöhnisch. Ihre Reaktion auf Stuart entging ihm nicht. Sie schien eine Schwäche für ihn zu haben. »Ich dachte, Sie mögen keine Kamele«, sagte er.

»Aber ich kann den armen Kleinen doch nicht seinem Schicksal überlassen«, sagte sie. »Außerdem kann ich bei seinem Geschrei nicht schlafen.«

Jonathan seufzte.

»Tut mir leid, dass ich Sie geweckt habe, aber wir müssen ihn unbedingt auf seine Koppel zurückbringen!«

»Wahrscheinlich war er gar nicht auf der Koppel. Paddy bindet seine Tiere über Nacht draußen an, damit sie weiden können.«

»Weiden? Ringsum wächst doch nichts. Außer dornigem Gestrüpp gibt es nichts da draußen.«

»Sie würden sich wundern, was ein Kamel alles frisst. Paddy hat das Fohlen bestimmt zu einer von den Stuten gestellt. Seltsam, dass es ganz allein losmarschiert ist.« Er stieß einen tiefen Seufzer aus. »Warten Sie einen Moment, ich ziehe mich rasch an.«

Kurz darauf trat er auf den Flur hinaus und ging mit Arabella zusammen hinunter. Aus dem Stall hinter dem Haus holte er einen Strick. Uri trabte noch immer verloren vor dem Hotel auf und ab.

»Ich schaff das schon allein«, sagte Jonathan. »Gehen Sie ruhig wieder ins Bett.«

Arabella nickte. Doch als Jonathan die aus dem Seil geknüpfte Schlinge um Uris Hals legte, blieb das Fohlen störrisch stehen. Es wandte den Kopf immer wieder in Arabellas Richtung und blökte verzweifelt.

»Ich glaube, Sie müssen doch mitkommen. Anscheinend hat er einen Narren an Ihnen gefressen«, sagte Jonathan und fügte so leise, dass Arabella es nicht hören konnte, hinzu: »Und da ist er wohl nicht der Einzige.«

11

Wie Jonathan gesagt hatte, waren die Kamelstuten ein Stück von den Koppeln mit den Hengsten entfernt zum Weiden angebunden.

»Ich weiß nicht, ob wir es riskieren können, Uri zu den Männchen zu sperren«, meinte Jonathan. »Sie sind ziemlich erregt, weil etliche Stuten bereits gefohlt haben und wieder paarungsbereit sind.«

»Dann bringen wir ihn eben zu den Weibchen«, schlug Arabella vor.

»Aber dann werden wir ihn anbinden müssen, sonst läuft er uns womöglich nach.«

»Wir können ja eine Weile bei ihm bleiben, vielleicht beruhigt er sich dann.«

Jonathan gähnte herzhaft. »Sind Sie denn nicht müde?«

»Schon, aber wenn er uns zum Hotel folgt und wieder zu schreien anfängt, kann ich auch nicht schlafen. Also können wir genauso gut noch ein Weilchen hierbleiben.«

Jonathan sah sie prüfend an. »Wie geht es Ihnen? Was machen Ihre Kopfschmerzen?«

»Sind weg, Gott sei Dank.« In der kühlen Nacht war der Gestank erträglicher als in der Gluthitze des Tages.

»Ist Ihnen nicht kalt?« Jonathans Blick glitt über ihren Morgenrock, unter dem sie nichts als ein dünnes Nachthemd trug. Ihm fiel auf, wie sehr sie sich verändert hatte. Ihre Züge waren weicher geworden, und sie lächelte oft. Der schlimme Sonnenbrand heilte allmählich ab, und ihre Stimme hatte nicht mehr den weinerlichen, quengelnden Tonfall. Zugenommen hatte sie auch. Ihr Körper war weiblicher geworden.

Arabella bemerkte seine Blicke und errötete. Es sah Jonathan gar nicht ähnlich, sie so anzustarren. »Nein, mir ist überhaupt nicht kalt«, antwortete sie und wandte sich wieder Uri zu.

Sie gingen zu den Stuten hinüber und schlenderten zwischen ihnen umher, in der Hoffnung, das Fohlen werde sich einer der Stuten anschließen, doch diesen Gefallen tat es ihnen nicht: Es folgte Arabella auf Schritt und Tritt.

Schließlich gab Jonathan sich geschlagen. »Ich fürchte, wir müssen Paddy wecken. Soll er sich um das Junge kümmern.«

»Das ist wirklich zu dumm«, meinte Arabella. Das Fohlen rieb seine Schnauze an ihrer Schulter.

»Wir haben keine andere Wahl. Uri weicht Ihnen ja nicht mehr von der Seite.«

Obwohl sie es nicht zugeben würde, war Arabella gerührt über so viel Anhänglichkeit. Sie war überzeugt, dass das Tier spürte, dass sie sich in der gleichen Notlage befanden, und deshalb ihre Nähe suchte. Aber was sollte sie tun? Sie konnte ihm ja nicht die ganze Nacht Gesellschaft leisten. Sie würden wohl oder übel Paddy wecken müssen.

Plötzlich hörten sie, wie ein Gewehrhahn gespannt wurde. »Wer ist da?«, rief eine ungehaltene Stimme.

»Paddy, bist du das?«, antwortete Jonathan. Er schob sich zwischen den Kamelen hindurch und stand plötzlich Paddy gegenüber. Die Mündung von dessen Gewehr war direkt auf ihn gerichtet. Jonathan hob beschwichtigend die Hände. »Immer mit der Ruhe, Paddy. Das Ding da kannst du getrost herunternehmen.«

Paddy ließ die Waffe sinken.

»Was machst du denn hier draußen?« Jonathans Blick fiel auf den Liegestuhl hinter ihm, über den eine Decke geworfen war.

»Ich bewache meine Stuten, damit sie mir nicht von wilden

Hengsten weggeholt werden«, erwiderte Paddy, der jetzt erst Arabella bemerkte. »Und was tut ihr beide hier draußen?«

»Wir haben Uri zurückgebracht.«

»Was heißt zurückgebracht?«

»Er ist vor dem Hotel aufgetaucht und hat einen Heidenlärm veranstaltet«, sagte Arabella und schilderte, was sich zugetragen hatte.

Paddy konnte nicht glauben, was er da hörte.

»Eigenartig.« Verwundert schüttelte er den Kopf. »Ein Fohlen, das keine Mutter mehr hat, schließt sich normalerweise einer anderen Stute an, oder mir. Uri hat Sie gerade mal ein paar Minuten gesehen, und trotzdem ist er Ihnen nachgelaufen und hat Sie gesucht?«

»Glauben Sie, er hat mich gesucht?« Arabella fühlte sich insgeheim geschmeichelt.

»Sieht ganz so aus. Anscheinend sucht er Ihre Nähe.« Paddy beobachtete verblüfft, wie das Fohlen abermals seinen Kopf an Arabellas Schulter rieb.

Als er das Tier mit einem Strick angebunden hatte, verabschiedeten sich Arabella und Jonathan und machten sich auf den Rückweg. Uri schrie zum Erbarmen. Arabella brach es schier das Herz. Ihre Augen füllten sich mit Tränen, doch sie wischte sie rasch fort, damit Jonathan nicht sah, wie nahe ihr der Kummer des Tieres ging. Im Hotel eilte sie die Treppe hinauf, dankte Jonathan für seine Hilfe und wünschte ihm eine gute Nacht. Ohne auf Antwort zu warten, verschwand sie in ihrem Zimmer und schloss die Tür. Sie legte sich wieder hin, konnte aber nicht mehr einschlafen. Uris Mitleid erregende Schreie klangen ihr immer noch in den Ohren. Auch Arabella vermisste ihre Mutter mehr denn je zuvor.

Als sie am nächsten Morgen aufwachte, hörte sie als Erstes Uris Blöken. Sie traute ihren Augen nicht, als sie sah, dass es schon acht Uhr war. Eigentlich hatte sie früh aufstehen wollen, um sich von den Quiggleys und den McKenzies zu verabschieden, aber die waren längst auf dem Heimweg.

Sie stand auf und trat auf den Balkon hinaus. Sie hatte es sich nicht eingebildet: Wieder stand Uri vor dem Hotel und blökte herzzerreißend.

»Was machst du denn schon wieder hier?« Arabella zog sich in aller Eile an und lief hinunter. Das Kamelfohlen trabte sofort auf sie zu. Fast im gleichen Moment kam Paddy angerannt und versuchte, das Tier einzufangen.

»Ich hatte ihn heute Morgen kaum losgebunden, da ist er schon auf und davon«, sagte Paddy atemlos. »Ich weiß nicht wieso, aber offenbar sucht er Sie und will bei Ihnen sein.« Sooft er dem Fohlen die Seilschlinge überwerfen wollte, wich es aus und suchte Schutz bei Arabella. »Hier, vielleicht haben Sie mehr Glück«, sagte Paddy schließlich und hielt ihr den Strick hin.

Arabella blickte ihn entgeistert an. »Das kann ich nicht!«

»Wieso nicht? Sie brauchen ihm bloß die Schlinge über den Kopf zu werfen.«

Arabella hatte das Gefühl, dass sie damit das Vertrauen des Fohlens missbrauchen würde, aber wie sollte sie das Paddy erklären? Er würde sie für verrückt halten. »Und wenn ich ihn auf eine Koppel bei den Ställen hinterm Haus bringe? Wenn ich vorausgehe, kommt er bestimmt nach.«

»Gute Idee.« Paddy nickte. »Da kann ich ihn bestimmt einfangen.«

»Nein, ich meine, ich würde mich um ihn kümmern, wenn Sie mir die Milch besorgen und was er sonst noch zu fressen bekommt.«

Paddy schaute sie verdutzt an. »So ein Tier macht eine Menge Arbeit.«

»Das ist mir egal.« Das Kamelfohlen mit den großen braunen Augen, die so traurig dreinblickten, hatte Arabellas Beschützerinstinkt geweckt. »Er wird ja doch immer wieder weglaufen und hierherkommen.«

»Was werden Tony und Maggie dazu sagen?«

»Sie haben bestimmt nichts dagegen, solange ich den Stall ausmiste und sie keine Arbeit damit haben.« Doch Arabella klang zuversichtlicher, als ihr zumute war.

Paddy kratzte sich nachdenklich am Kopf. »Na ja, wenn Sie meinen … Ich muss zur Herde zurück und die anderen füttern. Ich werde Ihnen die Milch so bald wie möglich bringen.«

»Fein«, sagte Arabella und dachte bei sich, dass sie sich da etwas Schönes eingebrockt hatte. »Wir treffen uns am Stall.«

Paddy zögerte noch einen Moment, nickte dann und eilte davon.

Das Kamelfohlen rührte sich nicht vom Fleck. Als Arabella langsam zu den Ställen ging, folgte das kläglich blökende Tier ihr nach kurzem Zaudern. In einer der Boxen stand Stuart Thompsons Pferd. Arabella hoffte, Uri werde sich in Gesellschaft der Stute beruhigen, deshalb ging sie zu ihr in die Box. Uri trabte hinterdrein. Als er in der Box war, schloss Arabella das Gatter, kletterte hinauf und hockte sich darauf. Uri schaute sich verstört um und zog witternd die Luft ein. Wahrscheinlich roch er noch die Pferde der Quiggleys und McKenzies.

»Hab keine Angst«, sagte Arabella beruhigend. »Ich bin ja da.«

Sie strich ihm liebevoll über den Kopf. Plötzlich hörte sie hinter sich eine Stimme, die ihr bekannt vorkam. Am Hintereingang des Hotels standen Rita, Lily und Missy, und Rita rief nach Maggie. Arabella sprang vom Gatter herunter und ging zu den drei Frauen hinüber.

»Wo ist die Missus?«, wollte Rita wissen.

»Noch im Bett, glaube ich«, antwortete Arabella. »Es geht ihr nicht besonders.«

Rita runzelte die Stirn. »Was fehlt ihr denn?«

Der grimmige Gesichtsausdruck der riesigen Frau war zum

Fürchten, doch Arabella ließ sich nicht einschüchtern. Sie wusste, dass die Frauen Maggie sehr mochten und sich um sie sorgten. »Ich weiß auch nicht genau. Ihr ist andauernd schwindlig. Vor zwei Tagen ist sie ohnmächtig geworden, und Tony hat darauf bestanden, dass sie sich schont und im Bett bleibt. Aber vielleicht fühlt sie sich heute ja schon besser. Ich werde ihr sagen, dass ihr hier wart.«

Rita musterte Arabella mit, wie ihr schien, argwöhnischem Blick, wandte sich dann um und ging ohne ein weiteres Wort davon. Lily und Missy folgten ihr. Arabella schüttelte verwundert den Kopf.

Uris Geschrei riss sie aus ihren Gedanken. Sie machte sich auf den Weg, um Tony zu suchen und ihm die Situation zu erklären, bevor er das junge Kamel entdeckte. Sie ging in die Bar, hörte dann aber, wie Tony sich vor dem Hotel mit jemandem unterhielt. Als Arabella hinauslief, sah sie ihn im Gespräch mit einem Mann in Uniform.

»Entschuldigen Sie, Tony, ich würde gern mit Ihnen reden«, sagte sie. »Ich warte in der Bar auf Sie.«

»Ich komme gleich. Das ist übrigens Constable Higgins.«

»Guten Tag.« Arabella nickte ihm zu. Sie war erleichtert, dass der Polizeibeamte zurück war. Sie hatte Wally in den letzten Tagen zwar nicht mehr gesehen, hatte aber immer noch ein ungutes Gefühl, wenn sie an ihn dachte.

»Terry, das ist Arabella Fitzherbert. Sie wird eine Weile bei uns wohnen.« Tony war noch nicht dazu gekommen, dem Constable von ihr zu erzählen, weil sie über Maggie gesprochen hatten.

»Freut mich, Miss Fitzherbert. Woher kommen Sie, wenn ich fragen darf?«

»Aus England. London, genauer gesagt.«

Terry sah sie verwirrt an. »Ich will unsere Stadt ja nicht abwerten, aber Sie haben sich einen sonderbaren Ort für Ihren Aufenthalt ausgesucht. Sind Sie allein gekommen?«

»Ja, aber nicht freiwillig«, erwiderte Arabella seufzend. »Der Zug ist ohne mich weitergefahren.«

»Der Zug ist ohne Sie weitergefahren …?«, wiederholte Terry, der überhaupt nichts mehr verstand.

»Ja, der Afghan-Express. Der Zug musste auf offener Strecke halten, weil ein Tierkadaver auf den Schienen lag und die Gleise vom Sand zugeweht waren, und da bin ich ausgestiegen. Dabei bin ich gestürzt und hab mir den Knöchel verstaucht. Plötzlich fuhr der Zug wieder an, und ehe ich mich's versah, war er fort.«

»Heiliger Strohsack!« Terry starrte sie offenen Mundes an. »Dann sind *Sie* die junge Frau, die man in der Wüste gefunden hat?«

»Woher wissen Sie das?«, fragte Arabella verwundert.

»Ich habe in Lyndhurst mit einigen Aborigines gesprochen, die von anderen Eingeborenen erfahren haben, dass Angehörige vom Stamm der Arrernte eine Weiße in der Wüste aufgegriffen und in eine Stadt gebracht haben. Das müssen Sie gewesen sein.«

»Ja, das stimmt.«

Terry schüttelte ungläubig den Kopf. »Ich wusste nicht, was ich von der Geschichte halten sollte. Sie klang so weit hergeholt …« Er hatte sogar über die Beschreibung der jungen Weißen gelacht, so absurd war ihm das Ganze vorgekommen.

»Meine Eltern sind nach Alice Springs gefahren. Glauben Sie, sie schicken von dort Aborigines, damit sie mich suchen?«, fragte Arabella hoffnungsvoll.

»Schon möglich«, antwortete Terry vorsichtig und musterte sie neugierig. »Warum sind Sie eigentlich mitten in der Wüste ausgestiegen, wenn ich fragen darf?«

»Ich wollte eine Blume pflücken«, gestand Arabella kleinlaut und wurde rot.

Terry starrte sie fassungslos an. »Kein Mensch würde auf *diesen* Gedanken kommen«, sagte er. »Man wird annehmen, dass Sie nachts versehentlich die falsche Tür geöffnet haben und aus dem fahrenden Zug gestürzt sind. Eine andere Möglichkeit wird man gar nicht in Erwägung ziehen, wenn ein Passagier aus einem Zug verschwindet.«

Arabella musste ihm Recht geben.

»Die zuständigen Behörden werden davon ausgehen, dass Sie ums Leben gekommen sind, Miss Fitzherbert«, fuhr der junge Constable fort. »Ich bezweifle, dass unter diesen Umständen ein Suchtrupp losgeschickt wurde. Ein kräftiger Mann kann in der Wüste höchstens achtundvierzig Stunden ohne Wasser überleben, eine zierliche Frau wie Sie vielleicht vierundzwanzig Stunden. Kein Mensch wird damit rechnen, dass Sie noch am Leben sind.«

»Meine Eltern schon!«, fuhr Arabella auf. »Sie werden nicht aufgeben, ich weiß es. Sie werden dafür sorgen, dass man mich sucht. Wer weiß, vielleicht macht mein Vater sich selbst auf die Suche.«

Terry wusste, dass die Behörden ihn daran hindern würden. »Zu Fuß würde es Monate dauern, die ganze Gegend abzusuchen. Sie können von Glück sagen, dass Sie noch am Leben sind.«

Arabella nickte langsam. »Ohne die Aborigines, die mich gefunden haben, sähe es anders aus«, sagte sie leise. Sie schämte sich jetzt dafür, wie sie sich diesen Menschen gegenüber benommen und wie schlecht sie von ihnen gedacht hatte.

»Da haben Sie wohl Recht.« Terry nahm seinen Hut ab und kratzte sich am Kopf. Seine Haare waren so hellblond, dass sie fast weiß schienen. Er wusste von anderen Menschen, die in der Wüste ein sehr viel schlimmeres Schicksal ereilt hatte. Doch das behielt er für sich.

Arabella straffte sich. »Jedenfalls werden meine Eltern nicht ruhen, bis sie mich gefunden oder den Beweis in Händen haben, dass ich umgekommen bin. Und Letzteres wird nicht passieren, weil ich ja lebe und wohlauf bin.«

»Die Polizei in Alice Springs wird Ihren Eltern erklären, dass

Ihre Überreste niemals gefunden werden. Dafür würden Ameisen, hungrige Dingos und andere wilde Tiere schon sorgen …«

»Danke, ich verstehe, worauf Sie hinauswollen«, fiel Arabella ihm ins Wort. Sie schauderte bei dem Gedanken daran, was ihr hätte zustoßen können. »Ich habe herumgefragt, ob jemand mich nach Alice Springs bringen könnte, aber die Kameltreiber weigern sich.« Sie hoffte, der Constable würde vielleicht seinen Einfluss geltend machen.

Terry sah sie überrascht an. »Warum wollen Sie Ihr Leben ein zweites Mal aufs Spiel setzen? Das wäre töricht.«

»Aber meine Eltern stehen bestimmt tausend Ängste um mich aus. Würden Sie nicht auch wissen wollen, wenn jemand aus Ihrer Familie …« Arabella verstummte. Plötzlich meinte sie das Schreien des kleinen Kamels zu hören. »Entschuldigen Sie mich«, sagte sie hastig. Sie hatte Angst, Tony könnte das Tier finden, bevor sie ihm alles erklärt hatte. »Mir ist gerade etwas eingefallen.«

»Wollten Sie nicht mit mir reden?«, fragte Tony.

»Das kann warten«, sagte sie mit einem flüchtigen Seitenblick auf den Constable und lief rasch los.

Die beiden Männer schauten ihr verwundert nach.

»Hat ihr Kopf auch etwas abgekriegt?«, witzelte Terry.

»Manchmal könnte man es meinen«, erwiderte Tony kopfschüttelnd.

»Wieso weigern die Kameltreiber sich eigentlich, sie nach Alice Springs zu bringen?«

»Weil Arabella ihre Tiere als ›stinkende Viecher‹ bezeichnet hat.«

Terry lachte. »Sie hätten es ihr eher verziehen, wenn sie gesagt hätte, dass *sie* stinken!«

Tony sah ihn prüfend an. »Was genau haben die Aborigines eigentlich erzählt?«

»Dass die Weiße, die sie gefunden haben, den Verstand verloren hätte. Die Beschreibung, die sie von ihr gaben, war dermaßen seltsam, dass ich der Überzeugung war, die Aborigines würden maßlos übertreiben. Sie wussten nicht, wohin sie gebracht worden war, doch als ich hörte, sie sei in einer Stadt, habe ich mir keine weiteren Gedanken mehr gemacht. Schließlich war sie in Sicherheit. Sie ahnt ja nicht, wie viel Glück sie hatte, dass sie in der Nähe gefunden und hierhergebracht wurde. Die Arrernte hätten sie auch versklaven können. Das ist alles schon vorgekommen.«

Tony musste unwillkürlich lachen. »Daran hätten sie aber nicht viel Freude gehabt!« Ernst fügte er hinzu: »Ihre armen Eltern tun mir wirklich leid.«

»Tja, inzwischen werden sie die Hoffnung aufgegeben haben und sie für tot halten.« Terry senkte den Kopf. »Aber sobald der Zug wieder verkehrt, hat ihr Schmerz ein Ende. Das ist der einzige Trost.«

»Fragt sich nur, wie lange das noch dauert.«

Terry nickte und wechselte das Thema. »Wie läuft das Geschäft?«, fragte er. »Wahrscheinlich nicht besonders, hm?«

»Das kannst du laut sagen.« Tony bemühte sich, so wenig wie möglich daran zu denken.

»Gab's sonst noch besondere Vorkommnisse? Von jungen Frauen, die sich in der Wüste verirrt haben, einmal abgesehen.«

»Nein, alles war ruhig. Das heißt … vor ein paar Tagen ist ein Trupp Schafscherer hier durchgekommen. Am Abend haben die Burschen eine Schlägerei angefangen. Sie hätten mir wahrscheinlich meinen Laden kurz und klein geschlagen, hätte Arabella sich nicht an den Flügel gesetzt und gespielt. Du hättest die Burschen sehen sollen. Die wurden auf einmal lammfromm.«

»Sag bloß!« Terry blickte ihn ungläubig an.

Tony nickte. »Wenn ich es nicht selbst erlebt hätte, würde ich's auch nicht glauben.«

»Mir scheint, da hab ich was verpasst.«

»Und ob! Gestern und vorgestern Abend hat sie für Phil und

Moira Quiggley und die McKenzies ein kleines Konzert gegeben. Sie spielt wirklich gut.«

»Du machst mich neugierig, Tony. Hoffentlich kann ich sie auch bald mal hören.«

»Bestimmt. Tja, also, ich mach mich dann wieder an die Arbeit. Freut mich, dass du wieder da bist, Terry.« Tony drückte ihm die Hand.

Terry nickte. »Danke. Es ist schön, wieder zu Hause zu sein, Macca.« Er wandte sich zum Gehen.

»Ach, da fällt mir ein …«, sagte Tony. »Ich hab gehört, eins der Oldfield-Mädchen hat dir den Kopf verdreht.«

Terry grinste und kratzte sich verlegen das Kinn. »Mann, hier kann man aber auch wirklich nichts geheim halten!«, meinte er lachend.

»Das Buschtelefon ist das Einzige, was hier draußen einwandfrei funktioniert.« Tony zwinkerte ihm zu und ging hinein.

Als er das Hotel durch den Hintereingang wieder verließ, um die Hühner zu füttern, blickte er zufällig zu den Ställen hinüber. Er traute seinen Augen nicht, als er ein Kamelfohlen in einer der Boxen stehen sah. Dann entdeckte er Arabella. Sie drehte ihm den Rücken zu. Tony stapfte zu ihr hinüber. »Was hat das Kamel hier in unserem Stall zu suchen?«, fragte er.

Arabella fuhr erschrocken herum. »Tony! Haben Sie mich erschreckt!«

»Was hat das Kamel hier zu suchen?«, fragte er noch einmal in barschem Tonfall.

»Deswegen wollte ich ja mit Ihnen reden«, sagte Arabella kleinlaut.

Tony beobachtete ungläubig, wie sie das Tier streichelte. »Ich dachte, Sie können Kamele nicht ausstehen.«

»Na ja, manche schon«, druckste sie. »Dieser arme kleine Kerl hier hat keine Mutter mehr. Sie ist davongerannt, und nun vermisst er sie ganz furchtbar.«

»Das Tier gehört doch sicher einem der Afghanen?«

»Ja, Paddy Khan.«

»Und wieso ist es dann hier?«

»Es hat mich gesucht. Es läuft mir ständig nach. Heute Nacht stand es plötzlich vor dem Haus und hat geschrien, und heute Morgen war es schon wieder da. Haben Sie es denn nicht gehört?«

Tony zog die Stirn kraus und schüttelte den Kopf. »Ich war so erledigt, ich hab geschlafen wie ein Toter.«

»Ich bin hinuntergegangen, um es zu beruhigen, aber es hat nichts geholfen. Da habe ich Jonathan geweckt, und wir haben es mitten in der Nacht zu Paddy Khan zurückgebracht. Aber kaum hatte er es heute Morgen losgebunden, rannte es hierher zurück. Anscheinend sucht es meine Nähe. Paddy kann es sich auch nicht erklären.«

»Hier kann es jedenfalls nicht bleiben. Sagen Sie Paddy, er soll es wieder abholen.«

»Ich werde mich um das Fohlen kümmern, Tony! Ich werde ihm zu fressen geben, den Stall ausmisten … Sie werden kein bisschen Arbeit mit ihm haben«, versicherte Arabella.

»Sie haben genug zu tun, Sie können nicht auch noch ein Kamel versorgen. Sagen Sie Paddy, er soll das Tier abholen, Miss Fitzherbert«, wiederholte Tony und stapfte davon. Er hatte sie »Miss Fitzherbert« genannt – ein sicheres Anzeichen dafür, dass er wütend auf sie war.

Arabella schaute ihm fassungslos nach, Tränen in den Augen. »Wie kann er nur so hartherzig sein?«, klagte sie.

Kurze Zeit später kam Paddy. Er hatte eine große, sonderbar geformte Flasche mit einem langen Sauger daran bei sich.

»Uri kann nicht hierbleiben«, schluchzte Arabella. »Tony erlaubt es nicht.«

»Das habe ich mir schon gedacht«, meinte Paddy und hielt Uri die Flasche mit der schäumenden Milch hin, damit er trinken konnte. Uri nuckelte eifrig; Milch tropfte ihm aus dem Maul und lief ihm den Hals hinunter. Als die Flasche leer war, band Paddy ihn an und führte ihn aus der Box. Dieses Mal ging Uri, nach einem langen Blick auf Arabella, gehorsam mit.

Arabella stapfte mit gesenktem Kopf ins Haus und ging zu Maggie hinauf, die auf ihr Klopfen öffnete. Maggie war immer noch ziemlich blass, hatte sich aber angezogen.

»Wie fühlen Sie sich heute, Maggie?«

»Ein bisschen besser, danke. Mir ist nicht mehr ganz so schwindlig.«

»Soll ich Ihnen etwas zu essen heraufbringen?«

»Tony hat mir vorhin schon Tee und Toast gebracht. Ich wollte gerade nach unten. Wenn ich noch länger hier drin bleibe, krieg ich 'nen Koller!«

»Übertreiben Sie es nicht«, ermahnte Arabella sie. »Sie müssen sich noch schonen.«

Maggie nickte. Mit einem forschenden Blick in Arabellas gerötete Augen fragte sie: »Haben Sie geweint?«

»Ich … ja, ein bisschen.«

»Was ist denn passiert?«

»Ach, heute Morgen ist einiges passiert, aber machen Sie sich keine Gedanken.«

Maggie legte den Kopf schief. »Was ist los, Arabella?«, fragte sie mit sanftem Nachdruck.

Arabella erzählte ihr von dem anhänglichen Kamelfohlen und Tonys Verbot, das Tier im Stall zu halten. »Aber es wird zurückkommen, Maggie. Ich weiß es. Es vermisst seine Mutter genauso sehr, wie ich meine vermisse.«

»Ich werde mit Tony reden«, versprach Maggie. »Falls das Fohlen tatsächlich wieder hier auftaucht, werde ich ihn bitten, dass es bleiben darf, bis seine Mutter zurückkommt.«

»Oh, ich danke Ihnen, Maggie!«

»Schon gut, Kindchen. Tony kann manchmal ein richtiger

Dickschädel sein. Aber was kann man von den Kerlen schon anderes erwarten?«, fügte sie trocken hinzu.

Arabella musste schmunzeln. Sie wusste, wie sehr Maggie ihren Mann liebte. »Da fällt mir ein … Rita, Lily und Missy waren vorhin da und haben Sie gesucht.«

»Tatsächlich?«

»Ja. Ich habe ihnen gesagt, dass Sie sich nicht wohl fühlen, aber später vielleicht aufstehen.«

»Danke. Wenn es etwas Wichtiges war, werden sie sich schon wieder melden.«

»Möchten Sie nicht doch zu einem Arzt, Maggie?«, fragte Arabella. »Moira sagt, dass hin und wieder ein Doc in die Stadt kommt. Es könnte doch nicht schaden, sich seine Meinung anzuhören, finden Sie nicht?«

Maggies Miene wurde verschlossen. »Dr. Roberts hat viel zu tun, genau wie ich«, antwortete sie kurz angebunden und verließ das Zimmer. Arabella folgte ihr. Sie beschloss, dafür zu sorgen, dass Maggie den Arzt aufsuchte, sobald der sich in der Stadt aufhielt.

Sofern sie dann noch hier war.

Da Maggie nicht untätig herumsitzen konnte, ging sie in den Speisesaal, um die Tische abzuwischen. Arabella, die in der Küche zu tun hatte, sah Rita, Lily und Missy herankommen. Tony lief auf die drei Frauen zu. Arabella beobachtete, wie Rita ihm irgendetwas in die Hand drückte. Neugierig schlich sie zur Hintertür und lauschte.

»Geben Sie das der Missus, das wird sie gesund machen«, sagte Rita. »Es ist eine Wundermedizin!«

»Danke, Rita. Ich sorge dafür, dass Maggie sie nimmt.«

Als die drei Aborigines wieder gegangen waren, ging Tony zu einem Gebüsch und schüttete, nach einem verstohlenen Blick über die Schulter, die Arznei aus. Arabella schnappte erschrocken nach Luft. Warum tat er das? Wollte er denn nicht, dass Maggie wieder gesund wurde? Unschlüssig überlegte Arabella, was sie tun sollte. Tony hatte unterdessen zur Axt gegriffen und hackte Holz. Er schien wütend oder verzweifelt zu sein. Arabella beobachtete ihn. Ihre Gedanken jagten sich. Sie hatte immer gedacht, Tony liebe seine Frau. Jetzt war sie nicht mehr so sicher.

»Was gibt's da draußen so Interessantes?«, erklang plötzlich Maggies Stimme hinter ihr.

Arabella fuhr zusammen. Sie hatte Maggie gar nicht kommen hören. »Ich ... oh, gar nichts. Ich dachte, ich hätte Rita gehört, aber ich hab mich wohl getäuscht«, stammelte sie mit pochendem Herzen.

»Alles in Ordnung, Arabella? Sie sind ja weiß wie die Wand!«

»Ja ... nein, mir geht's gut.« Ihr kam auf einmal der Gedanke, dass Tony und Maggie vielleicht nicht an die Wirksamkeit der Aborigine-Medizin glaubten, sie sogar für schädlich hielten. »Darf ich Sie etwas fragen, Maggie?«

»Sicher, nur zu.«

»Stellen die Aborigines ihre eigenen Arzneien her?«

»Ja, und zwar ganz hervorragende. Sie würden staunen, wie viel sie über Pflanzen und deren Heilwirkung wissen!«

»Dann glauben Sie also an die Wirksamkeit dieser Arzneien?«

»O ja. Ich habe schon viele genommen, wie die meisten Menschen im Outback. Wally zum Beispiel hatte vor einiger Zeit schlimme Zahnschmerzen. Rita gab ihm ein Stück Wurzel zum Auflegen, und im Nu waren die Schmerzen verschwunden. Wally war ganz baff.«

»Und Tony? Was hält er davon?«

»Er ist ebenfalls der Meinung, dass es auf jeden Fall einen Versuch wert ist. Ich hatte Ihnen doch erzählt, dass er sich mal das Bein gebrochen hatte. Es wurde brandig und konnte nur dank einer Arznei der Aborigines gerettet werden. Warum interessiert Sie das so? Fehlt Ihnen was? Soll Rita Ihnen etwas geben?«

»Nein, ich war nur neugierig.« Arabella verstand überhaupt

nichts mehr. Tony hatte also kein Interesse daran, dass Maggie gesund wurde. Die Frage war nur – warum?

Den ganzen Tag über war Arabella außergewöhnlich still. Sie hatte keinen Appetit und rührte ihre Mahlzeiten kaum an. Unentwegt musste sie daran denken, wie Tony die Arznei weggeschüttet hatte, anstatt sie Maggie zu geben. Sie überlegte, ob sie sich Maggie anvertrauen sollte, entschied sich dann aber dagegen, weil sie sich nicht einmischen wollte.

Da Jonathan bereits frühmorgens mit Paddy aufgebrochen und Stuart ebenfalls noch unterwegs war, aßen Arabella und die McMahons an diesem Abend allein. Maggie machte Spiegeleier auf Toast, und Arabella half ihr dabei. Gegen sieben Uhr zog Maggie sich erschöpft zurück. Arabella wollte nicht mit Tony allein sein und ging ebenfalls nach oben in ihr Zimmer.

Später, als sie im Bett lag, hörte Arabella Jonathan zurückkommen. Sie hatte noch kein Auge zugetan. Gegen Mitternacht war sie immer noch wach, deshalb hörte sie Uris Blöken sofort. Arabella sprang auf und eilte auf den Balkon. Das Kamelfohlen stand unten auf der staubigen Straße und schrie herzerweichend.

»Was machst du denn schon wieder hier, Uri?« Arabella freute sich über die Anhänglichkeit des Tieres, fürchtete sich aber gleichzeitig vor Tonys Reaktion.

Sie eilte leise die Treppe hinunter und nach draußen. »Du sollst doch nicht mehr herkommen«, tadelte sie das Kamelfohlen, das kläglich schrie und mit der Schnauze gegen ihre Schulter stupste. Arabella schaute in seine großen braunen Augen und schmolz dahin. »Was soll ich bloß mit dir machen?« Jonathan wollte sie nicht schon wieder wecken, und das Kamel allein zurückzubringen traute sie sich nicht, also führte sie es in eine der Boxen im Stall. Schließlich hatte Maggie ja versprochen, mit Tony zu reden, falls das Tier noch einmal zurückkäme. Arabella setzte sich ins frische Stroh. Als Uri sich neben sie legte, erschrak sie, doch dann streichelte sie ihn und fing an, mit ihm zu reden. Sie erzählte ihm von zu Hause, von ihrem Leben in England. Uri, die sanften, unschuldigen Augen unverwandt auf Arabella gerichtet, schien aufmerksam zuzuhören. Der Klang ihrer Stimme beruhigte ihn offenbar.

»Mir war, als hätte ich jemanden reden hören – habe ich mich also doch nicht getäuscht«, sagte eine Männerstimme unvermittelt in der Dunkelheit. »Was machen Sie denn so spät noch hier draußen?«

Arabella sprang auf. »Du meine Güte, Stuart, haben Sie mich erschreckt!« Sie atmete tief durch, bis ihr Herz nicht mehr ganz so heftig klopfte, und fügte verlegen hinzu: »Ich habe nur Selbstgespräche geführt.«

»Das kenne ich.« Stuart lächelte ihr zu, als er Bess, seine Stute, in ihre Box führte und absattelte. »Das tue ich auch oft, und was ich zu mir sage, ergibt immer einen Sinn.« Er lehnte sich an die Wand der Box, in der Arabella stand, und grinste. »Wenn ich den kleinen Kerl hier sehe, könnte ich mir aber auch gut vorstellen, dass Sie sich mit ihm unterhalten haben.«

»Stimmt«, gestand Arabella lächelnd. »Vorhin stand er plötzlich wieder schreiend vor dem Hotel, und da habe ich ihn hierhergebracht und mit ihm geredet, damit er sich beruhigt. Hatten Sie einen schönen Tag?« Sie beobachtete Stuart, wie er sein Pferd tränkte und fütterte.

»O ja, fantastisch.« Als er fertig war, drehte er sich zu Arabella um. »Hätten Sie etwas dagegen, wenn ich Ihnen ein bisschen Gesellschaft leiste?«

»Aber nein, ganz und gar nicht. Sie sind herzlich willkommen in unserer bescheidenen Hütte«, erwiderte sie mit einer einladenden Geste.

»Vielen Dank, sehr liebenswürdig.« Stuart betrat die Box, setzte sich neben das Kamelfohlen, ergriff Arabellas Hand und zog sie neben sich ins Stroh.

Seine Nähe machte Arabella nervös, und sie suchte verzweifelt nach einem Gesprächsthema.

»Wartet zu Hause in England ein Freund auf Sie?«, fragte Stuart ohne Umschweife.

Seine Direktheit verschlug ihr eine Sekunde lang die Sprache. »N-nein«, stotterte sie.

»Das glaube ich nicht.«

»Wieso nicht?«

»Weil ich gedacht hätte, dass die Jungs vor Ihrem Haus Schlange stehen.«

»Die Jungs« hatte er gesagt, nicht »die Männer«. Anscheinend hielt er sie für ein unerfahrenes Ding.

»An *Jungs* wäre ich sowieso nicht interessiert«, sagte sie pikiert. »Die sind für meinen Geschmack zu unreif.«

Stuart lächelte amüsiert. Seine Wortwahl hatte sie offenbar gekränkt. »Natürlich. Wer so erfahren und erwachsen ist wie Sie, kann mit *Jungs* nichts anfangen.«

Arabella sah ihn böse an. Machte er sich lustig über sie? »Hören Sie auf, mich von oben herab zu behandeln«, stieß sie mit zorniger Stimme hervor.

»Das tue ich doch gar nicht«, entgegnete er lächelnd. »Sie sind richtig niedlich, wenn Sie so wütend sind, wissen Sie das?« Er tippte ihr mit dem Zeigefinger auf die Nasenspitze.

»Lassen Sie das!« Sie schlug seine Hand weg. »Und nennen Sie mich nicht niedlich!«

»Warum denn nicht?«

»Das klingt, als ob ich schrecklich jung wäre.«

»Alt sind Sie ja nun wirklich nicht.«

»Nein, aber ich bin auch kein kleines Mädchen mehr.«

Er lächelte wieder. »Das weiß ich. Sie sind eine junge Frau, und obendrein eine sehr attraktive.« Er beugte sich näher zu ihr, und Arabella stockte der Atem. Ihr wurde plötzlich bewusst, wo sie sich befanden und dass sie ganz allein waren, und auf einmal war sie sich nicht mehr sicher, ob sie imstande wäre, die Situation zu meistern. Schließlich hatte sie keine Erfahrung auf diesem Gebiet.

Stuart bemerkte ihre Nervosität. Sein Blick schweifte dennoch zu ihrem Mund und blieb dort haften.

Arabella fuhr sich mit der Zunge über die Lippen und senkte befangen den Blick. Sie spürte, dass Stuart sie gern küssen würde, und sosehr ihr der Gedanke gefiel, sosehr fürchtete sie sich, die Situation könnte außer Kontrolle geraten. Ihre Mutter hatte mit ihr über diese Dinge gesprochen und sie immer wieder davor gewarnt, mit dem Feuer zu spielen, weil dies möglicherweise weit reichende Konsequenzen hätte. Arabella hatte fast den Eindruck, dass ihre Mutter aufgrund eigener Erfahrungen genau wusste, wovon sie sprach.

»Was haben Sie denn, Arabella?«, fragte Stuart, als er ihre verstörte Miene bemerkte.

»Gar nichts«, antwortete sie zögernd.

»Sie wissen, dass ich Sie küssen möchte, nicht wahr?«, flüsterte er rau.

»Ja. Aber ich weiß nicht, ob das eine gute Idee ist.«

»Und warum nicht?«

»Schauen Sie sich doch mal um. Ich meine, wir sind hier …«

»In einem Stall«, beendete Stuart den Satz für sie.

»In einem Stall, genau.« Sie wandte sich verlegen ab und streichelte Uri.

»Haben Sie Bedenken, weil wir ganz allein bei Mondlicht in einem Stall im Stroh sitzen?«

Die Belustigung in seiner Stimme entging ihr nicht. »Ehrlich gesagt ja«, gestand sie, ohne ihn anzusehen. »Die Situation könnte außer Kontrolle geraten.« In Wahrheit dachte sie: *Er* könnte möglicherweise die Kontrolle über *sich* verlieren.

Stuart lachte, und sie fuhr herum. Zornig funkelte sie ihn an. »Was ist daran so komisch?«

Er hatte Mühe, seine Erheiterung zu unterdrücken. »Glauben Sie mir, es braucht schon mehr als einen harmlosen kleinen Kuss, damit die Situation außer Kontrolle gerät. Ich kann mich beherrschen, wissen Sie.«

Arabella wurde klar, dass sie mit ihrer Äußerung ihre Unerfahrenheit verraten hatte. Die meisten jungen Frauen in ihrem Alter hatten ihren ersten Kuss längst hinter sich, doch Arabellas Eltern hatten strenge Vorstellungen, was sich für eine junge Dame schickte und was nicht. »Ich verstehe«, sagte sie verlegen.

Stuart beugte sich abermals zu ihr. »Und, darf ich Sie jetzt küssen?«, flüsterte er.

Er fragte sie sogar um Erlaubnis! Wie romantisch er war. »Ich … ich glaub schon«, hauchte sie. Ihr Mund fühlte sich vor Nervosität ganz trocken an.

Stuart fasste sie zärtlich am Kinn und schaute ihr lange in die Augen. Arabella stockte der Atem. Sie wünschte, er würde endlich zur Sache kommen. Sie schloss die Augen und sah nicht das Lächeln auf seinen Lippen, bevor er den Kopf zu ihr neigte und sie sanft küsste.

Ein wohliger Schauder durchlief sie, und sie öffnete die Augen. Stuart lächelte abermals. »Sehen Sie? Ich habe mich völlig in der Gewalt.«

Arabella musste unwillkürlich schmunzeln. Man konnte Stuart nicht böse sein, weil er einfach nicht ernst sein konnte. Irgendwie gefiel ihr das. Sogar sehr.

»Möchten Sie nicht lieber wieder hineingehen?«, fragte er.

Sie schüttelte den Kopf. »Noch nicht.«

»Soll ich noch ein bisschen bei Ihnen bleiben?«

Sie hätte gern Ja gesagt, fürchtete aber, er könnte es missverstehen. »Nein, gehen Sie nur«, antwortete sie und wandte sich rasch ab, weil sie vor Verlegenheit rot wurde.

»Gut. Dann bis morgen früh.« Er erhob sich schwungvoll. »Bleiben Sie nicht mehr so lange hier draußen.«

»Bestimmt nicht«, antwortete sie leise. Ihr Herz raste.

Als Stuart fort war, musste sie lächeln. Sie ließ sich ins Stroh fallen und kraulte verträumt Uris weiches Fell.

Als Tony am nächsten Morgen durch den Flur ging, stand die Tür zu Arabellas Zimmer auf. Das Zimmer war leer. Arabella war weder in der Küche noch auf der Außentoilette, deren Tür weit offen stand, wie er vom Küchenfenster aus sehen konnte.

Wo mag sie nur sein?, fragte er sich. Dann kam ihm ein Gedanke.

Er ging zu den Ställen, und dort fand er sie: Sie lag schlafend im Stroh neben dem Kamelfohlen. Verwundert schüttelte er den Kopf. Der Anblick, den die beiden boten, hatte etwas Ergreifendes. Das Bild strahlte eine solche Ruhe und Harmonie aus, dass Tony Arabella nicht böse sein konnte.

Maggie erschien in der Hintertür. »Hast du Arabella gesehen?«, rief sie ihrem Mann zu.

Tony ging zu ihr. »Ja, sie ist im Stall und leistet ihrem neuen Freund Gesellschaft.«

Maggie blickte ihn verwirrt an, doch Tony lächelte nur geheimnisvoll und ging an ihr vorbei ins Haus. Neugierig geworden, machte Maggie sich auf den Weg zum Stall. Als sie in die Box schaute und die schlafende Arabella neben dem Kamelfohlen erblickte, legte sich auch auf ihr Gesicht ein Lächeln.

12

»Guten Morgen, Mr Fitzherbert«, grüßte Sergeant Menner, als er Edward vor dem Central Hotel antraf. Arabellas Eltern waren dem Sergeant nicht mehr aus dem Kopf gegangen. Er konnte sich vorstellen, was die beiden durchmachten, und wünschte, er könnte etwas für sie tun. Ihm war klar, dass sie sich Gewissheit über das Schicksal ihrer Tochter verschaffen mussten. Da er die beiden seit einigen Tagen nicht mehr gesehen hatte, hatte er beschlossen, ihnen vor Dienstantritt einen kurzen Besuch abzustatten.

»Guten Morgen«, antwortete Edward förmlich.

»Wie geht es Ihnen?«, erkundigte sich der Sergeant. Edward sah ein bisschen besser aus, wie er fand. Als er ihn das letzte Mal zu Gesicht bekommen hatte, war er wie ein Gespenst durch die Stadt geirrt.

»Sehr gut, danke«, erwiderte Edward mit ironischem Unterton.

»Es tut mir leid, dass ich nichts für Sie tun kann. Glauben Sie mir, ich kann Sie sehr gut verstehen.«

»Das bezweifle ich«, versetzte Edward. »Aber keine Sorge, Sie brauchen sich nicht mehr mit der Angelegenheit zu belasten. Ich habe die Sache selbst in die Hand genommen, und wie es aussieht, wird Arabella bald wieder bei uns sein.«

Der Sergeant war wie vom Donner gerührt. Es war nicht die Andeutung, dass er seiner Pflicht nicht nachgekommen sei, die ihn so getroffen hatte – er wusste, dass trauernde Angehörige irgendjemandem die Schuld für den Verlust des geliebten Menschen geben mussten –, sondern vielmehr Edwards Überzeugung, seine Tochter lebend wiederzufinden. »Darf ich fragen, was Sie zu dieser Annahme veranlasst?«

»Ich habe professionelle Fährtenleser mit der Suche beauftragt. Sie haben mir versichert, dass sie Arabella wohlbehalten zurückbringen.«

Der Sergeant hatte das Gefühl, als hätte ihn jemand in den Magen geboxt. »Professionelle Fährtenleser?«, wiederholte er benommen.

»So ist es. Und ich muss sagen, ich finde es unerhört, dass Sie mich nicht auf diese Möglichkeit aufmerksam gemacht haben.«

»Wer sind diese Männer?« Sergeant Menner ahnte es zwar, wollte aber sichergehen.

»Sie nennen sich Billy, Danny und Charlie. Sie müssten bald zurück sein.«

Der Sergeant schloss die Augen und stieß einen tiefen Seufzer aus. »Ich fürchte, sie sind schon wieder da, Mr Fitzherbert«, sagte er dumpf.

Edward starrte ihn verständnislos an. »Was soll das heißen? Es war ausgemacht, dass sie sich nach ihrer Rückkehr unverzüglich bei mir melden.«

»Kommen Sie, ich bringe Sie zu ihnen«, sagte der Sergeant leise.

Edward begriff überhaupt nichts mehr.

In diesem Moment trat Clarice aus dem Hotel. Sie und Edward hatten zu einem kleinen Spaziergang aufbrechen wollen. »Gibt es etwas Neues, Edward?«, fragte sie gespannt, als sie ihren Mann im Gespräch mit dem Sergeant erblickte.

»Nein, eigentlich nicht«, erwiderte Edward hastig. Er und Clarice hatten sich sehr viel von den Fährtenlesern versprochen, und er wollte ihr nicht die Hoffnung nehmen.

Clarice' Blick wanderte zwischen den beiden Männern hin

und her. Edward war kalkweiß im Gesicht, und der Sergeant senkte betreten den Kopf. Irgendetwas stimmte nicht. »Was ist denn, Edward? Hat man … hat man Arabellas Leiche gefunden?«

»Nein, nein«, antwortete Edward schnell. Er holte tief Luft und fuhr fort: »Der Sergeant meint, die Fährtenleser, die ich mit der Suche beauftragt habe, seien schon wieder zurück.«

»Wirklich?«, fragte Clarice hoffnungsvoll.

»Vielleicht handelt es sich um eine Verwechslung, Liebes. Sie hatten mir versprochen, sich sofort nach ihrer Rückkehr bei mir zu melden.«

»Ich wollte Ihren Mann gerade zu ihnen bringen, Mrs Fitzherbert«, warf der Sergeant ein.

Clarice schaute erst ihn, dann ihren Mann an. »Worauf warten wir? Gehen wir!«

»Bleib du lieber hier, Clarice.« Falls es »seine« Fährtenleser waren und sie schlechte Nachrichten hatten, wollte er es als Erster erfahren, damit er es seiner Frau schonend beibringen könnte.

»Kommt nicht infrage, Edward«, erwiderte sie mit Bestimmtheit. »Ich komme mit. Wenn ich noch länger die Wände anstarren muss, drehe ich durch!«

Schweigend machten die drei sich auf den Weg. Edward war schwer ums Herz. Sergeant Menner ebenfalls, wenn auch aus anderen Gründen. Als sie das ausgetrocknete Bett des Todd River erreichten, sahen Clarice und Edward sich verwirrt an.

»Was sollen wir hier, Sergeant?«, fragte Clarice.

Er fasste sie am Ellenbogen und half ihr die leicht abfallende Böschung hinunter. Edward folgte ihnen.

»Das werden Sie gleich sehen, Mrs Fitzherbert.« Der Sergeant machte sich an die Durchquerung des Flussbetts.

Clarice und Edward wechselten einen fragenden Blick. Am gegenüberliegenden Ufer fristeten Akazien und Eukalyptusbäume ein kümmerliches Dasein. Aborigines hockten in kleinen Gruppen im Schatten der Bäume. Das Flussbett war mit leeren Flaschen und Abfällen jeglicher Art übersät, der Gestank war kaum auszuhalten. Clarice und Edward machten betretene Gesichter.

»Ich glaube, es ist besser, ich bringe dich ins Hotel zurück«, sagte Edward zu seiner Frau. Tiefes Unbehagen überkam ihn.

»Nein, ich bleibe. Mach dir um mich keine Sorgen«, erwiderte Clarice und schüttelte ein Steinchen aus ihrem Schuh.

Der Sergeant war bereits die Böschung auf der anderen Seite hinaufgeklettert. Er schaute sich suchend um und steuerte dann auf eine Baumgruppe zu. Die Aborigines, die dort im Schatten lungerten, ließen eine Flasche Rum kreisen. Noch bevor die drei sie erreicht hatten, war die Flasche leer und wurde in hohem Bogen auf einen Haufen anderer leerer Flaschen geschleudert.

Alle Farbe wich aus Edwards Gesicht, und ihm wurde einen Moment schwarz vor Augen, als er die Aborigines erkannte. Es waren Billy, Danny und Charlie. Alle drei waren völlig betrunken. Wie betäubt starrte er erst auf die unzähligen leeren Schnapsflaschen, dann auf die drei Säufer. Er begriff, dass sie ihn übers Ohr gehauen und ausgenommen hatten.

»Sind das die Männer, die Sie losgeschickt haben?«, fragte der Sergeant, auf die drei Eingeborenen deutend. Billy, Danny und Charlie fuhren erschrocken hoch, als sie den Sergeant erblickten.

Edward nickte stumm.

Clarice schaute von Edward zu den drei Männern. »Wo ist meine Tochter?«

Edward fasste sie am Arm und wollte sie wegführen, doch Clarice machte sich energisch los. »Wo ist Arabella?«, schrie sie hysterisch. »Ihr habt meinem Mann versprochen, sie zurückzubringen!«

Edward sah den Sergeant an. »Können Sie die Kerle nicht festnehmen?«

»Weswegen?«, erwiderte Menner achselzuckend. »Ich glaube, sie waren tatsächlich in der Wüste – einer meiner Leute hat sie gestern Morgen zurückkommen sehen. Es kam ihm verdächtig vor, dass sie etliche Flaschen teuren Schnaps bei sich hatten, deshalb hat er mich verständigt. Aber ich habe keine Ahnung, was sie da draußen getrieben haben.«

Edward sah Billy finster an. »Habt ihr auch nur eine Sekunde nach meiner Tochter gesucht?«

»Ja, Boss.« Billy nickte und fuhr nuschelnd fort: »Wir haben lange nach ihr gesucht, aber dann trafen wir ein paar Stammesangehörige. Sie sagten, man hätte eine weiße Frau gefunden.«

Edward, der immer noch auf ein Wunder hoffte, hielt unwillkürlich den Atem an. Er hörte, wie Clarice einen erstickten Laut von sich gab.

»Ist sie …?«, flüsterte sie mit Tränen in den Augen.

»Sie sagten, sie sei tot, Boss«, sagte Billy zu Edward. »Man hätte ihre Überreste gefunden.«

»Und wo … wo sind sie?«, brachte Edward mühsam hervor und kämpfte gegen eine heftige Übelkeit an.

»In alle Winde verstreut, Boss.« Billy sah den grenzenlosen Schmerz in Edwards Gesicht. Für einen kurzen Moment plagten ihn Schuldgefühle.

Edward stöhnte und krümmte sich unwillkürlich, als ein rasender, nie gekannter Schmerz ihn durchflutete. Weder nahm er wahr, wie Clarice einer Ohnmacht nahe auf die Knie sank, noch bemerkte er, wie der Sergeant zu ihr eilte, sie stützte und ihr auf die Füße half.

Arabella schlug unwillig nach den Fliegen, die sie umschwirrten, und öffnete langsam die Augen. Das grelle Sonnenlicht blendete sie, und sie musste blinzeln. Dann sah sie, wie Uri den Kopf durch den Lattenzaun in die Nachbarbox streckte und Stuart Thompsons Stute beschnupperte, die ebenfalls reges Interesse an ihm zeigte. Sie knabberte mit ihrem weichen Maul liebevoll an seinem Kopf, und das Kamelfohlen gab zufriedene kleine Laute von sich. Lächelnd beobachtete Arabella die rührende Szene. Sie musste an Stuart denken und wie er sie geküsst hatte und strahlte übers ganze Gesicht. Er war ein faszinierender Mann. Plötzlich brannte sie darauf, mehr über ihn zu erfahren.

Sie stand auf, lief aus dem Stall und ins Haus. Maggie und Tony waren anscheinend in der Bar; sie konnte sie drinnen reden hören. Sie huschte die Treppe hinauf in ihr Zimmer. Mit einem Ohr lauschte sie, ob Uri wieder zu schreien anfing, doch alles war ruhig.

Nachdem sie sich in aller Eile gewaschen, angezogen und gekämmt hatte, lief sie wieder nach unten, wo sie fast mit Maggie zusammenprallte.

»Guten Morgen!«, sagte Maggie fröhlich. »Na, gut geschlafen?« Sie bemerkte einen Strohhalm in Arabellas Haaren und musste ein Schmunzeln unterdrücken.

»Ja … danke«, stammelte Arabella. Dass sie die Nacht im Stall verbracht hatte, wollte sie lieber für sich behalten. »Sie sind so gut gelaunt heute Morgen. Geht es Ihnen besser?«

»Ja, viel besser! Ich könnte Bäume ausreißen! Zum Glück – auf mich wartet nämlich eine Menge Arbeit.« Sie machte sich auf den Weg in die Küche, drehte sich dann aber noch einmal um. »Ach, übrigens, ich habe mit Tony gesprochen. Das Kamel kann in der Box bleiben – jedenfalls solange wir sie nicht für das Pferd eines Gastes brauchen.«

»Vielen Dank, Maggie!«, sagte Arabella überschwänglich und fügte leise hinzu: »Uri ist heute Nacht wieder zurückgekommen.«

Maggie unterdrückte ein Lächeln. »Tatsächlich?«

»Ja, und ich hatte solche Angst, Tony könnte wütend werden, wenn er ihn in der Box entdeckt. Aber wenn Sie meinen, dass er nichts dagegen hat …«

»Bestimmt nicht, seien Sie unbesorgt«, versicherte Maggie.

»Das ist schön. Es ist nämlich etwas Merkwürdiges passiert. Denken Sie nur, Uri hat sich offenbar mit Stuart Thompsons Stute angefreundet.«

»Wirklich? Bess hat ein sehr sanftes Wesen«, sagte Maggie. Sie ging in die Küche, und Arabella folgte ihr. Maggie nahm drei köstlich duftende Brotlaibe aus dem Backofen und legte sie zum Auskühlen auf die Arbeitsfläche. Dann schnappte sie die Schüssel für die Eier und eilte nach draußen, gefolgt von Arabella. Sie holte einen Eimer Körner für die Hühner aus dem Vorratsschuppen und hielt ihn Arabella hin.

»Würden Sie die Hühner füttern, während ich die Eier einsammle? Und geben Sie ihnen auch frisches Wasser.«

Arabella nickte. »Wird gemacht.«

»Sehen Sie bitte auch nach, ob das Pferd noch Wasser in der Tränke hat. Und vergessen Sie das Kamel nicht!«

»Paddy wird bestimmt Milch vorbeibringen, wenn er merkt, dass Uri wieder weg ist.«

»Na gut«, meinte Maggie. »Von Kamelen verstehe ich nichts, das überlasse ich lieber Ihnen.« Kurze Zeit später kam sie mit den Eiern aus dem Hühnerstall. »Ich werde uns ein paar zum Frühstück kochen!«, rief sie Arabella fröhlich zu.

Während Arabella dem Pferd frisches Wasser gab, kam Paddy, wie sie vorhergesehen hatte, mit einer Flasche Milch für Uri.

»Ich dachte mir schon, dass ich ihn hier finde«, sagte er kopfschüttelnd. »Der kleine Racker hat sich irgendwie losgerissen.«

»Ja, mitten in der Nacht stand er plötzlich wieder vor dem Haus, aber jetzt darf er hierbleiben«, sagte Arabella.

»Sind Sie sicher?« Paddy hielt Uri die Flasche hin, und das Fohlen saugte gierig.

»Maggie hat mit Tony geredet«, erwiderte Arabella. »Solange die Box nicht für das Pferd eines Gastes gebraucht wird, darf Uri bleiben.«

Paddy sah sie überrascht an. »Gut. Offensichtlich fühlt er sich ja wohl hier.« Er vergewisserte sich mit einem raschen Blick, dass das Tier sich bei seiner nächtlichen Flucht nicht verletzt hatte.

»Er und die Stute haben sich offenbar angefreundet.« Bess streckte den Kopf herüber und beobachtete das saugende Kamelfohlen aufmerksam und mit lebhaftem Spiel der Ohren. Von ihrer Mutter, einem Palomino, hatte sie die fast weiße Mähne und den ebenso hellen Schwanz; von ihrem Vater, einem hübschen Fuchs, das schimmernde braunrote Fell. Sie war ein ausgeglichenes, braves Pferd mit einem Stockmaß von knapp einem Meter achtzig. »Sieht aus, als hätte sie ihn wirklich gern, nicht wahr?«, sagte Arabella.

Paddy fand das nicht verwunderlich. »Es kommt immer wieder vor, dass Tiere unterschiedlicher Arten sich anfreunden. Ich hatte mal einen Kater namens Henry, der ständig mit einer meiner Hennen zusammen war. Wo immer der eine war, war der andere nicht weit. Legte die Henne ein Ei, lag der Kater daneben. Schlief der Kater, wurde er von der Henne bewacht. Manchmal teilten sie sich sogar das Futter. Zehn Jahre ging das so. Ich lebte damals in der Goldgräberstadt Kalgoorlie. Es waren harte Zeiten. Als die Henne keine Eier mehr legte und ich beim Schürfen kein Glück mehr hatte und hungern musste, habe ich sie geschlachtet und gegessen.«

Arabella starrte ihn entsetzt an. Sie hätte es nicht für möglich gehalten, dass Paddy so grausam sein konnte.

»Ich hätte nicht gedacht, dass es den Kater so schwer trifft«, fuhr Paddy fort. »Er wusste, glaube ich, was ich getan hatte, und lief weg. Er war schon alt und hörte und sah nicht mehr gut. Ich war sicher, dass er im Busch umkommen würde. Ein Afghane, der mich kannte, brachte ihn mir gut eine Woche später zurück. Er war nur noch Haut und Knochen. Aber er schlich durchs ganze Haus, suchte nach der Henne und miaute kläglich. Mir war ganz elend. Die Henne meiner Nachbarin hatte gerade Eier ausgebrütet, und ich fragte sie, ob sie mir ein Küken geben würde. Sie wusste von der Freundschaft zwischen dem Kater und der Henne, zögerte aber trotzdem. Ich schäme mich dafür, aber ich erzählte ihr, die Henne sei an Altersschwäche gestorben und der Kater trauere sehr um sie. Obwohl die Frau nicht glaubte, dass der Kater sich an das Küken gewöhnen würde, schenkte sie mir schließlich eines.«

»Und der Kater hat es gefressen?«, fragte Arabella traurig.

»Zwei Tage lang hat er es gar nicht beachtet, doch dann akzeptierte er es als neuen Freund. Ich habe etwas sehr Wichtiges vom alten Henry gelernt, wissen Sie. Freundschaft kann alle Gegensätze, alle Schranken überwinden, gleich welcher Art. Wir Menschen würden gut daran tun, uns darauf zu besinnen. Es ginge sehr viel friedlicher auf der Welt zu.«

»Und was ist aus dem Kater geworden?«

»Er starb ein paar Monate später. Wahrscheinlich an Altersschwäche. Vielleicht auch an einem Schlangenbiss.«

Arabella machte ein trauriges Gesicht. »Und das Küken?«

Paddys Augen funkelten, und er hob gleichmütig die Schultern.

Arabella riss die Augen auf. »Sagen Sie bloß nicht, Sie haben es gegessen?«

Als Paddy nicht sofort antwortete, sah sie ihn bestürzt an.

Er lachte auf. »Ich habe es behalten, und aus dem Küken ist eine hervorragende Legehenne geworden.«

Arabella, Jonathan und Stuart frühstückten an diesem Morgen gemeinsam im Speiseraum. Sie unterhielten sich über Jonathans geplanten Ausflug zum Callanna Creek. Arabella errötete unwillkürlich, sooft Stuart das Wort an sie richtete oder sie nur anschaute. Jonathan entging das nicht. Er hoffte, dass sich keine Beziehung zwischen den beiden anbahnte, denn er war sicher, dass Stuart nur mit Arabellas Gefühlen spielte.

»Das Flussbett ist zwar ausgetrocknet, aber es ist trotzdem wunderschön dort«, sagte Jonathan. »Die Eukalyptusbäume, die an beiden Ufern wachsen, sind ein Paradies für Vögel. Und wie das Sonnenlicht je nach Tageszeit durchs Laub fällt, hat etwas Magisches.«

Arabella lauschte ihm gebannt. Jonathans poetische Sicht der Dinge faszinierte sie. Sie wünschte sich, die Welt durch seine Augen sehen zu können.

»Sind Sie auch schon mal dort gewesen?«, fragte sie Stuart.

»Orte, an denen kein Gold zu finden ist, interessieren mich nicht«, erwiderte er. Als er den befremdeten Gesichtsausdruck Jonathans und Arabellas sah, musste er lachen.

Arabella zog es vor, das Thema zu wechseln. »Wie oft füllt der Lake Eyre sich eigentlich mit Wasser?«

»Sehr selten«, antwortete Jonathan. »In diesem Jahrhundert noch kein einziges Mal. In William Creek habe ich mich mit einem alten Mann unterhalten, der es nur ein Mal miterlebt hat. Er sagte, kaum sei das erste Rinnsal ins Salz geflossen, seien wie durch ein Wunder Millionen Vögel erschienen, wie aus dem Nichts … Pelikane, Schlammstelzer, Silbermöwen und viele andere. Vögel, die etliche tausend Meilen geflogen sein mussten, um zu dem See zu gelangen. Kein Mensch kann sich erklären, woher sie wissen, dass es mitten in der Gluthölle der Wüste plötzlich Wasser gibt. Wenn der Lake Eyre einmal entsteht, ist er der salzreichste See der Welt, obwohl aus dem nordöstlichen Queensland, aus dem Warburton und dem Cooper Creek, Süßwasser zufließt.«

»Wie kommt das?«, fragte Arabella.

»Der Boden des Sees besteht aus einer dicken Schicht von fast reinem Salz.«

»Salz? Wie kommt es dahin?«

»Der See liegt mehrere Meter unter dem Meeresspiegel. Er soll früher ein Binnenmeer gewesen sein.«

»Maggie hat mal einen südlichen Lake Eyre erwähnt. Gibt es auch einen nördlichen?«

Jonathan nickte. »Ja, die beiden Seen sind durch den Goyder

Channel verbunden. Normalerweise füllt sich erst der nördliche See, und von dort fließt das Wasser nach Süden. Der alte Mann erzählte mir, die Seen seien ein prachtvoller Anblick. Durch die Salzkristalle erscheine das Wasser mal rosarot, mal blau. Und der Sonnenuntergang spiegle sich in sämtlichen Farben auf der Oberfläche. Ich würde alles dafür geben, das einmal zu sehen.«

»Glauben Sie, es besteht die Chance, dass der See sich füllt, solange ich da bin?«, fragte Arabella aufgeregt.

»Das kann ich mir ehrlich gesagt nicht vorstellen, denn es ist seit der Besiedlung Australiens durch die Europäer erst zwei Mal passiert. Aber ich hoffe, dass ich lange genug lebe, um dieses Naturschauspiel einmal miterleben zu können.«

Arabella wünschte sich, sie könnte es auch sehen.

»Warum kommen Sie nicht mit zum Callanna Creek?«, fragte Jonathan und blickte sie an.

Arabella war freudig überrascht von seinem Vorschlag. »Ich weiß nicht recht«, sagte sie dennoch zögernd. »Hätten Sie nicht auch Lust mitzukommen?«, wandte sie sich an Stuart. »Vielleicht gibt es ja doch Gold dort.«

»Ich werde bestimmt nicht die Wege gehen, die ein Goldgräber nehmen würde«, warf Jonathan ein, »aber ich würde mich freuen, wenn Sie mitkämen, Stuart. Paddy wird mich übrigens begleiten und mir ein Reittier zur Verfügung stellen.«

»Reiten Sie etwa auch auf einem Kamel?«, fragte Arabella.

Jonathan nickte. »Das ist nicht viel anders, als auf einem Pferd zu reiten. An den schaukelnden Gang gewöhnt man sich schnell. Können Sie ein Pferd reiten?«

»Ja, aber ich bin nicht wild darauf, auf ein Kamel zu klettern.«

»Sie können gern mein Pferd nehmen«, bot Stuart ihr galant an. Jonathan wollte ihn offensichtlich nicht gern dabeihaben, aber er hatte ohnehin die Absicht, in Marree zu bleiben und Karten zu studieren. »Ich bleibe heute im Hotel.«

»Vielen Dank, Stuart. Das ist sehr nett von Ihnen.« Arabella wusste nicht, ob sie sich über sein Angebot freuen oder traurig sein sollte, weil er nicht mitkam. »Bess macht einen braven Eindruck.«

»O ja, sie ist lammfromm und sehr sicher im Gelände.«

»Uri ist übrigens heute Nacht wieder zurückgekommen«, sagte Arabella zu Jonathan.

»Im Ernst? Hat er Sie wieder geweckt?«

»Ja. Ich habe ihn in den Stall gebracht und bin die ganze Nacht bei ihm geblieben.«

Jonathan sah sie überrascht an. »Dann sind Sie bestimmt todmüde.«

»Nein, eigentlich nicht. Ich bin im Stroh eingeschlafen.« Sie warf Stuart einen flüchtigen Blick zu und wurde rot.

Jonathan wusste nicht, was er davon halten sollte.

»Als ich heute Morgen aufwachte, haben Uri und Bess sich ausgiebig beschnuppert. Anscheinend können die beiden sich gut leiden.«

»Dann wird Uri aber traurig sein, wenn Sie mich auf dem Pferd begleiten und er allein zurückbleiben muss.«

Arabella schaute ihn nachdenklich an. »Stimmt, daran hab ich gar nicht gedacht. Womöglich fängt er dann wieder an zu schreien, und Tony wird wütend.«

»Vielleicht könnte Paddy das Fohlen so lange bei den Kamelstuten unterbringen«, schlug Jonathan vor.

»Gute Idee«, pflichtete Arabella ihm bei, voller Vorfreude auf den Ausflug zum Callanna Creek. »Ich werde gleich mit Maggie reden. Mal sehen, was sie dazu meint.«

Sie stand auf. Stuart erhob sich ebenfalls. »Tja«, sagte er, »ich ziehe mich jetzt auf mein Zimmer zurück.« Er schaute Arabella an. »Sagen Sie mir Bescheid, wenn Sie Bess nehmen wollen, dann werde ich sie für Sie satteln. Ich wünsche Ihnen einen schönen Tag.« Er nickte Jonathan kurz zu und verließ den Raum.

Arabella schaute ihm verwirrt nach. »Tja, dann … dann

werde ich jetzt zu Maggie gehen und fragen, ob sie mich noch braucht.«

Jonathan lächelte, und seine dunklen Augen funkelten.

»Was ist?«, fragte Arabella.

»Ist Ihnen eigentlich klar, wie sehr Sie sich verändert haben?«

»Ja«, antwortete sie ein wenig verlegen. »Aber daran, dass ich dieses Nest nicht ausstehen kann, hat sich nichts geändert.«

Maggie war in der Küche und kramte in ihrer Vorratskammer. »Wo in drei Teufels Namen hat Moira Quiggley bloß das Salz hingetan?«, brummte sie, während sie mit beiden Händen Vorräte in den Regalen hin und her schob. »Ah, da ist es ja! Ich hasse es, wenn die Sachen nicht an ihrem Platz stehen.«

»Maggie«, begann Arabella zögernd, »Jonathan hat mich gefragt, ob ich ihn zum Callanna Creek begleiten möchte. Aber wenn Sie mich brauchen, bleibe ich natürlich hier.«

Maggie hielt mitten im Sortieren inne und drehte sich um. »Es ist wunderschön am Callanna Creek.«

»Sind Sie schon mal dort gewesen?«

»Ja, ein einziges Mal, vor vielen Jahren. Gehen Sie ruhig, Arabella. Sie sollten sich so viel wie möglich von der Gegend ansehen, bevor Sie wieder nach Hause fahren.«

»Sie brauchen mich ganz sicher nicht?«

»Ach was, schließlich bin ich all die Jahre ohne Hilfe ausgekommen«, erwiderte sie lächelnd.

»Ich bin in ein paar Stunden wieder da. Tony wird mir doch nicht böse sein?«, fügte Arabella ängstlich hinzu.

»Aber nein, ganz bestimmt nicht. Hören Sie endlich auf, sich Gedanken zu machen, und genießen Sie den Tag!« Maggie warf ihr einen fragenden Blick zu. »Wollen Sie etwa auf einem Kamel reiten?«

»Nein, Stuart Thompson leiht mir sein Pferd.«

Maggie lächelte, wurde aber gleich wieder ernst. »Was ist mit dem Kamelfohlen? Es wird doch hoffentlich nicht den ganzen Tag schreien, oder?«

»Jonathan hat vorgeschlagen, Uri so lange bei Paddy Khan unterzustellen.«

»Eine gute Idee. Tony würde durchdrehen, würde der kleine Kerl uns den lieben langen Tag mit seinem Blöken nerven.«

Arabella wartete in der Halle auf Jonathan. »Maggie sagt, sie braucht mich nicht, ich kann also mitkommen«, sagte sie aufgeregt.

»Großartig! Ich werde Stuart bitten, das Pferd zu satteln.«

»Was ist mit Uri? Bringen wir ihn zu Paddy?«

»Ich habe mit Paddy gesprochen. Er meint, das Beste wäre, ihn mitzunehmen.«

Arabella war überrascht. »Was?«

»Ja. Paddy wird eine Kamelstute reiten. Und das Fohlen mag sowohl Sie als auch das Pferd, deshalb wird es ohne Probleme mit uns trotten.«

»Ist der Weg denn nicht zu weit für so ein junges Tier?«

Jonathan lächelte. »Keine Angst. Uri ist ein Kamel, und Kamele sind bereits kurz nach der Geburt auf den Beinen und laufen weite Strecken. Es wird ihm nichts ausmachen.«

Während Stuart seine Stute für Arabella sattelte, kam Paddy mit zwei gesattelten Kamelen. Er und Jonathan stiegen auf, Stuart half Arabella auf den Rücken der Stute. Wie Jonathan verärgert feststellte, ließ er seine Hände länger als nötig auf ihr ruhen. Uri trabte aufgeregt in der Box hin und her und blökte zum Erbarmen; anscheinend hatte er Angst, allein zurückbleiben zu müssen.

»Soll ich ihn jetzt rauslassen?«, rief Stuart.

»Ja, wir sind so weit«, antwortete Paddy.

Stuart öffnete das Gatter, und Uri lief eilig zu Bess und ihrer

Reiterin; er wich ihnen nicht mehr von der Seite. Arabella musste unwillkürlich lächeln. Tony hatte ihr zum Schutz vor der Sonne einen Hut und ein Hemd geliehen, und von Maggie hatte sie einen langen, weiten Rock bekommen, in dem sie bequem im Sattel sitzen konnte, sowie geschlossene Schuhe. Etwas zu essen hatte Maggie ihnen auch mitgegeben. Ausreichend Wasser hatte Jonathan ohnehin stets dabei.

»Wir sind spätestens am frühen Abend zurück«, rief Jonathan Tony und Maggie zu, die ihnen zum Abschied zuwinkten. Dann vergewisserte er sich noch einmal, dass seine Fotoausrüstung richtig befestigt war. Er erhoffte sich nicht nur ein paar schöne Aufnahmen von der Landschaft, sondern auch von Arabella, sofern sie es ihm gestattete. Ihre Haut sah noch ein bisschen mitgenommen aus, hatte aber bereits eine gesunde Farbe angenommen. Wenn er sie nicht aus nächster Nähe fotografierte, würde von den Spuren des Sonnenbrands nichts zu sehen sein.

Die kahle, monotone Landschaft hatte dem Auge nicht viel zu bieten. Arabella genoss den Ritt auf der lammfrommen, im Gelände sehr sicheren Stute dennoch, weil es ihr Freude machte, wie brav Uri neben ihr her zockelte. Jonathan und Paddy, die vorausritten, sahen auf ihren majestätischen Tieren sehr erhaben aus. Paddy trug ebenfalls einen Hut und ein weites Gewand, unter dem die Luft zirkulieren konnte und das ihn kühl hielt. Mühelos schritten die Kamele, selbst der kleine Uri, über den glühend heißen Sand. Während ihre mit dicken Schwielen gepolsterten Zehen sich spreizten, sodass sie nicht einsanken, schien das Pferd den Sand mit seinen Hufen aufzuwirbeln.

»Darf ich Sie etwas fragen, Paddy? Jonathan hat mir erzählt, Sie seien halb irischer, halb afghanischer Abstammung. Wie kommt das?«

Paddy lachte. »Eine seltsame Mischung, nicht wahr? Mein Vater war einer von sechsundfünfzig Afghanen, die von Australien angefordert wurden und zusammen mit dreihundert Kamelen

1884 in Port Augusta eintrafen. Er hatte schon einige Jahre in der Stadt gelebt und gearbeitet, als er meine Mutter kennen lernte, eine Irin, die als Bühnentänzerin arbeitete. Sie tourte mit einer Tanzgruppe durch Australien, als sie in Coober Pedy einen Italiener traf, der sie heiraten wollte. Offenbar fand auch sie ihn nett, denn als die Truppe weiterzog, blieb meine Mutter in Coober Pedy. Ein paar Tage nach seinem übereilten Heiratsantrag entdeckte der Italiener ein reiches Opalvorkommen. Meine Mutter war glücklich und träumte schon von einem Leben in Wohlstand, doch der Italiener machte ihr einen Strich durch die Rechnung. Plötzlich wollte er von einer Hochzeit nichts mehr wissen. Er jagte sie davon, und sie saß ohne einen Penny auf der Straße. Sie hielt einen Mann mit einem Ochsengespann an, der nach Süden unterwegs war, und bat ihn, sie mitzunehmen. Als sie unweit von Island Lagoon ihr Nachtlager aufschlugen, wurde der Mann von einer Schlange gebissen und starb. Meine Mutter blieb ganz allein in der Wildnis zurück. Sie hatte zwar Wasser, aber nichts zu essen. Hätte sie die Kraft gehabt, hätte sie einen der Ochsen geschlachtet und das Fleisch auf einmal aufgegessen, hat sie mal zu mir gesagt.« Paddy lachte. »Erst am vierten Tag wurde sie gerettet – von meinem Vater.«

»Was hat er denn da draußen gemacht?«, fragte Arabella neugierig.

»Er transportierte Waren mit einem Kamel von Port Augusta nach Woomera, nicht weit von Island Lagoon entfernt. Meine Mutter hat mir die Geschichte vom edlen Ritter, der auf einem Kamel statt einem Schimmel heranritt und sie rettete, viele Male erzählt. Mein Vater war der Held, dem sie buchstäblich ihr Leben zu verdanken hatte. Obwohl sie sich nach der bitteren Enttäuschung in Coober Pedy geschworen hatte, nie zu heiraten, hätte sie meinem glutäugigen, gut aussehenden Vater einfach nicht widerstehen können, erzählte sie mir.« Paddy lächelte. »Meine Mutter ist eine ungewöhnliche Frau. Leider habe *ich* bisher noch keine getroffen, die meinem Aussehen nicht widerstehen konnte, aber ich habe die Hoffnung noch nicht aufgegeben.«

»Wo ist Ihre Mutter heute?«, fragte Arabella.

»Sie wohnt in Broken Hill, einer Goldgräberstadt in New South Wales.«

»Und Ihr Vater, lebt er auch noch?«

»O ja. Meine Eltern sind nicht mehr die Jüngsten, aber sie sind zufrieden und glücklich in der Ghan-Siedlung dort. Durch die Eisenbahnlinie sind die Kameltreiber praktisch arbeitslos geworden – sie werden nicht mehr gebraucht, um Waren zu transportieren. Würde der Zug nicht ein-, zweimal im Jahr ausfallen, wäre ich schon längst nicht mehr in Marree. Wenn die Zugverbindungen eines Tages so zuverlässig werden, dass es hier keine Arbeit mehr für mich gibt, ziehe ich zu meinen Eltern nach Broken Hill.«

Schweigend ritten sie weiter. Arabella wusste von Jonathan, dass sie ihr Ziel noch vor Mittag erreichen würden, weil Callanna Creek nur etwa acht Meilen von Marree entfernt lag. Die Sonne am endlosen blauen Himmel stieg langsam höher. Es wurde mit jeder Minute heißer, und die Fliegen ließen ihnen keine Ruhe mehr.

Von Zeit zu Zeit trug der Wind einen scheußlichen Verwesungsgeruch heran. Arabella rümpfte die Nase. »Was riecht denn hier so fürchterlich?«

»Dürfte ein Tierkadaver sein«, antwortete Paddy. Dem Gestank nach musste es sich um ein größeres Tier handeln. Eine düstere Vorahnung überkam den Kameltreiber.

Der Geruch wurde schlimmer, und das Summen der Fliegen schwoll immer mehr an. Vor einem Sandhügel hielt Paddy und schlug vor, dass Jonathan und Arabella sich einen Moment ausruhten, während er der Sache auf den Grund ging. Jonathan konnte sich schon denken, was dahintersteckte: Paddy wollte Arabella den schaurigen Anblick eines verwesenden Kadavers ersparen.

Paddy ritt über den Hügel, während Jonathan und Arabella warteten. Keiner sprach ein Wort. Der Verwesungsgeruch war so entsetzlich, dass Arabella sich Nase und Mund zuhielt. Uri, der an ihrer Seite geblieben war, war unruhig geworden und fing wieder zu schreien an.

»Was hat er denn?«, wunderte sich Arabella. »Er war die ganze Zeit so friedlich.«

Jonathan zuckte die Achseln. »Es kommt vor, dass ein Farmer ein Kamel erschießt. Sofern das Tier nicht mit einer Plakette am Hals gekennzeichnet ist, darf er das. Vielleicht ist es ein totes Kamel hinter dem Hügel, und Uri spürt es. Paddy wird es uns gleich sagen.«

Uri zog witternd die Luft ein. Plötzlich stieß er einen kehligen, herzzerreißenden Laut aus und galoppierte unvermittelt los, den Hügel hinauf.

»Uri!«, rief Arabella. Sie sah Jonathan mit vor Angst geweiteten Augen an. »Wenn er sich verirrt!«

Jonathan trabte dem Fohlen nach, das hinter der Düne verschwunden war. Arabella folgte ihm. Auf der anderen Seite angelangt, erblickten sie in etwa fünfzig Metern Entfernung Paddy, der sein Kamel hatte abliegen lassen. Uri umkreiste ihn laut schreiend.

Als sie näher kamen, bemerkten sie Paddys erschütterten Gesichtsausdruck. Jetzt konnten sie auch erkennen, dass er vor den Überresten dreier Kamele hockte, eines sehr großen und zwei kleinerer. Jonathan war sofort klar, dass etwas nicht stimmte – Paddy würde wegen ein paar verendeter wilder Kamele kein so betroffenes Gesicht machen.

In der Hitze war der Verwesungsgeruch kaum auszuhalten, und der Anblick der verfaulenden Kadaver löste bei Arabella Brechreiz aus.

»Nicht näher kommen!«, befahl Paddy.

Arabella blieb wie versteinert im Sattel sitzen. Sie beobachtete Uri, der kläglich blökend dastand. »Was hat er denn?« Ihre Stimme klang gedämpft, weil sie sich Mund und Nase zuhielt.

»Er weiß, dass das seine Mutter ist, sie ist erschossen worden«, antwortete Paddy traurig.

»O nein!«, entfuhr es Arabella. Ihre Augen füllten sich mit Tränen beim Anblick des verstörten und verzweifelten Kamelfohlens.

»Was ist denn passiert?« Arabella stieg ab. Sie hätte das kleine Kamel gern getröstet, wusste aber nicht, wie sie das anstellen sollte. Sie konnte das Tier gut verstehen. Wie sehr hatte sie ihm gewünscht, dass es seine Mutter wiederfand, so wie sie selbst bald mit der eigenen Mutter wieder vereint sein würde. Wie furchtbar es wäre, sie nie wiederzusehen!

Uri umkreiste jetzt die tote Kamelstute und warf den Kopf hin und her. Es schien, als wüsste er vor Kummer nicht, was er mit sich anfangen sollte. Arabella brach es schier das Herz, und sie schluchzte.

»Ich werde ihn anbinden müssen«, sagte Paddy, ohne auf Arabellas Frage einzugehen. »Sonst kriegen wir ihn nie von hier fort.«

»Wir müssen umkehren«, meinte Jonathan, »wenn wir auf dem Rückweg nicht wieder hier vorbeiwollen.« Das wollte er dem Kamelfohlen nicht antun. Außerdem war Arabella dermaßen aufgewühlt, dass sie den Ausflug zum Callanna Creek ohnehin nicht mehr genießen könnte. Der Tag war ihnen gründlich verdorben worden.

Als Paddy dem Kamelfohlen eine Seilschlinge über den Kopf warf, schlug es aus und gebärdete sich wie toll. Jonathan sprang von seinem Kamel und riss Arabella zur Seite, weil er befürchtete, Uri könnte sie verletzen. Arabella stand wie gelähmt da. Der Anblick des Fohlens, das sich nicht von seiner toten Mutter trennen wollte, erschütterte sie zutiefst. »Binden Sie ihn wieder los!«, drängte sie Paddy.

Doch Paddy war schon wieder aufgestiegen. »Wir können

ihn nicht hier zurücklassen«, rief er. Sein Kamel setzte sich in Bewegung, und Uri, der sich angstvoll schreiend loszureißen versuchte, wurde hinterhergeschleift. Arabella, die die Tränen nicht zurückhalten konnte, führte Bess am Halfter und folgte zu Fuß. Jonathan legte tröstend den Arm um sie.

»Uri wird sich schon wieder beruhigen, Arabella. Aber dazu muss er weg von hier.«

Sie wischte sich die Tränen ab und drückte Jonathan die Zügel in die Hand. »Hier, halten Sie. Ich muss zu Uri, ich muss ihm irgendwie helfen!« Schon lief sie dem Fohlen nach.

»Vorsicht!«, mahnte Paddy, als er sah, was sie vorhatte.

»Passen Sie auf!«, rief auch Jonathan, als sie Uri, der sich noch immer nicht beruhigt hatte, gefährlich nahe kam.

Doch Arabella streckte ohne zu zögern die Hand aus und strich dem jungen Kamel liebevoll über die weiche Schnauze. »Alles wird wieder gut«, redete sie besänftigend auf das Tier ein. »Du bist nicht allein, mein Kleiner. Ich bin da und Paddy… und Jonathan. Wir werden uns um dich kümmern, ganz bestimmt.« Sie unterdrückte ein Schluchzen. »Alles wird gut, du wirst sehen. Ich verspreche es.«

Zuerst versuchte Uri, ihre Hand abzuschütteln, doch dann wurde er ruhiger. Obwohl er sich noch einige Male umdrehte und traurig zurückschaute, gab er seinen Widerstand auf und ging fügsam neben Arabella her. Paddy staunte. Er reichte Arabella den Strick, und sie hielt ihn in der einen Hand und streichelte mit der anderen Uris Hals.

Arabella blickte zu Paddy auf. »Woher hat er gewusst, dass es seine Mutter war? Der Kadaver war ja kaum noch als Kamel zu erkennen.«

»Er hat sie am Geruch erkannt«, antwortete Paddy. »Ein Fohlen ist imstande, seine Mutter unter fünfzig Tieren herauszufinden. Bei Lämmern und Mutterschafen ist es genauso. Uns ist das unerklärlich, weil die Tiere für uns alle gleich aussehen.«

»Und woher haben Sie gewusst, dass es Uris Mutter war?«, wollte Arabella wissen.

»Ich hab Ihnen doch erzählt, dass sie vor einem wilden Hengst davongelaufen ist. Als ich den Hengst sah, dachte ich mir gleich, dass eine der beiden Stuten Uris Mutter sein muss. Ich habe sie an der Narbe am rechten Vorderlauf erkannt.«

»Jonathan hat gesagt, gekennzeichnete Kamele dürften nicht geschossen werden. Hat sie denn keine Plakette getragen?«

»Doch, das macht mich ja so wütend! Alle meine Kamele, bis auf die ganz jungen Tiere, sind gekennzeichnet. Wer immer Leila erschossen hat, muss ihre Plakette entfernt haben. Das passiert immer wieder, deshalb halte ich nachts oft Wache bei meinen Tieren, damit sie nicht einem wilden Hengst in die Wüste folgen.«

»Glauben Sie, Uri wird seinen Kummer überwinden?«

»Aber ja. Sobald er entwöhnt ist, geht es ihm wieder gut.«

Sie werde immer für ihn sorgen, wollte Arabella schon versprechen, doch dann fiel ihr ein, dass sie ja nicht wusste, wie lange sie noch in Marree sein würde. Also schwieg sie. Dennoch wollte sie Uri, der bei ihr Trost und Schutz gesucht hatte, auf keinen Fall in diesem Zustand allein lassen.

Maggie machte ein verdutztes Gesicht, als Arabella und Jonathan wieder zurückkamen. Paddy brachte die beiden Kamele zurück auf ihre Koppel. Jonathan sattelte Bess ab, und Arabella führte Uri in seine Box neben der Stute.

»Ich habe euch erst in ein paar Stunden zurückerwartet«, sagte Maggie, die im Gemüsegarten gearbeitet hatte. Eine Hand ins Kreuz gedrückt, richtete sie sich auf.

»Wir sind auf drei Kamelkadaver gestoßen. Eins der toten Tiere war Uris Mutter«, berichtete Arabella traurig. Schon füllten ihre Augen sich wieder mit Tränen. Sie fand es schrecklich, dass die Kamelstute gestorben war, ohne ihr Fohlen noch einmal wiedergesehen zu haben.

»Sie wurde erschossen«, sagte Jonathan.

»O nein!«, rief Maggie entsetzt.

»Uri war ganz verzweifelt«, sagte Arabella. Sie schaute zu dem Tier hinüber. Es stand mit hängendem Kopf da und hatte feuchte Augenwinkel, als hätte es geweint. Bess versuchte, seine Aufmerksamkeit zu gewinnen, doch Uri reagierte nicht.

»Stellt ihn doch zu Bess«, schlug Maggie vor. »Vielleicht hilft es ihm, wenn er nahe bei ihr ist.«

»Meinen Sie, das geht gut?«, fragte Arabella.

»Warum denn nicht? Bess ist eine ganz Liebe.«

Arabella nickte. »Also gut, versuchen wir's.« Während sie Uri anband, öffnete Jonathan das Gatter zu Bess' Box, sodass Arabella das Kamel gleich hineinführen konnte. Die Stute beschnupperte Uri und stupste ihn liebevoll mit ihrem weichen Maul an.

»Wo ist Uri?«, rief Paddy plötzlich.

Keiner hatte ihn kommen hören. Er brachte eine Flasche Milch für das Kamelfohlen.

»Hier drüben. Wir haben ihn zu Bess gestellt«, antwortete Jonathan.

»Damit er sich nicht so allein fühlt«, fügte Arabella hinzu.

Paddy betrachtete die Szene lächelnd. Dann sagte er unvermittelt: »Ich hab eine Idee!« Er ging in die Box und trat neben Bess; Uri stand auf der anderen Seite der Stute. »Sorg dafür, dass sie stehen bleibt«, sagte Paddy zu Jonathan, der Bess am Halfter nahm. Paddy bückte sich und streckte Uri die Milchflasche unter dem Bauch der Stute hin. Fast augenblicklich roch das Fohlen die Milch und begann gierig an der Flasche zu nuckeln. Bess drehte den Kopf, um zu sehen, was da vor sich ging, hielt aber ganz still.

Ein Lächeln legte sich auf Arabellas Gesicht.

»So ist es für ihn, als würde er am Euter seiner Mutter saugen«, sagte Paddy. Die krumme Haltung war zwar schrecklich unbequem für ihn, doch Uris zufriedenes Schnauben entschädigte ihn dafür.

»Eine großartige Idee, Paddy!«, lobte Arabella. »Sie sind so einfühlsam!«

»Ich möchte nur, dass es ihm wieder besser geht. Vielleicht betrachtet er die Stute jetzt als eine Art Ersatzmutter.«

Als die Flasche leer war, richtete Paddy sich ächzend auf. »Ein Glück, dass Bess so gutmütig ist. Ein anderes Pferd hätte das wohl nicht mit sich machen lassen.«

Maggie hielt Bess eine Möhre aus dem Korb mit Gemüse hin, das sie aus dem Garten geholt hatte. »Hier, eine Belohnung, weil du so brav warst!«

Uri, der satt und wohl auch erschöpft war, ließ sich zufrieden im Heu nieder, und Bess blieb neben ihm stehen, als wollte sie ihn beschützen.

Arabella strahlte. Sie war erleichtert, dass Uri die Stute als Gefährtin akzeptierte. Jetzt würde sie Marree mit gutem Gewissen verlassen können.

13

»Ich werde nachher aufbrechen und vermutlich einige Zeit fort sein«, sagte Stuart am nächsten Morgen beim Frühstück zu Jonathan und Arabella.

Arabella dachte sofort an Uri. »Nehmen Sie Bess etwa mit?«, fragte sie besorgt. Das Kameljunge hatte sich sehr an die Stute gewöhnt.

»Nein, ich werde zwei Kamele mitnehmen, eins zum Reiten, eins als Lasttier.«

Jonathan hatte das Gefühl, dass es sich um mehr als eine Erkundungsreise handelte. »Wie lange bleiben Sie fort?«

»Das weiß ich noch nicht genau«, antwortete Stuart ausweichend.

Jonathan sah ihn an. »Wird Goolim Sie begleiten?«

Stuart warf ihm einen nervösen Blick zu. »Nein, ich gehe allein. Gut möglich, dass ich eine Woche oder länger fort sein werde, also macht euch keine Sorgen, wenn ihr nichts von mir hört. Ich möchte nicht, dass sich jemand auf die Suche nach mir macht.«

»Es geht mich ja nichts an, Stuart«, sagte Jonathan, »aber Sie wissen, dass jeder, der die Stadt verlässt, sich bei Terry Higgins abmelden soll, damit im Notfall rasch eine Suche eingeleitet werden kann.«

»Das wird nicht nötig sein. Ich kenne mich in der Wüste bestens aus.«

Jonathan nickte. »Das glaube ich Ihnen, aber es kann nicht

schaden, für alle Eventualitäten gerüstet zu sein. Da draußen kann man sich schnell ein Bein brechen oder von einer Schlange gebissen werden.«

»Das Risiko gehe ich ein«, meinte Stuart halb im Scherz.

»Aber wenn Ihnen nun wirklich etwas zustößt«, sagte Arabella. »Wir wüssten doch gar nicht, wo wir nach Ihnen suchen sollen.«

»Würden Sie mich denn vermissen?«, fragte Stuart.

Arabella wurde rot. Sie wusste nicht, was sie darauf erwidern sollte, doch als sie sein Grinsen sah, erkannte sie, dass er sie nur aufzog. »Na ja … ein bisschen schon.« Sie schaute Jonathan an, der den Wortwechsel befremdet verfolgt hatte. »Wir würden uns natürlich Sorgen machen, nicht wahr?«

»Natürlich«, pflichtete Jonathan ihr steif bei. »Die Frage ist, ob das Gold es wert ist, dass Sie Ihr Leben dafür aufs Spiel setzen.«

»Es wird mich viel eher mein Leben kosten, wenn jemand herausfindet, wo die Ader ist«, erwiderte Stuart leise. »Ich habe lange in Goldgräberstädten gelebt und weiß, was das Gold aus Menschen machen kann. Solange niemand meinen Aufenthaltsort kennt, bin ich in Sicherheit.« Stuart waren das Geflüster in der Bar und die verstohlenen Blicke, die man ihm zuwarf, nicht entgangen. Die Leute waren neugierig. Stuart war ihren Fragen ausgewichen, so gut es ging, und hatte Goolim zu absolutem Stillschweigen verpflichtet, obwohl der Afghane die genaue Lage der Schürfstelle gar nicht kannte: Je weniger er wusste, desto weniger könnte er verraten, falls man ihn mit Gewalt dazu bringen wollte, sein Wissen preiszugeben.

»Passen Sie auf sich auf, Stuart.« Jonathan reichte dem Goldgräber die Hand, als dieser sich erhob. »Und treffen Sie zu Ihrer eigenen Sicherheit alle notwendigen Vorkehrungen.«

»Das werde ich, Jonathan.«

»Seien Sie auf der Hut, Stuart«, ermahnte auch Arabella ihn. »Ich weiß, wie es ist, sich in der Wüste zu verirren. Und ich weiß auch, wie viel Glück ich hatte, dass die Aborigines mich gefunden haben.«

»Ich pass schon auf, keine Angst.« Er zwinkerte Arabella zu und wandte sich zum Gehen.

»Hoffentlich weiß er, auf was er sich einlässt«, murmelte Jonathan, als Stuart gegangen war, und schaute Arabella prüfend an. Er hatte bemerkt, wie Stuart ihr zugezwinkert hatte, und nun fragte er sich, ob sie in ihn verliebt war. Doch er traute sich nicht, das Thema anzuschneiden.

»Ja, das hoffe ich auch«, sagte Arabella leise. Sie legte ihre Hand kurz auf die von Jonathan. »Sie sind sehr nett, wissen Sie das?«

»Nett?«, wiederholte er enttäuscht. Das war nicht unbedingt, was er zu hören wünschte.

»Ja, Sie sorgen sich immer um andere Menschen, und das finde ich großartig.«

»Danke«, versetzte er trocken. Er hätte sie gern gefragt, ob sie Stuart auch »nett« fand, verkniff es sich aber.

Nicht weit von Frankie Millers Haus entfernt unterhielt Wally Jackson sich leise mit einem eingeborenen Fährtenleser namens Ernie Mandawauy. Die beiden Männer standen hinter einem Eukalyptusbaum, damit sie nicht gesehen wurden.

»Kannst du die Fährte eines Weißen auf einem Kamel oder einem Pferd verfolgen, Ernie?«

»Was für eine Frage, Wally!«, antwortete Ernie empört. Seiner Ansicht nach hatte er einen geradezu legendären Ruf als Fährtenleser.

»Er darf nicht merken, dass du ihm folgst«, schärfte Wally dem Aborigine ein. Er spähte hinter dem dicken Stamm des Eukalyptusbaumes hervor. Weit und breit war kein Mensch zu sehen. Sein Blick schweifte zum Great Northern Hotel hinüber. Der Vormittag war noch nicht vorüber, aber die Hitze flirrte bereits über der roten Erde.

»Er wird nichts merken, keine Angst«, versicherte Ernie. Die Augen halb zugekniffen, fügte er hinzu: »Ein Weißer, sagst du?«

»Ja, aber du kennst ihn wahrscheinlich nicht, er ist noch nicht lange in der Stadt.«

»Ein Weißer ist besonders leicht zu verfolgen«, meinte Ernie zuversichtlich.

Wollte er damit andeuten, dass die Weißen dumm waren? Wally schluckte seinen Ärger über die Bemerkung hinunter. »Ich hab gehört, er will heute aufbrechen, also geh rüber zum Hotel und leg dich auf die Lauer. Pass auf, dass er dich nicht sieht, verstanden? Er wird verdammt vorsichtig sein. Wahrscheinlich rechnet er sogar damit, dass jemand versucht, ihm zu folgen.«

»Er wird nichts merken, Wally, verlass dich drauf. Wann krieg ich mein Geld?«

Wally wusste, dass Ernie es unverzüglich in Schnaps umsetzen würde. Er zitterte förmlich in gieriger Vorfreude. »Sobald du zurück bist und mir sagst, wo die Goldader ist«, erwiderte er schroff.

»Entweder du gibst mir einen Teil gleich oder ich bleib da«, drohte Ernie.

Wally unterdrückte seinen Zorn. Er hatte keine andere Wahl, als auf Ernies Forderung einzugehen. Unwillig zog er einen Geldschein aus der Hosentasche und wedelte Ernie damit vor der Nase herum. »Den kriegst du, wenn du mir versprichst, das Geld erst nach deiner Rückkehr auszugeben!«

»Meinetwegen«, knurrte Ernie. Wally glaubte ihm zwar nicht, gab ihm das Geld aber dennoch.

Als Wally ins Haus zurückging, machten Ted und Les, die in der Küche auf ihn gewartet hatten, betretene Gesichter. Wally hatte sie in seinen Plan eingeweiht, ihre Bedenken einfach vom Tisch gewischt und rücksichtslos seinen Kopf durchgesetzt.

»Ich weiß nicht, Jacko«, sagte Les und zog nervös an seiner

Zigarette. »Die ganze Sache gefällt mir nicht.« Je länger er über Wallys Plan nachdachte, desto unruhiger wurde er.

Wally hatte Les immer schon für einen Waschlappen gehalten, deshalb erstaunte ihn dessen Bemerkung nicht. »Ich sehe nicht ein, warum Stuart Thompson das ganze Gold für sich allein behalten soll«, knurrte Wally. »Der Kerl ist nicht von hier, er gehört nicht mal hierher. *Wir* sind hier zu Hause! Das Land um Marree ist *unser* Land!«

»Und wenn es gar kein Gold gibt?«, warf Ted ein. »Vielleicht irrt Stuart Thompson sich ja.«

»Euch ist doch auch aufgefallen, wie er sich verändert hat. Erst erzählt er jedem, was er vorhat, und dann kriegt er auf einmal den Mund nicht mehr auf. Seit ein paar Tagen tut er richtig geheimnisvoll. Ich sag euch, der ist auf eine fette Ader gestoßen! Er hätte die Leute hier fragen müssen, ob sie ihren Anspruch geltend machen wollen. Sein Pech, dass er es nicht getan hat. Jetzt wird er am Ende mit leeren Händen dastehen.«

Les und Ted wechselten einen vielsagenden Blick. Wallys Plan gefiel ihnen immer weniger. Jetzt, wo Terry Higgins wieder da war, erschien ihnen das Ganze viel zu riskant.

»Der Verdacht wird zuerst auf uns fallen, wenn Thompson ausgeraubt wird«, gab Ted zu bedenken. »Hast du daran schon gedacht?«

»Na und? Solange sie uns nichts beweisen können…« Mit einem gereizten Blick in die sorgenvollen Gesichter seiner Kumpel fuhr Wally fort: »Wir schauen uns nur mal um, sobald wir wissen, wo sich das Vorkommen befindet, okay? Falls nicht viel da ist, lassen wir die Finger davon.«

Weder Les noch Ted glaubten ihm. Wally würde sich alles, was er fand, unter den Nagel reißen.

»Du wirst Thompson doch nichts tun, Jacko?« Les wusste, wie unberechenbar Wally war, und das machte ihn noch nervöser.

Wallys Augen wurden schmal. So langsam ging Les ihm

mächtig auf die Nerven. »Hör zu, Les, du kannst gern aussteigen, wenn du die Hosen voll hast. Umso mehr bleibt für mich und Ted übrig.«

Ted warf Les einen unbehaglichen Blick zu. Les sollte nicht denken, er und Wally hätten hinter seinem Rücken eine heimliche Absprache getroffen. »Hier in der Stadt können wir sowieso nichts von der Beute ausgeben«, meinte er. »Terry Higgins wird ein wachsames Auge auf uns haben.«

»Verdammt, jetzt reicht's mir aber!«, explodierte Wally. »Haut doch ab, ihr Schlappschwänze, ich zieh das Ding allein durch! Jeder Putzlumpen hat mehr Rückgrat als ihr beide!«

»So solltest du nicht mit uns reden, Wally.« Les machte ein beleidigtes Gesicht. »Wir wollen doch bloß sichergehen, dass du auch wirklich an alles gedacht hast.«

Wally schnaubte verächtlich. »Ihr seid zwei Miesmacher, die keinen Mumm in den Knochen haben. Deshalb werdet ihr auch nie aus diesem Nest rauskommen. Ich schon! Ich werde mit meinem Anteil nach Sydney fahren und mir ein schönes Leben machen!«

»Wir werden nirgendwohin fahren, so lange kein Zug verkehrt«, bemerkte Ted trocken.

»Wir brauchen nichts weiter zu tun, als die Klappe zu halten und in Ruhe abzuwarten.«

»Und wo sollen wir das Gold so lange verstecken?«, fragte Les, dem Wallys Plan Bauchschmerzen bereitete.

Wally starrte ihn ungläubig an. »Ist dir schon mal aufgefallen, dass Marree mitten in der Wüste liegt, du Trottel?«

»Na und?«

Wally verdrehte genervt die Augen. »Die Wüste ist etliche tausend Meilen groß, da gibt es Millionen Verstecke! Selbst wenn Higgins uns verdächtigen würde, das Gold irgendwo vergraben zu haben, würde er es nicht mal finden, wenn er jeden Polizisten in ganz Australien anfordern und suchen ließe.«

Les und Ted wechselten einen Blick. Wally war anscheinend durch nichts von seinem Entschluss abzubringen.

Stuart ging zur Ghan-Siedlung, wo Goolim ein Kamel für ihn gesattelt und ein zweites mit seiner Goldgräberausrüstung bepackt hatte, die mit einer Decke abgedeckt war.

Ernie Mandawauy heftete sich an Stuarts Fersen, als dieser das Hotel verließ, und folgte ihm in einiger Entfernung. Er beobachtete, wie der Weiße in der Ghan-Siedlung ein Haus betrat, und wartete. Eine halbe Stunde später kam ein Afghane aus dem Haus und ging in Richtung Moschee. Ernie achtete nicht weiter auf ihn, weil die Afghanen mehrmals am Tag die Moschee zum Beten aufsuchten. Stattdessen richtete er seine ganze Aufmerksamkeit auf das Haus, damit er den weißen Mann ja nicht verpasste. Er hoffte, bei Wally Jackson Eindruck zu schinden; vielleicht sprang dann eine Prämie für ihn heraus.

Eine Stunde später war der Weiße noch nicht wieder aufgetaucht, und Ernie wurde unruhig. Nachdem er weitere zwanzig Minuten gewartet hatte, kam ihm der Verdacht, der Weiße könnte ihn abgehängt haben. Die Frage war nur – wie? Vorsichtig schlich er ums Haus herum. Außer dem Eingang und den Fenstern auf der Vorderseite, die er im Auge behalten hatte, gab es keine weiteren Türen oder Fenster. Das konnte nur bedeuten, dass der Weiße sich noch im Haus aufhielt. Ernie pirschte sich an die Koppeln mit den Kamelen heran, aber auch hier war niemand zu sehen. Er kehrte zum Hotel zurück und warf einen Blick in die Ställe. In einer der Boxen stand ein Pferd. Ernie überlegte kurz; dann beschloss er, Wally zu suchen und sich mit ihm zu beratschlagen.

Er entdeckte ihn in der Hotelbar, wo er mit Les und Ted an der Theke saß und mit Tony plauderte. Als Tony ihnen gerade den Rücken zudrehte, sah Les Ernie in der Tür stehen und stieß daraufhin Ted an, der wiederum Wally in die Seite knuffte.

Wally bedeutete Ernie verärgert, draußen zu bleiben. Er wollte auf keinen Fall von Tony gesehen werden, wie er mit einem Fährtenleser sprach. Sollte Stuart Thompson ausgeraubt werden, würde Tony dem Constable bestimmt von einem solchen Gespräch berichten.

Nachdem er Ernie mit hektischen Gebärden zu verstehen gegeben hatte, er möge zur Rückseite des Hotels kommen, bat er Ted im Flüsterton, dafür zu sorgen, dass Tony nicht nach draußen ging. Dann entschuldigte er sich und eilte hinaus.

Ernie wartete an der Außentoilette auf ihn.

»Was hast du hier zu suchen, zum Teufel?«, zischte Wally.

»Bist du sicher, dass der Weiße heute die Stadt verlassen wollte?«, fragte Ernie.

»Natürlich! Er ist heute Morgen aufgebrochen, und Tony meint, er würde einige Zeit fortbleiben.«

»Nur ein Mann ist aus dem Hotel gekommen, aber er hat die Stadt nicht verlassen.«

Wally sah ihn verblüfft an. »Das kann nur Thompson gewesen sein. Er hat die Stadt nicht verlassen, sagst du? Und du hast ihn keine Sekunde aus den Augen gelassen?« In seiner Erregung hatte er ganz vergessen, dass er Ernie gegenüber den Namen des Mannes hatte geheim halten wollen. Je weniger der Aborigine wusste, desto besser.

»Keine Sekunde, Wally. Ich bin ihm in die Ghan-Siedlung gefolgt. Dort ist er in ein Haus gegangen.«

Wallys Augen leuchteten auf. »Ich wusste es!« Dann verfinsterte seine Miene sich plötzlich. »Und was machst du dann hier? Was ist, wenn er in diesem Augenblick aus der Stadt reitet?«

»Ich habe lange gewartet, aber er hat das Haus nicht wieder verlassen. Ich glaube nicht, dass er heute noch fortreitet.«

»Hm«, machte Wally nachdenklich. »Er ist aber auch nicht hierher zurückgekommen.«

»Ich hab das Haus fast zwei Stunden beobachtet.«

»Und wenn er sich aus dem Staub gemacht hat, ohne dass du es gemerkt hast? Der Kerl ist gerissen.«

»Es gibt nur einen Eingang und zwei Fenster auf der Vorderseite. Ich hätte ihn sehen müssen.«

Wally kratzte sich ratlos am Kopf. Seine Augen waren schmal geworden, als er fragte: »Hat sonst jemand das Haus verlassen?«

»Nur ein Afghane. Ich glaube, es war Goolim. Er ist zur Moschee gegangen.«

Wally horchte auf. »Was heißt, du glaubst? Hast du sein Gesicht denn nicht gesehen?«

»Nein, er hatte seine Kapuze tief in die Stirn gezogen.«

»Verdammt!«, entfuhr es Wally. »Das war nicht Goolim. Das war Stuart Thompson!«

Ernie spürte, wie ihm die Hitze ins Gesicht stieg. Er starrte Wally entgeistert an.

»Er muss geahnt haben, dass er beobachtet wird«, murmelte Wally vor sich hin und schüttelte den Kopf. Er bewunderte die Geschicklichkeit, mit der Thompson seinen Verfolger abgeschüttelt hatte. Und er war überzeugter denn je, dass der Goldgräber ein reiches Vorkommen entdeckt hatte. Er warf einen Blick auf seine Uhr. »Er hat einen Vorsprung von gut zwei Stunden. Glaubst du, du kannst ihn trotzdem noch aufspüren?«

Ernie senkte den Kopf. Das würde nicht einfach sein, weil viele Afghanen auf Kamelen in die Ghan-Siedlung ritten oder sie verließen. Das aber durfte er Wally nicht sagen, dann würde nichts mehr für ihn herausspringen. Er blickte auf. »Klar kann ich den Kerl aufspüren.«

Wally zögerte. »Ist jemand aus der Ghan-Siedlung weggeritten?«

Ernie hatte nicht darauf geachtet. Er dachte kurz nach. »Möglich wär's. Aber nach Norden kann er nicht geritten sein, dann hätte ich ihn sehen müssen. Er muss sich nach Westen gewandt haben.«

»Also los, worauf wartest du? Und ich gehe in die Bar zurück, sonst schöpft Tony noch Verdacht.«

Etwa zwanzig Meilen von Marree entfernt stieg Stuart Thompson von seinem Kamel. Er kletterte auf einen felsigen Hügel, der zu einer Kette flacher Erhebungen gehörte. Von hier aus konnte er fünf Meilen weit sehen. Er wandte sich in die Richtung, aus der er gekommen war, und suchte mit Blicken die Wüste ab. Als er nichts Auffälliges entdeckte – keinen aufgewirbelten Staub oder Ähnliches, das auf einen Verfolger hingedeutet hätte –, stieg er wieder hinunter, um am Fuß der Hügelkette sein Lager aufzuschlagen. Er band die beiden Kamele an einem Pflock fest, den er in die Erde gerammt hatte, sattelte sein Reittier ab und nahm seine Ausrüstung von dem zweiten Kamel herunter. Dann stellte er das kleine Zelt auf, das er mitgebracht hatte, zündete ein Feuer an, öffnete eine Dose mit Bohnen und Wurst und erwärmte sein Essen in einem Blechtopf. Ungefähr zwanzig Meter von seinem Lager entfernt befand sich ein schmaler Stollen, dessen Eingang hinter Gestrüpp verborgen war. Stuart vergewisserte sich mit einem prüfenden Blick, dass niemand sich an dem Strauchwerk zu schaffen gemacht hatte. Er würde den Eingang morgen aus der Nähe inspizieren.

Kaum hatte er seine Mahlzeit verzehrt, als heftiger Wind aufkam. Stuart trat das Feuer aus und kroch in sein Zelt. Er war dankbar, dass die Hügelkette ihm und den Kamelen ein wenig Schutz vor dem Sandsturm bot.

Als es dämmerte, hielt Ernie kurz inne. Er hatte die Fährten zweier Kamele verfolgt, die nach seiner Schätzung nur wenige Meilen vor ihm sein konnten. Doch der kräftige Wind, der aufgekommen war, würde alle Spuren verwehen. Ernie überlegte, was er tun sollte. Umkehren und Wally sagen, dass er aufgeben musste, weil es bei einem Sandsturm sinnlos war, eine Fährte verfolgen zu wollen? Dann wäre sein Ruf als »legendärer« Fährtenleser ruiniert, dafür würde Wally schon sorgen. Nein, das konnte Ernie nicht zulassen. Er würde das Gesicht verlieren und sein Ansehen bei seinem Clan einbüßen.

Er kam zu dem Schluss, dass ihm zwei Möglichkeiten blieben: Entweder er setzte seinen Weg fort, wobei er in der Dunkelheit ausschließlich auf seine Instinkte angewiesen wäre, oder er suchte in Farina oder Lyndhurst Zuflucht. Unverrichteter Dinge nach Marree zurückzukehren kam jedenfalls nicht infrage. Obwohl Ernie erschöpft war und die Dunkelheit bald hereinbrechen würde, entschied er sich fürs Weitergehen.

Bald schwoll der Wind zu einem Sturm an. In den dichten Wolken aus Sand und Staub konnte Ernie nur noch ein paar Schritte weit sehen. Er zog sein Hemd aus und wickelte es sich um den Kopf, sodass nur ein schmaler Schlitz für die Augen frei blieb. Da es weit und breit keine Bäume oder Felsblöcke gab, die ihm Schutz hätten bieten können, steuerte er auf eine niedrige Hügelkette zu, die ein paar Meilen vor ihm lag.

Minuten später war es stockdunkel. Ernie stemmte sich mit gesenktem Kopf gegen den heulenden Sturm und taumelte weiter. Von Müdigkeit übermannt, setzte er wie in Trance einen Fuß vor den anderen. Der Wind stöhnte und ächzte und malträtierte Ernies nackten Oberkörper. Sein vor Erschöpfung wirrer Verstand gaukelte ihm vor, dass er Stimmen hörte. Es mussten die Geister seiner Ahnen sein, die ihn riefen. Ernies Herz schlug schneller. Furcht packte ihn. Er bat seine Ahnen, ihn in die richtige Richtung zu führen und ihm beizustehen, damit er sein Gesicht wahren konnte. Der Sturm stieß ihn umher, die Sandkörner waren scharf wie Nadelspitzen. Er stolperte und stürzte in ein dichtes Gestrüpp, und die Dornen rissen ihm Beine, Arme und Hände auf, doch er spürte den Schmerz kaum. Obwohl er mit seinen Kräften am Ende war, kämpfte er sich weiter voran.

Irgendwann aber brach Ernie zusammen; er hatte nicht mehr

die Kraft, sich zu erheben. Das Letzte, was er hörte, bevor er hinüberdämmerte, waren seine Ahnen, die ihn zu sich riefen.

Stuart Thompson wurde vom Summen der Fliegen geweckt. Als er aus seinem Zelt kriechen wollte, musste er zuerst den Sand, den der Wind davor angehäuft hatte, mit den Händen beiseiteschaufeln. Dann sah er, dass die Kamele fort waren. Nur die Stricke, mit denen er die Tiere angebunden hatte, waren noch da. Offenbar hatte er sie nicht richtig verknotet. Stuart richtete sich auf und blickte sich suchend um, konnte die Tiere aber nirgends entdecken. Die Sonne schien von einem blauen Himmel, und die Luft war heiß und unbewegt. Stuart beschloss, erst einmal Brennholz für ein Feuer zu suchen. Er wollte gar nicht daran denken, was ihm blühte, wenn die Kamele nicht zurückkämen.

Stuart hatte bereits einen Arm voll Holz gesammelt, als er den halb vom Sand zugewehten Körper eines Aborigine entdeckte. Er ließ das Holz fallen und kniete neben dem Mann nieder. Stuart war überzeugt, dass er tot war. Vorsichtig nahm er ihm die Kopfbedeckung ab. Anscheinend hatte der Aborigine versucht, damit Mund, Nase und Augen vor dem Sandsturm zu schützen.

Plötzlich stöhnte der Aborigine auf. Stuart fuhr erschrocken zurück.

»Herr im Himmel, du lebst ja noch!«

Sofort erkannte Stuart, dass er in einer Zwickmühle steckte. Natürlich musste er dem Mann helfen – ihn zu seinem Lager bringen, ihm zu essen und vor allem zu trinken geben. Und der Mann würde sich zweifellos wundern, was er, ein Weißer, allein hier draußen machte, und Fragen stellen. Wenn der Aborigine von dem Goldgräber gehört hatte, der sich in Marree aufhielt – würde er da nicht zwei und zwei zusammenzählen?

Eine Sekunde lang erwog Stuart, den Eingeborenen seinem Schicksal zu überlassen, damit die Lage seines Goldvorkommens sein Geheimnis blieb. Doch als er den zu Tode erschöpften Mann ansah, überkamen ihn heftige Schuldgefühle. Wie konnte er so kaltblütig sein? Wie konnte er an sein Gold denken, wo es um ein Menschenleben ging?

»Ich heiße Stuart. Und wie heißt du?«

»Ernie … Ernie Mandawauy.«

»Komm, ich bring dich zu meinem Lager, du brauchst Wasser«, sagte er und griff Ernie unter die Achseln, um ihm auf die Füße zu helfen.

Ernies Mund war so ausgetrocknet, dass er keinen weiteren Laut hervorbrachte. Er versuchte, die Arme zu heben und sich an dem Weißen festzuhalten, doch dieser musste ihn fast tragen, so schwach war er.

Stuart ließ den Aborigine im Schatten seines Zeltes zu Boden gleiten und reichte ihm seine Wasserflasche.

»Nicht so hastig«, mahnte er, als Ernie gierig trank. Es kam dem Aborigine so vor, als hätte er nie etwas Köstlicheres zu sich genommen. Er setzte die Flasche erst ab, als sie leer war. Sein Kopf hämmerte, aber wenigstens war sein Durst gestillt und Mund und Kehle nicht mehr pulvertrocken.

»Was hast du hier draußen gemacht, Ernie, ganz allein und ohne Wasser?«

Jetzt erst erkannte Ernie seinen Retter. Die Ironie der Situation entging ihm nicht: Nicht er hatte Stuart, sondern dieser hatte ihn gefunden.

»Ich bin auf *walkabout*«, log Ernie. »Normalerweise kann ich überall in der Wüste Wasser finden, aber dann zog der Sandsturm auf.« Schaudernd erinnerte er sich an die Stimmen seiner Ahnen, die zu ihm gesprochen hatten. Was hatte das zu bedeuten?

»Hab ich dich nicht schon mal in Marree gesehen?« Stuart musterte Ernie. Er war sicher, den Mann dort schon gesehen zu haben.

»Ich gehe häufig auf *walkabout*«, antwortete Ernie ausweichend.

»Hier draußen gibt's doch nichts. Wohin wolltest du denn?«

»Zu einer heiligen Stätte, wo meine Leute ein *corroborree* abhalten … aber dann hab ich im Sandsturm die Orientierung verloren. Viele Stammesangehörige sind unterwegs, um an der Zeremonie teilzunehmen.« Ernie war nicht ganz wohl in seiner Haut, weil er seinen Lebensretter belog. Aber mehr noch fürchtete er Wallys Zorn, wenn dieser erfuhr, dass er ihn hintergangen hatte.

Stuart betrachtete Ernie nachdenklich. Wie hatte er auch nur eine Sekunde lang erwägen können, diesen Mann seinem Schicksal zu überlassen? Was war bloß in ihn gefahren? Er warf einen flüchtigen Blick zum Eingang seines Stollens. Das verdammte Gold! Die Gier nach Gold hatte ihn verändert, so wie viele andere Männer, die er kannte. Er schämte sich entsetzlich. »Du fragst dich bestimmt, was *ich* hier draußen tue, nicht wahr?«

Ernie antwortete nicht, starrte ihn nur ausdruckslos an. Stuart schien ein netter Kerl zu sein. Nicht so wie Wally. Wally dachte immer nur an sich, war immer nur auf seinen eigenen Vorteil aus.

»Ich habe Gold gesucht«, gestand Stuart freimütig. Plötzlich war es ihm egal, dass Ernie Bescheid wusste. Dass er diesen Mann sterben lassen wollte, um seine Schürfstelle geheim zu halten, war für Stuart der beste Beweis dafür, wie sehr das Gold seinen Charakter zu verderben drohte. Das durfte er nicht zulassen.

»Wie bist du denn hierhergekommen?«, fragte Ernie, weil er nirgends die Kamele sehen konnte.

»Ich hatte zwei Kamele dabei, aber sie haben sich im Sturm losgerissen und sind davongerannt.«

»Es ist ein langer Weg nach Marree«, sagte Ernie.

»Ich weiß.« Stuart blickte hinaus in die flimmernde Wüste. Auf sich allein gestellt würde er es niemals schaffen. »In dieser Unendlichkeit merkt man erst, wie klein und unbedeutend man ist.«

Ernie nickte. Er wusste, was der Weiße damit sagen wollte.

»Die Wüste kann dir den Tod bringen.« Wieder dachte Ernie an die unheimlichen Stimmen der Geister seiner Ahnen, und ihm rieselte trotz der Hitze ein kalter Schauer über den Rücken. Es war ein Wunder, dass der Weiße ihn gefunden hatte. »Ich verdanke dir mein Leben«, sagte er ernst.

»Du brauchst mir nicht zu danken. Ich schätze, jetzt bin ich auf *deine* Hilfe angewiesen, wenn ich in die Stadt zurückwill.« Wieder ließ Stuart den Blick über die Wüste schweifen. »Wir sind aufeinander angewiesen. Ich habe dir geholfen – jetzt hoffe ich, dass du mir hilfst.« Auf einmal sah er manches mit anderen Augen. »Was mache ich eigentlich hier draußen?«, sagte er mehr zu sich selbst als zu Ernie. »Wozu brauche ich das Gold? Im Grunde habe ich doch alles.«

Ernie nickte. »Das Gold ist nichts. Meine Leute wissen, wo es viel Gold und viele Opale gibt«, sagte er. »Aber wir lassen diese Schätze in der Erde ruhen. Die Weißen gieren danach, doch meine Leute sind mit den einfachen Dingen des Lebens zufrieden – Essen, Wasser, ein geschützter Platz bei schlechtem Wetter. Ist es schön, schlafen wir am liebsten unter freiem Himmel.« Dass er gelegentlich auch eine Flasche Schnaps nicht verschmähte, fügte er aus Scham nicht hinzu.

Stuart nickte. Essen, ein Dach über dem Kopf und ein paar Pfund in der Tasche – was brauchte man mehr zum Leben? »Was ist Glück für dich, Ernie?«

Der Aborigine blickte zum strahlend blauen, endlosen Himmel hinauf. »Wenn ich morgens die Sonne aufgehen sehe und meine Familie um mich habe«, sagte er und fragte sich mit einem Mal, wieso er diesen Weißen, den er nicht kannte und der ihm nichts getan hatte, im Auftrag eines Verbrechers wie Wally Jackson in der Wüste verfolgte. Wally würde es einen Dreck interessieren, wenn er hier draußen umkäme. Hatten die Geister seiner Ahnen versucht, ihn wachzurütteln?

»Und was bedeutet Glück für dich?«, fragte Ernie.

»Gute Freunde und ein kaltes Bier«, antwortete Stuart.

»Hast du keine Familie?«

Ein wehmütiger Ausdruck trat in Stuarts Augen, als er an Catherine und ihr kurzes gemeinsames Glück in Kalgoorlie dachte, im australischen Westen. »Nicht hier in Australien. Ich habe Geschwister in England und Amerika. Und mein jüngster Bruder lebt noch bei unseren Eltern in Wales.« Er selbst war fünf Jahre zuvor nach Australien ausgewandert. Damals war er neunundzwanzig gewesen.

»Wo liegt dieses Wales?«, fragte Ernie.

»Im Vereinigten Königreich.«

»Oh! Dann ist es ein mächtiges Land, ja?«

Stuart musste unwillkürlich lächeln über Ernies Naivität. Seine Welt war überschaubar und unkompliziert. Einmal mehr beneidete er die Aborigines darum.

»Ich habe eine Frau und fünf Kinder«, sagte Ernie und senkte den Kopf. »Ich habe sie lange nicht gesehen.« Weil ich zu sehr mit mir selbst beschäftigt war und damit, mir Schnaps zu besorgen, damit ich mich betrinken konnte, fügte er stumm hinzu.

Wieder dachte Stuart daran, wie er mit dem Gedanken gespielt hatte, Ernie in der Wüste liegen zu lassen. Dabei hatte dieser Mann eine Familie, die auf ihn angewiesen war. Eine Welle der Selbstverachtung und des Ekels vor sich selbst durchflutete Stuart.

Er konnte nicht ahnen, dass es Ernie ganz ähnlich erging.

14

Am Spätnachmittag des darauf folgenden Tags erreichte Stuart Thompson die ersten Häuser von Marree. Er und Ernie hatten sich etwa eine Meile vor der Stadt getrennt. Ernie wollte erst nach Lyndhurst und von dort weiter nach Arkaroola, das achtzig Meilen östlich lag und wo seine Familie lebte. Stuart war wegen der großen Entfernung, die Ernie allein zurücklegen musste, besorgt gewesen, doch der Aborigine hatte nur gelacht. Auf dem *walkabout*, den rituellen Wanderungen der Ureinwohner, überwand er etliche hundert Meilen zu Fuß.

Ernie und seine Familie gehörten zum Clan der Adnyamathanha, der in der Flinderskette beheimatet war. Sie führten ein idyllisches Leben und ernährten sich von der Jagd und dem Fischfang im Lake Frome. Auf Stuarts Frage, was ihn nach Marree verschlagen habe, hatte Ernie ausweichend geantwortet. Inzwischen war es ihm selbst ein Rätsel, wieso er das gute Leben, das er geführt hatte, freiwillig aufgegeben hatte. Zwar waren die rituellen Wanderungen Teil seiner Kultur, doch er war viel länger fortgeblieben, als gut für ihn gewesen war. Er wusste jetzt auch, es war ein Fehler gewesen, sich mit den Weißen einzulassen, die ihn zum Trinken überredet hatten.

Ernie und Stuart hatten am Lagerfeuer gesessen, hatten geredet und unter dem Sternenhimmel geschlafen. Ernie war zu dem Schluss gelangt, dass sein Erlebnis in der Wüste eine Warnung seiner Ahnen gewesen war, sein Leben von Grund auf zu ändern.

Stuart suchte zuerst Goolim auf, um ihm Schadenersatz für die Kamele anzubieten. Er konnte nicht wissen, dass die Tiere um die Mittagszeit zurückgekommen waren und dass der Kameltreiber sich nun die größten Sorgen um ihn machte. Goolim war ratlos. Erstens wusste er nicht, wo genau Stuart sich aufhielt, und zweitens hatte dieser ihn zu strengem Stillschweigen verpflichtet. Als Goolim schließlich beschloss, sich auf die Suche nach dem Weißen zu machen, stand dieser plötzlich vor seiner Tür. Goolim war unsagbar erleichtert, aber auch verwundert, dass Stuart den langen Fußmarsch offenbar unbeschadet überstanden hatte.

»Sie leben!«, rief er aus, faltete die Hände und blickte gen Himmel, als schickte er zum Dank ein Stoßgebet hinauf.

»Ja, aber Ihre Kamele …«

»Die sind draußen auf der Koppel.«

Jetzt war es Stuart, dem ein Stein vom Herzen fiel.

»Was ist denn passiert?«, fragte Goolim. »Als Hannibal und Lileth ohne Sie zurückkamen, wusste ich nicht, was ich davon halten sollte.«

»Vorgestern Abend kam ein Sandsturm auf, und da sind die Tiere weggerannt«, berichtete Stuart. »Offenbar hatte ich sie nicht richtig festgebunden. Ich habe gehofft, sie würden zurückkommen, aber sie waren wie vom Erdboden verschluckt …«

»Kamele kehren meistens nach Hause und zu ihrer Herde zurück.« Was ein Glück für Goolim war, denn die Tiere waren kostbar. »Wo haben Sie denn Ihre Ausrüstung?«

»Die hab ich in der Wüste zurückgelassen«, antwortete Stuart matt. In Wirklichkeit hatten er und Ernie alles in den Stollen geschafft und dann den Eingang zum Einsturz gebracht. Es war unwahrscheinlich, dass jemand sich in jenen entlegenen Winkel verirrte und den Schacht entdeckte, und Stuart war froh darüber. Nicht nur andere – auch ihn selbst hatte die Gier nach Gold verändert, das war ihm klar geworden.

Goolim fiel auf, wie viel gelassener Stuart geworden war. Die fiebrige Erregung bei seinem Aufbruch zwei Tage zuvor war von ihm abgefallen. Goolim führte es auf die Erschöpfung zurück. »Soll ich Ihre Sachen holen?«, fragte er.

»Nein, Goolim. Ich werde nie wieder zu der Schürfstelle zurückkehren. Meine Ausrüstung brauche ich nicht mehr.« Damit drehte er sich um und marschierte auf das Hotel zu. Goolim blickte ihm verwirrt nach.

An diesem Samstagnachmittag hielten sich die üblichen Gäste im Hotel auf: Wally, Les, Ted, Barry Bonzarelli und Fred Powell, der Besitzer des General Store. Lily, Missy und Rita saßen auf der Veranda und warteten darauf, dass die Männer ihnen einen Drink spendierten. Terry Higgins war ebenfalls da, allerdings nicht dienstlich. Dennoch achteten die Frauen darauf, dass sie sich nichts zu Schulden kommen ließen. Sie wussten, Terry würde sie ohne zu zögern für eine Nacht einbuchten, wenn sie sich sinnlos betranken oder die öffentliche Ordnung störten. Er hatte Rita mehr als einmal mit gezogener Waffe festgenommen. Wenn sie betrunken war und randalierte, ging es gar nicht anders.

Arabella hatte versprochen, die Gäste nach dem Essen mit ihrem Klavierspiel zu unterhalten, doch jetzt saß sie mit Jonathan im Salon und schaute sich die Fotografien an, die er gerade entwickelt hatte. Sie war dabei gewesen, als er an diesem Morgen einige Aborigine-Kinder in der Stadt fotografiert hatte, und war deshalb besonders gespannt auf das Ergebnis. Wie sie erstaunt festgestellt hatte, war Jonathan ganz unbefangen mit den Kindern umgegangen, hatte sie angespornt und zum Lächeln gebracht. Auf seinen Bildern hatte er jedoch weit mehr eingefangen als nur oberflächliche Posen: Sie spiegelten die Unschuld der Kinder wider, ihre Verschmitztheit, ihre Neugier und ihre Offenheit. Er hatte sogar daran gedacht, ihnen eine Kleinigkeit mitzubringen, Spielsachen aus Mohomet Basheers Laden und Süßigkeiten aus Fred Powells General Store. Seine Großzügigkeit und sein Zartgefühl erstaunten Arabella immer wieder. Es weckte in ihr den Wunsch, ihm nachzueifern, ein besserer Mensch zu werden. Sie hatte erkannt, was für ein verwöhntes kleines Biest sie gewesen war, und sie schämte sich für ihr Benehmen ihren Eltern gegenüber. Sie wollte es gern wiedergutmachen und konnte es kaum erwarten, ihre Mutter und ihren Vater wiederzusehen. Seit über zwei Wochen hatten sie nichts voneinander gehört, und sie fehlten Arabella mit jedem Tag mehr.

Als Stuart das Hotel betrat, sah er Arabella und Jonathan im Salon sitzen. Er winkte Tony zu, der hinter der Theke stand, und ging ohne stehen zu bleiben in den Salon. Weder bemerkte er die Bestürzung, die sich auf Wallys Gesicht abzeichnete, noch die Blicke, die Wally mit Les und Ted wechselte. Les und Ted waren insgeheim erleichtert, als sie Stuart erblickten. Sie hatten sich von Wallys Geldgier anstecken lassen, dann aber eingesehen, dass sie in Marree ohnehin nichts ausgeben konnten, ohne sich verdächtig zu machen, und für ein Leben in der Großstadt waren sie nicht geschaffen. Sie trauten Wally ohne Weiteres zu, dass er Stuart verletzt oder gar getötet hätte, um an dessen Gold zu kommen, sobald er von Ernie erfahren hätte, wo sich die Mine befand. Doch Ernie war noch nicht zurück, und Stuart war wohlauf. Les und Ted konnten sich entspannen und ihr Bier genießen.

»Stuart!«, rief Jonathan überrascht. »Wieso sind Sie schon wieder da?«

Auch Arabella blickte erstaunt.

»Das würde ich allerdings auch gern wissen«, meinte Tony, der Stuart in den Salon gefolgt war. »Wir haben Sie nicht so schnell zurückerwartet.«

»Ich hab's mir anders überlegt«, sagte Stuart und nahm neben Jonathan Platz.

»Und woher kommt dieser plötzliche Sinneswandel?«, fragte Tony. »Sie waren doch ganz versessen darauf, Gold zu finden.«

Inzwischen waren auch die übrigen Gäste herbeigekommen und drängten sich neugierig in der Tür.

Stuart zuckte die Achseln. »Tja, das Gold interessiert mich nicht mehr. Das ist alles.«

Tony und seine Gäste wechselten verwunderte Blicke.

»Ich dachte immer, Geld würde mich glücklich machen, aber das war ein Irrtum«, fügte Stuart leise hinzu. »Es gibt Dinge, die man mit Geld nicht kaufen kann. Gute Freunde oder Gesundheit, zum Beispiel.« Stuart hätte das reichste Vorkommen der Welt entdecken können – hätte er Ernie nicht gefunden, und hätte er ihn nicht in die Stadt zurückgebracht, wären sie beide in der Wüste ums Leben gekommen. Was hätte ihm das ganze Gold dann noch genützt? »Sobald der Zug wieder fährt, werde ich die Stadt verlassen.«

Tony und die anderen kamen aus dem Staunen nicht heraus. Irgendetwas musste dort draußen passiert sein. Jeder machte sich seine eigenen Gedanken. Die meisten vermuteten, dass Stuart gar kein Gold gefunden hatte und es nur nicht zugeben wollte.

»Sind Sie auch in den Sandsturm geraten?«, fragte Maggie.

Stuart nickte. »Ja. Die beiden Kamele, die ich von Goolim geliehen hatte, haben sich im Sturm losgerissen und sind weggelaufen. Zum Glück haben sie von allein zu ihm zurückgefunden.«

Terry Higgins, der hinter Tony stand, fragte: »Dann sind Sie den ganzen Weg zu Fuß zurückgekommen? Wie weit mussten Sie denn laufen?«

»Ungefähr zwanzig Meilen.«

»Sie scheinen mir in guter Verfassung für einen Mann, der in dieser Hitze eine so weite Strecke zurückgelegt hat«, bemerkte Terry. Stuarts Arme waren sonnenverbrannt, seine Kleidung staubbedeckt, und er war sichtlich erschöpft. Terry bezweifelte nicht, dass dieser Mann in der Wüste gewesen war, doch seine Geschichte kam ihm seltsam vor.

»Ein kaltes Bier wäre jetzt nicht schlecht, Tony«, sagte Stuart.

Tony sah Maggie an, und diese ging, um das Bier zu holen.

Wally, der Stuarts Bericht aufmerksam gefolgt war, konnte sich ebenfalls keinen Reim auf die ganze Geschichte machen.

»Sie müssen eine Menge Wasser dabeigehabt haben«, fuhr Terry misstrauisch fort. Ein Weißer, der in der glühenden Hitze zwanzig Meilen durch die Wüste marschiert war, würde normalerweise auf allen vieren in die Stadt kriechen und könnte von Glück sagen, wenn er selbst dazu noch in der Lage war.

»Ich bin mit Ernie Mandawauy zurückgekommen«, sagte Stuart. »Er weiß, wo Wasser zu finden ist.«

Jetzt war Terry alles klar. Wally jedoch hätte fast einen Herzanfall bekommen, als er diese Worte hörte. Was hatte das zu bedeuten? Ernie hatte Stuart verfolgen und nicht als Führer durch die Große Victoriawüste dienen sollen!

Wally gab Les und Ted unauffällig ein Zeichen, und die drei kehrten in die Bar zurück.

»Habt ihr das gehört?«, zischte Wally. »Er ist mit Ernie zurückgekommen. Was für Spielchen treibt dieser schwarze Halunke mit uns?«

»Keine Ahnung«, murmelte Les mit einem flüchtigen Seitenblick auf Ted.

»Ich werd's schon rausfinden, verlasst euch drauf.« Wütend stapfte Wally aus der Bar.

Als er kurze Zeit später zurückkam, schäumte er vor Wut. »Stuart Thompson lügt! Ernie ist gar nicht in der Stadt, keiner hat ihn gesehen.«

»Als du weg warst, hat Thompson den anderen erzählt, Ernie wäre zu seinem Clan zurückgekehrt«, raunte Ted ihm zu.

»Zu seinem Clan?« Wally riss verblüfft die Augen auf.

»Pssst!«, machte Ted. »Nicht so laut! Ja, er muss irgendwo in der Flinderskette zu Hause sein.«

»Ihr wisst, was das bedeutet«, knurrte Wally.

Les traute sich kaum zu fragen. »Nein, was denn?«

»Ernie muss herausgefunden haben, wo sich die Schürfstelle befindet. Dann hat er Thompson hierhergebracht und ist wieder verschwunden, damit er allein in die Wüste zurückkehren und sich das ganze Gold unter den Nagel reißen kann.«

Ted schüttelte den Kopf. »Das glaube ich nicht. Thompson hat erzählt, Ernie wäre in dem Sandsturm fast umgekommen. Er hat ihn gefunden und in sein Lager gebracht.«

Wallys Augen wurden schmal. »Glaubt ihr das etwa?«

»Warum sollte Thompson lügen?«, wandte Les ein.

»Erst macht er ein Mordsgeheimnis um seine Schürfstelle, und dann führt er Ernie hin? Das ergibt doch keinen Sinn. Ich muss gestehen, Ernie ist cleverer, als ich geglaubt hatte.«

Ted sah ihn an. »Was denkst du?«

»Ich glaube, Ernie hat Thompson aufgespürt und dann den Halbtoten gespielt, um ihn zu täuschen. Irgendwie muss er Thompson überredet haben, nicht nach dem Gold zu graben.« Wally schüttelte verwundert den Kopf. »Dieser schwarze Bursche hat es faustdick hinter den Ohren. Das hätte ich ihm gar nicht zugetraut. Wir müssen ihn unbedingt finden«, fügte er grimmig hinzu.

»Ich werde auf keinen Fall in die Wüste gehen«, sagte Les.

»Ich auch nicht«, meinte Ted.

»Ihr Schlappschwänze«, knurrte Wally verächtlich. »Dann geh ich eben allein.« Wütend stürmte er aus der Bar.

Terry Higgins hatte die Szene vom anderen Ende der Bar aus aufmerksam verfolgt. Er kannte Wally und wusste, dass er stets auf der Suche nach schnell verdientem Geld war. Er fragte sich, was Wally so in Rage gebracht haben mochte.

Draußen winkte Wally Lily heran und bedeutete ihr, ihm zur Rückseite des Hotels zu folgen. Sie dachte natürlich, dass er Sex mit ihr haben wollte, und so blickte sie Rita und Missy an und verdrehte genervt die Augen. Wally behandelte die Frauen voller Verachtung. Aber was sollte Lily machen? Sie brauchte das Geld.

Hinter dem Hotel, als sie außer Sichtweite der anderen waren, wandte Wally sich zu ihr um. »Wer ist der beste Fährtenleser in der Stadt?, fragte er.«

»Ernie Mandawauy«, antwortete Lily verwundert.

»Und außer Ernie?«

»Hm … Jimmy Wanganeen, würde ich sagen.«

»Ist er nicht schon zu alt?«

»Jimmy weiß, was er tut. Er ist ein verdammt guter Fährtenleser.«

»Wo kann ich ihn finden?«

»Willst du mich denn nicht …« Lily hob ihr schmutziges Hemd hoch, zeigte ihre dünnen Beine und ließ ihn sehen, dass sie keine Unterwäsche trug.

»Du liebe Güte, nein!« Wally wandte sich ab. So betrunken war er nun wirklich nicht.

Lily war beleidigt. »Was soll ich dann hier mit dir?«

»Pssst!«, machte Wally, der fürchtete, Rita könnte auf sie aufmerksam werden. »Ich will nur eine Information. Also – wo finde ich Jimmy Wanganeen?«

In diesem Moment bog Rita um die Ecke. Wally presste ärgerlich die Lippen zusammen.

»Was hast du mit ihr gemacht?«, fauchte Rita.

»Gar nichts«, murrte Wally. »Ich will nur was erfahren.«

»Und was?« Rita starrte ihn misstrauisch an, ballte die Fäuste und trat drohend einen Schritt auf ihn zu.

»Ich bezahle dafür. Hier, siehst du?« Wally kramte ein paar Münzen aus der Hosentasche.

»Was willst du wissen?«, knurrte Rita.

»Wo finde ich Jimmy Wanganeen?«

»Was willst du von ihm?«

»Er sucht 'nen Fährtenleser«, sagte Lily.

Wally hätte sie erwürgen können. Bald würde die ganze Stadt

wissen, was er vorhatte. »Kannst du nicht den Mund halten?«, zischte er. »Ich will nicht, dass jemand davon erfährt.«

Ein Lächeln legte sich auf Ritas Lippen. Wally erkannte, dass er einen Fehler gemacht hatte. Jetzt würde er sich Ritas Schweigen erkaufen müssen. Widerstrebend zog er zwei Pfundnoten aus seiner Hosentasche.

Später an diesem Abend, als die Bar geschlossen hatte, traf Jonathan auf dem Weg zur Außentoilette zufällig Stuart, der von einem Spaziergang zurückkam.

»Ich hätte nicht gedacht, dass jemand, der so weit gelaufen ist, noch Lust auf einen Spaziergang hat«, meinte er.

»Ich musste über verschiedene Dinge nachdenken, und hier draußen ist es kühler«, erwiderte Stuart.

»Bedrückt Sie etwas?«

»Wie kommen Sie darauf?«

»Ich hoffe, Sie nehmen mir die Bemerkung nicht übel, Stuart, aber ich erkenne den Mann, der vor drei Tagen hier aufgebrochen ist, fast nicht wieder.«

Stuart nickte. »Sie ahnen nicht, wie Recht Sie haben.«

Die beiden Männer konnten nicht wissen, dass Wally sich hinter der Außentoilette versteckte. Er hatte Jimmy Wanganeen gefunden, doch Jimmys Frau, eine dürre Vogelscheuche, hatte Wally abgewimmelt: Jimmy sei krank, er könne nicht arbeiten. Wally – überzeugt, dass der Fährtenleser lediglich sturzbetrunken war – hatte geschäumt vor Wut. Zornig war er zum Hotel zurückgekehrt, um sich selbst volllaufen zu lassen, doch die Bar war bereits geschlossen, was ihn nur noch mehr in Wut versetzte. Dann hatte er Stuart gesehen und ihm aufgelauert. Dummerweise war Augenblicke später Jonathan aus dem Hotel gekommen.

»Da draußen in der Wüste ist etwas passiert, auf das ich nicht gerade stolz bin«, fuhr Stuart fort. »Aber ich möchte nicht darüber sprechen.«

»Es ist keine Schande, wenn sich herausgestellt hat, dass Ihre vermeintliche Goldader gar keine war«, meinte Jonathan.

Stuart schüttelte den Kopf. »Das ist es nicht. Gold ist da, in rauen Mengen sogar. Aber dann … dann ist etwas geschehen, und mir wurde klar, dass ich das Gold weder wollte noch brauchte. Niemand hier würde das verstehen. Außer Ihnen vielleicht, Jonathan.«

Jonathan verstand es tatsächlich. »Geld allein macht nicht glücklich, sagt man, und so ist es auch. Aber manche begreifen das nie. Sie rennen ihr Leben lang dem Geld hinterher.«

Wally grinste zynisch. *Ihn* würde es glücklich machen. Die Frage war nur, wie kam er an das Gold heran? Plötzlich hatte er eine Idee. Doch er nahm sich vor, erst noch eine Nacht darüber zu schlafen. Sein Plan durfte auf keinen Fall misslingen. Eines allerdings wusste er jetzt schon: Les und Ted würde er dieses Mal nicht einweihen. Er würde gut ohne diese beiden Waschlappen zurechtkommen.

»Paddy wird mich morgen früh zu einer Hügelkette im Westen begleiten«, sagte Jonathan zu Arabella, als sie später gemeinsam nach oben gingen. »Ganz in der Nähe findet ein *corroborree* statt, und ich würde gern ein paar Fotos machen. Das heißt, sofern der *kadaicha*, der Medizinmann, es erlaubt. Es handelt sich nämlich um eine heilige Zeremonie.«

»Das klingt aufregend!«, sagte Arabella begeistert.

»Hätten Sie Lust, mich zu begleiten?«

»O ja, sehr gern!« Sie strahlte. Dann aber fiel ihr plötzlich ein: »Was ist mit Uri? Paddy bringt ihm doch immer seine Milch. Wenn er mitkommt, bekommt Uri seine Mahlzeit nicht.«

»Vielleicht kann sich ein anderer Kameltreiber so lange um ihn kümmern.«

Arabella nickte. »Ob ich wieder Stuarts Pferd reiten kann?«, fragte sie.

»Ich weiß nicht. Stuart sagte, dass ein Hufeisen kaputt ist. Tony will versuchen, das Eisen zu reparieren, aber das kann dauern.«

»Mir kam es gleich so vor, als ob Bess lahmte«, sagte Arabella nachdenklich. Dann riss sie bestürzt die Augen auf. »Heißt das, ich muss auf einem Kamel reiten?«

Jonathan unterdrückte ein Lächeln. »Das ist überhaupt nicht schlimm, Sie werden sehen. Wenn Sie erst mal oben sitzen, werden Sie gar nicht mehr verstehen, warum Sie sich davor gefürchtet haben.«

Arabella hoffte, dass er Recht behalten würde. Sie würde ihn zu gern begleiten. Sie war nämlich ein bisschen enttäuscht, weil Stuart nicht gewillt schien, ihre kleine Romanze fortzusetzen. Abgesehen von einem knappen »Gute Nacht« hatte er kein Wort mit ihr gewechselt. Vielleicht musste er sich ja erst von den Strapazen der letzten Tage erholen. Wie dem auch war – der Ausflug würde sie bestimmt auf andere Gedanken bringen.

»Aufwachen!«, befahl Wally und richtete seine Waffe auf Goolim. Im Outback schloss niemand seine Haustür zu, und so war Wally einfach in Goolims Haus spaziert. Es war kurz vor vier Uhr morgens. »Los, hoch mit dir!«

Goolim öffnete langsam die Augen. Als er Wally im schwachen Mondlicht erkannte, das durchs offene Fenster fiel, fuhr er erschrocken hoch. »Was … was haben Sie hier zu suchen? Was wollen Sie?«

»Du wirst mich zu Thompsons Schürfstelle führen, und zwar jetzt gleich«, zischte Wally.

»Aber … aber ich weiß doch gar nicht, wo sie ist …«, stammelte Goolim. Das Weiße seiner schreckgeweiteten Augen leuchtete in der Dunkelheit.

»Willst du mich für dumm verkaufen? Natürlich weißt du es!«

»Ich sage die Wahrheit, ich schwör's!«, wimmerte Goolim. »Er hat mich nie dorthin mitgenommen.«

Wally glaubte ihm kein Wort. »Aufstehen! Los, mach schon!«, befahl er wütend.

Goolim, der um sein Leben fürchtete, schlug die Decke zurück. »Was haben Sie vor?«

»Entweder du bringst mich zur Schürfstelle, oder ich knall dich ab«, sagte Wally kaltblütig. »Du kannst es dir aussuchen.«

Goolim wusste, er hatte keine Wahl. Er zweifelte keine Sekunde daran, dass Wally seine Drohung wahr machen würde. »Ich weiß nur ungefähr, wo sie liegt«, beteuerte er. »Die genaue Lage kenne ich nicht. Aber von dort aus müssten Sie die Stelle finden können.«

Wally holte aus und zog ihm den Griff seines Revolvers über den Schädel. »Beeil dich gefälligst!«, knurrte er.

Blut rann Goolim am Haaransatz entlang und tropfte ihm auf die Schulter. Er wusste, er steckte in großen Schwierigkeiten.

Arabella hatte sich stundenlang schlaflos im Bett gewälzt. Obwohl sie sich auf den Ausflug mit Jonathan freute, graute ihr vor dem Ritt auf einem Kamel. Es war Mitternacht geworden, dann ein Uhr, zwei Uhr, drei Uhr – und sie lag immer noch wach. Um vier Uhr schließlich stand sie auf und zog sich an. Nachdem sie sich in der Küche eine Tasse Tee aufgebrüht hatte, beschloss sie, in die Ghan-Siedlung zu spazieren. Vielleicht würde sie ihre Furcht überwinden, wenn sie die Nähe der Kamele suchte und sich davon überzeugte, wie harmlos die Tiere waren. Aber das wollte sie lieber allein tun, nicht unter den kritischen Blicken von Paddy und Jonathan.

Goolims Kamele standen auf der größten Koppel, dummerweise ganz hinten und weit von der Umzäunung entfernt, wie Arabella enttäuscht feststellte. Sie musste näher an die Tiere heran, wenn sie sich ihrer Angst wirklich stellen wollte. Viele Male hatte sie beobachtet, wie die Kameltreiber sich zwischen den Tieren bewegten, wobei diese sie praktisch ignorierten. Aggressiv waren lediglich die Hengste in der Brunst, doch diese waren auf einer anderen Koppel untergebracht.

Kurz entschlossen kletterte Arabella über die Umzäunung und ging langsam zwischen den Kamelen umher. Die meisten nahmen gar keine Notiz von ihr; nur ein oder zwei beäugten sie neugierig. »Siehst du«, sagte sie leise zu sich selbst, »kein Grund zur Panik. So Angst einflößend sind sie gar nicht.« Mit jeder Minute wurde sie mutiger. Sie streichelte sogar die eine oder andere Stute. Einige Tiere gaben seltsame Laute von sich, doch Arabella merkte schnell, dass es nichts zu bedeuten hatte.

Gemächlich schlenderte sie weiter. Plötzlich trat ihr jemand in den Weg, und sie schnappte erschrocken nach Luft. Dann fiel ihr ein, dass Paddy seine Tiere manchmal nachts bewachte. Vielleicht tat Goolim das ja auch.

»Goolim? Sind Sie das?« Angestrengt starrte sie in die Dunkelheit. »Sie haben mich ganz schön erschreckt.«

Goolim antwortete nicht. Sein Schweigen dehnte sich, und Arabella beschlich das ungute Gefühl, dass etwas nicht in Ordnung war. Als sie gerade fragen wollte, was er denn habe, spürte sie, wie sich ihr etwas in den Rücken bohrte, und eine dumpfe Stimme knurrte dicht an ihrem Ohr:

»Was haben Sie mitten in der Nacht hier draußen verloren?«

Maggie suchte das ganze Haus nach Arabella ab. Es war noch früh am Morgen, aber sie hatte zeitig mit Jonathan aufbrechen wollen. Maggie hatte Arabella etwas zu essen eingepackt, damit sie für ihren Ausflug mit Paddy und Jonathan gerüstet war. Letzteren traf sie im Flur.

»Haben Sie Arabella gesehen?«, fragte Maggie.

»Nein, ich suche sie auch«, antwortete Jonathan. »Wo kann sie stecken?«

»In ihrem Zimmer vielleicht?«

»Nein, da hab ich schon nachgesehen. Draußen oder bei Uri im Stall ist sie auch nicht. Auch nicht in der Ghan-Siedlung.«

Maggie zog die Stirn in Falten. »Merkwürdig. Sie kann sich nicht in Luft aufgelöst haben.«

»Sie hat doch gewusst, dass wir heute in aller Frühe aufbrechen wollten. Sie war schon ganz aufgeregt.« Jonathan machte ein besorgtes Gesicht.

»Ich frag Tony. Vielleicht hat er sie gesehen.«

Maggie ging in die Bar, wo Tony über den Büchern saß. Jonathan folgte ihr.

»Hast du Arabella heute Morgen schon gesehen?«, fragte Maggie.

Tony blickte kurz auf. »Nein. Vielleicht ist sie im Stall.«

»Da haben wir schon nachgeschaut. Sie wollte Jonathan doch auf diesen Ausflug begleiten.«

»Ach ja, richtig.« Tony wandte sich an Jonathan. »Heute früh sollte es losgehen, nicht wahr?«

»Ja, eigentlich sollten wir längst weg sein. Paddy hat die Kamele schon gesattelt. Aber Arabella ist wie vom Erdboden verschluckt.«

»Sie wird bestimmt gleich wieder auftauchen«, meinte Tony.

»Hoffentlich«, erwiderte Jonathan. »Ich lauf schnell mal rüber zum General Store und zu Basheers Laden.«

Eine Stunde später war Arabella immer noch nicht aufzufinden, und Jonathan machte sich ernsthaft Sorgen. Nach langem Zögern hatte er sogar bei Stuart angeklopft, doch auch der hatte Arabella nicht gesehen. Auf der einen Seite war Jonathan erleichtert, andererseits war er besorgter als zuvor. Schließlich beschloss er, Terry Higgins aufzusuchen.

»Miss Fitzherbert wird vermisst, Constable.«

Terry blickte verwundert auf. »Was heißt vermisst?«

»Wir suchen sie schon den ganzen Morgen. Gestern Abend sind wir zusammen auf unsere Zimmer gegangen, da habe ich sie das letzte Mal gesehen. Ich habe schon alles abgesucht, die ganze Stadt, aber sie ist spurlos verschwunden.«

»Beruhigen Sie sich«, meinte Terry. »Ich kann mir nicht vorstellen, dass sie die Stadt allein verlassen hat. Mal sehen, ob sonst noch jemand vermisst wird.«

Die beiden Männer fingen beim Hotel an und suchten von dort aus die ganze Stadt systematisch ab. Sie fanden heraus, dass außer Arabella nur Wally Jackson und Goolim sowie drei seiner Kamele fehlten.

Im Hotel fasste Terry für Maggie, Tony und Stuart noch einmal zusammen, was er und Jonathan herausgefunden hatten. »Niemand hat Goolim gesehen, und von Wally fehlt ebenfalls jede Spur. Ob von den Aborigines einer fehlt, ist schwer zu sagen, da sie ja ständig kommen und gehen. Aber ich glaube, die können wir außer Acht lassen. Falls Miss Fitzherbert die Stadt verlassen hat, dann höchstwahrscheinlich in Begleitung von Wally oder Goolim.«

»Das verstehe ich nicht«, sagte Jonathan verwirrt. »Was hat sie mit Wally zu schaffen oder mit Goolim?«

»Wenn wir das wüssten, wären wir einen Schritt weiter«, meinte Terry. »Ich denke, ich sollte mich mal mit Les Mitchell und Ted Wallace unterhalten.«

»Was haben die damit zu tun?«, fragte Jonathan.

»Ich habe Wally gestern in der Bar nach Mr Thompsons Rückkehr beobachtet. Er hat sich über irgendetwas schrecklich aufgeregt, und es kam zu einem heftigen Wortwechsel zwischen ihm, Les und Ted. Vielleicht können die beiden Licht in die Angelegenheit bringen.«

»Ich komme mit«, sagte Jonathan sofort.

In diesem Moment betraten Barry Bonzarelli, Les und Ted die Bar. Die drei grinsten vor Vorfreude auf ihren ersten Drink. Dann erblickten sie Terry Higgins, der sie finster musterte, und ihr Grinsen erlosch.

»Wir suchen Jacko«, sagte Terry. »Ihr wisst nicht zufällig, wo wir ihn finden können?«

Les und Ted wechselten einen nervösen Blick. »Keine Ahnung«, erwiderte Ted achselzuckend. »Wir dachten, er wäre hier.«

Die beiden fühlten sich unbehaglich, das war nicht zu übersehen. Terry war sicher, dass sie mehr wussten, als sie zugaben. »Drei Personen werden vermisst – Arabella Fitzherbert, Goolim und Wally.«

Wieder warfen Les und Ted sich einen verstohlenen Blick zu. Das schlechte Gewissen war ihnen anzusehen. Sie konnten sich zusammenreimen, dass Wally Goolim gezwungen hatte, ihn in die Wüste zu führen, damit er Ernie zu fassen bekam, aber sie hatten keine Ahnung, wie Arabella ins Bild passte. Wally war unberechenbar, und das machte ihnen Sorgen.

»Es wäre besser, wenn ihr mir erzählt, was ihr wisst«, sagte Terry kalt. »Ich weiß, dass Wally gestern nach Mr Thompsons Rückkehr sehr wütend war. Er hat auf euch eingeredet, also müsst ihr wissen, worum es geht. Nun?«

Ted fuhr sich nervös mit der Zungenspitze über die Lippen, und Les trat unruhig von einem Fuß auf den anderen. »Er … er hat gehört, wie Stuart Thompson sagte, Ernie Mandawauy hätte die Stadt verlassen«, murmelte Les. »Ernie hat ihm Geld geschuldet. Das ist alles. Ist es nicht so, Ted?«

»Ja, genauso war's«, pflichtete Ted, der blass geworden war, ihm eifrig bei.

Terry sah die beiden scharf an. »Wally ist schon aus der Bar gestürmt, *bevor* Stuart Thompson sagte, dass Ernie die Stadt verlassen hat.«

Les lief rot an. Vor allen Leuten einer Lüge überführt zu werden war sogar ihm peinlich.

»Ich will die Wahrheit wissen. Los, raus mit der Sprache!«, befahl Terry. »Miss Fitzherberts Leben könnte in Gefahr sein.«

»Macht endlich den Mund auf!«, fuhr auch Jonathan die beiden an.

Ted sah Les an. Er schien in sich zusammenzusinken. »Wir wissen nur, dass Wally in die Wüste wollte. Er muss von Goolim verlangt haben, ihn zu begleiten. Aber wir haben keine Ahnung, was mit Miss Fitzherbert ist. Ehrlich!«

»Was will er denn in der Wüste?«, fragte Terry misstrauisch.

Ted und Les starrten stumm auf ihre Schuhe. Wallys Plan, Stuart Thompson auszurauben, würden sie niemals verraten; Terry würde sofort den Schluss ziehen, dass sie gemeinsame Sache mit Wally machten.

»Wenn ich weiß, was er dort draußen vorhat, finden wir vielleicht eine Erklärung für Miss Fitzherberts Verschwinden«, drängte Terry.

»Nun redet schon!«, forderte Jonathan die beiden ungeduldig auf.

Les sah mit schuldbewusster Miene zu Stuart hinüber, und der begriff sofort. »Er will meine Schürfstelle suchen, nicht wahr?«

Als Les und Ted nicht antworteten, wusste Stuart, dass seine Vermutung zutraf. Das sah Wally Jackson ähnlich. Aber was hatte Arabella mit der Sache zu tun?

Lautes Kreischen draußen vor dem Hotel ließ alle Köpfe herumfahren. Rita erschien in der Tür. Sie hatte eine alte Frau bei sich, die hysterisch in ihrem Stammesdialekt jammerte und zeterte. Die Frau war Ruby Wanganeen. Rita versuchte vergeblich, sie zu beruhigen.

»Was ist denn passiert?«, fragte Terry.

»Ruby sagt, Wally Jackson hätte Jimmy niedergeschlagen und er sei noch nicht wieder aufgewacht«, erklärte Rita.

»Wann war das?«, wollte Terry wissen.

»Gestern Abend.«

»Ich sehe ihn mir mal an«, sagte Terry. Er hoffte, der alte Mann war nicht tot.

Jonathan, Stuart, Tony und Maggie gingen mit ihm. Jimmy Wanganeen lag auf der nackten, festgestampften Erde in seiner

Hütte, aber er lebte. Maggie hatte ihr Erste-Hilfe-Köfferchen mitgenommen und hielt dem Bewusstlosen Riechsalz unter die Nase. Es dauerte nicht lange, bis Jimmy zu sich kam.

»Warum hat Wally das getan?«, fragte Terry.

Ruby und Jimmy sprachen kurz in ihrem Dialekt miteinander.

»Er wollte mich als Fährtenleser«, nuschelte Jimmy. »Aber ich konnte nicht …«

Da er nach billigem Wein roch, konnte Terry sich denken, wie es sich abgespielt hatte: Wally war zornig geworden, weil Jimmy sinnlos betrunken war, und hatte ihn in seiner Wut niedergeschlagen.

»Hat er gesagt, wonach er sucht?«, forschte Terry.

Ruby schüttelte den Kopf.

Terry wandte sich Jonathan und den anderen zu. »Da Mr Thompson gerade erst zurückgekehrt war, nehme ich an, Wally wollte seine Spur zu der Schürfstelle zurückverfolgen. Und dafür brauchte er Jimmy.«

»Und als der ausfiel, kam er auf die Idee, Goolim zu zwingen, ihn hinzuführen«, ergänzte Stuart. Mit sorgenvoller Miene schaute er in die Wüste hinaus, die unter einer unbarmherzigen Sonne flimmerte und gleißte. »Aber Goolim kennt die genaue Lage nicht, dafür habe ich gesorgt.«

»Das heißt, er schwebt in größter Gefahr«, murmelte Terry.

»Und Arabella?«, warf Jonathan ein. »Wir wissen immer noch nicht, wo sie ist.«

»Sie kann nur mit den beiden Männern unterwegs sein«, sagte Terry. »Wieso, weiß ich auch nicht. Aber ich bin mir sicher, dass sie ebenfalls in großer Gefahr ist.«

15

Die kleine Gruppe war gerade ins Hotel zurückgekehrt, als Stuart Thompson sich plötzlich krümmte und laut stöhnte.

Alle scharten sich um ihn. Maggie fragte besorgt: »Was ist mit Ihnen?«

»Diese verdammten Bauchschmerzen!«, stieß er ächzend hervor. »Ich hab sie seit gestern Abend, aber jetzt sind sie kaum noch auszuhalten.« Schweißperlen glitzerten auf seiner Stirn, und sein Gesicht war schmerzverzerrt.

»Was haben Sie draußen denn gegessen?«, fragte Terry.

»Nur Dosenbohnen und Würste«, keuchte Stuart.

»Davon dürften Sie aber kein Bauchweh kriegen«, meinte Maggie.

»Vielleicht waren es die Früchte ... Ernie hat auf dem Rückweg ein paar wilde Früchte für uns gepflückt ...«

Tony warf ihm einen argwöhnischen Blick zu. »Wie haben die ausgesehen?«

»Wie Pflaumen. *Bush plums* hat er sie genannt. Sie waren ziemlich bitter, aber ich war hungrig, deshalb habe ich ein paar gegessen.«

»Ach herrje!«, rief Maggie aus. »Das erklärt alles. *Bush plums* sind nichts für einen europäischen Magen!«

Stuart ächzte laut. »Entschuldigt mich bitte«, krächzte er und stürmte hinaus zur Außentoilette.

»Den werden wir die nächsten Stunden nicht mehr zu Gesicht bekommen«, meinte Maggie trocken.

»Zu dumm!« Terry schüttelte zornig den Kopf. »Außer Stuart kann niemand uns zu der Schürfstelle führen. Und wir sollten Wally und Goolim schnellstmöglich finden, damit wir endlich erfahren, was aus Miss Fitzherbert geworden ist.«

»Ich fürchte, mit Stuart können wir vorerst nicht rechnen«, sagte Tony. »Wenn ihm die *bush plums* so auf den Magen schlagen wie Frankie Miller oder Bonzarelli, wird er die nächsten vierundzwanzig Stunden ausfallen.«

»So lange darf Arabella nicht in der Gewalt eines Mistkerls wie Wally Jackson bleiben«, erregte sich Jonathan. »Wer weiß, was er im Schilde führt.«

»Dann gibt's nur eine Lösung – Jimmy Wanganeen«, sagte Terry. »Doch ob er uns in seinem Zustand helfen kann, ist fraglich.«

»Er muss es tun!«, rief Jonathan, fast krank vor Sorge um Arabella.

Terry rieb sich nachdenklich das Kinn. »Vielleicht kann Mr Thompson uns wenigstens einen Hinweis geben, in welche Richtung wir müssen.«

»Kommen Sie, wir holen Jimmy und versuchen, ihn auszunüchtern«, drängte Jonathan. »Maggie kann ihm sicher etwas Nahrhaftes zu essen machen. Ich werde unterdessen nachsehen, ob Paddy die Kamele noch gesattelt hat.«

»Können Sie denn mit den Tieren umgehen?«, fragte Terry.

»Ich nehme an, Paddy wird uns begleiten, wenn er hört, was geschehen ist.«

Die beiden Männer eilten ins Eingeborenenviertel und suchten Jimmy auf. Der Alte kauerte im Staub vor seiner Hütte, die von einem mächtigen Kajeputbaum mit seiner papierähnlichen Rinde beschattet wurde. Jimmys eine Gesichtshälfte war geschwollen und blutverkrustet von einem Riss über dem Wangenknochen – ein Andenken an Wallys Brutalität. Jimmy wirkte immer noch angetrunken.

Terry ging neben ihm in die Hocke und sagte: »Wir brauchen deine Hilfe, Jimmy. Du musst Wally aufspüren. Wahrscheinlich hat er Arabella, die junge Weiße, und Goolim gezwungen, ihn in die Wüste zu begleiten. Wir fürchten um das Leben der beiden.«

Jonathan schaute auf Jimmy hinunter. Der Aborigine erschien ihm viel zu alt für eine solche Aufgabe. Sein Körper war ausgemergelt; weiße Strähnen zogen sich durch sein Haar, und er hatte nur noch ein paar Zahnstummel im Mund. Er schien gerade noch die Kraft zu haben, die Fliegen aus seinem Gesicht zu verscheuchen. Jonathan respektierte die Ureinwohner, doch Arabellas Leben in die Hände dieses steinalten Mannes zu legen erschien ihm wie ein schlechter Scherz.

Jimmy sagte im Stammesdialekt etwas zu seiner Frau Ruby, die neben dem Eingang der Hütte saß, woraufhin Ruby aufstand und sich entfernte.

»Wir brauchen dich, Jimmy«, sagte Terry eindringlich. »Du musst mit uns kommen. Jetzt gleich. Maggie wird dir etwas zu essen machen, damit du wieder zu Kräften kommst.« Er hielt es für klüger, nicht zu erwähnen, dass die Mahlzeit Jimmy nüchtern machen sollte.

Jimmy schüttelte den Kopf. Verzweifelt ließ Jonathan sich neben dem alten Mann auf die Knie fallen, fasste ihn an den Schultern und schüttelte ihn. »Du musst mitkommen, Jimmy! Ich flehe dich an!«

Jimmy machte eine wegwerfende Handbewegung. »Ruby muss erst etwas für mich holen«, sagte er. »Wenn sie zurückkommt, gehe ich mit euch.«

Jonathan schaute Terry fragend an, doch der zuckte die Achseln und meinte: »Keine Ahnung, wovon er spricht. Warten wir's ab.«

»Wir können nicht warten! Die Zeit läuft uns davon!«, entgegnete Jonathan mit wachsender Panik.

»Was schlagen Sie vor?«, fragte Terry.

»Können Sie ihn nicht zwingen, mit uns zu kommen? Arabellas Leben steht auf dem Spiel!«

Terry fasste ihn am Arm und führte ihn ein Stück von dem alten Mann weg. »Sie wissen nicht viel über die Aborigines, stimmt's? Im Outback erledigen sie die Dinge auf ihre eigene Art und Weise. Wenn wir Jimmy zu sehr bedrängen, hilft er uns überhaupt nicht.«

»Aber was hat er vor?« Jonathan fürchtete, Jimmy könnte seiner Frau befohlen haben, ihm noch mehr Schnaps zu besorgen.

»Ich weiß es nicht. Er hat gesagt, dass er mit uns kommt. Wir müssen Geduld haben, etwas anderes bleibt uns nicht übrig.«

»Vielleicht sollten wir Stuart fragen, in welche Richtung wir gehen müssen«, sagte Jonathan, »und uns dann auf eigene Faust auf die Suche machen. Bis Jimmy sich bequemt mitzukommen, könnte es für Arabella zu spät sein.«

»Ich kann Ihren Unmut und Ihre Sorge verstehen, Jonathan, aber was ist, wenn Goolim Wally in eine falsche Richtung führt?«

»Das würde er nicht wagen. Er hat zu viel Angst vor Wally.«

»Trotzdem können wir das Risiko nicht eingehen. Wir brauchen Jimmy, glauben Sie mir!«

Nach einer Weile kam Jimmys Frau Ruby zurück. Die beiden Männer beobachteten, wie sie verschiedene Blätter und Wurzeln in einen Topf Wasser gab, der über dem Feuer hing. Jimmy blieb teilnahmslos sitzen.

»Wie lange dauert das denn noch?«, drängte Jonathan ungeduldig.

Nachdem Ruby die Mixtur ein paar Minuten lang umgerührt hatte, schöpfte sie den dampfenden Sud in einen Blechbecher und reichte ihn ihrem Mann. Jimmy schwenkte die Flüssigkeit eine Weile hin und her, damit sie abkühlte, und setzte den Becher dann an die Lippen. Der Geruch des Gebräus wehte zu Jonathan und Terry hinüber, und beide verzogen das Gesicht. Als Jimmy ausgetrunken hatte, erhob er sich und erklärte, er sei jetzt so weit. Er schwankte leicht, als er zu seinem Hut griff und ihn sich auf den Kopf stzte.

Als sie auf dem Rückweg zum Hotel an der Außentoilette vorbeikamen, hörten sie Stuart drinnen stöhnen.

»Alles in Ordnung, Stuart?«, rief Jonathan mitleidig.

Ein lautes Ächzen war die Antwort.

Terry sah Jimmy an. *»Bush plums«*, sagte er.

Der alte Mann schüttelte nur den Kopf.

Endlich machten sie sich auf den Weg. Paddy und Terry kletterten auf ihre Kamele. Sie führten auch ein Tier für Jimmy mit sich, doch der alte Mann bestand darauf, zu Fuß zu gehen, damit er die Fährte besser verfolgen konnte. Jonathan schloss sich ihm an. Er machte sich Sorgen um Jimmy. Er fürchtete, der gebrechlich wirkende alte Mann würde den Fußmarsch durch die Wüste nicht überstehen.

Als sie die letzten Häuser hinter sich gelassen hatten, suchte Jimmy im roten Staub nach Spuren. Immer wieder hielt er inne und blickte hinaus in die Wüste, als könnte er dort etwas erblicken, das außer ihm niemand sah. Jonathan hielt sich dicht hinter ihm. Sosehr er sich auch bemühte – er selbst vermochte im Sand keine Fährten zu erkennen. Jimmy jedoch wies mit Bestimmtheit in eine Richtung und sagte: »Drei Kamele. Sie sind hier entlanggegangen.«

»Woher willst du wissen, dass es die Kamele sind, die Wally und Goolim genommen haben?«, fragte Jonathan, der kein Vertrauen in den alten Mann hatte.

»Ich weiß es«, erwiderte Jimmy nur.

Jonathan schaute ihn verdutzt an, sagte aber nichts mehr. Zu seiner Überraschung schritt Jimmy entschlossen aus. Die sengende Hitze schien ihm nicht das Geringste auszumachen. Jonathan musterte ihn verstohlen. Sein sonderbar geformter alter Hut war ramponiert. Er trug die Sachen, in denen sie ihn angetroffen hatten, und seine Füße sahen aus, als ginge er nur barfuß, was angesichts des glühend heißen Sandes schier unglaublich war. Nach einer Weile verlangsamte er das Tempo ein wenig, blieb aber nur hin und wieder kurz stehen, um sich den Schweiß abzuwischen oder einen Schluck zu trinken. Kein einziges Mal beklagte er sich über die Hitze oder den weiten Weg, was Jonathan Bewunderung abnötigte. Er selbst war jetzt schon erschöpft. Nur die Angst um Arabella trieb ihn voran.

»Wie alt bist du eigentlich, Jimmy?«, fragte er, als er dem alten Mann, der seinen Blick auf den Boden geheftet hatte, mit schleppenden Schritten folgte.

»Ich werde vierundfünfzig«, sagte Jimmy.

Jonathan traute seinen Ohren nicht. »Vierundfünfzig!« Jimmy sah mindestens zehn Jahre älter aus. »Nimm's mir nicht übel, aber ich hätte dich für älter gehalten.«

»In meiner Familie ist noch keiner so alt geworden wie ich«, erwiderte Jimmy stolz, als hätte er eine großartige Leistung vollbracht.

»Aber vierundfünfzig ist doch nicht alt, Jimmy.«

»Für einen Aborigine schon«, entgegnete Jimmy. »Mein Volk wird eines Tages verschwunden sein. Unsere Kinder sterben. Als der weiße Mann in dieses Land kam, hat er Krankheiten mitgebracht, die mein Volk töten.«

Jonathan wusste, dass der Alte die Wahrheit sprach. Durch die Besiedlung des australischen Kontinents durch die Weißen und die Vermischung der Rassen waren die Aborigines anfällig geworden für Krankheiten, die sie bis dahin nicht gekannt hatten. Traurige Wahrheiten wie diese hatte Jonathan in den Büchern über Australien, die er gelesen hatte, allerdings nicht gefunden.

»Warum lebst du nicht mehr bei deinem Stamm, Jimmy?«, wollte er wissen.

»Ich bin zu langsam geworden. Ich kann nicht mehr oft auf *walkabout*.«

Jonathan verstand nicht, was Jimmy meinte, und drehte sich verwirrt zu Terry um.

»Wenn die Alten krank oder zu langsam werden, sodass sie den Stamm beim *walkabout* behindern, werden sie getötet«, erklärte Terry.

Jonathan schnappte entsetzt nach Luft. »Das ist ja barbarisch!«

Terry zuckte mit den Schultern. »Es trifft nicht nur die Alten«, sagte er. »Kommt ein Kind mit einer Missbildung auf die Welt, wird es getötet. Wird es zu früh geboren und die Mutter hat bereits ein Kleinkind, für das sie sorgen muss, wird es ebenfalls umgebracht.«

Jonathan konnte es nicht fassen. Da hatte er geglaubt, gut informiert zu sein, und jetzt musste er feststellen, dass es viele Dinge gab, von denen er nicht die leiseste Ahnung hatte. »Bist du in Marree denn in Sicherheit?«, fragte er Jimmy.

Der alte Mann nickte. »Ruby und ich bleiben jetzt in der Stadt.«

Jonathan fragte sich, ob das wirklich gut war, schließlich kam Jimmy in der Stadt viel leichter an Alkohol. Doch der alte Mann hatte gar keine andere Wahl. Es war so oder so eine schreckliche Situation.

»Habt ihr Kinder, du und Ruby?«, wollte Jonathan wissen.

»Ja, sechs, aber sie sind alle fort«, erwiderte Jimmy.

»Heißt das, sie sind tot?«

»Zwei sind tot, die anderen sind überall verstreut.«

Jonathan schaute Terry an, und dieser zuckte abermals mit den Schultern. »Das größte Problem, das ich als weißer Polizeibeamter hier draußen habe, ist die Blutrache.«

Als Jonathan ihn verständnislos anblickte, fuhr er fort: »Das ist eine Art von Selbstjustiz. Wird ein Sippenangehöriger ermordet, tötet der Vater des Ermordeten jemanden aus der Familie des Mörders. So etwas passiert hier andauernd.«

Jonathan wurde von neuem klar, wie wenig er im Grunde wusste. »Was halten die Stammes-Aborigines vom Gesetz der Weißen?«

»Nicht viel«, antwortete Terry. »Deshalb ist es hier draußen so verdammt schwer, dem Gesetz Geltung zu verschaffen. Trotzdem werden sie für Mord immer noch gehängt.«

Jonathan hatte immer geglaubt, Terry würde in der kleinen Stadt auf dem Land ein ruhiges Leben führen. Nun erkannte er, wie sehr er sich getäuscht hatte.

»Hier habe ich auf Stuart gewartet«, sagte Goolim und zeigte zum Beweis dafür, dass er die Wahrheit sagte, auf die Überreste eines Lagerfeuers.

Wally schaute sich um. »Jetzt bin ich so schlau wie vorher. Er kann von hier aus meilenweit gegangen sein.«

»Ist er aber nicht.«

»Woher willst du das wissen?«, knurrte Wally.

»Ich weiß es«, antwortete Goolim.

Wallys Augen wurden schmal. »Dann weißt du also doch, wo die Schürfstelle ist!« Er hatte diesen schlitzohrigen Kameltreibern noch nie über den Weg getraut.

»Nein, aber sie kann nicht weit sein. Je nachdem, wie der Wind stand, habe ich Stuart manchmal graben hören.«

»Und du willst mir weismachen, du wärst ihm nicht nachgegangen und hättest die Mine gesucht?«, zischte Wally.

»Ich habe hier auf ihn gewartet«, entgegnete Goolim.

»Zeig mir, in welche Richtung er gegangen ist«, herrschte Wally ihn an.

Goolim setzte sich in Bewegung. Im Stillen betete er zu Allah, dass sie die Schürfstelle fänden und Wally ihn und Arabella gehen ließe.

Als Jimmy erkannte, dass die Spuren zu einer heiligen Stätte führten, wo ein *corroborree* abgehalten werden sollte, stieg er auf das mitgeführte Kamel, damit sie schneller vorankamen. Jimmy wusste, in welcher Gefahr Weiße schwebten, die dem Ort der heiligen Initiationszeremonie zu nahe kamen. Es wurde bereits dunkel, doch die Gruppe war immer noch ein gutes Stück von der Hügelkette entfernt. Sie hatten einige Male angehalten, allerdings weniger wegen Jimmy als vielmehr um Jonathans willen. Jimmy zeigte nicht die geringsten Anzeichen von Erschöpfung. Jonathan hätte zu gern gewusst, welche Kräuter Ruby für ihr Gebräu verwendet hatte, das Jimmy solche Kräfte verlieh, doch er wagte nicht, danach zu fragen.

»Machen wir Schluss für heute«, meinte Terry schließlich und ließ sein Kamel niederknien, damit er absteigen konnte. »Es hat keinen Sinn, in der Dunkelheit weiterzusuchen. Wir müssen warten, bis es hell wird.«

»Aber wieso denn?«, fragte Jonathan verzweifelt. Jetzt wo es Nacht wurde, wuchs seine Angst um Arabella. »Im Dunkeln könnten wir das Überraschungsmoment nutzen.«

»Wally aber auch, wenn er uns hört, bevor wir ihn sehen«, gab Terry zu bedenken.

»Da drüben wird ein *corroborree* gefeiert«, warf Jimmy auf die Hügelkette zeigend ein.

»Ja, ich wollte ursprünglich mit Arabella dorthin«, sagte Jonathan.

»*Lubras* dürfen bei einem *corroborree* nicht dabei sein«, sagte Jimmy ernst. *Lubras* bedeutete »Frauen« in der Sprache der Ureinwohner. »Weiße auch nicht. Die Zeremonie ist heilig.«

»Ich wollte Fotos machen, natürlich nur mit Erlaubnis des Medizinmannes«, erklärte Jonathan.

»Dafür hätte man euch getötet.« Jimmy konnte nur den Kopf schütteln über so viel Unvernunft.

Jonathan lief es eiskalt über den Rücken. Plötzlich überkam

ihn das schreckliche Gefühl, dass Arabella in viel größerer Gefahr schwebte, als er bisher angenommen hatte. »Ich finde, wir sollten näher an die Hügelkette heran.«

»Das halte ich für keine gute Idee«, meinte Terry.

»Wenn wir bis Tagesanbruch warten, wird Wally uns kommen sehen. Ich habe kein gutes Gefühl bei der Sache«, murmelte Jonathan und richtete den Blick auf die Hügel, die sich am Horizont erhoben. »Ihr könnt von mir aus hierbleiben«, fügte er entschlossen hinzu, »ich reite weiter.«

»Jetzt sind wir genauso weit wie vorher«, stieß Wally zornig hervor. Sie waren einige Meilen nach Südwesten geritten, hatten aber nichts gefunden, was auf eine Schürfstelle hindeutete. Also waren sie zur Hügelkette zurückgekehrt, wo sie ihr Lager aufgeschlagen und Feuer gemacht hatten. Wally war überzeugt, dass Goolim ihn absichtlich in die Irre führte.

Arabella sah, wie die Wut in Wallys Innerem gärte. Angst stieg in ihr auf. Wer konnte schon sagen, wozu Wally fähig war?

Plötzlich glaubte sie, in der Ferne ein leises Geräusch gehört zu haben. »Hört ihr das auch?«, fragte sie zaghaft und lauschte. Es klang wie eine Art Musik. Das Gefühl, dass Menschen in der Nähe waren, gab Arabella neue Hoffnung, dass dieser Albtraum bald endete.

»Es riecht nach Rauch«, sagte Wally und schnupperte. Hatte jemand auf der anderen Seite der Felsformation ein Lager aufgeschlagen? Da er nicht genug Stricke dabeihatte, um sowohl Goolim als auch Arabella zu fesseln, richtete Wally seinen Revolver auf Goolim. »Los, kletter rauf und sieh nach, was da drüben los ist!«, befahl er. »Und keine faulen Tricks! Falls du nicht zurückkommst, werde ich unsere kleine Fitzi hier erschießen, kapiert?«

Goolim warf Arabella, die kreideweiß geworden war, einen flüchtigen Blick zu. Er wusste, Wally würde nicht zögern, seine Drohung wahr zu machen. Nachdem er sich vergewissert hatte, dass die Kamele fest angebunden waren, stieg Goolim den Felshang hinauf. Wally, der die Waffe auf Arabella gerichtet hielt, rief ihm leise nach: »Pass auf, dass man dich nicht sieht!«

Bis zum Hügelkamm waren es nur ungefähr zehn Meter. Goolim arbeitete sich langsam nach oben. Das Gestein war locker, sodass er darauf achten musste, wohin er seine Füße setzte. Als er oben angekommen war und über die Kante spähte, brach unter seiner rechten Hand ein großes Stück Fels ab und polterte die andere Seite des Hügels hinunter, wobei es weitere Gesteinsbrocken mit sich riss. Drei Lagerfeuer brannten dort unten. Bemalte Aborigines vollführten zeremonielle Tänze rings um die Feuer. Ihre stampfenden Füße wirbelten Staubwolken auf, die im Dunkeln wie Nebelschwaden aussahen.

Die Ureinwohner, die sich unmittelbar unterhalb des Hügels befanden, hoben den Blick, als die Steine den Hang hinunterrollten. Im Schein des Feuers konnten sie Goolims schweißglänzendes Gesicht erkennen.

»Was treibst du denn da oben, verdammt?«, zischte Wally, als er das Poltern der Felsbrocken hörte. »Mach, dass du wieder runterkommst!«

Goolim kletterte so schnell herunter, dass er fast gestürzt wäre.

»Was ist da drüben los?«, fuhr Wally ihn an.

»Aborigines«, keuchte Goolim. »Sie halten irgendeine Zeremonie ab.«

»Verdammt! Haben sie dich gesehen?«

»Ich … ich weiß nicht.« Goolim wusste natürlich, dass die Aborigines ihn gesehen hatten, wagte es aber nicht, Wally die Wahrheit zu sagen.

»Wenn sie uns hier entdecken, kann ich meine Pläne begraben«, zischte Wally und fuchtelte Goolim mit seinem Revolver vor dem Gesicht herum.

Der Kameltreiber wankte zurück.

Im selben Moment ging die Waffe tatsächlich los.

Arabella schrie gellend.

Goolim riss die Augen auf und erstarrte. Eine Sekunde lang war er nicht sicher, ob er getroffen worden war.

Auch Wally stand da wie vom Donner gerührt. Er hatte gar nicht abdrücken wollen!

Zum Glück hatte die Kugel Goolim um Haaresbreite verfehlt und war von der Felswand hinter ihm abgeprallt. Als Goolim bewusst wurde, dass er unverletzt war, gaben seine Beine unter ihm nach, und er fiel auf die Knie.

Arabella glaubte, er sei getroffen worden, und schrie noch lauter. Da geriet Wally in Panik und wirbelte zu Arabella herum, den Finger am Abzug.

Jonathan, Terry, Paddy und Jimmy hörten einen Schuss.

»O Gott!«, rief Jonathan. Er befürchtete das Schlimmste und rannte auf die Hügelkette zu. Terry und Paddy stiegen auf ihre Kamele und trieben sie mit Stockschlägen zu höchstem Tempo an.

Jimmy eilte ihnen nach, so schnell er konnte.

»Halt's Maul oder ich knall dich ab!«, fuhr Wally Arabella an, die sich wimmernd vor Angst duckte und beide Arme hochriss.

Wally wandte sich Goolim zu. »Da siehst du, was du angerichtet hast, du Trottel!« Goolim wälzte sich am Boden, aber Wally sah, dass er unverletzt geblieben war. »Hätte ich dich bloß nicht mitgenommen! Du machst mir nichts als Ärger! Du bist schuld, wenn sie uns umbringen! Ich hätte gute Lust, dich fertigzumachen!«

»Bitte, tun Sie ihm nichts«, flehte Arabella und ergriff Wallys Arm, doch er schüttelte sie ab, und sie fiel zu Boden. Die Waffe in der Hand, stand Wally unschlüssig über Goolim. Er wusste nicht, wie es nun weitergehen sollte. Er hatte geglaubt, es sei ein Kinderspiel, die Goldader zu finden, doch von dem Augenblick an, da er Goolim aus dem Bett gezerrt hatte, war alles schiefgegangen.

Ein zischendes Geräusch ließ Wally aufschrecken. Er wandte den Kopf und sah irgendetwas auf sich zufliegen. Eine Sekunde später bohrte sich der Gegenstand in seinen Oberschenkel. Die Wucht des Aufpralls schleuderte Wally zu Boden. Der Revolver glitt ihm aus der Hand. Wilder Schmerz schoss durch seinen Körper. In ungläubigem Staunen schaute er an sich hinunter. Ein Speer steckte in seinem Bein. Wally hob den Blick und sah drei Aborigines auf dem Felsgrat stehen. Zwei hielten ihre Speere wurfbereit in der Hand.

In diesem Augenblick kamen Terry und Paddy auf ihren Kamelen herangestürmt. Sie stutzten, als sie Wally auf der Erde liegen sahen, von einem Speer niedergestreckt. Dann sprangen sie von ihren Kamelen. Terry nahm Wallys Revolver an sich.

»Vorsicht!«, rief Arabella ihnen zu, die sich mit Goolim hinter einen großen Felsbrocken geflüchtet hatte. Sie zeigte auf die bewaffneten Aborigines. Geistesgegenwärtig hechteten Paddy und Terry hinter den Felsen.

Ein paar Augenblicke herrschte Stille. Kein Laut war zu hören.

»Helft mir«, keuchte Wally. Er lag zwei, drei Meter von den anderen entfernt im offenen Gelände und krümmte sich vor Schmerzen. Sein Hosenbein war blutdurchtränkt. Flehend blickte er Terry an und krächzte: »Helft mir doch …« Dann sank sein Kopf zurück. Abermals trat Stille ein.

Plötzlich näherten sich eilige Schritte. »In Deckung!«, rief Terry Jonathan zu. »Wir werden angegriffen!«

Doch Jonathan, der nur an Arabella denken konnte, rannte weiter. Als er in den Schein des Lagerfeuers trat, zischte ein Speer durch die Luft und verfehlte seine linke Schulter nur knapp. Instinktiv warf er sich zu Boden und rollte sich blitzschnell zur Seite. Dann sah er Arabella und robbte zu ihr. Schon flog ein zweiter Speer in seine Richtung.

Terry wandte sich Goolim zu. »Was ist passiert?«, stieß er aus.

»Wally hat gesagt, ich soll zum Felskamm raufklettern und nachsehen, was auf der anderen Seite los ist«, berichtete Goolim aufgeregt. »Die Aborigines führten dort einen zeremoniellen Tanz auf. Sie haben mich entdeckt und verfolgt. Wally hat auf mich angelegt, wurde im gleichen Moment aber von einem Speer getroffen.«

Wally, der wieder zu sich gekommen war, hatte alles mit angehört. »Du verlogener Bastard!«, stieß er hervor. »Zu mir hast du gesagt, sie hätten dich nicht bemerkt!«

»Halt's Maul, Wally«, fuhr Terry ihn an. »Du sitzt schon tief genug im Dreck. Falls du deine Verletzung überlebst, wirst du für lange Zeit hinter Gitter wandern, das verspreche ich dir.«

Wally schnaubte verächtlich. »Keiner von uns wird lebend hier wegkommen.« Er schaute nach oben. Die Aborigines schwärmten nun wie Ameisen über den Kamm der Hügelkette. Im schwachen Feuerschein konnte man ihre ockergelbe Bemalung, ihre schweißglänzende Haut und ihre Speere erkennen. Doch Wallys Überlebenswille war stärker als die mörderischen Schmerzen. »Schieß endlich, du Trottel!«, rief er Terry zu. »Worauf wartest du? Knall sie ab!«

Terrys Blick streifte Arabella, auf deren Miene sich nacktes Entsetzen malte. Er wusste, jeder Fluchtversuch wäre sinnlos, weil sie unweigerlich eingeholt und niedergemetzelt würden.

In diesem Augenblick tauchte völlig außer Atem Jimmy auf. Der alte Mann erkannte sofort die Gefährlichkeit der Situation, schwenkte wild die Arme und rief den Aborigines etwas in seinem Stammesdialekt zu. Ein erregter Wortwechsel entspann sich. Unzählige Ureinwohner kletterten vom Felskamm und umringten Wally mit drohend erhobenen Speeren. Andere verharrten über den Hang verteilt und warteten ab.

Schließlich wandte Jimmy sich Terry zu. »Nicht schießen!«, warnte er. »Die Waffe auf den Boden!«

»Tun Sie, was er sagt!«, drängte Jonathan, als Terry zögerte. »Jimmy ist unsere einzige Hoffnung. Und Sie können sie sowieso nicht alle töten.«

»Nein, tu's nicht!«, ächzte Wally. »Sie werden uns abschlachten!«

Terry holte tief Luft und warf den Revolver zu Boden. Einer der Aborigines hob die Waffe auf und schleuderte sie in die Dunkelheit.

Jimmy begann von neuem, mit den Eingeborenen zu verhandeln. Sie hörten ihm zwar zu, schwenkten aber zornig ihre Speere.

»Sie sagen, ihr habt die heilige Zeremonie entweiht«, übersetzte Jimmy.

»Sag ihnen, es tut uns leid«, trug Terry ihm auf. »Sag ihnen, dass wir hinter Wally her waren, weil er die weiße Frau und Goolim verschleppt hat. Sag ihnen, wir wollen ihnen nichts Böses und dass wir wieder gehen.«

»Lasst mich nicht hier zurück!«, stöhnte Wally.

»Nenn mir einen einzigen Grund, warum wir dich mitnehmen sollten!«, fuhr Jonathan ihn an.

»Damit Terry mich einsperren kann …«

Terry verzog das Gesicht. »Ich frage mich, ob du die Mühe wert bist. Deine Dummheit hat uns alle in Lebensgefahr gebracht!«

Die hitzige Debatte hielt noch einige Minuten an; dann zogen die Aborigines sich langsam zurück.

»Wir müssen weg von hier, sofort«, sagte Jimmy. »Sonst kriegen wir eine Menge Ärger.«

Terry und die anderen richteten sich langsam auf. Allen war die Erleichterung anzusehen.

Arabella brach in Tränen aus. Die Anspannung der letzten Stunden löste sich abrupt. Jonathan nahm sie in die Arme, strich ihr übers Haar und redete beruhigend auf sie ein. Er war überglücklich, dass er sie unversehrt zurückbekommen hatte, doch dies war nicht der Augenblick, ihr seine Gefühle zu gestehen. Erst musste sie ihren Schock überwinden und sich von diesem Albtraum erholen.

Terry knebelte Wally und drückte ihn gemeinsam mit Paddy zu Boden, während Goolim und Jimmy die Speerspitze aus seinem Oberschenkel zogen. Dann banden sie die Wunde mit seinem Hemd ab, das sie zu einer straffen Kordel zusammengedreht hatten.

»Ich sollte dich den ganzen Weg zurück laufen lassen«, knurrte Terry, als er Wally auf sein Kamel hievte und ihn mit einem Strick festband, damit er nicht herunterfiel, falls er das Bewusstsein verlor.

Wally, vor Schmerz halb besinnungslos, rührte sich nicht.

Jonathan wandte sich Jimmy zu. »Ich weiß nicht, was du zu den Aborigines gesagt hast, damit sie uns gehen ließen, Jimmy, aber ich möchte dir für deine Hilfe danken.«

»Ich hab ihnen gesagt, dass die Weißen Dummköpfe sind und nichts von unseren heiligen Stätten wissen«, meinte Jimmy. »Und wenn sie euch hier töten, würden eure Geister für immer hier umgehen – an diesem Flecken Erde, der den Arrernte heilig ist.«

Terry nickte anerkennend. »Das war ein kluger Trick, Jimmy.«

»Das war kein Trick«, entgegnete Jimmy. »Das ist die Wahrheit.«

Terry und Jonathan wechselten einen Blick. Sie waren sich nicht sicher, ob Jimmy nur schwindelte, doch als sie seinen Gesichtsausdruck sahen, wussten sie, dass es ihm todernst war.

16

Sie verließen die heilige Stätte der Aborigines, so schnell sie konnten, und schlugen in sicherer Entfernung ihr Lager auf. Nach dem langen, beschwerlichen Tag mit all seinen Aufregungen brauchten sie dringend ein paar Stunden Ruhe. Im Morgengrauen ritten sie weiter. Goolim, Jimmy und Paddy führten die kleine Gruppe an. Dahinter folgten Terry und Wally, der sich vor Schmerzen krümmte und sicherlich vom Kamel gefallen wäre, hätten die anderen ihn nicht festgebunden. Arabella und Jonathan bildeten den Schluss. Arabella machte einen so verstörten Eindruck, dass es Jonathan schier das Herz brach.

»Sie scheinen überhaupt keine Angst mehr vor Kamelen zu haben«, sagte er, um sie auf andere Gedanken zu bringen. »Sie halten sich ausgezeichnet im Sattel.« Ihr Reittier war mit einem Strick an Terrys Tier angebunden. Arabella wirkte zwar ein wenig angespannt, machte ihre Sache in Anbetracht der Umstände aber sehr gut.

»Nun ja, als Wally mich gezwungen hatte, mit ihm zu kommen, hatte ich solche Angst, er würde mir etwas antun, dass ich alles andere darüber vergaß, sogar meine Furcht vor Kamelen.«

Jonathan warf ihr einen mitfühlenden Blick zu. »Das kann ich mir gut vorstellen. Sie waren sehr tapfer, Arabella. Aber eines verstehe ich nicht. Wie konnte das passieren?«

»Es war meine eigene Schuld. Wäre ich nicht mitten in der Nacht zu den Koppeln gegangen …«

»Was wollten Sie denn da?«

»Ich konnte nicht schlafen, weil ich auf einem Kamel würde reiten müssen, und ich hatte schreckliche Angst davor«, erwiderte Arabella. »Also bin ich vor Tagesanbruch zur Ghan-Siedlung spaziert. Ich wollte mich mit den Tieren vertraut machen, damit ich nicht wie eine Närrin dastehe, wenn wir zu unserem Ausflug aufbrachen.« Sie wischte sich eine Träne aus dem Augenwinkel. »Im Dunkeln hatte ich Wally und Goolim gar nicht gesehen. Ich stieß buchstäblich mit ihnen zusammen. Wally hatte Goolim gezwungen, mit ihm zu gehen, und da ich die beiden gesehen hatte, konnte Wally mich nicht laufen lassen, sonst hätte ich ja Alarm geschlagen. Also zwang er mich ebenfalls mit vorgehaltener Waffe, mitzukommen. Ich hatte schreckliche Angst, dass er uns umbringen würde.« Tapfer unterdrückte sie ein Schluchzen. »Wie habt ihr denn herausgefunden, was passiert ist?«

»Maggie und ich haben die ganze Stadt nach Ihnen abgesucht. Als wir Sie nirgends finden konnten, habe ich Terry alarmiert. Außer Ihnen waren nur Wally und Goolim verschwunden, und da haben wir zwei und zwei zusammengezählt. Wir konnten uns denken, dass Wally sich auf die Suche nach Stuarts Schürfstelle gemacht hatte. Ein Glück, dass Jimmy in der Stadt war und sich als Fährtenleser zur Verfügung stellte. Stuart hat sich nämlich mit *bush plums* den Magen verdorben und konnte uns nicht selbst hinbringen. Wir konnten uns nur nicht erklären, was Sie mit Wally und Goolim zu schaffen hatten. Ich bin sehr froh, dass Ihnen nichts passiert ist. Ich hatte solche Angst, dass ich Sie nie …« Von Gefühlen überwältigt, brach Jonathan unvermittelt ab. Bis zu diesem Augenblick war ihm gar nicht bewusst gewesen, wie viel Arabella ihm bedeutete. Er nahm all seinen Mut zusammen, um ihr zu gestehen, was er für sie empfand, doch Arabella kam ihm zuvor. »Ich will nach Hause«, sagte sie. »Ich will wieder zu meinen Eltern und endlich nach Hause. Ich kann es kaum erwarten, von diesem furchtbaren Ort wegzukommen!«

Tiefe Traurigkeit überkam Jonathan. Das Herz lag ihm schwer

wie Blei in der Brust. Dennoch sagte er: »Ich bin sicher, dass Goolim oder Paddy Sie nach allem, was geschehen ist, nach Alice Springs zu Ihren Eltern bringen, wenn Sie wollen.«

In der sengenden Hitze, die über der Wüste flirrte, zogen sich die zwanzig Meilen bis nach Marree wie zweihundert Meilen hin. Wally hatte unterwegs mehrmals das Bewusstsein verloren, war dank Terrys kluger Voraussicht aber nicht vom Kamel gefallen. Er hatte ziemlich viel Blut verloren, und die Wunde an seinem Bein musste genäht werden. Dennoch empfand Terry kein Mitleid mit ihm. Er kannte Wally seit etlichen Jahren und wusste, dass er ein Raubein war, aber solch eine niederträchtige Tat hätte er ihm niemals zugetraut. Wäre der alte Jimmy nicht gewesen, wären sie womöglich alle in der Wüste umgekommen.

»Ich weiß gar nicht, wie ich dir danken soll, Jimmy«, sagte Terry, als sie am Nachmittag die Stadt erreichten und von ihren Kamelen stiegen. »Du hast uns allen das Leben gerettet. Das werde ich dir niemals vergessen.«

»Ich auch nicht«, bekräftigte Jonathan. »Ich finde, deine Tapferkeit sollte belohnt werden.« Er sah Terry fragend an, ob der vielleicht eine Idee hatte, wie man Jimmys Heldenmut und Hilfsbereitschaft angemessen würdigen könnte.

»Ich brauche nichts«, wehrte Jimmy ab. »Nützlich zu sein ist mir Belohnung genug.«

Das Hotel lag da wie ausgestorben. Jonathan und Arabella schauten in den Ställen nach, aber auch dort trafen sie niemanden an. Ratlos und verwundert kehrten sie zum Haus zurück.

Als sie an der Bar vorbeigingen, hörten sie jemanden rufen: »Hallo! Niemand da?« Es war Les Mitchell.

»Haben Sie Maggie heute schon gesehen?«, wollte Arabella wissen.

»Sie wird oben in ihrem Zimmer sein. Sie ist nicht ganz auf der

Höhe.« Les musterte Arabella eingehend. Sie wirkte noch immer ziemlich verstört. Er wandte sich an Jonathan. »Haben Sie … äh, Wally gefunden?«

Jonathan nickte. »Ja. Terry hat ihn in Gewahrsam genommen.«

Les wurde blass. Er hoffte inständig, dass Wally dichthalten und ihn und Ted nicht in die Sache hineinziehen würde.

»Was heißt das – Maggie ist nicht ganz auf der Höhe?«, fragte Arabella, die sich Sorgen machte.

Les zuckte die Achseln. »Ich weiß nichts Näheres. Eigentlich hab ich Tony gesucht, weil ich ein Bier möchte. Könnten Sie nicht …«

»Holen Sie sich Ihr Bier selbst!«, fuhr Arabella ihn an, drehte sich um und eilte die Treppe hinauf.

Im oberen Flur begegnete ihr Tony. »Gott sei Dank, Sie sind wieder da!«, rief er erleichtert. »Da wird Maggie froh sein! Sie ist in ihrem Zimmer und ruht sich aus.«

»Was fehlt ihr denn?«, fragte Arabella besorgt.

»Sie ist heute Morgen wieder ohnmächtig geworden«, antwortete Tony leise.

»O nein!« Arabella sah ihn bestürzt an.

»Ich bringe sie zu ihrer Schwester, das wird das Beste sein. Wenn sie hierbleibt, schont sie sich ja doch nicht.«

Arabella, deren Nerven blank lagen, konnte sich nicht mehr beherrschen. »Vielleicht hätten Sie ihr Ritas Medizin geben sollen, anstatt sie wegzuschütten!«, zischte sie ihn an.

Tony machte ein erschrockenes Gesicht. Offenbar fragte er sich, woher Arabella das wusste. Dann meinte er traurig: »Die Medizin hätte auch nichts genutzt.«

»Woher wollen Sie das wissen? Maggie hat gesagt, die Aborigines stellen hervorragende Arzneien her. Sie hat mir erzählt, dass die Medizin der Eingeborenen Ihnen sogar Ihr Bein gerettet hat.«

Tony senkte den Kopf und starrte auf den fadenscheinigen

Teppich im Flur. »Glauben Sie mir, Arabella, bei Maggie liegen die Dinge leider anders.«

»Wenn Sie sie wirklich liebten, hätten Sie es wenigstens versucht!«, sagte Arabella anklagend.

Tony hob abrupt den Kopf. Sein Blick wurde hart. »Nehmen Sie sich in Acht, junge Dame! Ich liebe Maggie mehr als mein Leben! Ich würde meinen rechten Arm dafür geben, wenn ich sie gesund machen könnte!«

Verwundert über seinen Ausbruch schaute Arabella ihn groß an. Schreckliche Angst befiel sie, ihre Unterlippe bebte. »Was fehlt Maggie denn? Ist es so ernst?«

Tonys Miene nahm einen versöhnlichen Ausdruck an. Er seufzte. »Maggie hat einen Herzfehler – ein vergrößertes Herz, um genau zu sein. Deshalb setzt die Hitze ihr so zu. Sie ermüdet sehr schnell. Die Ärzte in der Stadt haben uns gesagt, man könne nichts dagegen tun.«

Arabella hatte ihm mit wachsender Betroffenheit zugehört. »Aber es *muss* doch irgendetwas geben …«

Tony schüttelte den Kopf. »Sie muss sich schonen, alles andere hilft nicht. Deshalb werde ich sie zu ihrer Schwester Peg nach Warratah Station bringen. Peg ist streng mit ihr. Sie wird nicht zulassen, dass Maggie sich überanstrengt. Und auf Peg hört sie wenigstens.«

Arabella machte eine hilflose Handbewegung. »Tut mir leid, Tony. Was ich vorhin gesagt habe … dass Sie Maggie nicht lieben … ich hab's nicht so gemeint. Ich bin im Augenblick ziemlich durcheinander.«

Tony tätschelte ihren Arm. »Schon gut. Sie haben viel durchgemacht. Gehen Sie nur rein zu ihr. Ihr Besuch wird sie aufmuntern.«

Arabella erschrak bei Maggies Anblick, so schwach und blass sah sie aus.

»Arabella ... Sie sind wieder da. Dem Himmel sei Dank. ich hab mir Sorgen um Sie gemacht.«

Arabella hoffte, dass diese Sorgen nicht Maggies neuerlichen Zusammenbruch herbeigeführt hatten. »Mir geht es gut, Maggie, aber was ist mit Ihnen? Wie fühlen Sie sich?«

»Alles halb so schlimm, Tony macht viel zu viel Aufhebens. Er besteht darauf, dass ich eine Weile zu meiner Schwester fahre, aber ...«

»Kein Aber, Maggie. Tony meint es gut. Und das Hotel kommt eine Zeit lang auch ohne Sie aus.«

Maggie zog die Stirn in Falten. »Arabella, ich möchte Sie um einen Gefallen bitten«, sagte sie dann zögernd. »Einen großen Gefallen.«

Arabella setzte sich zu ihr auf die Bettkante. »Worum geht es?«

»Würden Sie sich hier um alles kümmern, während Tony mich zu Peg bringt?«

Arabella riss die Augen auf. »Ich?« Sie dachte an Jonathans Bemerkung, dass einer der Kameltreiber jetzt wohl bereit wäre, sie nach Alice Springs zu begleiten.

»Jonathan wird Ihnen bestimmt helfen. Tony wird mit ihm reden. Es ist nicht so, dass Sie alles ganz allein machen müssten ...«

»Wie lange wird Tony denn wegbleiben?«

»Höchstens eine Woche.«

Arabella erinnerte sich, dass Maggie gesagt hatte, Warratah Station läge hundert Meilen von Marree entfernt. »Aber es ist doch ein weiter Weg bis zur Farm, oder nicht?«

»Schon, aber die Kamele brauchen keine Lasten zu tragen, deshalb werden sie an einem Tag eine viel größere Strecke zurücklegen können. Und Tony kehrt umgehend hierher zurück.«

Arabella war hin und her gerissen zwischen dem Verlangen, Marree so schnell wie möglich den Rücken zu kehren, und ihrem

Wunsch, Maggie zu helfen. Ihr war bereits der Gedanke gekommen, ihren Eltern in Alice Springs eine Nachricht zukommen zu lassen, doch Tony hatte ihr erklärt, dass kein Kameltreiber es sich leisten konnte, den weiten Weg auf sich zu nehmen, nur um eine Nachricht zu überbringen. Doch Arabella brachte es nicht über sich, Maggie im Stich zu lassen. »Ich würde Ihnen ja gern helfen, Maggie, aber Sie wissen selbst, dass ich sehr ungeschickt bin.«

»Sie bräuchten nichts weiter zu tun, als ein bisschen Ordnung zu halten, die Hühner zu füttern und den Gemüsegarten zu wässern. In der Vorratskammer ist noch Fleisch, das reichen sollte, bis Tony zurück ist. Ich kann mir nicht vorstellen, dass Gäste kommen. Falls doch, legen Sie ein Stück Fleisch auf den Bratrost. Jonathan kann sich um die Bar kümmern und Ihnen beim Tragen schwerer Lasten helfen. Ich würde Sie nicht darum bitten, wenn es eine andere Lösung gäbe, aber mir geht's wirklich nicht gut.«

»Keine Sorge, Maggie, wir schaffen das schon«, versicherte Arabella. »Sehen Sie nur zu, dass Sie sich erholen.«

Die Erleichterung war Maggie anzusehen. »Danke, Arabella. Ich wusste, dass ich mich auf Sie verlassen kann.«

Arabella tätschelte ihr die Hand. »War Uri brav, während ich fort war?«

»O ja, er war sehr artig. Musloom Shar hat Milch für ihn vorbeigebracht, aber Paddy will ihn langsam auf feste Nahrung umstellen.«

»Gut. Wer von den Kameltreibern begleitet Sie und Tony nach Warratah Station?«

»Musloom Shar, Mahomet Drim und Faiz Mohomet. Faiz will ein paar Farmen entlang des Birdsville Track beliefern und dann mit Tony zurückkehren. Musloom und Mahomet werden nach Mungerannie weiterreiten und Wasser holen, damit der Weg nicht ganz umsonst ist.«

Arabella musterte sie besorgt. »Wird die Reise nicht zu beschwerlich für Sie sein?«

Maggie seufzte. »Es wird bei der Hitze sicher anstrengend, aber nicht so anstrengend wie die viele Arbeit hier.«

»Regnet es hier eigentlich nie?« Arabella schaute resigniert aus dem Fenster. Überall wirbelte der Wind den roten Staub auf. Es gab fast kein Grün in der Stadt; sogar die spärlichen Bäume sahen wie gepudert aus. »Ich hätte nie gedacht, dass ich den Regen mal vermissen würde. Aber mir fehlen die Blumen, grüne Hügel, Singvögel ... Wissen Sie, ich habe oft in meinem Zimmer am Fenster gesessen und den Rotkehlchen im Garten zugeschaut. Hier sieht man nichts als aufgewirbelten Staub.«

Maggie lächelte wehmütig. »Ich habe diese Dinge früher auch vermisst. Jetzt habe ich schon jahrelang nicht mehr daran gedacht. Aber ich kann Sie gut verstehen.«

Nach kurzem Schweigen sagte Arabella leise: »Tony hat mir von Ihren Herzproblemen erzählt, Maggie.«

»Warum kann er nicht den Mund halten?«, sagte Maggie zornig. »Ich will nicht, dass jemand sich um mich sorgt. Wenn meine Zeit um ist, dann ist es eben so. Bis dahin werde ich das Beste daraus machen.«

Ihr Mut erstaunte Arabella und beschämte sie zugleich. Sie dachte an die Wochen und Monate ihres Lebens, die sie in ihrem Zimmer verbracht und über ihre Wehwehchen geklagt hatte. Tränen liefen ihr über die Wangen.

Maggie schaute sie verdutzt an. »Was haben Sie denn?«

»Sie sind so tapfer«, sagte Arabella, »während ich selbst ... ach, ich schäme mich so.«

Maggie ergriff ihre Hand. »Unsinn, Kindchen. Sie können stolz auf sich sein. Sie haben sich sehr zu Ihrem Vorteil verändert. Wenn ich daran denke, wie Sie hier ankamen und bedient werden wollten.« Maggie lächelte. »Sie sind mir eine große Hilfe gewesen, Arabella.«

»O ja, ich hätte fast das Haus abgefackelt. Ich war eine wunderbare Hilfe«, bemerkte Arabella sarkastisch.

»Ach, das mit dem Kamin ist mir auch schon passiert.« Maggie machte eine wegwerfende Handbewegung. »Und ich finde es rührend, wie Sie sich um das verwaiste Kameljunge kümmern. Sie sind ein tapferes Mädchen, Arabella.«

»Ich komme mir aber nicht so vor«, gestand sie leise.

»Ach, Arabella, wenn Sie wüssten, wie oft ich die Nase voll hatte und mich überfordert fühlte. So manches Mal hat der Mut mich verlassen. Hätte ich Tony nicht so sehr geliebt, hätte ich meine Siebensachen gepackt und wäre in den nächsten Zug gestiegen.«

Arabella war erstaunt. Sie konnte sich nicht vorstellen, dass Maggie jemals an Aufgabe gedacht hatte.

»Was ist denn draußen in der Wüste passiert?«, forschte Maggie.

Arabella wollte ihr gerade alles erzählen, doch in diesem Moment steckte Tony den Kopf ins Zimmer. »Es gibt ein Problem, Maggie.«

»Und welches?«

»Jemand muss die Wunde an Wallys Bein nähen. Ich hab Terry gesagt, dass du dich nicht wohl fühlst und dass Rita die Wunde nähen könne, aber Wally will Rita nicht an sich heranlassen.«

Maggie sah Arabella an. »Wie kommt Wally an eine Verletzung, die genäht werden muss?«

»Er wurde vom Speer eines Aborigine getroffen, als er mit dem Revolver auf Goolim angelegt hat.«

Maggie erschrak. »Du meine Güte! Das sieht Wally aber gar nicht ähnlich.« Sie sah ihren Mann an. »Bringt Wally nach oben, in Zimmer fünf. Ich werde die Wunde nähen.«

Tony nickte. »Ist gut.«

»Ich werde Ihnen helfen«, erbot sich Arabella. »Was kann ich tun?«

»Kochen Sie Wasser ab und bringen Sie es hinauf. Und ein paar saubere Handtücher. Außerdem ein Glas Whisky, damit ich die Nadel sterilisieren kann.« An Tony gewandt fuhr sie fort: »Rita wird uns helfen müssen, Wally festzuhalten. Ich kenne ihn. Er ist ein Bär von einem Mann, aber wehleidig wie ein kleines Kind!«

Arabella lief aus dem Zimmer und eilte die Treppe hinunter aus dem Haus. Sie hielt es nicht mehr aus, so schrecklich schrie und fluchte Wally. Rita, Tony und Stuart, der zum ersten Mal seit dem Vortag wieder auf den Beinen war, drückten Wallys Oberkörper aufs Bett, während Les Mitchell sein unverletztes Bein festhielt. Maggie hatte Wally gewarnt: »Wenn du nur ein einziges Mal nach mir trittst, während ich deine Wunde nähe«, hatte sie erklärt, »bekommst du mit einer gusseisernen Pfanne eins übergebraten!« Wally zweifelte nicht daran und hielt notgedrungen still. Rita erbot sich, ihn bewusstlos zu schlagen, damit sie ihn nicht festzuhalten brauchten, doch die anderen lehnten dankend ab.

Die Wunde musste mit zwanzig Stichen genäht werden. Nachdem Jonathan ein Laken zerschnitten und Maggie die Stoffstreifen griffbereit hingelegt hatte, damit sie die Wunde verbinden konnte, folgte er Arabella hinaus. Er fand sie auf der Straße vor dem Haus, wo sie aufgeregt hin und her lief.

»Alles in Ordnung?«, fragte Jonathan.

»Ja, es geht schon. Ich konnte Wallys Geschrei und seine Flüche nicht mehr aushalten.«

»Ritas Kraftausdrücke sind auch nicht zu verachten. Kommen Sie, wir machen einen kleinen Spaziergang.« Jonathan schüttelte schmunzelnd den Kopf, als er an die Schimpfwörter dachte, mit denen sie Wally überschüttet hatte.

Beide schwiegen eine Zeit lang. Schließlich sagte Arabella: »Maggie hat mich gefragt, ob ich mich um alles kümmere, wenn Tony sie zu ihrer Schwester begleitet.«

»Mit mir hat Tony auch schon geredet.«

»Der Gedanke, das Hotel zu führen, macht mich ganz schön nervös«, gestand Arabella. »Ich hab noch nie so viel Verantwortung übernehmen müssen.« Im Gunde hatte sie überhaupt noch nie Verantwortung für irgendetwas getragen. Sie hatte nie im Haushalt helfen, nie für ein Haustier sorgen müssen. An manchen Tagen hatten ihre Mutter oder die Haushälterin ihr sogar die Entscheidung darüber abgenommen, was sie anziehen sollte. Maggie hatte völlig Recht: Sie hatte sich sehr verändert. Dennoch fürchtete Arabella, der Aufgabe nicht gewachsen zu sein, nicht einmal mit Jonathans Unterstützung.

Jonathan lächelte. »Vielleicht tut es Ihnen ganz gut«, meinte er, als hätte er ihre Gedanken erraten. »Sind Sie sehr enttäuscht, dass Sie Ihre Reise nach Alice Springs jetzt verschieben müssen?«

»Was soll ich tun?« Arabella zuckte mit den Schultern. »Ich kann Maggie nicht im Stich lassen. Sie war so gut zu mir.«

Jonathan nickte. »Maggie ist eine großartige Frau.«

»Haben Sie gewusst, dass sie schwer krank ist? Sie hat ein vergrößertes Herz.«

Jonathan sah sie betroffen an. »Das höre ich zum ersten Mal!«

»Tony sagt, sie muss sich schonen und braucht unbedingt Ruhe, deshalb schickt er sie ja zu ihrer Schwester. Schon um Maggies willen werde ich mein Bestes geben.«

Sie gingen eine Weile schweigend nebeneinander her.

»Irgendwann wird der Zug wieder fahren«, sagte Arabella mit einem tiefen Seufzer. »So lange muss ich mich noch gedulden.«

Terry kam gerade die Treppe herunter, als Arabella und Jonathan ins Hotel zurückkehrten.

»Kann ich kurz mit Ihnen reden, Miss Fitzherbert?«

»Arabella, bitte.« Ihr fiel auf, dass Terry ein sehr ernstes Gesicht machte. Ob er sie über den Vorfall in der Wüste befragen wollte?

»Was gibt's denn, Terry?« Auch Jonathan bemerkte die sorgenvolle Miene des Constable.

»Es geht um Wally«, begann Terry zögernd.

Arabella sah ihn in angstvoller Erwartung an. »Was ist mit ihm?«

»Ich stecke in einer Zwickmühle.«

Arabella warf Jonathan einen nervösen Blick zu.

»Ich weiß nicht, was ich mit Wally machen soll«, fuhr Terry fort. »Wenn ich ihn einsperre, muss ich mich um ihn kümmern, und dafür fehlt mir die Zeit. Ich habe mir überlegt, ob ich ihn unter Hausarrest stellen soll, aber Frankie Miller ist noch nicht zurück, und deshalb …«

»Augenblick mal«, fiel Arabella ihm ins Wort. »Wird Wally für seine Tat denn nicht zur Rechenschaft gezogen?«

»Doch, natürlich. Er wird dem Richter vorgeführt, sobald der wieder in die Stadt kommt, aber bis dahin …«

»… gehört er hinter Gitter«, beendete Arabella den Satz.

»Sie haben ja Recht, aber was soll ich denn tun? Ich bin allein. Ich kann mich nicht auch noch um einen verletzten Häftling kümmern. Außerdem kocht Maggie für die Gefangenen – aber Maggie wird ja nicht da sein, und Sie wollen ihre Aufgabe bestimmt nicht übernehmen, oder?«

»Darauf können Sie wetten«, sagte Arabella.

»Ich habe Wally bereits verhört. Er hat alles zugegeben. Er ist besessen von der Gier nach Gold, aber im Grunde ist er ungefährlich.«

Arabella traute ihren Ohren nicht. »Er wollte mich und Goolim töten!«

Terry schüttelte den Kopf. »Er hatte nie die Absicht, jemanden zu töten. In seiner Waffe steckte nur eine einzige Kugel, und das auch nur für den Fall, dass er eine Schlange erschießen müsste. Wally behauptet, dass die Waffe aus Versehen losgegangen ist und dass er genauso erschrocken sei wie Goolim. Ich glaube ihm.

Wally ist im Grunde ein Feigling. Sie haben doch gehört, was für ein Theater er gemacht hat, als er genäht wurde.«

»Sie können ihn doch nicht einfach so davonkommen lassen!«, empörte sich Arabella. »Ich dachte, er würde mich draußen in der Wüste erschießen!«

»Ich kann Sie ja verstehen«, sagte Terry. »Und er wird seine Strafe bekommen. Aber bis es so weit ist …« Terry holte tief Luft. »Um es kurz zu machen: Tony hat angeboten, dass Wally vorerst hier im Hotel bleiben kann, unter Hausarrest.«

»Hier? Im Hotel?«, wiederholte Arabella mit schriller Stimme.

Terry nickte.

»Das werden wir ja sehen!« Arabella lief die Treppe hinauf, um mit Maggie zu reden.

Maggie hatte sich gerade wieder hingelegt, als Arabella anklopfte und ins Zimmer stürmte, ohne eine Antwort abzuwarten.

»Terry sagt mir gerade, dass Tony vorgeschlagen hat, Wally hier im Hotel wohnen zu lassen«, sprudelte sie aufgeregt hervor.

»Ja, sicher. Wie soll Wally mit der schweren Verletzung denn für sich selbst sorgen?«

»Maggie, er wollte mich und Goolim töten!«

»Nein, Arabella, ganz bestimmt nicht. Wally ist ein Trottel vor dem Herrn, aber er ist kein Mörder. Ich war dabei, als Terry ihn verhört hat. Ich könnte Wally in den Hintern treten für seine Dummheit und dafür, dass er Ihnen solche Angst eingejagt hat. Das ist typisch Wally!«

»Er … er hatte eine Waffe, Maggie«, stammelte Arabella, die nicht glauben konnte, dass Maggie diesen Mann in Schutz nahm.

»Hier im Outback trägt jeder eine Waffe, Arabella. Allein schon wegen der vielen Giftschlangen. Wally ist wirklich kein Mörder, glauben Sie mir. Ich weiß noch, wie er mal bei sich zu Hause eine Schlange entdeckt hatte und angerannt kam, damit Tony sie erlegte, weil er selbst nicht mit Waffen umgehen kann.

Wally würde nicht mal ein Scheunentor aus zwanzig Metern Entfernung treffen. Er wollte Goolim Angst einjagen, und das ist ihm gelungen. Wally weiß selbst, dass er sich wie ein Trottel benommen hat.«

»Nach allem, was ich durchgemacht habe, könnt ihr doch nicht von mir verlangen, dass ich auch noch Verbrecher pflege!«, sagte Arabella verzweifelt.

»Das verlangt niemand. Ich habe mit Rita gesprochen. Sie wird sich um Wally kümmern.«

Arabella glaubte, sich verhört zu haben. Das wurde ja immer schöner! »Rita kann mich nicht ausstehen.«

Maggie sah sie überrascht an. »Wie kommen Sie denn darauf?«

»Sie macht jedes Mal ein finsteres Gesicht, wenn sie mich sieht.«

Maggie schüttelte den Kopf. »Ich kenne Rita seit vielen Jahren und habe sie nicht ein einziges Mal lächeln sehen. Das ist nun mal ihre Art. Nach außen hin gibt sie sich hart und abgebrüht, aber unter der rauen Schale steckt ein weicher Kern.«

Arabella war sich da nicht so sicher, sagte aber nichts. Mit hängenden Schultern verließ sie das Zimmer, damit Maggie ausruhen konnte.

Draußen im Flur wäre sie beinahe mit Stuart zusammengestoßen. »Hoppla, junge Dame, passen Sie auf, wo Sie hintreten«, sagte er und hielt sie fest.

»Stuart! Wie geht es Ihnen? Vorhin bin ich gar nicht dazu gekommen, mit Ihnen zu reden. Und alles nur wegen diesem grässlichen Wally!«

»Mir geht es gut«, erwiderte Stuart. »Aber Sie haben allerhand erlebt, wie ich hörte, nicht?«

»Ach, halb so schlimm«, entgegnete Arabella.

»In gewisser Weise fühle ich mich dafür verantwortlich. Hätte ich hier in der Gegend nicht nach Gold gesucht, wäre

Wally nicht auf dumme Gedanken gekommen und hätte Sie verschleppt.«

Arabella blickte zu ihm auf. »Sie können nichts dafür, Stuart. Machen Sie sich keine Vorwürfe. Wally ist ein Widerling. Ich kann nicht glauben, dass Terry ihn nach allem, was er getan hat, auf freiem Fuß lässt und noch dazu hier im Hotel unterbringen will. Solange Wally hier ist, werde ich mich keine Minute sicher fühlen.«

»Wally wird Sie nicht belästigen, dafür sorge ich schon. Und wenn ich vor seinem Zimmer Wache stehen muss.« In seinem tiefsten Innern fühlte Stuart sich gekränkt, weil er an der Suche nach Arabella nicht hatte teilnehmen können.

Arabella lächelte ihn an. »Danke, Stuart, das wäre mir eine große Beruhigung!«, sagte sie erleichtert.

17

Als Arabella am nächsten Morgen mit Jonathan vor dem Hotel stand und Maggie und Tony zum Abschied winkte, war sie innerlich in Aufruhr. Weil sie Maggie nicht noch mehr beunruhigen wollte, hatte sie versucht, Ruhe zu bewahren.

Die Augen mit einer Hand vor der grellen Sonne schützend, sahen sie und Jonathan zu, wie die Kamele mit ihren Reitern in der Ferne verschwanden.

Es waren insgesamt elf Tiere, fünf mit Reitern und sechs, die mit Wassertanks beladen waren. Maggie trug Arabellas Hut und Schal, um sich vor der Sonne zu schützen. Sie hatte verlegen dreingeschaut, als sie die Sachen angezogen hatte – sie wusste, dass sie damit genauso lächerlich aussah wie zuvor Arabella –, doch sie musste zugeben, dass es eine gute Methode war, um Kopf und Gesicht vor der sengenden Sonne zu schützen.

Je weiter die Kette der Kamele sich entfernte, umso größer wurden Arabellas Sorgen. »Ich weiß nicht, ob ich das kann, Jonathan«, flüsterte sie, den Tränen nahe.

»Wir schaffen das schon«, sagte er und legte ihr ermutigend einen Arm um die Schulter.

»Maggie erwartet von mir, dass ich für die Hotelgäste das Essen zubereite«, sagte sie, »aber allein der Gedanke macht mir Angst. Bevor ich hierhergekommen bin, habe ich kaum in einer Küche gestanden, geschweige denn etwas gekocht. Schon als ich Maggie zur Hand ging, habe ich Fehler über Fehler gemacht. Was soll ich bloß tun, wenn das Haus voller Gäste ist?«

»Sie sind nicht allein, Arabella«, sagte Jonathan. »Was immer auch passiert, gemeinsam schaffen wir's. Ich bin stets an Ihrer Seite. Und vergessen Sie nicht – in einer Küche kann ich mir durchaus helfen.«

»Ich weiß gar nicht, was ich ohne Sie tun würde, Jonathan«, sagte Arabella.

Sie sah sein erfreutes Lächeln nicht.

Als sie zurück ins Hotel gingen, erzählte Jonathan, dass Wally offenbar wütend geworden war, als er erfahren hatte, dass Rita sich um ihn kümmern würde. »Ich glaube, es machte ihm umso mehr zu schaffen, als sein verletztes Bein ihm Schmerzen bereitet und wir keine Medizin dagegen haben.«

»Maggie sagte, Rita könnte Wally ein Heilmittel der Aborigines gegen die Schmerzen geben«, sagte Arabella.

»Das könnte sie, nur – Wally würde es nicht nehmen. Er will Whiskey oder Rum. Aber er kann nicht ständig Alkohol trinken.«

»Auf gar keinen Fall!«, sagte Arabella. »Betrunken ist er noch schlimmer als ohnehin schon. Und er soll bloß nicht glauben, dass ich etwas für ihn tue. Ich will ihn gar nicht hierhaben. Es tut mir leid, dass Wally Schmerzen hat, aber das ist seine eigene Schuld. Was er getan hat, war verwerflich.«

In diesem Augenblick kam Stuart Thompson herunter. Er sagte, er wolle Bess eine Runde spazieren führen, um zu sehen, wie es ihrem Huf ging, und dass Uri sie begleite.

»Pflück unterwegs bloß keine *bush plums*«, sagte Jonathan grinsend. Die beiden waren zum freundschaftlicheren Du übergegangen.

»Da mach dir mal keine Sorgen«, sagte Stuart, wurde aber blass. Er wandte sich Arabella zu. »Ich habe eben ein Wort mit Wally gewechselt, damit er dich … äh, Sie nicht belästigt.«

»Danke, Stuart«, sagte Arabella. »Übrigens finde ich, wir könnten die förmliche Anrede auch lassen.«

»Dein Wunsch ist mir Befehl«, sagte Stuart lächelnd und ging zur Tür hinaus.

Jonathan hob die Brauen. »Und was ist mit uns? Bleibt es bei den Förmlichkeiten, Miss Fitzherbert?«

»Du kannst mir gleich jetzt bei der Hausarbeit helfen«, sagte Arabella lachend.

Wenig später, Jonathan und Arabella arbeiteten in der Küche, kam Rita herein. Sie nahm den Tee mit dem Toast, den Jonathan für Wally hergerichtet hatte, und machte sich auf den Weg nach oben. Arabella nahm sie kaum zur Kenntnis, was dieser nur recht war. Rita machte ihr immer noch Angst.

Ein paar Minuten später hörten Jonathan und Arabella zornige Stimmen von oben. Kurz darauf kam Rita die Treppe heruntergepoltert und verließ beleidigt das Haus.

»Ich weiß nicht, wie es mit der Abmachung klappen soll«, sagte Arabella zu Jonathan. »Ganz abgesehen davon, dass Rita eher dazu neigt, jemanden zu verprügeln als zu pflegen, hat sie ein Alkoholproblem. Ich fürchte, sie wird sich jeden Tag betrinken, anstatt sich um Wally zu kümmern.«

»Du machst dir zu viele Sorgen«, sagte Jonathan. »Maggie hat Rita bestimmt gewarnt, die Finger von der Flasche zu lassen.«

»Der Alkohol ist Ritas schwacher Punkt, und die Männer wissen das«, sagte Arabella. »Sie machen sie betrunken, damit sie an Lily, Missy oder eine andere der jungen Aborigine-Frauen herankönnen. Ich hoffe nur, Rita bricht keine Schlägerei vom Zaun.«

Edmund Fitzherbert betrat Zimmer fünf im Central Hotel in Alice Springs und schloss leise die Tür. Er war nicht überrascht, die Fensterläden verschlossen und seine Frau im Halbdunkel auf dem Bett vorzufinden. Sie so zu sehen war ein vertrauter Anblick geworden, seit sie die erschütternde Nachricht vom tragischen Tod ihrer Tochter erhalten hatten.

»Man hat mir versichert, dass die Bahnstrecke fast wieder in Stand gesetzt ist«, sagte Edmund sanft.

Edmund wunderte sich nicht, dass seine Frau ihm keine Antwort gab. Clarice hatte noch nicht gelernt, mit ihrem Schmerz umzugehen und die quälende Tatenlosigkeit zu akzeptieren, die mit einem Leben ohne Arabella und in dieser Stadt im Outback einherging. Doch ihnen beiden blieb keine andere Wahl, wollten sie nicht den Verstand verlieren.

Clarice starrte bedrückt auf die geschlossenen Fensterläden. Edward glaubte den Grund zu kennen, weshalb seine Frau die Läden nicht offen haben wollte: Die grelle, gnadenlose Sonne hatte aller Wahrscheinlichkeit nach Arabella getötet – vorausgesetzt, sie hatte den Sturz aus dem fahrenden Zug überlebt. Diese Erinnerung war zu viel für Clarice, und so blieb sie lieber bei geschlossenen Fensterläden im Zimmer.

Als Edward sie nun betrachtete, erkannte er sie kaum wieder, so schrecklich war sie abgemagert. Auch ihre Lebensenergie schwand. Er hatte Angst um sie, doch er fühlte sich völlig hilflos. »Hast du gehört, Clarice? Wir werden Alice Springs schon bald verlassen können und wieder zu Hause sein.«

»Zu Hause!«, sagte Clarice, während ihr die Tränen in die Augen traten. »Zu Hause wird nie wieder dasselbe sein …«

»Ich weiß«, sagte Edward und senkte den Kopf. Er konnte den Gedanken ebenfalls nicht ertragen, ohne Arabella nach Hause zurückzukehren, aber sie mussten der Tatsache ins Auge sehen, dass ihre Tochter für sie verloren war.

»Warum konnte nicht ich es sein?«, flüsterte Clarice. »Arabella war noch so jung … sie hatte ihr Leben noch vor sich.« Immer wieder stellte sie sich vor, wie Arabella in der Nacht aus dem Bett im Zugabteil stieg, verwirrt, in der Dunkelheit und an einem fremden, gefährlichen Ort. Sie sah vor ihrem geistigen Auge, wie Arabella versehentlich die Hintertür öffnete und aus dem Waggon stieg. Dieses Bild quälte Clarice unaufhörlich.

Sie hatte Edward nie ausdrücklich die Schuld an Arabellas Tod gegeben, doch er spürte, dass Clarice ihm tief in ihrem Innern doch die Schuld gab – schließlich hatte er darauf bestanden, dass sie ins Herz der Wüste reisten. Edward selbst jedenfalls gab sich die Schuld an dem tragischen Geschehen. Hätte er diese Reise nicht unbedingt unternehmen wollen, wäre Arabella jetzt noch bei ihnen.

Doch es hatte keinen Sinn, darüber nachzudenken, was hätte sein können. Solange er lebte, würde er niemals den Tag vergessen, an dem er und Clarice aufgewacht waren und festgestellt hatten, dass ihre einzige Tochter verschwunden war. In diesem Augenblick hatte ihr Leben sich auf schreckliche Weise für immer verändert.

Arabella und Jonathan bereiteten gerade Brotteig vor, als Rita wiederkam, um Wallys Verband zu wechseln.

»Die Missus hat gesagt, das muss ich jeden Tag machen«, erklärte sie. Sie sah nicht allzu glücklich aus, doch Jonathan und Arabella erkannten, dass sie ihr Versprechen Maggie gegenüber halten wollte, und das war aller Ehren wert. Arabella gab ihr eine Schüssel mit warmem Wasser, ein Handtuch und einige von den frischen Verbänden, die Maggie dagelassen hatte, und Rita ging nach oben. Die riesige Aborigine wusste, was sie zu tun hatte: Maggie hatte ihr gezeigt, wie sie Wallys Wunde versorgen sollte.

»Wir brauchen wahrscheinlich noch Holz für den Ofen«, sagte Jonathan, als er den Feuerkasten schürte. »Ich gehe noch welches hacken.«

»In Ordnung«, antwortete Arabella lächelnd.

Jonathan war kaum draußen, als Arabella plötzlich wütende, laute Stimmen hörte. Zwischen Rita und Wally war offenbar ein heftiger Streit entbrannt. Arabella erstarrte vor Schreck.

Jonathan kam in die Küche zurück. »Was ist denn das für ein

Geschrei?« Er hatte den Lärm bis hinunter zum Holzstapel gehört.

Arabella war bleich geworden. Sie hatte Angst davor, was geschehen würde, wenn Wally oder Rita die Beherrschung verloren. »Ich weiß auch nicht«, sagte sie.

Sie hörten eine Tür zuknallen und dann Ritas schwere Schritte, als sie, laut in ihrer Stammessprache schimpfend, die Treppe herunterkam. Rita sah noch einschüchternder aus als sonst: Ihre Augen traten hervor, ihre Miene war mörderisch.

Jonathan wusste nicht, was er tun sollte, und Arabella wich erschrocken zurück. Rita wedelte fluchend mit ihren gewaltigen Armen, eilte an den beiden vorbei und stapfte zur Hintertür hinaus.

Jonathan und Arabella sahen einander ratlos an. Sie konnten sich nicht vorstellen, was eine solch heftige Auseinandersetzung ausgelöst haben könnte. Augenblicke später hörten sie draußen einen lauten Knall und rannten zur Hintertür. Rita stand vielleicht zehn Schritte von ihnen entfernt. Sie starrte mit wütendem Gesicht zu einem der oberen Fenster an der Rückwand des Hotels hinauf. Ein Nachttopf war auf dem Dach des Toilettenhäuschens gelandet und zertrümmert. Ob Wally den Nachttopf auf Rita oder das Häuschen geschleudert hatte, vermochten Arabella und Jonathan nicht mit Bestimmtheit zu sagen, doch Rita konnte ihre Wut kaum bezähmen. Die Zimmer an der Rückwand des Hotels hatten keinen Balkon, und das war wohl auch gut so: In ihrem Zorn wäre sie vermutlich an einem Pfosten zu Wally hinaufgeklettert, um ihn zu erwürgen. In Anbetracht der Lage schloss Jonathan zur Sicherheit die Hintertür und sperrte sie ab.

»Was tust du da?«, fragte Arabella.

»Vermutlich Wallys Leben retten«, sagte er.

Sie traten beide ans Fenster, um zu sehen, was Rita jetzt vorhatte. Noch immer stand sie da und schnaubte vor Wut. Hätte sie

Wally in die Finger bekommen, hätte der sich wohl nie mehr um sein Bein sorgen müssen.

Schließlich stieß Rita ein obszönes Schimpfwort aus und verzog sich.

Arabella hörte, wie Jonathan erleichtert aufatmete, und sie erkannte, dass er mit dem Schlimmsten gerechnet hatte. In der Annahme, dass es jetzt sicher sei, ins Freie zu treten, sperrten sie die Hintertür wieder auf und gingen vorsichtig hinaus, um zu sehen, welchen Schaden der Nachttopf auf dem Dach der Außentoilette angerichtet hatte. Sie waren eben dabei, das Dach zu inspizieren, als sie geschockt zurückwichen.

»Ich komm nie wieder her! Soll jemand anders sich um diesen dreckigen weißen Kerl kümmern!«, schnaubte Rita, die wie aus dem Nichts plötzlich wieder aufgetaucht war. Sie sah mit ihren Fäusten fuchtelnd zu dem Fenster hoch, wo Wally stand und sie beobachtete. »Ich schleif dich da raus und lass dich in der Sonne verdorren!«, rief sie zu ihm hinauf, auf die Wüste deutend.

»Verzieh dich, du fettes Ungeheuer!«, brüllte Wally herunter, bevor er das Fenster zuknallte.

Rita stieß eine weitere wüste Schimpfkanonade aus und stapfte dann wieder davon.

»Du liebe Güte«, rief Arabella, während sie ihr nachsah. »Das darf doch alles gar nicht wahr sein!« Maggie und Tony waren erst seit ein paar Stunden fort, und schon war die Hölle los.

»Sie wird sich schon wieder beruhigen, Arabella«, sagte Jonathan. »Am besten, ich gehe mal zu Wally rauf und sehe nach, wie es dazu kommen konnte.«

Ein paar Minuten später kam Jonathan wieder herunter und berichtete Arabella, was passiert war.

»Wally wollte, dass Rita seinen Nachttopf ausleert, aber sie hat sich geweigert«, sagte er.

»Das kann ich ihr nicht verdenken«, sagte Arabella und rümpfte die Nase.

»Er kann aber nicht gut genug laufen, um es hinunter bis zur Toilette zu schaffen«, sagte Jonathan. »Na ja, ich bringe ihm noch eine Tasse Tee hoch, und dann erledige ich die Sache mit dem Nachttopf.«

»Les und Ted sind Wallys Kumpel. Vielleicht können wir sie überreden, dass sie herkommen und sich um ihn kümmern«, schlug Arabella vor.

»Da habe ich große Zweifel«, sagte Jonathan.

»Dann muss Wally sich eben mit Rita abfinden, falls sie zurückkommt.«

Als Jonathan das nächste Mal aus Wallys Zimmer kam, berichtete er Arabella, Wally wolle Rita nicht mehr sehen. Als Stuart von seinem Spaziergang zurückkehrte, erklärte Jonathan auch ihm, was passiert war.

Arabella war wütend darüber, dass Wally glaubte, er könne Bedingungen stellen. »Ich glaube, er muss daran erinnert werden, dass er in Polizeigewahrsam sein sollte«, fauchte sie aufgebracht. »Was glaubt der Kerl, wer er ist, hier Befehle zu erteilen!« Sie war so wütend, dass sie ihre Angst völlig vergaß und zu seinem Zimmer hinaufstapfte. Stuart folgte ihr.

»Hör zu, Wally Jackson!«, sagte sie, nachdem sie in Wallys Zimmer geplatzt war. Sie konnte selbst kaum glauben, dass sie Wally einfach duzte, als wären sie alte Bekannte. »Maggie hat Rita hiergelassen, damit sie sich um dich kümmert, und das ist mehr, als du verdient hast!«

Stuart stand sprachlos im Türrahmen.

»Ich will nicht, dass dieses Weib sich um mich kümmert«, sagte Wally mürrisch. »Sie tut nicht, was ich ihr sage. Was nützt sie mir da?«

Arabella konnte sehen, dass er stark schwitzte. Offenbar litt er große Schmerzen, und Mitleid keimte in ihr auf. Dennoch fauchte sie: »Dann verbring deine Zeit im Gefängnis, wo du hingehörst.«

Wally wollte etwas zu seiner Verteidigung sagen, überlegte es sich dann aber anders. Er wusste, dass es reine Zeitverschwendung sein würde; er hatte Arabella zu viel Böses angetan. Er stöhnte vor Schmerzen auf und drehte den Kopf zum Fenster.

Arabella sah, dass die Blechschüssel, die das Wasser enthalten hatte, um seine Wunde auszuwaschen, umgekippt auf dem Boden lag und dass sein Hemd nass war. Sie hatte geglaubt, es sei Schweiß gewesen, aber jetzt hatte sie den Verdacht, dass Rita mit der Wasserschüssel nach ihm geworfen hatte. Und sie sah einen roten Fleck auf dem Verband an seinem Bein. Sie wusste nicht viel über Wunden, doch der gesunde Menschenverstand sagte ihr, dass die Wunde sich entzündete, wenn der Verband nicht gewechselt wurde.

»Du wirst den Verband selbst wechseln müssen, wenn du es Rita nicht tun lässt«, sagte sie.

Wally warf einen Blick auf seinen Verband; dann wandte er sich wieder zum Fenster um, als wäre es ihm egal.

»Wenn die Wunde brandig wird, verlierst du dein Bein«, fügte Arabella hinzu.

»Dann würden wenigstens die Schmerzen aufhören«, sagte Wally mit verzerrtem Gesicht, während er sein Bein unterhalb der Wunde umklammert hielt. »Ich weiß nicht, wie lange ich das noch aushalte«, sagte er mit angehaltenem Atem.

»Was hattest du am Fenster zu suchen? Nachttöpfe durch die Gegend werfen und Rita beschimpfen ist nicht die beste Idee, wenn es dir so schlecht geht.«

»Der verdammte Topf roch nicht besonders gut, deshalb musste ich ihn irgendwie loswerden«, knurrte Wally.

Arabella spürte, dass es ihm peinlich war, einen Nachttopf benutzen zu müssen. Sie stieß einen hilflosen Seufzer aus. Am liebsten hätte sie das Zimmer verlassen, musste aber ständig an Maggie denken: Maggie hätte ihre Gefühle beiseitegeschoben und jedem geholfen, der Hilfe brauchte. Und Arabella strebte danach, wie Maggie zu sein.

Sie wandte sich an Stuart. »Der Verband sollte gewechselt werden«, sagte sie.

»Das kann ich erledigen, wenn du willst«, antwortete er.

»Nein, ich mache das schon. Aber bleib bitte in der Nähe.«

»In Ordnung«, versprach Stuart.

Sie wandte sich wieder an Wally. »Lass mich einen Blick auf deine Wunde werfen«, sagte sie.

Wally ließ sich aufs Kissen zurückfallen und legte einen Arm über den Kopf. Als Arabella sich ihm vorsichtig näherte, konnte sie erkennen, dass sein Gesicht schweißnass war. Es schien, als würde er jeden Augenblick das Bewusstsein verlieren. Die Gewissheit, dass er zu schwach war, ihr etwas anzutun, verlieh ihr neuen Mut, und vorsichtig wickelte sie den Verband von seiner Wunde. Maggie hatte sie ordentlich genäht, doch sie blutete immer noch ein wenig.

Niemand sprach ein Wort, als Arabella Wallys Wunde behutsam reinigte und dann den frischen Verband anlegte. Als sie anschließend aufräumte, sagte Wally so leise, dass sie ihn kaum hörte: »Danke.«

Arabella warf einen ungläubigen Blick auf ihn. Sie konnte nicht erkennen, ob er es widerwillig gesagt hatte oder ob er es aufrichtig meinte und nur verlegen war. »Das habe ich für Maggie getan«, sagte sie und verließ das Zimmer. Stuart schloss hinter ihnen die Tür.

»Alles in Ordnung mit dir?«, fragte er.

»Ja. Maggie hätte ihm geholfen, und ich will sie nicht enttäuschen.«

»Du bist sehr freundlich«, sagte Stuart.

»Ohne dich hätte ich es nicht gekonnt. Danke.«

»Es gibt keinen Grund, mir zu danken. Ich spiele gern den Helden.« Er lächelte, und seine blauen Augen funkelten.

»Und das kannst du auch gut«, sagte Arabella kokett.

Während sie lachend zur Treppe gingen, kehrte Jonathan in

die Küche zurück. Er hatte am Fuß der Treppe gestanden und ihre Worte mit angehört. Eifersucht nagte in ihm. In seinen Augen war ein rastloser Mann wie Stuart nicht der Richtige für Arabella. Er würde es ihr sagen müssen – zu ihrem eigenen Besten.

»Guten Morgen, Leute«, rief eine Stimme von der Hintertür her. Es war Terry. »Wie geht's Wally?«

»Haben Sie es noch nicht gehört?«, fragte Arabella mit einem Blick auf Jonathan.

»Ich wollte Terry eben sagen, dass Wally sich mit Rita nicht besonders versteht«, sagte Jonathan.

»Haben Sie denn auch schon die Delle im Dach der Außentoilette gesehen?«, fragte Arabella.

Terry runzelte die Stirn. »Delle?«

»Ja, dank Wallys Nachttopf. Ich bin mir nicht sicher, ob er auf die Außentoilette oder auf Rita gezielt hat.«

Terrys Augen weiteten sich. »Ich gehe rauf und rede mit ihm«, sagte er. »Keine Sorge, er wird euch keinen Ärger mehr machen. Wenn er auch nur auf die Idee kommt, landet er sofort hinter Gittern.«

Nachdem Terry hochgegangen war, erkundigte sich Jonathan nach Wallys Bein.

»Ich mache mir Sorgen«, sagte Arabella. »Das Bein sieht aus, als könnte es sich entzünden. Maggie sagte, Rita hätte ein Aborigine-Heilmittel gegen Infektionen, aber ich bezweifle, dass Wally dafür zu haben ist.«

»Ist ihm denn nicht klar, dass er sterben könnte?«, sagte Jonathan. »Wenn Terry gegangen ist, werde ich ihm einen anderen Nachttopf bringen und versuchen, ihn zur Vernunft zu bringen.«

Später an diesem Nachmittag, als Arabella sich in der Küche zu schaffen machte, hörte sie fremde Stimmen in der Bar. Jonathan bediente dort. Sie wollte schon hinübergehen, um festzustellen, mit wem er sprach, als er in die Küche kam.

»Habe ich in der Bar eben fremde Stimmen gehört?«, fragte sie. Ihr gefiel Jonathans Miene nicht.

»Ja. Eine Meute Schafscherer ist hereingeschneit.«

»Schafscherer!«, stöhnte Arabella. »Wie viele denn?«

»Zehn Mann, würde ich sagen.«

»Hier können sie nicht bleiben«, sagte Arabella erschrocken. Selbst von hier, aus der Küche, konnte sie den Lärm der rauen Burschen hören. »Du hast sie doch nicht allein in der Bar gelassen?«

»Nein, Stuart bedient sie. Sie wollen über Nacht bleiben. Sie sind den ganzen Weg von Port Augusta hierhergekommen, deshalb kann ich sie nicht abweisen. Sie nehmen den Birdsville Track nach Südwest-Queensland – das heißt, das hier wird für eine ganze Weile ihr letzter richtiger Zwischenstopp sein.«

»Sie werden zu Abend essen wollen, und so viel Fleisch haben wir nicht vorrätig.«

»Ich glaube, es ist genug. Keine Sorge, wir werden sie schon satt bekommen.«

»Keine Sorge? Für mich ist das ein Albtraum, der wahr wird, Jonathan!«

»Ich weiß, Arabella, aber Maggie und Tony können das Geld vermutlich gut gebrauchen, um die laufenden Kosten für diesen Monat zu bestreiten. Ich finde, wir sollten ihnen zuliebe unser Bestes tun.«

Das hatte Arabella nicht bedacht. »Du hast Recht«, sagte sie. »Aber ich habe Angst, dass etwas passiert. Es könnte sich herumsprechen und den guten Ruf des Great Northern Hotels ruinieren.«

»Maggie hat Vertrauen in dich, Arabella, sonst hätte sie dich nicht gebeten, dich hier um alles zu kümmern. Wir dürfen die Männer nicht abweisen.«

Irgendwie fühlte sich Arabella bei diesem Gedanken nur noch schlechter.

Während Jonathan Koteletts hackte, schälte Arabella Kartoffeln und Mohrrüben. Wie üblich brauchte sie eine Ewigkeit dafür. Außerdem hörte sie die Schafscherer in der Bar, und das machte sie nervös. Die Männer lachten und grölten immer lauter, was Arabellas Angst und Unsicherheit wachsen ließ.

Als die Koteletts fertig waren, legte Jonathan sie auf den Grill und schnitt Brotlaibe in Scheiben.

»Ich glaube, wir haben nicht genug Gemüse«, meinte Arabella.

»Im Gemüsegarten ist nicht mehr viel«, sagte Jonathan. »Wir werden damit auskommen müssen.«

»Wenn die Schafscherer das alles aufessen, haben wir nichts mehr für uns selbst«, sagte Arabella. Sie hatten bereits ihre Fleischvorräte geplündert, die für die ganze nächste Woche reichen sollten.

»Wir werden schon etwas finden«, sagte Jonathan. »Keine Sorge, für ihren Aufenthalt hier knüpfen wir den Burschen einen hübschen Batzen ab.« Er verstummte, lauschte dem Lachen und Grölen der Männer. »Wenn du Klavier spielst, werden sie sich vielleicht ein bisschen bremsen. Wie wär's? Es wäre ja nicht die erste Horde Schafscherer, die du durch dein Klavierspiel in zahme Lämmchen verwandelst.«

»Na schön«, sagte Arabella. »Ich kann's ja mal versuchen.« Sie strich sich das Haar glatt, nahm die Schürze ab und ging hinüber in den Speisesaal. Als die Schafscherer sie sahen, pfiffen sie und gaben Kommentare ab, die Arabella lieber nicht gehört hätte. Sie senkte den Kopf und eilte weiter, einen Blick auf Rita, Lily und Missy erhaschend, die auf der Veranda saßen. Sie betete, dass Rita keinen Streit vom Zaun brach.

Je mehr die Schafscherer tranken, desto lauter wurden sie. Nicht einmal Arabellas Musik schien daran etwas ändern zu können. Ein paar Männer allerdings wollten ihr zuhören, weil Dave Brewer vom Transcontinental »die Pianistin« in Marree erwähnt hatte, und so kam es zum Streit mit anderen Männern, die zu betrunken waren, als dass sie sich noch für Arabellas Spiel interessiert hätten. Arabella war sicher, dass bald eine Prügelei losbrach und dass die Männer das Hotel kurz und klein schlagen würden.

Ein großer Kerl drängte sie, Ragtime-Melodien zu spielen. Arabella tat ihm den Gefallen, um den Frieden zu wahren, doch als der Mann ausfallend wurde, stand sie auf, um den Salon zu verlassen. Lachend versperrte der Kerl ihr den Weg.

»Lassen Sie mich durch«, sagte Arabella. »Ich muss in der Küche helfen, das Abendessen herzurichten.«

»Nicht so hastig«, sagte der Schafscherer. Er legte ihr eine verschwitzte Hand auf die Schulter und hielt sie mit eisernem Griff fest. Arabella zitterte, Tränen traten ihr in die Augen.

»Lassen Sie mich gehen«, flehte sie. Sie hätte gern nach Jonathan oder Stuart gerufen, wollte aber keine Massenschlägerei provozieren.

»Spiel erst noch ein bisschen, Süße«, sagte der Schafscherer.

»Ich ... kann nicht«, sagte Arabella. Die Art, wie er sie ansah, lähmte sie fast vor Angst. Sie wollte nur noch weg.

»Lass sie in Ruhe, Wilson«, sagte ein anderer Scherer.

»Ich will, dass sie *By the Wayside* spielt«, sagte Wilson störrisch.

»Diese Melodie kenne ich nicht«, wand Arabella ein. »Bitte, ich muss jetzt gehen!«

»Erst wenn du noch ein bisschen gespielt hast«, knurrte Wilson.

Arabella hielt nach Stuart Ausschau, aber von dort, wo das Klavier stand, konnte sie ihn hinter der Bar nicht sehen.

Plötzlich wandelte sich der Gesichtsausdruck des Schafscherers. Seine hämische Miene wich einem ungläubigen Ausdruck. Arabella sah dicke schwarze Finger, die sich in einem stählernen Griff um die Schulter des Mannes legten. Trotz seiner Größe wurde er von Rita von den Füßen gehoben, ins Freie gezerrt und in den Staub geworfen.

Anstatt ihrem Kumpan zu Hilfe zu kommen, grölten die Männer in der Bar vor Begeisterung. Zu Arabellas Erstaunen schienen sie sich über Wilsons missliche Lage zu amüsieren.

Wilson war schockiert, von einer Frau angegriffen und wie ein Sack Kartoffeln hinausgeschleppt zu werden, doch er rappelte sich schnell wieder auf. Als er sah, wie seine Kumpane über ihn lachten, fühlte er sich gedemütigt und brüllte vor Wut. Er war das Großmaul der Gruppe, der selbst ernannte Anführer, sodass die anderen einen Schritt zurücktraten, als er versuchte, zu einem Faustschlag gegen Rita auszuholen. Wilson war ein großer, starker Mann, doch seine Arme waren nicht annähernd so dick wie Ritas. Sie trat einen Schritt zurück, um seinem Faustschlag auszuweichen, und verpasste ihm dann einen Aufwärtshaken, der ihn einen Salto schlagen ließ. Wilson ging mit einem dumpfen Aufprall rücklings zu Boden und stand nicht wieder auf.

Den anderen Schafscherern blieb vor Staunen die Luft weg. Als Rita sich zu den Männern umwandte, wichen diese ängstlich zurück und steuerten eingeschüchtert auf die Bar zu.

Arabella flüchtete auf ihr Zimmer, schloss die Tür von innen ab und holte tief Luft, um sich zu beruhigen. Sie zitterte am ganzen Körper. Als sie hinaus auf den Balkon trat, stellte sie fest, dass der Wind aufgefrischt hatte. Staub wirbelte über die Straße.

Plötzlich hörte sie einen lauten Knall. Erschrocken zuckte sie zusammen. Sie konnte niemanden sehen. Dann fiel ihr auf, dass die Balkontür zu Maggies und Tonys Zimmer vom Wind aufgeflogen war. Als Arabella die Tür schließen wollte, sah sie, dass auf dem Boden des Schlafzimmers verstreut Papiere lagen. Offenbar hatte der Wind sie von Tonys Schreibtisch, der in der Ecke des Zimmers stand, geweht. Arabella sammelte die Papiere ein und beschloss, sie in die Schreibtischschublade zu legen, für den Fall, dass der Wind die Tür noch einmal aufreißen sollte. Sie zog die Schublade auf und erschrak. Ganz zuoberst lag ein Blatt Papier voller roter Zahlen – die Bilanz. Arabella blieb die Luft weg: Das Hotel war hoffnungslos verschuldet.

Jetzt begriff sie, weshalb Tony so oft nachdenklich, ängstlich und zornig gewesen war. Er machte sich Sorgen um das Hotel – und das zu Recht, wie es schien. Arabella war sicher, dass Maggie die katastrophale finanzielle Lage nicht in vollem Ausmaß kannte.

Eine Stunde später, die Schafscherer hatten friedlich wie die Lämmchen gegessen, ohne Arabella noch einmal zu belästigen, riefen Stuart und Jonathan in der Bar die letzte Getränkerunde aus.

Erleichtert begab Arabella sich in die Küche und machte sich daran, die Berge von Geschirr zu spülen; Lily und Missy gingen ihr zur Hand.

Die ganze Zeit musste sie an Maggies und Tonys missliche finanzielle Lage denken. In dem Brief, den Arabella entdeckt hatte, drohte die Bank damit, das Hotel zu übernehmen, falls Tony bis Ende Dezember nicht fünfhundert Pfund bezahlte. Arabella wusste, wie sehr Maggie und Tony ihr Leben in Marree liebten und dass sie es nicht verwinden würden, das Hotel zu verlieren. Besonders für Maggie mit ihrem Herzleiden würde es ein schwerer Schlag sein; Arabella befürchtete sogar, die Aufregung könne ihr Leben gefährden. Wahrscheinlich war das auch der Grund, weshalb Tony das ganze Ausmaß der finanziellen Misere vor Maggie verheimlicht hatte.

Arabella arbeitete in der Küche, bis alle Schafscherer zu Bett gegangen waren; dann ging sie hinüber zur Bar. Stuart und Jonathan waren bereits mit dem Aufräumen beschäftigt. Jonathan wischte die Tische ab, während Stuart die schmutzigen Gläser einsammelte. Rita saß draußen auf der Veranda.

»Ich bin gleich wieder da«, sagte Arabella zu Jonathan. »Ich muss nur rasch mit Rita sprechen.« Sie ging hinaus auf die Veranda. Dort zögerte sie einen Augenblick, bevor sie sich neben Rita setzte, die sie verwundert musterte.

»Wo ist Wilson?«, fragte Arabella.

»Weiß ich nicht. Einer von seinen Kumpels hat ihm ’nen Eimer Wasser über den Kopf geschüttet und ihn weggebracht«, sagte Rita und lachte mit dröhnender Stimme.

»Ich wollte dir danken für das, was du für mich getan hast«, sagte Arabella. »Ich weiß nicht, was passiert wäre, wenn du mir nicht zu Hilfe gekommen wärst.«

Rita zuckte die massigen Schultern in einer Geste, die zu besagen schien: Ist doch nichts dabei.

»Ich werde es dir nicht vergessen«, sagte Arabella und meinte es aufrichtig. »Wenn ich etwas für dich tun kann, brauchst du es mir nur zu sagen.«

Rita schaute sie seltsam an. Arabella wusste, was sie dachte. Was könnte *sie* schon für Rita tun? Arabella lächelte unwillkürlich. »Ich weiß, ich bin nicht halb so stark wie du, Rita«, sagte sie, »aber vielleicht kann ich mich trotzdem irgendwie erkenntlich zeigen. Ich möchte, dass du weißt, wie dankbar ich dir bin.«

Rita schien nachzudenken. »Ich möchte lernen, so Musik zu machen wie Sie, Missus«, sagte sie plötzlich.

Arabella hob erstaunt die Brauen. »Du willst Klavier spielen lernen?«

Rita presste die Lippen zusammen und wandte den Blick ab.

»Ich würde es dir sehr gern beibringen«, sagte Arabella mit einem Blick auf Ritas fleischige Hände mit den wunden Knöcheln. Ihre schwieligen, dicken Finger waren nicht gerade die einer Pianistin, doch Ritas musikalische Erwartungen waren wohl auch eher bescheiden. »Ich kann dir die Grundlagen gleich jetzt zeigen, wenn du willst.«

Ritas Augen wurden groß, und zum ersten Mal sah Arabella eine Spur Verletzlichkeit darin. »Das wäre schön«, sagte sie. »Solange es sonst keiner sieht. Ich will nicht, dass irgendwer über mich lacht, sonst muss ich ihm eine Tracht Prügel verpassen.«

Einen Augenblick lang war Arabella beunruhigt, aber dann

sagte sie: »Am besten, wir machen einfach die Tür zum Speisesaal zu.«

Rita nickte, erhob sich und ging ins Haus. Arabella folgte ihr. Sie sah hinüber zu Jonathan, der hinter der Bar stand. Er war sichtlich verwirrt, dass sie Rita in den Speisesaal folgte. Arabella sah ihn an, legte nur einen Finger an den Mund und schloss die Tür leise hinter sich.

18

Lautes Gelächter weckte Arabella. Sie warf einen Blick auf die Uhr neben ihrem Bett und stöhnte auf, als sie sah, wie spät es war. Als sie erneut das Lachen hörte, ging sie auf den Balkon und spähte um die Ecke des Hotels. In einiger Entfernung konnte sie die Schafscherer sehen, die bei den Ställen ihre Pferde sattelten. Zwei Afghanen fütterten die Tiere, tränkten sie und rieben sie ab. Die Schafscherer zeigten auf Uri und lachten. Es war albern, doch in Arabella stieg Zorn auf.

Sie beobachtete, wie die Truppe davonritt. Es tat ihr nicht leid, die Männer gehen zu sehen, vor allem nicht den grobschlächtigen Wilson. Ängstlich ließ er seinen Blick schweifen. Offenbar hatte er eine Heidenangst davor, Rita könnte noch einmal auftauchen. Wilson hatte nichts mehr von dem großmäuligen, überheblichen Grobian, der er am Abend zuvor gewesen war. Arabella zog sich rasch an und ging nach unten.

»Tut mir leid, dass ich verschlafen habe«, sagte sie in der Küche zu Jonathan. Er war dabei, Toast zu machen, um ihn in den Speisesaal zu bringen, wo Stuart und der Bahnhofsvorsteher Ted Wallace beim Frühstück saßen.

»Warum hast du mich heute Morgen nicht geweckt?«, fragte Arabella.

»Ich dachte, du wolltest die Schafscherer lieber nicht noch einmal sehen«, sagte Jonathan.

»Nicht unbedingt, das stimmt. Ich hab gehört, wie sie vorhin über Uri gelacht haben.«

»Paddy hat ihm eine Flasche Milch gegeben, als die Schafscherer aufsattelten«, sagte Ted. »Uri glaubte wie immer, die Stute würde ihn säugen. Es sieht ja auch wirklich lustig aus. Da mussten sogar diese rauen Burschen lachen.«

Arabella lächelte matt.

Jonathan bemerkte die dunklen Ringe um ihre Augen. »Es ist gar nicht deine Art, so lange im Bett zu bleiben«, sagte er. »Hast du gestern Abend nicht einschlafen können?«

»Ich habe eine Ewigkeit gebraucht«, gestand Arabella. Dass sie von Albträumen heimgesucht worden war, sagte sie ihm nicht. In einem dieser Albträume hatte Maggie einen tödlichen Herzschlag erlitten, nachdem sie erfuhr, dass die Bank das Hotel wieder übernehmen musste.

»Hattest du Angst, die Schafscherer könnten dich noch einmal belästigen?« Jonathan war noch eine ganze Weile wach geblieben und hatte Arabellas Tür beobachtet. Aber das konnte sie nicht wissen – auch nicht, dass Stuart in der Nacht mehrmals aufgestanden war, um sich zu überzeugen, dass alles in Ordnung war.

»Nein, es hatte nichts mit den Schafscherern zu tun«, sagte Arabella. »Mich hat etwas anderes beschäftigt.«

Sie folgte Jonathan in den Speisesaal. Er schenkte ihr eine Tasse Tee ein. »Und was hat dich so sehr beschäftigt?«, wollte er dann wissen.

Arabella fragte sich, ob sie darüber reden sollte. Schließlich beschloss sie, die Sache nicht länger für sich zu behalten; Jonathan würde es früher oder später ja doch erfahren.

»Gestern hat der Wind Maggies und Tonys Balkontür aufgestoßen. Als ich hinüberging, um sie zu schließen, sah ich, dass Tonys Papiere überall im Zimmer auf dem Boden verstreut lagen. Ich habe sie eingesammelt und in seine Schreibtischlade gelegt. Dabei entdeckte ich zufällig die Bilanz des Hotels …«

»Und weiter?«, fragte Jonathan gespannt.

»Das Hotel ist hoffnungslos verschuldet. Tony hat noch bis zur letzten Dezemberwoche Zeit, um eine beträchtliche Summe zu zahlen, andernfalls übernimmt die Bank das Hotel.«

Stuart und Ted sahen schockiert auf.

»Ich hatte ja keine Ahnung, dass es so schlimm steht«, brach Ted schließlich das Schweigen. »Tony hat immer den Eindruck vermittelt, seine Rechnungen bezahlen zu können.«

»Ja, wegen Maggie. Ich bin sicher, Maggie weiß nichts von alldem. Es würde ihr das Herz brechen«, sagte Arabella.

»Können wir irgendetwas tun?«, sagte Jonathan.

»Ich wüsste nicht, was«, sagte Arabella bedrückt. Sie hatte die ganze Nacht darüber nachgedacht. »Arme Maggie.«

»Vielleicht fällt uns ja doch etwas ein«, sagte Jonathan. »Lasst uns darüber nachdenken. Wenn wir die Köpfe zusammenstecken, kommt uns vielleicht der rettende Einfall.« Er stand auf, um Wally sein Essen hinaufzubringen. »Aber jetzt sollte ich erst mal unseren Gast bewirten.«

»Wallys Wunde riecht heute Morgen gar nicht gut«, sagte er, als er wieder herunterkam. »Und er hat immer noch große Schmerzen.«

»Wir müssen Rita um Hilfe bitten«, sagte Arabella.

Jonathan pflichtete ihr bei. »Wally wird keine andere Wahl haben, als damit einverstanden zu sein. Ich hoffe nur, dass Rita ihm hilft. Übrigens, gestern Abend habe ich einen Höllenlärm im Speisesaal gehört. Was war denn da los?«

Arabella lächelte. »Rita will Klavier spielen lernen, und ich habe ihr die Grundtonleitern gezeigt«, sagte sie.

»Rita will … *Klavier* spielen?«, sagte Jonathan ungläubig.

»Das *didgeridoo* würde besser zu ihr passen«, sagte Ted. »Sie hat auf jeden Fall den Atem dafür.«

Arabella zuckte die Schultern. »Aber sie will nun mal Klavier spielen, also hab ich mich einverstanden erklärt, sie zu unterrichten.« Arabella erwähnte nicht, dass sie Rita zu Dank verpflichtet war. »Leider ist sie ein bisschen ungeschickt. Wenn ich sie nur dazu bringen könnte, die Tasten leichter anzuschlagen …«

»Ungeschickt ist die Untertreibung des Jahres«, sagte Jonathan. »Ich dachte, ein wilder Büffel rennt auf der Klaviatur hin und her, so ein Getöse war das.«

»Es wäre leichter für Rita, das Klavier durch die Stadt zu tragen, als darauf zu spielen, ich hoffe, das ändern zu können«, sagte Arabella. »Aber im Augenblick haben wir ein dringlicheres Problem. Wir haben fast nichts mehr zu essen.«

»An den Schafscherern haben wir gestern Abend gutes Geld verdient«, sagte Jonathan. »Vielleicht können wir von Lizard Creek Station ein Schaf kaufen. Damit könnten wir uns eine Weile über Wasser halten.«

»Und wer soll das Schaf schlachten?«, fragte Arabella und verzog bei dem Gedanken das Gesicht.

»Also, ich kann das nicht«, sagte Ted.

»Seht mich nicht an!«, rief Stuart. »Ich könnte so was auch nicht.«

Jonathan wusste, dass er es ebenso wenig fertig brachte. Tony und Wally waren die Einzigen in der Stadt, die wussten, wie man ein Schaf schlachtete, häutete und zerlegte.

»Und was sollen wir jetzt tun?«, fragte Arabella. »Irgendetwas müssen wir schließlich essen. Wir haben reichlich Mehl, und die Hennen legen jeden Tag, aber alle anderen Vorräte werden knapp.«

»Das Buschessen empfehle ich nicht«, sagte Stuart grinsend, als er an seine kürzlich erlittenen Qualen zurückdachte. »Aber ich könnte eine von Maggies Hennen schlachten.«

»Wag es ja nicht!«, sagte Arabella. »Wenn du eine der Legehennen schlachtest, wird Maggie deinen Kopf am Spieß braten, sobald sie wieder hier ist.« Sie hatten jeden Tag zu Mittag Eier gegessen. Wenigstens darauf konnten sie sich verlassen.

»Vielleicht könnte Jimmy irgendein Wildtier für uns erlegen.

Ich hab gehört, Wombat soll ziemlich gut schmecken, und Känguru habe ich sogar schon probiert«, sagte Jonathan. »Das Fleisch hat einen etwas strengen Geschmack, aber wenn die Aborigines es würzen, ist es gar nicht schlecht.«

»Ich bin mir nicht sicher, ob das eine gute Idee ist…«, sagte Arabella.

»Känguruschwanzsuppe ist auch nicht schlecht«, fügte Jonathan hinzu.

Arabella seufzte. »Also gut. Vielleicht sollten wir es damit versuchen, bis Tony wiederkommt. Aber Schlangen oder Maden esse ich auf gar keinen Fall!«

Arabella – da war man sich einig – war die beste Kandidatin, sich wegen eines Schmerzmittels für Wally an Rita zu wenden. Jonathan und Ted würden inzwischen mit Wally sprechen. Gemeinsam hofften sie ihn überzeugen zu können, Ritas Heilmittel zu nehmen. Doch der Erfolg war fraglich.

Arabella näherte sich dem Aborigine-Lager, wo Rita und einige andere Frauen in der Nähe ihrer Hütten im Schatten saßen. Sie waren gerade erfolgreich von ihrer Suche nach Buschessen zurückgekehrt – mit roten Beeren, dicken Maden und einer stacheligen Frucht. Arabella war froh darüber, denn das Essen bot ihr einen Einstieg ins Gespräch. Jimmy und Ruby waren ebenfalls in der Nähe, sodass sie mithören konnten.

»Hallo, Rita«, sagte Arabella.

»Was tun Sie denn hier, Missus?« Es war typisch Rita, dass sie ohne Umschweife zur Sache kam.

»Im Hotel sind uns die Nahrungsmittel ausgegangen. Die Schafscherer haben gestern alles aufgegessen, was wir hatten. Da haben wir uns gesagt, dass du uns vielleicht helfen könntest, Buschwild zu fangen.«

»Buschwild?«, wiederholte Rita, verwirrt von dem Ausdruck.

»Ja. Känguru oder Emu. Schlangen oder Maden sind nicht unbedingt unser Geschmack ...« Arabella verstummte und errötete, als sie die Verwirrung auf den Gesichtern der Aborigine-Frauen sah.

»Ich besorg Ihnen ein Känguru, Missus«, rief Jimmy, bevor Rita antworten konnte.

Arabella konnte nicht wissen, dass im Allgemeinen die Männer für die Jagd zuständig waren, während den Frauen das Sammeln von Beeren, Früchten, Wurzeln und Insekten zufiel.

»Würdest du das tun, Jimmy? Wir wären dir sehr dankbar«, sagte Arabella.

»Sicher, Missus. Im Augenblick kann ich aber noch nicht jagen. Erst später, wenn die Sonne tiefer steht.«

»Danke, Jimmy.«

»Warum holen Sie sich nicht ein Schaf von einer Farm, Missus?«, fragte Rita.

»Keiner der Männer will es schlachten. Und selbst wenn sie es tun würden – sie wüssten nicht, wie sie es häuten oder zerlegen sollten, wie es Tony getan hat.«

Die Frauen kicherten.

Jimmy lachte. »Ich kann mich erinnern, wie Wally einmal Tony zu Hilfe gerufen hat, als er eine Schlange in seinem Haus entdeckte. Wally hatte ein Gewehr mit nur einer Kugel darin. Er sagte immer, er würde diese Kugel für Schlangen aufheben, doch als er mal in die Situation kam, eine Schlange erschießen zu müssen, hat er's nicht fertig gebracht.« Jimmy schüttelte den Kopf und lachte.

Arabellas Herz schlug plötzlich schneller. Genau das hatte auch Terry zu ihr gesagt – dass Wally nur eine einzige Kugel in seiner Waffe habe, um sich gegen Schlangen zu schützen. Doch sie hatte ihm nicht geglaubt. Nun aber bestätigte Jimmy diese Geschichte. Offenbar war Wally wirklich nicht der brutale Schläger, für den Arabella ihn gehalten hatte.

»Ich bin auch wegen Wally gekommen«, sagte sie nun. »Er hat

immer noch große Schmerzen.« Sie blickte Rita an. »Ich möchte dich um einen Gefallen bitten …«

Rita betrachtete Arabella aufmerksam mit ihren dunklen, ausdruckslosen Augen.

»Wallys Bein entzündet sich. Könntest du eine Medizin zubereiten, mit der wir die Entzündung bekämpfen können? Und hast du ein Mittel, das ihm gegen die Schmerzen hilft?«

»Für diesen nutzlosen weißen Kerl werde ich gar nichts tun!«, stieß Rita wütend hervor.

Arabella hatte diese Reaktion befürchtet. »Ich weiß, er hat es nicht verdient, aber wenn wir nichts unternehmen, wird er sterben.«

»Er hat versucht, mich umzubringen! Da kann er von mir aus sterben!«, rief Rita und erhob sich zu ihrer vollen Größe. Arabella wich unwillkürlich einen Schritt zurück, doch Rita stapfte wütend davon.

Bedrückt schlug Arabella den Rückweg zum Hotel ein. Sie hätte die anderen Aborigine-Frauen um Hilfe bitten können, aber diese hatten die Köpfe gesenkt, sobald Rita gegangen war. Sie hatten offensichtlich Angst vor der riesigen Frau.

Als Arabella das Hotel betrat, konnte Jonathan an ihrer Miene ablesen, dass sie schlechte Nachrichten hatte. »Rita hat sich geweigert, Wally zu helfen, stimmt's?«

Arabella nickte. »Es tut mir leid.«

»Verflixt! Und dabei hat Wally sich endlich bereit erklärt, sich von Rita helfen zu lassen! Jetzt könnte es zu spät für ihn sein. Oder weißt du jemand anders, der Wally helfen könnte?« Jonathan wusste, je mehr Zeit verstrich, desto geringer wurden Wallys Überlebenschancen.

»Die Aborigine-Frauen sicher nicht«, sagte Arabella. »Sie würden sich niemals gegen Rita wenden. Aber Jimmy will Wild für uns jagen. Vielleicht könnten wir ihn bei der Gelegenheit bitten, eine Medizin für Wally zu bereiten. Rita muss ja nichts davon erfahren.«

»Rita ist die einzige Aborigine weit und breit, die Wally helfen könnte«, meinte Ted. »Die meisten Aborigines verstehen zwar ein bisschen von der Heilkunde, aber Ritas Wissen ist viel umfassender. Nur sie kann Wally vielleicht noch retten.«

»Dann muss ich sie dazu bringen, ihm zu helfen. Vielleicht wäre es gut, wenn Wally sie um Verzeihung bittet«, sagte Arabella. Sie glaubte zwar nicht, dass Wally sich entschuldigen würde, da er nicht einmal *ihre* Entschuldigung angenommen hatte, doch wenn sein Leben in Gefahr war, überlegte er es sich vielleicht doch.

Jonathan schüttelte den Kopf. »Eher schneit es in Marree, als dass Wally sich entschuldigt.«

»Ich werde mit ihm reden«, sagte Arabella, die nichts unversucht lassen wollte. »Gehst du mit mir zu ihm rauf, Jonathan? Ich würde mich besser fühlen, wenn ich wüsste, dass du vor der Tür stehst.«

»Natürlich.«

Die Tür zu Wallys Zimmer stand offen. Auch das Fenster war geöffnet, doch die Vorhänge bewegten sich nicht – es war drückend schwül und windstill. Wegen des Metalldaches war es hier oben noch heißer als unten im Gebäude. Erst gegen Abend wurde es in den Schlafzimmern etwas kühler, wenn eine Brise aufkam.

Wally sah schrecklich aus. Fliegen summten um seinen Kopf, doch er war zu schwach, die Plagegeister zu verscheuchen. Arabella hatte frische Verbände und eine Schüssel mit warmem Salzwasser mitgebracht. Als sie Wally betrachtete, sah sie einen dunklen Fleck auf dem Verband, den sie tags zuvor angelegt hatte, was kein gutes Zeichen war. Mitleid überkam sie, denn Jimmys Worte gingen ihr durch den Kopf: Wenn Wally nicht einmal eine Schlange erschießen konnte, hätte er dann sie oder Goolim erschießen können? Damals hatte sie nicht daran gezweifelt, aber jetzt …

Arabella räusperte sich. Sofort schreckte Wally aus seinem Fieberschlaf auf. Er drehte den Kopf in ihre Richtung.

»Ich bin gekommen, um deinen Verband zu wechseln«, sagte Arabella.

Wally erwiderte nichts. Arabella zuckte die Achseln und machte sich daran, den alten Verband zu entfernen. Der Geruch war grauenhaft.

»Du hättest dich bereit erklären sollen, ein Aborigine-Heilmittel gegen die Infektion zu nehmen. Rita will jetzt keine Medizin mehr für dich zubereiten, weil sie glaubt, dass du versucht hast, sie mit dem Nachttopf umzubringen.« Arabella badete seine Wunde in Salzwasser, während sie sprach.

»Das ist lächerlich«, sagte Wally matt. »Außerdem ist es sowieso zu spät.« Er betrachtete seine Wunde. Es war offensichtlich, dass die Infektion sich ausbreitete, und Wally schien zu glauben, dass seine Uhr ablief.

»Vielleicht hast du noch eine Chance, wenn du dich bei Rita entschuldigst …«

»Das ist nicht dein Ernst!«, rief Wally.

»Und ob es mein Ernst ist. Dein Leben hängt davon ab.«

»Was kümmert dich das? Du würdest dich doch freuen, wenn ich sterbe.«

»Nach dem, was du mir angetan hast – könntest du es mir verdenken?«

Wally wandte sich ab. Er würde Arabella nie verzeihen, dass sie ihn vor seinen Freunden heruntergeputzt hatte, egal, was sie tat. »Ich habe nicht auf Rita gezielt, als ich den Nachttopf aus dem Fenster geworfen hab«, sagte er. »Weiß Gott, als Ziel ist sie groß genug, da hätte ich sie wohl kaum verfehlt.«

»Dann sag ihr das.«

»Das werde ich, aber ich werde mich nicht entschuldigen«, sagte er. »Diese Frau hat das Temperament einer wütenden Braunschlange! Ich hab sie bloß als fetten Koalabären bezeichnet, und was tut sie? Sie wirft mit einer Schüssel Wasser nach mir!«

»Es ist abscheulich, wie du andere Leute behandelst. Rita wollte dir helfen. Ich kann es ihr nicht verdenken, dass sie mit einer Schüssel Wasser nach dir geworfen hat. Du hast es nicht anders verdient.« Wütend stürmte Arabella aus dem Zimmer. Sie eilte an Jonathan vorbei, der den Wortwechsel mit angehört hatte. Anstatt Arabella zu folgen, trat er an Wallys Bett und bestand darauf, seine Wunde weiterzuversorgen.

»Du weißt wirklich, wie man sich Feinde macht, Wally«, sagte er.

»Das ist mir egal«, sagte Wally mürrisch. »Wer braucht diese Frauen denn überhaupt?«

»Du«, sagte Jonathan.

Wally sah ihn verblüfft an.

»Ohne Ritas Hilfe wirst du sterben, und es wird ein langsamer und sehr qualvoller Tod für dich sein. Ich an deiner Stelle würde meinen Stolz vergessen und Rita um Hilfe bitten.«

Am Spätnachmittag kam Jimmy zur Hintertür herein, ein totes Känguru im Schlepptau. Arabella hätte das erlegte Tier lieber nicht gesehen, doch Jimmy schien ihr Unbehagen gar nicht zu bemerken.

»Fleisch, Missus!«, sagte er.

»Weißt du, wie man ein Heilmittel gegen eine Entzündung zubereitet, Jimmy?«, fragte Arabella.

»Nein, Missus. Aber Rita versteht sehr viel davon.«

»Ja, ich weiß, aber sie hat sich geweigert. Wally Jackson wird sterben, wenn er keine Hilfe bekommt.«

Jimmy zuckte die Schultern. »Ich werde jetzt ein Feuer machen und das Fleisch zubereiten«, sagte er und hob das Känguru am Schwanz hoch. »Ist es in Ordnung, wenn ich Holz vom Stapel nehme, Missus?«

»Ja, sicher«, sagte Arabella. Sie ging zurück in die Küche und fragte sich, ob sie sich weigern könnte, Rita Klavierstunden zu geben, solange sie Wally nicht half, aber sie wusste, dass sie das nicht fertig brachte. Rita hatte sie vor einem Schicksal bewahrt, über das sie lieber nicht nachdenken wollte, und sie hatte versprochen, Rita im Gegenzug einen Gefallen zu erweisen.

Arabella zerbrach sich noch immer den Kopf darüber, wie sie Wally helfen könnte, als Rita, Lily und Missy an der Hintertür erschienen. Sie hatten wilde Jamswurzeln dabei, die zusammen mit dem Kängurufleisch zubereitet werden sollten.

»Könntet ihr das Fleisch mit ein paar Buschgewürzen schmackhafter machen?«, fragte Arabella die Frauen.

Lily entrollte ein Tuch, in dem ein paar Samenschoten lagen. »Damit wird das Fleisch gut, Missus!«

»Danke. Ich hoffe, ihr kommt zum Abendessen zu uns«, sagte Arabella. »Mit euren Kindern.«

»Gern, Missus«, sagte Missy und lächelte. Arabella wusste nicht, dass grundsätzlich alle Mahlzeiten unter den Aborigines geteilt wurden. Jeder in der Gruppe brachte irgendetwas mit, das gekocht werden konnte, und dann aßen alle zusammen.

Plötzlich kam Arabella eine Idee. Sie sah Rita an. »Wenn du eine Medizin gegen Wallys Infektion bereitest, sorge ich dafür, dass Jonathan dir heute Abend ein paar Drinks ausgibt.« Sie wollte Ritas Trinken zwar nicht unterstützen, doch ihr fiel keine andere Möglichkeit ein, Wally zu helfen.

Ritas Augen wurden schmal, als sie über den Vorschlag nachdachte. Lily und Missy verharrten in erwartungsvollem Schweigen.

»Wally hat gesagt, er hätte gar nicht mit dem Nachttopf nach dir geworfen, Rita, und ich glaube ihm«, fuhr Arabella fort. »Er hat auf das Toilettenhäuschen gezielt. Es war ihm peinlich, den Nachttopf zu benutzen, und das kann ich verstehen.«

»Wie viele Drinks können wir haben?«, fragte Rita.

Arabella dachte darüber nach. Sie durfte nicht allzu großzügig sein, da die Vorräte begrenzt waren und das Hotel so tief in der Kreide steckte, doch sie war sicher, dass Maggie und Tony es verstehen würden, da Wallys Leben auf dem Spiel stand. »Drei«, sagte sie.

»Fünf«, sagte Rita.

»Drei, und zusätzliche Klavierstunden«, hielt Arabella dagegen.

Rita hatten die Klavierstunden sehr gut gefallen, und sie freute sich auf weitere. »Na schön. Ich werd für Wally suchen, was er braucht.«

Arabella lächelte.

Als der letzte Schimmer des Sonnenlichtes am westlichen Horizont schwand, konnte Arabella das Kängurufleisch riechen, das im Feuer nicht weit vom Hotel gegart wurde. Sie war in der Küche, als Rita und die Mädchen an der Hintertür erschienen. Sie hatten verschiedene Wurzeln, Blätter, gemahlene Samenschoten und ein Büschel grasartiger Pflanzen dabei.

»Legen Sie das in kochendes Wasser, Missus, und kochen Sie einen Tee daraus«, sagte Rita. »Den geben Sie Wally dann zu trinken. Es ist ein gutes Mittel gegen Schmerzen. Und packen Sie das hier unter dem Verband auf seine Wunde«, fügte sie hinzu und reichte ihr die Handvoll Gras.

»Trocken?«, fragte Arabella. »Einfach so?«

»Ja, Missus. Es zieht das Gift aus dem Körper. Deshalb ist es auch gut bei Schlangenbissen.«

»Könntest du dich nicht um Wally kümmern, Rita? Du weißt wenigstens, wie man es richtig macht.«

»Stimmt, Missus, aber ich helfe diesem nutzlosen weißen Kerl nicht! Wenn Sie nicht wollen, kann Missy es tun.«

Missys Augen weiteten sich, und sie schimpfte in ihrer Stammessprache wild drauflos. Zwischen ihr und Rita entbrannte ein hitziger Wortwechsel, bis Rita schließlich drohend die Arme hob. Missy verzog sich schleunigst.

»Sie will es auch nicht«, sagte Rita. »Wally hat böse Dinge zu

Missy gesagt, über ihre schwarzen Kinder. Sie müssen sich schon selbst um Wally kümmern, Missus.« Damit verschwanden auch Rita und Lily.

Arabella ging in die Küche und seufzte tief. Blieb ihr denn gar nichts erspart?

»Was ist los?«, fragte Stuart.

»Rita hat Kräuter gebracht, die Wally helfen sollen, aber sie will sie ihm nicht selbst verabreichen, und Missy auch nicht. Offenbar hat Wally sie beleidigt, indem er irgendetwas über ihre Kinder gesagt hat.«

»Das hat mit Respekt zu tun«, sagte Stuart.

»Was meinst du damit?«

»Wenn Wally Missy beleidigt hat, indem er etwas Abfälliges über ihre Kinder gesagt hat, dann hat sie keinen Respekt vor ihm und kann ihm keine Hilfe leisten. So einfach ist das.«

Arabella seufzte und schüttelte den Kopf.

»Wenn du mir sagst, was zu tun ist, mach ich es«, sagte Stuart.

Arabella war verblüfft. »Du willst Wally helfen, nachdem er versucht hat, deine Mine zu plündern?«

»Die Mine ist mir egal, Arabella. Wäre es anders, wäre ich jetzt dort und würde sie bewachen.«

»Bist du sicher?«

»Ja. Es ist etwas geschehen, als ich draußen in der Wüste war … etwas hier drinnen.« Er legte eine Hand auf sein Herz. »Das Gold bedeutet mir nichts mehr.«

»Was ist denn geschehen?«, fragte Arabella. Jonathan war in der Bar, sodass sie und Stuart sich allein in der Küche aufhielten.

»Ich habe jahrelang nach Gold gesucht, weil ich dachte, es würde mir Befriedigung und Glück verschaffen, aber es hat mich zum Schlechten verändert. Um ein Haar hätte ich etwas sehr Schlimmes getan, über das ich lieber nicht reden möchte.«

»Hast du es dann doch nicht getan?«, fragte Arabella ängstlich.

»Nein. Aber allein schon, dass ich es vielleicht getan *hätte* …« Stuart schauderte.

Arabella konnte sehen, dass er tief erschüttert war. Sie streckte eine Hand aus und berührte seinen Arm. »Was wirst du jetzt tun?«

»Ich weiß es noch nicht. Solange ich ein Dach über dem Kopf, etwas zu essen und ein paar Dollar in der Tasche habe, bin ich zufrieden. Vorerst will ich nur ein ruhiges und einfaches Leben.«

»Willst du denn nicht eines Tages eine eigene Familie haben? Frau und Kinder?«

Stuart dachte wieder an Catherine und ihr kurzes gemeinsames Glück.

»Ich muss dir etwas gestehen, Arabella«, erwiderte er. »Ich hatte immer schon Probleme, mich zu binden.«

»Du meinst, du willst dich nicht an eine Frau binden?«

»Ja.«

»Das zeigt nur, dass du noch nicht die richtige Frau getroffen hast«, sagte Arabella.

Stuart sah ihr in die Augen. »Da könntest du Recht haben«, sagte er. »Vielleicht ist der wirkliche Schatz, nach dem ich gesucht habe, nicht aus Gold, sondern aus Fleisch und Blut.« Sein Blick wanderte zu Arabellas Lippen, und sie war sicher, dass er sie küssen wollte.

In diesem Augenblick kam Jonathan in die Küche. »Hat Rita etwas für Wally gebracht?«, fragte er.

Arabella und Stuart zuckten zusammen, als sie so plötzlich seine Stimme hörten.

»Ja … Rita und die Frauen waren hier«, sagte Arabella stockend.

»Gib mir Bescheid, wenn das Mittel fertig ist, dann bringe ich es zu Wally«, sagte Stuart augenzwinkernd zu ihr, bevor er zur Hintertür hinausging.

Jonathan sah ihm finster nach.

»Stimmt etwas nicht, Jonathan?«, fragte Arabella.

»Nein, alles in Ordnung.«

»Du klingst aber nicht sehr überzeugt.«

»Ich bin nur besorgt.«

»Weswegen?«

»Du kennst Stuart kaum. Ich weiß, mich kennst du auch nicht viel besser, aber du solltest vorsichtig sein.«

»Ich verstehe nicht, weshalb du so besorgt bist«, sagte Arabella.

Jonathan nahm ihre Hand und zwang sie, ihn anzuschauen. »Ich habe gesehen, was beinahe passiert wäre.«

»Du glaubst, Stuart wollte mich küssen?«

»Wollte er das nicht?«

»Ich bin mir nicht sicher, aber ich …« Sie verstummte.

Jonathan zuckte zusammen. »Willst du damit sagen, du empfindest etwas für ihn?«

»Vielleicht. Ich weiß es nicht.«

»Meinst du nicht, du solltest es wissen, *bevor* er dich küsst?«

»So etwas kann man nur fühlen, Jonathan, nicht wissen.«

»Wie würdest du dich denn fühlen, wenn *ich* dich küsse?«

»Willst du das denn?«

»Seit ich dich das erste Mal gesehen habe.«

»Warum hast du dann so lange gewartet?«

»Ich dachte, du willst es vielleicht nicht.«

»Es gibt nur eine Möglichkeit, das herauszufinden«, sagte Arabella.

Jonathan schwieg einen Augenblick. Dann beugte er sich zu ihr vor, und seine Lippen berührten sanft die ihren. Sie schauten einander an, schlossen die Augen, und ihr Kuss wurde leidenschaftlicher. Nach einer Ewigkeit lösten sie sich voneinander. Arabella sah Jonathan atemlos an: »Das hat mir sehr gefallen«, flüsterte sie. Sie wollte nicht zugeben, dass es ihr erster richtiger Kuss gewesen war, sah man von der flüchtigen Begegnung mit Stuart ab.

»Und mir erst«, antwortete Jonathan lächelnd.

Es war schon dunkel, als das Kängurufleisch endlich durchgebraten war. Hungrig versammelten sich alle um das Lagerfeuer. Arabella war so entspannt wie seit Tagen nicht mehr, denn Ritas schmerzstillendes Mittel hatte bei Wally Wunder gewirkt. Zum ersten Mal, seit er verwundet worden war, schlief er ruhig und friedlich.

»Ich kann dir gar nicht genug danken, dass du Wally geholfen hast«, sagte Arabella zu Rita.

»Es müsste jetzt alles gut mit ihm sein, Missus, aber es wird noch ein paar Tage dauern, bis das ganze Gift aus seinem Körper ist.«

»Wo hast du so viel über Heilpflanzen gelernt, Rita?«

»Von den Stammesältesten. Vor allem aber von meiner Mutter und meinem Vater. Mein Vater war *kadaicha*, und meine Mutter war eine Stammesheilerin.«

»Wally wird dir dankbar sein. Er glaubte sterben zu müssen.«

Rita verdrehte die Augen. »Wally denkt immer nur an sich selbst, Missus.«

»Warum hast du es dir anders überlegt und ihm geholfen, Rita? Das lag doch nicht nur an den Drinks und den zusätzlichen Klavierstunden?«

»Ich habe es nicht ihm zuliebe getan, sondern für Sie, Missus.«

Arabella war überrascht. »Für mich?«

»Ja. Sie sind noch sehr jung, Missus, aber Sie versuchen, das Richtige zu tun. Wenn Wally wieder gesund wird, hat er es vor allem Ihnen zu verdanken.« Nach diesen Worten erhob sich Rita und setzte sich zu Lily und Missy auf die andere Seite des Feuers.

Arabella war erstaunt und erfreut zugleich über Ritas Lob. Erst jetzt erkannte sie, wie viel es ihr bedeutete. Man brauchte nicht viel Menschenkenntnis, um zu wissen, dass Rita mit Komplimenten sehr sparsam umging.

Mit einem Mal schämte sich Arabella, dass sie Stuart gebeten hatte, Wallys Verband zu wechseln. Wenn Maggie davon wüsste, wäre sie bestimmt enttäuscht. Arabella beschloss, Stuart zu sagen, dass sie Wallys Pflege von nun an wieder selbst übernehmen würde.

Verträumt sah sie hinauf zum Abendhimmel. Es war ein atemberaubender Anblick. In der klaren Wüstenluft schienen Abermillionen von Sternen am schwarzen, samtigen Himmel zu funkeln, und die Luft war kühl genug, um im Freien sitzen zu können. Der Rauch des Feuers hielt die Moskitos fern.

Sie hatten einzelne Stücke des Kängurufleischs mit Buschgewürzen bestreut, in Papierrinde gewickelt und in den glühenden Scheiten des Feuers vergraben. Anfangs war Arabella der Gedanke, Kängurufleisch zu essen, zuwider gewesen, doch als es garte, musste sie zugeben, dass es verlockend roch. Die Frauen brieten außerdem Jamswurzeln im offenen Feuer. Als die Wurzeln gar waren, fischten sie sie mit einem Stock heraus und ließen sie ein wenig abkühlen, bevor sie die Asche abbürsteten. Dann wurde das Kängurufleisch aus dem Feuer geholt und ausgewickelt, damit es abkühlen konnte. Jonathan hatte in der Hotelküche ein paar Brote gebacken.

Schließlich teilte Jimmy das Fleisch und die Wurzeln auf. Lily, Missy und ihre Kinder plapperten aufgeregt in ihrer Stammessprache und setzten sich im Schneidersitz ans Feuer, um ihre Mahlzeit einzunehmen. Arabella zögerte zuerst, das Kängurufleisch zu kosten, stellte dann aber fest, dass es sehr gut schmeckte, ebenso die Jamswurzeln, die Rita ihr auf den Teller gab.

Nachdem alle gegessen hatten, begann Jimmy, das *didgeridoo* zu spielen, das mehr als einen Meter lange, flötenähnliche Instrument der Aborigines, das wahrscheinlich älteste Musikinstrument auf Erden. Arabella hatte es nie zuvor gehört und war erstaunt über den schwermütigen, einzigartigen Klang. Während Jimmy spielte, tanzten ein paar der Frauen im Kreis, kleine Stöcke aneinanderschlagend und im Rhythmus zur Musik mit den Füßen im Sand stampfend. Nach einer Weile zogen sie auch Arabella in ihren Kreis hinein. Anfangs war sie verlegen, vergaß aber schnell ihre Hemmungen und tanzte mit, so gut sie konnte. Bald fühlte sie sich als Teil der einzigartigen Kultur der australischen Ureinwohner. Es war eine Erfahrung, die sie nie vergessen würde.

Ihr war gar nicht aufgefallen, dass Jonathan sich davongeschlichen und seine Kamera geholt hatte. Erst als ein Blitzlicht aufzuckte, begriff Arabella, dass er Fotos von ihr und den Frauen machte.

Als der Tanz unter allgemeinem Jubel endete und Arabella sich erschöpft wieder ans Feuer setzte, kam Jonathan zu ihr.

»Mir ist ein Gedanke gekommen«, sagte er.

»Und welcher?«, fragte Arabella und wischte sich den Schweiß von der Stirn.

»Ich könnte meine Fotos verkaufen, um Tony und Maggie zu helfen.«

»Das ist eine gute Idee, aber wo willst du die Bilder an den Mann bringen? Weiß der Himmel, wann der Zug wieder fährt.«

»Das stimmt«, sagte Jonathan. »Aber Marree ist ohnehin zu klein und abgeschieden, um hier eine Ausstellung zu machen. Ich muss meine Fotos in der Großstadt anbieten. Ich werde über die Sache nachdenken, bis Tony wiederkommt.«

»Tja, und ich sollte Wally jetzt etwas von dem Essen bringen«, sagte Arabella. »Inzwischen dürfte er wach sein.«

»Ich begleite dich, Arabella«, sagte Stuart und erhob sich.

»Danke«, sagte sie.

Jonathan war beunruhigt. »Bleib ruhig hier, Stuart. Ich gehe schon mit Arabella.«

»Nein, ich hab's ihr versprochen«, sagte Stuart.

Bevor Jonathan etwas einwenden konnte, steuerten Stuart und Arabella auf die Hintertür des Hotels zu.

Ein Tablett in der einen Hand, öffnete Arabella vorsichtig die

Tür zu Wallys Zimmer. Er war wach und wandte sich ihr zu, als er sie hörte.

»Hast du Hunger?«, fragte Arabella.

»Ein bisschen«, sagte er. »Habe ich da eben das *didgeridoo* gehört?«

»Ja, Jimmy hat gespielt.« Arabella fiel auf, dass Wally keine so schlimmen Schmerzen mehr zu haben schien. Sein Verband allerdings war schmutzig und musste wieder gewechselt werden. Sie stellte das Tablett auf dem Tisch neben dem Bett ab. »Wie geht es dir?«

»Meine Wunde fühlt sich an, als würde sie brennen. Bist du sicher, dass diese Aborigine-Heilmittel mir nicht eher schaden als nützen werden?«

»Ritas Mittel helfen dir doch jetzt schon. Du scheinst nicht mehr so große Schmerzen zu haben, stimmt's?«

Wally nickte. »Stimmt.«

»Und das Brennen kommt von den Gräsern«, erklärte Arabella. »Rita sagt, sie entziehen der Wunde das Gift. So, ich muss jetzt deinen Verband wechseln. Anschließend wirst du etwas essen.«

Nachdem sie einen Blick zur Tür geworfen hatte, um sich zu vergewissern, dass Stuart noch da war, machte Arabella sich an die Arbeit. Sie wechselte den Verband und gab Wally anschließend noch etwas von der Medizin. Sie roch scheußlich, doch Wally trank sie, ohne sich zu beklagen – sie linderte tatsächlich seine Schmerzen.

»Brauchst du einen Leibwächter, wenn du zu mir kommst?«, fragte Wally mit einem Blick zur Tür, in der Stuart stand.

»Wer weiß? Du hast mir deutlich genug bewiesen, dass man in deiner Nähe nicht sicher ist«, sagte Arabella und sah noch einmal nach, ob der frische Verband richtig saß. »So, das dürfte bis morgen früh reichen.« Als sie aufstand, sah sie, dass Wally sie böse anfunkelte.

»Warum hast du allen gesagt, dass du die Unwahrheit über mich erzählt hast?«, fragte er leise.

»Du weißt, warum«, sagte sie.

»So leicht verzeihe ich nicht«, sagte Wally.

»Ich auch nicht«, sagte Arabella, bevor sie aus dem Zimmer eilte.

»Alles in Ordnung?«, fragte Stuart. Er hatte gehört, dass Wally mit leiser Stimme etwas zu Arabella gesagt hatte.

»Ja, alles in Ordnung«, sagte sie und versuchte, sich nichts anmerken zu lassen.

»Es ist ein schöner Abend«, sagte Stuart, als sie den Fuß der Treppe erreichten. »Würdest du gern ein paar Schritte gehen?«

Arabella war froh, sich die Beine vertreten zu können; deshalb kam Stuarts Vorschlag ihr gerade recht. »Gern«, sagte sie.

Anstatt die Hintertür zu nehmen, gingen sie durch die Bar und zur Vordertür hinaus.

»Ich hätte nie damit gerechnet, in Marree jemanden wie dich zu treffen«, sagte Stuart nach einer Weile.

»Und ich hätte nie damit gerechnet, in Marree zu landen«, entgegnete Arabella, die daran dachte, was in den letzten Wochen alles geschehen war, seit die Aborigines sie in der Wüste aufgefunden und nach Marree gebracht hatten. Ihr Leben hatte sich völlig verändert. Sie war nicht mehr die Arabella Fitzherbert, die in Adelaide in den Afghan-Express gestiegen war.

»Wie lange bist du eigentlich schon in Australien, Stuart?«, fragte sie.

»Ein paar Jahre«, sagte er. »Warum fragst du?«

»Um ein bisschen mehr über dich zu erfahren. Du hast bis jetzt noch nicht viel erzählt.«

»Interessiere ich dich denn?« Stuart ergriff ihre Hand, blieb stehen und blickte sie an.

»Ich … ich glaube, wir sollten jetzt zum Lagerfeuer gehen«, sagte Arabella.

Am Lagerfeuer hatten sich inzwischen auch Terry und Les eingefunden. Die Klänge des *didgeridoo* hatten sie angelockt.

»Wie geht es Wally?«, wollte Terry wissen. »Jonathan sagte mir, ihr hättet ihm etwas zu essen gebracht.«

»Es geht ihm schon besser«, berichtete Arabella. »Rita hat ihm ein Mittel gegen die Schmerzen und sein entzündetes Bein zubereitet.«

Terrys Augen weiteten sich. »Und Wally hat es genommen?«, fragte er ungläubig.

»Hätte er es nicht getan«, sagte Jonathan, »hätte er wohl keinen Tag länger gelebt.«

»Dann kann er ja von Glück reden«, sagte Terry.

Rita trat auf Arabella zu. »Kosten Sie mal von dem Fleisch, Missus«, sagte sie und hielt ihr einen Teller hin.

»Was ist das?«, fragte Arabella misstrauisch. Verglichen mit dem Kängurufleisch hatte es eine eher helle Farbe.

»Buschhuhn«, sagte Rita.

»Wunderbar! Ich mag Hühnchen«, sagte Arabella und nahm einen Bissen. Das Fleisch war saftig und köstlich. »Hmmm«, sagte sie. »Es schmeckt etwas anders als das Huhn bei uns zu Hause, aber es ist wunderbar.«

Die Frauen lachten los, und Jonathan fiel ein, verstummte aber, als er Arabellas misstrauischen Blick bemerkte.

»Was ist das?«, fragte sie ängstlich.

»Ein Python«, sagte Rita. »Schmeckt gut, Missus, nicht wahr?«

»Igitt!«, rief Arabella, entsetzt von der Vorstellung, Schlangenfleisch zu essen. Angewidert starrte sie auf ihren Teller. Als die Frauen von neuem in Gelächter ausbrachen, war sie sicher, dass sie auf den Arm genommen wurde. »Es ist gar keine Schlange, nicht wahr?«, sagte sie und aß weiter. Zum Glück sah sie nicht, wie die Aborigine-Frauen einander vielsagende Blicke zuwarfen.

Im Laufe der nächsten Tage besserte Wallys Zustand sich weiter. Anfangs eiterte die Wunde noch, und er hatte leichtes Fieber, doch dann ging es aufwärts mit ihm. Sie alle lebten nach wie vor von dem Wild, das die Aborigines jagten. Von Zeit zu Zeit kamen Männer verschiedener Klans in die Stadt und brachten Emu, Känguru, Wombat, Goanna-Echse, Schlange, Vogeleier und Wallaby. Jonathan backte in der Hotelküche Brot für alle.

Arabella gab Rita jeden Tag eine Klavierstunde, doch die Aborigine lernte es einfach nicht, die Tasten leicht anzuschlagen. Arabella brachte nicht den Mut auf, es Rita zu sagen, und plagte sich weiter mit ihr ab.

Am sechsten Tag nach der Abreise Maggies und Tonys stand Wally Jackson zum ersten Mal auf. Er war noch ziemlich wacklig auf den Beinen, und ihm war schwindelig, aber er war entschlossen, hinunter zur Außentoilette und zur Bar zu gehen. Dort angekommen, ließ er sich vorsichtig auf einem Barhocker nieder und trank ein halbes Glas Bier. Dann musste Ted ihm wieder nach oben helfen, wo er sich aufs Bett fallen ließ.

Am siebten Tag wurde Tony zurückerwartet. Alle warfen immer wieder einen Blick nach draußen. Als Tony bei Anbruch der Dunkelheit noch immer nicht erschienen war, zeigten besonders Jonathan und Arabella sich besorgt. Etwas später kam Terry vorbei. Sie fragten ihn, was der Grund dafür sein könnte, weshalb Tony noch nicht zurück war.

»Vielleicht hat er beschlossen, einen Tag länger bei Maggie zu bleiben, um sich auszuruhen. Wir sollten uns deswegen keine Sorgen machen«, sagte Terry.

Am nächsten Tag traf Faiz Mohomet in der Stadt ein – allein. Arabella und Jonathan waren draußen bei den Ställen, als sie ihn kommen sahen. Noch bevor er absteigen konnte, fragte Jonathan nach Tony.

»Er hatte einen Unfall«, sagte Faiz.

»Was denn für einen Unfall?«, fragte Arabella erschrocken.

»Ein Schafbock auf Warratah Station hat ihn umgerannt. Er hat sich ein paar Rippen gebrochen und kann nicht reiten.«

»Wie ist *das* denn passiert?«, fragte Jonathan, der nicht wusste, ob er lachen oder weinen sollte.

»Tony hat zusammen mit seinem Schwager die Schafe untersucht, als dieser Schafbock plötzlich auf ihn losging.«

»Sollte er nicht einen Arzt aufsuchen?«, fragte Arabella.

»Maggies Schwester hat früher als Krankenschwester gearbeitet. Sie hat Tony untersucht und gesagt, es sei nicht weiter schlimm. Vor allem hätten die gebrochenen Rippen seine Lunge nicht beschädigt. Er braucht nur viel Ruhe.«

»Wann kommt er zurück?«

»Das kann Wochen dauern«, sagte Faiz. »Wenn wir das nächste Mal Wasser holen, lege ich bei der Farm einen Zwischenstopp ein. Tony sagte, sobald er reiten könne, werde er dafür sorgen, dass ein Viehtreiber ihn herbrächte.«

»Wenn Tony noch wochenlang fortbleibt ...« Arabella sah Jonathan verzweifelt an. »Das Hotel könnte verloren sein, bis er wiederkommt.«

19

»Ich weiß nicht, was wir tun können, um das Hotel zu retten, Jonathan«, sagte Arabella. »Mir kommt alles so hoffnungslos vor.«

Jonathan hörte die Verzweiflung in ihrer Stimme. Er wusste, dass sie viel durchgemacht hatte, und es erschien ihm nicht fair, dass sie sich nun auch noch um Tony und Maggie sorgte. »Du musst nicht hierbleiben, Arabella. Wenn du lieber nach Alice Springs reisen willst, um bei deiner Familie zu sein, würden Maggie und Tony das verstehen, da bin ich sicher. Ich jedenfalls hätte Verständnis dafür.«

Er wollte Arabella nicht gehen lassen, konnte es aber noch weniger ertragen, sie unglücklich oder ängstlich zu sehen. Er hatte bereits mit Paddy darüber gesprochen, ob der sie mit nach Alice Springs mitnehmen könnte, und Paddy hatte sich bereit erklärt, wenn auch nur widerstrebend: Eine solch lange Reise durch die Wüste auf einem Kamel, hatte er gesagt, sei eine harte Prüfung ihrer Kraft und ihres Mutes. Paddy hielt es für besser, wenn Arabella in Marree wartete, bis der Zug wieder verkehrte.

Tatsächlich musste Arabella ständig an ihre Eltern denken. Sie wusste, dass beide schrecklich litten, doch solange der Zug nicht fuhr, konnte Arabella nichts dagegen unternehmen, es sei denn, sie wagte die Reise mit dem Kamel.

»Ich will dich hier nicht mit all den Dingen allein lassen, um die du dich kümmern musst, Jonathan«, sagte sie. »Ich weiß, ich bin keine große Hilfe, aber du hast mir zur Seite gestanden, als ich dich brauchte. Deshalb möchte ich *dir* nun helfen, solange ich kann.«

Jonathan lächelte. »Das weiß ich zu schätzen, Arabella. Aber ich will dich nicht unglücklich sehen.«

Er blickte ihr so tief in die Augen, dass Arabella errötete. »Ich nehme an, wir können die Sache auch positiv sehen«, sagte sie schließlich.

»Wie meinst du das?«, fragte Jonathan.

»Niemand von der Bank kann hierherkommen, bis der Zug wieder verkehrt, oder?«

»Ich glaube nicht«, sagte er.

»Also bleibt uns mehr Zeit, uns etwas einfallen zu lassen, das Hotel zu retten. Und selbst wenn der Zug wieder fährt, könnten wir der Bank schreiben und die Situation schildern. Wir könnten sie darüber informieren, dass Tony verletzt ist, und noch mehr Zeit herausschlagen.«

»Selbst wenn Tony hier wäre, Arabella, würde das nichts ändern. Es kommen einfach nicht genügend Gäste, um dem Hotel Geld einzubringen. Ich bin seit Monaten hier in Marree, deshalb weiß ich, dass nur selten jemand aus dem Zug steigt, um für ein paar Tage in der Stadt zu bleiben. Tonys und Maggies Haupteinnahmequelle sind die Schafscherer oder Reisende auf dem Birdsville Track, die hier einen Zwischenstopp einlegen, und davon gab es in letzter Zeit nicht viele. Aber das könnte sich ändern. Wenn es im Süden und in Süd-Queensland kräftig regnet, gibt es mehr Futter für das Vieh, und dann kommen die Viehtreiber und Aufkäufer hier durch.«

»Das Hotel hat jetzt schon so lange überlebt … Wieso kann die Bank nicht warten, bis es wieder aufwärtsgeht? Wenn wir nur eine Möglichkeit finden könnten, dass Gäste nach Marree kommen! Wir müssen uns irgendetwas einfallen lassen, damit die Leute wenigstens lange genug aus dem Zug steigen, um in der Stadt ein bisschen Geld auszugeben. Das würde uns sehr helfen.«

»Und wie sollen wir das anstellen?«, fragte Jonathan niedergeschlagen.

»Wie überlebt denn Mohomet Basheer mit seinem Geschäft?«

»Einer der Afghanen bringt seine Kleider zu den Farmen und verkauft sie dort in seinem Auftrag.«

»Leider nützt es dem Hotel nichts, Bier an die Farmen zu liefern«, sagte Arabella. »Wir müssen die Farmarbeiter in die Stadt holen.«

Jonathan nickte. »Stimmt. Schade, dass die Afghanen keinen Alkohol trinken. Dann hätten wir einen ordentlichen Umsatz.«

»Ja«, pflichtete Arabella bei. »Aber uns geht sowieso bald das Bier aus. Sag mal, essen die Afghanen Wildfleisch? Wir könnten ihnen gebratenes Känguru oder Wombat servieren.«

Jonathan schüttelte den Kopf. »Nein, die Afghanen essen Kamelfleisch«, sagte er und lachte, als er Arabellas entsetzten Gesichtsausdruck sah. »Wo wir gerade vom Braten sprechen ... die Stadt Birdsville richtet alljährlich ein Picknick anlässlich des Rennens aus. Da kommen hunderte von Leuten, die reichlich Bier und Fleisch konsumieren. Das füllt die Kassen der Stadt ordentlich auf.«

»Sprichst du von einem Pferderennen?«

»Ja, aber sie veranstalten auch Kamelrennen. Die Afghanen bringen ihre besten Tiere dorthin, um sie gegeneinander antreten zu lassen. Manchmal kommen sie mit einem schönen Batzen Geld zurück.«

»So eine Veranstaltung könnten wir hier in Marree gut gebrauchen«, sagte Arabella. »Etwas, was die Leute von den Farmen hierherbringt. Aber ich weiß nicht, was!«

In den nächsten Tagen war die Hitze so unerträglich, dass sie sich gar nicht erst mit dem Gedanken an Hotelgäste beschäftigten. Der Farmarbeiter Les Mitchell wohnte zwar im Hotel, da er sich die Hand verletzt hatte und nicht auf Lizard Creek Station arbeiten konnte, aber er wurde nicht als echter Gast betrachtet, da er sich selbst um sich kümmerte.

Ted Wallace sagte, er könne sich nicht erinnern, dass es je so heiß gewesen sei – und als Bahnhofsvorsteher lebte er seit vielen Jahren in der Stadt. Die Glut sog einem buchstäblich die Energie aus dem Körper. Arabella konnte morgens kaum aufstehen, wenn sie nur die Treppe hinunterstieg, wurde ihr von der Backofenhitze schwindelig. Hinzu kam, dass der Generator, mit dem die Kühlschränke betrieben wurden, überhitzte und seinen Geist aufgab, sodass das wenige noch vorhandene Bier warm wurde – was wiederum die Einheimischen verärgerte. Auch die noch vorrätigen Lebensmittel begannen zu verderben; ein Sack Mehl wurde von Rüsselkäfern befallen, die Anzahl der Fliegen und sonstigen Plagegeister schien sich noch verdoppelt zu haben.

Zu allem Überfluss kam mit der Hitze ein heißer Wind auf, der in jeden Winkel des Hotels drang. Um sich vor diesem Wind zu schützen, schlossen sie die Fenster und Türen des Hotels – mit dem Erfolg, dass die Hitze im Innern erdrückend wurde. Als sie Fenster und Türen wieder öffneten, füllten sich die Zimmer mit Staub. Arabella fühlte sich zerschlagen und hatte überhaupt keinen Appetit, alle schienen gereizter Stimmung zu sein.

Jonathan und Ted benötigten nicht weniger als vier Tage, um den Generator zu reparieren. Bis dahin waren die meisten Lebensmittel bereits verdorben.

»Bald wird das Benzin für den Generator aufgebraucht sein«, sagte Jonathan.

»Bald wird *alles* aufgebraucht sein«, antwortete Arabella verzweifelt. »Wir werden die Kameltreiber nach Süden schicken müssen, damit sie uns Vorräte besorgen, aber es kann Wochen dauern, bis sie zurückkommen.«

»Ich wollte, wir könnten uns mit Tony in Verbindung setzen und ihn fragen, was wir tun sollen«, sagte Jonathan.

»Aber das können wir nun mal nicht, Jonathan. Wir müssen die Entscheidungen selbst treffen.«

»Die Afghanen könnten uns helfen«, meinte Ted. »Sie können fast alles, was wir brauchen, in Leigh Creek besorgen, einschließlich Bier. Es ist keine hundert Meilen von hier. Sie würden nur ein paar Tage benötigen.«

»Das hört sich großartig an«, sagte Arabella.

»Also gut. Geben wir den Afghanen das Geld, das wir von den Schafscherern bekommen haben, damit sie in Leigh Creek Vorräte kaufen«, sagte Jonathan. »Eine andere Wahl haben wir nicht.«

Nachdem diese Entscheidung getroffen war, begaben sie sich in die Ghan-Siedlung und sorgten dafür, dass die Kameltreiber am nächsten Tag im Morgengrauen aufbrachen.

Arabella schreckte jäh aus dem Schlaf auf. Draußen donnerte es so gewaltig, dass sie fürchtete, das Dach werde über ihr zusammenbrechen. Durch die undichten Stellen tropfte Wasser ins Zimmer. Der Morgen dämmerte, aber der Himmel war rabenschwarz. An diesem Morgen sollten zwei Kameltreiber mit fünf Kamelen aufbrechen, um in Leigh Creek Vorräte zu besorgen.

Arabella setzte sich auf und lauschte, sich verblüfft Wasser, das von der Decke tropfte, aus dem Gesicht wischend. Das Grollen und Donnern wurde ohrenbetäubend, aber sie konnte etwas riechen, das sie seit langem nicht gerochen hatte: Regen! Sie schwang sich aus dem Bett, eilte zur Balkontür, die offen stand, und blickte hinaus.

Arabella traute ihren Augen nicht. Es regnete in Strömen.

»Jonathan«, rief sie und eilte zur Schlafzimmertür. »Es regnet!«

Jonathan öffnete schläfrig die Tür zu seinem Zimmer. »Was?«, sagte er.

»Hör doch! Es regnet in Strömen. Komm und sieh's dir an.«

Auch Wallys Tür ging auf, und Wally humpelte mit schläfrigem Blick auf den Flur. »Was ist denn los?«

Im selben Augenblick öffnete auch Stuart die Tür. »Was ist das für ein Lärm?«

»Es regnet, Stuart«, sagte Arabella aufgeregt. Es war seit Monaten das erste Mal, dass sie Regen sah.

Alle gingen durch Arabellas Zimmer hinaus auf den Balkon. Arabella streckte die Hände aus, fing den Regen auf und bespritzte sich das Gesicht. Es tat so gut, dass sie lachte und jubelte wie ein kleines Mädchen. Auch die Männer strahlten von einem Ohr zum anderen. Nach der schier endlosen Dürre war der Regen ein beglückender Anblick.

»Ist die Dürre jetzt vorbei?«, fragte Arabella.

»Das bezweifle ich«, rief Ted von der Straße zu ihnen hoch. Er war auf dem Weg zu den Ställen, um die Boxen auszumisten, wie jeden Morgen bei Tagesanbruch. Ted war durchnässt, doch es machte ihm nichts aus – im Gegenteil. Es war herrlich, sich vom Regen den Schweiß vom Körper waschen zu lassen; es war beinahe so, als würde er zum ersten Mal seit Monaten ein Bad nehmen. »Erst wenn es ein paar Tage ununterbrochen regnet, können wir sicher sein, dass die Dürre vorbei ist«, rief er zu Arabella hinauf. »Wenn der Regen bald wieder aufhört, wird es knapp reichen, den Staub aus den Regenwassertanks zu spülen. Wir sollten uns nicht zu früh freuen!«

Es regnete anderthalb Stunden lang. Dann hörte es so abrupt auf, als hätte jemand einen Hahn zugedreht, und die stechende Sonne kam wieder hervor. Die Straßen von Marree hatten sich in Schlammpisten verwandelt, auf denen die Aborigine-Kinder vor Vergnügen kreischend spielten.

Arabella und Jonathan mussten feststellen, dass das Hoteldach löcherig war wie ein Sieb. Arabella stellte einen Eimer auf ihr Bett, um das Wasser aufzufangen. Auch Jonathan und Wally stellten in ihren und in Maggies und Tonys Zimmer Eimer auf. Überall hatte es hineingeregnet. Als sie keine Eimer mehr finden konnten, nahmen sie Töpfe und Pfannen.

Die Luft war dermaßen schwül, dass es noch unerträglicher war als in den Tagen zuvor, in denen sie mit trockener Hitze und Staub zu kämpfen hatten. Die Wäsche, die Arabella an die Leine gehängt hatte, sah erbarmungswürdig aus: Der Staubsturm hatte sie mit einer rötlich braunen Schicht überzogen, die der Regen in schlammige Streifen verwandelt hatte.

Arabella, die bis zu den Knöcheln im Schlamm stand, war eben dabei, die Wäsche von der Leine zu nehmen, als Rita auftauchte.

»Sieh dir diese Schweinerei an«, klagte Arabella.

»Der Regen wird die Wildblumen in der Wüste zum Blühen bringen, Missus«, sagte Rita. »Das ist ein schöner Anblick!«

Arabella hielt inne und sah Rita verwundert an. Dass Rita so etwas von sich gab, hatte sie nicht erwartet. Für Arabella war die Freude an Blumen etwas Feminines, und Rita war so ziemlich die unfemininste Frau, die ihr je begegnet war.

»Das würde ich sehr gern sehen, Rita«, sagte sie.

»Dann sollten Sie sich beeilen, Missus, denn die Heuschrecken werden die Blumen bald fressen«, sagte Rita.

»Heuschrecken?«

»Ja, die Heuschrecken kommen. Viele!« Rita blickte in die Wüste hinaus. »In ein paar Tagen sind sie da. Sie fressen alles, was sie sehen. Aber sie sind ein Leckerbissen. Wir werden jede Menge kochen!«

»Kochen? Ihr werdet doch nicht etwa *Heuschrecken* essen?«, fragte Arabella ungläubig.

»O doch, Missus. Sie schmecken gut!«

»Igitt«, sagte Arabella. »Eher würde ich verhungern.«

»Das werden Sie vielleicht auch, Missus, denn die Heuschrecken werden alles fressen, was im Gemüsegarten ist.«

»Maggies Gemüsegarten?«, rief Arabella entsetzt. »Das darf ich nicht zulassen!«

»Sie können die Heuschrecken nicht aufhalten, Missus«, sagte Rita. »Nur essen.«

Zwei Tage später kamen die Heuschrecken nach Marree. Arabella war auf dem Balkon, um die Matratzen zu trocknen, die vom Regen noch immer nass waren, als sie in der Ferne eine seltsame, dunstige Wolke sah, die sich von Süden her näherte. Sie rief Jonathan.

»Sieh dir das an, Jonathan«, sagte sie. »Kommt da schon wieder ein Sandsturm?«

Rita war mit Lily und Missy unten auf der Straße und hatte mitgehört.

»Das sind die Heuschrecken, Missus«, rief Rita zu Arabella hinauf.

Arabella geriet in Panik. Die Heuschreckenwolke bewegte sich wie eine riesige Flutwelle über das Land und hielt genau auf sie zu. Sie war mindestens eine Meile breit. Etwas Derartiges hatte Arabella nie zuvor gesehen. »Wir müssen den Gemüsegarten retten«, rief sie Jonathan zu.

»Wir können nichts dagegen tun, Arabella«, antwortete er. »Diese Biester werden alles fressen, was über der Erde ist. Nur was darunter ist, dürfte in Sicherheit sein.«

»Woher wusstest du, dass die Heuschrecken kommen, Rita?«, fragte Arabella.

»Ich weiß es eben«, sagte Rita und schlug mit Lily und Missy den Weg zurück zu ihrem Lager ein. Es war deutlich zu sehen, dass die Frauen sich auf ihre Heuschreckenmahlzeiten freuten. Arabella war fassungslos.

Binnen zwei Stunden hüpften die Heuschrecken durch jeden Winkel von Marree. Arabella hatte Türen und Fenster geschlossen, in der Hoffnung, die Plagegeister auf diese Weise vom Haus fernhalten zu können, musste ihren Irrtum aber bald einsehen. Sie war in der Küche, als die ersten Tiere unter der Tür hindurchkamen und über den Boden hüpften. Sie schnappte sich einen Besen und versuchte, sie zu erschlagen, doch es kamen immer mehr. Arabella nahm ein Tuch und stopfte es unter die Tür.

»Wie können wir verhindern, dass die Biester ins Haus kommen?«, rief sie Jonathan verängstigt zu.

»Ich weiß es nicht«, sagte er, »aber sie werden uns nichts tun, Arabella.«

Sie wusste selbst, dass ihr Verhalten kindisch war, doch sie ekelte sich vor den Heuschrecken.

»Ich will sie nicht im Haus haben!«, schrie sie und flüchtete auf den Flur – nur um dort auf noch mehr hüpfende Geschöpfe zu stoßen. Die Heuschrecken waren offenbar unter der Haustür hindurch in die Bar und von dort weiter ins Haus gekommen. Kreischend bewegte Arabella sich auf Zehenspitzen zwischen ihnen hindurch und stieg langsam die Treppe hinauf. Als sie sich auf halber Höhe umwandte, sah sie unzählige Tiere, wohin sie auch blickte. Schaudernd rannte sie in ihr Zimmer, um dort Schutz zu suchen, und knallte die Tür hinter sich zu. Sie riss die Laken vom Bett, stopfte sie in die Türritze und ließ sich auf den Boden fallen. Dann holte sie tief Luft, um ihre Fassung wiederzuerlangen. Sie wusste, dass Jonathan, Ted und Stuart sich über ihre panische Reaktion auf die hüpfenden Eindringlinge amüsierten, doch Millionen von Insekten waren in ihren Augen ganz und gar nicht zum Lachen.

Arabella warf einen Blick zur Balkontür und sah erst jetzt, dass sie offen stand. Sie sprang auf und spähte vorsichtig hinaus auf den Balkon, auf dem zum Glück keine einzige Heuschrecke zu sehen war. Langsam trat Arabella bis ans Geländer und schaute hinunter. Die Straße unter ihr schien sich zu bewegen. Es war ein grauenhafter, zugleich aber seltsam faszinierender Anblick. Arabella war wie gebannt. Sie hörte nicht, wie Jonathan hinter sie trat. Als er ihr eine Hand auf den Arm legte, schrie sie auf und zuckte heftig zusammen.

»Entschuldige«, sagte er sanft. »Ich wollte dich nicht erschrecken.«

»Schon gut«, sagte sie atemlos. »Ich war so gebannt von den Heuschrecken, dass ich dich gar nicht kommen hörte.« Sie warf einen Blick in ihr Zimmer. »Du hast die Laken doch wieder vor die Tür gelegt?«

»Ja.« Jonathan lächelte. »Keine Angst, sie können nicht in dein Zimmer und dich fressen.« Er warf einen Blick hinunter, und seine Augen weiteten sich. »Was für ein atemberaubender Anblick! Ich muss meine Kamera holen«, sagte er.

Bevor Arabella auch nur ein Wort sagen konnte, stürzte er davon. Im nächsten Augenblick war er mit seiner Kamera wieder zur Stelle und baute sie auf, um das faszinierende Naturschauspiel zu fotografieren. Arabella musste gestehen, dass der Anblick der Heuschrecken, die sich wie eine Woge durch die Straßen bewegten, atemberaubend war, und in gewisser Weise war sie froh, dass Jonathan diesen Anblick festhielt, denn sie bezweifelte, dass sie je in ihrem Leben wieder etwas Derartiges zu sehen bekäme.

Jonathan machte ein paar Aufnahmen; dann stellte er seine Kamera beiseite und legte sanft, fast zögernd einen Arm um Arabellas Schultern. »Tut mir leid, wenn ich dir vorhin nicht sehr verständnisvoll erschienen bin«, sagte er. »Ich habe in der Wüste schon viele seltsame Dinge gesehen, aber ich vergesse immer wieder, dass du noch nichts davon erlebt hast.«

»So etwas habe ich wirklich noch nie gesehen«, sagte Arabella, der es sehr gefiel, dass Jonathan so nahe bei ihr war. »Von hier oben sind die Heuschrecken ein faszinierender Anblick. Aber ich bezweifle, dass die Farmer das genauso sehen würden.«

»Da hast du allerdings Recht«, sagte Jonathan, der ebenfalls hinunter auf die Straße blickte. »Sie können binnen weniger Stunden eine ganze Ernte vernichten und die Farmer so in den Ruin treiben. Soviel ich weiß, werden Versuche unternommen, mit einem Gift gegen die Heuschrecken vorzugehen, aber ich kann mir nicht vorstellen, dass man damit Erfolg haben wird, wenn Abermillionen von den Biestern anrücken.«

Arabella lehnte sich gegen Jonathan und genoss seine Umarmung.

»Ich will heute Abend nicht mit den Aborigines essen«, sagte sie nach einer Weile.

»Warum nicht? Bis dahin sind die meisten Heuschrecken wieder verschwunden.«

»Nicht alle. Ein paar von ihnen stehen auf der Speisekarte.«

»Oh«, sagte Jonathan und schüttelte sich bei der Vorstellung.

Arabella sah zum ersten Mal, dass er sich vor einem Buschessen ekelte.

»Aber wenn sie schön knusprig sind …«, sagte er.

Arabella musste unwillkürlich lachen, obwohl sie das lebhafte Bild gegrillter Heuschrecken vor Augen hatte.

»Meinst du, sie werden sie kochen oder im Feuer rösten?«, fragte Jonathan.

»Hör auf!«, rief Arabella kichernd.

»Ich kann mir das richtig gut vorstellen … kleine, schwarze, knusprige Dinger mit krossen Flügeln«, sagte Jonathan.

»Igitt!«, lachte Arabella und warf unwillkürlich einen Blick zur Tür. Aber sie war sich sicher, auch mit diesem Problem fertig zu werden.

Sie brauchten Stunden, um die Heuschrecken aus dem Hotel und den Türeingängen zu fegen. Niemand dachte auch nur daran, mit den Aborigines zu essen. Stattdessen aßen sie zum Abendessen Brot mit Konfitüre.

Paddy hatte ihnen gesagt, die Heuschrecken hätten die Kamele erschreckt, viele von ihnen seien aus ihren Pferchen ausgebrochen. Les erzählte ihnen später, viele Kameltreiber seien in die Wüste aufgebrochen, um zu versuchen, die Tiere zusammenzutreiben.

Kaum hatte er ihnen diese Neuigkeit berichtet, traf Stuart mit der Nachricht ein, dass Bess das Gatter ihrer Koppel aufgestoßen hatte und Uri mit ihr verschwunden war.

»O nein«, stieß Arabella aus, voller Sorge um das Kameljunge. Wieso war sie nicht darauf gekommen, dass die Heuschrecken ihm Angst einjagen könnten! »Wir müssen die beiden suchen.«

»Du bleibst hier«, sagte Jonathan. »Es wird gleich dunkel. Ted, Les, Stuart und ich übernehmen die Suche nach Bess und Uri.«

»Ich komme mit euch«, rief Arabella entschieden. Sie wollte nicht allein im Hotel bleiben und sich Sorgen machen. »Uri kommt vielleicht zu mir, wenn er mich rufen hört!«

»Du hast Recht«, sagte Jonathan. »Also gut. Komm mit.«

Sie liefen durch die Wüste, darauf achtend, die Lichter des Hotels im Auge zu behalten. Nachts in der Wüste zu sein erinnerte Arabella an jene schrecklichen Stunden, als sie mit ihrem qualvollen Tod gerechnet hatte. Grauenvolle Erinnerungen erwachten, und unwillkürlich hielt Arabella sich dicht an Jonathan.

Die Männer hatten Äste an einem Ende mit Stofffetzen umwickelt, die sie in Benzin getränkt und entfacht hatten, um sie als Fackeln zu benutzen. Nachdem sie fast zwei Stunden lang erfolglos gesucht hatten, beschlossen sie, sich in zwei Trupps aufzuteilen. Les, Ted und Stuart sollten in Richtung Norden suchen, Arabella und Jonathan in Richtung Süden. Auf diese Weise konnten sie ein größeres Gebiet abdecken.

Arabella und Jonathan waren ungefähr anderthalb Meilen vom Hotel entfernt, als ihre Fackel erlosch. »Verdammt«, fluchte Jonathan. Es war stockfinster, da der Mond von Wolken verdeckt war. Sie konnten die andere Fackel in der Ferne nicht mehr sehen; daher nahmen sie an, dass sie ebenfalls erloschen war und die anderen inzwischen zum Hotel zurückgekehrt waren.

»Im Dunkeln werden wir Bess und Uri niemals finden«, sagte Jonathan. »Wir sollten ebenfalls zum Hotel zurück.«

Arabella musste ihm beipflichten. »Aber wenn Uri nun etwas passiert?«, sagte sie.

»Keine Sorge. Bess wird zurückkommen, und Uri wird ihr mit Sicherheit folgen«, sagte Jonathan und machte sich auf den Rückweg zum Hotel.

Arabella nahm Jonathans Arm, da sie Angst hatte, zu stolpern. Sie wussten, dass sie sich in der Nähe eines ausgetrockneten Flussbetts mit einer steilen Böschung befanden, hatten jedoch das Gefühl dafür verloren, wo genau es lag, nachdem ihre Fackel erloschen war. Es war nicht ganz ungefährlich, sich an dem Flussbett entlangzubewegen, da es schlammige Abschnitte gab, wo man abrutschen konnte.

Arabella stolperte über ein Stück Holz und stieß sich den Fuß an. Sie schrie auf. Jonathan griff nach ihr, um sie zu halten, verlor aber plötzlich selbst den Halt und verschwand spurlos von ihrer Seite. Arabella hörte Steine in die Tiefe poltern und Zweige zerbrechen. Dann war ein dumpfer Aufschlag zu vernehmen.

»Jonathan!«, rief sie. »Wo bist du?«

Sie hörte ihn stöhnen. »Rühr dich nicht vom Fleck, Arabella«, keuchte er. »Du stehst am Rand des Flussbetts!«

Arabella tastete vorsichtig mit dem Fuß um sich und schnappte nach Luft: Ein paar Zentimeter weiter fiel der Boden steil ab.

»Ist dir was passiert, Jonathan?« Sie betete, dass er sich nichts gebrochen hatte, und hielt den Atem an, während sie in der Dunkelheit auf seine Antwort wartete.

»Nein«, sagte er und rappelte sich auf. »Sieht so aus, als hätte ich Glück gehabt.«

»Kannst du wieder zu mir hochkommen?«, fragte Arabella. Sie hatte schreckliche Angst, allein gelassen zu werden.

Sie hörte, wie er im Dunkeln um sich tastete. »Nein, es geht nicht«, antwortete er schließlich mit keuchender Stimme, »die Böschung ist zu steil.«

»O Gott … Was soll ich denn jetzt tun?«

»Keine Panik, Arabella. Du kannst doch das Licht vom Hotel sehen, oder?«

Sie wandte sich um. »Ja.«

»Dann geh vorsichtig darauf zu.«

Arabella kämpfte gegen die Panik an, die sie zu überwältigen drohte. »Und was ist mit dir?«

»Ich werde schon einen Weg aus dem verdammten Flussbett finden.«

»Aber ich kann nicht allein laufen, Jonathan«, rief sie. »Könnte ich nicht am Flussbett entlanggehen, bis du einen Weg herausfindest und wieder bei mir sein kannst?«

»Nein, das ist zu gefährlich. Du kannst es bis zum Hotel schaffen, Arabella. Denk dran, du hast eine Nacht allein in der Wüste überlebt. Geh auf das Licht zu. Sei tapfer, mir zuliebe.«

Arabella wollte sich nicht wie ein Kind benehmen, doch sie hatte schreckliche Angst. Tränen traten ihr in die Augen, sodass das Licht des Hotels verschwamm. »Also gut«, sagte sie. »Bist du auch sicher, dass du allein zurechtkommst?«

Jonathan hörte das Zittern in ihrer Stimme. Er hätte sich ohrfeigen können, weil er nicht dafür gesorgt hatte, dass sie im Schutz des Hotels blieb! Nun mussten sie beide zusehen, dass sie sich aus ihrer misslichen Lage befreiten.

»Ich komme schon klar, Arabella. Ich bin ja nicht verletzt. Wir treffen uns im Hotel. Die anderen sind sicher schon dort.«

Arabella spähte zum trüben Licht des Hotels hinüber. »Na schön«, sagte sie mit einer Stimme, die kaum mehr als ein Flüstern war. Den Blick fest auf das Licht gerichtet, bewegte sie sich vorsichtig voran. Das Hotel war ein ziemliches Stück entfernt, doch sie wusste, dass sie es schaffen würde, wenn sie immer nur einen Fuß vor den anderen setzte. Sie versuchte, nicht an Schlangen oder die unzähligen Krabbeltiere zu denken, die nachts über den Wüstenboden huschten.

Langsam bewegte sie sich vorwärts. Es war so dunkel, dass

sie den Boden vor ihren Füßen nicht sehen konnte und immer wieder stolperte. Die Hände vor sich ausgestreckt, ging sie mit vorsichtigen Schritten auf das Licht zu.

»Du schaffst es«, flüsterte sie, um sich selbst Mut zu machen. »Du schaffst es!«

Plötzlich hörte sie das Knacken eines Zweiges und zuckte erschrocken zusammen. »Wer ist da?«, fragte sie. War es Wally, der die Chance ergreifen wollte, sich an ihr zu rächen?

Auf einmal berührte irgendetwas sie an der Schulter. Der Angstschrei blieb Arabella im Halse stecken. Sie brachte nur ein ersticktes Stöhnen hervor.

»Wally, ich weiß, dass du das bist«, sagte sie zitternd vor Angst. »Komm ja nicht in meine Nähe!« Irgendetwas Großes, Dunkles ragte plötzlich vor ihr auf, und dann berührte etwas Nasses ihr Gesicht. Arabella wankte zurück, stolperte und stürzte zu Boden. »Tu mir nichts an, Wally, bitte …«, flüsterte sie, als ihr Mut sie im Stich ließ. Die dunkle Gestalt kam näher, und sie spürte heißen Atem auf der Wange.

Dann hörte sie ein tiefes Schnauben und erkannte ihren Irrtum. Es war nicht Wally. Es war Bess.

Arabella wäre vor Erleichterung beinahe in Tränen ausgebrochen. Sie stand auf, streckte die Hände aus und tastete im Dunkeln um sich. Wieder berührte irgendetwas sie an der Schulter.

»Uri, bist du das?«, fragte sie. Dann spürte sie, wie das feuchte Maul des Kameljungen ihr Gesicht berührte. »Uri!«, rief sie erleichtert, und Tränen liefen ihr über die Wangen. »Es ist alles gut«, sagte sie leise. Sie hörte Bess wieder schnauben. »Gehen wir nach Hause.«

Arabella setzte ihren Weg zum Hotel fort. Bess und Uri trotteten brav hinter ihr her. »Ihr beide habt uns einen schönen Schrecken eingejagt«, sagte Arabella, als könnten die Tiere sie verstehen – vielleicht war es ja auch so.

In der Nähe der Ghan-Siedlung hörte Arabella Lärm in der

Dunkelheit, doch unbeirrt ging sie weiter auf das Hotel zu. Sie führte Bess und Uri auf ihre Koppel, schloss das Gatter und ging völlig erschöpft zur Hintertür des Hotels.

Als er das Moskitogitter der Hintertür zuknallen hörte, kam Stuart aus der Bar. »Arabella!«, rief er. »Alles in Ordnung?«

»Ja, es geht schon.«

»Wo ist Jonathan?«

»Er ist ins Flussbett gefallen.«

»Was sagst du da?«, rief Stuart. Auch Ted und Les waren nun auf sie aufmerksam geworden.

»Ist er verletzt?«, fragte Ted.

»Nein. Er hat mich zurückgeschickt. Er will versuchen, eine Stelle zu finden, an der er aus dem Flussbett klettern kann.«

Stuart wandte sich an Les und Ted. »Wir müssen eine Fackel anzünden und nach ihm suchen. Wer weiß, vielleicht finden wir diesmal auch Bess und Uri.«

»Die zwei hab ich schon gefunden«, sagte Arabella, »besser gesagt, sie haben mich gefunden. Ich hab sie auf ihre Koppel gebracht.«

»Ist ihnen etwas passiert?«, fragte Stuart.

»Ich glaube nicht. Sie sind nur ziemlich verängstigt.«

Ted, Stuart und Les gingen hinaus, um eine Fackel zu holen. Augenblicke später hörte Arabella Stimmen, und ein Stein fiel ihr vom Herzen

Eine der Stimmen gehörte Jonathan.

»Wir wollten uns eben auf die Suche nach dir machen«, sagte Les zu ihm.

»Ist Arabella hier?«, fragte Jonathan. Arabella hörte die Besorgnis in seiner Stimme, und es rührte ihr das Herz.

»Ja, und sie hat Uri und Bess mitgebracht«, sagte Stuart.

»Wirklich?«, fragte Jonathan. »Das Mädchen ist wirklich einmalig.«

Arabella spürte, wie stolz er war. Es machte sie so glücklich, dass sie sich fragte, ob das, was sie empfand, aufkeimende Liebe war.

Am nächsten Morgen schlief Arabella sehr lange. Als sie aufstand, war das Hotel verlassen; nur Wally saß draußen. Arabella konnte gut verstehen, dass es ihn an die frische Luft zog, nachdem er drei Wochen eingepfercht in seinem Zimmer zugebracht hatte. Doch sie war noch immer nervös in seiner Gegenwart und traute ihm nicht über den Weg. Vermutlich würde sich das niemals ändern.

»Wo sind denn alle hin, Wally?«, fragte sie ihn.

»Zur Ghan-Siedlung. Offenbar ist ein wilder Kamelhengst auf den Koppeln«, sagte Wally, »zusammen mit den Kamelen, die die Afghanen gestern Abend zusammengetrieben haben. Und nun richtet dieser Hengst ein Chaos an.«

»Warum lassen sie ihn nicht von der Koppel herunter?«, fragte Arabella.

»Weil ihm dann womöglich die Kamelstuten folgen. Ich glaube, die Afghanen wollen den verrückten Hengst erschießen.«

»Erschießen?« Arabella konnte nicht glauben, was sie da hörte, und machte sich sofort auf den Weg in die Ghan-Siedlung. Jetzt wurde ihr klar, was für einen Tumult sie gehört hatte, als sie am Abend zuvor mit Uri und Bess zurück zum Hotel gelaufen war. Und nun wusste sie auch, weshalb Uri ihr so ängstlich erschienen war, als sie ihn auf die Koppel geführt hatte: Er hatte sich vor dem Hengst gefürchtet.

Noch bevor Arabella die Ghan-Siedlung erreichte, hörte sie Gebrüll und Geräusche, die sich anhörten, als würde irgendetwas zerschlagen. Die Kamele schrien, knurrten und spuckten. Als Arabella sich den Koppeln näherte, hatte sich dort bereits eine Menschenmenge versammelt. Sie erblickte Jonathan und eilte zu ihm.

»Was ist los?«, fragte sie atemlos.

Die Kamele rannten wild über die Koppel, traten um sich,

knurrten böse und spuckten. In ihrer Mitte stand ein riesiger Hengst, der Furcht erregende Laute ausstieß. Er versuchte, die Kamelstuten zu beißen, und jagte angriffslustig seine jüngeren Mitstreiter. Plötzlich stürmte der wild gewordene Hengst auf den Zaun vor ihnen zu und krachte mit der Brust gegen das Geländer. Jonathan zog Arabella rasch zur Seite, als der Hengst den Kopf über den Zaun reckte. Seine lange Zunge hing heraus, und er hatte Schaum vor dem Maul.

Mehrere Kameltreiber hielten Gewehre in den Händen. Paddy rannte von der anderen Seite des Zauns auf den Hengst zu und zielte auf ihn, doch das Tier warf den Kopf zurück, drehte sich um und drängte sich hinter eine der kostbaren Stuten. Paddy fluchte lauthals. Er hatte seine Chance verpasst. Einige der Männer versuchten mit langen Stöcken, den wilden Hengst von ihren Kamelen zu trennen. Die Szene war chaotisch.

»Geh zurück zum Hotel«, sagte Jonathan zu Arabella, als er sah, wie verängstigt und verwirrt sie war.

Bevor sie etwas erwidern konnte, griff der Hengst eines der jüngeren Tiere an, biss und trat es. Die Kameltreiber schrien vor Angst, der Hengst könnte seinen jüngeren Artgenossen töten. Da sprang Paddy über den Zaun und drängte sich zwischen seinen kostbaren Tieren hindurch. Der Hengst sah ihn und wandte sich ihm zu.

Arabella und Jonathan beobachteten entsetzt das Geschehen. Sie waren sicher, dass der Hengst auf Paddy losgehen und ihn umbringen würde.

»Geh raus da, Paddy!«, brüllte Jonathan und sprang am Zaun hoch.

Arabella stockte der Atem. Wollte Jonathan Paddy zu Hilfe kommen? Sie war wie gelähmt vor Angst.

In diesem Augenblick hob Paddy sein Gewehr, zielte und schoss auf das verrückt gewordene Tier. Die Kugel traf genau zwischen die Augen. Der Hengst bäumte sich auf und fiel tot zu Boden.

Beifallsrufe von den Kameltreibern wurden laut. Jonathan wandte sich zu Arabella um, ein Lächeln auf den Lippen. Doch als er ihre bestürzte Miene sah, wurde er schlagartig ernst.

»Es ist alles gut, Arabella«, sagte er beruhigend. »Den anderen Tieren kann nichts mehr geschehen.«

Arabella blickte Jonathan an, als sähe sie ihn zum ersten Mal. Dann legte sie ihm die Arme um den Hals und hielt ihn so fest an sich gedrückt, als wollte sie ihn nie mehr loslassen. Endlich wusste Arabella, dass sie diesen Mann liebte.

20

Edward saß in der Sunset Bar am nördlichen Ende der Stadt und trank. Für einige der Einheimischen war er zu einem vertrauten Anblick geworden. Nicht dass sie ihn gut kennen gelernt hätten – er redete kaum ein Wort –, aber er verbrachte jeden Tag ein paar Stunden auf einem Barhocker und trank Bier.

Diesmal saß Cyril Foreman neben ihm, einer der Einheimischen. Cyril war Alkoholiker – ein Mann, dessen Leben größtenteils enttäuschend verlaufen war. Er hatte einen guten Teil seiner siebzig Jahre auf Walfängern verbracht, wo er eines Tages bei einem Unfall ein Bein verloren hatte. Von da an hatte Cyril den Walfang gehasst. Um so weit vom Meer wegzukommen, wie es nur ging, war er schließlich in der Wüstenstadt Alice Springs gelandet.

Cyril wusste, dass ein paar Aborigines in der Stadt Edward berichtet hatten, die sterblichen Überreste seiner Tochter seien gefunden worden. Cyril hasste die Aborigines leidenschaftlich, vor allem, da er ihnen wegen seines Holzbeins nicht entkommen konnte, wenn sie ihn um Almosen anbettelten.

Heute Nachmittag hatte Cyril seine üblichen Gläser Bier getrunken und war mehr als nur ein bisschen beschwipst. »Hör nicht zu sehr darauf, was die Eingeborenen dir erzählen«, sagte er. Er beugte sich so weit zu Edward hinüber, dass er fast von seinem Hocker kippte.

Edward war so sehr mit seinem eigenen Kummer beschäftigt, dass er Cyril kaum hörte.

»Diese Aborigines! Bis irgendwelche Neuigkeiten, die sie aufschnappen, quer durch die Wüste von einem zum anderen weitererzählt wurden, sind sie völlig verzerrt und verdreht. Hab ich Recht, Bert?«, fragte er den Barmann.

Edward drehte den Kopf und blickte Cyril an. Er hatte schon öfter neben ihm gesessen und ignorierte sein Geschwafel im Allgemeinen. Doch was er diesmal sagte, klang logisch, selbst nach etlichen Gläsern Bier.

»Hast Recht, Cyril«, sagte Bert, der Barmann.

»Tatsächlich?«, fragte Edward überrascht.

»O ja«, sagte Cyril, sich mit einem Ellbogen auf die Bar stützend und mit dem Zeigefinger durch die Luft fuchtelnd. »Ich weiß noch, wie sie gesagt haben, Jock McPherson sei auf dem Weg zurück zu seiner Farm ums Leben gekommen, und das stimmte gar nicht.«

»Was ist denn mit diesem Jock McPherson passiert?«, fragte Edward, dessen Interesse erwachte. Er wollte seine Hoffnungen nicht wieder zu hoch hängen, klammerte sich aber an jeden Strohhalm.

»Ein paar Aborigines hatten ihn gefunden und bei sich aufgenommen«, sagte Cyril. »Sie haben sich um ihn gekümmert, bis er wieder gesund genug war, um zu seiner Farm zurückzukehren.«

»Tun sie das wirklich?«, fragte Edward. »Ich meine, kümmern sie sich um Weiße?«

»Klar«, lallte Cyril. »Ein paar von denen jedenfalls. Aber wenn du dich oben am Daly River verirrst, könntest du vielleicht als Abendessen für diese Wilden enden«, fügte er kichernd hinzu.

»Halt den Mund, Cyril«, sagte der Barmann. Er wusste, dass Geschichten über kannibalische Aborigines dem ohnehin verzweifelten Edward den Rest geben könnten. »Es gibt 'ne Menge Clans, die durch die Wüste streifen und die einen Weißen bei sich aufnehmen würden, wenn er Hilfe braucht«, sagte er zu Edward.

»Würden sie auch ein weißes Mädchen aufnehmen und sich um sie kümmern?«, fragte Edward, der ein wenig neue Hoffnung zu schöpfen wagte.

»Ja, aber das muss nicht heißen, dass das bei Ihrer Tochter der Fall war. Viele Leute kommen draußen in der Wüste um. Aber es *könnte* ja sein, dass sie von einem Stamm gerettet wurde. Ich weiß, das ist keine große Hilfe für Sie, und das Nichtwissen ist schlimmer als das Wissen …«

»Nein, das ist es nicht«, sagte Edward. »Wenn man gesagt bekommt, dass die sterblichen Überreste der eigenen Tochter gefunden wurden, ist das eine unvorstellbare Qual. Ich möchte lieber die Hoffnung bewahren, dass Arabella irgendwo da draußen ist.«

Der Barmann zuckte die Schultern. »Das kann ich verstehen«, sagte er. Da er selbst fünf Töchter hatte, konnte er sich vorstellen, wie Edward zumute war. »Wenn man keinen Beweis hat, sollte man wirklich nicht alles glauben, was einem erzählt wird. Wer kann denn schon sagen, dass die Überreste, die gefunden wurden, die Ihrer Tochter sind?«

Genau das hatte Edward auch gedacht. Aber wenn es nicht die Leiche Arabellas war, die man gefunden hatte – wer war es dann? »Ist es möglich, dass es die Überreste von jemand anders waren?«, fragte er hoffnungsvoll.

»Alles ist möglich«, sagte Bert.

Nachdem Edward ins Hotel zurückgekehrt war, erzählte er Clarice, was der Barmann und Cyril gesagt hatten.

Clarice erwiderte nichts. Sie blickte ihn nur schweigend an.

»Ich weiß, wie gering die Chance ist, dass Arabella noch lebt«, sagte Edward. »Aber ich möchte mir lieber vorstellen, dass ein Stamm sich um sie kümmert, als den Gedanken ertragen zu müssen, dass sie tot ist.«

Clarice seufzte. Sie wusste nicht, was sie denken sollte. »Zu hoffen ist eine Qual«, sagte sie schließlich. »Aber es ist nicht so schlimm wie das Wissen, dass unsere Bella tot ist.«

Keiner der beiden schlief in dieser Nacht. Ihre Gedanken schwankten zwischen Hoffnung und Trauer. Es war die schlimmste Nacht ihres Lebens – noch schlimmer als die Nacht, als sie geglaubt hatten, Arabella sei tot. Damals waren sie sich wenigstens sicher gewesen, was das Schicksal ihrer Tochter anging.

Am nächsten Morgen suchte Edward wieder Sergeant Menner auf.

»Warum dauert es so lange, den Zug und die Telegrafenverbindung wieder in Stand zu setzen?«, fragte er zum wiederholten Mal. Er wollte aus Alice Springs abreisen und etwas unternehmen, um sich endlich Gewissheit zu verschaffen, ob Arabella tot war oder nicht.

»Die Bahnlinie ist fast wieder fertig«, sagte Sergeant Menner geduldig. »Für die Telegrafenverbindung werden Masten aus dem Süden hergeschickt. Sie kann also erst repariert werden, wenn der Zug wieder verkehrt. Hier gibt es nicht genügend hohe Bäume, die man als Masten verwenden könnte.«

»Wie wurde die Telegrafenlinie denn überhaupt errichtet?«, fragte Edward.

»Die Masten wurden von Kamelkarawanen gebracht. Es hat Monate gedauert, um sie aus Adelaide hierherzuschaffen.«

Edwards Augen weiteten sich. Die Kameltreiber, die er in der Stadt gesehen hatte, waren ihm zwar nicht geheuer gewesen, nun aber fragte er sich, ob er diese Männer vielleicht anheuern sollte, um sich von ihnen zu sämtlichen Aborigine-Lagern bringen zu lassen, damit er dort nach Arabella suchen konnte. »Leben irgendwelche Kameltreiber hier am Stadtrand?«, fragte er.

»Nein. Die größte Ghan-Siedlung ist in Marree. Einige leben in Farina und Lyndhurst. Und dann gibt es noch eine Ghan-Siedlung in Broken Hill.«

»Verdammt«, fluchte Edward enttäuscht.

»Einige Aborigines aus der Stadt sind nach Süden aufgebrochen. Ich habe sie gebeten, dass sie nach den …«, Sergeant Menner verstummte gerade noch rechtzeitig, bevor er »Überreste« sagte, »… dass sie nach Ihrer Tochter suchen, Sir«, sagte er. »Ich hoffe, sie werden etwas finden, das uns helfen wird, sie zu identifizieren. Es sind Stammes-Aborigines, keine Trunkenbolde.«

Edwards Miene hellte sich auf. »Großartig, Sergeant. Meine Frau und ich hoffen noch immer, dass die Überreste, die die Aborigines gefunden haben, nicht die unserer Tochter sind.«

Sergeant Menner nickte. »Wenn die Aborigines Ihre Tochter finden, werden sie mir Bericht erstatten. Sie wollen zu einem *corroborree* in der Flinderskette und haben sich bereit erklärt, bis Marree so nah wie möglich der Bahnlinie zu folgen.«

»Arabella könnte bei irgendwelchen Clanangehörigen leben«, sagte Edward. »Ein paar Einheimische sagten, die Aborigines würden manchmal Weiße bei sich aufnehmen.«

»Ja, so etwas ist schon vorgekommen, aber es ist …« Der Sergeant hatte sagen wollen, »unwahrscheinlich«, bremste sich aber. »Alles ist möglich«, sagte er stattdessen.

»So ist es«, sagte Edward. »Außerdem erscheint es mir logisch, dass die Wahrheit verzerrt wird, wenn sie über hunderte von Meilen von einem Clan zum nächsten weitererzählt wird. Vor allem, wenn die Information bei Trunkenbolden wie Billy, Danny und Charlie landet.«

»Wenn das der Fall ist, werden die Stammes-Aborigines davon erfahren, und dann werden sie es uns mitteilen«, sagte der Sergeant, obwohl er sicher war, dass Arabella gar nicht lange genug überlebt hatte, um von freundlichen Stammesangehörigen aufgenommen zu werden. Der Sergeant war Realist. Er war überzeugt, dass Arabella in der Wüste umgekommen war.

Edward hingegen war froh, Clarice endlich erfreuliche Neuigkeiten überbringen zu können.

»Ich komme eben vom Polizeirevier«, sagte er. »Eine Gruppe

Aborigines wird die Bahnlinie bis nach Marree ablaufen und nach Arabella suchen!«

»Du solltest dir keine falschen Hoffnungen machen, Edward«, sagte Clarice. »Was sollen diese Leute denn jetzt noch finden?«

»Aber Clarice! Arabella könnte von einem Stammesclan aufgenommen worden sein. Der Sergeant hat mir versprochen, dass die Aborigines uns Bericht erstatten, falls sie etwas erfahren. Er sagte mir, dass es keine von den Trunkenbolden aus der Stadt sind, sondern echte Stammesangehörige.«

Clarice' Hoffnung flammte wieder auf. »Wann sind sie denn aufgebrochen?«

»Heute Morgen, soviel ich weiß. Sie wollen an einem *corroborree* in der Flinderskette teilnehmen.«

»Was ist ein *corroborree*?«

»Ein großes Treffen, eine Art Stammesfest. Die Aborigines streifen viel umher. Wenn also etwas Außergewöhnliches passiert ist – wenn zum Beispiel ein weißes Mädchen in der Wüste gefunden wurde –, würde diese Nachricht sich herumsprechen. Ich glaube, wir können uns wirklich Hoffnungen machen.«

»Oh, Edward, das wäre wundervoll!«

»Ich nehme an, die Afghanen werden das Fleisch des Kamelhengstes heute Abend essen«, sagte Arabella zu Jonathan, als sie zurück zum Hotel gingen, gefolgt von Ted und Les. Sie schauderte bei der Vorstellung. Vor ihrem geistigen Auge sah sie immer noch das rasende, wilde Kamel, kurz bevor es erschossen wurde.

»Wenn das Fleisch nicht verdorben ist, werden sie es tatsächlich essen«, sagte Ted, der Arabella gehört hatte.

Sie schüttelte sich vor Ekel.

»Und wenn es verdorben ist, werden es die Hunde der Aborigines fressen«, fügte Ted hinzu.

»Kamelfleisch habe ich noch nie gekostet«, sagte Jonathan, als fände er die Vorstellung faszinierend.

»Ich würde es gar nicht erst anrühren«, sagte Arabella schaudernd.

Stuart war bei Bess und Uri. Während Les und Ted ins Hotel gingen, blieben Jonathan und Arabella bei den Ställen stehen, um zu sehen, wie es dem Pferd und dem jungen Kamel ging.

»Sie beruhigen sich allmählich, aber heute Morgen hatten sie einen kleinen Schock«, sagte Stuart.

Uri kam an den Zaun und schnüffelte liebevoll an Arabellas Gesicht.

»Du hast mir in der Dunkelheit einen schönen Schrecken eingejagt«, sagte sie mit einem Lächeln, während sie in seine warmen braunen Augen mit den dichten Wimpern sah. Das Kameljunge war ihr inzwischen sehr ans Herz gewachsen, und sie wusste, dass sie es schrecklich vermissen würde, wenn sie Marree verließ. Bei diesem Gedanken warf sie einen Blick auf Jonathan, und Traurigkeit überkam sie.

Ihn würde sie am schmerzlichsten vermissen.

Später an diesem Nachmittag trafen drei Männer im Great Northern Hotel ein. Es waren Arbeiter von Lizard Creek Station, die Grenzzäune überprüft hatten. Da eine der Grenzen nur ein paar Meilen von der Stadt entfernt war, hatte Ruth Maxwell vorgeschlagen, sie sollten auf ein Bier im Hotel vorbeischauen und Maggie eine Nachricht von ihr überbringen.

Doch erst einmal tranken die Männer ein großes Bier, »damit der Staub sich setzte«.

»Wo ist Maggie?«, fragte Len, während Jonathan ihnen allen ein zweites Bier einschenkte. Arabella brachte ein paar frische Gläser in die Bar. Sie erschrak, als sie die Viehtreiber sah, und hoffte, dass sie nicht zum Abendessen bleiben wollten, begrüßte sie aber höflich.

»Maggie und Tony sind für ein paar Wochen auf Warratah Station«, sagte Jonathan zu Len.

»Oh.« Len war überrascht. »Das sieht den beiden aber gar nicht ähnlich, das Hotel gleichzeitig zu verlassen.«

»Maggie ging es nicht gut, deshalb hat Tony sie zu ihrer Schwester gebracht. Er selbst hatte einen Unfall. Als er mit seinem Schwager die Schafe auf Warratah Station untersuchte, ist ein Schafbock auf ihn losgegangen. Tony hat sich mehrere Rippen gebrochen, sodass er ein paar Wochen nicht reiten kann.«

»Autsch! Der arme Kerl.« Len rieb sich die Rippen, als könnte er Tonys Schmerzen nachempfinden. Er erinnerte sich, wie er bei einem Rodeo in Cloncurry von einem Bullen hochgeschleudert und beinahe aufgespießt worden war, wobei er sich drei Rippen gebrochen hatte. »Die Maxwells wollten übermorgen mit zwei Besuchern zum Abendessen kommen«, sagte er. »Mrs Maxwell hat mich gebeten, hier vorbeizuschauen, um Maggie Bescheid zu geben, dass sie kommen.«

In Arabella stieg Panik auf. »Wir haben kaum noch Fleisch«, sagte sie. »Ein Trupp Schafscherer ist vorbeigekommen. Sie haben fast alles aufgegessen.«

»Hätten wir das gewusst, hätten wir ein Schaf mitgebracht«, sagte Len.

»Tja, aber niemand hier weiß, wie man ein Schaf schlachtet«, gestand Jonathan.

Der Viehtreiber blickte verdutzt. Arabella bemerkte, dass es Jonathan unangenehm war, ein solches Eingeständnis zu machen. Wahrscheinlich hielt er es für »unmännlich«, dass er es nicht über sich brachte, ein Schaf zu schlachten und zu zerlegen.

»Was ist mit Wally?«, fragte Len.

Jonathan warf einen raschen Blick auf Arabella. »Wally ist sehr krank gewesen«, sagte er. Er wollte zu keiner langen Erklärung ausholen und hoffte, dass der Viehtreiber nicht allzu viele Fragen stellte.

»Ich werde es Mrs Maxwell ausrichten«, sagte Len. »Aber wenn ihr kein Fleisch mehr habt, was habt *ihr* dann gegessen?«

»Wild, das die Aborigines uns zubereitet haben«, sagte Jonathan. »Es schmeckte ganz gut, nur auf die gerösteten Heuschrecken haben wir verzichtet.«

Len lachte, und die beiden anderen Viehtreiber fielen ein.

»Ihr habt Glück, dass wir wenigstens noch kaltes Bier haben«, sagte Ted vom anderen Ende der Bar. »Der Generator ist uns nämlich kaputtgegangen. Wir hatten ihn eben erst repariert, als die Heuschrecken hier einfielen.«

»O Mann, wenn wir die ganze Strecke hierhergeritten wären, und ihr hättet kein kaltes Bier gehabt, hättet ihr Ärger bekommen«, sagte Len, und seine Kumpel nickten. Irgendwie hatten Arabella und Jonathan das Gefühl, dass Len es bitterernst meinte.

Es war das erste Mal, dass Arabella wirklich nachempfinden konnte, wie viel das Hotel den Leuten auf den Farmen bedeutete, vor allem den Viehtreibern, die lange Stunden in der Hitze schufteten. Es war ein Mittelpunkt des sozialen Lebens und des Austausches – ein Ort, an dem die Menschen dieses riesigen Landes Neuigkeiten über ihre Nachbarn erfahren konnten, und Nachrichten aus der großen weiten Welt. Für viele Menschen in weitem Umkreis wäre es eine Tragödie, wenn das Great Northern Hotel dichtmachte.

Am nächsten Tag erschien Len Harris erneut, diesmal in Begleitung eines anderen Viehtreibers, Walt Miser. Sie kamen in den Saloon, und Walt stemmte einen schweren Sack auf den Bartresen. »Mrs Maxwell sagt, das sollen wir euch bringen«, sagte er. »In dem Sack ist ein Schaf, gehäutet und zerlegt. Ihr müsst das Fleisch nur noch zubereiten. Die Maxwells verlangen nichts dafür, aber sie würden morgen gern zum Abendessen herkommen.«

Arabella und Jonathan waren einen Augenblick lang sprachlos.

»Das ist sehr großzügig von den Maxwells«, sagte Jonathan schließlich.

»Ja, das stimmt«, pflichtete Arabella ihm bei. Sie war noch immer entsetzt bei dem Gedanken, ein Essen für andere Leute zubereiten zu müssen – aber wie konnte sie das jetzt noch ablehnen, nachdem die Maxwells ihnen genügend Fleisch zur Verfügung gestellt hatten, um für die Gäste und sie selbst zu kochen? Die Kameltreiber, die nach Leigh Creek aufgebrochen waren, um Vorräte zu besorgen, sollten am kommenden Tag zurückkehren. Arabella hoffte, dass sie rechtzeitig kamen.

»Dankt den Maxwells und sagt ihnen, dass wir morgen Abend alles für sie bereit haben«, sagte Arabella.

Als die Kameltreiber am Spätnachmittag des nächsten Tages noch immer nicht mit den neuen Vorräten erschienen waren, geriet Arabella in Panik. Sie hatte ein paar Dosen Obst und Gemüse bereitgestellt, die sie zu den Mahlzeiten servieren konnte; ansonsten hatten sie nur noch Mehl, um Brot zu backen. Und nachdem die Rüsselkäfer einige Säcke befallen hatten, gab es auch davon nicht mehr viel.

»Ich werde hinter dem Haus ein Feuer für ein Barbecue machen, wenn ihr wollt«, sagte Ted.

»Das ist eine gute Idee«, sagte Jonathan. Das würde es ihm ersparen, sich in der Küche am heißen Herd abzurackern.

»Aber wir brauchen etwas, das wir zu dem Fleisch servieren können …«, sagte Arabella nachdenklich. Auf einmal hatte sie eine Idee. »Ich bin gleich wieder da«, sagte sie und ging zur Hintertür hinaus.

Sie traf Rita, Lily und Missy in deren Lager an. »Ich brauche eure Hilfe«, sagte sie. »Zum Abendessen kommen Leute von Lizard Creek Station zu uns. Sie haben uns Fleisch zur Verfügung gestellt, aber wir können nichts dazu servieren. Deshalb hätte ich eine Bitte an euch.«

»Was können wir für Sie tun, Missus?«, fragte Rita.

»Ihr könntet Jamswurzeln für mich suchen. Sie haben mir sehr gut geschmeckt. Ich bin sicher, sie schmecken auch den Gästen. Im Tausch gegen die Jamswurzeln bekommt ihr Fleisch von mir. Einverstanden?«

»Schon gut, Missus. Jimmy hat heute Morgen einen großen Goanna gefangen«, sagte Rita.

Erleichtert kehrte Arabella zum Hotel zurück.

Rita, Missy und Lily enttäuschten Arabella nicht. Sie brachten ihr reichlich Jamswurzeln und andere Buschfrüchte und erklärten ihr, wie sie zubereitet wurden. Im Gegenzug verlangten sie ein Stück von dem Lamm. Arabella bewunderte die Frauen dafür, dass sie in der eintönigen Wüstenlandschaft überhaupt etwas Essbares finden konnten – eine Welt, die kaum eine Spur von Leben zeigte.

»Ich weiß, dass die Jamswurzeln genießbar sind«, sagte Arabella, »aber werden die anderen Pflanzen unseren Gästen nicht den Magen verderben wie die *bush plums* bei Stuart Thompson?«

»Nein, Missus«, sagte Rita. »Da sind keine *bush plums* dabei.«

»Vielen Dank«, sagte Arabella. Jetzt blieb ihr nur noch zu hoffen, dass die Maxwells nichts gegen Buschessen einzuwenden hatten.

Als sie am frühen Abend eintrafen, war das Barbecue fast fertig. Arabella bedankte sich als Erstes für das Lamm, das sie geschickt hatten.

»Sie brauchen sich nicht zu bedanken«, sagte Ruth. »Falls Sie noch irgendetwas benötigen, solange Maggie und Tony fort sind, lassen Sie es uns wissen. Hier im Outback hilft man sich gegenseitig. Manchmal ist Nachbarschaftshilfe die einzige Möglichkeit, wie wir hier überleben können.«

Arabella erkannte immer mehr, wie sehr das stimmte. Obwohl die Nachbarn in diesem schier endlosen Land sehr weit voneinander entfernt lebten, unterstützten sie einander mehr als viele Menschen in England, die Tür an Tür wohnten.

Arabella hatte im Speisesaal einen großen Tisch gedeckt und

mit Maggies bester Tischdecke und silbernen Kerzenhaltern geschmückt. Ruth Maxwell sah zufrieden aus. Sie war eine freundliche, bodenständige Frau, die aufrichtige Sorge um Maggie und Tony zeigte.

Dann wurden das Fleisch, die Jamswurzeln und die anderen Speisen auf einer großen Platte serviert. Die Wurzeln waren zusammen mit dem Fleisch zubereitet worden, was dem Lamm einen süßlich aromatischen Geschmack verlieh. Die Maxwells zögerten nicht, sich das Essen reichlich auf ihre Teller zu häufen.

Während Stuart die Getränke servierte, aßen Arabella, Jonathan, Ted und Wally, der immer noch leicht humpelte, draußen vor dem Hotel unter einem Baum.

»Das Fleisch schmeckt wirklich gut«, bemerkte Arabella. Das Lamm war zart und voller Geschmack, und die Jamswurzeln waren köstlich.

»Das Essen war ausgezeichnet«, bemerkte Ruth, als Arabella die Teller abräumte. »Jamswurzeln habe ich schon mal gegessen, aber die anderen Früchte nicht. Ich muss unbedingt herausfinden, was das ist. Es hat dem Fleisch sehr viel Geschmack gegeben.«

»Die Aborigine-Frauen haben die Früchte für uns gesucht«, sagte Arabella. »Sie haben uns auch gesagt, wie sie heißen, nur leider in ihrer Stammessprache. Ehrlich gesagt, Mrs Maxwell …«

»Bitte nennen Sie mich Ruth.«

»Sehr gern. Wissen Sie, Ruth, ich war mir nicht sicher, ob es Ihnen zusagen würde, Buschessen serviert zu bekommen, aber ich hatte sonst keine Beilagen, die ich zum Lamm hätte reichen können.«

»Oh, ich war früher oft mit Viehherden unterwegs und kenne das Buschessen, weil wir ein paar Aborigines unter den Viehtreibern hatten. Ich finde, es schmeckt großartig.«

Arabella war erstaunt, dass Ruth mit Viehherden unterwegs gewesen war. Sie sah nicht wie eine Frau aus, die das raue Leben um ein Lagerfeuer kannte. Arabella konnte sie sich eher in einem vornehmen Herrenhaus auf dem Land vorstellen.

»Heute haben Sie Ihr Können wirklich unter Beweis gestellt«, fügte Ruth hinzu. »Sie sollten stolz auf sich sein, Arabella.«

Arabella errötete angesichts dieses Lobes, zumal sie wusste, dass ohne Ritas, Lilys und Missys Hilfe alles anders ausgesehen hätte.

»Ich habe gehört, Sie spielen Klavier, Arabella«, sagte Bob Maxwell. In Arabellas Augen passte er perfekt ins Outback. Er war kräftig und breitschultrig, mit bronzefarbener, wettergegerbter Haut. Er hatte die Ärmel seines Hemdes hochgekrempelt und trug eine Moleskinhose und Reitstiefel; neben ihm lag sein abgewetzter, verschwitzter Buschhut.

»Ja, ich spiele ein wenig Klavier«, sagte Arabella.

»Dann spielen Sie bitte für uns, ja?«, sagte Ruth. »Es ist eine Ewigkeit her, seit wir gute Musik gehört haben.«

Bobs Bruder Peter, eine stillere Version von Bob, und seine Frau Jessica schlossen sich der Bitte an.

»Na schön«, sagte Arabella.

Nachdem sie Arabella applaudiert hatten, gingen die Männer zur Bar hinüber und ließen die beiden Frauen allein. »Sie spielen wundervoll«, sagte Ruth. »Ich kann nur auf der Tastatur klimpern, aber Sie erinnern mich an meine Mutter. Sie hatte ebenfalls ein außergewöhnliches musikalisches Talent.«

Arabella beschloss, sich Ruth anzuvertrauen, was die finanzielle Notlage des Hotels anging. Ruth schien ihr eine Frau zu sein, die möglicherweise gute Ratschläge hatte, wie man Maggie und Tony helfen konnte.

»Wir haben versucht, uns etwas einfallen zu lassen, wie wir für die beiden Geld aufbringen können«, endete Arabella, nachdem sie Ruth die verzweifelte Lage des Hotels geschildert hatte. »Ehrlich gesagt, glaube ich nicht, dass Maggie das volle Ausmaß der Probleme kennt. Wenn nicht bald etwas unternommen wird, muss das Hotel geschlossen werden.«

»Das wäre schrecklich, nicht nur für Maggie und Tony«, sagte Rita betroffen. »Die ganze Stadt ist auf die eine oder andere Weise auf das Hotel angewiesen. Warum organisieren Sie nicht ein Fest? Veranstalten Sie ein Barbecue! Sorgen Sie dafür, dass die Kinder ein bisschen Unterhaltung haben. Und Sie, Arabella, müssen ein Konzert geben. Dann könnte es ein Erfolg werden.«

»Aber kämen genug Leute in die Stadt?«

»Da bin ich sicher«, erwiderte Rita.

Arabella dachte an Jonathans Idee. »Jonathan hat fantastische Fotos vom Outback gemacht. Normalerweise stellt er sie in der Großstadt aus und verkauft sie auch dort. Aber er wäre bereit, für Maggie und Tony eine Ausstellung zu organisieren. Wenn wir die Leute dazu bringen könnten, hierherzukommen, könnte er seine Ausstellung hier in Marree veranstalten und seine Fotos gleich hier verkaufen. Das würde zusätzliches Geld für Maggie und Tony bedeuten.«

»Das ist eine gute Idee!«, sagte Ruth.

»Vielleicht könnten wir die Afghanen überreden, den Kindern Kamelritte anzubieten«, fuhr Arabella fort. »Und Jimmy Wanganeen könnte auf dem *didgeridoo* spielen, und die Aborigine-Frauen könnten dazu tanzen.«

»Und Walt Miser ist ein hervorragender Peitschenschläger. Er könnte Vorstellungen geben!«, sagte Ruth begeistert. »Und Len hat früher Rodeoturniere geritten. Wenn doch nur der Zug fahren würde! Dann kämen so viele Besucher, dass das Geld sicher reichen würde, um das Hotel zu retten.« Sie blickte Arabella an. »Wissen Sie, bei welcher Bank Maggie und Tony sind?«

»Bei der Bendigo Bank in Adelaide. Warum fragen Sie?«

»Oje, das ist keine gute Neuigkeit.« Ruth blickte beunruhigt. »Die kennen kein Pardon. Wenn der Kredit nicht pünktlich zurückgezahlt wird, werden sie hier wie die Heuschrecken einfallen.

Wir hatten Nachbarn, die ihre Farm mit einem Kredit von der Bendigo Bank gekauft haben. Kaum waren sie mit ihren Zahlungen im Verzug, hat die Bank ihr Eigentum übernommen und alles verkauft, obwohl die Viehtreiber bereits mit Vieh unterwegs zum Markt waren, sodass der Verkauf der Tiere es den Leuten ermöglicht hätte, den Kredit zurückzuzahlen. Aber für diese Bank zählte nur, dass das Geld nicht rechtzeitig bezahlt wurde, alles andere spielte für sie keine Rolle.«

»Aber solange der Zug nicht fährt, können die Leute von dieser Bank doch nicht hierherkommen, oder?«, fragte Arabella.

»Sie würden sich wundern, wie einfallsreich die sein können, wenn es um Geld geht! Sie werden eine Möglichkeit finden, nach Marree zu kommen«, sagte Ruth. »Wenn ich mich recht erinnere, hatten sie damals Kameltreiber angeheuert, die sie zur Farm der Smithsons brachten.«

»Dann sollten wir so rasch wie möglich etwas unternehmen. Wie könnten wir für unser Stadtfest Reklame machen?«

»Das Buschtelefon funktioniert hier draußen sehr gut«, antwortete Ruth. »Setzen Sie das Datum fest, dann werde ich dafür sorgen, dass es sich herumspricht.«

»Ich werde zuerst mit Jonathan und den anderen sprechen müssen«, erwiderte Arabella.

»Wann ist die Zahlung an die Bank fällig?«, fragte Ruth.

»In knapp drei Wochen.«

»Also kurz nach Weihnachten«, sagte Ruth. »Wie wär's mit einem Fest an Heiligabend?«

»Das wäre großartig, aber es gibt noch sehr viel zu organisieren, und ich weiß nicht, ob ich alles früh genug hinbekomme.« Arabella war sicher, dass sie es nicht schaffen konnte, wollte es aber nicht zugeben. Im Stillen wünschte sie sich, ihre Mutter wäre bei ihr. Clarice verstand es wie keine Zweite, Empfänge und Feiern auszurichten.

»Wissen Sie was?«, sagte Ruth. »Bobs Bruder und seine Frau

können nach Lizard Creek zurückkehren, aber Bob und ich werden hier übernachten. Morgen halten wir eine Versammlung ab, dann können wir jeden Einwohner Marrees an der Organisation der Benefizveranstaltung beteiligen.«

»Großartig!«, sagte Arabella. »Ich glaube nur nicht, dass Maggie und Tony es gutheißen würden, das Fest eine ›Benefizveranstaltung‹ zu nennen. Ich weiß, wie stolz Tony ist.«

»Das stimmt«, sagte Ruth. »Aber wir können die Leute in der Stadt zur Verschwiegenheit verpflichten.«

»Wenn Sie meinen, dass das klappt …«

»Aber sicher! Und machen Sie sich keine Sorgen wegen der vielen Dinge, die noch erledigt werden müssen. Ich habe gelernt, Arbeit auf möglichst viele Schultern zu verteilen. Jetzt holen Sie einen Stift und ein Blatt Papier – dann schreiben wir auf, was alles erledigt werden muss und wer welche Aufgabe übernehmen könnte.«

Arabella tat, worum Ruth sie gebeten hatte.

»Also dann«, sagte Ruth. »Zuerst einmal wird Lizard Creek Station Ihnen das Rind- und Lammfleisch fürs Barbecue zu einem guten Preis verkaufen.«

»Oh … ja, danke«, sagte Arabella, die sich fragte, wie sie das Fleisch bezahlen sollte.

Ruth lächelte. »Das war nur ein Scherz. Das Fleisch werden wir natürlich spenden. Das Hotel zu retten ist Ehrensache. Niemand, der gern Bier trinkt, würde das bestreiten, vor allem nicht mein Bob. Und wir sollten das Klavier ins Freie stellen, damit so viele Leute wie möglich Sie hören können. Der Heuschober hinter dem Hotel steht doch leer, oder?«

»Etwas Pferdefutter ist darin, aber nicht viel«, sagte Arabella.

»Das können wir wegräumen. In dem Schober hätten Sie eine improvisierte Bühne, und Jonathan könnte seine Fotos darin ausstellen.«

»Es gibt viel zu tun, stimmt's?«, sagte Arabella, überwältigt von Ruths Elan.

»O ja, meine Liebe. Aber wenn wir die Arbeit delegieren, wird sich alles finden.«

Arabella hatte da ihre Zweifel.

Arabella tat kein Auge zu. Die ganze Nacht dachte sie an die vielen Dinge, die erledigt werden mussten, und machte sich Sorgen, dass die Zeit nicht reichte.

Als sie aufstand, hörte sie draußen laute Rufe und warf einen Blick vom Balkon. Die Kameltreiber waren mit ihren Vorräten zurückgekommen. Bis Arabella sich angezogen hatte und hinuntergegangen war, halfen Stuart und Jonathan den Treibern, die Tiere abzuladen.

»Wir konnten nicht alles bekommen, was Sie haben wollten«, hörte Arabella Faiz sagen. Er reichte Jonathan eine Liste mit den Dingen, die sie mitgebracht hatten, und Jonathan ging sie durch.

Nachdem sie sämtliche Vorräte abgeladen hatten, wurden diese im Lagerschuppen verstaut. Ruth bat Lily, Missy und Faiz, überall weiterzusagen, dass um zehn Uhr hinter dem Hotel eine Stadtversammlung stattfinden würde und dass jeder teilnehmen solle, da die Zukunft der Stadt davon abhinge.

Zwei Stunden später hatten sich alle hinter dem Hotel versammelt. Jonathan stellte sich auf einen Stapel Kisten und blickte in die Runde. »Danke, dass ihr alle gekommen seid«, sagte er.

»Worum geht's denn überhaupt?«, fragte der Ladeninhaber Fred Powell, der vorn in der Gruppe stand.

»Wir haben erfahren, dass das Hotel in finanziellen Schwierigkeiten steckt«, antwortete Jonathan.

»Was sagst du da? Warum hat Tony uns nichts davon gesagt?«, fragte Barry Bonzarelli, der neben Fred stand.

»Wir wissen, dass er sich Sorgen gemacht hat«, erwiderte Jonathan, »aber es war ihm unangenehm, dass jemand in der Stadt davon erfuhr.« Er warf einen Blick hinüber zu den Afghanen, die auf einer Seite der Gruppe beisammenstanden. »Wenn das

Hotel nicht mehr da ist, wird auch die Stadt nicht mehr existieren, und das wird jeden betreffen.«

»Und was sollen wir dagegen unternehmen? Was schlägst du vor?«, fragte Barry Bonzarelli.

»Wir werden an Heiligabend eine Stadtfeier veranstalten. Das Problem ist nur, dass genügend Besucher kommen, sonst sind Maggie und Tony ihr Hotel los.«

Gemurmel ging durch die Gruppe. Ruth stand auf. »Die Idee besteht darin, genügend Geld aufzubringen, um das Hotel zu retten. Miss Fitzherbert wird die Hauptattraktion sein, sie wird ein Klavierkonzert geben. Aber wir werden jedermanns Unterstützung benötigen. Neben dem Konzert werden Jonathans Fotografien ausgestellt und verkauft. Bob und ich werden Fleisch für ein Barbecue spenden. Die Afghanen könnten Kamelritte für die Kinder anbieten. Jimmy Wanganeen könnte auf dem *didgeridoo* spielen, und die Frauen könnten einen Stammestanz aufführen.« Ruth stellte sich auf die Zehenspitzen, um Jimmy hinten in der Gruppe sehen zu können. »Was hältst du davon, Jimmy?«

Arabella warf einen Blick auf den alten Aborigine, der stolz zu sein schien, dass man ihn ausgewählt hatte, die Besucher der Stadt zu unterhalten. »Das ist eine gute Idee, Missus«, sagte er. »Ich spiele das *didgeridoo*, und die Frauen werden tanzen!«

»Sehr gut«, sagte Ruth zufrieden. »Wir müssen die Leute, die nach Marree kommen, auf jede nur erdenkliche Weise unterhalten. Je besser sie sich amüsieren, desto mehr Geld geben sie aus. Ich habe eine Liste erstellt, auf der steht, welche Aufgaben wir wem zuteilen möchten. Auch diejenigen von euch, die nicht auf der Liste stehen, möchte ich bitten, eure Namen daraufzuschreiben. Und schreibt dazu, was ihr tun könnt, um das Great Northern Hotel zu retten. Wir haben knapp drei Wochen Zeit, das heißt, was immer euch einfällt, Geld aufzubringen, wäre eine große Hilfe. Wenn wir alle an einem Strang ziehen, können wir es schaffen. Und noch etwas – es ist am besten, wenn Maggie und Tony vorerst nicht erfahren, warum wir das Geld aufbringen wollen. Sie sind stolz, so wie wir alle. Wir müssen also dafür sorgen, dass es sich herumspricht, dass wir das Fest veranstalten, aber verliert kein Wort darüber, dass wir es für Maggie und Tony tun!«

Zustimmendes Gemurmel wurde laut.

Als die Versammlung sich auflöste, ging Arabella zu Ruth hinüber. »Fred Powell meint, dass nicht so viele Leute in die Stadt kommen, wie wir hoffen«, sagte sie betrübt.

»Nur Mut, Arabella«, erwiderte Ruth zuversichtlich. »Es lässt sich unmöglich vorhersagen, wie viele Besucher kommen werden. Aber einen Versuch ist die Sache wert.«

»Kaum einer hat sich die Liste mit den Namen auch nur angesehen«, gab Arabella zu bedenken.

»Tja, die Stadt hat sich immer auf Maggie und Tony verlassen«, erwiderte Ruth. »Die beiden haben sich hier um alles gekümmert. Deshalb kommen die Leute sich jetzt ein wenig verloren vor.«

»Wenn Maggie doch nur hier wäre!«, seufzte Arabella.

Es erschien ihr unmöglich, dass jemand in Maggies Fußstapfen treten konnte – am wenigsten sie selbst.

Nachdem Ruth und Bob sich auf den Rückweg nach Lizard Creek Station gemacht hatten, wandte Arabella sich an Jonathan. »Angenommen, es kommen so viele Leute, wie wir uns erhoffen«, sagte sie, »dann wird das Bier nicht reichen.«

»Daran habe ich auch schon gedacht. Wir müssen Dave Brewer vom Transcontinental Hotel fragen, ob er uns Bier überlässt. Außerdem könnte es mit dem Benzin für den Generator knapp werden.«

»Benzin können wir von Lizard Creek Station bekommen«, meldete Ted sich zu Wort. »Bob hat immer einen Vorrat. Aber das ändert nichts daran, dass wir das Bierproblem lösen müssen.«

»Und zwar schnell«, sagte Arabella. »Uns bleibt nicht mehr viel Zeit.«

21

An diesem Nachmittag brach Paddy nach Farina auf. Er hatte einen Brief an Dave Brewer dabei, den Jonathan geschrieben hatte und in dem er Dave bat, ihm Bier für das Stadtfest zu verkaufen.

Zwei Tage später kehrte Paddy zurück – mit schlechten Neuigkeiten. Dave Brewer hatte gesagt, er könne unmöglich auf Bier verzichten.

»O nein«, rief Arabella verzweifelt, nachdem Jonathan Daves Antwort vorgelesen hatte.

»Er entschuldigt sich, sagt aber, dass er knapp an Vorräten ist, genau wie alle anderen, weil der Zug seit Wochen nicht verkehrt. Er hat einen Wagen in Richtung Süden losgeschickt, nach Hawker in der Flinderskette, um Bier zu besorgen, weiß aber nicht genau, wann er zurückkommt.«

»Wir hätten die Kameltreiber bitten sollen, Bier in Lyndhurst mitzunehmen«, sagte Arabella.

»Ich hatte es auf die Bestellliste gesetzt, aber das war eines der Dinge, die sie nicht besorgen konnten.«

Arabella blickte bestürzt. »Was sollen wir denn jetzt tun?«

»Ich weiß es nicht«, sagte Jonathan. Er wusste sich tatsächlich keinen Rat. Er wusste nur, dass ihr Plan nicht aufging, wenn sie kein Bier hatten.

»Wenn sich herumspricht, dass es kein Bier in der Stadt gibt, wird niemand kommen. Warum dauert es denn so lange, die Bahnlinie zu reparieren? Und warum funktioniert die Telegrafenverbindung noch immer nicht? Dann könnten wir wenigstens Verbindung zur Außenwelt aufnehmen!«

In diesem Augenblick kam Ted herein. »Was ist los?«, fragte er.

»Dave Brewer vom Transcontinental Hotel kann kein Bier entbehren«, erklärte Jonathan.

»Warum denn nicht? Er braut doch selbst welches, wenn es ihm ausgeht.«

»Er braut selbst Bier?«, wiederholte Jonathan erstaunt.

»Ja, er hat immer einen Notvorrat an Hopfen, Gerstenmalz und Bierhefe. Wenn ihm das Bier knapp wird, braut er welches. Und es schmeckt gar nicht schlecht. Ich hatte schon ein paar Mal einen Brummschädel von Daves Selbstgebrautem.«

»Dann könnte er uns doch auch Bier brauen?«, fragte Jonathan.

»Das könnte er. Er hat in einer Brauerei gearbeitet, bevor er nach Farina gezogen ist. Daves einziges Problem ist seine Faulheit. Er muss schon auf dem Trockenen sitzen, bevor er seinen Hintern in Bewegung setzt.«

Jonathan und Arabella sahen auf einmal wieder einen Hoffnungsschimmer.

»Ich werde nach Farina reisen«, sagte Arabella spontan. »Ich werde ihn schon irgendwie überreden, uns ein paar Fässer Bier zu brauen.« Diesmal würde sie nichts dem Zufall überlassen. »Und wenn ich schon da bin, kann ich auch gleich mit Moira Quiggley sprechen. Als Vorsitzende des Landfrauenvereins hat sie die besten Möglichkeiten, uns bei unseren Plänen zu unterstützen. Wir brauchen Hilfe, Jonathan. Wir brauchen jemanden wie Moira. Hier in Marree kommen wir vielleicht zurecht, aber diesmal geht es um eine große Sache. Maggie sagte mir einmal, Moira kennt jeden im Umkreis von ein paar hundert Meilen. Bestimmt ist sie eine Frau, die nur auf eine solche Gelegenheit wartet.«

Jonathan konnte ihr nicht widersprechen. Arabella schien ihren Plan gut durchdacht zu habe. Das hatte sie tatsächlich – so intensiv, dass sie vor lauter Nachdenken und Sorgen kein Auge zugetan hatte. Ruth hatte sie zwar auf ein paar gute Ideen gebracht, aber sie brauchte mehr als nur Ideen. Sie brauchte jemanden wie Moira.

»Es wird eine Weile dauern, das Bier zu brauen«, sagte Ted.

»Stimmt«, sagte Arabella. »Deshalb muss ich noch heute aufbrechen.«

»Paddy wird müde sein, also müssen wir jemand anders finden, der dich hinbringt«, sagte Jonathan und dachte nach. »Faiz wäre der Richtige. Ich gehe und frag ihn.«

Arabella war vor dieser Idee nicht gerade begeistert. Sie hatte das Gefühl, dass Faiz es ihr immer noch übel nahm, dass sie seine Kamele »beleidigt« hatte. Doch sie hatte keine andere Wahl.

»Also gut«, sagte sie. »Ich packe eine Tasche, während du mit Faiz sprichst.«

Eine Stunde später verabschiedete Arabella sich von Uri. Sie amüsierte sich darüber, dass das Kameljunge ihr tatsächlich zu lauschen schien; deshalb hörte sie nicht, wie Faiz sich den Ställen näherte.

»Sei schön brav, solange ich fort bin«, sagte Arabella, Uris samtige Schnauze reibend. »Ich komme bald wieder. Du brauchst keine Angst zu haben, ich hätte dich im Stich gelassen.«

Uri stieß einen seltsamen Laut aus, und Arabella lachte auf.

Erst als eines von Faiz' Kamelen schnaubte, wurde ihr bewusst, dass sie nicht allein war. »Oh …«, sagte sie verlegen, als sie sich umwandte und sah, dass der Kameltreiber sie beobachtete.

»Sind Sie so weit?«, fragte er kalt.

»Ja, ich will mich nur noch von Jonathan verabschieden.« Arabella ging zum Hotel. Sie wünschte sich, jemand anders würde sie nach Farina bringen. Faiz war ein seltsamer Mann, in dessen Gesellschaft sie sich nicht wohl fühlte.

»Faiz ist gekommen«, sagte sie in der Hotelküche zu Jonathan. »Ich mache mich jetzt auf den Weg.«

»In Ordnung«, erwiderte er, doch Arabella konnte sehen, dass er besorgt war.

»Es wird schon alles gut gehen, Jonathan. Ich bin zurück, bevor du mich vermissen kannst.« Aber ich werde *dich* schrecklich vermissen, fügte sie im Stillen hinzu. Tränen brannten ihr in den Augen, doch sie versuchte tapfer, sich ihre Gefühle nicht anmerken zu lassen.

»Pass gut auf dich auf«, flüsterte Jonathan und nahm ihre Hände in seine.

»Ich verspreche es«, sagte sie und blickte in seine dunklen Augen.

»Ich wollte, ich könnte dich begleiten«, fügte Jonathan hinzu.

Arabella wusste, dass es zwischen ihnen noch vieles zu besprechen gab. Sie wollte ihm sagen, was sie für ihn empfand, hatte aber Angst davor, denn sie war nicht sicher, wie er es aufnehmen würde. Jonathan war mit seinen Gefühlen eher zurückhaltend gewesen, seit sie sich geküsst hatten.

Arabella sah auf ihre Hände hinunter, die Jonathan noch immer drückte, und er ließ sie verlegen los.

»Entschuldige«, sagte er leise.

»Schon gut«, entgegnete sie. Ein Teil von ihr wünschte, er hätte sie nicht losgelassen, doch sie errötete und wandte den Blick ab.

»Ich gehe jetzt lieber …«

»Warte, Arabella«, sagte Jonathan.

»Ja?«, sagte sie hoffnungsvoll.

»Ich habe Faiz gebeten, dir eine *Burka* mitzubringen. Und einen *Hijab*, damit du deinen Kopf vor der Sonne schützen kannst.«

»Warum muss ich das denn tragen?«

»Das musst du nicht. Faiz hat es vorgeschlagen, um deine Haut vor der Sonne zu schützen.« Alle Spuren des schweren Sonnenbrands, den Arabella erlitten hatte, waren verschwunden, aber sie wollte kein Risiko eingehen.

»Also gut«, sagte sie. Sie war überrascht, aber auch ein wenig misstrauisch, dass gerade Faiz einen solchen Vorschlag gemacht hatte.

Jonathan trat auf die Straße. Arabella folgte ihm.

»Hast du die *Burka* und den *Hijab* mitgebracht?«, fragte er Faiz, der inzwischen herangeritten war.

Der Afghane gab keine Antwort. Stattdessen beugte er sich zu einer Tasche vor, die sein Kamel trug, und zog etwas hervor, das wie ein großes, zusammengefaltetes Tuch aussah. Er reichte es Arabella. Sie faltete das Tuch auseinander, wusste aber nicht, was sie damit anfangen sollte. Als sie versuchte, es sich umzulegen, rutschte es ihr herunter.

Faiz stieß einen ärgerlichen Laut aus, trat einen Schritt vor und nahm ihr das Tuch aus den Händen. Während sie stocksteif dastand, wickelte er es um ihren Körper und zog ihr den *Hijab* über den Kopf. Beide Kleidungsstücke waren leicht und erstaunlich kühl.

»Danke«, sagte Arabella so freundlich sie konnte.

Faiz erwiderte nichts. Das Kamel, das er für sie mitgebracht hatte, kniete sich auf die Vorderbeine, und Arabella stieg auf, während Jonathan ihre kleine Tasche am Sattel befestigte. Dann stieg auch Faiz auf sein Kamel. Die beiden Tiere erhoben sich aus der knienden Haltung.

Jonathan blickte zu Arabella hinauf. »Komm bald zurück«, sagte er.

So, wie er diese Worte sagte, berührten sie Arabellas Inneres, und sie wusste, dass Jonathan sich wirklich um sie sorgte. Das Herz strömte ihr vor Freude über. Doch ihr Glücksgefühl wich rasch tiefer Traurigkeit bei dem Gedanken, dass sie beide getrennt würden, sobald ihre Eltern wiederkamen.

Sie waren fast eine Stunde schweigend geritten, als Faiz endlich sein Schweigen brach. »Uri ist jetzt entwöhnt«, sagte er. »Er muss bald zusammen mit den anderen Jungtieren in einen Pferch.«

Arabella erschrak. »Aber er hat Bess so gern. Er würde sie schrecklich vermissen! Außerdem hat Paddy gesagt, dass Uri normalerweise fünf Jahre bei seiner Mutter verbracht hätte, und …«

Faiz schüttelte ungeduldig den Kopf. »Er hat keine Mutter, und er muss zum Arbeiten abgerichtet werden«, sagte er kalt. »Das ist seine Bestimmung.«

»Bestimmung«, murmelte Arabella. Sie war wütend über Faiz' herzlose Art, beschloss aber, vorerst nichts zu sagen. Sie musste viel Zeit allein mit Faiz in der Wüste verbringen; da war es am besten, sie zügelte ihr Temperament. Wer konnte schon sagen, wozu Faiz imstande war?

Die Stunden dehnten sich. Unermüdlich trotteten die Kamele durch den glühend heißen Sand. Die Hitze war gnadenlos. Zu Arabellas Glück bestand Faiz darauf, unterwegs anzuhalten, damit er beten konnte, sodass sie ein wenig Zeit hatte, die Beine auszustrecken und einen Schluck zu trinken.

Jonathan hatte ihr Brot und Konfitüre als Reiseproviant eingepackt. Zur Mittagszeit bot sie Faiz an, mit ihm zu teilen. Er lehnte ab, obwohl er sie damit kränkte.

»Haben Sie denn keinen Hunger?«, fragte Arabella.

»Ich habe etwas dabei, aber ich esse erst, wenn die Sonne untergeht«, sagte er.

Arabella wunderte sich, gab aber keinen Kommentar ab.

Als es dunkel wurde, hielten sie, um ihr Lager aufzuschlagen. Faiz sattelte die Kamele ab und gab ihnen Wasser und Futter, mit dem sie eines der Tiere beladen hatten. Dann legte er eine Bettrolle aus und bot Arabella eine Matte an, auf der sie schlafen konnte. Sie ging mit der Matte auf die andere Seite des Lagerfeuers, so weit wie möglich von Faiz weg, und benutzte ihre Tasche als Kopfkissen.

Der schweigsame Faiz aß irgendetwas, das nach Datteln und Dörrfleisch aussah, während Arabella das zweite Sandwich verzehrte, das sie mitgebracht hatte. Danach legte sie sich auf ihre Matte, mit dem Rücken zu Faiz und dem Feuer, und versuchte zu schlafen. Sie lag erst ein paar Minuten da, als plötzlich Faiz' Stimme erklang.

»Was Sie für Maggie und Tony tun, ist gut«, sagte er.

Arabella riss erstaunt die Augen auf. Machte er ihr tatsächlich ein Kompliment? Sie setzte sich auf und blickte zu ihm hinüber. Durch den Rauch des Feuers sah er noch bedrohlicher aus als sonst.

»In der kurzen Zeit, die ich in Marree bin, habe ich erfahren, wie viel das Hotel allen Menschen in dieser Gegend bedeutet«, sagte sie.

Faiz nickte. »Sie sind nicht mehr dieselbe, die Sie waren, als Sie in die Stadt gekommen sind«, sagte er. »Ich kann sehen, dass Sie Uri sehr gern haben.«

Arabella lächelte. »Das stimmt. Und es tut mir leid, dass ich Ihre Kamele als ... als stinkende Viecher bezeichnet habe. Ich wusste ja nicht, dass Kamele ...«

»Schon gut. Vergessen Sie nur nicht, dass Uri kein Streicheltier ist. Er ist zum Arbeitstier geboren.«

Faiz legte sich hin und war bald darauf eingeschlafen, wie seine regelmäßigen Atemzüge Arabella verrieten. Auch sie legte sich wieder hin, fand aber keinen Schlaf. Ihr wurde klar, dass in Faiz trotz seines seltsamem, ja bedrohlichen Äußeren ein guter Kern steckte. Und was Faiz gesagt hatte, stimmte tatsächlich: Sie war ein völlig anderer Mensch als das verwöhnte Mädchen, das von hilfsbereiten Aborigines aus der Wüste gerettet worden war. Inzwischen war sie kaum noch wiederzuerkennen. Ein paar Wochen hatten nicht nur ihr Leben verändert, sondern auch ihren

Charakter. Es war unglaublich, dass sie erst in einer einsamen Wüstenstadt wie Marree inmitten einer bunten Mischung verschiedenster Menschen leben musste, damit diese Veränderung eintrat.

Doch Arabella wusste, dass vor allem Jonathan für ihre Veränderung verantwortlich war. Sie fragte sich, ob sie wieder die verwöhnte, egoistische Frau werden würde, wenn sie in ihr altes Leben zurückkehrte.

In ein träges und sinnloses Leben, wie sie nun erkannte.

Als am nächsten Morgen Farina in Sicht kam, siegte bei Arabella trotz der Erschöpfung die Neugier, und sie fragte Faiz nach der Stadt. Offenbar war Farina früher eine blühende kleine Ortschaft gewesen, doch es war offensichtlich, dass diese Zeiten längst der Vergangenheit angehörten.

»Wie viele Menschen leben in Farina?«, fragte Arabella.

»Es gibt ein kleines Afghanen-Viertel, am Stadtrand hausen die Aborigines. Heute leben nur noch eine Handvoll Weiße in Farina, aber auf den umliegenden Farmen gibt es ein paar mehr.«

Er berichtete weiter, dass Farina im Jahr 1878 zur Stadt erhoben worden war – in einem Reservat, das als Government Gums bekannt war. Optimisten hatten vorhergesagt, die Stadt würde Zentrum eines riesigen landwirtschaftlichen Gebiets werden, doch die ständige Dürre machte diesen Träumen bald ein Ende. Dennoch wuchs Farina anfangs rasch; über vierhundert Menschen zogen hierher. Es gab zwei Hotels – das Transcontinental und das Farina –, eine Kirche, eine Schule und mehrere Geschäfte. Außerdem wurde im Transcontinental ein Hilfskrankenhaus eingerichtet. Aufgrund seiner abgeschiedenen Lage und des Personalmangels wurde der Betrieb jedoch nur zeitweise aufrechterhalten. Jetzt, gut fünfzig Jahre später, war die Einwohnerzahl des Ortes drastisch zurückgegangen. Die meisten Läden hatten dichtgemacht, das Farina Hotel war verlassen.

Während Faiz draußen wartete, ging Arabella ins Transcontinental. Es war ein einstöckiges Gebäude und offensichtlich nicht so gut gepflegt wie das Great Northern Hotel, was Arabella an Teds Worte erinnerte, dass Dave Brewer ein Faulpelz sei. Entlang der Fassade erstreckte sich eine Veranda, über der ein Schild mit der Aufschrift TRANSCONTINENTAL HOTEL hing. Die Veranda war seit geraumer Zeit nicht mehr gefegt worden. Der Boden war mit einer dicken Schicht aus Sand, Staub und toten Insekten bedeckt, Ameisen krabbelten überall umher.

Die Bar war verlassen, als Arabella eintrat, doch Augenblicke später erschien ein Mann mit einem Tablett in den Händen. Er war unrasiert, mittelgroß und nachlässig gekleidet. Als er Arabella bemerkte, hielt er einen Augenblick inne und musterte sie verwundert.

»Mr Brewer?«, fragte Arabella. So hieß, wie sie wusste, der Inhaber des Hotels.

»Der bin ich. Aber sagen Sie einfach Dave zu mir«, erwiderte er. »Woher kommen Sie?« Er stellte das Tablett auf der Bar ab und betrachtete stirnrunzelnd ihre Kleidung.

»Aus Marree«, sagte Arabella und nahm den *Hijab* ab. »Ich bin Arabella Fitzherbert.«

»Fitzherbert?« Er betrachtete sie genauer, während er sich durch sein ungekämmtes Haar fuhr. Arabella konnte beinahe sehen, wie sein Verstand arbeitete. »Ah, Sie müssen Fitzi sein, die Klavierspielerin, von der ich gehört habe!«

Arabella funkelte ihn zornig an. »Das mit der Klavierspielerin stimmt, aber ich mag es nicht, Fitzi genannt zu werden!«

»Tut mir leid«, sagte Dave und grinste. »Was führt Sie in die Stadt?«

»Ich bin gekommen, um Sie aufzusuchen«, antwortete Arabella. »Und wo ich nun schon einmal hier bin, würde ich auch gern Moira Quiggley sprechen.«

»Und warum wollen Sie mit mir reden?«, fragte er. Als er um

die Bar herumkam, sah Arabella schockiert, dass er keine Schuhe trug und dass seine Hose nachlässig bis zu den Knien hochgekrempelt war. Seine Füße waren unbeschreiblich schmutzig.

»Ich habe gehört, Sie können Bier brauen«, sagte Arabella, langsam den Blick von seinen Füßen nehmend.

»Stimmt.«

»Wir brauchen unbedingt welches. Deshalb wollte ich Sie fragen … Sie *bitten*, uns Bier zu brauen.«

Daves Augen wurden schmal. Arabella konnte sehen, wie er bei dem Gedanken an Arbeit innerlich aufstöhnte.

»Sie haben kein Geld, oder?«, fragte er.

Arabella spürte, dass er nach einem Vorwand suchte, das Bier *nicht* brauen zu müssen. »Das stimmt. Aber sobald wir das Bier verkauft haben, werden wir Ihnen bezahlen, was immer Sie für angemessen halten.« Sie hoffte, dass dieses Angebot Anreiz genug für ihn war.

»Ich kann Ihnen nicht helfen, tut mir leid«, sagte Dave. »Ich habe selbst einen Wagen nach Süden geschickt, um Bier für mich zu besorgen. Sie werden dasselbe tun müssen.«

Arabella erkannte, dass sie offen sein musste, wollte sie erreichen, dass Dave ihnen half. »Dafür haben wir keine Zeit. Wir wollen an Heiligabend ein Fest veranstalten und brauchen Bier für die Gäste.«

»Sie sind eine Optimistin, das muss man Ihnen lassen«, sagte Dave lachend.

»Ja, das bin ich wohl.« Arabella sah sich um. Soweit sie erkennen konnte, war niemand im Hotel, doch sie senkte die Stimme trotzdem. »Es ist für einen guten Zweck, Dave.«

»Warum organisieren *Sie* denn das Fest und nicht Maggie?«, fragte er.

»Maggie ist fort, und Tony ebenfalls.«

»Fort? Wo sind sie denn?«

»Tony hat Maggie nach Warratah Station gebracht, damit sie

sich dort erholen kann. Sie hat ein Herzleiden. Und Tony wurde von einem Schafbock angegriffen. Er hat sich mehrere Rippen gebrochen, sodass er nicht reisen kann.«

»Dann schlage ich vor, Sie feiern Ihr Fest, wenn die beiden zurückkommen. Bis dahin dürfte auch der Afghan-Express wieder fahren. Dann haben wir alle jede Menge Bier.«

Arabella seufzte. »Wir richten das Fest aus, um Geld für Maggie und Tony aufzubringen«, gestand sie.

Dave erschrak sichtlich. »Warum denn das?«

»Das Hotel steckt in finanziellen Schwierigkeiten. Wenn wir bis zur letzten Dezemberwoche nicht fünfhundert Pfund aufbringen, wird die Bank, bei der Maggie und Tony in der Kreide stehen, das Hotel übernehmen. Die beiden wissen nichts von unseren Plänen, und sie sollen vorerst auch nichts davon erfahren. Was ist jetzt, Dave? Helfen Sie uns?«

Dave seufzte und kratzte sich am Kopf. »Wenn das Great Northern Hotel dichtmacht, wird es auch Marree bald nicht mehr geben«, sagte er nachdenklich.

»So ist es«, pflichtete Arabella ihm bei.

»Und die einheimischen Farmer auch nicht. Und wenn es dazu kommt, werde auch ich davon betroffen sein …«

»So ist es«, sagte Arabella noch einmal, die spüren konnte, wie sie Dave allmählich für sich gewann. »Es wird allen zugute kommen, wenn wir Tony und Maggie helfen.«

»Man braucht Wasser, um Bier zu brauen, und ich hab nicht viel. Es hat lange nicht geregnet. Im Tank ist zwar noch etwas, aber ich bezweifle, dass es für die Menge Bier reicht, die Sie brauchen.«

Daran hatte Arabella gar nicht gedacht. »Könnten Sie überprüfen, wie viel Wasser Sie haben?«

»Klar. Ich kann einen Messstab in den Tank stecken«, sagte Dave.

Arabella folgte ihm hinter das Gebäude, wo der Regenwassertank stand. Einen langen Stab in der Hand, stieg Dave auf einen Stuhl und nahm oben am Tank einen kleinen Deckel ab. Dann versenkte er den Stab in dem Loch, bis er auf den Boden stieß, und zog ihn wieder heraus.

Arabella konnte die Markierung sehen. Sie blickte Dave hoffnungsvoll an. »Ist es genug?«

»Ich bin mir nicht sicher. Mit wie vielen Leuten rechnen Sie denn?«

»Das weiß ich wirklich nicht«, sagte sie wahrheitsgemäß.

»Fünf oder fünfhundert?«, fragte Dave. »Ich muss es wissen.«

»Ich kann es wirklich nicht sagen. Aber wenn viele Leute kommen und wir kein Bier dahaben, wird unsere Feier ein Desaster.«

»Nun ja, ein wenig Bier kann ich Ihnen schon brauen«, sagte Dave, »aber nicht genug für ein paar hundert durstige Kehlen.«

»Wir wären für jeden Liter dankbar, Dave.«

»Da gibt's aber noch ein Problem«, sagte er.

»Und welches?«

»Wenn ich das Bier heute braue, müsste es ein paar Wochen lagern. Wenn Sie es in vierzehn Tagen haben wollen, ist es wahrscheinlich noch nicht richtig ausgereift«, sagte er.

»Ich glaube nicht, dass es jemandem etwas ausmacht, wenn es nicht das allerbeste Bier ist, solange es nur kühl und nass ist.«

»Na schön, dann mache ich mich gleich an die Arbeit. Heiligabend ist in zwei Wochen. Wir haben keine Zeit zu verlieren.«

»Vielen Dank, Dave«, sagte Arabella. »Aber bitte plaudern Sie es nicht überall aus, dass Maggie und Tony in finanziellen Schwierigkeiten stecken. Tony ist sehr stolz, und Maggie auch.«

»Da sind Sie mir aber was schuldig, *Fitzi.*«

»Ich heiße Arabella! Und was soll das heißen, ich werde Ihnen etwas schuldig sein?«

»Arabella – ein hochnäsiger Name, finden Sie nicht auch? Haben Sie reiche Eltern?«

»Nein«, sagte sie und fragte sich, ob er es auf eine Erpressung anlegte. »Meine Eltern haben genug Geld, um damit auszukommen, aber das ist auch schon alles.« Sie hatte nicht die Absicht, ihm zu sagen, wie wohlhabend ihre Eltern waren.

»Sie werden schon etwas für mich tun müssen, wenn ich Ihnen Ihr Bier brauen soll.«

»Was denn?« Arabella wurde immer nervöser.

»Sie müssen in nächster Zeit hier mal Klavier spielen.«

Arabella seufzte vor Erleichterung innerlich auf. »Moira sagte, Sie hätten kein Klavier«, erwiderte sie dann und schaute sich um.

»Stimmt, aber wenn wir eins besorgen, werden Sie dann hier spielen?«

»Ja natürlich«, sagte Arabella, über seinen Optimismus lächelnd.

»Dann sind wir im Geschäft, *Fitzi.*«

Arabella seufzte entnervt.

Dave hatte einen Kellerraum unter dem Hotel, wo er die »Würze«, wie er es nannte, gären ließ und das Bier dann in Flaschen abfüllte. Arabella ging mit ihm hinunter, als er seine Gerätschaften zusammensuchte. Sie sah, dass es nicht sehr sauber war, aber es war angenehm kühl.

Dave schien sein Handwerk zu verstehen. Als Arabella ihm hinauf in die Küche folgte, redete er ununterbrochen von dem Verfahren. Zuerst stellte er zwei große Töpfe mit Wasser auf den Herd, um es zum Kochen zu bringen. Einer enthielt anderthalb Gallonen, der andere fünf Gallonen. Er müsse fast den ganzen Tag Wasser kochen, erklärte er Arabella, damit er genug habe, um mit dem Brauen beginnen zu können. Arabella war erleichtert, dass er sich sofort an die Arbeit machte; sie hatte nicht damit gerechnet, dass es so einfach sein würde, ihn auf Trab zu bringen. Offensichtlich hatte sie die richtige Entscheidung getroffen, als sie ihm von der Notlage des Great Northern Hotels erzählte. Das war der Ansporn gewesen, den Dave brauchte.

»Wo lebt Moira Quiggley?«, fragte Arabella.

»Die Farm der Quiggleys liegt nur ein paar Meilen außerhalb der Stadt. Wollen Sie Moira dort aufsuchen?«

»Ja, es sei denn, sie kommt in die Stadt.«

»Moira kommt einmal die Woche, aber nicht heute. Wenn jemand hier ist, um etwas zu essen, organisiert sie alles.«

»Ich muss sie heute sehen«, sagte Arabella.

»Wie sind Sie denn hierhergekommen?«

»Faiz hat mich auf einem Kamel hergebracht.«

»Sie können sich ein Pferd leihen, um hinaus nach Red Hill Station zu reiten, wenn Sie wollen.«

»Allein?«, fragte Arabella ängstlich. »Ich könnte mich verirren.«

»Wenn Sie der Straße aus der Stadt folgen, werden Sie sich nicht verirren, es ist nicht sehr weit.«

»In England heißt ›nicht so weit‹ ungefähr eine halbe Meile, aber seit ich in Australien bin, habe ich gelernt, dass ›nicht so weit‹ auch hundert Meilen sein könnten.«

Dave lachte. »Es können noch viel mehr sein, aber in diesem Fall sind es wirklich nur zweieinhalb Meilen«, sagte Dave.

»Zweieinhalb Meilen. Und Sie sagen, ich soll lediglich der Straße folgen?«

»So ist es.«

»Und woher weiß ich, wenn ich da bin? Gibt es ein Schild?«

»Nein. Aber nach gut zwei Meilen auf der Straße werden Sie rechter Hand ein Farmhaus sehen.« Dave nahm Arabella mit nach draußen und zeigte auf die »Straße«, einen kaum erkennbaren staubigen Feldweg, der nach Nordosten führte.

Ein paar Minuten später ritt Arabella aus der Stadt. Faiz hatte die Kamele zur Ghan-Siedlung am Stadtrand geführt, wo sie abgesattelt wurden, Wasser bekamen und sich ausruhen konnten. Die Landschaft – wenngleich flach und fast unscheinbar – war mit einem zarten Hauch Grün überzogen und mit Wildblumen gesprenkelt. Doch Arabella war allein unterwegs und deshalb zu nervös, als dass sie sich an den Farben in diesem ansonsten so eintönigen Land hätte erfreuen können. Die ganze Zeit hielt sie nach dem Farmhaus Ausschau, vor allem, da sie Entfernungen nicht gut abschätzen konnte; eine Meile erschien ihr wie drei. Angst stieg in ihr auf, sie könnte sich verirrt haben, bis sie schließlich in der Ferne tatsächlich ein Haus sah. Sie betete, es möge die Farm der Quiggleys sein.

Red Hill Station war nicht umzäunt, und die Auffahrt war kaum mehr als ein gefurchter Feldweg, der sich zum Haus schlängelte, das eine halbe Meile von der Straße zurückgesetzt stand. Während Arabella sich dem Haus näherte, sah sie, dass es zur Hälfte aus Stein errichtet war, während der spätere Anbau mit Blech verkleidet war. Das Haus besaß eine durchhängende, rostfarbene eiserne Veranda, getragen von Pfosten, durch die sich die Termiten fast hindurchgefressen hatten. Die Haustür stand offen, doch wegen der grellen Sonne draußen konnte Arabella drinnen nichts erkennen.

Nachdem sie ihr Pferd an dem Pfosten festgebunden hatte, der ihr am solidesten erschien, stieg sie die Veranda hinauf und rief nach Moira. Ihre Augen gewöhnten sich langsam an das düstere Innere des Hauses, sodass sie den langen Flur hinunter bis zur Hintertür sehen konnte, die offen stand. Moira war draußen im Hof damit beschäftigt, Wäsche von einer Leine zu nehmen; dahinter erstreckte sich die Unendlichkeit der Wüste. Arabella wunderte sich, wie jemand so allein mitten im Nirgendwo leben konnte.

Da sie wusste, dass Moira ihr Rufen nicht hören konnte, lief Arabella durchs Haus den Flur hinunter, an dem zu beiden Seiten Zimmer lagen. Vorn befand sich ein kleines Wohnzimmer, in dem verblichene Sessel und ein kleiner Tisch standen. Dann kamen drei Schlafzimmer – zwei rechts und eines links vom Flur – und schließlich eine große Küche und ein Raum mit einer Zinnbadewanne und einer Waschschüssel. An der Hintertür rief Arabella noch einmal Moiras Namen.

Moira zuckte vor Schreck zusammen, als sie die fremde Stimme hörte. Sie legte eine Hand über die Augen, um sie vor der Sonne zu schützen, und schaute in Arabellas Richtung. »Wer ist da?«, fragte sie.

»Arabella Fitzherbert aus dem Great Northern Hotel.«

Moira blieb der Mund offen stehen. »Ist es die Möglichkeit? Was in aller Welt tun Sie denn hier?«

»Ich hatte geschäftlich in der Stadt zu tun, aber ich wollte auch Sie sehen.«

»Na, ist das nicht wunderbar?«, sagte Moira, nahm ihren Wäschekorb und ging zur Hintertür. Dann blieb sie stehen und sah Arabella noch einmal an. »Ich kann nicht glauben, dass Sie hier sind. Kommen Sie, setzen Sie sich. Ich mache uns beiden Tee und etwas zu essen.«

»Gern, danke«, sagte Arabella, die schrecklichen Durst hatte. »Wo sind denn Ihr Mann und Ihre Söhne?« Im Haus war es stiller als in einer Kirche.

»Sie suchen Weiden für das Vieh. Nach dem Regen, den wir hatten, gibt es hier und da ein bisschen was zu fressen. Es sieht allmählich wieder besser aus.«

Arabella fragte sich, ob Moira viel Zeit allein verbrachte.

»Also, was führt Sie nach Farina?«

»Wie ich bereits sagte, ich hatte Geschäftliches zu erledigen, mit Dave Brewer.«

»Was denn?«

»Wir haben im Great Northern Hotel kaum noch Bier, deshalb wird Dave uns mit seinem Selbstgebrauten aushelfen.«

»Oh«, sagte Moira. »Mein Geschmack ist es ja nicht, aber den Männern macht das offenbar nichts aus. Ist Maggie mit Ihnen gekommen?«

»Nein, Maggie ist mit Tony zu Besuch bei ihrer Schwester und deren Familie auf Warratah Station.«

»Tatsächlich? Davon habe ich gar nichts gehört.«

»Nun, sie sind ja noch nicht lange fort. Aber sie werden noch eine ganze Weile nicht zurückkommen.«

»Wirklich? Es sieht ihnen gar nicht ähnlich, das Hotel so lange zu verlassen. Stimmt etwas nicht?«

Arabella erkannte, dass Moira sie so lange ausfragen würde, bis sie die ganze Wahrheit erfahren hatte, oder zumindest das Meiste davon. »Maggie ging es nicht besonders gut. Deshalb hat Tony sie dorthin gebracht, damit sie sich erholen kann. Er wollte sofort nach Marree zurück, wurde aber von einem Schafbock angegriffen und hat sich ein paar Rippen gebrochen«, erzählte sie.

»Ach du liebe Zeit«, sagte Moira, während sie den Tee einschenkte und kaltes Fleisch und Brot aufschnitt, das sie aus einem Fleischfach geholt hatte, in das die Fliegen nicht eindringen konnten. Außerdem stellte sie ein Glas Pickles auf den Tisch, von dem sie beiläufig die Ameisen fegte. »Und wer kümmert sich um das Hotel? Doch sicher nicht Sie?«

»Doch. Maggie hat mich darum gebeten, aber ich bin nicht allein. Jonathan Weston hilft mir. Ich wüsste nicht, was ich ohne ihn tun sollte. Wir möchten an Heiligabend ein Fest ausrichten. Ich bin gekommen, weil ich Sie um Hilfe bitten möchte, Moira.«

Moira blickte überrascht und erfreut zugleich. »Alles, was ich tun kann, werde ich tun, meine Liebe. Das wissen Sie doch.«

»Ich hab mir gedacht, Sie als Vorsitzende des Landfrauenvereins könnten mir praktische Ratschläge geben.« Auf einmal fragte sich Arabella, ob sie Moira nicht zu viel zumutete. »Aber wenn Sie hier auf der Farm mit Arbeit eingedeckt sind, verstehe ich das, Moira. Sie haben hier offensichtlich keine Hilfe.«

»Die brauche ich auch nicht«, sagte sie. »Ich brauche nur mal etwas Abwechslung.« Sie tätschelte Arabellas Hand. »Ich finde es eine großartige Idee, dass ihr an Heiligabend ein Fest ausrichtet. Ist es für einen guten Zweck? Hier draußen gibt es praktisch nur einen Grund für solch eine Veranstaltung, nämlich den, für irgendeinen guten Zweck Geld aufzubringen.«

»So ist es auch diesmal«, gestand Arabella. Sie wollte sich Moira gern anvertrauen, befürchtete aber, diese würde darüber tratschen, sodass die Neuigkeit sich schneller ausbreitete als eine Heuschreckenplage. »Was ich Ihnen jetzt sagen werde, Moira, darf Tony und Maggie nicht zu Ohren kommen«, sagte sie. »Das ist sehr wichtig!«

»Ich werde kein Wort darüber verlieren«, versprach Moira. Sie war so gespannt, dass sie dem Teufel ihre Seele verkauft hätte, um Arabellas Vertrauen zu gewinnen.

»Das Hotel ist in finanziellen Schwierigkeiten. Wenn wir bis zur letzten Dezemberwoche nicht fünfhundert Pfund aufbringen, wird die Bank es übernehmen.«

Moira riss die Augen auf. »Ist es die Möglichkeit!«, stieß sie hervor. »Die arme Maggie!«

»Maggie weiß wahrscheinlich gar nichts von der Gefahr, dass die Bank das Hotel an sich reißen könnte«, sagte Arabella vorsichtig.

»Woher wissen *Sie* es dann?«

»Ich habe es durch Zufall erfahren. Der Wind hat Maggies und Tonys Schlafzimmertür aufgestoßen, und ihre Papiere wurden auf den Boden geweht. Ich hab sie eingesammelt, und als ich sie in eine Schublade legte, sah ich einen Kontoauszug und einen Brief von der Bank.« Sie hielt kurz inne. »Natürlich war mir aufgefallen, wie besorgt Tony war, aber da es Maggie nicht gut ging, wollte er sie vermutlich nicht beunruhigen. Obwohl Jonathan und ich keine Einheimischen sind, wissen wir, wie viel das Hotel den Menschen in Marree bedeutet. Ruth Maxwell war neulich in der Stadt und hat vorgeschlagen, wir könnten ein Fest ausrichten. Ich gebe ein Klavierkonzert, Jonathan stellt seine Fotos aus und bietet sie zum Verkauf an, und die Aborigines zeigen ihre Tänze und spielen das *didgeridoo*.«

»Das ist ein guter Anfang. Ich bin sicher, Sie werden damit Leute nach Marree holen. Aber es gibt noch vieles andere, das Sie anbieten könnten. Einen Basar zum Beispiel, Nähvorführungen, eine Bücherstube …«

»Das sind wundervolle Ideen«, sagte Arabella.

Die beiden Frauen plauderten noch eine Stunde lang. Am Ende war Arabellas Zuversicht, was das Gelingen des Stadtfestes betraf, so groß wie nie zuvor. Sie machte sich lediglich Sorgen wegen des Biers.

Arabella spielte eben mit dem Gedanken, zurück in die Stadt zu reiten, als Phil und Moiras Söhne nach Hause kamen. Sie wunderten sich verständlicherweise, dass Moira Besuch hatte. Zu Arabellas Freude erzählte sie Phil und ihren Söhnen zwar von dem Fest, sagte aber nichts darüber, dass Geld aufgebracht werden sollte, um den McMahons zu helfen.

»Ich werde Arabella helfen«, sagte sie abschließend, »und wir werden natürlich ihr Konzert besuchen.«

Phil zuckte nicht einmal mit der Wimper bei diesem Vorschlag. Arabella hatte das Gefühl, dass er es gewohnt war, dass Moira sagte, wo es langging.

»Aber was ist mit den Tieren?«, fragte Arabella. »Die Pferde und euer Vieh?«

»Unser Nachbar wird sich darum kümmern«, sagte Moira. »Wir tun dasselbe für ihn, wenn er fortmuss.«

»Oh«, sagte Arabella. Sie hatte keine anderen Häuser in der Nähe gesehen, aber dann fiel ihr wieder ein, dass ein »Nachbar« hierzulande meilenweit entfernt leben konnte. »Tja, ich sollte mich jetzt wieder auf den Weg in die Stadt machen. Ich werde im Hotel übernachten, und morgen früh geht es zurück nach Marree. Es gibt noch sehr viel zu tun.«

»Sind Sie allein gereist?«, fragte Phil.

»Nein, ich bin mit Faiz Mohomet auf einem Kamel gekommen.«

»Wir kommen am 22. Dezember nach Marree«, sagte Moira, als Arabella auf ihr Pferd stieg. »Dann habe ich einen ganzen Tag Zeit, mich um alle Stände zu kümmern.«

Inzwischen war es Spätnachmittag, und Arabella ritt in leichtem Galopp, um nicht in die Dunkelheit zu geraten. Als sie die Stadt erreichte, sprach sie kurz mit Faiz, bevor sie zum Hotel zurückkehrte.

Im Hotel war Dave im Keller beschäftigt, als Arabella nach ihm suchte. Sie konnte einen seltsamen Geruch wahrnehmen, der vom Küchenherd kam.

»Ich bleibe über Nacht und mache mich morgen früh auf den Heimweg nach Marree«, sagte sie. »Faiz wird mich begleiten. Wir lassen drei Kamele hier. Einer der hiesigen Afghanen kann uns dann das Bier bringen, sobald es fertig ist, und mit Ihrem Geld zurückkehren, nachdem wir das Bier verkauft haben. Es wird doch rechtzeitig fertig sein?«

»Das schon, aber es wird kein allzu gutes Bier, weil es nicht lange genug lagern konnte.«

»Das geht in Ordnung. Bier ist Bier«, sagte Arabella.

Dave zuckte die Achseln, sagte aber nichts dazu. Nur wer selbst kein Bier trank, behauptete so etwas. »Wenn Sie über Nacht bleiben, können Sie mir helfen, diese Flaschen in die Küche zu tragen«, sagte er.

An einer Wand des Kellers stapelten sich Reihen mit Flaschen vom Boden bis zur Decke.

»Na dann los«, sagte Arabella und krempelte sich die Ärmel hoch.

22

Als Arabella mit Faiz nach Marree zurückkam, war sie dermaßen erschöpft, dass sie ihre ganze Kraft zusammennehmen musste, um von ihrem Kamel absteigen zu können. Faiz musste ihren Arm halten, damit sie nicht das Gleichgewicht verlor. Sie waren nicht so früh aus Farina aufgebrochen, wie Arabella es gern gewollt hätte, weil sie Dave noch beim Bierbrauen geholfen hatte. Es war Spätnachmittag gewesen, als sie und Faiz endlich die Rückreise antraten, und die Sonne hatte gnadenlos vom wolkenlosen Himmel gebrannt. Mehr als einmal hätte Arabella beinahe das Bewusstsein verloren.

Faiz hatte sein Bestes getan, ihr über die Schwindelanfälle hinwegzuhelfen, indem er ihr gut zuredete, ihr befahl, tief durchzuatmen, und ihr reichlich Wasser einflößte. Obwohl körperlich fast am Ende, bat Arabella ihn, noch ein Stück weiterzureiten, als es dunkel wurde, da es in der Nacht kühl war. Faiz hatte sich anfangs dagegen gesträubt, er wollte nicht ohne Tageslicht reisen, doch es war nicht zu übersehen, wie sehr die Hitze des Tages Arabella zugesetzt hatte, und so fügte er sich schließlich ihrer Bitte. Dadurch trafen sie früher als erwartet am nächsten Tag in Marree ein.

»Arabella!«, rief Jonathan, als sie in die Küche des Hotels kam. Doch sein Lächeln schwand, als er sah, wie erschöpft sie war.

Sie ließ sich matt auf einen Stuhl fallen. »Ich muss schon sagen, Jonathan«, sagte sie atemlos, »mein Respekt für die Afghanen und ihre Kamele ist enorm gewachsen. Die Wüstenhitze hätte mich fast umgebracht, während die Afghanen so einfach damit fertig werden. Sie sind wirklich erstaunlich – von ihren Kamelen ganz zu schweigen.«

Jonathan freute sich, dass Arabella endlich mehr sah als nur den Geruch und das Aussehen der Kamele und ihrer Führer und dass sie deren Können nun zu schätzen wusste. Er hatte insgeheim gehofft, dass die Reise ihr die Augen öffnen würde, sodass auch sie erblickte, was er selbst im Outback sah: die Schönheit und Erhabenheit der Wüste und der Menschen, die hier lebten. Er spürte, dass dieses Erkennen in ihr wuchs, und darüber freute er sich unbändig.

Er schenkte Arabella ein Glas Wasser ein, das sie dankbar entgegennahm und in einem Zug leerte.

»Es ist alles in Ordnung«, sagte Arabella, als sie bemerkte, wie besorgt Jonathan sie anschaute. »Aber es tut gut, endlich aus der Sonne zu sein.« Sie wickelte sich den schweißdurchtränkten *Hijab* vom Kopf. Der *Hijab* und die *Burka* hatten ihren Zweck erfüllt, Arabellas Haut war vollkommen vor der Sonne geschützt gewesen. Nur ein schmaler Streifen um ihre Augen war ein wenig verbrannt.

»Hattest du Erfolg bei Dave Brewer? Wird er uns Bier brauen?«

Arabella hörte Jonathans Besorgnis aus seiner Stimme heraus. »Ja, sobald ich ihm gesagt hatte, wofür wir es brauchen, hat er sich sofort an die Arbeit gemacht. Zuerst wollte er nicht, aber als ich ihm den Ernst der Lage klargemacht hatte, ging er sofort ans Werk.«

»Dem Himmel sei Dank«, sagte Jonathan erleichtert. Während Arabella fort gewesen war, hatte Ted ihm ein paar Geschichten über Dave erzählt, sodass er Arabella keine allzu großen Chancen eingeräumt hatte. Ted hatte behauptet, Dave sei berüchtigt dafür, stur und faul zu sein. Wenn Daves Meinung erst einmal feststand, änderte er sie selten, selbst wenn er wusste, dass er im Unrecht war.

Vor Jahren hatte er ein englisches Mädchen geheiratet, das er kennen gelernt hatte, als der Zug in der Nähe von Farina liegen geblieben war. Gerüchten zufolge hatte das Mädchen Daves lausbübischen Aussie-Charme anfangs anziehend gefunden, doch die Ehe hatte nur ein paar Monate gehalten. Sobald der Zug wieder fuhr, packte sie ihre Sachen und verschwand, weil Dave sich hartnäckig geweigert hatte, auch nur eine seiner Gewohnheiten zu ändern, um ihr entgegenzukommen – einschließlich seines Baderituals, das nur einmal die Woche stattfand.

»Das Fass lief über, als die Familie des Mädchens ihr brandneue Bettwäsche als Hochzeitsgeschenk aus England schickte«, sagte Ted zu Jonathan. »Nachdem sie zwischen Daves alten Laken geschlafen hatte, die von Motten zerfressen waren, hatte sie das Ehebett sofort mit der neuen Bettwäsche bezogen. Und was tat Dave? Er ist mit seinen dreckigen Stiefeln hineingesprungen.« Allein schon bei der Vorstellung musste Ted lachen. »Ich hab gehört, das arme Mädchen soll fast hysterisch geworden sein. Sie hat ihn aus dem Bett geworfen, damit er sich von oben bis unten wäscht – oder wenigstens seine Füße –, und hat ihn mit unflätigen Ausdrücken beschimpft. Nach allem, was man hört, soll sie ein hübsches Mädchen gewesen sein. Die Einheimischen aus Farina sagten, jeder normale Mann hätte sich von Kopf bis Fuß gewaschen, um an ihrer Seite schlafen zu dürfen – nicht aber Dave. Offenbar wollte er lieber eine Ehefrau verlieren, als seine Gewohnheiten zu ändern. Das zeigt, wie stur er sein kann.«

»Ted sagte, er sei einer der dickköpfigsten Männer, denen er je begegnet ist, deshalb war ich besorgt, er würde dir deine Bitte abschlagen«, sagte Jonathan zu Arabella.

»Das dachte ich auch«, gestand sie, »aber er sagte, wenn das Great Northern dichtmacht, wäre er ebenfalls davon betroffen. Er macht sich nur Sorgen, wie das Bier schmecken wird.«

»Wieso?«

»Weil es normalerweise ein paar Wochen gelagert werden

müsste. Aber ich habe ihm gesagt, es sei nicht so wichtig, wie das Bier schmeckt, solange wir überhaupt etwas anzubieten haben.«

»Es wird doch trinkbar sein?«

»Da bin ich mir sicher. Als Inhaber eines Gasthauses und ehemaliger Angestellter einer Brauerei ist Dave bestimmt sehr heikel, was den Geschmack seines eigenen Gebräus betrifft.« Arabella fand allerdings, dass er hinsichtlich aller anderen Dinge, einschließlich seiner persönlichen Hygiene, alles andere als heikel war. »Ach ja – ich habe Moira Quiggley besucht«, fuhr Arabella fort. »Sie hat sich bereit erklärt, uns zu helfen. Sie wird am 22. Dezember hierherkommen, um einen Basar zu organisieren. Bis dahin wird sie sich mit so vielen Landfrauen in Verbindung setzen, wie sie nur kann, und sie dazu anhalten, sich zu beteiligen.«

»Das hört sich ganz so an, als könnte unser Plan tatsächlich klappen«, sagte Jonathan.

»Ich bin mir da nicht so sicher, Jonathan. Es kann noch viel passieren. Ich habe Dave das Versprechen abgenommen, uns Bescheid zu geben, falls irgendetwas schiefgehen sollte, während er in den nächsten Tagen das Bier braut. Wenn das nicht klappt, müssen wir die ganze Sache abblasen, sonst haben wir nur Ärger am Hals.«

»Dave schafft das schon, du wirst sehen«, sagte Jonathan zuversichtlich.

»Ich mache mir trotzdem Sorgen, dass kaum jemand in die Stadt kommen wird.« Arabella konnte nicht recht glauben, dass die Nachricht vom Stadtfest sich ohne die Telegrafenverbindung weit genug verbreitete. »Jetzt haben wir auch noch Schulden bei Dave – und Maggie und Tony sind schon bis über beide Ohren verschuldet.«

»Es bringt nichts, sich den Kopf zu zerbrechen, Arabella. Wir können nur unser Bestes tun und hoffen.« Tatsächlich war auch Jonathan alles andere als zuversichtlich, aber das konnte er Arabella schlecht sagen. Sie verließ sich auf ihn. »Du bist erschöpft.

Warum gehst du nicht rauf in dein Zimmer und legst dich eine Weile hin?«

»In Ordnung, aber nur für eine Stunde«, sagte Arabella und raffte sich auf. Sie konnte es kaum erwarten, sich zu entkleiden und zu waschen. Sie fühlte sich schmutzig, nachdem sie tagelang geschwitzt hatte; wahrscheinlich roch sie wie ein Kamel. Sie konnte kaum glauben, dass Jonathan es aushielt, in einem Zimmer mit ihr zu sein. Und sie freute sich darauf, sich auf ihrem eigenen Bett auszustrecken, nachdem sie in der Nacht zuvor auf dem harten Boden geschlafen hatte.

»Ich werde nicht nach Lizard Creek Station aufbrechen, bevor du dich ausgeruht hast«, sagte Jonathan.

»Was? Du gehst fort?«

»Ich muss Benzin für den Generator besorgen. Wir hatten ja schon darüber gesprochen. Unser Vorrat reicht nicht.«

Arabella war enttäuscht. »Kann das nicht einer der Afghanen übernehmen?«

»Paddy wird mich begleiten.«

»Könnte er nicht ohne dich reisen, Jonathan? Ich kann das Hotel nicht allein führen.« Sie hatte zwar Stuart und Ted, aber das war nicht dasselbe.

»Paddy könnte vielleicht nach dem Benzin fragen, Arabella, aber ich brauche außerdem ein Bauteil für den Generator, und Bob Maxwell hat alle möglichen Ersatzteile. Da ich kein Mechaniker bin, weiß ich den Namen für das Teil nicht, deshalb muss ich es Bob an seinem eigenen Generator zeigen und ihn fragen, wie ich das Teil reparieren kann oder ob ich es ersetzen muss.«

Arabella wusste, dass es in einer Katastrophe enden würde, wenn der Generator noch einmal seinen Geist aufgab. »Wenn es sein muss, solltest du jetzt gleich aufbrechen, umso früher bist du wieder da«, sagte sie. »Ted ist doch hier und kann sich um die Bar kümmern, oder?«

»Ja. Er wird die Gäste bedienen, solange du dich ausruhst.«

Arabella stand im Schatten der Hotelveranda, als Jonathan und Paddy auf ihre Kamele stiegen.

»Oh, eines hätte ich fast vergessen«, sagte Jonathan, die Augen mit einer Hand vor der grellen Sonne schützend. »Terry hat heute Morgen die Stadt verlassen.«

Arabella seufzte. Auch das noch! Wenn es irgendwelche Probleme gab, würde sie ihn brauchen. »Warum?«, fragte sie.

»Ein Arbeiter von Wangaratta Station ist gekommen, um ihn zu holen. Offenbar haben sie irgendwo tote Rinder gefunden. Sie vermuten, dass die Aborigines die Tiere getötet haben.«

»Das ist doch Unsinn! Die Aborigines finden im Busch genug zu essen. Sie haben es nicht nötig, Rinder zu stehlen«, sagte Arabella. Die Bewohner von Marree wären verhungert, hätten die Aborigines aus der Stadt keine Nahrung für sie gefunden, und Wangaratta Station konnte unmöglich in einer Gegend liegen, die noch unwirtlicher war als die um Marree.

»Ich weiß, aber Terry sagte, dass sie sich manchmal einen jungen Ochsen holen. Wahrscheinlich ist die Versuchung zu groß, wenn sie draußen auf der Jagd sind. Die Farmer drücken ein Auge zu, wenn jedes Jahr nur einer oder zwei ihrer jungen Ochsen verschwinden, aber wenn es überhand nimmt, wollen sie es unterbinden. In einer Dürre ist jedes Tier kostbar. Terry meinte, die Aborigines könnten von Glück sagen, dass es nicht zum Kampf zwischen ihnen und den Farmern gekommen sei. Stattdessen hat einer von ihnen Terry geholt. Stuart hat ihn begleitet.«

»Stuart?«, sagte Arabella erstaunt. »Warum?«

»Er hat vor etwa einem Jahr eine Zeit lang beim Kuarna-Volk gelebt – dem Clan, den die Farmer verdächtigen, die Ochsen gestohlen zu haben. Deshalb meint Terry, Stuart könne ihm vielleicht helfen.«

»Stuart hat bei den Aborigines gelebt?«, sagte Arabella. »Das wusste ich gar nicht.«

»Ich habe es auch nicht gewusst«, sagte Jonathan. »Aber das

ist ja kein Wunder, wo Stuart so wenig von sich preisgibt. Jedenfalls haben die Kuarna eine hohe Meinung von ihm. Terry glaubt, Stuart könnte vielleicht zwischen den Kuarna und den Farmern vermitteln, damit es eine friedliche Lösung gibt. Andernfalls wird es doch noch zum Kampf kommen, und dann kann es Tote geben.«

»Ist Stuart mit Bess geritten?«

»Nein. Er und Terry sind auf Kamelen unterwegs, ein Kameltreiber begleitet sie. Mach dir keine Sorgen. Ich bin sicher, in den nächsten Tagen bleibt alles ruhig. Rita wird dir helfen, falls du sie brauchst.«

Arabella nickte und versuchte zu lächeln. Wenn Rita sich betrank – das wusste sie – würde sie alles andere als eine Hilfe sein. Sie blickte Jonathan und Paddy nach, als diese davonritten, und ging dann nach oben, um sich zu waschen und hinzulegen.

Im Hotel war jetzt niemand mehr bis auf Ted und Wally, die an der Bar saßen und Geschichten spannen.

Arabella schlief viel länger, als sie vorgehabt hatte. Die Sonne ging bereits unter, als sie von lautem Radau in der Bar geweckt wurde. Sie zog sich in aller Eile an und stürmte die Treppe hinunter.

Ted war hinter der Bar, und Wally kauerte noch immer auf demselben Hocker, auf dem er gesessen hatte, als Arabella zu Bett gegangen war. Inzwischen war er sturzbetrunken. Er schwankte, als würde er jeden Augenblick vom Hocker fallen. Arabella sah entsetzt, dass auch Rita in der Bar saß. Reihen leerer Gläser standen auf dem Tresen, und es war offensichtlich, dass auch Rita stockbetrunken war.

»O nein«, stieß Arabella hervor. Ein Albtraum wurde wahr. Man musste kein Genie sein, um sich auszurechnen, dass Rita und Wally um die Wette getrunken hatten – und es sah aus, als wäre Wally der Verlierer, nach seinem Zustand zu urteilen. Seit er so viel Gewicht verloren hatte, vertrug er keinen Alkohol mehr.

Missy, Lily und zwei noch sehr junge Aborigine-Mädchen, die Arabella nie zuvor gesehen hatte, saßen mit Getränken in einer Ecke der Bar. Missy und Lily senkten beschämt die Köpfe, als Arabella erschien, und huschten hinaus.

»Was ist hier los?«, wollte Arabella wissen.

Les Mitchell ermunterte Wally, noch eine Runde zu trinken. »Ich hab ein Pfund auf dich gesetzt, Wally. Enttäusch mich nicht!«, sagte er.

»Dieser weiße Kerl glaubt, er kann Rita unter den Tisch saufen!«, sagte Rita und grinste Arabella an. Ihre Augen waren blutunterlaufen und glasig. Sie sah zum Fürchten aus. »Du wirst mich niemals schaffen, Kumpel«, sagte sie und schlug Wally so fest auf den Rücken, dass er beinahe vom Hocker geflogen wäre.

»Warum hast du mich nicht geweckt?«, wandte Arabella sich an Ted, der aussah, als hätte er selbst mehr als nur ein paar Drinks gehabt.

Ted zuckte die Schultern. »Wozu?«, sagte er, während er für Wally und Rita noch zwei Gläser Bier einschenkte.

»Hör auf damit!«, sagte Arabella zornig. »Siehst du denn nicht, dass die beiden genug haben? Außerdem sollte Wally nichts trinken, bis er vor einem Friedensrichter gestanden hat. Das war eine der Bedingungen, die Terry festgelegt hat!«

»Wir haben doch nur ein bisschen harmlosen Spaß«, sagte Ted.

Wally und Rita hoben die gefüllten Biergläser.

»Prost, prost, prost!«, brüllte Ted. Dann leerten alle mit gierigen Schlucken ihre Gläser. Schaum rann ihnen übers Kinn und tropfte auf ihre ohnehin schon durchnässten Hemden, aber niemand scherte sich darum, während alle gleichzeitig die geleerten Gläser auf den Tresen knallten. Rita jauchzte, rief noch eine Runde aus und rülpste laut. Wally lachte grölend. Plötzlich aber sank sein Kopf nach vorn. Er war betrunken bis zur Bewusstlosigkeit. Langsam rutschte er vom Hocker. Arabella versuchte ihn aufzufangen, doch er war viel zu schwer für sie, und Wally landete mit einem dumpfen Aufprall auf dem Boden.

Arabella funkelte Les zornig an, voller Wut, dass er nur dagestanden und nichts unternommen hatte, um seinem angeblichen »Kumpel« zu helfen. Doch bevor sie etwas sagen konnte, grölte Rita:

»Ich hab gewonnen! Ich hab dir ja gleich gesagt, ich kann mehr vertragen als du!« Sie beugte sich über den bewusstlosen Wally und zeigte mit dem Finger auf ihn, doch er schnarchte bereits laut.

»O Mann!«, knurrte Les mit einem Blick auf Wallys lang ausgestreckte Gestalt. »Du hast deine Kumpel wirklich enttäuscht.« Er reichte Rita widerwillig eine Pfundnote, die sie sich schnappte, um dann jubelnd auf und ab zu hüpfen. Die riesige Frau verlor das Gleichgewicht, es gelang ihr aber im letzten Augenblick, sich auf den Beinen zu halten.

Lily und Missy, die bei dem Geschrei wieder hereingekommen waren, jubelten Rita zu. Diese fummelte schamlos zwischen ihren riesigen, vom Bier nassen Brüsten herum, um den Geldschein sicher zu verstauen. Dann taumelte sie zum Tisch der Mädchen, die ihr gratulierten, zweifellos in der Hoffnung, dass Rita ihren Gewinn großzügig mit ihnen teilte.

Arabella war wütend – nicht nur auf Rita, auch auf Wally. Als sie darüber nachdachte, wie oft sie die Treppe hochgelaufen war, um seine Wunde neu zu verbinden und ihm Essen und Trinken zu bringen, hätte sie ihn am liebsten geohrfeigt. Es widerte sie an, dass er sich so erbärmlich betrank. Doch sie wusste, dass es keinen Sinn hatte, Ted und Les deswegen Vorhaltungen zu machen; sie waren ebenfalls betrunken. Deshalb wandte sie ihre Aufmerksamkeit wieder Rita zu.

»Du solltest jetzt gehen, Rita«, sagte sie, »und Lily und Missy mitnehmen.«

»Was reden Sie denn da, Missus?«, rief Rita. »Ich werd jetzt für meine Kumpel Klavier spielen!«

»Nicht heute Abend«, sagte Arabella zornig.

»Doch! Ich will jetzt spielen! Jetzt gleich!«, sagte Rita, stapfte zum Klavier und ließ sich auf den Hocker plumpsen, von dem sie fast wieder heruntergerutscht wäre. Der entsetzten Arabella fiel gar nicht auf, dass ein Bein des Hockers unter Ritas Gewicht eingeknickt war. Auch Rita hatte es nicht bemerkt. Sie lachte grölend und begann, wilder als je zuvor auf dic Tasten einzuhämmern, was einen Höllenlärm machte.

»Hör mit diesem verdammten Krach auf!«, brüllte Les von der Bar, doch Rita lachte nur und lärmte weiter. Sie schien sich köstlich zu amüsieren und hatte offenbar alles um sich herum vergessen.

»Bitte, Rita, schlag die Tasten nicht so hart an! Du machst das Klavier kaputt«, rief Arabella, doch ihre Bitte verhallte ungehört. Sie presste sich die Hände auf die Ohren, während Rita weiter in die Tasten hämmerte und das Klavier malträtierte. Arabellas Nerven lagen blank. Sie wünschte sich, Jonathan wäre bei ihr. Wie konnte man von *ihr* erwarten, mit Betrunkenen fertig zu werden – vor allem, wenn Rita dazugehörte?

Schließlich aber platzte ihr der Kragen. »Hör auf!«, fuhr sie Rita an. »Um Himmels willen, hör mit dem Krach auf!«

Rita sah ungläubig auf.

»Du wirst es nie lernen! Schon gar nicht, wenn du betrunken bist!«, schimpfte Arabella. »Finde dich damit ab, Rita, du wirst nie eine gute Klavierspielerin. Also hör auf, das Klavier zu bearbeiten, bevor du es noch ruinierst.«

Rita starrte sie mit weit aufgerissenen Augen an. Es dauerte ein paar Augenblicke, bis die Worte zu ihr durchdrangen. Dann erhob sie sich langsam zu ihrer Furcht einflößenden Größe. Dieses Mal aber schüchterte ihre riesige Gestalt Arabella nicht ein; sie war zu wütend, um zu erkennen, dass sie verletzend gewesen war. Erst als Rita sich in eisigem Schweigen an ihr vorbeidrängte, den Mädchen zurief, ihr zu folgen, und das Hotel verließ, erkannte

Arabella ihren Fehler. Sie hätte ihre stärkste Verbündete nicht vor den Kopf stoßen dürfen.

Ein paar Augenblicke stand sie still da; dann stöhnte sie verzweifelt auf. »O nein«, stieß sie hervor. »Was habe ich mir nur dabei gedacht?« Rita war einer der wenigen Menschen, der ihr in jeder Situation beistand. Auf Ted und Les konnte man sich nicht verlassen – von Wally Jackson gar nicht erst zu reden.

Arabella sah zu Wally, Ted und Les hinüber. Sie ärgerte sich über sich selbst, aber noch wütender war sie auf die Männer. Sie stapfte zornig zu ihnen hinüber.

»Ihr beide könnt Wally, dieses erbärmliche Häufchen Elend, aus dem Hotel schaffen«, sagte sie zu Ted und Les. »Er wird nicht länger hier wohnen. Wenn es ihm wieder gut genug geht, sich sinnlos zu betrinken, dann ist er auch gesund genug, um in Frankie Millers Haus selbst auf sich aufzupassen. Und die Bar bleibt morgen geschlossen. Ich werde mir so etwas nicht wieder bieten lassen.« Mit dem Finger wies sie vorwurfsvoll auf den am Boden liegenden, schnarchenden Wally.

»Das kannst du nicht tun, Arabella!«, sagte Les ungläubig.

»O doch, das kann ich. Jonathan und ich wurde die Verantwortung für dieses Hotel übertragen. Und weil Jonathan nicht da ist, bin ich dafür zuständig, was hier geschieht.«

»Die Bar zu schließen ist nicht gut fürs Geschäft!«, sagte Ted.

»Viel schlimmer kann es nicht mehr werden«, entgegnete Arabella. »Haben Wally und Rita denn für die Getränke bezahlt, die sie sich bei diesem dummen Säuferwettstreit hinter die Binde gegossen haben? Und haben die Aborigine-Frauen bezahlt?« Sie funkelte Ted böse an, der noch immer hinter der Bar stand, nun aber beschämt und schuldbewusst dreinblickte.

»Ich glaube, *ihr* seid schlecht fürs Geschäft!«, sagte Arabella abfällig.

»Wir haben ein bisschen was anschreiben lassen, aber wir werden die Rechnung schon begleichen … irgendwann«, sagte Les.

»Morgen werdet ihr jedenfalls nichts mehr anschreiben lassen«, sagte Arabella, »denn die Türen bleiben geschlossen.«

Nach diesen Worten rannte sie in die Küche, um sich einen Happen zu essen zu machen. Sie hörte, wie Les und Ted sich in der Bar abmühten, um Wally vom Boden hochzuheben, um ihn zu Frankie Millers Haus zu schleppen. Les und Ted fluchten, doch Arabella wollte nur, dass sie endlich verschwanden.

Sie aß ein Brot, schloss die Türen des Hotels ab und ging nach oben. Arabella nutzte die Stille, um nachzudenken. Die Männer und auch Rita würden sich bei ihr entschuldigen müssen, bevor sie sie wieder ins Hotel ließ!

Immer wieder fragte sie sich, wie Maggie die Situation wohl gehandhabt hätte. Maggie hätte sich einen solchen Unfug bestimmt nicht gefallen lassen.

Später an diesem Abend machte Arabella sich Notizen für das Konzert an Heiligabend und überlegte sich, welche Stücke sie spielen sollte. Außerdem erstellte sie eine Liste der Verkaufsstände für den Basar.

Bevor Arabella sich schlafen legte, vergewisserte sie sich, dass sämtliche Türen und Fenster im Erdgeschoss geschlossen waren. Das nun so stille alte Hotel gab viele seltsame Geräusche von sich. Arabella empfand sie als lauter und bedrohlicher als sonst, rief sich dann aber in Erinnerung, was Maggie gesagt hatte: Das Dach, hatte sie erklärt, arbeite ständig, weil sich das Material durch die extremen Temperaturunterschiede zwischen Tag und Nacht verändere. Aber war das wirklich alles? Die Geräusche kamen auch von den Gebäudewänden und aus dem Erdgeschoss. Ob Wally aus seinem alkoholseligen Schlaf aufgewacht war und versuchte, ihr einen Schrecken einzujagen? Nun, sie würde schon dafür sorgen, dass er nicht hineinkam!

Oben schloss Arabella alle Türen bis auf ihre Balkontür ab. Einen Augenblick lang blieb sie draußen stehen. Es wurde allmählich dunkel, und in der Ferne konnte sie bei Frankie Millers

Haus ein Licht erkennen. Ansonsten aber schien die Stadt verlassen zu sein. Arabella beschloss, zu Bett zu gehen. Je früher sie sich schlafen legte, desto früher würde der neue Tag anbrechen.

Sie verbrachte die halbe Nacht zitternd unter ihrer Decke, bis sie endlich einschlief. Eine vorlaute Elster weckte sie kurz nach Tagesanbruch. Sie saß auf dem Geländer des Balkons. »Verschwinde«, rief Arabella gereizt, und die Elster flog davon.

Arabella stand auf und ging hinunter. Eine unheimliche Stille lag über dem verlassenen Hotel, doch sie versuchte, ihre Ängste zu verdrängen und ihren morgendlichen Pflichten nachzugehen, wie sie es an jedem anderen Tag tat. Zuerst fütterte sie die Hühner, dann ging sie zu den Ställen hinüber, um Stuarts Stute und Uri zu versorgen. Sie fragte sich, ob Stuart und Terry bald zurückkommen würden. Uri fraß jetzt dasselbe Trockenfutter wie Bess, sodass Paddy ihm nicht mehr die Flasche geben musste. Das junge Kamel hielt sich allerdings noch immer dicht an die geduldige Stute. Arabella musste daran denken, was Faiz gesagt hatte – dass er bald zusammen mit den jungen Kamelhengsten untergebracht und ausgebildet werden würde. Sie wusste, dass sie ihn dann schrecklich vermisste und dass er Bess vermisste.

Während Arabella das Kameljunge, das Pferd und die Hühner fütterte, hielt sie immer wieder nach den Männern, nach Rita und den Mädchen Ausschau. Sie rechnete damit, dass sie vorbeikamen, und sei es nur, um sich für ihr Verhalten zu entschuldigen. Doch niemand ließ sich blicken.

»Die kommen schon wieder«, murmelte Arabella vor sich hin. »So lange kommen sie ohne Bier nicht aus.«

Der Tag dehnte sich, und noch immer ließ sich keine Menschenseele im Hotel blicken. Arabella überlegte sich immer wieder neue Ausreden, das Haus zu verlassen, um nach den anderen Ausschau zu halten. Die Stadt schien völlig verlassen, was Arabella in ihrer Einsamkeit umso mehr auffiel. Sie wollte nicht hinüber zur Ghan-Siedlung gehen, weil Paddy nicht da war, und sie hatte kein Geld, um Mohomet Basheer in dessen Laden zu besuchen, daher verbrachte sie die langen Stunden allein im Hotel, putzte die Bar und wischte Staub. Es war sehr heiß, und die Arbeit war anstrengend, half Arabella jedoch, den Tag auszufüllen.

Schließlich wurde es Abend. Noch immer war niemand vorbeigekommen, um etwas zu trinken. Arabella wollte sich nicht damit aufhalten, ein Feuer zu entfachen, um sich etwas zu kochen; deshalb aß sie nur Brot mit Käse zu Abend. In einem Schrank entdeckte sie eine Kiste mit Büchern und suchte sich einen Roman heraus. Dann setzte sie sich auf den Balkon und las; sie genoss die leichte kühle Brise und die weite Aussicht über die Stadt.

Als die Sonne sich über dem westlichen Horizont senkte, wurde das Licht zu schwach zum Lesen, und Arabella ging zurück ins Haus. Ein paar Stunden zuvor hatte sie den letzten Rest Benzin in den Tank des Generators gegossen. Sie hatte keine Ahnung, wie lange es noch reichte, und konnte nur hoffen, dass Jonathan am nächsten Tag mit Nachschub zurückkam. Der Generator musste in Betrieb bleiben, sonst fiel die Stromversorgung aus, und das wenige Bier, das sie noch hatten, würde sich in warme Brühe verwandeln.

Gegen acht Uhr, Arabella sah gerade nach Bess und Uri, geschah es: Sie hörte den Motor des Generators stottern und dann absterben. Das Außenlicht an der Rückwand des Hotels erlosch schlagartig.

»O nein!«, rief Arabella. Sie wusste, dass es keinen Sinn hatte, den Treibstofftank zu öffnen, weil es zu dunkel war, um einen Blick hineinzuwerfen, aber sie konnte sich auch so denken, dass das Benzin aufgebraucht war. Kurz fragte sie sich, ob sie Ted bitten sollte, den Tank zu überprüfen, doch ihr Stolz hielt sie zurück. Wenn Ted und die anderen nicht von allein wiederkamen und sich entschuldigten, würde sie einen Teufel tun und sie um Hilfe bitten.

Arabella ging ins Hotel. Da der Generator keinen Strom mehr lieferte, war es im Innern schummrig. Im Dämmerlicht tastete sie sich voran und vergewisserte sich, dass sämtliche Türen abgeschlossen waren, bevor sie die Treppe zu ihrem Zimmer hinaufstieg. Sie legte sich aufs Bett. Mit einem Mal wurden ihr die heraufziehende Dunkelheit und die Einsamkeit unheimlich. Angespannt lauschte sie den seltsamen Geräuschen, die das Hotel von sich gab. Bei jedem Knarren und Ächzen versuchte sie zu ergründen, was die Ursache dafür sein könnte. Die Laute der heranrückenden Nacht waren beängstigend in der Stille. Arabella ließ ihren Blick durchs Zimmer schweifen und erstarrte, als sie plötzlich Schatten auf dem Flur zu erkennen glaubte. Vor Angst schlug ihr das Herz bis zum Hals. Ihre Fantasie gaukelte ihr schreckliche Trugbilder vor. Bewegte sich da etwas? Unwillkürlich musste sie an Rita und die Aborigines denken. Was, wenn sie Rita so sehr beleidigt hatte, dass diese auf Rache sann und jemanden von ihrem Clan schickte?

Arabella gab sich einen Ruck, setzte sich auf und schalt sich eine Närrin. Ihre Ängste waren lächerlich. Natürlich würde Rita keine Rache üben.

Auf einmal hörte sie hinter dem Hotel einen seltsamen dumpfen Laut, gefolgt von einem Rütteln. Sie trat auf den Flur und lauschte aufmerksam vom oberen Ende der Treppe. Einen Augenblick herrschte Stille, dann erklang das Rütteln erneut, und diesmal wusste Arabella, dass die Fantasie nicht mit ihr durchgegangen war. Entsetzen überfiel sie, als ihr klar wurde, dass es der Türknauf war, den sie hörte. Jemand machte sich an der Hintertür zu schaffen. War es Wally? Er wusste, dass sie allein war und dass niemand ihr zu Hilfe kommen würde. Wollte Wally die Chance nutzen, es ihr heimzuzahlen?

Langsam schlich Arabella die Treppe hinunter, angespannt lauschend. Als sie die Küchentür erreichte, konnte sie das Fenster sehen. Ein Schatten huschte draußen vorbei. Arabella schlug die

Hand vor den Mund, um einen Aufschrei zu unterdrücken. Einen Augenblick später erschien der Schatten wieder. Die schemenhafte Gestalt versuchte, das Fenster aufzuschieben.

Arabella geriet in Panik. Ihr Mund war wie ausgetrocknet, und sie gab ein ersticktes Stöhnen von sich. Gott sei Dank hatte sie alle Türen und Fenster verriegelt. Atemlos beobachtete sie, wie die Gestalt sich entfernte, vermutlich, um es an einer anderen Tür zu versuchen. Arabella bewegte sich langsam rückwärts durch die Küche und zuckte zusammen, als die Dielen knarrten. Wenn doch nur Jonathan oder Stuart hier wären …

Dann aber verdrängte heißer Zorn ihre Furcht. Der Gedanke, dass Wally ihr bloß einen Schrecken einjagen wollte, während sie allein war, machte sie wütend. Sie griff nach einer Bratpfanne. »Dir werde ich's zeigen«, sagte sie laut. »So einfach kommst du mir diesmal nicht davon, Wally Jackson!«

Arabella drehte kurz entschlossen den Schlüssel in der Hintertür und sperrte sie auf. Die Tür knarrte leise, als sie sie öffnete und anlehnte. Arabella stellte sich hinter die Tür, die Pfanne in den erhobenen Händen, und hielt den Atem an. Ihr Herz schien zu zerspringen, doch sie stand völlig regungslos da. Dann hörte sie wieder ein Geräusch – Schritte, Atmen. Langsam wurde die Tür aufgestoßen. Eine dunkle Gestalt schob sich hinein. Sie war so nah, dass Arabella ihren Schweiß riechen konnte. War es Wally? Arabella hob die Pfanne und schlug mit aller Kraft zu. Sie hörte einen dumpfen Laut und ein Stöhnen; dann ging die Gestalt zu Boden und rührte sich nicht mehr.

Arabella war schwindelig vor Erleichterung. Sie zitterte am ganzen Körper, stieg über den am Boden Liegenden hinweg und beobachtete ihn erst einmal aus sicherer Entfernung.

Aber was sollte sie jetzt als Nächstes tun? Sie hatte Wally zwar eine Lektion erteilt, aber was sollte sie nun mit ihm anfangen? Terry war nicht da, um ihn einzusperren. Dann fiel ihr ein, dass in der Nähe des Herds eine Schachtel Streichhölzer lag. Arabella tastete im Dunkeln danach, bis sie die Schachtel fand. Sie entzündete ein Streichholz und hob es langsam, damit sie das Gesicht des Bewusstlosen sehen konnte. Noch immer lag der Körper regungslos da. Plötzlich wurde sie von Furcht ergriffen. Könnte sie Wally getötet haben?

Dann sah sie das dunkle Haar des Bewusstlosen und runzelte die Stirn. Sie trat langsam näher, kniete sich hin und hielt das Streichholz dicht vor sein Gesicht.

Arabella stöhnte auf.

Es war nicht Wally.

»Jonathan!«, stieß sie hervor. »O nein, was habe ich getan!«

23

Jonathan stöhnte und bewegte sich vorsichtig. Arabella erkannte erleichtert, dass ihm nichts Schlimmeres passiert war.

»Was in aller Welt hast du dir dabei gedacht, mir einen solchen Schreck einzujagen?«, fragte sie ihn. In ihrer Stimme schwang die Freude mit, ihn wiederzusehen, aber auch der Zorn, dass er sie beinahe zu Tode erschreckt hätte.

»Das ist nicht gerade die Begrüßung, die ich erwartet hatte …« Jonathan stemmte sich hoch, bis er aufrecht saß, und zuckte zusammen, als ein stechender Schmerz durch seinen Kopf schoss.

»Ich dachte, du wärst ein Eindringling«, sagte Arabella. »Wieso bist du draußen herumgeschlichen?«

Jonathan war noch immer benommen. »Tut mir leid, dass ich dich erschreckt habe, aber warum liegt hier alles im Dunkeln? So spät ist es doch noch gar nicht.«

»Der Generator hat vor einer Stunde den Geist aufgegeben«, sagte Arabella. »Warum hast du nicht geklopft oder gerufen?«

»Ich hab gesehen, dass nirgends Licht brannte, und dachte, dass alle schliefen. Ich wollte niemanden wecken, deshalb habe ich mich umgesehen, ob irgendwo ein Fenster oder eine Tür offen ist.«

»Ich hätte nie gedacht, dass du es bist, Jonathan. Wieso bist du so früh zurück?«

»Ich wollte so bald wie möglich zurückkommen, daher sind Paddy und ich in der Nacht geritten.« Er verzog das Gesicht. »Zur Begrüßung eine Bratpfanne auf den Kopf zu bekommen, hatte ich eigentlich nicht erwartet. Wenn du Angst hattest, wieso hast du dann nicht Wally gerufen?«

»Er ist nicht hier«, gestand Arabella, die nicht zugeben wollte, dass es Wally war, vor dem sie Angst hatte.

»Nicht hier? Er steht doch unter Arrest und sollte im Hotel bleiben. Es wird Terry gar nicht freuen, dass Wally verschwunden ist, ohne ihn zu verständigen. Wo ist er überhaupt?«

»In Frankie Millers Haus.«

»Das begreife ich nicht«, sagte Jonathan und rieb sich die schmerzende Stelle am Kopf. »Er war doch noch hier, als ich abgereist bin, und hatte es hier bequem. Warum ist er zurück zu Frankies Haus?«

»Ich habe ihn rausgeworfen«, gestand Arabella.

Jonathans Augen weiteten sich.

»Als ich mich gestern ausgeruht habe«, berichtete sie, »haben Wally und Rita um die Wette getrunken. Les und Ted, diese Dummköpfe, haben auf die beiden gewettet. Tja, Rita hat Wally unter den Tisch getrunken. Die beiden haben so viel in sich hineingeschüttet, bis Wally sternhagelvoll am Boden lag. Und das nach all der Pflege, die er von mir bekommen hat! Ich war so wütend auf ihn, dass ich ihn hinausgeworfen habe. Les und Ted haben ihn begleitet.«

»Ach du lieber Himmel«, sagte Jonathan, der allmählich verstand. »Ich hatte schon die Befürchtung, es könnte hier ein bisschen langweilig werden, wenn ich fort bin, aber ich hab mich offensichtlich getäuscht.«

»Ich habe Wally, Ted und Les gesagt, dass das Hotel heute geschlossen bleibt. Deshalb habe ich den ganzen Tag keine Menschenseele gesehen. Ich hielt dich für Wally. Ich dachte, er versucht einzubrechen, um an Schnaps und Bier zu kommen oder um es mir heimzuzahlen.«

»Ich kann mir nicht vorstellen, dass Wally so etwas tut«, sagte Jonathan. »Ich weiß, dass er dich zu Tode erschreckt hat, als er dich damals entführte, aber etwas so Dummes macht er bestimmt nicht wieder.« Er erhob sich. »Ich muss jetzt den Benzintank des Generators auffüllen.«

»Dann hat Bob Maxwell dir Benzin gegeben?«, sagte Arabella erfreut.

»Ja, und das Ersatzteil, das ich brauche. Der Tank des Generators hat ein Leck. Deshalb hat unser Benzin nicht sehr lange gereicht.«

Zehn Minuten später brannten die Lichter im Hotel wieder, und Jonathan genoss ein Bier und ein Käsesandwich. Er hatte nur so viel Benzin in den Tank des Generators gegossen, dass er für ein paar Stunden lief; die undichte Stelle wollte er bei Tagesanbruch reparieren.

»Es kommt mir irgendwie seltsam vor, dass wir beide hier die Einzigen sind«, sagte er, als Arabella sich in der Bar zu ihm gesellte. Seltsam, aber sehr angenehm, fügte er in Gedanken hinzu.

»Das geht mir genauso. Ehrlich gesagt, hatte ich erwartet, dass Ted und die anderen heute wiederkommen und mich bitten, dass ich es mir anders überlege und das Hotel doch aufschließe. Ich war sogar dumm genug, auf eine Entschuldigung zu hoffen. Sie müssen sehr wütend auf mich sein.« Arabella ließ den Kopf sinken.

»Keine Sorge«, sagte Jonathan. »Morgen ist das alles vergessen.«

»Da bin ich mir nicht so sicher.« Arabella dachte an Rita.

»Wie meinst du das?«, fragte Jonathan beunruhigt. »Ist sonst noch was passiert?«

»Ja«, seufzte Arabella. »In ihrem Vollrausch hat Rita beschlossen, Klavier zu spielen.«

»Ach du liebe Güte!« Jonathan hatte Ritas Versuche, auf dem Klavier zu spielen, schon einmal über sich ergehen lassen. Es war eine Folter für die Ohren gewesen.

»Sie hat einen Mordslärm gemacht und beinahe die Tasten zerschlagen, und das habe ich ihr ziemlich deutlich gesagt. Ich hätte geduldiger sein sollen, aber ich hatte Angst, dass sie das Klavier zertrümmert. Heute hab ich entdeckt, dass sie eines der Beine am Hocker zerbrochen hat. Es ist ein Wunder, dass er unter ihrem Gewicht nicht völlig eingeknickt ist.«

Jonathan lachte. »Alle Achtung, dass du so lange so geduldig mit Rita warst. Aber sie muss endlich begreifen, dass aus ihr nie eine Pianistin wird.«

»Genau das habe ich ihr auch gesagt – und leider nicht allzu freundlich. Aber vielleicht kann sie sich nicht mehr daran erinnern. So betrunken wie gestern war sie noch nie.«

»Hast du sie heute schon gesehen?«

»Nein, keine Menschenseele. Ich sollte mich bei Rita entschuldigen. Ich habe die ganze Zeit darüber nachgedacht. Ich war sehr hart zu ihr.«

»Ich glaube nicht, dass du dich entschuldigen solltest«, sagte Jonathan.

Arabellas Augen weiteten sich. »Warum nicht?«

»Rita ist eine sehr stolze Frau. Es wird am besten sein, wenn du gar nicht mehr darüber sprichst, was passiert ist. Wenn Rita wirklich so betrunken war, wie du sagst, wird sie sich wohl nicht mehr genau erinnern, welche Worte gefallen sind. Da ist es besser, gar nicht davon zu sprechen, um Rita nicht in Verlegenheit zu bringen.«

»Sie erinnert sich bestimmt daran, was vorgefallen ist«, sagte Arabella, »sonst wäre sie heute vorbeigekommen.«

»Vielleicht ist sie verkatert.«

Das hatte Arabella nicht bedacht. »Da könntest du Recht haben …«

»Ganz bestimmt. Vermutlich erinnert sie sich an gar nichts mehr.«

»Und wenn doch, Jonathan? Wir brauchen jede Unterstützung für das Stadtfest. Hoffentlich habe ich nicht alles verdorben. Rita mag vergessen haben, was gestern passiert ist, aber Wally,

Les und Ted sind ganz bestimmt wütend auf mich, sonst wären sie heute hier erschienen.«

»Du hast doch zu ihnen gesagt, dass die Bar geschlossen bleibt. Ich nehme an, sie haben dich beim Wort genommen und sind deshalb weggeblieben.«

»Stimmt«, räumte Arabella ein.

»Warten wir ab, was morgen passiert, wenn sie den Kater überstanden haben und wieder ihr gewohntes Bier trinken wollen. Übrigens hat Ruth Maxwell sich erkundigt, wie es dir geht«, wechselte Jonathan das Thema. »Ich habe ihr erzählt, dass du in Farina warst und dass Moira Quiggley dir an Heiligabend helfen wird.«

»Und was hat sie gesagt?«

Jonathan suchte nach den richtigen Worten. »Sie sagte, Moira kennt jeden im Umkreis von tausend Meilen und wird uns eine große Hilfe sein. Moira sei genau die Richtige, um einen Basar zu organisieren.«

»Selbst mit Moiras Hilfe habe ich das Gefühl, überfordert zu sein, Jonathan. Ich habe so etwas noch nie gemacht.« Arabella erkannte immer deutlicher, wie sehr ihr behütetes Leben ihr letztlich geschadet hatte. Ihre Eltern, besonders Clarice, hatten zwar immer versucht, sie zu mehr Selbstständigkeit zu ermuntern, doch sie hatte es immer vorgezogen, sich umsorgen zu lassen und eigenen Entscheidungen und Verantwortlichkeiten aus dem Weg zu gehen.

»Lass Moira tun, was sie am besten kann – die Stände für den Basar organisieren«, sagte Jonathan. »Ich werde meine Fotos ausstellen und mich um die Bar und das Barbecue kümmern. Ted kann mir dabei helfen. Und du sorgst mit deinem Konzert für den Höhepunkt des Festes. Alles andere wird sich von selbst ergeben.«

»Meinst du wirklich?«

»Ja. Wir werden für Tony und Maggie tun, was wir können. Mehr kann man nicht erwarten.«

»Hoffentlich haben wir Erfolg. Ohne das Hotel könnte Marree genauso gut im Sand der Wüste versinken.«

Jonathan lächelte. »Es ist noch nicht so lange her, da hättest du dir genau das gewünscht.«

Arabella lächelte verlegen. »Ich weiß«, sagte sie und hielt die Hand vor den Mund, weil sie gähnen musste. »Wir sollten jetzt ins Bett gehen. Gute Nacht, Jonathan. Ich bin froh, dich wieder hierzuhaben.«

Jonathan beugte sich vor und küsste sie sanft auf die Lippen. »Gute Nacht, Arabella«, flüsterte er.

Er ging zu seinem Zimmer. Arabella blickte ihm verträumt hinterher. Sie spürte noch immer seine weichen, warmen Lippen auf den ihren.

Am nächsten Tag war Jonathan bereits im Morgengrauen auf den Beinen. Er arbeitete am Generator, der in einiger Entfernung hinter dem Heuschober stand. Bob Maxwell hatte ihm gezeigt, wie man das Ersatzteil einbauen musste, sodass Jonathan nicht lange dafür brauchte. Er war eben in die Küche zurückgekommen, um sich die Hände zu waschen, als Arabella die Treppe herunterkam.

»Guten Morgen«, rief er fröhlich. »Der Generator ist repariert.«

Arabella konnte sehen, dass er zufrieden mit sich war. »Großartig«, sagte sie, in Gedanken noch immer bei dem Kuss, den sie getauscht hatten. »Möchtest du Tee mit Toast?«

»Danke, gern«, sagte er.

Das Wissen, dass Jonathan auf der anderen Seite des Flurs schlief, hatte Arabella zwar beruhigt, aber auch geheime Sehnsüchte geweckt. Sie genoss es, dass sie beide allein waren. Es war eine Situation, an die sie sich gewöhnen könnte, aber sie wusste, dass ihre gemeinsame Zeit begrenzt war. Außerdem hoffte sie ja, dass ihre Gäste wiederkamen, allein schon Maggie und Tony zuliebe.

Nach dem Frühstück nahmen sie ihre morgendlichen Arbeiten in Angriff. Um zehn Uhr hatte Jonathan die Bar für den Betrieb bereit. Üblicherweise kam um diese Zeit schon jemand vorbei, doch um zwölf Uhr hatten sie noch immer keine Gäste.

Arabella blickte seufzend auf die Uhr. »Was ist, wenn niemand wiederkommt?«

»Keine Angst«, sagte Jonathan. »Ich kenne diese Bande. Die kommen schon.«

»Dein Wort in Gottes Ohr«, sagte Arabella.

Sie und Jonathan setzten sich zum Mittagessen. Es gab Eier auf Toast. Arabella wurde immer bedrückter; sie bekam Schuldgefühle, weil sie die ganze Stadt aus dem Hotel vertrieben hatte. Wenn niemand mehr kam, war das Great Northern so oder so verloren.

»Weißt du, was die Gäste mit Sicherheit wieder herbringen würde?«, sagte Jonathan, als hätte er Arabellas Gedenken erraten. »Eine Happy Hour.«

»Was ist das?«

»In den Bars in der Großstadt gibt es immer eine Stunde, wo es alle Getränke zum halben Preis gibt«, sagte er. »Dann ist es meist gerappelt voll. Die Bars schenken doppelt so viel aus wie sonst. Das heißt, sie machen trotz der geringeren Preise immer noch ein gutes Geschäft.«

»Keine schlechte Idee, aber für so etwas haben wir nicht mehr genug Bier.«

»Wir schenken nur die Spirituosen zum halben Preis aus. Das Bier, das wir noch haben, müssen wir ohnehin fürs Stadtfest aufheben.«

»Das ist wirklich eine gute Idee. Aber Ted sagte, es würden fast alle anschreiben lassen, sodass wir kein Bargeld einnehmen«, sagte Arabella.

»Das stimmt, aber letztendlich begleichen sie ihre Schulden immer, sobald sie ausbezahlt werden.«

»Und nach der Happy Hour?«, fragte Arabella. »Werden die Gäste dann bleiben?«

»O ja, weil sie dann angeheitert sind und weitertrinken, auch zum normalen Preis«, sagte Jonathan. »Sag mal, hast du irgendwo im Hotel eine Tafel gesehen?«

»Ja«, sagte Arabella. »Im Schrank unter der Treppe, wo die Besen aufbewahrt werden. Was hast du vor?«

»Wie viel könnten wir für ein Omelett verlangen und dabei noch Gewinn machen?«

Arabella dachte nach. »Na ja, mit sechs Pence würde es sich schon rechnen, denke ich.«

Jonathan ging und holte die Tafel. Er schrieb in großen Buchstaben:

HAPPY HOUR 17 bis 18 Uhr! Spirituosen zum halben Preis. Ein Omelett 6 Pence.

»Meinst du, das wird klappen, Jonathan?«, fragte Arabella.

»Es gibt nur eine Möglichkeit, das herauszufinden«, sagte er, ging mit der Tafel nach draußen und stellte sie am Ende der Veranda auf.

Noch vor fünf erschienen Ted, Wally, Les und Fred in der Bar. Sie hatten fünf Minuten damit zugebracht, auf die Tafel zu starren, um sich zu vergewissern, dass sie nicht ausgetrickst wurden. Arabella hatte alles für die Omeletts vorbereitet. Sobald sie die Männer in die Bar kommen sah, verschwand sie in der Küche. Jonathan stand hinter dem Schanktisch.

»Gibt es die Getränke zum halben Preis?«, fragte Ted, noch immer misstrauisch. So etwas hatte es bei Tony nie gegeben.

»Nur den Schnaps. Wie viele wollt ihr?«, fragte Jonathan.

»Vier Whiskey, fürs Erste … aber du kannst uns dann gleich nachschenken«, sagte Ted erfreut.

Nachdem die Männer ihre erste Runde in Rekordzeit gekippt hatten, schenkte Jonathan ihnen die nächste ein und sprach über das geplante Stadtfest. Er sagte den Männern, er würde ihre

Hilfe benötigen, um das Klavier in die Futterscheune zu tragen, sobald diese ausgeräumt sei.

»Solange du wieder eine Happy Hour machst, helfe ich gern«, sagte Ted.

»Gut«, erwiderte Jonathan. »Beim nächsten Mal gibt's dann auch Bier zum halben Preis. Übrigens hat Arabella Dave Brewer überredet, uns Bier zu brauen. Ted sagte, das Zeug schmeckt gar nicht schlecht.«

»Das stimmt«, meldete Ted sich vom anderen Ende der Bar zu Wort. Er hatte Wally und Les bereits erzählt, dass Arabella nach Farina gereist war, um Dave Brewer zu bitten, Bier für Marree zu brauen. Doch niemand hatte Arabella große Chancen eingeräumt.

»Ich hab Daves Gebräu auch schon ein paarmal getrunken«, sagte Wally zu Jonathan. »Das Zeug haut dich von den Socken.«

»In letzter Zeit verträgst du ja sowieso nicht mehr viel«, sagte Ted. »Sogar Frauen können dich unter den Tisch trinken.«

Wally blickte verlegen bei der Erinnerung an das »Saufduell« mit Rita, sagte aber nichts.

»Ich habe auch davon gehört«, sagte Jonathan. »Das sollte Terry lieber nicht zu Ohren kommen. Schließlich steht dir wahrscheinlich eine Anklage bevor, und was tust du? Betrinkst dich in aller Öffentlichkeit!«

»Es wird Terry schon nicht zu Ohren kommen, solange …«, Wally warf einen ängstlichen Blick in Richtung Küche, »solange niemand mich verpfeift.«

»Ganz bestimmt nicht«, sagte Jonathan, der das Gefühl hatte, Arabella in Schutz nehmen zu müssen.

Wally war sich da nicht so sicher.

Als Arabella in die Bar kam, um zu fragen, ob alle ein Omelett wollten, tat sie, als wäre nichts Außergewöhnliches vorgefallen, auch wenn es ihr nicht leichtfiel. »Es gibt Omelett mit Käse und Zwiebeln«, sagte sie. »Wer möchte eine Portion?«

»Ich«, sagte Ted.

»Ich auch«, sagte Les.

»Ich ebenfalls«, sagte Fred Powell. Maggie hatte nie Omeletts gemacht, es war etwas Neues für die Männer.

Arabella warf einen Blick auf Wally. »Was ist mit dir?«

»Ich nehme auch eine Portion«, sagte er, mied aber den Blickkontakt, was Arabella nicht entging. Sie fragte sich, ob Wally ein schlechtes Gewissen hatte, bezweifelte es aber. Er würde sich bestimmt nicht bei ihr entschuldigen.

Später an diesem Abend ging Arabella auf die Veranda vor dem Hotel, um die Happy-Hour-Tafel hereinzuholen, und sah zu ihrem Entsetzen, das Rita am Ende der Veranda saß, mit dem Rücken zu ihr. Lily und Missy waren in ihrer Nähe. Sie blickten besorgt.

Arabellas erster Impuls war, kehrtzumachen und zu flüchten, doch sie war sicher, dass Rita ihre Schritte gehört hatte.

Sie holte tief Luft und ging zu ihr. »Hallo, Rita«, sagte sie. »Wie geht es dir?« Ihre Stimme schwankte ein wenig, doch Rita schien das nicht aufzufallen. Erst jetzt sah Arabella, dass sie nach vorn gekrümmt dasaß und sich den Magen hielt.

»Mir ist übel, Missus«, sagte sie. »Ich rühr keinen Tropfen Schnaps mehr an.«

»Ist es dein Magen?«, fragte Arabella besorgt, die erkennen konnte, dass Rita Schmerzen hatte.

»Ja, Missus. Er brennt.«

»Hast du kein Aborigine-Heilmittel?«

»Ich hab alles Mögliche versucht, aber nichts hilft. Vor ein paar Jahren kannten wir Aborigines noch keinen Schnaps. Deshalb brauchten wir auch kein Mittel, das die Beschwerden heilt, die dieses Zeug einem bereitet.«

»Ich habe eine Idee, Rita«, sagte Arabella. »Warte hier, es kann ein Weilchen dauern.«

Sie ging zurück ins Hotel. Nachdem sie einen sauberen Krug

aus der Küche geholt hatte, ging sie zur Ghan-Siedlung, um nach Paddy zu suchen. Sie fand ihn bei seinen Kamelstuten im Pferch.

»Paddy«, sagte sie so unvermittelt, dass er erschrocken zusammenzuckte.

»Arabella! Was tun Sie denn hier? Stimmt etwas mit Uri nicht?«

»Es geht ihm gut. Ich hätte nur gern etwas Milch, falls Sie welche entbehren können.«

»Kamelmilch?«

»Ja.«

Paddy blickte sie verdutzt an. »Wollen Sie sie für Uri? Er braucht sie nicht mehr, er ist jetzt entwöhnt.«

»Nein, nicht für Uri. Menschen können sie doch auch trinken?«

»Ja, sie schmeckt nur nicht jedem«, sagte Paddy. »Aber wenn Sie möchten, gebe ich Ihnen welche.«

Arabella reichte ihm den Krug. Sie musste daran denken, dass Paddy ihr einmal erzählt hatte, Kamelmilch sei nahrhafter als Kuhmilch. »Halb voll müsste reichen«, sagte sie.

Paddy machte sich daran, eines der Kamele zu melken. Arabella sah fasziniert zu, bis er ihr den Krug zurückgab, knapp über die Hälfte gefüllt mit warmer, schaumiger Milch.

Arabella warf einen Blick darauf. Ihr war nicht danach, die Milch selbst zu trinken, aber nachdem sie Fleisch vom Känguru, vom Wombat, vom Emu, verschiedene exotische Wurzeln und Früchte und andere Speisen gegessen hatte, über deren Herkunft sie gar nicht erst nachdenken wollte, nahm sie an, dass Kamelmilch nicht schlecht war.

»Danke«, sagte sie zu Paddy. »Ich werd's Ihnen später erklären.«

Arabella eilte zurück zum Hotel. Sie musste daran denken, dass sie vor kurzem schon bei einem ranzigen Käsesandwich die Nase gerümpft hatte. Ihre Eltern wären entsetzt, wenn sie wüssten, was sie in letzter Zeit alles gegessen hatte. Sie konnte es selbst kaum glauben.

Arabella nahm ein Glas aus der Küche, ging mit dem Milchkrug auf die Veranda hinaus, setzte sich neben Rita, die gar nicht gut aussah, und schenkte ihr ein Glas Kamelmilch ein.

»Trink das«, sagte sie.

Rita warf einen Blick darauf. »Das ist doch nicht die Maismehlmischung, die Maggie mir zu trinken gegeben hat, als ich Durchfall hatte, oder?«

»Nein, es ist Milch, und sie wird dir guttun.«

»Milch«, sagte Rita und blickte mit neuem Interesse auf den schaumigen Inhalt des Krugs. »Was für Milch?«

»Trink, Rita«, sagte Arabella. »Dann ist dein Magen bald wieder in Ordnung.«

Rita nahm das Glas und trank. Zuerst verzog sie das Gesicht, leerte das Glas dann aber.

»Es geht mir tatsächlich ein bisschen besser«, sagte Rita nach einer Weile und rieb sich den ausladenden Bauch.

»Milch kann helfen, wenn man das Gefühl hat, dass einem der Magen brennt«, sagte Arabella.

Rita blickte verdutzt. »Woher wissen Sie das, Missus?«

»Man nennt es Sodbrennen. Mein Kindermädchen hatte es oft, wenn sie bestimmte Dinge aß oder abends ein Glas Sherry zu viel trank…«

Rita funkelte sie an, und Arabella bereute augenblicklich ihre letzte Bemerkung. »Meinst du wirklich, dass die Milch dir hilft?«, fragte sie leise.

Rita nickte, und ihre Miene wurde sanfter. »Sie sind sehr nett, Missus«, sagte sie. »Sie haben mich nicht einmal ausgeschimpft, wie Maggie es immer getan hat. Ich dachte schon, Sie wären böse auf mich.«

»Nein«, sagte Arabella. »Ich finde aber, du solltest keinen Alkohol mehr trinken, Rita. Nüchtern gefällst du mir viel besser, und Milch wird das Problem nicht immer lösen.«

Rita nickte und stand auf. »Ich hab doch gesagt, ich hör damit auf. Woher haben Sie eigentlich die Milch?«, fragte sie mit einem Blick auf den Krug.

»Es ist Kamelmilch«, sagte Arabella ängstlich.

Rita sah sie stirnrunzelnd an. Dann tat sie etwas, das Arabella bei ihr noch nie erlebt hatte: Sie kicherte. »Kamelmilch? Sie nehmen Rita auf den Arm!«, sagte sie, ehe sie sich erhob und kopfschüttelnd davonstapfte.

Bevor Lily und Missy ihr folgten, lächelten sie Arabella zu, als wüssten die beiden ganz genau, dass sie *doch* die Wahrheit gesagt hatte.

24

Als Arabella am nächsten Morgen mit der Arbeit begann, fiel ihr auf, dass Uri nicht bei Bess auf der Koppel war. Das Gatter war geschlossen; Uri konnte also nicht davongelaufen sein. Bess starrte in Richtung Ghan-Siedlung, die Ohren aufgestellt. Arabella kam der Verdacht, dass Paddy das Kameljunge an diesem Morgen abgeholt hatte.

»Keine Sorge, Bess, ich werde dir deinen Freund zurückbringen«, sagte sie zu der Stute, bevor sie den Weg zur Ghan-Siedlung einschlug.

»Wo ist Uri?«, wollte Arabella wissen, als sie Paddy in der Nähe der Kamelpferche sah. Er stand inmitten einer Gruppe von Männern, die in ein ernstes Gespräch vertieft waren. Als Arabella näher kam, gingen die Männer davon, ihr finstere, verächtliche Blicke zuwerfend, mit denen sie ihr vermutlich zu verstehen geben wollten, dass eine Frau ihren Platz kennen und sich nicht in die Angelegenheiten der Männer einmischen sollte.

»Ich habe Uri zu den anderen jungen Kamelen auf eine Koppel gebracht«, sagte Paddy gereizt, weil Arabella ihn vor seinesgleichen in Verlegenheit gebracht hatte. »Er muss bald lernen, dass er ein Leben als Arbeitstier führen wird. Das gehört zu seiner Ausbildung.«

»Er wird Bess vermissen, und sie vermisst ihn schon jetzt«, erwiderte Arabella.

»Die Stute ist nicht seine Mutter. Um sich wie ein Kamel zu verhalten, muss Uri mit anderen Kamelen zusammen sein.«

»Sie müssen ihn zurückbringen, Paddy, bitte!«

»Das kann ich nicht, sonst bleibt er in seiner Ausbildung hinter den anderen zurück. Ich habe eben mit meinen Kollegen über den Verkauf einiger junger Kamele gesprochen, und …«

»Verkauf? Sie haben doch nicht etwa vor, Uri zu verkaufen?«

»Ich hatte es nicht vor, aber ausschließen kann ich es auch nicht. Wir haben viele junge Hengste. Ein paar von ihnen werden als Packtiere verkauft, die anderen als Fleischtiere. Wenn Uri sich als Packtier bewährt, kann er bei den Auktionen in Broken Hill im nächsten Jahr einen stattlichen Preis erzielen.«

Arabella war den Tränen nahe. »Sie können Uri nicht verkaufen, erst recht nicht zum … zum Schlachten!« Sie brach in Tränen aus.

»Das habe ich doch gar nicht gesagt. Wenn er sich bei seiner Ausbildung als vielversprechend erweist, wird er als Packtier verkauft. Ich glaube, das ist sein Schicksal.«

Schicksal! Faiz Mohomet hatte dasselbe gesagt, und Arabella hatte es damals ebenso wenig gefallen. »Für mich hört es sich an, als wäre sein Schicksal sehr unsicher«, sagte sie.

Als er Arabellas Stimme hörte, drängte Uri sich an den anderen jungen Kamelen auf der Koppel vorbei und kam an den Zaun, wo er stehen blieb und einen kläglichen Laut ausstieß.

Arabella hörte ihn. Als sie sich umwandte, sah sie, wie Uri an das Geländer des Zauns gedrückt dastand, den Hals nach ihr ausgestreckt. Der Ausdruck seiner großen braunen Augen brach ihr fast das Herz. Sie ging zu ihm. Paddy folgte ihr.

»Ich vermisse dich auch«, sagte Arabella leise und rieb Uris samtige Nase. Der Gedanke, er könnte an einen Schlachter verkauft werden, war ihr unerträglich.

»Ich muss gestehen, dass er eine enge Bindung zu Ihnen entwickelt hat«, sagte Paddy, ging aber nicht so weit, Arabella zu erzählen, wie schwer es gewesen war, Uri aus dem Stall der Stute und hinüber zu den Kamelpferchen zu bringen. Paddy hatte Uri praktisch wegzerren und ihm mit einem Stock drohen müssen.

»Paddy, bitte verkaufen Sie ihn nicht.«

Paddys dunkle Augen nahmen einen sanfteren Ausdruck an. »Werden Sie mit Ihren Eltern nach Hause zurückkehren, wenn sie mit dem Zug herkommen?«

Arabella senkte den Kopf. »Ja, ich nehme es an.«

»Na sehen Sie. Dann werden Sie Uri sowieso zurücklassen müssen«, sagte Paddy.

Arabella nickte. Sie wusste, dass er Recht hatte; dennoch liefen ihr die Tränen über die Wangen. Sie wandte sich ab und eilte zurück zum Hotel.

Sie würde nicht nur von Uri Abschied nehmen müssen, sondern von den Menschen in Marree, und schon der bloße Gedanke schmerzte sie.

Jonathan fand Arabella wenig später bei den Ställen, wo sie sich die Tränen abtupfte und Bess' Nase rieb. Er hatte überall nach ihr gesucht und sich schon Sorgen gemacht.

»Was ist los, Arabella?«, fragte er. »Wo ist Uri?«

»Paddy hat ihn weggebracht, damit er zum Arbeitstier ausgebildet wird«, sagte sie schniefend.

Jonathan strich ihr schweigend übers Haar. »Er kann nicht für immer Bess' Gefährte sein«, sagte er dann. »Ich bezweifle sowieso, dass Bess hierbleiben wird. Stuart wird irgendwann weiterreisen, und dann wird er Bess mitnehmen.«

Sie gingen zum Hotel zurück.

»Ich weiß«, sagte Arabella bedrückt. »Aber Uri ist mir ans Herz gewachsen, und Bess ebenfalls. Uri betrachtet sie als Ersatzmutter. Offenbar hat er bei Bess mütterliche Instinkte wachgerufen.«

»Fohlen und Stuten werden jeden Tag getrennt, Arabella, egal wie schmerzlich das ist. Es gehört zum Erwachsenwerden.«

»Ich weiß«, sagte Arabella und ließ sich in der Küche auf einen Stuhl sinken.

»Du vermisst deine Mutter auch, stimmt's?« Jonathan kniete sich vor sie hin.

Arabella nickte. »Bevor ich mich in der Wüste verirrt habe, waren wir nie länger als ein paar Stunden getrennt.«

»Ich bin sicher, deine Eltern vermissen dich ebenfalls, aber ihr werdet ja bald wieder zusammen sein.« Und wir können keine gemeinsame Zukunft haben, fügte er stumm hinzu.

Arabella sah in Jonathans dunkle Augen und glaubte, einen Ausdruck von Traurigkeit darin zu erkennen. Würde er sie vermissen, wenn sie nicht mehr da war?

Später an diesem Morgen kehrten Terry und Stuart zurück. Arabella war in der Küche und knetete Teig, und Jonathan war in der Bar, als sie das Hotel betraten.

Arabella hörte Terry erzählen, die Reise sei gut verlaufen. Er sei beeindruckt, wie geschickt Stuart eine friedliche Einigung zwischen den Farmern und dem Kuarna-Volk ausgehandelt hatte.

»Ich habe ihm gesagt, er soll sich überlegen, ob er seine Dienste nicht der Regierung anbieten will«, sagte Terry zu Jonathan, während er Stuart ein Bier spendierte. »Sie brauchen Unterhändler.«

»Ich weiß selbst noch nicht, was ich mit mir anfangen soll«, sagte Stuart. »Vielleicht werde ich irgendwo sesshaft.«

Arabella lauschte mit Erstaunen seinen Worten. Sie bezweifelte, dass Stuart je sesshaft würde.

»Haben die Kuarna sich das Vieh der Farmer genommen?«, fragte Jonathan.

»Ja«, sagte Stuart. »Sie haben erklärt, die Farmer und ihr Vieh hätten die Wildtiere vertrieben, die sie seit Urzeiten jagen; deshalb seien sie hungrig gewesen und hätten sich genommen, was ihnen zustehe. Und damit haben sie vollkommen Recht. Die Farmer haben sich schließlich bereit erklärt, bestimmte Teile des Landes nicht mehr mit ihren Viehherden zu durchqueren, und die Kuarna haben im Gegenzug versprochen, kein Vieh mehr zu töten.«

»Wie kommt es, dass du so viel Zeit bei den Aborigines verbracht hast?«, fragte Jonathan.

»Vor ungefähr einem Jahr habe ich ein paar Kameltreiber gebeten, mich in die Nördliche Tirari-Wüste zu bringen, etwa hundert Meilen nordwestlich von Mungerannie. Ich glaubte dort draußen Gold finden zu können. Die Kameltreiber waren einverstanden, mich dorthin zu bringen – aber nur unter der Bedingung, dass sie unterwegs in Cowarie und Kalamurina Handel treiben können. Wir haben das Kuarna-Volk in einem Lager südlich von Cowarie getroffen und die Gesellschaft dieser Menschen so sehr genossen, dass wir beschlossen haben, eine Zeit lang bei ihnen zu bleiben. Bevor wir uns versahen, wurden aus Tagen Wochen. Es ist schwer zu erklären, aber die Zeit wird irgendwie ... bedeutungslos, wenn man mit den Aborigines im Outback lebt.«

Jonathan glaubte ihn zu verstehen.

»In den Wochen, die ich mit dem Kuarna-Volk zusammen war, habe ich diese Menschen und ihre Lebensweise gut kennen gelernt. Ich habe sogar ein wenig von ihrer Sprache gelernt, gerade genug, um mich verständigen zu können. Ich erfuhr von ihren Jahreszeiten – sie kennen sechs an der Zahl – und habe viele erstaunliche Dinge über ihre Kultur und ihre Traumzeit erfahren.«

»Wie unterscheiden sie sich denn von den Aborigines in der Stadt?«, wollte Jonathan wissen.

»Es lässt sich im Grunde gar nicht vergleichen«, sagte Stuart. »Die Aborigines in der Stadt sind verwestlicht, vor allem diejenigen, die dem Alkohol zusprechen. Bei einem Stamm draußen im Outback zu leben ist etwas völlig anderes. Sie haben ihre eigenen Gesetze, ihren eigenen Glauben, ihre eigenen Mythen und eigene Methoden, die Probleme zu lösen, vor die das Land sie stellt. Sie sind sehr viel besser auf ihre Umwelt eingestellt. Ich kenne dieses Land ziemlich gut, aber selbst ich könnte in der Wüste nur kurze Zeit überleben, deshalb ist meine Achtung vor diesen Leuten und ihrer Kultur riesengroß.«

Jonathan wünschte, er hätte dabei sein können, um Stuart inmitten dieser Naturmenschen zu fotografieren. Wer konnte schon sagen, wie lange es diese Idylle noch gab?

»Wenn du noch mal etwas in dieser Richtung unternehmen solltest, würde ich dich gern begleiten und Fotografien machen«, sagte Jonathan.

»Sollte ich je wieder zu einem ihrer Lager aufbrechen, würde ich mich freuen, wenn du mitkämst«, erwiderte Stuart.

»Wo ist eigentlich Wally?«, fragte Terry und sah sich um.

Arabella hörte die Frage, daher klopfte sie sich rasch das Mehl von den Händen und ging in die Bar hinüber. Sie hielt es nicht für fair, dass Jonathan Dinge erklären musste, für die er nicht verantwortlich war.

Doch als sie die Bar betrat, hörte sie Jonathan auch schon antworten hörte: »Nun ja … Wally ist in Frankie Millers Haus.«

»Was tut er denn da?«, fragte Terry.

»Es ist meine Schuld«, meldete Arabella sich zu Wort. »Ich habe ihn gezwungen, zurückzugehen.«

Sie hatte kaum ausgesprochen, als Wally, Ted und Les die Bar betraten.

Terry funkelte Wally böse an. »Da bist du ja! Ich hätte dich wegen Trunkenheit und ordnungswidrigen Verhaltens in die Zelle werfen sollen, solange das Verfahren gegen dich noch nicht eröffnet ist.« Er sah Arabella an, die nicht erwartet hätte, dass er so wütend reagierte. »Er war doch betrunken? Deswegen haben Sie ihn hinausgeworfen, oder?«

Wallys Augen weiteten sich, aber als er sich umdrehte und Arabella anschaute, wurden sie wieder schmal.

Arabella wusste, sie würde sich sicherer fühlen, wenn Wally eingesperrt war, und nun bot sich die Gelegenheit dazu, doch sie musste an Maggie denken. Maggie wäre enttäuscht von ihr gewesen. Sie hielt Wally nicht für gefährlich, sie betrachtete ihn nur als Dummkopf.

»Ich habe überreagiert«, sagte Arabella. »Das hätte ich nicht tun sollen.«

Wally war verwirrt. Er war sicher gewesen, dass Arabella diese Gelegenheit ergreifen würde, ihn hinter Gitter zu bringen.

Terry wandte sich an ihn. »Du hattest strikte Anweisungen«, sagte er, da er Wally nicht so einfach davonkommen lassen wollte. Dann schaute er Arabella an. »Ich habe ihm gesagt, wenn Sie ihm erlauben, hierzubleiben, müsse er sich anständig benehmen.«

»Tja, also … wie ich bereits sagte, Terry, ich habe überreagiert«, entgegnete Arabella und suchte fieberhaft nach Worten. »Ich war eben erst aus Farina zurückgekehrt und sehr erschöpft. Und Jonathan war im Aufbruch, worüber ich nicht allzu glücklich war. Wally war im Grunde gar kein Problem. Seit es ihm wieder gut geht, ist es mir kaum aufgefallen, wann er hier ist.«

»Er sollte sich nicht betrinken!«, knurrte Terry.

»Er war nicht wirklich betrunken«, sagte Arabella, womit sie die Wahrheit ziemlich verzerrte, doch sie wollte denselben Fehler nicht dreimal begehen. »Er ist vom Barhocker gerutscht, aber das war ein Unfall. Er war nicht betrunken. Ich hab mich getäuscht. In den nächsten Tagen wird er sicher eine große Hilfe für mich sein.«

»Wie meinen Sie denn das?«, fragte Terry misstrauisch.

»Zum Beispiel wird er Jonathan helfen, das Klavier in die Scheune zu tragen. Stimmt's, Wally?«

Wally konnte kaum glauben, dass Arabella ihn in Schutz nahm. Doch er hatte immer noch Angst, dass Terry ihn in eine Zelle steckte. »O ja, sicher«, beeilte er sich zu sagen. »Ich helfe gern!«

»Ich werde dich gut im Auge behalten, Wally«, sagte Terry. »Vergiss das nicht. Und vergiss auch nicht die Hilfe, die du Arabella versprochen hast.«

»Natürlich nicht«, sagte Wally hastig und blickte Jonathan an. »Wir sind gekommen, um zu fragen, ob wir den Heuschober für dich ausräumen sollen!«

Ted und Les sahen ihn erstaunt an. Davon hörten sie zum ersten Mal.

»Ja, gern«, sagte Jonathan erfreut. »Das muss unbedingt erledigt werden.«

»Dann machen wir uns jetzt gleich an die Arbeit«, sagte Wally.

»Wann ist die nächste Happy Hour, Jonathan?«, fragte Ted.

Jonathan wusste nicht recht, was er sagen sollte, und sah zu Terry hinüber.

»Was soll das heißen – Happy Hour?«, fragte Terry.

»Gestern Abend gab's den Schnaps eine Stunde lang zum halben Preis«, gab Les fröhlich zurück. »Und Omeletts!«

Terrys Augen verengten sich, als er wieder zu Wally hinübersah. Allmählich ergab alles Sinn.

»Die Omeletts waren sehr lecker«, sagte Wally in der Hoffnung, Terrys Verdacht zu zerstreuen. Bevor Terry etwas sagen konnte, fügte er hinzu: »Kommt schon, Leute, die Arbeit ruft.« Er führte sie aus der Bar.

Terry hörte Les fragen, warum er sich bereit erklärt hatte, den Heuschober auszuräumen, wo sie doch nur auf ein Bier in die Bar gehen wollten. Er warf einen Blick auf Arabella und fragte sich, warum sie sich für Wally eingesetzt hatte, wenn er doch offensichtlich stockbetrunken gewesen war und ihr so viel Ärger gemacht hatte, dass sie ihn hinausgeworfen hatte.

»Ich mach mich jetzt auch wieder an die Arbeit«, sagte sie rasch und eilte in die Küche.

»Wenn Wally sich danebenbenimmt, will ich es erfahren«, sagte Terry zu Jonathan. »Und ich will nicht, dass jemand ihn deckt.«

Jonathan nickte. »Natürlich!«, sagte er beflissen.

Später, Arabella wischte gerade den Fußboden, kam Wally in die Küche. »Warum hast du für mich gelogen?«, fragte er.

»Das weiß ich selbst nicht. Verdient hast du's nicht!«

»Ich habe keine Angst davor, hinter Gitter zu wandern. Du musst mir also keine Gefälligkeiten erweisen.«

»Dann sag Terry, dass du betrunken warst.«

Wally funkelte sie böse an.

»Ich habe alles für dich getan, was ich konnte«, fuhr Arabella wütend fort. »Ich habe Rita überredet, dir ein Heilmittel zu bereiten, um dein Bein zu retten. Ich habe deine Wunde ausgewaschen und verbunden. Ich habe dir zu essen gegeben. Und das alles, nachdem du mich in die Wüste verschleppt und beinahe zu Tode erschreckt hast. Jetzt reicht's, Wally! Ich will gar nicht wissen, warum ich für dich gelogen habe. Vermutlich bin ich ein Dummkopf. Aber es wird nicht noch einmal vorkommen.«

Arabella stürmte aus der Küche und rannte die Treppe hinauf.

Wally stand da wie ein begossener Pudel. Er wusste nicht, was er von Arabellas Wutausbruch halten sollte, und fragte sich ängstlich, ob sie jetzt zu Terry Higgins laufen und ihm die Wahrheit sagen würde.

Er würde es nicht ertragen, eingesperrt zu sein. Lieber wollte er sterben.

Eine halbe Stunde später hörte Arabella ein Klopfen an der Tür. Sie nahm an, dass es Jonathan war, deshalb war sie überrascht, als sie die Tür öffnete.

»Stuart … Was ist los?«

»Ich wollte einen Spaziergang machen und hab mich gefragt, ob du vielleicht mitkommst.«

»Jetzt?«

»Ich weiß, es ist glutheiß, aber es geht eine leichte Brise, und wir können uns im Schatten halten, wo es möglich ist.«

Eine Spur von Verzweiflung in Stuarts Stimme verriet Arabella, dass er irgendetwas auf dem Herzen hatte; deshalb wollte sie ihm seine Bitte nicht abschlagen. Außerdem hatte sie seine Gesellschaft immer genossen, und sein Humor war genau das, was sie jetzt brauchte, um zu vergessen, in welche Wut Wally sie versetzt hatte. »In Ordnung«, sagte sie.

Sie gingen zur Hintertür hinaus und schlenderten in Richtung Ghan-Siedlung.

»Hast du dich schon entschieden, was du tun wirst, wo du dich nicht mehr fürs Goldschürfen interessierst?«, fragte Arabella, nachdem sie ein paar Minuten schweigend gegangen waren.

»Noch nicht«, sagte Stuart.

Arabella glaubte, eine Spur Nervosität an ihm zu entdecken, die ihr bisher noch nie aufgefallen war. Seine Hände waren unruhig, und er schien nicht zu wissen, wohin er blicken sollte.

»Du selbst wirst sicher nach England zurückkehren, wenn deine Eltern wiederkommen, nicht wahr?«, sagte er.

»Ja«, sagte Arabella bedrückt.

»Du hörst dich nicht allzu glücklich an.«

Inzwischen hatten sie die Kamelpferche in der Nähe der Ghan-Siedlung erreicht und bogen in Richtung des Aborigine-Viertels ein.

»Ich kann es kaum erwarten, meine Eltern wiederzusehen«, fuhr Arabella fort, »aber …«

»Aber was?«, fragte Stuart.

»Ich werde die Menschen hier vermissen.«

»Ich hoffe, ich gehöre auch dazu.«

»Ja, natürlich«, sagte Arabella und lächelte ihn an.

»Was würdest du davon halten, wenn ich zur selben Zeit wie du nach England zurückkehren würde?«

Arabella war völlig überrumpelt. »Ich … ich dachte, es gefällt dir hier in Australien.«

»Schon, aber *du* wirst nicht mehr hier sein.« Stuart sah, dass er ihr mit seiner Freimütigkeit Angst machte; dennoch fuhr er fort: »Ich habe Verwandte in Wales und könnte dort schnell Fuß fassen.«

»Ich möchte ja nicht anmaßend klingen«, sagte Arabella, »aber du baust deine Pläne doch nicht um mich herum auf?«

Stuart blieb stehen. »Wäre das so schlimm?«

Arabella konnte sich nur eine Zukunft mit Jonathan vorstellen, aber wie sollte sie Stuart das erklären, ohne ihm wehzutun?

Ritas plötzliches Erscheinen half ihr aus der Klemme.

»Missus!«, rief sie aufgeregt. »Missus, ich weiß endlich, was ich tun kann, um Maggie und Tony zu helfen! Ich hab von diesen Boxzelten gehört, die durch unsere Gegend kommen …«

»Boxzelte?« Arabella hatte keine Ahnung, wovon Rita sprach.

»Ich weiß, was Rita meint«, sagte Stuart. »Ein Manager reist mit einem Zelt und mehreren Preisboxern von einer Stadt zur nächsten und fordert die Einheimischen zu einem Kampf gegen seine Boxer heraus, wobei man auf den Sieger wetten kann. Da kann man gutes Geld kassieren.«

»Aber diese Leute kommen doch nicht hierher?«, fragte Arabella verwirrt.

»Ich kann jeden Mann schlagen!«, sagte Rita. »Ich kann alle erledigen und viel Geld für die Missus und für Tony verdienen!«

»Das ist nicht dein Ernst, Rita«, stieß Arabella hervor. »Das ist eine schreckliche Idee.« Sie konnte nicht glauben, dass die Aborigine es ernst meinte. Allein der Gedanke, dass Rita Männer zu einem Kampf herausforderte, war für Arabella unvorstellbar.

Rita starrte sie einen Augenblick lang an; dann stapfte sie zornig davon, die Arme hochreißend und in ihrer Stammessprache mürrisch vor sich hin murmelnd.

»Was ist denn los mit ihr?«, fragte Arabella. »Warum ist sie so wütend?«

»Du hast sie beleidigt«, sagte Stuart.

»Weil ich nicht will, dass sie gegen Männer kämpft?«

»Rita will Maggie und Tony auf die einzige Art und Weise helfen, die ihr möglich ist«, sagte Stuart.

»Indem sie kämpft? Das kann ich nicht zulassen. Es ist barbarisch. Es ist einfach … nicht richtig!«

»*Wir* verstehen es, aber *sie* nicht«, sagte Stuart. »Du bist zu

Recht besorgt um Rita, aber sie glaubt jetzt wahrscheinlich, dass du sie für unfähig hältst.«

Arabella seufzte. »Das habe ich nicht gut hinbekommen, was?«

»Du konntest ja nicht wissen, dass sie gekränkt reagiert. Die Aborigines sind sehr stolze Menschen. Das habe ich in der Zeit gelernt, die ich beim Kuarna-Volk verbracht habe.«

»Trotzdem, ich will nicht, dass Rita für Geld kämpft! Maggie würde es auch nicht wollen.«

»Das stimmt«, sagte Stuart.

»Dann sollte ich wohl zu Rita gehen und es ihr sagen. Hoffentlich trete ich diesmal nicht ins Fettnäpfchen. Würdest du mich entschuldigen, Stuart?«

»Natürlich. Vielleicht können wir später weiterreden …?«

Arabella nickte. Sie war froh, dieses Gespräch aufschieben zu können. Sie mochte Stuart, doch für Jonathan hegte sie tiefe Gefühle. Hätte *er* doch vorgeschlagen, sie und ihre Eltern nach England zu begleiten!

Als Stuart zum Hotel zurückkam, wartete Jonathan auf ihn.

»Ich würde gern mit dir reden«, sagte er, als Stuart durch die Hintertür eintrat. Die anderen Männer waren in der Bar, sodass sie unter vier Augen miteinander sprechen konnten.

»Na klar, worüber denn?«, fragte Stuart.

»Über Arabella«, sagte Jonathan ernst.

»Was ist mit ihr?« Stuart ahnte, was Jonathan sagen würde. Ihm war nicht entgangen, wie Jonathan ihn jedes Mal ansah, wenn er mit Arabella redete und scherzte.

»Ich weiß, dass du dich für Arabella interessierst«, sagte Jonathan.

»Stimmt«, erwiderte Stuart.

»Sie ist ein unschuldiges Mädchen«, sagte Jonathan. »Ich will nicht, dass sie verletzt wird.«

»Seit wann bist du für sie verantwortlich?«, fragte Stuart spitz.

»Sie bedeutet mir sehr viel.«

»Mir auch.«

»Dann schlage ich vor, dass du ihr von deiner Vergangenheit erzählst«, sagte Jonathan.

»Von meiner Vergangenheit?«, fragte Stuart verdutzt.

Jonathan konnte sehen, dass er mit seiner Vermutung richtig lag: Stuart hatte irgendetwas zu verbergen. »Ja. Wenn du Arabella den Hof machen willst, sollte sie über dein Vorleben Bescheid wissen.«

»Du sagst das, als hätte ich irgendein dunkles Geheimnis.«

»Ich glaube, so ist es auch«, sagte Jonathan.

»Ich weiß gar nicht, wie du auf diese Idee kommst. Außerdem – mein Leben geht dich nichts an.«

»Ich mache mir nur Sorgen um Arabella«, sagte Jonathan.

»Warum? Weil du sie für dich selbst willst?«

»Ich habe sie sehr gern. Aber sie wird mit ihren Eltern nach England zurückkehren, und *mein* Leben ist hier.«

»Dann hast du wohl keine Zukunft mit ihr«, stellte Stuart spöttisch fest.

»Nein, aber das wird mich nicht davon abhalten, sie zu lieben und das Beste für sie zu wollen.«

Ohne etwas zu erwidern, ging Stuart davon. Insgeheim bewunderte er die selbstlose Liebe, die Jonathan für Arabella empfand. Er selbst hatte noch nie so tiefe Gefühle für eine Frau gehegt. Aber vielleicht würde Arabella das ja ändern.

Rita war dabei, Brennholz zu sammeln, als Arabella sich ihr näherte. Sie konnte erkennen, dass Rita immer noch wütend war. Mit tiefer Stimme schimpfte sie vor sich hin, ihre Bewegungen waren hektisch und aggressiv.

»Rita …«, sagte Arabella vorsichtig. »Könnte ich dich sprechen?«

Die Aborigine wandte sich um und funkelte sie böse an. »Ich hab nichts zu sagen, Missus!«

»Ich weiß, dass du wütend auf mich bist, aber lass mich dir bitte erklären, weshalb ich nicht will, dass du kämpfst.«

Rita gab keine Antwort. Sie sammelte weiter Holz ein, sodass Arabella hinter ihr her trotten musste.

»Ich weiß, dass du jeden Mann verprügeln könntest, der es wagen würde, gegen dich anzutreten«, sagte Arabella, »aber Damen sollten nicht gegen Männer kämpfen.«

»*Damen*?« Rita wiederholte das Wort, als wäre es ihr nie in den Sinn gekommen.

»So ist es, Rita. Du bist eine Dame. Und ich habe noch nie eine Dame gesehen, die sich mit Männern prügelt.«

Rita runzelte die Stirn. »Mich hat noch nie irgendwer Dame genannt, Missus.«

Arabella lächelte. »Und ich muss zugeben, dass es nicht viele Frauen gibt, die einen Mann verprügeln können, Rita. Du bist schon einmalig.«

Rita nickte begeistert.

»Ich will nur nicht, dass dir irgendwas passiert. Maggie verlässt sich auf dich – und ich brauche dich auch. Alle Männer in dieser Gegend haben Angst vor dir. Aber wenn nun ein Mann von auswärts stärker sein sollte als du …«

Ritas Miene verdüsterte sich, sodass Arabella rasch einen Rückzieher machte.

»Oh, nicht dass ich glaube, dass es dazu kommt!«, sagte sie hastig. »Aber … aber wenn doch, werden die Männer in der Stadt ihren Respekt vor dir verlieren. Das verstehst du doch?«

»Niemand kann mich schlagen«, sagte Rita. »Also wird das nicht passieren, Missus!«

Arabella begriff, dass sie eine andere Taktik anwenden musste. »Aber du würdest Geld setzen müssen, wenn du kämpfst. Du müsstest eine Wette abschließen und eine ziemlich hohe Summe setzen.«

»Eine Wette? Was ist das?«

Arabella erklärte es ihr und fuhr fort: »Es könnten zwanzig oder dreißig Pfund sein, vielleicht sogar mehr. Niemand würde gegen dich kämpfen, wenn du nicht zuerst das Preisgeld zahlst. Und so viel Geld hast du nicht, oder?«

»Ich hab überhaupt kein Geld, Missus«, sagte Rita. »Ich will nur Maggie und Tony helfen.«

»Ich weiß. Aber vielleicht fällt uns eine andere Möglichkeit ein. Lass uns das Boxen vorerst vergessen, ja?«

»Na gut, Missus«, sagte Rita, aber sie war offensichtlich nicht allzu glücklich mit dieser Entscheidung.

Später an diesem Nachmittag stand Arabella im glühend heißen Wüstenwind, um die Wäsche von der Leine zu nehmen. Sie war fast schon trocken, bevor man auch nur die Wäscheklammern befestigt hatte. Als sie die Sachen zusammenlegte, sah sie Jimmy in einiger Entfernung vorbeilaufen.

»Hallo, Missus!«, rief er. »Ich brate heute Abend einen Emu. Kommen Sie und die Männer doch zum Lagerfeuer!«

»Gern, Jimmy, vielen Dank«, rief Arabella zurück und sah ihm nach, lächelnd über seine schlichte Einladung. Offenbar hatte Jimmy einen neuen Sinn im Leben gefunden. Der Mangel an Vorräten hatte ihm eine Möglichkeit verschafft, sich für die Gemeinschaft nützlich zu machen, indem er auf die Jagd ging, und dies hatte ihm geholfen, seinen Stolz wiederzufinden. Arabella freute sich darüber, zumal sie Jimmy kaum noch betrunken sah.

Am Abend saßen sie mit den Aborigines am Lagerfeuer. Arabella fiel auf, dass Rita zurückhaltender war, wenn sie nicht trank. Vielleicht war sie auch noch immer wütend, da Arabella ihren Plan, um Geld zu kämpfen, missbilligt hatte. Rita saß mit Missy und Lily auf der anderen Seite des Feuers und nahm kaum Blickkontakt zu jemandem auf. Die Frauen hatten Jamswurzeln zu dem Emufleisch beigesteuert. Ihre Kinder spielten hinter ihnen im Sand. Arabella war froh, dass die Frauen ihre Kinder beaufsichtigten, da es hier Schlangen und Spinnen gab. Anfangs hatte Arabella die Frauen für nachlässig gehalten, was die Sicherheit ihrer Kinder betraf, inzwischen aber wusste sie, dass Schlangen, Skorpione, Spinnen und diverse andere gefährliche Kriechtiere ein Teil ihres täglichen Lebens waren, über den sie sehr genau Bescheid wussten.

Von Zeit zu Zeit kamen junge Aborigines durch die Stadt und setzten sich zu Rita und den anderen ans Lagerfeuer, um eine Mahlzeit mit ihnen zu teilen. Jedes Mal aufs Neue war Arabella fasziniert, wenn die Fremden etwas dazu beitrugen – ein Gebot der Höflichkeit, wie sie schon wusste. Jonathan brachte öfter Brot mit, wenn die Aborigines sie einluden. Inzwischen aber hatten sie kaum noch Mehl, deshalb hatte Jonathan an diesem Abend ein paar Eier gekocht.

Arabella war nicht sicher, welcher Art die Beziehung der fremden Aborigines zu den Frauen in der Stadt war, da die Fremdlinge meist sehr schnell wieder verschwanden, doch ihr fiel auf, dass einige der jüngeren Frauen manchmal mit ihnen gingen. Jimmy, seine Frau Ruby, Rita, Missy und Lily jedoch schienen sesshaft zu sein, obwohl Jonathan ihr erklärt hatte, auch sie könnten jederzeit gehen, wenn ihnen der Sinn danach stand.

Der Emu wurde zerlegt und aufgeteilt. Das Fleisch war saftig und schmeckte ausgezeichnet. Jimmy gab sich bescheiden, als er dafür gelobt wurde, doch Arabella wusste, wie stolz er war. Beim Essen musste sie plötzlich wieder an ihre Eltern denken. Arabella hätte alles dafür gegeben, ihre Reaktion zu erleben, wenn sie ihre Tochter dabei sähen, wie sie mit den Fingern – und dazu noch »Buschessen« aß. Allein bei dem Gedanken, wie entsetzt sie sein würden, musste Arabella lächeln.

Nach dem Essen spielte Jimmy auf dem *didgeridoo.* Arabella liebte den melancholischen Klang dieses Instruments. Die Frauen begleiteten Jimmy, indem sie rhythmisch Stöcke aneinanderschlugen und einen Sprechgesang anstimmten.

»Warum versuchst du nicht mal, das *didgeridoo* zu spielen?«, schlug Arabella Rita vor, als Jimmy sein Spiel beendet hatte.

Rita sah sie erstaunt an.

»Nur zu«, ermunterte Arabella sie. »Ich habe das Gefühl, du kannst es gut.« Ritas Künste am Klavier waren noch immer mit keinem Wort erwähnt worden, und Arabella betete, dass sie niemals wieder zur Sprache kämen.

»*Lubras* spielen das *didgeridoo* nicht, Missus«, sagte Rita.

Arabella wollte erwidern, dass Frauen sich im Allgemeinen auch nicht mit Männern prügelten, verbiss sich die Bemerkung jedoch. Mit einem leisen Lächeln schaute sie Jimmy auffordernd an. Er wandte sich Rita zu und hielt ihr das Instrument hin. Sie war verblüfft, nahm es aber mit größter Ehrfurcht entgegen. Dann holte sie tief Luft und blies in das hohle Ende. Ein volltönender, tiefer Klang erfüllte die stille Abendluft. Ritas Augen weiteten sich vor Entzücken, und Jimmy war angenehm überrascht. Er gab Rita ein paar Anweisungen, und sie versuchte es noch einmal.

Ted beugte sich zu Arabella vor: »Ich hab dir ja gleich gesagt, dass sie es gut kann«, sagte er. »Sie hat den nötigen Atem für das *didgeridoo!*«

Das Feuer prasselte, und die Sterne funkelten am weiten Himmel. Arabella liebte es, abends am Lagerfeuer zu sitzen, wenn die drückende Hitze des Tages nachgelassen hatte. Sie dachte an die Zukunft und dass sie bald wieder zu Hause in England sein würde, und sie versuchte, sich die Eindrücke dieses wundervollen Abends im Outback fest ins Gedächtnis einzubrennen ... den würzigen Duft des Holzrauchs in der warmen Luft, den samtigen Himmel über ihnen, gesprenkelt mit unzähligen funkelnden Sternen, den Gesang der Grillen, den flackernden Feuerschein, der auf Jonathans Gesicht spielte und ihm einen geheimnisvollen Schimmer verlieh ... Arabella wollte das alles niemals vergessen.

Nach einer Weile rannten die Aborigine-Kinder davon, um

sich in den Hütten ihrer Mütter schlafen zu legen. Die Frauen folgten ihnen.

»Wie geht es mit Uris Ausbildung voran?«, fragte Stuart. Ihm war aufgefallen, wie sehr seine Stute das junge Kamel vermisste, sagte aber nichts davon, da er Arabella nicht beunruhigen wollte.

»Nicht sehr gut«, antwortete Jonathan.

Arabella horchte auf. »Warum nicht?«, fragte sie.

»Ich habe heute mit Paddy gesprochen. Er sagt, dass Uri sich nicht benehmen will. Ständig versucht er wegzurennen. Paddy meint, dass Uri hierherwill, zu Bess und zu dir, Arabella. Er war heute sehr wütend auf Uri. Einer der Afghanen hat sogar vorgeschlagen, Uri zu erschießen.«

Arabella war entsetzt. »Das würde er doch niemals tun, oder?«

»Natürlich nicht. Aber dein kleiner Uri stellt Paddys Geduld auf eine harte Probe.«

Arabella beschloss, am nächsten Morgen selbst zu Paddy zu gehen und mit ihm zu sprechen, um zu sehen, ob sie irgendwie helfen konnte. Natürlich wollte sie nicht, dass Uri verkauft wurde, doch ihr war klar, dass er zum Lastenkamel ausgebildet werden musste, sollte er nicht als Schlachttier enden.

»Sag mal, Stuart«, fragte Ted unvermittelt, »wie kommt es eigentlich, dass keine Frau dir je die Ketten der Ehe angelegt hat?«

Stuart blickte zuerst verblüfft, dann verlegen drein. Er warf einen Blick auf Jonathan, dann auf Arabella. »Ich war einmal verheiratet«, sagte er leise. »Aber es ging nicht gut.« Wieder schaute er zu Arabella. Er konnte sehen, wie verwundert sie war, und glaubte auch eine Spur von Enttäuschung zu erkennen, dass er sich ihr nicht anvertraut hatte. Dann sah er zu Ted. »Wieso fragst du eigentlich?«, wollte er wissen.

»Meine Frau hat mich vor zehn Jahren verlassen«, sagte Ted. »Ich weiß nicht mal, ob sie überhaupt noch lebt. Die Orte, in die ich immer wieder von der Eisenbahngesellschaft versetzt werde, waren ihr zu einsam und abgelegen. Sie hätte es hier in Marree bestimmt nicht ausgehalten.«

Arabella fragte sich, ob Ted seine Frau nicht genug geliebt hatte, um sich Arbeit in der Großstadt zu suchen.

»Aber dir selbst gefällt es hier, Ted, nicht wahr?«, fragte sie.

»Marree wächst einem ans Herz.« Er strich sich übers Kinn und lachte. »Das geht dir doch genauso, stimmt's, Jonathan?«

»Ja, ich liebe das Outback. Ich reise hin und wieder in die Großstadt, um meine Fotografien zu verkaufen, wie du weißt, kann es jedes Mal aber kaum erwarten, hierher zurückzukommen.«

Arabella sah die Traurigkeit auf seinem Gesicht.

»Wenn du heiraten und hier draußen leben willst, dann nimm dir eine Frau, die im Outback geboren und aufgewachsen ist«, riet Wally. »Du kannst von einem Großstadtmädchen nicht erwarten, dass ihr ein Kaff wie dieses gefällt. Nimm dir eine Frau aus dem Outback.«

»Genau das habe ich vor«, sagte Terry, der an Sarah Oldfield dachte. Sie war in diesem weiten Land geboren und aufgewachsen und hatte nicht den Wunsch nach einem Leben in der Großstadt. In seinen Augen würde sie die ideale Ehefrau abgeben. Wenn er das nächste Mal Lyndhurst besuchte, wollte er einen Ring in der Tasche haben.

»Aber Maggie und Tony waren doch aus der Großstadt«, sagte Les. »Und Maggie hat sich an Marree gewöhnt.«

»Maggie ist eine Ausnahme«, sagte Wally. »Wir alle wissen, dass sie einmalig ist.«

»Zu mir hat Maggie gesagt, sie hätte oft auf den Zug springen und aus Marree verschwinden wollen«, sagte Arabella. »Es sei nur ihre Liebe zu Tony gewesen, die sie davon abgehalten hätte. Was ist eigentlich aus deiner Frau geworden, Stuart?«

Stuart holte tief Luft. »Ich habe sie in der Goldgräberstadt Tennant Creek zurückgelassen«, sagte er.

»Du hast sie *zurückgelassen?*«, fragte Arabella fassungslos. Sie konnte sich unmöglich vorstellen, dass Stuart eine Frau in einer wilden Goldgräberstadt zurückließ. Oder hatte sie ihn falsch eingeschätzt? Brachte er tatsächlich etwas so Schreckliches fertig?

»Na ja, ganz so war es nicht«, sagte Stuart.

»Wie war es dann?«, fragte Arabella.

Stuart schwieg einen Augenblick, während er versuchte, sich zurechtzulegen, wie er ihr von seiner Frau erzählen sollte. »Catherine war eine von mehreren Frauen, die ihren Lebensunterhalt in der Stadt mit ... nun ja, mit Männern verdienten«, sagte er schließlich.

Arabella blickte ihn verwirrt an. »Was meinst du damit?«

»Sie hat ihren Körper verkauft«, sagte Stuart.

»Sie war Prostituierte?«, fragte Arabella rundheraus.

»Ich hatte Mitleid mit ihr, weil sie von den Männern in der Stadt nur benutzt wurde ...«

»Willst du damit sagen, du hast sie aus Mitleid geheiratet?«

»Nein, so war es nicht. Eines Tages habe ich mich schrecklich betrunken. Ich war nach einem kleineren Goldfund in Hochstimmung, und Catherine ... nun, sie hat mitgefeiert. Wir kamen uns näher, und kurz darauf haben wir geheiratet. Aber sehr bald schon wussten wir beide, dass es ein Fehler gewesen war.«

»Und da bist du einfach gegangen, ohne ihr etwas zu sagen?«

»Nein, so etwas würde ich niemals tun. Aber ich konnte mein Leben nicht aus Mitleid mit ihr verbringen. Ich habe sie nicht geliebt – und sie mich nicht.«

»Was hast du dann getan?«

»Ich hab Catherine mein ganzes Geld gegeben – genug, dass sie irgendwo anders hingehen und ein neues Leben anfangen konnte. Dann habe ich die Stadt verlassen.«

»Und Catherine? Ist sie auch gegangen?«

»Ich weiß es nicht«, sagte Stuart leise, »aber ich hoffe es.«

Arabella saß noch eine Weile sprachlos am Feuer, dann ging sie zum Lager der Aborigines. Sie wollte mit Rita über den Plan sprechen, den sie gerade geschmiedet hatte. Ein Gespräch mit der robusten Rita war jetzt die beste Ablenkung für sie, denn Stuarts Geschichte hatte sie tiefer getroffen, als sie sich eingestehen wollte.

Rita war dabei, Holz für ihr Lagerfeuer zu sammeln.

»Was tun Sie denn hier, Missus?«, fragte sie erfreut und erstaunt zugleich, als sie Arabella sah.

»Ich bin auf eine Idee gekommen«, erwiderte Arabella. »Und dafür brauche ich dich.«

Rita hielt erstaunt inne. »Mich?«

»Ja. Du könntest für die Leute, die in die Stadt kommen, auf dem *didgeridoo* spielen. Du hast großes Talent.«

»Meinen Sie wirklich, Missus?«

»Auf jeden Fall! Jimmy war sehr beeindruckt von deinem Spiel.«

»Aber was ist mit meiner Ausbildung zur Pianistin?«, fragte Rita mit drohendem Unterton.

Selbst im Dunkeln konnte Arabella sehen, dass Rita die Stirn auf beängstigende Weise gefurcht hatte. Panik stieg in ihr auf. »Weißt du, Rita, ich …«

Arabella sah, dass Rita breit lächelte, und sie begriff, dass die Aborigine sie auf den Arm genommen hatte.

»Ich werde wohl besser beim *didgeridoo* bleiben, Missus«, sagte Rita. »Das Klavier überlass ich lieber Ihnen.«

Plötzlich kam Arabella eine Idee. »Warum spielen wir nicht zusammen, Rita?« Sie konnte beinahe hören, wie das Klavier vom beschwörenden Klang des *didgeridoo* im Hintergrund begleitet wurde. Es waren zwei völlig unterschiedliche Klänge, und vermutlich war so etwas noch nie versucht worden, doch Arabella war sicher, dass die Instrumente harmonierten.

»Nehmen Sie mich auf den Arm, Missus?«

»Ganz und gar nicht, Rita. Lass uns etwas einstudieren! Kannst du das *didgeridoo* morgen früh mit ins Hotel bringen?«

»Klar, Missus«, sagte Rita, die kaum glauben konnte, wie aufgeregt Arabella plötzlich war. »Soll das heißen, dass ich mit Ihnen bei dem Konzert spiele?«

»Ja, Rita. Jimmy kann für die Tänzerinnen spielen, aber du kannst mich bei meinen Stücken begleiten. Es wird wundervoll! Wir sehen uns morgen früh.« Arabella eilte davon.

Rita kratzte sich verwundert am Kopf, während sie ihr nachsah. Sie konnte kaum glauben, dass sie Arabella bei dem Konzert begleiten sollte. Noch seltsamer war es ihr erschienen, dass Arabella sie eine *Dame* genannt hatte. So war sie noch nie genannt worden. Nur die weißen Frauen wurden Damen genannt. Zum ersten Mal im Leben hatte Rita das Gefühl, etwas Besonderes zu sein – und das nicht wegen eines Faustkampfes.

25

Am nächsten Morgen, kurz nach dem Frühstück, traf Rita mit Jimmys *didgeridoo* ein. Sie sah beinahe erleichtert aus, dass Arabella es sich nicht anders überlegt hatte, war aber nervös, da sie noch nie auf dem Instrument geübt hatte.

»Ich hab keine Erfahrung mit dem *didgeridoo*«, sagte Rita.

»Aber du hast den Atem dafür«, sagte Arabella, »deshalb wirst du es schnell lernen. Außerdem musst du mir auf dem Klavier nicht folgen. Du wirst bloß ein Hintergrundgeräusch erzeugen. Ich werde eine Melodie spielen, und dann stimmst du mit dem *didgeridoo* ein. Versuchen wir's.«

Arabella setzte sich ans Klavier, begann zu spielen und gab Rita dann ein Zeichen, worauf diese nervös in das *didgeridoo* blies. Nach einem Augenblick hielt Rita inne. »Das klingt gar nicht gut«, sagte sie. Sie fand, dass sie mit ihren unbeholfenen Versuchen, das Instrument zu spielen, Arabellas schöne Musik zerstörte.

»Lass dir Zeit«, sagte Arabella ermunternd. »Spielen wir weiter, bis es uns gefällt.«

Einige Stunden später hatten sie ein paar Stücke ausgewählt, von denen sie glaubten, dass sie gut harmonierten. Arabella war begeistert. »Großartig! Versuchen wir es damit vor Publikum«, schlug sie vor. »Du rufst Lily und Missy, Jimmy und Ruby – ich hole die Männer.« Diese hatten versprochen, sich im Freien zu beschäftigen, um Arabella und Rita ein wenig Privatsphäre zu lassen.

Als sie sah, wie zufrieden Arabella mit ihr war, bekam Rita genügend Selbstvertrauen, um es vor Publikum zu versuchen. Sie machte sich auf den Weg, um die Frauen und Jimmy zu holen.

Arabella trommelte die Männer zusammen, doch Rita kam nicht wieder. Arabella fragte sich, ob die Aborigine es sich vielleicht anders überlegt hatte.

»Bist du sicher, dass sie kommen wird?«, fragte Jonathan.

»Ja, wir beide waren begeistert von unserem gemeinsamen Spiel. Es klang wundervoll.«

Sie warteten und warteten, doch Rita ließ sich nicht blicken.

»Ich sehe mal nach, wo sie ist«, schlug Jonathan vor.

Als er nach ein paar Minuten wiederkam, sah er verstört aus.

»Was ist los?«, fragte Arabella. »Will Rita nicht mit mir spielen?«

»Ich fürchte, ich habe schlechte Neuigkeiten«, sagte Jonathan.

»Was ist passiert?«, fragte Arabella ängstlich. Sie befürchtete, eines der Kinder könne krank sein.

»Jimmy ist gestorben.«

»O nein!« Arabella brach in Tränen aus. Jonathan nahm sie in die Arme, um sie zu trösten.

»Ich hole Terry«, sagte Les.

»Wozu?«, fragte Jonathan.

»Wenn es einen Todesfall in der Stadt gibt, muss er verständigt werden«, erwiderte Les.

Nachdem Terry eingetroffen war, waren alle sich einig, Ruby ihr Beileid auszusprechen. Doch als sie in die Ansiedlung der Aborigines kamen, lag diese verlassen da. Es gab nicht einen persönlichen Gegenstand, der verraten hätte, dass hier überhaupt jemals jemand gelebt hatte. Selbst die Lagerfeuer waren gelöscht und die Asche war verstreut worden.

»Seltsam. Wo sind sie denn alle?«, fragte Arabella verwundert.

»Vor einer Weile waren sie noch hier«, sagte Jonathan ungläubig. »Die Frauen hatten ein lautes Klagegeschrei angestimmt, vor allem Ruby.«

»Ich hatte von vornherein nicht damit gerechnet, dass wir sie hier antreffen«, sagte Stuart.

»Warum nicht?«, fragte Arabella.

»Sie werden zu einem Trauerlager aufgebrochen sein. Und ich glaube nicht, dass sie in absehbarer Zeit wiederkommen.«

»Ein Trauerlager?«, wiederholte Arabella. Von so etwas hatte sie noch nie gehört.

»Das ist ihre Art zu trauern«, sagte Terry. »Wann immer es einen Todesfall gibt, gehen die Aborigines in den Busch.« Er wandte sich an Jonathan. »Ist Jimmy eines natürlichen Todes gestorben?«

»Ich denke schon«, sagte Jonathan. »Ich habe seine Leiche gesehen, es gab keine sichtbaren Verletzungen.« Er war nicht einmal auf die Idee gekommen, dass vielleicht irgendetwas passiert sein könnte.

»Ich muss mich selbst davon überzeugen«, sagte Terry. »Ich werde versuchen, Rita und die anderen zu finden.« Da er keine Zeit mehr verlieren wollte, schlug er den Weg zum Polizeirevier ein, um sein Pferd zu holen.

»Wo wird Jimmy denn beerdigt, Stuart?«, fragte Arabella.

»Das wird man uns nicht sagen«, erwiderte er. »Wahrscheinlich an einer heiligen Stätte seines Clans irgendwo draußen in der Wüste.«

»Oh«, sagte Arabella, die enttäuscht war, dass sie keine Gelegenheit gehabt hatte, von Jimmy Abschied zu nehmen. Der alte Aborigine war ihr ans Herz gewachsen, er hatte sehr viel für sie alle getan.

Jonathan verstand sie. »Warum halten wir nicht eine kleine Zeremonie hier in der Stadt für ihn ab?«, schlug er vor.

»Eine gute Idee, Jonathan.« Arabella streckte schüchtern eine

Hand nach seiner aus. Was für ein außergewöhnlicher Mensch er doch war. Jonathan hatte etwas an sich, das sie tief im Innern berührte.

»Am besten, wir feiern die Zeremonie heute Abend kurz vor Sonnenuntergang«, sagte er.

»Ja, bis dahin wird Terry vielleicht schon mit Neuigkeiten zurück sein«, meinte Stuart. Die Aborigines waren zu Fuß vermutlich noch nicht sehr weit gekommen, sodass Terry sie bald einholen würde.

Es schmerzte Stuart, als er sah, wie Arabella Jonathans Hand nahm, doch er erkannte immer deutlicher, dass zwischen den beiden ein außergewöhnliches Band bestand.

Um sieben Uhr an diesem Abend versammelte sich die Gruppe, um die Zeremonie zu Jimmys Ehren abzuhalten. Selbst Wally nahm daran teil. Arabella spielte eine Hymne auf dem Klavier: *You'll never Walk Alone.* Schüchtern sang sie den Begleittext.

Dann gingen alle zum Heuschober. Es erschien ihnen angemessener, draußen zu sein, wenn sie ein paar Worte für einen Mann sprachen, der sein ganzes Leben im Freien verbracht hatte. Terry war am frühen Nachmittag zurückgekehrt, um zu berichten, Jimmy sei eines natürlichen Todes gestorben; er hatte die Aborigines in der Wüste allein gelassen, damit sie in Ruhe trauern konnten. Terry wusste nicht, wann sie nach Marree zurückkommen würden.

Jonathan sprach von dem Respekt, den sie alle vor Jimmy gehabt hatten, und wie heldenhaft er sie vor den Stammes-Aborigines in der Wüste gerettet hatte. Aus einer eher persönlichen Sicht erklärte er, er habe Jimmys Geschick als Pfadfinder und seine Ausdauer immer sehr bewundert. »Es ist stets ein großer Verlust, wenn man Menschen wie Jimmy verliert, die so viel zu geben haben«, sagte er. »Ich habe mich mit meinen Fotografien auf die Landschaft des Outback konzentriert, aber das wahre Outback, das die Welt sehen sollte, sind die Aborigines – Menschen wie Jimmy.«

Dann zog Jonathan ein Foto von Jimmy hervor, das er aufgenommen hatte. Er hatte das Foto vergrößert, nachdem sie beschlossen hatten, die Trauerzeremonie für Jimmy abzuhalten. Die Gruppe sah zu, wie Jonathan das Bild an eine Wand des Heuschobers heftete.

»Oh, Jonathan«, sagte Arabella, während ihr Tränen übers Gesicht liefen. »Das ist wundervoll. Wann hast du es aufgenommen?« Auf dem Bild saß Jimmy nach vorn gebeugt da. Er trug seinen zerbeulten Hut, und der Rauch eines Lagerfeuers umhüllte ihn.

»Ich habe das Foto vor ein paar Tagen abends am Lagerfeuer aufgenommen«, sagte er. »Heute habe ich's vergrößert. Ich denke, ich habe Jimmys Wesen ganz gut eingefangen … seine Weisheit, seine sanfte Freundlichkeit.«

»Ich glaube, du hast seine Seele eingefangen«, sagte Ted tief bewegt. Sie alle waren gerührt, als sie in Jimmy Wanganeens Gesicht blickten.

»Jimmy hat sich vielleicht lange Zeit verloren gefühlt, aber ich bin mir sicher, dass er zum Schluss noch einmal einen Sinn im Leben gefunden hat – als er jagen ging, um uns in unserer Not etwas zu essen zu besorgen«, sagte Arabella. »Er war ein Mann, der sich bescheiden gab, aber ich weiß, dass ihn unser Lob über seine Jagd- und Kochkünste sehr gefreut hat.«

»Wir werden ihn in guter Erinnerung behalten«, fügte Jonathan traurig hinzu. »Gott wird Jimmy in sein Reich aufnehmen.«

In den ersten Tagen, nachdem Sergeant Menner ihnen gesagt hatte, Aborigines würden an der Bahnlinie entlang bis nach Marree patrouillieren und nach Arabella suchen, war es Edward und Clarice gelungen, guter Dinge zu bleiben. Clarice hatte das Hotelzimmer viel öfter verlassen als zuvor; sie hatte sogar mit Edward zu Abend gegessen. Er hatte dies als gutes Zeichen gewertet. Er selbst hatte sich von den Bars ferngehalten. Stattdessen hatte er mit Clarice darüber geredet, wie sie zu Arabella reisen könnten, falls sie in der Wüste bei einem Stamm lebte.

Dann aber dehnte die Zeit sich endlos, und Clarice' Hoffnungen schwanden mit jeder Stunde ein bisschen mehr. Sie hatte gewusst, dass es Wochen dauern konnte, bis sie etwas hörten, hatte aber gehofft, es würde eher Neuigkeiten geben. Sie hatte sich ausgerechnet, dass Neuigkeiten über Arabellas Aufenthaltsort sie binnen zwölf Tagen erreichen könnten. Wie sie auf diese Zahl gekommen war, war völlig unlogisch in Anbetracht der Tatsache, dass sie keine Ahnung hatte, wie viele Stämme in der Wüste lebten, und wie weit voneinander entfernt, aber ihr erschien es plausibel.

Als der zwölfte Tag verstrichen war, war Clarice wieder so verzweifelt wie zuvor.

Am dreizehnten Tag verschwand sie plötzlich.

Edward war außer sich, als er Clarice weder in ihrem Hotel noch in einem der Geschäfte in der Stadt finden konnte. Er ging aufs Polizeirevier. Sergeant Menner war besorgt, als er hörte, dass Clarice vermisst wurde, da er befürchtete, in ihrer Depression könnte sie sich womöglich das Leben nehmen, doch das sprach er nicht laut aus. Er konnte allerdings nicht wissen, dass Edward genau dieselbe Sorge plagte.

»Vielleicht reagiere ich ja panisch«, räumte Edward ein. »Es ist nur …«

»Ich weiß«, sagte der Sergeant. »Wenn Sie Ihre Frau innerhalb der nächsten Stunde nicht gefunden haben, kommen Sie bitte wieder.« Er betete, dass sie nicht in die Wüste aufgebrochen war.

Edward wusste nicht, wo er noch suchen sollte. Er war sicher, es überall versucht zu haben, dann aber kam ihm doch noch eine Idee. Er schlug den Weg zum Bahnhof ein, der kaum mehr als ein Bahnsteig mit einer unzulänglichen Überdachung war. Er seufzte erleichtert, als er Clarice auf dem Bahnsteig sitzen und in die Wüste starren sah. Er ging zu ihr und setzte sich neben sie. In der tiefen Stille war nur das Summen der Buschfliegen zu hören. Ein paar Minuten lang sagten beide kein Wort. Edward nahm die Hand seiner Frau und hielt sie ganz fest.

Clarice starrte weiter in die Ferne. Das Land war rötlich grün und mit grauen Mulgabüschen gesprenkelt. Hin und wieder unterbrachen ein paar Bäume die eintönige, schier endlose Landschaft. Am wolkenlosen blauen Himmel stand die Sonne – ein glühender Ball, der alles verbrannte.

Clarice dachte an Arabella. Seit Stunden saß sie nun schon an ein und derselben Stelle und ließ die Jahre, die sie mit ihrer Tochter verbracht hatte, langsam vor ihrem geistigen Auge vorbeiziehen, angefangen mit der Zeit, als sie noch ein Baby war. Schließlich gelangte sie zu dem schmerzlichen Augenblick, als sie Arabella zum letzten Mal gesehen hatte. Wenn Arabella sich an jenem Abend doch nur bereit erklärt hätte, sich zu ihnen in den Loungewaggon zu setzen! Wenn sie doch nur ein bisschen mehr Zeit mit ihr gehabt hätten! Clarice starrte in die flirrende Hitze, die über dem Sand der Wüste tanzte. Sie dachte an die zarte, lilienweiße Haut Arabellas, an ihre häufigen Kopfschmerzen und Magenverstimmungen. Sie versuchte sich vorzustellen, wie sie Buschessen verzehrte – Schlangen und Eidechsen – oder brackiges, übel riechendes Wasser trank. Nein, Arabella würde so etwas niemals über sich bringen.

Tränen traten Clarice in die Augen, und sie wandte sich Edward zu.

»Wir machen uns nur etwas vor, Edward«, sagte sie. »Arabella würde dort draußen keine fünf Minuten überleben.« Sie wandte sich ab und starrte wieder hinaus in die unwirtliche Landschaft.

Edward wollte widersprechen, wenn auch nur, um seiner Frau weiteren Schmerz zu ersparen, doch sie kam ihm zuvor.

»Nein, Edward, mach mir keine Versprechungen mehr. Ich kann nicht länger mit dieser trügerischen Hoffnung leben. Ich muss Arabella loslassen … und du auch. Tun wir das nicht, verlieren wir den letzten Rest Verstand, der uns geblieben ist.«

»Wie sollen wir es denn schaffen, Arabella loszulassen, Clarice? Ohne einen Leichnam? Ohne endgültige Gewissheit, was ihr zugestoßen ist? Wie sollen wir sie da loslassen können?«

Clarice hielt eine Hand schützend über die Augen und blickte zum endlosen blauen Himmel hinauf. »Wenn wir glauben, dass sie irgendwo dort oben ist … oder irgendwo da draußen«, sagte sie mit einer Handbewegung in Richtung Wüste, »dann können wir glauben, dass sie ihren Frieden gefunden hat.« Eine einzelne Träne kullerte über Clarice' Wange.

Edward reichte ihr sein Taschentuch, damit sie sich die Wangen abtupfen konnte, doch auch ihm wurden die Augen feucht. Es war einfach nicht gerecht, dass es keinen Leichnam gab, den sie beisetzen konnten, dass sie niemals ein Grab haben würden, das sie besuchen und an dem sie trauern konnten.

»Nicht zu wissen, was passiert ist, das ist das Schlimmste«, sagte er zu seiner Frau. »Wenn wir wüssten, was ihr zugestoßen ist oder ob sie gefunden wurde, könnten wir diese Angelegenheit endgültig abschließen. Wir könnten unseren Frieden finden und unser Leben weiterleben, so schwer es auch sein wird.«

Clarice begriff, dass ihre Depression eine zusätzliche Belastung für ihren Mann gewesen war und dass er in jeder Hinsicht ebenso litt wie sie. Sie erkannte, dass es egoistisch von ihr gewesen war, ihm keinen Trost zu bieten. Er hatte genauso seine Tochter verloren wie sie. Sie sah, dass er abgenommen hatte, in den letzten Wochen war er um Jahre gealtert. Sein Haar war grauer geworden, tiefe Furchen durchzogen sein Gesicht, die sie noch nie bei ihm gesehen hatte, doch es war die Traurigkeit in seinen Augen, die so niederschmetternd war.

»Es tut mir leid, dass ich nicht für dich da gewesen bin, Edward«, flüsterte sie, während die Tränen über ihr Gesicht liefen. »Ich war egoistisch.«

»Nein, Clarice, das warst du nicht. Du hast mich davor bewahrt, den Verstand zu verlieren.«

Clarice war verwirrt. Wie sollte sie das getan haben?

»Wärst du die Starke von uns beiden gewesen, hätte es mir die Möglichkeit verschafft, mich an einen dunklen Ort zurückzuziehen, von dem ich vielleicht niemals zurückgekehrt wäre.«

Clarice' Unterlippe bebte. »Ich kenne diesen Ort«, sagte sie. »Ich glaube, ich habe ihn gesehen.«

Edward nahm ihre andere Hand. »Ich weiß, du hast gesagt, keine Versprechen mehr, aber lass uns noch eines geben, uns gegenseitig«, sagte er.

Clarice nickte. »Lass uns stark füreinander sein, und für Arabella. Ich bin sicher, sie war tapfer …«

Clarice schloss für eine Sekunde die Augen. Sie vermuteten beide, dass das nicht stimmte. Arabella war unselbstständig und schwach gewesen. »Wir haben wundervolle Erinnerungen, nicht wahr, Edward?«, sagte sie.

»Ja, das haben wir«, sagte er und schloss seine Frau in die Arme. »Und wir haben einander.«

Die nächsten Tage schienen sich ewig hinzuziehen. Alle warteten darauf, dass die Aborigines von ihrem »Trauerlager« zurückkehrten. Eines Nachmittags kam ein Viehtreiber in die Stadt geritten. Er behauptete, aus Farina zu kommen, und sagte zu Jonathan, er sei auf der Suche nach Miss Fitzherbert, da er eine Nachricht für sie habe.

Nach einem rasch hinuntergestürzten Bier schickte Jonathan den Mann mit seiner Nachricht zum Heuschober hinter dem Hotel. Das Klavier war dort aufgestellt worden; Arabella bewahrte es unter einer Abdeckplane vor Schmutz. Trotzdem staubte sie es jeden Tag ab und sorgte dafür, dass es stets gestimmt war. Es war kein leichtes Unterfangen gewesen, das Klavier aus dem Hotel zu schaffen; Arabella hatte den Transport beaufsichtigt, um sicherzustellen, dass es nicht beschädigt wurde. Das Klavier hatte nicht durch die Tür gepasst, was alle vor ein Rätsel stellte, da es ja irgendwie ins Hotel gekommen sein musste. Schließlich schlug Jonathan als einzige Möglichkeit vor, ein großes Fenster in der Lounge zu entfernen. Das Klavier wurde vorsichtig durch die Öffnung gehoben.

»Guten Tag, Miss Fitzherbert«, sagte der Viehtreiber nun, als er Arabella im Heuschober antraf, wo sie am Klavier saß und übte. »Ich bin Mike Cole von Red Hill Station.«

»Red Hill Station«, sagte Arabella. »Das Zuhause der Quiggleys.«

»So ist es. Mrs Quiggley hat mich mit einer Nachricht zu Ihnen geschickt.«

»Oh«, sagte Arabella und nahm den Brief entgegen, den er ihr hinhielt. »Bleiben Sie über Nacht?«

»Ja, Miss, wenn es Ihnen recht ist …«

»Natürlich. Ich bin sicher, Sie haben Durst auf ein Bier«, sagte Arabella. Ihr war nur allzu bewusst, wie beschwerlich die Reise war, und heute war ein besonders heißer Tag.

»Ja, gern. Ich hab zwar eben schon eins auf die Schnelle getrunken, Miss, aber das ist mir nur so durch die Kehle gezischt. Normalerweise braucht man mehrere Bier, nur damit der Staub sich setzt.«

»Immer schön langsam«, sagte Arabella lächelnd. »Und vielen Dank hierfür«, fügte sie hinzu und hielt den Umschlag hoch. »Gehen Sie jetzt Ihr Bier trinken.«

Während der Viehtreiber in Richtung Bar verschwand, blickte Arabella auf den Umschlag, in dem ein Brief von Moira lag. Sie fragte sich unwillkürlich, ob er schlechte Neuigkeiten enthielt, was das geplante Stadtfest betraf. Rasch überflog sie das Schreiben und eilte dann zur Bar, um mit Jonathan zu sprechen.

»Jonathan«, rief sie aufgeregt. »Ich habe eben einen Brief von Moira bekommen.«

»Was steht drin?«, fragte er.

»Moira schreibt, dass alles gut läuft. Sie hat sechs Stände organisiert und versprochen, dass es reichlich frisches Brot, Saucen und Pickles zum Barbecue geben wird. Alles wird gespendet. Ist das nicht wundervoll?« Arabella und Jonathan hatten sich bereits Sorgen gemacht, wie sie das viele Brot backen sollten, das sie benötigen würden. Zum einen hatten sie kein Mehl – und selbst wenn sie welches gehabt hätten, hätten sie tagelang backen müssen – und zum anderen wäre das Brot in der Zwischenzeit verdorben.

»Das ist eine großartige Neuigkeit«, sagte Jonathan erfreut.

»Moira hat unten am Rand noch ein paar Zeilen von Dave Brewer dazugeschrieben. Er sagt, das Bier entwickelt sich gut. Er konnte nicht allzu viel brauen, da er nicht viel Wasser entbehren konnte, doch was er gebraut hat, scheint ein gutes Bier zu werden.«

Jonathan lächelte zufrieden. »Ich habe dir ja gleich gesagt, dass alles klappt.«

Am Abend bat Arabella Jonathan, einen Spaziergang mit ihr zu machen. Sie hielt es für an der Zeit, ihm zu sagen, was sie für ihn empfand, auch wenn sie wusste, dass sie damit ihre Freundschaft aufs Spiel setzte.

»Weißt du, Jonathan«, begann sie. »Als ich hierher nach Marree kam, wollte ich anfangs nur eines – so schnell wie möglich wieder von hier verschwinden.«

»Ich weiß«, sagte Jonathan. »Du hast mir oft genug gesagt, dass du diese Stadt nicht ausstehen kannst.«

Arabella lächelte. »Das hat sich geändert«, sagte sie. »*Ich* habe mich verändert.«

»Ja, das hast du«, pflichtete Jonathan ihr bei. »Aber ich habe schnell erkannt, dass du eine wundervolle Frau bist, auch wenn du anfangs eine ziemlich schwierige …« Er stockte und versuchte, seine Worte vorsichtig zu wählen.

»… verwöhnte, arrogante Zicke gewesen bist«, beendete Arabella lachend seinen Satz.

Jonathan errötete. »So hätte ich es nicht unbedingt ausgedrückt.«

»Ich weiß. Weil du zu nett bist. Aber ich *war* eine verwöhnte Göre, und dass ich mich geändert habe, verdanke ich hauptsächlich dir.«

»Mir?«, sagte Jonathan überrascht.

»Ja. Du hast mir für viele Dinge die Augen geöffnet. Du siehst die Welt so, wie auch ich sie gern sehen würde.« Arabella spürte, wie sie errötete. »Ich hab dich sehr lieb gewonnen.«

Jonathans Herz schlug schneller. »Und ich habe *dich* sehr lieb gewonnen. Ich werde dich vermissen, wenn du von hier fortgehst … mehr, als du ahnst.«

Arabella beschloss, ihr Glück zu versuchen. »Warum kommst du nicht mit mir und meinen Eltern nach England?«, fragte sie geradeheraus, sah dann aber, wie Jonathans Miene sich verdüsterte. Sie wusste, dass sie einen Fehler begangen hatte.

»Nein, Arabella. So gern ich mitkommen würde, ich kann es nicht. Mein Leben ist hier, im Outback. Dein Leben ist in England.«

Arabella ließ den Kopf sinken, damit er ihre Tränen nicht sah.

»Vielleicht, wenn wir uns an einem anderen Ort und zu einer anderen Zeit begegnet wären …«, sagte er.

»Aber das Schicksal hat uns hier und jetzt zusammengeführt«, sagte Arabella. »Und das *muss* etwas zu bedeuten haben. Ich glaube, es sollte mich verändern. Ich war noch nie verliebt, aber was ich für dich empfinde, kann nur Liebe sein, Jonathan. Ich hatte gehofft, du würdest dasselbe empfinden, aber ich habe mich wohl lächerlich gemacht.«

»Nein, Arabella, ganz und gar nicht. Ich liebe dich. Es wird mir das Herz brechen, wenn du gehst, aber ich kann nicht mit dir kommen. Ich könnte unmöglich in der Großstadt leben. Ich wäre unglücklich. Und wenn ich unglücklich bin, wie kann ich dich dann zu einer glücklichen Ehefrau machen? Ich hatte gehofft, wir könnten für immer zusammen sein. Aber dann müsstest du *meine* Lebensweise teilen, und das kann ich nicht von dir verlangen. Dieses Land ist zu unwirtlich für dich.«

Arabella hatte gelernt, ein Leben im Outback zu führen – hier in Marree, inmitten der Afghanen und Aborigines –, aber sie wusste, dass Jonathan Recht hatte. Auf Dauer würde sie so nicht leben können. Sie musste Jonathan vergessen, selbst wenn es ihr das Herz brach.

»Ich wollte, es könnte anders sein«, sagte sie leise.

»Das wünsche ich mir auch. Aber ich gehöre nun mal hierher. Mein Beruf bedeutet mir sehr viel. Er gibt meinem Leben einen Sinn. Ich möchte andere Menschen durch meine Fotos über die Aborigines und deren Schicksal aufklären. In einem Studio in der Großstadt zu sitzen und Porträts zu machen … das würde ich nicht lange aushalten.«

»Ich weiß, Jonathan. Ich würde dich auch niemals bitten, das aufzugeben, was du liebst.«

Ihre Worte rührten ihn. »Das ist einer der Gründe, weshalb ich dich liebe«, sagte er und zog sie in seine Arme.

»Aber wir können doch in Verbindung bleiben?«, flüsterte Arabella an seiner Schulter.

»Ja«, sagte er. »Das würde mir sehr viel bedeuten.«

Am nächsten Morgen ging Jonathan zu Wally, Les und Ted, die das Heu aus dem Heuschober in der Nähe des Generators aufgetürmt hatten.

»Ob das der beste Platz für das Heu ist?«, fragte Jonathan Wally. Es waren nicht mehr viele Ballen, doch Jonathan machte sich Sorgen wegen des Benzins, das aus dem Tank des Generators auf den Boden getropft war. Er hoffte, Wally und die anderen hatten das Heu nicht ausgerechnet an der Stelle gelagert, wo das Benzin entwichen war. Dann nämlich wäre es verseucht.

»Da mach dir mal keine Sorgen«, sagte Wally zuversichtlich. »Das Heu wird ja nicht lange hier liegen. Das Stadtfest ist schon in ein paar Tagen. Danach lagern wir die Ballen wieder in den Heuschober um.«

»Passt nur auf, dass hier keiner rauchend vorbeigeht«, sagte Jonathan.

»Na klar«, sagte Wally.

Jonathan schaute zum Himmel. »Wenn wir Glück haben, gibt's in den nächsten Tagen Regen«, sagte er. Es war bewölkt und schwül – ungewöhnlich für diese Gegend. In der Ferne waren dunkle Wolken zu sehen.

»Darauf würde ich nicht wetten«, sagte Wally. »Es gibt vielleicht ein Unwetter, aber weit weg von hier. Und du weißt ja, dass die Unwetter normalerweise kaum Regen mit sich bringen. Eines ist sicher: In Marree regnet es in fünf Jahren nicht zwei Mal.«

Clarice saß im Biergarten hinter dem Central Hotel in Alice Springs. Es war Vormittag, doch jetzt schon war es brütend heiß. Ein Teil des Gartens lag jedoch im Schatten, da er von einem Spalier überdeckt war, an dem sich Wein emporrankte. Der Rasen wurde von Beeten umschlossen, in denen Pflanzen wuchsen, von denen Clarice einige noch nie gesehen hatte.

Der Biergarten war tagsüber kaum besucht. Da Clarice und Edward gezwungen waren, in der Stadt zu bleiben, bis der Zug wieder fuhr, war er ein Ort, an dem Clarice Ruhe fand, eine Zuflucht, wo sie mit ihren Gedanken und Schmerzen allein sein konnte. Hier konnte sie ihren Tränen freien Lauf lassen, ohne gesehen zu werden.

Clarice' Appetit hatte sich ein wenig gebessert; sie hatte wieder zugenommen, nachdem sie zuvor schrecklich abgemagert war, aber nichts schmeckte mehr so wie früher.

An diesem Tag, drei Tage vor Heiligabend, wurde Clarice' Ruhe von zwei Frauen mit drei kleinen Kindern gestört. Sie bestellten Limonade, und die Kinder rannten auf den Rasen und beschäftigten sich mit Spielzeug, das ihre Mütter ihnen soeben in einem Laden des Roten Kreuzes gekauft hatten, einem von vielen Läden dieser Art, die in der Zeit der wirtschaftlichen Depression entstanden waren, um den Ärmsten der Armen zu helfen. Das Spielzeug war gebraucht, aber die Kinder störte das nicht. Clarice versuchte, den Frauen keine große Beachtung zu schenken, obwohl sie so nahe saßen, dass sie ihre Unterhaltung mit anhören konnte. Kurz spielte sie mit dem Gedanken, den Biergarten zu verlassen, sagte sich dann aber, dass die ausgelassenen Kinder, die sie schmerzlich an Arabella erinnerten, sicher bald ruhiger würden. Außerdem wusste Clarice nicht, wohin sie sonst hätte gehen können, abgesehen von ihrem Zimmer, auf dem sie bereits allzu viele quälende Stunden verbracht hatte.

Die beiden Frauen plauderten angeregt miteinander. Eine erzählte, sie sei aus Eastern Ridge gekommen – offenbar ein abgeschiedener Ort in der Wüste – und dass sie auf ihrer Farm mit der anhaltenden Dürre zu kämpfen hätten. Die Frauen sprachen über die Härten und Entbehrungen, die es durchzustehen galt, wenn man so einsam lebte, und wie aufregend es sei, in die Stadt zu reisen.

Clarice konnte nicht verstehen, wie man von Alice Springs begeistert sein konnte. Die Stadt war von kahlen Bergketten und ausgedörrter Wüste umgeben, und der Todd River war kein Fluss, wie der Name vermuten ließ, sondern ein Trockengebiet. Die Hitze in Alice Springs war drückend, und das geschäftliche, gesellschaftliche und kulturelle Leben war geradezu lächerlich im Vergleich zu dem in London. Clarice konnte sich unmöglich vorstellen, in einer Stadt wie dieser zu leben – von einer der Kleinstädte in der Wüste ganz zu schweigen.

Die Frauen erzählten, ihre Lebensmittelvorräte seien von Insekten befallen und die Regentanks so leer, dass sie gezwungen waren, Wasser aus Bohrlöchern zu trinken, das grauenhaft schmeckte. Ihr Leben war offenbar ein Albtraum, und Clarice fragte sich, was für ein Mann seiner Frau so etwas zumutete – und welche Frau bei einem solchen Mann blieb und ein solch trostloses, entbehrungsreiches Leben auf sich nahm.

Sie warf einen verstohlenen Blick auf die beiden Frauen. Sie trugen helle Sommerkleider, die zwar nicht neu, aber sauber waren, im Schatten des Biergartens hatten sie ihre großen Hüte abgenommen. Ihre Kinder – zwei Mädchen unter fünf und ein Junge, der vielleicht zwei Jahre alt war – waren ebenfalls gut gekleidet, ihre Haut besaß einen gesunden, bronzefarbenen Ton. Die Ehemänner der beiden Frauen saßen vermutlich in der Hotelbar.

Clarice gab sich wieder ihren Tagträumen hin und dachte an glückliche Tage in England zurück, als Arabella so jung war wie die kleinen Mädchen in ihrer Nähe. Es waren sorglose Tage gewesen, aber das Leben würde nie wieder so sein. Wie so oft, wenn Clarice an die glücklichen Zeiten zurückdachte, als sie noch eine Familie gewesen waren, traten ihr Tränen in die Augen. In letzter Zeit hatte sie versucht, ihren Schmerz vor Edward zu verbergen und für ihn stark zu sein, doch wenn sie allein war, konnte sie die Tränen nicht zurückhalten.

Als eine der Frauen den Afghan-Express erwähnte, erwachte Clarice' Aufmerksamkeit wieder. Sie seufzte innerlich auf, als die Frau sagte, der Zug würde in zwei Tagen wieder verkehren. Wie oft schon hatte Edward ihr genau dasselbe gesagt, und jedes Mal hatte es die eine oder andere Verzögerung gegeben.

»Wir werden an Heiligabend nach Marree fahren«, fuhr die Frau fort. »Wir haben über den Buschfunk davon gehört. In der Stadt wird ein Konzert gegeben.«

Der Buschfunk, dachte Clarice verbittert. Eine ihrer Hoffnungen, etwas von Arabella zu hören, war der Buschfunk gewesen, der im Outback angeblich sehr gut funktionierte. Doch sie hatte bald erfahren müssen, dass nur Krankenhäuser und sehr wohlhabende Farmen sich ein Funkgerät leisten konnten. In der Nähe von Marree besaß niemand eins.

»Wirklich?«, fragte die andere Frau, die sehr dunkles Haar hatte. »Ein Konzert, sagst du? Vielleicht sollten wir auch hinfahren. Werdet ihr den Zug nehmen?«

»Ja, wir haben schon gebucht. Die Pianistin, die in Marree auftritt, soll wundervoll spielen, und wann bekommt man hier so etwas schon geboten?«

Clarice verspürte augenblicklich einen Stich in ihrem Herzen. Ihre Gedanken kehrten zu Arabella zurück und daran, wie wundervoll sie Klavier gespielt hatte. Arabella war brillant gewesen – viel besser, als sie selbst geglaubt hatte. Doch sie hatte nie das nötige Selbstvertrauen besessen. Das war einer der Gründe gewesen, weshalb sie und Edward diese verhängnisvolle Reise mit ihr unternommen hatten. Clarice und Edward waren sich sicher gewesen, es würde Arabellas Selbstvertrauen stärken, neuen Menschen zu begegnen und neue Orte zu sehen. Und nun hatte diese Reise ihr wahrscheinlich den Tod gebracht …

»Wer ist denn diese Pianistin?«, fragte die dunkelhaarige Frau.

»Ihren Namen weiß ich nicht, aber offenbar ist sie sehr hübsch, sehr jung und hochbegabt. Im Buschfunk wird ständig über sie geredet. Ich habe gehört, dass sie bereits vor Schafscherern und vor Gästen des Great Northern Hotels in Marree gespielt hat und dass alle sehr beeindruckt waren.«

Clarice hielt den Atem an, während sie gebannt zuhörte.

»Woher kommt sie denn?«

»Ich weiß nicht, aber sie ist noch nicht lange in Marree, und niemand scheint zu wissen, was sie dort tut«, antwortete ihre Gesprächspartnerin.

Clarice' Herz schlug plötzlich heftig. Eine Million Fragen schossen ihr durch den Kopf. Die Frauen sprachen doch nicht etwa von *ihrer* Arabella? Clarice' Hände zitterten, sie bekam kaum noch Luft.

Dann aber rief sie sich zur Ordnung. Sie durfte ihre Hoffnungen nicht zu hoch hängen – umso bitterer würde dann die Enttäuschung sein. Diese Pianistin *konnte* nicht Arabella sein. Das war unmöglich. Selbst wenn sie wie durch ein Wunder noch lebte, würde sie kaum in einem gottverlassenen Nest im Outback Klavier spielen, sondern alles versuchen, um nach Alice Springs zu kommen und ihre Eltern wissen zu lassen, dass sie am Leben war.

Aber die Frau hatte gesagt, die Pianistin sei sehr hübsch und sehr jung und hochbegabt, und genau das traf auf Arabella zu …

»Ich werde Milton fragen, ob wir auch zu dem Konzert fahren können«, sagte die dunkelhaarige Frau. »Würdest du für ein paar Minuten auf Eddie aufpassen?«

»Ja, geh nur.«

Die dunkelhaarige Frau erhob sich und ging ins Hotel. Clarice fasste sich ein Herz und blickte die andere Frau an. »Entschuldigen Sie«, sagte sie. »Ich habe eben gehört, wie Sie ein Konzert in Marree erwähnten …«

»O ja«, sagte die Frau, die ein grünes Kleid trug, freundlich. »Das ist sehr aufregend. In dieser Gegend hier bekommen wir so etwas nicht oft geboten.«

Clarice versagte fast die Stimme. »Ist … ist die Pianistin aus der Großstadt?«

»Ehrlich gesagt, ich weiß es nicht. Wir haben über den Buschfunk von ihr erfahren, und manchmal gibt es da atmosphärische Störungen, sodass man kaum etwas versteht.«

»Könnte es sein, dass sie erst um die zwanzig ist?«

»Sie soll sehr jung sein, das wäre schon möglich.«

»Ist ihr Name zufällig … Arabella Fitzherbert?«

»Das kann ich Ihnen wirklich nicht sagen.«

Clarice seufzte enttäuscht.

»Ich weiß nur«, fuhr die Frau fort, »dass das Konzert an Heiligabend in Marree stattfindet. Man hat uns versichert, dass der Zug uns hinbringt …« Dann wurde die Frau von den Kindern abgelenkt, die sich um eines der Spielzeuge zankten.

Clarice stand auf und eilte ins Hotel, um möglichst rasch mit Edward zu reden. Sie ging in ihr Zimmer, musste zu ihrer Enttäuschung jedoch feststellen, dass Edward nicht da war. Clarice wusste nicht, wo sie nach ihm suchen sollte; deshalb setzte sie sich und dachte über das nach, was sie soeben gehört hatte. War es wirklich so unvorstellbar, dass die junge Pianistin Arabella war …? Clarice schwankte zwischen Aufregung und tiefster Verzweiflung.

Endlich ging die Tür auf, und Edward kam ins Zimmer. »Ich bin eben am Bahnhof gewesen«, sagte er. »Der Zug fährt bald wieder, meine Liebe!« Er rechnete mit einer gleichgültigen Antwort Clarice' oder mit einer sarkastischen Bemerkung, was er ihr nicht verdenken konnte: In den letzten Wochen hatte er ihr schon viele Male genau dieselbe Neuigkeit überbracht.

»Ich weiß«, sagte Clarice mit einer Stimme, die kaum mehr als ein Flüstern war.

Edward war einen Augenblick lang verdutzt. Mit dieser Antwort hatte er nicht gerechnet. »Du weißt es? Woher denn?«

»Ich habe eben im Garten mit einer Frau gesprochen, die es mir erzählt hat. Sie hat mit ihrer Familie den Zug gebucht … in zwei Tagen …«

Edward sah, wie schrecklich durcheinander seine Frau war. »Du glaubst, der Zug wird in zwei Tagen wieder verkehren?«

»Das weiß ich nicht, Edward. Aber ich habe etwas anderes gehört, das tausendmal wichtiger für uns sein könnte«, sagte Clarice. »Ich weiß nur nicht, was ich davon halten soll …«

Edward war verwirrt. »Was hast du denn gehört?«

»An Heiligabend wird in der Stadt Marree ein Konzert gegeben.«

»Ein Konzert?« Edward begriff nicht, was daran so sensationell war.

»Ja. Eine junge Frau, eine Pianistin, wird dort auftreten.«

»Ich verstehe«, sagte Edward, obwohl er noch immer nicht begreifen konnte, weshalb Clarice von dieser Neuigkeit dermaßen aufgewühlt war. Er sah jedoch einen so hellen Hoffnungsfunken in ihren Augen, wie er ihn seit Arabellas Verschwinden nicht mehr gesehen hatte.

»Edward, niemand hat eine Pianistin erwähnt, als wir vor Wochen durch Marree gekommen sind!«

Mit einem Mal erkannte er, worauf seine Frau hinauswollte. »Du glaubst doch nicht etwa …« Er verstummte.

»Ich weiß nicht, was ich glauben soll. Könnte es sein, dass dieses Mädchen unsere Bella ist?« Tränen traten Clarice in die Augen.

»Arabella war eine vollendete Pianistin«, sagte Edward, der vor Aufregung alle Farbe verloren hatte. Der Gedanke, dass dieses Mädchen ihre Tochter sein könnte, ängstigte ihn beinahe, denn er würde keine weiteren Enttäuschungen mehr verkraften – und Clarice ebenso wenig.

Edward setzte sich aufs Bett. »Clarice, dieses Mädchen kann nicht Arabella sein. Bella ist in der Wüste verschollen. Wie könnte sie da in einer Stadt sein, die hunderte von Meilen von hier entfernt ist?«

»Das habe ich mich auch gefragt. Aber die Frau hat gesagt, dass niemand weiß, woher dieses Mädchen gekommen ist oder was sie in Marree zu suchen hat.«

»Wo ist diese Frau? Vielleicht können wir von ihr den Namen des Mädchens erfahren.«

»Die Frau weiß den Namen nicht. Sie lebt draußen auf einer Farm, mitten im Nirgendwo. Sie hat über den Buschfunk von dem Konzert gehört, hat aber nicht alle Einzelheiten mitbekommen. Wir müssen mit diesem Zug fahren, Edward! Dann können wir in Marree aussteigen und uns selbst davon überzeugen, wer dieses Mädchen ist!«

26

Arabella war in tiefen Schlaf gefallen und hatte von Jonathan geträumt, als sie von Wassertropfen geweckt wurde, die ihr ins Gesicht fielen. Noch halb im Schlaf hörte sie Jonathans Stimme und ein lautes Klopfen an der Tür. Als sie sich aufsetzte, sah sie, dass es draußen noch stockdunkel war. Wieder fiel ihr ein Wassertropfen ins Gesicht, und sie erkannte, dass sie nicht geträumt hatte. Es regnete tatsächlich. Jetzt hörte sie auch das Prasseln des Regens auf dem Dach.

»Ja«, rief sie, als das hartnäckige Klopfen an ihrer Tür nicht verstummte.

»Ich bin's, Jonathan.«

»Komm rein«, rief Arabella, während sie sich die Decke bis zum Kinn hochzog und von den Tropfen abrückte, die von der Decke fielen. Sie hatte es nicht mehr für nötig gehalten, ihre Tür abzuschließen, seit Wally wieder in Frankie Millers Haus wohnte.

»Ich habe dir einen Eimer gebracht«, sagte Jonathan und steckte den Kopf durch die Tür. »Es regnet in Strömen.« Als er die Tür ein Stück weiter öffnete und ihr den Eimer reichte, fiel Licht vom Flur ins Zimmer.

»Ja, ich bin eben von Wasser aufgewacht, das mir ins Gesicht getropft ist, und dann habe ich den Regen auf dem Dach gehört. Ich dachte, ich träume.« Arabella blinzelte.

»Es ist eher ein Albtraum«, sagte Jonathan. »Les, Ted und Wally sind herübergekommen, als sie Licht gesehen haben. Sie können auch nicht fassen, dass es schon wieder regnet. Der Zeitpunkt hätte schlimmer nicht sein können. Aber wenn wir Glück haben, ist es nur ein Regenguss.«

»Ich sollte aufstehen und ein paar Töpfe und Pfannen in Maggies und Tonys Zimmer bringen«, sagte Arabella. »Die undichten Stellen in der Decke …«

»Das habe ich schon erledigt«, unterbrach Jonathan sie. »Leider sind es mehr undichte Stellen als letztes Mal, und wir haben nicht genügend Eimer und dergleichen, um das Wasser aufzufangen. Ich hätte das Dach nach dem letzten Regen reparieren sollen.«

»Das konntest du nicht wissen, Jonathan. Nachdem uns jeder hier erzählt hat, dass es nur alle fünf Jahre regnet, wäre niemand auf den Gedanken gekommen, das Dach zu reparieren. Ich stehe jetzt auf und helfe dir.«

»Lass nur. Es ist noch nicht einmal fünf Uhr, und für dich gibt's kaum etwas zu tun«, sagte Jonathan.

»Ich kann sowieso nicht mehr schlafen«, erwiderte Arabella. Das Wasser tropfte laut in den Blecheimer, den sie auf ihr Bett gestellt hatte. Dasselbe Geräusch erklang aus Jonathans Zimmer auf der anderen Seite des Flurs.

»Oh, fast hätte ich's vergessen. Ted sagte, dass die Aborigines gestern Nacht zurückgekommen sind«, berichtete Jonathan.

»Gott sei Dank!« Arabella hatte sich schon Sorgen gemacht. »Ist alles in Ordnung mit ihnen?«

»Ted sagt, es geht ihnen gut.«

»Ich würde Rita gern sehen. Ich hoffe, sie will immer noch mit mir zusammen bei dem Konzert spielen.«

»Da bin ich mir sicher.« Wenn der Regen nicht aufhörte, würde es allerdings kein Konzert geben, aber das sagte Jonathan nicht.

Er ging nach unten, während Arabella sich anzog. Als auch sie die Treppe hinunterstieg, hörte sie Stimmen. Ted, Les und

Wally waren in der Küche und sprachen über das Futter, das im Heuschober untergebracht war.

»Es ist sowieso schon vom Regen durchnässt, also hat es keinen Sinn, es jetzt noch woandershin zu schaffen«, sagte Ted.

Arabella fiel das Klavier ein. »Das Klavier wird doch trocken bleiben?«, fragte sie ängstlich.

»Ja, es steht an der Rückwand des Heuschobers, wo keine undichten Stellen sind«, sagte Jonathan.

»Ich frage mich, ob es auch in Farina regnet.« Arabella dachte an die Quiggleys. »Moira und ihre Familie wollten heute Morgen aufbrechen, und auch das Bier müsste schon unterwegs sein.«

»Vermutlich regnet es in Farina ebenfalls«, sagte Ted. »Die Kamele mit dem Bier werden es wohl bis hierher schaffen, aber ich habe meine Zweifel, dass es mit einem Pferdewagen möglich ist. Nur wenn der Regen bald aufhört, kann man es schaffen.«

»Die Quiggleys könnten aber auch stecken bleiben«, warf Wally ein. »Ich kann mich erinnern, wie ich einmal mit einer Viehherde unterwegs war, als es so geregnet hat wie jetzt. Wir sind fast eine Woche lang buchstäblich im Sumpf stecken geblieben. Das Vieh ist immer wieder eingesunken, und wir mussten es aus dem Schlamm graben. Ein paar Tiere waren so geschwächt, dass wir sie erschießen mussten.«

Arabellas Mut sank. »Ich hoffe, Moira und ihre Familie schaffen es bis hierher«, sagte sie und zuckte zusammen, als ein Donnerschlag genau über ihren Köpfen krachte. Hinter dem Vorhang am Fenster erhellte ein Blitz den Himmel und riss die schlammige Straße vor dem Hotel für einen Sekundenbruchteil aus der Dunkelheit. »Ich weiß nicht, was ich tun soll, wenn Moira nicht kommt.« Arabella schauderte bei dem Gedanken, wie die Leute zum groß angekündigten Stadtfest kamen und keine Stände, kein Essen und kaum Bier vorfanden. Sie, Arabella, würde wie eine Närrin dastehen. Und was noch viel schlimmer war: Sie würde Maggie und Tony enttäuschen.

Bis zum Mittag hatten die Straßen Marrees sich in Furchen aus rotem Schlamm verwandelt, und es sah nicht danach aus, als würde der Regen nachlassen. Mit jeder Stunde, die verstrich, wuchs Arabellas Verzweiflung. Sie dachte immer wieder an Moira und ihre Familie, die versuchten, mit einem Wagen durch den strömenden Regen und den tiefen Schlamm zu reisen. Die Reise war schon bei Hitze schlimm genug; Arabella wollte gar nicht erst daran denken, wie es bei diesen Verhältnissen sein mochte. Sie schauderte, als sie sich vorstellte, dass Moira und die anderen unterwegs stecken blieben, ohne sich vorwärts oder rückwärts bewegen zu können.

»Jetzt gibt es nicht mehr viel Hoffnung, dass wir hier ein Stadtfest veranstalten können«, sagte Jonathan mit tonloser Stimme, während er durchs Küchenfenster hinaus in den Regen starrte.

Arabella blickte ihn traurig an. Es war das erste Mal, dass Jonathans Stimme entmutigt klang. Sie hatte sich bisher immer darauf verlassen können, dass er sie aufmunterte, aber diesmal würde das wohl nicht geschehen.

»Wir haben unser Bestes getan, Arabella«, sagte Jonathan. »Aber auf das Wetter haben wir keinen Einfluss.«

Arabella nickte betrübt. Sie wandte sich wieder zum Fenster um. Sie konnte sich nicht erinnern, je eine solche Sintflut erlebt zu haben. Es schüttete wie aus Eimern. Blitze zuckten über den Himmel. Donner grollte.

Wenigstens, dachte Arabella voller Ironie, brauchten die Bürger von Marree sich vorerst keine Sorgen mehr um die Wasservorräte zu machen. Wenn sie daran dachte, wie sorgfältig sie sonst mit jedem Tropfen umgehen mussten! Und nun liefen die Regentanks über.

Mehrmals war Arabella hinüber in den Heuschober gehuscht, um sich davon zu überzeugen, dass mit dem Klavier alles in Ordnung war. Der Boden im Heuschober, der auf zwei Seiten offen war, war schlammig, überall standen Pfützen, doch nur die Beine des Klaviers waren nass geworden.

Jedes Mal, wenn Arabella zum Schuppen gegangen war, hatte sie nach den Aborigine-Kindern Ausschau gehalten, hatte sie aber nirgends entdecken können. Als es das letzte Mal geregnet hatte, hatten die Kinder draußen gespielt, aber diesmal, bei diesem Unwetter, hatten die Frauen sie wahrscheinlich in die Hütten geholt.

Auf einem der letzten Gänge zum Heuschober hatte Arabella zu ihrem Erstaunen gesehen, wie Uri aus dem Regen auf sie zugelaufen kam. »Wo kommst du denn her?«, hatte sie gerufen. Das Kameljunge war pitschnass gewesen und hatte völlig verängstigt gewirkt. Arabella hatte versucht, Uri zu beruhigen, indem sie seine Nase rieb und beruhigend auf ihn einredete. »Kein Wunder, dass dieses Wetter dir Angst einjagt«, hatte sie gesagt. »Du willst zu deiner Mutter, stimmt's?«

Das Kameljunge hatte sich an sie gedrückt.

»Ich finde, du solltest bei Bess sein«, hatte Arabella gesagt. Sie hatte sich vergewissert, dass Paddy nicht auf der Suche nach Uri war, und ihn dann zu den Ställen geführt.

Arabella hatte beschlossen, Jonathan und den anderen nichts davon zu sagen. Wer konnte schon wissen, ob Paddy dann nicht auch davon erfuhr? Er würde sofort kommen und das Kameljunge holen. Arabella hatte die Stalltür geschlossen und sich in Schweigen gehüllt.

»Wo mögen Rita, Lily und Missy mit ihren Kindern sein?«, fragte sie nun.

»Keine Ahnung«, sagte Jonathan, der noch immer aus dem Fenster blickte, »aber ich bezweifle, dass ihre Hütten ihnen viel Schutz bieten.«

»Genau das habe ich auch gerade gedacht. Ich mache mir große Sorgen um sie. Ich werde mal nachsehen, ob mit ihnen alles in Ordnung ist«, sagte Arabella.

»Bei diesem Wetter kannst du nicht raus, Arabella. Es ist zu gefährlich.«

»Ich kann nicht untätig hier drinnen herumsitzen, wo es hübsch trocken ist, und mich fragen, was mit den Frauen und Kindern ist.«

»Ich werde Ted mal fragen. Vielleicht weiß er, wo sie sein könnten«, sagte Jonathan.

Während er zur Bar ging, suchte Arabella in dem Wandschrank im Flur nach Maggies Regenmantel und streifte ihn rasch über. Sie wusste, dass Jonathan sie nicht fortlassen würde, deshalb nutzte sie die Gelegenheit, sich heimlich auf die Suche nach Rita und den anderen zu machen.

Arabella war noch nicht weit gegangen, als sie sich bereits wünschte, sie hätte das Haus nicht verlassen. Sie sank bis zu den Knöcheln in den Schlamm ein; Blitze zuckten über den Himmel, der Regen prasselte so heftig herunter, dass sie kaum einen Meter weit sehen konnte. Es schien eine Ewigkeit zu dauern, bis sie ins Aborigine-Viertel gelangte. Der Donner grollte unheilverkündend, und ihr Herz pochte heftig.

Als Arabella endlich die Hütten erreichte, vor denen die Frauen üblicherweise ihr Lager aufschlugen, war alles leer und verlassen. Sie rief nach Rita, Lily und Missy, doch es kam keine Antwort. Jimmys und Rubys Hütte war unter dem Gewicht der Regenmassen fast eingestürzt, und auch von Ruby war keine Spur zu sehen. Arabella wusste nicht, wo sie sonst noch suchen sollte, und machte sich besorgt auf den Rückweg.

Auf einmal schlug ein Blitz in unmittelbarer Nähe ein. Es riss sie beinahe von den Beinen. Entsetzt schrie sie auf und versuchte, sich unter einen Baum zu flüchten, blieb aber mit dem Fuß an einer Wurzel hängen. Sie fiel der Länge nach hin und stürzte mit dem Gesicht in den Schlamm. Bevor sie sich aufrappeln konnte, kam der ohrenbetäubende Donnerschlag. Das Grau des Tages verwandelte sich in ein knisterndes, elektrisierendes Rosa. Arabella kam es vor, als würde sich jedes Haar an ihrem Körper aufstellen, als ein weiterer gezackter Blitz vom Himmel schoss und zwanzig Meter vor ihr in einen Baum einschlug. Sie versuchte, nach Jonathan zu rufen, hatte aber das Gefühl, als würde eine Riesenfaust ihr die Luft abdrücken. Arabella brachte keinen Laut hervor. Plötzlich war die Luft um sie herum von lautem Knistern und Knacken erfüllt. Arabella presste sich die Hände auf die Ohren. Sie sah, wie der Baum mit ohrenbetäubendem Krachen explodierte und der Stumpf Feuer fing. Äste und Zweige flogen durch die Luft. Die Umgebung war einen Augenblick lang in grelles, flackerndes Licht gehüllt.

Dann schrie jemand: »Arabella!«

»Ich bin hier«, rief sie matt. Sie war so benommen, dass sie nicht wusste, was geschehen war. Sie war fast taub, ihre Finger und Zehen kribbelten, und sie konnte sich kaum noch auf den Beinen halten.

»Arabella, ist alles in Ordnung?« Jonathan tauchte in Tonys Ölmantel vor ihr auf und nahm sie in die Arme. »Ist dir was passiert?«, fragte er voller Angst.

»Nein … ich bin nur gestolpert.«

»Gott sei Dank«, flüsterte er und zog sie an sich.

»Ich wollte zu dem Baum dort laufen.« Arabella blickte zu dem Baumstumpf hinüber, von dem nun nur noch Rauch aufstieg, da die Regenmassen die Flammen sofort gelöscht hatten. Hätte sie unter diesem Baum gestanden, wäre sie jetzt tot. Ihre Beine gaben nach, und sie sank kraftlos zusammen.

Jonathan nahm sie auf die Arme und trug sie zurück zum Hotel. In der Küche setzte er sie auf einen Stuhl und zog ihr den nassen Mantel aus. Er reichte ihr ein Handtuch, damit sie sich das Haar trocknen konnte, und machte ihr eine Tasse Tee.

»Warum bist du ohne mich weggegangen, Arabella?«, fragte er vorwurfsvoll. »Ich hatte dir doch gesagt, es ist zu gefährlich.«

»Ja, ich hätte auf dich warten sollen, aber ich dachte, du würdest mich nicht gehen lassen«, sagte sie. »Es tut mir leid.«

»Du bist in Sicherheit, alles andere zählt nicht.« Es konnte nicht in Worte fassen, wie erleichtert er war.

»Ich konnte die Aborigines nicht finden, Jonathan. Ich weiß nicht, wo sie sind.«

Ted kam in die Küche. »Aber ich«, sagte er.

Arabella blickte ihn gespannt an. »Und wo?«

»Sie haben im alten Haus der Farnsworths Unterschlupf gefunden.«

»Wo ist das?«, fragte Arabella. Sie hatte noch nie davon gehört.

»Es ist ein verlassenes altes Gebäude ungefähr eine halbe Meile hinter Frankie Millers Haus«, sagte Ted. »Bill Farnsworth hat früher mit seiner Aborigine-Frau dort gelebt, aber sie haben die Stadt vor ein paar Jahren verlassen. Wenn es mal richtig kalt oder nass wird, finden die Aborigines dort Unterschlupf.«

Arabella war erleichtert. »Wenigstens sind sie in Sicherheit und haben es trocken«, sagte sie.

»Trocken? Wohl kaum«, sagte Ted. »Das Dach in dem alten Haus hat noch mehr Löcher als dieses hier.«

»Vielleicht sollten wir sie zu uns holen«, sagte Arabella.

»Solange sie in einem Haus sind, kann ihnen nichts geschehen«, sagte Jonathan. »Du gehst bei diesem Wetter nicht noch einmal raus.« Er wollte nicht gebieterisch klingen, konnte es aber nicht zulassen, dass sie noch einmal ihr Leben aufs Spiel setzte.

Arabella versuchte gar nicht erst, ihm zu widersprechen.

In diesem Moment kam Stuart herein und sah erschrocken, in welchem Zustand Arabella sich befand. »Du lieber Himmel, was ist passiert? Wo bist du gewesen?«

»Ich wollte sehen, wo die Aborigines sind.«

»Bei diesem Unwetter? Du hättest ums Leben kommen können.«

»Genau das wäre um ein Haar geschehen«, sagte Jonathan, der

es noch immer nicht fassen konnte, wie knapp sie dem Tod entkommen war.

Es regnete noch immer, als die Nacht hereinbrach. Arabella und Jonathan saßen mit Les, Ted, Stuart und Wally in der Bar. Sie hatten längst die Hoffnung aufgegeben, das Stadtfest veranstalten zu können. Bei dem strömenden Regen und dem Schlamm war niemand in der Lage, nach Marree zu kommen, und nach Feiern stand sicher auch keinem der Sinn.

Noch nie war Arabella so bedrückt gewesen. Ständig musste sie an Tony und Maggie denken und daran, wie bestürzt die beiden sein würden, wenn jemand von der Bank kam, um das Hotel zu übernehmen. Hinzu kam die Sorge, der Schock könne zu viel für Maggies krankes Herz sein.

»Warum muss es ausgerechnet jetzt wie aus Kübeln gießen?«, sagte Arabella wütend und verzweifelt. »Ich bin seit Wochen in Marree, und abgesehen von dem kurzen Schauer hat es nicht einmal nach Regen ausgesehen!«

Darauf wusste niemand etwas zu erwidern. Sie alle waren betrübt, da ihr Leben sich für immer verändern würde, wenn es das Hotel nicht mehr gab.

Ein Geräusch in der Küche ließ alle zusammenzucken.

»Da ist jemand«, raunte Arabella. Sie nahm an, dass es Rita, Lily oder Missy war.

»Ich sehe nach«, sagte Ted. Er saß an dem Ende der Bar, das der Tür zum Flur am nächsten war. Als er zur Küche ging, hörten sie Stimmen.

»Maggie!«, rief Ted einen Augenblick später. »Tony! Was macht ihr denn hier?«

»Wir wohnen hier«, sagte Maggie lachend. »Und was machst du hier?«

Jonathan, Arabella, Les, Stuart und Wally stürzten in die Küche, wo sie auf Maggie und Tony stießen, die triefend nass dastanden, erschöpft und müde – doch überglücklich, wieder zu Hause zu sein.

»Diese Reise war das Schlimmste, das wir je durchgemacht haben«, sagte Maggie, nachdem die stürmische Begrüßung vorüber war. »Ich dachte schon, wir schaffen es nicht.«

Eine halbe Stunde später hatten Maggie und Tony sich trockene Sachen angezogen, und Arabella hatte den Küchenboden gewischt. Jonathan und Les hatten sich um die Pferde gekümmert, sie in einen trockenen Stall gebracht und ihnen von dem wenigen noch verbliebenen Heu gegeben.

»Seid ihr allein gereist?«, fragte Jonathan, während er Maggie und Tony zwei dampfende Becher mit heißem Tee reichte.

»Ja. Wir wollten über Weihnachten niemandem zur Last fallen«, sagte Maggie, »deshalb haben wir uns zwei Pferde gesattelt und uns auf den Weg gemacht. Wir werden sie später zurückgeben.« In Gedanken hörte sie immer noch ihre Schwester Peg, die ihr tatsächlich Vorhaltungen machte, weil sie nach Marree zurückwollten.

»Warum seid ihr schon zurückgekommen?«, wollte Arabella wissen. Sie fragte sich, ob Tony den Verdacht hatte, dass in Kürze jemand von der Bank kommen würde. »Wir haben so bald nicht mit euch gerechnet, nachdem wir gehört haben, dass Tony sich ein paar Rippen gebrochen hat.«

»Ich wollte über Weihnachten zu Hause sein«, sagte Maggie mit einem Blick auf ihren Mann. »Es war sehr schön, ein bisschen Zeit bei meiner Schwester und ihrer Familie zu verbringen, aber …« Sie hielt einen Augenblick inne und sah auf die Gesichter um sie her. »Ich denke, ihr gehört auch zur Familie, und ich wollte über Weihnachten hier sein, in meinem eigenen Zuhause.«

Ihre Worte lösten noch mehr Traurigkeit bei den Anwesenden aus. Arabella fiel auf, dass Tony den Kopf hängen ließ.

»Sieh dir bloß diese trübsinnigen Gesichter an! Und dafür

kommt man von so weit her nach Hause«, sagte Maggie, von einem zum anderen blickend. »Macht euch keine Sorgen wegen eines undichten Daches. Dieser alte Laden hier hat schon Schlimmeres überstanden, und er wird in hundert Jahren immer noch stehen.«

Arabella sah Tony an. Sie konnte an seiner Miene ablesen, dass er Maggie gegenüber kein Wort davon erwähnt hatte, dass die Bank ihre Kreditforderung geltend machen würde.

»Wir haben gehört, an Heiligabend soll es ein Fest in der Stadt geben. Ich denke, es ist dir recht, wenn wir uns duzen, Arabella. Wir sollten in Anbetracht der Situation alle Förmlichkeiten weglassen«, sagte Maggie. »Stimmt das, Arabella? Wolltest du ein Konzert geben?«

»Ja«, sagte Arabella. Es gab jetzt keinen Grund mehr, die Wahrheit zu verbergen. »Aber bei diesem Wetter wird wohl niemand kommen.«

»Das also ist der Grund, weshalb ihr alle so bedrückt ausseht. Keine Sorge, ihr könnt bekannt geben lassen, dass euer Fest auf Silvester verschoben wird. Dann kann der Boden eine Woche lang trocknen.«

Das würde zu spät sein, dachte Arabella bitter.

»Wir haben das Klavier im Heuschober gesehen«, sagte Tony. »Wie habt ihr es aus dem Hotel bekommen?«

»Es hat durch keine der Türen gepasst, daher haben wir ein Fenster herausgenommen und es hindurchgehoben«, sagte Jonathan.

»Ich hab mich immer schon gefragt, wie das Ding überhaupt ins Hotel gekommen ist«, sagte Tony und runzelte wieder die Stirn. »Seltsam, dass euch das Pferdefutter so rasch ausgegangen ist. Ich dachte, es würde mindestens noch drei Wochen reichen.«

»Es ist uns nicht ausgegangen«, sagte Jonathan schuldbewusst. »Wir haben es nur beiseitegeräumt, um im Heuschober Platz für das Klavier zu schaffen. Das Heu war nicht abgedeckt, deshalb ist es jetzt nass. Ich weiß, wir hätten es abdecken sollen, aber wir haben nicht damit gerechnet, dass es regnet.«

»Macht nichts, wir werden schon was finden, das die Pferde fressen können …«, sagte Tony geistesabwesend. Sie konnten alle sehen, dass er in seinen eigenen Gedanken verloren war.

»Fast alle Lebensmittelvorräte sind uns ausgegangen«, sagte Arabella. »Und wir hatten Rüsselkäfer im Mehl. Ein Trupp Schafscherer ist vorbeigekommen, kurz nachdem ihr abgereist wart, und wir mussten ihnen ja etwas zu essen geben. Wir haben das Geld, das wir von ihnen bekommen haben, dazu verwendet, ein paar Kameltreiber nach Lyndhurst zu schicken, um Vorräte zu kaufen, aber wir konnten nicht alles kriegen, was wir haben wollten, weil dort ebenfalls Mangel herrscht. Jetzt ist kein Geld mehr da, um weitere Vorräte zu kaufen, und wir haben fast kein Bier mehr. Ich bin nach Farina gereist, um Dave Brewer zu bitten, uns Bier für das Fest zu brauen. Es müsste inzwischen unterwegs sein. Aber ohne die Gäste, die wir erwartet haben, können wir Dave unmöglich bezahlen.«

Arabella war den Tränen nahe. Sie hatte gehofft, Maggies und Tonys Lage zu verbessern, dabei hatte sie alles nur schlimmer gemacht.

»Wir werden das Bier hier verkaufen und Dave das Geld schicken«, sagte Maggie. Sie schaute zu Tony hinüber, aber der blickte Arabella an. Maggie kannte die beiden gut genug, um zu erkennen, dass irgendetwas nicht stimmte. Verheimlichten sie ihr etwas?

»Du weißt es, Arabella, nicht wahr?«, fragte Tony.

Sie nickte. Tränen traten ihr in die Augen, als sie schuldbewusst zu Maggie hinübersah, bevor sie den Kopf senkte.

»*Was* weiß Arabella?«, fragte Maggie. Sie sah ihren Mann an. »Verheimlichst du mir etwas, Tony McMahon?«

Tony seufzte und starrte in seine Teetasse. »Ja, Maggie«, sagte er ernst.

»Dann spuck's aus.« Sie hatte schon seit längerer Zeit den Verdacht, dass etwas nicht stimmte, hatte aber darauf vertraut, dass Tony es ihr sagen würde, wenn er selbst so weit war.

»Wir haben Probleme mit der Bank«, sagte Tony.

Maggie blickte erst ihn an, denn Arabella, dann Jonathan. »Und ihr habt es gewusst?«, fragte sie ungläubig. Es stand ihr ins Gesicht geschrieben, dass sie sich verraten fühlte.

»Kurz nachdem ihr abgereist wart, hat der Wind die Papiere in eurem Zimmer vom Schreibtisch geweht. Ich schwöre, ich habe nicht herumgeschnüffelt, aber ich habe zufällig einen Kontoauszug gesehen«, sagte Arabella. »Wir wollten etwas Geld aufbringen, um euch zu helfen …« Sie senkte den Kopf.

Maggie blickte in die Gesichter um sich herum. »Na, Gott behüte euch«, sagte sie und schaute ihren Mann an. »Wann wird denn jemand von der Bank kommen, um das Hotel zu übernehmen?«, fragte sie ruhig.

Arabella konnte nicht glauben, dass Maggie es so gut verkraftete. Aber so war sie nun einmal: Sie verlor in einer Krise nie die Nerven.

»Sobald der Zug wieder fährt, nehme ich an«, sagte Tony. »Es tut mir leid, Maggie. Ich hätte es dir sagen sollen, aber ich wollte nicht, dass du dir deswegen Sorgen machst.«

»Ich bin deine Frau, Tony. Inzwischen solltest du wissen, dass du es nicht vor mir verheimlichen kannst, wenn du dir Sorgen machst. Ich habe keine Fragen gestellt, weil ich darauf vertraut habe, dass du es mir sagst, wenn du so weit bist. Ich bin nur enttäuscht, dass du geglaubt hast, etwas so Wichtiges nicht mit mir teilen zu können.« Maggie wusste, dass Tony nur versuchte, sie zu schützen; trotzdem war sie verletzt, dass er es vor ihr verheimlicht hatte.

»Ich hatte gehofft, das Geschäft würde wieder in Schwung kommen, aber so war es leider nicht«, sagte Tony traurig.

Maggie nickte, die Lippen zusammengepresst. »Nun ja, das lässt sich nun mal nicht ändern«, sagte sie, schnappte sich ein Staubtuch und ging hinüber in den Speisesaal.

Arabella konnte nicht glauben, dass sie jetzt Staub wischen wollte, und folgte ihr. »Maggie, du musst erschöpft und hungrig sein. Lass mich dir ein Ei auf Toast machen, bevor du zu Bett gehst.«

»Ich habe keinen Hunger, aber trotzdem danke, Arabella. Ich würde jetzt gern eine Weile allein sein, wenn du nichts dagegen hast.«

Arabella hatte schreckliches Mitleid mit Maggie, konnte sie aber verstehen. »Natürlich, Maggie. Aber du solltest dich wirklich ausruhen.« Sie ging zurück in die Küche. »Maggie will allein sein«, sagte sie zu Tony.

Tony seufzte. »Ich hätte es nicht vor ihr verheimlichen sollen, aber ich hatte immer gehofft, das Geschäft würde wieder in Schwung kommen, sodass ich ihr nicht sagen muss, wie nahe wir davor stehen, das Hotel zu verlieren.«

»Was willst du jetzt tun? Wohin werdet ihr gehen?«, fragte Arabella.

»Ich weiß es nicht«, sagte Tony und legte den Kopf in die Hände.

Arabella hatte den Eindruck, dass Tony um zehn Jahre gealtert war, seit sie ihn zuletzt gesehen hatte. Sie wusste, dass es nichts mit seinen gebrochenen Rippen zu tun hatte. Der Gedanke, das Hotel zu verlieren und seiner Frau das Herz zu brechen, hatte ihn zu einem gebrochenen Mann gemacht.

Stuart ging hinüber in den Speisesaal. Maggie saß an einem der Tische, mit dem Rücken zur Tür. Das Staubtuch lag auf dem Tisch. Stuart glaubte, dass sie weinte.

»Maggie …«, sagte er leise.

Sie versteifte sich. »Ich möchte gern allein sein«, flüsterte sie heiser.

Stuart sah, dass sie tatsächlich geweint hatte. »Das verstehe ich, Maggie, aber ich wollte dir nur sagen, dass ich hier bin, falls du jemanden zum Reden brauchst … und sei es auch nur, um deine

Wut auszulassen. Es tut uns allen leid, dass wir nicht die Gelegenheit hatten, das Geld aufzubringen, um euch zu helfen.«

Maggie war sprachlos. Sie hätte nicht erwartet, dass dieser Mann solch sanfte und verständnisvolle Worte finden würde, um sie zu trösten. Sie wandte sich um, und Stuart sah, dass ihre Unterlippe bebte. »Es ist nicht nur das Hotel, das wir verlieren werden, Stuart, es sind gute Freunde … Menschen, die bereit sind, uns zu helfen, so wie du, Arabella und Jonathan. Du weißt nicht, wie viel mir das bedeutet.«

»Ich bin noch nicht lange hier«, spielte Stuart seine Rolle herunter.

»Ich weiß, aber du hast genau hierher gepasst.« Maggie ließ den Kopf sinken. »Für jeden anderen ist es schwer zu begreifen, dass das Great Northern Hotel für uns viel mehr gewesen ist als ein Zuhause und ein Ort, um den Lebensunterhalt zu verdienen. Als Tony und ich hierherkamen, hatte mein Leben keinen Sinn mehr. Wir waren seit zwei Jahren verheiratet, als …«, sie blickte verlegen, »… als ich erfuhr, dass ich keine Kinder bekommen konnte. Tony sagte, es sei egal, aber er hat nie wirklich begriffen, wie leer ich mich fühlte. Dieser Ort …«, sie ließ den Blick in die Runde schweifen, »wurde zum Mittelpunkt und zum Sinn meines Lebens. Ich weiß, das klingt verrückt, aber das Leben, das wir uns hier geschaffen haben, hat die Leere in meinem Herzen ausgefüllt.« Maggie gab sich alle Mühe, ihre Gefühle unter Kontrolle zu halten. »Die Menschen hier verlassen sich auf uns, und ich brauche es, gebraucht zu werden. Klingt das logisch, Stuart?«

»Ja, Maggie.«

»Ich weiß nicht, wohin wir gehen oder was wir tun werden. Jetzt, wo wir unseren Kredit nicht bezahlen können, können wir uns kein Geld mehr leihen und deshalb auch kein anderes Hotel mehr bekommen. Ich weiß wirklich nicht, wie wir das hier überstehen sollen, Stuart.« Tränen liefen Maggie über die Wangen, und sie legte eine Hand auf ihr Herz.

Stuart eilte zu ihr. »Alles in Ordnung, Maggie?«

Sie nickte und tätschelte seine Schulter. »Ich sollte mich nicht beklagen. Ich bin sicher, es gibt Leute, die weitaus schlimmer dran sind als wir, vor allem in Zeiten wie diesen. Man sollte eigentlich meinen, die Banken hätten mehr Verständnis, aber es sind Blutsauger und …« Sie verschluckte das Schimpfwort. »Niemand, der bei Verstand ist, würde diesen Laden hier übernehmen. Vermutlich wird er zu einer Ruine verfallen. Wenn ich an all die Jahre denke, die Tony und ich uns krummgelegt haben, um das Hotel in Schwung zu halten, bricht es mir das Herz.« Sie tupfte sich die Tränen ab. »Aber ich muss tapfer sein, Tony zuliebe. Ich kann nicht zulassen, dass er mit ansieht, wie sehr ich darunter leide. Dann würde er sich Vorwürfe machen, und das alles ist ja nicht seine Schuld.« Maggie setzte sich gerade hin und holte tief Luft. »Ich werde jetzt zu Bett gehen. Ich bin sicher, morgen früh sieht alles schon wieder besser aus.«

Doch ihre Worte klangen unglaubwürdig, und Stuart wusste, dass Maggie selbst nicht daran glaubte.

»Lass mich dir einen kleinen Schluck Brandy holen«, sagte er. »Das wird dir helfen zu schlafen.«

»Danke, Stuart. Aber das Blitzen und Donnern wird mich trotzdem wach halten.«

Maggie verließ das Zimmer. Stuart ließ sich auf einen Stuhl sinken. Er würde alles geben, um Tony und Maggie helfen zu können. Es waren gute Leute. Sie hatten das harte Los, das ihnen beschieden worden war, wirklich nicht verdient.

27

Am nächsten Morgen hatte der Regen aufgehört, doch noch immer zuckten Blitze am Horizont, und Donner rumorte in der Ferne. Als Arabella aus ihrem Zimmer herunterkam, traf sie auf Maggie, die in der Küche beschäftigt war. Noch bevor sie mit ihr sprechen konnte, wurde an der Hintertür laut geklopft.

Maggie ging, um zu öffnen, und Arabella folgte ihr. Draußen standen Rita, Lily und Missy. Die Frauen waren sichtlich besorgt. Missy war beinahe hysterisch.

»Was ist los, Rita?«, fragte Maggie.

»Missys Junge ist weggelaufen, Missus, und wir können ihn nicht finden.«

Missy sank auf die Knie und jammerte, während Lily ihr Bestes tat, um sie zu trösten. Zwei kleine Kinder klammerten sich an ihre Beine.

»Wie lange ist er denn schon fort?«, fragte Arabella.

»Das wissen wir nicht, Missus«, sagte Rita. »Wir haben gestern im Haus der Farnsworths übernachtet. Als wir heute Morgen aufgewacht sind, war Dayinda verschwunden.«

»Wie alt ist er?«, fragte Arabella, während Rita versuchte, Missy zu beruhigen. Arabella war sich nicht einmal sicher, welches Kind wem gehörte, da die Frauen sich oft abwechselnd um die Kinder kümmerten.

»Ich glaube, Davey ist fast drei«, sagte Maggie.

»Davey?«

»Dayinda ist sein Aborigine-Name, aber er sieht so europäisch aus, dass Tony ihn irgendwann Davey genannt hat. Jetzt sagen alle Weißen Davey zu ihm. Er ist ein süßer kleiner Kerl.« Maggie wandte sich wieder an Rita. »Ich werde die Männer zusammentrommeln. Die können uns helfen, nach dem Jungen zu suchen.«

»Danke, Missus.« Rita und Lily führten die verzweifelte Missy davon.

»Ich hoffe, Davey war gestern Nacht nicht draußen im Unwetter«, sagte Maggie besorgt. »Da hätte er sich den Tod geholt.«

Sie ging hinüber in den Speisesaal, wo die Männer aufs Frühstück warteten. Arabella folgte ihr.

»Missys kleiner Junge, Davey, ist verschwunden«, sagte sie zu den Männern: »Ihr müsst Ted und Wally holen, damit sie uns helfen, nach dem Kleinen zu suchen.«

»Wie lange ist er schon verschwunden?«, fragte Tony.

»Die Frauen wissen es nicht. Als sie heute Morgen aufgewacht sind, war er fort.«

»Hoffen wir, dass er nicht im Dunkeln in die Nähe des Flusses gelaufen ist. Nach dem vielen Regen in letzter Zeit hat er sich wahrscheinlich in einen reißenden Strom verwandelt«, sagte Tony. Das Flussbett war normalerweise trocken, und die Kinder spielten gern darin, doch nach heftigen Regenfällen konnte es dort sehr gefährlich sein.

»Ich hole Ted«, sagte Stuart.

»Und ich hole Wally«, sagte Les.

»Sorg dafür, dass er auch wirklich herkommt«, sagte Tony. Er wusste, dass Wally die Aborigines ziemlich gleichgültig waren, sodass er vielleicht nicht bereit war, sich die Mühe zu machen, nach einem ihrer Kinder zu suchen. Aber sie brauchten jeden Mann. »Ich werde Terry Bescheid sagen, dass der Junge vermisst wird.«

Die Aborigines wandten sich nie direkt an Terry um Hilfe, obwohl er der Gesetzeshüter in Marree war; stets kamen sie zuerst zu den McMahons. Tony wusste, dass ein Grund darin bestand, dass Terry als Constable eine Autoritätsperson war, und da viele

Mischlingskinder ihren Familien entrissen wurden, um »zu ihrem eigenen Wohl« in staatlichen Waisenhäusern erzogen zu werden, vertrauten die Aborigines keinen Amtspersonen. Die McMahons hingegen waren ihnen gegenüber stets freundlich und hilfsbereit gewesen, was in den meisten Städten ungewöhnlich war, denn die Aborigines galten vielerorts als Menschen zweiter Klasse.

Les klopfte an die Vordertür von Frankie Millers Haus. Sie war nie abgesperrt, sodass er das Haus betrat, als er nicht gleich Antwort erhielt. Er konnte Wally in keinem der Zimmer entdecken, doch die Hintertür stand offen. Als er einen Blick hinauswarf, sah er Wally aus der Außentoilette kommen.

»Wally«, rief er.

Wally zuckte zusammen. »Himmel noch mal, Les, du hast mich fast zu Tode erschreckt!«

»Tut mir leid, Kumpel, wir werden gebraucht, um nach Missys kleinem Jungen zu suchen. Er ist weggelaufen, und die Aborigines können ihn nicht finden.«

Wally verzog das Gesicht. »Weit kann der kleine Kerl ja nicht gelaufen sein«, sagte er mürrisch.

»Maggie möchte, dass wir nach ihm suchen, also solltest du jetzt besser mitkommen«, sagte Les. Er wusste, dass Wally morgens immer schlecht gelaunt war, daher versuchte er, dessen offensichtliches Desinteresse zu ignorieren.

»Wen kümmert dieser kleine Bastard?«, knurrte Wally. »Ich werde nicht nach ihm suchen.«

Les hatte damit gerechnet, dass Wally sich weigerte, doch heute verwunderte ihn sein unverhohlener Mangel an Mitgefühl. Er hatte Wally stets für einen Kumpel gehalten, er war nur immer ziemlich egoistisch gewesen. In letzter Zeit jedoch hatte er sich verändert, und nun war er angewidert von ihm.

»Er ist ein unschuldiges Kind, und er könnte gut *dein* Kind sein!«, sagte Les streng. Sie hatten nie darüber gesprochen, denn es war ein Tabuthema, doch sie hatten Gerüchte gehört, dass

Missys Sohn von einem Weißen aus Marree sei. Und sie wussten beide, dass das sehr gut möglich war.

»Er ist nicht mein Sohn«, fauchte Wally.

»Er *könnte* aber deiner sein, und das weißt du genau«, gab Les zurück.

Wally staunte. In einem solchen Ton hatte Les noch nie mit ihm gesprochen. »Vielleicht ist er ja deiner«, entgegnete er.

»Vielleicht«, räumte Les ein. »Wie auch immer, wir werden nach ihm suchen, also zieh deine Stiefel an.«

Wally trug nichts als eine Unterhose, ein schmuddeliges Unterhemd und Socken – die Kleidung, in der er geschlafen hatte. Dass er seine Socken nie auszog, war nur eine seiner vielen Eigenarten, deshalb achtete niemand darauf.

»Na schön«, knurrte er. »Wir sehen uns in ein paar Minuten beim Hotel.«

»Nein. Ich warte hier«, sagte Les und verschränkte entschlossen die Arme.

Wally war gekränkt, dass Les ihm nicht vertraute. Er fluchte vor sich hin, als er in sein Schlafzimmer stapfte, um sich anzuziehen.

Terry sprach vor der Hintertür des Hotels mit den anderen Männern, als Les und Wally auftauchten.

»Wir werden uns aufteilen«, sagte Terry, nachdem die beiden sich der Gruppe angeschlossen hatten. »Les, du gehst am Fluss entlang nach Westen. Wally, du gehst nach Osten. Stuart wird alle verlassenen Gebäude in der Stadt und die Geschäfte absuchen, und Tony und ich gehen nach Westen in die Wüste, wo wir uns trennen und die Stadt umrunden werden. Auf diese Weise können wir ein größeres Gebiet abdecken.«

Tony sah, dass Wally nicht allzu glücklich war, doch er sagte nichts.

»Hoffen wir, dass der Regen weiter ausbleibt«, fügte Terry

hinzu. »Wir treffen uns gegen Mittag wieder hier. Wenn wir den Jungen bis dahin nicht gefunden haben, müssen wir die Afghanen um Hilfe bitten.« Sie alle vermissten Jimmy – besonders in einer Situation wie dieser, in der sie seinen Spürsinn gut hätten gebrauchen können.

Wally trottete am Ufer des schlammigen Flusses entlang. Er war völlig desinteressiert, denn er war sicher, dass der Junge von seiner Mutter gefunden würde und dass sie alle nur ihre Zeit verschwendeten. »Ich weiß nicht, was der ganze Zirkus soll«, murmelte er vor sich hin. »Die verdammten Aborigines gehen doch ständig auf *walkabout*!« Sein Bein tat ihm weh, und er hätte liebend gern ein Bier gehabt. Immer wieder musste er daran denken, was Les gesagt hatte: dass einer von ihnen beiden der Vater des Jungen sein könnte. Doch Wally hatte Missys dahingehende Behauptungen nie ernst genommen. Sie hatte ihm schon oft zu sagen versucht, ihr Sohn sei von ihm, aber davon wollte Wally nichts wissen. Er hatte sich kaum jemals die Zeit genommen, einen genaueren Blick auf den Jungen zu werfen. Missy hatte sogar versucht, Wally zu bewegen, ihren Sohn im Arm zu halten, als dieser erst ein paar Tage alt gewesen war, doch Wally hatte sich geweigert und sich in die Bar verzogen, bevor Rita auftauchen konnte.

Wally blickte kaum auf den Fluss, als er nun an der Uferböschung entlangging. Das schlammige Wasser strömte sehr schnell und hatte die rote Farbe der Wüste angenommen. Abgerissene Äste, Zweige und Blätter trieben auf der trüben Oberfläche.

Irgendwann blieb Wally stehen, um eine Zigarette zu rauchen. Er war entschlossen, nur noch ein paar Schritte weiterzulaufen. Was sollte dieser ganze Aufwand?

Als er ein Blättchen und etwas Tabak zwischen den Fingern rollte, glaubte er ein Wimmern zu hören. Er sah sich um. Die Böschung des Flusses war stellenweise sehr steil, und es gab hier viel tote Vegetation, die an manchen Stellen übers Ufer hing. Wally glaubte schon, er habe sich das Geräusch nur eingebildet, als er das Wimmern von neuem hörte. Er trat näher an die Böschung heran und spähte über den Rand, versuchte angestrengt, zwischen dem wirren Gestrüpp irgendetwas zu erkennen. Plötzlich glaubte er zu sehen, wie sich unten am Wasser etwas bewegte. Ein Tier? Dann hörte Wally das Wimmern noch einmal. Es war eindeutig das eines Kindes.

»Verdammt«, murmelte Wally und warf das Papier und den Tabak fort. »Davey, bist du da unten?«

Er lauschte und hörte erneut das klägliche Wimmern.

»Verflixt noch mal«, stieß er wütend hervor, denn er hatte keine Lust, die Böschung hinunterzuklettern. Er warf einen Blick zurück und schaute den Fluss hinunter, doch Les war in die andere Richtung gelaufen und zu weit weg, als dass er ihn rufen konnte.

Wally seufzte. Er sah ein, dass er keine Wahl hatte, und machte sich daran, über die toten Äste zu klettern und die Böschung hinunterzusteigen. Mit den Hosenbeinen blieb er immer wieder an Zweigen hängen, die ihm die Haut aufschürften. Als ein abgebrochener Ast die Stelle an seinem Bein traf, die genäht worden war, schrie er vor Schmerz auf und fluchte wild.

Er war noch nicht weit vorangekommen, als er den kleinen Jungen sah. Offensichtlich war er über den Rand der steilen Böschung gefallen, seine Kleidung hatte sich in den Ästen und Zweigen verfangen. Daveys Füße steckten im Wasser, nur ein Ast, der sich hinten durch sein Hemd gebohrt hatte und an einem Arm wieder herausragte, hatte ihn davor bewahrt, in den Fluss zu stürzen. Wally konnte kaum glauben, wie knapp der kleine Junge dem Tod entronnen war. Der Ast, der durch seine Kleidung gedrungen war, hätte ihn leicht aufspießen können. Wie es aussah, steckte Davey zwar fest, doch dank einer Laune des Schicksals hatte der Ast ihn zugleich davor bewahrt, zu ertrinken. Obwohl Wally nicht an eine höhere Macht glaubte, musste er zugeben, dass Davey offenbar einen Schutzengel hatte. Es gab keine andere Erklärung dafür, dass der kleine Kerl am Leben und offenbar nicht einmal verletzt war.

Wally kletterte zu dem Jungen hinunter, der zu Tode verängstigt aussah. Sein Gesicht war tränenverschmiert und von Kratzern und Schmutz verunstaltet, und er wusste nicht, was er von Wallys Auftauchen halten sollte. Er hatte sich immer schon vor Wally gefürchtet, diesem düsteren Mann, der nie lächelte und nie ein freundliches Wort für ihn oder seine Mutter hatte. Als Wally nun die Hand nach ihm ausstreckte, begann Davey, nach seiner Mutter zu rufen.

Wally versuchte, die Kleidung des Jungen aus den toten Zweigen zu lösen, in denen sie sich verfangen hatte, und ihn hochzuheben, doch Davey hing mit einem Fuß an irgendeinem Gegenstand unter Wasser fest und schrie vor Schmerz auf.

»Verdammt«, murmelte Wally. Er musste ins Wasser steigen und seine Stiefel nass machen, um Davey zu befreien. Während er das verängstigte Kind mit einer Hand am Hemd festhielt, steckte er die andere Hand ins Wasser und tastete umher. Schließlich befreite er den kleinen Fuß, der zwischen zwei Felsen festgesteckt hatte, und zog Davey aus dem Wasser.

Während Wally sich Daveys Fuß anschaute, um sich zu vergewissern, dass nichts gebrochen oder aufgeschürft war, erstarrte er jäh.

Ein paar Augenblicke lang stand er regungslos da und blickte fassungslos auf die Füße des Jungen. Die dritte und vierte Zehe waren wie mit einer Schwimmhaut zusammengewachsen. Wally schüttelte den Kopf. Dass ihm das noch nie aufgefallen war!

Wieder rief Davey nach seiner Mutter, doch Wally hörte es gar nicht, so gebannt war er. Zum ersten Mal schaute er dem Jungen prüfend ins Gesicht; er betrachtete ihn ganz genau. Davey besaß die dunklen Augen und Haare seiner Mutter, doch seine Haut war heller, und seine Nase und der Mund ähnelten eher einem Weißen.

Wally wusste, wer dieser Weiße war.

Daveys Gesicht zeigte unverkennbare Ähnlichkeit mit seinen eigenen Zügen.

»Mein Gott«, sagte Wally tief bewegt. Seine Hände begannen zu zittern. Tränen traten ihm in die Augen, während der Junge ihn aus seinen großen, unschuldigen Augen beschwörend anschaute.

Auf einmal schämte Wally sich zutiefst, dass er nie mehr als nur einen feindseligen Blick für den Jungen übrig gehabt hatte.

»Ich bring dich zurück zu deiner Mama«, sagte Wally mit sanfter Stimme. Er nahm den Jungen in die Arme und hielt ihn fest an sich gedrückt, während er für einen Moment die Augen schloss.

Daveys große braune Augen wurden vor Angst noch größer, und er zitterte am ganzen Körper.

»Hab keine Angst«, sagte Wally. »Du bist in Sicherheit.« Tränen liefen ihm über die Wangen, und er wischte sie fort, als er mit Davey in den Armen die Böschung hinaufstieg. Oben angekommen, warf er noch einmal einen Blick hinunter. Er konnte kaum glauben, was für ein Glück der Junge gehabt hatte – und dass er, Wally, nie erfahren hätte, wer Davey war, wäre dieser Unfall nicht passiert.

Als Wally mit Davey in den Armen auftauchte, jubelten und weinten die Frauen vor Freude. Ihr Lärm alarmierte Maggie und Arabella, die aus der Hintertür des Hotels stürmten.

»Du hast den Jungen gefunden, Wally!«, rief Maggie überglücklich. »Ist alles in Ordnung mit ihm?«

Wally brachte vor Rührung kein Wort heraus. Er konnte nur nicken. Auf dem ganzen Weg zurück zum Hotel hatte er den Blick kaum von Davey abwenden können, während er ihm ständig versichert hatte, dass sie zu seiner Mutter zurückkehren würden.

Missy griff nach ihrem Sohn, der seine kleinen Ärmchen nach

ihr ausstreckte und sie um ihren Hals schlang. Sie weinte Tränen der Freude.

Maggie konnte sehen, wie benommen Wally war. »Alles in Ordnung, Wally? Du siehst ein bisschen mitgenommen aus.«

Wally nickte, den Blick auf Davey geheftet. »Er ist mein Sohn«, sagte er mit einer Stimme, die kaum mehr als ein Flüstern war.

»Wie bitte?« Maggie glaubte, ihn nicht richtig verstanden zu haben.

»Davey ist mein Junge«, wiederholte Wally.

Maggie zuckte zusammen und schaute zu Arabella hinüber. »Woher weißt du das?«, fragte sie.

Auch Missy blickte Wally fassungslos an. Sie war sich nie sicher gewesen, welcher Mann Dayindas Vater war, hatte Wally aber stets für den wahrscheinlichsten Kandidaten gehalten. Doch nie und nimmer hätte sie damit gerechnet, dass er es eingestehen würde.

Wally umfasste Daveys Fuß mit einer Hand. »Er hat Entenfüße«, sagte er und rieb sich eine Träne aus dem Augenwinkel. »Das liegt bei uns in der Familie.«

»Er hat *was?*«, fragte Maggie.

»Entenfüße«, wiederholte Wally, setzte sich auf den Boden, zog seine nassen Stiefel und eine Socke aus und zeigte den Frauen seine Zehen, die genauso aussahen wie Daveys. Sogar der kleine Junge zeigte vorsichtiges Interesse.

Plötzlich begriff Maggie, warum Wally nie seine Socken ausziehen wollte, nicht einmal, als sie sein Bein genäht hatte und waschen wollte. Er hatte sich damals hartnäckig geweigert.

»Schon mein Großvater hatte Entenfüße, und mein Vater und meine Brüder ebenfalls«, sagte Wally. »Offenbar liegt das bei uns Männern in der Familie. Ich hab meine Socken nie ausgezogen, weil die anderen mich immer verspottet haben, als ich noch ein Kind war. Sie haben mich Entenjunge genannt. Deshalb bin ich ein bisschen empfindlich, wenn die Leute sich über mich lustig machen.« Er sah zu Arabella und Maggie auf und blickte beschämt drein. »Ich will nicht, dass die Männer es erfahren«, sagte er. »Bitte.«

»Ich werde nichts verraten«, versprach Arabella.

Maggie schüttelte fassungslos den Kopf. »Du hast einen Sohn, Wally Jackson«, sagte sie. »Ich kann es nicht glauben. Und er ist ein so hübscher kleiner Kerl!«

Wally zog seine Socke wieder an und stand auf. »Ich werde mich um ihn und Missy kümmern«, sagte er mit einem liebevollen Blick auf den kleinen Davey und seine Mutter. »Ich werde anständig für euch sorgen. Meinst du, ich könnte ein Bier bekommen, Maggie?«

»Es ist zwar noch ein bisschen früh, aber ich glaube, du hast dir zur Feier des Tages eins verdient.« Maggie sah Missy an. »Meinst du nicht auch?«

Die Aborigine lächelte. Sie war überglücklich, ihren Sohn wiederzuhaben. Vor allem aber war sie froh, dass der Vater des Jungen ihn endlich als Sohn anerkannt hatte.

Auch Arabella lächelte. Zum ersten Mal glaubte sie daran, dass Wally ein anderer, besserer Mensch wurde.

»Ich mache Omeletts zu Mittag«, verkündete Arabella, als sie und Maggie die Hotelküche betraten. »Wenn die Männer zurückkommen, werden sie hungrig sein.«

Maggie hob erstaunt die Brauen. »Hast du denn schon mal Omeletts gemacht?«

»Ja, und sie waren sehr gut gelungen«, sagte Arabella stolz.

»Eins ist sicher«, murmelte Maggie vor sich hin, während sie drei Laibe Brot aus dem Ofen nahm. »Heute ist ein Tag der Enthüllungen.«

Sie ging zur Bar hinüber, um Wally das versprochene Bier zu holen.

Als die Männer zurückkehrten, servierte Arabella die Omeletts. Maggie war beeindruckt. »Du musst mir unbedingt zeigen, wie du das machst«, sagte sie, als sie Brotscheiben auf die Teller legte, um sie anschließend in den Speisesaal zu bringen.

Arabella strahlte vor Stolz. Vor ein paar Wochen hätte sie nicht im Traum geglaubt, dass es irgendetwas gab, das *sie* Maggie zeigen könnte.

Terry, Tony, Les und Stuart waren bereits in der Bar, um Wally nach Einzelheiten auszufragen, was die Rettung Daveys betraf. Sie hatten Rita, Lily und Missy auf der Straße getroffen und wussten daher bereits, dass der Junge gefunden worden war.

Als Maggie und Arabella die Omeletts in den Speisesaal brachten, kamen die Männer von der Bar herüber und beglückwünschten Wally. Offenbar hatte er ihnen gesagt, dass Davey sein Sohn war.

»Ist es nicht erstaunlich, dass Davey Wallys Sohn ist?«, sagte Maggie zu ihrem Mann, als er an einem der Esstische Platz nahm.

»Wie bitte?«, sagte Tony.

Maggie blieb die Luft weg. »Oh, ich dachte, ihr hättet Wally deshalb gratuliert.« Sie warf einen Blick auf Wally, der rot geworden war. »Tut mir leid«, sagte sie. »Aber nun ist es raus. Ich konnte ja nicht wissen, dass du es für dich behalten wolltest.«

Die Männer blickten Wally neugierig an.

»Es stimmt«, sagte er verlegen, doch mit unüberhörbarem Stolz. »Davey ist mein Sohn.«

»Woher weißt du das?«, fragte Les misstrauisch.

»Seine Füße … ich meine, er sieht aus wie ich«, verbesserte Wally sich rasch. »Ich kann gar nicht glauben, dass es mir bis jetzt nicht aufgefallen ist.« Er hatte sich bereits überlegt, was er zu seinen Kumpels sagen würde, spürte aber, wie sein Gesicht heiß wurde.

»Ich fand immer, er sieht eher aus wie ich«, sagte Les.

»Niemals«, sagte Maggie. »Ich konnte die Ähnlichkeit deutlich sehen, als Wally den Jungen in den Armen hielt. Davey ist sein Ebenbild.« Sie wusste, dass Wally sich schämte, wenn er gezwungen würde, den anderen von seinen »Entenfüßen« zu erzählen.

»Jetzt wirst du wohl ein bisschen mehr Verantwortung übernehmen müssen«, sagte Terry, während er seinen Platz am Tisch einnahm.

»Ja, das werde ich«, sagte Wally entschlossen. »Jetzt hab ich schließlich 'nen guten Grund dafür.«

»Aber es werden immer noch Anschuldigungen gegen dich erhoben, und du wanderst vielleicht ins Gefängnis«, rief Terry ihm in Erinnerung.

Wallys Freude verflog augenblicklich, und er ließ sich auf seinen Stuhl fallen. Arabella warf einen Blick zu Maggie, die sichtlich Mitleid mit ihm hatte.

»Wenn ich die Anschuldigungen zurücknehme«, sagte Arabella, »muss Wally dann trotzdem noch vor dem Friedensrichter erscheinen?«

»Nein«, erwiderte Terry. »Wenn du und Goolim eure Beschwerden zurückzieht, ist Wally aus dem Schneider. Aber das würde ich mir gründlich überlegen.«

»Ich werde sofort mit Goolim sprechen«, sagte Arabella. »Jetzt, da Wally seinen Sohn gefunden hat, sollten die beiden nicht wieder voneinander getrennt werden.«

Terry war ein wenig skeptisch, was Wallys plötzlichen Wunsch betraf, »Vater« zu werden, sprach es aber nicht laut aus.

Arabella machte sich auf den Weg, ohne dass sie den Ausdruck der Verwunderung auf Wallys Gesicht gesehen hatte.

Sie ging in Richtung Ghan-Siedlung, als Wally sie einholte.

»Fitzi!«, rief er.

Arabella fuhr herum und funkelte ihn an.

»Ich meine … Arabella«, verbesserte sich Wally.

»Was ist?«, fragte sie.

»Ich hab nicht verdient, was du für mich tust, aber ich möchte dir danken.«

»Schon gut. Wenn ich Goolim dazu bringen kann, die Anschuldigungen zurückzunehmen, kannst du auch etwas für *mich* tun, Wally«, erwiderte sie.

»Was denn?«

»Sei netter zu den Aborigine-Frauen, vor allem zu Missy.«

Wally ließ den Kopf hängen. »Ich hab viel gutzumachen, ich weiß…« Einen Augenblick lang war er um Worte verlegen, zog die Nase hoch und blickte zu Boden.

»Was ist, Wally?«

»Ich hätte nie gedacht, dass ich so was fühlen würde, aber wenn ich Davey in die Augen sehe und weiß, dass er von mir ist, berührt mich das auf eine Art, wie ich es nie für möglich gehalten hätte. Ich war immer ein egoistischer Drecks…« Er stockte und verbesserte sich: »Ich hab immer nur an mich gedacht.«

»Hast du denn keine Familie?«

»Doch, aber ich bin allein gewesen, seit ich vierzehn war. Mein Vater war Schafscherer. Er hat schwer geschuftet, dafür aber auch doppelt so viel getrunken. Meine Mutter starb, als ich zwölf war. Ich hab noch drei ältere Brüder, aber sie waren damals schon von zu Hause weg, deshalb war ich mit meinem Dad allein. Anfangs hat er mich zu den Schafschererhütten mitgenommen, aber dann wurde ich ihm doch eine zu große Last. Er hat sich um seine Verantwortung gedrückt, weil unsere Mum sich immer um uns Kinder gekümmert hat. Als ich vierzehn war, hatte er keine Lust mehr, sich mit mir zu beschäftigen, und hat gesagt, ich soll verschwinden und auf mich selbst aufpassen.«

Der eigene Vater? Arabella konnte es kaum glauben.

»Ich will für meinen Jungen da sein«, sagte Wally.

»Du wirst ihn Missy doch nicht wegnehmen?«, fragte Arabella, die um die Aborigine besorgt war. Maggie hatte ihr erzählt, dass solche Dinge vorkamen.

»Nein, nein! Davey liebt sie, sie ist alles, was er bis jetzt hatte. Aber ich will nicht, dass Missy weiter für Geld mit fremden Männern … na, du weißt schon. Sie ist die Mutter meines Sohnes.«

Arabella konnte sehen, wie sehr ihm der Gedanke zuwider war, dass Missy ihren Körper verkaufte. »Dann wirst du dich um sie kümmern und für sie und Davey sorgen müssen«, sagte sie.

»Das werde ich. Ich hab mir noch nicht überlegt, wie ich das anstelle, aber ich weiß, dass ich mein Leben ändern muss. Davey hat Angst vor mir, und das kann ich ihm nicht verdenken, denn ich hab ihn und seine Mutter schlimm behandelt. So soll es nicht länger bleiben.«

»Hoffen wir, dass Goolim bereit ist, die Anschuldigungen gegen dich zurückzunehmen.«

Wally nickte, schien aber nicht sehr zuversichtlich. In Gedanken versunken kehrte er zum Hotel zurück.

Goolim erklärte sich tatsächlich bereit, seine Anschuldigungen gegen Wally zurückzunehmen, doch Arabella hatte alle Mühe, ihn so weit zu bringen. Letztendlich lenkte er ein – doch erst, nachdem Arabella ihm versichert hatte, Wally werde ihn nie wieder belästigen.

Im Hotel saß Wally bei Maggie in der Bar und wartete auf Neuigkeiten. Als Arabella ihm sagte, dass Goolim sich bereit erklärt habe, die Anschuldigungen zurückzunehmen, erwartete sie, Wally würde überglücklich darauf reagieren; stattdessen blickte er sie ernst an.

»Ich bin dir was schuldig, Fitzi«, sagte er leise.

Arabellas Miene verdüsterte sich.

»Ich meine … Arabella«, verbesserte er sich.

»Kümmere dich um Missy und den kleinen Davey«, sagte Arabella. »Ich will nicht bereuen müssen, dass ich bei dir Halunken beide Augen zugedrückt habe.«

Wally nickte gewichtig.

»Ich werde schon dafür sorgen, dass er sein Versprechen hält«, sagte Maggie. Dann aber wurde ihre Miene traurig. Ihr wurde plötzlich klar, dass sie die Stadt verlassen musste, sobald die Bank das Hotel übernahm. Den Tränen nahe, erhob sie sich und ging hinaus, bevor Wally und Arabella sehen konnten, wie verzweifelt sie war.

»Ich wollte, wir könnten irgendwas für Maggie tun «, sagte Wally.

»Wenn das Bier und das Fleisch morgen doch noch hier eintreffen sollten – und dazu genügend Besucher des Stadtfestes –, könnten wir das Hotel immer noch retten. Aber da müsste schon ein Wunder geschehen«, sagte Arabella.

»Ich hab heute schon ein Wunder gesehen«, sagte Wally. »Davey hatte Glück, dass er nicht gestorben ist. Deshalb würde ich die Hoffnung noch nicht aufgeben.«

Später an diesem Tag suchte Arabella Maggie in der Küche auf, wo sie den Grill schrubbte.

»Maggie«, sagte Arabella, »wie war das … ich meine, wie hat es sich angefühlt, als dir zum ersten Mal klar wurde, dass du Tony liebst?«

Verblüfft sah Maggie auf und wischte sich den Schweiß von der Stirn. Ein paar Augenblicke lang dachte sie an die Zeit zurück, als sie Tony kennen gelernt hatte, und ein leises Lächeln zeigte sich auf ihren Lippen. »Ich hatte ein Flattern in der Magengrube, wann immer Tony in meiner Nähe war«, sagte sie. »Ich konnte kein vernünftiges Wort mehr herausbringen und habe Tag und Nacht nur an ihn gedacht.« Maggie lächelte. »Wenn du jemanden wirklich liebst, würdest du alles tun, um ihn glücklich zu machen, selbst wenn das bedeuten würde, ihn aufzugeben.«

»Danke, Maggie«, sagte Arabella leise und verließ die Küche.

Maggie fragte sich, ob Arabella sich in Stuart verliebt hatte. Sie hatte eine hohe Meinung von Stuart, und sie wusste, dass er

Arabella sehr gern hatte – sie wusste auch, dass Jonathan in sie verliebt war. Maggie konnte es an seiner Miene ablesen, wann immer er Arabella ansah.

Sie hatte aber auch die Spannungen gespürt, die sich zwischen Jonathan und Stuart aufgebaut hatten. Offensichtlich waren sie zu Rivalen um Arabellas Gunst geworden.

28

Den Rest des Tages war Arabella sehr nachdenklich. Jonathan schien ihr aus dem Weg zu gehen. Am Spätnachmittag schaute sie nach, ob Uri noch immer bei Bess war. Sanft streichelte sie dem Kameljungen über die Nase, als Paddy vorbeikam, um ihn abzuholen.

»Ich dachte mir schon, dass ich ihn hier finde«, sagte er gereizt. Eine seiner Stuten hatte eine schwere Geburt gehabt, und er hatte helfen müssen, sonst hätte er Uri schon früher abgeholt.

»Er ist hierhergelaufen, weil er Angst vor dem Unwetter hatte«, sagte Arabella. »Da habe ich ihn und Bess zusammen untergebracht, damit sie einander Gesellschaft leisten können.«

Paddy schwieg, als er dem Kameljungen einen Strick um den Hals legte, doch er wirkte verärgert.

»Ich habe gehört, mit Uris Ausbildung geht es nicht allzu gut voran«, sagte Arabella vorsichtig.

»Er macht mir nichts als Probleme«, murrte Paddy.

»Sie werden ihn doch nicht erschießen …?«

»Nein, ich werde ihn nicht erschießen. Aber wenn er sich in den nächsten Monaten nicht ans Arbeiten gewöhnt, wird er als Schlachttier verkauft. Seine Zukunft liegt ganz bei ihm.«

Arabella blickte Paddy entsetzt an.

»Wenn Uri noch mal hierherkommt«, sagte er, »dann beachten Sie ihn nicht, und halten Sie ihn von der Stute fern. Er ist ein Kamel und muss lernen, sich wie eines zu verhalten.«

Paddy führte Uri von der Koppel und in Richtung der Ghan-

Siedlung. Das Kameljunge drehte den Kopf, um noch einmal einen Blick zu Arabella zurückzuwerfen, doch Paddy riss zornig an dem Strick um seinen Hals und beschimpfte es.

Arabella traten Tränen in die Augen. Es war ungerecht, aber sie musste dem verwaisten Kameljungen den Rücken kehren – ihm zuliebe. Trotzdem brach es ihr fast das Herz, und sie wusste, dass sie Uri schrecklich vermissen würde.

Bess kam aus dem Stall und schaute in die Richtung, in die Uri geführt worden war. Die Stute wackelte mit den Ohren und schnaubte, als könnte sie nicht begreifen, dass ihr Gefährte immer wieder von ihr getrennt wurde.

Arabella musste sich abwenden, während ihr die Tränen über das Gesicht strömten.

Am Abend, Arabella ging gerade in ihr Zimmer hinauf, um früh zu Bett zu gehen, traf sie in der Diele auf Maggie. Sie hatte sich nach dem Abendessen, das still und in bedrückender Atmosphäre verlaufen war, in ihr Zimmer zurückgezogen.

»Ich fürchte, es kündigt sich schon wieder ein Unwetter an«, sagte Maggie. Tatsächlich war in der Ferne Donnergrollen zu hören.

»O Gott. Was mag mit der armen Moira und ihrer Familie passiert sein?«, fragte Arabella. »Sie hat versprochen, heute hierherzukommen. Offenbar ist sie irgendwo zwischen Farina und hier stecken geblieben.«

»Wir können nur für sie beten«, sagte Maggie.

»Und ich dachte, das Bier wäre inzwischen ebenfalls hier. Ted sagte, die Kamele, die es bringen, würden es ganz sicher bis nach Marree schaffen, trotz des Schlamms nach dem Regen.«

»Den Kamelen macht der Schlamm nichts aus, aber ich bezweifle, dass die Afghanen losziehen, wenn es blitzt und donnert. Es ist zu gefährlich.« Maggie konnte sehen, dass Arabella sehr besorgt war. »Ich bin dir dankbar für alles, was du versucht hast,

Arabella. Es ist nicht deine Schuld, dass es nicht geklappt hat, also hab jetzt kein schlechtes Gewissen.«

»Wenn es bloß nicht so viel geregnet hätte!«, sagte Arabella in hilflosem Zorn. »Dann wäre alles so gelaufen, wie Jonathan und ich es geplant hatten. Dieses elende Wetter!«

»Wir kämpfen hier ständig gegen das Wetter, das weißt du doch«, sagte Maggie. »Normalerweise gegen die Dürre. Da ist es schon ironisch, dass wir ausgerechnet dann Regen bekommen, wenn wir ihn am wenigsten haben wollen.«

»Es tut mir leid, dass alles so gekommen ist, Maggie.«

»Mir auch. Aber wie ich schon sagte, es ist nicht deine Schuld. Gute Nacht, Arabella.«

Arabella konnte sehen, dass Maggies Sorgen schwer auf ihr lasteten. Maggie versuchte, sich nichts anmerken zu lassen, doch Arabella war sicher, dass sie verzweifelt war. Sie wusste, dass Maggie nur Tony zuliebe verbarg, wie schlecht es ihr tatsächlich ging – so, wie Tony es vor Maggie verbarg. Es war eine selbstlose Liebe.

Eine Stunde später zuckten wieder Blitze über den Himmel und erhellten die Fenster, und das Grollen des Donners war näher gekommen. Arabella lag wach und angekleidet auf ihrem Bett und betete für Moira und ihre Familie, bis sie von Erschöpfung übermannt wurde und einschlief.

Um Mitternacht wurde sie von einem ohrenbetäubenden Krachen geweckt. Sie setzte sich kerzengerade im Bett auf, die Augen vor Schreck weit aufgerissen und mit heftig pochendem Herzen. Ihr erster Gedanke war, dass das Dach eingebrochen war. Sie sprang aus dem Bett und riss die Tür auf. In ihrem Zimmer war es stockdunkel, doch als sie die Tür öffnete, flammte wieder ein Blitz auf, und das grelle, flackernde Licht erhellte es für eine Sekunde.

Arabella sah, dass mit der Zimmerdecke, abgesehen von ein

paar feuchten Stellen, alles in Ordnung war. Sie drückte auf den Lichtschalter, doch der Strom war ausgefallen. Dann hörte sie Maggies, Tonys und Jonathans Stimmen. Die drei tasteten sich über den dunklen Flur in ihre Richtung.

»Was ist passiert?«, fragte Arabella.

»Das Generatorkabel muss durchgeschmort sein«, sagte Tony. »Wir müssen runtergehen und nachschauen, was los ist.«

Jonathan streckte eine Hand nach Arabella aus, und zusammen folgten sie Maggie und Tony die Treppe hinunter.

Les war bereits unten. Sie hörten, wie er eindringlich nach Tony rief. Keinem von ihnen fiel auf, dass Stuart fehlte. Als sie die Küche erreichten, sahen sie, dass diese von flackerndem Licht erhellt wurde.

»Großer Gott!«, stieß Tony entsetzt hervor, als er sah, woher dieses Licht stammte: Durch das Küchenfenster konnten sie hinter dem Heuschober Flammen lodern sehen. Unglücklicherweise hatte der Regen ausgerechnet jetzt aufgehört.

Maggie fasste sich an die Brust und taumelte. Les riss die Hintertür auf. Tony drängte sich an ihm vorbei nach draußen. Die anderen folgten ihm ins Freie.

»Es ist das Heu!«, rief Jonathan und fluchte stumm in sich hinein. Er hatte gleich gewusst, dass es ein Fehler gewesen war, das Heu ins Freie zu schaffen.

»Ein Blitz muss in die Heuballen eingeschlagen sein«, sagte Tony, der wie benommen wirkte. »Das also war das ohrenbetäubende Krachen, das wir eben gehört haben!«

Flammen schlugen aus dem Heu empor, Funken flogen in die Zweige der Bäume über ihren Köpfen. Da das Heu neben dem Generator in der Nähe des Heuschobers aufgetürmt worden war, dachte Arabella sofort an das Klavier.

»Wird der Heuschober verbrennen, Maggie?«, fragte sie ängstlich.

»Ich hoffe nicht.« Maggie wusste, dass Arabella an das Klavier dachte, doch ihre eigenen Sorgen galten dem Hotel: Die Funken konnten leicht überspringen. Wenn das geschah, konnten sie nichts mehr tun. Das Gebäude würde unweigerlich niederbrennen.

Tony schnappte sich einen Eimer, rannte zur Pferdetränke und schöpfte Wasser heraus. Ein stechender Schmerz schoss ihm durch den Brustkorb, doch er beachtete es nicht. Während er das Wasser auf die brennenden Heuballen schüttete, holte Maggie zwei weitere Eimer aus der Waschküche und reichte einen davon Arabella.

Ted kam herbeigeeilt. Auch er war vom Krachen des Blitzes geweckt worden. Als er aus dem Fenster geschaut hatte, hatte er das brennende Heu gesehen und war sofort losgerannt. Maggie wies ihn an, Wasser aus dem Bohrloch zu pumpen, während sie und Arabella es abwechselnd auf die Heuballen schütteten. Sie mussten mit den Eimern durch Pfützen und Schlamm stapfen, um von dem Bohrloch zum brennenden Heu zu kommen. Obwohl das Heu nass war, hatte der Blitz die Ballen entzündet; im Innern waren sie wohl noch trocken gewesen.

Auch Wally tauchte nun aus dem Dunkeln auf, gefolgt von Fred Powell. Beide waren sichtlich schockiert. Tony rief Wally zu, sich eine Heugabel zu schnappen und das brennende Heu zu zerpflücken. Fred hatte eine Decke mitgebracht, mit der er versuchte, die Flammen auszuschlagen. Tony versuchte unermüdlich, das Feuer zu löschen, konnte den Funkenflug aber nicht gänzlich eindämmen.

Es war nicht allzu windig; dennoch war Jonathan besorgt wegen des Generators. Die Funken flogen immer näher. Tony wusste nichts von der undichten Stelle im Tank, doch in Jonathan keimte Angst auf, als er daran dachte, was passieren könnte. »Tony, ich mache mir Sorgen wegen des Generators«, rief er über das Tosen der Flammen hinweg. »Vor ein paar Tagen ist Benzin aus einer undichten Stelle im Tank getropft.«

»Was sagst du da?«, rief Tony, die Augen weit aufgerissen.

»Ich hab die undichte Stelle repariert, aber um den Generator herum ist der Boden mit Benzin getränkt. Es hat zwar viel geregnet, aber ich mache mir trotzdem Sorgen.«

»Zu Recht!«, rief Tony und warf einen Blick auf den Generator. Im Schein der Flammen konnte er sehen, wie das Benzin in den Pfützen rings um den Treibstofftank schwamm und dass die Funken gefährlich nahe zu Boden regneten.

Dann fiel ein Funke auf das schwimmende Benzin.

»Alle weg hier, schnell!«, rief Tony.

Sie ließen die Eimer, Heugabeln und Spaten fallen und rannten zur Straße, so schnell sie konnten. Jonathan nahm Arabellas Hand und zog sie mit sich. Mohomet Basheer war eben aus seinen Zimmern im hinteren Teil seines Ladens gekommen; in der Panik hätten Jonathan und Arabella ihn beinahe über den Haufen gerannt. Als sie in sicherer Entfernung waren, warteten sie quälende Sekunden. Sie beobachteten, wie weitere Funken in die Benzinpfützen regneten. Dann geschah es. Eine gewaltige Explosion ließ den Boden erbeben, als der Tank explodierte. Flammen schlugen meterhoch empor. Alle beobachteten entsetzt, wie der Wind rotglühende Funken in Richtung des Hotels trug.

»O nein!«, rief Maggie, deren schlimmste Befürchtungen sich zu bewahrheiten schienen.

»Sind alle aus dem Hotel raus?«, fragte Tony ängstlich. Er zählte in Eile die Anwesenden durch. »Wo ist Stuart?«, stieß er dann hervor und schaute sich um, konnte ihn aber nirgends entdecken.

»Meine Fotoausrüstung!«, rief Jonathan, als er sah, wie eine Wand des Hotels Feuer fing. Er rannte zum Eingang.

»Jonathan!«, schrie Arabella. »Komm zurück!« Sie wollte ihm nachlaufen, doch Maggie hielt sie fest.

»Jonathan schafft das schon. Wir müssen Stuart finden«, sagte sie. »Er muss hier in der Nähe sein.«

»Ich hab ihn nicht gesehen«, sagte Les.

»Ich auch nicht«, sagte Ted.

Auf einmal hörten sie Bess im Stall verängstigt wiehern. Beißender Rauch erfüllte die Luft.

»Ich bringe das Pferd in Sicherheit«, rief Ted und rannte los.

»Sei vorsichtig!«, rief Maggie ihm nach. Der heiße Wind trug Funken mit sich, sodass die Gefahr bestand, dass nach dem Hotelgebäude auch der Stall Feuer fing.

Da Mohomets Laden und die Post dem Hotel am nächsten waren, rannte Mohomet dorthin zurück, um sich zu vergewissern, dass keines der Gebäude in Brand geraten war. Besorgt beobachtete er den Funkenflug und beschloss, mit einer Leiter auf das Dach seines Ladens zu steigen, um jeden Funken sofort löschen zu können.

Tony kam zurück. Auf seinem Gesicht lag nackte Angst. »Ich kann Stuart nirgends finden«, sagte er bestürzt. »Ich habe alles um das Hotel herum abgesucht. Hat er gesagt, dass er fort will?«

»Nein. Soviel ich weiß, hatte er nicht vor, die Stadt zu verlassen«, sagte Maggie.

Tony blickte auf das brennende Hotel. »Er wird doch nicht da drin sein!«, stieß er entsetzt hervor.

Inzwischen schlugen die Flammen bereits aus den Fenstern in ersten Stock.

»Jonathan ist noch einmal reingegangen, um seine Fotoausrüstung zu holen!«, rief Maggie.

»Was? Der Dummkopf wird ums Leben kommen!«, rief Tony.

Als Arabella das hörte, schrie sie voller Panik: »Jonathan!« Wieder versuchte sie, zum Hotel zu laufen, doch erneut hielt Maggie sie zurück.

»Ich gehe rein und suche nach Stuart«, sagte Tony entschlossen. »Bei der Gelegenheit werde ich Jonathan sagen, dass er zusehen soll, ins Freie zu kommen.«

»Das kannst du nicht tun, Tony«, sagte Maggie verängstigt.

»Es ist zu gefährlich!« Der Gedanke, ihn auch noch zu verlieren, war mehr, als sie ertragen konnte.

»Ich kann Stuart nicht da drin lassen«, rief Tony und rannte zum brennenden Hotel.

»Ich gehe mit ihm!«, rief Wally und rannte Tony hinterher.

Maggie bedeckte ihr Gesicht mit den Händen und weinte. Arabella legte die Arme um sie, und die Frauen schmiegten sich voller Angst aneinander.

Die Minuten dehnten sich endlos. Immer wieder hörten sie das Prasseln, Knistern und Knacken, wenn Holzteile brachen oder Fenster zerbarsten.

Plötzlich tauchte Jonathan hustend und keuchend aus den Rauchschwaden auf. Es war ihm gelungen, die Kamera und den Karton mit seinen Fotos zu retten, sodass diese kostbaren Arbeiten nicht verloren waren. Doch ein großer Teil seiner Ausrüstung war verbrannt. Er rannte ein paar Meter vom Hotel weg, fiel dann zu Boden und rang nach Atem.

Les, Ted, Arabella und Maggie eilten zu ihm und halfen ihm hoch.

»Wo ist Tony?«, fragte Maggie ängstlich.

»Ich weiß es nicht …« Jonathan hustete und spuckte. »Da drinnen kann man nichts sehen, der Rauch ist viel zu dicht …«

Plötzlich fielen dicke, schwere Tropfen, und binnen Sekunden setzte ein Wolkenbruch ein.

Augenblicke später taumelten auch Tony und Wally aus dem Hotel. Sie rangen nach Atem und stützten sich gegenseitig.

»Gott sei Dank!«, rief Maggie erleichtert und eilte zu ihnen. Tony hatte eine große Beule an der rußgeschwärzten Stirn, und Wally schnappte gierig nach Luft. Ansonsten aber schienen die Männer unverletzt zu sein.

»Wo ist Stuart?«, fragte Maggie.

»Wir können ihn nicht finden«, sagte Tony, heiser vor Anstrengung. »Oben stand alles in Flammen, die Hitze und der

Rauch haben uns zurückgetrieben. Jonathan kann von Glück reden, dass er nach draußen gekommen ist. Und ohne Wally hätte ich es nicht geschafft.« In der Diele war dicht vor Tony ein Teil der Decke eingestürzt. Hätte Wally ihn nicht ins Freie gezerrt, wäre er jämmerlich verbrannt.

»Danke, Wally«, rief Maggie kläglich.

Wally tat seinen Heldenmut mit einem Schulterzucken ab.

Dann kam Terry aus der Dunkelheit herbeigerannt. Seine Stiefel waren aufgeschnürt, sein Hemd war aufgeknöpft; es war offensichtlich, dass er sich in aller Eile angezogen hatte. »Du lieber Himmel, was ist passiert?«, stieß er hervor.

»Der Blitz ist in die Heuballen eingeschlagen, und dann ist der Generator explodiert«, sagte Tony.

»Ist jemand verletzt?«

»Nein, aber wir können Stuart nirgends finden«, sagte Maggie aufgelöst. »Er muss noch im Hotel sein!«

Terry blickte auf das brennende Gebäude. Das Feuer fraß sich rasch voran. Er war sicher, dass niemand in dem Gebäude überleben konnte. »Wisst ihr genau, dass Stuart nicht rausgekommen ist? Viele Zimmer gehen auf den Balkon hinaus. Von dort hätte er ins Freie gekonnt.«

»Wir waren drinnen, konnten ihn aber nicht finden«, sagte Tony und hustete.

»Dann ist er vielleicht rausgekommen«, meinte Terry hoffnungsvoll.

»Aber wir haben ihn nicht gesehen!«, sagte Maggie besorgt. »Und Tony hat draußen gesucht. Wo könnte er denn sonst noch sein? Das Feuer und die Explosion müssen ihn doch geweckt haben!«

Terry blickte auf das brennende Hotel. »Es könnte alles Mögliche passiert sein. Vielleicht ist er aufgewacht, in Panik geraten, aus dem Bett gesprungen, im Dunkeln gestolpert und hat sich den Kopf angeschlagen.«

»Ja, vielleicht ist das auch der Grund, weshalb er mir nicht geantwortet hat, als ich ihn von der Tür aus gerufen habe«, sagte Jonathan. Ihm graute bei dem Gedanken, dass Stuart vielleicht nur ein paar Meter von ihm entfernt bewusstlos auf dem Boden gelegen hatte.

»Wir müssen ihn rausholen«, sagte Arabella schluchzend. »Wir müssen etwas unternehmen!«

»Jetzt kann niemand mehr da hineingehen«, sagte Terry entschieden. Er wusste, wie allen zumute war, aber es war seine Pflicht, dafür zu sorgen, dass niemand sein Leben sinnlos aufs Spiel setzte.

Auch das Dach des Heuschobers hatte Feuer gefangen, nachdem der Ast eines brennenden Baumes darauf gefallen war, doch der plötzliche Regen hatte die Flammen rechtzeitig gelöscht. Im Hotel jedoch war das Feuer schon zu weit ausgebreitet gewesen, als dass der Regen noch etwas hätte ausrichten können.

Inzwischen waren auch die Afghanen und die Aborigines herbeigeeilt, um zu helfen, doch sie konnten nichts mehr tun. Es war zu spät, um das Hotel noch zu retten.

»Es sind doch alle raus?«, fragte Paddy besorgt.

»Wir können Stuart nicht finden«, stieß Jonathan aus. Seine Stimme war vor Angst belegt. »Tony und Wally haben drinnen nach ihm gesucht, konnten aber keine Spur von ihm entdecken.« Jonathan war klar, dass auch die Treppe inzwischen brennen musste, so rasch hatte das Feuer sich ausgebreitet.

Ein paar Minuten lang standen alle da und beobachteten beklommen, wie die Flammen gen Himmel schlugen. Maggie ging zu Tony hinüber. Er legte den Arm um sie, während sie beide mit ansehen mussten, wie viele Jahre ihres Lebens ein Raub der Flammen wurden. »Jetzt wird die Bank nicht mehr viel bekommen«, flüsterte Maggie, auch wenn sie wusste, dass das unwichtig war angesichts der Tatsache, dass Stuart wahrscheinlich einen schrecklichen Tod gestorben war.

Entsetzt beobachteten sie, wie das Dach des Hotels schließlich mit einem lauten Krachen zusammenstürzte und einen Funkenwirbel in den Nachthimmel sandte.

Alle waren durchnässt, und der Regen nahm weiter zu. Die Kameltreiber kehrten zurück in die Ghan-Siedlung. Da einige Tiere aus ihren Pferchen ausgebrochen waren, als der Blitz eingeschlagen hatte, mussten die Männer sie einfangen, bevor sie zu weit fortliefen. Die Aborigine-Frauen und ihre Kinder standen bei den McMahons. Sie jammerten und stöhnten leise; das war ihre Art zu trauern. Maggie forderte sie sanft zum Gehen auf, da der Kummer der Aborigines ihr noch mehr Schmerz bereitete.

Nach einer Stunde, in der niemand ein Wort sprach, hatte der Regen das Feuer gelöscht; nur an wenigen geschützten Stellen brannten noch kleine Flämmchen. Es gab nicht mehr viel, das noch brennen konnte. Die vom Rauch geschwärzten steinernen Außenmauern und ein Teil der Innenwände im Erdgeschoss standen noch, der Rest war den Flammen zum Opfer gefallen.

Maggie strömten die Tränen übers Gesicht. Sie war wie gelähmt. Die Drohung, das Hotel an die Bank zu verlieren, war schlimm genug gewesen, aber jetzt waren all ihre Erinnerungen in Rauch aufgegangen. Selbst wenn ein Wunder geschah und das Geld, das sie der Bank schuldeten, vom Himmel fiel – es war sinnlos geworden.

Auch Tony konnte nicht glauben, wie viel Pech sie gehabt hatten. Was hatten sie Böses getan, dass so etwas geschehen war?

»Ich habe bei mir zu Hause Schlafgelegenheiten für dich, Arabella und die McMahons hergerichtet«, wandte Paddy sich an Jonathan. »Es ist ein bisschen beengt, aber es ist trocken und geschützt.«

»Das ist nett von dir«, sagte Jonathan, »aber ich glaube nicht, dass Maggie und Tony dein Angebot annehmen werden, und Arabella und ich sollten bei ihnen bleiben.«

Wally war zurück zu Frankie Millers Haus gegangen und hatte Les mitgenommen, Ted hatte sich ebenfalls auf den Heimweg gemacht. Auch er hatte Maggie und Tony gebeten, mitzukommen, doch sie hatten abgelehnt.

»Wenn ihr es euch anders überlegt, kommt einfach zu mir«, sagte Paddy.

»Danke«, sagte Jonathan.

Terry kam zu ihnen. »Bis morgen früh kann ich hier nichts tun«, sagte er. »Aber ich muss nach Stuarts sterblichen Überresten suchen. Betretet das Gebäude deshalb bitte erst, wenn ich das hinter mir habe.«

Kurz nachdem Terry gegangen war, ließ der Regen nach, und Maggie und Tony gingen zum Lagerschuppen und zur Waschküche, um sich die Schäden anzuschauen. Wie durch ein Wunder waren beide Gebäude nahezu unversehrt. Die Außentoilette hatte ebenfalls überlebt.

Während Maggie und Tony fort waren, brachten einige Afghanen Laternen, Decken und hölzerne Klappbetten zu Jonathan und Arabella in den Heuschober und stellten sie auf. Die Beine der Klappbetten sorgten dafür, dass das Bettzeug nicht den nassen Boden berührte.

Plötzlich erklang Maggies Stimme, laut vor Wut. »Was soll das heißen, der Versicherungsbeitrag ist nicht bezahlt worden? Ich habe das Geld dafür doch extra auf die Seite gelegt.« Dann kamen sie und Tony in den Heuschober. Im Schein der Laternen konnten Arabella und Jonathan erkennen, wie erzürnt Maggie war.

»Ich weiß, Maggie«, sagte Tony, »und es tut mir schrecklich leid, aber der Zug war verspätet, und wir brauchten zusätzliche Vorräte aus Lyndhurst.«

»Und da hast du das Geld für die Versicherung genommen?« Maggie konnte es nicht glauben.

»Ja. Ich habe es den Kameltreibern gegeben, die nach Lyndhurst geritten sind, um Vorräte zu besorgen. Ich weiß, ich hätte es nicht tun sollen, aber ein paar Monate lang gingen die Geschäfte sehr schleppend…«

»Nicht schleppender als sonst!«, rief Maggie zornig. »Jetzt wird die Bank für den Rest unseres Lebens hinter uns her sein, Tony McMahon. Und ich dachte, es könnte nicht mehr schlimmer kommen!« Tränenüberströmt rannte Maggie davon.

»Maggie, komm zurück!«, rief Tony, doch sie schien ihn nicht zu hören. Er setzte sich auf eines der Klappbetten und stützte den Kopf in die Hände.

»Ich rede mit ihr«, sagte Arabella. Sie folgte Maggie durch die Dunkelheit in Richtung des Aborigine-Viertels und holte sie in dem Moment ein, als sie stehen blieb und wütend gegen einen Baum trat. Sie schrie vor Schmerz und hilflosem Zorn, bevor sie sich im Schlamm auf die Knie fallen ließ und die Hände vors Gesicht schlug.

Arabella kniete sich neben sie. »Ich kann verstehen, dass du wütend bist, Maggie«, sagte sie, »aber Tony konnte ja nicht wissen, dass so etwas passiert.«

»Aber deshalb hat man doch eine Versicherung. Eben für den Fall, *dass* so etwas passiert. Egal wie schwer wir zu kämpfen hatten, ich habe die Versicherung immer bezahlt.«

»Tony ist genauso verzweifelt wie du, Maggie.«

»Ich weiß, aber ich bin trotzdem wütend auf ihn.«

»Du willst nur jemandem die Schuld geben können«, sagte Arabella und fügte rasch hinzu: »Und das ist ja auch verständlich.«

»Ich weiß nicht, was jetzt aus uns werden soll«, sagte Maggie verzweifelt. »Das macht mir am meisten Angst.«

Arabella legte ihr tröstend einen Arm um die Schultern.

»Wir wissen nicht wohin«, sagte Maggie unter Tränen, »und wir haben nichts mehr. Keinen Penny, kein einziges Kleidungsstück. Ich bin das alles so leid, Arabella. Jetzt können wir nicht mal einen Neuanfang machen, weil die Versicherung nicht zahlt. Es wird nie ein Ende nehmen.«

29

Niemand konnte schlafen, doch alle waren erschöpft und ausgelaugt; deshalb wurden die Klappbetten, die die Afghanen ihnen gebracht hatten, dankbar genutzt. Schließlich erschien der erste Schimmer des neuen Tages am Horizont, die Morgendämmerung erhob sich über der Wüste. Das Unwetter hatte sich verzogen, der Regen längst aufgehört, was ein wenig den Schmerz der schrecklichen Nacht milderte, die sie alle durchlebt hatten.

Bald leuchtete der Himmel in verschiedenen Rot- und Orangetönen und tauchte die weite Landschaft des Outback in ein weiches Licht. Es war ein Anblick von atemberaubender Schönheit.

Für ein paar kurze Augenblicke vergaß die kleine Gruppe die Schrecken der vergangenen Nacht. Erst der hässliche Anblick des niedergebrannten Hotels, das jetzt nur noch ein Schandfleck in der Landschaft war, ließ den lähmenden Schmerz wiederkehren.

Plötzlich hörten sie einen Ruf. Mohomet Khan ritt mit mehreren beladenen Kamelen heran. Arabella und die anderen brauchten einen Augenblick, bis sie begriffen, dass es die Tiere waren, die das Bier aus Farina brachten. Mohomet Khan stieß einen scharfen Ruf aus, worauf die Kamele sich auf die Vorderläufe knieten, und stieg ab.

»Wie ist das passiert?«, fragte er und blickte betroffen auf die Ruine des Hotels. »Ich habe den Schein des Feuers heute Nacht schon weit draußen in der Wüste gesehen, aber dass es so schlimm ist, hätte ich nicht gedacht.«

Tony sagte müde: »Ein Blitz hat das Heu in Brand gesetzt.«

»Hast du auf dem Weg hierher Moira Quiggley und ihre Familie gesehen, Mohomet?«, fragte Maggie.

»Nein, ich habe Farina noch vor ihnen verlassen«, erwiderte der Kameltreiber. »Jedenfalls habe ich zweihundertdreißig Flaschen Bier für euch dabei.«

»Wir hätten nicht gedacht, dass Sie es in dem Unwetter schaffen«, sagte Arabella.

Mohomet nickte. »Ich war schon fünfzehn Meilen hinter Farina, als das Gewitter losbrach. Da sagte ich mir, ich könnte ebenso gut weiterziehen wie kehrtmachen – ich hätte so oder so mit Regen und Blitzschlag zu kämpfen gehabt. Zum Glück haben meine Kamele das alles gut verkraftet. Diese Tiere sind Strapazen gewöhnt und lassen sich nicht so leicht aus der Ruhe bringen.«

Terry kam zu ihnen. Er trug schwere Stiefel und Arbeitshandschuhe, um die schreckliche Aufgabe in Angriff zu nehmen, in den verkohlten Trümmern des Gebäudes nach Stuarts Leichnam zu suchen.

»Guten Morgen«, sagte er, wobei er die ausgebrannte Ruine betrachtete. »Bis jetzt ist noch keiner in den Trümmern gewesen, oder?«

»Nein«, sagte Tony.

»In Ordnung.« Terry ging zur Ruine, um mit der Suche zu beginnen.

»Wo soll ich das Bier hinbringen?«, fragte Mohomet und machte sich daran, die Riemen zu lösen, mit denen die Kisten festgeschnallt waren. Mohomet war schon älter, bewegte sich aber mit der Leichtigkeit eines jungen Mannes.

»Bring es in den Heuschober«, sagte Tony. »Jonathan und ich helfen dir.« Den größten Teil des Bieres wollte Tony in den nächsten Tagen zurückschicken, da es nun keine Möglichkeit mehr gab, es kühl zu lagern – und vor allem keine Gäste, an die man es ausschenken konnte.

Während Terry in der rauchenden Ruine des Hotels suchte,

begannen Tony, Jonathan und Mohomet, die Kamele zu entladen. Als das erledigt war, führte Mohomet die Tiere in die Ghan-Siedlung, um sie zu füttern und ruhen zu lassen.

Plötzlich tauchte Paddy auf. Er blickte gequält drein. »Haben Sie Uri gesehen?«, fragte er Arabella.

»Nein. Was ist mit ihm?«

»Er ist mit den Kamelen weggelaufen, die bei dem Unwetter die Zäune ihrer Pferche niedergerissen haben«, sagte Paddy. »Ich habe schon in den Ställen nachgesehen. Dort ist er nicht. Wir haben fast alle Kamele wieder eingefangen, aber Uri haben wir nicht gesehen.«

In Arabella stieg Angst auf. »Dann müssen wir nach ihm suchen!«

»Hoffentlich ist er nicht mit einem der Hengste davongelaufen«, sagte Paddy. »Wenn das passiert ist, wird von Uris Sanftmut nichts mehr bleiben. Er wird sich in ein wildes Tier verwandelt haben, bevor wir ihn wiedersehen.«

»Werden die Farmer ihn dann erschießen?«, fragte Arabella voller Angst.

»Das könnte durchaus passieren«, sagte Paddy. »Ich werde weiter nach ihm suchen.« Er eilte davon.

Arabella ließ sich auf eines der Klappbetten fallen und schlug die Hände vor das Gesicht.

»Vielleicht kommt er ja wieder, Arabella«, versuchte Jonathan ihr Hoffnung zu machen. »Du weißt, dass Uri dich gern hat, und er wird auch Bess vermissen. Sehen wir zu, dass Mohomet Basheer uns neue Kleidung gibt. Dann satteln wir Bess und machen uns ebenfalls auf die Suche nach Uri.«

Arabellas Miene hellte sich auf. »Du würdest mich begleiten?«

»Ja«, sagte Jonathan. »Überall hin.«

Mohomet erlaubte Arabella und Maggie, sich alles zu nehmen, was sie brauchten. Außerdem bot er ihnen an, sich in seinen privaten Zimmern zu waschen und frisch zu machen.

»Ich danke dir von Herzen, Mohomet«, sagte Maggie. »Du weißt, dass wir unsere Rechnung eines Tages begleichen werden.« Sie wusste nicht, wann oder wie, hatte aber die feste Absicht, ihre Schulden zurückzuzahlen.

Mohomet wusste, dass Maggie ihren Stolz hatte. »Ich weiß, Maggie«, sagte er deshalb nur.

»Vielen Dank, Mohomet«, sagte auch Arabella voller Wärme.

Der Afghane lächelte. Nichts mehr war von dem verwöhnten, hochnäsigen Mädchen geblieben, das sich damals ein Gewand bei ihm ausgesucht hatte, das sie von Kopf bis Fuß bedeckte.

Als Arabella zu den Ställen kam, hatte Jonathan Bess bereits gesattelt.

»Wenn Bess doch nur verstehen könnte, dass wir nach Uri suchen«, sagte Arabella. »Dann würde sie ihn sicher finden, bevor er zu weit wegläuft.«

»Vielleicht kann sie das ja«, sagte Jonathan, saß auf und hob Arabella hinter sich aufs Pferd. Sie schlang die Arme um seine Taille, und sie ritten los.

In den Ruinen des niedergebrannten Hotels bückte sich Terry, hob etwas auf und rieb mit dem Ärmel den Ruß ab.

Tony sah zu ihm hin. »Hast du was gefunden?«

»Eine Armbanduhr.« Terry kam aus dem Trümmern und zeigte sie Tony. »Ist das deine?«

»Nein.«

»Könnte sie von Jonathan oder von Les Mitchell sein?«

»Nein, ich habe nicht gesehen, dass einer von ihnen eine solche Uhr trägt«, sagte Tony.

»Dann muss sie Stuart gehören«, erklärte Terry.

»Zeig mal hcr«, sagte Maggie. »Stuart hat seine Uhr einmal in der Küche liegen lassen, deshalb weiß ich, wie sic aussieht.«

Tony reichte sie ihr. Maggie warf einen kurzen Blick darauf, und ihre Unterlippe bebte. Obwohl das Glas zerbrochen und geschwärzt war, erkannte sie die Uhr. »Es ist Stuarts«, flüsterte sie.

»Maggie und Tony tun mir schrecklich leid«, sagte Arabella, für die es ein tröstliches Gefühl war, sich an Jonathan anzulehnen. Sie ritten nach Westen den Fluss entlang. Am Ufer waren sehr viele Kamelspuren zu sehen; daher hofften sie, Uri bei den Tieren zu finden, die bei dem Unwetter davongelaufen waren. Doch sie wussten, dass die Spuren auch von Afghanen stammen konnten, die auf ihren Kamelen nach jenen Tieren suchten, die sie bisher noch nicht eingefangen hatten.

»Eine solche Tragödie rückt alles in ein ganz anderes Licht, nicht wahr?«, sagte Jonathan.

»Ja. Mir hat es bewusst gemacht, was für ein sinnloses Leben ich zu Hause in England geführt habe. Ich hatte keine Ziele, keinen Ehrgeiz … Ich beneide dich, Jonathan. Du weißt wenigstens, was du mit deinem Leben anfangen willst.«

Jonathan zügelte Bess, schwang sich von ihrem Rücken und half auch Arabella herunter. »Das dachte ich bisher auch immer.«

»Was meinst du damit?«

»Es gibt nur eines, das ich mit Sicherheit weiß, Arabella«, sagte er. »Dass ich mein Leben mit dir verbringen will. Was letzte Nacht passiert ist, hat mir vor Augen geführt, dass mein Leben ohne dich leer und sinnlos wäre.«

»Würdest du dein jetziges Leben aufgeben? Was du tust, ist sehr wichtig für dieses Land, besonders für die Aborigines.«

»Ich könnte auch in England eine sinnvolle Aufgabe finden.«

Es rührte Arabella, dass Jonathan bereit war, seine Träume aufzugeben, um mit ihr zusammen zu sein. Doch sie wusste, wie groß dieses Opfer war. »Nein«, sagte sie. »Du kannst Australien und das Outback nicht verlassen. Du würdest niemals glücklich sein. Ich werde nicht zulassen, dass du dein Leben hier aufgibst.«

»Willst du damit sagen, du liebst mich, aber wir werden trotzdem nicht zusammen sein?«

»Nein. Ich würde lieber mit dir in einer Hütte hier in der Wüste leben, als ohne dich in einer Großstadtvilla. Es ist mir egal, wo wir leben, solange wir zusammen sind.«

Jonathan lächelte. »Ich verspreche dir, du wirst eine bessere Unterkunft bekommen als eine Hütte, Arabella. Ich kann schließlich nicht zulassen, dass meine Frau in einer Hütte haust.«

»Soll das ein Heiratsantrag sein?«

»Ja. Du willst mich doch, oder?«

»O ja!«, rief Arabella, fiel ihm um den Hals und küsste ihn leidenschaftlich.

»Aber es soll alles seine Richtigkeit haben«, sagte er, als sie sich voneinander gelöst hatten. »Ich werde bei deinem Vater um deine Hand anhalten.«

»Wenn du darauf bestehst«, sagte Arabella. »Aber ich werde dich heiraten, ganz gleich, was er sagt.«

Tony und Maggie kamen eben aus den Trümmern ihres Hauses, als Moira und ihre Familie in die Stadt einfuhren. Ihr Wagen wurde von einem Kamel mit einem afghanischen Reiter gezogen; hinter dem Wagen waren ihre Pferde angebunden. Als Tony den Wagen erblickte, sah er, dass er bis zu den Achsen im Schlamm gesteckt hatte.

»Was ist denn hier passiert?«, fragte Moira schockiert, als sie mit ihren Söhnen und ihrem Mann Phil aus dem Wagen stieg und die geschwärzten Ruinen des Hotels sah.

»Ein Blitz hat eingeschlagen«, sagte Tony knapp. Er war zu verzweifelt, um von Einzelheiten zu berichten.

»Oh, Tony, das tut mir leid«, sagte Moira mitfühlend. »Wenn wir dir und Maggie irgendwie helfen können, lass es uns wissen.« Moira erkannte erst jetzt, wie viel Glück sie gehabt hatten, dass nicht auch sie vom Blitz getroffen worden waren. »Auch wir sind in das Unwetter geraten. Wir waren erst fünf Meilen weit, als der Regen einsetzte. Wir haben uns beeilt, voranzukommen, aber es dauerte nicht lange, bis wir mit dem Wagen bis zu den Achsen im Schlamm steckten.«

»Es war sehr tapfer von euch, dass ihr weitergefahren seid, Moira«, sagte Maggie. »Arabella hat sich schon große Sorgen gemacht…«

In diesem Moment tauchten Jonathan und Arabella auf.

»Moira! Ihr habt es geschafft!«, rief Arabella erleichtert.

»Ja. Wir haben uns um einen Tag verspätet, aber wir sind da.«

»Wie seid ihr denn aus dem Schlamm herausgekommen?«, fragte Maggie.

»Ich habe Phil gebeten, zu Fuß zurück nach Farina zu laufen und einen der Afghanen zu holen. Sein Kamel hat unseren Wagen dann freigezogen. Kamele sind sehr kräftige Tiere, und sie haben längere Beine als Pferde, was im Schlamm ein großer Vorteil ist.« Moira ließ den Blick über die Ruine des Hotels schweifen. »Wurde bei dem Feuer jemand verletzt?«

»Noch viel schlimmer«, erwiderte Maggie niedergeschlagen. »Wie es aussieht, ist Stuart Thompson in den Flammen ums Leben gekommen.«

Moira wich die Farbe aus dem Gesicht. »Das ist ja entsetzlich.«

Maggie stiegen Tränen in die Augen. »Und nun habt ihr den ganzen Weg bis hierher auf euch genommen, und wir können euch nicht mal eine Unterkunft anbieten.«

»Mach dir deswegen keine Sorgen«, sagte Moira. »Wir können uns im Wagen aufs Ohr legen. Ihr habt doch vor, das Hotel wieder aufzubauen?«

Maggie schluckte den Kloß in ihrer Kehle herunter. »Das können wir nicht. Die Versicherung zahlt keinen Penny.« Sie warf einen Blick auf ihren Mann.

»Ich habe die Prämie nicht bezahlt, Moira«, sagte Tony zerknirscht.

»Nun, wenn ich etwas verspreche, dann halte ich es auch«, entgegnete Moira und blickte Arabella an. »Wissen Maggie und Tony schon, was wir vorhatten?«

Maggie kam Arabella mit der Antwort zuvor: »Ja, ich weiß, warum du all die Mühe auf dich genommen hast, Moira, und dafür danke ich dir. Aber jetzt gibt es kein Hotel mehr, das man retten könnte.«

Ausnahmsweise hatte Moira keine Antwort parat.

»Wir sollten einen Trauergottesdienst für Stuart halten«, sagte Tony bedrückt.

»Und seine Familie muss verständigt werden, aber wir wissen nicht, wo sie ist«, sagte Maggie.

»Er hat mir gesagt, seine Eltern leben in Wales«, sagte Arabella. »Wir werden das Rote Kreuz einschalten. Sie werden Stuarts Familie schon finden.«

Moira packte die Vorräte aus, die sie mitgebracht hatte, darunter mehrere Laibe Brot und ein paar Gläser Eingemachtes. Dann verteilte sie das Essen. Maggie und Tony waren nicht besonders hungrig, doch Moira und ihre Familie aßen, ebenso Jonathan und Arabella, die auf einem der Klappbetten im Heuschober nebeneinander saßen.

»Ich habe Jimmy Wanganeen noch gar nicht gesehen«, sagte Maggie. »Nur Ruby. Sie war mit den Frauen zusammen. Seltsam. Normalerweise sind Ruby und Jimmy nicht eine Minute getrennt.«

Arabella sah Jonathan mit besorgter Miene an.

»Maggie … Jimmy ist gestorben, während du bei deiner Schwester warst«, sagte Jonathan.

»O nein!« Maggie fuhr sich mit einer Hand an den Mund. »Nehmen die Schreckensnachrichten denn gar kein Ende?«

»Wir haben eine kleine Zeremonie für ihn abgehalten, während die Aborigines im Trauerlager waren«, sagte Arabella.

Maggie wünschte sich, sie hätte dabei sein können, um von

einem Mann Abschied zu nehmen, der ihr ein guter Freund gewesen war. »Hat das Trinken ihn umgebracht?«

»Nein. Er hatte mit dem Trinken aufgehört, als uns das Fleisch ausging«, sagte Arabella.

Maggie blickte sie verwirrt an.

»Jimmy ist jeden Tag für uns auf die Jagd gegangen«, erklärte Jonathan.

»Und er hat es gern getan«, fügte Arabella hinzu. »Ich glaube, es hat seinem Leben wieder einen Sinn gegeben. Jimmy hatte seinen Stolz zurückgewonnen, bevor er starb.«

Maggie wischte sich die Tränen von den Wangen.

»Arabella hat Klavier für ihn gespielt und eine Hymne gesungen«, sagte Jonathan. »Sieh dir mal das Foto an, das ich von Jimmy aufgenommen habe. Es hängt an der Wand hinter dir.«

Maggie drehte sich um und betrachtete das Bild. »Es ist wundervoll«, sagte sie bewegt. »Es ist, als spräche Jimmy zu mir.«

»Ted sagte, Jonathan habe auf diesem Foto Jimmys Seele eingefangen, und das stimmt«, sagte Arabella stolz.

»Was werdet ihr jetzt tun, Maggie?«, fragte Moira.

»Ich weiß es nicht«, erwiderte Maggie. »Wir können uns nicht mal eine Fahrkarte leisten, wenn der Zug wieder fährt.« Sie warf einen Blick auf Tony. »Ich nehme an, wir könnten zu meiner Schwester zurück, bis wir uns überlegt haben, was wir mit dem Rest unseres Lebens anfangen.«

»Du stehst noch unter Schock, Maggie«, sagte Phil, Moiras Ehemann. »Lass dir Zeit, darüber nachzudenken.«

»Das wird nichts ändern.«

»Wir haben Bier, Phil«, sagte Tony. »Trinken wir einen Schluck. Mal sehen, wie Daves Gebräu geworden ist.«

»Ja, trinken wir auf das gute alte Great Northern Hotel«, sagte Maggie und fügte traurig hinzu: »Ich wollte, es gäbe auch etwas Erfreuliches, auf das wir trinken könnten.«

Arabella blickte Jonathan an. »Sollen wir es sagen?«, flüsterte sie.

Maggie hatte sie gehört. »Was habt ihr beide denn zu flüstern?«

Arabella schaute sie an, war sich aber nicht sicher, ob sie es sagen sollte. Jonathan nahm ihr die Entscheidung ab.

»Arabella und ich werden heiraten«, verkündete er stolz.

»Das ist endlich mal eine schöne Neuigkeit!«, sagte Maggie lächelnd. »Ihr seid ein wundervolles Paar.«

»Du bekommst ein gutes Mädchen, Jonathan«, sagte Tony.

Arabella senkte beschämt den Kopf.

»Ich weiß, dass ich am Anfang hart zu dir war, als du hierhergekommen bist, Arabella«, fuhr Tony fort. »Aber du hast in schweren Zeiten zu uns gestanden, und das bedeutet uns sehr viel. Du hast dich sehr zum Vorteil verändert.«

»Wenn das stimmt«, sagte Arabella, »habe ich es euch allen zu verdanken. Ihr habt mich aufgenommen, als ich Hilfe brauchte, und habt mich nicht hinausgeworfen, als ich es verdient hatte.«

»Trinken wir auf Jonathan und Arabella«, sagte Maggie. »Auf viele gemeinsame glückliche Jahre.«

30

Jonathan und Arabella stahlen sich davon, um einen kleinen Spaziergang zu machen, sodass sie ein wenig Zeit für sich allein hatten.

»Ich glaube, dass der Zug bald wieder fahren wird«, sagte Jonathan.

»Damit rechne ich schon seit Wochen«, erwiderte Arabella matt. »Aber es kommt mir allmählich so vor, als würde er nie wieder fahren.«

»Das wird er«, sagte Jonathan, »und ich bin sicher, du wirst überglücklich sein, deine Eltern zu sehen.«

»O ja.« Arabella lächelte bei dem Gedanken, doch sofort wurde ihre Miene wieder ernst. »Nicht zu wissen, was mir passiert ist, muss schrecklich für die beiden sein. Ich bin froh, wenn das vorbei ist. Das war das Schlimmste für mich – zu wissen, dass meine Eltern leiden.« Sie schaute Jonathan an. »Stell dir vor, wie überrascht sie sein werden, wenn ich ihnen sage, dass wir heiraten.«

»Falls dein Vater mich für geeignet hält«, meinte Jonathan.

»Das wird er«, sagte Arabella zuversichtlich. Sie war sicher, dass ihre Eltern Jonathan binnen kurzer Zeit ins Herz schließen würden.

Jonathan war sich da nicht so sicher. »Ich habe kein festes Einkommen«, sagte er. »Vielleicht bin ich deinen Eltern als Schwiegersohn nicht gut genug.«

»Ach was! Warte nur, bis sie deine wundervollen Fotografien sehen«, erwiderte Arabella. »Und bis sie erfahren, wie viel du für dieses Land und seine Einwohner getan hast und noch tun willst.«

Jonathan zog sie in seine Arme und küsste sie. »Ich liebe dich«, sagte er.

»Ich liebe dich auch, Jonathan Weston.« Sie lächelte. »Mrs Arabella Weston … das hört sich gut an, findest du nicht auch?«

»Auf jeden Fall.« Jonathans Lächeln schwand. »Wirst du mit deinen Eltern nach England zurückkehren, bis wir unsere Hochzeit ausrichten können?«

»Ich wüsste nicht, weshalb wir nicht *hier* heiraten sollten.«

Jonathan blickte sie erstaunt an. »Aber deine Eltern …«

»Die kannst du getrost mir überlassen«, antwortete Arabella lachend.

Zum Abendessen verteilte Moira wieder von ihrem Brot und der Konfitüre, und Mohomet Basheer brachte Tee.

»Ich frage mich, wie viele Leute sonst noch nach Marree aufgebrochen sind«, sagte Maggie, als sie beim Essen saßen. Vor Sorge um diese Menschen, die seit Jahren ihre Freunde waren, hatte sie keinen Appetit.

»Die Maxwells wollten Fleisch in die Stadt bringen, um es für das Barbecue zu spenden«, sagte Arabella. »Hoffentlich stecken sie nicht irgendwo im Schlamm fest.«

»Sie müssen zwei oder drei Flüsse überqueren, um hierherzukommen«, sagte Maggie. »Die meiste Zeit sind die Flussläufe zwar ausgetrocknet, aber nach dem vielen Regen werden sie angeschwollen sein. Wahrscheinlich ist die Reise nicht ganz ungefährlich.«

Diese Neuigkeit bereitete Arabella zusätzliche Sorgen, zumal am Abend immer noch niemand in Marree erschienen war.

Eine Stunde später legten alle sich schlafen. Moira und ihre Leute machten es sich in ihrem Wagen bequem, den sie neben den Heuschober gezogen hatten.

Arabella lag auf einem der Klappbetten neben Maggie, die sich unruhig hin und her wälzte und schließlich den Versuch aufgab, Schlaf zu finden. Sie lag wach und blickte zu den Sternen hinauf, die sie durch das schadhafte Dach des Heuschobers sehen konnte. Traurig dachte sie an das bevorstehende Weihnachtsfest. Als es das Hotel noch gegeben hatte, hatte sie den Menschen dieser Stadt und dieses Landes ihre Gastfreundschaft und Aufmerksamkeit schenken können, und sie hatte stimmungsvolle Weihnachtsfeiern ausgerichtet. Diesmal aber lastete der Gedanke an das Fest schwer auf ihr.

»Wie ist es hier in Marree eigentlich an Heiligabend?«, flüsterte Arabella, die ebenfalls nicht schlafen konnte. Auch sie hatte an Weihnachten gedacht und sich gefragt, wie das Fest im Outback gefeiert wird.

»Heiligabend war immer der beste Tag des Jahres in unserem Hotel«, sagte Maggie. »Nicht wahr, Tony? Oder schläfst du schon?«

Tony drehte sich auf die Seite und stützte sich auf einen Ellenbogen. »An Heiligabend sind immer alle in die Stadt gekommen. Maggie hat tagelang im Voraus gebacken, und wir haben ein riesiges Barbecue veranstaltet.« Er lächelte, als er daran zurückdachte.

»Es wurde viel gesungen«, sagte Maggie wehmütig.

»Und noch mehr getrunken«, fügte Tony hinzu.

»Manchmal haben die Männer sich verkleidet und eine Show aufgeführt«, sagte Maggie. »Weißt du noch, als ich Wally als Frau verkleidet habe? Er sollte Schneewittchen darstellen, sah aber eher so aus wie eine der hässlichen Schwestern aus Aschenputtel.« Sie musste kichern, als sie daran zurückdachte.

»Ich wäre gern mit meiner Kamera dabei gewesen«, sagte Jonathan mit verschlafener Stimme.

»Ich kann mir gar nicht vorstellen, dass Wally bei so etwas mitmacht«, sagte Arabella.

»Er war sturzbetrunken«, flüsterte Maggie. »Er wusste gar nicht, was ich ihm angezogen habe.«

»Und seitdem hat niemand gewagt, es ihm zu sagen«, fügte Tony hinzu.

Arabella kicherte. »Das glaube ich schon eher.«

»Einen solchen Heiligabend werden wir jetzt nie wieder erleben«, sagte Maggie traurig. »Wie war Weihnachten denn für dich, Arabella?«

»Oh, es war wundervoll«, erwiderte sie, wobei auch sie sich ihren Erinnerungen hingab. »Meine Eltern hatten jedes Jahr ein stimmungsvolles Abendessen mit Freunden, die sie zu uns einluden. Nach dem Essen spielte meine Mutter Klavier, und wir sangen Weihnachtslieder. Im Kamin brannte ein Feuer, manchmal hat es draußen geschneit. Und während die Erwachsenen sich unterhielten, saß ich gemütlich im Warmen am Fenster und schaute zu, wie die Schneeflocken vom Himmel fielen. Im Licht, das aus dem Fenster fiel, funkelten sie wie Kristalle.« Sie seufzte in wehmütiger Erinnerung. »Und wir hatten immer einen wunderschön geschmückten Christbaum im Wohnzimmer. Jedes Jahr bastelten meine Mutter und unsere Haushälterin etwas Neues, und ich half ihnen dabei. Ich habe den Heiligabend geliebt. Das Haus war erfüllt von Wärme und Glück. Ich durfte Eiershake trinken und eines meiner Geschenke schon auspacken.« In Gedanken sah Arabella den Berg von Kartons in buntem Geschenkpapier und Schleifen unter dem Baum. »Am nächsten Morgen sind wir mit einer Pferdekutsche oder mit dem Schlitten, wenn es schneite, zur Kirche gefahren. Wir kamen mittags zum Weihnachtsessen und zum Auspacken der Geschenke wieder heim. Weihnachten war für mich immer die schönste Zeit des Jahres.« In Gedanken konnte sie die Schlittenglöckchen hören und das Knirschen der Kufen im Pulverschnee. Sie saß mit einer Pelzmütze und Handschuhen zwischen ihre Eltern gekuschelt auf dem Schlitten, eine warme Decke über den Knien. Die eisige Brise in ihrem Gesicht trieb ihr das Wasser in die Augen und ließ ihr die Nase laufen, und sie lachte vor Freude, während ihre Mutter mit ihr herumalberte.

»Solche Weihnachten wirst du bald wieder haben, Arabella«, sagte Maggie zuversichtlich.

Am nächsten Morgen waren sie noch nicht lange auf den Beinen, als Ruth und Bob Maxwell mit zwei Viehtreibern – einer war ein Aborigine – in die Stadt kamen. Ruth und Bob saßen auf einem voll beladenen Wagen. Als sie das niedergebrannte Hotel sahen, blieb ihnen vor Schreck der Mund offen stehen.

»Wie ist das passiert?«, rief Ruth, als sie und Bob vom Wagen stiegen.

»Ein Blitz hat eingeschlagen«, sagte Tony nur.

»O Gott«, sagte Ruth. »Das tut mir so leid.«

»Wie habt ihr es hierhergeschafft?«, fragte Tony.

»Jack hat uns geführt«, sagte Bob. Jack war der Aborigine-Viehtreiber; er kannte das Outback wie seine Westentasche.

Maggie schloss Ruth in die Arme. »Es ist ein Wunder, dass Sie bei dem Unwetter bis hierher durchgekommen sind«, sagte sie gerührt.

»Ich wollte euch nicht im Stich lassen«, erwiderte Ruth. »Ich war mir nicht sicher, wann und ob überhaupt noch jemand die Stadt erreichen würde, aber wenn es der Fall gewesen wäre, hättet ihr kein Fleisch fürs Barbecue gehabt. Da haben wir uns gesagt, wir kommen lieber einen Tag zu spät als gar nicht. Ich bin sicher, bald werden noch ein paar Familien hier eintreffen. Wir können das Fest am ersten Weihnachtstag feiern statt an Heiligabend.«

»Ich bin Ihnen dankbar, dass Sie gekommen sind«, sagte Arabella, »aber Sie hätten nicht Ihr Leben riskieren dürfen.«

»Ach, so dramatisch war es nun auch wieder nicht«, sagte Ruth. »Wir sind schon zu schlimmeren Zeiten gereist und …«

Sie verstummte, als in der Ferne ein Geräusch erklang.

»Was war das?«, fragte Arabella. Es hatte sich seltsam vertraut angehört.

»Das ist der Zug!«, rief Ted.

Arabellas Augen weiteten sich. »Bist du sicher?«

»Es hörte sich ganz so an«, sagte Ted.

Dann hörten alle das Geräusch noch einmal: ein Pfeifen.

»Es *ist* der Zug!«, rief Ted.

Arabella wurden vor Aufregung die Knie weich, während Ted bereits zum Bahnsteig rannte. Jonathan nahm Arabellas zitternde Hand, und sie folgten Ted. Auf dem kleinen Bahnsteig gesellten sich bald darauf die anderen zu ihnen. Alle blickten erwartungsvoll den Schienenstrang hinunter, konnten im Dunst aber nichts erkennen.

Maggie ergriff spontan Arabellas Hand und drückte sie fest. Sie wusste nur zu gut, wie sehr Arabella diesen Augenblick herbeigesehnt hatte, und freute sich aufrichtig für sie.

Die Sekunden dehnten sich zu Stunden. »Wie kann es sein, dass wir den Zug hören, aber nicht sehen können, Ted?«, fragte Arabella ungeduldig. Sie hatte Angst, dass sie sich getäuscht hatten. Vielleicht hatten sie etwas ganz anderes in der Ferne gehört.

»Geräusche werden in der Wüste meilenweit getragen«, sagte Ted zuversichtlich. »Du wirst den Zug gleich sehen, warte es nur ab.«

Kaum hatte er ausgesprochen, erschien der Afghan-Express in der Ferne. Tränen traten Arabella in die Augen. Ihre Gefühle drohten sie zu überwältigen. Wie lange hatte sie auf diesen Augenblick gewartet!

In einem der Abteile saßen Edward und Clarice und hielten sich bei den Händen. Sie waren so nervös, dass ihre Münder trocken und ihre Handflächen feucht waren. Ihre Geduld war auf eine lange und harte Probe gestellt worden, zumal der Zug mit einem ganzen Tag Verspätung in Marree eintraf. Die heftigen Regenfälle hatten den Wüstenboden schlammig gemacht, sodass der Zug sehr langsam fahren musste, um die aufgeweichten Gleisbetten nicht zu beschädigen. Die Reise hatte doppelt so lange gedauert wie üblich.

»Wir sind fast da«, sagte Edward und blickte aus dem Fenster. Er konnte die Dattelpalmen und die Moschee der Ghan-Siedlung bereits in der Ferne sehen.

»Ich habe Angst, hinzuschauen«, flüsterte Clarice, Edwards Hand fest drückend und sich vom Fenster abwendend. Sie hatte über Meilen hinweg darum gebetet, Arabella auf dem Bahnsteig stehen zu sehen, doch jetzt, da der Augenblick gekommen war, hatte sie Angst, ihre Hoffnungen könnten enttäuscht werden, und das würde sie nicht noch einmal durchstehen. Clarice warf einen Blick auf Edward und sah, dass es ihm nicht anders erging.

Als der Zug die Geschwindigkeit verringerte, hörte Edward die aufgeregten, erschrockenen Rufe der anderen Fahrgäste, die sich an den Fenstern der Waggons drängten.

»Was haben die Leute?«, fragte Clarice, trat ebenfalls ans Fenster und reckte den Hals. »Was ist denn los?«

»Da hat es gebrannt!«, rief jemand. »Das Hotel ist verschwunden! Das Great Northern ist nur noch eine Ruine!«

Clarice schnappte nach Luft; für einen Moment wurde ihr schwarz vor Augen. »O Gott!«, stieß sie hervor. Die schrecklichsten Gedanken schossen ihr durch den Kopf. Wenn Arabella in dem Hotel gewesen war, als es gebrannt hatte …

Clarice konnte ihre Tränen nicht mehr zurückhalten, und Edward zog sie an sich. Sie beide hatten die zaghafte Hoffnung gehabt, dass Arabella noch lebte, dass sie wohlauf war und in dem Hotel wohnte. Umso niederschmetternder war jetzt der Anblick der ausgebrannten Ruine. Ihre Hoffnungen hatten sich endgültig zerschlagen. Sie würden Arabella nie wiedersehen.

Als der Afghan-Express in Sicht kam, schweiften Arabellas Gedanken zurück zu jenem Augenblick, als sie im Wüstensand gelegen hatte und den Zug davonrollen sah. Ein paar Sekunden lang verspürte sie noch einmal ihre Angst und Verzweiflung, als sie allein in der Einsamkeit zurückgeblieben war, dann verflogen ihre düsteren Erinnerungen und wurden von freudiger Erwartung verdrängt. Doch als sie nun beobachtete, wie der Afghan-Express näher kam, stieg Unsicherheit in ihr auf.

»Und wenn meine Eltern nun gar nicht im Zug sind, Jonathan?«, flüsterte sie, denn mit einem Mal erschien ihr alles so unwirklich, wie in einem Traum.

»Sie sind im Zug, keine Angst«, versicherte Jonathan.

Der Zug kam, in eine riesige Dampfwolke gehüllt, zum Stehen. Arabella eilte so schnell sie konnte zum hinteren Teil, wo sich die Salonwagen befanden. Sie musste vom Bahnsteig hinunterklettern, da er nicht bis zum Zugende reichte. Jonathan begleitete sie.

Derweil stiegen die Fahrgäste aus, doch Clarice und Edward blieben sitzen. Edward blickte angespannt auf den Bahnsteig hinunter, seine Frau drückte zitternd ihren Kopf an seine Schulter. Als die Sekunden sich zu Minuten dehnten, ohne dass Edward etwas sagte, war Clarice sich sicher, dass Arabella verloren war.

Edward hörte, wie die Fahrgäste die Leute auf dem Bahnsteig fragten, was mit dem Hotel geschehen sei. Er hörte jemanden sagen, dass ein Blitz den Brand verursacht hatte. Ob es Tote gegeben habe, fragte eine ängstliche Stimme. Edward sah einen Mann nicken und hörte ihn sagen, sie hätten einen Gast verloren.

Edward wurde übel, und er wandte sich ab.

Arabella ging am Zug entlang und versuchte angestrengt, durch die Fenster der Waggons ins Innere zu blicken.

»Sie sind nirgends zu sehen, Jonathan! Meine Eltern sind nicht im Zug …!«

Jonathan wusste nicht, was er darauf erwidern sollte.

Maggie sah, wie verzweifelt Arabella war, als sie sich dem letzten Waggon näherte. Fast alle Fahrgäste hatten den Zug inzwischen verlassen. Plötzlich entdeckte Maggie ein Paar mittleren Alters, das in einem der vorderen Salonwagen saß. Der Mann hatte den Arm um seine Frau gelegt; beide sahen verstört und verzweifelt aus. Maggie wusste auf Anhieb, dass es sich nur um Arabellas Eltern handeln konnte: Die Wochen der Angst, die sie durchlitten hatten, hatten sich in ihre Gesichter eingegraben.

Maggie eilte über den Bahnsteig und blieb unter dem Waggonfenster stehen. »Sind Sie Mr und Mrs Fitzherbert?«, rief sie hinauf.

Edward kam ans Fenster. »Ja …«, sagte er zögernd, denn ihm graute vor weiteren schrecklichen Neuigkeiten.

Da stieß Maggie einen Jubelschrei aus. »Arabella!«, rief sie, »Arabella, sie sind hier!«

So schnell ihre Beine sie tragen konnten, kam Arabella zu ihr geeilt, gefolgt von Jonathan. Maggie wies stumm zum Fenster des Salonwagens hinauf.

Edward sah sie zuerst. Sanft rüttelte er seine Frau und zog sie hoch. Clarice trat benommen neben ihn ans Fenster, schaute hinaus und wurde kreidebleich.

Dieses braun gebrannte, burschikose Mädchen auf dem Bahnsteig sollte ihre Bella sein?

Wie in Trance eilten die Fitzherberts zur Tür des Wagens und stiegen hinunter auf den Bahnsteig.

In der nächsten Sekunde lag Arabella in ihren Armen und schluchzte vor Freude. Maggie stand mit Tony neben der Tür und wischte sich die Tränen von den Wangen. Selbst Tony hatte feuchte Augen.

»Was ist passiert, Bella?«, fragte Edward atemlos, als sie ihre Gefühle wieder halbwegs unter Kontrolle hatten. »Wir dachten, wir hätten dich für immer verloren!«

»Ich bin aus dem Waggon gestiegen, als wir in der Wüste gehalten haben«, stieß Arabella schniefend aus. »Ich erzähle euch später alles. Jetzt will ich erst einmal, dass ihr ein paar ganz besondere Menschen kennen lernt.«

Die Fitzherberts, vor allem Clarice, wunderten sich über das Aussehen und die Kleidung ihrer Tochter: Arabella trug eine Reithose und ein Hemd, das wie das eines Mannes aussah, dazu Stiefel. Das Haar hing ihr offen bis auf die Schultern, was Clarice ihr ansonsten nur zur Schlafenszeit gestattet hatte. Doch am erstaunlichsten war Arabellas körperliche Verfassung. Sie hatte zugenommen; ihre Wangen waren voller, und ihre einst so bleiche Haut war sonnengebräunt. Von ihrem kränklichen Aussehen war nichts mehr geblieben. Sie strotzte vor Gesundheit und Lebenskraft.

Arabella führte ihre Eltern auf den Bahnsteig, wo alle darauf warteten, sie kennen zu lernen. Die anderen Fahrgäste waren in den Ort gegangen, um sich die Ruine des Hotels anzusehen.

»Mummy, Dad – das sind Tony und Maggie McMahon. Ihnen gehörte das Great Northern Hotel. Als ich nach Marree kam, haben sie mich bei sich aufgenommen und sich um mich gekümmert.«

»Das Hotel sieht jetzt leider nicht mehr so großartig aus«, sagte Tony und hielt Edward die Hand hin, »aber wir freuen uns sehr, Sie kennen zu lernen.« Er warf einen beschämten Blick zu Arabella, als ihm einfiel, wie oft er daran gezweifelt hatte, dass ihre Eltern je auftauchen würden.

»Ich kann Ihnen gar nicht genug danken, dass Sie sich um Arabella gekümmert haben«, sagte Edward mit belegter Stimme.

Clarice umarmte Maggie, was sonst gar nicht ihre Art war. »Ich danke Ihnen von ganzem Herzen«, sagte sie. »Bella sieht wundervoll aus!«

»Ja, sie ist eine Schönheit geworden«, sagte Maggie so stolz, als wäre Arabella ihre eigene Tochter – und so empfand sie inzwischen fast. »Sie war uns allen hier im Ort eine große Hilfe.«

Arabella stellte ihren Eltern Ted, Wally, Les, die Maxwells und die Quiggleys vor. Dann führte sie die beiden zu Jonathan, der sich still im Hintergrund gehalten hatte.

»Und das ist Jonathan Weston«, sagte Arabella, wobei sie ihn resolut nach vorne zog. »Jonathan ist ein ganz besonderer Freund.«

»Wir freuen uns, auch Sie kennen zu lernen«, sagte Edward vorsichtig. Er und Clarice warfen sich einen raschen Blick zu, denn beide hatten augenblicklich den Verdacht, dass ihre Tochter und Jonathan mehr als nur Freunde waren.

»Kommen Sie mit in die Stadt«, übernahm Maggie nun die Führung. Sie hakte Clarice unter und führte sie vom Bahnsteig. »Sie können bestimmt eine Tasse Tee vertragen.«

»Ja, gern«, sagte Clarice.

»Ich hoffe, Sie haben nichts gegen Buschtee?«

Clarice wusste nicht, was Buschtee war, wollte ihre Unwissenheit aber nicht eingestehen. »Nein … uns ist alles recht.«

»Wie wär's mit einem Barbecue-Frühstück?«, schlug Tony vor. »Wir haben Lammkoteletts.«

»Ein Barbecue?«, sagte Edward erstaunt. »Normalerweise essen wir keine Koteletts zum Frühstück …«

»Sie sind hier im Outback«, sagte Tony und klopfte ihm kumpelhaft auf den Rücken. »Hier ist alles möglich.«

Während sie eine Tasse Tee genossen, erzählte Arabella ihren Eltern, was genau mit ihr passiert war. Es war wirklich eine unglaubliche Geschichte.

»Wir dachten, du wärst während der Fahrt aus dem Zug gefallen«, sagte Clarice, denn dieses Bild hatte sie Tag und Nacht gequält. »Ich kann immer noch nicht glauben, dass du im Nachthemd aus dem Zug gestiegen bist, um eine Blume zu pflücken.«

»Das war dumm von mir, ich weiß. Aber ich hätte nie gedacht, dass der Zug so schnell wieder anfährt. Als es dann geschah, konnte ich wegen meines verstauchten Knöchels nicht mehr aufspringen.«

»Jetzt ist ja alles gut«, sagte Edward. »Wir sind dankbar, dass du am Leben bist.«

»Ich weiß nicht, wie wir uns dafür erkenntlich zeigen können, dass Sie sich um unsere Tochter gekümmert haben«, sagte Clarice zu Maggie.

»Wie ich bereits sagte, sie war uns eine große Hilfe«, erwiderte Maggie.

»Anfangs nicht, Maggie«, räumte Arabella ein.

Clarice konnte den Blick kaum von ihrer Tochter nehmen. Sie hatte sich nicht nur äußerlich verändert, sondern auch innerlich – so sehr, dass sie beinahe ein anderer Mensch geworden war: freundlich, zugänglich und voller Selbstvertrauen.

»Wie hat Arabella Ihnen denn geholfen?«, fragte sie.

»Oh, auf die verschiedenste Weise«, sagte Maggie. »Sie hat Ställe ausgemistet, die Hühner gefüttert, hat mir in der Küche geholfen, hat bedient, wenn wir Gäste hatten, und für unsere Gäste Klavier gespielt.«

Clarice und Edward blickten einander fassungslos an. Die Arabella, die sie kannten, hatte nie einen Finger gerührt, um einem anderen Menschen zu helfen, und war so wehleidig gewesen, dass ihre Eltern geglaubt hatten, sie würde keine fünf Minuten in der Wüste überleben. Und jetzt hörten und sahen sie, wie Arabella in Marree aufgeblüht war – ausgerechnet in einer kleinen Wüstenstadt.

Arabella sah die Reaktion ihrer Eltern und musste unwillkürlich lachen. »Damals wusste ich es noch nicht, aber von dem Zug in der Wüste zurückgelassen zu werden war das Beste, das mir je passiert ist«, sagte sie. Nicht nur, weil sie sich zum Besseren verändert hatte – sie wäre Jonathan sonst nie begegnet.

»Wie kannst du so etwas sagen, Bella?«, fragte Clarice schockiert.

»Ich weiß, dass es für Dad und für dich schrecklich war, und das tut mir leid, aber ich bin erwachsen geworden, und selbstbewusster. Und das habe ich Maggie und Tony zu verdanken …« Sie warf einen Blick auf den Mann, der ihr das Herz gestohlen hatte. »Und Jonathan.«

Edward und Clarice musterten Jonathan misstrauisch. Was hatte dieser junge Mann mit ihrer Tochter angestellt?

»Jonathan hat mir beigebracht, die Welt mit den Augen anderer Menschen zu sehen«, sagte Arabella, entschlossen, ihren Eltern deutlich zu machen, dass sie ihn liebte. »Ich war egoistisch. Ich habe nur an mich gedacht. Als ich hierherkam, habe ich ganz selbstverständlich von Maggie erwartet, dass sie mich bedient … und dafür schäme ich mich jetzt.«

Darüber konnte Maggie heute nur noch lächeln.

»Jonathan hingegen hat immer nur an andere gedacht«, fuhr Arabella fort. »Er hat ein großes Herz. Er ist der Mann, den ich liebe. Und ich will den Rest meines Lebens mit ihm verbringen.«

Jetzt war es heraus.

Clarice verschlug es den Atem, auch Edward brachte kein Wort heraus.

»Willst du damit sagen, du willst ihn heiraten?«, fragte Clarice, als sie sich wieder gefasst hatte. »Du kennst ihn doch erst kurze Zeit!«

Jonathan trat einen Schritt vor. »Darf ich unter vier Augen mit Ihnen sprechen, Mr Fitzherbert?«

»Ich glaube, das ist eine gute Idee«, sagte Edward steif.

Jonathan und Edward entfernten sich von den anderen und gingen ein paar Schritte Seite an Seite. »Ich weiß, dass das alles ziemlich plötzlich für Sie kommt, Mr Fitzherbert«, sagte Jonathan.

»Das kann man wohl sagen. Wir haben Arabella wochenlang nicht gesehen, und ihr ganzes Leben hat sich verändert.«

»Vor allem sie selbst. Arabella hat sich zu einer erstaunlichen Frau entwickelt«, sagte Jonathan, »und ich liebe sie.«

»Auch wir lieben unsere Tochter, junger Mann.«

»Das weiß ich, Sir.«

»Womit verdienen Sie Ihren Lebensunterhalt?«, fragte Edward.

Jonathan hatte gewusst, dass diese Frage kommen würde. »Ich bin Fotograf, Sir.«

»Fotograf, aha«, sagte Edward wenig beeindruckt. Für ihn schien es sich nicht nach einem sicheren Beruf und einer geregelten Arbeit anzuhören. »Wo ist denn Ihr Studio?« Er sah sich um, als erwartete er, einen baufälligen Schuppen zu sehen, über dessen Eingang ein Schild mit der Aufschrift »Fotostudio« hing.

»Ich habe kein Studio, Sir. Ich reise in die Wüste, um die Landschaft und andere Motive zu fotografieren.«

»Was in aller Welt gibt es da draußen zu fotografieren?«

»Es würde sehr lange dauern, Ihnen auch nur die Hälfte davon aufzuzählen, Sir«, sagte Jonathan.

Edward blieb stehen und blickte Jonathan fest in die Augen. »Wissen Sie, junger Mann«, sagte er, »Sie sind mir durchaus sympathisch, aber ich habe dafür gesorgt, dass Arabella ein privilegiertes, finanziell sorgenfreies Leben führen kann. Sie können nicht von ihr erwarten, dass sie ihr Leben hier draußen im Outback verbringt.«

»Das habe ich anfangs genauso empfunden, Mr Fitzherbert. Ich habe mich in sie verliebt; trotzdem sagte ich zu ihr, wir hätten keine gemeinsame Zukunft. Ich habe damals nicht geglaubt, dass ein Leben, wie ich es führe, für Arabella geeignet ist. Anfangs war es auch nicht einfach. Doch Arabella hat sich verändert. Sie ist in vieler Hinsicht erwachsen geworden.«

»Es mag ja sein, dass Arabella inzwischen hier draußen zurechtkommt, aber in ein paar Monaten, vielleicht schon eher, würde sie es nicht mehr so empfinden.«

»Vor ein paar Wochen hätte ich Ihnen noch beigepflichtet, Sir. Deswegen habe ich Arabella vorgeschlagen, sie zurück nach England zu begleiten und dort in einem Fotostudio zu arbeiten. Aber sie wollte nichts davon wissen.«

»Das kann ich nicht glauben«, sagte Edward. »Arabella liebt England. Es ist ihr Zuhause.«

»Es ist die Wahrheit, Sir. Fragen Sie Arabella selbst, wenn Sie mir nicht glauben.«

»Das werde ich.«

»Zuvor aber sollten Sie wissen, dass ich gut für sie sorgen werde, sobald wir Ihr Einverständnis haben, zu heiraten. Meine Fotos verkaufen sich zu einem guten Preis in der Großstadt, wo ich des Öfteren Ausstellungen mache. Ich werde Arabella ein gutes Zuhause und alle Bequemlichkeit bieten, die sie verdient hat.«

Edward hatte immer noch Vorbehalte. Arabella war seine einzige Tochter, und sie sollte ein Leben führen, das sie glücklich machte. Ob Jonathan ihr dieses Leben bieten konnte, bezweifelte er.

Als sie zurück zum Heuschober kamen, war Arabella gerade dabei, ihrer Mutter die Fotografien zu zeigen, die Jonathan im Outback aufgenommen hatte, und ihr alles über seine Arbeit zu erzählen. Der Stolz und die Zuneigung in ihrer Stimme waren nicht zu überhören. Auch Edward schaute sich die Fotos an. Er musste zugeben, dass es Kunstwerke waren.

Jonathan und Arabella erzählten ihnen alles über den Lake Eyre, die Mungerannie Springs und andere interessante Orte in der Wüste. Sie berichteten von Jonathans Plänen, Fotos von den Aborigines zu machen, um die Menschen in den Großstädten über die einzigartige Lebensweise der in ihrer Existenz bedrohten Ureinwohner aufzuklären. Edward und Clarice hörten mit wachsendem Interesse zu; sie konnten sehen, dass Arabella die Leidenschaft Jonathans teilte. Dennoch blieben ihre Vorbehalte.

Da meldete Maggie sich zu Wort. »Arabella und Jonathan hatten ein Fest organisiert«, sagte sie. »Leider hat das Wetter ihnen einen Strich durch die Rechnung gemacht. Das Fest sollte eine Benefizveranstaltung sein, um Geld für Tony und mich aufzubringen. Wir hatten während der Dürre, die seit Jahren anhielt, schwer zu kämpfen, und die Bank wollte uns das Hotel nehmen.« Sie lächelte. »Glauben Sie mir, die beiden passen zueinander. Ich habe keine Zweifel, dass sie hier draußen ein erfolgreiches Leben und eine glückliche Ehe führen werden.«

»Stimmt es, dass du Jonathan heiraten und hier leben willst, Arabella?«, fragte Edward. Er musste es von ihr selbst hören.

»Ja, das stimmt. Ich liebe Jonathan.«

»Du magst ja verliebt sein, Bella«, sagte Clarice besorgt, »aber hier im Outback zu leben … das kann ich nicht glauben.«

»Ich auch nicht«, sagte Edward. Er zweifelte nicht daran, dass Arabella Jonathan liebte, doch er war sicher, dass diese Liebe schwinden würde, wenn die raue Wirklichkeit des Lebens in der Wüste sie einholte.

»Vor ein paar Wochen hätte ich euch vielleicht Recht gegeben«, sagte Arabella. »Aber jetzt weiß ich, dass ich an jedem Ort leben und überleben kann, solange Jonathan und ich zusammen sind. Wahre Liebe ist selbstlos, das haben die Menschen hier draußen mich gelehrt. Auch Maggie ist vor Jahren hierhergekommen, um mit Tony zusammen zu sein, und sie haben sich ein wundervolles Leben aufgebaut. Es war ein harter Kampf, doch es war die Sache wert, nicht wahr, Maggie?«

»Ja«, sagte Maggie mit einem liebevollen Blick auf ihren Mann. »Ob Sie's glauben oder nicht, dieser Ort wächst einem ans Herz. Ich darf gar nicht daran denken, wie leer mein Leben ohne Marree und die Menschen hier sein wird.«

Tony legte ihr tröstend den Arm um die Schultern.

Arabella sah ihren Vater an. »Ich weiß, dass ihr es gut meint, wenn ihr mir Luxus und Bequemlichkeit bieten wollt, Dad«, sagte sie. »Aber genau das hat mich bisher daran gehindert, erwachsen zu werden. Es hat mich zu einem oberflächlichen, selbstsüchtigen, überheblichen Menschen gemacht. Ich brauche einen Sinn im Leben, und dieser Sinn besteht darin, Jonathan und den Leuten hier zu helfen. Nichts anderes will ich tun. Nichts anderes *muss* ich tun.«

Edward tauschte einen Blick mit Clarice. In diesem Augenblick erkannten beide, dass sie Arabella gehen lassen mussten. Sie war erwachsen geworden, und sie war glücklich. Und war es nicht das, was sie immer für ihre Tochter wollten?

»Dann hast du unseren Segen«, sagte Edward.

»Oh, Dad!« Arabella fiel ihrem Vater um den Hals.

»Willkommen in der Familie, Jonathan«, sagte Clarice und schloss ihn unter dem Jubel der anderen in die Arme.

31

Später, nachdem sich die Aufregung ein wenig gelegt hatte, tranken sie eine Tasse Tee zusammen, und Edward nahm Tony beiseite.

»Ich hätte da ein persönliche Frage, Mr McMahon …«

»Tony, bitte.«

»Ich sollte diese Frage vielleicht nicht stellen, Tony, aber wie viel Geld hätten Sie gebraucht, um das Hotel zu retten?«

»Ich war mit den Raten ungefähr fünfhundert Pfund im Rückstand«, sagte Tony und senkte den Kopf. Es tat seinem Stolz weh, Arabellas Vater dieses Geständnis zu machen. »Wir hatten eine Zeit lang Geldprobleme, und das habe ich törichterweise vor Maggie verheimlicht. Ich dachte, die Dürre würde bald zu Ende sein und dass es wieder aufwärtsgeht, sodass ich den Kreditrückstand aufholen kann. Ich hätte nie damit gerechnet, dass wir durch ein Feuer alles verlieren würden. Wir werden aus Marree fortziehen müssen. Ich weiß nur nicht, wohin wir gehen oder was wir tun werden.«

»Ich könnte Ihnen helfen. Das ist das Mindeste nach allem, was Sie für Arabella getan haben.«

Tony blickte ihn fassungslos an, doch bevor er etwas erwidern konnte, fragte eine Männerstimme:

»Was habt ihr mit dem Hotel gemacht? Wo soll ich denn jetzt mein Bier trinken?«

Alle wandten sich um – und glaubten, ein Gespenst zu sehen. Da stand Stuart. Er hielt die Zügel eines der Kamele Paddys in der Hand.

Maggie griff sich an die Brust. Sie wäre beinahe in Ohnmacht gefallen. »Stuart! Wo kommst du denn her?«

»Aus der Wüste«, sagte Stuart knapp. »Was zum Teufel ist hier passiert?«

»Das ist doch jetzt egal«, sagte Maggie, während ihr Schock allmählich Zorn wich. »Wir alle hielten dich für tot! Wir haben um dich getrauert!«

»Um mich getrauert? Wieso denn? Ich bin doch nur zurück zu meiner Mine geritten«, sagte Stuart.

»Warum hast du es keinem gesagt?«, fragte Arabella, der ebenfalls ein Stein vom Herzen fiel. »Wir dachten, du wärst in dem Feuer umgekommen.«

»Oh«, sagte Stuart. »Tja, ich wollte euch überraschen.«

»Das ist dir allerdings gelungen«, sagte Maggie. »Du hättest uns sagen können, dass du fortreitest! Dann hätten wir nicht die ganze Zeit gedacht, du wärst einen schrecklichen Tod gestorben. Ich hätte Lust, dir eine Tracht Prügel zu verpassen!«

»Es tut mir leid, Maggie«, sagte Stuart und ließ den Kopf sinken. »Nachdem ich mit dir darüber geredet hatte, was es für euch bedeutet, das Hotel zu verlieren, hatte ich eine Idee. Ich bin noch mal zu meiner alten Mine geritten. Eigentlich wollte ich schon früher zurück sein, aber das Unwetter hat mich aufgehalten.«

»Ich dachte, du hättest das Goldschürfen aufgegeben«, sagte Arabella.

»Das hatte ich auch. Aber dann sagte ich mir, das Gold könnte gut dazu dienen, das Hotel zu retten. Also habe ich mich auf den Weg gemacht. Dabei fand ich noch viel mehr, als ich vermutet hatte. Es gehört alles dir, Maggie. Dir und Tony.« Stuart reichte Maggie einen Beutel, der so schwer war, dass er ihr beinahe aus der Hand gerutscht wäre. Maggie warf einen Blick hinein. Mehrere große Goldklumpen lagen in dem Beutel.

»Du meine Güte! Tony, sieh dir das an!«

Tony riss die Augen auf. »Das ist ja ein Vermögen!«

»Es sieht auch ganz so aus, als würdet ihr ein Vermögen brauchen«, sagte Stuart mit einem Blick auf die ausgebrannte Ruine des Hotels. Er sah Wally an. »Komm bloß nicht auf dumme Gedanken. Ich habe mein Werkzeug und den Eingang zur Mine so vergraben, dass in tausend Jahren niemand dorthin finden wird.«

»Ich werd mich nicht mal in die Nähe wagen«, sagte Wally. »Ich hab jetzt Verantwortung zu tragen.« Er hielt seinen Sohn auf dem Arm. Missy stand neben ihm. Wally hatte fast die ganze Zeit seit dem Unfall mit Dayinda verbracht, und der Junge schien ihn lieb zu gewinnen.

»Können wir von diesem Geld das Hotel wieder aufbauen, Tony?«, fragte Maggie.

»Ich würde sagen, damit können wir das Hotel größer und schöner aufbauen als zuvor *und* unsere Schulden bei der Bank zurückzahlen«, sagte er.

»Du meinst, dann sind wir die Eigentümer?«

Tony nickte.

Maggie ließ den Beutel fallen, fiel Stuart um den Hals und küsste ihn auf die Wangen.

»Nicht so stürmisch, Maggie«, sagte Stuart gerührt. »Ich muss Leila noch zu Paddy zurückbringen. Ich bin sicher, er hat sie schon vermisst.«

»Das kann man wohl sagen«, sagte Jonathan. »Er war völlig fertig, als er glaubte, sie wäre im Unwetter davongelaufen. Sie ist seine kostbarste Zuchtstute.«

»Wie können wir dir danken, Stuart?«, sagte Maggie, während ihr Tränen über die Wangen strömten. Sie konnte es immer noch nicht fassen, dass sie nun in Marree bleiben konnten, Grundeigentümer waren und sich nie wieder darum sorgen mussten, einen Kredit bei einer Bank abstottern zu müssen.

»Das Hotel ist für viele Menschen hier von großer Bedeutung. Es wäre eine Sünde gewesen, das Gold in der Mine zu lassen, wenn es dir und Tony helfen kann. Ihr dankt mir, indem ihr das Hotel wieder aufbaut.«

»Ich weiß gar nicht, was ich sagen soll …« Maggie war gerührt.

»Das ist sehr großzügig von dir, Stuart«, sagte Tony. »Das Mindeste, was wir dir anbieten können, ist ein Anteil am Hotel.«

Stuart blickte ihn verdutzt an. »Ein Anteil?«

»Das ist eine wundervolle Idee, Tony!«, sagte Maggie. »Was sagst du dazu, Stuart?«

»Soll das heißen, ich soll Miteigentümer werden?«

»So ist es. Wirst du annehmen?«

»Nein«, sagte Stuart, ohne zu zögern. »Ich bin für eine solche Verantwortung nicht geschaffen. Ich brauche meine Freiheit.« Er warf einen beschämten Blick auf Arabella. »Aber ein freies Zimmer, wenn ich wieder mal hier vorbeikomme, nehme ich gern. Und vielleicht ein paar von Maggies Mahlzeiten.«

»Die bekommst du für den Rest deines Lebens kostenlos, Stuart!«, sagte Maggie. »Wir haben so viel zu feiern, jetzt, wo Arabella mit ihren Eltern wiedervereint und mit Jonathan verlobt ist …« Maggie stockte.

Stuart war sichtlich gerührt, als er hörte, dass Jonathan und Arabella heiraten wollten. Maggie hätte sich ohrfeigen können. Sie befürchtete, Stuart verletzt zu haben, indem sie mit der Neuigkeit so unbedacht herausgeplatzt war, doch ihre Sorgen waren unbegründet.

»Ich gratuliere dir von Herzen, Arabella«, sagte Stuart lächelnd. In seiner Stimme lag zwar eine Spur Traurigkeit, doch im Grunde seines Herzens hatte er immer gewusst, dass Arabella Jonathan liebte und dass sie ihn – Stuart – abgewiesen hätte, auch wenn sie diese schmerzliche Wahrheit niemals ausgesprochen hatte.

Arabella blickte ein wenig unbehaglich drein. »Danke, Stuart.«

Stuart schaute Jonathan an. »Du bekommst ein wundervolles Mädchen«, sagte er. »Ich hoffe, du weißt, wie glücklich du dich schätzen kannst.«

»O ja, das weiß ich.« Jonathan legte einen Arm um Arabella.

»Ich freue mich aufrichtig für euch«, sagte Stuart, und sie konnten sehen, dass er es ehrlich meinte.

»Was ist mit dem Konzert, das man uns versprochen hat?«, fragte einer der Fahrgäste aus dem Zug, eine elegant gekleidete Frau. »Steht es noch auf dem Programm?«

Maggie sah Arabella fragend an. »Das Klavier haben wir noch«, sagte sie. „Es ist bei dem Brand nicht beschädigt worden. Was meinst du?“

»Es wäre mir eine Freude zu spielen«, sagte Arabella.

»Das Konzert findet statt!«, rief Maggie den Fahrgästen zu. »Eine Unterkunft haben wir zwar nicht, aber Essen und Bier.«

Die Fahrgäste jubelten.

»Mehr brauchen wir nicht«, sagte die elegant gekleidete Frau. »Wir können im Zug schlafen.«

»Können Sie über Nacht einen Zwischenstopp einlegen?«, fragte Ted den Zugführer.

»Wir befolgen schon so lange nicht mehr den Fahrplan, dass es auf eine weitere Nacht wohl kaum ankommt«, erwiderte der Zugführer lachend.

Nachdem das Publikum sich versammelt hatte, spielte Arabella Klavier. Clarice, die ja ebenfalls eine brillante Pianistin war, war voller Stolz auf ihre Tochter.

Jonathan machte sich daran, die Fotografien, die er aus dem Feuer gerettet hatte, an den Wänden des Heuschobers aufzuhängen. Die Fahrgäste aus dem Zug rissen sie ihm förmlich aus den Händen. Dreimal kam es zu einer Art Versteigerung, als mehrere Fahrgäste dasselbe Foto wollten.

Edward schaute dem Treiben erstaunt zu. »Ich würde gern ein paar Fotos mit nach England nehmen, wenn du noch welche übrig hast, mein Junge«, sagte er zu Jonathan. Der junge Mann war ihm so vertraut, er konnte es gar nicht glauben. »Einer meiner

Freunde in London ist Galerist. Ich bin sicher, er wird sich für deine Arbeit interessieren.«

»Das wäre großartig«, sagte Jonathan. »Aber ich muss erst meine Ausrüstung ergänzen, bevor ich wieder Fotos machen kann. Meine Kamera habe ich zwar vor dem Feuer retten können, aber ich habe das Zubehör verloren, das ich für die Entwicklung der Fotos benötige.«

»Sag mir, was du brauchst. Ich werde es in Adelaide für dich besorgen und hierherschicken«, erbot sich Edward.

»Das wäre nett«, sagte Jonathan, der erfreut feststellte, dass Edward ihn und seinen Beruf nun offenbar doch respektierte.

Arabella gesellte sich zu Jonathan und ihrem Vater. Ihre Miene war angespannt.

»Was ist mit dir?«, fragte Edward, obwohl er die Antwort zu kennen glaubte.

»Dad«, sagte Arabella geradeheraus. »Ich will hierbleiben, wenn du mit Mummy nach England zurückkehrst.«

Obwohl Edward gewusst hatte, dass dieser Tag einmal kommen würde, schmerzte es ihn, Arabella zu verlieren, zumal ihn der Gedanke an ein unsicheres Leben im Outback ängstigte. »Habt ihr vor … Ich meine, wollt ihr *hier* heiraten?«

»Ja«, sagte Arabella. »Ich kann mir keinen anderen Ort für meine Hochzeit vorstellen.«

»Bis dahin würden wir gern hierbleiben, Bella«, sagte Edward. Es würde ihm und Clarice das Herz brechen, wenn sie bei der Hochzeit nicht dabei sein könnten. »Aber hier gibt es keine Kirche«, fuhr Edward fort. »Und keine Räumlichkeit, wo man einen Empfang abhalten könnte. Hier gibt es nicht mal einen Geistlichen.«

»Wir brauchen keine Kirche, wir können unter den Sternen heiraten, und als Empfang brauche ich nicht mehr als ein Festessen, das die Aborigines an einem Lagerfeuer zubereiten. Der Pfarrer aus Farina hat im Zug gesessen; er kann Jonathan und mich trauen.«

Edward blickte sie fassungslos an. »Ein Festessen an einem Lagerfeuer? Na, wenn du meinst. Und wann wollt ihr heiraten?«

»Heute Abend«, sagte Arabella.

Diesmal war es Jonathan, der sie fassungslos anschaute. Und Edward stand da wie vom Donner gerührt.

Unter dem funkelnden Sternenhimmel, inmitten dreier Lagerfeuer und einer großen Menschenmenge, zu der auch die Fahrgäste aus dem Zug gehörten, standen Jonathan und Arabella vor dem Pfarrer. Clarice hatte den Hochzeitsmarsch gespielt, als Arabella am Arm ihres Vaters von Mohomet Basheers Geschäft zu den Lagerfeuern herübergekommen war. Sie trug ein Kleid, das Mohomet ihr zur Feier des Tages geliehen hatte. Es war zwar kein Brautgewand, aber es war das hübscheste Kleid, das Mohomet hatte, und Arabella sah wunderschön darin aus. Mohomet hatte aus feinsten Spitzen einen Schleier improvisiert, Arabella ein Paar weiße Schuhe gegeben und darauf bestanden, dass sie Seidenstrümpfe trug.

Clarice hatte Jonathan ihren Ehering geliehen, damit er ihn Arabella an den Finger stecken konnte, bis sie und Jonathan die Gelegenheit hatten, sich eigene Ringe zu kaufen. Tony war ebenfalls von Mohomet eingekleidet worden. Er und Maggie waren die Trauzeugen.

Begleitet von den abendlichen Geräuschen des Outback, schworen Jonathan und Arabella einander die Treue und küssten sich zärtlich. Maggie, die eines von Clarice' eleganten Kleidern trug, weinte vor Rührung, und auch Clarice wurden die Augen feucht. Die Aborigines hatten Stunden damit zugebracht, ein Festmahl vorzubereiten. Clarice und Edward trauten ihren Augen nicht, als sie sahen, wie ihre Tochter Kängurufleisch und in der Erde gebackenes Buschbrot aß. Als Arabella ihrer Mutter eine Jamswurzel anbot, fragte Clarice naserümpfend: »Was ist das?«

»Oh, Mummy, du bist genau wie ich, als ich noch so schrecklich empfindlich war, was Essen angeht«, sagte Arabella lachend. »Das ist eine Jamswurzel. Sie schmeckt köstlich!«

Clarice blieb skeptisch. »Ich weiß nicht recht …«

»Vielleicht möchtest du lieber von der Schlange kosten?«, fragte Arabella.

Clarice fiel beinahe in Ohnmacht. *»Schlange?* Erzähl mir bloß nicht, du hast Schlangenfleisch gegessen!«

»O doch. Ich kann es nur empfehlen.« Arabella lächelte Rita an, die das Lächeln von der anderen Seite des Lagerfeuers erwiderte. Ein Lächeln auf Ritas Gesicht war inzwischen keine Seltenheit mehr.

Auf einmal hörte Arabella ein vertrautes Geräusch. Sie sprang auf. »Uri!«, rief sie.

Paddy tauchte zwischen den Bäumen auf, das Kameljunge an der Leine führend. Arabella eilte zu dem Tier und schlang ihm die Arme um den Hals.

»Wo ist er gewesen, Paddy?«, fragte sie.

»Ich habe ihn ein paar Meilen von hier entfernt gefunden. Ich glaube, er war auf dem Weg zurück in die Stadt. Er hat bestimmt nach Ihnen gesucht, hatte sich aber ein bisschen verlaufen.«

»Wolltest du zu mir zurück?«, fragte Arabella das Kameljunge. Uri stieß wie als Antwort einen kläglichen Laut aus, während er Arabella mit seinen großen braunen Augen anschaute.

Clarice und Edward standen da und sahen offenen Mundes zu. War das wirklich ihre Tochter, die da ein Kamel umarmte?

»Sie werden ihn doch nicht verkaufen, Paddy?«, fragte Arabella ängstlich.

»Nein«, sagte er und versuchte, ein Lächeln zu unterdrücken. »Aber für mich ist er nutzlos. Deshalb möchte ich Ihnen und Jonathan Uri zum Hochzeitsgeschenk machen. Er hat sich ja von Anfang an zu Ihnen hingezogen gefühlt … Uri, meine ich.«

»Danke, Paddy!«, rief Arabella und umarmte ihn.

Der Kameltreiber sah sie verlegen an. »Sie werden seine Ausbildung übernehmen müssen, auf mich hört er ja nicht«, sagte er. »Vielleicht haben Sie mehr Glück mit ihm.«

Arabella wandte sich an Tony. »Kann ich Uri hier im Stall lassen?«

Tony setzte für einen Augenblick eine gespielt erschrockene Miene auf, hielt es aber nicht lange durch. »Natürlich«, sagte er dann, »aber du wirst seinen Stall selbst ausmisten müssen.«

Edward runzelte die Stirn.

Arabella lachte. »Das hab ich schon öfter gemacht, Dad.«

Ihr Vater schüttelte ungläubig den Kopf. Allzu viele Überraschungen konnte er jetzt nicht mehr verkraften. Tony reichte ihm eine Flasche von Dave Brewers Bier, und Edward nahm einen Schluck. Er verzog das Gesicht. »Was ist denn *das*?«, stieß er hervor. Es schmeckte ganz anders als das Bier in Alice Springs.

»Das ist Dave Brewers Selbstgebrautes. Es ist nicht lange genug gelagert, aber Sie werden sich daran gewöhnen, Fitzi.«

Edward sah seine Frau an. »Hat er mich eben Fitzi genannt?«, fragte er.

»Ich glaube schon, mein Lieber«, sagte Clarice, die ein Lächeln nicht unterdrücken konnte.

Tony musste grinsen, und Arabella lachte, bis sie Seitenstechen bekam.

Nach dem Essen ging Arabella zu Rita. »Bist du bereit?«, fragte sie.

Ritas Augen weiteten sich vor Erstaunen. »Sind Sie sicher, Missus, dass ich mit Ihnen zusammen spielen soll?« Rita hätte nie damit gerechnet, vor einem so großen Publikum auftreten zu müssen, und hatte Lampenfieber. »Ich spiele nicht gut.«

»Jimmys Geist wird dir heute Abend beistehen, Rita«, sagte Arabella.

Die riesige Frau lächelte. Sie wusste, dass Arabella die Wahrheit sprach, und das gab ihr Selbstvertrauen.

Als Arabella zu spielen begann, stimmte Rita in die Melodie ein. Es war erstaunlich, dass zwei so unterschiedliche Instrumente wie ein Klavier und ein *didgeridoo* in Harmonie zusammen gespielt werden konnten, doch es war überwältigend. Die betörenden Klänge des *didgeridoo* verschmolzen in der Stille vollkommen mit denen des Klaviers, so, wie Arabella es gewusst hatte. Es war ein einzigartiger Klang. So einzigartig wie Marree und die Menschen, die hier lebten. Die Zuhörer lauschten still, beinahe andächtig. Sie wussten, dass sie etwas Einmaliges erlebten.

Während Arabellas Finger über die Tasten glitten, sah Uri ihr über die Schulter. Alle, die sie liebten, waren hier versammelt. Ihre Familie, ihre Freunde, ihr Ehemann.

Hätte jemand ihr vor ein paar Wochen gesagt, sie würde in Marree ihr Glück finden – sie hätte es niemals geglaubt.

Elizabeth Haran

Am Fluss des Schicksals

Roman

Aus dem Englischen von Claudia Geng

Weltbild

Ich widme dieses Buch den Männern in meinem Leben.

Meinem Mann Peter, der mir Kraft gibt und mir immer zur Seite steht, und meinen Söhnen Damien und Mark, die das Beste sind, was mir je passiert ist.

Meinem Bruder Peter Haran, der ebenfalls Schriftsteller ist und mir eines Tages beiläufig vorschlug, ich solle doch auch mal ein Buch schreiben.

Mein ganz besonderer Dank gilt Michael Meller, der das Potenzial meines ersten Manuskriptes erkannte und meine Karriere ins Laufen brachte.

PROLOG

Echuca, 1866

Ein schriller Pfiff kündete von der Einfahrt des Zuges aus Melbourne in den geschäftigen Hafen von Echuca am Murray River, der hier die Grenze zwischen Victoria und New South Wales bildete. Als fauchend eine Dampfwolke aus dem Schornstein der Lok emporschoss und sich im Dickicht aus Eukalyptusbäumen verlor, das sich am Fluss entlang erstreckte, flatterten auf der anderen Uferseite, in New South Wales, die Kakadus mit protestierendem Kreischen von ihren Ruheplätzen in den Ästen der Bäume.

Der Bahnsteig befand sich neben dem dreistöckigen, von Eukalyptusbäumen gesäumten Pier – eine hässliche Konstruktion, eine Viertelmeile lang und mehr als sechs Meter hoch. Hier herrschte rege Betriebsamkeit. Die Hafenarbeiter – kräftige, narbengesichtige Raufbolde mit einer Schwäche für Rum und Faustkämpfe – waren damit beschäftigt, Holz, Tabak, Mehl, Tee, Wein, Branntwein und Weizen von den gut fünfzig Raddampfern zu löschen, die am Pier ankerten, oder die Schiffe mit Wolle, Stoffen und Gerätschaften zu beladen. Es war vier Uhr nachmittags, kurz vor Feierabend, und viele Arbeiter warfen sehnsüchtige Blicke zum Star Hotel an der Hafenpromenade, in dem sich die nächste der über zwanzig Schänken und Bars der Stadt befand.

Ein paar Dampfer nahmen vom Pier aus Kurs nach Westen, nach Wentworth, wo die Flüsse Murray und Darling zusammenströmten. Die Wollballen auf den Güterwagons am Ende des Zuges sollten per Raddampfer zur Mündung des

Murray transportiert werden, wo sie auf Frachter umgeladen wurden, die dann die Märkte in London ansteuerten. Auch Schafscherer nutzten die Raddampfer, um zu einer der zahlreichen Stationen überzusetzen, die den mehr als tausendsechshundert Meilen langen Fluss säumten – von der Quelle in den Snowy Mountains bis nach Goolwa, wo der Murray in den Pazifik mündete.

Unter den Zugpassagieren waren Joe und Mary Callaghan. Sie waren nach Echuca gekommen, um einen Raddampfer zu übernehmen, dessen Bau sie vor einem Jahr in Auftrag gegeben hatten. Nachdem ihre Reisekiste vom Zug abgeladen war und sie ihre Koffer in den Händen hielten, schafften sie es kaum, sich einen Weg durch das Gewimmel auf dem überfüllten Bahnsteig zu bahnen, während die Arbeiter sich daranmachten, die Fracht von den hinteren Wagons abzuladen. Es war Marys erster Aufenthalt in Echuca, während Joe bereits vor einem Jahr in der Stadt gewesen war, um eine Kaution zu hinterlegen und die Baupläne für den Raddampfer zu besprechen; zuletzt war er einen Monat zuvor in Echuca gewesen, um mit Ezra Pickering, dem Schiffbauer, die letzten Einzelheiten zu klären.

Nach harten Jahren auf den Goldfeldern konnte Mary der Anblick der derben, heruntergekommenen Gestalten auf dem Pier nicht mehr schockieren, und auch nicht die Dirnen, die auf der Promenade umherstolzierten und auf Kunden warteten. In den vergangenen zwei Jahren hatte Mary genug davon gesehen. Sie freute sich auf ihr neues Leben, auf die friedliche Atmosphäre am Fluss und darauf, in einem richtigen Bett zu schlafen, ohne jeden Morgen vom Scharren der Schaufeln und dem Murren verkaterter Männer geweckt zu werden.

Beim letzten Besuch Joes im Hafen von Echuca hatte es geregnet, doch heute funkelte die Sonne auf der friedlichen grünen Wasseroberfläche des Flusses, auch wenn eine stürmische Brise wehte. Tief im Herzen hoffte Joe, dass dies ein gutes Zeichen war.

Es war der aufregendste Tag im Leben von Joe und Mary Callaghan – und das Ende eines zwei Jahre währenden Albtraums auf den Bendigo-Goldfeldern. Die ersten sechs Monate hatten sie in einem kleinen, geflickten Zelt geschlafen und oft knöcheltief im Schlamm gestanden, um mit den anderen Schürfern, unter denen die Ruhr und das Fieber grassierten, nach angeschwemmtem Gold zu suchen. Als sich zeigte, dass es viel länger als erwartet dauern würde, auf eine Goldader zu stoßen, errichteten Mary und Joe eine Hütte aus Holzabfällen mit festem Bretterboden. Dennoch war ihr Leben eine Qual gewesen, besonders für Mary, die im Winter jämmerlich fror, während ihr im Sommer die Gluthitze zusetzte. Es war ihr vorgekommen, als würde ihr Leben sich nur noch um drei Eimer drehen: Der erste voller Trinkwasser, der zweite, um sich selbst und die Wäsche zu waschen, während der dritte als Toilette diente. Jeden Tag, wenn Joe auf den Goldfeldern bis zur Erschöpfung arbeitete, kümmerte Mary sich um das Feuer und die drei Eimer, die sie ständig leerte und füllte, leerte und füllte, immer wieder, bis sie glaubte, stumpfsinnig zu werden. Hätten sie und Joe nicht das Ziel gehabt, sich einen Raddampfer zu erarbeiten – Mary hätte es keine drei Wochen auf den Goldfeldern ausgehalten.

Vor seinem Weggang nach Bendigo hatte Joe drei Jahre lang im Hafen von Melbourne gearbeitet. Als ihm die Blockadetaktik der Gewerkschaft zu viel wurde, nahm er trotz geringerer Bezahlung eine Stelle im nahen Governor Hindmarsh Hotel an. Nachdem er alles gelernt hatte, was zur Leitung eines Hotels erforderlich war, sahen er und Mary sich nach einem anderen Hotel um, das bessere berufliche Aufstiegschancen bot. Die Wahl fiel auf das Overland Corner Hotel an der Anlegestelle Cobdogla, nahe der südaustralischen Stadt Barmera. Erst mit der Errichtung dieses Hotels, das zugleich als

Haltestation der Postkutsche auf der Strecke zwischen Adelaide und Wentworth diente, waren die ersten Europäer in der Gegend erschienen. Joe wurde neuer Geschäftsführer, nachdem seinem Vorgänger, Bill Thompson, die Leitung eines Hotels in der Stadt angeboten worden war. Da seine Ehefrau sich geweigert hatte, »in den Busch« zu ziehen, hatte Thompson die neue Stelle ohne Zögern angenommen. Mary hingegen sah es ganz anders als Mrs Thompson. Die Aussicht, in der Nähe des Flusses zu leben, begeisterte sie ebenso sehr wie Joe.

Das Overland Corner Hotel war aus Kalkstein erbaut. Die Mauern waren einen halben Meter dick – eine perfekte Isolierung gegen die trockene Sommerhitze –, und die Böden waren aus Eukalyptusholz. An dem Tag, als Mary und Joe Callaghan dort eintrafen, hatten sich fast dreihundert Aborigine-Frauen versammelt, um Joes »weiße Gefährtin« zu sehen. Damals war eine weiße Frau in dieser Gegend ein sehr seltener und exotischer Anblick, und Mary war irritiert von all dem Aufsehen, das um sie gemacht wurde. Zudem erkannte sie schnell, dass es auch Nachteile hatte, eine Art Berühmtheit zu sein, besonders, wenn die Hausarbeit liegen blieb, weil die Frauen der Aborigines ständig an der Hintertür zur Küche nach ihr riefen, um ihre Haare anzufassen und ihre Kleider zu betasten. Das Gelände, auf dem das Hotel stand, war tausende von Jahren von den Aborigines bewohnt gewesen. Sie hatten dort ihre Lager aufgeschlagen, primitive Verschläge errichtet und von dem gelebt, was der Fluss hergab. Als die Europäer kamen, begannen die Ureinwohner, mit dem hochwertigen Ocker zu handeln, den sie auf den nahen Klippen sammelten. Mary benutzte ihn, um die Kamine im Hotel mit roter Farbe zu verschönern.

Als Joe die Leitung des Overland Corner Hotels übernahm, gab es bereits den großen Holzladeplatz in der Nähe des Ufers, wo die hungrigen Kessel der anlegenden Raddampfer gefüttert wurden. Außerdem gab es einen Zeltplatz für Viehtreiber, die ihre Rinder oder Schafe an der saftigen Flachküste weiden lassen konnten, bevor sie weiter nach Adelaide zogen. Kurz nach seiner Fertigstellung wurde das Hotel zu einer Zwischenstation für die Postkutsche auf der Strecke zwischen Wentworth und Südaustralien. Doch die wachsende Zahl der Raddampfer auf dem Murray ließ Joe erkennen, dass die Geschäfte für Schiffseigner blühten, und er wollte daran teilhaben.

Er beschloss, für ein eigenes Schiff zu sparen. Da er wusste, dass er dieses Ziel mit seinem bescheidenen Lohn als Direktor eines kleinen Hotels niemals erreichen konnte, beschloss er, gemeinsam mit Mary auf den Goldfeldern sein Glück zu versuchen – ein riskantes Unterfangen, das Mary viel abverlangte. Aber nach drei Jahren im Hotel hatte sie genug von betrunkenen Viehtreibern und Schafscherern.

Doch das Leben auf den Goldfeldern erwies sich als Hölle auf Erden. Diebstähle, Schlägereien, selbst Morde waren an der Tagesordnung. Beim allabendlichen Ritual der Soldaten, die Schläger und Trunkenbolde außerhalb des Goldgräberlagers zusammenzutreiben und zu verprügeln, zitterte Mary jedes Mal wie Espenlaub und betete um ein Wunder.

Nach einem Jahr war sie am Ende und drohte Joe, ihn zu verlassen. Doch noch am selben Tag wurden sie fündig. Sie entdeckten einen ansehnlichen Goldklumpen, der es ihnen ermöglichte, eine Anzahlung auf den ersehnten Raddampfer zu leisten, der nach fast einem Jahr – das ihnen wie eine Ewigkeit vorkam – fertig war. Der Dampfer war weder besonders groß noch sonst wie außergewöhnlich, aber er war ihr erstes richtiges Zuhause. Ihr Glück wäre vollkommen gewesen, hätte auch ihr Wunsch nach einem Kind sich erfüllt, doch nach fünfzehn Jahren Ehe hatten die Callaghans die Hoffnung auf eigene Kinder begraben.

Jedenfalls sah Joe nun die Chance, beruflich auf eigenen Füßen zu stehen. Der Transport von Holz aus den Wäldern bei Barmah zu den Schiffswerften bot ihm und Mary die Möglichkeit, zu bescheidenem Wohlstand zu gelangen, zumal in den wachsenden Städten am Fluss immer mehr Sägemühlen den Betrieb aufnahmen. Wie seine Eltern, stammte auch Joe aus County Donegal in Irland; seine Familie war nach England gezogen, als Joe erst zwei Jahre alt war, und er hatte seine Kindheit an der Themse verbracht, die sein Vater als Kapitän eines Frachtkahns befuhr, bis er 1848 an einer Lungenentzündung starb.

Als Joe alt genug war, trat er aus Liebe zur Schifffahrt der Handelsmarine bei. Nachdem er sein Kapitänspatent erworben hatte, kehrte er nach England zurück und lernte Mary kennen. Nach der Hochzeit im Jahre 1851 wanderte das Paar nach Australien aus. Doch Joe hatte nie seine Liebe zu Schiffen verloren. Zwar wollte er nicht wieder zur See fahren – zumal es bedeutet hätte, dass er immer wieder für längere Zeit von Mary getrennt wäre –, doch der Murray River zog ihn magisch an.

Deshalb erschien es ihm nun, bei der Ankunft in Echuca, um seinen Raddampfer zu übernehmen, als wäre er an den einzigen Ort zurückgekehrt, an dem sein Herz und seine Seele glücklich waren.

Joe und Mary quartierten sich für die Nacht im Bridge Hotel ein, das nur einen Steinwurf vom Bahnhof entfernt war und Silas Hepburn gehörte, dem Gründer von Echuca und mächtigsten Mann der Stadt. Joe hatte erfahren, dass Hepburn zudem zahlreiche Geschäfte an der High Street gehörten sowie große Flächen Land in der Umgebung der Stadt, sodass er gespannt darauf war, diesen offenbar tüchtigen und erfolgreichen Mann kennen zu lernen.

Mary war der Ansicht, sie könnten sich ein solches Luxushotel nicht leisten, in dem die Übernachtung fünf Pfund kostete – dreimal so viel wie in einer Pension. Doch Joe erklärte, dass sie ein weiches, warmes Bett verdient habe, nachdem sie zwei Jahre lang in einem schmutzigen Zelt und einer primitiven Hütte gehaust hatte.

Das Bridge Hotel befand sich unweit vom Hafenplatz, wo sich die Karren reihten, um den Murray River auf einer Pontonbrücke zu überqueren, die ebenfalls Silas Hepburn gehörte. Das Hotel war ein zweistöckiges Gebäude aus weinroten Ziegelsteinen, mit weiß getünchter Veranda und einem Balkon, der von Holzpfählen getragen wurde. Zwei eingeschossige Seitenflügel erstreckten sich zwischen der High Street und der Promenade. Die Schankstube war ein beliebter Treffpunkt der Viehzüchter.

Als Joe und Mary am Tag ihrer Ankunft im Hotel zu Abend aßen, machten sie die Bekanntschaft von Silas Hepburn und dessen Frau Brontë, die sich als fröhlich und hilfsbereit erwies. Doch was Silas Hepburn selbst betraf – kaum hatte er den Mund aufgemacht, wurde offensichtlich, dass er arrogant, egoistisch und raffgierig war. Joe gewann den Eindruck, dass Silas ihn aushorchte, um sich zu vergewissern, dass er ihm mit seinem zukünftigen Geschäft keine Konkurrenz machte. Als Joe erklärte, er sei Besitzer und Kapitän eines neuen Raddampfers, beglückwünschte Silas ihn und bot ihm großzügig Hilfe in Form eines »Darlehns« an, sollte sich die Notwendigkeit ergeben. Joe wurde misstrauisch. Geldverleiher vom Schlage Silas Hepburns waren ihm schon immer suspekt gewesen.

Bei Joes letztem Aufenthalt in der Stadt einen Monat zuvor hatte er einen Mann namens Ned Gilford angeheuert und mit ihm vereinbart, sich an dem Abend, wenn er und Mary in der Stadt ankämen, im Hotel zu treffen. Mary wusste nur zu gut, dass Joe sehr empfänglich war für Menschen, die im Leben gestrauchelt waren. Nicht dass er naiv gewesen wäre; es war vielmehr so, dass er für jeden Mitmenschen, dem ein hartes Leben beschieden war, Mitgefühl aufbrachte. Deshalb war Mary nicht überrascht gewesen, als Joe ihr das erste Mal von Ned erzählt hatte.

Da Joe mit der Binnenschifffahrt nicht vertraut war, hatte er beschlossen, einen Matrosen anzuheuern, der sich mit dem Fluss und mit Raddampfern auskannte. Er war im Hafen gewesen und hatte dort verkündet, dass er nach einem fähigen Matrosen suche, als er eine Gruppe Arbeiter bemerkte, die johlend einen Mann umringte, der gerade versuchte, die Vorderräder eines voll beladenen Ochsenkarrens anzuheben. Der Mann war Ned. Er sah aus, als habe er die fünfzig schon überschritten, war aber noch fit für sein Alter – es gelang ihm tatsächlich, die Räder der Vorderachse vom Boden zu heben. Zuerst hielt Joe ihn für einen betrunkenen Angeber, erkannte aber gleich darauf, dass es sich um eine Kraftprobe handelte. Joe sah aber auch, dass Ned einen verzweifelten und traurigen Eindruck machte und seine Anstrengungen verspottet wurden. Bevor er sich verletzen konnte, trat Joe auf ihn zu und fragte ihn, ob er als Matrose für ihn arbeiten wolle – ein Angebot, das Ned mit sichtlicher Erleichterung und Dankbarkeit annahm. Sie vereinbarten ein Treffen im Hotel, um alles Weitere zu besprechen.

Allerdings tauchte Ned Gilford nicht zum vereinbarten Zeitpunkt auf und hatte auch keine Nachricht bei Mrs Hepburn hinterlassen, die das Hotelpersonal beaufsichtigte. Joe war enttäuscht; er war sicher gewesen, dass Ned ihn nicht im Stich ließ.

»Vielleicht ist er aufgehalten worden«, sagte Joe am nächsten Morgen zu Mary, nachdem sie vom Einkauf der Vorräte zurückgekehrt war, die aufs Schiff gebracht werden sollten, darunter Grundnahrungsmittel für die Speisekammer sowie Tischwäsche und Geschirr.

»Oder jemand hat ihm ein besseres Angebot gemacht«, entgegnete Mary.

»Tja, leider können wir nicht länger warten«, sagte Joe. Sie konnten sich keine weitere Nacht in dem Hotel leisten, zumal nicht nur das Zimmer, sondern alles in Echuca dreimal so teuer war wie auf den Goldfeldern.

Vor ihrer Abreise hinterließ Joe bei Brontë Hepburn eine Nachricht: Für den Fall, dass Ned doch noch auftauchte, sollte er sich am Flussufer in der Nähe der Werft bei ihnen einfinden.

Joe und Mary mieteten sich eine Kutsche, um mit ihrer Reisekiste, den Koffern und den Vorräten zur Werft zu gelangen. Auf ihrer Fahrt entlang des Flusses, auf dem Schaufelraddampfer in jeder Form und Größe zu bewundern waren, kamen sie an einem Ponton vorüber, der Silas Hepburn gehörte, wie der Kutscher ihnen erzählte. Hunderte von Schafen waren darauf zusammengepfercht, um von New South Wales hinüber nach Victoria transportiert zu werden.

»Schlachtvieh für hungrige Goldsucher«, bemerkte der Kutscher.

»Wie hoch ist die Transportgebühr, die Mr Hepburn von den Viehtreibern verlangt?«, fragte Joe.

»Bei den Schafen hängt es von der Anzahl ab. Bei Rindern verlangt er zwischen drei und sechs Pennys pro Tier, bei Pferden sechs Pennys.«

»Da wäre es besser, ans andere Ufer zu schwimmen«, sagte Joe, empört über diesen Wucher.

»Oh, auch das kostet. In diesem Fall verlangt Silas Hepburn einen Penny pro Tier für die Bereitstellung erfahrener Fährmänner, die sie hinübergeleiten. Die Fährmänner behaupten, sämtliche Strömungen und Untiefen zu kennen, und erzählen so manche Schauermärchen, um zweifelnde Viehzüchter zu überzeugen. Dabei wissen die Züchter, dass sie hereingelegt werden, aber sie können es sich nicht leisten, ein Risiko einzugehen.«

Joes erster Eindruck, dass Silas Hepburn ein gerissener Geschäftsmann war, bestätigte sich – was er dem Kutscher auch sagte.

»Ja, für einen ehemaligen Sträfling aus Port Arthur hat er sich ganz schön gemausert«, erwiderte der Kutscher und lachte beim Anblick der verdutzten Gesichter Joes und Marys laut auf.

Als Joe den Raddampfer am Dock der Werft erblickte, rief er: »Das ist er!« Auch wenn es bestimmt nicht das größte Schiff auf dem Fluss sein würde, fiel es wegen seiner breiten, schrägen, nach oben gewölbten Radkästen für die Schaufelräder auf – eine Idee, die Joe und Ezra gekommen war, als sie die Baupläne entworfen hatten.

»Bist du sicher, dass es unser Dampfer ist?«, fragte Mary.

Joe nickte bloß und lächelte.

Mary ließ sich von der Begeisterung ihres Mannes anstecken. »Ich kann es gar nicht abwarten, an Bord zu gehen.«

Zügig lud Joe ihr Gepäck und ihre Vorräte aus der Kutsche. Nachdem der Kutscher bezahlt worden war und sich wieder auf den Weg gemacht hatte, stellte Joe das Gepäck am Flussufer ab, nahm den Arm seiner Frau und sagte: »Komm, schauen wir uns unser neues Zuhause an.« Wie lange hatte er diesem Tag entgegengefiebert! Der Himmel war bewölkt, und es sah nach Regen aus, aber selbst ein heftiger Wolkenbruch hätte Joes Stimmung nicht trüben können.

Mary hielt inne. »Dürfen wir denn einfach so an Bord?«, meinte sie unsicher. »Müssen wir nicht zuerst die Erlaubnis einholen?«

Joe lachte. Mary hatte eine angeborene Scheu vor Autoritätspersonen, und das Leben auf den Goldfeldern hatte ihre Furcht nur noch verstärkt. Er wusste, dass es Zeit brauchte, um Mary die Erfahrungen der letzten zwei Jahre vergessen und ihr Selbstvertrauen wachsen zu lassen.

Mary war ein wenig rundlich und reichte Joe gerade bis

zur Schulter. Ihr Haar, das sie stets zusammengebunden trug, war braun und lockig, und ihre Gesichtszüge waren eher durchschnittlich, doch Joe hatte sich in die Wärme in ihren Augen und in ihr sanftes Lächeln verliebt, bei dem sein Herz stets höher schlug.

»Wir brauchen keine Erlaubnis, an Bord gehen zu dürfen, Mary«, sagte er nun. »Es ist *unser* Schiff.«

Als sie den Niedergang erreichten, erschien der Schiffbauer Ezra Pickering mit einem Notizbuch und einem Stift in der Hand vor ihnen. Er war ein ruhiger, pflichtbewusster Mann, der mit Joe eine unstillbare Leidenschaft für Schiffe teilte. Zuvor hatte er Joe erzählt, dass er seinen ersten Dampfer aus den Holz- und Eisenresten eines schrottreifen Pferdekarrens gebaut hatte, und Joe war von Ezras Liebe zum Detail und seinem unverhüllten Stolz auf seine Arbeit sehr beeindruckt gewesen. Die Schiffe wurden am Ufer gefertigt, wo es leicht abschüssig war, sodass man sie beim Stapellauf ins Wasser gleiten lassen konnte. Ezra hatte soeben kontrolliert, ob die Arbeiter seine allerletzten Anweisungen befolgt hatten. Er gehörte nicht zu den Leuten, die irgendetwas dem Zufall überließen.

»Guten Morgen, Joe«, grüßte er. »Kommen Sie an Bord.« Er ergriff Joes ausgestreckte Hand und begrüßte anschließend auch Mary.

An Bord wandte Joe sich seiner Frau zu. »Willkommen an Bord der *Marylou*, mein Schatz.«

Mary stockte der Atem, und sie blickte ihren Ehemann mit weit aufgerissenen Augen an. »Du hast ... unser Schiff *Marylou* getauft?«

»Ja, nach dir. Nach meiner Mary Louise!« Joe legte den Arm um ihre Schulter. »Komm und sieh selbst.« Er führte sie zum Bug und drehte sie in Richtung Ruderhaus. Dann zog er an einem Seil, an dem ein Stück Stoff befestigt war. Der Stoff flatterte herunter, und unter dem Fenster des Ruderhauses stand in großen Buchstaben: *P. S. Marylou.*

Mary war zu Tränen gerührt. »Oh, Joe. Du bist immer wieder für Überraschungen gut.«

Ezra Pickering kam zu ihnen. »Ich möchte Sie ein wenig mit den Daten der *Marylou* vertraut machen«, sagte er voller Stolz. »Sie ist für achtundfünfzig Tonnen Fracht ausgelegt. Ihre Länge beträgt dreiundzwanzig Meter, die Breite fünfeinhalb Meter. Sie hat einen Tiefgang von siebzig Zentimetern ...«

»Was bedeutet das?«, fragte Mary.

»Sie kann in Gewässern unter einem Meter Tiefe fahren, weil sie einen flachen Rumpf hat«, erklärte Joe. »Aber meist ist der Fluss viel tiefer.«

»Oh.« Mary beschlich ein ungutes Gefühl. Sie fürchtete sich vor tiefen Gewässern und konnte wie die meisten Neuankömmlinge in Australien nicht schwimmen, aber Joe hatte versprochen, es ihr beizubringen. »Gibt es denn Untiefen im Fluss?«, fragte sie Ezra.

»Ja«, erwiderte Ezra. »Man muss sich vor Sandbänken, seichten Stellen und im Wasser treibenden Baumstämmen in Acht nehmen. Und im Sommer trocknen bestimmte Flussabschnitte regelmäßig aus. Aber ich habe im Ruderhaus Karten hinterlegt.« Er sah Joe mit ernstem Blick an. »Ich schlage vor, Sie studieren diese Karten, und zwar gründlich. Aber für den Notfall ist das Schiff mit einer dampfbetriebenen Seilwinde ausgestattet, wie abgesprochen.« Er wandte sich um und wollte Mary die drei Kajüten zeigen, doch ihre Aufmerksamkeit wurde vom Maschinenraum gefesselt, der sich mitten auf dem Schiff befand und von einem Geländer umgeben war. Ein Schild am Dampfmotor stach ihr ins Auge: *Marshall & Söhne, Gainsborough, England.*

»Sieh mal, Joe, die Maschine kommt aus unserer Heimat«, sagte Mary.

»Das ist eine Dampfmaschine mit sechsunddreißig Pferdestärken«, geriet Ezra ins Schwärmen. »Sie ist erst vor zwei

Monaten hier eingetroffen. Am Ufer liegt eine Tonne Feuerholz, was für den Anfang genügen dürfte, aber beim Zerkleinern und Verladen werdet ihr auf Hilfe angewiesen sein. Ihr habt doch einen Matrosen angeheuert, oder?«

Joe zog die Stirn kraus und warf einen besorgten Blick zu seiner Frau. »Ja, er soll hier zu uns stoßen.«

»Gut«, entgegnete Ezra. »Es wird mehrere Stunden in Anspruch nehmen, bis der Kessel genügend aufgeheizt ist, dass ihr ablegen könnt. Ich schlage vor, ihr fahrt heute flussabwärts bis zum Campaspe-Delta und anschließend wieder zurück. Sollte es dann Probleme oder Fragen geben, können wir darüber reden.«

Joe warf erneut einen Blick auf die Uhr. Es war zwar noch früh, aber wenn Ned nicht bald erschien, musste er einen Ersatzmann für ihn suchen, und zwar rasch.

Die Callaghans besichtigten gerade die Kajüten, als Ezra rief, dass jemand am Flussufer Joe zu sprechen wünsche.

»Bestimmt euer Matrose«, sagte er, als Joe und Mary am Niedergang erschienen, von wo sie einen Mann am Ufer erblickten.

»Wer ist das?«, fragte Mary. Sie hielt es für ausgeschlossen, dass der Fremde ihr Matrose war. Er sah wesentlich älter aus, als sie erwartet hatte.

»Das ist Ned Gilford«, erwiderte Joe. Auch ihm kam Ned jetzt älter vor, als er ihn in Erinnerung hatte, aber gleichzeitig fiel ihm wieder ein, wie dankbar Ned darüber gewesen war, dass man ihm Arbeit angeboten hatte, sodass es Joe sehr verwundert hätte, wenn er nicht erschienen wäre. Mary hörte die Erleichterung in der Stimme ihres Mannes, doch ihre Bedenken blieben bestehen. Joe brauchte einen kräftigen und fähigen Mann. Sie hatte gehofft, dass er wenigstens einmal auf seinen Verstand statt auf sein Herz hören würde, doch Neds Anblick ließ sie zweifeln.

Ned stand am anderen Ende des Niedergangs, den Hut in

der Hand. Als Joe auf ihn zuging, bemerkte er, dass Neds Gesicht gerötet und erhitzt war. Er fragte sich, woher Ned gerade kam und ob er sich zu Fuß zur Werft aufgemacht hatte, bepackt mit seinem großen Seesack.

»Mr Callaghan«, stieß Ned keuchend hervor. »Tut mir Leid, dass ich so spät komme. Ich hatte für ein paar Tage Arbeit im Wald von Barmah, und ... und ich brauchte das Geld. Entschuldigen Sie, dass ich nicht schon früher kommen konnte ...« Doch Joe war nicht verärgert, ganz im Gegenteil freute er sich, Ned zu sehen. »Jetzt bist du ja da, Ned«, sagte er. »Willkommen an Bord der *Marylou.*«

Joe stellte Ned seiner Frau und Ezra Pickering vor.

»Sie kennen sich doch mit Dampfmaschinen aus, Mr Gilford?«, fragte Ezra.

Ned sah zu Joe und errötete. Nervös drehte er den Hut in der Hand. Selbst Mary hatte Mitleid mit ihm.

»Ich ... nun ja, nein ... Ich kann ein bisschen von allem ... eigentlich bin ich Holzfäller, aber ... ich lerne rasch ...« Ned war so blass geworden, dass Joe befürchtete, er würde jeden Moment in Ohnmacht fallen.

Ezras buschige Brauen waren so dicht zusammengezogen, dass sie wie eine haarige Raupe über seinen tief liegenden Augen wirkten. Er sah Joe über seine Zweistärkenbrille hinweg an. »Sie hätten jemanden anheuern sollen, der sich mit Dampfmaschinen auskennt, Mr Callaghan.«

»Ich habe noch nie Flüsse befahren und muss noch viel lernen, genau wie Ned. Aber gemeinsam schaffen wir das schon«, erwiderte Joe zuversichtlich. »Wir werden uns ein paar Tage Zeit lassen, um uns mit dem Schiff und dem Fluss vertraut zu machen.« Joe warf einen Blick auf Ned, der einen völlig verdutzten Eindruck machte. »Ned ist kräftig, sodass es nicht lange dauern wird, bis wir das Holz geladen haben. Stimmt's, Ned?«

Ned wollte seinen Ohren nicht trauen. Als Ezra gesagt

hatte, es sei ein Fehler gewesen, ihn, Ned, anzuheuern, hatte er bereits damit gerechnet, wieder fortgeschickt zu werden. »Ja … ja, Sir«, murmelte er.

Ezra wandte sich an Joe. »Wie ich weiß, ist es schon eine Weile her, dass Sie zur See gefahren sind. Deshalb werde ich Ihnen einen meiner Männer zur Verfügung stellen, der Ihnen die grundlegenden Funktionen der Maschine und der Pumpen erklärt, sobald das Holz aufgeladen ist, damit Sie und Ihr … Matrose sich mit der *Marylou* vertraut machen können. Es war ein Vergnügen, mit Ihnen Geschäfte zu machen, Mr Callaghan. Ich wünsche Ihnen viel Glück für die Zukunft.« Erneut bedachte er Ned mit einem Blick, als hätte er Angst um Joe.

»Sie haben gute Arbeit an der *Marylou* geleistet, Mr Pickering«, sagte Joe. »Verdammt gute Arbeit.« Er liebte den Geruch des frisch lackierten Holzes, und er genoss aus vollem Herzen, endlich wieder einmal Schiffsplanken unter den Füßen zu haben.

Bei Joes letztem Aufenthalt in der Stadt hatte die *Marylou* noch am Ufer gelegen. Er hatte sie gründlich inspiziert und mit Ezra die letzten Details abgesprochen, was den Anstrich, das Schmieren und die Anordnung bestimmter Maschinenteile betraf. Nun war er sehr stolz, Besitzer eines so großartigen Schiffes zu sein. Tatsächlich war es sogar der stolzeste Tag in seinem Leben, abgesehen von dem Tag, an dem er Mary geheiratet hatte.

»Es freut mich jedes Mal, wenn meine Kundschaft zufrieden ist«, erwiderte Ezra. Während Joe und Ned sich ans Ufer begaben, um den Holzstapel in Angriff zu nehmen, wandte Ezra sich Mary zu. »Wie wär's, wenn ich Ihnen die Kombüse zeige?«

»Kombüse?«

»Das ist die Küche auf einem Schiff, aber Sie können sie nennen, wie Sie wollen«, erklärte Ezra lächelnd.

Mary strahlte bei dem Gedanken an eine eigene, nagelneue Küche. Ihre Töpfe und Küchenutensilien waren in der Reisekiste verstaut. Nachdem sie zwei Jahre lang Gold gewaschen hatte, freute sie sich nun, dass ihre Hände in Zukunft nicht mehr so aussehen würden, als müsste sie für ihren Lebensunterhalt Lehmziegel formen.

Während sie Ezra zur Kombüse folgte, überkam sie ein Gefühl der Zuversicht, das angesichts der Umstände nicht unbedingt angemessen war. Das Schiff hatte ihre gesamten Ersparnisse verschlungen, und sie wussten nicht einmal genau, worauf sie sich einließen. Sie hatte keine Ahnung von den Preisen für Brennholz, geschweige denn von den Wartungskosten für das Schiff. Dennoch verspürte Mary Zuversicht, weil sie und Joe endlich ein Dach über dem Kopf hatten, ein Zuhause, das sie ihr Eigen nennen konnten.

Auf dem Niedergang bemerkte Joe, dass Ned leicht humpelte. »Alles klar, Ned?«, fragte er.

»Alles in Ordnung, Mr Callaghan.«

Joe jedoch hatte den Eindruck, Ned würde die Zähne zusammenbeißen. Er sah aus, als ginge es ihm gar nicht gut. »Sag Joe zu mir, Ned. Schließlich werden wir von nun an auf engstem Raum zusammen leben und arbeiten. Wir können auf Förmlichkeiten verzichten.«

Ned nickte, glaubte jedoch, Bedauern in Joes Stimme zu hören. Er versuchte sich einzureden, dass es bloß Einbildung sei, doch es gelang ihm nicht, und er hielt den Blick gesenkt, als könne er Joe nicht in die Augen schauen.

Joe befielen erste Zweifel. Er fragte sich, ob er überstürzt gehandelt hatte, als er Ned angeheuert hatte. Schließlich war er ein Fremder. Er musste an die Männer denken, die ihm auf den Goldfeldern begegnet waren. Viele von ihnen hatten eine zweifelhafte Vergangenheit, und Joe kam der leise Verdacht, dies könne auch auf Ned zutreffen. Außerdem brauchte er einen Matrosen mit Erfahrung, und das beschränkte sich nicht allein auf die Dampfmaschine. Es wäre hilfreich gewesen, einen Mann an Bord zu haben, der sich mit der Flussschifffahrt auskannte. Einen flüchtigen Augenblick lang fragte sich Joe, ob er eine zusätzliche Kraft anheuern sollte, verwarf diesen Gedanken aber sofort wieder. Das konnte er sich nicht leisten. Andererseits brachte er es nicht übers Herz, Ned zu sagen, er habe es sich anders überlegt und könne ihn doch nicht einstellen. Sie mussten eben gemeinsam das Beste aus ihrer Zusammenarbeit machen und rasch dazulernen.

»Richte Mary bitte aus, dass ich heute Nacht am Ufer schlafe«, sagte Ned. »Ich habe einen eigenen Schlafsack dabei und übernachte gern unter freiem Himmel. Ich will dir und deiner Frau keine Umstände machen.«

Joe sah ihn verblüfft an. Er wollte ihm eine Kajüte anbieten, hielt es jedoch für klüger, zuvor Marys Meinung einzuholen. Doch Joe brauchte nichts zu sagen; Ned hatte auch so verstanden. »Ich bin dir für diese Arbeit sehr dankbar, Joe«, sagte er und trat verlegen von einem Fuß auf den anderen, wobei er ein Bein zu entlasten schien. »In meinem Alter bekommt man nicht so leicht eine Anstellung, aber ich bin kräftig und halte mich in Form. Ich werde dich nicht enttäuschen. Wenn es dir hilft, kannst du mir ja eine Probezeit von einem Monat geben.«

Joes Bedenken legten sich wieder. Was immer mit Ned gewesen war – er verdiente die Chance, sich zu bewähren.

»Ich habe dich angeheuert, Ned, und ich stehe zu meinem Wort.« Dennoch spürte Joe, dass Ned ihm etwas verheimlichte. »Jeder hat eine Chance verdient«, fügte er hinzu. »Ich möchte, dass es mit meinem Schiff gut läuft. Und ich will Mary das Leben bieten, das sie verdient hat. Nur das zählt für mich. Verstehst du, Ned?«

Ned nickte. »Du wirst es nicht bereuen, dass du mich angeheuert hast, Joe, das schwöre ich.«

Joe nickte seinerseits und betrachtete die Schweißperlen in Neds Gesicht. »Bist du zu Fuß hierher gekommen?«

»Nein, Barmah ist mehr als vierzig Meilen entfernt. Ich bin auf einem Dampfer bis Moama mitgefahren und habe von dort auf Silas Hepburns Fähre ans andere Ufer übergesetzt, zusammen mit einer Schafherde.«

»Wir sind vorhin an der Stelle vorbeigefahren«, bemerkte Joe.

»Ja, ich hab die Kutsche gesehen und dich erkannt«, entgegnete Ned. »Ich dachte mir gleich, dass ihr auf dem Weg zur Werft wart.«

»Dann bist du mit deinem Gepäck von der Anlegestelle aus gelaufen?«, sagte Joe. »Das ist mehr als eine Meile.«

Ned nickte. Sein Magen knurrte, doch die Schmerzen im Fuß machten ihm am meisten zu schaffen. Der Marsch war ihm wie zehn Meilen vorgekommen, und sein Fuß fühlte sich an, als drohe er im Stiefel zu platzen.

»Möchtest du etwas trinken, bevor wir loslegen?«

Ned zog die Jacke aus und krempelte die Hemdsärmel hoch. »Nein, danke ... obwohl es heute Morgen ganz schön heiß ist«, meinte er, wischte sich den Schweiß von der Stirn und ergriff die Axt.

Joe kam es gar nicht so warm vor, sodass er vermutete, dass mit Ned etwas nicht stimmte, aber er wollte ihn nicht mit Fragen unter Druck setzen. Er wollte nur eins: dass alles reibungslos lief.

Während er ebenfalls die Jacke auszog, sagte er: »Ich schaffe erst einmal die Reisekiste und die Vorräte an Bord, damit Mary sich einrichten kann. Dann gehe ich dir zur Hand.«

In Hochstimmung legte Joe in der Abenddämmerung mit der *Marylou* an einem Uferstück an, das in seinen Karten als Boora Boora gekennzeichnet war. Am Zusammenfluss von Murray und Campaspe River hatte Joe nicht Halt machen oder umkehren wollen und deshalb dem Kapitän eines anderen Raddampfers zugerufen, er solle Ezra Pickering ausrichten, dass sie weitergefahren seien – für den Fall, dass Ezra auf den Gedanken kam, die *Marylou* wäre in Schwierigkeiten.

Nachdem Ned das Schiff an Bäumen am Ufer vertäut hatte, stellte er die Maschine ab. Obwohl sie auf dieser Jungfernfahrt von ernsten Zwischenfällen verschont geblieben waren, war der Nachmittag nicht ganz reibungslos verlaufen. Joe hatte im Ruderhaus das Schiff gesteuert, während Ned im Kesselraum dafür gesorgt hatte, dass das Feuer nicht erlosch. Es gab Abstimmungsprobleme, als Ned nicht sicher war, ob sie vorwärts oder rückwärts fahren sollten, nachdem Joe einige unfreiwillige Wendemanöver eingeleitet hatte, da er sich öfter mit den Steuerungshebeln irrte. Während Joe sich auf der rechten Uferseite hielt, behielt er gleichzeitig die Karten im Auge, um Klippen, Sandbänken und überhängenden Bäumen auszuweichen, die in den Karten eingezeichnet waren. Außerdem musste er sich in Erinnerung rufen, ob er ein-, zwei- oder dreimal die Dampfpfeife betätigen musste, wenn er den Kurs änderte oder sich einer Flussbiegung näherte, die man nicht einsehen konnte. Deshalb war es nicht verwunderlich, dass er das Schiff zweimal fast auf Grund gesetzt hätte. Doch als der Tag sich dem Ende zuneigte, spürte Joe, dass er sich allmählich an die *Marylou* gewöhnte, und auch Ned kannte sich bereits ein wenig mit der Dampfmaschine aus.

Sie ankerten an einer Stelle, in deren Nähe sich nach der Karte ein Holzladeplatz befand. Üblicherweise wurde der Holzhandel auf Vertrauensbasis abgewickelt. Das gefällte Holz wurde am Ufer der nächsten Anlegestelle gestapelt, und wenn ein Raddampfer festmachte, um Brennholz nachzuladen, und gerade niemand zugegen war, hinterlegte man einfach das Geld. Obwohl sie mit geringer Geschwindigkeit gefahren waren und Joe sein Bestmögliches getan hatte, dem Schiffsverkehr aus dem Weg zu gehen, schien der Dampfkessel eine erschreckende Menge Holz zu verbrauchen. Während Ned staunte, wie rasch eine Tonne Holz aufgebraucht war, hielt Joes Verwunderung sich aufgrund seiner langjährigen Erfahrung mit Dampfschiffen bei der Handelsmarine in Grenzen.

Zur Mittagszeit hatte Mary die beiden Männer mit Brot, Käse und Tee versorgt, was auch fürs Abendessen vorgesehen war, da Mary nichts anderes an Bord hatte. Doch kaum hatten sie angelegt, ging Ned mit seinem Seesack an Land und richtete sich ein Lager her. Kurze Zeit später breitete sich der verlockende Geruch von gebratenem Fisch aus.

Mary und Joe traten an Deck, um nachzusehen, woher der Geruch kam.

»Wollt ihr zum Abendessen frischen Dorsch?«, rief Ned freundlich herüber. »Für mich allein ist es zu viel.« Dabei hob er eine ziemlich große Pfanne hoch. Sie war nicht groß genug für den Fisch, dessen Kopf und Schwanz über die Ränder ragte und der offensichtlich ein schwerer Brocken war. Ned musste die Pfanne mit beiden Händen halten.

»Hast du diesen Prachtburschen eben erst gefangen?«, rief Joe verwundert.

»Aye. Von Hand, mit einer Schnur«, rief Ned zurück. »Vor langer Zeit habe ich von den Aborigines einige Kniffe gelernt, auch was das Angeln und die Jagd angeht. Seither habe ich nie mehr Hunger gelitten.«

»Kannst du das Joe beibringen?«, fragte die sichtlich begeisterte Mary.

»Ja, sicher. Sobald der Fisch gar ist, bringe ich ihn an Bord.«

Es wurde rasch dunkel. Mary hielt sich an der Reling fest und ließ den Blick über den Fluss schweifen. Ohne das Glitzern der Sonne auf der Wasseroberfläche wirkte er düster und unheimlich, aber sie würde sich schon daran gewöhnen. Aus dem Schilf am Uferrand vernahm sie das Zirpen von Grillen, und am pechschwarzen Himmel stieg ein silbern glänzender Mond empor. Der Schein von Neds Feuerstelle erleuchtete sein bescheidenes Lager; dahinter bildeten die Bäume eine undurchdringliche Mauer der Finsternis. An Bord zündete Joe gerade Öllaternen an.

»Hier ist es so friedlich«, sagte Mary, glücklich darüber, das Leben auf den Goldfeldern, auf denen sie die Nächte stets gefürchtet hatte, hinter sich gelassen zu haben. Nur der Traum von einem zukünftigen Leben auf ihrem eigenen Schiff und der Beschaulichkeit des Flusses hatten sie durchhalten lassen. Joe legte ihr die Arme um die Taille. »Ja, hier ist es wundervoll friedlich, nicht wahr?« Er war ein wenig abgelenkt, da er zu Ned am Flussufer hinüberspähte, der gerade mit der Fischpfanne zum Schiff kam. Selbst im Schein des Lagerfeuers konnte Joe erkennen, dass Neds Humpeln sich verschlimmert hatte. Er fragte sich, ob Ned irgendeine alte Verletzung zu schaffen machte, wenn er sich überanstrengte.

Beim Abendessen versuchten die Callaghans, den stets schweigsamen Ned zum Reden zu bewegen, doch nur mit mäßigem Erfolg. Mary erzählte ihm, dass sie und Joe seit fünfzehn Jahren verheiratet seien und keine Kinder hätten und dass die *Marylou* ihr erstes richtiges Zuhause sei. Dann stellte Joe ein paar persönliche Fragen, aber da Ned nur widerstrebend von sich erzählte, erfuhren die Callaghans lediglich, dass er niemals geheiratet hatte und nach seiner Reise von Cornwall nach Australien von der Port Phillip Bay bis zur Spitze von Cape York weitergezogen war, ohne jemals irgendwo Fuß gefasst zu haben. Offenbar hatte er sich mit jeder erdenklichen Arbeit verdingt, angefangen vom Schlangenfänger bis zum Wollpacker. Einmal, erzählte er mit dem Anflug eines Lächelns, sei er sogar mit der Aufgabe betraut worden, die Flöhe aus dem Fell der Hunde eines Farmers zu klauben. Dies sei einer der Tiefpunkte in seinem Leben gewesen.

Joe und Mary bekamen den Eindruck, dass es viele solcher Tiefpunkte gegeben hatte. Sie fragten sich, ob Ned jemals ein so genannter »Gast der Krone« gewesen war, wie man die Exsträflinge scherzhaft nannte, zumal mehr als die Hälfte der australischen Einwohner ehemalige Strafgefangene waren. Dieser Verdacht drängte sich ihnen auch deshalb auf, weil Ned nicht erwähnte, mit welchem Schiff – und wann – er eingetroffen war, und sie wollten ihn nicht direkt danach fragen.

»Boora Boora ist ein seltsamer Name, Ned. Weißt du, was er bedeutet?«, fragte Mary, nachdem sie den Fisch verzehrt hatten und den Saft mit Brot auftunkten.

»Vor ein paar Jahren habe ich als Hilfsarbeiter auf einer Farm mit einem Ureinwohner aus dem ansässigen Yortta-Yortta-Clan zusammengearbeitet, und der hat mir mal eine kreisförmige Boora-Stätte gezeigt. Wenn ich's mir genau überlege, könnte es sogar hier in der Gegend gewesen sein. Aber ich habe damals einen großen Bogen darum gemacht, weil der Ureinwohner sagte, dass sein Volk dort Zeremonien abhielte. Boora Boora ist wahrscheinlich eine heilige Stätte der Ureinwohner.«

»Und was für Zeremonien werden in diesem Boora-Kreis abgehalten?«, wollte Mary wissen, der schreckliche Bilder von Tier- und Menschenopfern in den Sinn kamen.

»Um ehrlich zu sein«, entgegnete Ned, »wollte ich es damals nicht wissen, und daran hat sich bis heute nichts geändert. Ich glaube, es ist am besten, sich von solchen Dingen fern zu halten.«

Mary sah Joe an. »Vielleicht hätten wir nicht hier anlegen sollen.«

»Wir stören ja niemanden«, erwiderte Joe.

»Mach dir keine Sorgen, Mary. Uns passiert schon nichts«, meinte auch Ned und rieb sein Bein. »Ich haue mich jetzt aufs Ohr.«

Im Lampenschein konnten Mary und Joe erkennen, dass Neds Gesicht verzerrt und bleich war. Auf seiner Stirn schimmerte ein Schweißfilm. Allmählich machten die Callaghans sich Sorgen um ihn, doch sie wussten, dass Ned abstreiten würde, krank zu sein, wenn sie ihn darauf ansprächen.

Mary warf einen ängstlichen Blick aufs dunkle Ufer. Neds beiläufige Beteuerung, dass nichts passieren könne, beruhigte sie kein bisschen – geschweige denn die Sorglosigkeit ihres Mannes, obwohl sie sich in der Nähe einer Kultstätte der Ureinwohner befanden.

»Morgen fahren wir früh los«, sagte Joe. »Danke für den Fisch, Ned. Er war köstlich.«

»Ja, er hat großartig geschmeckt«, pflichtete Mary ihm bei. »Und ich kann immer noch nicht fassen, wie riesig er war.«

»Es heißt, im Murray gibt es Dorsche, so groß wie Menschen«, sagte Ned und rappelte sich mühsam auf.

Wieder blickte Mary in sein schmerzverzerrtes Gesicht, und diesmal fragte sie geradeheraus: »Alles in Ordnung, Ned?«

»Ja«, presste er leise hervor. »Hab nur einen leichten Krampf im Fuß. Gute Nacht.«

»Warum schläfst du nicht in einer Kajüte?«, bot Mary an, als Ned sich zum Gehen wandte. Sie wusste, dass sie sich um ihn sorgen würde, wenn er mutterseelenallein am Ufer lag, zumal es ihm nicht gut zu gehen schien. »Es sind noch zwei Kajüten frei. Da macht es doch keinen Sinn, am Ufer zu schlafen. Man kann ja nie wissen, wer sich da draußen herumtreibt.« Erneut warf sie einen Blick auf das finstere Baumdickicht und schauderte.

»Ich komme schon zurecht, Mary«, erwiderte Ned. »Ich bin es gewohnt, unter freiem Himmel zu schlafen.«

»Aber es sieht nach Regen aus«, wandte Joe in nüchternem Tonfall ein, aus dem dennoch seine Sorge herauszuhören war.

»Falls es regnet, komme ich an Bord und schlage mein Lager an einer geschützten Stelle an Deck auf«, sagte Ned und humpelte davon.

Mary und Joe folgten ihm und stellten sich an die Reling, während er vom Schiff ans Ufer sprang. Obwohl er versuchte, trotz der Schmerzen die Zähne zusammenzubeißen, hörten die Callaghans seinen unterdrückten Aufschrei, als er auf den Füßen landete. Dann beobachteten sie, wie er zu seinem Lager humpelte.

Verstört blickten sie sich an, waren aber unschlüssig, was sie sagen oder tun sollten. Außerdem übermannte sie nun die Erschöpfung nach diesem langen, anstrengenden Tag.

Ned zog sich derweil eine Decke über, nachdem er sich neben sein erlöschendes Lagerfeuer gelegt hatte. Sein Fuß bereitete ihm Höllenqualen, aber er wusste, wenn er den Stiefel auszöge, würde er ihn nie wieder anbekommen.

Eine Stunde später hatte er immer noch keinen Schlaf gefunden. Die Schmerzen wurden schlimmer, und ihm war kalt, nachdem sein Feuer erloschen war. Dennoch hatte er weder die nötige Energie noch den Willen, nach Feuerholz zu suchen.

Eine weitere Stunde verstrich, und die Schmerzen wurden fast unerträglich. Ned setzte sich auf und massierte sein Bein. Er hätte nichts lieber getan, als den Stiefel auszuziehen, dachte aber an den nächsten Morgen: Joe erwartete von ihm, dass er Holz hackte und es aufs Schiff trug. Ned beschloss, Joe nichts von seinen Schmerzen zu erzählen, aus Angst, seine Stelle zu verlieren.

Plötzlich vernahm er ein Geräusch im Schilf hinter ihm – ein Rascheln, gefolgt von einem gedämpften Schluchzen. Ganz in der Nähe befand sich eine kleine Bucht, und das Geräusch schien aus dieser Richtung gekommen zu sein.

Ned verharrte regungslos und spitzte die Ohren. Zuerst dachte er an nistende Enten im Schilf, aber das würde das gedämpfte Schluchzen nicht erklären, das sich wie von einem Menschen angehört hatte. Nach einigen Augenblicken, als alles wieder ruhig war, fuhr Ned mit der Massage seines Beins fort – und vernahm erneut einen gedämpften Laut. Dieses Mal klang es wie ein unterdrückter Schrei der Verzweiflung.

»Das ist keine Einbildung«, murmelte Ned und beschloss, der Sache auf den Grund zu gehen. Stöhnend rappelte er sich auf und humpelte zum Ufer. Der silberne Mondschein warf einen Lichtstreifen auf die Wasseroberfläche, und in den dunklen Schatten unter den überhängenden Bäumen nahe der Stelle, wo der Bach in den Fluss mündete, schien sich etwas zu bewegen. Obwohl Ned nur eine verschwommene Silhouette ausmachen konnte, spähte er weiter angestrengt dorthin. Jetzt war er sicher, das verzweifelte Schluchzen einer Frau gehört zu haben, vermutlich einer Aborigine. Dann vernahm er ein Geräusch, kein Platschen, sondern eher eine Bewegung auf dem Wasser. Während er in die Dunkelheit starrte, überkam ihn die Gewissheit, dass irgendetwas vom Ufer ins Wasser gestoßen worden war, etwas Unförmiges, nicht besonders groß, aber für ein Boot eindeutig zu klein.

Gespannt beobachtete Ned den Gegenstand, der sich dem Lichtstreifen des Mondes auf der Wasseroberfläche näherte. Als er ins Licht eintauchte, erkannte Ned, dass es sich um eine kleine Badewanne handelte, über die ein Tuch in hellen Farben drapiert war, dessen Zipfel ins Wasser hingen. Ned verstand überhaupt nichts mehr. Es war mehr als unwahrscheinlich, dass ein Ureinwohner eine Kinderwanne besaß.

Während Ned beobachtete, wie die kleine Wanne auf dem Wasser trieb, rätselte er, was er davon halten sollte. Im nächsten Moment blieb ihm vor Entsetzen der Mund offen stehen, weil er ein Baby weinen hörte. Wieder blickte er zu der Stelle, wo er die Silhouette unter den Bäumen erspäht hatte, doch wer immer es gewesen sein mochte, die Person hatte sich mittlerweile aus dem Staub gemacht. Ned kam der Gedanke, dass das Baby in der Wanne absichtlich ausgesetzt worden war – aber aus welchem Grund? Das war doch verrückt!

Ned handelte instinktiv. Ohne die Schmerzen im Fuß zu beachten, humpelte er zur *Marylou,* wo er an Bord kletterte und nach Joe rief. Als Joe und Mary kurz darauf erschienen, sahen sie Ned weit über die Reling gebeugt.

»Holt eine Laterne«, rief Ned. »Da treibt irgendwas im Fluss. Es sieht aus wie eine Wanne ... und ich glaube, ein Baby liegt darin.«

Joe und Mary, mit einem Schlag hellwach, wechselten einen bestürzten Blick.

»Beeilt euch!«, rief Ned.

Er klang so verzweifelt, dass Joe rasch eine Laterne anzündete und sich neben ihn stellte. Auch Mary spähte in die Dunkelheit. Zunächst konnte Ned die kleine Wanne nicht mehr entdecken, da sie aus dem Lichtkegel des Mondes verschwunden war, sodass er sich ängstlich fragte, ob sie bereits gekentert war.

»Wie kommt denn eine Wanne mit einem Baby in den Fluss, Ned?« Mary fragte sich insgeheim, ob Ned geträumt hatte.

»Ich dachte, ich hätte eine Frau gehört ...«

»Eine Frau?«, rief Mary erschrocken.

»Es war zwar zu dunkel, um sie zu erkennen, aber es hörte sich an, als hätte sie Schmerzen oder wäre verzweifelt. Als Nächstes habe ich ein Geräusch im Wasser gehört, als würde ein Boot vom Ufer aus hineingeschoben ... aber es war kein Boot, sondern eine kleine Wanne. Mir war das Ganze unerklärlich, bis ich ein Baby hab weinen hören ...« Ned wurde bewusst, dass seine Worte sich ziemlich verrückt anhörten, und er fragte sich unwillkürlich, ob er sich das Weinen des Babys tatsächlich nur eingebildet hatte. Es schien unfassbar, dass jemand ein Baby im Fluss ausgesetzt hatte.

»Bist du sicher, dass es kein Tier war, Ned?«

»Ich weiß, wie ein Tier klingt«, gab Ned ein wenig eingeschnappt zurück. Er wusste, wie fantastisch seine Geschichte sich anhörte, doch ihm missfiel die Vorstellung, dass Joe und Mary ihn für übergeschnappt halten könnten.

Joe und seine Ehefrau wechselten stumme Blicke. Sie wussten nicht, ob sie Ned glauben sollten. Mit einem Mal wurde die Stille vom erstickten Schrei eines Babys unterbrochen. Sofort wandten die drei sich um und spähten wieder aufs Wasser.

»O Gott«, stieß Mary hervor, die Hand vor den Mund geschlagen. »Da draußen ist tatsächlich ein Baby.«

Joe hielt die Laterne hoch, die einen schwachen, aber großen Lichtkreis auf das Wasser warf. Fassungslos beobachteten die drei, wie die Wanne mit dem Baby geräuschlos am Schiff vorüberglitt, von der Strömung getrieben. Ein Gefühl der Hilflosigkeit überkam sie, denn die Entfernung war zu groß, um die Wanne mit einer Stange einzuholen.

Als das Baby erneut jammerte, geriet Mary in Panik. »Wir müssen etwas tun!«, wandte sie sich an Joe. »Das arme Kind ertrinkt, wenn die Wanne kentert!«

Bevor Mary und Joe wussten, was Ned vorhatte, streifte dieser bereits seine Jacke ab und sprang unbeholfen über die Reling.

Instinktiv wollte Joe ihn zurückhalten, doch Ned tauchte bereits in die trüben Tiefen des Flusses ein und verschwand unter der Wasseroberfläche.

Marys Blick schweifte übers Deck. »Er hat seine Stiefel noch an, Joe«, rief sie. »Er wird ertrinken!«

Erneut hielt Joe die Laterne hoch, und gebannt verfolgten er und Mary, wie Ned wieder auftauchte und zur Mitte des

Flusses schwamm, der kleinen Wanne hinterher, die von der Dunkelheit rasch verschluckt wurde.

Joe rief laut nach Ned, doch alles, was er und Mary hören konnten, war das Platschen von Neds Armen und Beinen, während er der Wanne hinterherschwamm.

Mehrere qualvolle Sekunden später rief Ned: »Ich ... hab sie.« Seine Stimme klang schwach, da er sich bereits ein gutes Stück von der *Marylou* entfernt hatte.

»Gegen die Strömung kann er den Weg zurück unmöglich schaffen«, sagte Joe zu Mary. »Nicht mit den Stiefeln an den Füßen.«

»Dann werden er und das Baby ertrinken«, stieß Mary verzweifelt hervor. »Was können wir tun, Joe?« Mary konnte es nicht fassen, dass ihre erste Nacht an Bord so schrecklich verlief. Es war ein Albtraum.

»Ich hole ein Seil«, entschied Joe und stieg hastig in seine Stiefel.

Mit dem Seil und der Laterne sprang er von Bord und rannte am Fluss entlang, wobei er Ned zurief, er solle zum nächsten Ufer schwimmen. Joe wusste, dass Neds Kleidung und seine Stiefel ihn unter Wasser ziehen würden, und er gab ihm und dem Baby nur geringe Überlebenschancen.

In der Finsternis konnte Joe lediglich Neds Kopf und die dahintreibende Wanne erkennen. Er sah, dass Ned versuchte, zu einem umgestürzten Baum am Ufer zu gelangen, der seine Äste wie rettende Hände zu ihm ausstreckte. Doch er kam nur langsam voran, sein Kopf tauchte mehr als einmal unter Wasser.

Irgendwie schaffte es Ned, die dünne Spitze des nächsten Astes zu erreichen. Er schnellte zurück, als er danach griff. Joe watete ins seichte Wasser und warf das Seil aus, doch die Strömung riss es fort, bevor Ned es packen konnte. Als Joe das Seil eingeholt hatte, rollte er es schnell auf und band ein Ende um den Stamm des umgestürzten Baumes. Das Seil in der Hand, watete er dann bis zur Taille ins Wasser und warf das aufgerollte Ende noch einmal zu Ned hinaus. Wie durch ein Wunder landete es neben ihm. Doch in der Dunkelheit konnte Joe nicht erkennen, ob Ned danach griff.

Mary erschien, eine Decke in den Armen. Sie blieb am Ufer neben der Laterne stehen, die Joe dort abgestellt hatte, und beobachtete entsetzt, wie die Wanne zu kippen drohte. »Zieh ihn raus, Joe«, rief sie voller Angst, Ned und das Baby könnten in dem dunklen, trüben Wasser des Flusses versinken.

Als Joe Neds Gewicht am Seil spürte, zog er aus Leibeskräften daran. Die Wanne kam ein kleines Stück näher, doch von Ned war keine Spur zu sehen. Plötzlich bemerkte Joe Neds Hand, die aus dem Wasser ragte und mit der er sich seitlich an der Wanne festhielt. Joe sollte es ewig ein Rätsel bleiben, dass Ned die Wanne nicht zum Kentern gebracht hatte. Er watete weiter hinaus, bis das Wasser ihm unter die Achselhöhlen reichte, während er sich an den Ästen des umgestürzten Baumes und am Seil festklammerte. Schließlich erspähte er Ned, und es gelang Joe, ihn an der Schulter zu packen.

Marys Herz klopfte wild. Tränen der Erleichterung liefen ihr über die Wangen, als Joe Ned und die kleine Wanne ans sichere Ufer zog.

Dort wickelte Mary als Erstes Ned in die Decke und hob dann die kleine Wanne mit dem Baby darin hoch. Joe half Ned auf die Beine, indem er ihn mit der Schulter stützte. Obwohl Ned geschwächt war und viel Flusswasser geschluckt hatte, gelang es Joe, ihn wieder auf die *Marylou* zu befördern. Nachdem alle an Bord waren, nahm Mary das Baby aus der Wanne, hielt es ins Licht der Lampe und wickelte behutsam das Tuch auseinander, in das es gehüllt war. Eigentlich hatten sie damit gerechnet, einen kleinen Ureinwohner zu Gesicht zu bekommen, sodass sie fassungslos das weißhäutige Baby anstarrten. Ein winziges Mädchen, erst wenige Stunden alt. Die Nabelschnur war unbeholfen mit einem Stück Faden abgebunden worden, und es war noch blutig von der Geburt.

»Armes Würmchen«, sagte Mary mit Tränen in den Augen, als das winzige Kinn des Babys plötzlich zu zittern anfing. Rasch wickelte Mary es wieder ins Tuch und hielt es schützend an die Brust, um ihm Wärme zu spenden. »Was ist das für eine Mutter, die ihr Neugeborenes in einem Fluss aussetzt!«

»Ich werde mal schauen, ob ich die Frau finden kann«, sagte Joe und zündete eine weitere Laterne an. »Vielleicht steckt sie in Schwierigkeiten.« Er vermutete, dass sie womöglich in eine der heiligen Zeremonien der Ureinwohner verwickelt war.

»Alles in Ordnung, Ned?«, fragte Mary, nachdem Joe sich auf den Weg gemacht hatte. »Was hast du dir eigentlich dabei gedacht, mitsamt den Stiefeln ins Wasser zu springen? Es ist ein Wunder, dass ihr nicht ertrunken seid, du und das Kleine.«

»Ich musste die Gelegenheit beim Schopf packen, Mary. Hätte ich nichts unternommen, wäre dieses süße kleine Mädchen bestimmt ertrunken oder tagelang auf dem Fluss getrieben und jämmerlich verdurstet.«

»Du hast Recht. Sie verdankt dir ihr Leben. Aber wir müssen unbedingt Milch für sie auftreiben. Ich weiß nicht, ob dein Verhalten tapfer oder dumm war, aber du musst einen Schutzengel gehabt haben, sonst hättest du es nie zurück ans Ufer geschafft.«

»Ob ich einen Schutzengel hatte, kann ich nicht sagen, aber ohne Joe hätte ich es bestimmt nie geschafft.«

Plötzlich sah Mary, dass wässriges Blut aus einem von Neds Stiefeln sickerte. »Du hast dich verletzt!«

Ned folgte ihrem Blick und wurde blass. »Nein ... das

ist nichts. Ich hab ein bisschen Wasser geschluckt, aber das bringt mich nicht um.« Er zog seinen Stiefel zurück, um ihn zu verbergen.

»Zieh den Stiefel aus, Ned. Ich möchte sehen, woher das Blut kommt.«

»Es ist nichts, Mary, ehrlich. Wahrscheinlich nur ein Kratzer am Bein.«

Nicht zum ersten Mal spürte Mary, dass Ned irgendetwas verheimlichte. »Für einen Kratzer blutet es zu stark. Zieh jetzt den Stiefel aus, Ned«, wiederholte sie in einem Ton, der keinen Widerspruch duldete.

Ned gab sich geschlagen, zumal er keine Kraft mehr hatte, sich zu widersetzen. Da die Schmerzen in seinem Fuß schlimmer waren als zuvor, hatte er im Grunde ohnehin keine andere Wahl, als den Stiefel auszuziehen. Das würde ihn zwar seinen Job kosten, aber es musste sein.

Als Ned langsam den Stiefel abstreifte, stöhnte er laut vor Schmerz. Es fühlte sich an, als würde ihm das Fleisch von den Knochen gezogen. Es war eine Wohltat, als er den Stiefel endlich vom Fuß hatte und der unerträgliche Druck nachließ, doch gleich darauf erschrak er beim Anblick seiner Socke. Sie war mit Blut getränkt. Als er die Socke vorsichtig von seinem Fuß abschälte, erschrak Mary heftig.

»Oh, Ned ...« Auf dem Fußrücken war eine tiefe, klaffende Wunde. »Du lieber Himmel, wie ist denn das passiert?« Es war offensichtlich, dass Ned sich die Verletzung nicht im Wasser zugezogen haben konnte.

»Der Axtstiel ist abgebrochen, und die Klinge schlug mir in den Stiefel. Ich kann von Glück sagen, dass sie keinen Knochen erwischt hat.«

»Vor allem kannst du von Glück sagen, dass du noch alle Zehen hast. Wann ist das passiert?«

»An dem Morgen, als ich zu dir und Joe kommen sollte. Ein Mann, mit dem ich zusammengearbeitet habe, hat mir dieses Paar alte Stiefel geschenkt. Es hat eine Ewigkeit gedauert, bis ich den Fuß drinhatte. Darum bin ich zu spät zum vereinbarten Treffpunkt gekommen.«

Jetzt verstand Mary, weshalb Ned die Stiefel nicht einmal zum Schlafen ausgezogen hatte. »Du musst dich ja furchtbar gequält haben«, sagte Mary leise.

Ned begnügte sich mit einem kurzen Nicken.

»Warum hast du nichts gesagt?«

»Ich hatte großes Glück, dass ich diese Arbeit hier bekommen habe. In meinem Alter findet man nicht so schnell eine Anstellung.«

»Du kannst in den nächsten Tagen keinen Stiefel tragen, Ned. Sonst könnte sich die Wunde am Fuß entzünden und Wundbrand entstehen.«

In Neds Gesicht breitete sich Enttäuschung aus. »Aber ich kann ohne Stiefel nicht arbeiten, Mary.«

»Du wirst auch nicht arbeiten, Ned, sondern zusehen, dass du wieder gesund wirst.« Mary blickte in seine blauen Augen und wusste, was er gerade dachte. »Wenn es darauf ankommt, ist auf Joe Verlass, Ned.«

Bevor Ned etwas entgegnen konnte, tauchte Joe auf.

»Ich hab zwar niemanden gefunden, aber im nassen Sand am Ufer waren Schuhabdrücke, ganz in der Nähe der kleinen Bucht. Für einen Mann waren sie zu klein, und da die Ureinwohner keine Schuhe tragen, liegt der Verdacht nahe, dass sie von einer weißen Frau stammen.« Joe machte ein betretenes Gesicht. »Da waren auch frische Spuren von einer Geburt ...« Plötzlich fiel sein Blick auf Neds Fuß. »Du lieber Himmel. Das sieht ja schlimm aus, Ned.«

Als Ned keine Antwort gab, berichtete Mary ihrem Mann, was geschehen war. »Der Griff von seiner Axt ist abgebrochen, und die Klinge ist durch den Stiefel in seinen Fuß gedrungen«, erklärte sie. »In den nächsten Tagen kann er keinen Stiefel tragen.«

»Ja. Du musst schlimme Schmerzen haben, Ned, und ich kann dir nicht mal einen Schluck Whisky anbieten.«

Ned war sprachlos. Offenbar verschwendete Joe keinen Gedanken daran, dass er, Ned, jetzt als Arbeitskraft ausfiel.

Jetzt begriff Joe, weshalb Ned die ganze Zeit gehumpelt hatte. Und nun erkannte er auch, dass Ned die Verletzung verschwiegen hatte aus Angst, seine Arbeit zu verlieren. »Mary kann dir den Fuß verbinden, Ned«, sagte er.

»Das Holzhacken schaffe ich schon noch«, meinte Ned und klammerte sich an einen Hoffnungsschimmer.

»Nichts da. Das Holzhacken übernehme ich.«

Ned ließ den Kopf hängen.

»Du bleibst an Bord, Ned. Wie wär's, wenn du den Kessel anfeuerst? Dafür brauchst du keine Stiefel an den Füßen«, sagte Joe, denn er wusste, dass Ned nicht untätig herumsitzen konnte.

Neds Gesicht hellte sich auf, als wäre ihm eine Zentnerlast vom Herzen gefallen.

»Wir brauchen uns nicht zu beeilen, um das Holz aufzuladen«, fuhr Joe fort. »Außerdem müssen wir ohnehin einen Zwischenstopp in Echuca oder Moama einlegen, um das Baby den Behörden zu übergeben.« Er sah zu dem kleinen Mädchen, das Mary mit einem für sein Alter ungewöhnlich aufmerksamen Blick betrachtete.

»Wie konnte ihre Mutter sie verstoßen?« Mary schüttelte den Kopf, während sie dem Baby in die Augen sah. »Kinder sind etwas Heiliges ... ein Segen ...« Jahrelang hatte sie gebetet, dass ihr Wunsch nach einem Kind sich erfüllen möge; umso weniger konnte sie begreifen, dass jemand sein eigenes, hilfloses Töchterchen verstieß.

»Eine Fügung des Schicksals hat dieses kleine Mädchen zu uns geführt«, sagte Joe mit Ehrfurcht in der Stimme.

»Die Wege des Herrn sind unergründlich«, sagte Ned in sanftem Ton. Er hatte das Gefühl, von einer gütigen Macht hierher geführt worden zu sein, zumal es ein unglaublicher Glücksfall war, zwei so großherzigen Menschen wie Mary und Joe begegnet zu sein.

»Du hast Recht, Ned«, entgegnete Mary. »Die Mutter hat ihr Kind ausgesetzt und einer ungewissen Zukunft überlassen. Hättest du nicht darauf bestanden, am Ufer zu schlafen, hätten wir gar nicht mitbekommen, dass die Kleine in einer Wanne auf dem Fluss treibt.«

»Und wärst du nicht ins Wasser gesprungen, um sie zu retten, und zwar im richtigen Moment, wäre sie jetzt fort«, fügte Joe hinzu. Er schaute auf das Kind und wusste, dass es mit großer Sicherheit ertrunken wäre. Dank einer Verkettung unglaublicher Zufälle – darunter auch der, dass sie ausgerechnet bei Boora Boora angelegt hatten –, hatte das kleine Mädchen überlebt.

»Ich habe immer schon geglaubt, dass wir nicht alleine für unser Schicksal verantwortlich sind«, sagte Ned und richtete den Blick auf Mary. »Und nun glaube ich, dass dieses kleine Mädchen für euch bestimmt ist.«

Mary schaute Ned an. Seine Worte hatten ihr die Sprache verschlagen.

»Willst du damit sagen, wir sollten sie gar nicht den Behörden übergeben, Ned?«, fragte Joe. Das hatte er noch gar nicht in Erwägung gezogen. Liebend gern hätte er das Kind behalten, doch er wusste, dass es ungesetzlich wäre, die Behörden zu übergehen.

Ned schwieg. Er musste an seine eigene Kindheit denken, und ein solches Schicksal wollte er dem Baby ersparen – jedem Kind. »Wenn ihr sie abgebt, setzt ihr sie einem Leben aus, das viel schlimmer sein könnte, als wäre sie weiter auf dem Fluss getrieben.«

Ungläubig starrten Mary und Joe Ned an. Obwohl sie schwere Zeiten durchgestanden hatten und das Geld oft knapp gewesen war, hatten beide eine wundervolle Kindheit genossen, wohl behütet im Schoße der Familie. Aber nicht jeder hatte ein solches Glück. Und Neds Tonfall ließ sie erkennen, dass er aus eigener bitterer Erfahrung sprach.

Mary fühlte sich instinktiv für das winzige Wesen verantwortlich, doch im nächsten Moment kam ihr ein schrecklicher Gedanke. »Vielleicht überlegt ihre Mutter es sich plötzlich anders und möchte sie zurückhaben«, sagte sie. Ihr war der Gedanke unerträglich, dass man ihr das kleine Mädchen wieder wegnehmen könnte, nachdem sie es jetzt schon fest ins Herz geschlossen hatte.

»Bis zur Mündung des Murray ins Meer sind es noch mehr als tausend Meilen«, sagte Ned. »Hätte die Strömung das Kleine so weit fortgetrieben, ohne dass die Wanne gekentert wäre, dann wäre es verhungert, und sein Leichnam wäre aufs offene Meer getrieben. Ich habe den Eindruck, als wollte seine Mutter es loswerden und vermeiden, dass jemand es findet und lästige Fragen stellt.«

Vor Entsetzen traten Marys Augen hervor, und sie drückte das Baby fest an sich.

Ned stieß einen Seufzer aus. Im Grunde wollte er von der Mutter nichts Schlechtes denken – aber wie hätte man ihr verzeihen können nach dem, was sie getan hatte? »Ich kenne zwar nicht die genauen Umstände, aber eine Frau, die alleine ein Baby zur Welt bringt, an einem einsamen Flussufer, und das Kind dann in eine Wanne legt und im Wasser aussetzt, hat gehofft, dass das Baby entweder im Fluss entdeckt wird oder dass es aufs offene Meer hinaustreibt. Wie auch immer, jedenfalls rechnet sie bestimmt nicht damit, das Kleine zurückzubekommen.« Dabei musste Ned an seine eigene Mutter denken, die ihn wie ein lästiges Katzenjunges fortgejagt hatte, ohne einen weiteren Gedanken an ihn zu verschwenden.

Mary blickte Joe an. »Sollen wir es wagen und sie behalten?«

Joe sah den Ausdruck der Hoffnung in den Augen seiner

Frau. Er wusste, dass Mary ohne ein Kind nie vollkommen glücklich gewesen war. »Wir könnten bei den Behörden anfragen, ob wir sie adoptieren können«, sagte er.

»Das ist nicht so einfach, wie ihr glaubt«, wandte Ned ein. »Und in der Zwischenzeit wird die Kleine in ein Waisenhaus gesteckt und muss auf eure Zuneigung verzichten.« Erneut sprach Ned aus eigener Erfahrung. In diesen schweren Zeiten wollten nur sehr wenige Paare ein Kind adoptieren. Deshalb hatten diejenigen, die vermögend waren und es sich leisten konnten, eine riesige Auswahl.

»Aber was erzählen wir den Leuten, wenn wir die Kleine behalten?«, wollte Mary wissen.

Joe, der noch gar nicht fassen konnte, dass er ernsthaft über die Möglichkeit nachdachte, das Baby zu behalten, blickte Ned an, der auf alles eine Antwort zu haben schien.

»Was meinst du, Ned?«

»Ihr seid neu in dieser Gegend, nicht wahr?«, fragte Ned.

Joe und Mary nickten.

»Dann wissen nur wir drei, dass die Kleine nicht euer leibliches Kind ist.« Ned blickte Mary an. »Und was die Leute betrifft – du hast das Mädchen heute Nacht zur Welt gebracht.«

»Aber was ist mit Ezra Pickering? Er hat gesehen, dass ich nicht schwanger bin. Ebenso Silas und Brontë Hepburn.«

»Du hast doch im Hotel am Tisch gesessen, als die Hepburns sich vorgestellt haben«, erwiderte Joe. »Die haben bestimmt nicht darauf geachtet, ob du schwanger bist. Und bei der Begegnung mit Ezra hattest du einen weiten Mantel an.«

Die Blicke Marys und Joes richteten sich wieder auf das kleine Mädchen. Es war so winzig, so hilflos, und brauchte dringend die Liebe eines Menschen. Marys Mutterinstinkt war nun vollends erwacht. Als Joe den zärtlichen Ausdruck in den Augen seiner Frau sah, wusste er, dass sie das Baby fest ins Herz geschlossen hatte.

Den Blick auf das kleine Mädchen gesenkt, flüsterte Mary: »Man hat dich zwar nach deiner Geburt verstoßen, aber Joe und ich werden dich von ganzem Herzen lieben, solange wir leben.«

»Wie wollt ihr sie nennen?«, fragte Ned lächelnd, froh, dass diesem winzigen Wesen eine Kindheit ohne Liebe erspart blieb, wie er sie durchlitten hatte.

Mary hob den Blick. »Sie verdient einen besonderen Namen, insbesondere nach dem, was sie schon in den ersten Stunden ihres Lebens durchgemacht hat.« Sie lächelte. »Mir hat ›Francesca‹ schon immer gefallen. Ein schöner Name für ein schönes kleines Mädchen.«

Als wüsste es, dass alles in Ordnung ist, streckte das Baby in diesem Moment die Beinchen, sodass eines unter dem Tuch hervorrutschte. Mary bemerkte ein Muttermal an seinem Oberschenkel.

»Schaut euch das mal an«, sagte sie. »Sie hat ein Muttermal.« Sie strich mit dem Finger darüber. »Es sieht wie ein winziger Stern aus.« Sie sah zu Joe und Ned, und ihr Lächeln wurde strahlender. »Ich wusste gleich, dass sie etwas Besonderes ist.« Sie berührte die winzige Nase des Babys und fuhr fort: »Francesca ... Starr ... Callaghan. Wie hört sich das an?«

Ned und Joe lächelten.

»Sehr schön«, meinte Ned.

»Der richtige Name für eine Prinzessin«, sagte Joe. »Unsere kleine Prinzessin.«

1

Echuca, 1883

Als Francesca Callaghan aus dem Zug stieg, der aus Melbourne kam, vernahm sie mit Erstaunen den Lärmpegel im Hafen. Das Schwappen des Wassers, das durch die rotierende Bewegung der Schaufelräder entstand, und gellende Pfiffe bildeten die Hintergrundkulisse zu den Rufen der Männer, die auf dem Pier arbeiteten. Einen Moment lang fühlte Francesca sich von dem geschäftigen Treiben geradezu überwältigt ... bis ein abscheulicher Geruch zu ihr drang, sodass sie sich ihr nach Rosen duftendes Taschentuch vor die Nase hielt.

Die Hafenarbeiter verluden Wollballen, Talg, Tee, Kaffee, Kleie, Zucker und Rosinen. Zur Fracht gehörten aber auch Hunderte kahl geschorene Schafe. Ihre blutigen Schnittwunden sonderten Verwesungsgeruch ab und lockten Millionen Fliegen an. Zu allem Unglück wurde am Ende des Piers auf dem Ufer eine Kleinviehauktion veranstaltet, bei der Schafe, Ziegen, Ferkel und Hühner versteigert wurden. Beim Bieten herrschte ein rauer Ton, und der Gestank der Tiere wurde von der frischen Brise herübergetragen. Ein Glück, dass es an diesem Tag nicht so heiß war.

Bevor Francesca sich ein umfassendes Bild von ihrer Umgebung machen konnte, wurde sie plötzlich von Arbeitern zur Seite gedrängt, die sich anschickten, die Güterwagons am Zugende zu entladen, wobei sie die Passagiere zur Eile antrieben, um mit der Arbeit anfangen zu können. Da Francesca seit vielen Jahren an das Leben in der Stadt gewöhnt war – sie war in Melbourne zu Hause –, wirkten das Durcheinander und das raue, mitunter primitive Leben auf dem Land wie ein Schock auf sie. Doch Francesca genügte ein kurzer Blick auf den Fluss, der friedlich inmitten des Tumults dahinströmte, um zu wissen, dass es richtig gewesen war, ihre Stelle in Kennedy's Eisenwarenladen aufzugeben.

Francesca war am Fluss nahe Echuca geboren, ein Ort, den sie trotz ihrer langen Abwesenheit als ihr wahres Zuhause betrachtete. Dennoch kam sie sich wie eine Fremde vor, als sie nun zum Pier ging, ihren kleinen Koffer umklammernd. Zugleich brannte sie innerlich vor Vorfreude. Sie war ganz aufgeregt, wieder daheim zu sein – aber auch ein wenig besorgt, wie ihr Vater reagieren würde, wenn er erfuhr, dass sie ihre Stelle bei den Kennedys aufgegeben hatte, ohne ihm Bescheid zu sagen. In ihren Briefen hatte sie ihm immer wieder geschrieben, wie unglücklich sie sei und dass die Kennedys sie zwar für die Buchführung eingestellt hätten, sie letzten Endes aber als Haus- und Kindermädchen für die schwangere Mrs Kennedy eingesetzt werde, zumal diese seit beinahe achtzehn Jahren ein Kind nach dem anderen zur Welt brachte – mittlerweile insgesamt dreizehn an der Zahl, darunter fünf Kleinkinder. Francesca war gar nicht dazu gekommen, sich um ihre geliebte Buchführung zu kümmern, da sie ständig damit beschäftigt war, die Kleinen zu füttern, zu wickeln und ihnen die winzigen Rotznasen abzuwischen. Nachdem ihr Vater auf ihren letzten Brief nicht geantwortet hatte und Frank Kennedy ihr vorwarf, sie würde die Buchführung vernachlässigen, hatte Francesca nach dem letzten Strohhalm gegriffen. Sie hatte ihren Koffer gepackt und mit dem Zug die Heimreise angetreten.

Im Alter von gerade siebzehn hatte Francesca ihre Schulausbildung im Mädcheninternat Pembroke in Malvern, einem Vorort von Melbourne, abgeschlossen und anschließend die Stelle als Buchhalterin bei den Kennedys angenommen. Die Kennedys hatten zur selben Zeit auf den Goldfeldern gearbeitet wie Joe und Mary. Auch wenn wegen des erbitterten Konkurrenzkampfes und der Geheimniskrämerei auf den Goldfeldern selten Freundschaften entstanden, hatten Mary und Joe sich damals Frank und Ida Kennedys angenommen, zumal diese in ihrem jungen Alter völlig unerfahren gewesen waren. Auch nachdem Frank und Ida in Melbourne ein Geschäft übernommen hatten, war der Kontakt nicht abgerissen. Joe hatte in einem Brief an die beiden erwähnt, dass Francesca ihre Schulausbildung abgeschlossen habe und eine Anstellung suche, worauf Frank geantwortet hatte, sie bräuchten jemanden für die Buchführung, sodass Francesca versorgt schien.

Damals schien es die perfekte Lösung zu sein, zumal Joe das Gefühl hatte, seine Tochter ruhigen Gewissens den Kennedys anvertrauen zu können, die ihr überdies ein Mansardenzimmer in ihrem Haus zur Verfügung stellten. Damals hatte Joe sogar die Hoffnung gehegt, Ida würde eine Art Ersatzmutter für Francesca werden, mit der sie von Frau zu Frau über die Probleme sprechen konnte, die jedes Mädchen in der Pubertät hat, wenn die Gefühlswelt auf dem Kopf steht und sich zugleich der Körper verändert.

Während Francesca nun über den Pier schritt und Ausschau nach der *Marylou* hielt, war ihr gar nicht bewusst, dass sie die Aufmerksamkeit der Hafenarbeiter auf sich zog. In ihrem bezaubernden Kleid aus burgunderfarbenem Brokatstoff und mit ihrem Spitzenhäubchen stach ihr Anblick in der grauen Menschenmenge auf der schlammigen Hafenpromenade nur zu deutlich heraus.

Sie war in Gedanken bei ihrem Vater und ihrer ungewissen Zukunft, sodass sie zusammenfuhr, als ein Hafenarbeiter ihr laut zurief: »Wohin des Weges, hübsche Lady?« Im ersten Moment war Francesca gar nicht bewusst, dass der Mann zu ihr sprach. Vielmehr vermutete sie, dass seine Frage an eine der auffällig gekleideten Damen gerichtet war, die am Pier um »Kunden« warben. Erst als sie erkannte, dass der Hafenarbeiter ihr etwas zugerufen hatte, blieb sie stehen. Keinem der Männer war entgangen, dass sie jung und ohne Begleitung war und ein wenig verloren wirkte, und so betrachteten sie Francesca als willkommene Ablenkung von ihrer schweren Arbeit.

Mittlerweile ging Francesca mit dem Rücken zum Wind, der die unangenehmen Ausdünstungen der kahlen Schafe und des übrigen Viehs zu ihr getragen hatte, sodass sie ihr Taschentuch wieder in ihre Handtasche steckte und zu dem Hafenarbeiter blickte. »Haben Sie mich gemeint, Sir?«

»Na klar«, entgegnete der Mann. Erfreut, dass ein solch reizendes Wesen ihm Antwort gab, grinste er sie mit abstoßend rührseligem Gesichtsausdruck an. Francesca schauderte und trat einen Schritt zurück. »Ich bezweifle, dass es Sie etwas angeht, wohin ich unterwegs bin«, gab sie ziemlich schroff zurück, und das Lächeln des Mannes verflog wie Dampf in kalter Luft. »Deshalb schlage ich vor, Sie gehen wieder an Ihre Arbeit.« Damit wandte sie sich ab und hielt weiter unter den Schiffen, die am Pier festgemacht hatten, nach der *Marylou* Ausschau. Sie war sicher, dass der Kerl, der sie eben belästigt hatte, in seinem verletzten Stolz nun von ihr ablassen würde. Die anderen Arbeiter wechselten mit hochgezogenen Augenbrauen Blicke und brachen einer nach dem anderen in Gelächter aus. Offenbar fühlte Francescas Peiniger sich zum Narren gehalten und wollte seine Schmach nicht hinnehmen. Kurz entschlossen folgte er ihr. Seine Kameraden – ungeachtet der Tatsache, dass bis zum Sonnenuntergang noch viel Arbeit auf sie wartete – beobachteten das Geschehen, neugierig, wie Francesca reagieren würde.

Francesca schlenderte an Säcken, Kisten und Kästen voller Waren und Handelsgütern vorüber. Sie war enttäuscht, kein bekanntes Gesicht zu entdecken. Doch am Pier lagen weitaus mehr Schiffe als vier Jahre zuvor, als sie das letzte Mal zu einer Stippvisite nach Hause gekommen war. Und nach der Anzahl der Menschen zu schließen, die sich auf dem Pier und der Uferpromenade befanden, schien die Stadt beträchtlich gewachsen zu sein, und die Geschäfte schienen zu florieren. Dieser Gedanke stimmte Francesca zuversichtlich, dass sie hier eine neue Stelle finden würde, die ihr zusprach.

Mit einem Mal wurde sie gewahr, dass sie verfolgt wurde. Abrupt blieb sie stehen und drehte sich zu dem hartnäckigen Hafenarbeiter um. »Verschwinden Sie«, fuhr sie ihn mit wachsendem Zorn an. »Haben Sie nichts Besseres zu tun, als mir auf die Nerven zu gehen?«

»Darf ich Ihren Koffer tragen?«, erbot sich der Mann mit gespieltem Charme, doch Francesca entging nicht das böse Funkeln in seinem schielenden Blick, und sie bebte innerlich vor Abscheu.

»Nein, dürfen Sie nicht. Und jetzt lassen Sie mich gefälligst in Ruhe«, fauchte sie ihn an. Sie versuchte, nicht in Panik zu geraten, was ihr schwer fiel, zumal sie in Pembroke äußerst behütet und meist von einer Anstandsdame begleitet worden war; zudem hatte sie bei den Kennedys auf jegliches Privatleben verzichten müssen. Noch nie war Francesca ihr Mangel an Lebenserfahrung derart bewusst geworden wie jetzt. Leider kam ihr Verfolger ihrer Aufforderung nicht nach, sodass Francesca ihn trotzig anstarrte. Sie war versucht, ihn darauf hinzuweisen, dass er dringend ein Bad benötigte; stattdessen konzentrierte sie sich darauf, die Fassung zurückzuerlangen. Ihr wurde klar, dass sie sich in Zukunft mit solchen Leuten auseinander setzen musste, wenn sie in Echuca leben wollte, was wiederum bedeutete, dass es klug wäre, an diesem Kerl ein Exempel zu statuieren, damit sie vor seinen Kumpanen Ruhe hätte. Aber was sollte sie tun?

Während Francesca über ihre Situation nachdachte, setzte sie ihren Weg auf dem Pier fort. Sie bemerkte, dass der Wasserpegel des Flusses ungefähr drei Meter unter ihnen lag – nicht sonderlich tief, aber tief genug. Ihr kam eine Idee. Mit einem raschen Blick stellte sie fest, dass die anderen Hafenarbeiter inzwischen das Interesse an ihr verloren hatten und sich wieder ihrer Arbeit widmeten.

Kurz vor dem Ende des Piers blieb Francesca erneut stehen und betupfte sich mit ihrem Taschentuch die Augen, als wäre sie völlig aufgelöst. Zufrieden bemerkte sie, dass ihr aufdringlicher Verehrer mit Bestürzung reagierte. Als Nächstes ließ sie absichtlich ihr Taschentuch fallen, das dicht vor den Füßen ihres Verfolgers landete. Der Mann starrte darauf, während Francesca ihn mit flehenden Blicken bedachte. Obwohl er sie eigentlich hatte aufziehen wollen, betrachtete er das Taschentuch nun als Wink des Schicksals, als günstige Gelegenheit, sich ihr als Held zu beweisen. Also bückte er sich, um es aufzuheben. Kaum hatte er nach dem Taschentuch gegriffen, hörte er Francescas schnelle Schritte. Bevor der Mann reagieren konnte, gab sie ihm einen Schubs, sodass er vom Pier in den Fluss stürzte.

Als Francesca das Aufspritzen des Wassers vernahm, kam ihr plötzlich ein erschreckender Gedanke. Was, wenn er nicht schwimmen konnte? Angestrengt spähte sie ins Wasser. Als sie ihren einstigen Verfolger nicht entdecken konnte, befiel sie Panik. Sie blickte zu einem Mann auf einem Dampfschiff ganz in der Nähe, der mit erschrockenem Gesicht auf die Wasseroberfläche starrte.

»Stehen Sie nicht herum, retten Sie ihn!«, rief sie hinüber.

Belustigt sah er auf. »*Sie* haben den armen Kerl ins Wasser geschubst«, erwiderte er gelassen. »Warum sollte ich da in den Fluss springen, um ihn rauszuholen?«

Francesca verschlug es vor Schreck den Atem. »Aber ... aber wenn er ertrinkt?« Sie musste an ihre Mutter denken und wurde von Gewissensbissen geplagt. Ratlos und verwirrt stand sie am Kai und wusste nicht, was sie tun sollte, während die Sekunden, die verstrichen, ihr endlos erschienen.

Dem Mann auf dem Schiff schien das alles gleichgültig zu sein. »Daran hätten Sie vorher denken müssen.«

»Aber ... aber ich wollte doch nicht ...«

Mit einem Achselzucken wandte der Mann sich wieder der Arbeit zu, als wäre bloß ein Stück Holz ins Wasser gefallen.

Seine Gleichgültigkeit erfüllte Francesca mit Entsetzen. Sie schaute sich um, ob jemand anderes in der Nähe war, der ihr helfen konnte, wobei sie ernsthaft die Möglichkeit in Betracht zog, selbst in den Fluss zu springen. Plötzlich hörte sie ein Gurgeln, und gleich darauf tauchte der Kopf des Hafenarbeiters aus dem Wasser empor. Francesca stieß einen Seufzer der Erleichterung aus, da es nicht so aussah, als wäre der Mann in Not, auch wenn er schnaufte und keuchte und wütend Wasser spuckte. Während Francesca zu ihm hinunterschaute, starrte er zu ihr hoch. Erst jetzt dämmerte ihr, dass der Mann auf dem Schiff gewusst haben musste, dass dieser Arbeiter schwimmen konnte. Bestimmt wussten es *alle* hier. Vor Wut wurden Francescas Augen schmal.

»Warum, zum Teufel, haben Sie das getan?«, brüllte der Arbeiter wütend zu ihr hinauf.

»Ich hatte Ihnen klipp und klar gesagt, Sie sollen mich in Ruhe lassen. Außerdem hatten Sie ein Bad dringend nötig«, rief sie zu ihm hinunter. »In Zukunft sollten Sie vorher nachdenken, ehe Sie mir wieder Ihre unerwünschten Aufmerksamkeiten aufzwingen.« Sie hob den Blick zu dem Mann auf dem nahen Dampfschiff und richtete anklagend den Zeigefinger auf ihn. »Und was Sie betrifft ...« Doch der Mann unterbrach sie, indem er herzhaft lachte, genau wie ein paar andere, die das Geschehen verfolgt hatten.

Trotz ihrer Verlegenheit hatte Francesca das Gefühl, gesiegt zu haben. Noch vor wenigen Minuten hatte sie Panik und Hilflosigkeit verspürt und trotzdem einen Weg gefunden, sich eines unliebsamen Quälgeists zu entledigen; deshalb war sie der Meinung, es sich verdient zu haben, stolz auf sich zu sein. Doch der Mann auf dem Schiff machte ihr die Genugtuung zunichte, und sie ärgerte sich über ihn.

Sie starrte ihn an, wobei der Kerl die Frechheit besaß, sie anzugrinsen. Er war eine attraktive Erscheinung, obwohl er einen leicht überheblichen Eindruck machte. Vielleicht lag es an der Art, wie er den Kopf schräg legte, oder an der großen Selbstsicherheit, mit der er sich bewegte.

»Können Sie mir sagen, wo die *Marylou* ankert?«, rief sie zu ihm hinüber, während sie sich über sich selbst ärgerte, weil sie sein ansteckendes Lächeln nicht unerwidert lassen konnte.

»Wer will das wissen?«, fragte er zurück, wobei er geschickt ein Seil aufrollte. Francesca fiel auf, dass er in sehr guter Kondition zu sein schien, im Gegensatz zu anderen Hafenarbeitern, die den Eindruck machten, als wären sie die meiste Zeit ihres Lebens betrunken. Sein Haar war sehr dunkel, und in dem gebräunten Gesicht blitzten weiße Zähne. Francesca fragte sich, ob er vielleicht spanischer oder griechischer Abstammung war, aber er sprach ohne erkennbaren Akzent. Sein Schiff hieß *Ophelia.*

»Wissen Sie es nun, oder wissen Sie's nicht?«, entgegnete Francesca, da sie unschlüssig war, ob sie dem Fremden ihren Namen nennen sollte.

»Kann schon sein, dass ich es weiß, aber Joe Callaghan hätte bestimmt etwas dagegen, wenn ich jedem x-Beliebigen erzähle, wo er sich gerade aufhält.«

Francesca war erleichtert, dass er ihren Vater offenbar kannte. Dennoch missfiel ihr seine Anspielung, dass sie von zweifelhaftem Ruf sein könnte. »Ich bin keine x-Beliebige«, gab sie erbost zurück, worauf er eine Augenbraue hob, als würde er ihr keinen Glauben schenken.

»Das kann ich aber nicht wissen, oder?«, erwiderte er.

Francescas Empörung nahm zu, bis sie plötzlich bemerkte, dass ein Mundwinkel des Mannes zuckte, und ihr klar wurde, dass er sie aufzog – und das, obwohl sie am Beispiel des Hafenarbeiters soeben bewiesen hatte, dass sie ein lästiges

Problem aus dem Weg schaffen konnte, wenn es sein musste. Doch sie spürte, dass es nicht klug wäre, sich mit dem Fremden anzulegen, zumal er nicht nur ungemein attraktiv, sondern auch sehr von sich eingenommen war. »Wenn Sie es unbedingt wissen müssen, ich bin Joe Callaghans Tochter.«

Für einen Augenblick wirkte der gut aussehende Fremde überrascht. Er sah, wie jung sie war, wie reizend, und er wünschte sich, sie zu küssen, obwohl sie ihn wahrscheinlich beißen würde, wenn er es darauf anlegte. »Haben Sie auch einen Vornamen, Miss Callaghan?«

Sie überlegte, ob sie ihm darauf antworten sollte, aber schließlich wollte sie zu ihrem Vater. »Francesca.«

»Francesca ...« Das Wort kam ihm weich über die Lippen. »Der Name passt zu Ihnen. Ich hatte keine Ahnung, dass Joe eine so hübsche Tochter hat. Hätte ich's gewusst, hätte ich ihm letztens in der Schänke wohl noch ein paar Rum mehr spendiert.« Seine Augen schienen in der Nachmittagssonne zu tanzen, und das Glitzern auf der grünen Wasseroberfläche spiegelte sich darin.

»Mein Vater ist zu klug, um sich von jemandem mit Rum beeindrucken zu lassen. Also, ist er hier in Echuca oder nicht? Am Pier kann ich die *Marylou* jedenfalls nicht entdecken.«

Der Fremde hob kurz den Blick zu ihr, bevor er den Kopf sinken ließ und lächelte. »Sein Schiff ankert unten am Fluss.« Er machte eine flüchtige, unbestimmte Geste in Richtung Ufer, die alles andere als hilfreich war.

»In einer halben Stunde lege ich in diese Richtung ab, falls Sie mitfahren möchten«, bot er an. Die Vorstellung, sie näher kennen zu lernen, reizte ihn ungemein, obwohl er entschlossen war, sich nicht wie ein ungestümer Jüngling aufzuführen. Er wusste aus Erfahrung, dass sie sich ihm eher öffnen würde, wenn er sie richtig behandelte ... und zwar bereitwillig.

Für einen Moment war Francesca sprachlos vor Erstaunen. Obwohl sie versucht war, sein Angebot anzunehmen und auf der *Ophelia* mitzufahren, erschien es ihr nicht angemessen. Außerdem hatte sie den Eindruck, dass seine Einladung nicht von Herzen kam. »Da ich Sie nicht kenne, kann ich Ihr Angebot nicht annehmen.«

»Mein Name ist Neal Mason. So, jetzt wissen Sie, wer ich bin, und ich weiß, wer Sie sind. Außerdem bin ich mit Ihrem Vater befreundet, was den Regeln des Anstands genügen dürfte.«

Für Francescas Begriffe war es lediglich Ausdruck seiner Überheblichkeit. »Ich habe nichts als Ihr Wort, dass Sie meinen Vater kennen.«

Seine grünen Augen wurden schmal. »Unterstellen Sie mir, dass ich ein Lügner bin, Miss Callaghan?«

Francesca befürchtete, ihn gekränkt zu haben, bis sie bemerkte, dass er ein Grinsen zu unterdrücken versuchte. »Ich weiß nicht ... kann schon sein.« Sie wurde nervös, zumal er sich daranmachte, ein weiteres Seil aufzuwickeln, als habe er alle Zeit der Welt.

»Aber wenn Sie nicht warten möchten und lieber zu Fuß gehen ... Es liegt ganz bei Ihnen.«

Francesca hatte eigentlich erwartet, dass er sie überreden würde – ein Angebot, das sie angenommen hätte, sie hatte wenig Lust, ihren Koffer so weit zu tragen. Doch bevor sie ihm eine spitze Antwort geben konnte, fuhr er fort: »Aber schubsen Sie bloß keine Männer mehr ins Wasser. Es warten nämlich noch jede Menge Schiffe darauf, entladen zu werden.«

Sämtliche Arbeiter in Hörweite brachen in schallendes Gelächter aus, mit Ausnahme des Mannes, den sie in den Fluss geschubst hatte und der unter dem Pier lamentierte, dass ihm kalt sei. Francesca spürte, wie ihre Wangen glühten.

Stolz erhobenen Hauptes bedachte sie Neal mit einem verächtlichen Blick, hob ihren Koffer auf und stolzierte davon.

»Achten Sie auf den Weg, Miss Callaghan«, rief Neal ihr

hinterher. »Sie könnten ins Stolpern geraten, wenn Sie die Nase weiterhin so hoch halten.«

Vor Zorn und Verlegenheit ging Francesca weiter, ohne einen Blick zurückzuwerfen.

Silas Hepburn stand in der Nähe eines Stapels Wollballen. Wie den meisten anderen Männern, die beobachtet hatten, wie Francesca aus dem Zug stieg, war auch ihm nicht entgangen, dass sie äußerst hübsch war. Er hatte auch gesehen, wie der Hafenarbeiter sie belästigt hatte, und hatte ihr zu Hilfe kommen wollen – als der Störenfried zu Silas' großem Erstaunen Augenblicke später vom Hafendamm gesegelt war. Silas hatte schon immer etwas für schöne Mädchen übrig gehabt, aber er hatte selten ein schönes Mädchen mit so viel Schneid erlebt.

»Entschuldigen Sie, Miss ...«, sprach er Francesca an, als sie an ihm vorüberkam.

Francesca, von zornigen Gedanken erfüllt, schrak zusammen, zumal sie Silas nicht bemerkt hatte. »Ja?«, erwiderte sie unfreundlich und blickte in Silas' überhebliches Gesicht.

Ihr kühler Tonfall ließ ihn stutzen, aber nicht zurückschrecken. »Ich wollte Ihnen eben meine Hilfe anbieten, als dieser aufdringliche Kerl Sie verfolgt hat ...«

Einen Moment lang dachte Francesca, er meinte Neal Mason; dann aber wurde ihr klar, dass er von dem Hafenarbeiter sprach. »Warum haben Sie es dann nicht getan?« Sie war immer noch wütend und nicht in der Stimmung, Höflichkeit zu wahren. »Der Weg zur Hölle ist mit guten Vorsätzen gepflastert«, fügte sie bissig hinzu, denn wäre der Mann ihr zuvor zu Hilfe gekommen, wäre ihr das Gespräch mit Neal Mason erspart geblieben, und sie müsste sich jetzt nicht wie ein naives Dummchen fühlen.

Wieder musste Silas staunen. Er war es gewohnt, dass man ihm mit größtem Respekt begegnete, was auch für Fremde galt, denen sein distinguiertes Auftreten unmöglich entgehen konnte. Und nun wagte es dieses zierliche Persönchen, ihn abzukanzeln. »Ich wollte ja, aber dann ... aus unerfindlichen Gründen ... hat der Mann das Gleichgewicht verloren und ist in den Fluss gefallen. Höchst unglücklich ...«

Francesca stockte der Atem. Neal Mason hatte sie bereits in die Defensive getrieben, und sie war sicher, dass im kalten Blick dieses Mannes eine versteckte Anschuldigung schimmerte. »Das war wohl kaum meine Schuld.« Francesca ging fest davon aus, dass niemand sie dabei beobachtet hatte, wie sie den Mann ins Wasser geschubst hatte.

»Das wollte ich damit auch nicht andeuten. Offensichtlich ist der Kerl sehr ungeschickt, wie viele andere hier. Vor einigen Monaten habe ich mir aus Tooleybuc einen Steinway-Flügel kommen lassen, und wissen Sie was? Beim Abladen haben die Trottel ihn fallen lassen!« Verbittert kniff er die Lippen zusammen. »Sei's drum, ich will nicht abschweifen, zumal ich lieber nicht mehr daran denken möchte. Haben Sie sich verlaufen, oder suchen Sie jemanden?«

»Weder noch. Entschuldigen Sie mich.«

Francesca war der Mann vom ersten Augenblick an unsympathisch. Sie war sicher, dass sein überhebliches Gehabe nur heiße Luft war, zumal sie bezweifelte, einen Mann von gesellschaftlichem Rang vor sich zu haben.

»Erlauben Sie mir, dass ich mich vorstelle«, sagte Silas Hepburn mit stolzgeschwellter Brust, wodurch Francesca sich in ihrer Meinung bestätigt sah. »Ich bin Silas Hepburn, der Gründer dieser schönen Stadt. Hier geschieht praktisch nichts ohne mein Wissen. Wenn Sie also jemand Bestimmten suchen, kann ich Ihnen wahrscheinlich Auskunft geben.« Mit seinen weichen, dicken Fingern strich er sich durch den rötlich braunen Bart.

Hepburn. Francesca erinnerte sich plötzlich, dass ihr der Name von früher ein Begriff war; dennoch hätte sie Silas nicht wiedererkannt. Einen flüchtigen Augenblick lang überlegte sie, ob sie sich für ihre Schroffheit entschuldigen sollte, begrub den Gedanken aber rasch wieder. Vor einem Mann, der damit prahlte, eine Stadt gegründet zu haben, und Landmarken nach sich benannte, brauchte sie nicht zu katzbuckeln. Stattdessen hätte Silas sich entschuldigen müssen, weil er ihr nicht zu Hilfe gekommen war. Die Auskunft, wo ihr Vater sich aufhielt, war eine ganz normale Gefälligkeit. Und Francesca benötigte diese Auskunft, denn Neal Mason hatte den Ankerplatz der *Marylou* so ungenau beschrieben, dass sie nicht wusste, wie sie dorthin kommen sollte.

Mit einem Blick über die Schulter stellte Francesca fest, dass Neal Mason ihre Unterhaltung mit Silas aufmerksam verfolgte. Da Silas in der Tat ein wichtiger Mann in der Stadt war, sagte sie sich, dass es nicht schaden konnte, sich gut mit ihm zu stellen.

»Ich bin auf der Suche nach einem Raddampfer, die *Marylou.* Wissen Sie, wo ich sie finde?«

»Die *Marylou?*« Silas runzelte die Stirn und musterte ihr Gesicht genauer – die glänzenden dunklen Ringellocken unter ihrem Häubchen, ihren Porzellanteint, ihre Augen, die die Farbe des Himmels an einem klaren Tag besaßen. Doch heute war der Himmel von einem kalten, trüben Grau, das sich nun in ihrem unfreundlichen Blick widerspiegelte. »Suchen Sie etwa Joe Callaghan?«

»Ganz recht.«

Vor Erstaunen rutschten Silas die Worte heraus, die ihm gerade durch den Kopf gingen. »Was hat eine so hübsche und elegante junge Dame wie Sie mit einer aufsässigen irischen Sippe zu schaffen?«

»Wie bitte? Joe Callaghan ist mein Vater, und er ist bestimmt alles andere als *aufsässig.*«

Silas verschlug es den Atem. Seine Augen traten hervor. »Oh, das wusste ich nicht ... ich meine, ich hatte vergessen, dass Joe eine Tochter hat.«

»Tja, Mr Hepburn, ich bin Francesca Callaghan, und ich

kann nicht gerade behaupten, dass es mir eine Freude war, Ihre Bekanntschaft gemacht zu haben. Wenn Sie mich jetzt bitte entschuldigen ...« Hinter sich vernahm sie gedämpftes Gelächter, was ihren Zorn nur noch weiter schürte.

Silas hingegen war nun erst recht fasziniert von ihr. »Wenn Sie mir die Bemerkung erlauben, Miss Callaghan, Sie sind eine äußerst bezaubernde junge Dame«, schmeichelte er ihr, während Francesca sich bereits zum Gehen wandte. Unvermittelt blieb sie stehen. Es war ihr jetzt gleichgültig, ob Neal Mason sie weiterhin beobachtete oder ob der Wind Gesprächsfetzen zu ihm trug. »Wenn Sie's unbedingt wissen möchten – ich erlaube Ihnen die Bemerkung nicht.«

Offenen Mundes starrte Silas sie an. »Aber ... aber die meisten jungen Damen haben normalerweise nichts gegen ein Kompliment einzuwenden.«

»Mir ist eine Anschuldigung lieber als geheuchelte Schmeichelei, sofern es keine Anschuldigung gegen meinen Vater ist.«

Trotz seiner Verblüffung musste Silas lachen. »Dann bitte ich Sie, meine Bemerkung über Ihren Vater zu entschuldigen, Miss Callaghan. Er und ich haben wenig miteinander zu schaffen. Deshalb darf ich wohl sagen, dass Sie eine außergewöhnliche junge Dame sind.«

Francesca musste sich auf die Zunge beißen, zumal das, was ihr gerade durch den Kopf ging, alles andere als damenhaft war.

»Ich kann Sie in meiner Kutsche zur *Marylou* bringen, wenn Sie möchten«, bot Silas an, ohne auch nur einen Augenblick die Möglichkeit zu erwägen, sie könnte ablehnen. »Das Schiff Ihres Vaters ankert ein Stück weiter unten am Ufer, und für eine so reizende Person wie Sie ist es nicht ganz ungefährlich, sich allein und zu Fuß auf den Weg zu machen. Wie sie ja bereits festgestellt haben, können die Proleten in dieser Stadt ziemlich lästig werden.«

Die Proleten? Für wen hielt dieser Kerl sich! Allmählich verursachte er Francesca eine Gänsehaut. Lieber würde sie sich von einer Brücke stürzen, als zu ihm in die Kutsche zu steigen, und sie war versucht, ihm genau das zu sagen. Lediglich der Umstand, dass Silas mit ihrem Vater bekannt war, hinderte sie daran. »Das ist nicht nötig, Mr Hepburn«, stieß sie zwischen zusammengebissenen Zähnen hervor. »Ich kann auf mich selbst aufpassen.«

»Wie Sie uns ja schon auf bewundernswerte Weise demonstriert haben, Miss Callaghan.« Silas konnte seine Enttäuschung kaum verbergen, während er seinen Hut zog.

Francesca hatte sich bereits umgewandt, um sich auf den Weg zum Ufer zu machen und diesen abscheulichen Kerl so weit wie möglich hinter sich zu lassen, doch sie hörte ihn noch murmeln: »Ein Jammer, dass Ihr Vater es nicht auch kann.«

Seine rätselhafte Bemerkung machte sie stutzig, aber sie fragte nicht nach. Stattdessen beschleunigte sie ihre Schritte.

Bald kam Francesca der Verdacht, dass Silas Hepburn ihr absichtlich einen falschen Weg beschrieben hatte. Immerhin hatte sie bereits über eine Meile zu Fuß zurückgelegt, ohne dass der Raddampfer zu sehen war, und ihr Koffer wurde mit jedem Schritt schwerer. Vor sich konnte sie linker Hand eine Flussbiegung erkennen, und wenn die Erinnerung sie nicht trog, befand sich ein Stück weiter eine Werft mit einer Rampe zum Wasser, sodass sie bezweifelte, in Kürze auf die *Marylou* zu stoßen. Sie beschloss, nur noch ein kleines Stück weiterzugehen.

Francesca wusste noch, welch wundervollen Anblick der Fluss bot, doch sie hatte ganz vergessen, welch friedliche und beschauliche Atmosphäre er verbreitete. In den Jahren, die sie fort gewesen war, hatte sie den Fluss meistens mit der Tragödie um ihre Mutter in Verbindung gebracht, doch im Funkeln des Sonnenlichts weckte der Murray River nun glückliche Kindheitserinnerungen in ihr – und eine unerwartete

Sehnsucht, einen Teil ihres Lebens wiederzuerlangen, der lange Zeit verloren gewesen war.

Nachdem Francesca die Flussbiegung hinter sich gelassen hatte, war der Dampfer immer noch nicht zu sehen, sodass sie stehen blieb und überlegte, was sie tun sollte. Sie befand sich nun auf einem schmalen Pfad, der von Eukalyptusbäumen gesäumt war und hauptsächlich von Fischern benutzt wurde. Raddampfer fuhren flussauf und flussab, manche mit Kähnen im Schlepptau. Plötzlich sah sie, wie die *Ophelia* sich näherte, und ging hinter einem Baum in Deckung, damit Neal Mason nicht auf den Gedanken kam, sie habe sich verlaufen. Nachdem sein Dampfer vorbeigefahren war, ließ Francesca den Blick flussaufwärts schweifen, wo in einiger Entfernung Pelikane auf ihrer Uferseite schwammen. Dabei wurde ihre Aufmerksamkeit auf ein Schiff gelenkt, das von herabhängenden Baumästen fast vollständig verdeckt wurde. Sie beschloss, der Sache auf den Grund zu gehen, in der Hoffnung, dass jemand an Bord ihr Auskunft geben könnte, ob ihr Vater in der Nähe ankerte.

Als Francesca sich dem Schiff näherte, das sich als Flussdampfer erwies, stellte sie fest, dass der Anstrich abblätterte, die Reling verfiel und die Decks dringend geschrubbt werden mussten. Sie fragte sich, wem das Schiff gehörte. Es machte einen verwahrlosten, bejammernswerten Eindruck, zumal es einst ein prächtiges Dampfschiff gewesen sein musste. Als sie mühsam den Namen entzifferte, verschlug es ihr vor Schreck den Atem.

Das Schiff war die *Marylou.*

Francesca ging an Bord und machte sich durch zögerndes Rufen bemerkbar. Kurz darauf erschien Ned. Der gute Ned, ging es Francesca durch den Kopf. Sie hatte ihn und ihren Vater vor zwei Jahren das letzte Mal gesehen, als die beiden Männer sie in Pembroke besucht hatten. Seit damals war Ned deutlich gealtert. Seine Haare waren jetzt schlohweiß, und er ging leicht gekrümmt; dennoch stand er ihrem Vater seit vielen Jahren treu zur Seite – sowohl in guten Zeiten, während der glücklichen, unbeschwerten Kinderjahre Francescas, als es noch reichlich Arbeit gegeben hatte, als auch in schweren Zeiten wie damals, als Francesca auf tragische Weise ihre Mutter verloren hatte. Damals war sie erst sieben gewesen, aber sie würde nie vergessen, wie schrecklich sie und ihr Vater unter dem Verlust gelitten hatten. Bald darauf hatte er sie ins Internat geschickt. Damals hatte Francesca den Grund dafür nicht begriffen, und was noch viel schlimmer war: Ihr Vater hatte ihr das Gefühl gegeben, dass der Unfall irgendwie ihre Schuld gewesen sei. Erst im Laufe der Zeit hatte Francesca erkannt, dass ihr Vater nur zu ihrem Besten gehandelt hatte.

»Hallo, Ned«, begrüßte sie ihn, während dieser sie fassungslos anstarrte.

»Frannie!«, entfuhr es ihm dann heiser. Als er sie das letzte Mal zu Gesicht bekommen hatte, war sie noch ein schlaksiges junges Mädchen gewesen. Er konnte nicht fassen, dass die bildschöne, elegante junge Frau, die nun vor ihm stand, seine kleine Frannie war.

Neds Gedanken schweiften unwillkürlich zu jener Nacht zurück, als er bei dem Versuch, ein Neugeborenes aus dem Fluss zu retten, beinahe ertrunken wäre. Als er Francesca nun betrachtete, hätte sein Stolz nicht größer sein können, wäre sie seine eigene Tochter gewesen. In den ersten sieben Jahren ihres Lebens hatte ein enges Band zwischen ihnen bestanden. Es hatte Ned fast das Herz gebrochen, als Joe das Mädchen nach Marys Tod fortgeschickt hatte, doch er hatte mit diesem Schmerz leben müssen. Schließlich hegte er für Joe eine tiefe kameradschaftliche Zuneigung. Ned hatte darauf vertraut, dass Joe wusste, was für Frannie am besten war. Außerdem tröstete er sich mit dem Gedanken, dass ein Leben an Bord eines Raddampfers mit zwei Männern, die

Tag für Tag hart schuften mussten, nichts für ein kleines Mädchen war.

Als Ned auf sie zukam, ein Lächeln auf dem faltigen Gesicht, fiel Francesca sein steifer Gang auf.

»Tut mir Leid, dass ich euch nicht Bescheid gegeben habe«, sagte Francesca und stellte ihren Koffer ab. »Ich bin kurz entschlossen zu euch gekommen.« Ned umarmte sie und drückte sie liebevoll.

»Ich kann dir gar nicht sagen, wie sehr ich mich freue, dich zu sehen, Frannie. Aber ... was machst du hier?«

»Ich habe meine Stelle gekündigt, Ned. Es hatte keinen Sinn mehr.« Sie sah sich um. Das Schiff war in einem schlimmen Zustand, was Francesca umso mehr verwirrte, als die *Marylou* der ganze Stolz ihres Vaters gewesen war. »Wo ist Dad?« Mit einem Mal beschlich Francesca das Gefühl, dass etwas nicht stimmte. »Es geht ihm doch gut ...?«

Neds faltiges Gesicht nahm einen bekümmerten Ausdruck an. Wie sollte er Francesca beibringen, dass es Joe eine Zeit lang überhaupt nicht gut ergangen war? Er warf einen Blick auf die Kajüten. »Er ist an Bord, Frannie. Er hat sich hingelegt, weißt du ...«

Er legte sich am frühen Nachmittag hin? Wieder blickte Francesca sich um. Ned bemerkte ihre Verwirrung. Er hatte versucht, an Bord zumindest halbwegs Ordnung zu halten, doch Joe hatte ihn schließlich davon abgebracht, weil er keinen Sinn mehr darin sah.

»Das Schiff sieht aus, als hätte es seit Monaten keine Fahrt mehr gemacht, Ned. Was ist los?«

Ned ließ den Kopf sinken. Mit welchem der vielen Probleme sollte er anfangen? »Der Kessel hat letzten Januar seinen Geist aufgegeben ...«

Francesca war bestürzt. »Warum hat Dad mir nichts davon geschrieben? Seit Monaten habe ich keinen Brief von ihm bekommen.«

Ned wusste nicht, was er darauf erwidern sollte. »Nun ja, wir haben den Kessel repariert«, murmelte er, »aber trotzdem ...«

In diesem Moment erschien Joe an Deck, da er Stimmen gehört hatte. Als er Francesca erblickte, riss er vor Überraschung die Augen auf, doch die herzliche Begrüßung, die sie erhofft hatte, blieb aus.

Tränen stiegen Francesca in die Augen, als sie sah, in welcher Verfassung ihr Vater war. Sein Äußeres war ungepflegt, und eine Hälfte seines Gesichts war von einer hässlichen roten Narbe entstellt.

»Was ist passiert, Dad?«, brachte Francesca im Flüsterton hervor und ging auf ihn zu.

»Eins der Kesselrohre ist explodiert. Was machst du hier?«, fragte Joe in ungewollt schroffem Ton und wandte betreten das Gesicht ab.

Francesca hatte das schreckliche Gefühl, unerwünscht zu sein, und erschrocken stellte sie fest, dass der Atem ihres Vaters nach Rum roch.

»Ich habe dir doch geschrieben, Dad, wie unglücklich ich war. Ich konnte es bei den Kennedys nicht mehr aushalten und habe gekündigt.«

»Du hast die Stelle bei den Kennedys gekündigt ...?«

»Weil ich nur noch die Aufgabe hatte, Windeln zu wechseln, hinter den Kindern aufzuräumen und das Haus sauber zu halten. Und Ida erwartet schon wieder ein Baby. Ich hätte zu gern die Buchhaltung gemacht, aber man gab mir keine Gelegenheit.«

»Aber es war eine feste Anstellung, Frannie, und ein Zuhause.«

»Ich bin noch zu jung, um eine Horde Kinder zu bemuttern. Ich habe sie so sehr verwöhnt, dass sie mir keine ruhige Minute mehr ließen. Du hast meine Briefe doch bekommen, Dad?«

Joe nickte. In ihren Briefen hatte Francesca sehr unglücklich geklungen, und sie kam ihm auch ein wenig blass und dünn vor. Dennoch waren ihre Sorgen nichts verglichen mit den seinen.

»Warum hast du die Briefe denn nicht beantwortet?«

Joe blickte zu Boden. »Ich ... ich hatte andere Dinge im Kopf.«

Francesca fühlte sich verletzt, da diese »anderen Dinge« offenbar wichtiger waren als sie. »Ned hat mir gerade von euren Schwierigkeiten mit dem Kessel berichtet, aber das hättest du mir doch schreiben können. Du hättest mir mitteilen können, dass du einen Unfall hattest.«

Joe drehte sich noch ein Stück weg und rieb sich das stoppelige Kinn. »Ich wollte dich nicht beunruhigen, Frannie«, entgegnete er schließlich leise. »Ich weiß, das ist keine Entschuldigung, aber mehr habe ich nicht zu bieten.«

Ned sah Joe an. Ihm fiel ein, dass Joe in den letzten Monaten Frannies Briefe nur widerwillig geöffnet hatte. Manche hatte Ned sogar selbst aufgemacht und darauf bestanden, dass Joe sie ihm vorlas. Und er hatte auf ihn eingeredet, die Briefe zu beantworten, doch seine Worte waren auf taube Ohren gestoßen. Gern hätte Ned ihr selbst geschrieben, aber er konnte weder lesen noch schreiben. Und selbst wenn es anders gewesen wäre – er hätte nicht gewusst, was er Frannie hätte schreiben sollen. Dass ihre Situation kaum schlimmer sein könnte? Genau das war nämlich der Grund, dass Joe ihr nicht geschrieben hatte.

»Ich kann nicht glauben, dass du eine so gute Anstellung aufgegeben hast, Frannie«, stieß Joe plötzlich wütend hervor. »Frank wird außer sich sein.« Joe hatte gar nicht so herzlos klingen wollen, und es ging ihm auch weniger um Frannies Kündigung: Es war ihm peinlich, dass sie sah, wie heruntergekommen er und sein Schiff waren.

»Aber du hast doch gehört, was ich eben gesagt habe, Dad.

Wenn du willst, schreibe ich ihnen einen Brief und entschuldige mich. Aber als Frank mich beschimpft hat, weil die Bücher nicht auf dem neuesten Stand waren, obwohl er genau wusste, dass ich vor lauter Saubermachen, Füttern und Baden seiner Kinder gar nicht die Zeit dazu hatte, war das der Tropfen, der das Fass zum Überlaufen brachte.«

Joe war dennoch verärgert. Nicht wegen Frannie, sondern wegen des Zeitpunkts, den sie sich für ihre Rückkehr ausgesucht hatte. Sie hätte keinen ungünstigeren Moment wählen können. »Und was hast du jetzt vor?«

»Das weiß ich noch nicht genau. Vorerst möchte ich bei dir und Ned bleiben«, erwiderte sie. »Ich habe euch beide sehr vermisst. Wir haben uns in den letzten Jahren kaum zu Gesicht bekommen. Es kommt mir vor, als ... als wären wir uns fremd geworden.« Francesca fielen diese Worte schwer, doch sie sprach lediglich die Wahrheit aus.

»Das bleibt nun mal nicht aus«, entgegnete Joe schroff, obwohl er plötzlich Gewissensbisse verspürte. »Das Leben auf dem Fluss ist nichts für ein kleines Mädchen.«

»Ich bin kein kleines Mädchen mehr, Dad.«

Joe lächelte wehmütig.

»Das stimmt, mein Mädchen«, sagte er.

Mein Mädchen. Bei diesen Worten verspürte Francesca einen Stich im Herzen. So hatte Dad sie als Kind immer genannt.

»Vielleicht bist du mittlerweile alt genug, um zu begreifen, dass das Leben nicht immer so verläuft, wie wir es gern hätten«, fuhr Joe fort.

»Was willst du damit sagen, Dad?«

Joe warf Ned einen Blick zu.

»Nein, sag du es ihr, Joe«, forderte Ned ihn mit sanfter Stimme auf. »Sie sollte die Wahrheit erfahren.«

Francesca blickte die beiden abwechselnd an, und ihr Herz schlug schneller. »Was ist denn passiert?«

»Wir stehen kurz davor, die *Marylou* zu verlieren«, erklärte Joe mit brüchiger Stimme.

Francesca wurde blass. »Das kann nicht sein, Dad. Wie kommt das?«

Joe stützte sich auf die Reling und blickte hinaus auf den Murray, zum weit entfernten Ufer auf der anderen Seite, wo ein Seeadler auf einem Ast saß, der über dem Wasser hing. Obwohl man diese Tiere selten zu Gesicht bekam, konnte Joe dem Anblick nichts abgewinnen. Für ihn war es unvorstellbar, keine Schiffsplanken mehr unter den Füßen zu haben oder den Fluss, an dem sein Herz hing, nicht mehr zu befahren.

»Als der Kessel den Geist aufgab, fehlte mir das Geld für die Reparatur. Ich musste mir eine größere Summe leihen. Dann hat es Wochen gedauert, bis die Reparatur abgeschlossen war. In dieser Zeit ist mein Arm so steif geworden, dass ich das Schiff nicht mehr steuern kann.«

Die Verletzung am Arm hatte Joe sich vor langer Zeit bei dem Versuch zugezogen, Mary vor dem Schaufelrad eines vorbeifahrenden Dampfers zu retten, nachdem sie bei der Kollision mit der *Kittyhawk* über Bord gegangen war. Leider war Joes Rettungsversuch vergeblich gewesen. Mary kam uns Leben, und Joe wäre beinahe der Arm abgerissen worden.

»Ich bin mit den Ratenzahlungen für das Darlehn im Rückstand, und ich kann es mir nicht leisten, jemanden anzuheuern ...«

»Oh, Dad. Hast du keine Versicherung für den Kessel abgeschlossen?«

»Ned und ich haben die Kesselrohre so oft geflickt, dass irgendwann kein Druck mehr zu Stande kam. Und die Versicherung zahlt nur im Fall einer unverschuldeten Explosion. Es tut mir Leid, Frannie. Ich weiß, du hättest dir einen anderen Empfang gewünscht, aber du hast dir einen denkbar ungünstigen Zeitpunkt ausgesucht, nach Hause zu kommen.

Bei den Kennedys hattest du wenigstens ein Dach über dem Kopf. Was soll's, vielleicht nehmen sie dich ja wieder auf.«

Francesca war bewusst, dass ihr Vater ein gebrochener Mann wäre, würde er die *Marylou* verlieren. Sie wusste zwar nicht genau, wie sie ihm helfen konnte, aber zwei gesunde Hände konnten hier auf dem Schiff nur von Nutzen sein. »Ich gehe nicht zurück, Dad. Auch wenn ich weiß, dass dir der Zeitpunkt nicht gefällt, komme ich vielleicht genau im richtigen Augenblick.«

Joe blickte sie verwirrt an.

»Nach der Anzahl der Schiffe am Pier zu urteilen, läuft das Geschäft auf dem Fluss zurzeit recht gut.«

»Arbeit gibt es reichlich, aber man kann dem Zeitdruck nur standhalten, wenn man mit dem Schiff bis an die Leistungsgrenze geht. Genau das haben wir mit der *Marylou* gemacht, bis der Kessel nicht mehr mitgespielt hat.«

»Jetzt ist er ja repariert.« Francesca kam plötzlich eine Idee. »Es macht keinen Sinn, wenn die *Marylou* am Ufer dümpelt, ohne Anker zu lichten. Du kennst den Fluss wie deine Westentasche, nicht wahr, Dad?«

»Es gibt keinen besseren Mann auf dem Fluss als ihn«, meldete Ned sich zu Wort.

Joe fragte sich, worauf seine Tochter hinauswollte.

»Ich denke, es ist an der Zeit, dass du mir alles beibringst, was du über das Schiff und den Fluss weißt«, sagte Francesca mit aufkeimender Begeisterung.

Joe kniff die Augen zusammen. »Worauf willst du hinaus?«

»Ich kann das Ruder der *Marylou* übernehmen, solange du neben mir stehst und mir Anweisungen gibst.«

»Du willst das Schiff steuern?«

»Warum nicht? Auf dem Murray gibt es bestimmt die eine oder andere Frau unter den Flusskapitänen, oder?«

Joe war sprachlos, aber Ned antwortete: »Zwei, soviel wir wissen.«

»In Zukunft werden es drei sein. Ich weiß noch, wie sehr Mutter dieses Schiff geliebt hat. Es würde ihr bestimmt nicht gefallen, dass es am Ufer verrottet. Ich werde mich jetzt umziehen und mit dem Saubermachen anfangen. Sobald die *Marylou* auch nur annähernd wieder so aussieht wie in alten Zeiten, kannst du mir die Flusskarten erklären.« Schon als Kind hatte Francesca sich gern diese Karten angeschaut.

Joes Gesicht nahm einen weichen Ausdruck an, und seine Augen wurden feucht. Auch er erinnerte sich noch gut an diese Zeit. Er hatte nicht damit gerechnet, dass Francesca als junge Frau Interesse am Schiff oder dem Fluss haben könnte. Nun freute er sich umso mehr. Dennoch sagte er: »Ich habe keine Hoffnung mehr, dass wir die *Marylou* noch retten können, mein Mädchen.«

»Aber wir dürfen uns nicht kampflos ergeben, Dad.«

»Sie hat Recht, Joe«, bemerkte Ned. »Ich bin noch nicht bereit, das Handtuch zu werfen, und ich glaube, du auch nicht.«

»Also gut. Wir werden tun, was in unseren Kräften steht«, sagte Joe.

»Oh, Dad!« Francesca umarmte ihn stürmisch.

Plötzlich fühlte Joe sich so gut wie lange nicht. Er freute sich darauf, sein Wissen über den Fluss an Frannie weiterzugeben. Es gab ihm zumindest das Gefühl, etwas zu hinterlassen, wenn er nicht mehr war.

Francesca löste sich von ihm und lächelte ihn an. Ihre Augen funkelten vor Entschlossenheit, und sie war voller Tatendrang und Zuversicht.

Deshalb brachte Joe es nicht über sich, ihr zu sagen, dass praktisch keine Chance bestand, den Kredit jemals zu tilgen. Die monatlichen Zinsen für das Darlehn waren zu hoch. Und das wiederum bedeutete, dass sie die *Marylou* verlieren würden – so oder so.

»Dann zieh dich rasch um, Frannie«, sagte er trotzdem. »Es gibt viel zu tun.«

2

Nachdem Francesca sich etwas Passendes zum Putzen angezogen hatte, band sie ihr Haar zurück und krempelte die Ärmel hoch. Dann machte sie sich auf die Suche nach einem Eimer, einem Scheuerlappen und einem Mopp.

Als sie wieder an Deck kam, sah sie, dass ihr Vater mit Hammer und Nägeln die Reling ausbesserte, doch sie erkannte, dass er nicht mit dem Herzen bei der Sache war. Ned räumte seine Angelruten und das Zubehör weg und schaffte Ordnung.

»Sobald die Decks frei sind, werde ich sie scheuern«, sagte Francesca und bemühte sich um einen zuversichtlichen Tonfall. »Die *Marylou* wird großartig aussehen, wenn sie wieder wie früher glänzt. Mit viel Farbe ...«

»Farbe ist jetzt nicht wichtig, mein Mädchen. Wir haben ja nicht einmal Geld, um Brennholz für den Kessel zu kaufen«, unterbrach Joe sie müde. An seiner Stimme erkannte Francesca, dass er die Hoffnung, das Schiff halten zu können, fast aufgegeben hatte. Er konnte das Gefühl der Resignation nicht abschütteln.

»Dann müssen wir eben das Ufer absuchen und alles Holz sammeln, das wir finden. Auf dem Weg vom Pier hierher habe ich mehr als einen umgestürzten Baum gesehen.«

»Es wird gut einen Tag dauern, eine Tonne Holz zu sammeln, zu hacken und aufs Schiff zu laden.«

»Uns wird nichts anderes übrig bleiben, bis wir uns wieder Brennholz leisten können«, entgegnete Francesca, fest entschlossen, die Einwände ihres Vaters nicht gelten zu lassen. Auch wenn er kurz davor stand, aufzugeben – sie würde kämpfen!

Joe rieb sich den schmerzenden linken Arm. Die kühlere Jahreszeit setzte ihm jedes Mal zu, doch in der Luft lag bereits ein Hauch von Wärme – ein Zeichen, dass der Beginn des Sommers nur noch wenige Wochen entfernt war. Schließlich gab er sich einen Ruck und wandte sich seiner Tochter zu. Er wollte nicht, dass sie sich falschen Hoffnungen hingab; deshalb musste sie die ganze Wahrheit erfahren. »Ich muss dir etwas sagen, Frannie. Ich habe mir tausend Pfund geliehen ...«

Tausend Pfund! Francesca stockte der Atem. Sie hatte nicht damit gerechnet, dass die Schulden so hoch waren. Mit einem Mal begriff sie, weshalb ihr Vater sich dieser Bürde nicht mehr gewachsen sah.

»Und dann die hohen Zinsen ... wir können die *Marylou* nicht halten, Frannie. Selbst dann nicht, wenn wir uns zu Tode schuften. Außerdem ist das kein Leben für eine junge Dame ...«

»Ich weiß noch sehr gut, dass Mutter dieses Leben geliebt hat, Dad. Und ich habe meine Kindheit auf dem Fluss sehr genossen.« Doch ihr war bewusst, dass sie nicht dieselbe Bildung besäße wie jetzt, hätte sie nicht die Schule in Melbourne besucht. Und obwohl sie nur widerwillig fortgegangen war, wusste sie, dass ihr Vater immer nur das Beste für sie gewollt hatte.

Joe ließ den Kopf sinken. »Der Fluss hat deine Mutter getötet ...«

Im Geiste sah Francesca wieder das Schiff, das die *Marylou* seitlich gerammt hatte, und wie ihre Mutter bei dem Aufprall über Bord gegangen war. Da Mary nicht schwimmen konnte, hatte sie es nicht geschafft, einem Schiff auszuweichen, das sich aus der Gegenrichtung näherte. Francesca hatte wieder die schreckliche Szene vor Augen, wie ihr Vater aus dem Ruderhaus gestürzt war, nachdem er die Situation erfasst hatte, und in den Fluss gesprungen war, um Mary zu retten. Doch es war zu spät gewesen. Das Wasser hatte sich rot gefärbt vom Blut ihrer Mutter, als diese vom Schaufelrad erfasst und getötet worden war. Auch Joe wurde bei seinem Rettungsversuch verletzt, sodass Ned ebenfalls ins Wasser springen musste, um ihn vor dem Ertrinken zu bewahren. Francesca wusste, dass ihr Vater sich noch heute die Schuld an Marys Tod gab, weil er ihr nie das Schwimmen beigebracht hatte.

»Mutter ist bei einem Unfall umgekommen ... und ich kann schwimmen, Dad. Außerdem kann ich die Bücher führen, sobald wir das erste Geld verdienen.« Sie sah ihren Vater an und erkannte, dass er ihren Optimismus nicht teilte. »Hör zu, Dad. Mir ist klar, dass unsere Schulden immens sind – und ich sage bewusst *unsere* Schulden –, aber ich werde gleich heute Abend eine erste Bilanz aufstellen, dann sehen wir weiter. Für den Moment schlage ich vor, dass wir nicht länger untätig herumstehen. Es gibt nämlich jede Menge zu tun. Also los, meine Herren, an die Arbeit.«

Francesca ging an Land, um am Ufer ihren Eimer mit Wasser zu füllen.

»Die kommandiert uns ja ganz schön herum, was?«, sagte Joe zu Ned, doch in seiner Stimme lag kein Vorwurf.

Ein breites Lächeln legte sich auf Neds Gesicht. »Genau das, was wir brauchen. Einen Versuch ist es wert, oder? Und sei es nur Frannie zuliebe.«

Joe rieb sich das stoppelige Kinn. »Ich würde mich jedenfalls freuen, wenn sie ihr Schifferpatent macht. Dann hätte das alles wenigstens ein Gutes, denn ich habe kaum Hoffnung, dass wir die *Marylou* halten können.« Bei diesen Worten musste er daran denken, dass er auch damals kaum Hoffnung gehabt hatte, als Ned die neugeborene Francesca aus dem Fluss geborgen hatte, wobei wie durch ein Wunder keiner der beiden ertrunken war. Damals hatte Joe alles für möglich gehalten. Aber damit war es jetzt vorbei.

Er staunte, welche Fortschritte sie bereits am späten Nachmittag gemacht hatten. Die *Marylou* war jetzt schon kaum wiederzuerkennen. Ned hatte darauf bestanden, die Decks zu schrubben, während Francesca die Fenster, die Kombüse und die Kajüten putzte. Joe reparierte währenddessen die Reling und polierte die Messingbeschläge und Maschinenteile. Ned hatte einen Wasservogel gefangen, der nun auf dem Holzofen schmorte. Er versuchte, Francesca mit der Bedienung des Ofens vertraut zu machen, aber sie konnte ihm offenbar nicht folgen.

»Auch Mary hat eine Zeit lang gebraucht, bis sie damit fertig wurde, weil das Ding sehr launisch sein kann«, sagte Ned. Im Grunde war es ihm recht, wenn er weiterhin fürs Kochen zuständig war. Nach Marys Tod hatte er diese Aufgabe übernommen.

Der Duft des Bratfleisches sorgte für eine heimelige Atmosphäre an Bord der *Marylou.* In den vergangenen Jahren hatten Joe und Ned sich von Brautenten, Krickenten und sogar von Reihern ernährt, doch jetzt, mit Frannie an Bord, würden sie wieder wie eine Familie leben. Joe hatte sogar seit vielen Monaten das erste Mal wieder gelächelt, als er gehört hatte, wie Frannie bei der Arbeit sang – so wie Mary früher.

Am Abend ging Francesca mit ihrem Vater die Flusskarten durch, und sie sprachen über Frannies Plan, das Kapitänspatent zu erwerben.

»Wenn du dich fürs Schifferpatent anmeldest, musst du vor einen Ausschuss aus erfahrenen Kapitänen und Schiffstechnikern treten. Sie werden dir die verschiedensten Fragen stellen – über schifffahrtsrechtliche Vorschriften auf Binnengewässern, über die Maßnahmen bei einem Notfall, über

Manöver in Häfen und vieles andere. Anschließend wird entschieden, ob du fachkundig genug bist, um das Patent verliehen zu bekommen. Eine schriftliche Prüfung gibt es nicht, und das ist auch gut so, weil einige Flussschiffer hier weder lesen noch schreiben können. Trotzdem kannst du dir keine falschen Antworten erlauben, wenn Fragen über Sicherheitsvorschriften oder die Binnenschifffahrt kommen. Deshalb musst du sehr viel lernen.«

»Es wird schon gut gehen, wenn du mich unterweist, Dad.«

»Wie Ned schon sagte, gibt es hier auf dem Fluss zwei Frauen, die das Kapitänspatent haben«, sagte Joe. »Und die sind wesentlich älter als du.«

Doch Francesca ließ sich nicht verunsichern. »Ich wette, die sind auch nicht so hübsch und intelligent wie ich«, entgegnete sie und lachte, als sie die verdutzten Gesichter von Ned und ihrem Vater sah.

Joe schüttelte den Kopf, wobei er sich erinnerte, dass er früher, als Frannie noch ein Kind gewesen war, häufig mit ihr geflachst hatte. Seiner Tochter schien es ernst mit ihrem Vorsatz zu sein, Schwung in das Leben an Bord zu bringen – und vielleicht war es genau das, was er und Ned brauchten.

»Kein Wunder, dass ich von deinen Lehrern Briefe bekommen habe, in denen sie sich über deine Ungezogenheit beschwerten«, sagte Joe.

»Das ist nicht wahr«, sagte Francesca mit großen Augen.

»O doch. Du kannst ja Ned fragen. In einem Brief stand, dass du die anderen zu allem möglichen Unfug anstiftest und anständige Mädchen vom rechten Weg abbringst. Offenbar hatte man sogar erwogen, dich von der Schule zu verweisen. Stimmt's, Ned?«

Ned nickte. »Stimmt. Du hast damals zurückgeschrieben und die Schulleitung gebeten, dass Frannie bleiben darf.«

Francesca errötete. Sie war keine Musterschülerin gewesen, das wusste sie, aber dass man sie von der Schule verweisen wollte ...

»Sieh mal, wie rot sie geworden ist, Ned«, sagte Joe. »Das ist das schlechte Gewissen.« Die beiden Männer brachen in Gelächter aus, und Francesca erkannte, dass ihr Vater sich bloß einen Scherz erlaubt hatte.

»Dad! Wie kannst du mir so eine Geschichte auftischen?«

»Da habe ich wohl einen Nerv getroffen?«

»Nein, hast du nicht.«

»O doch. Vielleicht sollten wir uns bei Gelegenheit über deine Schulzeit unterhalten.«

»Auf gar keinen Fall«, widersprach Francesca entschlossen.

Am späteren Abend standen Francescas Vater und Ned am Bug und unterhielten sich. Als sie sich den Männern näherte, hörte sie, wie ihr Vater den Namen »Silas« erwähnte und davon sprach, die *Marylou* am liebsten in Brand zu setzen. Sein Tonfall verursachte ihr eine Gänsehaut.

»Von wem hast du gerade gesprochen, Dad?«, fragte sie. »Heute Morgen habe ich am Pier einen Mann kennen gelernt, der sich als Silas Hepburn vorgestellt hat.«

»Du bist Silas begegnet?«, fragte Joe entgeistert.

»Ja. Er hat mir angeboten, mich hierher zu führen, aber ich habe abgelehnt. Der Mann war mir unsympathisch.«

Joe machte ein finsteres Gesicht. »Was hat er denn gesagt?«

Francesca bemerkte die Verachtung in der Stimme ihres Vaters. Am besten, sie sagte ihm nichts von Silas' anzüglichem Verhalten ihr gegenüber. »Nichts Besonderes, aber er hat sich mächtig aufgeplustert und damit geprahlt, der Gründer von Echuca zu sein. Ich bin noch nie einem Menschen begegnet, der so sehr von sich eingenommen ist.«

»O ja, das ist er«, pflichtete Joe ihr bei. »Vor kurzem hat

seine dritte Ehefrau ihn verlassen und ist mit den Kindern nach Melbourne zurückgekehrt. Obwohl Silas ein reicher und mächtiger Mann ist, hält es offenbar keine Frau lange an seiner Seite aus.«

»Die dritte Ehefrau? Haben die anderen beiden ihn auch verlassen?«, wollte Francesca wissen.

»Nein. Seine erste Frau nicht. Matilda ist angeblich im Kindbett gestorben. Soviel ich weiß, war sie selbst fast noch ein Kind, als sie schwanger wurde«, stieß er angewidert hervor. »Brontë, seine zweite Frau, hat ihn nach etlichen Jahren verlassen. Gattin Nummer drei war Henrietta Chapman. Die Ehe mit Henrietta hielt auch einige Jahre, aber ich hatte ihr gute Chancen eingeräumt, es länger auszuhalten. Sie war eine stille Frau, die keine eigene Meinung zu haben schien. Mir schien sie wie geschaffen für einen so selbstherrlichen Schnösel. Doch Henrietta hatte offenbar mehr Rückgrat, als ich oder sonst jemand ihr zugetraut hätten.«

»Bestimmt hält er jetzt nach der nächsten Ehefrau Ausschau«, sagte Ned. »Wenn er nicht schon eine in Aussicht hat.«

Francesca schauderte. »Der Mann ist widerlich.«

Joe und Ned war bekannt, dass Silas regelmäßig die Bordelle in der Stadt besuchte, und es kursierten Gerüchte, dass er die Dirnen misshandelte, aber weder Joe noch Ned hielten es für ratsam, dies Frannie gegenüber zu erwähnen.

»Du kannst es getrost erfahren, Frannie«, sagte Joe. »Von Silas stammt das Darlehn für die Reparatur des Kessels.«

Francesca erschrak. Ausgerechnet bei diesem abscheulichen Kerl standen sie in der Kreide! Doch sie ließ sich ihre Bestürzung nicht anmerken.

»Hätte es eine andere Möglichkeit gegeben, hätte ich mich nicht an Silas gewandt, aber er lebt von solchen Geschäften. Er ist immer dort zur Stelle, wo jemand in Not ist, und zieht seinen Schuldnern hinterher den letzten Penny aus der Tasche. Ich weiß, es war dumm von mir, und es könnte mich das Schiff kosten.« Joe verschwieg ihr lieber, dass er betrunken gewesen war, als er sich auf den Handel mit Silas eingelassen und das Schiff als Sicherheit eingebracht hatte, doch Ned kannte die Wahrheit.

»Oh, Dad.«

»Bei den saftigen Zinsen, die er verlangt, besteht kaum Hoffnung, das Darlehn jemals zu tilgen.«

»So darfst du nicht denken, Dad. Selbst wenn wir Tag und Nacht schuften und uns auf das Allernötigste beschränken müssen – wir werden die Schulden abbezahlen!«

»Arbeit gibt es auf dem Fluss immer, aber wenn mein Arm nicht besser wird, kann ich keine große Hilfe beim Holzverladen sein.«

»Dann sollten wir einen Matrosen anheuern. Einen jungen, kräftigen Mann.«

Joe stieß hervor: »Das können wir uns nicht leisten.«

»Ein zusätzlicher Mann an Bord steigert unsere Produktivität, und wir müssten ihn erst am Monatsende bezahlen.«

Joe missfiel die Vorstellung, eine zusätzliche Kraft anzuheuern. Er und Ned waren immer alleine klargekommen, und die Tatsache, dass sie einen weiteren Mann benötigten, gab ihm das Gefühl, der Arbeit nicht mehr gewachsen zu sein. Er war sicher, dass es Ned genauso ging.

»Es ist unsere einzige Möglichkeit, effizient zu arbeiten, Dad.« Francesca ließ nicht locker. »Kommt, ich zeig es euch.«

Mit Stift und Papier setzte sie sich an den Tisch neben der Kombüse, wo sie ihre Mahlzeiten zu sich nahmen, und notierte ein paar Zahlen. Von ihrem Vater hatte sie erfahren, dass er durchschnittlich fünfzig Pfund im Monat verdiente, wovon Ned zehn Pfund zustanden. Die monatliche Darlehnsrate betrug zwanzig Pfund, wobei Joe drei Monate im Rückstand war. Außerdem hatte Francesca sich erkundigt, wie viel ihnen der Transport von achtundfünfzig Tonnen Holz – die Höchstlast der *Marylou* – zu den Sägewerken einbrachte und welcher Zeitaufwand dafür einkalkuliert werden musste. Joe hatte geantwortet, dass sie in einer Woche vier Transportfahrten schafften, vielleicht fünf, wenn sie hart arbeiteten; außerdem hatte er Francesca den Preis für eine Tonne Holz genannt und ihr vorgerechnet, wie weit sie damit kämen.

»Ned muss den Kessel im Auge behalten«, sagte Francesca, »deshalb brauchen wir Verstärkung. Dann können wir einen Gewinn in dieser Höhe erwarten.« Sie unterstrich eine Zahl auf dem Blatt. »Selbst wenn wir die Ratenzahlungen für das Darlehn davon abziehen, können wir uns einen Helfer an Deck für den wöchentlichen Mindestlohn von einer Guinee leisten und haben immer noch ein bisschen Geld für Reparaturen an Bord übrig.«

Joe rieb sich das Kinn. Der Umgang mit Zahlen war nie seine Stärke gewesen. Als Mary noch lebte, hatte sie sich um solche Dinge gekümmert; seit ihrem Tod war Joe nachlässig geworden. Er hatte immer nur dafür gesorgt, dass er die Schulgebühr für Frannie zusammenbekam, ansonsten aber hatte er von der Hand in den Mund gelebt. Doch Frannies Zahlen schienen zu stimmen. »Du hast auf der Schule einiges gelernt, Frannie. Man merkt, dass du etwas von Buchführung verstehst.«

Francesca lächelte. »Mein Schulgeld wird sich bezahlt machen, Dad, du wirst sehen.«

Es nahm zwei Tage in Anspruch, mehrere Tonnen Holz zu sammeln, zu hacken und auf die *Marylou* zu laden. Joe stellte fest, dass sein Arm von der Arbeit ein wenig beweglicher wurde, doch die Schmerzen blieben.

»Kennst du einen Mann namens Neal Mason?«, fragte Francesca eines Abends, als sie Fisch aßen und dabei beobachteten, wie die untergehende Sonne wundervolle, leuchtende Farben auf das nahe Kliff zauberte. Zu ihrem Verdruss ging Neal ihr nicht mehr aus dem Sinn.

»Aye, Neal ist ein anständiger Kerl.« Joe sah seine Tochter stirnrunzelnd an. »Woher kennst du ihn?«

»Ich habe ihn nach dem Ankerplatz der *Marylou* gefragt, und dabei hat er mir seinen Namen genannt. Er behauptete, dich zu kennen, aber ich war mir nicht sicher, ob er die Wahrheit sagt.«

Joe musste über das Misstrauen seiner Tochter lachen. »Wer Neal nicht kennt, kann leicht einen falschen Eindruck von ihm gewinnen, weil er einen merkwürdigen Sinn für Humor hat. Außerdem ist er bei den Damen sehr beliebt. Obwohl er ein Talent dafür hat, manche Frauen zur Weißglut zu treiben, fühlen sie sich unwiderstehlich von ihm angezogen. Mir ist schleierhaft, was er an sich hat ...«

»Mir ebenfalls«, sagte Francesca in unbeabsichtigt schroffem Tonfall. Bestürzt, aber alles andere als verwundert nahm sie zur Kenntnis, dass Neal Mason ein Casanova war, und sie war froh, dass sie sein Angebot ausgeschlagen hatte, mit ihm zu fahren. Von Neal als Eroberung betrachtet zu werden, konnte sie jetzt am wenigsten gebrauchen. »Er hat mir angeboten, mich auf seinem Schiff flussabwärts zu bringen.«

»Das war sehr anständig von ihm.«

Francesca spürte, wie ihr die Röte ins Gesicht stieg. »Wie ich schon sagte ... ich wusste nicht, ob seine Behauptung, dich zu kennen, der Wahrheit entsprach. Deshalb habe ich sein Angebot abgelehnt.«

Joe lächelte seine Tochter an. »Für eine junge Dame wie dich, Frannie, schickt sich das natürlich. Trotzdem finde ich es nett von Neal, dass er dir das Angebot gemacht hat.«

Francesca hegte Zweifel, ob Neal Masons Angebot ehrenhaft gemeint war.

»Na, Frannie? Bist du bereit, mit der *Marylou* hinauszufahren?«, fragte Joe früh am nächsten Morgen in vergnügtem Tonfall. Ned hatte bereits vor Tagesanbruch den Kessel angefeuert, damit sich Druck darin aufbauen konnte.

»Und wie, Dad«, entgegnete Francesca, doch Joe entging ihre Aufregung nicht. Zuvor hatte sie in den Karten gründlich einen Flussabschnitt zwischen Echuca und dem Wald von Barmah studiert, eine Strecke von nur vierzig Meilen, doch für die Holzfuhren war es der Abschnitt des Flusses, mit dem Francesca am besten vertraut sein musste.

»Heute werden wir uns mit vier Meilen in der Stunde zufrieden geben«, sagte Joe. »Dann kannst du dich an das Schiff gewöhnen, während ich an deiner Seite bleibe.« Auch Joe war nervös, ließ es sich aber nicht anmerken.

Kaum hatten sie abgelegt, musste Francesca das Schiff durch die erste Flussbiegung navigieren. An dem riesigen Steuerrad, mit dem das Ruder betätigt wurde, kam sie sich ziemlich klein vor, doch sie hatte alles im Griff. Die rechte Uferseite wurde von hohen Klippen gesäumt; rote, orangefarbene, gelbe und braune Gesteinsschichten, die wie ein Gemälde in der Morgensonne leuchteten. Vor dem anderen Ufer gab es zwei Sandbänke, die unsichtbar unter der Wasseroberfläche lagen. Ruhig und geduldig erklärte Joe Francesca, welchen Kurs sie einschlagen musste, um den Fluss an der tiefsten Stelle zu passieren. Von der Biegung bis zum Pier verlief der Fluss über eine verhältnismäßig kurze Strecke fast gerade; Francesca befiel erst Nervosität, als sie sich der Stadt näherten, zumal dort reger Verkehr auf dem Fluss herrschte und sie panische Angst hatte, ein anderes Schiff zu rammen. Doch Joe ließ die Dampfpfeife schrillen und lotste sie geruhsam am Gewimmel der vielen anderen Schiffe vorbei, die gerade an- und ablegten, wobei er den anderen Flussschiffern zuwinkte, die mit freudiger Überraschung zur Kenntnis nahmen, dass die *Marylou* wieder unterwegs war. Sobald sie sahen, dass eine Frau das Ruder betätigte, stand ihnen die Fassungslosigkeit ins Gesicht geschrieben.

Während sie den Hafen mit Kurs auf Moama passierten, erzählte Joe seiner Tochter von der *Lady Augusta,* deren Wrack gegenüber vom Pier gesunken war.

»Sie liegt dreihundert Meilen von der Mündung des Murray entfernt, wo sie am 18. August 1853 Geschichte schrieb. Sie war das erste Schiff, dem es gelungen ist, durch die Sturzwellen aus dem offenen Meer in den Lake Alexandrina zu kommen. Sie hat den Murray viele Jahre lang als Last- und Passagierdampfer befahren.«

»Bis sie ihr trauriges Ende nahm«, bemerkte Francesca.

»Eher ein unwürdiges Ende, würde ich sagen. Ich weiß noch, dass 1867 die Maschine und das Ruderhaus ausgebaut wurden und die *Augusta* dann als Lastkahn im Schlepp der *Lady Daly* eingesetzt wurde. Ein bitteres Ende für ein solch prächtiges Dampfschiff ...« Joe schüttelte den Kopf. »Sie ist vor vier Jahren gesunken«, fügte er hinzu.

Das Bedauern in Joes Stimme war nicht zu überhören, sodass Francesca erst jetzt vollends bewusst wurde, wie groß seine Begeisterung für Schaufelraddampfer war und wie tief sein Respekt. Dabei hatte sie immer gewusst, dass die *Marylou* für ihren Vater mehr war als bloß ein Dampfschiff. Aber sie hatte nie geahnt, wie viel das Schiff ihm tatsächlich bedeutete. Francesca schwor sich, die *Marylou* sicher ans Ziel zu bringen.

Auf den nächsten paar Meilen gab es weder Sandbänke noch Baumstämme, und Francescas Anspannung ließ ein wenig nach. Nachdem sie backbord die Stadt Moama und steuerbord einen Schlachthof passiert hatten, sagte Joe: »Ungefähr eine Meile voraus ist ein Riff, wo es von Fischen und Wasservögeln wimmelt. Am besten, du hältst dich auf der linken Seite des Flusses, wenn wir es erreichen. Ein Stück hinter dem Riff kommt eine Flussabzweigung. Von denen gibt es viele entlang des Murray, sodass es manchmal schwierig ist, sie von der Hauptroute zu unterscheiden. In solchen Fällen nimmt man am besten die Karten zu Hilfe. Wir müssen uns von dem Riff fern halten, sonst besteht die Gefahr, dass wir die *Marylou* auf Grund setzen oder dass sie sich in den Algen verfängt.«

Kurz darauf machte Joe sie auf einen Fischadler in den Bäumen sowie auf einen Eisvogel aufmerksam, der im Geäst eines umgestürzten Baumes saß.

»Die Vogelwelt hier am Murray ist einzigartig, Dad, und die Flusslandschaft ist traumhaft«, bemerkte Francesca. »Ich wünschte, ich wäre nach meinem Schulabschluss hierher zurückgekehrt, statt für die Kennedys zu arbeiten. Einen Raddampfer zu steuern ist tausendmal besser, als hinter dreizehn Kindern aufzuräumen.«

Joe erwiderte nichts, denn auch er hatte sich damals gewünscht, Francesca wäre wieder nach Hause gekommen. In ihrer Gesellschaft blühte er auf, und dass sie nun wieder den Fluss befuhren, entfachte in seinem Innern neuen Lebensmut.

An jenem Tag legten sie die gesamte Strecke bis zum Wald von Barmah zurück, wo sie bei Sonnenuntergang am Ufer anlegten. Am nächsten Morgen schipperten sie zurück nach Echuca. Francesca staunte immer wieder, über welch enormes Wissen ihr Vater verfügte. Er kannte die genaue Lage jeder Klippe, jedes umgestürzten Baumstammes und jeder Sandbank, ohne die Karte zu Rate ziehen zu müssen. Außerdem kannte er die Namen sämtlicher Farmen am Flussufer sowie ihre Geschichte.

»Das ist Derby Downs«, sagte er und zeigte auf ein beeindruckendes Anwesen, an dem sie gerade vorbeifuhren. Francesca stockte der Atem, als sie das Herrenhaus betrachtete. Es war ihr bereits auf der Hinfahrt aufgefallen, aber da war ihre Konzentration am Ruder zu sehr beansprucht gewesen.

Jetzt sah sie, dass es sich um ein riesiges, zweistöckiges Domizil im Kolonialstil handelte, das auf einer Anhöhe stand, von der aus man den Fluss überblicken konnte. Wohl genährte Rinder und Schafe weideten auf grünen Auen, die sich bis zum Uferrand erstreckten.

»Was für eine wunderschöne Villa. Wem gehört sie?«, wollte Francesca wissen.

»Regina und Frederick Radcliffe. Angeblich sind die Radcliffes die wohlhabendste Familie in ganz Victoria ... woran ich keinerlei Zweifel habe.«

»Wie sind sie denn so?«

Die Frage überraschte Joe. Zugleich freute er sich über Frannies Interesse. »Regina gibt sich gern streng, manchmal sogar herzlos, aber sie hat kein leichtes Leben. Frederick hatte vor vielen Jahren beim Herdentreiben einen Unfall. Seitdem ist er an einen Rollstuhl gefesselt. Da er früher ein sehr aktiver Mann war, macht seine Behinderung ihm besonders schwer zu schaffen. Ich glaube, dass er seinen Missmut hin und wieder an Regina und ihrem gemeinsamen Sohn auslässt.«

»Für jemanden, der früher an Viehtrieben teilgenommen hat, muss es schrecklich sein, im Rollstuhl zu sitzen«, sagte Francesca.

»Mithilfe der Vorarbeiter und seines Sohnes kümmert er sich zwar immer noch um die Aufsicht der Viehzucht, aber Regina muss einen großen Teil der Verantwortung tragen. Sie ist für die Verwaltung des Vermögens zuständig, und ich glaube, sie führt auch die Bücher.«

»Das ist immer noch besser, als bloß eine dekorative Ehefrau abzugeben«, bemerkte Francesca, deren Bewunderung für Regina Radcliffe geweckt war.

»Pass auf, Frannie«, warnte Joe, als sie das Schiff zu nahe an überhängende Bäume lenkte, deren Äste über das Ruderhaus streiften.

»Nichts passiert«, rief Ned.

»Verdammt«, fluchte Francesca undamenhaft. »Ich sollte mich besser auf meine Arbeit konzentrieren.«

»Auf der Jungfernfahrt hätte ich die *Marylou* zweimal fast auf Grund gesetzt, und dabei hatte ich damals schon mein Kapitänspatent.«

Mit diesem Eingeständnis hatte Francesca nicht gerechnet.

»Du machst das großartig, mein Mädchen«, lobte Joe sie.

Es war eine schwierige Aufgabe, das Schiff am Pier von Echuca anzudocken, zumal die Hafenarbeiter, Matrosen und Kapitäne auf den anderen Schiffen das Manöver aufmerksam verfolgten. Doch Francesca behielt die Nerven, zur großen Freude ihres stolzen Vaters. Zwar rammte sie dabei den Pier, aber nur leicht, ohne dass ein Schaden entstand. Auf dem Fluss verbreiteten sich Neuigkeiten rasch, wie Joe wusste, und Berichte über eine außergewöhnlich hübsche junge Frau am Steuer eines Dampfschiffes machten besonders schnell die Runde.

Nachdem sie festgemacht hatten, erklärte Joe, er wolle sich nach einem Hilfsmatrosen umschauen, während Francesca beschloss, einen Bummel über die High Street zu machen und sich die Geschäfte anzusehen. Sie versprach, nicht allzu lange fortzubleiben, doch sie wollte schleunigst den neugierigen Blicken auf dem Pier entfliehen; zudem hatte sie Lust, sich die Auslagen in den Geschäften anzuschauen, auch wenn sie sich nichts leisten konnte.

Montgomery Radcliffe holte gerade eine Bestellung seiner Mutter in Gregory Panks Stoffladen ab, als ihm eine junge Frau auffiel, die die Auslage betrachtete. Sie war ihm nie zuvor begegnet, und ihre Schönheit verzauberte ihn. Er konnte den Blick nicht von ihr wenden, sodass er gar nicht mitbekam, wic Gregory Pank sich für seinen Kauf bedankte und ihm einen schönen Tag wünschte. Beinahe hätte er den Laden ohne sein Paket verlassen.

Francesca bewunderte gerade ein Kleid in der Auslage und versuchte, sich in solch einem edlen Gewand am Steuer der *Marylou* vorzustellen. Doch irgendwie wollte das Bild sich vor ihrem geistigen Auge nicht richtig zusammenfügen, zumal sie sich die *Marylou* mit voller Ladung vorstellte. Ihr war bewusst, dass sie nach praktischer Kleidung Ausschau halten sollte, auch wenn sie sich nichts leisten konnte, aber das blassgelbe Kleid mit mokkafarbener Spitze war atemberaubend, und das zarte Gelb bildete einen wundervollen Kontrast zu ihren dunklen Haaren.

»Wenn Sie die Meinung eines Mannes hören wollen, ich finde es sehr hübsch«, bemerkte Montgomery neben ihr.

Erschrocken wandte Francesca sich um. »Wie bitte?«

Ein großer, elegant gekleideter Mann schaute sie mit warmem Blick aus braunen Augen an. Sein Haar war hellbraun und leicht gelockt, und seine Oberlippe zierte ein gepflegter Schnauzbart. Er hatte ein offenes und freundliches Gesicht.

»Ich finde dieses Kleid sehr hübsch«, bekräftigte er. »Und die Farbe würde Ihnen gut stehen.«

»Oh, ich liebe diese Farbe, aber ich befürchte, an dem Kleid ist auch ein hübsches Preisschild befestigt«, entgegnete Francesca, in deren Stimme Enttäuschung mitschwang, weil sie sich dieses Kleid nicht leisten konnte.

»Wahrscheinlich haben Sie Recht.« Statt ihr mit Herablassung zu begegnen, klang seine Stimme mitfühlend, beinahe wie die eines guten Freundes, der nachempfinden konnte, wie es war, wenn man sich etwas, das man gern besitzen würde, aus Geldmangel verkneifen musste.

»Ich habe Sie noch nie in der Stadt gesehen. Gestatten, Montgomery Radcliffe. Meine Freunde nennen mich Monty.« Er streckte ihr die Hand entgegen.

Radcliffe! Francesca musste unwillkürlich an das Gespräch mit ihrem Vater an Bord denken. Sie straffte sich, mit einem Mal ihrer Kleidung und ihrer unordentlichen Frisur bewusst. »Ich bin ... neu in der Stadt. Das heißt ... ich war eine Zeit lang fort ...« Nervös gab sie ihm die Hand. »Francesca Callaghan.«

»Ein reizender Name. Ich wollte gerade in die Teestube ein Stück die Straße hinauf. Würden Sie mir Gesellschaft leisten, Francesca? Der Kuchen dort ist köstlich.«

»Liebend gern, aber ... ich bin gleich mit meinem Vater ... am Pier verabredet.« Francesca errötete. Sie wusste, dass Monty seine Einladung bedauern würde, wenn er erführe, dass ihr Vater mit einem Raddampfer seinen Lebensunterhalt bestritt.

Monty war aufrichtig enttäuscht. »Sagten Sie Callaghan? Ist Ihr Vater etwa Joe Callaghan?«

»Ja. Sind Sie mit ihm bekannt?« Francesca spürte, dass sie noch heftiger errötete. Ihrer ungleichen gesellschaftlichen Stellung wegen waren sie Welten voneinander getrennt. Wie sollten sie da miteinander bekannt sein?

»Joe hat mal für uns Wolle nach Goolwa transportiert, aber das liegt schon einige Zeit zurück.«

»Sie haben eine Schafzucht?« Francesca verstummte und verdrehte die Augen. Woher sollte die Wolle denn sonst kommen? Es kam ihr vor, als würde sie mit jeder Bemerkung von einem Fettnäpfchen ins nächste tappen und sich dabei gründlich blamieren.

Monty hingegen fand sie entzückend und erfrischend unschuldig, und er war von ihr bezaubert. »Unsere Herden auf Derby Downs zählen mehrere tausend Stück Vieh. Die Farm liegt ein paar Meilen südlich von hier und grenzt an den Fluss. Vielleicht darf ich Sie bei Gelegenheit auf die Farm zum Tee einladen ...«

»Mich?« Francesca traute ihren Ohren nicht.

»Ja, Sie.«

»Vielen Dank ... gern.«

»Sehr schön. Dann hören Sie bald von mir. Ich wünsche Ihnen noch einen schönen Nachmittag, Francesca. Es war mir eine Freude, Ihre Bekanntschaft gemacht zu haben.« Monty ergriff ihre Hand und führte sie an seine Lippen, wobei er ihr etwas zu tief in die Augen sah, bevor er sich zum Gehen wandte.

Francesca blickte ihm mit heftig pochendem Herzen hinterher. Montgomery Radcliffe war zweifellos ein gut aussehender Mann, der zudem über tadellose Manieren verfügte und sehr viel Charme besaß. In seiner Gesellschaft – obwohl sie nur wenige Minuten gedauert hatte – hatte sie sich wie eine Prinzessin gefühlt. Sie konnte es gar nicht abwarten, ihrem Vater zu erzählen, dass sie zum Tee auf *Derby Downs* eingeladen war.

»Bestimmt wird er beeindruckt sein«, murmelte sie, bevor sie eilig den Rückweg zum Pier einschlug.

Francesca war vor Aufregung völlig aus dem Häuschen, als sie zurück auf die *Marylou* kam.

»Dad, du wirst es nicht glauben«, sprudelte sie hervor.

»Was ist denn, Frannie? Du siehst aus, als wärst du soeben über ein Goldnugget gestolpert.«

»Viel besser, Dad. Montgomery Radcliffe hat mich zum Tee nach Derby Downs eingeladen. Ist das nicht wunderbar?«

»Ja, sicher, Frannie«, sagte Joe verwundert.

»Ich kann es gar nicht abwarten, dieses prächtige Haus von innen zu sehen. Er hat mich wie eine Prinzessin behandelt, Dad. Er ist ein wahrer Gentleman ...«

»Genau wie ich«, sagte eine Männerstimme.

Francesca erspähte über die Schulter ihres Vaters hinweg Neal Mason an Bord der *Marylou* und wurde rot bis unter die Haarwurzeln. Er stand mit verschränkten Armen da, und seine grünen Augen schienen sie zu verspotten.

»Was tun Sie denn hier?«, sagte sie kühl.

Neal blieb ihr Stimmungswechsel nicht verborgen. »Bilde ich es mir bloß ein, oder weht hier mit einem Mal ein eisiger Wind?«

»Das ist unser neuer Matrose«, erklärte Joe.

Francesca stand der Mund offen. »Aber er hat doch ein eigenes Schiff.«

»Das liegt im Trockendock«, erklärte Neal mit zuckendem Mundwinkel.

»Trockendock?« Francesca hatte Mühe, die Situation zu erfassen.

»An der *Ophelia* müssen einige Reparaturen vorgenommen werden«, sagte Joe. »Als ich Neal vorhin sagte, dass ich einen Hilfsmatrosen suche, hat er mir prompt seine Dienste angeboten. Aber es gibt noch weitere gute Neuigkeiten. Neal stellt uns seinen Schleppkahn zur Verfügung, sodass wir doppelt so viel Holz transportieren können und demzufolge unser Gewinn höher ausfallen wird als erwartet. Ist das nicht großartig?«

Ein Schleppkahn samt Führer war etwas völlig anderes als ein Hilfsmatrose an Bord. Es bedeutete, dass sie ihr Geschäft ausdehnen konnten, sodass nun wirkliche Hoffnung bestand, das Darlehn abbezahlen zu können.

»Neal hat sich bereit erklärt, für den Lohn eines Hilfsmatrosen zu arbeiten – plus zehn Prozent Gewinnanteil an dem, was wir auf seinem Schleppkahn transportieren. Das ist ein mehr als faires Angebot.«

Francesca war sprachlos. Sie erwiderte den kühlen Blick Neal Masons und überlegte, wie sie die nächsten Monate die Nerven bewahren sollte, hatte aber keinen Erfolg.

»Das ist noch nicht alles«, fuhr Joe fort. »Vorhin bin ich zufällig Ezra Pickering begegnet. Er hat die *Marylou* gebaut. Ezra sagte, er würde uns alles Holz, das wir aus Barmah herschaffen, für seine Werft abkaufen. Offenbar bringst du mir Glück, mein Mädchen. Seit du hier bist, klappt auf einmal alles.«

»Das ... das ist wundervoll, Dad«, sagte Francesca leise, während sie und Neal Mason nach wie vor einander anstarrten. »Einfach großartig.«

3

»Am Ruder bin ich eine Anfängerin, Dad! Wie soll ich da mit einem zusätzlichen Lastkahn zurechtkommen?«, fragte Francesca erbost. Neal Mason war an Land gegangen, um den Schleppkahn von der Anlegestelle loszubinden, was Francesca die erste Gelegenheit verschaffte, ungestört mit ihrem Vater zu sprechen.

»Du schaffst das schon, Frannie«, erwiderte Joe, ein wenig verwundert über ihren plötzlichen Zornesausbruch. »Außerdem bleibt Neal als Kahnführer auf dem Schleppkahn und sieht dort nach dem Rechten, während ich dir hier zur Seite stehe.«

Francesca wollte ihren Vater nicht enttäuschen, doch als sie gesehen hatte, wie groß der Lastkahn war, hatte sie das letzte bisschen Mut verlassen.

»Tut mir Leid, Dad. Ich weiß, wie sehr dich die Aussicht begeistert, mehr Fracht befördern zu können, und ich weiß auch, dass wir das Geld dringend benötigen, aber ich hätte noch ein paar Wochen gebraucht, um mich an die *Marylou* zu gewöhnen«, wandte sie ein. »Und ich bezweifle, dass Neal Mason es mir dankt, wenn sein Kahn Schaden nimmt.«

»Das passiert schon nicht«, gab Joe sich zuversichtlich. Sie konnten sich nicht den Luxus leisten, Frannie so viel Zeit einzuräumen. In ein paar Wochen würde die *Ophelia* wieder im Wasser liegen, und Neal würde seinen Lastkahn wieder selbst schleppen. Bis dahin mussten sie so viel Geld wie möglich erwirtschaften, um die rückständigen Raten bezahlen zu können.

»Wie kannst du so sicher sein?«, fragte Francesca. »Bestimmt muss man ein erfahrener Schiffer sein, um einen Lastkahn zu ziehen.«

»Natürlich. Aber wenn du meinen Anweisungen folgst, schaffst du das schon.«

»Begreifst du denn nicht, dass ich mich überfordert fühle, Dad? Ich war darauf vorbereitet, die *Marylou* zu steuern, aber mit einem voll beladenen Lastkahn im Schlepptau sieht das völlig anders aus.«

Joe stieß einen Seufzer aus. Er verstand Frannies plötzlichen Sinneswandel nicht. »Bist du dir sicher, dass es nicht Neal ist, der dich stört?«

Francesca war erstaunt über die scharfe Beobachtungsgabe ihres Vaters. Die Vorstellung, mit dem Lastkahn im Schlepptau könnte etwas schief gehen, machte ihr zwar Angst, aber die Vorstellung, Neal Masons Nähe erdulden zu müssen, beunruhigte sie weitaus mehr. Das wollte sie ihrem Vater gegenüber nicht eingestehen, nachdem sie von ihm erfahren hatte, dass Neal bei den Damen sehr beliebt war, trotz seiner ungehobelten Art. »Aber nein«, entgegnete sie leichthin. »Warum sollte er mich stören?«

»Wie ich vorhin schon sagte, hat er eine besondere Wirkung auf Frauen.«

»Auf mich hat er überhaupt keine Wirkung«, schwindelte Francesca.

Das kaufte Joe seiner Tochter zwar nicht ab, doch er konnte ihr keinen Vorwurf machen, dass die Aussicht, einen Lastkahn zu ziehen, sie nervös machte. Es stellte Francesca damit vor eine schwierige Aufgabe, zumal sie gerade erst zwei Tage am Ruder der *Marylou* stand. »Tut mir Leid, Frannie. Du hast Recht. Wir werden auf den Schleppkahn verzichten, bis du so weit bist.«

Francesca setzte gerade zu einer Entschuldigung an, als Neal Mason plötzlich im Türrahmen erschien.

»Wir sind startklar, Joe.« Abwechselnd sah er von Joe zu Francesca, er spürte, dass etwas in der Luft lag.

»Wir werden auf den Schleppkahn verzichten«, erklärte Joe. Er versuchte, seine Enttäuschung zu verbergen, aber es gelang ihm nicht. »Frannie ist noch nicht so weit.«

Neal richtete den Blick auf Francesca. Joe hatte ihm anvertraut, dass er bei Silas Hepburn Schulden hatte, sodass Neal wusste, was davon abhing, den Lastkahn in den nächsten Wochen einzusetzen. Francesca spürte seinen bohrenden Blick, vermied es jedoch, ihn zu erwidern.

»Es hat schon seinen Grund, weshalb nur wenige Frauen das Kapitänspatent haben«, sagte Neal. »Sie sind den Anforderungen einfach nicht gewachsen.«

Francesca funkelte ihn zornig an. »Das ist das Arroganteste, das ich je gehört habe. Aber es überrascht mich nicht, so etwas aus Ihrem Mund zu vernehmen.«

»Arrogant oder nicht, es ist die Wahrheit. Sie hätten eine so schwierige Aufgabe nicht annehmen dürfen, wenn Sie ihr nicht gewachsen sind. Als Kapitän eines Dampfers braucht man Mumm. Aus diesem Grund gibt es hier auf dem Fluss weniger als eine Hand voll Frauen mit Kapitänspatent.«

»Jetzt macht aber mal halblang ...«, sagte Joe, doch Francesca fiel ihm ins Wort.

»Ich habe lediglich meine Bedenken geäußert, was den Lastkahn betrifft, da ich erst seit zwei Tagen am Steuer der *Marylou* stehe. Ich finde das nicht unvernünftig.«

Neal zuckte lässig die Achseln. »Ihr Vater will Geld verdienen. Wenn Sie nicht in der Lage sind, ihn dabei zu unterstützen, sollte er sich vielleicht nach einem fähigen *Mann* umsehen.«

Jetzt war es mit Francescas Beherrschung ganz vorbei.

»Ich bin durchaus in der Lage, ihn zu unterstützen ... und das werde ich auch tun.«

»Sind Sie sicher?«, erwiderte Neal herausfordernd.

»Ja. Schließlich bin ich die Tochter meines Vaters. Ich kann es mit jedem Mann aufnehmen, was ich unter Beweis stellen werde.«

»Also gut«, entgegnete Neal, und seine dunklen Brauen hoben sich ein Stück. »Dann los.«

Neal Mason befand sich wieder auf dem Schleppkahn, bevor Francesca begriff, dass sie ihm auf den Leim gegangen war. Joe hingegen hatte Neals List von Anfang an durchschaut, aber er war nicht wirklich glücklich darüber. »Traust du dir das wirklich zu, Frannie?«, fragte er behutsam. »Falls nicht, mach ich dir keinen Vorwurf. Schließlich musst du niemandem etwas beweisen, und ich möchte unter gar keinen Umständen, dass du dich genötigt fühlst.«

Francesca wusste, dass es zu spät dafür war, und sie hatte auch nicht vergessen, was auf dem Spiel stand. »Ich schaff das schon, Dad.« Und wenn ich den Kahn von Neal Mason auf Grund setze, hat er sich das selbst zuzuschreiben, fügte sie in Gedanken hinzu.

»Falls es dir hilft, mein Mädchen, ich habe das größte Vertrauen in dich«, sagte Joe. »Du kannst dich auf deine Instinkte verlassen, und am Ruder bist du ein Naturtalent.«

»Danke, Dad.« Plötzlich kam Francesca ein schrecklicher Gedanke. »Neal wird aber nicht mit uns an Bord leben, oder, Dad?«

»Doch, mehr oder weniger. Er wird zwar nachts am Ufer schlafen, aber die Mahlzeiten wird er mit uns einnehmen. Vor uns liegen lange Arbeitstage ... und wenige Stunden Schlaf.«

Dennoch beschäftigte Francesca die Frage, wie sie die Gesellschaft Neal Masons aushalten sollte.

»Ist das ein Problem für dich, Frannie?«, fragte Joe. »Ist Neal dir unsympathisch?«

»Er ist so …« Ihr fiel nicht das passende Wort für diesen Mann ein, der so lästig war wie Hummeln im Hintern.

»Nervtötend?«, kam Joe zu Hilfe.

»Oh, das auf jeden Fall, aber es klingt noch viel zu nett.«

Auf Joes Gesicht erschien ein Lächeln. »Du magst ihn also doch.« Er ignorierte Francescas entsetzten Blick, beugte sich über die Reling und rief Ned im Kesselraum zu: »Alles klar zum Ablegen?«

»Aye«, rief Ned zurück und wischte sich den Schweiß von der Stirn. Er stand vor der offenen Feuerbüchse des Kessels und legte Holz nach. Die enorme Hitze, die benötigt wurde, um ausreichend Dampfdruck für den Antrieb aufzubauen, strahlte nach draußen und drängte ihn zurück.

»Von wegen ich mag ihn!«, widersprach Francesca entrüstet. Sie folgte ihrem Vater die Treppe zum Ruderhaus hinauf. »Lass mich etwas klarstellen, Dad. Ich kann Neal Mason nicht ausstehen. Aus Rücksicht auf dich halte ich mich lieber zurück und sag dir nicht, was genau ich von Neal Mason halte.«

Joe musste über seine Tochter schmunzeln. »Deine Rücksichtnahme in allen Ehren, aber ich möchte dir trotzdem den Rat geben, nicht dein Herz an Neal zu verlieren, Frannie. Er ist kein Mann zum Heiraten.«

Francescas Augen wurden groß. »Welch ein Glück für die weibliche Bevölkerung Australiens.«

Zu ihrer Bestürzung brach ihr Vater in schallendes Gelächter aus.

Es erwies sich als leichte Aufgabe, den Lastkahn in unbeladenem Zustand stromaufwärts zu schleppen, sodass Francesca den Kopf schüttelte, als sie an ihre anfänglichen Bedenken dachte. Stromabwärts jedoch, als es mit voller Ladung zur Werft von Ezra Pickering ging, verhielt es sich gänzlich anders. Da sie mit der Strömung fuhren, war es schwierig, den Schleppkahn hinter der *Marylou* zu halten. Jetzt waren die Fähigkeiten eines Schiffsführers gefragt. Neal hatte alle Hände voll zu tun, um den Kahn auf Kurs zu halten, doch sein Geschick war bewundernswert. Francesca war das reinste Nervenbündel und geriet in Panik, als der Schleppkahn das erste Mal seitlich auf ihre Höhe aufschloss, doch Joe blieb an ihrer Seite, um ihr unermüdlich Zuspruch und Anweisungen zu geben. Als sie schließlich die Werft erreichten, atmete Francesca auf. Von ihrem Vater erntete sie Lob, während Neal sich auffällig bedeckt hielt, was sie erneut ärgerte.

Nach einer Woche fühlte Francesca sich sicher genug, um für kurze Zeiten alleine das Ruder zu übernehmen. Allmählich wurde sie mit dem Fluss vertraut und genoss es geradezu, am Ruder der *Marylou* zu stehen. Neal hatte sich angewöhnt, sich durch Rufen mit ihr zu verständigen, wobei er ständig Albernheiten von sich gab oder den Trottel mimte. Meist ignorierte sie ihn, doch hin und wieder konnte sie nicht anders, als über seine Kapriolen zu lachen, wie bei dem einen Mal, als er auf der Fracht ein Tänzchen aufführte und beinahe über Bord ging. Ihr war bewusst, dass er sich ohne Gesprächspartner langweilte, weshalb er den Clown mimte, damit die Zeit schneller verstrich.

Fünf Tage nach ihrer ersten Fahrt legten sie am Pier von Echuca an, wo ein Bote mit einem Paket Francesca bereits erwartete. Gewöhnlich ankerten sie ein Stück weiter stromabwärts, aber Neal hatte darum gebeten, in Echuca festzumachen, weil er einen Abend in der Stadt verbringen wollte. Nach all der Plackerei spürten Joe und Ned jeden Knochen im Leib, aber Neal war jung und gesund und bestand darauf, sich eine Auszeit vom Schiff zu gönnen. Da die Spannungen zwischen ihm und Francesca immer größer wurden, wollte er dieser Atmosphäre für ein paar Stunden entfliehen.

»Was ist das?«, wollte Francesca wissen, als der junge Bursche ihr eine Schachtel in die Arme legte.

»Weiß nicht, Miss. Ein Gentleman hat mir Geld gegeben,

damit ich es überbringe«, erwiderte der Bursche und suchte gleich darauf das Weite.

»So, so. Offenbar haben Sie einen Verehrer, Francesca«, bemerkte Neal.

Obwohl Francesca das Paket lieber in einem ungestörten Moment geöffnet hätte, entging ihr nicht, dass Ned und ihr Vater vor Neugier brannten, sodass sie es an Ort und Stelle öffnete. Als ihr Blick auf den blassgelben Stoff fiel, wusste sie, dass es sich um das Kleid handelte, das sie in Gregory Panks Ladenfenster bewundert hatte, und vor Freude verschlug es ihr den Atem. Sie wusste sofort, wer das Kleid geschickt hatte.

»Was ist das?«, fragte Joe und spähte in die Schachtel.

»Ein Kleid. Ich habe es neulich in einer Auslage bewundert ... als ich Montgomery Radcliffe begegnet bin«, antwortete Francesca und errötete. Verstohlen warf sie einen Blick nach hinten zu Neal. In seinen Augen lag ein Ausdruck, den sie nicht zu deuten wusste, und er machte ein finsteres Gesicht.

»Ein Kleid?«, sagte Ned verwirrt, während er ihr über die Schulter sah. »Weißt du, von wem es stammt?«

»Kleinen Moment, ich sehe nach«, gab Francesca zurück. Auch wenn sie genau wusste, wer der Absender war, wollte sie es nicht zu deutlich zeigen.

»Bestimmt würde Joe gern wissen, wer seiner Tochter Geschenke macht«, meldete Neal sich zu Wort.

»Genau wie Sie, stimmt's?«, gab Francesca zurück. Die gegenseitigen Sticheleien zwischen ihnen beiden waren mittlerweile an der Tagesordnung.

»Warum sollte mich das interessieren?«, konterte Neal.

»Ja, warum?«, entgegnete Francesca spitz und faltete das Begleitschreiben auseinander. Sie überflog den Inhalt, und obwohl sie sich dagegen wehrte, legte sich ein Lächeln auf ihre Lippen. Sie hob den Kopf und sagte zu ihrem Vater: »Es ist eine Einladung zum Abendessen ... von Montgomery Radcliffe. Er lässt fragen, ob ich ihm heute Abend im Bridge Hotel Gesellschaft leiste ... in diesem Kleid.«

Joe war verblüfft. Es war ihm ein Rätsel, weshalb Montgomery seine Tochter ausführen wollte. Frannie war zwar eine sehr schöne Frau, aber für gewöhnlich verkehrte Monty Radcliffe in anderen Kreisen. »Wirst du die Einladung annehmen, Fran?«

Francesca hatte Hemmungen, in Gegenwart Neal Masons über die Einladung zu sprechen. »Ja ... das würde ich gern, Dad.« Sie blickte auf das Kleid und strich mit den Fingern über den Stoff. Es war traumhaft. »Aber ich kann das Kleid unmöglich annehmen, oder?«

Joe wusste keine Antwort darauf. In Augenblicken wie diesem vermisste er Mary schmerzlicher denn je. Sie wüsste genau, was zu tun wäre. Auch wenn ihm die Freude seiner Tochter nicht entging, betrachtete er die Einladung mit gemischten Gefühlen. »Das überlasse ich dir, mein Mädchen. Du hast diese Woche gute Arbeit geleistet und hast dir einen freien Abend verdient. Hauptsache, Montgomery Radcliffe sorgt dafür, dass er dich zu einer christlichen Uhrzeit wieder hier absetzt.«

»Vielen Dank, Dad«, sagte Francesca im Flüsterton.

Gleich darauf begaben sich Joe und Ned an Land, um einen Plausch mit John Henry zu halten, dem Kapitän der *Syrett*, die neben ihnen ankerte. Francesca klappte die Schachtel wieder zu und machte sich auf den Weg in ihre Kajüte. Bei dem Gedanken, mit Montgomery Radcliffe zu Abend zu speisen, umspielte ein Lächeln ihre Lippen.

»Wie können Sie nur mit so einem Schnösel ausgehen!«, bemerkte Neal Mason, als sie an ihm vorüberging.

»Was meinen Sie?« Francesca blieb stehen.

»Ich meine damit die Sorte Männer, die sich das Abendessen mit einer Frau erkaufen ... mit einem Kleid.«

Erstaunt vernahm Francesca den Unterton in seiner Stimme. »Montgomery Radcliffe ist kein Schnösel, und das Kleid soll kein Bestechungsversuch sein, sondern eine nette Geste.« Jedenfalls hoffte Francesca, dass keine Bedingungen an das Geschenk geknüpft waren, doch ihre Bedenken lösten sich in nichts auf, wenn sie Neal Mason, der jetzt eingeschnappt schien, auf die Palme bringen konnte.

Francesca verspürte das Bedürfnis, Montgomery in Schutz zu nehmen. »Monty ist charmant und attraktiv ...«

»Ach, sind wir schon bei *Monty*?«, meinte Neal spöttisch. »Ich nehme an, es schadet nichts, dass *Monty* sehr reich ist.«

»Was wollen Sie damit andeuten?«

»Dass sein Vermögen genauso attraktiv ist wie er.«

»Das stimmt nicht! Außerdem ist es eine Beleidigung. Ich würde auch mit Monty ausgehen, wenn er keinen Penny besäße, weil er nämlich weiß, wie man eine Dame behandelt ... im Gegensatz zu Ihnen. Gerade Sie könnten sich von einem Mann wie Monty einige Umgangsformen abschauen.«

Neal lachte. »Jedenfalls muss *ich* mir nicht die Gunst einer Dame erkaufen, damit sie mir Gesellschaft leistet.«

»Ich nehme an, alle Frauen sind ganz wild auf Ihre wundervolle Gesellschaft«, entgegnete Francesca spöttisch.

Neal machte ein selbstgefälliges Gesicht. »Offenbar ist Ihnen mein Charme nicht verborgen geblieben.«

Francescas Augen wurden schmal. »Charme? Sie sind unerträglich.«

»Und Sie sind eine gute Schwindlerin, Miss Callaghan.«

Francesca schüttelte den Kopf. »Offenbar ist Ihre Selbsteinschätzung wesentlich höher als die Ihrer Mitmenschen.«

Bevor Neal eine Antwort geben konnte, verschwand Francesca in ihrer Kajüte.

Um halb acht fand Montgomery Radcliffe sich auf dem Pier ein. Joe betrachtete den maßgeschneiderten Abendrock, bemerkte Montgomerys leichte Nervosität und lächelte in sich hinein. Er hatte auch nicht erwartet, dass Montgomery den Snob spielen würde, zumal er ihn stets als bodenständigen Gentleman erlebt hatte. Er machte sich auf den Weg zu Francesca, um ihr Bescheid zu geben, dass ihre »Verabredung zum Dinner« eingetroffen sei. Das Kleid passte ihr wie angegossen, und die Farbe des Stoffes brachte ihre dunklen Haare und ihren hellen Teint zur Geltung.

»Du siehst bezaubernd aus«, sagte Joe, nachdem er ihre Kajütentür geöffnet hatte. »Montgomery Radcliffe ist der Neid der Gäste im Bridge Hotel sicher.«

»Danke, Dad.« Für Francesca war es die erste richtige Verabredung mit einem Gentleman, und sie war so nervös, dass ihr die Knie schlotterten.

Joe musste daran denken, wie schön es wäre, wenn Mary jetzt dabei sein könnte, und Francesca ging der gleiche Gedanke durch den Kopf. Sie hätte einen mütterlichen Rat gebrauchen können.

»Du bist bildschön, Frannie«, sagte Ned, als sie an Deck kam.

Unwillkürlich musste Francesca lächeln. Trotz ihrer Nervosität verspürte sie Vorfreude ... bis sie sich umwandte und Neal Mason gegenüberstand. Sie war erstaunt, ihn immer noch an Bord zu sehen, da sie angenommen hatte, er wäre längst in einem der Hotels in der Stadt.

Er musterte sie besitzergreifend, sparte sich aber jeden Kommentar, verschränkte lediglich die Arme vor der Brust und reckte das Kinn vor. Sie bedachte ihn mit einem finsteren Blick, bevor sie sich mit einem Lächeln Montgomery zuwandte, der inzwischen an Bord gekommen war und Joe und Ned die Hände schüttelte. Francesca sah, dass Neal ihr den Rücken zugewandt hatte und so tat, als wäre er beschäftigt.

Nachdem sie Höflichkeitsfloskeln ausgetauscht hatten, wünschte Joe ihnen einen angenehmen Abend, woraufhin

Monty Francesca unterhakte und sie gemeinsam über den Pier davonschlenderten.

»Die beiden geben ein hübsches Paar ab«, sagte Joe, der ihnen nachsah. Er war stolz, auch wenn ihm die Vorstellung nicht behagte, sein kleines Mädchen eines Tages an einen anderen Mann zu verlieren.

»Es überrascht mich, dass du nicht den Charakter eines Mannes hinterfragst, der sich die Gunst deiner Tochter erkauft«, sagte Neal, sprang an Land und trollte sich in die entgegengesetzte Richtung. Obwohl Joe von Neals Bemerkung schockiert war, musste er unwillkürlich grinsen.

»Hast du seine Eifersucht herausgehört, Ned? Ich glaube, er hat unsere Frannie gern.« Nie hätte er gedacht, den Tag zu erleben, an dem Neal Mason so tiefe Gefühle für eine Frau entwickelte, dass er schon eifersüchtig war, wenn sie mit einem anderen ausging.

»Jeder Mann, der Frannie heute Abend zu Gesicht bekommt, wird neidisch auf Montgomery Radcliffe sein«, erwiderte Ned stolz.

»Sie sehen in diesem Kleid noch bezaubernder aus, als ich mir ausgemalt habe«, sagte Montgomery, als er mit Francesca über die Uferpromenade schlenderte.

»Ich kann noch gar nicht fassen, dass Sie mir das Kleid gekauft haben«, erwiderte Francesca, wobei ihr Neal Masons böse Unterstellung in den Ohren klang. »Ich weiß nicht, ob ich es annehmen kann, aber ich danke Ihnen sehr.« Sie war versucht hinzuzufügen, dass sie sich das Kleid niemals hätte leisten können, aber das wusste Montgomery wohl auch so.

»Mein Verhalten war ziemlich gewagt, das weiß ich. Sonst bin ich nicht so, glauben Sie mir, aber ich konnte es mir nun mal an keiner anderen Frau vorstellen. Keine andere wäre diesem Kleid gerecht geworden.«

»Es hätte mir auch nicht gefallen, eine andere Frau in diesem Kleid zu sehen. Dennoch finde ich Ihr Verhalten sehr großzügig«, entgegnete Francesca, die sich geschmeichelt fühlte.

Francesca und Montgomery waren beim Hauptgang – pochierter Kabeljau aus dem Murray River und saftiges Brathähnchen –, als Silas Hepburn den Speiseraum des Bridge Hotels betrat. Entsetzt sah er, dass Francesca sich in Begleitung Radcliffes befand.

»Der lässt wirklich nichts anbrennen«, murmelte Silas leise, während er sich ihnen näherte, ein gezwungenes Lächeln auf dem fleischigen Gesicht. »Guten Abend«, begrüßte er sie liebenswürdig.

Monty sah auf. »Guten Abend, Silas.«

Francesca sah mit Erstaunen, dass Silas Hepburn vor ihrem Tisch in der Nähe des Kamins stand, und sein Erscheinen verwirrte sie. Sie konnte sich kaum vorstellen, dass zwischen Montgomery und Silas ein freundschaftliches Verhältnis herrschte. Schließlich waren beide Männer grundverschieden.

»Darf ich vorstellen – Francesca Callaghan«, sagte Monty.

»Miss Callaghan und ich haben bereits vor einigen Tagen Bekanntschaft geschlossen«, erwiderte Silas und ergriff Francescas Hand. »Ich freue mich, Sie wiederzusehen, Francesca«, fügte er in vertraulichem Tonfall hinzu, während er den Blick über ihre Gestalt wandern ließ.

»Mr Hepburn«, entgegnete Francesca, wobei sie die Hand zurückzog und die Augen niederschlug. Es missfiel ihr, dass er den Eindruck zu erwecken versuchte, als würden sie sich gut kennen oder als wären sie sogar freundschaftlich miteinander verbunden. Zudem befürchtete sie, dass sie sich nie an Silas' Blicke würde gewöhnen können. Ihr Unbehagen hätte nicht größer sein können, hätte sie nackt vor ihm gestanden.

»Ich habe Mr Hepburns Bekanntschaft an dem Tag gemacht, als ich in Echuca eingetroffen bin«, sagte Francesca zu Monty. »Er war so freundlich, mir den Weg zum Ankerplatz der *Marylou* zu erklären.«

Monty nickte. Er hatte sich bereits gefragt, woher die beiden sich kannten, und da ihm der Ruf Silas Hepburns nur allzu gut bekannt war, überraschte es ihn nicht weiter, dass er sich Francesca vorgestellt hatte.

»Ist denn alles zu Ihrer Zufriedenheit?«, fragte Silas.

»Das Essen ist vorzüglich, wie immer«, entgegnete Monty.

»Ich lasse Ihnen auf meine Empfehlung den besten Wein an den Tisch bringen.«

»Nein, danke, Silas. Wir möchten heute Abend keinen Wein«, lehnte Monty ab, denn Francesca hatte ihn gebeten, auf Alkohol zu verzichten.

»Wie Sie meinen.« Silas zuckte die Schultern. Wäre Francesca mit ihm verabredet, hätte er darauf bestanden, ihr ein Glas Wein einzuschenken, damit sie »lockerer« wurde. »Wie geht es Regina und Frederick?«

»Sehr gut, danke.«

»Richten Sie Ihnen bitte meine besten Grüße aus.«

»Das werde ich«, entgegnete Monty.

Silas richtete den Blick auf Francesca, die in die Flammen des Kaminfeuers starrte in der Hoffnung, Silas würde sie wieder in Ruhe lassen. »Sie sehen heute Abend bezaubernd aus, Francesca«, sagte er.

Sie hob den Kopf und blickte ihn an. »Danke«, erwiderte sie kühl. Sowohl ihr Blick als auch ihre Stimme waren gewollt unfreundlich, da sie keinen Zweifel daran lassen wollte, dass sie nicht den geringsten Wunsch verspürte, eine Unterhaltung mit ihm zu führen. Leider hatte Silas ein dickes Fell, und seine Gedanken waren weitaus profaner.

Nachdem er sich zurückgezogen hatte, erkundigte Francesca sich bei Monty, ob Silas der Besitzer des Hotels sei.

»Ja. Außerdem gehören ihm das Steampacket Hotel an der Uferpromenade sowie zahlreiche Grundstücke. Sogar ein

Weinberg. Silas Hepburn hat überall seine Finger im Spiel. Er ist in Echuca ein sehr einflussreicher Mann, aber zu seinem großen Verdruss ist er nicht der einzige.«

»Ja, ich weiß. Auch Ihre Familie hat Grundbesitz und genießt bestimmt hohes Ansehen.«

»Meine Eltern besitzen mehrere kleine Läden in der Stadt sowie einen Mietstall, und sie sind mit fünfzig Prozent am *Riverine Herald* beteiligt, der lokalen Tageszeitung. Aber unser Hauptgeschäft ist die Rinder- und Schafzucht.«

Francesca nahm einen Schluck Limonade, wobei ihr bewusst war, dass Monty selten den Blick von ihrem Gesicht abwandte.

»Heute Abend ernten Sie von allen Seiten Aufmerksamkeit«, sagte er und ließ kurz den Blick durch den gut besuchten Speisesaal schweifen, wobei er vor Stolz übers ganze Gesicht strahlte.

Francesca lächelte, und ein Gefühl der Wärme durchströmte sie. »Sie übertreiben.«

»Im Gegenteil. Außerdem muss ich Ihnen ein Geständnis machen.«

»Und welches?«

»In den vergangenen Tagen musste ich oft an Sie denken.«

»Auch Sie haben mich ein-, zweimal in Gedanken beschäftigt«, räumte Francesca ein und musste über ihren eigenen Übermut lachen. Nun war es an Monty zu erröten, was Francesca niedlich fand. Es war der Beweis, dass er kein selbstgefälliger Mann war wie Neal Mason.

»Sie sagten vorhin, Sie seien eine Zeit lang fort gewesen ...«

»Ja. Ich war in Melbourne auf einem Internat. Mein Vater hat mich dort eingeschult, nachdem meine Mutter vor zehn Jahren tödlich im Fluss verunglückt ist.«

Montys Gesicht wurde ernst. »Das tut mir Leid, Francesca. Jetzt fällt mir auch wieder ein, dass Joe mir gegenüber einmal erwähnt hat, er sei Witwer. Bestimmt hatten Sie keine leichte Kindheit ohne Mutter.«

»Als meine Mutter starb, war ich sieben. Sie hat mir schrecklich gefehlt. Aber das Personal an der Pembroke-Mädchenschule war sehr nett zu mir, und ich habe dort viele Freundschaften geschlossen. Dennoch sehnte ich mich nach dem Leben auf dem Fluss. Deshalb bin ich glücklich, dass ich zurück bin.«

»Das freut mich sehr«, entgegnete Monty mit liebenswürdigem Lächeln.

»Erzählen Sie mir von Ihrer Kindheit«, forderte Francesca ihn auf.

»Was möchten Sie denn wissen?«

»Wie lange leben Sie schon auf Derby Downs?«

»Meine Eltern haben das Grundstück in den frühen 60er-Jahren erworben, als ich noch ein Säugling war, und mit der Rinder- und Schafzucht begonnen. Da sie viele Goldgräber mit Fleisch versorgten, verdienten sie ein Vermögen. Obwohl die Goldquellen mittlerweile versiegt sind, erwirtschaften sie nach wie vor Gewinn durch all die Siedlungen, die aus dem Boden schießen. Aber von meinen Eltern weiß ich, dass ihr Leben zu Anfang nicht leicht war.«

»Sind Sie Einzelkind? So wie ich?«

»Ja, und das bedaure ich sehr. Es wäre schön gewesen, einen Bruder oder eine Schwester zu haben, um die Verantwortung teilen zu können, die auf mir lastet.« Auf seinem Gesicht erschien ein wehmütiges Lächeln. »Mein Vater hatte 1864 einen Unfall. Seitdem sitzt er im Rollstuhl.«

»Das tut mir Leid.« Francesca hoffte, Monty nicht zu nahe getreten zu sein.

»Als Großgrundbesitzer ist mein Vater zwar ein reicher Mann, doch als Viehtreiber hatte er ein glücklicheres Leben. Er wäre gern wieder mehrere Wochen lang mit Schaf- oder Rinderherden unterwegs, so wie damals. Nach allem, was er mir immer erzählte, hat er diese langen Tage im Sattel genossen, trotz des vielen Staubs und der Fliegen.«

»Es muss für Ihre Mutter nicht einfach gewesen sein, wenn er immer wieder längere Zeit fort war.«

»Eine nahe liegende Vermutung, aber meine Mutter ist eine sehr tüchtige und selbstständige Frau, und das ist gut so, da sie nach dem Unfall meines Vaters für lange Zeit die Farm weiterführen musste. Sie arbeitet immer noch sehr viel, aber mein Vater überwacht jetzt die Zucht.«

»Waren Sie jemals bei einem Viehtrieb dabei?«

»Nein. Nach dem Unfall meines Vaters war meine Mutter überängstlich.« Monty bemerkte, dass Francesca ihm nicht folgen konnte. »Mein Vater ist bei einem Viehtrieb vom Pferd gefallen und wurde von einem Stier niedergetrampelt. Dabei wurde er so schwer an der Wirbelsäule verletzt, dass er seither nicht mehr gehen kann. Natürlich könnte *ich* jetzt einen Viehtrieb führen, aber meine Aufgabe besteht eher darin, meinen Vater zu entlasten.«

»Ich verstehe.« Francesca musste an ihre eigene Situation denken.

»Davon bin ich überzeugt. Sie halten es für Ihre Pflicht, sich um Ihren Vater zu kümmern, nachdem Ihre Mutter nicht mehr lebt, nicht wahr?«

Montys Einfühlungsvermögen erstaunte Francesca. »Der Zeitpunkt meiner Rückkehr hätte günstiger nicht sein können. Als mein Vater damals versucht hat, meine Mutter vor dem Schaufelrad eines anderen Dampfers zu retten, hat er sich eine schwere Verletzung am Arm zugezogen. Mittlerweile ist der Arm so steif geworden, dass er kaum noch das Ruder betätigen kann. Deshalb möchte ich mein Kapitänspatent machen.«

»Eine gute Idee«, sagte Monty, und Francesca spürte, dass er es aufrichtig meinte. »Ihr Vater ist mir sympathisch«, fügte er hinzu. »Er ist ein Mann offener Worte. Bei ihm weiß man immer, woran man ist.«

Francesca konnte ein Lächeln nicht unterdrücken. Sie wusste, dass ihr Vater hin und wieder sehr unverblümt sein konnte, und vermutete, dass mancher ihm dies übel nahm, insbesondere empfindliche Gemüter. Joe nannte die Dinge stets beim Namen.

»Wie ich neulich schon sagte, hat er für uns ein paar Transportfahrten nach Goolwa gemacht. Wir würden ihn auch wieder beauftragen, sollte unsere Wolle stromabwärts verfrachtet werden müssen, aber er transportiert ja überwiegend Holz mit der *Marylou*.«

Francesca hatte den Eindruck, dass mehr dahinter steckte, insbesondere da ihr Vater ihr erzählt hatte, dass der Transport von Wolle ein profitables Geschäft sei. »Mein Vater sagte mir, dass die Auftragsvergabe hier sehr willkürlich erfolgt. Stimmt das?«

»Leider ja. Außerdem nimmt Silas Hepburn beträchtlichen Einfluss auf die Auftragsvergabe an die Kapitäne. Er ist Miteigentümer mehrerer Schaufelraddampfer und pflegt Beziehungen zu ausgesuchten Geschäftspartnern, wodurch er natürlich auch mitbestimmen kann, wie die Arbeit verteilt wird. Normalerweise kümmert meine Mutter sich darum, wenn wir Ladung verschiffen wollen, aber ich weiß, dass Silas sie in ihren Entscheidungen beeinflusst.«

»Wollen Sie damit behaupten, dass Silas Aufträge nur an die vergibt, die in seiner Gunst stehen?«

»Ich wollte in keiner Weise andeuten, dass seine Meinung mehr Gewicht hat als die der anderen, aber er hat durchaus die Macht, anderen das Leben schwerer zu machen.«

Es gefiel Francesca ganz und gar nicht, dass ihre Zukunft so sehr von dem Mann abhing, dessen bloßer Anblick ihr zuwider war. Bis jetzt hatte sie angenommen, dass Silas eher auf die Rückzahlung des Darlehns als auf die *Marylou* aus war, nun aber befielen sie Zweifel. Wenn Silas Miteigentümer von mehreren Schaufelraddampfern war, bestand durchaus die

Möglichkeit, dass er seine Flotte aufgrund der Zahlungsunfähigkeit seiner Schuldner vergrößerte.

Gemächlich schlenderten Montgomery und Francesca zum Pier zurück. Beide hatten die Gesellschaft des anderen so sehr genossen, dass keiner diesen herrlichen, kühlen und sternklaren Abend beenden wollte. Bleiches Mondlicht fiel durch den Baldachin der Eukalyptusbäume und schimmerte auf dem Fluss. Monty ergriff Francescas Arm und legte seine Hand über ihre, um sie warm zu halten. Sie fühlte sich in seiner Gesellschaft äußerst wohl.

»Ich würde Sie gern wiedersehen«, sagte Montgomery, als sie die *Marylou* erreicht hatten und er ihr an Bord half.

»Sehr gern«, erwiderte Francesca.

»Ich hatte gehofft, dass Sie das sagen.« Sein Blick glitt über ihren Körper, doch anders als bei Silas lagen bei ihm Wärme und Zuneigung darin. »Wenn Sie nichts dagegen haben, werde ich Ihren Anblick mit in meine Träume nehmen«, sagte er. »Gute Nacht, Francesca. Ich melde mich wieder.«

Er gab ihr einen Handkuss und blickte ihr ein paar Sekunden lang tief in die Augen. Francescas Herz schlug höher. Am liebsten hätte sie diesen Moment festgehalten, um ihn auszukosten.

Francesca blickte Monty nach, als er über den fast menschenleeren Pier ging und von den Schatten verschluckt wurde. Sie verharrte einen Moment, schwelgte versonnen in den Erinnerungen an die vorherigen Stunden und stieß einen tiefen Seufzer aus, als sie an ihre Sehnsüchte dachte und daran, dass sie in Zukunft mehr Zeit in Montys Gesellschaft verbringen würde.

»Ich hatte Recht«, vernahm sie plötzlich leise eine zornige Stimme.

Vor Schreck fuhr Francesca zusammen. Verärgert, aus ihren Gedanken gerissen worden zu sein, drehte sie sich um und sah, wie Neal Mason aus dem Schatten unter dem Vordach auf dem Vorderdeck auftauchte.

»Er ist ein Schnösel«, sagte Neal.

»Woher kommen Sie so plötzlich?«, gab Francesca brüsk zurück. »Haben Sie sich etwa im Dunkeln versteckt, um mir nachzuspionieren?«

»Wer ist denn nun eingebildet?«

»Wie können Sie es wagen, Monty schon wieder schlecht zu machen!«

»Ist Ihnen nicht aufgefallen, dass er Sie erst an das Kleid erinnert hat, um Sie im gleichen Atemzug um ein Wiedersehen zu bitten? Der Kerl nutzt Ihre Dankbarkeit bloß aus.«

»Das ist Unsinn. Kümmern Sie sich lieber um Ihre eigenen Angelegenheiten.«

»Was soll dieses Gezeter?«, sagte Joe, der aus seiner Kajüte kam.

»Unser Kahnführer spioniert mir nach«, gab Francesca wütend zur Antwort.

»Das stimmt nicht«, widersprach Neal entschieden. »Ich konnte Sie von meinem Schlafplatz aus ja schlecht überhören.«

»Würdet ihr bitte leiser reden«, mahnte Joe. »Am besten, ihr legt euch schlafen, bevor ihr noch die Besatzungen auf den anderen Schiffen weckt. Außerdem legen wir morgen in aller Herrgottsfrühe ab.«

Francesca bedachte Neal mit einem hochnäsigen Blick, bevor sie ihrem Vater einen Gutenachtkuss gab und sich auf den Weg zu ihrer Kajüte machte.

Joe sah Neal an. »Vielleicht solltest du dich mal fragen, woher dein großes Interesse an dem Mann rührt, mit dem Francesca heute Abend essen war.«

Da Neal keine passende Bemerkung dazu einfiel, drehte er sich um und ging wieder zu seinem Schlafplatz.

Eine Stunde später war er immer noch hellwach, ohne eine Antwort auf Joes Frage gefunden zu haben.

4

Regina Radcliffe lehnte sich im ledernen Polsterstuhl in ihrer Bibliothek zurück, die ihr zugleich als Arbeitszimmer diente, und streckte ihren schmerzenden Rücken und die Schultern. Nachdem sie alleine zu Abend gegessen hatte – was nichts Ungewöhnliches war, wenn Monty sich in der Stadt aufhielt und Frederick zu müde war –, hatte sie sich an die Buchführung gesetzt.

In der Stille des weitläufigen Hauses vernahm sie das Geräusch der Eingangstür, das in dem gefliesten Foyer widerhallte. Sie warf einen Blick auf die tickende Uhr an der getäfelten Wand und stellte überrascht fast, dass es beinahe schon halb zwölf war.

Kein Wunder, dass ich völlig erschlagen bin, dachte Regina, als sie erkannte, dass sie über vier Stunden ohne Unterbrechung gearbeitet hatte. Es war ein langer, anstrengender Tag gewesen.

Als Monty den Lichtschein sah, der aus der Bibliothek in die Eingangshalle fiel, wusste er, wo er Regina finden würde.

»Es ist schon spät, Mutter. Warum bist du noch auf?«, fragte er, als er den Raum betrat, wobei seine Stiefel über den Parkettboden aus Jarrah-Holz knarzten.

Regina beobachtete den beschwingten Schritt ihres Sohnes und sah das Schimmern in seinen Augen. Ihre Neugier war geweckt. »Ich gehe die Monatsabrechnungen durch.«

»Und wie sieht's aus? Schreiben wir noch schwarze Zahlen?«, meinte Monty scherzhaft.

»So gerade eben«, entgegnete Regina lächelnd. Sie liebte Montys Humor. Nun beobachtete sie ihn, wie er im Raum umherschlenderte und geistesabwesend die Bücher in den Regalen betrachtete, und ihr fiel auf, dass er in ausgesprochen guter Stimmung war, wenngleich ihn irgendetwas zu beschäftigen schien. Obwohl Monty viel Zeit mit seinem Vater verbrachte, der es genoss, sich draußen aufzuhalten, und sei es nur auf der Veranda, stand Regina ihrem einzigen Sohn sehr nahe, sodass ihr sofort jede noch so kleine Veränderung an seinem Verhalten auffiel. Deshalb wusste sie, dass er jeden Moment damit herausplatzen würde, was ihn in solch gute Stimmung versetzt hatte.

Schließlich wandte Monty sich zu ihr, und seine Augen funkelten vor Begeisterung. »Mutter, ich habe die Frau meiner Träume kennen gelernt, meine zukünftige Ehefrau. Sie ist wundervoll ...«

Regina war bestürzt. Noch nie hatte Monty von einem Mädchen als seiner zukünftigen Ehefrau gesprochen. »Und wer ist dieses Mädchen?«

»Francesca Callaghan.«

Eine steile Falte erschien auf Reginas glatter Stirn. Ungeachtet ihres Alters war sie nach wie vor eine sehr attraktive, kultivierte Dame, und viele der anderen Farmersfrauen eiferten ihr nach. Ihr guter Geschmack, ihre Kraft, ihre Entschlossenheit und ihr Geschäftssinn weckten bei vielen Frauen Neid, während die Männer bewundernd zu ihr aufsahen. Doch Regina hatte eine Nase dafür, wenn etwas nicht stimmte. »Ich wüsste gar nicht, dass ich eine Francesca Callaghan kenne.«

»Du kannst sie nicht kennen. Sie ist vor kurzem erst aus einem Internat in Melbourne nach Echuca zurückgekehrt.«

»Aus einem Internat? Dann ist sie also noch recht jung ...«

»Sie ist alt genug, um ihr den Hof zu machen, und sie ist eine wahre Schönheit. Zudem ist sie intelligent, geistreich und charmant ... alles, was ein Mann sich nur wünschen kann. Und dennoch macht sie einen bodenständigen Eindruck. Ich bin sicher, dass sie eines Tages eine wunderbare Mutter abgeben wird und ...«

Regina unterbrach ihn. »Hat ihre Familie Grundbesitz?«

»Nein.«

»Was ist ihr Vater von Beruf?«

Monty hatte mit dieser Frage gerechnet, dennoch verspürte er Unmut. »Was spielt das für eine Rolle?«

Reginas Argwohn war geweckt. Sie überlegte, ob ihr der Name Callaghan bekannt vorkam, und blickte ihren Sohn mit ihren schmalen grünen Augen an. »Der einzige Callaghan, den ich kenne, ist dieser irische Schiffskapitän, Joe Callaghan.«

Monty bemerkte den unverkennbar missbilligenden Beiklang in der Stimme seiner Mutter, doch seine Euphorie ließ ihn darüber hinwegsehen. »Joe ist der Vater von Francesca. Sie ist ganz reizend, Mutter. Ich werde sie in Kürze zum Tee hierher bringen, dann kannst du dich mit eigenen Augen davon überzeugen, was für ein Schatz sie ist.«

»Ich freue mich für dich, Monty«, log Regina, »aber seit wann kennst du dieses Mädchen überhaupt?«

Monty wusste, dass seine Mutter darauf anspielen wollte, dass er Francesca noch nicht lange genug kannte, um zu beschließen, sein restliches Leben mit ihr zu verbringen. »Mir kommt es vor, als würde ich sie schon mein Leben lang kennen. Von dem Moment an, als wir uns begegnet sind, wusste ich, dass sie die Richtige ist. Es war, als hätte ich die andere Hälfte meines Herzens gefunden.«

Sentimentaler Dummkopf, dachte Regina. »Aber Monty, ausgerechnet eine Schifferstochter ...«

»Ich fand Joe schon immer sympathisch.«

»Joe ist ein netter Mensch ... zumindest für jemanden mit solch einem Lebensstil. Aber ich hatte gehofft, du nimmst dir eines der Mädchen von den benachbarten Farmen zur Frau. Isabelle St. Clair zum Beispiel oder Rose Pearson oder eine der Pascal-Schwestern. Schließlich ist die eine so reizend wie die andere ...«

Monty verdrehte die Augen. »Ich bin sicher, dass Isabelle und Rose, Edwina und Maria eines Tages einen Mann sehr glücklich machen werden, aber mein Herz richtet sich nicht danach, mir eine Braut aus besseren Kreisen auszusuchen«, sagte er ungeduldig. »Halte dir bitte vor Augen, dass wir hier über meine Gefühle für eine Frau sprechen und nicht über eine geschäftliche Angelegenheit.«

»Das wollte ich damit auch nicht ausdrücken, Monty. Ich bin eben der Meinung, dass eine ähnliche Erziehung Gemeinsamkeiten hervorbringt, die in einer Ehe wichtig sind. Das hat eine viel größere Bedeutung als die körperliche Anziehung. Man kann lernen, jemanden zu lieben, der die gleichen Interessen hat wie man selbst ...«

Monty schürzte die Lippen. Er kannte die Haltung seiner Mutter, die einer zukünftigen Braut mit einem Stück Land und einem angesehenen Familiennamen jederzeit den Vorzug geben würde gegenüber einer Frau, die der Arbeiterschicht angehörte. »Du bist ein richtiger Snob, Mutter, weißt du.«

»Es ist nicht verkehrt, sich abzugrenzen, wenn man auf der Suche nach dem Partner fürs Leben ist.«

»An meinen Gefühlen für Francesca wird sich nichts ändern. Deshalb solltest du dich mit dem Gedanken vertraut machen, dass sie deine Schwiegertochter wird.« Monty war so glücklich, dass sein Zorn schnell wieder verrauchte. Zudem war er sicher, dass seine Mutter, wenn sie Francesca erst kannte, rasch davon überzeugt sein würde, dass sie beide perfekt zueinander passten. Und sein Vater, das wusste Monty, würde Francesca bestimmt vergöttern.

»Wo ist Vater?«, fragte er.

»Er hat heute den ganzen Tag die Schur beaufsichtigt, was

ihn ziemlich erschöpft hat. Ich habe Mabel aufgetragen, ihm das Abendessen auf sein Zimmer zu bringen.«

Monty musste wieder an Francescas Worte denken. »Fühlst du dich jemals einsam, Mutter?«

Regina blickte ihn verwundert an. »Warum fragst du?«

»Francesca und ich haben uns heute Abend über Derby Downs unterhalten, und ich habe ihr erzählt, dass Vater früher begeistert am Viehtrieb teilgenommen hat. Ich weiß, das ist schon Jahre her, aber Francesca meinte, dass du dich häufig einsam gefühlt haben musst.« Er wusste, dass seine Mutter früher regelmäßig das Zimmer seines Vaters im Erdgeschoss aufgesucht hatte, doch in den letzten Jahren hatte sie sich angewöhnt, oben zu schlafen, da er häufig schlaflose Nächte hatte und sie wach hielt.

»Ach, hat sie das?« Regina fragte sich misstrauisch, was diese Francesca im Schilde führte. Ihr war bewusst, dass viele junge Frauen in Monty eine gute Partie sahen. Deshalb ging es darum, die Spreu vom Weizen zu trennen, bis sich die perfekte Ehefrau Montys, die Mutter seiner Kinder und die zukünftige Matriarchin der Radcliffes fand. Regina sah sich in der Pflicht, ein entscheidendes Wörtchen dabei mitzureden.

»Francesca hat mich auf den Gedanken gebracht, dass du häufig auf dich alleine gestellt warst. Es beschämt mich, dass ich nie selbst daran gedacht habe. Es war bestimmt nicht leicht für dich, ohne Mann an deiner Seite.«

Unwillkürlich drängten sich Regina Bilder aus der Vergangenheit auf. Sie kniff die Augen zusammen, um die Erinnerungen abzuschütteln, und sammelte sich wieder. »Ich habe mich selbst beschäftigt. Außerdem ... hat deine Francesca nicht daran gedacht, dass ich dich hatte?«

Monty hörte über den besitzergreifenden Tonfall seiner Mutter hinweg und lächelte. »Gute Nacht.«

»Gute Nacht, Monty. Angenehme Träume.«

»Wünsche ich dir auch, Mutter. Ich sehe noch einmal kurz nach Vater.«

»Er schläft schon.«

»Nun, dann bleib nicht mehr so lange auf. Du siehst müde aus.«

Regina lauschte den Schritten ihres Sohnes auf der Treppe. »Eine Schifferstochter!«, murmelte sie. »Tut mir Leid, Monty, aber ich werde deiner Francesca Callaghan wohl sämtliche Ambitionen nehmen müssen, falls sie vorhat, Mitglied dieser Familie zu werden.«

Joe Callaghan klopfte an die offene Tür von Silas Hepburns Büro, gegenüber dem Treppenaufgang im Flur des Bridge Hotels. Silas rechnete schon seit längerem mit Joes Besuch. Ihm war nämlich zu Ohren gekommen, dass Joe die Arbeit wieder aufgenommen hatte, wobei Silas jedoch bezweifelte, dass Joe im Stande war, seine Zahlungsrückstände zu begleichen. Silas verlangte happige Zinsen, damit jeder seiner Schuldner, der in Zahlungsschwierigkeiten geriet, sich gleich von den Sicherheiten verabschieden konnte, die er für den Kredit geleistet hatte.

»Kommen Sie herein, Joe«, sagte Silas freundlich.

Joe verspürte jedes Mal Unbehagen, wenn Silas versuchte, sich als ein Gentleman mit Herz darzustellen, zumal er wusste, was für ein Halsabschneider er war.

»Wie geht es Ihnen?«, sprach Silas weiter, während er sich wieder setzte und Joe bedeutete, ihm gegenüber Platz zu nehmen.

Joe hatte nicht die Absicht, einen Augenblick länger zu bleiben als nötig, sodass er ein Geldbündel aus der Tasche zog und auf den Schreibtisch legte. Mit versteinertem Gesicht blickte Silas auf die Scheine. Er wusste, dass Joe rund um die Uhr gearbeitet haben musste, um in so kurzer Zeit so viel Geld zu verdienen.

»Geben Sie mir drei Monate, höchstens vier, und ich begleiche meine sämtlichen Rückstände«, sagte Joe. Es bereitete ihm Genugtuung, Silas Hepburns überraschtes Gesicht zu sehen.

Silas heftete den Blick wieder auf das Geld. »Eine großartige Leistung, Joe. Ich bin erfreut.« Sein Gesichtsausdruck und der plötzliche kalte Schimmer in seinen grauen Augen straften seine Worte Lügen.

»Sie sind also erfreut, dass Sie Ihr Geld bekommen«, stellte Joe fest, während er zusah, wie Silas die zwei Monatsraten zählte und eine Quittung ausstellte.

»Selbstverständlich«, erwiderte Silas und blickte zu ihm auf. »Ich bin genauso glücklich wie Sie, dass Ihr Schiff wieder den Fluss befährt.«

»Nächsten Freitag komme ich wieder«, sagte Joe. Es war der Tag, an dem die nächste Monatsrate fällig war. Eilig schnappte er sich die Quittung und wandte sich zur Tür, um zu gehen.

»Gut«, sagte Silas, der sich über Joes dreistes Auftreten ärgerte. »Die Zinsen sind nämlich schon wieder gestiegen.«

Joe verharrte abrupt, als hätte Silas ihm ein Messer in den Rücken gerammt. Dieser Mistkerl hat keinen Funken Anstand!, ging es ihm durch den Kopf. Er drehte sich zu Silas um. »Das weiß ich, aber Sie kriegen Ihr Geld. Die *Marylou* ist mein Zuhause, und was noch wichtiger ist, das Zuhause für Ned und Frannie. Ich darf das Schiff nicht verlieren. Und ich werde es nicht verlieren.«

Silas entging nicht der verzweifelte Unterton in Joes Stimme, und mit einem Mal kam ihm eine Idee. Es war seine einzige Möglichkeit, gute Miene zum bösen Spiel zu machen.

»Da Sie gerade von Ihrer Tochter sprechen ... sie hat gestern Abend hier gespeist. Ich muss sagen, eine reizende junge Dame.«

Als Mann verstand Joe die versteckte Bedeutung von Silas

Hepburns Worten, sodass es ihn größte Beherrschung kostete, Silas nicht ins Gesicht zu schlagen. »Guten Abend«, presste er hervor und verließ das Büro.

Silas starrte auf den leeren Türrahmen und tüftelte einen raffinierten Plan aus. Er nahm sich vor, am kommenden Tag als Erstes zum Pier zu gehen, um herauszufinden, auf welche Weise Joe so viel Geld verdiente. »Dem werde ich einen Riegel vorschieben«, murmelte er leise, wobei er ein Auge auf einen weitaus attraktiveren Preis als die *Marylou* geworfen hatte.

Francesca verließ gerade mit zwei Brotlaiben die Bäckerei auf der High Street. Da es kurz vor Ladenschluss war, hatte sie die Brote günstig erstanden. Sie war erstaunt, wie sehr die Stadt seit ihrer Kindheit gewachsen war. Es gab viel mehr Läden, Hotels und Häuser als früher, und die Zahl der Einwohner schien sich verdoppelt zu haben. Vor einer Stunde, als sie an den Auslagen vorbeiflaniert war, waren die Straßen noch überfüllt gewesen, doch mit Einbruch der Dämmerung hatten sich die Menschen nach Hause begeben, um das Abendessen zuzubereiten. Ned wollte Fisch grillen, und Francesca hatte versprochen, Brot mitzubringen.

Es wurde allmählich dunkel, und Francesca beschleunigte ihre Schritte, um zur *Marylou* zurückzugelangen, wo sie sicher war. Nach Einbruch der Dunkelheit trieben sich nämlich zu viele Betrunkene auf den Straßen herum. Sie beschloss, eine Abkürzung durch eine enge Gasse zu nehmen, statt den langen Weg zum Pier zurück zu marschieren, vorbei am Bridge Hotel. Es war zwar eine Abkürzung, doch Francesca wollte vermeiden, dort jemandem zu begegnen, insbesondere den betrunkenen Hafenarbeitern, sodass sie sich zuerst prüfend umschaute, um sich zu vergewissern, dass der Weg frei war. Am anderen Ende der Gasse war eine Gaslaterne, die den Durchgang teilweise beleuchtete. Da sie niemanden erspähen konnte, setzte sie ihren Weg fort.

Nachdem sie die Gasse, in der Berge von Müll aufgetürmt waren, gut zur Hälfte durchquert hatte, vernahm sie plötzlich einen dumpfen Schlag und einen Schmerzensschrei, sodass sie abrupt stehen blieb. Ohne einen Mucks von sich zu geben, lauschte sie mit angehaltenem Atem. Hinter ihr war die Gasse leer, und vor sich konnte sie ebenfalls niemanden entdecken, doch ein kleines Stück weiter wurde die Gasse breiter, wodurch sich zwei Mauernischen ergaben. Im nächsten Augenblick hörte sie ein wütendes Murmeln. Jemand schien auf dem Boden aufzuschlagen. Francescas Herz begann zu hämmern. Sie presste sich an die Wand und erhaschte einen kurzen Blick auf den Rücken einer Gestalt, die um die Ecke zur Uferpromenade verschwand. Frannies erster Impuls war, zurück zur High Street zu fliehen, doch der Gedanke, ein Mensch könne in Not sein, hinderte sie daran.

Gleich darauf vernahm sie ein Schluchzen. Sie war sicher, dass es sich um eine Frau handelte, die offenbar Hilfe benötigte. Zögernd ging Francesca weiter, bis sie die Mauernische einsehen konnte. In der Ecke krümmte sich eine Frau am Boden, den Kopf gesenkt. Francesca eilte an ihre Seite.

»Ist alles in Ordnung?«, fragte sie, wobei ihr die schmutzige, vulgäre Kleidung der Frau auffiel.

Überrascht hob die Frau den Kopf. Ihre Augen waren von Tränen verschleiert, sie blutete aus der Nase und den Lippen, und am linken Wangenknochen war ein violetter Bluterguss zu sehen. Francesca kramte nach einem Taschentuch und bot es ihr an.

Die Frau zögerte, sodass Francesca ihr das Tuch in die Hand drücken musste.

Francesca war bewusst, dass es sich bei der Frau um eine Prostituierte handelte, aber das machte für sie keinen Unterschied. Hier war ein Mensch in Not. Der schreckliche Zustand der Frau ließ Francesca aus Mitgefühl beinahe in Tränen ausbrechen.

»Es ... es geht schon«, sagte die Frau und senkte vor Scham wieder den Kopf.

»Das sehe ich anders. Sie bluten.«

»Das ist nichts Neues«, murmelte die Frau mit zittriger Stimme, in der ihre Verbitterung mitschwang.

»Soll ich die Polizei verständigen? Ich konnte den, der Ihnen das angetan hat, leider nicht erkennen ...«

Wieder hob die Frau den Kopf und musterte Francesca mit ungläubigem Blick. »Einer wie mir helfen die nicht. Vorher lochen die mich ein wegen ...« Sie verstummte abrupt.

»Aber Ihnen kann man keinen Vorwurf machen«, entgegnete Francesca. »Sie wurden überfallen.«

Die Frau stieß ein Lachen aus, das sich jedoch wie ein unterdrücktes Schluchzen anhörte. Francesca begriff nicht. Sie sah zu, wie die Frau sich mühsam aufrappelte, und kam ihr zu Hilfe, indem sie ihren Arm stützte. Als die Frau den Zustand ihres Kleides und ihre zerrissenen Unterröcke bemerkte, schrak sie zusammen. Sie war groß und ziemlich mager, ob sie hübsch war, ließ sich bei ihrem übel zugerichteten Gesicht nicht sagen.

»Ich werde Sie nach Hause begleiten«, sagte Francesca.

Für einen kurzen Augenblick blickte die Frau erstaunt drein, bevor ihre Gesichtszüge weich wurden. »Ich komme schon zurecht. Danke für Ihre Freundlichkeit und Besorgnis, aber Sie sollten sich lieber um Ihre eigenen Angelegenheiten kümmern.«

»Wer hat Ihnen das angetan?«

»Ein Freier«, sagte die Frau leise und fuhr sich mit den Fingern durch die verfilzten karottenroten Haare.

Francesca war irritiert. »Ein Freier?«

Die Frau tupfte sich die Augen und sah Francesca verwundert an. »Sie sind noch ziemlich unschuldig, nicht wahr?« Ihr

Blick verfinsterte sich. »Ich kann mich nicht erinnern, jemals so ein reines Herz besessen zu haben«, fügte sie bekümmert hinzu. »Aber vermutlich hatte ich es irgendwann einmal.« Sie dachte an ihre schreckliche Kindheit und an die furchtbaren Dinge, die ihrer Mutter widerfahren waren und deren Zeuge sie gewesen war, und daran, dass man sie mit zehn vergewaltigt hatte ... Nein, wie sie es auch anstellte, sie konnte sich nicht entsinnen, jemals solch eine Unschuld besessen zu haben, und diese Einsicht ließ sie erneut in Tränen ausbrechen.

»Ich ... ich glaube nicht, dass jemand das Recht hat, Sie zu schlagen«, sagte Francesca und legte ihr den Arm um die Schulter.

Die Frau schniefte. »Er hat es getan, weil er es sich erlauben kann und weil es ihm Freude bereitet. Manche Kerle fühlen sich männlicher, wenn sie Macht über eine Frau ausüben können. Es gibt sogar Männer, die nur auf diese Weise ... mit einer Frau intim werden können. Sind Sie nun schockiert?«

Entsetzt starrte Francesca die Frau an. Sie sprach aus, was ihr als Erstes in den Sinn kam. »Sie hätten dem Kerl einen Tritt an die richtige Stelle verpassen sollen.«

Die Frau lachte leise, schrie aber gleich darauf vor Schmerz, weil der Riss in ihrer Lippe weiter aufbrach. Sie hielt das Taschentuch an die Wunde und sagte: »Sie ahnen ja nicht, wie gern ich das getan hätte, aber dann könnte ich einpacken.«

»Vielleicht war es ratsam, dass Sie es nicht getan haben. Aber an Ihrer Stelle würde ich von einem Mann, der so mit Ihnen umspringt, keinen Penny nehmen. Soll er seine Männlichkeit anderswo unter Beweis stellen.«

»Wenn das Leben doch so einfach wäre«, entgegnete die Frau traurig, und Tränen rannen ihr über die schmutzigen Wangen.

»Das Leben besteht darin, Entscheidungen zu treffen, nicht wahr? Übrigens, ich bin Francesca Callaghan.«

»Lizzie Spender.« Die Frau reichte Francesca die Hand.

»Manchmal, Francesca, trifft man die falschen Entscheidungen und stellt dann fest, dass es kein Zurück gibt.«

Francesca musterte ihr geschundenes Gesicht. »Wohnen Sie hier in der Nähe?«

»Gleich da vorn.« Sie deutete auf ein zweistöckiges Haus aus Asbestzement, das ein Stück zurückgesetzt an der Ecke lag, wo die Gasse in die Uferpromenade mündete. Davor stand ein Palisadenzaun mit einem Tor, hinter dem sich ein Rasen befand, der dringend gemäht werden musste, und auch das Haus selbst machte keinen freundlichen Eindruck. Francesca nahm an, dass es sich um ein Bordell handelte – sie hatte schon öfter das ständige Kommen und Gehen der Hafenarbeiter beobachtet. Die Begegnung mit Lizzie zeigte ihr mehr als deutlich, dass dieses Haus ein Ort des Elends war, was das Gebäude noch trostloser, wenn nicht sogar unheilvoll aussehen ließ.

»Haben Sie dort jemanden, der sich um Sie kümmert?«

Lizzie sah zu dem Haus. »Es ist zwar kein richtiges Zuhause, aber zu etwas Besserem werde ich es wohl nicht bringen. Ja, wir sind insgesamt fünf verlorene Seelen. Außerdem haben wir dort eine Frau, die uns beim Waschen und Kochen hilft.«

Francesca und Lizzie setzten sich in Bewegung.

»Sie sind sehr freundlich zu mir, Francesca«, brachte Lizzie verlegen hervor, die aus Erfahrung wusste, dass die meisten der ehrenwerten Bürger einem streunenden Köter mehr Aufmerksamkeit gewidmet hätten. »In meinem Leben bin ich selten freundlichen Menschen begegnet. Ich werde Ihnen nie vergessen, dass Sie mir zu Hilfe gekommen sind.«

»Seien Sie in Zukunft bitte vorsichtig, Lizzie, und gehen Sie dem Kerl aus dem Weg, der Sie verprügelt hat.«

Lizzies Gesichtszüge erschlafften, und ihr Blick wurde leer. »Ich kann ihm nicht aus dem Weg gehen, Francesca.«

5

Wo ist heute Morgen denn unser hoch geschätzter Kahnführer?«, fragte Francesca, als sie die Vorbereitungen trafen, nach Barmah abzulegen. Es war frisch und windig. Während die Sonne versuchte, hinter den Wolken hervorzubrechen, nahm die dunkle Wasseroberfläche des Flusses allmählich eine grüne Farbe an, und der Wind klatschte die Wellen gegen die Flanke des schaukelnden Schiffes.

»Keine Ahnung, wo Neal steckt«, entgegnete Joe, der gerade den Kaffeesatz aus seiner Tasse über Bord kippte. »Gestern Abend ist er nicht zurückgekehrt.«

Zum ersten Mal zog Francesca die Möglichkeit in Betracht, dass Neal ein Missgeschick zugestoßen sein könnte. »Meinst du, ihm ist etwas passiert?« Sie hatte mitbekommen, wie die Männer sich darüber unterhalten hatten, dass es unter den betrunkenen Hafenarbeitern häufig zu Straßenschlägereien kam, besonders freitagabends, wenn sie ihren Lohn ausbezahlt bekamen.

Ned überhörte Francescas Frage. »Gestern Abend gegen sieben Uhr habe ich ihn noch gesehen«, rief er laut von unten hoch, wo er den Kessel anheizte, den er bereits bei Tagesanbruch angefeuert hatte, um Dampfdruck aufzubauen.

Francesca fiel ein, dass Ned das nächstgelegene Hotel aufgesucht hatte, um eine Flasche Rum zu besorgen, die er und Joe sich hatten teilen wollen. Es hatte sie nicht gestört, zumal die beiden hart gearbeitet und zudem Grund zum Feiern hatten, nachdem sie einem Teil von Silas' Zahlungsforderungen nachgekommen waren.

»Da hatte er gerade alle Hände voll zu tun«, fügte Ned mit einem Augenzwinkern zu Joe hinzu, der sich auf dem Treppengeländer abstützte.

Francesca verstand die Anspielung und zog die Stirn in Falten. »Du willst damit wohl sagen, dass er in Begleitung einer Frau war?«

»Nicht eine Frau, gleich zwei. Eine in jedem Arm«, meinte Ned süffisant. Er hatte die beiden erkannt – zwei stadtbekannte Flittchen, die sich in der Nähe der Hotels herumtrieben, um sich mit Männern zu amüsieren, die etwas Kleingeld in der Tasche hatten. Ned war ein wenig verwundert gewesen, Neal in solch zwielichtiger Gesellschaft zu sehen, aber zu dem Zeitpunkt war Neal schon ziemlich betrunken gewesen.

»Es hat keinen Sinn, Zeit zu verschwenden und auf diesen Kerl zu warten«, sagte Francesca schroff, wobei sie sich über sich selbst ärgerte, dass sie sich um sein Wohlergehen gesorgt hatte.

»Wenn er in den nächsten Minuten nicht auftaucht, legen wir ohne ihn ab«, sagte Joe. »Eine Fuhre Holz ist besser als nichts. Außerdem wartet Ezra Pickering darauf, und ich will ihn nicht im Stich lassen.«

»Dann lass uns keine weitere Zeit verschwenden und sofort losmachen«, entgegnete Fran, die es nicht abwarten konnte, abzulegen und jeden Gedanken an Neal Mason zurückzulassen.

»Du hast mir gar nicht erzählt, wie der Abend mit Montgomery Radcliffe war«, sagte Joe etwas später während der Fahrt zu Francesca.

»Es war ein sehr schöner Abend, und er hat mich um ein Wiedersehen gebeten.« Ein Lächeln erschien auf ihrem Gesicht.

Joe runzelte die Stirn. »Hältst du das für klug?«

»Ich weiß gar nicht, worüber du dir Sorgen machst, Dad«, erwiderte Francesca.

Doch Joe konnte nicht darüber hinwegsehen, dass Montgomery sich normalerweise in völlig anderen gesellschaftlichen Kreisen bewegte. »Sei vorsichtig, mein Mädchen. Ich will nicht mit ansehen, wie man dir das Herz bricht.«

»Ich könnte deine Bedenken ja verstehen, wenn ich mit jemandem wie Neal Mason ausgehen würde, Dad, aber Monty ist der perfekte Gentleman.«

»Jeder Mann würde sich glücklich schätzen, einer Frau wie dir zu begegnen, die seine Liebe erwidert, Fran, aber die Mitglieder der besseren Gesellschaft heiraten aus anderen Gründen. Sie verplanen ihr Leben, ohne auf ihr Herz zu hören, genauso wie bei ihren geschäftlichen Unternehmungen. Ich bin mir sicher, dass Montgomery Radcliffe dich für bezaubernd hält, aber ich bin mir ebenso sicher, dass Regina und Frederick bereits eine zukünftige Frau für ihn ausgesucht haben.«

»Ich bezweifle, dass Monty sich von seinen Eltern zu einer Heirat zwingen lässt.«

Frannie war jung und unerfahren, und Joe war bewusst, dass sie seinen Rat in den Wind schlagen würde. »Ich bitte dich, Frannie, versprich deinem alten Vater trotzdem, vorsichtig zu sein.«

Francesca lächelte. »Ich bin vorsichtig, Dad, versprochen. Deine Sorge ist völlig unbegründet.«

Sie hatten soeben Moama passiert, als sie plötzlich hinter sich einen Pfiff hörten. Joe sah aus dem Fenster des Ruderhauses und murrte.

»Was ist, Dad?«, fragte Francesca.

»Es ist die *Kittyhawk*«, antwortete er.

Francesca bemerkte den gedämpften Zorn in seiner Stimme. »Hast du Ärger mit der Besatzung?«, fragte sie.

Joe schien nach den richtigen Worten zu suchen, wie Francesca auffiel. Sie konnte nicht ahnen, dass er versuchte, Rücksicht auf ihre Gefühle zu nehmen. »Mungo McCallister ist hier auf dem Fluss einer der unbeliebtesten Männer«, entgegnete er. »Mach bei Strommeile 299 Halt, dort können wir Holz für den Kessel laden, und McCallister kann uns überholen.«

Als sie anlegten, bemerkte Joe verärgert, dass die *Kittyhawk* ebenfalls Halt machte. Um keine Zeit zu verlieren, ging er mit Ned an Land, um Holz zu laden, während Francesca alles vom unteren Deck aus verfolgte.

»Wer ist denn dein neuer Kapitän?«, rief Mungo, als Joe das Schiff vertäute.

Joe gab keine Antwort, was Francesca irritierte. Sie fragte sich, ob er den Kapitän der *Kittyhawk* nicht gehört hatte.

»Ich bin Francesca Callaghan«, rief sie zurück.

Mungos Augen wurden schmal, und genüsslich ließ er den Blick über Francesca schweifen. Sie erkannte sofort, warum ihr Vater den Mann nicht mochte.

Währenddessen warfen Joe und Ned unbeirrt das Holz durch die Luke des Kesselraums, ohne dem Kapitän der *Kittyhawk* Beachtung zu schenken.

Im nächsten Augenblick erschien eine jüngere Ausgabe von Mungo an Deck und grinste unverschämt. Der Kerl hatte rötliches Haar, zahlreiche Sommersprossen und eine platte Nase wie ein Boxer. Er blickte Francesca mit einer Mischung aus Neugier und Verachtung an.

»Das ist mein Sohn Gerry«, erklärte Mungo. »Ich bringe ihm bei, wie man die *Kittyhawk* steuert.«

Weder Joe noch Ned zeigten eine Reaktion. Vom Kapitän der *Syrett,* John Henry, hatten sie nämlich schon erfahren, dass Mungo seinen Sohn auf das Kapitänspatent vorbereitete. Henry hatte überdies erwähnt, dass Gerry unter den Schiffern sehr unbeliebt war, da er sich noch großspuriger verhielt als sein Vater.

»Willst du etwa dein Schifferpatent machen?«, rief Gerry zu Francesca hinüber.

»Und wenn?«, gab Francesca zurück. Ihr missfiel sein Tonfall, aus dem nicht nur deutlich seine Verachtung für eine Frau am Ruder herauszuhören war, sondern auch Zweifel, dass sie der Aufgabe gewachsen war.

Wie erwartet stieß Gerry ein höhnisches Gelächter aus. »Wie wär's mit einer kleinen Wettfahrt nach Flemings Bend?«

»Wozu?«

»Hast wohl Angst zu verlieren?«

»Bestimmt nicht. Ich sehe bloß keinen Sinn darin, mich auf diesen kindischen Vorschlag einzulassen, nur damit Sie sich selbst etwas beweisen können.«

Gerrys Augen blitzten boshaft, doch bevor er kontern konnte, kam Joe an Bord der *Marylou.*

»Wir haben hier zu tun, um unseren Lebensunterhalt zu verdienen«, sagte er sowohl zu dem Burschen als auch zu dessen Vater.

»Ein Mädchen könnte mich sowieso niemals schlagen«, höhnte Gerry.

Joe sah zu Francesca. Er konnte sehen, dass sie wütend war, und er war stolz, dass sie ihre Zunge im Zaum hielt.

»Die *Marylou* hat ihre besten Tage hinter sich, mein Sohn«, sagte Mungo und legte Gerry die Hand auf die Schulter. »Du brauchst dir nur anzusehen, in was für einem Zustand sie ist.«

Neben der *Kittyhawk* machte die *Marylou* in der Tat einen ziemlich heruntergekommenen Eindruck, doch der äußere Schein sagte nichts über die Qualität der Maschine aus, für die Joe und Ned die Hand ins Feuer legten.

Francesca sah ihrem Vater an, dass Mungos Bemerkung ihn getroffen hatte, doch er zwang sich, ihn zu ignorieren. Sie folgte ihm hinauf ins Ruderhaus.

»Du kannst Mungo McCallister nicht ausstehen, nicht wahr, Dad?«, meinte sie, als sie wieder ablegten.

»Ich kenne niemanden auf dem Murray, der sich so rücksichtslos verhält«, murmelte Joe.

Francesca bemerkte, dass seine Unterlippe bebte, und sie spürte, dass hinter seinen Worten mehr steckte. Er war sichtlich aufgewühlt; zugleich schien ihn etwas aus der Vergangenheit zu quälen. Obwohl sie darauf brannte, alles zu erfahren, was zwischen ihrem Vater und Mungo McCallister vorgefallen war, wollte sie ihn nicht bedrängen.

Eine halbe Stunde später warf Joe einen Blick durchs Fenster des Ruderhauses und sah, dass die *Kittyhawk* ihnen folgte. »Verdammt soll er sein«, brummte er.

Francesca musterte ihren Vater. Er spürte ihren Blick und wandte sich zu ihr, wobei er ihre besorgte Miene registrierte. Er hatte sich oft gefragt, wie gut Francesca sich noch an den Vorfall erinnern konnte, der zum Tod ihrer Mutter geführt hatte.

Beruhigend legte er ihr die Hand auf die Schulter und sagte: »An dem Tag, an dem deine Mutter umgekommen ist, hat ein anderes Schiff die *Marylou* gestreift.«

»War das etwa ...«

»Ja, es war die *Kittyhawk.* Mungo machte eine Wettfahrt mit der *Adelaide*.«

Francesca erinnerte sich zwar an den schrecklichen Moment, als die *Marylou* von einem anderen Schiff gerammt worden war, doch den Namen dieses Schiffes hatte sie sich damals nicht eingeprägt.

»Mungo hat mir nie zu verstehen gegeben, dass er seine Tat bereut ... beziehungsweise, was deiner Mutter zugestoßen ist. Deshalb fällt es mir schwer, seine Nähe zu ertragen.«

Jetzt verstand Francesca die tiefe Ablehnung ihres Vaters gegenüber diesem Mann. »Dann ist Mutters Tod seine Schuld?«, sagte sie entsetzt.

Joe ließ den Kopf sinken. »Die *Kittyhawk* hat uns steuerbord gerammt, und deine Mutter ist backbord ins Wasser gefallen. Es würde mir helfen, wenn ich Mungo für ihren Tod verantwortlich machen könnte, aber auch ich trage einen Teil der Schuld. Hätte ich Mary das Schwimmen beigebracht, hätte sie dem Dampfer ausweichen können. Jeder, der auf dem Fluss lebt und arbeitet, sollte schwimmen können.« In den Sommermonaten hatte Joe hin und wieder mit Mary geübt, doch sie hatte Angst vor dem Wasser gehabt und nur langsam Fortschritte gemacht. Dennoch machte er sich Vorwürfe, weil er sich für die Schwimmübungen nicht mehr Zeit genommen und mit mehr Nachdruck darauf bestanden hatte.

»Hätte er uns nicht gerammt, wäre Mutter nicht über Bord gestürzt«, entgegnete Francesca wutentbrannt.

»Er hat nicht mitbekommen, dass sie über Bord gegangen ist und von einem anderen Schiff erfasst wurde. Das hat er erst später erfahren.« Mungo hatte versucht, sich zu entschuldigen, doch Joe war damals nicht in der Gemütsverfassung für Reuebekundungen gewesen. Für ihn hatte damals lediglich gezählt, dass er wegen einer sinnlosen Wettfahrt seine Frau verloren hatte, und Frannie ihre Mutter. »Am meisten kränkt mich, dass Mungo trotz dieses Vorfalls noch dasselbe unverantwortliche Verhalten an den Tag legt wie damals. Gäbe es Gerechtigkeit auf dieser Welt, würde er mitsamt seinem Schiff sinken.«

Joe verschwieg Francesca, dass er sogar mit dem Gedanken gespielt hatte, die *Kittyhawk* in die Luft zu sprengen. Nur die Liebe zu seiner Tochter hätte ihn davon abgehalten.

Als die *Marylou* die nächste Biegung umschifft hatte, befand die *Kittyhawk* sich wieder unmittelbar hinter ihnen. Gerry betätigte die Dampfpfeife.

»Beachte sie gar nicht, Frannie«, wies Joe sie an. »Halte einfach weiter Kurs.«

Es herrschte starker Wind, sodass Francesca sich sehr konzentrieren musste, um den Kurs zu halten. Sie wurde nervös, als die *Kittyhawk* so dicht zu ihnen aufschloss, dass die beiden Schiffe einander fast berührten.

»Bleib einfach auf Kurs«, sagte Joe mit vor Zorn zusammengebissenen Zähnen.

Kurz darauf setzte die *Kittyhawk* zu einem Überholmanöver an. Francesca konnte das Schlagen der Radschaufeln im Wasser hören, während die *Kittyhawk* steuerbord aufholte.

»Warum überholt er so dicht?«, sagte sie und warf einen besorgten Blick über die Schulter. Sie rechnete jeden Augenblick damit, dass die Schaufelräder der beiden Schiffe kollidierten.

»Er will uns provozieren«, entgegnete Joe. »Beachte ihn gar nicht.« Er hatte sich sehr über Mungos Bemerkung geärgert, die *Marylou* habe ihre besten Tage hinter sich. »Ich würde diesem überheblichen Kerl am liebsten einen Dämpfer verpassen«, murmelte er. »Aber eine Wettfahrt wäre unverantwortlich. Und von mir als Kapitän wäre es höchst fahrlässig, dich dazu zu ermutigen.«

Francesca wusste, was in ihrem Vater vorging, zugleich aber spürte sie, dass er Mungo McCallister gern beweisen wollte, dass die *Marylou* noch nicht zum alten Eisen gehörte.

Nach wie vor fuhr die *Kittyhawk* auf einer Höhe mit ihnen, während Gerry unablässig die Dampfpfeife schrillen ließ.

»Sollen wir uns das wirklich gefallen lassen?«, rief Ned vom unteren Deck hinauf. Für gewöhnlich machte er mit solchen Narren kurzen Prozess; zudem hielt er große Stücke auf die *Marylou*, selbst als der Kessel noch reparaturbedürftig gewesen war.

»Wir kümmern uns um unsere eigenen Angelegenheiten«, rief Joe zu ihm hinunter und hörte, wie Ned einen Fluch ausstieß, bevor er sich wieder der Maschine zuwandte. Joe wusste, dass Ned an seiner Stelle schon vor langer Zeit eine Wettfahrt mit der *Kittyhawk* ausgetragen hätte, und sei es nur, um Mungo McCallister damit ein für alle Mal zum Schweigen zu bringen.

Joe sah zur *Kittyhawk* hinüber. Er konnte in das Ruderhaus sehen, wo Mungo seinem Sohn offenbar Anweisungen erteilte. Im nächsten Moment riss Gerry das Ruder in Richtung *Marylou* herum.

»Zum Teufel, was macht er da?«, sagte Joe.

Er konnte Frannie nicht anweisen, nach backbord auszuweichen, da sich vor ihnen ein Riff befand. Als die beiden Schiffe kollidierten, verlor Francesca bei dem Aufprall beinahe das Gleichgewicht. Sie stürzte nur deshalb nicht, weil sie sich am Ruder festklammerte.

»Jetzt reicht's!«, brummte Joe. »Kesseldruck erhöhen«, rief er zu Ned hinunter.

»Na also!«, gab dieser vergnügt zurück.

»Ist die *Marylou* beschädigt?«, fragte Francesca besorgt.

Joe warf einen Blick aus dem Fenster. »Sieht so aus, als wäre am Radkasten ein wenig Holz gesplittert, aber sonst scheint nichts zu sein.«

In diesem Moment wurden sie von der *Kittyhawk* überholt. Joe und Francesca konnten Mungos selbstgefälligen Gesichtsausdruck erkennen, während Gerry dämlich grinste, als er sich zu ihnen umwandte.

»Wenn er noch näher kommt, wird er uns wieder rammen«, sagte Francesca. Ihr brach der Schweiß aus, als der Bug der *Marylou* beinahe das Heck der *Kittyhawk* streifte.

»Mungo macht ständig solchen Unfug«, sagte Joe zornig. »Kein Wunder, dass er seinen Sprössling auch dazu antreibt.«

»Was soll ich tun?«, fragte Francesca, die das Ruder so fest umklammerte, dass ihre Knöchel weiß hervortraten.

Joe erkannte, dass seine Tochter kurz davor stand, in Panik zu geraten. Ihm war bewusst, dass sie für ein Rennen zu wenig Erfahrung hatte, aber was noch schlimmer war: Ein Zusammenstoß mit der *Kittyhawk* konnte ihr Selbstvertrauen untergraben. »Wir sollten am Ufer anlegen, bis er weiterfährt«, sagte er.

»Aber wir dürfen keine Zeit verschenken, Dad, wenn wir das Holz heute noch anliefern wollen.«

»Ich weiß«, erwiderte Joe mit besorgter Miene. Er konnte es sich nicht leisten, seine Vereinbarung mit Ezra Pickering zu brechen, erst recht nicht, solange Silas ihm im Nacken hing; deshalb verwarf er den Gedanken, sich mit der *Kittyhawk* ein Rennen zu liefern. Es war zu gefährlich. »Drossle die Maschine, bis er Leine gezogen hat.«

Als die *Marylou* langsamer wurde, gewann die *Kittyhawk* zu Joes und Francescas großer Erleichterung rasch einen Vorsprung. Allerdings nur so lange, bis die *Kittyhawk* ebenfalls das Tempo drosselte und vor der *Marylou* plötzlich ausscherte, sodass Francesca zu einem Ausweichmanöver gezwungen war, um eine Kollision zu vermeiden, was Joe endgültig aus der Haut fahren ließ. Er stürmte auf das Unterdeck und schleuderte Mungo McCallister einen Schwall Beschimpfungen entgegen. Doch Mungo lachte ihn aus.

Auf dem Weg zurück zum Ruderhaus zog Joe an der Schnur für das Pfeifsignal, aber die *Kittyhawk* legte sich erneut vor ihnen quer, sodass Francesca nach steuerbord ausweichen musste, um einen Zusammenstoß zu verhindern.

Joe erkannte, dass es nur noch eine Möglichkeit gab: Sie mussten sich der Herausforderung stellen.

»Wir haben nur eine Chance, aus der Gefahrenzone zu bleiben und dennoch nach Barmah zu gelangen, damit wir Holz laden können, Frannie – indem du die *Kittyhawk* überholst. Die McCallisters behindern den Schiffsverkehr flussaufwärts. Wenn nicht ein Wunder geschieht, wird es früher oder später zu einem Unglück kommen.«

Mehrere Dampfschiffe, die sich aus der entgegengesetzten Richtung näherten, gaben der *Kittyhawk* Warnsignale, weil das Schiff unkontrolliert auf dem Fluss hin und her schlingerte, worauf Gerry seinerseits die Dampfpfeife betätigte, ohne sein sinnloses Unterfangen aufzugeben.

»Was für ein verdammter Narr«, murmelte Joe zornig.

»Bringt unsere Maschine genug Leistung, diesen Trottel zu überholen?«, fragte Francesca.

»Das werden wir bald herausfinden. Traust du dir das zu, mein Mädchen?«

Francesca nickte. Zwar zitterte sie am ganzen Leib, wollte ihren Vater aber nicht im Stich lassen.

»Volldampf voraus«, befahl Joe.

Nach kurzer Zeit holte die *Marylou* die *Kittyhawk* wieder ein und zog gleichauf mit ihr. Die Schaufelräder donnerten durchs Wasser, und die Antriebspumpen stampften wild.

Ned verfolgte, wie der Druckmesser auf sechs Bar hinaufkroch. Joe konzentrierte sich auf die markierten Bäume, die den Abstand von einer Meile anzeigten, um ihre Geschwindigkeit auszurechnen. Er überschlug, dass sie zehn Knoten machten, und sie gewannen nach wie vor an Geschwindigkeit. Gleich darauf setzte die *Marylou* sich knapp an die Spitze.

Die McCallisters beschleunigten ebenfalls, sodass die beiden Schiffe Seite an Seite die nächste Strommeile passierten. Die *Kittyhawk* befand sich wieder steuerbord, und Joe wusste, dass sie bei der nächsten Flussbiegung nach backbord Vorsprung gewinnen würden – doch er wusste auch, dass dort Baumstämme lauerten, sodass sie aufpassen mussten.

»In der Biegung da vorn darfst du nicht zu dicht ans linke Ufer kommen«, wies er Frannie an. »Wir werden die *Kittyhawk* weiter nach steuerbord drängen.«

Francesca war sich bewusst, dass Gerry McCallister versuchte, sie nach backbord abzudrängen. Obwohl es sie alle Kraft kostete, hielt sie die Stellung. Die *Marylou* wurde schneller. Joe schätzte, dass sie jetzt ungefähr fünfzehn Knoten machten. Als sie die Biegung erreichten, lagen sie bereits gute zehn Meter vor der *Kittyhawk,* womit Gerry seine Chance verspielt hatte, sie in die Baumstämme oder ans Ufer abzudrängen. Als sie die Flussbiegung durchquerten, musste die *Kittyhawk* einen großen Bogen machen, wodurch die *Marylou* einen deutlichen Vorsprung gewann.

Joe sah nach hinten. »Die fahren immer noch mit der Originalmaschine. Mungo sollte lieber aufpassen, dass sie ihm nicht um die Ohren fliegt.« Er steckte den Kopf ins Mannloch. »Wie hoch ist der Kesseldruck?«, fragte er Ned.

»Knapp sieben Bar«, rief Ned zurück.

Joe lächelte in sich hinein. »Ich wette, Mungo gibt seinem Maschinisten gerade den Befehl, den Kesseldruck bis zum Maximum zu erhöhen.«

»Was bedeutet das?«, fragte Francesca.

»Wenn sich im Kessel zu viel Druck aufbaut, öffnet sich automatisch ein Sicherheitsventil. Dadurch fällt der Druck ab, die Maschine verliert an Leistung und arbeitet langsamer. Der Maschinist kann das Sicherheitsventil allerdings blockieren.«

»Und wie?«

»Indem er etwas hineinschiebt. Jeder Maschinist hat seine bevorzugte Methode. Aber wie auch immer sie aussehen mag – die Sache ist gefährlich.«

»Willst du damit sagen, der Kessel könnte explodieren?«, fragte Francesca.

Joe nickte und blickte wieder nach achtern zur *Kittyhawk.* »Mungo ist ein Dummkopf. Er weiß, dass er ein Risiko eingeht und dass ihm sein Kessel um die Ohren fliegen könnte, aber das hält ihn anscheinend nicht ab.«

Sie passierten eine weitere Flussbiegung Richtung backbord. Kurz darauf holte die *Kittyhawk* wieder auf.

»Ich hab richtig gelegen«, sagte Joe, »die haben die Klappe versperrt und holen alles aus der Maschine heraus.«

Francesca und Joe wussten, dass an der nächsten Flussbiegung backbord zahlreiche Baumstämme lauerten, sodass sie das Schiff auf der rechten Seite halten musste. Bestimmt wussten das auch Gerry und Mungo, sodass damit zu rechnen war, dass sie zu einem Überholmanöver ansetzten, um die *Marylou* in die Baumstämme zu drängen.

Ned gab sein Bestes, um den Kessel zu schüren. Der Druck hatte längst sieben Bar überschritten, die Höchstmarke des Druckmessers, sodass Ned nicht wusste, wie hoch der Druck inzwischen war.

»Wenn wir die *Kittyhawk* tatsächlich schlagen, Dad, werden Mungo und sein Sohn umso wütender sein, weil ich am Steuer stand«, sagte Francesca.

»Stimmt. Sie würden sich zum Gespött der anderen machen.«

»Na, diese Blamage ist ihnen sicher. Und das ist auch besser so, damit sie endlich mit solch unverantwortlichem Unsinn aufhören.«

»Da hast du Recht, Frannie.« Joe warf einen Blick nach hinten. Er wusste, dieses Rennen war noch lange nicht vorbei.

Leo Mudluck, den Maschinisten auf der *Kittyhawk,* befiel eine ungewohnte Nervosität. Er war ein gewissenhafter und besonnener Mann und arbeitete bereits seit vielen Jahren für Mungo McCallister; er kannte den Kessel der *Kittyhawk* genauso gut wie seine Ehefrau. Er zog sogar Vergleiche zwischen dem Kessel und seiner Gemahlin. Bessie konnte genauso unvorhersehbar und temperamentvoll reagieren, wenn man sie falsch anfasste. Unruhig starrte Leo auf das Sicherheitsventil, das er auf Mungos Anordnung mit einem Nagel blockiert hatte. Leo fürchtete, dass der Kessel an seine Leistungsgrenze stieß, denn die Nadel des Druckmessers stand bis zum Anschlag.

»Mungo!«, rief er, verängstigt wie nie zuvor im Leben. »Der Kessel wird explodieren, wenn wir nicht Druck ablassen!«

»Behalt ja die Nerven!«, gab Mungo mit hochrotem Gesicht zurück. Vor Wut stand er ebenfalls kurz vor der Explosion. Er sah, dass die *Marylou* ihren Vorsprung ausbaute, und war fest entschlossen, sie einzuholen. Doch die Mündung des Goulburn River war nicht mehr weit, sodass der *Kittyhawk* nur noch eine knappe Meile blieb.

»Geht's nicht schneller?«, sagte Gerry mit kläglicher Stimme, den Blick auf die *Marylou* geheftet und die Unterlippe vorgestülpt wie ein bockiges Kind.

»Leg mehr Holz nach«, rief Mungo zu Leo in den Maschinenraum hinunter. Er wollte vor seinem Sohn nicht das Gesicht verlieren, und vor allem wollte er sich nicht zum Gespött der anderen machen.

»Aber der Kessel ...«, sagte Leo.

»Tu's einfach, Leo«, brüllte Mungo wütend.

»Nein! Ich werde die Maschine nicht weiter anfeuern!« Leo eilte aus dem Maschinenraum an Deck. »Sonst explodiert der Kessel ...«

»Es ist nur noch eine Meile, das hält er aus«, gab Mungo zurück. »Er *muss* einfach!«

Leo schüttelte energisch den Kopf und weigerte sich, in den Kesselraum zurückzugehen, sodass Mungo die Treppe vom Ruderhaus hinuntereilte und selbst Holz nachlegte.

»Teufel nochmal, Mungo, das ist Wahnsinn«, rief Leo zu ihm hinunter. »Komm sofort rauf, solange du noch kannst.«

»Wir hängen sie ab, nicht wahr, Dad?«, fragte Francesca, wobei Joe ihr entschlossener Tonfall nicht verborgen blieb.

»Bis jetzt schon, aber ich habe den Eindruck, sie holen wieder auf.« Joe machte sich Sorgen um Leo Mudluck, den Maschinisten der *Kittyhawk*. Er kannte Leo seit vielen Jahren. Auch wenn er für Mungo arbeitete, war er ein rechtschaffener Mann.

Als sie die Goulborn-Flussmündung passierten, holte die *Kittyhawk* weiter auf.

»Ist da unten alles in Ordnung?«, rief Joe zu Ned hinunter. Er hatte zwar Vertrauen in den neuen Kessel, zumal dieser unter Hochdruck getestet worden war, aber dennoch bestand die Möglichkeit, dass von den zweihundert Innenrohren eines eine Schwachstelle aufwies.

»Alles klar«, rief Ned zurück und wischte sich den Schweiß von der Stirn.

Joe plagten Gewissensbisse, als er die Anstrengung aus Neds Stimme heraushörte. Ned war nicht mehr der Jüngste, und offenbar war er mit den Kräften fast am Ende. Im Stillen verfluchte Joe Mungo McCallister. Glücklicherweise war Flemings Bend, wo sie endlich das Tempo drosseln konnten, um diesem Albtraum ein Ende zu machen, weniger als eine Meile voraus. Joe hoffte nur, dass niemand verletzt werden würde.

»Da vorn ist Flemings Bend«, rief Francesca aufgeregt.

Joe wandte sich um. Inzwischen befand die *Kittyhawk* sich nur noch dreißig Meter hinter ihnen und holte weiter auf. Er konnte Mungo in dem Ruderhaus nicht erspähen, aber er sah, dass Leo Mudluck an Deck war.

»Was, zum Teufel, geht da vor sich?«, murmelte er vor sich hin. Er hatte ein ungutes Gefühl, das er aber rasch verdrängte.

Francesca sah genau in dem Augenblick nach hinten, als Leo Gerry etwas zubrüllte. Gleich darauf gab es eine fürchterliche Detonation. Francesca schrie vor Entsetzen laut auf, als die Druckwelle die *Marylou* erfasste. Sie brachte die Scheiben zum Klirren, und gesplittertes Holz regnete auf den Fluss.

»Großer Gott! Das habe ich befürchtet«, sagte Joe. »Stopp die Maschine.«

Joe blickte aus dem Fenster des Ruderhauses und beobachtete, dass Mungo an die Reling taumelte und sich den Arm hielt. Er schrie vor Schmerzen. Augenblicke später gab es eine kleinere Explosion im Kesselraum, und die drei Männer sprangen von Bord. Leo zog Mungo durchs Wasser, während von der *Kittyhawk* dunkle Rauchschwaden emporstiegen.

Ned kam an Deck, während Joe die Treppe vom Ruderhaus hinuntereilte. Die drei Schiffbrüchigen standen zehn Meter vom Dampfer entfernt im seichten Wasser, starrten ungläubig auf ihr rauchendes Schiff und warteten angespannt, ob es eine weitere Detonation geben würde oder ob die *Kittyhawk* womöglich sank.

»Soll ich wenden?«, rief Francesca aus dem Ruderhaus ihrem Vater zu.

»Das ist ratsam«, entgegnete Joe. »Wenn ein Feuer ausbricht, sind sie vielleicht auf unsere Hilfe angewiesen.«

Während Francesca ein Wendemanöver einlenkte, sah Joe, wie Mungo, Gerry und Leo zur *Kittyhawk* zurückschwammen und an Bord kletterten. Gerry versuchte offenbar, seinen Vater zu trösten, und Leo stieg vorsichtig nach unten, um den Schaden zu begutachten.

Francesca umkreiste mit der *Marylou* langsam die *Kittyhawk*, während Joe und Ned an Deck alles verfolgten. Aus dem Schiffsrumpf stieg nach wie vor Dampf empor, allerdings kein dichter Rauch mehr.

»Braucht ihr Hilfe?«, rief Joe hinüber. »Habt ihr Feuer an Bord?«

»Von euresgleichen nehmen wir keine Hilfe an«, knurrte Mungo unfreundlich. Er hielt sich den Arm, an dem er sich schwere Verbrennungen zugezogen hatte, wie auch an der Schulter und am Rücken. Er konnte sich glücklich schätzen, dass er es an Deck geschafft hatte, kurz bevor der Kessel in die Luft geflogen war, sonst wäre er jetzt vielleicht tot.

Joe wusste, wie schmerzhaft Verbrennungen sein konnten; dennoch stieg Zorn auf Mungo in ihm auf.

In diesem Moment erschien Leo keuchend und hustend an Deck, das Gesicht rußverschmiert. »Da unten herrscht das reinste Chaos«, brachte er japsend hervor, »aber das Feuer war beinahe schon erloschen ... ich hab den Brand ganz gelöscht.«

Joe starrte weiter zu Mungo. Obwohl ihm dessen Demütigung und körperliche Schmerzen nicht verborgen blieben, verspürte er keine Genugtuung. Schließlich hatte Mungo das eigene Schiff bis an die Grenzen getrieben, und das alles für den Ruhm, aus einem unsinnigen Wettrennen als Sieger hervorzugehen. Joe hingegen hatte die *Marylou* stets mit Respekt behandelt und es niemals darauf angelegt, das Schiff, sich selbst und Ned in Gefahr zu bringen.

»Sollen wir ihnen helfen, Joe?«, fragte Ned.

»Nein. Die können sich glücklich schätzen, dass die *Kittyhawk* nicht abgebrannt und gesunken ist«, entgegnete Joe verbittert, da er daran denken musste, dass Mungo damals rücksichtslos die *Marylou* gerammt hatte, ohne Halt zu machen und sich zu vergewissern, ob jemand verletzt oder sogar getötet worden war.

Mit jedem anderen hätte Joe Mitleid gehabt, nicht jedoch mit Mungo McCallister. Es war ein Wunder, dass er, Gerry und Leo keine ernsthaften oder gar tödlichen Verletzungen davongetragen hatten. Joe konnte nur zornig und verwundert den Kopf schütteln über die Ungerechtigkeit des Schicksals, dass ein gewissenloser Bursche wie Mungo verschont blieb, während ein guter, liebevoller Mensch wie seine Mary hatte sterben müssen.

Francesca wusste genau, was ihrem Vater durch den Kopf ging, als er zu ihr ins Ruderhaus kam. Sie hakte sich bei ihm ein. »Wenigstens ist der Fluss jetzt eine Weile vor Mungo sicher, Dad«, sagte sie mit sanfter Stimme.

Joe nickte. »Hier gibt es nichts mehr zu tun. Fahrt voraus.«

Eigentlich hatte er Mungo anbieten wollen, die *Kittyhawk* ans Ufer zu ziehen, bevor sie mit der Strömung abtrieb, doch Mungo hatte bereits einen anderen Dampfer um Hilfe gebeten.

Während die *Marylou* Kurs auf Barmah nahm, wurde Joe das ungute Gefühl nicht los, dass es ein Fehler gewesen war, sich auf die Wettfahrt einzulassen – ein Fehler, den sie noch bereuen würden. Mungo war nachtragend, und Joe befürchtete, dass er Rache für die Demütigung nehmen würde.

6

Auf Ezra Pickerings Werft herrschte geschäftiges Treiben, als Silas Hepburn dort eintraf. Er wusste, dass man als Schiffbauer ordentlich verdienen konnte, hatte aber nicht damit gerechnet, dass Ezras Geschäft derart blühte: Mehr als zwanzig Männer arbeiteten an mehreren neuen Schiffen in unterschiedlichem Fertigungszustand. Diese Beobachtung wurmte Silas, da er Ezra damals in dessen Anfangszeit angeboten hatte, ins Geschäft zu investieren, jedoch auf vehemente Ablehnung gestoßen war.

Seit Silas wusste, dass Joe für Ezra arbeitete, war er nicht untätig gewesen. Mittlerweile hatte er herausgefunden, dass Ezra Aufträge für den Bau mehrerer Schiffe hatte, und Silas kannte auch die jeweiligen Auftraggeber, wobei er mit großem Interesse zur Kenntnis genommen hatte, dass Ezras wichtigster Kunde ein alter Bekannter von ihm war. Diesen Umstand betrachtete Silas als eine glückliche Fügung des Schicksals. Zudem hatte er in Erfahrung gebracht, dass Joe Callaghan überwiegend das Brennholz für die Dampfsäge lieferte, während das hochwertige Holz für die Schiffskörper von anderen Dampfern gebracht wurde. Dies bedeutete, dass Joe ersetzbar war.

Silas stolzierte durchs Tor, als wäre er selbst der Besitzer der Werft. Er hatte ein festes Ziel vor Augen und den eisernen Willen, sich durch nichts und niemanden aufhalten zu lassen. Die Aussicht auf den lockenden Gewinn gab ihm den nötigen Ansporn, um Ezra mit aller Macht und Hinterlist gefügig zu machen.

»Guten Morgen, Silas«, begrüßte Ezra ihn, als er ihn bemerkte. »Was führt Sie hierher?« Ezras Frohsinn verbarg seine ungute Vorahnung. Schließlich wusste er, dass Silas nicht hier war, um den Bau eines Schiffes in Auftrag zu geben – und das wiederum bedeutete, dass er irgendeine Gefälligkeit erwartete. Da Silas stets der Einzige war, der von solchen Gefälligkeiten profitierte, stellte Ezra sich innerlich bereits auf eine Auseinandersetzung ein.

»Ich bin hier, um Ihnen ein Geschäft vorzuschlagen«, sagte Silas, dessen Lächeln seine Verschlagenheit widerspiegelte.

»Bitte, kommen Sie in mein Büro«, entgegnete Ezra. »Bei dem Getöse hier versteht man ja sein eigenes Wort nicht.« Das Sägen und Hämmern, die Rufe der Männer und die gebrüllten Befehle machten es fast unmöglich, draußen eine Unterhaltung zu führen. Überdies wollte Ezra nicht, dass seine Arbeiter Zeugen einer Auseinandersetzung zwischen ihm und Silas Hepburn wurden.

Silas folgte Ezra in das kleine Büro, in dem sich Unterlagen und Pläne stapelten, und schloss die Tür hinter sich. Er wollte sichergehen, dass niemand, der unbemerkt am Büro vorbeikam, mithören konnte. Es war eine Sache, als intrigant und berechnend zu gelten, aber es war etwas anderes, sich dabei erwischen zu lassen. »Ich will gleich zum Punkt kommen«, begann Silas, wobei er seinen Hut ablegte und Platz nahm.

»Bitte«, erwiderte Ezra und setzte sich ebenfalls, mit einem Gefühl der Beklemmung in der Brust. Er wollte diese Unterhaltung möglichst schnell hinter sich bringen. »Ich habe nämlich gleich noch einen Termin mit einem wichtigen Kunden«, fügte er hinzu.

»Handelt es sich dabei zufällig um Marshall McPhearson?«, fragte Silas und hob seine buschigen Brauen.

Alarmiert sah Ezra das kalte Funkeln in Silas' Augen. »Ja.

Ich wusste nicht, dass Sie miteinander bekannt sind.« Sein Unbehagen wuchs.

»Marshall und ich kennen uns bereits seit vielen Jahren«, entgegnete Silas viel sagend. »Er hat es zu etwas gebracht ... genau wie ich. Wie die meisten jungen Männer, die ein Ziel verfolgen, haben wir zu Anfang einige Fehler gemacht, aber wir haben gelernt, auf unseren Instinkt zu hören und uns gegenseitig zu helfen, um mögliche Schwierigkeiten von vornherein zu vermeiden.« Mit anderen Worten: Man war ihren illegalen Machenschaften auf die Schliche gekommen, und seitdem waren sie auf der Hut.

Silas verschwieg gewöhnlich seine Haftzeit in Port Arthur, einer Strafkolonie in Tasmanien, und niemand wagte ihn darauf anzusprechen. Gleichwohl war es allgemein bekannt, bestätigt durch mehrere ehemalige Mithäftlinge, und Silas hatte es nie abgestritten. Marshall McPhearson war einer dieser einstigen Mithäftlinge, und da er und Silas wegen ähnlicher Vergehen verurteilt worden waren – Silas wegen Betrugs und Wuchergeschäften, Marshall wegen Trickbetrügereien –, hatten sie rasch Freundschaft geschlossen.

Ezra begriff sofort, dass er im Nachteil war. »Worum geht es, Silas?«

»Um Joe Callaghan.«

»Was soll mit Joe sein?«

»Soviel ich weiß, beliefert er Sie mit Holz ...«

»Das ist richtig.«

»Ich wünsche, dass ein anderer Sie beliefert.«

In dem Glauben, Silas' Absichten falsch eingeschätzt zu haben, seufzte Ezra vor Erleichterung beinahe laut auf. »Ja, ich kann in der Tat mehr Holz brauchen. Das Geschäft blüht, und ein zusätzlicher Lieferant ...«

»Ich meinte keinen zusätzlichen Lieferanten, ich meinte einen *anderen* Lieferanten als Joe Callaghan.«

Ezra kniff ungläubig die Augen zusammen, während er

versuchte, die Situation zu erfassen. Ihm drängte sich die Frage auf, ob Silas vorhatte, Joe für sich selbst arbeiten zu lassen, oder ob er Joe aus dem Geschäft drängen wollte. »Ich bin mit Joes Arbeit sehr zufrieden.«

Silas strich sich durch den Bart. »Ich bin sicher, ein anderer wird diese Arbeit ebenfalls zu Ihrer Zufriedenheit erledigen – insbesondere, da Ihnen eine Entschädigung dafür winkt.«

Ezra witterte die Falle. »Ich sehe keinen Grund, meinen Lieferanten zu wechseln.«

»Ich würde mich erkenntlich zeigen, wenn Sie mir den Gefallen erweisen würden. Da Marshall und ich gute Freunde sind, legt er großen Wert auf meine Meinung.« Silas brauchte gar nicht deutlicher zu werden und offen damit zu drohen, dass er Marshall anderenfalls raten würde, eine andere Werft zu beauftragen: Ezra hatte den Wink mit dem Zaunpfahl verstanden. Zum ersten Mal verfluchte Ezra, dass er keine verbindlichen Verträge schloss. Bislang hatte er es nicht für nötig gehalten. Sein Grundsatz war, den Vertragspartnern eine Ausstiegsklausel zuzubilligen.

Ezras Miene verfinsterte sich. Es widerstrebte ihm, manipuliert zu werden. »Versuchen Sie etwa, mich einzuschüchtern, Silas? Ich habe mein Geschäft bestens im Griff und verbitte mir jegliche Einmischung von außen.« Es war ihm schon lange ein Dorn im Auge, mit anzusehen, wie anständige Männer Silas' üblen Machenschaften zum Opfer fielen.

»Aber keineswegs ...«

»Was haben Sie dann damit zu schaffen, wer mir mein Holz liefert?«, fuhr Ezra ihm ins Wort.

»Lassen Sie es mich so ausdrücken: Ich habe ein berechtigtes Interesse an Joe Callaghans Aktivitäten«, antwortete Silas. Er dachte an Francesca, an ihr zartes Gesicht und ihren jugendlichen, geschmeidigen Körper, wobei er sich begierig mit der Zunge über die Unterlippe fuhr.

Ezra wusste, dass Joe sein Schiff längst abbezahlt hatte, wusste aber auch, dass es vor einiger Zeit Probleme mit dem Kessel gegeben hatte. Er konnte nur vermuten, dass Joe sich dafür Geld von Silas geliehen hatte, der nun Profit daraus schlagen wollte. »Ich lasse mir nicht vorschreiben, was ich tun und mit wem ich zusammenarbeiten soll«, gab Ezra gereizt zurück. Er überlegte fieberhaft, welche Konsequenzen es haben würde, wenn er sich Silas widersetzte.

»Ich denke nicht im Traum daran, Ihnen vorzuschreiben, was Sie tun sollen. Ich habe Ihnen bloß einen Vorschlag unterbreitet.«

Ezra atmete auf. Dennoch war er fest entschlossen, Silas eine Abfuhr zu erteilen.

»Aber ich brauche Sie wohl nicht darauf hinzuweisen«, fuhr Silas fort, »dass ich zahlreiche Freunde habe, die großen Wert auf meine Empfehlungen legen ...« Er lächelte, doch sein Blick war kalt und starr.

»Jetzt mal im Ernst, Silas. Ich habe Ihre Drohung durchaus verstanden, dass es in Ihrer Macht liegt, mir meine sämtlichen Aufträge zu entziehen. Haben Sie das wirklich vor?«

Silas zeigte den Anflug eines Lächelns. »Nicht, wenn Sie mir die kleine Gefälligkeit erweisen. Ihr Nachschub an Holz wird gesichert sein, da ich Miteigentümer mehrerer Raddampfer bin und Ihnen einen Lieferanten zu einem günstigeren Preis vermitteln kann als der, den Joe Callaghan Ihnen abknöpft. Das ist ein äußerst faires Angebot.«

Wie sehr es Ezra auch widerstrebte, sich auf Silas' Handel einzulassen – er hatte sich zum Ziel gesetzt, so viel Kapital wie möglich zurückzulegen, solange es noch reichlich Arbeit gab, da er sich in einigen Jahren zur Ruhe setzen wollte. Er hatte den Eindruck, die Binnenschifffahrt hatte ihren Höhepunkt erreicht; zudem kursierten Gerüchte, dass der Transport immer mehr auf die Schiene verlagert werden sollte. Dies bedeutete, dass der Transport per Schiff bald überholt sein würde, und infolgedessen auch sein Geschäft. »Und was soll ich Joe sagen?«, gab Ezra sich geschlagen.

»Ich bin sicher, Ihnen fällt etwas ein«, entgegnete Silas und erhob sich, sehr zufrieden mit sich selbst. Sein Plan schien wunderbar aufzugehen.

Als die *Marylou* in Echuca einlief, erspähten Joe und Francesca Neal Masons Schleppkahn, der am Ufer gleich hinter dem Pier festgemacht war. Neal selbst war nirgendwo zu sehen.

»Ich hoffe, Neal geht es gut«, sagte Joe, der zum ersten Mal die Möglichkeit in Betracht zog, dass Neal etwas zugestoßen sein könnte.

»Dem geht es bestimmt gut«, erwiderte Francesca, der es nicht gefiel, dass ihr Vater sich um einen Schwerenöter wie Neal Mason sorgte.

Die *Marylou* legte am Ufer von Ezra Pickerings Werftgelände an. Gleich darauf machten mehrere Männer sich an die mühsame Arbeit, die Holzklötze abzuladen, die anschließend zersägt wurden, um damit die Dampfsäge zu befeuern, die aus dem hochwertigen Holz die Bauteile für die Schiffe zurechtschnitt. Francesca zog sich derweil in ihre Kajüte zurück, um dort aufzuräumen. Während Joe das Abladen der Fracht überwachte, machte Ned sich daran, ihren eigenen Vorrat mit Holzabfällen von der Werft aufzustocken. Dies war eine der Vergünstigungen, wenn man Sägewerke und Werften mit Holz belieferte.

»Mr Pickering wünscht Sie in seinem Büro zu sprechen, Mr Callaghan«, ließ ein junger Bursche ihn wissen. »Er hat gesagt, ich soll Ihnen das gleich nach Ihrer Ankunft ausrichten.«

»Danke, mein Junge«, entgegnete Joe. In der Annahme, seinen Lohn für die Fracht ausbezahlt zu bekommen, begab er sich direkt zu Ezras Büro.

»Guten Tag, Ezra«, grüßte Joe aufgeräumt. »Die Ladung fällt heute Nachmittag etwas kleiner aus, weil mein Kahnführer heute Morgen nicht erschienen ist. Aber ich werde versuchen, diese Woche eine zusätzliche Fahrt zu machen, um den Rückstand wieder auszugleichen.«

»Das wird nicht nötig sein, Joe«, entgegnete Ezra, der sich erbärmlich in seiner Haut fühlte.

Joe machte ein verdutztes Gesicht. »Sind Sie sicher?«

»Ja.« Ezra stieß einen Seufzer aus. »Ich habe Ihnen etwas mitzuteilen ... leider sind es keine erfreulichen Neuigkeiten.«

»Um was geht es?«, sagte Joe und setzte sich.

Ezra war nicht fähig, Joe in die Augen zu sehen. »Ich habe mehrere Aufträge verloren, deshalb benötige ich in nächster Zeit nicht so viel Holz.«

»Oh, das tut mir Leid, Ezra. Wie konnte das geschehen?«

Ezra rang um Fassung. Es würde ihm viel leichter fallen, Joe zu belügen, wenn der nicht ein so anständiger Mensch wäre oder wenn die Zusammenarbeit mit ihm schwierig wäre, was Ezra den Vorwand geliefert hätte, ihre Abmachung aufzukündigen. »Einige meiner Auftraggeber haben wirtschaftliche Einbußen erlitten, was sich leider auf mein Geschäft auswirkt.« Er erstickte beinahe an der Lüge.

»Das tut mir Leid«, sagte Joe, der über Ezras Lage bestürzt war, zumal dieser Mann alles Glück der Welt verdient hatte, wo er so hart arbeitete. »Bestimmt füllen die Auftragsbücher sich bald wieder. Sie leisten hervorragende Arbeit als Schiffbauer.«

Ezra hob kurz den Kopf. Er schalt sich innerlich dafür, sich Silas derart ausgeliefert zu haben. Lügen war ihm normalerweise fremd, vor allem in geschäftlichen Dingen. Ihm kam kurz der Gedanke, Joe die Wahrheit zu sagen, doch er wusste, dass Silas dann dafür sorgen würde, dass er im Bundesstaat Victoria kein einziges Schiff mehr bauen würde. Er wäre nicht der erste Geschäftsmann in der Stadt, den Silas systematisch in den Ruin trieb.

Besorgt musterte Joe Ezra, der einen verzweifelten Eindruck machte. Offensichtlich war die Situation ernster, als er angenommen hatte. »Wie viel Holz brauchen Sie denn in nächster Zeit?«

»Es tut mir Leid, Joe, ich benötige kein Holz mehr von Ihnen. Aber bestimmt können einige der Sägewerke und Werften stromaufwärts mehr Holz gebrauchen. Ich habe gehört, dass bei manchen das Geschäft sehr gut läuft, viel besser als bei mir.«

»Verstehe«, entgegnete Joe, der seine bittere Enttäuschung nicht verbergen konnte.

»Es gibt immer Fracht zu transportieren, Joe. Sie kommen schon über die Runden«, tröstete Ezra ihn, während er Silas Hepburn im Stillen in die tiefste Hölle wünschte. »Und selbstverständlich erhalten Sie von mir ein Empfehlungsschreiben.«

»Das ist sehr nett von Ihnen.« Wie betäubt nahm Joe den Scheck entgegen, den Ezra ihm reichte, und warf einen kurzen Blick auf die Summe. Seine Augen wurden groß. »Das ist zu viel«, sagte er.

»Nein«, widersprach Ezra, der damit sein schlechtes Gewissen zu erleichtern hoffte und sich vornahm, von Silas eine entsprechende Entschädigung zu verlangen. »Bestimmt können Sie den Zuschuss brauchen, bis Sie wieder Arbeit haben. Sollte sich an meiner Situation etwas ändern, sind Sie der Erste, den ich kontaktieren werde.« Es widerstrebte ihm zutiefst, Joe zu belügen, und er war nach wie vor nicht fähig, dessen Blick zu erwidern.

»Das ist sehr großzügig von Ihnen«, sagte Joe. »Aber das kann ich nicht annehmen, Ezra, nachdem Sie selbst in der Klemme stecken.«

»Ich bestehe darauf«, entgegnete Ezra und erhob sich. Das

schlechte Gewissen plagte ihn. Schließlich hatte Joe in seinen Anfangsjahren, als er noch keinen Auftraggeber gehabt hatte, die *Marylou* bei ihm in Auftrag gegeben, und er hatte sich als Kunde sehr zuvorkommend verhalten. Zudem hatte Ezra den Eindruck, dass Joe einer der wenigen war, die ein Schiff ehrlich zu schätzen wussten.

Joe konnte sich erst dazu überwinden, Francesca und Ned die schlechten Neuigkeiten mitzuteilen, als sie in Echuca am Pier festmachten.

»Ezra Pickering hat momentan keinen Bedarf an Holz. Ich muss uns einen neuen Auftraggeber suchen.«

»Oh, Dad«, stieß Francesca betroffen hervor. »Wir werden doch Arbeit finden, oder?«

»Selbstverständlich, mein Mädchen. Mach dir keine Sorgen. Kümmere dich bitte um diesen Scheck.« Er reichte ihr den Zahlschein, den Ezra ausgestellt hatte.

»Ich dachte immer, Ezra hätte volle Auftragsbücher«, sagte Ned, dessen Misstrauen sich verstärkte, als sein Blick auf die Summe fiel.

»Das dachte ich auch, aber er sagt, dass einige Aufträge geplatzt sind.«

»Geplatzt! Das klingt verdächtig«, erwiderte Ned. »Vielleicht sollte ich mich in der Sache mal umhören.«

»Reine Zeitverschwendung, Ned. Ezra hätte unsere Zusammenarbeit nicht beendet, wenn er nicht dazu gezwungen wäre«, sagte Joe, der noch vor Augen hatte, wie aufgelöst Ezra gewesen war. »Kommenden Freitag ist die nächste Rate für Silas fällig, und ich will nicht weiter in Rückstand geraten. Deshalb werde ich heute Abend bei den anderen Kapitänen nachfragen, ob jemand einen Holzlieferanten sucht. Soviel ich weiß, gibt es reichlich Arbeit. Sollte sich hier trotzdem nichts ergeben, können wir uns immer noch bei den Werften flussaufwärts erkundigen, ob Bedarf an Holz besteht.«

Joe schenkte Francesca ein zuversichtliches Lächeln. Er war ziemlich sicher, dass er bis morgen wieder Arbeit finden würde, sodass kein Grund zur Sorge bestand.

Francesca musste sich beeilen, um noch vor Ladenschluss zur Bäckerei zu gelangen, als sie auf der gegenüberliegenden Straßenseite Neal Mason sah, der gerade das Bordell verließ, in dem Lizzie Spender wohnte. Francesca wollte ihren Augen nicht trauen. Zorn stieg in ihr hoch bei dem Gedanken, dass sie alle sich um Neal gesorgt hatten, während er sich mit käuflichen Mädchen vergnügte.

»Hallo, Mr Mason«, grüßte sie ihn knapp, als er die Straße in ihre Richtung überquerte. Er hatte den Kopf gesenkt und die Hände in den Jackentaschen vergraben, sodass er Francesca noch gar nicht bemerkt hatte. Jetzt blieb er stehen, hob den Kopf und kniff überrascht die Augen zusammen.

Francesca sah erschrocken, wie heruntergekommen er war. Unter seinen Augen lagen dunkle Ringe, als hätte er nicht geschlafen; er war unrasiert, seine Kleidung unordentlich.

»Miss Callaghan«, sagte er leise, senkte wieder den Blick und setzte seinen Weg fort.

Innerlich kochend, folgte Francesca ihm. »Können wir davon ausgehen, dass Sie sich morgen wieder zur Arbeit einfinden?«, fragte sie schnippisch.

Neal hielt inne und sah sie an, als hätte sie Kisuaheli gesprochen. »Ich ... glaub schon.«

»Und warum sind Sie heute nicht gekommen, ohne jemandem von uns Bescheid zu geben?«

Neal gähnte ungeniert. »Haben Sie mich etwa vermisst?«, erwiderte er mit schleppender Stimme, und ein vertrautes Funkeln glomm in seinen dunklen Augen auf.

»Wir haben heute Morgen auf Sie gewartet und dabei wertvolle Zeit vergeudet.«

»Tut mir Leid, aber ich hatte andere Verpflichtungen.«

Francescas blaue Augen wurden schmal. »Schon gut. Ich will gar nichts über Ihre Affären wissen.« Sie konnte Neals Dreistigkeit kaum fassen. »Aber mein Vater hat sich Sorgen gemacht, dass Ihnen etwas zugestoßen sein könnte.«

Neal hielt ihre Worte für übertrieben. »Haben Sie sich auch Sorgen gemacht?«

»Selbstverständlich nicht! Ned hat Sie nämlich in der Stadt gesehen – mit zwei Frauen zugleich.«

»Ja, Sadie und Maggie«, sagte Neal mit süffisantem Grinsen.

»Dann habe ich Sie also doch richtig eingeschätzt. Nicht, dass es mich großartig interessiert ...« Francesca konnte es nicht verhindern, dass sie errötete.

»Sie sind doch nicht etwa eifersüchtig, Francesca?«

»Ich und eifersüchtig!« Sie musterte ihn mit herablassendem Blick. »Was mich betrifft, verzichte ich gerne auf Sie. Für immer und ewig.«

Neal trat einen Schritt näher auf sie zu, sodass sie den Geruch von billigem Parfüm wahrnahm ... und den warmen, männlichen Geruch seiner Haut. »Sie können es noch so sehr abstreiten, aber Ihre Augen sprechen eine andere Sprache«, flüsterte er mit sanfter Stimme.

Francesca trat einen Schritt zurück und funkelte ihn wütend an. »Mir ist noch kein Mensch begegnet, der so von sich eingenommen ist wie Sie«, stieß sie zornig hervor. »Ein Wunder, dass Sie überhaupt noch Wert auf die Gesellschaft anderer legen. Sie müssten sich eigentlich selbst genügen!«

Neal antwortete mit einem Lachen, sodass Francesca sich empört umwandte und davonstapfte.

»Oh, Schätzchen, bist du jetzt böse auf mich?«, rief Neal ihr hinterher und fügte mit leisem Lachen hinzu: »Du weißt doch, du bist die Einzige, die ich liebe.«

Francesca ignorierte ihn, was ihr bei den neugierigen Blicken der Passanten nicht leicht fiel, zumal einige grinsten, als hätte sie sich soeben mit ihrem Verlobten gestritten. Sie kochte immer noch vor Zorn, als sie mit zwei Brotlaiben die Bäckerei verließ.

Plötzlich hörte sie jemanden ihren Namen rufen. Sie blieb stehen und blickte auf die andere Straßenseite, wo Monty gerade aus seiner Kutsche stieg. Lächelnd ging er auf sie zu, wobei seine Augen vor Freude strahlten. Er war so attraktiv und zuvorkommend, dass Francescas Zorn binnen Sekunden verraucht war.

Warum kann Neal Mason sich kein Vorbild an ihm nehmen?, ging es ihr durch den Kopf.

»Sie wirken aufgelöst.« Monty ergriff ihre Hand. »Ist alles in Ordnung?«

Francesca dachte widerwillig an Neal Mason. »Ich war nur kurz in Gedanken, es ist nicht der Rede wert. Wie geht es Ihnen?«

»Gut ... jetzt, da ich Sie getroffen habe. Ich wollte Sie nämlich am Sonntag zum Tee bei mir zu Hause einladen.«

»Oh.« Francescas anfängliche Freude trübte sich ein wenig, da ihr plötzlich die Bemerkung ihres Vaters einfiel, dass Montys Eltern bereits eine zukünftige Ehefrau für ihn ausgesucht hätten. Doch beim Blick in seine warmen, aufrichtigen Augen verflogen alle ihre Bedenken. »Ich komme sehr gern«, erwiderte sie mit einem Lächeln. »Werde ich Ihre Eltern kennen lernen?«

»Ja, sicher. Sie freuen sich schon darauf. Ich werde Sie um ein Uhr abholen. Die *Marylou* wird dann am Pier vor Anker liegen, nicht wahr?«

Francesca nickte.

»Kann ich Sie zurück zum Hafen bringen?«, bot Monty an.

»Wenn es keine Umstände bereitet.«

»Für Sie würde ich sogar einen Umweg von tausend Meilen in Kauf nehmen«, erwiderte Monty.

Francesca lächelte ihn an.

Als Montys Kutsche den Pier erreichte, bemerkte Francesca erfreut, dass Neal Mason an Deck der *Marylou* stand und sich mit ihrem Vater unterhielt.

Sie wandte sich zu Monty und legte die Hand auf seine. »Danke, dass Sie mich mitgenommen haben. Ich freue mich darauf, Sie am Sonntag wiederzusehen.«

Monty stieg aus der Kutsche, um ihr herauszuhelfen, wobei er ihre Hand so lange festhielt, wie es sich vor Joes Augen gerade noch ziemte. »Ich kann es kaum erwarten«, entgegnete er.

Francesca sah kurz zur *Marylou* und stellte fest, dass Neal sein gewohntes spöttisches Grinsen offenbar vergangen war. Und ihr blieb nicht verborgen, wie erschöpft er wirkte. Geschieht ihm recht, dachte sie.

»Bis Sonntag«, verabschiedete Monty sich mit einem Handkuss.

Francesca blickte lächelnd zu ihm auf, bevor sie sich umwandte, um zum Schiff zu gehen. Monty winkte Joe kurz zu, der seinen Gruß erwiderte.

»Am Sonntag bin ich auf Derby Downs zum Tee eingeladen«, verkündete Francesca, als sie an Bord kam. »Monty holt mich mit seiner Kutsche ab.«

Joe lächelte Francesca an, ohne eine Bemerkung zu machen. Allerdings fiel ihm auf, dass Neal keinen besonders erfreuten Eindruck machte.

»Wo hast du Montgomery Radcliffe getroffen?«, fragte Joe beim Abendessen.

»Vor der Bäckerei«, antwortete Francesca. »Und was hat Neal zu seiner Entschuldigung hervorgebracht?« Sie wusste nicht, wo er im Moment steckte, und sie würde auch nicht fragen.

»Er sagt, er hat sich den ganzen Tag um seine Schwester gekümmert. Offenbar ist sie sehr krank.«

Francesca verdrehte die Augen. »Da hätte er sich aber etwas Glaubwürdigeres einfallen lassen können.«

»Vorhin ist er wieder gegangen, um nach ihr zu sehen«, sagte Joe weiter.

»Heute Morgen habe ich ihn zufällig dabei beobachtet, wie er aus dem Bordell kam. Wetten, dass er jetzt wieder dort ist?«

»Woher weißt du, dass dort ein Bordell ist?«, fragte Joe.

»Neulich habe ich in der Gasse eine Frau gefunden. Sie hieß Lizzie Spender und war von einem ihrer Kunden verprügelt worden«, entgegnete Francesca. »Es war offensichtlich, dass sie eine Prostituierte ist. Außerdem wohnt sie in dem Etablissement. Es hat mich nicht überrascht, dass es sich um ein Bordell handelt. In der kurzen Zeit, seit ich wieder in Echuca bin, habe ich dort ständig Männer ein- und ausgehen sehen.«

»Du solltest diese Gasse in Zukunft meiden. Man kann nie wissen, wer sich dort herumtreibt.«

Francesca schnaufte verächtlich. »Kerle wie Neal Mason zum Beispiel ...«

7

Ratternd holperte Montys Kutsche über die unebene Straße nach Derby Downs. Die Fahrt dauerte nun schon fast eine Stunde, aber Francesca war zu aufgeregt, um die Unbequemlichkeiten wahrzunehmen. Stattdessen kam sie sich vor wie im Märchen.

»Jetzt verstehe ich, weshalb die Gegend hier als gutes Weideland bekannt ist«, bemerkte sie, um Monty abzulenken, der den Blick nicht von ihr wenden konnte. »Saftige Wiesen, so weit das Auge reicht.« Sie war sich gar nicht bewusst, dass ihre Euphorie ihre Sinne beflügelte; sie sog sämtliche Eindrücke in sich auf und genoss im Stillen insbesondere die Gesellschaft, in der sie sich befand. Monty schien von ihr hingerissen zu sein, und auch sie war von ihm sehr angetan. Es kam ihr vor, als würde sie ihn ihr Leben lang kennen, dabei war es erst das dritte Mal, dass sie einander begegneten.

»Das ist mir noch nie aufgefallen«, entgegnete Monty und lächelte sie freundlich an. Es freute ihn, dass Francesca das gelbe Kleid trug, das er ihr geschenkt hatte, und er konnte nicht genug von ihrem Anblick bekommen.

»Ich freue mich sehr, Ihre Eltern kennen zu lernen«, sagte Francesca schüchtern, »auch wenn ich gestehen muss, dass ich ein wenig nervös bin.«

»Dazu gibt es überhaupt keinen Grund«, entgegnete Monty liebenswürdig. »Meine Eltern sind ganz normale Menschen, die zufällig ein großes Haus bewohnen.«

Francesca sah ihn an. »Ein *sehr* großes Haus.«

»Stellen Sie sich das Haus einfach als eine große Scheune vor.« Monty schenkte ihr ein aufmunterndes Lächeln.

Francesca lachte, schlug jedoch sogleich schuldbewusst die Hand auf den Mund. »Lassen Sie das bloß niemals Ihre Mutter hören.«

»Manchmal kommt man sich im Haus wirklich wie in einer Scheune vor, besonders im Winter, wenn der Wind durch die Korridore pfeift.« Monty grinste, wurde aber gleich darauf wieder ernst. »Aber mal im Ernst, als ich meinem Vater erzählte, dass ich eine wundervolle Frau kennen gelernt habe und sie zum Tee mit nach Hause bringe, war er sehr angetan. Ich soll Ihnen ausrichten, dass er sich darauf freut, Ihre Bekanntschaft zu machen. Das gilt auch für meine Mutter.« Regina hatte sich zwar tatsächlich so geäußert, doch Monty wusste, dass sie alles andere als begeistert war, eine Schifferstochter in ihrem Haus begrüßen zu müssen. Dennoch war Monty zuversichtlich, dass Francesca mit ihrem natürlichen Charme und ihrer Bodenständigkeit die Gunst seiner Mutter gewinnen würde.

Francesca jedoch bemerkte die leicht veränderte Stimme, als Monty von seiner Mutter sprach, und mit einem Mal ging ihr auf, dass sie vielleicht nur eine in einer langen Reihe junger Frauen war, die Monty seinen Eltern als potenzielle Schwiegertochter vorgestellt hatte.

Francesca fragte sich ängstlich, wie viele dieser jungen Frauen den Ansprüchen der Radcliffes nicht gerecht geworden waren, zumal Montys zukünftige Ehefrau sehr viel Verantwortung übernehmen musste. Eines Tages würde sie die Matriarchin eines Imperiums sein.

Als sie vor der Villa vorfuhren, betrachtete Francesca voller Ehrfurcht den riesigen Landsitz. Vom Fluss aus, an Bord der *Marylou,* hatte er wie ein weitläufiges Landhaus gewirkt, aber jetzt, als sie davor stand, erinnerte er sie an eines der riesigen Gebäude inmitten von Melbourne. Mit einem Mal überkam sie Unsicherheit, doch Monty lächelte ihr aufmunternd zu.

»Das Internat in Malvern, das ich besucht habe, war kleiner als dieses Haus«, stieß Francesca atemlos hervor, als Monty ihr aus der Kutsche half. »Ich kann nicht glauben, dass hier nur drei Menschen leben. Sie müssen ein ganzes Heer von Hausangestellten haben ... allein schon, um die Fenster zu putzen.«

Monty lächelte. »Vielleicht sollten wir unser Haus als Mädchenpensionat zur Verfügung stellen«, entgegnete er und zwinkerte Francesca zu. »Das wäre bestimmt ein Heidenspaß, und wir könnten obendrein daran verdienen.«

Francesca lachte auf. »O ja, das würde sich mehr als bezahlt machen. Stellen Sie sich vor, einhundert Mädchen ...«

»Ja«, sagte Monty, ein schalkhaftes Funkeln in den Augen.

»... in unterschiedlichem Alter, jede mit einer lebhaften Fantasie ...«

Monty nickte.

»... und alle mit der außergewöhnlichen Begabung gesegnet, Chaos zu stiften, wenn ihnen der Sinn nach Vergnügen steht, was häufig der Fall sein wird. Ich versichere Ihnen, in einer Woche werden Sie sich sämtliche Haare ausgerauft haben.«

»Ach du meine Güte!«, stieß Monty hervor. »Vielleicht bleiben wir doch besser bei der Viehzucht.«

»Eine kluge Entscheidung.« Francesca wandte sich um und bewunderte die Aussicht auf den Murray River, der träge am Grundstück vorüberfloss und sich durch die Landschaft schlängelte. Eine grüne Weide erstreckte sich vom Landhaus hinunter zum Fluss, dessen Ufer hier und da uralte, majestätische Eukalyptusbäume säumten. Selbst aus dieser Entfernung konnte Francesca das laute Krächzen der Rieseneisvögel auf den Ästen hören.

»Die Aussicht ist atemberaubend«, sagte sie. Während sie

gemeinsam das Panorama bewunderten, bemerkte keiner der beiden, dass die Eingangstür sich geöffnet hatte.

»Das finden wir auch«, sagte eine Stimme.

Francesca und Monty wandten sich überrascht um. In der offenen Tür saß ein Mann in einem Rollstuhl, ein strahlendes Lächeln im Gesicht. Er hatte dieselben gütigen braunen Augen wie Monty und trug ebenfalls einen Schnurrbart, obwohl seiner bereits grau war. Doch es fiel Francesca nicht schwer, sich vorzustellen, wie attraktiv und stattlich dieser Mann einmal gewesen sein musste.

»Wir können von dem Ausblick niemals genug bekommen. Willkommen auf Derby Downs«, begrüßte der Mann sie herzlich.

»Danke, Sir«, erwiderte Francesca.

»Vater, ich möchte dir Francesca Callaghan vorstellen«, sagte Monty und führte sie die Stufen zu der Veranda hinauf.

»Ich bin beeindruckt.«

»Ich freue mich sehr, Sie kennen zu lernen, Mr Radcliffe«, sagte Francesca und ergriff seine ausgestreckte Hand.

»Nennen Sie mich bitte Frederick«, entgegnete dieser, während er ihre Hand umfasst hielt. »Alle meine Freunde nennen mich so, und ich hoffe, wir werden Sie hier auf Derby Downs in Zukunft häufig zu sehen bekommen.«

»Danke, Frederick, das hoffe ich ebenfalls«, sagte Francesca. Ihr erster Eindruck von Frederick Radcliffe war der eines liebenswürdigen, gebildeten und klugen Mannes, der Gesellschaft liebte, egal ob die von Frauen oder Männern. Francesca hatte keine Mühe, sich ihn im Kreis der Familie als auch im Kreis der Schafscherer und Viehtreiber vorzustellen, trotz seiner Behinderung. Was das betraf, hatte er ihr sofort jegliche Befangenheit genommen, was sie sehr zu schätzen wusste.

»Wie ich sehe, hat Monty nicht übertrieben«, sagte Frederick. »Sie sind wirklich eine Augenweide.«

Francesca schaute zu Monty und errötete.

»Ich habe nur die Wahrheit gesagt«, rechtfertigte der sich mit einem Lächeln.

»Jetzt ist mir auch klar, warum er keine Zeit verschwendet hat, Sie uns vorzustellen«, fuhr Frederick fort. »Aber bitte, treten Sie ein.«

»Danke.«

Frederick setzte in dem weiten Hauseingang ein Stück zurück und vollführte eine halbe Drehung auf den grünen und weißen Bodenfliesen in der Eingangshalle. Er ließ Monty und Francesca vorangehen und folgte ihnen durch die Eingangshalle zu einer offen stehenden Doppeltür, die in einen großen Salon führte.

Wie Francesca erwartet hatte, waren die Räume riesig und luxuriös eingerichtet mit Polstersesseln und Chaiselongues, Zimmerpalmen, antiken Vasen und Lampen. Die Gemälde an den Wänden stellten überwiegend Landschaftsszenen dar, darunter auch den Fluss, dazwischen fanden sich Porträts von herrschaftlichen Anwesen mit blühenden Gärten und Pferden auf der Weide. Francesca wagte nicht zu sprechen aus Angst, ihre Stimme könnte in den gewölbeartigen Sälen widerhallen.

»Wo ist Mutter?«, fragte Monty seinen Vater.

»Sie wird gleich herunterkommen«, entgegnete Frederick. »Bitte, Francesca, machen Sie es sich bequem.« Er sah zu Monty hoch. »Bestimmt seid ihr beide nach der langen Fahrt am Verdursten. Ich werde nach Mabel klingeln, dass sie uns den Tee serviert. Wir können ihn gern auf der Veranda einnehmen, wenn Sie möchten«, wandte er sich lächelnd an Francesca. »Es ist ja ein herrlicher Nachmittag.«

»Das wäre schön«, erwiderte Francesca, die an die wundervolle Aussicht denken musste.

»Tut mir Leid. Mabel hat die Anweisung, im Salon aufzudecken«, sagte plötzlich eine weibliche Stimme, die keinen Widerspruch duldete.

Alle drei wandten sich zur Eingangshalle, wo soeben eine Frau die glänzende Treppe aus Eichenholz herabstieg.

Ohne dass Francesca den Grund wusste, schlug ihr das Herz plötzlich bis zum Hals.

Regina Radcliffe hatte dunkles, streng frisiertes Haar, und ihre Augen waren blau wie der Sommerhimmel. Sie war eine sehr attraktive Frau, die Kultiviertheit ausstrahlte.

Als Regina durch die Eingangshalle schritt, ohne ein Lächeln und ohne ein Wort, war ihr Blick auf Francesca geheftet, die das Bedürfnis verspürte, sich zu erheben und einen Knicks zu machen.

»Mutter, das ist Francesca Callaghan«, stellte Monty sie vor.

Der Unterton in seiner Stimme verstärkte Francescas Nervosität. Sie schickte sich an, sich zu erheben, doch Regina ließ sie innehalten, indem sie eine Hand hob, die von goldenen Ringen geziert wurde. »Bleiben Sie bitte sitzen, meine Liebe«, sagte sie mit einer Stimme, in der keinerlei Gefühlsregung mitschwang.

»Vielen Dank, Mrs Radcliffe«, murmelte Francesca, wie erstarrt unter Reginas eisigem Blick. »Es ... es freut mich, Ihre Bekanntschaft zu machen.«

Aus der Nähe bemerkte Francesca die Fältchen um Reginas Augen und die grauen Strähnen am Haaransatz, was ihrer Schönheit jedoch keinen Abbruch tat. Sie trug ein blaugrünes Kleid und ein großes Amulett um den Hals.

»Ich habe schon viel von Ihnen gehört, Francesca.« Regina warf einen raschen Blick auf ihren Sohn, bevor sie Francesca kurz die Hand gab. Danach wandte sie sich um und begab sich zu einem Ohrensessel aus Gobelin gegenüber dem Sofa, wo sie Platz nahm, dabei sorgfältig ihr Kleid um sich drapierte und anschließend die Hände im Schoß faltete. Sie hielt den Oberkörper sehr aufrecht, als wäre dieser Empfang eine Angelegenheit von wenigen Minuten.

»Ich hoffe, nur Gutes«, entgegnete Francesca, um die angespannte Atmosphäre ein wenig aufzulockern.

Regina gab keine Antwort, doch Monty kam ihr zu Hilfe. »Selbstverständlich, Francesca.«

»Sie haben ...« Francesca musste sich räuspern. »Sie haben ein wundervolles Anwesen, Mrs Radcliffe«, sagte sie. Sie hatte den Eindruck, dass Reginas Blick noch kühler wurde.

»Vielen Dank. Wir fühlen uns hier wohl«, gab Regina zurück. »Wo leben Sie?«

Francesca sah zu Monty und spürte, wie ihr die Röte ins Gesicht stieg. Sie konnte nicht glauben, dass Regina ihr binnen weniger Sekunden das Gefühl vermittelt hattc, minderwertig zu sein. Doch sie wusste, dass genau dies Reginas Absicht gewesen war.

»Das habe ich dir doch erzählt, Mutter«, sagte Monty, der seine Mutter wütend anfunkelte.

Francesca registrierte seinen gereizten Tonfall und machte sich Vorwürfe, dass er sich ihretwegen genieren musste.

»Mir ist bekannt, dass Francescas Vater ein Schiff auf dem Fluss besitzt, Monty, aber das schließt doch nicht aus, dass diese Leute in einem Haus leben«, rechtfertigte sich Regina.

»Wir besitzen kein Haus«, erklärte Francesca. »Ich lebe an Bord der *Marylou*, Mrs Radcliffe.« Sie hielt Reginas Blick stand und zwang sich zu einem Lächeln. »Und ich liebe das Leben an Bord.« Sie sah zu Frederick, der aufrichtiges Interesse an ihren Worten zeigte, ohne die Voreingenommenheit seiner Frau an den Tag zu legen. »Im Übrigen liebe ich auch den Fluss. Darum finde ich den Ausblick von Ihrer Veranda so wundervoll.«

»An den Fluss kann man sein Herz verlieren«, sagte Frederick mit freundlicher Stimme. Während er sprach, blickte er aus einem der hohen Fenster.

»Ja. Besonders, wenn man dort geboren ist wie ich«, erwiderte Francesca. Ihr war bewusst, dass sie weder ihre Herkunft noch ihren Stand verbergen konnte, doch sie wollte eher verdammt sein als sich so zu verhalten, als müsste sie sich deshalb schämen. Entweder die Radcliffes akzeptierten sie, wie sie war, oder Francescas erster Besuch hier wäre zugleich ihr letzter.

»Es freut mich, dass Sie den Fluss lieben«, sagte Frederick, aber Francesca entging nicht, dass Regina missbilligend den Mund verzog.

»Monty hat mir erzählt, dass Sie erst vor kurzem aus dem Internat nach Echuca zurückgekehrt sind«, bemerkte sie, um auf ein unverfänglicheres Thema zu wechseln.

»Ja, ich bin noch nicht lange wieder in Echuca, aber die Schule habe ich bereits vor fast einem Jahr abgeschlossen.«

»Ach. Und was haben Sie in der Zwischenzeit gemacht?«

»Ich habe gearbeitet.«

Eine von Reginas dunklen Brauen hob sich. »Als was?«

»Ich war als Buchhalterin angestellt, aber meine Arbeitgeber hatten dreizehn Kinder, und das vierzehnte war bereits unterwegs, sodass ich kaum Zeit fand, mich um die Bücher zu kümmern.«

Regina hatte den Eindruck, dass Francesca mit ihren Kenntnissen der Buchführung übertrieb, und hegte die leise Hoffnung, dass Monty erkannte, sich in dem Mädchen zu irren. Regina fand sie zwar sehr hübsch, doch sie konnte die Erwartungen als Montys Frau und Mutter seiner Kinder bestimmt nicht erfüllen.

»Mögen Sie keine Kinder?«, fragte Regina.

»O doch, sehr, aber ich war nun mal für die Buchhaltung eingestellt worden. Es hat mir nichts ausgemacht, Mrs Kennedy bei den Kindern zur Hand zu gehen, aber letzten Endes war ich die ganze Zeit im Haushalt eingespannt, sodass die Bücher vernachlässigt wurden.«

Monty schenkte Francesca ein verständnisvolles Lächeln, das sie erwiderte. »Und dass ich meine Stellung bei den Kennedys aufgegeben habe, hat sich als glückliche Fügung des Schicksals erwiesen«, fügte sie hinzu.

Weil du Gelegenheit hattest, die Bekanntschaft meines Sohnes zu schließen, dachte Regina zynisch, die Francescas Bemerkung völlig missverstand.

»Vor vielen Jahren hat mein Vater sich eine schwere Verletzung am Arm zugezogen«, fuhr Francesca fort, über deren Gesicht bei der Erinnerung ein trauriger Ausdruck huschte. »Seitdem ist sein Arm fast steif, sodass er das Ruder der *Marylou* nicht mehr betätigen kann. Deshalb will ich das Kapitänspatent erwerben.«

Eine Frau als Schiffskapitän? Regina war bestürzt.

»Die Arbeit auf der *Marylou* verschafft mir die Gelegenheit, viel Zeit mit meinem Vater und unserem Maschinisten Ned zu verbringen. Ich habe die beiden während meiner Abwesenheit sehr vermisst.«

»Das Kapitänspatent zu machen ist eine gewaltige Aufgabe«, bemerkte Frederick respektvoll.

»Das stimmt, aber es ist kein Vergleich mit der Aufsicht über eine Viehfarm wie diese hier. Allein die Buchführung dürfte riesige Anforderungen stellen.«

»Es gibt nicht viele Frauen, die diese Aufgabe gern verrichten«, entgegnete Frederick. »Regina bildet eine Ausnahme – und Sie offenbar auch.«

Francesca lächelte. »Ja, ich arbeite gern mit Zahlen.«

Das galt auch für Regina, solange sie zurückdenken konnte, schon in der Schule. Sie erkannte, dass Francesca offensichtlich klug war und obendrein Mut hatte, wenn sie es mit Männern aufnahm, um in der Schifffahrtsbranche zu bestehen. Regina musste sich widerwillig eingestehen, dass sie insgeheim Bewunderung für diese junge Frau verspürte. Trotzdem sagte sie: »Ich finde, jeder sollte sich um seine eigene Buchführung kümmern.«

»Das sagst du nur, weil man dir von Buchhaltern erzählt

hat, die ihre Arbeitgeber ausgenommen haben«, warf Frederick lachend ein.

»Oh, so etwas kommt sicher vor«, sagte Francesca. »Aber ich nehme an, dass es Ihnen große Zufriedenheit bereitet, sich selbst um die Buchführung zu kümmern, Mrs Radcliffe ...?«

Regina nickte. Am Ende eines jeden Monats, wenn sie die Buchführung abgeschlossen hatte, verspürte sie tatsächlich große Befriedigung, aber sie hätte nie damit gerechnet, das jemand anders das nachvollziehen könnte.

»Ich muss Sie bewundern«, sagte Francesca.

Regina zuckte zusammen. Ihr Misstrauen war geweckt. »Wie das?«

»Sie sind nicht nur Mutter und Ehefrau, sondern viel mehr. Die meisten Frauen geben sich mit ihrer Rolle zufrieden, woran auch nichts verkehrt ist; dennoch bin ich überzeugt, dass wir Frauen das Potenzial haben, im Leben weitaus mehr zu erreichen. Schließlich hat Gott uns einen scharfen Verstand gegeben, von dem wir auch Gebrauch machen sollten.«

»Ich mag Frauen mit Ambitionen«, bemerkte Monty. »Frauen, die sich nicht scheuen, ihren Verstand zu benutzen. Francesca hat große Ähnlichkeit mit dir, Mutter.«

Francesca vernahm das Kompliment mit Überraschung, doch Regina hatte immer noch Vorbehalte ihr gegenüber und wollte die Gelegenheit nutzen, Francesca auf den Zahn zu fühlen.

»Mir ist aufgefallen, dass Sie ständig mein Amulett betrachten«, sagte sie.

In der Tat fesselte der Anhänger Francescas Aufmerksamkeit. Es handelte sich um einen großen grünen Edelstein in filigraner Goldeinfassung, der an einer schweren Goldkette hing.

»Ja, es fasziniert mich«, räumte Francesca ein.

»Es ist ein Familienerbstück. Ursprünglich hat es Fredericks Großmutter gehört. Es befindet sich schon seit vielen

Jahren im Besitz der Familie.« Regina beobachtete Francesca genau. Sie wollte sehen, ob ihre Augen bei dem Wort »Familienerbstück« aufglommen. »Gefällt es Ihnen?«

»Es ist sehr ungewöhnlich gearbeitet.« In Wahrheit fand Francesca es zu protzig. »Ihnen steht es wunderbar, aber ich könnte so etwas nie tragen. Leider habe ich einen sehr einfachen Geschmack, was Juwelen betrifft. Ich besitze lediglich ein paar Schmuckstücke, die meine Mutter mir hinterlassen hat und die eher von ideellem Wert sind.« Sie hob die feine Goldkette um ihren Hals an, die ein schlichtes goldenes Kreuz zierte. »Diese Kette trage ich stets, weil sie meiner Mutter gehört hat. Ich habe auch noch ihren Trauring, aber der ist mir zu groß. Außer einer Armbanduhr, die meiner Großmutter gehört hat, besitze ich keinen weiteren Schmuck. Aber das genügt mir vollauf.«

»Ich kann mich gar nicht mehr erinnern, wann du das Amulett das letzte Mal getragen hast, Regina«, sagte Frederick stirnrunzelnd. »Weshalb hast du es heute angelegt?«

»Ich weiß nicht ... aus einer Laune heraus.« Regina stimmte mit Francesca überein, dass es sich um ein protziges Schmuckstück handelte, aber sie hatte Francesca auf die Probe stellen wollen. Hätten ihre Augen beim Anblick des Amuletts aufgeleuchtet, hätte dies ihre Schwäche für kostbaren Schmuck offenbart, und das wiederum hätte Francescas Interesse an Monty in einem fragwürdigen Licht erscheinen lassen. Doch Francesca schien unbeeindruckt von Prunk und Luxus. Der einzige Grund, weshalb der Landsitz es ihr angetan hatte, war offenbar die Aussicht auf den Fluss. Sie machte einen sehr bodenständigen Eindruck, genau wie Monty sie beschrieben hatte. Regina stellte fest, dass sie von Francesca angenehm überrascht war – was ziemlich unerwartet kam. Francesca erinnerte Regina sogar daran, wie sie selbst als junge Frau gewesen war.

»Ein reizendes Mädchen«, sagte Regina am selben Abend zu Monty, als er nach Derby Downs zurückgekehrt war.

Monty war erstaunt und erfreut zugleich. Er hatte gehofft, seine Mutter würde Francesca sympathisch finden, hatte insgeheim aber daran gezweifelt, zumal er wusste, wie stur Regina sein konnte, wenn sie Vorbehalte gegenüber jemandem hegte.

Im Geiste ließ Monty die Begegnung Revue passieren. Nach dem Tee, während Frederick Anekdoten über die Viehtriebe zum Besten gab, bei denen er dabei gewesen war, hatten sich die beiden Frauen in die Bibliothek begeben, wo Francesca Regina mit der neuen Methode der doppelten Buchführung vertraut machte. Mit großer Freude hatte Monty beobachtet, dass die beiden sich offenbar prächtig verstanden. Dennoch blieben letzte Zweifel, da Monty wusste, dass seine Mutter fähig war, jeden Menschen mit einem einzigen vernichtenden Blick in seine Schranken zu weisen. Doch die Tatsache, dass Regina ihre aufrichtige Zuneigung und Wertschätzung für Francesca bekundet hatte, bestätigte ihn in der Gewissheit, endlich der Frau begegnet zu sein, mit der er sein Leben teilen wollte.

»Offenbar bist du ihrem Charme erlegen«, sagte er lächelnd.

»Um mich für sich zu gewinnen, braucht man schon eine ganze Wagenladung voll Charme, Monty. Wichtiger sind die inneren Werte ... Aufrichtigkeit, Sittlichkeit und Charakterstärke. Ich bin überzeugt, deine Francesca besitzt diese Vorzüge. Und es schadet nicht im Geringsten, dass sie sehr gut mit Zahlen umgehen kann.«

»Heißt das, du befürwortest unsere Verbindung?«

»Ja. Es ist zwar schade, dass sie nicht aus einer angesehenen Familie stammt, aber das macht sie mit ihrem anständigen Charakter und ihren Fähigkeiten wett.«

Monty verdrehte die Augen, musste aber trotzdem lächeln.

»Gute Neuigkeiten, Frannie! Ich habe einen Auftrag für uns«, verkündete Joe begeistert bei Francescas Rückkehr.

Francesca freute sich, obwohl sie den Eindruck hatte, dass die Freude ihres Vaters ein wenig aufgesetzt war. »Und was für ein Auftrag ist das?«, fragte sie.

»Ein Transport von gemischter Fracht. Er wird uns zwar zu vielen Zwischenstopps auf der Strecke zwischen Moama und Goolwa zwingen, aber dafür ist die Bezahlung gut.«

»Und wo liegt der Haken, Dad? Sag nicht, es gibt keinen. Ich sehe es dir nämlich an.«

»Die Lieferfristen sind ziemlich knapp, aber wir schaffen das schon.« Er fügte nicht hinzu, dass ihnen nichts anderes übrig blieb, aber das war auch nicht nötig. Francesca kannte die Spielregeln.

»Wann fangen wir an?«

»Mittwochmorgen. Wie war deine Einladung zum Tee?«

Francesca lächelte. »Himmlisch. Montys Eltern sind sehr nett, besonders sein Vater. Bei seiner Mutter hatte ich den Eindruck, dass sie einige Zeit brauchte, um mit mir warm zu werden, aber nur, weil Monty ihr so am Herzen liegt. Schließlich ist er ihr einziger Sohn.«

Joe hatte eigentlich damit gerechnet, dass Reginas Auftreten Francesca eher einschüchtern würde, sodass er sich den ganzen Nachmittag um sie gesorgt hatte.

»Und wir teilen das Interesse an Zahlen. Als ich ihr das neue System der doppelten Buchführung erklärt habe, war sie ganz begeistert.«

Joe versuchte sich vorzustellen, wie Francesca Regina mit den neuesten Methoden der Buchführung vertraut machte, und musste lächeln. Er war sehr stolz auf seine Tochter.

Am Dienstagabend erhielt Joe eine Nachricht. Sie lagen am Pier und trafen gerade die letzten Arbeitsvorbereitungen für den folgenden Tag. Sie hatten sich mit Holz eingedeckt; das

Schiff war geschrubbt, die Maschine überprüft und geölt und die Frischwasserbehälter aufgefüllt. Francesca hatte ihre Nahrungsvorräte für eine Woche aufgestockt, damit sie keine unnötigen Zwischenstopps einlegen mussten.

Neal Mason war ein paar Tage weggeblieben. Er hatte ihnen gesagt, er wolle nach seinem Schiff in der Werft sehen, und hatte von irgendwelchen geschäftlichen Verpflichtungen geredet. Francesca versuchte die Vorstellung zu verdrängen, dass Neal die Zeit im Freudenhaus verbrachte, doch der Gedanke ließ sie nicht los. An diesem Abend erwarteten sie ihn auf der *Marylou* zurück, um am nächsten Morgen die Arbeit aufzunehmen. Doch ob Neal tatsächlich erschien, stand in den Sternen.

Verwundert hörte Joe, wie sein Name vom Pier aus gerufen wurde. Dort stand ein Botenjunge mit einem Brief.

Nachdem der Junge sich rasch verzogen hatte, überflog Joe das Schreiben, und sein Gesicht verfinsterte sich.

»Was gibt's?«, wollte Ned wissen.

Joe fluchte. »Wir werden morgen nicht arbeiten«, sagte er. »Der Auftrag ist geplatzt.«

»Aber warum?«

»Keine Ahnung. Ohne Erklärung.« Joe drehte das Schreiben um, doch die Rückseite war leer. Er zerknüllte den Brief in der Faust. Seine Wut und Enttäuschung waren grenzenlos. Zum ersten Mal zog er die Möglichkeit in Betracht, dass Silas hinter dieser plötzlichen Pechsträhne steckte. Allerdings behielt er den Verdacht für sich, zumal er keinen Beweis hatte. Doch Ned dachte genau dasselbe.

»Ich kann es nicht fassen, Dad«, sagte Francesca, während sie sich an Deck setzten. Inzwischen war die Nacht hereingebrochen. Es war ein warmer, windstiller Tag gewesen, und die Wasseroberfläche des Flusses unter dem prächtigen Sternenhimmel war spiegelglatt. Doch keiner von ihnen hatte einen Blick für Naturschönheiten übrig.

»Es wird sich schon was anderes ergeben, mein Mädchen«, erwiderte Joe. Er hatte daran geglaubt, dass eine echte Chance gekommen sei, die *Marylou* zu retten; nun aber waren ihre Aussichten wieder gleich null.

Obwohl Joe tapfer bemüht war, sich zusammenzureißen, entging Francesca nicht die Schwermut in seiner Stimme.

»Offenbar stecken wir in einer Pechsträhne, Dad«, sagte sie. »Da kann es nur besser werden.«

»Das stimmt allerdings«, entgegnete Joe. »Jeder Tag bringt neue Hoffnung.« Er erhob sich und wünschte Francesca und Ned eine gute Nacht. Obwohl er selbst schon jede Hoffnung begraben hatte, nahm er sich Frannie zuliebe fest vor, sich am nächsten Morgen um Aufträge zu bemühen.

»Tja, ich hau mich auch in die Falle«, sagte Ned. Sie hatten den ganzen Tag lang hart gearbeitet, um das Schiff startklar zu machen, und er war erschöpft.

Francesca nickte. »Ich werde mich auch gleich schlafen legen.« Der Tag hatte seine Höhen und Tiefen gehabt, sie brauchte jetzt ein paar Minuten für sich allein, um einen klaren Kopf zu bekommen, und da war der Blick auf den beschaulichen Fluss stets hilfreich.

Tief in Gedanken versunken, starrte Francesca aufs dunkle Wasser, sodass sie nicht bemerkte, dass jemand sich von hinten näherte.

»Noch wach?«, fragte Neal Mason.

Vor Schreck fuhr Francesca heftig zusammen. »Schleichen Sie sich nie wieder so an mich heran«, fuhr sie ihn an, die Hand auf ihrem wild pochenden Herzen.

»Tut mir Leid. Woran haben Sie eben gedacht?«

»Was meinen Sie ...?«

»Sie machten den Eindruck, als wären Sie in Gedanken meilenweit weg. Ist etwas passiert? Hat dieser Schnösel Radcliffe Sie verärgert?« Neal stellte sich neben sie, und Francesca spürte, wie sie sich verspannte. »Nein. Wenn Sie es unbedingt wissen müssen – ich habe mit Monty und seinen Eltern sehr schöne Stunden verbracht. Ich war in Gedanken bei meinem Vater. Der Auftrag für morgen ist geplatzt, und das deprimiert ihn sehr, wie Sie sich wohl denken können.«

»Wieso hat er denn den Auftrag verloren?«

»Er hat heute eine schriftliche Absage bekommen. Darin stand, dass der Auftrag storniert ist.«

»Warum?«

»Es stand keine Erklärung darin, aber vielleicht bringt Dad morgen etwas in Erfahrung.«

»Es läuft nicht so gut bei ihm, hm?«

Francesca hörte ehrliches Mitgefühl für ihren Vater aus Neals Stimme heraus. »Nein«, sagte sie leise.

Schweigend standen sie eine Weile nebeneinander.

»Besser, ich lege mich jetzt schlafen«, sagte Francesca, die das Bedürfnis verspürte, Neals Gesellschaft zu entfliehen. Dabei wurde ihr bewusst, dass sie jedes Mal die Regung hatte zu flüchten, wenn er sich näherte. Sie redete sich ein, dies sei auf seine herausfordernde Art zurückzuführen, doch im Innern wusste sie, dass mehr dahinter steckte. Er besaß etwas sehr Anziehendes, und obwohl Francesca versuchte, sich dagegen zu wehren, verstand sie immer mehr, weshalb die Frauen sich von ihm angezogen fühlten. Wie die Motten vom Licht, dachte sie mit makabrer Belustigung.

Neal hingegen wünschte sich insgeheim, dass sie blieb. Es war das erste Mal, dass sie ungestört waren, und der nächtliche Sternenhimmel schuf eine lauschige Atmosphäre. »Sie sind ein Glücksfall für Joe«, sagte er zu ihrer Verwunderung.

»Finden Sie?«

»Ja, er hat sich verändert, seit Sie zurück sind. Wie es auch weitergehen mag – ich weiß, ich brauche mir um Joe keine Sorgen zu machen, solange er Sie an seiner Seite hat.«

Francesca legte diese Worte als Kompliment aus, was sie

Neal Mason gar nicht zugetraut hätte. Vorsichtig sah sie zu ihm hoch, wobei sie insgeheim damit rechnete, dass seine Augen vor Spott funkelten. Stattdessen war seine Miene ungewohnt ernst.

»Sie werden doch nicht davonlaufen und diesen Schnösel Radcliffe heiraten?«

»Das geht Sie überhaupt nichts an«, wiegelte Francesca ab.

»Sie würden in der Rolle als Gutsherrin auch nicht glücklich werden.«

»Woher wollen Sie wissen, was mich glücklich macht?«, gab Francesca zurück, innerlich kochend vor Zorn.

»Ganz sicher weiß ich es nicht«, entgegnete Neal. Aus heiterem Himmel schlang er den Arm um ihre schmale Taille und zog sie an sich heran. Obwohl er dagegen angekämpft hatte, konnte er diesem Impuls nicht mehr widerstehen. Francesca presste die Hände gegen seine Brust, doch es war zwecklos. Und bevor sie ein Wort sagen konnte, versiegelte er ihre Lippen mit einem Kuss.

Im ersten Moment wehrte sich Francesca; dann aber spürte sie, wie sie in seinen starken Armen schwach wurde. Seine Lippen waren warm und weich, und sie erlebte einen Ansturm von Gefühlen, der ihr den Boden unter den Füßen wegzog. Als er sich von ihr löste und in ihre großen, schimmernden dunklen Augen blickte, umspielte ein Lächeln seine Lippen.

Dieses Lächeln brachte Francesca wieder unsanft auf den Boden der Tatsachen zurück. Sie kam sich billig vor, wie eine weitere seiner zahlreichen Eroberungen. Sie versuchte Luft zu holen und wand sich aus seiner Umarmung. »Lassen Sie mich los!«

»Ich wette, dieser Schönling Radcliffe küsst nicht auf diese Art«, sagte Neal mit heiserer Stimme.

Francesca war bestürzt, dass Neal Monty als Nebenbuhler betrachtete. »Er hat mich nicht ...«

»Er hat Sie nicht geküsst?« Neal blickte sie verwundert an und lachte dann leise. »Ich wusste noch gar nicht, dass dieser feine Pinkel obendrein ein Dummkopf ist.«

»Hören Sie auf, ihn so zu nennen«, brauste Francesca auf. »Monty ist ein Gentleman, was ich von Ihnen nicht behaupten kann.«

Verstört registrierte Neal ihre Empörung. »Seit ich Sie das erste Mal gesehen habe, wollte ich Sie küssen, Francesca. Ich finde, ich habe mich wie ein Gentleman verhalten, weil ich mir so viel Zeit damit gelassen habe.«

Sie stemmte sich von ihm weg. »Sie hatten überhaupt kein Recht dazu!«

»Welcher Mann könnte Ihnen im Mondschein widerstehen? Außerdem schien es Ihnen nichts auszumachen.«

Francesca verschlug es den Atem bei so viel Dreistigkeit. »Ich hatte wohl kaum eine Wahl.«

Neal begriff nicht, weshalb Francesca derart aufgewühlt war. Er konnte sich vorstellen, dass sie eine solche Situation bereits häufiger erlebt hatte. »Es war doch bloß ein Kuss ...«, sagte er.

Beschämt wandte Francesca sich ab und klammerte sich an die Reling. Neal geriet plötzlich ins Grübeln. »Es war doch wohl nicht das erste Mal?« Das konnte er unmöglich glauben – aus dem einfachen Grund, weil Francesca so schön war. Dann aber fiel ihm ein, dass sie ein Mädchenpensionat besucht hatte und noch sehr jung war.

Francesca kehrte ihm den Rücken zu. »Ach, seien Sie still«, sagte sie und schämte sich unüberhörbar. Sie hatte sich ihren ersten Kuss viel romantischer vorgestellt – und bestimmt nicht von so einem Schuft.

Das Lächeln war aus Neals Gesicht verschwunden. Ihm wurde klar, dass dies ein ganz besonderer Augenblick für Francesca hätte sein sollen, und er hatte ihn ruiniert.

»Francesca«, sagte er flüsternd, doch sie war nicht fähig,

ihm ins Gesicht zu schauen. Sie stand kurz davor, in Tränen auszubrechen.

»Francesca ...«, sagte er noch einmal, legte die Hände auf ihre Schultern und drehte sie sanft um. Sie hielt den Kopf gesenkt, damit ihr sein spöttischer Blick erspart blieb.

Neal hob ihr Kinn empor und zwang sie, seinen Blick zu erwidern. Prüfend sah er ihr in die Augen und erblickte darin den Ausdruck von Verunsicherung und Scham. Er kam sich erbärmlich vor. »Es tut mir Leid, dass ich Ihnen einen ganz besonderen Moment im Leben verdorben habe.«

Francesca hatte sich insgeheim gewünscht, dass Monty der erste Mann wäre, der sie küsste, aber er hatte sich galant zurückgehalten. Sie bezweifelte, dass Neal Mason sich jemals in Zurückhaltung übte.

»Ich konnte diesem honigsüßen Mund einfach nicht widerstehen«, flüsterte Neal und sah, wie ihr Tränen über die Wangen kullerten. Seine Hände lagen noch immer auf ihren Schultern, und er beugte den Kopf vor und küsste zaghaft jede einzelne Träne fort, um ihr gleich darauf wieder in die Augen zu sehen. Obwohl er das unbändige Verlangen spürte, sie noch einmal zu küssen, hielt er sich zurück. Mit seinem ersten Kuss hatte er bereits genug Schaden angerichtet.

Dann aber war es Francesca, die die Initiative ergriff. Sie legte ihm eine Hand in den Nacken und zog ihn zu sich heran. Ihre Lippen berührten sich, zart und salzig. Sie blickte in seine dunklen Augen, die im Mondlicht schimmerten, konnte darin aber weder Spott noch Hochmut entdecken. Seine Augen spiegelten nur wider, was sie selbst empfand.

Neal küsste sie zärtlich – und dieses Mal mit der Behutsamkeit, die ein erster Kuss verlangt. Er küsste ihre Wange, ihr Kinn, und fand wieder zu ihrem Mund zurück. Francesca kostete den Kuss aus, hätte ihn am liebsten niemals enden lassen. Schließlich löste Neal sich von ihr und strich mit den Fingerspitzen über ihre samtweichen Wangen. »Du bist unglaublich schön, Francesca«, sagte er leise mit rauer Stimme. Zärtlich fuhr er mit dem Daumen über ihre volle, geschmeidige Unterlippe. »Und wenn man diese Lippen küsst, ist es um die Vernunft geschehen.«

Ein leichtes Lächeln erschien auf Francescas Gesicht. Unter ihren Fingerspitzen konnte sie Neals Herzschlag fühlen, und seine dunklen Augen funkelten vor Verlangen. Zum ersten Mal erkannte sie, welche Macht eine Frau über einen Mann haben konnte, und Neal hatte ihr zum ersten Mal das Gefühl vermittelt, eine richtige Frau zu sein.

8

Guten Morgen«, sagte Francesca aufgeräumt, als sie an Deck in die herrliche Morgensonne trat. Ned, Neal und ihr Vater lehnten an der Reling und tranken ihren Morgentee. Francesca lächelte sie an, und ihr Blick verharrte kurz auf Neal, bevor sie sich schüchtern abwandte. Der warme Ausdruck in seinen Augen jagte ihr einen wohligen Schauer durch den Körper, und sie musste daran denken, wie es war, in seinen Armen zu liegen und von ihm geküsst zu werden.

»Ich habe Tee gekocht«, sagte Joe, der verwirrt von Neal zu Francesca schaute. Gewöhnlich zankten sich die beiden, sodass er sich fragte, was ihm entgangen war.

»Danke, Dad«, sagte Francesca und machte sich beflügelten Schrittes zur Kombüse auf, wobei sie leise eine fröhliche Melodie summte.

»Sie scheint heute Morgen bester Laune zu sein«, sagte Joe und richtete den Blick wieder auf Neal.

Neal begriff Joes Verwirrung. »Mal 'ne nette Abwechslung, nicht wahr?«, entgegnete er, drehte sich um und kippte den Bodensatz seines Tees in den Fluss.

Joe bemerkte Neals flüchtiges, geheimnisvolles Lächeln und wollte ihm gerade auf den Zahn fühlen, als er plötzlich hörte, dass jemand seinen Namen rief. Er wandte sich um und sah Ezra Pickering am Pier.

»Guten Morgen, Ezra«, grüßte Joe und ging ihm entgegen, in der leisen Hoffnung, dass er wieder Aufträge hatte und seine Arbeitskraft benötigte.

»Haben Sie schon Arbeit gefunden, Joe?«, fragte Ezra.

»Ich hatte einen Auftrag, der aber aus unerfindlichen Gründen storniert wurde. Ich habe keine Ahnung, warum«, antwortete Joe mit aufkeimender Hoffnung.

Ezra war nicht überrascht, zumal er wusste, dass Silas sich vorgenommen hatte, Joe mit allen Mitteln zu ruinieren. Erneut überkam ihn das schlechte Gewissen. Er überlegte, ob er Joe von Silas' Plan erzählen sollte, gelangte aber zu dem Schluss, dass es keinen Sinn machte, gemeinsam mit Joe unterzugehen. Auch wenn er bereit wäre, sich selbst zu opfern – er beschäftigte zahlreiche Männer, die darauf angewiesen waren, dass er ihnen Arbeit gab, um ihre Familien zu ernähren. »Hätten Sie Interesse, Dolan O'Shaunnessey Holz zu liefern?«

Joe sah bestürzt drein. »Sagt man ihm nicht nach, dass er ein Hitzkopf ist?« Er hatte zwar noch nie für Dolan gearbeitet, aber ihm war schon einiges zu Ohren gekommen.

»Nicht schlimmer als jeder andere Ire auch«, erwiderte Ezra mit einem Schmunzeln.

»Dann ist es immer noch schlimm genug«, sagte Joe mit der Andeutung eines Lächelns. »Woher wissen Sie, dass Dolan jemanden braucht?« Joe hatte sich bei sämtlichen Leuten, die er kannte, umgehört, aber keiner hatte Dolan O'Shaunnessey erwähnt.

Ezra hatte sich für Joe eingesetzt, beschloss aber, dies für sich zu behalten. »Er hat es öffentlich verkünden lassen. Da dachte ich an Sie und habe mich mit ihm in Verbindung gesetzt.« Auch das war nicht die Wahrheit. Er hatte Dolan auf eigene Faust aufgesucht. »Offenbar läuft sein Geschäft so gut, dass er jede Menge Holz braucht.« Das war eine Übertreibung. Dolan konnte von seinem Verdienst zwar ordentlich leben, aber sein Geschäft trug wesentlich weniger ein als Ezras Werft. Doch er war bereit, Joe anzuheuern, und das allein zählte. »Sie können das Holz im Wald von Moira holen, bei Strommeile 855. Dolans Gelände liegt kurz vor Thistle Bend, sodass der Transportweg nicht allzu weit ist. Es wäre eine lohnende Einnahmequelle für Sie.«

»Allerdings. Vielen Dank, Ezra. Ich stehe in Ihrer Schuld.« Joe wunderte sich zwar, trotz seiner Bemühungen nirgendwo gehört zu haben, dass Dolan einen Holzlieferanten suchte, doch lag es ihm fern, nach Gründen für diese glückliche Fügung zu fragen.

»Schon gut.« Ezra verursachte der Gedanke, Joe könnte sich ihm gegenüber verpflichtet fühlen, tiefes Unbehagen, nachdem er der versteckten Drohung Silas Hepburns nachgegeben hatte. »Am besten, Sie setzen sich so schnell wie möglich mit ihm in Verbindung«, riet er und hoffte, dass Silas nicht erfuhr, dass Joe für Dolan arbeitete. Dolan O'Shaunnessey selbst allerdings würde sich von Silas nicht im Geringsten beeindrucken lassen. Ein Mann wie Dolan war nicht so leicht einzuschüchtern.

»Wir machen sofort los«, erwiderte Joe.

Sie wollten gerade ablegen, als Joe Silas Hepburn erspähte, der sich der *Marylou* näherte. Silas hatte beobachtet, dass Ezra am Pier gewesen war, und wollte nun herausfinden, was es damit auf sich hatte.

»Silas«, murmelte Joe, dem es nicht gelang, sein Missfallen zu verbergen, als Silas die Anlegestelle erreichte.

»Guten Morgen, Joe. Wollt ihr auslaufen?«, meinte Silas mit listig funkelndem Blick.

Joe ignorierte die Frage. Er wollte kein Risiko eingehen. »Was führt Sie hierher?«, erwiderte er stattdessen.

»Sie wissen, dass am Freitag die nächste Rate fällig ist.«

Joes Zorn wurde größer. »Sind Sie eigens hergekommen, um mich daran zu erinnern?«

»Haben Sie das Geld?«

»Das werden Sie schon sehen«, entgegnete Joe, der sich

zusammenreißen musste, um Höflichkeit gegenüber diesem raffgierigen Geldhai zu wahren.

Silas starrte Joe mit kaltem Blick an. »Ich möchte Ihnen ein Geschäft vorschlagen«, sagte er und bemerkte, dass er die Aufmerksamkeit von Ned und Neal Mason geweckt hatte. Er ließ den Blick über das Deck schweifen in der Hoffnung, Francesca zu sehen, wurde jedoch enttäuscht. »Wenn Sie kurz von Bord kommen, können wir uns darüber unterhalten.«

Joe hatte sich eigentlich sofort auf den Weg zu Dolan machen wollen, doch Silas hatte seine Neugier geweckt, sodass er das Schiff wieder vertäute und mit Silas zum Wolllager schlenderte.

»Ich habe mir Gedanken über Ihre verzwickte Situation gemacht«, hob Silas an, als sie nebeneinander hergingen. »Ich weiß, Sie haben Ihren Stolz, und es wurmt Sie, dass Sie in meiner Schuld stehen. Ich weiß auch, dass Sie hart darum kämpfen, Ihren Kredit zurückzahlen zu können.«

»Das schaffe ich schon«, murmelte Joe.

»Ich bin kein herzloser Mensch, Joe. Ich glaube, mir ist etwas eingefallen, wovon wir beide profitieren.«

Doch Joe wusste, dass Silas immer nur an seinen eigenen Vorteil dachte, und blieb misstrauisch. »Und was?«

»Wie Sie wahrscheinlich wissen, hat meine Frau mich vor einiger Zeit verlassen«, sagte Silas. »Sie hatte schreckliches Heimweh nach ihrer Familie in Melbourne ...«

»Worauf wollen Sie hinaus, Silas?«, fuhr Joe dazwischen. »Bestimmt wollen Sie keinen Rat von mir, was Ihre Eheprobleme angeht.«

Silas schluckte seinen Groll herunter. »Hören Sie zu, Joe. Ich kann einer Frau sehr viel bieten. Sie würde jeden Luxus genießen, denn ich bin ein reicher Mann, und ...«

»Warum erzählen Sie mir das?«, unterbrach Joe erneut.

»Sie haben eine sehr schöne Tochter, Joe ...«, sagte Silas.

Joe stockte der Atem, und er trat vor Silas hin. Der wich einen Schritt zurück, da er befürchtete, dass Joe ihm einen Fausthieb verpasste. Obwohl sein Reichtum ihm Macht verlieh, war Silas im Grunde seines Herzens ein Feigling. Hastig sprach er weiter: »Ich würde Ihre Tochter natürlich zu meiner rechtmäßigen Frau machen«, sagte er, um Joe zu vermitteln, dass seine Absichten ganz und gar ehrenhaft waren. »Und weil wir dann verwandt wären, würde ich Ihnen Ihre Schulden erlassen ...«

Joes Blick verfinsterte sich vor Wut. »Lassen Sie mich das noch einmal wiederholen, Silas. Sie erlassen mir meine Schulden, wenn ich dafür meine Tochter opfere?«

Silas war gekränkt. Er betrachtete sich als gute Partie für jede Frau. »So würde ich es nicht ausdrücken, Joe ...«

»Sie können es ausdrücken, wie Sie wollen. Es kommt auf dasselbe heraus.«

»Also gut. Wenn Sie es so sehen wollen, meinetwegen. Geben Sie Ihre Einwilligung, damit ich Francesca heiraten kann, und ich erlasse Ihnen die Schulden.«

»Sie hinterhältiger Bastard! Eher verrotte ich, als meiner Tochter ein Leben an Ihrer Seite zuzumuten«, fuhr Joe ihn an. »Und wenn Sie mir tausendmal anbieten, mir meine Schulden zu erlassen – es juckt mich nicht. Mir liegt nämlich alles daran, dass meine Tochter glücklich ist, und Sie wären der Letzte, den sie zum Mann nehmen würde.«

Silas wich zurück, doch er grinste höhnisch. »Mir ist zu Ohren gekommen, dass es bei Ihnen in letzter Zeit nicht besonders gut läuft, Joe«, sagte er boshaft, »und ich kann Ihnen versichern, daran wird sich so schnell nichts ändern. Ihnen ist doch klar, dass Sie niemals in der Lage sein werden, Ihre Schulden zu tilgen, wenn ich es darauf anlege? Und das bedeutet, dass die *Marylou* bald mir gehört, es sei denn ...«

Joes Augen wurden schmal. »Ich hatte gleich so eine Ahnung, dass Sie etwas mit meiner plötzlichen Pechsträhne zu tun haben«, gab er wütend zurück. »Was immer Sie aushecken, Francesca werden Sie nie bekommen. Niemals.« Joe stapfte zurück zur *Marylou,* bevor er sich vor zahlreichen Augenzeugen zu etwas hinreißen ließ, das er später bereuen würde.

»Seien Sie sich mal nicht so sicher«, rief Silas ihm hinterher. »Bis Freitag! Und sorgen Sie dafür, dass Sie mir mein *gesamtes* Geld bringen.«

Joe blieb stehen und wandte sich um. Seine Miene drückte Rachlust aus.

Silas rührte sich nicht vom Fleck, hatte plötzlich aber jämmerliche Angst, zu weit gegangen zu sein.

»Sie kriegen Ihr verdammtes Geld«, erwiderte Joe aufgebracht. »Bis Freitag.« Wäre Francesca nicht gewesen, hätte er sich Silas Hepburn schon vor langer Zeit vorgeknöpft.

Dieser plante bereits den nächsten Winkelzug. Er war sicher, dass Francesca ein weiches Herz hatte. Um ihren Vater vor dem Verlust der *Marylou* zu bewahren, würde sie sich opfern, denn der Verlust des Schiffes würde Joe das Herz brechen.

»Was hat dich denn in so gute Laune versetzt?«, fragte Joe Francesca im Ruderhaus, als sie sich zum Ablegen bereitmachten. Er hatte mehrere Minuten und einen ordentlichen Schluck Rum gebraucht, um sich nach dem Gespräch mit Silas wieder zu beruhigen, aber er war entschlossen, Francesca das Ansinnen dieses Mistkerls zu verschweigen. Bei ihm jedenfalls würde Silas auf Granit beißen.

»Ach, nichts Besonderes«, entgegnete Francesca und drückte den Hebel nach vorn, um rückwärts zu setzen. Sie hoffte inständig, ihr Vater würde es ihr nicht anmerken, dass sich etwas Grundlegendes geändert hatte. Sie war nun eine Frau, und sie war zum ersten Mal geküsst worden. Nicht nur das – beim zweiten Kuss hatte sie selbst die Initiative ergriffen, was bei genauerer Überlegung für ein unerfahrenes Mädchen ein recht forsches Verhalten war. Der bloße Gedanke daran ließ sie erröten.

»Offenbar hat Neal heute ebenfalls gute Laune«, bemerkte Joe mit einem forschenden Blick auf Francesca und kratzte sich am Kopf, wobei ihm ihr gerötetes Gesicht auffiel. Er verfolgte Francescas Fortschritte, als diese rückwärts vom Pier wegsetzte und ein Wendemanöver einleitete. Mittlerweile steuerte sie die *Marylou* mit großem Selbstvertrauen.

»Ich weiß zwar nicht, wann es geschehen ist«, fuhr Joe fort, »aber offenbar habt ihr zwei das Kriegsbeil begraben.«

»So könnte man es nennen«, sagte Francesca. Sie unterdrückte ein Lächeln und machte ein konzentriertes Gesicht, während sie das riesige Ruder drehte und flussabwärts fuhr.

Kurz darauf wurde die Tür geöffnet, und Neal Mason steckte den Kopf ins Ruderhaus. »Joe, falls du dir noch einen Tee genehmigen willst, kann ich ja so lange hier oben bleiben und ein Auge auf Francesca haben«, sagte er. Er hatte den Eindruck, Joe könnte einen Tee vertragen, denn der war in mieser Verfassung aufs Schiff zurückgekehrt und hatte nichts davon erzählt, was zwischen ihm und Silas Hepburn vorgefallen war.

Joe wunderte sich über Neals Vorschlag, da er ihm genauso gut den Tee hätte hochbringen können, und wollte ihn gerade darauf ansprechen, als er bemerkte, dass Francesca sich offenkundig über Neals Gesellschaft freute. »In Ordnung«, sagte er, noch immer verwundert, und stieg die Treppe hinunter.

Nachdem Joe gegangen war, blickte Neal Francesca lächelnd an. Obwohl sie hinter dem riesigen Steuerrad sehr zierlich wirkte, bemerkte er, dass sie das Ruder mit viel Selbstvertrauen betätigte.

»Gut geschlafen?«, meinte er.

»Ja. Du auch?« Das vertrauliche Du kam ihr wie von selbst über die Lippen.

Er grinste. »Nicht besonders.«

In Wahrheit hatte Francesca ebenfalls kaum ein Auge zubekommen. »Warum nicht?«

»Weil ich die ganze Zeit an dich denken musste.«

Francesca errötete. »Soll ich mich jetzt entschuldigen, dass ich dir den Schlaf geraubt habe?«

Neals Lächeln wurde breiter. »Du kannst ja nichts dafür, dass du so bezaubernd bist«, entgegnete er, wobei er sich hinter sie stellte und die Hände um ihre Taille legte.

»Benehmen Sie sich gefälligst, Mr Mason«, neckte Francesca ihn lächelnd.

»Während du dich auf den Fluss konzentrierst, werde ich dir meine ganze Aufmerksamkeit widmen.«

Francesca schob seine Hände weg. »Wenn mein Vater dich erwischt, wird er dich in Stücke hacken und an die Fische verfüttern«, sagte sie lachend.

»Oh«, sagte Neal. »Ich liebe die Gefahr.«

In diesem Augenblick vernahmen sie Joes taktvolles Räuspern, bevor dieser wieder die Treppe hinaufkam.

»Ich glaube, heute Nacht ist Vollmond«, flüsterte Neal Francesca ins Ohr, wandte sich von ihr ab und sah mit unschuldigem Blick hinaus aufs Wasser.

Francesca, die die Anspielung verstanden hatte, lächelte erwartungsvoll.

»Nehmen wir bei der nächsten Tour zu O'Shaunnesseys Werft den Schleppkahn mit, Joe?«, fragte Neal, als er das Ruderhaus betrat.

Joe ahnte, dass er abgelenkt werden sollte. »Hängt ganz davon ab, wie viel Holz er braucht«, gab er zur Antwort und blickte zu Francesca. »Wie schlägt sich denn mein Mädchen?«

Neal wünschte sich, Joe wäre länger fortgeblieben. »Du

hast sie hervorragend eingearbeitet, Joe«, erwiderte er, bevor er die Treppe hinunterstieg.

Als sie bald darauf eine Stelle auf dem Murray passierten, die The Narrows genannt wurde, flankiert vom Moira Lake auf der einen Seite und dem Barmah Lake auf der anderen, nahm die Strömung zu. Auf diesem Flussabschnitt waren die Ufer flach; Joe erzählte Francesca, dass der Fluss bei Flut dic Eukalyptusbäume unter Wasser setzte, manchmal über Meilen hinweg, so weit das Auge reichte.

»Du scheinst mit den Gedanken ganz woanders zu sein«, sagte er dann, denn Francesca schien nur mit halbem Ohr zuzuhören.

»Nein«, widersprach sie. »Ich habe alles gehört, was du gesagt hast.«

Joe nickte. »Na gut. Dann halt dich backbord. Rechts lauert ein Baum unter Wasser.«

Dolan O'Shaunnessey war froh über Joes Erscheinen. Joe war vom gleichen Schlag wie er selbst, und sie wurden sich rasch einig, was die geschäftlichen Dinge betraf. Dolan teilte Joe mit, dass er mehrere Aufträge für neue Schiffe habe; im Gegensatz zu Ezra baute er überwiegend kleinere Fischerboote und Lastkähne.

»Für die nächsten paar Wochen steht mir ein Schleppkahn zur Verfügung«, sagte Joe.

»Das sagte Ezra schon, aber wir werden darauf verzichten können, wenn du mir einmal täglich eine volle Fuhre Holz lieferst.«

»Das dürfte kein Problem sein«, entgegnete Joe.

»Mich wundert nur, dass Ezra dich nicht selbst anheuert. Zurzeit hat er nämlich mehr Aufträge, als er bewältigen kann. Trotzdem, ich will mich nicht beklagen. Kannst du sofort anfangen?«

Sollte Joe letzte Zweifel gehabt haben, dass Silas gegen ihn arbeitete, waren diese jetzt verflogen. Dennoch kränkte es ihn, dass Ezra ihn belogen hatte. Die einzige Erklärung, die Joe dafür fand, war, dass Silas irgendetwas gegen Ezra in der Hand haben musste.

»Ja«, sagte er. »Wir legen sofort Richtung Moira ab.«

Während der folgenden Tage lieferte die *Marylou* achtundfünfzig Tonnen Holz täglich zu O'Shaunnesseys Sägewerk. Morgens luden sie als Erstes ihre Fracht ab, fuhren anschließend zum Aufladen zurück zum Wald von Moira und warfen über Nacht in der Nähe des Little Budgee Creek Anker, um ihre Fracht am nächsten Morgen wieder am Sägewerk abzuliefern. Nach dem Abendessen zogen Joe und Ned sich meist zurück, um sich von der Anstrengung zu erholen, während Francesca und Neal sich ständig mit Ausreden vor dem Zubettgehen drückten, um in inniger Umarmung unter dem Nachthimmel die Zeit miteinander zu genießen. Anfangs war Francesca nicht bewusst, dass Neal sie lediglich als Zeitvertreib betrachtete. Sie hatte vielmehr den Eindruck, dass ihre Verbindung sich festigte und dass sich die große Liebe daraus entwickeln könnte. Obwohl Francesca für Monty Zuneigung hegte, hatten Neals Küsse ihn beinahe aus ihren Gedanken verdrängt. Francesca hatte das Gefühl, dass sie und Neal füreinander geschaffen waren. Sie stammten aus ähnlichen Verhältnissen, und sie beide liebten den Fluss.

Doch am dritten Abend, als das Thema Liebe und Heirat zur Sprache kam, zerplatzte Francescas Glück wie eine Seifenblase.

»Wie stellst du dir deine Zukunft vor?«, fragte sie Neal. Er küsste gerade ihren Nacken, während sie zum Mond hochsah, die wohlige Gänsehaut genoss, die die Berührung seiner Lippen auf ihrer Haut auslöste, und sich ihre gemeinsame Zukunft ausmalte.

»Ich stelle mir mein zukünftiges Leben nicht viel anders vor als jetzt«, antwortete Neal flüsternd. Er war nur mit halbem Ohr bei der Unterhaltung; viel zu sehr genoss er das Gefühl, Francesca in den Armen zu halten.

Francesca hatte den Eindruck, dass Neal gar nicht bewusst war, wie sehr sein Leben sich durch eine Ehe und eine Familie ändern würde. »Das ist aber ziemlich naiv, findest du nicht?«

»Warum?«

»Wie viele Kinder möchtest du mal haben?« Francesca versuchte sich ein Baby mit Neals dunklen Augen und seiner olivfarbenen Haut vorzustellen.

»Kinder?« Neal löste sich von ihr, hielt sie auf Armeslänge von sich und schaute sie an.

»Ja, Kinder. Du willst doch eine eigene Familie gründen?«

Neals fragte sich, wie das Thema plötzlich aufgekommen war, ohne dass er es bemerkt hatte.

Francesca kniff erstaunt die Augen zusammen. »Jeder wünscht sich Kinder.«

»Mir ist schleierhaft, was in deinem hübschen Kopf vor sich geht, Francesca, aber ich bin definitiv nicht für die Ehe geschaffen.«

Francesca war geschockt. »Willst du damit sagen, du willst gar nicht heiraten? Keine eigene Familie haben?«

»Du kannst nicht ernsthaft von mir erwarten, dass ich in einem Haus lebe ... mit einer Ehefrau und einer Schar Kinder.«

Francesca wusste, dass Neal das Leben auf dem Fluss liebte, und sie nahm an, er habe sie missverstanden. »Du musst ja nicht an Land leben, Neal. Du könntest weiterhin auf der *Ophelia* wohnen.« Im Geiste hatte sie sich bereits ausgemalt, wie sie und Neal auf dem Fluss zusammenlebten, als glückliche Familie mit zwei, drei Kindern. So hätte ihr Leben auch ausgesehen, hätte sie nicht ihre Mutter verloren.

»Besser nicht. Die *Ophelia* ist mein eigenes Schiff, und ich teile sie mit keiner Frau und auch nicht mit Kindern. Ich bin kein sesshafter Mensch, Francesca.«

Francesca stockte der Atem. »Aber was hast du dann vor? Dein Leben lang von einer Frau zur nächsten wandern und einsam alt werden? Jeder will irgendwann eine eigene Familie gründen. Das ist das Gesetz der Natur.«

»Dann bin ich offenbar widernatürlich veranlagt, weil so ein Leben nichts für mich ist.«

Francesca spürte, wie Tränen in ihren Augen brannten. »Und was ist, wenn du dich ernsthaft verliebst?«

»Ach, ich verliebe mich jede Woche aufs Neue«, erwiderte Neal grinsend und dachte dabei an all die Frauen in seinem Leben.

Francesca stieß ihn wütend von sich.

Neal begriff nicht den Grund für ihre Empörung. Sie wusste doch, was für ein Mann er war! »Was hast du denn, Francesca?«

»Was ich habe?« Sie konnte seine Ahnungslosigkeit nicht fassen. »Du hast mir praktisch unter die Nase gerieben, dass ich bloß ein netter Zeitvertreib für dich bin ... dass du mit meinen Gefühlen spielst ...«

»Wir haben ein wenig Spaß miteinander. Was ist verkehrt daran?«

Francesca schnaubte entrüstet. »Spaß haben kannst du mit deinen Barmädchen und Prostituierten, aber nicht mit mir!« Sie machte auf dem Absatz kehrt, rannte in ihre Kajüte und ließ ihren Tränen freien Lauf.

Am Freitagnachmittag fuhren sie zurück nach Echuca. Joe war nicht entgangen, dass die Stimmung an Bord der *Marylou* erneut feindselig war. Francesca weigerte sich, mit Neal zu sprechen, und mied seine Gesellschaft, sofern das an Bord eines Schiffes möglich war. Neal wirkte zerstreut, sparte sich aber jeden Kommentar, was Francescas Verhalten betraf.

Nachdem auch Joe nicht aus Francesca herausbekam, was sie so sehr in Wut versetzt hatte, knöpfte er sich Neal vor.

»Ich habe ihr gesagt, dass ich kein Mann zum Heiraten bin«, antwortete Neal offen.

»Das hätte sie eigentlich nicht überraschen dürfen«, murmelte Joe und unterdrückte mühsam seinen Zorn. »Das habe ich ihr schon vor ein paar Wochen gesagt.« Er starrte Neal an. »Du hast aber doch nichts getan, das sie kompromittieren könnte ...?«

»Natürlich nicht, Joe«, beteuerte Neal. Er hatte niemals die Absicht gehabt, es so weit kommen zu lassen. Wenn er eine Frau haben wollte, gab es im Hafen mehr als eine, die ihm zu Diensten war. »Wir sind uns ein bisschen näher gekommen. Aber ich hatte doch keine Ahnung, dass sie an Heirat denkt, und an Kinder ...«

Francesca war nicht die erste Frau gewesen, die mit Zorn und Erbitterung reagiert hatte, nachdem Neal ihr gesagt hatte, keine Heiratsabsichten zu hegen. Doch bei Francesca war er zu weit gegangen. Schließlich war sie noch jung und leicht beeinflussbar, und sie hatte bei ihrem Techtelmechtel offensichtlich Feuer gefangen. Vor allem aber bereitete es Neal Gewissensbisse, dass er ihre Gesellschaft so sehr genossen hatte.

Gleich nachdem sie in Echuca festgemacht hatten, ging Francesca von Bord der *Marylou.* Sie wolle zur Bäckerei, sagte sie zu Joe. Als sie über den Pier schritt, fest entschlossen, Neal Mason möglichst weit hinter sich zu lassen, erblickte sie Lizzie Spender. Diese hatte Francesca ebenfalls bemerkt, blickte jedoch in die andere Richtung, als die jüngere Frau auf sie zukam.

»Hallo, Lizzie«, sagte Francesca und blieb neben ihr stehen.

Erstaunt wandte Lizzie sich um und vergewisserte sich kurz, ob sie beobachtet wurden.

»Hallo, Francesca«, erwiderte sie dann leise. »Sie sollten sich nicht auf offener Straße mit mir unterhalten, falls Sie Wert auf Ihren guten Ruf legen.«

Francesca hatte noch keinen Gedanken an ihren guten Ruf verschwendet, und auch jetzt ließ es sie völlig kalt.

»Ich verbringe meine Zeit, mit wem es mir gefällt«, sagte sie lächelnd. »Wie geht es Ihnen?«

»Ich kann mich nicht beklagen«, sagte Lizzie. »Aber das kümmert ja sowieso keinen.«

»Doch, mich«, widersprach Francesca.

Erstaunt sah Lizzie sie an. Die junge Frau hatte es offenkundig ernst gemeint. »Danke, Francesca, das ist sehr nett von Ihnen. Aber Sie sollten lieber gehen, bevor eine der hiesigen Frauen Sie sieht. Die können auf unsereins nämlich sehr boshaft reagieren.«

Francesca lag die Erwiderung auf der Zunge, dass es sie einen Dreck kümmere, musste dann aber an Regina Radcliffe und Monty denken. »Ich muss mich sowieso auf den Weg machen. Lizzie. Bis bald!« Francesca schenkte ihr ein freundliches Lächeln. Obwohl sie mit Bestürzung erkannt hatte, dass die Blutergüsse in Lizzies Gesicht noch nicht ganz verblasst waren, verkniff sie sich eine Bemerkung, da sie Lizzie nicht an das schreckliche Erlebnis erinnern wollte.

Auf dem Rückweg von der Bäckerei nahm Francesca die Abkürzung durch die schmale Gasse. Plötzlich sah sie, dass Neal Mason zusammen mit Lizzie Spender durch das Eingangstor des Bordells ging. Beide lachten fröhlich, und Neal legte den Arm um Lizzies Schulter, als sie sich ins Haus begaben. Francesca spürte einen Stich im Herzen. Es wollte ihr nicht in den Sinn, dass Neal solch oberflächliche Affären einer wahren Liebesbeziehung vorzog. Sie versuchte sich einzureden, dass Neal tun könne, was ihm gefiel, doch die Vorstellung, dass er sich mit Lizzie oder einem der anderen Mädchen einließ, brach ihr fast das Herz.

Am nächsten Morgen rief Joe nach Francesca.

»Du hast Besuch«, teilte er ihr durch ihre geschlossene Tür mit.

Francesca öffnete. Joe fiel auf, dass sie den Eindruck machte, als habe sie nicht geschlafen. »Wer ist es, Dad?«

»Montgomery Radcliffe«, antwortete Joe, der eigentlich erwartet hatte, dass sie sich über diese Nachricht mehr freuen würde, als es den Anschein hatte.

Francesca fragte sich unwillkürlich, ob Neal Mason bereits an Bord war.

»Guten Morgen, Francesca«, grüßte Monty, als sie an Deck kam. Er war aufrichtig glücklich, sie zu sehen.

Francesca bemerkte, dass Neal Ned dabei half, Holzsplitter vom Achterdeck zu fegen. »Guten Morgen, Monty«, erwiderte sie mit betontem Entzücken. Sie wollte Neal wehtun, so wie er ihr wehgetan hatte.

Monty stellte überglücklich fest, dass sie ihn offensichtlich genauso sehr vermisst hatte wie er sie. »Sie waren die ganze Woche fort«, bemerkte er und ergriff mit beiden Händen ihre Hand, um sie zu küssen.

»Ja, wir haben flussabwärts gearbeitet.« Sie versuchte, jeden Gedanken an Neal Mason zu verbannen.

Monty warf einen nervösen Blick zu Ned, Neal und Joe. Francesca erkannte, dass er ungestört mit ihr reden wollte, und sie führte ihn an die Reling.

»Ich bin gekommen, um Sie zu fragen, ob Sie mir Sonntag bei einem Picknick Gesellschaft leisten«, sagte er. »Von Ihrem Vater habe ich bereits die Erlaubnis erhalten. Er ist einverstanden.«

Francesca gefiel der Vorschlag. Sie hatte das dringende

Bedürfnis, eine Zeit lang von der *Marylou* fortzukommen. »Sehr gern. Wo findet es statt?«

»Ich kenne ein nettes Plätzchen am Flussufer, sehr idyllisch und schattig. Darf ich Sie zur Mittagszeit abholen?«

In Montys braunen Augen schimmerte Wärme, was Francesca das Gefühl von Sicherheit vermittelte. Sie wusste, er würde ihr niemals ein Leid zufügen. »Ja, ich freue mich schon sehr darauf.«

»Ich ebenfalls«, entgegnete Monty und meinte es offensichtlich aufrichtig. »Meine Eltern lassen Sie übrigens herzlich grüßen«, fügte er hinzu. »Sie schwärmen geradezu von Ihnen, aber ich wusste gleich, dass sie begeistert von Ihnen sein würden.« Der Klang seiner Stimme ließ keinen Zweifel daran, dass er ihr zu Füßen lag, aber das wusste Francesca bereits. Monty konnte seine wahren Gefühle nicht verbergen – im Gegensatz zu Neal Mason, den sie wohl nie begreifen würde.

»Meine Eltern hoffen, Sie bald wiederzusehen«, sagte Monty.

»Das hoffe ich auch.«

»Gut, dann bis Sonntag«, sagte Monty, der sich offenbar nicht von ihr losreißen konnte.

Francesca nickte. »Soll ich etwas vorbereiten?«

»Nein, ich habe schon alles veranlasst. Stehen Sie einfach nur bereit, wenn ich Sie am Mittag abhole.« Monty wandte sich zu den anderen. »Auf Wiedersehen, Joe«, rief er. »Auf bald, Ned.« Neal Mason jedoch funkelte Monty wütend an, sodass er darauf verzichtete, sich auch von ihm zu verabschieden. Er lächelte Francesca ein letztes Mal zu und ging.

Francesca drehte sich um und stellte fest, dass Neal Mason sie beobachtete. Er schaute verärgert drein, wofür sie keinen Grund sah, und sie verzog sich rasch wieder in ihre Kajüte.

»Sieht aus, als würde Monty Radcliffe unserer Francesca ernsthaft den Hof machen«, sagte Joe. »Um ehrlich zu sein, habe ich eigentlich damit gerechnet, dass seine Eltern dem ein Ende bereiten würden, zumal sie der besseren Gesellschaft angehören, aber sie haben Monty offenbar ihren Segen gegeben.«

»Francesca ist für jeden Mann eine gute Frau. Für die meisten ist sie sogar zu gut«, kommentierte Ned.

»Kannst du dir vorstellen, mit den Radcliffes verwandt zu sein?«, entgegnete Joe, der bei der Ironie dieses Gedankens den Kopf schüttelte.

»Meinst du, wir werden dann auch zum Tee auf Derby Downs eingeladen?«, fragte Ned im Scherz.

»Aber sicher«, entgegnete Joe. »Am besten, wir klopfen schon mal den Staub aus unseren Sonntagsanzügen.« Joe blickte zu Neal. Dessen Gesichtsausdruck machte deutlich, dass er von einer Verbindung zwischen Francesca und Monty nicht gerade begeistert wäre. »Was hältst du denn davon, Neal?«, fragte Joe ihn.

In Neals Kopf herrschte ein wildes Durcheinander. Er malte sich aus, wie Monty Francesca küsste, so wie er sie geküsst hatte, und wie er sie in den Armen hielt, so wie er sie gehalten hatte. Er malte sich aus, wie sie ihm mit demselben unschuldigen Verlangen in die Augen schauen würde, mit dem sie ihn angeblickt hatte, und ihm stieg die Galle hoch. »Meine Meinung ist hier nicht von Belang«, presste er zwischen zusammengebissenen Zähnen hervor. Gleich darauf legte er seinen Besen zur Seite und sprang mit einem Satz an Land. »Bis Sonntagabend«, sagte er und wandte sich in Richtung Hafenkneipe.

Joe und Ned wechselten stumm einen Blick.

»Was hat er denn?«, meinte Ned.

»Wüsste ich nicht genau, dass er vom Heiraten nichts hält, würde ich sagen, er ist wegen Francesca auf Monty Radcliffe eifersüchtig«, erwiderte Joe. »Tja, er kann nun mal nicht beides haben. Er kann ihr nicht erzählen, dass er keinerlei Heiratsabsichten hat, und gleichzeitig erwarten, dass sie alle anderen Männer abweist.«

9

Neal Masons Stimmung war auf dem Nullpunkt, als er das Steampacket Hotel verließ. Mit Einbruch der Dunkelheit war es kalt geworden, sodass er den Jackenkragen hochschlug und sich auf den Weg zu Gwendolyn machte. Zwar hatte er die Möglichkeit, an Deck der *Marylou* zu übernachten, doch er hielt es zurzeit nicht in Francescas Nähe aus. Zudem wusste er, dass Gwendolyn ihn nicht abweisen würde, wenn er ein Bett für die Nacht brauchte. Er hoffte bloß, sie würde verstehen, dass er nicht in der Stimmung für eine Unterhaltung war.

Montgomery Radcliffe hatte die Verlagsräume des *Riverine Herald* aufgesucht, um für seine Mutter einige Abrechnungen zu holen, die sie durchgehen wollte. Nachdem er das Gebäude verlassen hatte, spürte er ebenfalls den frischen Wind vom Wasser und klappte den Kragen seines Mantels hoch, während er zu seiner Kutsche ging. Als er um eine Ecke bog, stieß er mit Neal Mason zusammen.

»Verzeihung ...«, sagte Monty.

»Passen Sie doch auf, wo Sie hingehen«, fuhr Neal ihn an.

Die beiden Männer musterten einander und erkannten plötzlich, wen sie vor sich hatten.

Monty wollte sich noch einmal entschuldigen, doch plötzlich bemerkte er den feindseligen Ausdruck in Neals Augen – genau wie zuvor, als er Francesca seine Aufwartung gemacht hatte. Bevor Monty vom Pier losgefahren war, hatte er Erkundigungen über Neal Mason eingeholt und zu seiner Bestürzung erfahren, dass er ein bekannter Schürzenjäger war.

»Sie waren heute Morgen an Bord der *Marylou*«, sagte Monty. »Gehe ich recht in der Annahme, dass Sie für Joe Callaghan arbeiten?«

»Und?«, gab Neal brüsk zurück.

Neals offene Feindseligkeit irritierte Monty. »Ich bin mir sicher, wir sind uns noch nie begegnet. Weshalb sind Sie mir gegenüber so aggressiv? Da ich Ihnen keinen Grund zur Kränkung gegeben habe, kann ich nur vermuten, dass Ihr Verhalten mit Francesca Callaghan zusammenhängt.«

Neal blieb stumm.

»Haben Sie etwas dagegen, dass ich meine Zeit mit Francesca verbringe?«

»Ich habe etwas gegen Leute wie Sie«, knurrte Neal.

»Was soll das heißen?«

»Sie glauben, Sie können sich alles mit Geld erkaufen ... alles und jeden.«

»Wie kommen Sie dazu, so etwas zu behaupten?«

»Zum Beispiel das Kleid, das Sie Francesca gekauft haben. Das war ein offensichtlicher Versuch, sich damit ihre Zuneigung zu erkaufen.«

Montys Gesicht lief vor Zorn rot an. »Ich wollte Francesca damit eine Freude machen. Als ich sie zum ersten Mal sah, stand sie vor einer Auslage, bewunderte das Kleid und machte Andeutungen, dass sie es sich nie leisten könnte. Mir ist überhaupt nicht in den Sinn gekommen, mir Francescas Zuneigung zu erkaufen, anderenfalls hätte ich uns damit einen schlechten Dienst erwiesen. Meine Gefühle für Francesca sind aufrichtig, und ich glaube, sie erwidert meine Zuneigung.«

Neal konnte sich ein spöttisches Grinsen nicht verkneifen. Er musste an die Küsse denken, die er und Francesca ausgetauscht hatten, und er hielt es für eine Ironie, dass Monty nach den wenigen Treffen mit Francesca offenbar glaubte, einen besonderen Platz in ihrem Herzen einzunehmen.

Monty entging Neals Grinsen nicht, und er war beunruhigt. »Lieben Sie Francesca?«, fragte er.

Neals Grinsen erlosch, nachdem Monty ihn mit etwas konfrontiert hatte, das er sich nicht eingestehen wollte. Er funkelte Monty wütend an und setzte wortlos seinen Weg fort.

»Er liebt sie tatsächlich«, sagte Monty zu sich selbst. Jetzt hatte er allen Grund, beunruhigt zu sein. Francesca verbrachte den Großteil ihrer Zeit an Bord der *Marylou,* zusammen mit diesem Mann.

Monty beschloss, etwas zu unternehmen, um seine Chancen bei Francesca zu wahren.

Als Monty nach Hause kam, war es bereits sehr spät, doch aus der Bibliothek fiel noch Licht in die Eingangshalle. Er sah mit Sorge, wie viel Zeit seine Mutter dort drinnen zubrachte, aber sie war immer schon lange aufgeblieben und schlief gewöhnlich bis zum späten Vormittag. Montys Vater hingegen zog sich grundsätzlich früh zurück und stand bei Tagesanbruch auf – eine Gewohnheit, die aus seiner Zeit als Viehtreiber stammte und die er nie abgelegt hatte, nicht einmal nach seinem Unfall.

»Hier sind die Zahlen, die du haben wolltest, Mutter«, sagte Monty.

Regina sah sofort, dass ihn etwas beschäftigte. »Danke. Ist alles in Ordnung?«

»Ja. Warum fragst du?«

Regina musterte ihn. »Du machst einen besorgten Eindruck. Vielleicht hilft es, wenn du darüber sprichst ...«

Monty blickte auf eine Büste von Florence Nightingale, die in einem Regal stand. Regina bewunderte starke und einflussreiche Frauen. Außer der Büste von Florence Nightingale schmückten mehrere Porträts ihrer weiblichen Vorbilder die Wände im Speisezimmer und den Flur im ersten Stock.

»Hast du Francesca in der Stadt angetroffen?«, fragte Regina. Monty hatte ihr von seinem Vorhaben berichtet, sie für Sonntag zu einem Picknick einzuladen. Sie fragte sich unwillkürlich, ob Francesca abgelehnt hatte.

»Ja, wir ... wir sind am Sonntag verabredet«, entgegnete Monty, noch immer zerstreut.

»Was beschäftigt dich, Monty?«

Monty runzelte die Stirn und wählte seine Worte mit Bedacht. »Es gibt da einen anderen Mann ... er arbeitet auf Joes Schiff ...«

»Meinst du Ned Guilford?«

»Nein. Ich kenne den Mann nicht, aber ich habe mich erkundigt und herausgefunden, dass sein Name Neal Mason ist.«

Regina war der Name ein Begriff – vielmehr Masons Ruf als Frauenheld. »Was ist mit ihm?«

»Als ich Francesca heute Vormittag besucht habe, war Mason auf dem Schiff und hat mich ganz merkwürdig angesehen. Heute Abend sind wir dann buchstäblich zusammengestoßen, und es gab ein kleines Wortgefecht.«

»Oh, Monty, du solltest abends in der Stadt vorsichtiger sein. Du solltest immer Claude an deiner Seite haben.«

Regina hatte Claude Mauston als Montys Kutscher und Leibwächter eingestellt. Claude war ein ehemaliger Boxchampion, der Australien der Länge und Breite nach bereist hatte, stets auf der Jagd nach Preisgeldern in Boxzelten. Er roch eine windige Gestalt schon aus einer Meile Entfernung. Mit vierzig – vor fünf Jahren – hatte er sich aus dem Boxgeschäft zurückgezogen, doch er wusste immer noch mit den Fäusten umzugehen. Regina bezahlte ihm den doppelten Lohn eines Kutschers, doch sie hätte ihn auf der Stelle gefeuert, hätte sie gewusst, dass er oft in der Schänke saß – auf Montys Wunsch, weil dieser Ungestörtheit und Bewegungsfreiheit wollte.

»Claude war in der Nähe«, erwiderte Monty beschönigend, um seine Mutter milde zu stimmen.

»Und welches Anliegen hatte dieser Neal Mason?«, fragte Regina.

»Das hat er nicht gesagt, deshalb ärgere ich mich ja so. Ich habe ihn ohne Umschweife gefragt, ob er Francesca liebt, aber er hat nichts darauf entgegnet.«

»Dann ist die Sache wohl ziemlich belanglos«, sagte Regina.

»Ich bin sicher, er liebt Francesca«, beharrte Monty.

Reginas erster Impuls war, Monty zu versichern, dass es keinen einzigen Mann in der Stadt gab, der es mit seinem Aussehen, seinem Charme und seinem gesellschaftlichen Rang aufnehmen konnte, doch sie kannte ihren Sohn. Es wäre ihm nur ein kleiner Trost.

»Ich habe eine Idee«, verkündete Regina. »Lass uns Francesca fürs Wochenende nach Derby Downs einladen. Ich würde sie gern näher kennen lernen, und du könntest ihr die Farm zeigen. Das würde dir doch gefallen, oder?«

»Das ist eine großartige Idee, Mutter«, sagte Monty begeistert. »Wie wäre es gleich am kommenden Wochenende?«

»Einverstanden. Soviel ich weiß, haben wir dann keine anderweitigen gesellschaftlichen Verpflichtungen.«

»Ich werde sie morgen beim Picknick fragen.« Monty küsste seine Mutter auf die Wange und begab sich glücklich ins Bett.

Regina durchströmte stets ein Gefühl der Wärme, wenn sie ihren Sohn glücklich sah. Und sollte Francesca die Frau sein, die er wollte, war sie fest entschlossen, das Mädchen unter ihre Fittiche zu nehmen: Wenn sie ein wenig Schliff bekam und lernte, sich auf gesellschaftlichem Parkett zu bewegen, würde sie sich in der gehobenen Gesellschaft etablieren. Regina war sicher, dass Francesca mit ihrer Unterstützung und unter ihrer Führung den Radcliffes Stolz bereiten würde – vorausgesetzt, ihre Herkunft blieb im Hintergrund. Doch zuerst musste Regina sich etwas überlegen, um sicherzugehen, dass dieser Querkopf Neal Mason Montys Pläne nicht durchkreuzte.

Am Sonntag erschien Monty mit seiner Kutsche um zehn Minuten vor zwölf Uhr. Francesca wartete bereits in der Sonne auf ihn. Sie trug einen marineblauen Rock zu einer weißen Bluse, dazu einen großen Strohhut mit einem blauen Zierband. Sie sah bildhübsch aus und beinahe unanständig jung, wie sie auf einem Fass auf dem Pier saß und die Beine baumeln ließ. Am Heck fütterte Ned gerade ein paar Pelikane mit Fischbrocken; er und Francesca lachten über die Possen der Tiere, als diese sich um das Futter stritten.

»Hallo«, rief Monty und spähte zur *Marylou*, um zu sehen, ob Neal Mason an Bord war.

»Sie kommen zu früh, Monty«, sagte Francesca und rutschte von der Tonne, wobei ihr wohl geformter Körper ihm vor Augen führte, dass sie eine junge Frau und kein Mädchen mehr war.

Monty war lässig-elegant gekleidet, mit leichter Hose und weißem Hemd, dessen Kragen offen stand, ganz im Stil des Landadels. Dazu trug er einen braunen Hut mit breiter Krempe.

»Sie dürfen mir meinen Enthusiasmus nicht zum Vorwurf machen. Sind Sie bereit?«

»Ja.« Francesca wandte sich um und winkte Ned und ihrem Vater, der ebenfalls an Deck erschienen war. »Bis heute Nachmittag«, rief sie.

Als Monty und Francesca aus der Stadt fuhren, hätte eine Windböe ihr beinahe den Hut vom Kopf gerissen. »Sie haben doch nicht den ganzen Weg von Derby Downs in diesem offenen Einspänner zurückgelegt, oder?«

»Nein.« Bei diesem Gedanken verzog Monty das Gesicht. »Ich glaube, ich hatte Ihnen schon erzählt, dass wir in der Stadt einen Mietstall besitzen. Dort habe ich meine Kutsche gegen dieses Gefährt getauscht, weil es besser für das Gelände geeignet ist, wo unser Ausflugsziel liegt.«

»Ich hatte vergessen, dass Ihre Familie eine Stallung besitzt.«

»Es steht Ihnen jederzeit frei, von den Pferden, Einspännern und Kutschen Gebrauch zu machen. Ich werde Henry Talbot verständigen, dass Sie meine Genehmigung haben. Er leitet die Stallung.«

»Das ist sehr freundlich, Monty. Vielen Dank.«

Sie bewegten sich in Richtung Norden, entlang des Flussufers. Allmählich stieg der Weg an, sodass das Pferd zu kämpfen hatte, doch Monty trieb es weiter bis fast zur Spitze der Klippe. Sie hielten an einer Stelle, wo der Fluss eine Biegung machte, was ihnen eine herrliche Sicht in beide Richtungen ermöglichte. Zudem spendeten Eukalyptusbäume und Akazien wohltuenden Schatten, genau wie Monty versprochen hatte.

Während das Pferd auf der saftigen Wiese graste, breitete Monty unter einer Akazie eine Decke aus. Von den Ästen spähten neugierige Rieseneisvögel auf sie herab und stießen ihr heiseres Gelächter aus. Unten auf dem Wasser schaukelten Pelikane und Enten im Schatten der überhängenden Bäume.

Francesca genoss die Aussicht, und Monty packte seinen Picknickkorb aus: Wein, Käse, kaltes Huhn, saure Gurken und Eiertomaten aus dem eigenen Garten, dazu frisches Brot und Obstkuchen.

»Ich hoffe, Sie sind hungrig«, sagte er und bedeckte das Essen mit einem Netz, um die Fliegen fern zu halten.

»Ich habe sogar einen Bärenhunger«, entgegnete Francesca beim Anblick dieses Festmahls. »Sie haben sich sehr viel Mühe gegeben, Monty.«

»Leider gebührt nicht mir die Ehre, sondern Mabel. Sie hat den Korb vorbereitet. Sollte etwas übrig bleiben, wird sie mir nachher den Kopf abreißen.«

»Das können wir unmöglich zulassen«, sagte Francesca und setzte sich neben ihn.

Monty reichte ihr einen Teller, eine Serviette und Besteck. »Und jetzt sage ich etwas, das meiner Mutter bestimmt missfallen würde«, verkündete er. Mit einem Funkeln in den Augen hob er das Netz von den Speisen.

»Und das wäre?«

»Hauen Sie rein«, sagte er und lachte.

»Aber gern!« Francesca nahm sich ein Hühnerbein. »Wie geht es Ihrer Mutter?«

»Gut. Sie lässt Sie herzlich grüßen. Übrigens, sie hat mich gebeten, Sie für das Wochenende nach Derby Downs einzuladen. Für das kommende Wochenende, falls Sie frei sind.«

Francescas Augen wurden groß. »Im Ernst?«

»Ja. Mutter würde Sie gern näher kennen lernen, und das würde auch uns beiden wertvolle Zeit verschaffen. Werden Sie kommen?«

»Liebend gern, aber vorher muss ich mich mit meinem Vater absprechen.«

»Natürlich. Wenn Sie möchten, werde ich ihn fragen, wenn ich Sie nachher wieder absetze.«

Nach dem Picknick machten Francesca und Monty einen Spaziergang entlang des Klippenrands und unterhielten sich über ihre Kindheit und ihre jeweiligen Vorlieben und Abneigungen, was Essen und Musik betraf. Monty berichtete von den Theateraufführungen, die er in Melbourne besucht hatte, und sie redeten über Bücher, die sie beide gelesen hatten.

Monty erzählte ihr von den Sehenswürdigkeiten, die er bereist hatte, und von denen, die er noch bereisen wollte, darunter die Inseln vor der Küste von Queensland. Schließlich brachte er seinen Wunsch zur Sprache, eines Tages eine eigene Familie zu gründen, und fragte Francesca zaghaft, ob sie selbst eine Familie wolle.

»Ja, natürlich«, entgegnete sie, wobei sie an ihr Gespräch mit Neal Mason denken musste.

Monty bemerkte ihre Nachdenklichkeit. »Ist irgendetwas, Francesca? Bin ich zu forsch?«

»Nein«, sagte sie mit wehmütigem Lächeln. »Ich musste nur gerade an ein Gespräch denken, das ich vor kurzem hatte. Ich dachte immer, jeder Mensch hat den Wunsch, zu heiraten und Kinder zu haben, aber das ist offenbar nicht der Fall.«

»Auf jeden Fall haben alle Menschen das Bedürfnis, ihr Leben mit jemandem an ihrer Seite zu teilen.«

»Das dachte ich auch.«

»Wer das Gegenteil behauptet, hat vermutlich eine unangenehme oder schmerzhafte Erfahrung gemacht.«

Francesca hatte nicht den Eindruck, dass Neal Mason ein Mann war, dem man das Herz brechen konnte. »Sie sind sehr feinfühlig, Monty«, sagte sie.

»Erlauben Sie mir eine Frage, Francesca. Wie kommt es, dass Neal Mason für Ihren Vater arbeitet?«

Francesca erschrak, als Monty Neals Namen erwähnte. Es kam ihr vor, als hätte er ihre Gedanken gelesen. Sie konnte ihm nicht in die Augen schauen, als sie ihm antwortete. »Sein Schiff liegt im Trockendock ... und mein Vater hat einen Matrosen gesucht, also hat er Neal angeheuert. Die beiden kennen sich schon seit längerer Zeit.«

Plötzlich kam Monty eine großartige, wenn auch eigennützige Idee. Er könnte dem Eigentümer des Trockendocks eine Geldsumme zustecken, damit er Neal Masons Reparaturen den Vorrang gab. Im nächsten Moment schämte er sich und schalt sich insgeheim für sein Zaudern, doch er konnte es nicht ändern. »Ist Ihr Vater auf ihn angewiesen?«

»Er braucht unbedingt einen zusätzlichen Mann, und Neal ist ein guter Arbeiter. Eigentlich war es meine Idee, jemanden anzuheuern. Zuerst fand Vater keinen Gefallen an der Vorstellung, aber da er sich Geld geliehen hat, um den Kessel der *Marylou* zu reparieren, muss er so viel wie möglich verdienen, damit er die Raten bezahlen kann. Hinzu kommt, dass seine Schulter fast steif ist. Auch Ned ist kein junger Mann mehr und braucht Unterstützung. Neal ist uns eine große Hilfe.«

Monty hörte den Vorbehalt aus Francescas Stimme heraus. Er hätte alles dafür gegeben, um zu erfahren, in welchem Verhältnis Francesca zu Neal stand. Er hoffte, dass es rein geschäftlich war, doch bei Neals Ruf ... man konnte nie wissen.

»Bestimmt gibt es viele Männer, die gern für Joe arbeiten würden«, sagte er.

»Ja, das vermute ich auch, aber Dad hat seinen Stolz, und er kommt mit Neal zurecht. Warum interessieren Sie sich denn so für Neal, Monty? Wissen Sie etwas, das wir nicht wissen?«

»Nein. Aber ich habe eine gute Menschenkenntnis, und Neal hat irgendetwas an sich ... etwas Unaufrichtiges.« Monty verschwieg lieber, dass er gehört hatte, Neal sei ein Weiberheld. Es wäre ihm schrecklich peinlich, wenn Francesca herausfand, dass er sich heimlich über Neal Mason erkundigt hatte.

»Er macht einen ziemlich ungehobelten Eindruck und sagt ganz offen, dass er kein normales Leben führen möchte, sondern die Freiheit und das Abenteuer sucht. Aber mein Vater kennt Neal gut und behauptet immer, dass er ein anständiger Kerl ist.«

Francesca war gar nicht bewusst, dass sie Monty soeben verraten hatte, dass Neal derjenige war, der sich gegen eine Heirat und Kinder sträubte.

Nach dem üppigen Picknick verspürte Francesca keinen Hunger, als sie zurück aufs Schiff kam, doch sie half Ned dabei, das Abendessen für ihn, Joe und Neal vorzubereiten, der sich während ihrer Abwesenheit wieder auf der *Marylou* eingefunden hatte.

»Möchtest du denn nichts von dem Fisch?«, fragte Ned, nachdem Francesca abgelehnt hatte, sich zu den Männern zu setzen und mit ihnen zu essen.

»Nein, danke. Montys Picknick hätte für sechs Personen gereicht.«

»Was speist die feine Gesellschaft denn so, Francesca?«, meinte Neal mit spöttischer Miene später an Deck.

»Dasselbe wie wir«, entgegnete Francesca kühl. »Warum machst du dich ständig über Monty lustig? Er behandelt mich wie eine Prinzessin, und du hast kein Recht, so über ihn zu reden. Vater ist mit unserer Verbindung einverstanden – alles andere zählt für mich nicht. Es wäre schön, würdest du dir in Zukunft deine Kommentare verkneifen.«

»Nach so wenigen Treffen sprichst du bereits von einer Verbindung?«, fragte Neal.

»Ganz recht«, erwiderte Francesca mit Genugtuung. »Monty hat keine Angst, sich zu binden.«

»Meinst du ich?«

»Deine einzige Bindung ist die zu den Frauen im Bordell.«

Neal wirkte einen Augenblick verwirrt und richtete den Blick auf den Fluss.

»Was ist, Neal?«, fragte sie spöttisch. »Austeilen kannst du, aber nicht einstecken, stimmt's?«

Er wandte sich um und sah ihr ins Gesicht. »Du bist auf dem falschen Dampfer, Francesca.«

»Das glaube ich nicht. Schließlich habe ich gesehen, dass du im Bordell an der Promenade ein- und ausgehst.«

»Du denkst, ich steige mit den Dirnen ins Bett?«

»Hältst du mich für so naiv, dass ich annehme, du putzt dort die Fenster?«

Neal stieß einen Seufzer aus. »Du hast dir deine Meinung über mich offensichtlich schon gebildet. Also ist jedes weitere Wort von mir nutzlos.«

»Ich habe auch allen Grund dazu, so über dich zu denken, oder?« Francesca fiel Montys Bemerkung ein. »Hat eine Frau dir das Herz gebrochen, Neal? Hat deine Verlobte dich verlassen? Ist das der Grund, weshalb du dir geschworen hast, niemals zu heiraten?«

Neal war entgeistert, dass sie zu solchen Schlüssen gelangte. »Nein.«

»Warum bist du dann so verbittert gegenüber Frauen?«

»Ich bin keineswegs verbittert. Ich liebe Frauen, und ich liebe ihre Gesellschaft.«

In Francesca stieg Eifersucht hoch. »Liebe! Wahre Liebe hält länger an als eine Woche. Wahre Liebe findet man nicht im Bett mit einer Frau, die man für ihre Gefälligkeiten bezahlt.«

Ohne Neals Reaktion abzuwarten, stürmte Francesca in ihre Kajüte, damit er ihre Tränen nicht sah.

Neal schaute wieder auf den Fluss, tief in Gedanken versunken.

Er war nie eine Beziehung eingegangen, weil es für ihn nichts Wichtigeres gab, als sich um Gwendolyn zu kümmern. Bislang hatte er nie das Gefühl gehabt, für Gwendolyn sein eigenes Glück zu opfern, doch er hatte nie zuvor so viel für eine Frau empfunden wie für Francesca Callaghan.

10

Als Montys Kutsche vor dem Landsitz vorfuhr, wurde die Eingangstür geöffnet, und Regina trat hinaus auf die Veranda.

»Herzlich willkommen, Francesca«, grüßte sie aufgeräumt und kam die Stufen herunter. »Wir freuen uns sehr, dass Sie kommen konnten.«

»Vielen Dank für die Einladung, Mrs Radcliffe«, erwiderte Francesca. Sie konnte nicht umhin, an den Empfang zu denken, den Regina ihr beim ersten Mal bereitet hatte. Der Unterschied war immens. »Ich freue mich, hier zu sein.«

»Ich weiß, dass Monty Ihnen das Grundstück zeigen möchte, dennoch hoffe ich, dass er auch seiner Mutter ein wenig Zeit gönnt, damit wir uns näher kennen lernen.« Sie lächelte ihrem Sohn verschwörerisch zu, sodass Francesca sich vorkam, als sei sie in ein Komplott geraten.

»Habe ich dem irgendetwas entgegenzusetzen, Mutter?«, fragte Monty mit gespielter Resignation, doch sein schelmisches Grinsen verriet ihn.

»Nein, ich wollte nur höflich sein«, entgegnete Regina lachend, hakte sich bei Francesca ein und führte sie zur Veranda hinauf. »Wir möchten, dass Sie sich hier entspannen und sich verwöhnen lassen, Francesca«, sagte sie. »Wenn Sie wünschen, können Sie vor dem Abendessen ein Bad nehmen. Als einzige Frau auf der *Marylou* verfügen Sie wahrscheinlich über wenig Privatsphäre, sich so etwas zu gönnen, nicht wahr?«

Francesca blickte erstaunt. Reginas Worte kamen völlig unvorbereitet, aber sie hatte Recht. Wenn Francesca an Bord ein Bad nehmen wollte, musste sie sich mit einer kleinen Wanne begnügen und diese jedes Mal in ihre enge Kajüte schleifen, sodass die Vorstellung, sich in einer großen Badewanne zu räkeln, geradezu himmlisch war. »Ich würde mich sehr gern in einer richtigen Badewanne ausstrecken, aber ich möchte Ihnen keine Umstände ...«

»Mit dieser Reaktion habe ich gerechnet«, wurde sie von Regina unterbrochen. »Deshalb habe ich Mabel schon vor Stunden aufgetragen, Wasser heiß zu machen.« Sie durchquerten den Salon. »Sie müssen am Verdursten sein. Ich lasse uns Tee bringen. Monty wird Ihre Tasche nach oben in eines der Gästezimmer bringen.« Sie warf einen Blick über die Schulter. »Nicht wahr, mein Lieber?«

»Ja, Mutter«, erwiderte Monty, dessen Hoffnung, ein paar Stunden ungestört mit Francesca zu verbringen, sich immer mehr zerschlug.

»Zurzeit sind die Scherer hier, und es gibt viel zu tun, aber das ist eine gute Gelegenheit, einen richtigen Einblick in den Betrieb hier zu bekommen. Frederick ist gerade unten bei den Ställen, aber bis zum Abendessen wird er zurück sein. Da wir gerade vom Abendessen sprechen, ich habe Mabel veranlasst, ihre Spezialität zuzubereiten, Lammbraten mit Minzgelee. Er schmeckt köstlich.«

Francesca war von dem Empfang schier überwältigt. Zwar hatte sie mit ein wenig mehr Herzlichkeit als bei ihrem ersten Besuch gerechnet, zumal Monty gesagt hatte, die Idee, sie übers Wochenende einzuladen, käme von seiner Mutter, dennoch war Francesca aufrichtig überrascht, dass Regina Radcliffe sie mit so offenen Armen willkommen hieß. Zudem hatte Francesca die Worte ihres Vaters in den Ohren, was den sozialen Unterschied und die Möglichkeit einer arrangierten Hochzeit für Monty betraf.

Nach dem Tee wurde Francesca von Regina nach oben in ihr Zimmer geführt. Wie die Räume im Erdgeschoss war auch dieses von großzügigen Ausmaßen, und als Regina sie durch die Glastür auf den Balkon führte, stockte Francesca der Atem. Vor ihr erstreckte sich meilenweit der Fluss. Sie stellte sich an die seitliche Balkonbrüstung, von wo aus sie die gesamte Auffahrt und die weite Hügellandschaft sehen konnte.

»Die Aussicht ist fantastisch, nicht wahr?«, bemerkte Regina. »Für mich ist sie inzwischen leider schon selbstverständlich geworden.« Sie begab sich wieder ins Zimmer, und Francesca folgte ihr.

»Ich bin sicher, Sie fühlen sich in diesem Zimmer wohl«, sagte Regina.

»Das Bett sieht geradezu fürstlich aus«, entgegnete Francesca, der allein dieses Bett so groß vorkam wie ihre gesamte Kajüte auf der *Marylou.* Es war ein Himmelbett mit weinroten Samtvorhängen, die von Spitzenbändern zusammengehalten wurden; über dem Baldachin hing ein Moskitonetz.

»Es ist nicht ganz so groß wie mein Bett, aber dafür weich. Wenn Sie die Balkontür offen lassen, haben Sie ein angenehmes Lüftchen im Zimmer, aber heute Nacht könnte es ein wenig frisch werden.« Regina wandte sich einer weiteren Tür zu und sagte: »Hier ist das Bad. Amos müsste die Wanne inzwischen gefüllt haben.«

Francesca wollte ihren Ohren nicht trauen, dass es eigens einen Raum zum Baden gab. »Amos?«

»Nun, meine Liebe, ich muss Sie vorwarnen. Falls Sie in den Gängen einem merkwürdigen Mann begegnen sollten, der auf den ersten Blick einen Furcht erregenden Eindruck macht, ist es Amos Compton. Er ist stark wie ein Ochse, und genau deswegen brauchen wir ihn hier. Er hilft Mabel bei schweren Lasten, holt die Lebensmittel aus der Stadt oder schafft das Badewasser nach oben. Eigentlich besteht seine

Aufgabe darin, Frederick mit dem Rollstuhl zu helfen. Er ist nämlich nicht in der Lage, selber in die Wanne, ins Bett oder eine Kutsche zu steigen.«

»Ich verstehe«, sagte Francesca.

Regina führte sie durch einen schmalen Durchgang in einen kleineren Raum, in dessen Mitte eine Wanne stand, die zu mehr als der Hälfte mit dampfendem Wasser gefüllt war. In der einen Ecke stand ein Stuhl, in der anderen ein Schränkchen, auf dem Handtücher und Seife lagen.

Regina tauchte prüfend einen Finger ins Wasser. »Es ist angenehm warm. Ich lasse Sie jetzt alleine, bevor das Wasser kalt wird«, sagte sie. »Lassen Sie sich Zeit. Zum Abendessen ziehen wir uns üblicherweise um, daher werde ich Ihnen ein paar hübsche Kleider zum Anprobieren bereitlegen.«

Francesca wusste nicht, ob sie sich geschmeichelt oder gekränkt fühlen sollte, was ihr offensichtlich ins Gesicht geschrieben stand, denn Regina sagte mit freundlichem Lächeln: »Ich hoffe, Sie verübeln mir das nicht, aber da ich selbst keine Tochter habe, ist es mir ein besonderes Vergnügen, eine reizende junge Frau wie Sie mit schönen Kleidern auszustaffieren.« Aus Rücksicht auf Francesca verkniff sie sich die Bemerkung, dass Monty sie eines Tages zu heiraten hoffte und dass sie als eine Radcliffe bestimmten Anforderungen gerecht werden müsse.

Das hob sie sich für später auf.

Nachdem Francesca ihr Bad beendet hatte, fand sie auf dem Bett eine Auswahl mehrerer zauberhafter Kleider vor. Während Francesca sie bewunderte, betrat Regina das Zimmer, drei weitere Kleider über dem Arm.

»Ach, da sind Sie ja«, meinte sie. »Haben Sie Ihr Bad genossen?«

»Es war himmlisch«, erwiderte Francesca. Sie hatte sich noch nie so entspannt gefühlt. »Ich glaube allerdings, meine

Fantasie spielt mir Streiche, denn ich hatte den Eindruck, das Wasser duftet nach Rosen.«

»So ist es auch. Ich hatte Mabel angewiesen, Rosenwasser in die Wanne zu gießen. Es hinterlässt nicht nur einen Duft auf der Haut, man fühlt sich dadurch auch viel weiblicher. Sie sollten es ruhig regelmäßig verwenden. Es zählt zu den kleinen Dinge, die Sie vom Rest abheben. Nun, wie finden Sie die Kleider?«

Vom Rest abheben ... Francesca war verwundert über Reginas Ausdrucksweise und wusste nicht, was sie davon halten sollte. »Jedes der Kleider ist wunderschön. Ich kann mich nicht entscheiden.«

Regina drapierte die Kleider sorgfältig auf dem Bett. »Probieren Sie das hier zuerst an«, sagte sie. »Es ist eins meiner Lieblingskleider.« Sie nahm es und legte es vorsichtig über einen Paravent, der in der Ecke stand. Gleich darauf wählte sie ein zweites Kleid aus, während Francesca hinter den Paravent glitt und ihr schlichtes Kleid auszog. Dann stieg sie in die Robe und steckte die Arme durch die Keulenärmel. Das Mieder war aus schwarzem Samt, genau wie der Rock, der jedoch zusätzlich vier weiße Einsatzstreifen aufwies. Der schwarze Stoff war weiß paspeliert, während die weißen Streifen schwarz paspeliert waren. Das Kleid war fantastisch. Nachdem Francesca die Verschlüsse zugemacht hatte, kam sie hinter dem Paravent hervor, um sich in dem mannshohen Spiegel zu betrachten, der in der anderen Ecke des Zimmers stand. »Es ist zauberhaft«, sagte sie, während sie sich bewundernd aus allen Blickwinkeln musterte. »Und es sitzt wie angegossen.«

»Es steht Ihnen«, erwiderte Regina, die sich in die Vergangenheit zurückversetzt fühlte, da Francesca aussah wie sie selbst vor zwanzig Jahren. Die Ähnlichkeit war frappierend, was Regina in ihrem Glauben bestätigte, dass die junge Frau mit ihrer Unterstützung eines Tages der Stolz der Familie sein würde. »Sie haben eine hübsche Figur, aber Sie müssen sehr diszipliniert leben, um sie zu behalten.«

Francesca war sprachlos. Sie aß alles, was sie mochte, ohne jemals zuzunehmen. Deshalb war sie verwundert über Reginas ziemlich taktlose Ermahnung.

Regina stellte sich neben Francesca, korrigierte deren Haltung, indem sie ihr die Schultern leicht zurückbog, und wickelte ihr Haar zu einem Dutt zusammen. »Sie sollten die Haare nicht offen tragen, weil es einen nachlässigen Eindruck macht. Man muss stets größten Wert auf ein gepflegtes Äußeres legen.« Regina musterte Francesca mit geschürzten Lippen. »Die hochgesteckten Haare oder ein geflochtener Zopf lassen Sie sehr elegant erscheinen. Das müssen wir in Zukunft berücksichtigen.«

Francesca hatte den Eindruck, sich in einer Benimmschule für junge Damen zu befinden. Manche ihrer ehemaligen Schulkameradinnen in Pembroke, die aus wohlhabenden Familien stammten, hatten ihr ausführlich von den Erfahrungen ihrer älteren Schwestern in solchen Einrichtungen erzählt, wohin sie nach Abschluss der Schule geschickt worden waren. Offenbar herrschte dort ein strenger Ton, sodass Francesca sich unwillkürlich dutzende Reginas vorstellte, die an ihr herumzupften und ihr Erscheinungsbild beanstandeten.

Francesca probierte ein paar weitere Kleider an. Eines war bezaubernder als das andere. Besonders ein türkisfarbenes Kleid und ein anderes aus rotem und blauem Samt hatten es ihr angetan; am besten aber gefiel ihr ein weißes Spitzenkleid mit hellblauen Zierbändern.

»Die Wahl ist nicht leicht. Jedes Kleid ist hinreißend. Aber das Weiße ist mein Favorit.« Francescas Stimme klang ganz aufgeregt vor Begeisterung, dieses traumhafte Kleid tragen zu dürfen. »Es ist sehr elegant«, schwärmte sie.

»Ein Kleid kommt erst durch die Trägerin richtig zur Geltung. Also, Kinn nach vorn, Schultern nach hinten. Und werden Sie niemals laut. Das schickt sich nicht.«

Francesca zuckte zusammen. Regina hatte nun schon mehrere Male Kritik an ihrer Ausdrucksweise und Haltung geäußert. Allmählich bekam sie Hemmungen, sich natürlich zu verhalten, so wie sie war.

»Dieses hier müssen Sie unbedingt noch anprobieren«, sagte Regina und drapierte ein zweiteiliges Ensemble über den Paravent, während Francesca dahinter die weiße Robe abstreifte. Sie wäre glücklich gewesen, in dem weißen Kleid zum Abendessen zu erscheinen, doch sie wollte Regina nicht enttäuschen, indem sie sich weigerte, weitere Kleider anzuprobieren, obgleich sie mehr denn je überzeugt war, dass sie herausgeputzt werden sollte. Dabei drängte sich ihr die Frage auf, wie viele andere junge Frauen, die Monty mit nach Hause gebracht hatte, ebenfalls diese Prozedur durchlaufen hatten, und wie sie dabei abgeschnitten hatten. Offenbar hatten sie den Ansprüchen der Familie nicht genügt, sonst wäre sie, Francesca, jetzt nicht die Zielscheibe von Reginas Kritik und Ratschlägen, was sie tun musste, um sich »vom Rest abzuheben«.

Der Rock aus marineblauer Seide war aus einer einzigen breiten Stoffbahn gefertigt. Im Bund war er mit mehreren Verschlüssen versehen, die Francesca vor einige Schwierigkeiten stellten.

»Stimmt etwas nicht?«, fragte Regina, als Francesca nach mehreren Minuten immer noch nicht hervorkam.

Francesca war es peinlich, die Wahrheit zu sagen. Sie kam sich noch unbeholfener vor, als es ohnehin schon der Fall war. »Ich weiß nicht, wie das geht«, sagte sie, während sie an den Verschlüssen nestelte.

»Das ist ein Wickelrock, der auf der linken Seite zugehakt wird«, entgegnete Regina mit leicht gereizter Stimme. »Ich zeige es Ihnen.« Daraufhin trat sie hinter den Wandschirm, nahm Francesca den Rock ab, schlang ihn ihr um die Taille und suchte nach den Haken, um den Rock zu befestigen. Dabei erhaschte sie einen kurzen Blick auf Francescas linken Oberschenkel, wo sich ihr Muttermal befand. Reginas Hand verharrte abrupt, und der Rock glitt ihr durch die Finger auf den Boden.

Francesca hob ihn auf. »Klappt es nicht?«, fragte sie.

»Was?« Regina starrte sie an. »Oh, ich ... doch, ja.« Sie nahm den Rock wieder an sich. »Das ist ein ungewöhnliches Muttermal«, stieß sie hervor, den Blick fest darauf gerichtet.

Francesca bemerkte, dass Regina blass geworden war und dass ihre Hände mit einem Mal zitterten. »Ja, das stimmt. Fühlen Sie sich nicht wohl, Mrs Radcliffe?«

»Mir ist ein bisschen ... schwindlig. Ich ... ich muss mich einen Augenblick setzen.« Nur mit Mühe erreichte sie das Bett und ließ sich darauf fallen. Francesca hüllte sich rasch in einen Morgenrock und ging zu ihr.

»Soll ich Monty verständigen?«, fragte sie, doch Regina schien sie nicht zu hören. Sie starrte mit glasigen Augen ins Leere.

»Soll ich Ihnen ein Glas Wasser besorgen?«, fragte Francesca, deren Besorgnis wuchs.

Langsam richtete Regina den Blick auf sie und musterte eingehend ihr Gesicht. Erneut erkannte sie, wie ähnlich sie einander sahen. Beide hatten dunkles Haar, blaue Augen und das gleiche herzförmige Gesicht. Zudem liebten sie beide den Umgang mit Zahlen, das Rechnen, die Buchführung. Von wie vielen Frauen konnte man das sonst behaupten? Regina fiel ein, dass Francesca erwähnt hatte, sie sei am Fluss geboren. Aber das alles konnte auch Zufall sein ... oder?

»Dürfte ich Ihr Muttermal noch einmal sehen? Es ist wirklich ungewöhnlich.«

Verblüfft über ihren Wunsch, zeigte Francesca ihr das Mal

erneut, woraufhin Regina es eingehend musterte und mit den Fingern darüber strich.

»Meine Mutter hat mir den Namen Francesca Starr gegeben, weil das Mal die Form eines Sterns hat«, sagte Francesca, in deren Stolz sich ein trauriger Unterton mischte.

In der Tat stellte es einen fast vollkommen gleichmäßigen, fünfzackigen Stern dar, wie Regina sehen konnte. Es würde bestimmt keinen zweiten geben. Und selbst wenn – ihre Erinnerungen ließen sich nicht aufhalten. In der Nacht, als ihr Baby zur Welt gekommen war, hatte sie das Muttermal nur bei Mondschein gesehen, und auch nur für einen kurzen Moment, aber sie war sicher, dass es sich auf dem linken Oberschenkel befunden hatte. Regina versuchte zwar, sich einzureden, dass sie sich täuschte, doch in ihrem Innern wusste sie, dass ihre Ahnung sie nicht trog. Das Muttermal war unverwechselbar.

Es war unfassbar, dass ihr Kind mittlerweile erwachsen war ... und sehr wahrscheinlich neben ihr saß.

»Wann sind Sie geboren?«, fragte Regina mit tonloser Stimme. Sie holte tief Luft und betete innerlich, dass Francesca nicht den 3. Oktober nennen würde.

Francesca fand die Frage sonderbar, doch aus unerfindlichen Gründen schien sie für Regina von größter Bedeutung zu sein. »Am 3. Oktober. Weshalb fragen Sie?«

Regina gab einen erstickten Laut von sich. Mit dem letzten Funken Hoffnung fragte sie: »In welchem Jahr ...?« Monty hatte zwar erwähnt, Francesca sei jung, aber er hatte nie ihr Alter genannt. Ihre Tochter müsste mittlerweile siebzehn sein.

»Worauf wollen Sie hinaus?«

»In welchem Jahr?«, beharrte Regina nachdrücklich. Sie musste ihre ganze Kraft aufbringen, kühle Beherrschung zu wahren.

»1866. Aber sagen Sie mir bitte, warum Sie das wissen möchten.«

»Mein Gott.« Regina schlug die Hände vors Gesicht, sprang auf und stürzte aus dem Zimmer.

Verwirrt folgte Francesca ihr bis zur Tür und sah, dass Regina durch den Korridor zu ihrem Schlafzimmer eilte und gleich darauf die Tür mit einem lauten Knall hinter sich zuwarf. Francesca hörte, wie die Tür von innen verschlossen wurde. Unsicher, was sie tun sollte, kleidete sie sich an und begab sich ins Erdgeschoss, wo sie Monty anzutreffen hoffte.

Auf halbem Weg die Treppe hinunter sah sie Monty im Salon. Er las Zeitung. »Ihre Mutter fühlt sich nicht wohl«, sagte Francesca, als sie die letzten Stufen hinuntereilte. Erst dann bemerkte sie, dass Frederick sich ebenfalls im Salon aufhielt.

»Was soll das heißen?«, entgegnete Monty besorgt.

»Fehlt ihr etwas?«, wollte Frederick wissen und bewegte seinen Rollstuhl in ihre Richtung.

»Ich weiß nicht. Wir waren in meinem Zimmer. Ich habe Kleider anprobiert, und mit einem Mal wurde sie ganz blass und ist in ihr Zimmer gestürmt.«

»Ich gehe nach oben, Vater«, sagte Monty. Er ließ die Zeitung fallen und stürmte die Treppe hinauf, wobei er immer zwei Stufen auf einmal nahm.

»Ich werde Mabel bitten, Regina frisches Wasser zu bringen«, sagte Frederick.

Während die Männer fort waren, ging Francesca unruhig auf und ab. Reginas Verhalten verwirrte und bestürzte sie zugleich. Von einer Minute auf die andere hatte sie sich vollkommen verändert. Und was hatte es mit ihrem Muttermal und ihrem Geburtstag auf sich?

Das Geräusch von Fredericks Rollstuhl, der sich dem Salon näherte, riss sie aus ihren Überlegungen. Im selben Moment erschien Mabel mit einem Krug Wasser und einem Glas, und auch Monty kam wieder die Treppe herunter.

»Was ist mit deiner Mutter?«, fragte Frederick.

»Sie sagt, es gehe ihr gut. Offenbar hatte sie lediglich einen Schwindelanfall. Sie hat sich eine Weile hingelegt.«

»Meinst du nicht, wir sollten den Doktor rufen?«, fragte Frederick.

»Das habe ich ihr vorgeschlagen, aber sie sagt, dazu bestehe kein Anlass. Bringen Sie das Wasser nach oben, Mabel«, wies Monty die Haushälterin an.

»Hat sie etwas über mich gesagt?«, fragte Francesca.

»Kein Wort. Sie erholt sich bestimmt wieder«, erwiderte Monty und ergriff Francescas Arm. »Ich glaube nicht, dass es ernst ist.«

Francesca fragte sich, ob sie der Auslöser für Reginas Erregung war. Unweigerlich drängte sich ihr der Gedanke auf, dass Regina verzweifelt war, weil aus ihr, Francesca, niemals eine Dame nach ihren Vorstellungen werden konnte.

Regina wollte nicht zu Abend essen und blieb auf ihrem Zimmer. Francesca, Monty und Frederick unterhielten sich stundenlang über dieses und jenes, doch es war nicht zu übersehen, dass die beiden Männer in Sorge waren, zumal Regina auf ihr Lieblingsgericht, Lammbraten, verzichtete. Und was Francesca nicht wissen konnte: Es sah Regina überhaupt nicht ähnlich, sich zurückzuziehen, wenn Gäste im Haus waren. Sie legte stets Wert darauf, eine gute Gastgeberin zu sein und sich persönlich um die Besucher zu kümmern.

Monty begab sich zweimal nach oben, um nach seiner Mutter zu sehen. Beim ersten Mal weigerte sie sich, die Tür zu öffnen; beim zweiten Mal reagierte sie nicht auf sein Klopfen, sodass er annahm, dass sie schlief. Aus Sorge versuchte er es über die Balkontür, fand aber auch diese verschlossen vor, was ihn noch mehr beunruhigte.

Francesca blieb die Unruhe der beiden Männer nicht verborgen. Sie wurde das Gefühl nicht los, dass sie dafür verantwortlich war. Vielleicht hatte sie sich bei der Anprobe der

Kleider zu viel Zeit gelassen, sodass es Regina zu viel geworden war.

Nachdem Frederick sich zurückgezogen hatte, schlüpften Monty und Francesca in bequemere Kleidung und machten einen Spaziergang zum Fluss. Es herrschte Windstille, sodass es nicht allzu kühl war; im bleichen Licht der Sterne und des Mondes konnten sie grasende Kängurus erspähen. Monty hatte eine Laterne mitgenommen, damit sie aufpassen konnten, wohin sie traten, nachdem die Herde fast die ganze Woche auf diesem Abschnitt geweidet hatte. Zuerst hatte Francesca den Eindruck, er mache zu viel Aufhebens um ihre Person, aber gleich darauf wurde ihr bewusst, dass er selbst unsicher war. Er hatte ihr Reginas Gummistiefel zur Verfügung gestellt und hatte ebenfalls welche angezogen, weshalb sie die Vorstellung, in einen Kuhfladen zu treten, nicht weiter schlimm fand. Sie zog ihn auf wegen seiner Übervorsichtigkeit, bis er lachen musste.

»Jemand, der auf einer Rinderfarm lebt, dürfte im Grunde keine Angst davor haben, in einen Kuhfladen zu treten, oder?«, sagte Francesca.

Monty sah verlegen drein. »Eigentlich habe ich mit dem Vieh nichts zu tun, Francesca. Mein Vater kümmert sich um den Ankauf, während ich die Versteigerungen organisiere und für den Verkauf der Wolle zuständig bin. Außerdem bin ich für unsere Geschäfte in der Stadt verantwortlich.«

Francesca musste sich eingestehen, dass Monty keine Arbeiterhände hatte, und es fiel ihr schwer, sich ihn auf dem Rücken eines Pferdes vorzustellen, um ein Rind mit dem Lasso einzufangen oder die Schafe zusammenzutreiben. Dafür war er zu elegant. Sie fragte sich, wie Frederick zu seinem Sohn stand, zumal die beiden grundverschieden waren.

»Sie sind unglaublich, Francesca«, bemerkte Monty. »Mit derselben Leichtigkeit, mit der Sie sich in einem hinreißenden Abendkleid bewegen, gehen Sie in Gummistiefeln über eine Weide voller Kuhfladen. Aber was noch wichtiger ist, Sie sind ein Glücksfall für mich.« Er schlang den Arm um ihre Taille und zog sie an sich. »Es kommt mir vor, als hätte ich mein Leben lang auf Sie gewartet.«

Francesca war geschmeichelt, und erneut durchströmte sie das warme, behagliche Gefühl, das sie jedes Mal in Montys Gesellschaft spürte. Neal Masons Gesellschaft dagegen bewirkte genau das Gegenteil; dann verspannte sie sich. Bei dem Gedanken an Neal dachte sie unweigerlich an seine leidenschaftlichen Küsse und musste sich zwingen, die Erinnerung daran rasch wieder zu verdrängen.

Am Tag darauf weigerte Regina sich nach wie vor, nach unten zu kommen. Sie hatte kein Auge zugetan, und sie war nicht im Stande, Francesca gegenüberzutreten, ohne sich zu verraten. Sie hatte sich die ganze Nacht den Kopf zerbrochen, wie sie Monty beibringen sollte, dass die junge Frau, die er heiraten wollte, seine Halbschwester war. Es überstieg ihr Begriffsvermögen, dass das winzige Baby, das sie vor so vielen Jahren im Fluss ausgesetzt hatte, sich in diesem Moment hier befand, in ihrem Haus, und Monty als zukünftigen Bräutigam betrachtete. Das war unfassbar. So ungeheuerlich, dass Regina es nicht wahrhaben wollte.

Nachdem sie stundenlang der Gedanke gequält hatte, dass ihre Welt bald in Scherben liegen würde, kam sie zu dem einzig möglichen Schluss. Weder Monty noch Frederick durften erfahren, dass Francesca ihre Tochter war. Sie wollte nicht ihre Liebe aufs Spiel setzen, und das Leben, das sie mit ihnen teilte – geschweige denn ihr Zuhause und ihr Ansehen. Dafür war ihr alles viel zu wichtig. Vor allem Francesca durfte nicht die Wahrheit erfahren. Sie würde ihr gegenüber bestimmte Erwartungen hegen, und das stand nicht zur Diskussion. Es gab nur eine Möglichkeit: Sie musste Monty und Francesca auseinander bringen, und zwar endgültig. Und es musste schnell geschehen, bevor es zwischen den beiden zu Intimitäten kam. Am Abend zuvor hatte Regina von ihrem Balkon aus den beiden nachgesehen, als sie davonschlenderten, und beobachtet, dass Monty Francesca eng an sich gezogen hatte. Der Anblick hatte ihr geradezu Übelkeit bereitet ... so konnte es nicht weitergehen.

Bei dem Gedanken, Frederick könnte die Wahrheit erfahren, verspürte Regina kalte Angst. Frederick war ein liebevoller, rücksichtsvoller Ehemann, aber wenn sie im Lauf der Jahre eins gelernt hatte, dann, dass er nicht verzeihen konnte, wenn er hintergangen wurde – und sie hatte ihn auf schlimmste Weise hintergangen. Er würde niemals verstehen, dass sie aus Einsamkeit und Schwäche heraus gehandelt hatte und dass sie in den Armen ihres Liebhabers Trost gefunden hatte, während Frederick damit beschäftigt gewesen war, ein Imperium aufzubauen, und monatelang fort war, um die Viehtriebe über mehrere hundert Meilen zu begleiten. Vielleicht konnte er sich sogar daran erinnern, dass sie einmal nach seiner Rückkehr zu krank gewesen war, das Bett mit ihm zu teilen, und dass ihre Unpässlichkeit einen ganzen Monat lang anhielt, bis er wieder fortgeritten war. Das alles hatte nur dem Zweck gedient, vor ihm zu verbergen, dass sie ein Kind erwartete. Zu behaupten, das Baby sei von ihm, war völlig unmöglich; er war zu lange fort gewesen.

Regina hatte das Kind am Flussufer zur Welt gebracht, alleine und voller Angst und Schmerz ... gerade einmal drei Tage, bevor Frederick zurückerwartet wurde. In dem Glauben, keine andere Wahl zu haben, hatte sie die Entscheidung gefällt, sich für immer von ihrem Kind zu trennen, und selbst das klägliche Wimmern des Neugeborenen hatte sie nicht umgestimmt. Jetzt kannte sie den Namen ihres Babys. *Francesca.* Dadurch aber ließ sie sich nicht in ihrem Entschluss beirren. Die Schwangerschaft und die Geburt waren ein schrecklicher Fehler gewesen – ein Fehler, von dem nicht einmal der leibliche Vater etwas ahnte. Sie hatte sich selbst nicht den leisesten Zweifel erlaubt, dass es falsch war, Francesca einer ungewissen Gefahr auf dem Fluss auszusetzen. Damals hatte sie sich geschworen, dieses Geheimnis mit ins Grab zu nehmen, und daran hatte sich nichts geändert.

Vor siebzehn Jahren waren Reginas Verzweiflung und Angst so groß gewesen, dass sie in Betracht gezogen hatte, das Baby nach der Geburt zu ertränken, doch als die Wehen einsetzten, hatte sie einen anderen Entschluss gefasst und eine kleine Wanne zum Fluss mitgenommen. Es hatte nichts mit Mutterinstinkt zu tun gehabt: Regina hatte sich überlegt, das Kind der Flussströmung zu überlassen, denn das war in ihren Augen so, als würde sie das Leben ihres Kindes in Gottes Hand legen. Und damit wäre sie von jeder Schuld freigesprochen.

Weil damals eine Viehschau auf Derby Downs stattgefunden hatte, musste Regina mehrere Meilen stromaufwärts gehen, um das Kind unbemerkt zur Welt zu bringen. Sie hatte angenommen, die Wanne würde in der Nacht weit abdriften und am nächsten Tag von einem Flussarbeiter entdeckt werden. Stattdessen mussten Mary und Joe Callaghan das Baby schon kurze Zeit, nachdem Regina es auf dem Wasser ausgesetzt hatte, gerettet haben.

»Ich muss verhindern, dass Monty Francesca weiterhin trifft«, sagte Regina sich immer wieder. Auch wenn es sie schmerzte, Monty das Herz zu brechen, war es immer noch besser, als ihn eines Tages mit der Wahrheit zu konfrontieren, dass die Frau, die er begehrte, seine Halbschwester war.

Stundenlang zermarterte Regina sich das Hirn, wie sie es anstellen sollte, einen Keil zwischen Francesca und Monty zu treiben. Monty war eine treue Seele, hatte aber einige Charakterzüge von seinem Vater geerbt. Niemals würde er ein taktloses Verhalten verzeihen, und niemals würde er eine Frau mit fragwürdiger Moral heiraten. Da Regina ihre

Augen und Ohren überall hatte, wusste sie bereits, dass Francesca am Pier bei einem Gespräch mit einer Prostituierten beobachtet worden war, einer Frau namens Lizzie Spender. Sie hatte sich ursprünglich vorgenommen, Francesca darauf hinzuweisen, dass es sich für jemanden, der mit einem geachteten Bürger der Gemeinde verkehrte, nicht ziemte, sich mit einer Dirne zu unterhalten, auch wenn es sich um harmloses Geplauder gehandelt haben mochte. Das konnte sie nun zu ihrem Vorteil verwenden. Wenn man die Begegnung in ein bestimmtes Licht rückte, konnte man Francesca vielleicht als moralisch verderbt hinstellen ...

Doch Regina musste noch einen Schritt weiter gehen. Sie plante, sich mit dieser Lizzie Spender unter vier Augen zu treffen und sie dazu zu bringen, mit Francesca Freundschaft zu schließen. Vielleicht ließ sie sich für eine großzügige Summe auch dazu überreden, Gerüchte über Francesca zu verbreiten. Wäre Francescas Ruf einmal lädiert, würde Monty sich bestimmt nach einer anderen zukünftigen Frau umsehen. Sollte der Plan fehlschlagen, gab es immer noch Neal Mason. Regina war sicher, Monty davon überzeugen zu können, dass Francesca und Neal Mason, der für seinen Ruf bekannt war, ein Verhältnis hatten. Insbesondere, wenn Monty Recht hatte und Neal Mason Francesca tatsächlich liebte.

Regina empfand keinerlei Gewissensbisse, Francescas Leben zu zerstören, denn durch Francesca wurde sie unablässig an ihren Fehler in der Vergangenheit erinnert, und darauf konnte sie gut und gerne verzichten. Regina war zu allem bereit, um ihre Familie und insbesondere Monty zu schützen.

»Meinen Sie, Ihre Mutter kommt noch einmal nach unten, bevor ich wieder fahre, Monty?«, fragte Francesca. Sie hatten das Frühstück in aller Frühe eingenommen, und Monty hatte sie zu den Ställen geführt, um den Scherern bei der Arbeit zuzuschauen. Beide hatten damit gerechnet, Regina bei ihrer Rückkehr von den Ställen zu Gesicht zu bekommen. Francesca wollte sich von ihr verabschieden und ihr für die Gastfreundlichkeit danken.

»Ich weiß es nicht«, entgegnete Monty, den das Verhalten seiner Mutter befremdete.

»Dürfte ich zu ihr nach oben, um mit ihr zu sprechen?«, fragte Francesca.

»Das ist eine gute Idee, das freut sie bestimmt«, sagte Monty.

Kurz darauf klopfte Francesca an Reginas Tür, erhielt jedoch keine Antwort.

»Ich möchte mich von Ihnen verabschieden, Mrs Radcliffe«, rief sie durch die Tür. »Und ich möchte Ihnen für die Einladung nach Derby Downs danken. Es war eine wundervolle Zeit. Es tut mir sehr Leid, dass Ihnen nicht wohl ist. Ich hoffe, Sie bald wiederzusehen.« Am liebsten hätte sie Regina gefragt, ob sie irgendetwas falsch gemacht habe, brachte es aber nicht über sich. Von Angesicht zu Angesicht wäre es vielleicht möglich gewesen, aber nicht durch eine geschlossene Tür. Sie horchte auf eine Antwort oder irgendeine Reaktion, doch Regina blieb stumm.

»Also dann ... auf Wiedersehen«, sagte Francesca und begab sich wieder nach unten.

Regina hatte Francescas Worte vernommen, und ihr Magen zog sich schmerzhaft zusammen. In ihren schlimmsten Albträumen hatte sie nicht damit gerechnet, dass ihre Sünden aus der Vergangenheit sie eines Tages einholen würden. Von dem Moment an, als sie der Wanne im Wasser den letzten Stoß verpasst hatte, war sie davon überzeugt gewesen, das Baby nie wieder zu Gesicht zu bekommen. Nun war dieses Kind in Gestalt einer wunderschönen jungen Frau wieder aufgetaucht und stellte eine Bedrohung für Reginas Familie dar ...

»Haben Sie mit Mutter gesprochen?«, fragte Monty, der Francesca nicht so rasch zurückerwartet hatte.

»Nein. Wahrscheinlich schläft sie.«

Monty blieb Francescas Beunruhigung nicht verborgen. »Machen Sie sich keine Sorgen. Ich bin sicher, Sie sehen sie bald wieder. Ich werde ihr ausrichten, dass Sie sich von ihr verabschieden wollten.«

»Danke, Monty.«

»Ihr Besuch war wunderschön für mich«, meldete Frederick sich zu Wort. »Ich hoffe, Sie kommen bald wieder.«

»Das hoffe ich auch. Ich habe den Aufenthalt hier sehr genossen«, erwiderte Francesca, erleichtert, dass weder Monty noch Frederick sie für Reginas plötzliche Erkrankung verantwortlich machten.

Francesca stieg die Eingangsstufen hinunter, wo Montys Kutsche wartete. Während er ihre Tasche verstaute, blickte sie auf und fuhr zusammen, als sie Regina auf dem Balkon entdeckte. Sie starrte zu ihr hinunter. Froh, sie zu sehen, lächelte Francesca ihr zu, doch Reginas Gesicht blieb ausdruckslos, und gleich darauf zog sie sich ins Zimmer zurück.

Francesca wusste nicht, was sie davon halten sollte. Es war offensichtlich, dass sie Regina verärgert hatte, aber wodurch? Was hatte sie getan, Regina derart zu verstimmen? Und weshalb hatte Regina so großes Interesse an ihrem Muttermal und ihrem Geburtsdatum gezeigt? Die ganze Nacht kreisten ihr diese Fragen im Kopf herum, ohne dass sie eine plausible Erklärung fand.

11

Lizzie Spender bahnte sich ihren Weg entlang des Ufers zum Wrack der *Platypus.* Vor sich erspähte sie den düsteren, massigen Schatten des Schiffes, und hinter einer Luke mit zerbrochener Scheibe war ein flackerndes Licht zu sehen. Lizzie blieb stehen und schaute sich ängstlich um, wobei sie ihr Tuch fester um die Schultern zog. Es war nicht kalt – aber Lizzie zitterte vor Angst.

Unschlüssig starrte sie auf das verlassene Schiff. Ihr Unbehagen rührte daher, dass sie nicht wusste, was sie erwartete, nachdem sie sich darauf eingelassen hatte, ihre Kundschaft an so einem abgeschiedenen Ort zu treffen. Das sah ihr im Grunde gar nicht ähnlich. Doch was Männer anging, konnte nichts mehr Lizzie überraschen. Nicht mal eine Hand voll Männer behandelten sie mit Respekt. Die meisten führten sich abscheulich auf; am unheimlichsten aber waren Lizzie die schrägen Vögel, beispielsweise Typen, die sie an einen verlassenen Ort wie diesen baten. Wäre ihr nicht eine beträchtliche Geldsumme in Aussicht gestellt worden, hätte sie abgelehnt.

Dabei hatte gerade die Höhe der ihr angebotenen Summe Lizzies Misstrauen geweckt. Sie hatte die schriftliche Nachricht erhalten, sich um sieben Uhr bei der *Platypus* einzufinden. Es las sich fast wie ein Befehl. Außerdem war Lizzie zu spät. Sie hatte ein sehr ungutes Gefühl. Schon viele Dirnen hatten ein schlimmes Ende gefunden, weil sie nicht auf ihren Instinkt gehört hatten. Ein gutes Gespür konnte über Leben und Tod entscheiden.

Lizzie setzte ihren Weg fort, wobei sie auf jeden ihrer Schritte achten musste, denn die knorrigen Wurzeln der alten Flussbäume ragten wie riesige Finger aus dem sandigen Untergrund, der sie mit dem Ufer verband. Vor zwei Jahren hatte »Brownie« Wilson die *Platypus* auf einer Sandbank zurückgelassen, wo das Schiff nach und nach verrottete, weil Brownie das Geld für die Reparaturen fehlte. Er hatte sich als Hilfsarbeiter am Pier verdingt, erlitt jedoch den nächsten Schicksalsschlag, als er bei einem Kranunglück schwer am Bein verletzt wurde und mehrere Wochen arbeitsunfähig war. Silas Hepburn bot ihm ein Darlehn an, doch Brownie hatte erlebt, wie es Männern ergangen war, die sich auf einen Handel mit Silas eingelassen hatten, sodass er ablehnte. Silas reagierte erbost und sorgte dafür, dass Brownie, nachdem er wieder genesen war, in der ganzen Gegend keine Arbeit mehr fand. Brownie blieb schließlich nichts anderes übrig, als nach Ballarat zu gehen, um für seinen Bruder in der Mine zu arbeiten. Er schwor zwar, in spätestens vier Wochen zurückzukommen, hatte sich aber nie wieder blicken lassen. Zahlreiche Gerüchte kamen auf, aber niemand wusste mit Sicherheit, was aus ihm geworden war.

Die verlassene *Platypus* wurde zu einem Nistplatz für Vögel und einem Abenteuerspielplatz für Kinder. Am heutigen Abend jedoch diente sie als versteckter Treffpunkt für Lizzie und ihren geheimnisvollen Kunden.

Lizzie wollte es sich schon anders überlegen und von diesem unheimlichen Ort verschwinden, als sie plötzlich hörte, wie jemand ihren Namen rief. Erstaunt erkannte sie, dass es eine Frauenstimme war. Sie trat ein paar Schritte näher und erblickte im Türrahmen einer Kajüte eine schlanke Gestalt.

»Bitte kommen Sie an Bord, Miss Spender«, rief die Frau ihr zu.

Überrascht fiel Lizzie die gepflegte Ausdrucksweise der Unbekannten auf. »Hören Sie, falls es um Ihren Mann geht, sollten Sie das besser mit ihm selber klären«, gab sie zurück. »Ich werde ebenfalls Stillschweigen wahren.«

»Mein Mann zählt sicherlich nicht zu Ihrer Kundschaft«, entgegnete die Frau mit harscher Stimme.

Ihr geringschätziger Tonfall ließ Lizzie kalt. Sie war häufig den Anfeindungen anderer Frauen ausgesetzt, die ihre Ehemänner im Verdacht hatten, Lizzies Liebesdienste in Anspruch zu nehmen. »Was wollen Sie dann?«

»Kommen Sie an Bord, dann werden Sie es erfahren.« Die Frau bemühte sich um einen freundlichen Tonfall, doch Lizzie entging nicht die Ungeduld in ihrer Stimme. Offenkundig wollte die Frau nicht mit ihr gesehen werden, zumal sie keinerlei Anstalten machte, ins Freie zu treten.

Nach wie vor misstrauisch, rief Lizzie: »Sind Sie alleine?« Sie hatte auf brutale Art erfahren müssen, dass gerade eine Frau wie sie niemandem trauen konnte, wovon ihre sowohl seelischen als auch körperlichen Narben zeugten.

»Mein Kutscher wartet oben auf dem Weg.«

Lizzie hatte den Eindruck, dass die Frau die Wahrheit sagte, und da ihre Neugier geweckt war, stieg sie an Bord der *Platypus*, nahm sich aber vor, ein waches Auge zu haben und auf der Hut zu sein.

In der verwahrlosten Kajüte brannte eine einzelne Kerze. Sie stand in einer Ecke. Lizzie vermutete, dass die Frau sie mitgebracht hatte. Sie spendete ausreichend Licht, dass Lizzie die Frau erkennen konnte, die sie zur *Platypus* bestellt hatte: Regina Radcliffe, eine der angesehensten Bürgerinnen in Echuca.

»Was soll das alles?«, fragte Lizzie von der Türschwelle aus. Sie hatte nicht die leiseste Ahnung, was Regina Radcliffe von ihr wollte.

Regina kam direkt zur Sache. »Stimmt es, dass Sie eine junge Frau namens Francesca Callaghan kennen?«

Lizzie war überrascht. »Ich kenne eine Francesca. Ihrem

Vater gehört die *Marylou,* aber wir haben nie miteinander Bekanntschaft gemacht.« Sie wollte Francescas Ruf nicht schädigen.

»Spielen Sie nicht die Unschuldige, Miss Spender. Francesca wurde gesehen, als sie sich abends am Pier mit Ihnen unterhalten hat.« Voller Genugtuung bemerkte Regina den überraschten Ausdruck in Lizzies müdem Gesicht.

»Sie hat sich nur die Zeit vertrieben. Sie ist ein freundlicher Mensch, selbst gegenüber meinesgleichen.«

»Es freut mich, dass sie Umgang mit Ihnen pflegt. Ich möchte nämlich, dass Sie Freundschaft mit ihr schließen.«

»Freundschaft? Das kann nicht Ihr Ernst sein.«

»Es ist mein völliger Ernst.«

»Aber ... was soll das?«

»Das braucht nicht Ihre Sorge zu sein«, fuhr Regina fort, die Mühe hatte, ihre Gefühle unter Kontrolle zu halten. »Ich möchte, dass Francescas Ruf ruiniert wird, und dafür sind Sie die geeignete Person.« Regina hatte erwartet, dass Lizzie verletzt oder empört reagieren würde; stattdessen blickte sie beinahe selbstgefällig drein, was Regina irritierte.

»Ich halte das für keine gute Idee«, entgegnete Lizzie und zog ihr Tuch fester um die Schulter, während sie ein Lächeln unterdrückte.

Regina missfiel ihr Benehmen. »Ihre Meinung spielt hier keine Rolle. Ihre Gefälligkeit wird reichlich belohnt.«

»Ich würde Ihr Geld gern nehmen, aber das wäre Vergeudung«, erwiderte Lizzie mit einer gewissen Genugtuung. Sie hatte es satt, von Menschen verachtet zu werden, die sich für etwas Besseres hielten und keine Vorstellung von dem erbärmlichen Leben hatten, das sie führte. »Einer der einflussreichsten Männer in Echuca will Francesca heiraten.«

Regina war bestürzt, dass Montys Heiratsabsichten bereits öffentlich bekannt waren. »Es ist verfrüht, von Heirat zu sprechen, Miss Spender. Und mein Sohn könnte etwas viel Besseres bekommen als eine Schifferstochter.«

Arrogante Ziege, dachte Lizzie. »Ich habe nicht von Ihrem Sohn gesprochen.«

Regina starrte sie fragend an. »Von wem dann?«

»Von Silas Hepburn.« Silas hatte ihr von seinem Vorhaben erzählt, ohne dass sie dem große Beachtung geschenkt hatte oder verwundert gewesen war. Sie verabscheute Silas, der nach einer Flasche Rum immer ganz redselig wurde. Obwohl sie vor lauter Frust jedes Mal schreien könnte, war es immer noch besser, seinen Pöbeleien zuzuhören, als ihm zu Willen zu sein oder von ihm geschlagen zu werden.

Regina wurde plötzlich blass. Lizzie befürchtete, sie würde in Ohnmacht fallen.

»Das kann er nicht ...« Regina schlug die Hände vors Gesicht. »O Gott, nein. Nimmt dieser Albtraum denn überhaupt kein Ende?«

Lizzie wusste nicht, wie sie reagieren sollte. Befremdet starrte sie Regina Radcliffe an. Sie konnte nicht sagen, ob Regina der Gedanke, Silas könnte Francesca heiraten, anekelte oder tief im Herzen traf. Jedenfalls begriff sie nicht den Grund für Reginas Zusammenbruch.

»Was kümmert es Sie, ob Silas Francesca zur Frau nimmt?«, fragte Lizzie im Flüsterton.

Regina gab einen Laut von sich, der einem erstickten Schrei glich. »Er kann nicht ...« Ihre Stimme brach, und sie krümmte sich, die Hand auf die Magenpartie gepresst. Als sie fortfuhr, hörte es sich an, als flüstere sie die Worte: »Er kann nicht seine eigene Tochter heiraten ...«

Lizzie war sicher, sich verhört zu haben. Joe Callaghan war Francescas Vater. Hatte Regina den Verstand verloren?

Im nächsten Moment schob Regina Lizzie zur Seite und taumelte aus der Kajüte. Sie verschwand im Dämmerlicht, laut nach Claude rufend. Kurz darauf vernahm Lizzie das

Rattern von Wagenrädern auf dem unbefestigten Weg; dann tauchte der riesige Schatten einer Kutsche wie aus dem Nichts auf. Obwohl Lizzie nicht viel erkennen konnte, vermutete sie, dass Regina in diese Kutsche gestiegen war, die sich rasch entfernte.

»Was für eine merkwürdige Frau«, sagte Lizzie laut, »und Geld habe ich auch keins gesehen.« Sie hatte schon vor langer Zeit erfahren müssen, dass die Angehörigen der so genannten besseren Gesellschaft manchmal ein bizarres Verhalten an den Tag legten. Lizzie wollte gerade die Kerze löschen, als ihr Blick auf etwas Schimmerndes am Boden fiel. Sie bückte sich, um es aufzuheben, und stellte fest, dass es sich um ein Armband handelte. Wahrscheinlich hatte Regina es verloren, als sie sich vor innerer Qual gewunden hatte.

»Hübsch«, sagte Lizzie laut, legte sich das Armband ums Handgelenk und bewunderte die funkelnden, in Gold gefassten Steine. Kurz spielte sie mit dem Gedanken, das Armband zurückzugeben, fragte sich dann aber, ob das Schicksal ihr endlich eine Chance geben wollte. »Mrs Radcliffe hat bestimmt sehr viel Schmuck, da wird sie dieses eine Armband nicht vermissen, und mir bringt das ein paar Shilling extra ein.« Zufrieden lächelnd machte Lizzie sich auf den Weg zurück in die Stadt.

Zur selben Zeit saß Francesca zusammen mit Ned am Heck, wo er die Angel ausgeworfen hatte. Joe hatte sich am späten Nachmittag zu einem Nickerchen zurückgezogen und schlief noch. Inzwischen brach die Dämmerung an, und das Wasser reflektierte das leuchtende, von violetten und gelben Schattierungen durchzogene Abendrot, das am Horizont erstrahlte. Das Spiegelbild der gewaltigen Flussbäume auf der Wasseroberfläche kräuselte sich leicht in der schwachen Strömung. Zu dieser Tageszeit war es sehr still. Die Rosenkakadus und Sittiche hatten die Baumäste verlassen, um vom seichten Wasser zu trinken, während die Pelikane und Reiher auf der Jagd nach Welsen, Brassen und Flussbarschen waren, beobachtet von einem Falken, der über ihnen seine Kreise zog.

»Du hast bislang nicht viel von deinem Besuch auf Derby Downs erzählt«, sagte Ned schließlich. »Hat es dir nicht gefallen?«

»Doch«, antwortete Francesca abwesend, denn ihre Gedanken kreisten ständig um Regina und den seltsamen Blick, mit dem sie sie vom Balkon aus angestarrt hatte. Dieser Blick verfolgte sie geradezu.

Stirnrunzelnd schob Ned seine Hutkrempe ein Stück höher, die mit Angelhaken und den von ihm auf seine spezielle Art vorbereiteten Ködern behängt war, und musterte Francesca. »Das klingt aber nicht überzeugend.«

»Tut mir Leid, Ned. Es gab da einen ... einen sonderbaren Vorfall, der mir nicht mehr aus dem Sinn geht.«

»Sonderbar?« Ned war alarmiert. »Was meinst du damit?«

Francesca blickte ihn an und sagte sich, dass es vielleicht nützlich wäre, die Meinung eines Außenstehenden einzuholen. Eigentlich hatte sie vorgehabt, mit Monty darüber zu sprechen, doch sie befürchtete, dass er ihre Bedenken als Hirngespinste abtat.

»Haben Montys Eltern dich nicht freundlich behandelt, Frannie?«, fragte Ned mit kaum verhohlener Erregung. Wehe, sie haben ihr etwas angetan, sagte er sich. Dann sei Gott ihnen gnädig!

Francesca bemerkte seinen fürsorglichen Tonfall. »Sie waren sogar sehr freundlich zu mir, Ned. Regina hat mich herzlich willkommen geheißen, und Frederick war mir gegenüber äußerst höflich und zuvorkommend ...«

»Was war dann?«

»Ich war mit Regina oben im Haus, um Kleider anzuprobieren, und dabei hat sie das Muttermal auf meinem Oberschenkel entdeckt. Plötzlich fing sie zu zittern an und musste sich setzen. Dann wollte sie das Mal noch einmal sehen und hat mich nach meinem Geburtsdatum gefragt. Ist das nicht eigenartig?«

Neds Herz schlug schneller, und er wandte sich ab aus Furcht, Francesca könnte die Panik in seinem Gesicht sehen. Er hatte nie damit gerechnet, dass dieser Tag kommen würde, doch jetzt war es so weit, und er hatte keinen blassen Schimmer, was er tun sollte.

»Gleich darauf ist sie in ihr Zimmer gerannt und hat sich dort eingeschlossen«, erzählte Francesca weiter. »Ich habe sie bis zu meiner Abfahrt nicht mehr zu Gesicht bekommen.«

»Hat sie ... irgendetwas gesagt?«, fragte Ned, dem vor Angst beinahe die Stimme versagte.

»Nein. Als ich in Montys Kutsche steigen wollte, blickte ich zufällig nach oben, und da stand Regina auf dem Balkon. Ich habe ihr zugelächelt, doch sie hat mich nur ganz seltsam angeschaut und sich dann weggedreht. Ich begreife das nicht. Wenn ich nur wüsste, wodurch ich sie so sehr in Aufregung versetzt habe!«

Ned starrte auf den Fluss hinaus. An seiner Angelschnur ruckte ein Fisch, doch er bemerkte es kaum, weil seine Gedanken sich überschlugen. Was wusste Regina über Francescas Muttermal? Kannte sie vielleicht Frannies leibliche Mutter? Nein, das war undenkbar.

In jener Nacht, in der sie Francesca aus dem Wasser geborgen hatten, hatten Joe, Mary und Ned einen Pakt geschlossen: Francesca sollte niemals die Wahrheit erfahren, weil sie zu grausam war. Mary hatte es für besser gehalten, Frannie in dem Glauben zu lassen, sie wäre in einer liebevollen Umgebung zur Welt gekommen und dass sie Eltern habe, die sich nichts sehnlicher als ein Baby gewünscht hätten. Ned und Joe hatten sich einverstanden erklärt.

Nun hatte Ned Angst, Regina Radcliffe könnte Francesca

gegenüber eine Bemerkung über ihre wahre Herkunft machen. Er wollte vermeiden, dass sie die Wahrheit von einer Fremden erfuhr; allerdings stand es auch ihm nicht zu, ihr die Umstände ihrer Geburt zu offenbaren. Diese Entscheidung musste Joe treffen.

»Hast du eine Erklärung für Reginas Verhalten. Ned?«, fragte Francesca.

»Ich ... ich weiß nicht«, entgegnete Ned bedächtig. »Reiche Leute haben ihre Eigenarten, Frannie. An deiner Stelle würde ich mich von Regina fern halten ... zumindest in nächster Zeit.« Er musste dringend Joe informieren.

»Vielleicht hast du Recht, Ned. Meinst du, ich soll mit Monty darüber sprechen?«

»Nein«, entfuhr es Ned lauter als beabsichtigt.

Francesca sah ihn erschrocken an.

»Er würde seine Mutter in Schutz nehmen, Frannie«, sagte Ned, während er die Panik in seiner Stimme zu unterdrücken versuchte. »Das ist ganz normal.«

»Das habe ich mir auch überlegt«, erwiderte Francesca und lehnte sich an seine Schulter, wie sie es früher als Kind getan hatte.

Sie fragte sich, ob sie jemals die Gelegenheit bekäme, mit Regina darüber zu sprechen.

An diesem Abend war Silas Hepburn besonders schlecht gelaunt, als er das Werftgelände von Ezra Pickering betrat. Joe Callaghan hatte am Freitagabend die fällige Rate bezahlt, womit Silas nicht gerechnet hatte. Joe hatte zwar lediglich die Zinsen zurückerstattet, dennoch schäumte Silas vor Wut, denn er hatte nicht in Erfahrung bringen können, für wen Joe arbeitete. Dies hielt ihn aber nicht davon ab, weiterzuforschen, und die Werft war für den Anfang sicher eine gute Adresse.

Zornig registrierte Ezra, dass Silas erneut sein Grundstück

betreten hatte. Sollte er weitere »Gefälligkeiten« erwarten, würde er ihn enttäuschen müssen.

Ezra verzichtete auf eine Begrüßung. »Ich habe alle Hände voll zu tun, Silas«, sagte er. »Wenn Sie also nicht gerade ein neues Schiff brauchen, wünsche ich Ihnen noch einen angenehmen Tag.« Er wandte sich zum Gehen.

»Nicht so schnell, Ezra. Joe Callaghan ist wieder im Geschäft. Und Sie sagen mir auf der Stelle, für wen er arbeitet.«

»Woher soll ich das wissen?«, entgegnete Ezra, der die Augen entschlossen zusammenkniff. Egal, was Silas sagen oder womit er ihm drohen mochte, er würde nicht das Geringste preisgeben. Jeder Mensch hatte moralische Grenzen.

Silas starrte ihn finster an. »Vor gut einer Woche habe ich noch gesehen, dass Sie sich mit Joe auf dem Pier unterhalten haben.«

»Und?«, gab Ezra mit ein wenig zittriger Stimme zurück. Obwohl er seinen ganzen Mut zusammennahm, machte Silas ihn nervös. »Ich kann mir aussuchen, mit wem ich meine Zeit verbringe.«

»Haben Sie ihm irgendwelche Tipps gegeben, wo er Arbeit finden kann?«

»Ich habe ihn lediglich gefragt, wie er zurechtkommt. Das ist nichts Verbotenes.«

»Sie sind kein guter Lügner, Ezra«, sagte Silas. Er ahnte, dass er aus Ezra nichts herausbekam – was ihn aber nur weiter darin bestärkte, herauszufinden, für wen Joe arbeitete. Er hatte sich bereits überlegt, Joe von Mike Finnion mit der *Curlew* verfolgen zu lassen, wenn die *Marylou* Montagmorgen vom Pier ablegte. Silas gehörte die *Curlew,* wodurch er einen finanziellen Verlust in Kauf nehmen müsste, aber wenn es half, Joe auf die Schliche zu kommen, sollte es so sein.

»Ich habe mich an unsere Absprache gehalten, also Schluss mit den Fragen«, sagte Ezra. »Guten Abend!« Er drehte sich um und stapfte davon.

»Ich werde es schon herausbekommen«, höhnte Silas. »Wenn nicht von Ihnen, dann von einem anderen.«

Ezra wandte sich ihm noch einmal zu und starrte ihn an. »Ich mache mir schlimme Vorwürfe wegen Joe. Er ist ein anständiger Mann.«

Silas blieb von seiner Bemerkung unbeeindruckt, wie seine unbeteiligte Miene zeigte. Für Ezras Begriffe hatte der Mann kein Gewissen. »Was bezwecken Sie eigentlich, Silas? Was hat Joe, das Sie unbedingt haben müssen? Die *Marylou* kann es nicht sein, zumal Ihnen bereits mehrere Schiffe ganz oder teilweise gehören. Was ist es dann?«

In Silas' grauen Augen erschien ein Funkeln, und er stieß die angehaltene Luft aus. »Ein Mann kann nie genug haben, doch in diesem Fall bin ich tatsächlich auf ein ganz besonderes Juwel aus«, entgegnete er.

Ezra runzelte verwirrt die Stirn; dann riss er die Augen auf. »Sie meinen doch nicht ... Sie meinen doch nicht etwa Francesca?«

Silas hob eine Augenbraue und grinste spöttisch, sodass Ezra geradezu übel wurde. Ohne ein weiteres Wort wandte Silas sich um und verließ gemächlich das Grundstück, wobei er seinen Spazierstock schwingen ließ und eine fröhliche Melodie pfiff.

Ezra war nie im Leben ein verabscheuungswürdigerer Mensch begegnet. Wäre Francesca seine Tochter, würde er Silas umbringen.

Ned ging alleine die High Street entlang, als er zufällig Regina Radcliffe auf der anderen Straßenseite entdeckte. Er hatte noch nicht die Gelegenheit gehabt, mit Joe zu sprechen, da dieser noch geschlafen hatte, und hätte gerne erfahren, was genau Regina wusste, bevor er ihn mit einer weiteren Sorge belastete. Während er Regina beobachtete, fiel ihm auf, dass sie zerstreut und aufgelöst wirkte. Ihr Gesicht war aschfahl, und sie schien geweint zu haben. Dennoch wollte Ned die Gelegenheit, sie anzusprechen, nicht verstreichen lassen. Eilig überquerte er die Straße.

Regina war auf dem Weg zum Bridge Hotel, um Silas aufzusuchen. Sie hatte nicht vor, ihm zu sagen, dass sie von seinen Absichten wusste, sondern wollte Francesca in Misskredit bringen, um ihn davon zu überzeugen, dass das Mädchen einen zweifelhaften Charakter besaß und er seine Pläne, sie zu heiraten, aufgeben sollte. Die bloße Vorstellung verursachte Regina Übelkeit, sodass sie innehalten und tief Atem holen musste, damit ihr Magen sich wieder beruhigte.

Ned war ungefähr drei Meter von ihr entfernt, als Regina ihn im Augenwinkel wahrnahm. Sofort übermannte sie Panik.

Mit wild pochendem Herzen stieß Ned zu ihr und sprach sie an. »Verzeihung, Mrs Radcliffe, dürfte ich kurz mit Ihnen sprechen?«

Regina tat, als hätte sie ihn nicht gehört, und schickte sich an, Gregory Panks Stoffladen zu betreten.

»Mrs Radcliffe.« Ned ließ sich nicht abwimmeln. »Wir müssen über eine wichtige Angelegenheit sprechen ...«

Regina hielt inne, wandte sich halb um und ließ den Blick nach links und rechts schweifen, um sich zu vergewissern, ob sie beobachtet wurden. »Worum geht es?«, zischte sie ungeduldig, fest entschlossen, sich nicht lange aufhalten zu lassen.

Ned hatte noch nie mit ihr zu tun gehabt, und Reginas Feindseligkeit schockierte ihn. »Ich bin Ned Guilford. Ich arbeite für Joe Callaghan ...«

»Ich weiß, wer Sie sind. Was wollen Sie? Ich habe eine Verabredung.«

»Es wird nicht lange dauern.« Ned räusperte sich nervös. »Francesca hat mir erzählt, was auf Derby Downs vorgefallen ist ...«

Alarmiert unterbrach Regina ihn. »Wovon sprechen Sie?«

Mit einem Mal kamen Ned Zweifel, ob er das Richtige tat. An Reginas abweisender Miene erkannte er, dass sie es ihm nicht leicht machen würde, aber Frannie zuliebe hatte er keine andere Wahl.

»Sie hat gesagt, dass Sie sich für ihr Muttermal interessiert haben. Wissen Sie etwas darüber ...?«

»Ich weiß nicht, was Sie meinen«, entgegnete sie und wandte sich zum Gehen, doch Ned ergriff ihren Arm, wobei er bemerkte, wie heftig sie zitterte. Regina blickte auf seine Hand auf ihrem Arm und funkelte ihn voller Geringschätzung an, weil er es gewagt hatte, sie zu berühren.

Mein Armband!, durchzuckte es sie plötzlich, als sie bemerkte, dass es nicht mehr an ihrem Handgelenk war. Wo ist es?

Betreten zog Ned die Hand zurück, doch er war fest entschlossen, die Wahrheit herauszufinden. »Tut mir Leid, wenn ich unhöflich war, aber ich bin sicher, Sie wissen, wovon ich spreche. Francesca kennt nicht die genauen Umstände ihrer Geburt ...«

Vor Reginas geistigem Auge tauchte deutlich das Bild auf, wie sie damals am Flussufer entbunden hatte, und sie fühlte sich einer Ohnmacht nahe. »Wie kommen Sie dazu, so etwas zu behaupten?«, gab sie mit erstickter Stimme zurück. Sie bemerkte, dass andere Passanten auf sie aufmerksam wurden, sodass sie sich zusammenriss, was sie erhebliche Mühe kostete.

»Weil Sie sich für das Muttermal interessiert haben«, antwortete Ned mit leiser Stimme. Er hatte zwar keinen schlüssigen Anhaltspunkt, doch seine Ahnung sagte ihm, dass Regina mehr wusste. »Ihnen ist doch bekannt, dass Mary nicht Francescas leibliche Mutter war, oder?« Regina wirkte nicht im Geringsten überrascht, sodass Ned sich bestätigt fühlte, das Wagnis einzugehen. »Wissen Sie, wer Francescas wirkliche Mutter ist? Ist es eine von Ihren Hausangestellten?«

Regina fühlte sich plötzlich benommen. »Selbstverständlich nicht. Ich weiß nichts über Francescas Mutter, aber ich rate Ihnen, ihr nichts von den Umständen ihrer Geburt zu erzählen«, sagte sie. »Sie braucht nichts davon zu erfahren.«

Der letzte Satz machte Ned stutzig. Er begriff nicht, weshalb Regina der Ansicht war, Fran nichts zu sagen, zumal sie zuvor behauptet hatte, gar nichts darüber zu wissen. »Ich habe nicht die Absicht, aber ich hatte befürchtet, Sie würden ihr etwas sagen.«

»Ausgeschlossen.« Regina schob das Kinn vor, wild entschlossen, für alle Zeiten zu verheimlichen, dass sie sich mit Silas Hepburn eingelassen und ihr gemeinsames Kind im Fluss ausgesetzt hatte. Ihr war bewusst, dass sie sich hatte gehen lassen, als sie durch Lizzie Spender von Silas' Absichten erfahren hatte. In dem Moment hatte Regina sich nicht unter Kontrolle gehabt, weil die Vorstellung, dass Silas seine eigene Tochter heiraten wollte, sie zutiefst schockiert hatte. Dennoch bezweifelte sie, dass Lizzie etwas aufgeschnappt hatte oder sich einen Reim darauf machen konnte. Dazu war sie nicht schlau genug. »Ich habe mich für das Muttermal interessiert, weil es so ungewöhnlich ist. Dabei bekam ich zufällig einen meiner Schwindelanfälle. Falls Francesca etwas anderes behauptet, entspringt es ihrer Fantasie. Wenn Sie mich jetzt entschuldigen ...«

»Aber warum haben Sie gefragt, wann ...« Ned hatte nicht die Gelegenheit, den Satz zu Ende zu sprechen, da Regina davoneilte. Er hatte sie fragen wollen, warum sie Francesca nach ihrem Geburtsdatum gefragt hatte und warum sie ihr vom Balkon den seltsamen Blick zugeworfen hatte. Reginas Erklärung für ihr Interesse an Francescas Muttermal erschien Ned an den Haaren herbeigezogen. Seine Unruhe wuchs.

Auf dem Weg zurück zur Anlegestelle beschloss er, Joe nichts von dem Vorfall mit Regina zu erzählen. Er war sicher, Regina würde nichts sagen, und er hoffte, dass Francesca sich ebenfalls zurückhielt, zumal Joe mit der Rückzahlung des Darlehns an Silas schon genug Sorgen hatte.

Regina traf Silas in seinem Büro im Bridge Hotel an. Einen Moment verharrte sie im Türrahmen und beobachtete ihn bei seiner Schreibarbeit, wobei sie befremdet den Kopf schüttelte. Ihre Affäre war kurz und töricht gewesen – eine Beziehung, die sie ihr Leben lang bereuen würde. In diesem Augenblick konnte Regina nicht fassen, dass ein so abstoßender Mann eine so hübsche Tochter wie Francesca gezeugt hatte. In Reginas Fantasie hatte ihre Tochter immer große Ähnlichkeit mit ihrem Vater gehabt, wodurch es ihr leichter gefallen war, den Gedanken an Francesca zu verdrängen. Doch Francesca war ihr Ebenbild ...

Vor achtzehn Jahren, als sie auf Silas aufmerksam geworden war, fand sie ihn sehr charmant, doch wenn sie jetzt genauer darüber nachdachte – wie schon unzählige Male zuvor, weil ihr Gewissen ihr keine Ruhe gelassen hatte –, kam sie zu dem Schluss, dass besonders sein Elan und sein Ehrgeiz sie angezogen hatten. Außerdem war sie damals schrecklich einsam gewesen, wenn Frederick wegen der Viehtriebe für längere Zeit fort war, und Silas hatte sich als hartnäckiger Verehrer erwiesen, dessen Werben sie schließlich nachgegeben hatte. Doch mit der Zeit, als sein Ehrgeiz immer mehr in Skrupellosigkeit mündete, offenbarte er seinen wahren Charakter und wurde zu dem Scheusal, das er heute war.

Silas spürte, dass er beobachtet wurde, und blickte auf. Er freute sich immer, wenn er Regina sah, und sein Egoismus ließ ihn vergessen, dass sie im Laufe der Jahre eine tiefe Abneigung ihm gegenüber entwickelt hatte. »Guten Tag, Regina«, begrüßte er sie, ohne den freundlichen Ton anzuschlagen, den er ihr gegenüber sonst immer gebrauchte. Ihm fiel gar nicht auf, dass sie abgespannt und blass aussah.

Regina war zu sehr auf den Zweck ihres Besuches konzentriert, um der gedämpften Begrüßung Beachtung zu schenken. »Ich war in der Stadt und dachte mir, ich schaue mal vorbei. Ich hoffe, ich komme nicht ungelegen.«

Silas versuchte, seinen Ärger über Ezra Pickering kurz beiseite zu schieben. »Aber nicht doch. Du weißt, du bist immer willkommen.« Er verkniff sich die Bemerkung, dass sie ihm nur ihre Aufwartung machte, wenn sie etwas von ihm wollte, zumal es selten genug vorkam, dass Regina keinen Rat mehr wusste. »Liegt dir etwas auf dem Herzen? Hast du ein geschäftliches Problem?«

»Nein. Ich bin zurzeit ein wenig durcheinander ... Ich mache mir Sorgen um Monty.«

Bei genauerer Betrachtung fiel Silas jetzt auf, dass er Regina noch nie in so einem furchtbaren Zustand gesehen hatte. Offenbar hatte sie wirklich ernste Schwierigkeiten. »Was ist denn mit Monty?«

»Er trifft sich regelmäßig mit einem Mädchen, einer Schifferstochter ...« Regina bemerkte, dass Silas' graue Augen sich bei diesen Worten zusammenzogen.

»Und das missfällt dir?«, fragte Silas und hoffte, dass sie bejahen würde. Wenn Monty von der Bildfläche verschwand – und das war sicher, wenn Regina gegen eine Verbindung mit Francesca war –, hatte er umso leichteres Spiel mit ihr.

»Natürlich. Würde es dich glücklich stimmen, wenn dein Sprössling einer Frau den Hof macht, die gesellschaftlich unter ihm steht?«

Silas gab keine Antwort. Er legte bei Frauen mehr Wert auf Schönheit, Auftreten und eine ansehnliche Figur als auf den familiären Hintergrund, erwartete aber nicht, dass eine Mutter, der es darum ging, dass ihr Sohn eine gute Partie machte, diesen Standpunkt teilte.

»Außerdem habe ich Grund zu der Annahme, dass diese Francesca mit einem anderen Mann poussiert«, fuhr Regina fort, wobei sie genau Silas' Reaktion beobachtete.

Der war zuerst sprachlos. Regina bemerkte, dass alles Blut aus seinem Gesicht entwichen war und dass sich Schweißperlen auf seiner Stirn bildeten.

»Deshalb bin ich hier«, fügte Regina hinzu. »Ich möchte von dir hören, was du über diesen Kerl weißt.«

»Wie heißt er?« Silas war kaum in der Lage, seine Wut zu zügeln.

»Neal Mason. Ich glaube, er arbeitet zurzeit auf der *Marylou.* Ich kenne ihn zwar nicht persönlich, aber dafür seinen Ruf bei den Damen. Monty hat nach einem Gespräch mit ihm den Eindruck gewonnen, dass er in Francesca verliebt ist. Ich habe ihm gesagt, er solle das nicht ernst nehmen, doch nun hat sie ein Wochenende auf Derby Downs verbracht, und irgendetwas sagt mir, dass sie eine intime Beziehung mit diesem Kerl hat.«

Silas schnappte nach Luft, und sein fleischiges Gesicht färbte sich dunkel. Er konnte nicht glauben, was er da hörte. »Was hat sie denn gesagt?«

»Im Grunde nicht viel. Doch man konnte zwischen den Zeilen Andeutungen heraushören. Man muss eine Frau sein, um das zu erkennen. Ich denke, sie hält Monty zum Narren. Offenbar ist sie eine raffinierte kleine Betrügerin. Von mir aus kann dieser Neal Mason sie haben. Sie passt ohnehin nicht zu jemandem, der in der Gesellschaft so hoch angesehen ist wie Monty. Unglücklicherweise ist er vernarrt in sie. Und ich muss zugeben, sie ist ein wirklich hübsches Mädchen ... leider aus der Unterschicht. Monty könnte etwas Besseres haben. Wenn er diese Verbindung aufrechterhält, gefährdet er seinen Ruf, und die ganze Stadt wird hinter seinem Rücken über ihn lachen. Niemand hat Respekt vor einem Mann, der sich von einem hübschen Gesicht den Kopf verdrehen lässt, insbesondere dann nicht, wenn der Name dieses Mädchens in Verruf ist. Da pflichtest du mir sicher bei, Silas. Vielleicht kannst du meinem Sohn ins Gewissen reden.«

Silas hatte es für den Moment die Sprache verschlagen. Er war völlig ahnungslos gewesen, dass Neal Mason an Francesca interessiert war, und schimpfte sich selbst einen Narren. Dennoch war er sicher, dass Regina sich irrte, wenn sie den beiden ein intimes Verhältnis unterstellte.

»Joe Callaghan würde es Neal Mason niemals erlauben, seine Tochter zu kompromittieren ... dazu noch direkt vor seiner Nase. Obwohl ich persönlich keine Sympathie für Joe aufbringe, kann ich nicht leugnen, dass er auf dem Fluss großen Respekt genießt, auch wenn er rasch zum Despoten werden kann.«

Regina nickte. Joe Callaghan war tatsächlich für seine Reizbarkeit bekannt. Er war Francesca bestimmt ein fürsorglicher Vater, aber Regina wusste auch, dass zwei Liebende stets Mittel und Wege fanden, zusammen zu sein, wenn sie nur wollten. »Männer, die eine Frau beeindrucken wollen, können sehr einfallsreich sein«, sagte sie. Kaum war der Satz ausgesprochen, wurde ihr bewusst, dass dies auch auf Silas' Verhalten vor achtzehn Jahren zutraf, und sie errötete.

Silas dachte ebenfalls daran, mit wie viel Hartnäckigkeit und welchem Ideenreichtum er damals Regina umworben hatte. Je eher er sich mit Joe auf Francescas Hand einigen konnte, desto besser. Er musste Joe irgendwie in die Ecke drängen.

»Ich rede mit Monty«, murmelte er geistesabwesend, um Regina zu verstehen zu geben, dass er wieder alleine zu sein wünschte.

Regina hatte ihr Ziel erreicht und war zufrieden. »Ich danke dir, Silas. Monty hört auf dich, er hat Respekt vor dir.« Sie war zwar nicht sicher, ob dies der Wahrheit entsprach, aber sie wusste, dass es immer von Vorteil war, Silas Honig um den Bart zu schmieren.

Regina ging zur Tür und wandte sich noch einmal zu ihm um. Am liebsten hätte sie herausgeschrien: *»Sie ist deine Tochter!«*, doch ihr Selbsterhaltungstrieb war stärker.

Mit aufgestützten Ellbogen saß Silas da, den Kopf in den Händen. Regina wusste, dass sie ihm Grund genug zum Nachdenken gegeben hatte. Sie hatte die Hoffnung, dass er Monty in dem Gespräch überzeugen konnte, dass es besser war, es sich mit Francesca anders zu überlegen, und sie betete, dass beide ihr Werben um Francesca beenden würden. Einerseits konnte sie nicht zulassen, dass Silas seine eigene Tochter heiratete; andererseits konnte sie ihm auch nicht die Wahrheit sagen, dann würde diese sich zwangsläufig herumsprechen.

Silas war bekümmert, weil ausgerechnet ein Weiberheld wie Neal Mason bei Francesca Feuer gefangen hatte. Er musste einen Weg finden, den Kerl loszuwerden, bevor Francesca seinem Charme erlag.

Schon bald gingen Silas verschiedene Ideen durch den Kopf.

12

Es war Dienstag am späten Nachmittag, als Francesca mit der *Marylou* ihren üblichen Ankerplatz ansteuerte, nahe Budgie Creek. Es herrschte eine brütende Hitze, und sie hatten kurz zuvor die letzte Fuhre Holz für diesen Tag bei O'Shaunnesseys Sägewerk abgeliefert. Joe war bei Francesca im Ruderhaus. Er hatte sie mit einigen Besonderheiten vertraut gemacht, die für ihr Kapitänspatent erforderlich waren. Nach Joes Einschätzung war Francesca so weit, dass er sie innerhalb der nächsten Wochen beim Prüfungsausschuss anmelden konnte.

Francesca wischte sich den Schweiß von Stirn und Nacken. Sie war fix und fertig, und das nicht allein wegen der Hitze. Sie musste sehr viel lernen, wenn sie ihr Kapitänspatent erlangen wollte, und da sie zurzeit viele andere Dinge verarbeiten musste, fiel es ihr schwer, einen klaren Kopf zu bewahren.

»Ich gehe schwimmen«, sagte sie schließlich.

Joe machte ein skeptisches Gesicht.

»Bleib aber in Sichtweite«, erwiderte er. »Die Strömung hier kann gefährlich sein.«

»Ich passe schon auf, Dad«, erwiderte Francesca. »Du weißt doch, ich bin eine gute Schwimmerin«, fügte sie hinzu.

»Mag sein, aber dieser Fluss hat schon viele gute Schwimmer das Leben gekostet.«

Joes gequälter Gesichtsausdruck ließ Francesca erkennen, dass er nach wie vor nicht über den Verlust ihrer Mutter hinweg war und dass sie sich seiner Bitte fügen musste. Zudem musste sie sich eingestehen, dass sie in letzter Zeit leicht reizbar war, da die täglichen Begegnungen mit Neal Mason auf dem Schiff ihren Tribut forderten. Sie vermied es tunlichst, mit Neal zu reden, und so herrschte eine gespannte Atmosphäre an Bord der *Marylou*, aber es wäre nicht fair gewesen, ihre schlechte Laune an ihrem Vater auszulassen.

»Vielleicht sollte ich mitkommen«, schlug Joe vor. Der Gedanke, ihr könnte etwas zustoßen, war ihm unerträglich.

»Behandle mich nicht wie ein Kind, Dad«, entgegnete Francesca mit weicher Stimme, um ihn nicht vor den Kopf zu stoßen. »Ich passe schon auf. Ich gehe ein Stück das Ufer hinauf, um ungestört zu sein, aber ich verspreche dir, im flachen Gewässer zu bleiben.« Obwohl Francesca kein Kind mehr war, fiel es Joe schwer, sie wie eine Erwachsene zu behandeln. Nach so langer Trennung über so viele Jahre hinweg hatte er nicht verfolgen können, wie aus dem kleinen Mädchen eine junge Frau geworden war, er musste sich erst noch daran gewöhnen. »Pass auf, dass du in der Nähe des Ufers bleibst, und nimm dich vor den Baumstämmen in Acht. Die können tückisch sein.«

Francesca wandte sich um, lächelte und verdrehte die Augen, bevor sie die Treppe vom Ruderhaus hinunterstieg, nachdem sie Joe erneut versprochen hatte, vorsichtig zu sein.

Mike Finnion lenkte die *Curlew* längsseits des Piers in Echuca, wo Silas Hepburn ihn bereits erwartete.

»Und?«, meinte Silas, bevor das Schiff festmachte.

»Er transportiert Holz für Dolan O'Shaunnessey«, entgegnete Mike.

Silas' Gesicht verfärbte sich rot vor Zorn. »Dann hat Ezra mich also doch belogen«, stieß er hervor. »Weißt du auch, wo Joe das Holz aufsammelt?« Er musste jede Einzelheit wissen, um Joe das Leben zur Hölle zu machen.

»Er holt es im Wald von Moira und bringt es flussaufwärts nach Thistle Bend zu O'Shaunnessey. Gestern und heute Vormittag hat er jeweils eine volle Ladung abgeliefert, und nachts ankert er in der Nähe von Budgie Creek.«

Im Geiste überschlug Silas, wie viel Joe das einbringen mochte und wie viel Zeit er für die gesamte Transportfahrt mit Ladezeiten benötigte. »Gute Arbeit, Finnion.« Nachdenklich rieb Silas sich das Kinn. Dolan O'Shaunnessey würde sich durch nichts von ihm einschüchtern lassen, folglich musste er die Sache anders angehen. Zum Glück gingen ihm niemals die Ideen aus. »Kannst du mir Zeb Critchley holen? Ich habe einen Auftrag für ihn.« Silas plante zudem, Ezra Pickering nicht ungeschoren davonkommen zu lassen, nachdem dieser ihn zum Narren gehalten hatte. »Und gib bei der Gelegenheit Matches Maloney Bescheid, dass ich ihn sprechen will.«

Mike sah ihn entgeistert an. »Matches?«

»Beeil dich gefälligst«, herrschte Silas ihn ungeduldig an.

»Ja, Mr Hepburn«, erwiderte Mike und sprang an Land.

»Critchley wird im Star sein. Matches findest du bei Molly McGuire. Sag ihnen, ich erwarte sie im Hinterzimmer im Steampacket.«

Mike wusste, dass Silas dort immer Gespräche führte, die vertraulich bleiben sollten. »Ja, Sir, Mr Hepburn«, sagte er und machte sich auf den Weg.

Das Flusswasser war geradezu eine Wohltat für Francescas erhitzten Körper. Sie stieß sich vom Ufer ab und aalte sich in der erfrischenden Kühle.

»Schwimm nicht zu weit raus«, hörte sie Joe vom Schiffsheck her rufen, von wo er sie im Wasser erspäht hatte. Sie war ein Stück am Ufer entlanggegangen, um in ihrem Badekostüm vor Neals Blicken geschützt zu sein. Obwohl es wenig offenbarte, hatte Neal sie mit einem solchen Verlangen in den dunklen Augen angesehen, dass sie sich splitternackt gefühlt hatte.

»Keine Sorge, Dad«, rief sie zurück. In dem erfrischenden Wasser, ganz für sich allein, ließ ihre Anspannung nach.

Kurz darauf kam Neal an Deck und fragte Joe, wo Francesca sei. Obwohl sie einander mieden, so gut es auf diesem beschränkten Raum möglich war, hatte er ein Gespür dafür, wo sie war, und dieses Gespür sagte ihm, dass sie sich nicht an Bord befand.

»Sie ist schwimmen«, antwortete Joe mit einem Blick in Francescas Richtung.

Neal schaute ebenfalls dorthin und sah, dass sie im Wasser herumpaddelte, im Schatten der überhängenden Bäume. »Gute Idee von ihr. Es ist verdammt heiß«, murmelte er. Den ganzen Tag war ihm und den anderen der Schweiß geflossen.

»Ich wollte mitkommen, aber sie wollte nichts davon hören«, bemerkte Joe.

In diesem Moment erklang Neds Stimme aus dem Maschinenraum. »Joe? Kannst du mal kurz runterkommen?« Ned hatte ein leckes Ventil entdeckt, und Joe erkannte an seinem Tonfall, dass er Hilfe benötigte.

Er fühlte sich hin und her gerissen. »Kannst du kurz auf Francesca achten?«, bat er Neal. »Nur für den Fall.«

»Klar.«

»Lass sie nicht aus den Augen. Sie behauptet zwar immer, gut schwimmen zu können, aber sie ist sehr zierlich, und wenn die Strömung sie erwischt, könnte es in wenigen Sekunden um sie geschehen sein ...«

»Ich pass schon auf, Joe. Mach dir keine Sorgen«, versicherte Neal. Joe zögerte dennoch. Er würde sich erst besser fühlen, wenn Francesca wieder an Land war.

Neal wusste, wie gefährlich die Strömung hier war. Er selbst war mehr als einmal in Schwierigkeiten geraten. Wäre er damals auf sich alleine gestellt gewesen, würde er jetzt nicht an Bord der *Marylou* stehen. »Keine Bange, Joe. Ich schwöre, dass ihr nichts passieren wird.«

Joe verschwand im Maschinenraum.

Francesca warf einen Blick zum Schiff, wo Neal mit einem Mal den Platz ihres Vaters eingenommen hatte und mit seinen dunklen Augen zu ihr starrte. Sie versuchte, ihn zu ignorieren, doch es gelang ihr nicht. Verlegen schwamm sie dicht am Ufer entlang, weg vom Schiff, um unter den überhängenden Baumkronen Deckung zu suchen. Sie schwamm, bis die *Marylou* und Neal außer Sichtweite waren.

»Francesca!«, hörte sie Neal rufen.

Am liebsten hätte sie ihm nicht geantwortet, wusste aber, dass er ihr dann folgen würde. »Alles in Ordnung«, rief sie zurück und verdrehte die Augen. Sie hielt sich an einem aus dem Wasser ragenden Ast eines abgestorbenen Baumes fest und begann mit den Beinen zu strampeln, sodass das Wasser spritzte, vergnügt wie ein Kind lachend. Im Schatten der Bäume genoss Francesca die Abkühlung nach der Hitze des Tages.

Neal hörte das Platschen des Wassers, war aber beunruhigt, weil er Frannie nicht sehen konnte. »Verdammt«, murmelte er und stieg vom Schiff an Land.

Francesca entfernte sich mehr und mehr vom Ufer. Sie hatte bereits einige Meter zurückgelegt, als Neal sie erblickte und leise zu fluchen begann. Francesca spürte, dass sie umkehren musste. Das Wasser war an dieser Stelle ziemlich tief, und Neal nahm mit Erleichterung zur Kenntnis, dass sie tatsächlich zurück zum Ufer schwamm. Plötzlich verschwand Francesca aus seinem Blickfeld.

Im gleichen Moment verfing sich irgendetwas im linken Bein ihres Badekostüms, in Höhe der Wade. Francesca spürte, wie ihr Bein zerkratzt wurde und dass sie festhing. In Panik versuchte sie, sich loszureißen, doch es gelang ihr nicht. Das Wasser ging ihr schon bis übers Kinn.

Neal war beunruhigt, weil er Francesca nirgends mehr entdecken konnte. Mehrmals rief er ihren Namen, ohne eine Reaktion zu erhalten. Er rannte aufgeregt am Ufer entlang. Als er die Bäume erreichte, kletterte er über die aus der Erde ragenden Wurzeln und suchte das Wasser ab.

»Francesca!«, rief er. »Francesca!« Das Flussufer machte an dieser Stelle einen leichten Knick, sodass er es nicht vollständig einsehen konnte. Als keine Reaktion Francescas erfolgte, geriet er in Panik.

Francesca holte tief Luft und tauchte unter, um ihr Badekostüm von dem Baumstamm zu befreien. Sie zerrte verzweifelt daran, doch die Strömung behinderte sie, sodass ihre Kraft rasch aufgebraucht war. Sie tauchte wieder an die Wasseroberfläche und schnappte nach Luft, wobei sie Wasser einatmete. Sie musste husten und würgen, und erneut übermannte sie Panik. Ihr kam der Gedanke, das Badekostüm einfach abzustreifen, doch ihr wurde schnell klar, dass es ein sinnloses Unterfangen wäre, weil der Stoff sich zu sehr verheddert hatte. Ihre verzweifelten Versuche, sich zu befreien, hatten sie alle Kraft gekostet, und sie hatte Mühe, den Kopf über Wasser zu halten. Sie hatte nicht einmal genügend Luft, um nach Hilfe zu rufen.

Francesca wusste, dass ihr nur noch wenige Minuten blieben.

Neal suchte weiter die Wasseroberfläche ab, ohne Francesca zu erspähen. Vor Angst klopfte ihm das Herz bis zum Hals. Plötzlich entdeckte er ihren Kopf im Wasser. Sofort sprang er in den Fluss und war nach wenigen Sekunden bei ihr. Francesca schluckte Wasser und drohte zu ertrinken. Neal versuchte, sie ans Ufer zu ziehen, merkte jedoch rasch, dass sie festhing. Er holte tief Luft und tauchte unter. Sofort sah er, dass der Stoff ihres Badekostüms sich in einem Baumast unter Wasser verfangen hatte, sodass sie nur noch ein Bein frei bewegen konnte. Er zog sein Messer aus der Hosentasche und machte sich daran, den Stoff zu zerschneiden, bis er ihr Bein befreit hatte. Dann tauchte er wieder nach oben, nahm ihren schlaffen Körper in Schleppgriff und schwamm ans Ufer. Behutsam legte er die zu Tode erschöpfte Francesca auf das warme Gras.

Besorgt beugte er sich über sie, während sie nach Atem rang. Neal stellte fest, dass die Verletzung an ihrem Bein nicht ernst war.

Sie schlang die Arme um seinen Hals und legte den Kopf an seine Schulter, während ein Weinkrampf sie übermannte. »Ich dachte, ich muss ... sterben«, keuchte sie.

Er drückte sie an sich, und die Anspannung fiel von ihm ab. Sein Puls raste noch immer. »Jetzt ist es überstanden«, tröstete er sie.

»Wenn du ... mich nicht ... entdeckt hättest ...«

»Aber ich habe dich entdeckt. Ich werde niemals zulassen, dass dir etwas zustößt, Francesca. Niemals«, sagte Neal leise.

Seine Worte verwirrten Francesca. Er klang, als würde ihm tatsächlich etwas an ihr liegen ... wo er doch gesagt hatte, dass eine feste Beziehung und eine Familie ihn nicht interessierten. Francesca fragte sich, was für ein Spiel er mit ihr trieb. Sie schob ihn von sich weg und sah ihm in die Augen. »So etwas sollte man nur sagen, wenn man es ernst meint, Neal. Es ist nicht fair, mit meinen Gefühlen zu spielen.«

»Es ist mein Ernst, Francesca. Ich werde nie zulassen, dass dir etwas passiert. Habe ich das nicht eben bewiesen?«

»Du hast mir das Leben gerettet, aber das gibt dir noch lange nicht das Recht, mir das Herz zu brechen.«

Neal schloss kurz die Augen. »Du hast Recht. Ich könnte dir nie der Ehemann sein, den du willst. Das bedeutet aber nicht, dass mir nichts an dir liegt.« Neal bemerkte, dass Francesca irritiert war, dachte jedoch an Gwendolyn und seine Verpflichtungen. »Manche Männer taugen nun mal nicht für die Ehe.«

Francesca rappelte sich auf. »Ich verstehe dich nicht«, sagte sie, »und das wird mir auch nie gelingen.« Mit einem Mal war sie sich über ihre eigenen Gefühle völlig im Klaren. Auch wenn Neal sie nie heiraten würde – es bedeutete nicht, dass sie nichts für ihn empfand. Im Gegenteil. Ihr wurde bewusst, dass sie für Neal ganz andere Gefühle hegte als für Monty Radcliffe. In Montys Gegenwart fühlte sie sich wohl, doch sie empfand keine Leidenschaft für ihn. In Neals Nähe hingegen kam sie sich vor, als würde ihr Innerstes nach außen gekehrt. Aber was hatte das zu bedeuten?

»Sag meinem Vater nichts von dem Vorfall, Neal. Sonst lässt er mich nie wieder schwimmen.« Sie verschränkte die Arme über der Brust und wandte sich beschämt zur Seite. Bestimmt sah sie wie eine ertränkte Katze aus.

»Nur wenn du mir versprichst, nie wieder alleine schwimmen zu gehen, Francesca.«

Sie nickte. Jetzt wusste sie, weshalb ihr Vater so besorgt gewesen war. Sie ließ den Blick über den Fluss schweifen, doch die ruhige Wasseroberfläche täuschte über die unsichtbaren Gefahren darunter hinweg – in Gestalt gefährlicher Äste und einer lebensbedrohlichen Strömung.

Als die *Marylou* sich am Donnerstagvormittag O'Shaunnesseys Sägewerk näherte, fiel Joe die ungewohnte Stille auf. Kein Dampf stieg aus dem Schornstein der Pressen, und das Gelände war verwaist. Nachdem sie festgemacht hatten, ging er an Land. Neal und Ned wies er an, an Bord zu bleiben, bis er herausgefunden hatte, was vor sich ging.

Alarmiert stellte Joe fest, dass keine Menschenseele zu sehen war und das Tor zur Straße verriegelt. Er konnte sich keinen Reim darauf machen.

In diesem Moment trat Charlie Walsh, Dolans rechte Hand, aus dem Büro.

»Was geht hier vor sich?«, fragte Joe.

»Ich habe alle Männer nach Hause geschickt, weil Dolan gestern Abend einen schlimmen Unfall hatte.«

Joe stockte der Atem. »Was ist denn passiert?«

»Er ist an diesem Holzstapel vorübergegangen«, er deutete hinter Joe, »als der plötzlich zusammenstürzte.«

Joe wandte sich um und betrachtete das Holz, das er am Tag zuvor geliefert hatte. Er hatte es sorgfältig gestapelt, bevor er wieder gefahren war; jetzt lag es über den Boden verstreut.

»Es ist ein Wunder, dass er überlebt hat«, sagte Charlie. »Niemand hat eine Erklärung für das Unglück. Der Betrieb ist bis auf weiteres eingestellt.«

Joe war wie betäubt. »Wird Dolan wieder gesund?«

Charlie senkte den Blick und seufzte. »Er hat mehrere Knochenbrüche erlitten und wurde auch am Kopf verletzt, deshalb kann man nichts Genaues sagen. Lass uns ins Büro gehen, dann zahle ich dir aus, was wir dir noch schulden.«

»Nein«, widersprach Joe und schüttelte energisch den Kopf. »Gib das Geld Dolans Frau. Sie hat mehrere kleine Mäuler zu stopfen ...«

Wer wusste schon, wie lange es dauern würde, bis Dolan wieder arbeitsfähig war?

»Das ist sehr großzügig von dir, Joe«, sagte Charlie.

Bedrückt ging Joe zum Schiff.

Auf der Fahrt zurück nach Echuca waren alle wie benommen. Jeder neuerliche Rückschlag raubte Joe ein Stück Hoffnung, die *Marylou* vielleicht doch halten zu können. Er musste an das Angebot denken, das Silas ihm gemacht hatte: Silas wollte ihm die Schulden erlassen, wenn er dafür Francesca zur Frau bekäme. Aber jedes Mal, wenn Joe das unschuldige Gesicht seiner Tochter betrachtete, verspürte er Abscheu vor sich selbst, dass er so etwas überhaupt in Erwägung zog. Er wäre niemals fähig, ihr einen Mann wie Silas Hepburn zuzumuten. Lieber würde er zehn Schiffe verlieren.

Deprimiert kaufte Joe sich eine Flasche Rum, nachdem sie in Echuca angelegt hatten; dann setzte er sich mit Ned und Neal zusammen, und die Männer leerten die Flasche. Ned warf die Angelschnur aus, um einen Fisch fürs Abendessen zu fangen. Francesca, die sich große Sorgen um ihren Vater machte, lenkte sich mit Wäschewaschen ab.

Es war seit einer Stunde dunkel, als Francesca plötzlich einen seltsamen rötlichen Schimmer über den Bäumen flussaufwärts bemerkte. »Was ist das?«, fragte sie die Männer, die mit dem Rücken zu ihr saßen. Sie schnupperte die Luft, die eine Brise zu ihr trug. »Es riecht nach Rauch.«

Joe, Ned und Neal erhoben sich und wandten sich flussaufwärts. Sie sahen auf den ersten Blick, dass der helle Schein am Nachthimmel von einem Feuer stammte.

»Die Werft von Ezra Pickering liegt in dieser Richtung«, sagte Joe. Im nächsten Augenblick hallten die Glocken der Löschwagen durch die nächtliche Stille. »Schnell«, sagte Joe, schnappte sich Francescas Wassereimer, kippte ihn aus und sprang mit einem Satz an Land. Er lief am Ufer entlang in Richtung Werft. Neal und Ned folgten ihm dichtauf.

Doch als sie das Gelände der Werft erreichten – außer Atem, weil sie ein gutes Stück gerannt waren, bevor sie auf einen Wagen mit Löschhelfern aufspringen konnten –, war nichts mehr zu retten. Zusammen mit weiteren schockierten Augenzeugen, darunter Ezra Pickering, konnten sie nur noch hilflos mit ansehen, wie das Holz und die Schiffsrohbauten den Flammen zum Opfer fielen. Das Feuer brannte lichterloh und verbreitete eine Hitze wie ein Hochofen. Niemand wagte sich näher heran.

Joe schob sich durch die versammelte Menge zu Ezra. Als er ihn erreicht hatte, legte er ihm tröstend von hinten die

Hand auf die Schulter. Ezra wandte sich um, und beim Blick in sein Gesicht hätte Joe schwören können, dass Ezra auf einen Schlag um zehn Jahre gealtert war. Seine Miene drückte Entsetzen und Wut aus, und beide Männer wussten, was dem anderen durch den Kopf ging: Obwohl niemand einen Beweis hatte, war offensichtlich, wer hinter dem Brandanschlag steckte.

»Dolan O'Shaunnessey wäre gestern Abend beinahe ums Leben gekommen«, murmelte Joe leise, dem plötzlich der Zusammenhang aufging.

»Jetzt kann er uns nicht mehr viel antun, nicht wahr?«, sagte Ezra, der sich wieder dem Feuer zuwandte und beobachtete, wie sein Lebenswerk in Schutt und Asche fiel. »Mir jedenfalls nicht. Ich bin am Ende.«

»Es tut mir Leid, Ezra.«

»Hätte ich gewusst, dass er dazu fähig ist, hätte ich mich seinen Drohungen widersetzt. Ich bin derjenige, der sich bei Ihnen entschuldigen muss, Joe. Ich kann mir selbst nicht mehr in die Augen sehen ...«

»Sagen Sie das nicht, Ezra. Ihre Selbstachtung kann er Ihnen nicht nehmen. Und ich sage Ihnen eins: Bevor ich die *Marylou* diesem Kerl überlasse, brenne ich sie ab.«

Ezra ließ den Kopf sinken. »Er hat es gar nicht auf die *Marylou* abgesehen, Joe«, sagte er leise, »sondern auf Ihre Tochter.«

»Ich weiß. Er hat mir angeboten, mir meine Schulden zu erlassen, wenn ich ihm Francesca zur Frau gebe. Aber wenn er es wagt, Hand an mein Mädchen zu legen, werde ich ihn mit bloßen Händen erwürgen.«

13

Francesca stand an Deck der *Marylou* und beobachtete den rötlichen Schein am Nachthimmel. Sie machte sich Sorgen um die drei Männer. Dabei bemerkte sie nicht, dass Silas Hepburn sich dem Schiff näherte.

»Guten Abend«, sagte er vom Pier aus. Er hatte damit gerechnet, das Francesca alleine war.

Ganz überrascht drehte sie sich um. »Oh«, sagte sie und versuchte, ihr Missfallen über sein Erscheinen zu verbergen. »Offenbar hat heute Abend nicht jeder Grund zur Freude. Ist das die Werft von Ezra Pickering, was dort brennt?«

»Ich glaube schon«, entgegnete Silas ohne jedes Mitgefühl. Ihn beschäftigte allein der Gedanke, wie bezaubernd Francesca im Mondschein aussah.

»Der arme Mann ...«, sagte sie.

»Erlauben Sie, dass ich an Bord komme?«, fragte Silas, ohne weiter auf Ezras Schicksal einzugehen.

Francesca blickte ihn verständnislos an, da sie nicht wusste, worauf er aus war. Schließlich sagte sie sich, dass es nur einen Weg gab, um das herauszufinden. »Bitte. Mein Vater müsste bald wieder zurückkommen.«

»Eigentlich wollte ich mich mit Ihnen unterhalten«, sagte Silas und kam an Bord. »Unter vier Augen.«

»Worüber denn?«, fragte Francesca, die plötzlich ein ungutes Gefühl verspürte.

»Über Ihren Vater.«

In Francesca stieg Angst auf. »Was ist mit meinem Vater?«, fragte sie nervös.

»Wissen Sie, dass er sich Geld von mir geliehen hat, um den Kessel der *Marylou* zu reparieren?«

»Ja.«

Silas scharrte mit den Füßen, um ihr den Eindruck zu vermitteln, dass ihm das Ganze peinlich war.

Francesca jedoch machte sich auf eine Hiobsbotschaft gefasst, was sie noch mehr in Panik versetzte. »In letzter Zeit ... hatte Vater eine Pechsträhne«, sagte sie stockend, »aber das wird sich bald ändern. Sie bekommen Ihr Geld ...«

»Als ich ihm das Darlehn angeboten habe, dachte ich, ich würde ihm damit helfen«, sagte Silas, »aber da er nur gelegentlich arbeitet, liegt er mit den Ratenzahlungen ziemlich im Rückstand. Ich weiß, dass das Leben einem manchmal übel mitspielt und dass eine Sache nach der anderen schief geht. Wie ich schon sagte ... ich wollte Joe helfen, aber ich muss mich auch um meine eigenen Geschäfte kümmern. Deshalb werden Sie sicher verstehen, dass ich nicht bei jedem Schuldner ein Auge zudrücken kann.«

Vor Angst schlug Francesca das Herz bis zum Hals. »Sind Sie hier, um die *Marylou* zu übernehmen?«

»Nein, so weit ist es noch nicht.« Silas bedachte sie mit einem bemüht freundlichen Blick. »Joe hat zwar das Schiff als Pfand eingesetzt, aber ...«

»Ich wünschte, ich könnte helfen«, unterbrach Francesca ihn, erleichtert, dass Silas nicht sofort die *Marylou* beanspruchte. Sie benötigten lediglich einen kleinen Zeitaufschub.

»Vielleicht gibt es da etwas ...«, sagte Silas.

»Und das wäre?«

»Sie könnten einen vermögenden Mann heiraten.«

Francesca fragte sich, ob er Monty damit meinte. »Ich würde niemals eine Ehe eingehen, um das Schuldenproblem meines Vaters zu lösen. Das wäre unehrlich und unehrenhaft.«

»Aber eine so schöne Frau wie Sie kann sich sogar unter den vermögenden Männern einen aussuchen. Und ich bin sicher, dass der Glückliche sich von selbst anbieten würde, Ihren Vater zu unterstützen, vorausgesetzt, er wäre ein Gentleman.«

Francesca zog die Stirn in Falten. »Mag sein, aber trotzdem ...«

»Francesca«, sagte Silas geradeheraus, »ich habe Joe angeboten, ihm seine Schulden zu erlassen, wenn er die Einwilligung zu unserer Hochzeit gibt.«

Francesca blickte entsetzt drein, froh, dass die Dunkelheit den Abscheu verbarg, der sich auf ihrem Gesicht spiegelte. Sie brachte kaum den Mut auf, nach der Reaktion ihres Vaters zu fragen. Was, wenn er sich einverstanden erklärt hatte und Silas gekommen war, um um ihre Hand anzuhalten? »Was ... was hat er gesagt?«

»Er hat abgelehnt«, antwortete Silas ohne Zögern und ohne Scham.

Francesca wurde beinahe schwindelig vor Erleichterung.

»Obwohl ich Ihnen ein luxuriöses Leben bieten kann, ist die Liebe zu seiner Tochter so groß, dass er Sie selbst entscheiden lässt, wen Sie heiraten«, sprach Silas weiter. »Joe ist ein selbstloser Mann. Ich weiß, wie sehr er an diesem Schiff hängt. Dennoch ist er bereit, es für Ihr Glück zu opfern. Ich muss gestehen, dass ich ihn dafür bewundere.« Das war natürlich eine Lüge, und Silas legte eine Kunstpause ein, ohne Francesca aus den Augen zu lassen, doch in der Dunkelheit konnte er nicht erkennen, was in ihr vor sich ging. »Ich frage mich nur ... sind Sie als Tochter zu einem kleinen Opfer für den Seelenfrieden Ihres Vaters bereit?« Ohne die Antwort abzuwarten, schloss er mit den Worten: »Einen angenehmen Abend, meine Teuerste.« Damit ging er von Bord und verschwand gemächlichen Schrittes in der Finsternis, ohne einen Blick zurückzuwerfen. Er war sehr zufrieden mit sich, zumal er sicher war, dass Francesca für ihren Vater das Opfer auf sich nehmen würde, jetzt, da sie im Bilde war.

Fassungslos starrte Francesca ihm nach. Sie konnte nicht glauben, was Silas von ihr verlangte. »Das darf doch nicht wahr sein ...«, sagte sie leise. Sie war so fassungslos, dass sie sich setzen musste. Während sie an ihren Vater dachte und an seine Weigerung, sie zu einer Ehe zu nötigen, obwohl er damit die *Marylou* aufs Spiel setzte, kamen ihr die Tränen.

In Feierlaune begab Silas sich direkt ins Star Hotel. Er hatte mit denen, die es gewagt hatten, sich ihm zu widersetzen, kurzen Prozess gemacht, und er hatte Francesca Grund zum Nachdenken gegeben. Nun war er mächtig stolz auf sich selbst.

Der Schankraum war fast leer, da alle Männer aus der Stadt zum Werftgelände gefahren waren, um zu verhindern, dass das Feuer sich auf die Buschlandschaft ausbreitete. Silas wusste, dass die Helfer sich nach und nach wieder hier einfinden würden, weil es nichts mehr zu retten gab. Bis dahin würde er sich einige Gläser Rum gönnen und in seinen Träumen von einem Leben mit seiner zukünftigen jungen Braut schwelgen. Allein die Vorstellung, sie zu berühren, versetzte ihn in Erregung, sodass er rasch zwei weitere Gläser hinunterkippte und sich anschließend auf den Weg zum Bordell machte, um Lizzie einen Besuch abzustatten.

Silas verschwendete keine Zeit auf unnötige Begrüßungsworte. Vor Lüsternheit riss er Lizzie die Unterwäsche vom Körper, warf sie aufs Bett, stürzte sich auf sie und ächzte, während die arme Lizzie unter ihm nach Atem rang, bis Silas nach kurzer Zeit befriedigt von ihr herunterrollte.

Lizzie erhob sich, um ihren Körper zu bedecken. Die meisten Männer vermittelten ihr das Gefühl, ein billiges Flittchen zu sein, was schlimm genug für sie war; bei Silas aber kam sie sich wie ein Stück Fleisch vor. Während sie sich mit ihrem Kleid abmühte, streifte er sie flüchtig mit einem Blick, der Abscheu ausdrückte, wobei ihm plötzlich etwas Funkelndes an ihrem Handgelenk auffiel: das Armband.

Er setzte sich auf, knöpfte sich die Hose zu und zerrte Lizzie am Handgelenk auf das zerwühlte Bett. Lizzie hatte das Armband vor ihm verbergen wollen, hatte aber nicht mit seinem plötzlichen Besuch gerechnet.

»Woher hast du das?«, fragte Silas mit drohender Stimme. Das Schmuckstück kam ihm irgendwie bekannt vor.

»Ich ... ich ...« Vor Angst fiel Lizzie nichts ein.

»Ich kenne dieses Armband«, meinte Silas, während er es musterte. »Da bin ich mir sicher.« Brutal drehte er Lizzies Handgelenk um, sodass sie vor Schmerz zusammenzuckte. Die Edelsteine funkelten ihn an.

»Das ... ist nur billiger ... Modeschmuck«, schwindelte Lizzie, der vor Furcht beinahe die Stimme versagte, denn sie wusste, dass Silas und Regina Radcliffe gut miteinander bekannt waren.

»Du beleidigst meine Intelligenz, du Hure«, brauste Silas auf. »Ich kann durchaus echten von falschem Schmuck unterscheiden!« Schließlich hatte er seinen Ehefrauen hin und wieder Schmuck geschenkt, um Eindruck zu schinden. »Gib's zu, du hast es gestohlen.«

»Nein ... habe ich nicht«, stammelte Lizzie.

»Lüg mich nicht an!«, brüllte Silas und schlug ihr mit der flachen Hand ins Gesicht. Die Wucht des Hiebes ließ Lizzie durch das kleine Zimmer taumeln. Wimmernd und mit blutender Nase kauerte sie sich in eine Ecke.

Silas erhob sich und ging auf sie zu. »Wo hast du das Armband gestohlen?«, fuhr er sie an, packte sie an den Haaren, riss sie vom Boden hoch und holte zum nächsten Schlag aus.

Allmählich machte Francesca sich Sorgen, da die Männer nach gut drei Stunden immer noch nicht zurück waren. Sie kletterte auf den menschenleeren Kai, wo sie unruhig auf und ab wanderte. Selbst die Uferpromenade wirkte trostlos und finster.

»Wo bleiben sie bloß?«, murmelte Francesca. In diesem Augenblick zerschnitt ein dumpfes Stöhnen die Stille, sodass sie zusammenfuhr. Sie wirbelte herum, doch in der Dunkelheit war niemand zu erkennen. »Wer ist da?«, fragte sie zaghaft und spitzte die Ohren, erhielt aber keine Antwort. Kurz darauf hörte sie erneut, wie jemand stöhnte. Es hörte sich an, als ob die Person verletzt oder in Not war.

Vorsichtig, fast lautlos, ging sie über den Pier. Zwei Lampen an der Uferpromenade und zwei weitere in der Nähe der Wollballen spendeten ihr ausreichend Licht, um zu sehen, wohin sie ihren Fuß setzte. Längsseits der *Marylou* hatten mehrere andere Schiffe festgemacht, aber keins davon war bewohnt. Auf der Mole neben den Schuppen lagerten Wollballen und Fässer mit Zuckersirup für den Transport am nächsten Morgen. Als Francesca dort vorüberkam, spähte sie in die dunklen Zwischenräume ... und fuhr erschrocken zusammen.

In einem Strahl fahlen Mondlichts sah sie einen nackten Fuß, der hinter den Ballen hervorragte, aber noch während sie verwundert darauf starrte, wurde der Fuß ins Dunkel gezogen.

»Sie können ruhig hervorkommen«, sagte sie in sanftem Tonfall. »Ich tue Ihnen nichts.«

Daraufhin vernahm sie ein Schluchzen, das ihr beinahe das Herz zerriss. »Es wird alles gut. Bitte, kommen Sie hervor«, sagte sie, ging in die Hocke und spähte zwischen die Wollballen. Sie spielte mit dem Gedanken, sich hineinzuzwängen, hatte aber Angst vor dem, was ihr dort begegnen würde. Schließlich aber erkannte sie, dass sie keine andere Wahl hatte. Wer immer dort drinnen sein mochte, hatte noch viel größere Angst, herauszukommen.

Auf allen vieren bewegte Francesca sich zwischen den Ballen voran, bis sie eine zusammengekauerte Gestalt in einem engen Spalt entdeckte, die wie ein verängstigtes Tier wimmerte. Es dauerte eine Weile, bis ihre Augen sich an das Halbdunkel gewöhnt hatten, und nach und nach erkannte sie das zerschundene und blutende Gesicht einer Frau, die ihr fremd war. Francesca versuchte, ihr Entsetzen zu verbergen, als ihr der Gedanke kam, dass vermutlich nicht einmal die eigene Mutter ihre Tochter in diesem Zustand wiedererkennen würde.

»Fran... Francesca«, stammelte die Frau plötzlich.

Mit dem Wiedererkennen kam der Schock. »Mein Gott! Sind Sie das, Lizzie ...?« Francesca wäre niemals darauf gekommen, Lizzie Spender vor sich zu haben. Sie war in einem noch schlimmeren Zustand als beim ersten Mal, als Francesca sie in der Gasse aufgefunden hatte. Sie wusste nicht, welches Gefühl stärker war, ihr Entsetzen oder ihr Zorn, doch sie riss sich zusammen und konzentrierte sich auf Lizzie, die hustend und würgend Blut auf ihr zerrissenes Kleid spuckte.

»Kommen Sie da raus, Lizzie. Ich helfe Ihnen«, sagte Francesca mit zitternder Stimme.

Lizzie schüttelte wild den Kopf. Sie war aus dem Bordell geflüchtet, nachdem sie mit einer Lampe nach Silas geworfen hatte. Er hatte sie verfolgt und ihr gedroht, sie umzubringen, während die anderen Mädchen entsetzt gekreischt hatten.

»Ich möchte Ihnen helfen, Lizzie, bitte«, flehte Francesca. »Außer uns ist keine Menschenseele hier, und wenn ich Sie hier liegen lasse, sterben Sie vielleicht. Die Nacht wird bitterkalt, und Sie sind schlimm verletzt.« Da Lizzie sich nicht rührte, griff Francesca nach ihrer Hand und brachte sie schließlich dazu, aus ihrem Versteck hervorzukommen, indem sie ihr immer wieder versicherte, dass niemand in der

Nähe war. Als sie im Freien war, sah sich Lizzie wie ein verängstigtes Tier um. Dann versuchte sie sich aufzurichten. Vor Schmerz schrie sie auf und hielt die Hand an ihre Rippen. Francesca nahm Lizzies freien Arm, legte ihn sich um die Schulter, stützte sie beim Gehen und führte sie zur *Marylou* und in die Vorderkajüte, wo Lizzie darauf bestand, die Tür von innen zu verriegeln.

Nachdem Francesca sie auf die Sitzbank verfrachtet hatte, zündete sie eine Petroleumlampe an. Vor Entsetzen stockte ihr der Atem, als sie sah, wie schwer Lizzies Verletzungen waren. Ihre Nase war gebrochen; sie hatte Blutergüsse im Gesicht, und eines ihrer Augen war zugeschwollen. Ihre Lippen waren aufgerissen und bluteten.

»Wer hat Ihnen das angetan?«, fragte Francesca, zitternd vor Wut.

Lizzie gab keine Antwort.

»Sie sollten unbedingt zur Polizei gehen, Lizzie. Wer immer das getan hat, muss vor Gericht gestellt werden!«

In tiefer Resignation schüttelte Lizzie den Kopf. »Niemand würde es wagen, den Kerl hinter Gitter zu bringen, der mir das angetan hat«, entgegnete sie. In ihrer Stimme schwang Verbitterung mit, die Worte kamen ihr nur schwer über die zerschundenen Lippen. Sie blickte auf ihr gerötetes Handgelenk und dachte daran, wie man ihr das Armband – Reginas Armband – abgerissen hatte. Sie konnte von Glück sagen, wenn Silas nicht *sie* hinter Gitter brachte.

»Offenbar ist der Kerl, der Ihnen das angetan hat, sehr einflussreich«, stieß Francesca wütend hervor. Es war die einzig mögliche Schlussfolgerung. Sie nahm eine Schüssel, füllte sie mit warmem Wasser und gab eine Prise Salz und Jod hinein. »Ich werde Sie jetzt sauber machen, und dann verbringen Sie die Nacht an Bord ... keine Widerrede! Am besten, Sie bleiben so lange, bis Ihre Verletzungen völlig verheilt sind.«

»Sie sind so nett zu mir«, sagte Lizzie, deren Augen sich

wieder mit Tränen füllten. »Noch nie war jemand so freundlich zu mir wie Sie ...«

»Mir wäre wohler, wenn Sie mir erlauben würden, die Polizei zu holen, damit Sie den Kerl anzeigen können, der Sie so zugerichtet hat.«

Lizzie schüttelte vehement den Kopf.

»Er hätte Sie fast umgebracht!«, sagte Francesca. »Ist Ihnen denn nicht klar, welche Abscheulichkeiten er Ihnen angetan hat?«

Bei Francescas Worten krümmte Lizzie sich.

»Tut mir Leid, aber jemand muss es Ihnen so deutlich sagen. Die Schande, die dieser Kerl erdulden muss, wenn Sie den Menschen in der Stadt die Augen öffnen, hält ihn in Zukunft vielleicht davon ab, so etwas noch einmal zu tun.«

Lizzie ließ den Kopf hängen und schien in sich zusammenzuschrumpfen. Francesca erkannte, dass sie in diesem Zustand nicht in der Lage war zu handeln. »Ich wasche Ihre Wunden aus, und dann legen Sie sich hin, Lizzie. Ich hoffe, es macht Ihnen nichts aus, mit mir die Koje zu teilen. Denn außer mir sind nur Männer an Bord, darunter mein Vater.«

Lizzie blickte bestürzt drein. »Ich kann doch auf dem Boden schlafen ...«

»Sie werden nichts dergleichen tun«, sagte Francesca entschieden. »Meine Koje ist groß genug für zwei.«

Lizzie hatte keine Kraft mehr zu widersprechen. Francesca wusch ihr die Wunden aus und führte sie in ihre Kajüte, wo sie Lizzie ein Nachthemd lieh und sie in ihre Koje verfrachtete. Augenblicke später hörte sie, dass die Männer an Bord zurückkehrten. »Ich muss kurz mit meinem Vater sprechen, bin aber gleich wieder da, Lizzie«, sagte sie und fragte sich unwillkürlich, wie Neal auf Lizzies Misshandlung reagieren würde, zumal er zu ihren Kunden zählte.

Joe, Ned und Neal waren hundemüde. Gemeinsam mit den anderen Helfern hatten sie verhindern können, dass das

Feuer auf die Sträucher dicht am Ufer übergriff. Gut hundert Männer hatten eine Kette gebildet, um die Wassereimer vom Fluss zu den einzelnen Brandnestern zu befördern, die den Busch bedrohten.

»Dad, ich habe eine verletzte Frau an Bord gebracht. Sie ist in meiner Kajüte, und ...«

»Verletzt?« Joe runzelte die Stirn und legte Handtuch und Seife neben einen Eimer Wasser, um sich zu waschen.

Francesca spürte, dass sie ihn besser nicht damit belästigte. »Es ist nicht allzu schlimm, aber die heutige Nacht verbringt sie in meiner Kajüte. Ich wollte dir nur Bescheid sagen.«

Joe nickte. »In Ordnung. Wir reden morgen weiter«, erwiderte er und wusch sich Hände und Gesicht. Francesca erkannte, dass er völlig erschöpft war, genau wie der arme Ned, der aussah, als würde er jeden Moment umkippen.

Mitten in der Nacht erwachte Francesca, weil Lizzie im Schlaf redete. Sie murmelte und stöhnte unentwegt und wälzte sich unruhig hin und her. Francesca konnte sich denken, dass sie von den schrecklichen Dingen träumte, die ihr widerfahren waren. Plötzlich fiel der Name »Silas«. Schlagartig war Francesca hellwach und zündete die Lampe an.

»Nein, Silas, nicht!«, schrie Lizzie im Schlaf. »Hör auf! Ich habe es nicht gestohlen. Ich schwöre ...!« Sie versuchte, mit den Händen ihr Gesicht zu schützen.

Vor Abscheu und Wut stieg Übelkeit in Francesca auf. »Es ist gut, Lizzie«, sagte sie tröstend, aber Lizzie hörte sie gar nicht.

»Regina hat es verloren! Das ist die Wahrheit, ich schwöre es. Ich schwöre!« Lizzie fuhr unvermittelt hoch. »Lass mich am Leben!«, schrie sie weiter und brach dann in hysterisches Schluchzen aus.

»Lizzie.« Francesca rüttelte sie sanft. »Sie sind in Sicherheit.«

Lizzie schlug das heile Auge auf und blinzelte Francesca an. »O Gott. Das alles war nur ein Traum ...?« Sie klang eher erschüttert als erleichtert, als hätte sie Angst, der Traum könnte sich in der Wirklichkeit wiederholen.

»Sie hatten einen Albtraum. Aber hier sind Sie sicher. Ich werde Ihnen aus der Kombüse heiße Milch holen. Das wird Ihnen gut tun.«

Kurz darauf kam Francesca mit einem Becher dampfender heißer Milch zurück, in die sie einen Löffel Honig gegeben hatte. Sie reichte Lizzie die Tasse und sah zu, wie sie sich mit ihren geschwollenen, aufgeplatzten Lippen anstrengen musste, um überhaupt trinken zu können.

»Sie haben vorhin im Schlaf den Namen Silas erwähnt, Lizzie«, sagte Francesca, die seinen Namen nur mühsam über die Lippen brachte. »Sie haben bestimmt Silas Hepburn gemeint. *Er* ist der Mistkerl, der Sie zusammengeschlagen hat, nicht wahr?«

Lizzie war nicht fähig, Francescas Blick zu erwidern.

»Er war heute Abend hier«, bemerkte Francesca. Lizzie erschrak.

»Bevor ich Sie gefunden habe«, beruhigte Francesca sie. »Er wollte über meinen Vater mit mir sprechen. Vor einiger Zeit hat Dad sich Geld von ihm geliehen, um den Kessel seines Schiffes zu flicken, und ist mit den Ratenzahlungen in Verzug geraten. Silas erzählte mir, dass er meinem Vater angeboten hat, ihm die Schulden zu erlassen, wenn er dafür um meine Hand anhalten darf.«

Lizzie schüttelte energisch den Kopf. »Tun Sie das nicht, Francesca!«, sagte sie verzweifelt. »Silas ist ein schlechter Mensch.«

»Ich verabscheue ihn, Lizzie. Trotzdem habe ich mit dem Gedanken gespielt, mich auf den Handel einzulassen. Für meinen Vater würde ich alles tun, denn das Schiff bedeutet ihm unendlich viel. Doch wenn Silas zu einer solchen Schandtat fähig ist, gehört er hinter Gitter. Was hat ihn denn so sehr gegen Sie aufgebracht?«

»Normalerweise braucht Silas keinen Grund, Francesca, aber heute Abend trug ich ein Armband, das ich gefunden hatte, und er glaubte, ich hätte es gestohlen.« Sie ließ den Kopf sinken. »Ich weiß, wem es gehört. Bis jetzt hatte ich allerdings keine Gelegenheit, das Armband zurückzugeben, und wenn ich ehrlich sein soll ... ich weiß auch nicht, ob ich es wirklich vorhatte. Aber trotzdem ist es nicht dasselbe wie Stehlen, oder?«

Francesca beschäftigte viel stärker die Frage nach Silas' Motiv, die arme Lizzie beinahe totzuprügeln. »Weiß Silas, wem das Armband gehört?«, fragte sie.

»Es kam ihm jedenfalls bekannt vor. Es gehört Regina Radcliffe, und das wird Silas bestimmt früher oder später wieder einfallen.« Lizzie war sichtlich erstaunt über Francesca, die sie offenbar nicht verurteilte wie andere. Für Lizzie war sie der einzige Mensch, der ihr aufrichtige Freundschaft entgegenbrachte. »Sie sind so freundlich zu mir, Francesca ... deshalb möchte ich Ihnen etwas erzählen, das sich vor ein paar Tagen zugetragen hat.«

Francesca sah sie neugierig an. »Und was?«

»Ich wurde abends zu einem Treffen auf die *Platypus* bestellt.«

»Das alte verlassene Schiff flussaufwärts?«

»Ja.«

»Ein merkwürdiger Treffpunkt.«

»Ja. Und als sich herausstellte, dass Regina Radcliffe mich dort erwartete, war meine Überraschung noch größer.«

Francesca kniff ungläubig die Augen zusammen. »Was wollte sie denn?«

Lizzie zögerte einen Moment. Wenn sie Reginas Anliegen verriet, konnte ihr das schrecklichen Ärger einbringen. Dennoch, Francesca hatte ihre Loyalität verdient. »Sie hat mir Geld angeboten, dass ich mich mit Ihnen anfreunde, um Ihren Ruf zu ruinieren. Allerdings hat Regina mir keinen Grund dafür genannt.«

Francesca durchlief es eiskalt. Sie konnte sich Reginas Verhalten nicht erklären.

»Als ich ihr sagte, dass einer der einflussreichsten Bürger von Echuca Sie zur Frau nehmen möchte, glaubte sie zuerst, ich würde von ihrem Sohn sprechen. Nachdem ich ihr gesagt hatte, dass es sich auf Silas bezog, bekam sie einen hysterischen Anfall.«

»Silas hat Ihnen gesagt, dass er mich heiraten will?«, fragte Francesca ungläubig.

»Ja. Und er ist ganz sicher, dass Sie seine Frau werden.«

In Francesca stieg Übelkeit auf.

»Er hatte immer schon eine Vorliebe für hübsche junge Frauen«, fuhr Lizzie traurig fort, »deshalb war ich nicht überrascht.«

»Ich möchte mir lieber nicht ausmalen, was seine bisherigen Ehefrauen erdulden mussten. Von meinem Vater weiß ich, dass Silas schon dreimal verheiratet war«, murmelte Francesca. Der Gedanke, Silas' vierte Frau zu werden, war schrecklich. Doch genauso schrecklich war die Vorstellung, ihr Vater könnte die *Marylou* verlieren ...

»Ich glaube nicht, dass er seine Ehefrauen regelmäßig geschlagen hat, aber hinter verschlossenen Türen hat er ihnen bestimmt das Leben zur Hölle gemacht. Es gibt viele Möglichkeiten, Menschen zu quälen, und niemand versteht sich besser darauf als Silas.«

»Aber warum hat Regina die Fassung verloren, als Sie erwähnten, dass Silas mich heiraten möchte? Man sollte doch annehmen, dass sie erfreut darüber wäre, zumal sie gegen die Verbindung zwischen mir und Monty ist.«

Lizzie hob die Schultern. »Ich habe keine Ahnung. Aber ihr Verhalten war sehr seltsam. Sie hat etwas gemurmelt, das ich nicht richtig verstanden habe. Aber mir schien, als hätte sie gesagt, dass Sie Silas' Tochter sind.«

»*Was?* Das müssen Sie falsch verstanden haben, Lizzie. Vielleicht hat sie gesagt, dass ich jung genug bin, um seine Tochter zu sein.«

»Wahrscheinlich haben Sie Recht. An dem Abend hatte ich sowieso den Eindruck, sie hätte den Verstand verloren. Zum Schluss lief sie schreiend davon und rief nach ihrem Kutscher.«

»Merkwürdig ...«

»Das kann man wohl sagen. Nachdem Regina fort war, habe ich das Armband auf dem Boden entdeckt.« Lizzies Kinn bebte, als würde sie jeden Moment wieder in Tränen ausbrechen. »Ich weiß, dass ich ein sündhaftes Leben führe, aber ich würde niemals stehlen.«

»Ich glaube Ihnen, Lizzie.« Francesca sah, dass Lizzie völlig erschöpft war. »Versuchen Sie jetzt zu schlafen«, sagte sie und löschte die Lampe.

Lizzie fiel in einen unruhigen Schlaf, während Francesca verzweifelt nachgrübelte. Die Geschichte mit Regina ließ ihr keine Ruhe. Es musste eine Erklärung für Reginas seltsames Verhalten geben, insbesondere für ihre Reaktion auf ihr Muttermal und das merkwürdige Treffen mit Lizzie. Das alles ergab keinen Sinn.

Kurz vor Anbruch der Morgendämmerung, als Francesca endlich in Schlaf fiel, nahm sie sich vor, mit Regina persönlich zu sprechen.

14

Vom Lärm der Arbeiter auf dem Pier schrak Francesca aus dem Schlaf. Sie fühlte sich matt und erschöpft, da sie nur kurze Zeit geschlafen hatte, während Lizzie noch schlummerte. Rasch zog sie sich an und verließ leise die Kajüte. Auf dem Heck fand sie Ned alleine vor. Rechts und links von der *Marylou* wurde die Fracht auf die anderen Dampfer verladen, deren Kessel zum Auslaufen geschürt wurden.

»Guten Morgen, Ned. Wo ist Dad?«, fragte Francesca und blinzelte in die helle Morgensonne.

»Morgen, Frannie«, erwiderte Ned gähnend und rieb sich die schmerzenden Armmuskeln. »Er liegt noch in der Koje.«

»Und Neal? Schläft der auch noch?«

»Nein. Heute Früh bekam er die Nachricht, dass sein Schiff fertig ist, deshalb ist er zum Trockendock, um die *Ophelia* vom Stapel zu lassen.«

Francesca war überrascht. »So schnell schon?«

»Ich glaube, er hat damit gerechnet, dass die Reparatur noch ein paar Wochen dauern wird, aber jetzt ist er natürlich froh. Wie geht es der Frau, die du letzte Nacht an Bord gebracht hast?«, fragte Ned.

»Sie schläft noch.«

»Du hast gar nicht gesagt, was ihr passiert ist.«

»Sie wurde von einem Kunden verprügelt.«

»Was meinst du mit ›Kunde‹?«

»Sie heißt Lizzie Spender und ist eine Prostituierte.«

»Aber ...«

»Ich habe sie schon einmal gefunden, als sie in einer Gasse zusammengeschlagen worden war. Erinnerst du dich?«

Francesca wollte Silas nicht erwähnen, um Lizzie nicht zu gefährden. Und vielleicht musste sie Silas' Heiratsantrag ja annehmen, damit ihr Vater und Ned die *Marylou* behalten konnten. Der Gedanke ließ sie schaudern, aber unter Umständen wäre es die letzte Chance.

»Ich weiß ja, dass du ein großes Herz hast, Fran, aber sei vorsichtig. Frauen wie Lizzie leben gefährlich. Ich will nicht, dass du dich in Gefahr bringst.«

»Lizzie ist ein anständiger Mensch, Ned. Ich musste ihr helfen. Ich konnte sie doch nicht einfach auf dem Pier liegen lassen.«

»Braucht sie einen Arzt?«

»Ich habe es ihr geraten, aber sie weigert sich. Ich glaube, sie braucht für die nächsten Tage einfach nur eine Bleibe und jemanden, der sich um sie kümmert. Meinst du, Dad hat etwas dagegen?«

»Ich glaube nicht. Tja, dann will ich jetzt mal den Kessel anheizen. Sobald Joe wach ist, müssen wir die *Marylou* umsetzen, um den Schiffen Platz zu machen, die zum Transport rausmüssen.«

»Du und Vater, ihr dürft nicht aufgeben, Ned. Bestimmt wird sich bald ein Auftrag finden.«

Ned stieß einen tiefen Seufzer aus. »Ich bezweifle, dass das jetzt noch etwas ausmacht. Ich kann den Gedanken, nicht mehr auf diesem Schiff zu leben, zwar kaum ertragen, muss mich aber wohl damit abfinden. Wir werden die *Marylou* verlieren.« Ihm brach die Stimme, und er drehte sich zum Fluss, damit Francesca nicht sah, dass seine Augen feucht waren.

Doch Francesca erkannte, wie verzweifelt er war, und es brach ihr fast das Herz. Der Gedanke, die *Marylou* nicht halten zu können, war für Ned genauso schlimm wie für ihren Vater – und das war nicht verwunderlich. Schließlich hatte auch Ned sein Herz, seine Seele und jahrelange harte Arbeit in das Schiff gesteckt.

Es lag in ihrer Macht, die beiden davor zu bewahren, das Schiff zu verlieren. Sie musste lediglich Silas Hepburn ihr Jawort geben ...

»Ned, ich muss etwas erledigen. Könntest du darauf achten, dass Lizzie sich Ruhe gönnt, solange ich weg bin?«

»Sicher, Frannie. Aber wo willst du zu so früher Stunde hin?«

»Ich muss jemandem einen Besuch abstatten. Es wird nicht lange dauern.« Francesca wandte sich zum Gehen, hielt dann aber zögernd inne. Sie hatte Angst vor dem Gespräch mit Regina Radcliffe und beschloss, einige ihrer Fragen zuerst an Ned zu erproben.

»Darf ich dich etwas fragen, Ned?«

»Na klar«, entgegnete er geistesabwesend.

»Erinnerst du dich noch an die Nacht, in der ich zur Welt kam?«

Ned wurde plötzlich blass. »Ja, mein Mädchen.« Er würde diese Nacht nie vergessen. »Warum fragst du?«

»Du hast mir erzählt, dass du in dieser Nacht an Bord der *Marylou* warst.«

»Ja. Es war mein erster Arbeitstag an Bord.« Es kostete Ned alle Mühe, Gelassenheit vorzutäuschen.

»War meine Mutter zu der Zeit mit Regina Radcliffe befreundet?«

»Nein. So welche wie die Radcliffes sind nicht mit den einfachen Leuten befreundet, die auf dem Fluss leben und arbeiten.«

Francesca runzelte die Stirn. Sie konnte keinen Zusammenhang zwischen ihrer Mutter und Regina finden. »Danke, Ned. Bis bald.«

»Warum hast du gefragt ...?« Doch Ned kam nicht dazu, den Satz zu beenden, weil Francesca bereits davongeeilt war.

»Wir werden ein Stück weiter oben am Ufer ankern«, rief er ihr hinterher. Francesca winkte ihm zum Zeichen, dass sie verstanden hatte.

Stirnrunzelnd sah Ned ihr nach.

Als Francesca den Mietstall der Radcliffes erreichte, traf sie einen Mann mittleren Alters an, der gerade einen Burschen anschnauzte, weil dieser offenbar einen der Ställe nicht richtig sauber gemacht hatte. Francesca vermutete, dass es sich um Henry Talbot und einen seiner Stallburschen handelte.

Sie räusperte sich, um auf sich aufmerksam zu machen, und stellte sich dann vor. Erleichtert stellte sie fest, dass Henry Talbot über sie im Bilde war.

»Monty Radcliffe hat mir gesagt, ich könne jederzeit ein Pferd und einen Einspänner haben, Mr Talbot. Ich würde gern nach Derby Downs fahren.«

Mit verschmitztem Lächeln sah Henry Talbot sie an. »Selbstverständlich, Miss Callaghan. Der junge Flann wird Ihnen sofort ein Gespann bereitmachen. Dauert nur eine Minute.« Er wandte sich dem Stallburschen zu und erteilte ihm mit strenger Stimme Anweisungen. Der Bursche, ein hageres Kerlchen mit roten Haaren, spitzte die Ohren.

»Vielen Dank«, sagte Francesca, deren Magen sich vor Nervosität verkrampfte. Während sie wartete, bemerkte sie plötzlich Silas Hepburn, der mit überheblicher Miene über die High Street stolzierte. Im Schutz einiger Heuballen beobachtete sie, wie er mehrere Passanten mit aufgesetzter Freundlichkeit grüßte. Sie musste daran denken, dass keiner von ihnen ahnte, welch abartiges Vergnügen es Silas bereitet hatte, die arme Lizzie zu verprügeln. Angesichts dieser Ungerechtigkeit kam ihr die Galle hoch, sodass sie sich abwenden musste.

»Fühlen Sie sich nicht wohl, Miss?«, fragte Henry Talbot und riss sie aus ihren Gedanken.

Vor Schreck fuhr Francesca zusammen. »Doch ... ich meine, es geht mir gut.«

Henry hatte einen anderen Eindruck. Sie wirkte übernervös und ängstlich. Henry vermutete, dass sie sich mit Monty gestritten hatte. »Ihre Kutsche steht bereit, Miss. Ich habe eine zahme, ruhige Stute vorspannen lassen«, sagte er freundlich.

»Danke. In ein paar Stunden bringe ich sie wieder.«

»Lassen Sie sich Zeit, Miss, und richten Sie Regina und Frederick meine Grüße aus, natürlich auch dem jungen Monty. Seit ein paar Tagen hat sich keiner von ihnen hier sehen lassen, und das ist ungewöhnlich.«

Francesca erreichte Derby Downs, ohne sich groß an die Fahrt zu erinnern. In Gedanken war sie so sehr mit ihrem Vorhaben beschäftigt, dass nicht einmal der herrliche Ausblick auf den Fluss sie ablenken konnte. Als sie die Kutsche vor dem Landsitz zum Stehen brachte, stellte sie verwundert fest, dass die Eingangstür weit offen stand. Doch kein Mensch war zu sehen, als sie die Stufen zur Veranda hinaufstieg.

»Hallo ...?«, rief sie von der Türschwelle aus ins Innere, erntete aber lediglich Schweigen. Sie schaute die Treppe hinauf und warf einen Blick in den Salon, doch das Haus wirkte verlassen. »Mabel?«, rief sie. »Mrs Radcliffe? Ist jemand da?«

Mit einem Mal öffnete sich eine Tür unterhalb der Treppe, und ein sehr großer Mann erschien, einen Sack über der Schulter. Der Rücken des Mannes war gekrümmt von dem Gewicht. Er hielt den Kopf nach links geneigt, während sein Mund nach rechts verzogen war, sodass sein Gesicht seltsam schief wirkte.

»Suchen Sie die Herrin des Hauses?«, fragte der Mann.

Seine Erscheinung hatte Francesca einen Schreck eingejagt, aber sie versuchte, sich nichts anmerken zu lassen. »Ja. Ist Mrs Radcliffe denn hier?«

»Schon möglich. Wer will das wissen?«

»Mein Name ist Francesca Callaghan. Ich war am letzten Wochenende Gast in diesem Haus, aber wir sind uns offenbar nicht begegnet.« Sie sparte sich eine umständliche Erklärung für ihren überstürzten Aufbruch. »Sie müssen Amos Compton sein.«

Überrascht kniff er die Augen zusammen. »Allerdings, der bin ich.« Amos musterte sie und kam zu dem Schluss, dass diese zierliche Person keine ernsthafte Bedrohung darstellte und dass es sich wohl auch nicht um eine Diebin handelte, die es auf das Tafelsilber oder die Kunstgegenstände abgesehen hatte. »Wenn Sie bitte im Salon warten möchten, dann schaue ich nach, ob ich Mabel oder Mrs Radcliffe finde.«

»Vielen Dank, Mr Compton.« Francesca begab sich in den Salon und nahm Platz. Unruhig fragte sie sich, wo Monty steckte und was seine Mutter zu ihm gesagt hatte, um ihm diese Verbindung auszureden.

»Was tun Sie hier?« Die Stimme klang feindselig.

Erneut fuhr Francesca der Schreck in die Glieder. Sie erhob sich, wandte sich um und stand Regina gegenüber, die von oben heruntergekommen sein musste. Francesca wunderte sich, dass sie die Frau nicht gehört hatte.

»Ich wollte mit Ihnen sprechen, Mrs Radcliffe.« Sie ließ den Blick in die Runde schweifen. »Gibt es ein Zimmer, in dem wir ungestört sind?«

»Ich habe nichts mit Ihnen zu besprechen.«

»Francesca! Wie reizend, Sie zu sehen«, erklang in diesem Augenblick die Stimme von Frederick Radcliffe, der in seinem Rollstuhl aus der Eingangshalle in den Salon kam. »Ich wusste gar nicht, dass Sie hier erwartet werden.« Er sah zu seiner Frau und runzelte die Stirn, als er den Blick bemerkte, mit dem sie Francesca bedachte. »Stimmt etwas nicht, Regina?«

»Nein, nein, keineswegs.« Regina rang sich ein Lächeln ab. »Ich bin nur ein wenig überrascht von Francescas Erscheinen. Ich habe sie hergebeten, damit sie mir hilft, meine Buchführung neu zu ordnen, aber ich hatte ganz vergessen, dass es für heute Vormittag geplant war.«

Francesca blickte sie an und sah, dass Regina plötzlich blass geworden war. »Das ist meine Schuld«, sagte sie. »Ich habe mich wohl mit dem Datum vertan. Ich kann an einem anderen Tag wiederkommen, wenn es ungelegen ist.«

Regina wollte gerade ihre Zustimmung geben, doch Frederick kam ihr zuvor. »Sie kommen niemals ungelegen, nicht wahr, Regina?«, sagte er.

»Ja«, erwiderte Regina, die ihre Enttäuschung hinunterschluckte. »Kommen Sie mit in die Bibliothek, Francesca«, fuhr sie fort und ging voran, während Francesca ihr folgte.

»Ich lasse euch von Mabel Tee bringen«, rief Frederick ihnen nach.

»Nein!«, lehnte Regina schroff ab. Als sie sich umwandte und das verdutzte Gesicht ihres Ehemannes sah, riss sie sich zusammen. »Wir nehmen den Tee später ein, mein Lieber. Jede Unterbrechung stört nur.« Sie blickte Francesca an.

»Ja. Man wird leicht aus der Konzentration gebracht«, bestätigte Francesca.

Fredericks Miene entspannte sich wieder. »Natürlich. Tja, also ... Amos bringt mich in ungefähr zehn Minuten zu den Ställen runter, damit ich unsere Jungkälber begutachten kann. Zum Abendessen bin ich wieder zurück ...«

»Wo ist Monty?«, fuhr Regina dazwischen.

Frederick runzelte die Stirn. In letzter Zeit machte er sich Sorgen um seine Frau. Sie war nicht mehr dieselbe. »Er ist drüben bei den Hendersons, schon vergessen? Er will fragen, wie viele Jungbullen sie kaufen wollen.«

»Ach ja, richtig. Er wird vorerst nicht zurückkommen, oder?«

»Ich glaube nicht. Wenn es um Rinder geht, redet Sam Henderson ohne Punkt und Komma.«

Regina nickte geistesabwesend. Frederick lag die Frage auf der Zunge, ob sie sich unwohl fühle, doch in den vergangenen Tagen hatte Regina jedes Mal mit größerer Ungeduld darauf reagiert.

Nachdem Regina die Tür der Bibliothek geschlossen hatte, stürzte sie sofort auf Francesca zu und fauchte sie an: »Was wollen Sie?«

Francesca beschloss, die Frage zu ignorieren und die Angelegenheit auf ihre Weise zu regeln, falls möglich. In aller Ruhe nahm sie Platz. Doch ihre kühle Haltung war nur Fassade. In Wahrheit hatte sie ein flaues Gefühl im Magen und befürchtete, dass ihre Beine jeden Augenblick nachgaben. Sie hatte sich fast die ganze Nacht den Kopf zerbrochen, wie sie an Regina herantreten sollte. Ihr war klar, dass sie nichts aus Regina herausbekommen würde, wenn sie ihre Fragen unumwunden stellte, sodass sie offenbaren musste, was sie von Lizzie erfahren hatte.

»Sie haben vor kurzem ein Armband verloren, nicht wahr, Mrs Radcliffe?«, sagte sie mit größter Beherrschung.

Regina blinzelte überrascht, und unbewusst berührte sie ihr linkes Handgelenk. »Woher wissen Sie das? Haben Sie es etwa?«

»Nein. Lizzie Spender hat es gefunden.«

Regina blinzelte erneut. »Ich kenne keine Person dieses Namens.«

»Sollten Sie aber. Schließlich haben Sie Lizzie zu einem Treffen auf der *Platypus* bestellt.«

Reginas Augen weiteten sich, und Francesca hatte den Eindruck, als schwanke sie leicht. »Nein, das ... das habe ich nicht.«

»Soll ich Ihren Mann fragen, ob Sie vor einigen Tagen in die Stadt gefahren sind? Gegen sieben Uhr abends?« Francesca wusste nicht, um welche Uhrzeit das Treffen stattgefunden hatte; es war bloß ein Bluff.

»Werden Sie nicht unverschämt«, gab Regina erbost zurück.

Francesca blickte ihr fest in die Augen, um ihre Reaktion genau beobachten zu können. »Nun? Ist Ihre Erinnerung an das Treffen mit einer Prostituierten namens Lizzie Spender zurückgekehrt?«

»Und wenn schon!«, fauchte Regina, doch Francesca erkannte, dass sie in die Defensive geraten war.

»Unter anderen Umständen würde es mich nichts angehen, doch wie der Zufall es will, war *ich* der Grund für Ihr Treffen mit Lizzie.«

»Das stimmt«, erwiderte Regina. »Mir ist zu Ohren gekommen, dass Sie Umgang mit dieser Lizzie pflegen, und ich wünsche nicht, dass mein Sohn eine Verbindung mit einer Person eingeht, die sich mit Dirnen abgibt. Schließlich hat er einen Ruf zu wahren.«

Francesca zitterte innerlich angesichts der Arroganz, die die so genannte bessere Gesellschaft an den Tag legen konnte. »Ich verstehe aber nicht, weshalb Sie hysterisch wurden, nachdem Lizzie Ihnen gesagt hatte, dass Silas Hepburn mich heiraten wolle. Können Sie mir das erklären, Mrs Radcliffe?«

»Das ist ausgesprochener Unfug, und ich habe Ihnen überhaupt nichts zu erklären«, widersprach Regina, doch Francesca war der plötzliche Schatten, der sich auf ihr Gesicht gelegt hatte, nicht entgangen. Sie wirkte ernstlich krank.

»Dann werde ich Frederick fragen«, entgegnete Francesca und erhob sich.

»Unterstehen Sie sich!«, sagte Regina bestürzt. »Mein Mann hat mit der Sache nichts zu schaffen, und ich möchte ihn nicht unnötig aufregen. Schließlich ist sein Leben hart genug. Er leidet schon seit der Kindheit an Gelenkrheumatismus, und er hat ein schwaches Herz.«

Francesca fragte sich, ob Regina log. Doch sie konnte und wollte das Risiko nicht eingehen, sich durch ein Gespräch mit Frederick Gewissheit zu verschaffen. Sie setzte sich wieder.

Regina trat hinter ihren Schreibtisch und nahm ebenfalls Platz. Sie war sicher, dass nie jemand die Wahrheit aufdecken würde, und entschlossen, sich nicht in die Ecke drängen zu lassen. Dennoch schien Francesca sich nicht so einfach abwimmeln zu lassen. Also musste Regina sie irgendwie besänftigen, damit sie keine weiteren Fragen stellte. Andernfalls bestand die Gefahr, dass sie Monty darauf ansprach.

»Hat Ihr Interesse für mein Muttermal etwas mit Silas Hepburn zu tun?«, fragte Francesca.

»Silas Hepburn? Lächerlich«, entgegnete Regina. »Wie kommen Sie denn auf diesen albernen Gedanken?«

Jetzt kam Francesca sich tatsächlich albern vor, weil sie diese Frage gestellt hatte.

Regina bedachte sie mit einem Blick, der besagen sollte, dass es ziemlich naiv war, einer Dirne Gehör zu schenken. »An dem Tag, als Sie hier die Kleider anprobiert haben, war mir nicht wohl. Ich bin in den Wechseljahren, da kommt so etwas schon mal vor. Ihr Muttermal hat für mich keinerlei Bedeutung. Es hat eine ungewöhnliche Form, aber mehr auch nicht ...«, sagte sie mit gleichgültigem Schulterzucken.

Francesca wurde einfach nicht schlau aus dieser Frau. Seit Regina das Muttermal gesehen hatte, legte sie ihr gegenüber ein völlig anderes Verhalten an den Tag. Das war bestimmt kein Zufall, und es hatte sicher auch nichts mit den Wechseljahren zu tun. »Aber in Ihren Augen bin ich nicht die passende Frau für Monty.«

»Genau«, erwiderte Regina mit mehr Vehemenz, als sie beabsichtigt hatte.

Francesca errötete und senkte den Blick auf ihre Hände. »Weil Sie mich nicht mögen, oder weil ich eine Schifferstochter bin?«

»Spielt das eine Rolle?«, entgegnete Regina.

»Für mich schon«, sagte Francesca.

Regina stieß einen Seufzer aus. Hätte sie nicht entdeckt, wer Francesca tatsächlich war, hätten die Dinge einen tragischen Verlauf genommen. »Ich habe für Monty eine andere Frau vorgesehen. Eine junge Dame, die aus ähnlichen gesellschaftlichen Verhältnissen stammt wie er«, log sie und fügte in Gedanken hinzu: Wenn es diese Frau doch nur gäbe!

Schlagartig wurde Francesca bewusst, dass ihr Vater Recht hatte. Die Radcliffes selbst bestimmten die zukünftige Frau ihres Sohnes.

»Wir können Sie nicht als Montys zukünftige Ehefrau akzeptieren, Francesca. Deshalb möchte ich Ihnen nahe legen, ihm mit Abweisung zu begegnen.«

»Aber er hat mir seine Gefühle offenbart. Er hat mich sehr gern ...«

Regina konnte ihre Emotionen kaum noch unterdrücken. »Sie werden mit meinem Sohn *keine* Verbindung eingehen, verstanden?« Sie erhob sich und starrte mit kaltem Blick auf Francesca herab. »Mag sein, dass Sie eine gewisse Erziehung genossen haben, aber das ändert nichts daran, dass Sie für Monty nicht geeignet sind. Frederick und ich wünschen, dass er eine Frau aus gutem Hause heiratet, eine Dame aus der Gesellschaft. Sie sind zwar recht hübsch«, sagte sie unwillig, »aber Sie haben keinen Stil, geschweige denn gutes Benehmen. Man kann aus einem Klepper nun mal kein Rassepferd machen. Offen gesagt, würden Sie unsere Familie blamieren.«

Francesca hatte das Gefühl, eine schallende Ohrfeige bekommen zu haben. »Nichts von alledem ist für Monty von Bedeutung«, brachte sie hervor, während sie gegen die Tränen kämpfte.

Reginas Augen wurden schmal. »Er spielt nur mit Ihnen, Francesca. Er hat seinen Spaß mit Ihnen. Heiraten aber wird er eine Frau, die von standesgemäßer Herkunft ist. Ich dachte, Sie wären gebildet genug, um wenigstens das zu erkennen.«

Francesca konnte die Tränen nicht mehr zurückhalten. Sie sprang auf und stürmte aus dem Zimmer.

Regina ließ sich wieder auf den Stuhl sinken. »Hoffentlich haben wir sie zum letzten Mal gesehen«, murmelte sie. Sie musste ihr Geheimnis wahren, koste es, was es wolle, und sie durfte trotz ihrer Grausamkeit keine Schuldgefühle haben. Vor allem konnte sie sich keinerlei Mitgefühl mit Francesca erlauben.

Ihre Gedanken wanderten zu Silas Hepburn. Sobald es ihr gelungen war, Francescas Ruf nachhaltig zu ruinieren, hatte er bestimmt keine Heiratsabsichten mehr.

15

Die Fahrt zurück nach Echuca verflog hinter einem Tränenschleier. In ihrem ganzen Leben hatte Francesca noch keine solch tiefe Kränkung erfahren. Sie konnte nicht begreifen, dass Regina ihr so abscheuliche Dinge sagte. Monty war zu bedauern, dass er eine solch grausame Mutter hatte.

Je mehr Francesca über Regina nachdachte, umso glücklicher schätzte sie sich, liebevolle und gütige Eltern zu haben. Sie verspürte tiefe Dankbarkeit für die Liebe, die Mary und Joe ihr entgegengebracht hatten. Nie zuvor hatte sie ihre Mutter schmerzlicher vermisst, und sie sehnte sich nach ihrer tröstenden Umarmung.

»Ich will Regina Radcliffe niemals wiedersehen«, sagte sie schluchzend. Und was Monty betraf, würde sie ihm von nun an aus dem Weg gehen. Sie konnte ihm nicht anvertrauen, was seine Mutter zu ihr gesagt hatte – es war zu demütigend. Sie konnte es niemandem anvertrauen.

Francesca brachte das Pferd und die Kutsche zum Mietstall zurück und machte sich aus dem Staub, bevor Henry Talbot oder der junge Flann das Wort an sie richten konnten. Sie eilte gerade über die High Street, als plötzlich Silas Hepburn ihren Weg kreuzte, dem ihre Bestürzung nicht verborgen blieb.

»Guten Morgen, meine Teuerste«, sagte er und zog den Hut. »Fehlt Ihnen etwas?«

»Nein, Mr Hepburn«, antwortete Francesca und wandte das Gesicht ab, um ihm nicht in die Augen sehen zu müssen.

»Sie sind viel zu schön, um Tränen zu vergießen«, sagte er und reichte ihr ein Taschentuch. »Erzählen Sie mir, was Sie bedrückt, und ich bringe es wieder in Ordnung.«

Hätte Francesca nicht gewusst, was für ein Scheusal dieser Mann war, hätte sie seine Worte als Freundlichkeit aufgefasst. »Das können Sie nicht wieder in Ordnung bringen, Mr Hepburn«, entgegnete sie, während sie sich die Tränen mit seinem Taschentuch abtupfte.

»Ich kann Berge versetzen, wenn es sein muss. Leisten Sie mir bei einer Tasse Tee Gesellschaft.«

»Nein, ich muss zurück zum Schiff ...«

»In diesem Zustand gehen Sie nirgendwohin. Nach einem Tässchen Tee fühlen Sie sich bestimmt wieder besser.«

Bevor Francesca sich sträuben konnte, führte Silas sie in die Teestube. Zu ihrem großen Erstaunen eilten gleich zwei Kellner an ihren Tisch. Während der eine ihr den Stuhl hinschob, stand der andere bereit, die Bestellung aufzunehmen. Silas orderte Tee und Kuchen, wobei er Francesca den Eindruck vermittelte, dass sie nicht nur den besten Service bekamen, sondern das Beste von allem – und sie vermutete richtig. Das Teeservice aus Porzellan wurde durch edelstes Silbergeschirr ersetzt, die Servietten durch irisches Leinen, und die Bedienung hätte flinker nicht sein können. Der Besitzer der Teestube wachte höchstpersönlich an ihrem Tisch, während das Personal mit Eifer dafür sorgte, dass alles perfekt war.

Silas machte Francesca mit Walter Frost bekannt, der die Teestube bereits vor vielen Jahren eröffnet hatte, wie er ihr erklärte. Frost war ein großer, hagerer Mann mit schneeweißem Haar und funkelnden blauen Augen.

»Du sorgst ab sofort dafür, dass Miss Callaghan hier stets vorzüglich bedient wird, Walter«, sagte Silas.

Walter Frost hatte Francesca zuvor bereits in der Stadt gesehen. »Selbstverständlich, Mr Hepburn.«

Wenn Regina mich jetzt sehen könnte!, dachte Francesca.

Silas entging nicht, dass Francesca beeindruckt war von dem Respekt, der ihm entgegengebracht wurde. »Das ist angenehm, nicht wahr?«, sagte er in verschwörerischem Tonfall, nachdem Walter sich entfernt hatte.

»Was?«, entgegnete Francesca, die ihren Tee umrührte.

»Wenn man Hochachtung genießt«, entgegnete Silas.

»Ja«, sagte Francesca und musste an die Geringschätzung denken, mit der Regina sie behandelt hatte. Dennoch konnte sie nicht die Augen davor verschließen, was Silas der armen Lizzie angetan hatte. Niemals würde sie verdrängen können, was für ein Scheusal Silas Hepburn war.

»Wenn Sie meine Frau wären, Francesca, würden die Menschen in dieser Stadt Ihnen zu Füßen liegen.«

»Ach, wirklich?« Francesca war sich bewusst, dass sie genauso niedergeschlagen klang wie sie aussah.

»Glauben Sie mir etwa nicht?«

»Ich bin und bleibe eine Schifferstochter, Mr Hepburn«, entgegnete sie leise, »daran ändert auch eine Heirat mit Ihnen nichts.«

Silas besaß genügend Feingefühl, um zu erahnen, dass sie genau das vor kurzem zu spüren bekommen hatte. »Reichtum ist Macht, meine Liebe. Vielleicht ist Ihnen ja bekannt, dass ich aus eher ärmlichen Verhältnissen stamme.« Er bemerkte Francescas Erstaunen. »Dennoch wagt es niemand, auch nur ein Wort darüber zu verlieren oder deswegen auf mich herabzusehen. Sollte jemand Sie gekränkt oder gar beleidigt haben, sorge ich dafür, dass es nie wieder vorkommt.«

Wenn das nur möglich wäre, dachte Francesca.

»Speisen Sie morgen mit mir zu Abend, und ich erzähle Ihnen von dem Leben, das Sie an meiner Seite führen könnten.«

Verblüfft kniff Francesca die Augen zusammen.

Reginas Gedanken kreisten um Silas, seit sie die Gewissheit hatte, dass Francesca ihre gemeinsame Tochter war. Seit Jahren verachtete sie den Mann, zu dem Silas geworden war, doch dass er nun die eigene Tochter heiraten wollte, schockierte und entsetzte sie zutiefst. Auch wenn er nicht wusste, dass Francesca seine Tochter war, und es auch nie erfahren würde, änderte das nichts an den Umständen. Zwar galt Reginas größte Sorge Monty, doch sie konnte sich nicht blind stellen, was Silas' Heiratsabsichten betraf. Die bloße Vorstellung erfüllte sie mit Ekel.

Sie hatte über die vielen Machenschaften Silas Hepburns nachgedacht. In den vergangenen Jahren hatte sie mehr als einmal mit dem Gedanken gespielt, seine Betrügereien der Polizei zu melden, doch ihre bloße Abneigung gegen Silas war nicht Grund genug gewesen. Inzwischen aber hatte sie herausgefunden, dass er Joes Einwilligung erzwungen hatte, Francesca heiraten zu können, und das allein war Grund genug.

Regina wusste, dass Silas seit Jahren Steuern hinterzog, seine Buchprüfer bestach und Bareinkünfte verschwieg. Außerdem erpresste er die Farmbesitzer und zwang sie, Wolle und andere Waren ausschließlich von seinen Schiffen transportieren zu lassen. In seinen Hotels verkaufte er unter dem Ladentisch schwarz gebrannten billigen Fusel, und er hatte zahlreiche weitere unsaubere Machenschaften auf dem Kerbholz. Natürlich konnte Regina nichts davon vor Gericht bezeugen, ohne Gefahr zu laufen, dass Silas Frederick von ihrer einstigen Affäre erzählen würde. Aber wenn man an schriftliche Beweise käme und sie dem Richter anonym zukommen ließe ...

Regina war bewusst, dass das nicht einfach war, aber nicht einmal Silas konnte alle seine geschäftlichen Transaktionen im Auge behalten, und sie war sicher, dass sich im Laufe der vielen Jahre, in denen er nie behelligt worden war, eine gewisse

Nachlässigkeit bei ihm eingeschlichen hatte. Sie musste nur eine geeignete Person finden, die sich mit Buchführung auskannte, um Silas' schmutzige Machenschaften aufzudecken.

Gleich nach Francescas Aufbruch hatte Regina sich von Claude Mauston in die Stadt bringen lassen, um Beweise aufzutreiben, mit denen Silas aus dem Weg geräumt werden konnte. Gedankenverloren schritt sie voran, als sie mit einer jungen Frau zusammenprallte, die gerade die Redaktion des *Riverine Herald* verließ.

»Entschuldigung«, sagte die junge Frau erschrocken.

In ihrer Geistesabwesenheit nahm Regina sie kaum wahr. Erst nach einem zweiten Blick in das hübsche Gesicht erkannte sie Clara Whitsbury. »Nicht zu fassen. Clara!«

»Freut mich, Sie zu sehen, Mrs Radcliffe.«

Regina musterte die rotbraunen Locken der jungen Frau, ihre makellose Haut und ihre wohl gerundete Figur. »Sie sind erwachsen geworden, Clara. Sie haben sich zu einer reizenden jungen Dame entwickelt.«

Clara errötete. »Vielen Dank, Mrs Radcliffe.«

»Haben Sie Ferien vom Internat?«

»Nein, ich habe meine Ausbildung abgeschlossen. Ich hatte soeben ein Vorstellungsgespräch bei Mr Peobbles.«

Regina sah zu dem Redaktionsbüro. »Ein Vorstellungsgespräch?«

»Ja, für die Stelle als Schreibkraft in der Redaktion.« Sie zeigte Regina die Stellenanzeige in der Zeitung, die sie in der Hand hielt.

Regina war konsterniert. Sie rühmte sich, stets genauestens über die Zeitung und ihre sonstigen geschäftlichen Interessen informiert zu sein. Zwar hatte sie gewusst, dass demnächst eine Stelle für eine zusätzliche Bürokraft ausgeschrieben werden sollte, doch ihr war nicht bekannt gewesen, dass Warren Peobbles die Anzeige bereits aufgegeben hatte und sogar schon Vorstellungsgespräche führte. Regina wurde bewusst, wie zerstreut sie in letzter Zeit war. Dennoch war die Begegnung mit Clara eine willkommene Überraschung und eine Gelegenheit, die sie nicht versäumen durfte.

»Ich werde bei Mr Peobbles ein gutes Wort für Sie einlegen, Clara«, sagte sie. »Allerdings nur unter einer Bedingung ...«

Claras Rehaugen wurden noch größer. »Und die wäre?«

»Dass Sie mit mir nach Derby Downs kommen und mir beim Tee Gesellschaft leisten.«

Clara kniff überrascht die Augen zusammen und dachte kurz nach. Da sie ihren Eltern gesagt hatte, sie wolle nach dem Vorstellungsgespräch noch einen Einkaufsbummel machen, hatte sie Zeit. »Sehr gerne, Mrs Radcliffe.«

»Sind Sie seit Ihrer Rückkehr schon Monty begegnet?«

»Nein«, erwiderte Clara und errötete erneut. In den Schulferien hatte sie Monty hin und wieder gesehen, und sie hielt ihn für den attraktivsten Mann in ganz Echuca, wenn nicht in ganz Victoria. Sie bekam Herzklopfen, wenn nur von ihm gesprochen wurde.

Clara und Regina schlenderten gemeinsam weiter. Kurz darauf wurde Regina von einer ihrer Nachbarinnen, Mrs Bloom, angehalten. Stolz stellte Regina ihr Clara vor, als sie plötzlich bei einem zufälligen Blick in die Teestube Francesca erspähte, die sich angeregt mit Silas Hepburn unterhielt. Reginas Herz setzte einen Schlag aus.

Francesca hatte sie ebenfalls erblickt und stutzte angesichts ihrer Reaktion: Reginas Augen waren weit aufgerissen, und ihr Gesicht war weiß wie ein Laken. Hatte Silas mit seiner Behauptung etwa Recht? Betrachtete Regina sie jetzt mit anderen Augen, bloß weil sie sich in Silas' Gesellschaft befand? Francesca konnte ein Gefühl des Triumphs nicht unterdrücken. Mit erhobenem Kinn wandte sie sich wieder Silas zu, wobei sie so tat, als würde sie an seinen Lippen hängen.

Regina murmelte leise eine Entschuldigung, schnappte sich Claras Arm und zog sie zu ihrer Kutsche. Mehr denn je war sie entschlossen, Francescas Ruf zu ruinieren, zumal es die einzige Möglichkeit war, Silas davon zu überzeugen, dass sie seiner nicht wert war. Schnelles Handeln war geboten.

»Stimmt etwas nicht, Mrs Radcliffe?«, fragte Clara, die Reginas Bestürzung bemerkt hatte.

»Haben Sie die junge Frau gesehen, die zusammen mit Silas Hepburn in der Teestube sitzt?«, entgegnete Regina.

»Ja. Eine sehr hübsche, dunkelhaarige junge Dame. Aber ich kenne sie nicht. Warum fragen Sie?«

»Seit Wochen stellt sie meinem Monty nach. Ein schamloses Flittchen, eine Schifferstochter«, sagte Regina naserümpfend. »Die verkehren doch mit dem ganzen Hafengesindel! Sie wissen bestimmt, welchen Typ ich meine. Außerdem habe ich gehört, dass sie Umgang mit Prostituierten pflegt.«

»Oh«, sagte Clara schockiert. »Jetzt verstehe ich, weshalb ihr bloßer Anblick Sie aus der Fassung bringt.«

Nachdem Francesca gegangen war, suchte Silas den Mietstall auf.

»Guten Tag, Henry«, sagte er.

»Mr Hepburn! Was kann ich für Sie tun?«

»Ich habe gesehen, dass Miss Callaghan vorhin hier war«, sagte Silas. »Sie war in Tränen aufgelöst.«

»Ja, sie war sehr aufgewühlt, Mr Hepburn, aber ich weiß nicht, warum.« Henry befürchtete, für Francescas Kummer verantwortlich gemacht zu werden.

»Warum war sie hier?«

»Sie hat sich heute in aller Frühe ein Pferd samt Einspänner geliehen. Sie wirkte sehr nachdenklich. Nach ihrer Rückkehr hat sie das Gespann einfach stehen lassen und ist davongerannt.«

»Weißt du, wohin sie gefahren ist?«

»Ja, Sir, Mr Hepburn. Sie war auf Derby Downs.«

Silas nickte und schlenderte weiter. Seine Überraschung hielt sich in Grenzen, weil er damit gerechnet hatte, dass Regina der Auslöser für Francescas Erregung war. Ohne Zweifel hatte Regina ihr unmissverständlich klar gemacht, dass sie nicht gut genug für ihren Monty sei. Wäre Francesca schon seine Frau, würde er sich Regina vorknöpfen, doch im Moment war Reginas Verhalten ihm nur recht, da sie ihm Francesca direkt in die Arme trieb ...

Als Francesca die *Marylou* nirgendwo am Ufer erblickte, machte sie sich auf zum Pier, wo sie Ned antraf, der unruhig auf und ab ging. Er wirkte sehr besorgt.

»Wo ist die *Marylou,* Ned? Ich habe sie am Ufer nirgends entdecken können.«

Ned schüttelte den Kopf. »Joe hat mich zum Laden geschickt. Als ich zurückkam, war er weg.«

»Was meinst du mit ›weg‹, Ned?«

»Er ist zurzeit ziemlich am Boden, Francesca. Ich fürchte, er hat etwas vor ...«

»Und was?«

»In den letzten Tagen hat er immer wieder Andeutungen gemacht ...«

»Was für Andeutungen?« Francesca bekam es mit der Angst. »Will er sich etwas antun?«

»Bestimmt nicht. Aber ich befürchte, dass er vorhat, die *Marylou* abzufackeln.«

»Die *Marylou* abfackeln!« Francesca wollte ihren Ohren nicht trauen. Sie wusste, dass ihr Vater den Mut verloren hatte, aber sie hatte nicht geahnt, dass seine Verzweiflung so groß war.

»Er hat gesagt, dass er das Schiff lieber ansteckt, als es Silas zu überlassen, und ich kann es ihm nicht verübeln.«

Francesca stockte der Atem. »Wo ist Lizzie?«

Neds Augen wurden groß. Er war so sehr mit Joe beschäftigt gewesen, dass er Lizzie glatt vergessen hatte. »O Gott. Sie muss noch an Bord sein!«

Verzweifelt ließ Francesca den Blick in beide Richtungen über den Fluss schweifen. »Ob Dad weiß, dass sie noch an Bord ist?«

Ned zuckte die Achseln. »Ich habe ihm gesagt, dass du unterwegs bist, um etwas zu erledigen. Wahrscheinlich meint er, dass Lizzie dich begleitet hat ... falls er überhaupt noch an sie gedacht hat. Er ist zurzeit völlig durcheinander, Frannie.«

»Wir müssen die *Marylou* schnellstens ausfindig machen und ihn davon abhalten, Ned! Womöglich schläft Lizzie noch in meiner Kajüte!«

»Ich warte auf Neal. Er holt gerade sein Schiff.« Am Pier lagen noch vereinzelt ein paar Dampfer, während die meisten mit ihrer Fracht bereits abgelegt hatten. Die verbliebenen Schiffe wurden soeben beladen oder die Ladung gelöscht, sodass Ned wusste, dass es keinen Zweck hatte, einen der Kapitäne um Hilfe zu bitten, die *Marylou* zu suchen. Sie alle standen unter Termindruck. Unschlüssig, was sie tun sollten, spähte Ned flussabwärts, wo plötzlich der Bug der *Ophelia* in der Krümmung in Sicht kam. Im nächsten Moment erscholl die Dampfpfeife.

»Da ist er«, stieß Francesca erleichtert hervor. »Hast du gefragt, ob jemand beobachtet hat, in welche Richtung die *Marylou* abgelegt hat?«

»Ja, wobei ich widersprüchliche Angaben erhalten habe, aber zwei der Hilfsmatrosen waren sich sicher, dass sie flussabwärts gefahren ist.«

»Hast du eine Idee, welches Ziel Dad ansteuern könnte?«

Ned seufzte und rieb sich die grauen Bartstoppeln am Kinn. Darüber hatte er sich den Kopf zerbrochen, seit er entdeckt hatte, dass Joe und die *Marylou* fort waren. »In dieser

Gemütsverfassung wird er sich wohl eine abgeschiedene Stelle auf dem Fluss suchen, wobei er ohne mich nicht allzu weit kommen dürfte. Ich vermute, dass er die Campaspe-Mündung ansteuert und von dort auf dem Campaspe River weiterfährt. Aber ich kann mich auch irren.«

»Wir können uns bloß auf deinen Instinkt verlassen, Ned.«

Während der Fahrt flussabwärts auf der *Ophelia* erzählte Ned Neal und Francesca, dass Joe sich ziemlich sicher war, dass Silas hinter dem Brandanschlag auf Ezra Pickerings Werft steckte. Zudem war er überzeugt, dass Silas auch für seine derzeitige Pechsträhne verantwortlich war. Anfangs reagierten Neal und Francesca schockiert, doch dann erzählte Ned ihnen, Joe habe von Ezra erfahren, dass Silas ihn erpresst hatte, Joe keine Aufträge mehr zu geben, um dessen Einverständnis zur Ehe zwischen Francesca und Silas zu erzwingen. Neal wollte es zunächst nicht glauben, doch als Francesca errötete und einräumte, dass Silas ihr angeboten hatte, ihrem Vater sämtliche Schulden zu erlassen, falls sie ihm das Jawort gäbe, stieg ihm die Galle hoch.

»Joe ist ebenfalls davon überzeugt, dass Silas jemanden beauftragt hat, den Unfall von Dolan O'Shaunnessey zu inszenieren«, fuhr Ned fort. »Joe ist deswegen völlig außer sich ... schließlich hat Dolan Frau und Kinder, die auf ihn angewiesen sind, und wir alle wissen, wie viel Arbeit Ezra in sein Geschäft gesteckt hat.«

»Man sollte ihm einen Riegel vorschieben«, sagte Francesca, die daran denken musste, was Silas der armen Lizzie angetan hatte. Hinzu kam, dass Ezra jetzt noch seine Werft besäße und Dolan O'Shaunnessey nicht schwer verletzt worden wäre, hätte Joe Silas' Angebot akzeptiert. Mit dieser schrecklichen Last musste sie von nun an leben.

»In seiner Wut fängt Joe an, unvernünftig zu handeln«, bemerkte Ned. »Ich möchte dir ja keine Angst einjagen, Francesca, aber ich mache mir ernsthafte Sorgen darüber, was er vorhat.«

Lizzie wurde von einem lauten Knall geweckt. Als sie sah, dass Francesca nicht neben ihr lag, verfiel sie in Panik, die sich steigerte, als sie einen Blick durch die Luke geworfen und festgestellt hatte, dass sie Fahrt machten. »Wir sind nicht mehr im Hafen«, flüsterte sie und lauschte dem Tuckern der Maschine und dem Rauschen der Radschaufeln, die durchs Wasser pflügten. Sie fragte sich, ob Francesca erwähnt hatte, dass sie ablegen würden, konnte sich aber nicht daran erinnern.

Plötzlich vernahm sie eine laute, zornige Männerstimme. »Silas«, murmelte sie und begann zu zittern. »Silas ist an Bord. Bestimmt hat er die *Marylou* übernommen.« In Lizzies Albträumen war er an Bord gekommen und hatte sie verschleppt. Jetzt bringt er es zu Ende, dachte sie. Weil er weiß, dass ich Francesca gesagt habe, was er getan hat, bringt er mich jetzt um ...

Lizzie überlegte fieberhaft. Wie konnte sie fliehen? Ans Ufer kam sie nicht, weil sie nicht schwimmen konnte. Plötzlich bemerkte sie, dass die Schaufelräder sich nicht mehr drehten. Gleich darauf spürte sie, wie das Schiff ans Ufer stieß. Dann erstarb die Maschine. Zitternd und mucksmäuschenstill verharrte Lizzie und spitzte die Ohren. Kurze Zeit später hörte sie jemanden im Gang vor ihrer Tür. Nach dem zweiten Klopfen war sie überzeugt, dass Silas davor stand. Mit einem Satz sprang sie aus der Koje und versteckte sich, wobei sie einen Schmerzensschrei unterdrücken musste, weil ihr geschundener Körper auf die plötzliche Muskelanspannung reagierte. Sie hatte das Gefühl, als würden ihre Rippen die Lunge durchbohren.

In diesem Augenblick flog die Tür von Francescas Kajüte auf. Lizzie hatte sich in einen schmalen Wandschrank gezwängt, in dem Francescas Kleider hingen. Sie hatte schreckliche Schmerzen und eine solche Angst, dass sie kaum Luft bekam. Kurz darauf wurde die Tür wieder zugeschlagen.

Nachdem sich mehrere Minuten lang nichts geregt hatte, nahm Lizzie ihren ganzen Mut zusammen und öffnete vorsichtig die Schranktür. Sie lauschte, ob sie Silas hörte; stattdessen stieg ihr ein merkwürdiger Geruch in die Nase. Prüfend schnupperte sie. Rauch! Im ersten Moment nahm sie an, dass am Ufer ein Feuer brannte, doch gleich darauf sah sie, dass der Rauch unter ihrer Tür hereindrang, sodass sie vor Panik beinahe ohnmächtig wurde.

»O Gott, er will mich bei lebendigem Leib verbrennen!« Es übertraf ihre schlimmsten Albträume. Schreiend riss sie die Tür der Kajüte auf. In dem schmalen Gang draußen brannte ein Stapel Holz. Es war nicht zu übersehen, dass das Feuer absichtlich gelegt worden war. Lizzies Verstand raste. Silas musste ihr nachspioniert und abgewartet haben, bis sie allein an Bord war. Bestimmt hatte er durchschaut, dass sie sich in dieser Kajüte versteckte. Deshalb hatte er das Feuer vor ihrer Tür entfacht. Er wollte sie beseitigen, ohne in Verdacht zu geraten.

Lizzie versuchte, am Feuer vorbeizukommen, doch es gelang ihr nicht. Es gab keinen Ausweg. Sie saß in der Falle.

»Wir müssen Dad dringend finden, Neal«, sagte Francesca. Sie stand neben ihm im Ruderhaus. Ned war nach unten in den Kesselraum gegangen, um Holz nachzulegen. Aufgebracht, wie er war, holte Neal alle Kraft aus der Maschine der *Ophelia* heraus und fuhr mit Höchstgeschwindigkeit.

»Wir finden ihn, Francesca«, sagte er und legte beschützend den Arm um ihre Schulter. »Mir will nicht in den Kopf, dass Joe fähig ist, die *Marylou* in Brand zu stecken.«

»Ich kann es auch nicht begreifen. Aber ich kann mir gut vorstellen, dass der Gedanke, die *Marylou* an Silas abzugeben, Dad das Herz bricht. Hoffentlich kommen wir noch rechtzeitig. Was für ein Glück, dass die Reparaturen an deinem Schiff so schnell erledigt waren.«

»Eigentlich sollte die *Ophelia* erst in einigen Wochen fertig sein«, entgegnete Neal stirnrunzelnd. »Ich habe gesehen, dass andere Schiffe, die schon länger im Trockendock liegen, immer noch nicht fertig sind.« Er blickte Francesca an und hatte plötzlich den Verdacht, dass jemand im Hintergrund die Fäden gezogen hatte. Aber wer und warum? Und was versprach der Betreffende sich davon?

Joe stand am Ufer, eine Flasche Rum in der Hand. Erneut nahm er einen Schluck, während er schwermütig zusah, wie immer größere Rauchschwaden von der *Marylou* emporstiegen. Obwohl sein ganzes Herz an dem Schiff hing, war es ihm lieber, es lag auf dem Grund des Flusses, als Silas Hepburn die Genugtuung zu verschaffen, es ihm wegzunehmen.

Plötzlich zerriss ein schriller Schrei die Luft. Entsetzt ließ Joe die Flasche fallen, die vor seinen Füßen auf den Klippen zerschmetterte. »Francesca«, brüllte er, und alle Farbe wich aus seinem Gesicht. Er überlegte fieberhaft. Er war sicher, dass Ned ihm gesagt hatte, Francesca sei unterwegs, um etwas zu erledigen; nun fragte er sich, ob er Ned missverstanden hatte und Francesca noch an Bord war.

Mit einem Satz sprang er an Deck und rannte zu Francescas Kajüte, doch die Hitze des Feuers ließ ihn zurückweichen. Plötzlich bemerkte er eine Frau hinter den Flammen, die in panischem Entsetzen schrie, und ihm blieb fast das Herz stehen. Er versuchte, am Feuer vorbeizukommen, doch es gelang ihm nicht.

»Helfen Sie mir!«, schrie Lizzie. »Sonst verbrenne ich!« Sie hatte bereits versucht, sich durch eine Luke zu zwängen, aber diese war zu eng.

»Halten Sie durch!«, rief Joe ihr zu. Er schnappte sich einen Eimer an einem Seil, den er in hohem Bogen über Bord warf, um Wasser zu schöpfen. Es schien eine Ewigkeit zu dauern, bis der Eimer voll war. Die Sekunden kamen ihm wie Stunden vor, während die Angstschreie der Frau in seinen Ohren hallten. Nachdem er den Eimer eingeholt hatte, goss er das Wasser in die Flammen. Entsetzt beobachtete Lizzie, dass es kaum Wirkung zeigte.

»O Gott«, rief Joe verzweifelt. Beim Anblick des angsterfüllten, zerschundenen Gesichts der Frau war er versucht, durch die Flammen zu rennen und sie ans Freie zu tragen, doch die Hitze drängte ihn zurück. »Holen Sie eine Decke«, rief er ihr zu. »Schnell!«

Lizzie stand kurz vor einer Ohnmacht und reagierte nicht.

»Schnappen Sie sich eine Decke«, rief Joe erneut. »Los!«

Dieses Mal hatte Lizzie ihn gehört und riss sich zusammen. Sie verschwand in Francescas Kajüte. Gleich darauf kam sie mit einer Decke wieder heraus. »Was soll ich damit machen?«, schrie sie.

»Werfen Sie sie übers Feuer«, rief Joe.

Lizzie zögerte.

Joe wusste, wenn Lizzie nicht innerhalb der nächsten Sekunden reagierte, war es zu spät. »Machen Sie schon!«

»Ich ... kann nicht«, sagte Lizzie, die vor den Flammen zurückwich.

»Sie müssen, sonst sind Sie verloren«, brüllte Joe. Einen Augenblick lang sahen er und Lizzie sich durch die Flammen hindurch an. An Joes Gesichtsausdruck erkannte Lizzie, dass sie sich jetzt selbst helfen musste, wenn sie nicht sterben wollte. Sie hatte sich zwar oft vorgestellt, wie Silas sie umbringen würde, aber an diese Möglichkeit hatte sie nicht gedacht.

Die Flammen schlugen immer höher. Lizzie warf die Decke in die Mitte des Feuers, wo sie zu einem Haufen Asche zusammenfiel. Zu Lizzies Erstaunen erstickte sie einen Teil der Flammen, aber es bewirkte kaum etwas. In der Zwischenzeit hatte Joe den Eimer erneut mit Wasser gefüllt, mit dem er auf die Decke im Brandherd zielte, um sofort darauf mit dem leeren Eimer wieder loszurennen. Lizzie eilte erneut in die Kajüte und kam mit einer weiteren Decke zurück. Vom Rauch musste sie husten und würgen; dennoch warf sie die Decke über die brennenden Planken und versuchte erneut, durch das Feuer zu kommen, aber ihre Angst war zu groß.

Joe kippte einen weiteren Eimer Wasser ins Feuer, dann schnappte er sich den Zipfel der schwelenden Decke, um sie ganz über dem Brandherd auszubreiten. Er versengte sich die Hände, ließ sich aber nicht beirren. Augenblicke später trampelte er auf der Decke herum, und endlich, nach einer scheinbaren Ewigkeit, war das Feuer erstickt. Tief und rasselnd holte er Luft und bekam einen Hustenanfall.

»Himmel, wer sind Sie? Was haben Sie hier verloren?«, brüllte er Lizzie an. Am Abend zuvor war er wegen Ezra außer sich gewesen, deshalb hatte er ganz vergessen, dass Francesca eine Frau an Bord gebracht hatte.

»Ich habe geschlafen ... in Francescas Kajüte«, gab Lizzie hustend zurück und wischte sich die Tränen aus dem zerschundenen Gesicht. »Mein Name ist Lizzie ... Lizzie Spender. Sie müssen Francescas Vater sein, Joe Callaghan. Sie haben mir das Leben gerettet. Danke.« Tränen der Erleichterung rannen ihr übers Gesicht.

»Aber ich habe in Frans Kajüte nachgesehen«, sagte Joe verwundert. Wie konnte er vergessen haben, dass Francesca eine Frau an Bord gebracht hatte? »Und da habe ich Sie nicht gesehen.« Der Gedanke, was er beinahe angerichtet hätte, erschütterte ihn bis ins Mark.

»Ich dachte, Sie wären ...« Lizzie stockte. »Ich habe eine wütende Stimme gehört und bekam es mit der Angst, deshalb habe ich mich im Wandschrank versteckt. Wie ... wie ist das Feuer denn ausgebrochen?« Sie wurde nicht schlau daraus, wer den Brand gelegt hatte.

Joe ließ den Kopf hängen. Von seinen Gefühlen übermannt, liefen ihm die Tränen über die Wangen.

Lizzie stand unschlüssig da. Abwechselnd wanderte ihr Blick von Joe zu den rauchgeschwärzten schwelenden Brandflecken auf dem Boden vor Francescas Kajüte. Nach und nach dämmerte ihr, dass Joe für den Brand verantwortlich war und dass nur wenige Sekunden sie vom Tod getrennt hatten. »Warum haben Sie Ihr eigenes Schiff in Brand gesteckt?«

Joe gab keine Antwort.

»Wegen der Versicherung?«, fragte sie entsetzt.

Joe schüttelte den Kopf. »Ich bin nicht versichert«, murmelte er. »Ich konnte die Prämie nicht mehr aufbringen.«

»Warum haben Sie Ihr Schiff dann angesteckt, Joe? Ich darf Sie doch Joe nennen?«

»Wir legen hier keinen Wert auf Förmlichkeiten«, entgegnete er und musste immer noch kämpfen, um sich zusammenzureißen. »Ich kann die Raten für das Darlehn von Silas Hepburn nicht mehr bezahlen und habe die *Marylou* als Sicherheit angegeben.« Erneut stieg Wut in ihm hoch. »Ich war ein verdammter Narr, aber trotzdem sehe ich mein Schiff lieber auf dem Grund des Flusses, als es diesem Mistkerl zu überlassen.«

Lizzie fragte sich unwillkürlich, wie vielen Menschen Silas das Leben zur Hölle machte. Ihre Stammkunden hatten ihr schon öfter das Herz ausgeschüttet. Daher wusste sie, dass Silas von vielen Leuten gehasst wurde, die Opfer seiner Gier geworden waren.

»Lieber sterbe ich, als mein Schiff diesem Kerl zu überlassen«, brummte Joe, schob sich an Lizzie vorbei und stieg in den Maschinenraum hinunter. Kurz darauf hörte Lizzie ihn an Deck und ging zu ihm. Er hielt einen Kanister Petroleum in der Hand. Nun nahm er den Deckel ab und kippte den Inhalt übers Deck und in den Kajütengang.

»Was tun Sie da?«, sagte Lizzie und hielt ihn am Arm fest.

»Wonach sieht es denn aus?«, entgegnete Joe gereizt.

Sie begriff, dass er vorhatte, die *Marylou* ein zweites Mal in Brand zu setzen. »Tun Sie das nicht, Joe! Francesca liebt dieses Schiff!«

Wütend schüttelte Joe sie ab. »Auch ich liebe die *Marylou*, aber ich werde Silas Hepburn nicht die Genugtuung geben, dass er sie mir wegnimmt.«

»Dann verstecken sie es«, sagte Lizzie. Eine verrückte Idee, aber etwas anderes fiel ihr nicht ein.

Joe schüttelte den Kopf. Er hatte selbst bereits daran gedacht, sie auf einem der Nebenflüsse zu verstecken oder sogar bis zur Mündung ins Meer und anschließend die Küste hinauf zu fahren, aber das war auf Dauer auch keine Lösung.

Das Stampfen einer Dampfmaschine, begleitet vom Geräusch der Schaufelräder, ließ Lizzie und Joe aufhorchen. Sie wandten sich um und sahen die *Ophelia*, die sich auf dem Campaspe näherte.

»Verdammt«, stieß Joe hervor und ließ den Kanister fallen. »Gehen Sie von Bord, Lizzie!«

Lizzie ahnte, dass er das Feuer entfachen würde, sobald sie an Land war. »Nein, Joe, das lasse ich nicht zu.«

»Runter von meinem Schiff! Sofort!« Er zündete ein Streichholz an und streckte den Arm vor.

Lizzie erkannte, wie verzweifelt er war. »Nein, Joe! Bitte nicht! Bestimmt gibt es eine andere Lösung.«

Von weitem erkannte Francesca ihren Vater und Lizzie an Deck, und sie stürzte an den Bug der *Ophelia.* Die Körpersprache der beiden schien zu vermitteln, dass Lizzie ihren Vater anflehte. »Dad«, rief sie laut. Er hörte sie nicht, sodass sie lauter schrie.

Dieses Mal horchte Joe auf, weil er meinte, die Stimme seiner Tochter gehört zu haben. Er wandte sich zum Dampfer um, der sich näherte. »Tut mir Leid, mein Mädchen«, flüsterte er.

Im selben Moment schnappte Lizzie sich das Streichholz, rutschte jedoch auf dem Petroleum aus und fiel auf die Planken, das brennende Streichholz in der Hand. Im Nu war die Vorderseite ihres Nachthemds mit Petroleum getränkt, und obwohl es ihr gelang, das Streichholz weit genug wegzuhalten, verbrannte es ihre Finger.

Joes Augen waren vor Entsetzen weit aufgerissen. Er wusste, dass in weniger als einer Sekunde die Flamme das Petroleum erreichen würde und warf sich auf Lizzie, um das Streichholz zu löschen. Vor Angst und Schmerzen schrie sie laut auf, sodass er sich rasch wieder aufrappelte und sie vom Deck aufhob. In dem Glauben, ihr Nachthemd habe Feuer gefangen, sprang er über die Schiffsflanke ins seichte Wasser des Campaspe River, Lizzie in den Armen.

Als die *Ophelia* neben der *Marylou* zum Stehen kam, kämpfte Joe sich mit Lizzie durch das schenkelhohe Wasser.

»Was hast du getan, Dad?«, rief Francesca verzweifelt.

»Es ist ... schon gut«, brachte Lizzie mühsam hervor. Sie zitterte, doch sie war am Leben. Nach der Misshandlung durch Silas hatte sie zunächst befürchtet, Joe würde sie ertränken. Erst nachdem er sie an Land getragen und sich nach ihrem Befinden erkundigt hatte, wurde Lizzie klar, dass er sie gerettet hatte. Die Erleichterung in seinem Gesicht und seine behutsame Fürsorge rührten sie tief im Herzen.

Kurze Zeit später sprangen Francesca, Neal und Ned an Land. Joe kauerte neben Lizzie, den Kopf auf den Knien. Erschrocken bemerkte Francesca die Brandwunden an seinen Händen.

»Du bist verletzt«, sagte sie.

»Nicht der Redc wert«, gab er zurück.

Ned und Neal stiegen an Bord der *Marylou* und machten sich daran, das Öl vom Deck zu waschen, da der kleinste Funken genügte, um es in Brand zu setzen.

»Ich weiß, ich habe dich enttäuscht, mein Mädchen«, sagte

Joe, »aber ich bringe es nicht über mich, die *Marylou* an Silas Hepburn abzutreten. Ich kann es einfach nicht.«

»Oh, Dad.« Francesca umarmte ihren Vater. »Ich kann dich ja verstehen.« Ihre Augen füllten sich mit Tränen.

»Ich weiß, du glaubst fest daran, dass alles wieder gut wird, mein Mädchen, aber ich bin nun mal ein Mann, der den Tatsachen ins Auge sieht. Und Tatsache ist, dass Silas mir die *Marylou* wegnehmen wird. Deine Mutter würde sich im Grab umdrehen, wenn sie das wüsste.«

»Er lässt dir das Schiff, wenn ich ihm mein Jawort gebe.«

Joe war mit einem Satz auf den Beinen. »Du darfst ihn nicht heiraten! Das lasse ich nicht zu! Lieber verliere ich die *Marylou*!«

»Und ich lasse nicht zu, dass du das Schiff verlierst, Dad. Sieh nur, wohin es dich getrieben hat.«

An Deck der *Marylou* hatten Neal und Ned das Gespräch zwischen Francesca und ihrem Vater am Ufer mitgehört.

»Du darfst diesen Kerl nicht heiraten«, stieß Neal mürrisch hervor.

»Auf keinen Fall«, pflichtete Ned ihm bei.

»Vielleicht muss ich ja gar nicht so weit gehen«, sagte Francesca nachdenklich.

»Was meinst du damit?«, fragte Joe.

»Ich könnte mich erst einmal mit ihm verloben. Das würde dir mehr Zeit verschaffen, das Geld für die fälligen Schulden aufzutreiben.«

»Silas ist nicht dumm«, bemerkte Lizzie.

»Ich auch nicht«, sagte Francesca. »Es ist ein gewaltiger Unterschied, ob ich ihm verspreche, ihn zu heiraten, und ob ich es dann auch tatsächlich wahrmache.« Francesca blickte ihren Vater an. »Als seine Verlobte könnte ich dir wahrscheinlich lukrative Aufträge verschaffen.«

»Silas wird dich wegen falscher Versprechen drankriegen, wenn du vor der Hochzeit einen Rückzieher machst.«

»Gut möglich. Aber er ist ein Ungeheuer. Und da er die Finger nicht bei sich lassen kann, werde ich ihn früher oder später mit einer anderen Frau erwischen. Und das verschafft mir einen Grund, die Verlobung zu lösen.«

»Silas ist zu raffiniert, um darauf hereinzufallen«, sagte Lizzie.

»Mag sein, dass er nicht so leicht hinters Licht zu führen ist, aber ich kann auch ganz schön raffiniert sein.«

Joe schüttelte den Kopf. Der Plan war ihm zu riskant. »Das ist verrückt.«

»Ich will dir doch nur Zeit verschaffen, Dad. Ich werde niemals seine Frau. Niemals!«

16

Regina fand Claras Gesellschaft ausgesprochen anregend und war entzückt, dass sie sich nicht nur zu einer schönen jungen Frau entwickelt hatte, sondern zudem mit Verstand und Reife gesegnet war – und mit ausreichend Ehrgeiz, um einen Mann wie Monty zu beeindrucken. Je länger die Unterhaltung dauerte, desto mehr war Regina überzeugt, dass Clara die Richtige war, um Monty Francesca vergessen zu lassen. Ein weiterer Vorteil bestand darin, dass Claras Familie zahlreiche Geschäfte in Moama besaß.

Sie genehmigten sich Tee und frischen Zimtkuchen, als Regina plötzlich Montys Kutsche hörte und durchs Salonfenster nach draußen schaute, wo er vor der Veranda soeben vom Bock stieg.

»Entschuldigen Sie mich kurz, Clara«, sagte sie und ging rasch in die Eingangshalle, um Monty vorzuwarnen, dass sie Besuch hatten. In letzter Zeit lief er ständig mit finsterer Miene herum, und sie wollte vermeiden, dass Clara ihm in dieser Verfassung begegnete. Wenn Monty seinen ganzen Charme spielen ließ, konnte er jeder Frau den Kopf verdrehen, doch wenn er schlechter Laune war – was allerdings selten vorkam –, gab er sich unfreundlich, ja desinteressiert.

»Monty«, begrüßte sie ihn und musterte mit einem Blick seine Erscheinung, wobei ihr seine staubigen Stiefel ins Auge stachen. »Zieh dir saubere Sachen an. Ich habe einen Gast zum Tee. Du kommst nie darauf, wer es ist.«

Montys Gesicht hellte sich schlagartig auf. »Francesca!«

»Nein, Clara Whitsbury.«

Monty runzelte die Stirn.

»Die Whitsburys sind vor einigen Jahren nach Moama umgezogen. Früher hat ihnen das Kornhaus am nördlichen Ende der High Street gehört. Erinnerst du dich?«

»Ja ... glaub schon«, entgegnete Monty zerstreut.

Sein Mangel an Begeisterung ärgerte Regina. »Was ist los mit dir?«

»Nichts, Mutter. Ich bin nur nicht in der Stimmung für Clara. Ich habe die ganze Zeit nach Francesca Ausschau gehalten, habe sie aber seit Tagen nicht gesehen.«

Regina wusste, dass sie alles daransetzen musste, Monty von Francesca abzubringen. »Hör zu, mein Sohn. Ich möchte dir nicht wehtun, aber Francesca verbringt viel Zeit mit Neal Mason, und du hast selbst gesagt, dass er in sie verliebt ist ...«

Monty starrte sie finster an.

»Ich will nicht behaupten, dass die beiden ein Verhältnis haben«, fuhr sie fort, »aber es kann nicht schaden, die Augen offen zu halten.«

»Ich glaube nicht, dass Francesca viel Zeit mit ihm verbringt.«

»Was meinst du damit? Du hast doch nicht etwa eine Dummheit begangen, Monty?«

»Natürlich nicht. Ich habe erfahren, dass Neals Schiff nicht mehr im Trockendock liegt. Also wird er vermutlich wieder selbst auf dem Fluss unterwegs sein.«

»Geh bitte nach oben, und mach dich frisch, Monty. Anschließend leistest du mir und Clara beim Tee Gesellschaft, ja?«

»Ich bin nicht an Clara oder sonst jemandem interessiert, Mutter! Hör endlich auf, dich einzumischen. Ich liebe Francesca, und daran wird sich nichts ändern, auch wenn du mir noch so viele Frauen vorführst.«

Monty stürmte nach draußen.

»Tja, mein Sohn, ich bedaure, aber du kannst sie nicht haben«, murmelte Regina tonlos. »Und was Clara betrifft, wirst du mir eines Tages dankbar sein, dass ich die Initiative ergriffen habe.«

»Mir gefällt die Idee überhaupt nicht, Francesca. Allein die Vorstellung, dass du dich mit diesem Kerl einlässt, ist unerträglich.« Joe hatte eine Nacht darüber geschlafen und war noch immer nicht glücklich mit Francescas Plan.

»Dein Vater hat Recht«, sagte Ned, während er allen Tee einschenkte. »Es muss eine andere Möglichkeit geben.«

»Die gibt es aber nicht, Ned«, entgegnete Francesca. Ihr war der Gedenke ebenfalls zuwider, aber sie konnte es nicht ertragen, ihren Vater so verzweifelt zu sehen, dass er so weit gegangen war, die *Marylou* anzuzünden. Schließlich lag es in ihrer Macht, ihm zu helfen. »Ich habe noch einmal gründlich darüber nachgedacht und auch mit Lizzie darüber gesprochen. Es könnte klappen, vorausgesetzt, wir bestehen auf einer langen Verlobungszeit.«

»Falls wir uns tatsächlich darauf einlassen, bestehe ich aber darauf, meine Schulden weiterhin abzubezahlen. Ich will von dem Kerl keine Almosen«, sagte Joe.

»Ja, sicher, Dad«, sagte Francesca, die Verständnis für seinen Stolz hatte. »Allerdings nicht zu dem Wucherzins, den er von dir verlangt. Mit meiner Hilfe würde es dir schneller gelingen, die Grundschuld zu tilgen. Deshalb werde ich darauf bestehen, weiterhin auf der *Marylou* zu fahren.«

»So könnte Francesca sich Silas vom Leib halten«, ergänzte Lizzie. Die beiden hatten ein Gespräch in Francescas Kajüte geführt und gemeinsam überlegt, wie sie Silas Hepburn aus dem Weg gehen könnten. Francesca war bewusst, dass sie gezwungen sein würde, hin und wieder mit ihm zu Abend zu essen, aber sie hatte vor, sich Silas so oft wie möglich zu entziehen.

Joe freundete sich allmählich mit dem Vorschlag an, zumal der Plan tatsächlich aufgehen konnte, und er war erleichtert, dass Francesca bei ihm bleiben würde. Wenn Silas seine Arbeit nicht mehr sabotierte, würde er den Kredit abbezahlen können; sobald sie schuldenfrei waren, konnte Francesca die Verlobung lösen.

»Ich bin Silas gestern in der Stadt begegnet«, sagte Francesca. »Er hat mich gebeten, ihm heute beim Abendessen im Bridge Hotel Gesellschaft zu leisten. Ich habe ihm keine klare Antwort gegeben, deshalb ist es eine gute Gelegenheit, diese Sache mit ihm zu bereden, Dad. Sollte er mit unseren Bedingungen nicht einverstanden sein, werde ich mich nicht mit ihm verloben.«

Joe schwieg für einen Moment. »Also gut«, stieß er schließlich mit unverhohlenem Widerwillen hervor. »Aber du wirst diesen Mann unter gar keinen Umständen heiraten. Sollte er dich unter Druck setzen, kann ich für nichts garantieren.«

Auf dem Weg zum Hotel überfielen Joe wieder Zweifel. »Wie soll ich es bloß schaffen, so zu tun, als würde ich mich freuen, Frannie? Ich dachte immer, dass der Tag, an dem du den Heiratsantrag eines jungen Mannes annimmst, mich mit Glück und Stolz erfüllt. Aber wie soll ich mich darüber freuen, dass du dich mit Silas Hepburn verlobst, zumal er mein Gläubiger ist?«

»Denk immer daran, dass es nur zum Schein geschieht, Dad.«

»Aber es wird nicht so aussehen, Fran. Man kann Silas Hepburn vieles vorwerfen, aber er ist bestimmt kein Dummkopf.«

»Ich weiß, Dad.« Auch Francesca hatte ihre Zweifel, wie sie sich in der Rolle als Verlobte schlagen würde, zumal sie bei dem bloßen Gedanken daran eine Gänsehaut überlief. »Wenn du es schaffst, Dad, schaffe ich es auch. Denk immer nur daran, dass es dazu dient, die *Marylou* zu retten. Außerdem ... wenn wir nichts unternehmen, fügt Silas weiterhin unschuldigen Menschen Schaden zu.«

Joe machte sich Vorwürfe, als er daran dachte, was Ezra Pickering und Dolan O'Shaunnessey zugestoßen war. Es war einer der Gründe, sich überhaupt auf diese Sache einzulassen. »Aber niemand wird mich verstehen. Schließlich weiß jeder, dass Silas mir verhasst ist. Wie sollen die Leute da begreifen, dass ich diesem Schuft die Hand meiner Tochter gebe?«

»Ja, das wird für Verwirrung sorgen, aber ich glaube nicht, dass Leute wie Ezra Pickering lange brauchen, um eins und eins zusammenzuzählen.«

»Silas aber auch nicht.«

»Stimmt. Deshalb müssen wir uns vollkommen sicher sein, dass wir die Sache durchziehen. Wir können uns keine Zweifel erlauben, Dad – nicht, wenn wir die *Marylou* behalten wollen.«

Sie setzten ihren Weg fort. »Ich brauche aber vorher einen ordentlichen Schluck, damit mir das Essen nicht wieder hochkommt, wenn ich Silas gegenübersitze«, sagte Joe.

Francesca hakte sich bei ihm ein. »Wir schaffen das schon. Ich weiß es. Denk einfach daran, was für ein Gesicht Silas machen wird, wenn ich unsere Verlobung platzen lasse, sobald wir schuldenfrei sind.«

Überrascht und sichtlich erfreut begrüßte Silas Francesca, zumal er nicht damit gerechnet hatte, dass sie seiner Einladung nachkommen würde. Doch als sein Blick auf Joe fiel, verflog seine Hochstimmung. Joe verkehrte für gewöhnlich nicht in seinen Häusern; außerdem trug er seinen Sonntagsanzug, was vermuten ließ, dass er an dem Abendessen teilnehmen wollte. Aber warum?

»Guten Abend, Silas«, grüßte Joe steif.

»Guten Abend, Joe«, erwiderte Silas bedächtig. »Francesca, Sie sehen wieder einmal bezaubernd aus.«

Sein schmeichelnder Tonfall ließ Joes Missmut wachsen.

Francesca sah nervös zu ihrem Vater. »Vielen Dank, Mr Hepburn.«

Es gefiel Silas nicht, dass Francesca ihn so förmlich anredete, zumal es ihm vor Augen führte, dass er alt genug war, um ihr Vater zu sein. Doch Francesca bezweckte damit, eine gewisse Distanz zwischen ihnen beiden zu wahren.

»Mein Vater wird uns beim Essen Gesellschaft leisten, Mr Hepburn.«

»Ach ja?«, entgegnete Silas neugierig. Offenbar wollte Joe etwas von ihm, und Silas vermutete, dass er um einen Zeitaufschub für die Ratenzahlung bitten würde. Aber da würde er auf Granit beißen ...

»So ist es, Silas«, sagte Joe. »Ich möchte mit Ihnen über ...«, er stockte kurz und holte tief Luft, »... über Ihre Absichten sprechen, was meine Tochter betrifft.«

Silas war verdutzt; gleichzeitig keimte sein Hochgefühl wieder auf. Er hatte zwar nicht damit gerechnet, aber gehofft, dass Joe sich mit der Vorstellung anfreundete, ihm Francescas Hand zu geben. Silas hatte sich sogar schon vorgenommen, notfalls schwerere Geschütze aufzufahren, um Joe zu überzeugen, und entsprechende Pläne geschmiedet. Aber Joe hatte offenbar erkannt, dass er diesen Kampf nicht gewinnen konnte.

»Heißt das, Sie sind damit einverstanden, dass ich Ihre Tochter heirate?«, fragte Silas begierig.

Francesca und Joe hatten sich abgesprochen, die Worte »heiraten« oder »Hochzeit« nicht in den Mund zu nehmen.

»Ich bin einverstanden, dass Sie sich mit meiner Tochter verloben, vorausgesetzt, Sie sind mit unseren Bedingungen einverstanden.«

Silas' Augen wurden schmal. »Bedingungen?«

»Könnten wir uns setzen und einen Schluck trinken?«, sagte Joe. Er brauchte jetzt dringend einen doppelten Whisky.

»Selbstverständlich.«

Silas führte Joe und Francesca an den besten Tisch und bestellte Whisky für die Männer und Limonade für Francesca.

»Sie haben die richtige Entscheidung getroffen, Joe«, sagte Silas, als die Getränke serviert wurden.

Joe bemerkte Silas' selbstgefälligen Unterton und stürzte seinen Whisky in einem Zug hinunter. »Das hoffe ich.«

»Was sind das für Bedingungen, die Sie erwähnten?«

»Ich gebe meine Zustimmung, dass Sie sich mit meiner Tochter verloben, vorausgesetzt, Sie halten eine bestimmte Verlobungszeit ein. Francesca ist noch jung.« Joe erstickte beinahe an seinen Worten. »Sie braucht Zeit, sich daran zu gewöhnen, dass sie einem Mann versprochen ist.«

»Ich verstehe«, entgegnete Silas und musterte Francesca lüstern. Ihre Gefühle waren ihm völlig gleichgültig; für ihn zählte allein, was er selbst empfand.

Francesca zuckte innerlich zusammen, während Joe beinahe das Glas in den Händen zerdrückte.

»Was das Darlehn betrifft ...«, begann Joe, wobei er in sein leeres Glas blickte und im Stillen um Kraft flehte.

»Da wir bald eine Familie sein werden, erlasse ich Ihnen die Schulden«, fuhr Silas rasch dazwischen. »Wie vereinbart.«

»Das werde ich nicht annehmen«, erwiderte Joe. »Ich möchte bezahlen, was ich schuldig bin.«

Silas sah ihn verwundert an.

»Abzüglich der Zinsen«, ergänzte Francesca.

Silas blickte sie an und nickte. Joe war und blieb ein ehrlicher Dummkopf, aber er, Silas, würde sein Geld gern nehmen.

»Mein Vater möchte arbeiten, Mr Hepburn«, sagte Francesca.

»Sag bitte Silas zu mir, Francesca. Wenn du dich mit mir verloben willst, solltest du nicht ›Mister Hepburn‹ zu mir sagen.« Plump tätschelte er ihre Hand. Francesca zuckte zusammen und kämpfte gegen das heftige Verlangen an, die Hand wegzuziehen.

»Silas«, sagte Francesca steif. »Sie ... du kannst doch dafür sorgen, dass mein Vater gute Aufträge bekommt, nicht wahr?« Sie rang sich ein charmantes Lächeln ab und legte ihre andere Hand auf das Knie ihres Vaters. Da sie Joes Stolz kannte, musste ihm diese Frage unerträglich scheinen.

»Selbstverständlich, Francesca«, entgegnete Silas und sah Joe zufrieden an. »Was immer es sein soll.«

»Ich bin froh, dass du es so siehst, weil ich weiterhin für meinen Vater arbeiten möchte, bis ...«

»Bis wir verheiratet sind«, ergänzte Silas. »Das soll mir recht sein, meine Teuerste. Du wirst noch feststellen, dass man ganz vernünftig mit mir reden kann.« Doch Silas hatte nicht die Absicht, eine lange Verlobungszeit hinzunehmen. Er würde Francesca ein paar Wochen Zeit einräumen und dann mit den Hochzeitsvorbereitungen beginnen.

»Dann bist du also mit einer längeren Verlobungszeit einverstanden? Und damit, dass mein Vater seine Schulden ohne Zinsen zurückzahlt? Und auch damit, dass ich weiter für ihn arbeite, solange unsere Verlobung andauert?«

»Ja«, bestätigte Silas. Seine Gedanken überschlugen sich. Er hatte den Verdacht, dass Francesca sich einer Heirat widersetzen würde, sobald Joe wieder Arbeit hatte und seine Schulden getilgt waren, aber er würde schon dafür sorgen, dass er und Francesca verheiratet waren, lange bevor Joe sein Darlehn abbezahlt hatte.

Bedrückt sah Joe seine Tochter an. »Dann ist es also abgemacht.«

Francesca nickte. Ihr Herz raste, und sie hatte Angst, doch sie zwang sich, Silas anzulächeln.

»Dann sind wir von nun an verlobt, und ich habe dein Eheversprechen«, sagte Silas mit lüsternem Grinsen. Er beugte sich vor und küsste Francesca auf die Wange. Sie roch seinen säuerlichen Atem, als seine feuchten Lippen ihre Haut berührten, und es gelang ihr nur mit Mühe, ihren Ekel zu verbergen.

Doch ihr Vater würde die *Marylou* behalten, und das allein zählte.

Silas bemerkte, dass Francesca bei seiner Berührung erstarrte, und ihm war schlagartig klar, dass das nicht auf ihre Schüchternheit zurückzuführen war. Sie verabscheute ihn. Aber das spielte keine Rolle, solange sie nur ihm gehörte. Und sie gehörte ihm so lange, bis er sie leid war!

Francesca schenkte ihrem Vater ein zuversichtliches Lächeln, doch Joe hatte bemerkt, wie Silas sie musterte, und teilte ihre Zuversicht nicht.

»Morgen werde ich unsere Verlobung öffentlich bekannt geben«, sagte Silas. Er orderte eine Flasche Champagner und verkündete den Anwesenden im Speiseraum, dass er sich mit Francesca verlobt habe.

Begleitet von erstaunten Ausrufen und Applaus sagte Joe ernst: »Augenblick mal, Silas. Sind Sie eigentlich schon von der letzten Mrs Hepburn rechtmäßig geschieden? Henrietta Chapman, so war doch ihr Mädchenname, nicht?«

Das Grinsen in Silas' Gesicht erstarb. »Die Scheidung wird in Kürze rechtskräftig. Ich erwarte jeden Tag die Urkunde.«

Joe zog die Stirn in Falten. »In diesem Fall schlage ich vor, Sie warten mit der Verlobungsfeier. Es hätte einen schlechten Beigeschmack, sich mit Francesca zu verloben, wenn Ihre Scheidung noch nicht in trockenen Tüchern ist. Da stimmen Sie mir doch zu?«

Silas' Mundwinkel zuckten. »Ja, ich schätze schon«, entgegnete er, offensichtlich nicht erfreut. »Ich werde mich mit meinem Notar in Verbindung setzen und ihn anweisen, sich mit den Dokumenten zu beeilen.«

»Lassen Sie sich ruhig Zeit, Silas. Da Ihre Verlobung ohnehin länger dauern wird, besteht kein Grund zur Eile für eine öffentliche Bekanntmachung oder eine Feier.«

Silas kochte vor Zorn, ließ sich aber nichts anmerken. »Trotzdem können wir ja schon mal auf das glückliche Ereignis anstoßen«, sagte er. Plötzlich fiel ihm das Gespräch über Francesca ein, das er mit Regina geführt hatte. »Wo wir gerade von trockenen Tüchern sprechen ... ich möchte gern noch etwas klarstellen«, fuhr er fort und musterte Francesca mit kaltem Blick.

»Und was, Mr ... äh ... Silas?«

»Mir ist zu Ohren gekommen, dass du ein Verhältnis mit einem Mann namens Neal Mason hast. Stimmt das?«

»Augenblick mal!«, fuhr Joe wütend dazwischen.

Francesca legte ihrem Vater beruhigend die Hand auf den Arm. »Schon gut, Dad. Als mein Verlobter hat Silas ein Recht darauf, das zu wissen.« Sie blickte Silas mit beherrschtem Gesicht an und versuchte, nicht an Neals leidenschaftliche Küsse zu denken. Da Neal keinen Zweifel daran gelassen hatte, dass es keine gemeinsame Zukunft mit ihm gab, konnte sie die kurze Romanze reinen Gewissens leugnen. »Diese Gerüchte entsprechen nicht der Wahrheit.«

»Dann will ich dir glauben, meine Teuerste. Und was ist mit Monty Radcliffe? Immerhin bist du einige Male mit ihm ausgegangen.«

Joe war derart aufgebracht, dass er sich zwingen musste, sitzen zu bleiben, statt Silas an die Gurgel zu springen, weil dieser Kerl die Tugendhaftigkeit seiner Tochter infrage stellte.

»Es stimmt, dass ich mehrmals mit Monty ausgegangen bin, aber wir hatten keine Romanze.«

Joe kippte einen weiteren Whisky hinunter. Der Alkohol

gab ihm die Kraft, nach außen hin Ruhe zu bewahren. Doch seine Abneigung gegenüber Silas war so groß, dass er kaum noch dessen Gegenwart ertragen konnte, geschweige denn, mit ihm am selben Tisch zu sitzen. Ihm war gründlich der Appetit vergangen.

»Gut«, sagte Silas und hob erneut sein Glas. »Auf eine lange und glückliche Verbindung.«

Francesca warf verstohlen einen Blick auf ihren Vater, der sein Glas erneut gefüllt hatte und es nun widerwillig leerte.

»Auf uns und alles, was uns glücklich macht«, erwiderte Francesca.

Silas blieb nicht verborgen, dass ihr Trinkspruch doppeldeutig war.

Wenn du glaubst, du könntest mich zum Narren halten, täuschst du dich gewaltig, meine Kleine, dachte er. Aber ich werde das Spielchen vorerst mitspielen.

Bei der ersten Gelegenheit verabschiedeten sich Joe und Francesca. Silas schüttelte Joe die Hand und gab Francesca einen Handkuss; dann brachen die beiden eilig auf.

»Wir haben es geschafft, Dad! Ich glaube nicht, dass Silas Verdacht schöpft«, raunte sie Joe draußen zu, als sie den Rückweg zum Pier einschlugen.

Joe fühlte sich alles andere als wohl in seiner Haut und zitterte innerlich. Es hatte ihn große Überwindung gekostet, Silas die Hand zu geben. Ohne die sechs Gläser Whisky hätte er es dort gar nicht ausgehalten. Ein Glück, ja, ein Wunder, dass er nicht die Beherrschung verloren hatte.

»Ich wäre mir da nicht zu sicher«, entgegnete er, wobei er einen Blick zurück zum Hotel warf, um sich davon zu überzeugen, dass niemand ihnen folgte. »Wir müssen sehr vorsichtig sein, Francesca.« Er wollte ihr keine Angst einjagen, sodass er sich die Bemerkung verkniff, dass er von Silas nur Schlechtes dachte. Allerdings nahm er sich vor, von nun an ein wachsames Auge auf ihn zu haben. Er würde Francesca jedes Mal begleiten, wenn sie mit Silas verabredet war.

Er konnte nicht ahnen, dass Francesca ähnliche Gedanken hegte und froh über seine Gesellschaft war. Und sie hatte das dringende Bedürfnis, sich die Hände und das Gesicht zu waschen, um gleichsam Silas Hepburns Berührungen loszuwerden.

Wieder an Bord, wünschte Francesca ihrem Vater eine gute Nacht. Sie war todmüde, zumal es ein langer und anstrengender Tag gewesen war und viel Kraft gekostet hatte, Silas die glückliche Verlobte vorzuspielen.

Joe jedoch war zu aufgewühlt, um Schlaf zu finden, sodass er sich ans Heck setzte und zum Nachthimmel blickte, um innerlich zur Ruhe zu kommen. Der Mond war teilweise von einer Wolke verdeckt, und über das dunkle Wasser fuhr eine leichte Brise. Der Anblick des Flusses hatte wie stets eine beruhigende Wirkung auf ihn. Er war noch immer nicht sicher, ob er das Richtige getan hatte, und haderte nun mit sich wegen der Verlobung von Francesca und Silas.

Nach einer halben Stunde, die er allein am Heck verbracht hatte, hörte er plötzlich, wie hinter ihm jemand an Bord kam. Zuerst nahm er an, es sei Francesca, doch dann erkannte er Lizzies Gestalt im Dämmerlicht.

»Können Sie auch nicht schlafen?«, fragte er.

»Nein. Ich bin es gewohnt, bis zum frühen Morgen aufzubleiben und dann tagsüber zu schlafen.«

Joe nickte, ohne etwas zu entgegnen, sodass Lizzie peinlich bewusst wurde, dass sie ihn eben daran erinnert hatte, dass sie eine Dirne war.

»Ich sollte nicht hier sein«, sagte sie.

Joe richtete den Blick wieder auf sie. »Mich stört Ihre Gesellschaft nicht.« Er fühlte sich einsam und freute sich über ihr Erscheinen.

»Ich meinte ... hier an Bord.« Lizzie hasste ihr Leben im

Freudenhaus und fürchtete sich davor, dorthin zurückzugehen. Aber wie sollte sie Joe beibringen, dass sie sich in seiner, Neds und Francescas Gesellschaft sehr wohl und zum ersten Mal seit langer Zeit auch sicher fühlte? »Sie waren sehr gut zu mir, und ...«

»Sie fühlen sich bei uns sicher, nicht wahr?«

»Ja«, sagte Lizzie, zu Tränen gerührt über sein Verständnis. »Aber«, sie schluckte den Kloß im Hals herunter, »ich habe bei anständigen Leuten nichts verloren. Deshalb werde ich bald wieder gehen.« Lizzie kam sich klein und erbärmlich vor. Joe war ein anständiger Mann, und sie war seiner Gesellschaft nicht würdig.

»Sie können bleiben, solange Sie wollen«, erwiderte Joe freundlich. In der Dunkelheit konnte er ihren Gesichtsausdruck nicht erkennen, aber er spürte, dass sie ihm nicht glaubte. »Das ist mein Ernst«, bekräftigte er. »Bleiben Sie an Bord der *Marylou,* solange Sie möchten.« Er wandte sich wieder um und blickte auf den Fluss. »Sobald wir flussabwärts fahren, brauchen Sie sich nicht weiter in Francescas Kajüte zu verkriechen. Dann können Sie Ihren Aufenthalt an Bord genießen. Der Fluss ist wunderbar. Hier herrscht Frieden.«

»Wie ... wie war es bei Silas?« Vor Ekel kam Lizzie der Name nur mühsam über die Lippen.

»Ich dachte, Francesca hätte es Ihnen bereits erzählt.«

»Schon, aber ich würde gerne Ihre Sichtweise als ihr Vater und als Mann erfahren.«

Joe war über Lizzies Einfühlungsvermögen verblüfft. Gleich darauf wurde ihm bewusst, dass Lizzie nur allzu gut mit menschlichen Abgründen vertraut war. »Sie haben Recht, meine Sichtweise ist tatsächlich eine andere. Der bloße Gedanke an diesen Kerl macht mich rasend. Ich konnte mich nur mit Mühe beherrschen. Es macht mir beinahe Angst.« Joe legte den Kopf in die Hände.

»Ich weiß, was Sie meinen«, entgegnete Lizzie. »Ich kenne

das nur allzu gut.« Genau das hatte auch sie immer empfunden, wenn Silas sie misshandelt und beschimpft hatte. Einige Male hatte sie all ihre Willenskraft aufbieten müssen, um ihm nicht ein Messer ins Herz zu stechen. »Ich kenne Francesca noch nicht sehr lange, aber sie ist eine ganz besondere, außergewöhnliche junge Frau. Ich bin noch nie jemandem begegnet wie ihr. Sie behandelt mich, als wäre ich ihrer Freundschaft würdig.« Lizzie senkte den Kopf. Die Worte waren ihr ungewollt herausgerutscht. »War ihre Mutter so hübsch wie sie?«

»Marys Schönheit kam aus dem Innern. Sie war einzigartig, genau wie Francesca.«

Lizzie erkannte, dass Joe seine verunglückte Frau schrecklich vermisste, und sie konnte nicht verhindern, dass Neid sie überkam, weil ihr noch nie ein Mann solche Gefühle entgegengebracht hatte. Plötzlich trat sie aus dem Schatten und krümmte sich vor Schmerz. Als sie aufstöhnte, fuhr Joe herum. Er sah, dass ihr Oberkörper nach vorn gebeugt war und dass sie die Hand an ihrer Seite hielt.

»Kommen Sie, setzen Sie sich hierher«, sagte er und erhob sich von seinem Stuhl.

»Es geht schon ...« Sie war zu gehemmt, um seiner Aufforderung Folge zu leisten.

»Jetzt kommen Sie schon. Auch ich hatte mal ein paar Rippen gebrochen, deshalb weiß ich, wie schmerzhaft das ist. Und man kann nicht viel dagegen tun, außer sich schonen.«

Unbeholfen ließ Lizzie sich auf den Stuhl sinken, während Joe einen zweiten für sich heranzog.

»Ist Ihnen nicht kalt? Möchten Sie vielleicht eine Decke oder ein Kissen?«

»Es ist gut, danke.« Sie seufzte. »Vielen Dank, Joe.«

Er tätschelte Lizzies Hand, was ihr unglaublich gut tat, zumal ihr noch nie jemand mit einer solchen Geste Zuneigung vermittelt hatte.

»Ich kann mich an dem Fluss einfach nicht satt sehen«, sagte sie.

»Das geht mir genauso«, entgegnete Joe und erzählte Lizzie, welche Veränderungen er als Flusskapitän im Laufe der Jahre erlebt hatte. Er schilderte ihr, wie er damals angefangen hatte und welch unterschiedliche Aufträge er angenommen hatte. Gebannt lauschte Lizzie seinen Worten. Obwohl sie schon seit Jahren in Echuca lebte, wusste sie so gut wie nichts über den Fluss, da sie sich bei Tageslicht selten nach draußen wagte, außer an Nachmittagen, wenn das Geschäft am Vorabend lau gewesen war. Sie wusste es sehr zu schätzen, dass Joe ihr keine persönlichen Fragen über ihr Leben und ihr Umfeld stellte. Nie zuvor hatte Lizzie eine solch friedliche Nacht erlebt, und sie wünschte sich, dass sie nie enden möge. So ist es also, wenn man ein normales Leben führt, dachte sie voller Sehnsucht und Bedauern. Ein normales und glückliches Leben.

»Nicht zu fassen«, sagte Joe schließlich. »Seit zwei Stunden rede ich jetzt ununterbrochen.« Er hatte es genossen, in der Vergangenheit zu schwelgen und mit Lizzie seine Erinnerungen zu teilen; und den Fragen nach zu urteilen, die sie ihm gestellt hatte, hatte sie das Zuhören ebenfalls genossen.

»Sie haben ein abwechslungsreiches Leben hinter sich«, sagte Lizzie voller Wehmut, denn ihr eigenes Leben war trist und düster.

Joe entgegnete nichts darauf, zumal er annahm, dass Lizzie selbst über keine schönen Erinnerungen verfügte. »Darf ich Sie etwas fragen?«, sagte er, worauf sie sich sichtlich versteifte. Ohne eine Antwort abzuwarten, fragte er: »Ist Ihr Vorname Elizabeth?«

Erstaunt blickte sie ihn an. »Ja. Elizabeth Ann Bolton.« Das hatte sie noch nie jemandem gesagt, aber es hatte sich auch nie jemand danach erkundigt.

Joe fragte sich unwillkürlich, ob sie schon einmal verheiratet gewesen war, oder ob sie sich »Spender« nur zum Schutz ihres Familiennamens ausgedacht hatte. Er streckte die Hand vor. »Ich bin Joseph Quinlan Callaghan. Ich freue mich sehr, Ihre Bekanntschaft gemacht zu haben, Elizabeth.«

Lizzies Augen füllten sich mit Tränen. Seine schlichten Worte bewirkten, dass sie sich zum ersten Mal im Leben respektiert fühlte. »Ich bin ...« Sie blickte auf seine ausgestreckte Hand, bevor sie sie ergriff. »Ich freue mich ebenfalls, dass wir uns kennen gelernt haben, Joseph.«

17

Joe und Ned scheuerten gerade die Decks der *Marylou,* als sie plötzlich Montgomery Radcliffe am Ufer entdeckten, der zu ihnen herübersah. Sie wechselten verwunderte Blicke, weil Monty keinen so selbstsicheren Eindruck machte wie sonst immer.

»Guten Morgen, Montgomery«, sagte Joe zurückhaltend. Er wunderte sich über Montys Erscheinen zu solch früher Stunde.

Monty nahm seinen Hut ab. »Guten Morgen, Joe ... hallo, Ned. Ist Francesca an Bord? Ich würde sie gern kurz sprechen.«

Joe sah zu den Kajüten. Er hatte noch nicht die Gelegenheit gehabt, mit Francesca abzusprechen, wie sie Montgomery über ihre Verlobung in Kenntnis setzen wollte. »Ich weiß nicht, ob sie bereits Besuch empfängt. Wenn Sie eine Minute warten, sehe ich nach.«

Monty nickte. »Ich weiß, es ist sehr früh, aber ich wollte Francesca noch erwischen, bevor ihr ablegt.«

Joe schloss aus der Bemerkung, dass Monty davon ausging, sie würden wie üblich irgendeine Fracht transportieren. Er ging zu Francescas Kajüte und klopfte an. »Monty Radcliffe ist hier, um dich zu sprechen, Frannie«, sagte er, worauf sie mit bestürzter Miene die Tür öffnete.

Sie dachte an Reginas Zurechtweisung und wurde noch blasser. »Ich möchte ihn nicht sehen, Dad. Du musst mich entschuldigen.«

»Aber Frannie ...«

»Sag ihm, ich fühle mich nicht wohl.«

Joe bezweifelte, ob das richtig war. »Früher oder später musst du ihm von deiner Verlobung mit Silas erzählen. Sonst erfährt er es auf anderem Weg. Es wäre besser, du sagst es ihm selbst.«

»Ich kann nicht ... und ich will ihn nicht sehen«, wehrte Francesca ab. »Nicht heute.«

Joe war über ihre Reaktion verblüfft, zumal sie sehr nervös zu sein schien. »Also gut. Ich sag ihm, dass du unpässlich bist.« Es behagte Joe nicht, Monty anzulügen, aber Francescas Wunsch hatte Vorrang.

»Tut mir Leid, Montgomery, Francesca fühlt sich heute Morgen nicht wohl«, erklärte Joe, als er an Deck zurückgekehrt war.

Monty wirkte einen Augenblick lang konsterniert. »Ich verstehe.« Er senkte den Blick und überlegte, ob er Joe glauben sollte. »Es ist doch nichts Schlimmes?«

»Nein. Sie hat bloß schlimme Kopfschmerzen. Ein paar Stunden Schlaf, und es geht ihr wieder besser.«

»Richten Sie ihr bitte aus, dass ich ihr eine rasche Genesung wünsche.«

»Mach ich. Hat mich gefreut, Sie zu sehen.«

Monty nickte und wandte sich zum Gehen.

Joe fiel auf, dass er mit hängenden Schultern und schweren Schrittes davonstapfte. »Er macht einen verdammt deprimierten Eindruck«, raunte er Ned zu. »Wenn er von der Verlobung erfährt, wird er völlig am Boden zerstört sein.«

»Aye«, pflichtete Ned ihm bei. »Das wird ihn von den Socken hauen.«

»Kann man es ihm verübeln? Schließlich will mir das ja selbst nicht in den Kopf.«

»Sie geht mir aus dem Weg«, murmelte Monty zu sich selbst, als er auf sein Pferd stieg. Bis vor kurzem hatte er noch angenommen, dass er und Francesca sich gut miteinander verstanden, aber irgendetwas hatte eine Veränderung bewirkt. Seit dem Wochenende, das sie auf Derby Downs verbracht hatte, hatte er sie weder zu Gesicht bekommen noch mit ihr gesprochen. Seither verhielt auch seine Mutter sich merkwürdig, und offenbar hatte sie ihre Meinung über Francesca geändert. Sie hatte sogar angedeutet, dass Francesca in der Stadt verrufen sei, was Monty seltsam erschien, zumal ihm diesbezüglich nichts zu Ohren gekommen war. Das alles ergab keinen Sinn.

Monty ritt am Ufer entlang, als er plötzlich Lärm hörte. Er sah Silas Hepburn und ein paar Männer am Uferrand, von wo aus sie fassungslos aufs Wasser starrten. Als Monty näher kam, bemerkte er, dass die Pontonbrücke verschwunden war, was Silas offensichtlich in Rage versetzte.

»Was ist passiert?«, fragte Monty.

»Jemand hat sich unbefugt an meinem Ponton zu schaffen gemacht!«, brüllte Silas laut. »Die Taue wurden gekappt, und die Strömung hat den Ponton flussabwärts getrieben.«

Monty war bestürzt. »Wer ist denn zu so etwas fähig?«

»Ich habe keinen blassen Schimmer, aber wenn ich den Hurensohn erwische, wird er sich wünschen, niemals geboren zu sein.« Silas konnte an nichts anderes denken als an den finanziellen Verlust, den er erleiden würde. Mit einem Mal wurde ihm bewusst, dass er ein beträchtliches Stück weiter flussaufwärts nach jemandem suchen musste, um ihm einen neuen Ponton zu bauen – jetzt, da Ezra Pickering aus dem Geschäft war. Die Ironie war nicht zu übersehen.

»So ist das also«, sagte er leise zu sich selbst. »Das ist Ezras Vergeltung.« Doch er musste sich eingestehen, dass er Ezra nicht beweisen konnte, für den Sabotageakt auf seinen Ponton verantwortlich zu sein – genauso wenig wie Ezra den Beweis erbringen konnte, dass Silas für den Brandanschlag auf die Werft verantwortlich war.

Monty wollte gerade die Redaktion des *Riverine Herald* betreten, als er Clara Whitsbury begegnete, die hastig versuchte, sich vor ihm durch die Tür zu zwängen.

»Verzeihen Sie«, sagte er zerstreut, während er ihr die Tür aufhielt.

Wenn Clara bereits bei dem Gedanken an Monty Herzklopfen bekam, so bekam sie beim Blick aus seinen braunen Augen wacklige Knie. »Es tut mir schrecklich Leid«, sagte sie und war über ihr unhöfliches Benehmen selbst entsetzt. »Ich bin ziemlich in Eile.«

»Eine Verabredung?«

»Nein.«

»Arbeiten Sie etwa hier?«, fragte er.

»Ja. Ich bin die neue Bürokraft. Heute ist mein erster Tag.«

»Oh!«

»Mein Name ist Clara. Clara Whitsbury.«

»Clara?« Monty riss sich innerlich zusammen. Ihr hübsches Gesicht war ihm bereits aufgefallen, und auch ihre Figur konnte sich sehen lassen. »Sie sind erwachsen geworden.«

»Sie haben mich gar nicht erkannt, oder?«

»Äh ... doch, natürlich.« Er spürte, dass ihm die Röte ins Gesicht stieg. »Nun ja, nicht sofort, aber das lag an mir. Ich war in Gedanken.«

»Wie heißt sie?«, fragte Clara ohne Umschweife.

Monty war über ihre forsche Art verblüfft. »Bitte?«

»Sie sagten, Sie seien in Gedanken gewesen«, entgegnete Clara ohne die geringste Verlegenheit.

»Ja. Ich habe nachgedacht, was ich heute noch alles erledigen muss.« Monty ließ kurz den Kopf hängen. »Aus Ihnen ist eine bezaubernde junge Frau geworden, Clara. Das soll nicht heißen, dass Sie früher nicht ...« Erneut errötete er und lachte verlegen. »Meine Mutter hat mir gesagt, dass Sie neulich bei uns zum Tee waren.«

»Ja, das stimmt.«

»Sie hat allerdings nichts davon gesagt, dass Sie bei der Zeitung arbeiten.«

»Ich hatte erst am Tag zuvor mein Vorstellungsgespräch. Ich glaube, sie hat ein gutes Wort bei Mr Peobbles für mich eingelegt, denn er hat mir die Stelle gegeben, obwohl sich noch weitere Bewerber vorstellen wollten.«

Monty hatte keine Zweifel, dass seine Mutter Claras Bewerbung unterstützt hatte. »Ich bin sicher, Sie waren die geeignetste Kandidatin für diese Stelle«, schmeichelte er ihr.

Clara klimperte mit den Wimpern. »Nun ... ich sollte mich jetzt bei Mr Peobbles melden«, sagte sie, doch man konnte deutlich heraushören, dass sie lieber noch geblieben wäre. »Sie haben von Erledigungen gesprochen. Sind Sie geschäftlich hier?«

»Ich möchte mit dem Prüfer die Bücher durchgehen«, antwortete Monty.

»Vielleicht sehen wir uns später noch einmal, in der Mittagspause.« Jetzt stieg Clara die Röte ins Gesicht, allerdings vor Aufregung.

In diesem Moment kam Monty eine Idee. Wenn er sich mit einer hübschen jungen Frau wie Clara an seiner Seite zeigen würde, könnte das die Runde machen, und wenn Francesca davon erführe, wäre womöglich ihre Eifersucht geweckt. »Darf ich Sie zum Mittagessen ins Bridge Hotel einladen, um auf Ihren ersten Arbeitstag anzustoßen?«

»Das wäre wunderbar«, hauchte Clara.

Monty wusste, dass es seine Mutter glücklich machen würde, wenn er mit Clara anbändelte, doch sein Hauptmotiv war, Francesca aus der Reserve zu locken.

Clara und Monty aßen gerade Steak mit Nierenpastete, als Silas Hepburn sie im Vorbeigehen zufällig durch die Tür des Speisesaals erblickte. Er schäumte vor Wut, weil die Polizei seiner Meinung nach zu wenig unternahm, um den Missetäter zu finden, der die Befestigungstaue der Pontonbrücke gekappt hatte, doch als er Monty in Gesellschaft einer hübschen jungen Dame speisen sah, vergaß er für kurze Zeit seinen Zorn. Sofort eilte er an ihren Tisch.

»Guten Tag, Monty«, sagte Silas. »Wie ist das Essen?«

Monty sah auf. »Sehr gut, vielen Dank, Silas«, entgegnete er. Er bemerkte, dass Silas Clara neugierig musterte.

Er wollte sie ihm vorstellen, doch Silas kam ihm zuvor. »Sind Sie nicht die Tochter von Terry Whitsbury?«

»Ja«, erwiderte Clara. »Ich war eine Zeit lang auf dem Internat.«

Monty war nicht erstaunt, dass Silas sie wiedererkannt hatte. Silas Hepburn kannte jedes hübsche Gesicht in ganz Victoria, und wenn nicht, sorgte er dafür, dass er sich umgehend vorstellte.

»Ich hoffe, Sie kehren uns nicht bald wieder den Rücken«, sagte Silas schmeichelnd.

Clara warf Monty einen Blick zu, der leichtes Unbehagen ausdrückte.

»Clara hat heute ihre Stelle in der Zeitungsredaktion angetreten. Wir stoßen gerade darauf an«, erklärte Monty.

»Großartig. Ich habe selbst Grund zum Feiern«, entgegnete Silas, der eine Gelegenheit witterte, seine Neuigkeit an den Mann zu bringen.

»Das überrascht mich aber ... nach dem Missgeschick heute Vormittag«, sagte Monty.

Silas runzelte die Stirn. Er wollte lieber nicht daran erinnert werden. »Hätte ich mich nicht verlobt, um in Kürze zu heiraten, würde ich tatsächlich verzweifeln. Aber wenn man verliebt ist, ist selbst das schlimmste Missgeschick leichter zu ertragen.«

»Verlobt!«, entfuhr es Monty, der sich im Stuhl zurücklehnte und sein Besteck auf den Tisch legte. »Ich wusste gar nicht, dass Sie wieder liiert sind, Silas. Meinen Glückwunsch.« Er erhob sich und schüttelte Silas die Hand.

»Danke. Es kommt zwar etwas plötzlich, aber ich könnte glücklicher nicht sein.«

»Kenne ich die zukünftige Braut?«

Silas räusperte sich nervös. »Ja, sie dürfte Ihnen bekannt sein. Francesca Callaghan.«

Montys Kiefer klappte herunter, und er wurde blass. »Francesca!«

»Ja. Gestern beim Abendessen hat sie meinen Antrag angenommen.«

Silas entging nicht, dass Monty zutiefst schockiert war. Er wusste nicht recht, wie er darauf reagieren sollte. »Wir werden in Kürze eine große Verlobungsfeier veranstalten«, sagte er. »Selbstverständlich bekommen auch Sie eine Einladung. Wenn Sie mich jetzt bitte entschuldigen. Ich habe noch einiges zu erledigen.«

Monty war wie vom Schlag getroffen. Er fragte sich, warum Joe ihm das verschwiegen hatte. Jetzt ergab es auch Sinn, dass Francesca ihn in letzter Zeit mied. Ausgerechnet Silas! Warum hatte Francesca eingewilligt, seine Frau zu werden? Sie hatte von Anfang an keinen Zweifel daran gelassen, dass sie Silas verabscheute.

Monty sank auf dem Stuhl zusammen.

Clara nahm an, dass der Grund für Montys Reaktion darauf zurückzuführen war, was Regina von Francesca dachte. »Es überrascht mich sehr, dass Mr Hepburn dieses Mädchen zur Frau nimmt«, sagte sie. »Ihre Mutter sagte mir, dass sie einen fragwürdigen Ruf hat.«

Monty kniff verwundert die Augen zusammen. »Das hat meine Mutter Ihnen gesagt?«

»Ja.« Clara fragte sich unwillkürlich, ob sie eine unpassende Bemerkung gemacht hatte.

»Wann denn?«, wollte Monty wissen.

»Neulich, kurz bevor wir nach Derby Downs gefahren sind. Silas saß mit seiner Verlobten in der Teestube, und Ihre Mutter hat mich auf sie aufmerksam gemacht und auf ihren Ruf hingewiesen.«

Allmählich ging Monty ein Licht auf. Vermutlich hatte seine Mutter irgendetwas zu Francesca gesagt, was diese sehr verletzt haben musste. Das war der Grund, weshalb sie ihn mied. Er war erleichtert, dass es offensichtlich nicht an seinem Verhalten lag. Dennoch konnte er nicht begreifen, dass sie Silas' Heiratsantrag angenommen hatte.

»Guten Morgen, Joe«, sagte Silas.

»Morgen«, erwiderte Joe leise. Im nächsten Augenblick erschien Francesca an Deck. Mit Missmut nahm sie Silas' Erscheinen wahr, zwang sich jedoch zu einem Lächeln.

»Ah, meine Teuerste! Ich hoffe, du hast gut geschlafen.«

»Ja, danke, Mr ... Silas.«

»Einer meiner Leute kommt nachher vorbei und gibt Ihnen eine Fuhre«, sagte Silas zu Joe.

Joe nickte, obwohl er innerlich kämpfen musste, seinen Stolz herunterzuschlucken. Er hasste es, sich in dieser Lage zu befinden; gleichzeitig fieberte er darauf, wieder zu arbeiten, ohne Knüppel zwischen den Beinen. Dennoch war ihm nur zu deutlich bewusst, dass Silas jederzeit die Macht hatte, ihm die Arbeit wieder wegzunehmen, was ihm bitter aufstieß.

»Ich habe soeben Montgomery Radcliffe getroffen«, sagte

Silas an Francesca gewandt. Er bemühte sich um einen gleichgültigen Tonfall, aber Francesca entging nicht die Euphorie in seiner Stimme.

»Wie geht es ihm?«, fragte sie betont gleichgültig.

»Ziemlich gut. Er speiste gerade zu Mittag in Gesellschaft eines der hübschesten Mädchen, das mir seit langem begegnet ist, abgesehen von dir, meine Teuerste.«

Francesca war bestürzt. Offenbar hielt sich Montys Liebeskummer entgegen ihrer Erwartung in Grenzen.

Mit einem Stich von Eifersucht beobachtete Silas ihre Reaktion. »Monty war immer schon der Schwarm aller hübschen Mädchen in der Gegend. Regina möchte, dass er bald heiratet, und da die Familie von Clara Whitsbury mehrere Geschäfte in Moama besitzt, bin ich mir sicher, dass Regina und Frederick ihr volles Einverständnis zu der Trauung geben.«

»Ja, bestimmt«, stieß Francesca verbittert hervor.

»Ach, übrigens, Joe, haben Sie gestern Abend zufällig beobachtet, dass jemand am Ufer herumgeschlichen ist?«

»Herumgeschlichen?«

»Die Seile meiner Pontonbrücke wurden gekappt, und sie ist flussabwärts getrieben.«

»Ich habe niemanden bemerkt«, entgegnete Joe, der so etwas hatte kommen sehen und seine Genugtuung im Zaum halten musste. »Kann man den Ponton denn nicht bergen?«

Silas wusste, dass Joe kein Mitleid mit ihm hatte. »Er wurde bereits gesichtet. Er hat sich nur ein paar Meilen weiter in einem Geäst festgesetzt. Im Moment ist Mike Finnion dabei, ihn in Schlepp zu nehmen. Trotzdem wird er mehrere Tage nicht einzusetzen sein, und mir liegt viel daran, den Schuldigen zu finden.«

»Als Francesca und ich vom Hotel zurückgekehrt sind, war es schon dunkel. Wir sind auch niemandem begegnet.« Joe fragte sich, ob Silas ihn verdächtigte. Doch es kümmerte ihn nicht im Geringsten.

»Wir haben gestern Abend auf dem Rückweg keine Menschenseele gesehen«, bekräftigte Francesca.

Währenddessen verfolgte Lizzie heimlich das Gespräch durch die Luke von Francescas Kajüte. Sie ärgerte sich, dass der Ponton nicht bis Goolwa abgedriftet und aufs offene Meer hinausgetrieben war. Das wäre Silas nur recht geschehen.

»Verzeihen Sie, Clara«, sagte Monty. »Ich bedaure, aber ich muss jetzt gehen.« Er hatte voller Ungeduld abgewartet, bis sie ihren Teller leer gegessen hatte. Ihm selbst war der Appetit gründlich vergangen. »Ich danke Ihnen, dass Sie mir beim Essen Gesellschaft geleistet haben. Ich wünsche Ihnen viel Glück bei Ihrer neuen Stelle.« Mit diesen Worten verließ Monty das Hotel und machte sich ein zweites Mal auf den Weg zur *Marylou,* fest entschlossen, dieses Mal mit Francesca zu sprechen.

Francesca saß an Deck. Sie hatte sich die Haare gewaschen und bürstete sie nun durch, um sie anschließend in der Sonne trocknen zu lassen. Da sie sich dabei mit ihrem Vater unterhielt, bemerkte sie Monty nicht, der sich dem Schiff näherte. Neal hatte sich zu ihnen gesellt. Er war zwar alles andere als glücklich über die Verlobung, verstand aber, was sie damit bezweckten. Zudem hatte er Angst um Francesca, da er Silas nicht traute, doch wenn er ganz ehrlich war, war er einfach auch eifersüchtig. Die Vorstellung, Silas könnte Francesca zu einem Kuss drängen, war ihm unerträglich, aber er war entschlossen, seine Gefühle für sich zu behalten, da er kein Recht hatte, besitzergreifend zu werden.

Ned bemerkte Monty zu spät, um Francesca zu warnen. »Montgomery Radcliffe ist schon wieder im Anmarsch«, raunte er ihr zu.

»O nein«, entfuhr es Francesca, die ihn im Augenwinkel erspähte. »Er hat mich bereits gesehen.«

»Den werde ich sofort abwimmeln«, sagte Neal und sprang auf.

Joe befürchtete, es könnte Ärger geben, und er wollte nicht, dass ihr Plan gefährdet wurde. »Überlass das mir, Neal.« Er blickte Francesca an. »Ich sage ihm, dass du dich noch nicht gut fühlst und keine Besucher empfangen kannst.«

»Nein, Dad. Du hattest Recht. Irgendwann muss ich ihm gegenübertreten.« Sie kletterte ans Ufer und ging Monty entgegen, während Neal, Joe und Ned das Geschehen verfolgten. Montys Gesichtsausdruck verriet Francesca, dass Silas sich mit ihrer Verlobung gebrüstet hatte.

Monty verzichtete auf jede Begrüßung und kam direkt zur Sache. »Ich möchte es aus Ihrem Mund hören.« Er hatte sichtlich mit seinen Emotionen zu kämpfen.

Francesca hörte die Verzweiflung in seiner Stimme, und auch der Schmerz in seinem Blick war nicht zu übersehen. »Sie haben erfahren, dass ich mich mit Silas verlobt habe«, entgegnete sie und richtete den Blick auf den Fluss, um Monty nicht ins Gesicht schauen zu müssen.

»Aber warum?«

»Warum geht man eine Verlobung ein, Monty?«

»Ich kenne den Grund, aber ich kann nicht glauben, dass Sie für Silas etwas empfinden.«

Francesca zuckte die Achseln. Reginas Warnung lag ihr noch deutlich in den Ohren, und ein Zittern durchfuhr sie. »Menschen gehen aus unterschiedlichen Gründen eine Verlobung ein. Silas genießt in der Gemeinde hohes Ansehen, und er kann mir alles bieten.«

»Ich glaube Ihnen keine Sekunde, dass Sie ihn nur aus materiellen Gründen und aufgrund seiner gesellschaftlichen Stellung heiraten. Das widerspricht völlig Ihrem Charakter.«

»Vielleicht sehen Sie das falsch.«

»Vielleicht aber auch nicht.«

»Jedenfalls haben Sie nicht lange gebraucht, um sich über mich hinwegzutrösten«, sagte sie spitz.

»Was meinen Sie damit?«

»Ihre Verabredung zum Mittagessen.«

Monty war bestürzt, dass Francesca davon wusste, aber man musste kein Genie sein, um zu erahnen, dass Silas sie davon in Kenntnis gesetzt hatte, und das bestimmt mit größter Genugtuung. Monty verdrängte seine aufkeimende Wut, weil er sicher war, dass in Francescas Stimme Eifersucht mitgeschwungen hatte, was in ihm die Hoffnung nährte, dass sie doch mehr für ihn empfand. »Clara hat heute ihre Stelle bei der Zeitung angetreten, und zu diesem Anlass habe ich sie zum Essen eingeladen. Ursprünglich wollte ich ja Sie bitten, aber Ihr Vater sagte vorhin, dass Sie sich unwohl fühlen.«

Francesca nickte. »Hören Sie, Monty, diese Unterhaltung macht keinen Sinn. Ich bin jetzt verlobt, und das bedeutet, dass wir uns nicht mehr treffen können. Ich wünsche Ihnen alles Glück und würde mich freuen, wenn Sie mir dasselbe wünschen.«

»Mit Silas Hepburn werden Sie niemals glücklich. Das wissen Sie doch, Francesca.«

»Wir alle müssen tun, was wir für richtig halten, Monty. Leben Sie wohl.« Francesca wandte sich zum Gehen.

»Hat meine Mutter etwas Verletzendes zu Ihnen gesagt, Francesca? Sie mischt sich nämlich gern in mein Leben ein, aber ich bin nicht immer einer Meinung mit ihr. Ich habe ihr ausdrücklich zu verstehen gegeben, dass Sie die einzige Frau sind, die ich begehre.«

»Sie wird mich niemals akzeptieren, Monty, und ich kann es nicht dulden, dass sie mich Ihrer nicht für würdig hält.«

»Aber ... ich liebe Sie.«

»Ich bin verlobt, Monty. Suchen Sie sich eine andere, die Sie lieben können.« Daraufhin kletterte sie wieder an Bord und verschwand in ihrer Kajüte, ohne Monty einen weiteren Blick zu gönnen. Ihr war ihr grausames Verhalten bewusst, und Monty hatte ihren Zorn nicht verdient, doch sie konnte keine Verbindung mit einem Mann eingehen, dessen Mutter sie verachtete.

»Ich werde mich nicht damit abfinden«, sagte Monty zu sich selbst. »Niemals!« Er sah zu Neal Mason, der ihn anstarrte. Es hätte ihn weniger überrascht, wenn Francesca sich mit Neal verlobt hätte. Das schürte seine Neugier erst recht.

Kurz nachdem Monty fort war, tauchte einer von Silas' Männern auf. Er unterbreitete Joe mehrere Aufträge, und dieser entschied sich für die Tour vom Staatsforst Gunbower zum McKay-Sägewerk, eine Strecke von dreißig Meilen. Da der Staatsforst achtzig Meilen von Echuca entfernt war, bedeutete dies, dass sie unter der Woche fern von der Stadt sein würden. Das gab für Joe den Ausschlag, sich für diese Fuhre zu entscheiden, abgesehen von dem Geld, das sie ihm einbrachte.

»Wenn euch der Schleppkahn nützt, kann ich ja mit euch mitfahren«, bot Neal an.

»Das kann ich nicht von dir verlangen, Neal«, sagte Joe. »Schließlich ist dein eigenes Schiff wieder voll einsatzfähig.«

»Je früher du deine Schulden an Silas zurückbezahlen kannst, desto besser, Joe. Ich weiß, dir geht es vor allem darum, ihn von Francesca fern zu halten, und ich möchte euch gern meine Hilfe anbieten.«

»Das ist sehr großzügig von dir, Neal.« Joe vermutete, dass es Neal ebenso glücklich stimmen würde wie ihn, wenn Francesca vor Silas Ruhe hatte. »Davon könnten wir beide profitieren.«

»Also abgemacht.«

»Wir laufen direkt morgen Früh aus.«

Am Abend suchte Lizzie nach einer Gelegenheit, mit Joe unter vier Augen zu sprechen. Die Chance bot sich, nachdem sich alle bis auf Joe, der noch kurz die Ankerseile überprüfte, zum Schlafen zurückgezogen hatten.

»Joseph ...«, sagte sie.

»Ja, Elizabeth.«

Es gefiel ihr ungemein, dass er sie bei ihrem richtigen Namen nannte. »Ich habe mitbekommen, dass Sie morgen stromabwärts fahren, weil Sie dort Arbeit haben, daher ...« Sie wusste nicht, wie sie herausfinden konnte, ob sie an Bord weiter erwünscht war.

»Das ist eine großartige Gelegenheit für Sie, ein bisschen mehr vom Fluss zu sehen«, sagte Joe. »Es wird Ihnen bestimmt gefallen.«

»Es war mehr als großzügig von Ihnen, mich so lange zu beherbergen, aber ich sollte Ihre Gastfreundschaft nicht länger ausnutzen.«

»Ausnutzen? Um Himmels willen, Elizabeth, davon kann keine Rede sein. Wenn Sie die Gelegenheit verstreichen lassen, sich von mir die Flusslandschaft zeigen zu lassen, wäre ich sehr enttäuscht.«

Lizzies Unterlippe begann zu zittern. Sie konnte sehen, dass Joe sich aufrichtig darauf freute, ihr »seinen« Fluss zu zeigen. »Ich würde ja liebend gern mitfahren, aber ich würde mir dabei vorkommen wie eine ... Schmarotzerin.«

Joe begriff, dass Lizzie ihren Stolz hatte, und für Stolz hatte er Verständnis. »Sobald Ihre Wunden verheilt sind, können Sie sich Ihren Unterhalt verdienen, indem Sie sich an Bord nützlich machen, falls es Sie beruhigt. Hier auf dem Schiff gibt es immer reichlich zu tun.«

Lizzies Gesicht hellte sich auf. »Das wäre großartig«, sagte sie.

»Also gut. Aber Sie schonen sich so lange, bis die Rippenbrüche verheilt sind.« Joe hatte Lizzie beobachtet. Sie hatte Tee gekocht und versucht, hier und da zu helfen. Joe war nicht entgangen, wie viel Schmerzen ihr jede kleine Bewegung bereitete. »Denken Sie daran, dass ich Sie im Auge behalten werde.« Daraufhin zwinkerte er ihr zu, und Lizzie musste lächeln.

»Und nun ab in die Koje mit Ihnen, Elizabeth. Schlafen Sie gut. Wir brechen morgen in aller Frühe auf.«

Immer noch lächelnd, legte Lizzie sich schlafen. Noch nie war sie einem so netten Mann wie Joe begegnet. Sie hatte gar nicht gewusst, dass es Männer wie ihn überhaupt gab, und sie rechnete insgeheim damit, ihn irgendwann von einer anderen Seite kennen zu lernen. Aber bislang hatte er ihr gegenüber keinerlei Avancen gemacht, was etwas ganz Neues war.

Genau wie das Glücksgefühl, das sie verspürte.

18

Joe sorgte dafür, dass sie bei Tagesanbruch von Echuca ablegten. Er wollte Silas damit die Gelegenheit nehmen, Francesca einen Besuch abzustatten. Ned hatte er bereits einige Stunden vor Anbruch der Morgendämmerung angewiesen, den Kessel anzufeuern. Sobald der optimale Druck erreicht war, setzten sie zum Staatsforst Gunbower über. Der Tag versprach, schön und sonnig zu werden, und es wehte eine sanfte Brise.

Die Fahrt dauerte über sieben Stunden, da sie mehrmals Halt machten, um Neal auf seinem Lastkahn im Schlepptau der *Marylou* hin und wieder eine Pause zu gönnen. Francesca stand am Ruder, während Joe für sie und Lizzie den Fremdenführer spielte. Er machte sie auf Farmen aufmerksam, die am Fluss lagen, sowie auf unzählige Vogelarten, darunter Fischadler, Kingfisher und Haubentaucher. Gelegentlich erspähten sie Emus, die am Ufer tranken, und auch Kängurus, die träge im Schatten der Eukalyptusbäume lagen oder auf den saftigen Wiesen am flachen Ufer grasten.

Auf der Höhe von Boora Boora machte Joe die Bemerkung, dass Francesca hier geboren sei. Er dachte sich nichts dabei, zumal er nicht ahnen konnte, dass Regina sich für ihr Muttermal interessiert hatte. Francesca lagen jede Menge Fragen auf der Zunge, um herauszufinden, ob ihr Vater für Reginas Verhalten eine Erklärung hatte, doch irgendetwas ließ sie innehalten, und das hatte nichts mit Regina zu tun. Sie konnte sich ihr Zögern nicht erklären, aber sie hatte die Ahnung, dass die Wahrheit ihren Vater verletzen könnte.

Am Fluss gab es viel zu sehen, und Francesca fand die Fahrt genauso interessant wie Lizzie, zumal sie als Kind das letzte Mal mit ihrem Vater so weit flussabwärts gefahren war. Joe machte sie auf Hütten auf den Klippen und auf Häuser am Uferrand aufmerksam, wobei er Geschichten von den jeweiligen Bewohnern erzählte, unter denen es so manchen Exzentriker gab. Einige Namen und Orte kannte Francesca noch aus ihrer Kindheit. Ihnen begegneten zahlreiche andere Dampfer, die zum Gruß die Pfeife ertönen ließen, und sie war so aufgeregt wie damals als Kind.

Um die Mittagszeit machten sie am Deep Creek Halt, um Holz zu laden und sich zu stärken. Dort gab es eine kleine Siedlung mit einem Gemischtwarenladen. Francesca besorgte Brote, die sie belegte und dann mit den anderen am Ufer im Schatten der Weiden verzehrte, die die Besitzer des Ladens – Sam und Viola – dort vor zehn Jahren gepflanzt hatten. Sam und Viola konnten sich an Francesca als Kind erinnern und waren außer sich vor Freude, sie wiederzusehen. Sie erzählten ihr, dass sie ihr früher bei jedem Besuch ihrer Eltern eine Tüte Lakritz geschenkt hatten, was Francesca ein Lächeln entlockte.

Knapp zwei Meilen weiter passierten sie die Sheepwash-Lagune, wo es von Vögeln wimmelte, darunter hunderte von Pelikanen.

»Wenn ich im Ruhestand bin, werde ich viel Zeit in der Lagune verbringen und angeln«, sagte Joe zu Francesca und Lizzie.

»Ein herrliches Fleckchen«, schwärmte Lizzie.

»Haben Sie schon mal geangelt?«, wollte Joe wissen.

»Nein, aber ich würde es eines Tages gern lernen.« Sehnsüchtig ließ Lizzie den Blick über die Lagune schweifen. Bestimmt würde sie diesen Tag nie erleben.

»Wenn wir heute Abend Anker gesetzt haben, bringe ich's Ihnen bei«, sagte Joe.

Überrascht wandte Lizzie sich ihm zu. »Im Ernst?« Sie hatte ihn und Ned schon öfter angeln sehen, war aber nicht sicher gewesen, ob er die Geduld hatte, es ihr beizubringen.

»Ned und ich sind begeisterte Angler, nur Francesca hat sich nie dafür interessiert«, sagte Joe.

Francesca verzog das Gesicht. »Ich esse zwar gern Fisch, aber die Vorstellung, ihn selbst zu fangen, reizt mich nicht besonders.«

»Sie drückt sich auch davor, den Fisch abzuschuppen oder auszunehmen«, neckte Joe sie, worauf Francesca ihm eine Grimasse schnitt.

»Ich würde es sehr aufregend finden, selber einen Fisch zu fangen, und mir würde es auch nichts ausmachen, ihn auszunehmen oder abzuschuppen«, sagte Lizzie.

Joes Augen wurden größer, als hätte er soeben einen Schatz entdeckt. »Sie sind eine Frau nach meinem Geschmack, Elizabeth. Beim nächsten Halt sammle ich ein paar Würmer.«

»Ich helfe Ihnen«, entgegnete Lizzie und erfüllte ihn erneut mit Staunen.

Francesca war nicht entgangen, dass ihr Vater Lizzie neuerdings mit »Elizabeth« ansprach, während sie »Joseph« zu ihm sagte. Zuerst hatte es sie überrascht, doch sie hielt es für einen netten Zug, und Lizzie wusste es offenbar sehr zu schätzen. Francesca hatte Lizzie ein paar von ihren Kleidern gegeben, die ihr passten, und da ihre Blutergüsse und Schnittwunden allmählich verheilten und sie zudem ihren Appetit wiedergefunden und ein wenig an Gewicht zugelegt hatte, wirkte sie inzwischen wie ein anderer Mensch. Sie hatte ein nettes Gesicht und schöne Haut, weil sie wohl die meiste Zeit ihres Lebens in Häusern verbracht hatte, außerhalb der Sonne. Ihre Augen waren von einem unauffälligen Grün, aber im richtigen Licht spiegelten sie den Fluss wider. Auch wenn sie keine Schönheit war – mit ordentlich geflochtenen Haaren und einer leichten Wangenröte durch den Fahrtwind war sie recht hübsch. Aber am meisten freute sich Francesca darüber, dass sie einen glücklichen und gelösten Eindruck machte.

Von Tag zu Tag fühlte Joe sich mehr zu Lizzie hingezogen. Während ihre sichtbaren Wunden allmählich verheilten, fand unterbewusst ebenfalls eine Veränderung statt. Mittlerweile war sie für Joe nur noch Elizabeth Ann Bolton – Lizzie Spender, eine Frau, mit der er niemals richtig Bekanntschaft geschlossen hatte, verblasste allmählich. Elizabeth war ein guter Mensch, der stets zuerst an andere dachte als an sich selbst. Das schätzte er am meisten an ihr, insbesondere, da sie zu fünft auf engstem Raum zusammenlebten. Mit ihrer großen, schlanken Gestalt ähnelte sie Mary überhaupt nicht, und Joe war froh darüber. Schließlich war er davon überzeugt, dass niemand Mary ersetzen konnte.

Zum ersten Mal im Leben fühlte Lizzie sich lebendig und frei. Wenn die *Marylou* Fahrt machte und ihr der Wind entgegenwehte, atmete sie tief die frische Luft ein. Das Sonnenlicht, das zwischen den Bäumen hindurchfiel und das Wasser zum Funkeln brachte, sowie die prächtige Vogelwelt boten den schönsten Anblick, den sie je erlebt hatte.

Je weiter sie flussabwärts fuhren, desto stärker wurde Lizzies Gefühl, ihr armseliges Leben hinter sich zu lassen, in das sie am liebsten nie wieder zurückkehren wollte. Francesca, Joe, Ned und Neal waren alle sehr freundlich zu ihr und brachten ihr Respekt entgegen, was Lizzie nie zuvor erlebt hatte. Mit Ausnahme der anderen Freudenmädchen hatte sie keine Freunde, geschweige denn Menschen, die sie als gleichwertig behandelten. Hier war das völlig anders. Vor Dankbarkeit stiegen ihr immer wieder Tränen in die Augen.

Joe hatte beobachtet, dass Lizzie häufig mit den Tränen kämpfen musste, auch wenn sie es zu verbergen suchte. Anfangs hatte es ihm Sorgen bereitet; dann aber wurde ihm klar, dass sie viel Schlimmes durchgemacht hatte und dass ihr Aufenthalt an Bord eine ganz besondere Bedeutung für sie besaß – etwas, das sie stets in schöner Erinnerung bewahren würde. Es freute ihn, dass er ihr wenigstens einmal im Leben etwas Gutes tun konnte. Verdiente das nicht jeder?

Gleich nachdem sie Anker geworfen hatten, schnappte Joe sich einen Eimer samt Schaufel, um Köder zu sammeln, begleitet von Lizzie.

»Hin und wieder nehmen wir kleine Fische als Köder«, erklärte er ihr, während er nach einer passenden Stelle Ausschau hielt, um im Uferboden nach Würmern zu graben.

Francesca musste lächeln, als sie beobachtete, dass Lizzie Joe gebannt lauschte.

»Lizzie scheint ja ganz begeistert vom Angeln zu sein«, bemerkte Neal, der sich zu ihr an die Reling stellte.

»Das hat sie mit Dad gemeinsam«, entgegnete Francesca, immer noch lächelnd.

»Hast du Lust auf einen kleinen Spaziergang am Ufer? Ich muss mir mal die Beine vertreten.«

»Einverstanden. Das könnte mir auch nicht schaden.«

Die ersten Minuten legten sie schweigend zurück. »Es ist gut, dass du uns deinen Schleppkahn zur Verfügung stellst«, sagte Francesca schließlich. Je mehr Holz sie transportierten, desto früher wäre ihr Vater in der Lage, Silas das Geld zurückzuzahlen, und dann hätte dieser Albtraum ein Ende.

»Ich weiß, dein Vater will so schnell wie möglich seine Schulden bei Silas Hepburn tilgen.«

Francesca hörte seinen verächtlichen Unterton. »Niemand hasst Silas mehr als ich, Neal. Ich habe mich nicht aus freiem Herzen mit ihm verlobt, sondern nur, um meinem Vater zu helfen.«

»Ich weiß«, entgegnete Neal, dem ihre Selbstlosigkeit Respekt abrang.

In diesem Moment vernahmen sie Lizzies Lachen, sodass beide sich umwandten.

»Es tut Lizzie gut, das Bordell hinter sich zu lassen«, sagte Neal.

»In der Tat«, pflichtete Francesca in schärferem Ton als beabsichtigt bei. »Ich hoffe, sie geht nie wieder dorthin zurück.«

»Das hoffe ich auch. Schließlich ist das ein schlimmer Ort für eine Frau.« Er musste dabei an Gwendolyn denken.

Francesca machte seine Bemerkung stutzig. »Es scheint dich aber nicht davon fern zu halten«, stieß sie angewidert hervor und machte auf dem Absatz kehrt, während er wie angewurzelt stehen blieb.

Lizzie war begeistert, als sie im Fluss einen Kabeljau von mindestens vier Pfund fing, wie Joe schätzte. Sie jubelte und war vor Freude ganz außer sich. Francesca bemerkte, dass ihr Vater ebenfalls völlig aus dem Häuschen war, als hätte er soeben seinen ersten Fisch gefangen. Lizzie bestand darauf, ihn selbst auszunehmen, und Ned zeigte es ihr und bereitete ihn anschließend mit ihr gemeinsam zu. Als das Essen fertig war, entkorkte Joe zur Feier des Tages eine Flasche Wein. Joe und Ned unterhielten Lizzie mit Anekdoten, die sie beim Angeln erlebt hatten, wobei sie sich gegenseitig aufzogen, wenn sie übertrieben und von »besonders dicken Brocken« erzählten, die ihnen entwischt waren. Francesca freute sich, Lizzie so glücklich zu sehen, genau wie ihr Vater und Ned, nur Neal war auffällig schweigsam.

Nachdem Neal sein Nachtlager am Flussufer aufgeschlagen hatte, dachte Francesca noch einmal über ihre missbilligende Reaktion auf seine Bemerkung über das Freudenhaus nach. Im Grunde stand ihr das nicht zu. Überdies musste sie sich eingestehen, dass ihre Empörung von Eifersucht herrührte.

Neal lag bereits zugedeckt auf seiner Schlafstatt unter den Sternen, als Francesca zu ihm stieß. »Tut mir Leid, dass ich dich vorhin angefahren habe«, entschuldigte sie sich. »Schließlich geht dein Privatleben keinen etwas an, und ich weiß es zu schätzen, dass du uns deine Unterstützung anbietest.«

Neal richtete sich auf und betrachtete sie einige Augenblicke lang stumm. »Manchmal trügt der Schein, Francesca«, sagte er schließlich leise.

Sie verstand seine Worte nicht. Immerhin hatte sie ihn im Bordell ein und aus gehen sehen, was nur einen einzigen Schluss zuließ. Mit einem Mal knöpfte Neal sein Hemd auf, und Francescas Blick heftete sich auf seinen nackten Oberkörper. Verwirrt wandte sie den Blick ab.

»Gute Nacht«, verabschiedete sie sich.

»Gute Nacht«, hörte sie ihn erwidern. Sie hatte bereits häufig mit dem Gedanken gespielt, Lizzie über Neals Besuche im Freudenhaus auszufragen, war jedoch bislang davor zurückgeschreckt, weil sie Lizzie nicht an ihre Herkunft erinnern wollte, jetzt, da diese ihre Unbeschwertheit wiedergefunden hatte. Außerdem wollte sie gar nicht wissen, was Neal dort trieb.

Am folgenden Tag machten sie sich in aller Frühe an die Arbeit. Es nahm drei Stunden und zahlreiche Hilfskräfte in Anspruch, um die *Marylou* mit achtundfünfzig Tonnen Holz zu beladen und den Schleppkahn mit weiteren vierzig Tonnen. Die Transportfahrt stromaufwärts zum Sägewerk von McKay dauerte fast vier Stunden, wo das Entladen mit noch mehr Hilfsarbeitern wiederum zweieinhalb Stunden verstreichen ließ. Die Rückfahrt ohne Fracht stromabwärts ging schneller. Nach einem gut zwölfstündigen Arbeitstag waren alle erschöpft, dennoch warfen Joe, Ned und Lizzie die Angelschnur aus, um dabei zu entspannen. Francesca wusch Hemden. Dabei spähte sie immer wieder zu Neal hinüber und ertappte ihn dabei, dass er sie anstarrte. Sie konnte nicht leugnen, dass sie sich unwiderstehlich von ihm angezogen fühlte, und sein feuriger Blick ließ vermuten, dass diese Anziehungskraft auf Gegenseitigkeit beruhte.

Francesca hatte gerade die Hemden von Joe und Ned in deren Kajüten gebracht, als sie im Gang mit Neal zusammenprallte. Er war auf dem Weg zu seinem Nachtlager am Ufer.

»Oh, tut mir Leid«, sagte sie und schalt sich innerlich für ihr Herzklopfen. Seine Hände stützten ihre Arme. Die Berührung seiner Haut elektrisierte sie und sandte Schauer durch ihren Körper. Plötzlich hatte sie vor Augen, wie es war, in seinen Armen zu liegen und von ihm geküsst zu werden. Die starke, sinnliche Anziehungskraft zwischen ihnen war nicht zu leugnen. Francesca wusste bloß nicht, wie sie damit umgehen sollte.

Neal betrachtete sie mit dem Verlangen, sie zu küssen. Die Spannung zwischen ihnen stieg immer höher wie Wasser in einem Topf, das kurz davor stand, überzukochen. »Gute Nacht«, sagte Neal schließlich und ließ sie widerstrebend los.

»Gute Nacht«, flüsterte sie.

Als Francesca sich schlafen legte, kreisten ihre Gedanken einzig um Neal, der am Ufer lag. Selbst mit geschlossenen Lidern sah sie seine dunklen, feurigen Augen vor sich und spürte noch das brennende Prickeln seiner Berührung auf der Haut. Sie musste an seine Küsse denken, die sie zum Beben gebracht hatten, durch und durch. Im nächsten Augenblick vernahm sie das Lachen von Lizzie und Joe. Es freute sie, dass die beiden sich so gut verstanden und in der Gesellschaft des anderen förmlich aufblühten. Ned ging immer früh schlafen, während Joe es liebte, sich nachts an die Reling zu setzen und die Stille auf dem Fluss zu genießen. Und Lizzie war ohnehin ans Nachtleben gewöhnt.

Der darauf folgende Tag verlief wie der Tag zuvor, nur dass Francesca Neals Gegenwart auf dem Schleppkahn stärker bewusst war. Während er mit der Stange den Schleppkahn steuerte, beobachtete sie das Muskelspiel unter seinem Hemd und bewunderte seine Kraft und sein Geschick. Zur

Mittagszeit machten sie Rast, und Francesca wurde jedes Mal nervös, wenn er sich ihr näherte. Als sie ihm seine Mahlzeit reichte, streiften sich ihre Hände, und sie zuckte zurück.

Nach dem Abendessen machte Francesca alleine einen Spaziergang ein Stück den Fluss entlang. Auf dem Rückweg sah sie, dass Neal neben seinem Schlafplatz am Ufer ein Feuer gemacht hatte. Er lag auf dem Rücken, die Hände hinter dem Kopf verschränkt, und betrachtete die Sterne, die mit der einsetzenden Dunkelheit am Himmel zu leuchten begannen.

Francesca stellte sich hinter ihn und sah auf ihn hinunter. »Du legst dich heute Abend aber früh schlafen«, sagte sie.

»Es war ein anstrengender Tag«, entgegnete er.

Sie wusste, wie hart er gearbeitet hatte. »Dann lass ich dich jetzt schlafen«, sagte sie und wollte weitergehen.

»Du kannst doch noch kurz bleiben, oder?«, sagte Neal, der sich mit einem Ellbogen aufstützte und einladend auf die Decke neben ihm klopfte.

Francesca zögerte. Ihr war klar, dass sie im Moment noch keinen Schlaf finden würde, aber konnte sie es wagen, sich neben Neal zu setzen?

»Ich muss dir herzlich danken, dass du meinen Vater unterstützt«, sagte sie und mied seinen Blick. »Du hast dich als wahrer Freund erwiesen.«

»Ich tue das für dich«, entgegnete Neal, ohne den Blick von ihr abzuwenden.

Francesca begriff seine Worte nicht.

Im nächsten Moment streckte Neal ihr die Hand entgegen, um ihr zu bedeuten, sich neben ihn zu setzen.

»Du bringst ein großes Opfer für deinen Vater. Deshalb tue ich das für dich.«

Francesca bemerkte den weichen Klang in Neals Stimme. Nach wie vor wagte sie es nicht, in seine dunklen Augen zu schauen. »Danke. Dad weiß deine Hilfe sehr zu schätzen, und das gilt auch für mich.« Sie ergriff seine ausgestreckte Hand und ließ sich neben ihn auf den Boden sinken.

»Joe hat mir gesagt, dass Silas sich auf eine lange Verlobungsdauer eingelassen hat, aber man kann seinem Wort nicht trauen.«

»Es wird mehrere Monate harte Arbeit und eisernes Sparen erfordern, bis wir das Geld zusammenhaben, damit Dad seine Schulden bei Silas begleichen kann. Das wird zwar ganz schön schwer, aber es ist zu schaffen, wenn wir die Zinsen nicht aufbringen müssen.«

Neal machte ein besorgtes Gesicht.

»Außerdem ist Silas noch nicht von Henrietta Chapman geschieden«, fuhr Francesca fort. »Zumindest hat er noch keine Scheidungsurkunde. Selbst wenn er auf die Hochzeit drängen wollte, kann er das nicht.«

»Dieser Mann ist zu allem fähig, was ihm in den Sinn kommt, Francesca.« Neal betrachtete sie, nach wie vor auf den Ellbogen gestützt.

Sie spürte seinen Blick und richtete ihr Augenmerk auf den Fluss. »Und wenn schon. Ich werde ihm niemals das Jawort geben«, entgegnete sie.

Die Vorstellung, sie könnte die Frau von Silas Hepburn oder eines anderen Mannes werden, versetzte Neal einen Stich ins Herz.

Ein kurzes Schweigen entstand, und die Spannung zwischen beiden wurde fast unerträglich. Ihr Verstand sagte Francesca, aufzustehen und an Bord zu gehen, aber sie konnte sich nicht rühren. Ständig musste sie an Neals Küsse denken und wie sehr sie diese genossen hatte.

Neal verspürte das Bedürfnis, sie in die Arme zu ziehen, war aber nicht sicher, wie sie darauf reagieren würde.

»Ein herrlicher Abend, nicht?«, sagte Francesca und blickte zu den Sternen empor. Da Neal keine Antwort gab, wandte sie sich ihm zu. Seine dunklen Augen schimmerten, und der Schein des Feuers spiegelte sich darin. Sie war von seinem Blick gefesselt. Wenn sie doch nur wüsste, was er gerade dachte!

Er streckte die Hand vor und fuhr sachte mit den Fingerspitzen über die weiche Haut ihres Armes. Sie zitterte, aber er hatte den Eindruck, sie wäre zusammengezuckt, sodass er innehielt. Er sah ihr in die Augen und fragte sich, warum sie nicht zurückwich und ob sie ihn vielleicht genauso begehrte wie er sie.

Francesca bemerkte, dass Neals Atem lauter und schneller ging, so wie ihr eigener. Ihr Blick heftete sich auf seinen Mund, und sie öffnete leicht die Lippen.

Das war das Zeichen, auf das Neal gewartet hatte. Er richtete sich auf, zog sie in seine starken Arme und küsste sie innig, ohne dass Francesca sich sträubte. Vielmehr schmiegte sie sich an ihn und schlang die Arme um seinen Hals, wobei ihr Herz laut klopfte. Neben ihnen knisterte das Feuer, doch die Hitze zwischen ihnen rührte nicht daher.

»Haben Sie große Schmerzen im Arm, Joseph?«, fragte Lizzie. Ihr war aufgefallen, dass er seinen Arm immer wieder massierte, und von Francesca wusste sie, dass Joe nicht mehr in der Lage war, das Ruder zu halten.

»Der Arm schmerzt ständig und ist mittlerweile steif, aber damit muss ich leben«, entgegnete Joe. »Was machen Ihre Rippen?« Er hatte bemerkt, dass sie selten über Schmerzen klagte.

»Die Schmerzen lassen allmählich nach. Wahrscheinlich liegt es daran, dass ich mich hier so wohl fühle.«

»Das freut mich sehr, Elizabeth.«

»Dafür ist es für Sie deutlich schwerer, nicht? Und von der vielen Arbeit wird Ihr Arm bestimmt nicht besser.« Obwohl Joe, genau wie Ned, keine schweren Gegenstände hob, schufteten beide hart, um die Decks sauber zu halten und das Be- und

Entladen der Fracht zu beaufsichtigen. Zudem hackten sie das Holz klein, schürten den Kessel, füllten die Wasservorräte auf und kümmerten sich um zahlreiche kleinere Aufgaben. Sie konnten von Glück sagen, dass Neal mit an Bord war.

»Sobald ich die *Marylou* abbezahlt habe, werde ich kürzer treten«, sagte Joe. »Es werden zwar immer wieder Reparaturen und Wartungsarbeiten anfallen, aber je weniger ich arbeite, desto geringer ist der Verschleiß am Schiff. Außerdem entfallen jetzt die Schulgebühren für Frannie.«

Lizzie blickte Joe an, der das Gesicht abwandte, wie immer, wenn er das Gefühl hatte, dass sie ihn musterte. Ihr wurde bewusst, dass er damit die Narbe an seiner Wange zu verbergen suchte.

»Wir alle tragen Narben, Joseph«, sagte sie sanft. »Manche im Innern.« Sie berührte ihr Gesicht. »Und manche außen.«

Joe entgegnete nichts darauf.

»Ich glaube, Sie können über meine Narben hinwegsehen, so wie ich über Ihre«, sagte Lizzie weiter. »Die Narben und die Lektionen, die wir daraus ziehen, machen uns zu dem, was wir sind. Das ist mir eben erst bewusst geworden, und das habe ich Ihnen zu verdanken.«

»Mir?«

»Ich bin mein Leben lang gebrandmarkt, Joseph, und ich schäme mich für das, was ich bin.«

Joe machte ein betroffenes Gesicht.

»Aber dass Sie mich akzeptieren, hat mir Kraft genug gegeben, um mich vielleicht irgendwann wieder selbst zu akzeptieren, und dafür werde ich Ihnen ewig dankbar sein.«

»Sie wieder lachen zu sehen ist mir Dank genug, Elizabeth.«

Lizzie schüttelte den Kopf, und Tränen stiegen ihr in die Augen.

»Ich wollte Sie nicht zum Weinen bringen«, sagte Joe erschrocken.

»Das sind Freudentränen«, entgegnete Lizzie, die sich über die Augen fuhr. »Ich hätte nie gedacht, dass ich einmal vor Glück weine.«

Joe ergriff ihre Hand und strich ihr liebevoll über den Handrücken. »Sie verdienen es, glücklich zu sein. Solange Sie an Bord der *Marylou* sind, werde ich dafür sorgen, dass Sie stets ein Lächeln auf den Lippen tragen.«

19

Tagsüber verflog die Zeit, aber an den Abenden verbrachten Francesca und Neal eng umschlungen so viele gemeinsame Stunden wie möglich an seinem Lagerplatz am Ufer. Derweil frönten Joe und Lizzie ihrer vor kurzem entdeckten, gemeinsamen Leidenschaft, dem Angeln, und freundeten sich dabei immer mehr an, während Ned außen vor blieb. Er wäre sich wie das fünfte Rad am Wagen vorgekommen, wäre er von dem gewaltigen Arbeitspensum nicht immer so erschöpft gewesen, dass es ihn nicht groß kümmerte.

Joe war aufgefallen, dass Ned die schwere Arbeit immer mehr zu schaffen machte. Er merkte es ja selber in den Knochen, und Ned war einige Jahre älter als er. Folglich beschloss er, sich nach einer etwas leichteren Arbeit umzusehen, zumal Silas ihm nun keine Knüppel mehr zwischen die Beine warf. Doch als er Ned darauf ansprach, wurde der wütend.

»Der Auftrag bringt uns gutes Geld, Joe. Wir sollten ihn behalten. Das monatelange Nichtstun hat mir nicht gut getan, ich werde mich schon wieder umgewöhnen.«

Joe hatte seine Zweifel. Er wusste, dass Ned das Alter zu schaffen machte, und das war ja keine Schande. »Auch ich stoße an meine Grenzen, Ned. Wir müssen der Tatsache ins Auge sehen, dass wir nicht mehr die Jüngsten sind.«

»Ich will dir nicht hinderlich sein, Joe. Du darfst den Auftrag nur aus Rücksicht auf mich nicht abgeben. Ich komme schon klar.«

Joe wusste, Ned hatte seinen Stolz. Zudem fiel jedem das Eingeständnis schwer, dass man das Alter spürte. Das war schon immer Neds wunder Punkt gewesen.

Amos Compton traf Regina in der Bibliothek an. Sie stand seitlich hinter ihrem Schreibtisch und studierte irgendwelche Unterlagen, die sie in der Hand hielt. »Ihre Post, Mrs Radcliffe.«

»Danke, Amos. Hat Mabel gesagt, wann das Mittagessen aufgetragen wird?«

»In einer halben Stunde, Madam, und ich sollte Ihnen auch Bescheid geben, wenn Monty zurück ist.«

»Ist er da?«

»Ja, Madam.«

»Gut.« Regina machte sich große Sorgen um Monty und hatte Amos daher gebeten, sie umgehend zu informieren, wenn er zurück war. Die vergangenen Tage hatte er in der Stadt verbracht und im Commercial Hotel übernachtet. Zwar hatte er geschäftliche Gründe vorgegeben, doch von seinem Kutscher und Leibwächter Claude Mauston hatte Regina erfahren, dass er sich regelmäßig betrank.

Regina blätterte die Post durch, um Wichtiges herauszupicken. Dabei stieß sie auf einen Umschlag, dessen Handschrift ihr bekannt vorkam. Es handelte sich offensichtlich um eine Einladung, doch im Moment war sie nicht in der Stimmung, sich unter Leute zu begeben. Lustlos öffnete sie den Umschlag und überflog den Inhalt des Schreibens. Dabei stachen ihr drei Worte ins Auge. *Silas, Verlobung* sowie *Francesca.*

»O Gott, nein«, stieß sie hervor und sank auf ihren Stuhl.

Amos hörte ihren entsetzten Schrei und eilte in die Bibliothek zurück. »Was ist mit Ihnen, Madam?«, fragte er.

Regina schüttelte stumm den Kopf. Ihr versagte die Stimme.

»Mutter«, hörte sie plötzlich Monty erschrocken rufen. Sofort wusste sie, dass er ebenfalls eine Einladung erhalten hatte. Gleich darauf betrat er mit dem Schreiben in der Hand die Bibliothek, woraufhin Amos sich diskret zurückzog.

»Silas Hepburn hat sich mit Francesca verlobt«, stieß Monty ungläubig hervor. »Das hatte er mir zwar schon mitgeteilt, und Francesca hat es bestätigt, aber ich …« Er war sicher gewesen, Francesca würde zur Vernunft kommen und die Verlobung lösen.

Regina begriff plötzlich, weshalb Monty sich in letzter Zeit regelmäßig betrank, und es kostete sie große Mühe, die Fassung zu wahren. »Dein Vater und ich haben ebenfalls eine Einladung zur Verlobungsfeier erhalten.«

»Ich kann es nicht fassen«, entgegnete Monty, der sich die Haare raufte und nervös auf und ab ging. Er schenkte seiner Mutter kaum Beachtung. Regina war über sein Aussehen entsetzt. Er war unrasiert und wirkte abgespannt. Offensichtlich hatte er in den letzten Tagen vor lauter Kummer weder vernünftig gegessen noch geschlafen.

»Francesca wird Silas Hepburn nicht heiraten. Denk an meine Worte«, sagte Regina. Ihr war nicht bewusst, dass sie laut dachte.

»Was sollte sie daran hindern?«, gab Monty brüsk zurück.

Sein Ton machte Regina bewusst, was sie angerichtet hatte. »Mir ist schleierhaft, weshalb sie sich mit einem Mann verlobt, der …« Ihr lag auf der Zunge »der alt genug ist, um ihr Vater zu sein«, doch sie unterbrach sich rechtzeitig. Das käme der Wahrheit gefährlich nahe. »Mit einem Mann wie Silas«, fuhr sie fort. »Dafür gibt es bestimmt einen Grund, Monty, und ich werde ihn herausfinden.«

»Was kümmert es dich?«, entgegnete Monty mürrisch. »Du bist ja ohnehin dagegen, dass ich sie zur Frau nehme.«

»Stimmt, aber das bedeutet nicht, dass sie ausgerechnet Silas Hepburn heiraten soll. Ich will verhindern, dass das Mädchen für einen Kerl wie ihn ihr Leben wegwirft.«

»Ich bezweifle, dass sie das so sieht. Silas ist steinreich. Er kann ihr ein angenehmes Leben bieten.«

»Nein, das kann er nicht«, widersprach Regina vehement. Im nächsten Augenblick eilte sie aus der Bibliothek. Monty starrte ihr offenen Mundes hinterher.

Es war bereits Nachmittag, als Silas das Star Hotel verließ und zur Uferpromenade schlenderte. Auf seinem Weg erspähte er die *Ophelia* am Ufer, und es machte ihn stutzig, dass sie seit Tagen nicht bewegt worden war. Er beschloss, der Sache auf den Grund zu gehen. Er schlenderte weiter über den Pier, wo Mike Finnion mit der *Curlew* vor Anker lag.

»Guten Tag, Mr Hepburn«, sagte Mike. Er reinigte gerade das Deck, nachdem sie Säcke mit Getreide und Hafer abgeladen hatten.

»Tag, Mike. Mir ist aufgefallen, dass die *Ophelia* schon seit Tagen vertäut ist. Wie kommt das?«

»Neal Mason arbeitet wieder für Joe Callaghan auf der *Marylou*.«

Silas war entrüstet. »Warum, wo er doch mit seinem eigenen Schiff Frachtfahrten machen kann?«

Mike konnte sich Silas' Zorn nicht erklären. »Keine Ahnung. Aber da sie den Schleppkahn dabeihaben, nehme ich an, dass sie so viel Holz wie möglich transportieren wollen.«

Silas' graue Augen wurden schmal, und er blickte erneut zur *Ophelia* hinüber. Offenbar wollte Joe möglichst viel Geld verdienen, um seine Schulden schneller zu tilgen. Ich hatte also Recht, dachte er. Francesca plant, unsere Verlobung zu lösen, sobald das Darlehn abbezahlt ist. Und Neal Mason verfolgte sicherlich seine eigenen Pläne. Auf diese Weise konnte er Francesca nahe sein.

»Glaubst du mir jetzt, Silas?«, bemerkte Regina.

Silas fuhr herum und sah, dass sie mit geschürzten Lippen hinter ihm stand. »Wovon redest du, Regina?«, gab er gereizt zurück. Er konnte auf ihre spitzen Bemerkungen gut verzichten.

Mike Finnion, der die Feindseligkeit spürte, sah darin das Stichwort, sich wieder an die Arbeit zu machen.

»Ich habe dir gesagt, dass Francesca ein Techtelmechtel mit Neal Mason hat. Du kannst es schlecht leugnen, zumal die beiden Tag und Nacht zusammen verbringen.« Regina sprach absichtlich laut, damit alle Anwesenden sie hören konnten.

Silas war erbost, dass sie seine Privatangelegenheiten öffentlich ausbreitete. »Joe Callaghan wird seine Tochter gut im Auge behalten. Darauf kannst du Gift nehmen. Im Übrigen haben Francesca und ich uns verlobt.« Verdutzt registrierte Silas, dass Regina bei seinen Worten leichenblass geworden war. Er konnte sich das nur damit erklären, dass sie eifersüchtig war. Er fand es seltsam, dass sie weder bei Henrietta noch bei Brontë Emotionen gezeigt hatte, aber schließlich war keine der beiden so schön wie Francesca.

»Ich kann nicht glauben, dass ein Mann von deinem Ansehen und deiner Intelligenz sich mit einer Frau von derart zweifelhaftem Ruf wie Francesca Callaghan verlobt«, sagte Regina. »Hast du völlig den Verstand verloren?«

»Würdest du bitte leiser sprechen, Regina? Ich habe von keinem ein schlechtes Wort über Francesca gehört, nur von dir. Wie kommt das?«

»Du hast eben nicht genau hingehört, aber das ist typisch für einen Mann. Ihr Männer lasst euch von euren Begierden leiten, statt von eurem Verstand.«

»Ich lasse mir von dir die gute Laune nicht verderben. Aber da wir gerade von Francesca sprechen ... ich wäre dir sehr verbunden, wenn du aufhören würdest, sie schlecht zu machen. Sie wird bald meine Frau, und ich erwarte, dass man ihr mit Respekt begegnet. Jeder, der sich meinem Wunsch widersetzt, wird es mit mir persönlich zu tun bekommen. Ich hoffe, du verstehst mich. Wenn du mich jetzt bitte entschuldigst. Ich muss noch Vorbereitungen für die Verlobungsfeier treffen.« Er wandte sich zum Gehen, hielt jedoch kurz inne. »Ich weiß, die Einladung kommt ein bisschen spät, aber ich hoffe, du und Frederick kommt. Das wird die Feier des Jahres in Echuca, das garantiere ich.«

Nach diesen Worten spazierte er davon, während Regina vor Wut schäumte. Ich werde da sein, Silas, sagte sie sich, aber aus dem einzigen Grund, um Francesca ins Gewissen zu reden. Du wirst deine Tochter nicht heiraten, das garantiere ich dir.

Auf dem Weg zurück zum Bridge Hotel richtete Silas' Aufmerksamkeit sich erneut auf die *Ophelia.* Er traf eine Entscheidung. Nach Joes Rückkehr würde er ihn sich zur Brust nehmen. Er wünschte nicht, dass Neal Mason weiterhin auf der *Marylou* arbeitete, und er würde dafür sorgen, dass Joe ihn wieder loswurde. Sollte Joe nicht hören wollen, würde er sich selber darum kümmern, Neal Mason aus dem Weg zu schaffen – ein für alle Mal.

Regina ging auf der Suche nach Clara über den Flur der Redaktionsräume des *Riverine Herald.* Schließlich entdeckte sie das Mädchen in einem kleinen Büro an einem Schreibtisch.

»Guten Tag, Clara«, sagte sie im Türrahmen. »Wie geht es Ihnen?«

Clara freute sich über ihren Besuch. »Danke, gut, Mrs Radcliffe. Vor einer Woche hat Monty mich zum Mittagessen eingeladen, und seitdem treffen wir uns hin und wieder.« Er hatte zwar keine weitere Einladung zum Essen ausgesprochen, doch Clara war sicher, dass diese folgen würde.

Regina wusste, dass sie erst bei der Verlobungsfeier die Gelegenheit haben würde, sich Francesca vorzunehmen, weshalb ihr Erscheinen zwingend erforderlich wäre. Sie war sicher, dass Monty sie begleiten würde, und wenn auch nur, um Francesca anzuflehen, Silas nicht zu heiraten.

»Monty hat vor kurzem eine Einladung zu einer Feier erhalten, und es würde mich nicht überraschen, wenn er Sie bittet, ihn zu begleiten. Aber behalten Sie das bitte für sich«, sagte Regina.

Vor Freude strahlte Clara übers ganze Gesicht. »Das werde ich, Mrs Radcliffe.«

Silas erwartete bereits die *Marylou,* als diese abends andockte. Zuvor hatte Joe Neal mit seinem Schleppkahn an der Anlegestelle der *Ophelia* abgesetzt.

Lizzie hielt sich in Francescas Kajüte versteckt. Obwohl Joe ihr versprochen hatte, sie vor jedem zu beschützen, war Lizzie noch nicht bereit, Silas gegenüberzutreten. Außerdem wollte sie nicht riskieren, dass Joe herausbekam, dass Silas der Mann gewesen war, der sie so übel zugerichtet hatte. Das würde den Plan gefährden, die *Marylou* abzubezahlen.

»Na, eine harte Woche gehabt, Joe?«, fragte Silas, als Joe das Schiff festmachte.

»Ja, wir sind hundemüde«, entgegnete Joe. »Heute Abend werden wir alle uns früh in die Koje legen.«

Silas runzelte die Stirn. »Ich hatte gehofft, Francesca speist mit mir zu Abend. Ich habe eine Überraschung für sie.«

In diesem Moment kam Francesca an Deck. Sie hatte Silas' Stimme vernommen und wollte ihrem Vater nicht zumuten, sich alleine mit diesem Kerl herumzuschlagen.

»Da ist ja meine zukünftige Braut«, rief Silas freudig aus. »Guten Abend, meine Teuerste.«

Sein bloßer Anblick verursachte Francesca Übelkeit. »Guten Abend, Silas.«

Ihm entging nicht ihr mürrischer Unterton, doch er ignorierte ihn. »Ich habe soeben zu deinem Vater gesagt, dass ich eine Überraschung für dich habe.«

»Eine Überraschung?« Francesca ahnte Schlimmes.

»Ja. Wenn du mir heute Abend beim Essen Gesellschaft leistest, verrate ich sie dir.«

»Ich bin todmüde, Silas. Ich wollte ein Bad nehmen und mich früh schlafen legen.«

Silas stülpte die Lippen vor, sodass er an eine Kröte erinnerte. Er war es nicht gewohnt, dass man ihm eine Abfuhr erteilte. »Ich bin sicher, du hast vorher noch Zeit für einen raschen Happen.«

»Vielleicht ein anderes Mal.«

»Du lässt mir keine andere Wahl, als meine Überraschung preiszugeben: Morgen Abend findet unsere Verlobungsfeier im Bridge statt. Vor ein paar Tagen habe ich die Einladungen verschickt.«

Joe platzte der Kragen. »Silas, ich dachte, wir hätten vereinbart, dass Sie abwarten, bis Ihre Scheidung rechtskräftig wird, bevor Sie die Verlobung öffentlich bekannt geben oder eine Feier organisieren.«

»Und ich habe Wort gehalten, Joe. Ich habe mit meinem Notar gesprochen. Die Scheidung ist rechtskräftig. Die Urkunde erhalte ich innerhalb der nächsten zwei Wochen. Das sind doch großartige Neuigkeiten, nicht wahr? Wie Sie sehen, besteht kein Grund mehr, die Feier aufzuschieben.«

Joe entgegnete nichts.

»Da gibt es etwas, das ich gerne mit Ihnen besprechen würde, Joe. Es macht dir doch nichts aus, Francesca, oder?«

»Keineswegs.« Ihre Gedanken überschlugen sich, und sie überlegte fieberhaft, was Silas vorbringen würde. Neal hatte Recht. Man durfte Silas nicht über den Weg trauen.

Francesca zog sich in ihre Kajüte zurück, sodass Joe und Silas ungestört waren.

»Ich möchte Sie um einen Gefallen bitten, Joe, da wir ja nun eine Familie sind.«

Joe zuckte bei dem Gedanken, mit Silas verwandt zu sein, heftig zusammen. »Und der wäre?«, fragte er misstrauisch.

»Es wäre mir recht, wenn Sie nicht mit Neal Mason zusammenarbeiten würden.«

»Und warum?«

»Weil ich den Kerl nicht leiden kann. Außerdem brauchen Sie ihn nicht mehr.«

»Wieso das?«

»Weil ich einen Spitzenauftrag für Sie habe. Ich möchte, dass Sie meinen Alkoholnachschub für meine Hotels von Moama herüberschiffen und Fracht nach Barmah transportieren.«

Joe horchte auf, da es sich um leichte Arbeit handelte. Dennoch war er sicher, dass dieser Job sich nicht so bezahlt machen würde wie der Holztransport, der zudem den Vorteil brachte, unter der Woche fort zu sein. »Ich bin mit meiner derzeitigen Arbeit zufrieden, Silas«, entgegnete er.

»Aber ich bezahle gut, Joe, und der Job ist um einiges leichter als die Plackerei, die ihr hinter euch habt.«

Obwohl Joe wusste, dass es für Ned und ihn besser wäre, auf das Angebot einzugehen, wollte er nicht riskieren, dass Silas Francesca jeden Tag belästigte. Zudem hatte Lizzie ihre Freiheit an Bord genossen.

Silas bemerkte, dass Joe nicht gerade einen Freudensprung machte, und das ärgerte ihn. Jeder andere Schiffer hätte sich um einen solchen Auftrag gerissen.

»Ich werde darüber nachdenken und Ihnen Bescheid geben, sobald ich mit meinem Maschinisten gesprochen habe«, entgegnete Joe.

»Also gut«, sagte Silas verärgert. »Ich würde mit Francesca gern die Verlobungsfeier besprechen. Sorgen Sie dafür, dass sie sich um sieben Uhr im Bridge Hotel einfindet.«

Joes Zorn wuchs. Jetzt erteilte Silas ihnen schon Befehle! »*Wir* werden da sein«, erwiderte er in einem Tonfall, der keine Widerrede duldete.

Silas nickte.

Die Hochzeit wird früher stattfinden, als du glaubst, Joe Callaghan, dachte er.

Kurz vor sieben trafen Joe und Francesca im Bridge Hotel ein.

»Ich fürchte, ich muss mir ein paar Gläser genehmigen, um diesen Kerl ertragen zu können«, sagte Joe.

»Geh ruhig kurz in den Schankraum, Dad«, entgegnete Francesca. Sie wusste, wie nervös Silas ihn machte. »Wir treffen uns gleich im Speisesaal.«

»Traust du dir das auch zu, mein Mädchen? Ich werde dich nicht mit Silas alleine lassen, wenn dir das lieber ist.«

»Es wird schon gehen.«

»Aber in ein paar Minuten komme ich nach, versprochen.«

Kaum hatte Francesca den Speiseraum betreten, stürzte Silas ihr entgegen. Er war offenkundig erfreut darüber, dass sie ohne Begleitung war.

»Mein Vater wird gleich zu uns stoßen«, sagte sie und beobachtete mit Genugtuung, wie sein Grinsen Enttäuschung wich.

»Das ist die Gästeliste für unsere Feier«, verkündete Silas.

Francesca überflog die Namen. Keiner davon war ihr bekannt, mit Ausnahme der Radcliffes. Als sie Montys Namen las, wurde ihr das Herz schwer.

»All diese Leute werden dir höchsten Respekt zollen«, versicherte Silas ihr. »Sie werden dich wie eine Königin behandeln.«

Francesca sah ihn zweifelnd an.

»Vertrau mir, meine Teuerste«, sagte er.

Da traue ich eher einer Giftschlange, dachte Francesca.

»Kennst du das Geschäft von Amelia Johnson auf der High Street?«

»Ja«, entgegnete Francesca. Es handelte sich um ein extravagantes Modegeschäft.

»Ich habe für dich dort einen Termin vereinbart, gleich morgen Früh. Amelia wird dir bei der Auswahl des Festkleids behilflich sein, das selbstverständlich auf meine Kosten geht. Sie weiß, was mir vorschwebt.«

Francesca kochte innerlich vor Zorn, biss sich jedoch auf die Zunge. Sie konnte sich vorstellen, was Silas vorschwebte.

»Tut mir Leid, dass die Zeit nicht gereicht hat, um deine ehemaligen Schulfreundinnen einzuladen, meine Teuerste«, fuhr Silas fort, »aber das können wir ja für die Hochzeit nachholen.«

»Schon gut«, entgegnete Francesca mit gezwungenem Lächeln. »Ich wünsche mir lediglich, dass mein Vater und Ned an der Feier teilnehmen, und natürlich auch Neal.«

»Neal Mason?«

»Ja. Er ist ein enger Freund der Familie.«

»Ist er das?« Am liebsten hätte Silas sich geweigert, Neal Masons Erscheinen bei der Feier zu dulden, aber er hielt seine Zunge im Zaum. Um Neal würde er sich schon noch rechtzeitig kümmern.

Francesca hoffte, dass Neals Gegenwart die Zeremonie erträglicher machte.

Als Joe zu ihnen stieß, vom Whisky leicht angeschlagen, erklärte Francesca, sie fühle sich nicht wohl und würde gern zum Schiff zurückkehren.

»Aber wir haben noch gar nicht gegessen!«, protestierte Silas.

»Tut mir Leid, Silas, aber ich fühle mich wirklich nicht besonders. Wir können das Essen an einem anderen Abend nachholen, ja?«

»Also gut«, lenkte Silas zähneknirschend ein. »Vielleicht ist es besser, wenn du dich für die Verlobungsfeier morgen Abend ausruhst.«

»Ich hoffe, bis dahin habe ich mich erholt, nach all der Mühe, die du auf dich genommen hast«, erwiderte Francesca. Sie hakte sich bei ihrem Vater ein, und gemeinsam verließen sie das Hotel.

»Ich bin stolz auf dich, mein Mädchen«, sagte Joe, während sie zum Schiff zurückgingen. »Ich war nämlich nicht in der Stimmung, mich mit diesem Kerl an einen Tisch zu setzen.«

»Ich weiß, Dad. Aber wie sollen wir bloß die Verlobungsfeier überstehen?«

»Gute Frage«, erwiderte Joe.

Francesca hatte gehofft, Neal noch einmal zu sehen, bevor sie schlafen ging, doch als sie an Bord der *Ophelia* nachsah, konnte sie ihn nicht entdecken. Also kehrte sie an Bord der *Marylou* zurück und fragte Ned, ob er von jemandem wisse, der Neals Schwester persönlich kenne.

»Kann ich nicht behaupten, Frannie«, entgegnete er, was ihre Beunruhigung verstärkte. Sie war sicher, dass diese »Schwester« gar nicht existierte.

Nachdem Francesca und Ned sich schlafen gelegt hatten, gesellte Lizzie sich zu Joe ans Heck. Mittlerweile lag der Pier verwaist da, sodass sie sich traute, Francescas Kajüte zu verlassen. Sie atmete tief durch und genoss die frische Luft.

»Sie wissen, dass Sie sich nicht unter Deck verschanzen müssen, Elizabeth«, sagte Joe. »Keiner würde es wagen, Ihnen an Bord der *Marylou* ein Leid zuzufügen.«

Lizzie brachte es nicht über sich, ihm zu sagen, dass sie von Silas misshandelt worden war. Joe hasste ihn ohnehin schon aus tiefster Seele, und sie hatte Francesca versprechen müssen zu schweigen, um zu vermeiden, dass ihr Vater vor Sorge um sie krank wurde.

»Ich weiß«, entgegnete Lizzie. In Joes Gegenwart fühlte sie sich sicher, und allmählich kehrte ihr Selbstvertrauen zurück.

»Mir ist da gerade eine Idee gekommen, Elizabeth. Würden Sie mich zur Verlobungsfeier begleiten?«

»Ich?«

»Ja, Sie. Der Abend wird nicht einfach zu überstehen sein, aber mit Ihnen an meiner Seite würde es mir leichter fallen. Ich möchte, dass Sie mich als moralische Stütze begleiten. Wie sieht's aus?«

Lizzie war sprachlos.

»Ich kaufe Ihnen auch ein zauberhaftes Kleid für den Anlass«, fügte Joe hinzu.

»Ich glaube, Sie vergessen, was ich bin, Joe«, entgegnete Lizzie. Es war ihr zuwider, ihn daran zu erinnern, da sie das Leben an Bord der *Marylou* in vollen Zügen genoss – eine ganz neue Welt für sie, aber eben nicht ihre Welt. »Ein hübsches Kleid ändert nichts daran.«

»Das habe ich keineswegs vergessen, Elizabeth. Sie haben ein Leben geführt, für das Sie sich schämen. Aber das waren nicht Sie. Sie haben es nur getan, um zu überleben. Jeder schämt sich für bestimmte Dinge, die er im Leben getan hat, aber deswegen muss man nicht bis zum Lebensende darunter leiden.«

Lizzie liefen die Tränen über die Wangen. »Sie sind der netteste Mann auf Erden, Joseph Callaghan«, sagte sie, »und ich danke Ihnen für diese freundliche Einladung, aber da Sie mir am Herzen liegen, muss ich ablehnen.« Sie wusste, dass nicht jeder so viel Nachsicht besaß wie Joe, und ihr war die Vorstellung zuwider, dass hinter Joes Rücken über ihn gekichert werden könnte, weil sie in seiner Begleitung war. Vor allem aber war Lizzie noch nicht fähig, Silas gegenüberzutreten.

»Sie sollten Ihre Entscheidung nicht überstürzen. Schlafen Sie eine Nacht darüber«, schlug Joe vor. »Doch bedenken Sie eines: Ich lege nicht den geringsten Wert darauf, was die Gäste bei der Verlobungsfeier von mir denken oder halten. Die Menschen, die mir am Herzen liegen, sind alle auf diesem Schiff.«

Wieder war Lizzie sprachlos.

20

Versprecht mir, dass wir zusammenbleiben«, sagte Francesca auf dem Weg vom Pier zum Bridge Hotel. Einerseits war sie nervös, da sie der feinen Gesellschaft, die Silas eingeladen hatte, gleich unter die Augen treten musste, andererseits war sie froh, ihre Nächsten sowie Neal bei sich zu haben. Voller Unbehagen hatten sie sich zum spätestmöglichen Zeitpunkt auf den Weg gemacht.

Zuvor hatte Francesca mitbekommen, dass Joe Lizzie gebeten hatte, sich ihnen anzuschließen. Doch Lizzie hatte sich geweigert, denn wie immer sie sich kleiden würde, bestand dennoch die Gefahr, dass sie von Silas oder jemand anderem erkannt wurde.

»Wir weichen dir nicht von der Seite, Frannie«, versicherte Joe ihr, und Neal und Ned schlossen sich diesem Versprechen an.

»Du siehst atemberaubend aus«, hatte Neal gesagt, als er sie erblickt hatte. Er hoffte, seine Gefühle für Francesca vor Silas verbergen zu können, auch wenn er insgeheim wusste, dass dies so gut wie unmöglich war.

Francesca trug ein Abendkleid, das Amelia Johnson für sie ausgesucht hatte. Obwohl es traumhaft war, entsprach es nicht Francescas Geschmack; es war ihrer Meinung nach zu tief ausgeschnitten. Außerdem widerstrebte es ihr, sich für Silas derart in Schale zu werfen, zumal die Gefahr bestand, dass er dann die ganze Zeit um sie herumscharwenzelte. Dafür gefiel ihr die Farbe des Kleides ausnehmend gut. Es war aus prächtigem, edlem Samt in Mitternachtsblau, das die Farbe ihrer Augen hervorhob und einen perfekten Kontrast zu ihrer blassen Haut und den dunklen Haaren bildete. Sie trug eine Hochfrisur, die von Zierspangen gehalten wurde.

Trotz ihres Nervenflatterns musste Francesca innerlich lächeln. Es war das erste Mal seit Jahren, dass sie ihren Vater und Ned in ihren Sonntagsanzügen zu Gesicht bekam. Beide machten eine gute Figur, und auch Neal sah fantastisch aus. Dennoch hätte man den Eindruck gewinnen können, Francesca wäre auf dem Weg zum Schafott. »Macht nicht solche Gesichter«, sagte sie aufmunternd und hakte sich bei Ned und ihrem Vater ein. »Man könnte meinen, einer von euch muss sich mit Silas verloben.«

Joe begriff, dass sie versuchte, die Situation aufzulockern, doch es zeigte keine Wirkung. »Ich wollte, es wäre jemand anders als du, Frannie.«

»Ich weiß, Dad, aber wir werden Silas mit seinen eigenen Waffen schlagen. Deshalb müssen wir unsere Rollen heute Abend perfekt spielen – ich ganz besonders. Ich weiß, das wird nicht leicht, zumal wir ehrliche Leute sind, aber da Silas ein übles Spiel spielt, müssen wir eben mitspielen.«

Im Foyer des Hotels, vor dem Speisesaal, wo sich sämtliche Gäste versammelt hatten, überfiel Francesca einen Moment lang nackte Panik. Es war eine Sache, zu behaupten, sie sei dazu fähig, die glückliche Verlobte von Silas Hepburn zu mimen, aber jetzt war der Augenblick der Wahrheit gekommen, und er jagte ihr Angst ein. Sie sah ihren Vater und Ned an, und ein Gefühl der Wärme durchströmte sie. Die beiden fühlten sich so unbehaglich wie zwei linke Schuhe, und das würde noch schlimmer werden, sobald Silas erschien. Doch die *Marylou* stand auf dem Spiel. Es war ihre Idee gewesen, und es hatte sie Überzeugungskraft gekostet, Joe und Ned zum Mitkommen zu bewegen, sodass sie ihnen jetzt beistehen musste.

Neal beobachtete sie und konnte ihr ansehen, dass sie innerlich mit sich rang. »Alles in Ordnung?«, flüsterte er ihr zu.

»Ja«, erwiderte sie und drückte ihm vertrauensvoll die Hand. Es würde schwer sein, so zu tun, als empfinde sie nichts für Neal – genauso schwer, wie allen vorzuspielen, sie empfinde etwas für Silas Hepburn. Aber da musste sie durch.

Als sie sich anschickten, den Saal zu betreten, kam gerade John Henry, der Kapitän der *Syrett,* aus dem Schankraum.

»Guten Abend, Joe«, grüßte er, sichtlich verwundert, Joe im Foyer des Bridge Hotels anzutreffen, und dazu noch festlich gekleidet. »Hallo, Ned ... Neal ...« Sein Blick fiel auf Francesca, und er nickte anerkennend, bevor er sich wieder Joe zuwandte. »Mir ist soeben das verrückteste Seemannsgarn zu Ohren gekommen«, sagte er leise. »Im Schankraum kursiert das Gerücht, dass Silas Hepburn sich mit deiner Tochter verlobt hat.« John bemerkte verdutzt, dass Joe keinerlei Überraschung zeigte. »Das ist doch wohl nicht wahr, oder?«

Joe wurde blass und sah Francesca an. Sie erkannte, dass dies für ihn ein Test war, ob er in der Lage wäre, gute Miene zum bösen Spiel zu machen. Wenn er John Henry nicht überzeugen konnte, dann konnte er niemanden überzeugen.

»Es ist wahr«, sagte Joe voller Unbehagen.

John Henry war schockiert. Er wollte etwas erwidern, brachte jedoch keinen Ton hervor. Offenbar wartete er auf eine nähere Erklärung Joes, doch als diese ausblieb, sagte er: »Ich ziehe Leine. Euch allen noch einen schönen Abend.« Daraufhin verließ er mit verdutzter Miene das Hotel.

Joe warf einen Blick gen Himmel, als würde er um Vergebung oder Kraft bitten. »Ich fühle mich, als hätte ich dem Teufel meine Seele verkauft. Schlimmer noch, die Seele meiner Tochter«, sagte er. Er atmete tief durch und spähte in den Schankraum, wo sich mehrere Flussschiffer aufhielten. In diesem Moment hätte er alles dafür gegeben, sich zu ihnen zu setzen, statt zu den feinen Pinkeln in den Speisesaal.

»So schlimm wird es schon nicht, Dad«, sagte Francesca. »Halt dir einfach vor Augen, dass die, die im Moment nicht verstehen, irgendwann begreifen werden.«

»Da bin ich mir nicht so sicher, Francesca.«

Die Miene ihres Vaters versetzte ihr einen Stich ins Herz. Er war all dem nicht gewachsen, sodass sich Francesca die Frage aufdrängte, ob es nicht das Beste wäre, auf die *Marylou* zurückzukehren und Echuca so weit wie möglich hinter sich zu lassen.

Bevor sie genauer darüber nachdenken konnte, hatte Silas sie erspäht und stürzte auf sie zu, um sie zu begrüßen. Er war verärgert, weil sie sich so spät blicken ließ und die Gäste fast schon vollzählig versammelt waren. Er hatte sogar die ungeliebte Möglichkeit in Betracht gezogen, dass sie überhaupt nicht erscheinen und ihn zum Gespött machen würde.

»Du kommst spät, Francesca!«, fuhr er sie an. »Unsere Gäste haben schon nach dir gefragt.« Manch einer der Gäste hatte scherzhaft verlautbaren lassen, dass Silas wohl versetzt worden sei, was dieser überhaupt nicht komisch gefunden hatte.

Francesca ließ Silas' Schroffheit kalt, aber sie wusste, sie musste ihn beschwichtigen, wollte sie ihren Plan nicht gefährden. »Tut mir Leid, dass wir uns verspätet haben, das war allein meine Schuld«, entgegnete sie. »Ich wollte mich für dich besonders schön machen.«

Sofort wurden seine Gesichtszüge weicher, seine Gier war geweckt. »Das ist dir voll und ganz gelungen«, sagte er. Er beugte sich vor, um sie zu küssen, wobei sie instinktiv das Gesicht zur Seite wandte, damit seine Lippen nur ihre Wangen trafen. Sie bemerkte, dass seine Augen schmaler wurden, und schenkte ihm ein kokettes Lächeln, um seinen Verdruss über die Zurückweisung zu besänftigen. Silas hatte den Eindruck, dass sie gern kokettierte, was für ihre bevorstehende Ehe prickelnde Abwechslung versprach, der er bereits ungeduldig und voller Gier entgegenfieberte.

»Die Dekoration des Speisesaals ist sehr schön«, sagte Francesca, um ihn abzulenken. Auf der einen Seite des Raumes waren die Tische und Stühle entfernt worden, um eine Tanzfläche zu schaffen. In einer Ecke war Platz für die dreiköpfige Musikkapelle geschaffen worden, und obwohl es an diesem Abend nicht besonders kalt war, loderte ein munteres Feuer im Kamin und verlieh dem Saal eine behagliche Atmosphäre.

Francesca, die sämtliche Blicke auf sich spürte, hielt nach den Radcliffes Ausschau, konnte sie zu ihrer Erleichterung aber nicht entdecken.

»Kommt herein, und nehmt euch etwas zu trinken«, sagte Silas zu Joe, Ned und Neal. Missbilligend registrierte er Neals Erscheinen und nahm sich vor, ihn im Auge zu behalten. »Und nun möchte ich meiner bezaubernden Verlobten einige Leute vorstellen, die sie unbedingt kennen lernen wollen.«

Francesca wusste, sie hatte keine andere Wahl, als Silas' Aufforderung Folge zu leisten. Sie kam sich vor wie ein Lamm, das zur Schlachtbank geführt wurde. Silas machte sie mit mehreren Farmern und deren Gattinnen bekannt, die ihr mit höflicher Distanz begegneten. Man beglückwünschte sie, doch Francesca entgingen nicht die missbilligenden Blicke, die hinter Silas' Rücken gewechselt wurden. Sie wusste, dass insbesondere die Frauen sie für viel zu jung hielten, um seine Ehefrau zu werden – was ja auch zutraf –, und da Silas bereits dreimal verheiratet gewesen war, war sein Privatleben ein gefundenes Fressen für die Klatschmäuler bei den morgendlichen Zusammentreffen und Wohltätigkeitsbasaren, die von der Landfrauenvereinigung veranstaltet wurde.

Sobald die Möglichkeit sich bot, gesellte Francesca sich rasch wieder zu ihrem Vater, Ned und Neal, die in einer Ecke

Platz genommen hatten. Vor ihrem Vater standen bereits zwei leere Gläser, und er kippte gerade das dritte herunter. Francesca verspürte einen Anflug von Angst, weil sie wusste, dass Joe in betrunkenem Zustand im Stande war, Silas und seinen hochnäsigen Konsorten deutlich zu sagen, was er von ihnen hielt.

»Sieh mal, wer gekommen ist«, sagte Joe.

Francesca wandte sich um und sah Regina den Saal betreten. Dahinter wurde Frederick in seinem Rollstuhl von Amos Compton hereingeschoben, der sich gleich darauf diskret zurückzog, um zusammen mit dem Kutscher, Claude Mauston, draußen zu warten.

Bei Reginas Anblick begann Francescas Herz zu hämmern. Wieder musste sie daran denken, dass Regina gesagt hatte, sie wäre eine Schande für die Radcliffes. Allein die Erinnerung an ihre kaltherzige Grausamkeit trieb Francesca die Röte ins Gesicht, sodass sie sich rasch wieder umdrehte.

Ihr Vater reichte ihr ein Glas Wein. »Den kannst du vielleicht gebrauchen«, sagte er. Ihm war aufgefallen, dass Reginas Gesicht erstarrt war, als sie seine Tochter erblickt hatte. Sein Beschützerinstinkt war sofort geweckt. Lieber würde er in der Hölle schmoren statt zuzulassen, dass Francesca ein Leid zugefügt wurde, und das galt auch für die vornehme Gesellschaft von Echuca.

Dankbar nippte Francesca an dem Glas Wein. Sie hatte den ganzen Tag kaum etwas gegessen und genoss die Wärme, die ihren Körper durchströmte. Sie spürte, dass Neals dunkle Augen auf ihr ruhten, und wandte sich ihm zu. Er machte ein besorgtes Gesicht, sodass sie sich zu einem Lächeln zwang, das er mit einem Augenzwinkern erwiderte.

»Silas glaubt, dass jeder hier ihn bewundert und respektiert«, sagte sie, »aber ich habe einen anderen Eindruck. Die Stimmung unter den Gästen scheint mir ziemlich kühl zu sein.«

»Du hast wohl Recht, Frannie«, entgegnete Joe. »Ich bezweifle, dass Silas wirkliche Freunde hat. Die meisten Leute gehen ihm lieber aus dem Weg. Bloß die, die genauso reich sind wie er, arbeiten mit ihm zusammen. Sie handeln nach der Devise, dass eine Hand die andere wäscht.«

»Da sind mir die einfachen Schiffersleute doch wesentlich lieber«, meinte Ned, der den Blick über die Anwesenden schweifen ließ. Die Männer trugen maßgeschneiderte Anzüge, und die Damen hatten sich ebenfalls in Schale geworfen. Ned wusste, Joe und Neal fühlten sich genauso fehl am Platze wie er selbst.

Wir sind hier so erwünscht wie drei nackte Buschmänner, ging es ihm durch den Kopf.

Francesca konnte sehen, wie unbehaglich sich Joe, Ned und Neal zwischen den Farmbesitzern und Silas' Geschäftsfreunden fühlten. Lediglich zwei angesehene Kaufleute aus der Stadt schenkten ihnen Beachtung, und das auch nur, weil man häufig geschäftlich miteinander zu tun gehabt hatte. Sogar Silas ließ sie links liegen. Am liebsten wäre Francesca wieder gegangen, aber das durfte sie nicht.

»Da bist du ja, meine Teuerste«, sagte Silas und nahm sie beim Arm. »Komm, es warten noch andere Gäste auf dich.« Bevor Francesca widersprechen konnte, zog er sie zu einer kleinen Runde, in der sich auch Regina und Frederick befanden. Silas machte sie miteinander bekannt. »Das sind Warren Peobbles und seine bezaubernde Gattin Rebecca. Sie sind Teilhaber des *Riverine Herald*, gemeinsam mit Frederick und Regina, deren Bekanntschaft du ja bereits gemacht hast.«

Francesca schenkte den Peobbles und Frederick ein Lächeln. Dann nahm sie ihren ganzen Mut zusammen, um Regina in die Augen zu sehen, und selbst dieser kurze Moment genügte, dass Reginas eisiger Blick sie schaudern ließ.

»Warren, Rebecca – das ist meine Verlobte, Francesca Callaghan«, sagte Silas stolz.

»Wir sind erfreut, Ihre Bekanntschaft zu machen«, erklärte Warren.

»Hocherfreut«, fügte Rebecca in geschliffenem Ton hinzu, in dem so viel Wärme lag wie in einem Schneesturm in den Blue Mountains.

»Was meine Person betrifft, so bin ich enttäuscht von Ihnen, Francesca«, sagte Frederick missmutig.

Sie blickte ihn mit aufgerissenen Augen an, während ihr Reginas Beschimpfungen in den Ohren hallten.

»Ich dachte, Sie würden eines Tages zu unserer Familie gehören, oder ich hatte es zumindest gehofft.« Ein freundliches Lächeln erschien auf seinem Gesicht.

Francesca drängte sich die Frage auf, wie ein so netter Mann an eine derart herzlose Frau wie Regina geraten konnte. »Tut mir Leid, aber es sollte nicht sein«, entgegnete sie gerührt. »Aber wenn ich mir meinen Schwiegervater aussuchen dürfte, müsste er so sein wie Sie.« Sie hätte allerdings noch hinzufügen können, dass Regina als Schwiegermutter ihr schlimmster Albtraum wäre, was sie sich natürlich verkniff. Sie musste Regina nicht einmal anschauen, um deren frostigen Blick auf sich zu spüren, sodass sie unwillkürlich eine Gänsehaut bekam.

»Wie reizend von Ihnen, Francesca. Vielleicht ist es ja noch nicht zu spät, um Monty zur Vernunft zu bringen.«

Tränen brannten in Francescas Augen, weil sie wusste, dass Monty genauso fühlte wie sein Vater, doch mit Regina verhielt es sich anders.

»Ich fürchte, es ist bereits zu spät, Frederick. Montys Fehler ist mein Glück«, posaunte Silas.

»In der Tat, Silas. Sie ist wunderschön, nicht wahr, Regina?«

Francesca wagte es, Regina anzusehen, die sofort ihren eisigen Blick und ihre offensichtliche Erregung überspielte. »Durchaus, Frederick, aber auch Monty ist heute Abend in Begleitung einer außerordentlich reizenden jungen Dame.

Vermutlich hast du sie das letzte Mal gesehen, als sie noch ein Kind war, aber mittlerweile hat Clara sich zu einer bezaubernden jungen Frau entwickelt.«

Niemand außer Francesca schien zu bemerken, dass die Bemerkung ein Seitenhieb Reginas gewesen war.

Frederick machte ein verblüfftes Gesicht und zuckte die Achseln. »Ich kann mit den jungen Leuten von heute nicht Schritt halten. Sei's drum, ich wünsche Ihnen das Allerbeste, meine liebe Francesca. Auch im Namen meiner Gattin – nicht wahr, Regina?«

Regina zwang sich zu einem Lächeln, doch ihre Augen blickten weiterhin kalt. »Wir müssen bei Gelegenheit einen kleinen Plausch von Frau zu Frau halten, Francesca, vorausgesetzt, Silas kann Sie heute Abend entbehren«, sagte sie.

Francesca war erstaunt. Sie hatte keinen blassen Schimmer, worüber Regina mit ihr reden wollte, geschweige denn, was sie überhaupt noch zu bereden hatten. Verwundert bemerkte sie eine unterschwellige Verzweiflung hinter Reginas kontrollierter Fassade.

Silas war von Reginas Vorschlag, ungestört mit Francesca zu reden, ebenfalls nicht angetan. Er hatte Regina zwar gewarnt, Francesca in Ruhe zu lassen, traute ihr aber nicht über den Weg. Außerdem wollte er vermeiden, dass Francesca am Abend ihrer Verlobungsfeier in Bedrängnis geriet.

»Francesca muss heute Abend noch zahlreichen anderen Gästen zur Verfügung stehen, Regina. Deshalb befürchte ich, dass ich sie kaum entbehren kann.«

Im Grunde war Francesca Silas dankbar dafür, dass er sie in Beschlag nahm. So sehr sie ihn auch verabscheute – sie hatte Regina nichts zu sagen und wollte keinen Moment länger als nötig in ihrer Gesellschaft verbringen. Lieber würde sie eine ganze Schiffsladung Fische abschuppen und ausnehmen.

Im nächsten Moment betrat Monty zusammen mit Clara Whitsbury den Saal.

»Wenn man vom Teufel spricht. Da kommt Monty«, sagte Frederick.

Francesca schlug das Herz bis zum Hals. Sie ahnte, dass die Wiederbegegnung mit ihm peinlich ausfallen würde. Sie hatte gebetet, dass er nicht erscheinen würde. Zu ihrer Bestürzung steuerte Monty mit seiner Begleiterin, die in der Tat ein Blickfang war, direkt auf sie zu.

»Guten Abend, Silas«, sagte Monty leise. Obwohl er mit dem Gastgeber sprach, blickte er Francesca an, genau wie Clara. Während Monty einen gequälten Eindruck machte, betrachtete Clara sie von oben herab.

»Guten Abend, Francesca«, sagte Monty mit einer Stimme, aus der verletzter Stolz herauszuhören war. Er warf einen kurzen Blick auf Silas. »Meinen Glückwunsch ... an Sie beide«, fügte er mit sichtlicher Überwindung hinzu.

»Danke sehr«, erwiderte Silas, der Montys Kummer mit Genugtuung registrierte.

Für Monty war offensichtlich, dass Silas der Ansicht war, der Bessere von ihnen habe Francescas Herz erobert, was er allerdings keinen Moment glauben wollte. Es hatte nur einen Grund gegeben, dass er überhaupt zu der Feier erschienen war: Er wollte herausfinden, was Francesca dazu getrieben hatte, Silas das Eheversprechen zu geben.

»Darf ich euch mit Clara Whitsbury bekannt machen«, sagte Monty. »Silas kennen Sie ja bereits, Clara, und meine Mutter ebenfalls. Und das ist mein Vater.«

»Ich kann zwar nicht behaupten, dass ich mich an Sie erinnere, Clara, aber ich freue mich, Ihre Bekanntschaft zu machen«, sagte Frederick höflich.

»Vielen Dank, Mr Radcliffe.«

»Und diese junge Dame ist Silas' Verlobte, Miss Francesca Callaghan«, sagte Monty zu Clara. Er erstickte beinahe an dem Wort »Verlobte«.

Clara blieb sein bekümmerter Ton nicht verborgen, und

sie bemerkte auch den Blick, mit dem er Francesca ansah. Es war offensichtlich, dass er viel für sie empfand. Dies erregte Claras Eifersucht, sodass ihre Begrüßung recht frostig ausfiel. »Sehr erfreut«, sagte sie, wobei sie ihre Rivalin abfällig musterte.

»Ich freue mich ebenfalls, Ihre Bekanntschaft zu machen«, erwiderte Francesca in bemüht gefasstem Tonfall.

Den Blick aus schmalen Augen auf Francesca geheftet, hakte Clara sich besitzergreifend bei Monty ein und schenkte ihm ein verführerisches Lächeln. In diesem Augenblick erschien ein Kellner mit einem Tablett voller Weingläser. Als Regina und Clara sich jeweils ein Glas nahmen, bemerkte Francesca, wie sie stumm einen Blick wechselten. Es war offensichtlich, dass die beiden über sie gesprochen hatten und dass Regina kein gutes Haar an ihr gelassen hatte. Dabei fiel ihr Lizzies Bemerkung ein, dass Regina beabsichtigte, ihren Ruf nachhaltig zu schädigen. Offenbar war es ihr bitterernst damit.

»Entschuldigen Sie mich bitte«, sagte Francesca. Sie konnte Reginas Gegenwart keine Sekunde länger ertragen, sodass sie den Speisesaal verließ und Zuflucht in der Damentoilette suchte, um die Fassung wiederzugewinnen.

»Beeil dich, Liebling«, rief Silas ihr nach. »Ich möchte dich noch zahlreichen anderen Gästen vorstellen.«

Francesca schenkte ihm kaum Beachtung, als sie aus dem Saal floh. Sie kämpfte gegen die Tränen an.

Gleich darauf entschuldigte Monty sich ebenfalls. »Ich habe soeben Herbert Wallace erspäht und muss unbedingt kurz mit ihm reden.« Herbert hatte sich ins Foyer begeben, was Monty die perfekte Ausrede lieferte, Francesca zu folgen.

Als Francesca die Damentoilette verließ, stand Monty wartend davor.

»Ich muss mit Ihnen sprechen«, sagte er drängend.

»Zwischen uns ist alles gesagt, Monty.«

»Ich war mir sicher, Sie würden diese Verlobungsfarce beenden. Es kann unmöglich Ihr Ernst sein, Silas zu heiraten.«

»Wen ich heirate, hat Sie nicht zu kümmern, Monty.«

»Mir ist schleierhaft, warum Sie das tun, Francesca, aber ich kann nicht untätig daneben stehen und zusehen, wie Sie in Ihr Unglück laufen. Das will ich nicht. Dafür sind Sie mir zu wichtig.«

»Ich laufe nicht in mein Unglück, und ich wäre Ihnen dankbar, wenn Sie sich nicht weiter einmischen würden. Würden Sie mich jetzt entschuldigen?« Francesca wollte an ihm vorbei, doch Monty hielt ihren Arm fest. Dabei gerieten sie ins Blickfeld der Gäste im Speisesaal, und Regina wurde auf die beiden aufmerksam. Es war deutlich zu erkennen, dass Monty Francesca anflehte, und Regina fühlte sich hin und her gerissen. Einerseits durfte sie nicht zulassen, dass Francesca Silas heiratete – und Monty wäre in der Lage, das zu verhindern –, andererseits musste sie jeden Kontakt zwischen Monty und Francesca unterbinden. Es war eine verzweifelte Situation.

Regina entschuldigte sich und gesellte sich zu den beiden. »Monty«, stieß sie atemlos vor Angst hervor. »Clara fragt nach dir.«

Obwohl Monty seine Mutter gehört hatte, war er nicht willens, diese Gelegenheit verstreichen zu lassen, da er mit Francesca noch nicht weitergekommen war. »Ich komme gleich«, entgegnete er.

»Es ist unhöflich, Clara warten zu lassen, Monty. Außerdem möchte ich mit Francesca sprechen, und zwar alleine.«

Francesca hätte am liebsten die Flucht ergriffen, doch eine morbide Neugier hielt sie zurück.

»Bitte, Francesca, machen Sie einen Rückzieher«, flehte Monty. »Sonst begehen Sie den größten Fehler Ihres Lebens.«

Francesca erwiderte nichts darauf. Sie senkte den Blick, bis Monty sich entfernt hatte.

Regina zog sie ein Stück zur Seite, sodass sie vom Saal aus

nicht mehr zu sehen waren. »Ich bin derselben Auffassung wie mein Sohn, Francesca. Sie dürfen Silas Hepburn nicht heiraten«, sagte sie mit gedämpfter, aber nachdrücklicher Stimme.

Francesca wollte ihren Ohren nicht trauen. Zorn stieg in ihr auf. »Was ich mache, hat Sie nicht im Geringsten zu kümmern. Schließlich werde ich nicht Ihren Sohn heiraten, also halten Sie sich gefälligst aus meinen Privatangelegenheiten heraus.«

»Das kann ich nicht, Francesca. Ich kann nicht zulassen, dass Sie Silas' Frau werden.«

»Und warum nicht?«

Regina schürzte die Lippen. »Ich habe meine Gründe.«

»Ach ja?« Francesca waren ihre Beweggründe gleichgültig; dennoch war ihre Neugier geweckt. »Nennen Sie mir die Gründe, oder lassen Sie mich in Ruhe.«

»Ich ... kann nicht.«

»Dann ist unser Gespräch beendet«, sagte Francesca verärgert.

»Nein, Francesca, ist es nicht. Jedenfalls nicht, bevor Sie diese Verlobungsfarce beenden. Sie dürfen Silas nicht heiraten. Suchen Sie sich einen anderen Mann ... mit Ausnahme von Monty.«

Francesca riss die Augen auf. »Ich nehme an, dass ich weder für Silas noch für Monty gut genug bin«, entgegnete sie. »Ist das der Grund?«

Regina packte die Verzweiflung. Francesca schien fest entschlossen, Silas zu heiraten, und wenn auch nur, um sie zu kränken, doch so weit durfte es nicht kommen. Sie drängte Francesca in eine Kammer neben der Küche und schloss die Tür hinter sich. Sie schwankte, und ihre Augen hatten einen irren Glanz angenommen.

»Hören Sie mir gut zu«, sagte sie und packte Francesca an der Schulter. »Ich darf Ihnen nicht sagen, woher ich das weiß, aber Silas ist ... mit Ihnen blutsverwandt.«

Francesca reagierte empört. »Das ist ja lächerlich. Glauben

Sie vielleicht, ich wüsste nicht, wenn ich mit Silas verwandt wäre? Mein Vater hätte mir das längst gesagt.«

»Das ist es ja eben. Joe weiß es nicht.«

»Wenn das stimmen würde, müsste er es wissen.«

»Nein, eben nicht ... weil er nicht Ihr leiblicher Vater ist«, brach es aus Regina hervor.

Francesca war schockiert. »Sie würden lügen, bis sich die Balken biegen, nur um Ihren Kopf durchzusetzen, nicht wahr? Ohne Rücksicht auf die anderen.« Sie stieß Regina zurück. »Halten Sie sich fern von mir, oder ich erzähle Silas und meinem Vater, was Sie eben gesagt haben.«

Regina wurde blass. »Sie dürfen Silas nichts sagen. Er kennt die Wahrheit nicht, und er darf sie auch niemals erfahren.« Ihre weit aufgerissenen Augen flackerten wild.

»Das sind ja auf einmal ganz andere Töne. Ich bezweifle sehr, dass Sie die Wahrheit kennen, Regina«, sagte Francesca, der Tränen in die Augen stiegen. »Sie haben sich das alles nur ausgedacht, weil es Ihnen gelegen kommt. Ihr Verhalten ist krankhaft. Und offen gesagt haben Sie weder einen Mann wie Frederick noch einen Sohn wie Monty verdient.«

Francescas Worte verfehlten ihre Wirkung nicht. Regina wurde weiß wie ein Laken. Francesca nutzte die Gelegenheit, um aus der Kammer zu fliehen. Im Foyer stieß sie prompt mit Neal zusammen, der nach ihr Ausschau hielt. Er ergriff rasch ihre Hand und glitt mit ihr in Silas' Büro, um ungestört mit ihr zu sein.

»Was ist los, Francesca?«, fragte er, nachdem er die Tür hinter sich geschlossen hatte. »Warum weinst du?« Er bemerkte, dass sie am ganzen Körper zitterte.

»Ich hatte gerade ein ... ein kurzes Gespräch mit Regina Radcliffe«, entgegnete Francesca und atmete tief durch.

»Was hat sie denn gesagt?«

Francesca schüttelte den Kopf. »Ich möchte, dass sie damit aufhört, sich in mein Leben einzumischen«, stieß sie hervor.

»Dazu hat sie kein Recht«, knurrte Neal. Er konnte lediglich vermuten, dass Regina Francesca wieder mit Monty zusammenbringen wollte.

»Das finde ich auch. Oh, Neal, halt mich einfach fest.«

Ohne zu zögern, breitete Neal die Arme aus und zog sie an sich. Francesca lehnte den Kopf gegen seine Brust und lauschte seinem kräftigen, regelmäßigen Herzschlag, der ungemein tröstend wirkte.

»Ich werde sie in ihre Schranken weisen«, versprach Neal erbost. Er wollte verdammt sein, bevor er zuließe, dass die Radcliffes Francesca erneut übel mitspielten.

»Nein. Versprich mir, dass du den Mund hältst, Neal. Wenn Monty davon erfährt, dass seine Mutter mich schikaniert, wird er außer sich sein.«

Neal verspürte einen Stich der Eifersucht. »Es wird Zeit, dass du zuerst an dich denkst, Francesca. Auf Monty brauchst du keine Rücksicht zu nehmen. Schließlich ist er ein erwachsener Mann, und offensichtlich hat er sich bereits mit einer anderen getröstet.«

Francesca musste an Clara denken und an die Blicke, die sie mit Regina gewechselt hatte. Sie ahnte instinktiv, dass Regina die treibende Kraft war, um Clara mit Monty zu verkuppeln. Dennoch rätselte sie, warum Regina sich so erbittert dagegen sträubte, dass sie Silas heiratete. Francesca konnte nur vermuten, dass Regina – als gute Bekannte von Silas – sie nicht als gut genug für Silas betrachtete. Eine andere Erklärung wollte ihr nicht einfallen, anderenfalls hätte Regina auch nicht die absurde Behauptung aufgestellt, dass Joe nicht ihr leiblicher Vater sei. Reginas Boshaftigkeit übertraf Francescas schlimmste Befürchtungen.

»So habe ich wenigstens die Gelegenheit, dich wieder mal in den Armen zu halten«, sagte Neal und gab ihr einen Kuss.

Silas hielt nach Francesca Ausschau, als Regina ihm begegnete. Sie wirkte sichtlich erschüttert und hatte offenbar geweint. Da er sie noch nie hatte Tränen vergießen sehen, nicht einmal, als sie ihre Affäre beendet hatten, war er konsterniert. Wenn Regina derart aufgewühlt war, fragte er sich unwillkürlich, in welcher Verfassung sich Francesca dann befand.

»Wo ist meine Verlobte?«, fragte er.

»Ich weiß es nicht«, entgegnete Regina.

»Wenn du sie gekränkt hast, Regina, dann gnade dir Gott ...«

»Du darfst dieses Mädchen unter keinen Umständen heiraten, Silas. Du hast etwas Besseres verdient.«

Wieder drängte sich Silas der Verdacht auf, dass Regina eifersüchtig war. »Die Sache mit uns beiden liegt schon lange Zeit zurück, Regina. Meinst du nicht, es ist ein wenig spät, auf meine zukünftige Frau eifersüchtig zu reagieren?«

Regina war entrüstet. »Eifersüchtig? Ich bin ganz bestimmt nicht eifersüchtig. Und würdest du gefälligst leiser sprechen?«

»Auf mich machst du jedenfalls den Eindruck, als wärst du eifersüchtig.«

Regina konnte nicht fassen, wie eigensüchtig Silas war.

In diesem Moment hörte Francesca Silas' Stimme und löste sich aus Neals Armen. Kurz darauf wurde die Tür geöffnet. Silas betrat den Raum, und seine Miene verfinsterte sich schlagartig, als er Neal erblickte. Francesca sah mit Bestürzung, dass Regina hinter Silas im Foyer stand, offensichtlich sehr zufrieden darüber, dass Silas sie mit einem anderen erwischt hatte.

Silas bemerkte, dass Francescas Gesicht tränenüberströmt war. »Was geht hier vor?«, fragte er barsch.

Francesca blickte Neal an, während sie fieberhaft nach einer plausiblen Ausrede suchte. »Die ganze Aufregung hat mir ziemlich zugesetzt«, sagte sie und wischte sich die Nase mit einem Taschentuch ab.

Silas starrte misstrauisch Neal an. »Dann hättest du auch zu mir kommen können.«

»Francesca war es peinlich, Ihnen zu sagen, dass sie das Gefühl hat, in Ihren Kreisen nicht akzeptiert zu sein«, schaltete Neal sich ein. »Ich habe ihr zu erklären versucht, dass sie sich täuscht. Was kann man gegen eine solch bezaubernde junge Frau haben? Sie sind ein Glückspilz, Silas. Aber das wissen Sie ja bereits.«

»Ja, durchaus. Dennoch schickt es sich nicht für meine Verlobte, sich mit einem Mann hierher zurückzuziehen. Francesca«, er bot ihr seinen Arm, »wollen wir uns wieder zu unseren Gästen gesellen?« Es klang eher nach einem Befehl als nach einer Frage.

Francesca blickte Neal an, während sie sich bei Silas einhakte. »Gewiss.«

Silas starrte Neal mit einem Blick an, der als stumme Drohung aufzufassen war.

Als Silas später mit Francesca tanzte, bemerkte er, dass Neal Mason sie dabei keine Sekunde aus den Augen ließ. »Ich weiß, du hast mir gesagt, dass es zwischen dir und Neal Mason nie eine Liaison gegeben hat«, sagte er, »aber das glaube ich dir nicht, Francesca. Schließlich sieht ein Blinder, dass Neal Mason in dich verliebt ist.«

Francesca hob den Kopf und sah ihn an. Sie wusste nicht, was sie entgegnen sollte, da ihr das spontane Lügen schwer fiel, und nachdem Silas dieselbe Frage bereits vor über einer Woche gestellt hatte, waren sie und Neal sich in der Zwischenzeit näher gekommen. Aus Silas' Mund zu hören, dass Neal sie liebte, jagte ihr einen angenehmen Schauer über den Rücken. »Ich bin dir versprochen, Silas«, erwiderte sie schließlich und wandte das Gesicht ab.

»So ist es, und *keiner* pfuscht mir dazwischen.«

Seine Worte machten Francesca Angst, wobei sie nicht um sich selbst fürchtete. Vielmehr hatte sie die Befürchtung, dass Silas aus Eifersucht Neal etwas antun könnte.

Wir müssen von nun an vorsichtiger sein, ging es ihr durch den Kopf.

Auch Joe beobachtete Silas und seine Tochter auf der Tanzfläche. Er hatte bereits mehrere Gläser intus, und sein Groll wurde immer größer. Es war ihm unerträglich, den glücklichen Brautvater zu spielen, und es fiel ihm von Minute zu Minute schwerer.

»Ich werde jetzt mit meiner Tochter tanzen«, murmelte er. Schwankend stand er auf, fest entschlossen, Silas abzulösen.

»Joe, sieh mal«, sagte Ned in diesem Augenblick und deutete auf den Saaleingang.

Joe wandte sich um und erblickte eine Frau. Im ersten Moment erkannte er Lizzie nicht. Sie wirkte wie verängstigt. Lizzie trug das Kleid, das Francesca von Monty geschenkt bekommen hatte, doch es passte ihr nicht richtig, weil es sehr eng geschnitten war. Sie war etwas breiter als Francesca und zudem größer. Während bei Francesca das Mieder wie angegossen saß, war es für Lizzie zu eng, und der Rock war ein Stück zu kurz. Wegen ihrer auffälligen Haarfarbe hatte sie die Haare unter einem Hut hochgesteckt, den sie sich von einem der Freudenmädchen geborgt hatte. Obwohl der Hut ein wenig aus der Mode war, hatten die Mädchen ihr versichert, dass sie sich damit präsentieren könne.

Joe ging ihr entgegen. »Sie sind doch noch gekommen, Elizabeth.« Er war gerührt, aber Lizzie bemerkte, dass alle sich nach ihr umwandten und sie anstarrten.

Lizzie ließ den Blick durch den Saal schweifen und sah dabei einige bekannte Gesichter – Männer, die Gast im Bordell gewesen waren. Schlagartig wurde ihr bewusst, dass sie einen Fehler gemacht hatte. »Das hätte ich nicht tun sollen«, stieß sie hervor und trat zwei Schritte zurück.

»Es bedeutet mir sehr viel, dass Sie hier sind«, sagte Joe.

Francesca hatte Lizzie ebenfalls bemerkt, und auch deren Kleid, sodass sie rasch einen Blick auf Monty warf. Dieser starrte Lizzie mit nachdenklicher Miene an.

»Entschuldige mich, Silas«, sagte sie und eilte zum Saalausgang.

Silas, der erfahren wollte, wer da soeben für Aufsehen gesorgt hatte, folgte ihr.

»Lizzie«, sagte Francesca in drängendem Ton. »Montgomery Radcliffe ist heute Abend hier. Er hat mir dieses Kleid geschenkt.«

Lizzie riss entsetzt die Augen auf.

»Sie sehen bezaubernd darin aus«, fuhr Francesca fort, um ihre Gefühle nicht zu verletzen, »und ich freue mich, dass Sie gekommen sind, aber Silas könnte davon Wind bekommen.«

»Ich werde wieder gehen«, entgegnete Lizzie bedrückt. »Ich hätte gar nicht erst kommen sollen.« Tränen traten ihr in die Augen. Im nächsten Moment bemerkte sie Silas, der auf sie zusteuerte, und sie erstarrte vor Angst.

»Sie bleiben, Elizabeth«, sagte Joe. In seinem angetrunkenen Zustand konnte er nicht mehr klar denken. Deshalb kam ihm gar nicht in den Sinn, wie demütigend die Situation für Lizzie war. Joe war einfach nur froh, dass sie gekommen war, zumal er wusste, dass sie es ihm zuliebe getan hatte.

In diesem Augenblick stieß Silas zu ihnen und starrte Lizzie verwirrt an. Am ganzen Leib zitternd, erwiderte sie seinen Blick, senkte aber gleich darauf beschämt den Kopf.

Lizzies Reaktion irritierte Joe.

Stirnrunzelnd überlegte Silas, woher die Frau ihm bekannt vorkam. Er musterte sie eingehend. Plötzlich wurden seine Augen groß, als er sie wiedererkannte. »Was zum Henker hast du hier verloren?«, fuhr er sie schroff an.

»Sie ist mein Gast«, gab Joe erbost zurück.

»Was?«

»Sie haben richtig gehört«, sagte Joe und hob die geballten Fäuste gegen Silas.

Für Lizzie war es der schlimmste Albtraum, dass Joe sich gezwungen sah, sie zu verteidigen. Sie wandte sich um und wollte davonstürzen, bekam jedoch noch mit, was Silas sagte.

»Sie haben eine Hure zur Verlobungsfeier Ihrer Tochter eingeladen?«, fragte Silas ungläubig.

»Sprich gefälligst leiser, Silas«, fuhr Francesca wütend dazwischen, »und hör auf, Lizzie so zu bezeichnen.«

»Warum denn? Schließlich ist sie eine!«

Francesca verspürte abgrundtiefen Hass.

»Wagen Sie es nicht noch einmal, Elizabeth eine Hure zu nennen«, grollte Joe. Hätte Neal nicht seinen Arm festgehalten und wäre Francesca nicht dazwischengetreten, hätte er Silas einen krachenden Kinnhaken verpasst.

»Besser, du siehst nach Lizzie«, sagte Ned zu Joe. »Ich bleibe so lange hier bei Francesca und bringe sie anschließend nach Hause.«

Joe blickte seine Tochter an.

»Geh schon, Dad. Ich komme gleich nach«, sagte sie. Sie machte sich große Sorgen um Lizzie, da sie wusste, dass deren angeschlagenes Selbstwertgefühl nun völlig zerstört sein würde.

Nach kurzem Zögern verließ Joe das Hotel im Vertrauen, dass Ned und Neal auf Francesca aufpassen würden. Er hatte sich nicht genug im Griff, um auch nur eine Minute länger diesem Scheusal gegenüberzustehen.

»Du kannst ebenfalls Leine ziehen«, sagte Silas zu Neal. »Es gefällt mir nämlich nicht, wie du die ganze Zeit meine Verlobte ansiehst.«

Neal verzog keine Miene. »Und mir gefällt es nicht, mir von Ihnen Befehle erteilen zu lassen«, erwiderte er. »Ich gehe nirgendwohin.«

Silas' Augen wurden schmal.

»Ich glaube, wir sollten uns jetzt alle auf den Weg machen«, sagte Francesca. Sie spürte, dass eine Schlägerei in der Luft lag, sodass sie es für besser hielt, dem aus dem Weg zu gehen, bevor sie es später bereuen musste. Schließlich durften sie ihr Ziel nicht aus den Augen verlieren. »Wenn du mich bei den Gästen entschuldigen würdest«, bat sie Silas. »Wir reden morgen weiter.«

Silas war entgeistert. »Du kannst jetzt nicht gehen! Ich lasse nicht zu, dass du mich zum Gespött machst.«

Francesca war seine Drohungen leid. Sie trat nahe an ihn heran und senkte die Stimme, damit niemand mithören konnte. »Möchtest du vielleicht, dass Lizzie zurückkommt und den Gästen offenbart, dass ihr Stammkunde sie aus purem Sadismus zusammenschlägt?«

Silas wurde blass.

»Gute Nacht«, sagte Francesca.

Silas sah ihr nach, während sie mit Ned und Neal das Hotel verließ.

Sobald wir verheiratet sind, dachte er, und das wird sehr bald sein, wirst du dich mir nicht mehr widersetzen, Francesca ...

Seine Gedanken wanderten zu Lizzie. Er hatte sich bereits gefragt, wo sie untergetaucht war. Aber dass sie sich ausgerechnet auf seiner Verlobungsfeier blicken ließ, damit hatte er nicht im Traum gerechnet. Dass sie sich selbst zum Gespött der Gäste gemacht hatte, ließ ihn völlig kalt, aber er schwor sich hoch und heilig, dass sie dafür bezahlen würde, *ihn* zum Gespött der Gäste gemacht zu haben. Und was hatte es damit auf sich, dass Joe sie »Elizabeth« nannte?

Silas fragte sich auch, woher Francesca wusste, dass er Lizzie verprügelt hatte. Er nahm sich vor, dem ebenfalls auf den Grund zu gehen, aber das konnte bis morgen warten.

Jetzt warteten die Gäste auf eine Erklärung, und er musste sich schleunigst etwas Glaubhaftes einfallen lassen.

21

Tut mir Leid, dass Ihre Verlobte sich unwohl fühlt, Silas«, sagte Rebecca Peobbles ohne eine Spur von Bedauern. »Wann findet die Hochzeit statt?«, fragte sie dann in beinahe gehässigem Tonfall.

Silas kam sich töricht vor, da niemand glauben wollte, dass Francesca sich unwohl fühlte, was ihn maßlos ärgerte. »Meine Verlobte kann es kaum erwarten, meine Frau zu werden, und da wir im kleinen Kreis feiern wollen, könnte die Hochzeit bereits in zwei Wochen stattfinden«, entgegnete er, wobei er mit Genugtuung die Bestürzung in Rebeccas ansonsten ausdruckslosem Gesicht registrierte. Ihm war klar, dass sie die Hochzeit für überstürzt hielt, aber es kümmerte ihn nicht.

Regina stand in der Nähe. Als sie Silas' Bemerkung hörte, wurden ihre schlimmsten Befürchtungen Wirklichkeit, und für einen Moment wurde ihr schwarz vor Augen. Warren Peobbles musste sie stützen.

»Was hast du?«, fragte Frederick. Als Regina keine Antwort gab, schickte er jemanden nach draußen, um Amos Compton zu verständigen.

»Fühlst du dich nicht wohl, meine Liebe?«, fragte er weiter, während Warren Peobbles ihr einen Stuhl heranzog.

»Mir ist ... ein bisschen schwindlig«, entgegnete sie. »Ich möchte nach Hause, Frederick.«

»Natürlich, Liebling. Soll Amos den Doktor holen?«

»Nein.« Sie warf einen Blick auf Silas. »Ich möchte nur nach Hause.«

Silas beobachtete Regina mit Neugier. Ihm dämmerte, dass sie seine Unterhaltung mit Rebecca verfolgt haben musste, was jedoch ihre Reaktion nicht erklärte. War sie etwa zu dem Schluss gekommen, dass es ein Fehler gewesen war, all die Jahre bei Frederick geblieben zu sein? Er hatte schon immer den Eindruck gehabt, dass sie aus Mitleid so gehandelt hatte, nicht aus Liebe, auch wenn sie dies bislang mit keinem Wort eingestanden hatte.

Am nächsten Morgen stand Francesca bei Sonnenaufgang auf. Lizzie schlief noch tief und fest. Francesca ging an Deck und betrachtete das Farbenspiel am Himmel. Kurz darauf gesellte sich Ned zu ihr und reichte ihr eine der beiden Tassen mit heißem Tee, die er in Händen hielt. Schweigend beobachteten sie eine Zeit lang die Eisvögel, die auf der Suche nach Futter über der Wasseroberfläche kreisten, und nippten an ihren Teetassen. Es war eine friedliche Atmosphäre; dennoch war ihr Leben aus der Bahn geraten.

»Es sieht Joe gar nicht ähnlich, so lange zu schlafen«, bemerkte Ned.

»Ich bezweifle, dass er viel geschlafen hat«, entgegnete Francesca. »Ich glaube, er hat die halbe Nacht damit verbracht, mit Lizzie zu reden. Sie war sehr verschlossen, was Dad ziemlich beunruhigt hat.«

Francesca hatte Lizzie und ihren Vater am Abend zuvor ziemlich früh alleine gelassen und sich schlafen gelegt. Joe hatte versucht, Lizzie aufzumuntern, doch seine Worte hatten keine Wirkung gezeigt. Einerseits machte Francesca sich Sorgen um Lizzie, andererseits waren ihre Gedanken fast die ganze Nacht um Reginas Worte gekreist, sodass sie keinen Schlaf gefunden hatte. Um vier Uhr morgens hatte sie immer noch wach gelegen, und Lizzie war noch immer nicht ins Bett gekommen.

»Diese Verlobung verlangt dir zu viel ab, Frannie«, sagte

Ned, dem die dunklen Ringe unter ihren Augen nicht entgangen waren. »Wenn die Sache dir so viel Kummer bereitet, ist sie es nicht wert. Lieber hause ich in einem Zelt, als dich unglücklich zu sehen. Dein Vater ist bestimmt derselben Meinung.«

»Nicht die Verlobung bereitet mir Kummer, Ned.«

»Sondern?«

»Etwas, das Regina Radcliffe zu mir gesagt hat.«

Ned horchte auf. »Was hat sie denn gesagt?«

»Sie behauptet, dass Dad nicht mein leiblicher Vater ist.« Verwundert registrierte Francesca, dass Ned verärgert wirkte und nicht schockiert, wie sie erwartet hatte. »Ned?«

Doch Ned blieb stumm. Er wandte sich wieder dem Fluss zu. Ihm wurde bewusst, dass er Francescas Fragen nicht länger ausweichen konnte. Die Vergangenheit holte früher oder später jeden ein, der versuchte, vor ihr davonzulaufen, und nun hatte eine Lüge, mit der sie siebzehn Jahre lang gelebt hatten, sie alle eingeholt.

»Das ist doch nicht wahr, oder?« Francesca zitterte plötzlich am ganzen Körper und umklammerte die Reling.

»Setz dich, Frannie«, sagte Ned und zog zwei Stühle heran.

Francesca folgte seiner Aufforderung, während Ned sich auf den anderen Stuhl setzte. Er nahm einen Schluck von seinem Tee, wobei er nach den richtigen Worten suchte.

»Ich weiß zwar nicht, woher Regina die Wahrheit kennt, aber es stimmt, was sie sagt. Joe ist nicht dein leiblicher Vater, und Mary war auch nicht deine leibliche Mutter.«

Francesca verschlug es für einen Moment die Sprache. Dann fragte sie stockend: »Aber ... aber wer sind dann meine leiblichen Eltern? Bist *du* mein Vater?« Der Gedanke war nahe liegend, zumal Ned sie genauso liebte wie Joe.

Ned wünschte sich, es wäre so, denn er stand Francesca tatsächlich so nahe wie ein Vater. »Nein. Und ehrlich gesagt, weiß ich nicht, wer dein Vater ist, Frannie. Aber du hättest keine liebevollere Mutter finden können als Mary, und ich brauche dir ja nicht zu sagen, wie sehr Joe an dir hängt.«

Francesca war völlig durcheinander. Unzählige Fragen schossen ihr durch den Kopf, und sie wusste nicht, wo sie anfangen sollte. »Aber wie ...?«

»Wie Mary und Joe zu dir kamen?«, ergänzte Ned, da sie nicht fähig war, weiterzusprechen.

Francesca nickte. Sie kämpfte gegen die Tränen an.

Ned ergriff ihre Hand und drückte sie tröstend. »Auch wenn das jetzt ein Schock für dich sein mag, Frannie, aber wir haben dich gefunden.«

Francesca kniff erstaunt die Augen zusammen. »Gefunden?«

»Am besten, ich erzähle es von Anfang an.« Ned war entschlossen, ihr die Wahrheit so schonend wie möglich beizubringen. Unter normalen Umständen hätte er Joe gebeten, Francesca die Wahrheit zu sagen, aber er wusste, dass Joe derzeit nicht dazu in der Lage war. Joe hatte bereits mehr als genug Sorgen mit der *Marylou,* der Arbeit und Francescas Verlobung mit Silas, ganz zu schweigen von seiner Sorge um Lizzie. »An meinem ersten Arbeitstag hier an Bord haben wir abends an einer Stelle am Ufer angelegt, die Boora Boora genannt wird.«

»Dad hat gesagt, ich sei dort geboren.«

»Das stimmt auch. Ich habe mein Nachtlager am Ufer aufgeschlagen, damit Joe und Mary ungestört waren. Kurz vor dem Einschlafen hörte ich einen Laut, als hätte jemand vor Schmerz geschrien. Da Boora Boora als heilige Stätte der Aborigines bekannt ist, dachte ich zuerst an eine rituelle Zeremonie. Ich bin aufgestanden, um mich umzuschauen, aber es war stockfinster. Im Mondschein auf dem Wasser habe ich dann plötzlich eine kleine Wanne vorübertreiben sehen. Zuerst konnte ich mir keinen Reim darauf machen, aber dann hörte ich ein Baby weinen. Das Baby warst du, Frannie. Du hast in der Wanne gelegen.«

Francesca stockte der Atem.

Ned fuhr fort: »Wir haben dich aus dem Fluss geborgen, konnten aber nie herausfinden, wer dich in diese Wanne gelegt hat. Es war offensichtlich, dass du kurz zuvor zur Welt gekommen bist, doch es gab keinen Hinweis auf deine Mutter. Wir nahmen damals an, dass es sich um ein junges Mädchen in Not gehandelt hat.«

Francesca schüttelte fassungslos den Kopf.

Ned sah ihr an, dass sie nicht verstand. »Vom ersten Augenblick an, als Mary und Joe dich sahen, haben sie dich geliebt. Joe hatte Bedenken, ob sie dich nicht den Behörden übergeben sollten, aber sie brachten es dann doch nicht über sich, weil sie dich als Geschenk Gottes betrachtet haben, nachdem ihnen kein eigenes Kind vergönnt gewesen war. Sie haben dich genauso geliebt, als wärst du ihr eigenes Kind gewesen, Frannie.«

»Das weiß ich, Ned. Aber wie hat Regina davon erfahren?«

»Keine Ahnung. Vor ein paar Wochen habe ich sie auf der High Street angesprochen, um ihr auf den Zahn zu fühlen. Sie hat abgestritten, etwas über die Umstände deiner Geburt zu wissen, aber ich hatte den Eindruck, sie hat gelogen.«

»Wer weiß noch davon?«

»Das ist es ja eben, Frannie. Wir haben es nie einer Menschenseele gesagt. Joe und Mary waren neu in Echuca, deshalb hat nie jemand Verdacht geschöpft, dass du nicht ihr leibliches Kind bist.«

»Fest steht, dass Regina etwas weiß, und was immer es auch sein mag, es muss mit Silas Hepburn zusammenhängen. Sie behauptet, er sei mit mir blutsverwandt. Kannst du dir vorstellen, dass dieses Scheusal mit mir verwandt ist? Ich jedenfalls nicht.«

Ned wusste nicht, was er glauben sollte.

Regina hatte eine schlaflose Nacht verbracht. Beim ersten Tageslicht kleidete sie sich an und erteilte Claude den Auftrag, die Pferde vor die Kutsche zu spannen. Während Frederick und Monty noch schliefen, ließ sie sich in die Stadt fahren.

»Halte an der Hafenpromenade«, befahl sie Claude. Sie musste mit Francesca sprechen, bevor es zu spät war, und hoffte, sie abpassen zu können.

Claude konnte sich zwar keinen Reim darauf bilden, aber er hatte gelernt, den Anweisungen zu folgen, ohne Fragen zu stellen.

Francesca war gerade auf dem Weg zur Bäckerei, die um sechs Uhr öffnete, als sie die Kutsche und Claude Mauston erkannte. Zuvor war sie mit Ned übereingekommen, ihrem Vater vorerst nichts zu sagen, da er bereits genügend Sorgen hatte, aber sie wollte eine Zeit lang alleine sein, um den Schock zu verdauen, bevor sie Joe wieder unter die Augen trat.

Als die Tür der Kutsche geöffnet wurde, rechnete Francesca damit, Monty aussteigen zu sehen.

»Ich muss mit Ihnen sprechen, Francesca«, erklang stattdessen Reginas nervöse Stimme. »Bitte. Es ist dringend.« Da sie erwartet hatte, dass Francesca ablehnen würde, war sie überrascht, als diese sofort nickte.

Francesca wollte Antworten, und die bekam sie nur, wenn sie mit Regina redete, egal, wie groß ihre Abneigung gegen diese Frau war. Deshalb stieg sie in die Kutsche, und Regina wies Claude an, weiter flussabwärts zu fahren und an einer ruhigen Stelle zu halten.

»Inwiefern ist Silas Hepburn mit mir verwandt?«, fragte Francesca. Die Frage hatte ihr die ganze Zeit auf der Zunge gebrannt.

»Pssst«, gab Regina zurück. »Warten Sie, bis wir halten.«

Für Francesca verging die Zeit quälend langsam, bis

Claude die Kutsche schließlich an einem einsamen Platz flussabwärts zum Stehen brachte.

»Lass uns bitte allein, Claude«, sagte Regina. »Sei in einer halben Stunde wieder hier.«

Claude blickte verwundert, setzte sich jedoch in Bewegung. Regina wollte nicht riskieren, dass jemand mithörte, was sie Francesca zu sagen hatte, auch wenn dieser Jemand schon zahlreiche Jahre in ihren Diensten stand.

Sobald sie allein waren, verlangte Francesca von Regina, ihr endlich die ganze Wahrheit zu sagen. »Ich habe soeben von Ned erfahren, wie die Callaghans an mich gekommen sind. Daher besteht kein Grund, mir weiter zu verschweigen, was Sie wissen, Regina.«

»Ja, Francesca. Ich wäre nicht hier, wenn es nicht dringend wäre, dass Sie die Wahrheit erfahren.«

»Dringend? Wieso?«

»Weil ich gestern Abend zufällig hörte, dass Silas zu Rebecca Peobbles sagte, er habe die Absicht, in zwei Wochen mit Ihnen vor den Traualtar zu treten.«

Francesca schnappte hörbar nach Luft. »Er hat mir eine lange Verlobungszeit versprochen.«

»Er ist nicht der Mann, der seine Versprechen hält.«

Francesca kam sich töricht vor, weil sie ernsthaft geglaubt hatte, Silas würde ihre Vereinbarung respektieren. »Ich verstehe nicht, weshalb Sie dagegen sind, dass wir heiraten.« Sie wollte Regina vorerst verschweigen, dass sie keinesfalls vorhatte, Silas' Frau zu werden.

Regina erblasste. Dann sagte sie stockend: »Silas ist ... Ihr Vater.«

»Wie kommen Sie zu dieser Behauptung?«

»Es ist die Wahrheit.«

»Nie und nimmer!«

»Es tut mir Leid, Francesca, aber ich schwöre beim Leben meines Sohnes, dass es wahr ist.«

Francesca wurde mit einem Mal furchtbar schlecht. Sie sprang aus der Kutsche und atmete tief durch, um gegen die Übelkeit anzukämpfen. Regina stieg ebenfalls aus.

»Ich weiß, dass es ein furchtbarer Schock für Sie ist, Francesca«, sagte sie, während sie unablässig die Hände rang. »Hätten Sie einen anderen Mann gewählt, hätte ich Ihnen das erspart, aber ich kann doch nicht zulassen, dass Sie Ihren eigenen Vater heiraten!«

Francesca geriet außer sich, und Tränen standen ihr in den Augen. »Wie kann dieser entsetzliche Mann mein Vater sein?« Dabei kamen ihr kurz Lizzies Worte in den Sinn, als sie ihr das Treffen mit Regina an Bord der *Platypus* geschildert hatte: »Mir schien, als hätte Regina gesagt, dass Sie Silas' Tochter sind ...« Bestimmt war Regina die Bemerkung damals unbeabsichtigt herausgerutscht. Und nun ergab es auch Sinn, weshalb sie die Fassung verloren hatte, nachdem Lizzie Silas' Heiratsabsichten erwähnt hatte.

Regina senkte den Blick. Der Abscheu und der Hass in Francescas Augen trafen sie zutiefst.

»Wie kann das sein, Regina? Sagen Sie es mir.«

Regina wandte sich ab. Sie hatte sich vorgenommen, Francesca die ganze Wahrheit zu sagen, doch es fiel ihr ungeheuer schwer. Sie hatte dieses Geheimnis so lange für sich bewahrt, dass es ihr jetzt nicht so einfach über die Lippen kam.

Francesca stellte sich vor Regina hin und packte sie an den Schultern. »Sagen Sie es endlich, Regina! Sonst frage ich Silas!«

»Er weiß nichts davon«, flüsterte Regina.

»Woher wissen Sie es dann?«

Regina starrte in Francescas blaue Augen, die nur eine Spur dunkler waren als ihre eigenen.

Allmählich dämmerte Francesca die Wahrheit, und sie ließ vor Entsetzen die Arme sinken. Mit einem Mal ergab alles einen Sinn. Ihre gemeinsame Leidenschaft für Zahlen und Buchführung, die dunklen Haare, die blauen Augen ...

»Mein Gott. Sie sind meine Mutter, nicht wahr?«

Da Regina es nicht abstritt, erkannte Francesca, dass es die Wahrheit war. Die zwei Menschen, die sie auf der ganzen Welt am meisten verabscheute, waren ihre leiblichen Eltern. Der Gedanke war unerträglich. Sie eilte davon, hinunter zum Fluss, wo sie mit verschränkten Armen dastand und zu den Eukalyptusbäumen auf der anderen Uferseite starrte. Sie war zu betäubt, um zu weinen.

Kurz darauf trat Regina an ihre Seite.

»Das ist doch nicht wahr?«, flüsterte Francesca. Auch wenn sie im Herzen wusste, dass es stimmte, wollte sie es nicht akzeptieren.

»Es ist wahr, Francesca«, entgegnete Regina leise.

»Warum soll ich Ihnen plötzlich glauben? Sie haben mich drangsaliert und beleidigt, auf ganz gemeine Weise ...« Erneut musste sie an die grausamen Worte denken, die Regina ihr ins Gesicht geschleudert hatte.

»Ich weiß, Francesca, aber denk nach. Bei deinem ersten Besuch auf Derby Downs hatte ich Vorbehalte gegen dich, weil ich der Ansicht war, dass Monty etwas Besseres als eine Schifferstochter verdient hat. Aber du hast durch deinen Charme, deine Intelligenz und deine Schönheit bestochen, und du bist eine sehr patente junge Frau. Ich war begeistert von dir, und das habe ich Monty auch gesagt. Ich war uneingeschränkt für diese Verbindung. Ich selbst habe Monty gebeten, dich übers Wochenende auf die Farm einzuladen. Erst als ich dein Muttermal entdeckte, wurde mir klar, wen ich vor mir hatte. Verstehst du denn nicht, Francesca? Monty ist dein Halbbruder! Ich *musste* einen Keil zwischen euch treiben. Es tut mir Leid, dass ich dich verletzt habe, aber ich wusste keinen anderen Ausweg.«

Francesca blieb misstrauisch, was Reginas Beweggründe betraf. Es war zu viel, um alles auf einmal zu verarbeiten.

»Als ich erfahren habe, dass du Silas heiraten willst, deinen eigenen Vater, bin ich verzweifelt.« Regina ging ein paar Schritte zu einem umgestürzten Baum, setzte sich darauf und ließ den Blick über den Fluss schweifen. »Ich hatte vor achtzehn Jahren eine Affäre mit Silas. Heute ist mir das unbegreiflich, aber damals war Frederick ständig fort, und ob du mir glaubst oder nicht, Silas war nicht immer der gierige, intrigante Halsabschneider wie heute. Früher war er charmant, redegewandt und äußerst beharrlich. Als ich erkannte, dass ich schwanger war, war ich völlig überfordert und wusste nicht weiter. Frederick konnte ich nicht glauben machen, dass das Kind von ihm ist, weil er zu lange fort gewesen war.« Im Nachhinein schien Regina sich dafür zu schämen, dass sie überhaupt in Erwägung gezogen hatte, Frederick zu täuschen. »Ich hatte Angst, Frederick zu verlieren, und verspürte geradezu Panik, mich zum Gespött der Leute zu machen. Als Fredericks Frau aber wurde ich respektiert. Doch hätte er von dir erfahren – ich bin sicher, er hätte mir Monty weggenommen. Er ist ein liebevoller Ehemann, Francesca, aber er könnte nie verzeihen, wenn man ihn hintergeht. Ich habe erlebt, dass er selbst mit alten Freunden gebrochen hat, weil sie sich unloyal verhalten hatten. Kurze Zeit später hatte er den Unfall und war auf mich angewiesen.«

»Ned sagte, ich sei in einer Wanne auf dem Fluss ausgesetzt worden. Wie konntest du mir das antun? Wie konntest du so kaltherzig sein?«

»Das war grausam von mir, und mit dieser Schuld muss ich leben. Aber ich war damals zuversichtlich, dass man dich früher oder später entdecken würde. Ich wollte sämtliche Spuren verwischen.« Regina schlug die Augen nieder.

»Ich hätte ertrinken oder weiter flussabwärts bis ins offene Meer hinaustreiben können.«

»Bis zum Meer sind es über tausend Meilen, Francesca. Ich wusste ... hoffte ... dass man dich spätestens bei Tagesanbruch entdeckt. Schließlich sind auf dem Fluss viele Schiffe unterwegs.«

Francesca kam in den Sinn, dass die Wanne ins Fahrwasser eines Dampfers hätte geraten können und dass Mary bei einem solchen Unfall umgekommen war, und zuckte innerlich zusammen. Sie würde Regina niemals verzeihen, was sie damals getan hatte, nur um ihre Ehe und ihren Ruf zu retten.

»Du musst verstehen, dass ich völlig verzweifelt gewesen bin«, sagte Regina, sah aber, dass Francesca kein Verständnis für ihr Handeln hatte. »Natürlich verstehst du das nicht. Wie auch? Ich verdiene deinen Zorn, aber ich flehe dich an, Monty und Frederick nichts davon zu sagen. Nicht jeder braucht die Wahrheit zu erfahren.«

»Das wäre mir auch peinlich«, räumte Francesca ein.

Regina nickte und schluckte den Kloß in ihrem Hals herunter. »Ich kann mir nicht vorstellen, dass du etwas für Silas empfindest«, sagte sie. »Warum willst du ihn dann heiraten?«

»Will ich gar nicht. Ich bin die Verlobung eingegangen, damit Dad arbeiten kann, ohne dass Silas ihm Knüppel zwischen die Beine wirft. Sobald Vater das Darlehn abbezahlt hat, das er Silas schuldet, werde ich die Verlobung wieder lösen.«

»*Warum* hat Joe bei Silas ein Darlehn aufgenommen?« Regina war mit Silas' Praktiken vertraut, wie fast alle Menschen am Fluss, sodass Joe gewusst haben musste, worauf er sich einließ.

»Der Dampfkessel war undicht, und Dad hatte kein Geld für die Reparatur, musste aber seine Aufträge erfüllen«, antwortete Francesca. »In seiner Not hat er eingewilligt, als Silas ihm das Darlehn anbot. Allerdings zu einem Wucherzins, sodass Dad mit den Ratenzahlungen in Verzug geriet. Dabei war er fest entschlossen, hart zu arbeiten, aber Silas hat seine Arbeit sabotiert und schließlich damit gedroht, sich die *Marylou* unter den Nagel zu reißen. Dann hat er Dad angeboten, ihm die Schulden zu erlassen, im Austausch gegen mein Jawort. Anfangs wollte Dad nichts davon wissen, aber dann kam mir die Idee, mich mit Silas zu verloben, um Zeit zu gewinnen. Wir hofften, Silas auf diese Weise zumindest davon abzuhalten, weiteren Menschen Schaden zuzufügen, zum Beispiel Ezra Pickering und Dolan O'Shaunnessey, die er sich nur deshalb herausgesucht hat, um Dads Einnahmequellen versiegen zu lassen und ihn in Zahlungsschwierigkeiten zu bringen.«

Reginas Augen wurden groß. »Willst du damit sagen, Silas steckt hinter dem Brandanschlag auf Ezras Werft?«

»Ohne jeden Zweifel.«

Regina wusste, dass Silas hinterhältig sein konnte; dennoch war sie schockiert. »Aber Silas hat dich durchschaut, Francesca. Darum plant er die Hochzeit schon in zwei Wochen.«

»Wenn ich die Verlobung jetzt schon löse, kann er mir Wortbruch vorwerfen und die *Marylou* an sich reißen, und das würde Dad das Herz brechen.«

»Aber du kannst Silas unmöglich heiraten!«

»Er muss die Wahrheit erfahren. Das ist die einzige Lösung. Wenn er erfährt, dass ich seine Tochter bin, lässt er uns die *Marylou*.«

Regina verspürte aufkeimende Panik. »Silas würde überall erzählen, dass du seine Tochter bist.«

»Ich habe keine andere Wahl, Regina.«

»Ich gebe euch das Geld, um die Schulden zu tilgen.«

»Nein«, widersprach Francesca heftig. Unvorstellbar, von Regina Geld anzunehmen.

»Das ist das Mindeste, das ich tun kann, Francesca.«

»Nein!«

»Bitte, Francesca, lass mich euch helfen. Dann kann Joe die *Marylou* behalten. Und du legst bestimmt keinen Wert darauf, dass Silas erfährt, dass du seine Tochter bist, wenn du ihn wirklich so verabscheust, wie du behauptest.«

Regina hatte Recht. Francesca legte nicht den geringsten Wert darauf, dass Silas die Wahrheit erfuhr. Die Vorstellung, wie er ihr dann als Vater begegnen würde, war Ekel erregend. Vor allem aber wollte sie Joe nicht verletzen. »Dad würde niemals Geld von dir annehmen. Dafür ist er zu stolz.«

»Wir können uns ja überlegen, wie wir ihm das Geld zukommen lassen, ohne dass er erfährt, dass es von mir stammt.«

Francesca dachte kurz darüber nach. Schließlich stand Regina in Joes Schuld, nachdem er sie, Francesca, großgezogen hatte.

»Ich weiß, dass du das nicht verstehst und wohl auch nie verstehen wirst«, sagte Regina, »aber ich bin froh, dass ich dir die Wahrheit gesagt habe.«

»Erleichtert das dein schlechtes Gewissen?«

Regina erwiderte traurig: »Nein, genauso wenig wie meine finanzielle Unterstützung für euch. Mit dieser Schuld muss ich für den Rest meines Lebens fertig werden.«

»Aber wenn du dein Leben noch einmal leben könntest, würdest du es wieder genauso machen, nicht wahr?«

Im Gegenteil, ging es Regina durch den Kopf. Ich würde mich nicht wieder auf eine Affäre mit Silas einlassen ...

»Im Grunde hast du mir damit einen Gefallen erwiesen«, sagte Francesca, »weil ich es nicht besser treffen konnte, als von Dad, Mary und Ned aufgezogen zu werden. Ich denke oft an Mary. Sie war eine wundervolle Mutter.«

Regina fühlte sich, als hätte Francesca ihr eine Ohrfeige verpasst. Doch sie wusste, sie hatte es nicht anders verdient. »Du hast dich zu einer bemerkenswerten jungen Frau entwickelt, Francesca. In gewisser Weise wünschte ich mir, dass du nicht meine Tochter wärst, zumal du die perfekte Frau für Monty abgeben würdest.«

Francesca empfand dies als Hohn. »Ich betrachte mich nicht als deine Tochter, Regina, aber Monty wird immer einen festen Platz in meinem Herzen haben. Hättest du den Mut und den Anstand gehabt, zu mir zu stehen, wäre er ein wunderbarer Bruder gewesen.«

Jetzt endlich verstand Francesca ihre Zuneigung für Monty und weshalb sie sich so sehr von ihren Gefühlen für Neal unterschied. Sie schätzte Montys Anständigkeit und hatte sich in seiner Gesellschaft stets wohl gefühlt. Obwohl sie die Freundschaft mit ihm genossen hatte, war sie jedoch davor zurückgeschreckt, eine Liebesbeziehung einzugehen, und dafür dankte sie dem Himmel. Sie war im Glauben gewesen, sie und Monty bräuchten mehr Zeit, bis Regina sie akzeptieren würde, dann würde sich alles von selbst ergeben. Dennoch hatte sie instinktiv gezweifelt. Nun verstand sie den Grund dafür: Ihr Instinkt hatte sich dagegen gewehrt, für Monty jemals mehr als Freundschaft zu empfinden. Neal hingegen weckte die Leidenschaft in ihr, und ihr Herz war ihm hoffnungslos verfallen.

22

Silas hatte die halbe Nacht damit verbracht, in seinem Zimmer auf und ab zu wandern, wobei seine Gedanken unablässig um die Feier wenige Stunden zuvor gekreist waren. Lizzies Erscheinen hatte ihm die Sprache verschlagen, und das umso mehr wegen ihres jämmerlichen Versuchs, sich als Dame zu verkleiden. Seit er Lizzie verprügelt hatte, hatte er dreimal wieder das Bordell aufgesucht. Die anderen Mädchen hatten ihm gegenüber behauptet, Lizzie sei spurlos verschwunden, und ihre besorgten Mienen hatten Silas keinen Grund gegeben, ihnen nicht zu glauben, zumal er damit gerechnet hatte, dass Lizzie aus der Stadt verschwunden war, nachdem er sie mit Reginas Armband erwischt hatte.

Aber er hatte offenbar falsch gelegen.

Zudem hatte ihn die Frage beschäftigt, weshalb Joe sie »Elizabeth« nannte und weshalb dieser irische Dickschädel so aufgebracht gewesen war, als er sie als Hure bezeichnet hatte. Es gab nur eine Erklärung dafür: Lizzie war auf der *Marylou* bei Joe und Francesca untergetaucht. Bei diesem Gedanken kochte Silas vor Zorn.

Auch Reginas Verhalten hatte ihn stutzig gemacht. Ob sie dem nachtrauerte, was einmal zwischen ihnen beiden gewesen war? Hatte sie womöglich nach all den Jahren erkannt, dass es ein Fehler gewesen war, ihre Affäre zu beenden? Bei diesem Gedanken fühlte Silas sich geschmeichelt, da Regina immer noch eine ausnehmend schöne und begehrenswerte

Frau war, doch er war fest entschlossen, so bald wie möglich die Ehe mit Francesca zu vollziehen.

Bliebe noch Neal Mason. Was ihn betraf, hatte Silas bereits alles Nötige veranlasst. Bei dem bloßen Gedanken musste er grinsen.

Als er sich am nächsten Morgen zur *Marylou* begab, traf er Ned am Bug an. Offenbar hielt er nach irgendetwas Ausschau.

»Ich will Joe sprechen, sofort«, knurrte Silas ihn an.

Sein arroganter Tonfall verhieß Ned, dass Silas auf Streit aus war.

»Er ist nicht zu sprechen«, entgegnete er, doch Joe hatte Silas bereits gehört und kam an Deck.

»Was wollen Sie hier?«, fragte er mürrisch. Fast die ganze Nacht hatte er Lizzie beschworen, dass es keine Rolle für ihn spiele, was Silas von ihr hielt; deshalb hatte er kaum geschlafen, und umso weniger erfreut war er über Silas' Besuch.

Silas war zu wütend, um Höflichkeit zu wahren. »Ist diese Hure Lizzie bei euch an Bord?«

Joe ballte die Fäuste vor Wut. Hoffentlich hatte Lizzie diesen Mistkerl nicht gehört! Nach all der Demütigung, die sie erlitten hatte, kam sie sich so wertlos vor, dass sie kurz davor gestanden hatte, ins Freudenhaus zurückzukehren. Joe hatte stundenlang auf sie einreden müssen, um sie davon abzuhalten, dass sie wieder ihren Körper verkaufte. »Das hat Sie nicht zu kümmern!«, fuhr er Silas an. »Und ich hab Ihnen gestern Abend schon gesagt, Sie sollen Elizabeth nicht als Hure bezeichnen.«

»Elizabeth – also doch! Sie Elizabeth statt Lizzie zu nennen macht sie aber noch lange nicht zu einem rechtschaffenen Menschen. Ich wünsche nicht, dass meine Verlobte mit einer solchen Frau auf engstem Raum zusammenlebt. Wenn Sie weiter darauf bestehen, eine Dirne zu beherbergen, bestehe ich darauf, dass Francesca sich ein Zimmer im Bridge Hotel nimmt.«

»Meine Tochter bleibt, wo sie ist. Außerdem lasse ich mir nicht vorschreiben, wer sich an Bord meines Schiffes aufhalten darf. Und was das ›rechtschaffen‹ betrifft – Sie sind ein ehemaliger Häftling, der sich auf Kosten anderer bereichert hat. Gerade Sie sollten sich hüten, auf andere herabzusehen.«

Silas verschlug es die Sprache. Noch nie hatte jemand gewagt, ihn auf seine Vergangenheit anzusprechen. Am liebsten hätte er laut herausgebrüllt, dass er sich dennoch in Kürze mit Francesca vermählen werde, ehemaliger Häftling oder nicht, doch er verbiss sich eine Erwiderung. Stattdessen beschloss er, die Kanzlei seines Notars aufzusuchen und auf die Fertigstellung der Scheidungsurkunde zu drängen.

»Ich habe mir den Respekt erarbeitet, Joe Callaghan, und es steht mir völlig frei, auf andere herabzusehen. Im Übrigen scheine ich mich mehr um Francescas Ruf zu sorgen als Sie.«

Joe sah rot und setzte bereits zum Sprung an Land an, doch Ned hielt ihn zurück. »Wie können Sie es wagen, Sie widerliche Kröte? Gehen Sie mir aus den Augen, sonst gnade Ihnen Gott ...«

»Lass gut sein, Joe«, besänftigte Ned, der ihn weiter festhielt. Joe wand sich frei und stapfte ans Heck, bevor ihm sämtliche Sicherungen durchbrannten und er nicht mehr zu halten war.

»Wo ist Francesca?«, wollte Silas von Ned wissen.

»Sie macht Besorgungen«, entgegnete Ned mit mühsam gezügelter Wut.

Silas' boshafte Augen wurden schmal. »Was denn, so früh?«

Ned entgegnete nichts darauf. Stattdessen stieg er in den Maschinenraum, denn er hatte die Anweisung, den Kesseldruck zu überwachen.

Silas tobte innerlich, als er den Rückweg zum Hotel antrat. Er schwor sich hoch und heilig, die beiden ihre Unverschämtheit büßen zu lassen.

Unterdessen klopfte Joe an die Tür von Francescas Kajüte, woraufhin Lizzie öffnete. An ihrem Gesicht konnte er ablesen, dass sie das Gespräch mit Silas gehört hatte.

»Alles in Ordnung, Elizabeth?«, fragte er.

»Noch nie hat jemand mich so in Schutz genommen«, erwiderte sie mit bewegter Stimme. »Aber Silas hat Recht. Wenn man mich Elizabeth nennt, ändert es nichts daran, was ich bin.«

»Ja, das steht allein in Ihrer Macht. Silas macht andere Menschen gern nieder, um sich selbst größer zu fühlen. Kehren Sie den Spieß um, Elizabeth! Schließlich ist er ein ehemaliger Häftling und nach wie vor ein Betrüger, Sie aber sind ein anständiger Mensch, vergessen Sie das nie.«

»Aber ich möchte Ihnen keine Scherereien bereiten. Silas ist unberechenbar.« Unbewusst betastete sie ihr Gesicht. Wenn auch die seelischen Narben für immer bleiben würden, die körperlichen Narben waren so gut wie verheilt. Plötzlich wurde Lizzie ihre Geste bewusst, und sie riss entsetzt die Augen auf.

Joes Augen wurden schmal. »Hat etwa dieser Lump Sie so zugerichtet, Elizabeth?«

Lizzie wusste nicht, wie sie reagieren sollte. Sie schüttelte den Kopf, konnte die Wahrheit aber nicht verleugnen.

»Er war es, stimmt's?«, stieß Joe hervor. »Silas ist der Dreckskerl, der Sie so zugerichtet hat!«

Lizzie ließ den Kopf hängen.

»Ich bringe ihn um!«

Im Kesselraum hatte Ned unterdessen Joes Gebrüll gehört, sodass er nach oben ging, um nachzusehen, was los war.

»Tun Sie nichts Unüberlegtes, Joseph«, flehte Lizzie ihn an. »Schließlich steht die *Marylou* auf dem Spiel.«

»Das tut jetzt nichts zur Sache. Dieser Kerl hätte Sie beinahe umgebracht. Dieser nutzlose Feigling ist der reinste Abschaum!«

»Was ist hier los?«, fragte Ned.

»Silas Hepburn ist der Mistkerl, der Elizabeth so zugerichtet hat«, tobte Joe, außer sich vor Zorn.

Francesca, die gerade an Bord gestiegen war, hörte ihren Vater ebenfalls. »Was ist, Dad?« Sie sah Lizzie an, weil sie den Namen »Silas« gehört hatte.

Schlagartig wurde Joe bewusst, dass Francesca mit dem Mann verlobt war, der Lizzie misshandelt hatte. »Du wirst noch heute deine Verlobung mit diesem miesen Schwein lösen«, fuhr Joe sie an. »Er ist der Kerl, der Elizabeth halb totgeschlagen hat.« Leise fluchend ging Joe unruhig auf und ab.

Francesca, die ihren Vater noch sie so aufgebracht erlebt hatte, blickte Lizzie an.

»Es tut mir Leid«, wisperte diese.

Joe erstarrte, als ihm klar wurde, dass Francesca die ganze Zeit gewusst hatte, dass Lizzie von Silas misshandelt worden war. Dennoch war sie die Verlobung eingegangen, damit er, Joe, die *Marylou* behalten konnte. Joe fluchte in sich hinein. Einerseits nahm er es Francesca übel, dass sie ein solches Risiko in Kauf nahm, andererseits wusste er, dass sie es ihm zuliebe tat. Ihr Mut und ihre Opferbereitschaft rührten ihn.

»Ist schon gut, Lizzie«, sagte Francesca und legte den Arm um die Schulter der älteren Frau. Francesca hatte sich ohnehin vorgenommen, ihre Verlobung am folgenden Abend zu lösen. Gemeinsam mit Regina hatte sie einen Plan entworfen, Silas in flagranti mit einer anderen Frau zu erwischen. Zu diesem Zweck würde Regina eine Schauspielerin anheuern, die Silas in eine kompromittierende Lage bringen sollte. Dabei spielte der zeitliche Ablauf die wichtigste Rolle.

Francesca wollte ihrem Vater den Plan verheimlichen, da er anderenfalls darauf bestehen würde, sie zu begleiten, insbesondere, nachdem er jetzt wusste, dass Silas der Schläger war, der Lizzie misshandelt hatte. Außerdem wollte Francesca vorerst für sich behalten, inwiefern Regina in die Sache verstrickt war.

»Lasst uns flussaufwärts fahren«, schlug Ned vor.

Joe war viel zu wütend, um klar denken zu können.

»Wir sollten uns für eine Weile aus dem Staub machen, also lasst uns heute angeln«, sagte Ned, denn er wusste, dass das Angeln stets eine beruhigende Wirkung auf Joe hatte.

»Ja, wir sollten tatsächlich verschwinden«, pflichtete Joe ihm bei. »Aber vorher teile ich Silas persönlich mit, dass die Verlobung geplatzt ist!«

»Das kann auch noch bis zu unserer Rückkehr warten, Dad«, besänftigte Francesca ihn.

»Na schön. Dir zuliebe.«

»Soll ich Neal Bescheid geben, dass wir losmachen?«, fragte Ned.

»Neal gönnt sich sonntags gern eine Auszeit. Lass ihn schlafen. Wir sehen ihn ja nach unserer Rückkehr.«

Sie fuhren bis zur Mündung des Goulborn River, wo sie Anker warfen. Die Landschaft war überwältigend. Zahlreiche Schatten spendende Bäume säumten die Flussauen. Zudem gab es hier reichlich Fische, da einige Arten an der Mündung im seichten Wasser ihre Laichplätze hatten. Trotz seines Grolls konnte Joe sich nicht der besänftigenden Wirkung der Landschaft entziehen.

»Vielleicht sollten wir einen weiteren Tag hier bleiben«, schlug er vor, als die Nachmittagssonne ihre Schatten über die Landschaft warf. Francesca erschrak. Sie mussten am nächsten Tag nach Echuca zurück, damit sie ihren Plan mit Regina ausführen konnte!

Lizzie hatte sich den ganzen Tag sehr still verhalten. Nach

dem Abendessen, das aus drei Seebarschen und einem prächtigen Kabeljau bestand, setzten sie sich ans Heck und lauschten dem Kreischen der Eisvögel in den Bäumen.

»Mein Wutausbruch heute Morgen tut mir Leid, Elizabeth«, entschuldigte sich Joe. »Normalerweise führe ich mich vor einer Dame nicht so auf.«

»Schon gut, Joseph«, sagte Lizzie. »Silas hat ein Talent dafür, andere Menschen zur Raserei zu bringen.«

»Offenbar gilt das aber nicht für Sie«, sagte Joe. »Wäre ich eine Frau, und er hätte mir angetan, was er Ihnen angetan hat, hätte ich ihn längst umgebracht.«

Lizzie verschwieg, dass sie mehrere Male mit dem Gedanken gespielt hatte.

»Ja, Ihre Stärke ist bewundernswert«, sagte Francesca. »Offenbar haben Sie keine Rachegelüste.«

»Doch«, widersprach Lizzie. »Ich überlege ständig, wie ich mich an Silas rächen kann.«

»Und wie?«, fragte Ned erwartungsvoll.

»Ja, sagen Sie es uns, Elizabeth«, bekräftigte Joe, der offensichtlich Gefallen an der Vorstellung fand, Silas eins auszuwischen.

Lizzie erkannte, dass die Männer sie nicht verurteilten, sodass sie offen antwortete. »Einen meiner Pläne habe ich bereits in die Tat umgesetzt«, sagte sie. »Aber leider ohne große Wirkung.«

Joe bekam große Augen. Er hatte begriffen, worauf sie anspielte. »Sie haben die Taue an dem Ponton gekappt, nicht wahr?«

Lizzie nickte.

»Sie hätten auch noch ein paar Bolzen lösen und die Plankenseile durchtrennen sollen«, sagte Ned. »Dann wäre das Ding auseinander gefallen und für Silas endgültig unbrauchbar geworden.«

»Beim nächsten Mal achte ich darauf«, gab Lizzie im

Scherz zurück. Allein das Kappen der Taue hatte ihr unerträgliche Schmerzen bereitet.

»Ich helfe Ihnen dabei«, sagte Joe. »Ich möchte diesen Lump am Boden sehen für all das Leid, das er Ihnen und anderen zugefügt hat. Nun rächt es sich, dass er Ezra und Dolan aus dem Weg geräumt hat, zumal er jetzt im näheren Umkreis keinen mehr findet, der ihm einen neuen Ponton baut, wenn wir seinen versenken. Der einzige Haken dabei ist, dass es für die Farmer, die ihr Vieh über den Fluss bringen wollen, gewisse Nachteile bringt.«

»Das Vieh kann schwimmen«, sagte Ned. »So war es früher ja auch, bevor es Silas' Pontonbrücke gab.«

»Stimmt. Und das würde die Farmer nichts kosten.«

»Ich hatte mir auch überlegt, heimlich Feuer im Bridge Hotel zu legen«, räumte Lizzie ein. Der Gedanke hatte sie eine Zeit lang nicht mehr losgelassen. »Schließlich brüstet Silas sich ständig damit, dass ihm das Restaurant ein Vermögen einbringt, und da dachte ich mir, wenn in der Küche ein Feuer ausbricht, wird ihn das empfindlich treffen. Es würde ihn zwar nicht in den Ruin stürzen, aber er hasst es, Geld zu verlieren. Nach seiner Vorstellung bedeutet Geld Macht.«

»Das ist viel zu gefährlich, Lizzie«, entgegnete Francesca. »Bei einem Brand im Bridge Hotel könnten unschuldige Menschen verletzt oder sogar getötet werden.«

»Francesca hat Recht«, pflichtete Joe ihr bei. »Vergessen Sie die Idee, Lizzie. Ich weiß etwas Besseres. Welches von den Schiffen, das Silas besitzt, ist sein größter Stolz?«

»Die *Curlew*«, erwiderte Lizzie.

»Das denke ich auch. Und er hat sich dieses Schiff auf dieselbe miese Art und Weise unter den Nagel gerissen, wie er es mit der *Marylou* vorhat, sollte ich meine Schulden nicht bezahlen«, sagte Joe verbittert.

Francesca brannte auf der Zunge, dass Regina dafür aufkommen würde. Gemeinsam hatten sie einen Plan ausgearbeitet, den Regina in die Wege leiten würde, was aber mehrere Tage in Anspruch nähme. Folglich konnte ein Ablenkungsmanöver für Silas ihnen nur dienlich sein. »Dann lasst uns die *Curlew* versenken«, sagte sie entschlossen.

»Genau mein Gedanke«, stimmte Joe zu.

»Das wird nicht allzu schwer«, sagte Ned. »Wir müssen lediglich ein Loch in den Rumpf schlagen, dann säuft sie von alleine ab.«

»Silas hat es nicht besser verdient«, sagte Joe. »Er würde sich nicht scheuen, dasselbe zu tun. Ich bin sicher, er *hat* es schon mehr als einmal getan.«

»Trotzdem wird er uns sofort verdächtigen, vor allem, wenn ich die Verlobung löse«, wandte Francesca ein. Sie dachte dabei einzig an ihren Vater. Sie wollte vermeiden, dass Joe mit dem Gesetz in Konflikt geriet.

»Es wird mehr als genug Zeugen geben, die uns ein Alibi verschaffen«, sagte Ned.

»Stimmt«, pflichtete Joe ihm bei. »Mag sein, dass Silas eine Menge Leute hinter sich hat, aber Männer wie er schaffen sich auch viele Feinde. Unter diesen Umständen ist das äußerst hilfreich.«

Francesca richtete den Blick auf Lizzie. »Sie wissen doch recht gut über Silas Bescheid, oder?«

»O ja. Über die Jahre hinweg habe ich einiges von seinen Geschäften mitbekommen, auch von den schmutzigen«, entgegnete sie. »Außerdem kenne ich seinen Tagesablauf.« Sie versicherte ihnen, dass Silas sonntagabends im Bridge Hotel zu speisen pflegte und im Anschluss daran meist dem Steampacket einen Besuch abstattete, um das Personal und die Geschäfte zu überprüfen. Danach suchte er zu später Stunde meistens das Star Hotel auf, um von den betrunkenen Matrosen nützliche Informationen aufzuschnappen.

Erneut musste Joe daran denken, was Silas Lizzie angetan hatte. Nie würde er vergessen, in welchem Zustand Francesca sie an Bord gebracht hatte. »Heiz den Kessel an, Ned«, sagte er kurz entschlossen. »Wir nehmen wieder Kurs auf Echuca.« Er zwinkerte Lizzie zu, die zurücklächelte.

»Es wird bald dunkel, Joe«, gab Ned zu bedenken.

»Ich kenne den Fluss wie meine Westentasche. Die Dunkelheit ist kein Problem.«

»Du bist der Käpt'n.«

»Eigentlich ist Francesca der Käpt'n, ich bloß der Lotse.«

»Was hast du vor, Dad?«, fragte Francesca.

»Wir werden Silas mit seinen eigenen Waffen eine Lektion erteilen«, erwiderte Joe.

In der Dunkelheit, im Schutz der wolkenverhangenen Nacht, schlichen Joe und Ned sich an den Ponton heran. Da Lizzie lediglich die Taue gekappt hatte, war der Ponton zwar abgetrieben, doch ohne auseinander zu brechen, sodass Mike Finnion ihn hatte bergen und wieder flottmachen können. Diesmal wollten Joe und Ned dafür sorgen, dass er nie wieder repariert werden konnte. Sie durchtrennten sowohl die Befestigungstaue als auch die Seile, die die Planken zusammenhielten, und lösten zudem die Verbindungsbolzen. Kurz darauf brach der Ponton auseinander und trieb auf dem dunklen Fluss mit der Strömung davon.

»Den holt er nicht mehr zurück«, spottete Joe.

»Pssst«, machte Ned, konnte ein Kichern aber nicht unterdrücken.

Am Montagmorgen hielten sich Francesca, Joe, Lizzie und Ned im Ufergebüsch auf der Flussseite in New South Wales versteckt und beobachteten, wie Silas die Stelle inspizierte, an der die Pontonbrücke vertäut gewesen war. Neal, der nichts von ihrer Tat ahnte, war mit der *Ophelia* hinausgefahren. Trotz der Entfernung war deutlich zu sehen, dass Silas außer sich war. Er fuchtelte wild mit den Armen und brüllte die Fährleute an. Zwar verspürten Joe und die anderen Mitleid mit den Männern, doch ihre Genugtuung, Silas so in Rage versetzt zu haben, war noch größer.

»Für gewöhnlich taucht er jeden Montagmorgen früh hier auf, um die Wochenendeinnahmen zu zählen. Der Geizkragen traut niemandem über den Weg, wenn es um sein Geld geht«, sagte Lizzie. »Schätze, wir haben seinen Tagesablauf gewaltig auf den Kopf gestellt.«

Sie mussten lachen.

Joe und Ned hatten den Montagabend ausgesucht, um die *Curlew* zu versenken. Sie bestanden darauf, dass Lizzie und Francesca währenddessen auf der *Marylou* blieben, was Francesca gelegen kam, da sie heimlich plante, dann das Bridge Hotel aufzusuchen, um Silas in flagranti zu erwischen. Die *Marylou* ankerte am Flussufer, gut hundert Meter vom Pier entfernt. Gegen fünf Uhr nachmittags machten sich Joe und Ned zum Hafen auf. Sie wussten, dass auch Mike Finnion und seine Crew feste Gewohnheiten pflegten. Gleich nach dem Anlegen würden sie sich mehrere Stunden in die Kneipe verziehen.

Wie erwartet, suchten Mike und seine Crew nach Feierabend die Schänke des Star Hotels auf. Ned ging ihnen hinterher. Kaum hatten sie sich dort für den Abend gemütlich eingerichtet, verließ Ned ungesehen die Schänke durch den Schmugglertunnel – ein unterirdischer Fluchtweg für Schnapsschmuggler und allerlei Gesindel, um nicht den Constables zu begegnen – und lief zurück zum Pier. Joe hatte unterdessen die Matrosen auf den anderen Schiffen beobachtet. Manche hatten sich in die Kneipe verzogen, andere nach Hause zu ihren Frauen und Kindern.

Während Ned Wache hielt, hieb Joe die Axt in den Rumpf der *Curlew*. Sie hatten überlegt, ob sie das Schiff in Brand stecken sollten, doch das war zu gefährlich, weil zu beiden Seiten der *Curlew* weitere Dampfer festgemacht hatten und zudem die Gefahr bestand, dass das Feuer auf den Pier übergriff. Außerdem wollten sie keine Aufmerksamkeit auf sich ziehen. Sie wollten lediglich das Schiff still und leise auf dem Grund des Flusses verschwinden lassen.

Joe hatte vor, ein Leck vom Durchmesser eines kleinen Eimers in den Schiffsrumpf zu schlagen. Das nahm mehrere Minuten in Anspruch und verursachte ihm Schmerzen in der Schulter, aber da er im Rumpf stand, drangen seine Schmerzensschreie nicht nach draußen. Als das Wasser einströmte, kletterte er an Deck, wo er mit Ned zusammenstieß.

»O Mann. Dank dir, Ned, bin ich soeben um fünf Jahre gealtert.«

»Sorry, Joe«, flüsterte Ned.

»Was machst du hier an Bord? Du sollst doch am Pier Wache halten.«

»Mike Finnion und seine Männer sind im Anmarsch«, stieß Ned aufgeregt hervor.

»Das sagst du mir erst jetzt?«

»So früh hab ich nicht mit ihnen gerechnet. Ich dachte, die bleiben noch mindestens eine weitere Stunde in der Schänke hocken.«

»Wo sollen wir uns jetzt verstecken?«

»Wir werden sicher nicht mit dem Schiff absaufen. Wie würde das denn aussehen?«, sagte Ned. »Es bleibt uns wohl nichts anderes übrig, als ins Wasser zu springen.« Die Vorstellung widerstrebte ihm, da die Nacht frisch war.

Gleich darauf vernahmen sie Schritte und Stimmen, sodass sie zum Heck schlichen, wo sie versuchten, sich leise ins Wasser gleiten zu lassen, doch in der Hektik waren sie dennoch zu hören.

»Was war das?«, sagte Mike Finnion, der noch an Land stand.

Sein Maschinist zündete sich eine Zigarette an. »Was meinst du?«

»Hat sich angehört, als wäre jemand ins Wasser gefallen«, sagte Mike.

»Du hörst Gespenster.«

Mit einem Achselzucken tat Mike das Geräusch als Einbildung ab.

Unterdessen schwammen Ned und Joe hinter den vertäuten Schiffen durch das dunkle, eiskalte Wasser, um nicht entdeckt zu werden. Zum Glück lagen mehr als zwanzig Dampfer dicht beieinander, was ihnen eine gute Deckung verschaffte, aber sie würden bis zur Anlegestelle der *Marylou* weiterschwimmen müssen, bevor sie sich an Land wagen konnten.

Die *Curlew* bekam langsam Schlagseite, doch Mike und seine Crew bemerkten es nicht, da sie dem Schiff den Rücken zukehrten und sich über einen Vorfall amüsierten, der sich vor einigen Tagen ereignet hatte.

»Die haben noch gar nicht mitbekommen, dass das Schiff sinkt«, flüsterte Joe Ned zu, während sie durch den Fluss wateten. Sie beobachteten, wie das Ruderhaus nach hinten absackte, und hörten das Knirschen des Rumpfes, der voll Wasser lief.

»Stimmt«, gab Ned mit ungläubiger Stimme zurück. Am liebsten hätte er laut gelacht, aber sie mussten sich leise verhalten.

Wenige Minuten später wandte Mike sich um und wollte an Bord gehen. Von der *Curlew* ragten nur noch der Bug und ein Teil des Ruderhauses aus dem Wasser.

»Was, zum Teufel ...«, fluchte er laut, während er versuchte, Klarheit in seinen vom Alkohol benebelten Schädel zu bekommen. »Das Schiff sinkt!«

Die drei Männer liefen in heller Aufregung durcheinander. Offenbar wussten sie nicht, was sie tun sollten. Aber es war ohnehin nichts mehr zu machen; dafür war es zu spät.

»Stell dir Silas' Gesicht vor, wenn er das erfährt«, flüsterte Joe.

»Mike Finnion hat jetzt die undankbare Aufgabe, Silas mitzuteilen, dass sein ganzer Stolz auf dem Grund des Flusses liegt.«

»Zu schade, dass Lizzie das nicht sehen kann«, sagte Joe.

»Vielleicht sollten wir wieder zum Angeln rausfahren«, gab Ned flüsternd zurück. »Im Campaspe gibt es prächtige Flusskrebse.«

»Gute Idee«, entgegnete Joe. »Wir fragen Neal, ob er mitkommt.«

Aus dem Star Hotel kamen mehrere Männer, durch Mike Finnions Gebrüll neugierig geworden.

»Besser, wir verschwinden von hier«, sagte Joe. Sie schwammen weiter flussabwärts.

Währenddessen blickte Regina unablässig auf die Uhr. Sie saß in ihrer Kutsche vor dem Bridge Hotel, von wo aus sie den Eingang beobachtete. Sie wartete auf Silvia Beaumont, die von ihr angeheuerte Schauspielerin, die sie um sieben Uhr vor dem Hotel treffen sollte. Regina hatte Silvia vor mehreren Jahren kennen gelernt, als sie die Gastaufführung einer Theatergruppe in der Stadt organisiert hatte. Sie hatten sich angefreundet und waren in Verbindung geblieben, nachdem die Theatergruppe wieder nach Ballarat zurückgekehrt war. Silvia war eine außergewöhnliche, charismatische Frau; deshalb sah Regina über ihre dubiose Vergangenheit, die Silvia selbst angedeutet hatte, hinweg. Auf der Suche nach einer geeigneten Frau, um Silas in die Falle zu locken, war Regina sofort Silvia eingefallen, zumal diese ihr ohnehin einen Gefallen schuldete. Silas und Silvia waren sich ein einziges Mal begegnet, anlässlich der Gastaufführung, und an jenem Abend war er sehr von ihr angetan gewesen, sodass kaum zu befürchten stand, dass er ihre Avancen zurückweisen würde.

»Wo bleibt sie nur?«, murmelte Regina und sah erneut auf

die Uhr. Falls Silvia nicht bald erschien, konnte sie ihren Plan begraben.

Als sieben Uhr verstrichen war, wurde Regina von heftiger Unruhe gepackt. Sollte der Plan fehlschlagen, Silas in eindeutiger Pose mit einer anderen Frau zu überraschen, würde Francesca ihm wahrscheinlich offenbaren, dass sie seine Tochter war, und die Verlobung lösen. Silas würde natürlich auf einem Beweis bestehen, und dann würden Frederick und Monty es erfahren. Der bloße Gedanke brachte Regina an den Rand der Hysterie. Sie sagte sich, dass ihr nur noch eine letzte Möglichkeit blieb, zumal die Zeit knapp wurde.

Als Regina sich Silas' Büro näherte, stand die Tür offen. Mit gesenktem Kopf saß Silas über seinen Unterlagen. Sein bloßer Anblick verursachte Regina Übelkeit, sodass sie tief durchatmete und an Frederick und Monty dachte sowie daran, was für sie auf dem Spiel stand.

Ohne anzuklopfen, betrat Regina das Büro und schloss die Tür hinter sich.

Irritiert blickte Silas auf, als er das Einrasten der Tür vernahm. Regina lehnte sich von innen dagegen, und er bemerkte ihren sonderbaren Blick.

»Ist was passiert, Regina?«, fragte er neugierig.

»Ich möchte mit dir reden, Silas. Unter vier Augen. Du hast doch nichts dagegen?«

Ihr Tonfall gab ihm weitere Rätsel auf. »Nein, natürlich nicht.« Ihm lag die Bemerkung auf der Zunge, ob es unbedingt nötig sei, zu diesem Zweck die Tür zu schließen, doch seine Neugier war stärker. »Worüber möchtest du denn sprechen?«

»Denkst du jemals an unsere gemeinsame Zeit zurück, Silas? An die zärtlichen Augenblicke ...?«

»Das ist schon lange her, Regina.«

»Ich denke Tag und Nacht daran«, hauchte sie mit verführerischer Stimme. Dann schritt sie langsam auf seinen Schreibtisch zu, mit wiegendem Hüftschwung. Statt ihm gegenüber Platz zu nehmen, ging sie um den Tisch herum, ließ sich vor ihm darauf sinken und stützte ein Bein auf seinem Stuhl auf. Dabei behielt sie die Wanduhr im Blick, während Silas auf ihre Beine starrte.

In weniger als zwei Minuten würde die Tür aufgehen ...

»Was ist in dich gefahren, Regina?«

»Ich muss ständig an unsere gemeinsame Zeit denken.«

»Da bin ich aber geschmeichelt«, entgegnete Silas, grinste wie ein dummer Flegel und fragte sich, ob Regina betrunken war. »Aber das ist vergangen und vergessen. Wozu jetzt noch darüber reden?«

»Mir kommt es erst wie gestern vor, Silas«, sagte Regina und beugte sich vor, sodass er in ihr Dekolleté blicken konnte. »Ich muss ständig daran denken, wie es war, wenn du mich berührt hast.« Sie nahm seine Hand und führte sie ihren Oberschenkel entlang.

Silas' Augen traten hervor. »Ist das der Grund für deinen Schwächeanfall auf meiner Verlobungsfeier?«

»Du hast es erraten. Der Gedanke, du könntest erneut heiraten, ist mir unerträglich. Mir ist schleierhaft, wie ich mich mit deinen vorherigen Ehefrauen abfinden konnte. Das war die reinste Qual für mich.«

Silas kniff verdutzt die Augen zusammen. »Ich hatte keine Ahnung, was du für mich empfindest ...«

»Ich habe meine Gefühle immer verborgen, aber das geht jetzt nicht mehr. Du fehlst mir, Silas.«

Seine Augen wurden noch größer. Reginas Liebesgeständnis traf ihn völlig unvermittelt. Sie schmeichelte seinem Ego, das diese Aufmunterung bitter nötig hatte. Dennoch war er völlig verblüfft.

»Deine Berührungen sind unvergleichlich, Silas. Keine Frau vergisst so etwas.«

»Regina, hör auf, so zu sprechen.« Nervös sah er zur Tür.

Unter normalen Umständen hätte er sich auf ihr unmoralisches Angebot eingelassen, wollte aber alles vermeiden, das seine Verlobung gefährden konnte. War er erst mit Francesca verheiratet und hatte sie als Frau gehabt, würde sich das ändern.

Regina erkannte, dass jetzt große Überzeugungskraft erforderlich war. Silas war nicht auf den Kopf gefallen und ließ sich nicht so einfach hinters Licht führen. »Du findest mich doch noch attraktiv, Silas?« Wieder warf sie einen Blick auf die Uhr. Ihr blieben nur noch wenige Sekunden, ihn dazu zu bringen, sie zu küssen.

»Ja, sicher ... Aber ich darf meinen Empfindungen nicht nachgeben, Regina.«

»Niemand braucht davon zu erfahren.« Sie rückte näher an ihn heran, sodass er den schweren Duft ihres Parfums wahrnahm.

»Die Tür ist zu.« Sie musterte ihn mit begehrlichen Blicken. »Wir sind ungestört. Ich wünsche mir nur, dass du mich ein einziges Mal wie früher küsst, Silas. Schenk mir eine weitere schöne Erinnerung, von der ich die nächsten Jahre zehren kann.« Obwohl die bloße Vorstellung sie mit Ekel erfüllte, konnte sie Francesca nicht im Stich lassen. Sie musste dieser Verlobung ein Ende setzen.

»Küss mich, Silas«, sagte sie und näherte ihr Gesicht dem seinen.

Silas starrte auf ihre verführerisch gespitzten Lippen, zögerte jedoch.

Daraufhin führte Regina seine Hand von ihrem Oberschenkel über ihre Taille und höher, wo ihre Brüste lockten. Sie bemerkte, wie seine Augen lüstern funkelten. Er hatte angebissen!

Silas sprang vom Stuhl auf und riss sie an sich. Er presste die Lippen auf ihren Mund und drückte sie stürmisch nach hinten über den Schreibtisch.

Regina musste gegen den Impuls ankämpfen, ihn wegzustoßen, obwohl jede Faser ihres Körpers danach schrie.

Draußen vor der Bürotür streckte Francesca gerade die Hand nach dem Türknauf aus. Sie atmete tief durch und öffnete die Tür. »Silas!«

Wie erwartet, fand sie ihn in leidenschaftlicher Umarmung mit einer anderen Frau vor. Beim Klang ihrer Stimme ließ Silas Regina unsanft auf den Tisch fallen.

»Du lieber Himmel!«, rief er bestürzt und errötete.

Francesca war entsetzt. Sie hatte erwartet, eine Schauspielerin anzutreffen. Doch ausgerechnet Regina!

»Regina ...«, stammelte Francesca und rang hörbar nach Luft. Sie musste ihre Überraschung nicht spielen. Die war echt.

Regina blieb stumm. Obwohl sie innerlich tiefe Erleichterung verspürte, gelang es ihr, ein schuldbewusstes Gesicht zu machen. Sie fuhr sich mit dem Handrücken über den Mund, was Silas jedoch nicht bemerkte, da er in das entsetzte Gesicht Francescas starrte.

»Es ist nicht, wonach es aussieht«, sagte er hastig und trat auf Francesca zu. »Ich ...«

»Wie kannst du nur?«, entgegnete Francesca und trat einen Schritt zurück. »Ich dachte, du wolltest mich heiraten.«

»Das ... das will ich auch, Liebes. Ich weiß, was du jetzt denkst«, sagte Silas, der sich über seinen Lapsus maßlos ärgerte. Normalerweise rühmte er sich damit, nichts dem Zufall zu überlassen. Der Kuss war ein schrecklicher Fehler gewesen. »Ich überlasse die Entscheidung dir. Alles, was du willst, soll geschehen.«

Francesca kam kurz der Gedanke, dass dieses Scheusal ihr leiblicher Vater war, was sie mit einem solchen Entsetzen erfüllte, dass sie den Gedanken rasch beiseite schob. Silas durfte niemals die Wahrheit erfahren. Sie und Regina mussten dieses Geheimnis für alle Zeiten wahren.

»Ich will nichts mehr mit dir zu tun haben«, sagte Francesca unter Tränen, die eher von ihrer Erschütterung darüber herrührten, wer ihre leiblichen Eltern waren, als von ihrer Enttäuschung über Silas' Charakterlosigkeit. »Die Verlobung ist geplatzt!«

Francesca stürmte aus dem Raum, während Regina sich ebenfalls zum Gehen wandte. An der Tür hielt sie kurz inne und drehte sich zu Silas um. Der erwiderte ihren Blick und sah die Genugtuung in ihren Augen, was ihn stutzig machte.

Hat sie das etwa absichtlich inszeniert?, fragte er sich. War er hereingelegt worden?

23

Francesca, wo bist du gewesen?«, fragte Joe. Triefend vor Nässe stand er an Deck der *Marylou.* Ned, der neben ihm stand, bot denselben Anblick.

»Erzähle ich dir gleich, Dad. Was ist mit euch beiden passiert?«, erwiderte Francesca.

»Wir mussten vom Pier aus zurückschwimmen«, antwortete Joe, am ganzen Körper zitternd.

»Ich gehe mich umziehen«, sagte Ned, der vor Kälte mit den Zähnen klapperte.

»Das solltest du auch tun, Dad, bevor du dir eine Erkältung holst«, sagte Francesca und scheuchte die beiden in ihre Kajüten.

Als Joe und Ned in trockenen Kleidern wieder erschienen, hatten Francesca und Lizzie eine Kanne Tee gekocht.

»Die nassen Sachen habe ich vorsichtshalber versteckt«, sagte Joe. »Nur für den Fall, dass der Constable uns seine Aufwartung macht.«

»Erzählt, wie ist es euch ergangen?«, fragte Francesca, während sie den beiden Tee einschenkte.

»Mike Finnion und seine Männer sind früher aus der Kneipe zurückgekommen, als wir angenommen haben. Deshalb mussten wir von Bord springen, um nicht erwischt zu werden.«

»Oh, Dad.« Francesca musste daran denken, was alles hätte passieren können.

Ned lachte auf. »Die standen am Pier und haben vor lauter Quatschen nicht mitgekriegt, dass direkt hinter ihnen ihr Schiff absäuft.«

»Wie konnten sie das denn nicht mitbekommen?«, fragte Lizzie verwundert.

Joe schüttelte lachend den Kopf. »Kaum zu glauben, was? Sie standen die ganze Zeit mit dem Rücken zum Wasser. Als sie es bemerkt haben, war es zu spät.« Er wurde ernst und blickte Francesca an. »Wo warst du heute Abend?«, fragte er noch einmal. Es behagte ihm nicht, wenn sie alleine in der Dunkelheit unterwegs war.

»Im Bridge Hotel.«

Joe runzelte die Stirn.

»Es musste sein, Dad«, fuhr Francesca hastig fort, bevor er ihr die Leviten lesen konnte. »Die Gelegenheit war einfach zu günstig.«

»Das musst du mir genauer erklären.«

Obwohl es Francesca zutiefst widerstrebte, ihren Vater zu belügen, war es notwendig, ihm die schmerzliche Wahrheit vorzuenthalten, sodass sie sich bereits eine Ausrede zurechtgelegt hatte. »Gestern Morgen habe ich in der Bäckerei zufällig mitbekommen, wie sich zwei Frauen unterhalten haben. Ich hörte sie sagen, dass Silas heute Abend einen Gast erwartet.«

»Einen Gast?«

»Eine Frau, Dad. Ich dachte, wenn ich ihn zusammen mit dieser Frau überrasche, kann ich die Verlobung lösen, ohne dass er mir Wortbruch vorwerfen kann. Ich habe dir nichts davon gesagt, weil ich dich nicht beunruhigen wollte.«

»Ich hätte auch allen Grund dazu gehabt, Frannie. Das war viel zu riskant.«

»Aber es hat funktioniert, Dad.«

»Hast du ihn in flagranti erwischt?«

»Ja. Gerade, als er die Frau küsste.« Noch immer hatte Francesca nicht verdaut, dass Regina bei ihm gewesen war.

Sie wusste nicht, was sie davon halten sollte. »Ich habe die Verlobung gelöst.«

»Da fällt mir ein Stein vom Herzen, Francesca. Und weil du die Betrogene bist, haben *wir* allen Grund, entrüstet zu reagieren.«

»Ich bezweifle, dass es für Silas eine Rolle spielt, wer der Betrogene ist«, bemerkte Ned. »Er ist bereits stocksauer wegen seinem Ponton, und jetzt hat er auch noch die *Curlew* verloren ... und Francesca ebenfalls. Ich vermute stark, dass er jetzt auf Rache aus ist.«

»Du hast Recht.« Joe zog die Stirn in Falten. »Entweder er bekommt sein Geld ... oder die *Marylou.* Sonst wird er uns nicht mehr in Ruhe lassen.«

Francesca musste an das Geld denken, das Regina ihr zugesichert hatte. Es würde im Laufe des folgenden Tages eintreffen, was bedeutete, dass sie Zeit gewinnen mussten. »Vielleicht sollten wir Echuca ein paar Tage den Rücken kehren, Dad«, schlug sie vor. »Man wird es auf meinen Schock zurückführen, nachdem ich herausfinden musste, dass mein so genannter Verlobter mich mit einer anderen betrügt.«

»Ned hat vorgeschlagen, einen Angelausflug zum Campaspe zu machen ...«

»Gute Idee.«

»Wir sollten das Bridge Hotel abfackeln!«, brach es plötzlich aus Lizzie hervor – mit einer Wildheit, die sie gar nicht an ihr kannten.

»Das dürfen wir nicht, Elizabeth«, beschwichtigte Joe sie. Er verstand ihre Enttäuschung. Wahrscheinlich würde es ihren Schmerz lindern, wenn das Bridge Hotel abbrannte, aber damit würde sie sich auf eine Stufe mit Silas stellen, ganz abgesehen davon, dass es viel zu gefährlich war.

Am nächsten Morgen suchte Joe in aller Frühe Neal auf, um diesem ihr Vorhaben mitzuteilen. Neal hatte bereits davon gehört, dass die *Curlew* gesunken war.

»Anscheinend will Silas einen Taucher hinunterschicken, der herausfinden soll, warum das Schiff untergegangen ist.«

»Kannst du dich für mich auf dem Pier umhören?«, bat Joe.

»Sicher. Ich komme dann später am Nachmittag mit meinem Schiff nach. Ich werde den Campaspe meiden, für den Fall, dass Silas mir seine Spione hinterherschickt, um ihn nicht auf eure Spur zu bringen. Die *Ophelia* lasse ich vorsichtshalber im Murray ankern und schlage mich dann zu Fuß durch die Büsche«, erklärte er.

Joe, Ned und Lizzie verbrachten den restlichen Vormittag damit, vom Schiff aus im Campaspe zu angeln, während Francesca sich um die Hausarbeit kümmerte. Obwohl es ziemlich heiß war, wusch sie die Wäsche und machte anschließend die Kajüten sauber. Am Nachmittag zog sie sich müde zurück, um sich auszuruhen.

Als Francesca einige Zeit später wieder an Deck kam, fand sie Joe und Ned am Heck vor, wo sie eingenickt waren, während ihre Angelruten im Wasser trieben. Sie hatten sich ihre Hüte über die Gesichter gezogen, um lästige Fliegen abzuwehren, und zwischen ihren Stühlen lag eine leere Flasche Rum auf dem Deck. Allein Neds unregelmäßiges Schnarchen oder das gelegentliche Krächzen einer Krähe unterbrachen die Stille. Angesichts der friedlichen Szenerie musste Francesca lächeln. Die Sonne wanderte über die hohen Baumwipfel hinweg, und Libellen schwirrten über die ruhige Wasseroberfläche des Flusses. Man hätte fast den Eindruck gewinnen können, dass es auf dieser Welt keine Sorgen mehr gab, doch die Wirklichkeit sah ganz anders aus.

Am Abend beabsichtigten sie, über ihre weitere Vorgehensweise zu beratschlagen, um Silas Hepburn das Leben schwer zu machen. Sie hatten sich bereits darauf geeinigt, dass sein Weinberg ein gutes Ziel wäre, aber sie mussten noch einen genauen Plan entwerfen.

Francesca fragte sich gerade, wo Lizzie blieb, als sie zwischen den Bäumen plötzlich Neal erspähte. Sein Anblick ließ ihr Herz höher schlagen.

»Hallo, Neal«, begrüßte sie ihn. »Du machst ein sehr zufriedenes Gesicht. Hast du was herausgefunden?«

Joe und Ned wurden durch ihre Stimme geweckt.

»Ja, ich habe interessante Neuigkeiten«, entgegnete Neal. »Wie nicht anders zu erwarten, ist Silas untröstlich, dass die *Curlew* auf dem Grund des Flusses liegt, und nachdem der Taucher ihm von einem großen Leck im Rumpf berichtet hat, ahnt er natürlich, dass etwas faul ist. Nach dem Anschlag auf seine Pontonbrücke ist er zu dem offensichtlichen Schluss gelangt, dass es jemand auf ihn abgesehen hat. Joe, du stehst ganz oben auf seiner Verdächtigenliste, obwohl ihm inzwischen einige mehr eingefallen sein dürften, mit denen er es sich verscherzt hat.«

»Die Liste ist mindestens eine Meile lang«, sagte Joe.

»Das stimmt. Außerdem hat Silas zusätzlichen Ärger. Offenbar wird er beschuldigt, öffentliche Gelder veruntreut zu haben, die für den Bau einer neuen Polizeiwache und eines Gemeindehauses vorgesehen waren. Von John Henry habe ich erfahren, dass jemand dem Richter anonym belastendes Beweismaterial hat zukommen lassen.«

»Wer könnte das gewesen sein?«, sagte Ned.

Francesca hatte eine Ahnung, behielt sie jedoch für sich.

»Sollte Silas als Vorsitzender des Ausschusses, der für die Verteilung der Gelder zuständig ist, einen Teil davon abgezweigt und für die Renovierung des Steampacket Hotels verwendet haben, ist er geliefert. Heute Morgen wurde er bereits vom Richter verhört, wo das fehlende Geld geblieben ist. In der ganzen Stadt brodelt die Gerüchteküche.«

Joe und Ned grinsten.

»Er sitzt ganz schön in der Klemme«, fuhr Neal fort. »Und seit Ezras Werft dank seiner gütigen Mithilfe stillgelegt wurde und Ezra nun einmal der beste Schiffbauer in der Gegend ist, muss er jetzt einen weiten Weg in Kauf nehmen, um einen Mann aufzutreiben, der ihm einen neuen Ponton baut.«

»Das nenne ich Gerechtigkeit«, sagte Joe.

»Das Beste kommt erst noch«, fuhr Neal fort. »Nach dem ersten Anschlag auf den Ponton vor einigen Tagen ist ihm der Planungsausschuss des Gemeinderats in den Rücken gefallen, weil er die Gelegenheit gewittert hat, alte Pläne für den Bau einer Flussbrücke hervorzuziehen, die an Silas' Veto gescheitert waren und die jetzt bei den Bürgern, insbesondere bei den Viehbesitzern, auf große Befürwortung stoßen. Nach dem abermaligen Anschlag auf die Pontonbrücke geht nun das Gerücht, dass die Radcliffes bereit sind, ein Stück Land zur Verfügung zu stellen, um das Vorhaben zu beschleunigen. Die meisten Geschäftsleute unterstützen das, weil dadurch der Handel zwischen Echuca und Moama ausgebaut werden kann.«

»Dann war der Anschlag auf den Ponton im Interesse der Gemeinde«, bemerkte Joe zufrieden. »Das macht es noch besser.«

»Silas hat herumgefragt, ob jemand weiß, wo du steckst, Joe«, sagte Neal.

»Wahrscheinlich will er sein Geld oder die *Marylou,* vor allem jetzt, nachdem er die *Curlew* verloren hat. Das würde ihm die Gelegenheit verschaffen, das Gesicht zu wahren.« Joe schaute sich suchend um. »Wo steckt eigentlich Lizzie? Sie möchte sicher auch gern von dem Schlamassel hören, den Silas sich eingebrockt hat.«

»Ich weiß nicht, Dad«, entgegnete Francesca. »Ich wollte gerade nach ihr suchen, aber dann kam Neal.« Suchend ließ sie den Blick übers Ufer schweifen.

»Ich dachte, sie hätte sich mit dir hingelegt«, sagte Joe.

»Nein, sie war nicht in der Kajüte. Ich dachte, sie ist bei euch an Deck«, erwiderte Francesca. Sie hatte mindestens zwei Stunden geschlafen, sodass es lange her war, seit sie Lizzie zuletzt gesehen hatte.

»Das letzte Mal habe ich sie in der Kombüse gesehen, wo sie sich Tee aufgegossen hat«, sagte Ned. »Kurz bevor wir eingedöst sind.«

»Wo kann sie bloß sein?« Schlagartig befiel Francesca ein schrecklicher Gedanke. »Sie wird doch nicht ... Sie wird doch nicht in die Stadt gegangen sein, um ...« Die Enttäuschung, dass die anderen von ihrer Idee, im Bridge Hotel Feuer zu legen, nicht angetan waren, stand Lizzie im Gesicht geschrieben; dennoch wäre keiner von ihnen auf den Gedanken gekommen, dass Lizzie ihr wahnwitziges Vorhaben auch ohne ihre Billigung ausführen würde. »Oh, Dad ... Lizzie würde doch nicht wagen, das Hotel in Brand zu stecken ...?«

Joe hatte mit einem Mal schreckliche Angst um Lizzie.

»Ich werde am Campaspe entlang zu Fuß zur Stadt gehen«, sagte Francesca. Das war der kürzeste Weg, den Lizzie vermutlich ebenfalls gewählt hatte, zumal man auf dieser Strecke nicht befürchten musste, von jemandem gesehen zu werden.

»Nein, Francesca. Ich werde gehen«, erklärte Joe.

»Du bleibst hier, Joe. Ich werde Francesca begleiten«, sagte Neal daraufhin. »Allerdings brauchen wir eine Laterne. In knapp einer Stunde ist es dunkel.«

»Du musst hier bleiben, Dad, falls sie zurückkommt«, sagte Francesca. Sie hatte die vage Hoffnung, dass Lizzie lediglich einen Spaziergang machte oder dass sie, falls sie tatsächlich daran dachte, den Brandanschlag zu verüben, inzwischen zur Besinnung gekommen war und den Rückweg zur *Marylou* eingeschlagen hatte.

»Seid vorsichtig«, warnte Ned.

»Vielleicht sollten wir den Kessel anfeuern und näher an die Stadt heranfahren«, meinte Joe. »Dann müsst ihr nicht den ganzen Weg im Finsteren zurückgehen.«

»Nein, lass gut sein, Dad. Es dauert mehrere Stunden, um den Kessel aufzuheizen. Bis dahin dürften wir wieder hier sein.«

Joe betete stumm, dass sie Recht hatte.

Kurz darauf folgten Neal und Francesca dem Verlauf des Campaspe in Richtung Stadt. Der Campaspe war längst nicht so breit wie der Murray und floss am Ende der High Street vorüber. Beide Flüsse waren für Echuca lebenswichtig, vor allem der Murray, doch wenn sie Hochwasser führten, stand die Stadt unter Wasser. In den letzten hundert Jahren war dies mehrmals geschehen, aber häufiger kam es vor, dass die Flüsse in der Dürreperiode austrockneten.

»Traust du Lizzie ernsthaft zu, dass sie das Bridge Hotel in Brand setzt?«, fragte Neal, während sie sich vorsichtig am Ufer entlang vorwärts bewegten. Rasch brach die Dunkelheit herein, und Neal zündete die Laterne an. Dennoch mussten sie die Augen nach Rattennestern, Schlangen und Wombatlöchern offen halten.

»Ja. Sie will Rache, und wer kann ihr das verübeln, nachdem Silas sie beinahe totgeschlagen hätte? Aber es macht sie blind für die Folgen. Unschuldige Menschen könnten sterben. Hinzu kommt die Gefahr, von Silas ertappt zu werden. Wir müssen Lizzie unbedingt finden, bevor sie eine schreckliche Dummheit macht oder Silas sie ertappt.«

Neal legte ihr den Arm um die Schulter, woraufhin Francesca sich an ihn drückte, dankbar für die tröstende Geste.

»Ich bin sehr froh, dass du mich begleitest«, sagte sie.

»Ich hätte dich niemals alleine gehen lassen«, gab Neal zurück.

»Vielleicht ist Lizzie ja auch zurück ins Bordell. Sie hat

Dad gegenüber Andeutungen gemacht. Ich dachte zwar, Dad hätte sie wieder aufgerichtet, aber ihr Selbstwertgefühl ist nicht besonders stark.«

Nachdem sie das Bordell erwähnt hatte, fiel ihr wieder ein, dass Neal dort regelmäßiger Gast war, und sie löste sich aus seiner Umarmung. Am liebsten hätte sie ihn gefragt, warum er dort so viel Zeit verbrachte, aber sie war dazu nicht fähig.

Neal ahnte, welche Gedanken Francesca gerade beschäftigten, zumal sie ihn mehrmals dabei beobachtet hatte, wie er im Bordell ein und aus ging. Es brannte ihm auf der Zunge, ihr von Gwendolyn zu erzählen, doch er hielt den Zeitpunkt für ungeeignet.

Silas schritt unruhig in seinem Zimmer auf und ab. Er hatte seinen Kartenspielabend abgesagt, weil ihm die Konzentration fehlte. Er stand kurz vor einem Tobsuchtsanfall, sodass er geradezu an sich halten musste, um seine fünf Sinne nicht zu verlieren. Irgendjemand hatte es auf ihn abgesehen, und er würde herausfinden, wer das war, das schwor er sich. Derjenige würde sich noch wünschen, niemals geboren zu sein, dafür würde er sorgen.

Silas' Gedanken kreisten erneut um Joe Callaghan. Er war sein Hauptverdächtiger, obwohl es Joe nicht ähnlich sah, zu solchen Mitteln zu greifen wie die *Curlew* zu versenken. Zähneknirschend musste Silas sich eingestehen, dass Joe stets den Eindruck machte, ein anständiger Mensch zu sein; außerdem liebte er Dampfschiffe. Es konnte natürlich auch die Vergeltung dafür sein, dass Francesca ihn, Silas, beim Kuss mit Regina erwischt hatte, aber das war eher unwahrscheinlich, zumal es davor bereits die beiden Anschläge auf die Pontonbrücke gegeben hatte. Silas' Gedanken schweiften zu Lizzie, doch er war sicher, dass sie nicht in der Lage wäre, die *Curlew* zu versenken oder die Pontonbrücke zu zerstören. Es sei denn, sie hatte Unterstützung – womit Silas wieder bei Joe landete.

Silas trat hinaus auf den Balkon, just in dem Moment, als der Regen einsetzte. Er machte sich Gedanken um seine Mühle und fragte sich, ob es klüger wäre, über Nacht dort eine Wache zu postieren. Es stand viel auf dem Spiel, sollte die Mühle als Nächstes betroffen sein – weitaus mehr, als irgendjemand ahnte.

Lizzie stand vor der Bäckerei auf der High Street unter der Markise und blickte zum Bridge Hotel hinüber. Bis zum Einbruch der Dunkelheit hatte sie sich versteckt gehalten, aber mittlerweile schüttete es wie aus Kübeln, und die Luft war eisig frisch geworden. Sie beobachtete, wie eine Droschke vor dem Hotel hielt, aus der eine Familie ausstieg – Mutter, Vater und drei Kinder in unterschiedlichem Alter. Das kleinste, vermutlich ein Mädchen, klammerte sich am Rockzipfel seiner Mutter fest. Gleich darauf hob die Mutter die Kleine hoch und drückte ihr einen Kuss auf die Wange, bevor sie mit ihr zur überdachten Veranda eilte. Der Älteste, ein Junge, half seinem Vater mit dem Gepäck. Auf dem Weg zum Hoteleingang legte der Vater liebevoll den Arm um seinen Sohn. Es war ein harmonisches Bild, das Lizzie einen Stich ins Herz gab. Wie gern sie selber Mutter geworden wäre ...

Tränen liefen ihr über die Wangen. Sie dachte an das Elend, das diese Familie erleiden würde, wenn das Hotel brannte. Die bloße Vorstellung, für ein Unglück verantwortlich zu sein, das diese drei Kinder traf, ließ Lizzie zittern.

Nein, sie würde eher sterben, als ihren Plan in die Tat umzusetzen.

»Verflucht sollst du sein, Silas«, sagte sie leise und ging schluchzend die verwaiste Straße entlang, während der Regen ihr entgegenpeitschte. Ziellos stapfte sie voran. Vielleicht müsste sie nur weit genug gehen, um ihre Verzweiflung hinter sich zu lassen.

Bevor es ihr bewusst wurde, hatte Lizzie das Ende der High Street erreicht, wo die Mühle sich ein Stück abseits von der Straße befand. In dem bleiernen Regen wirkte sie gespenstisch. Die Mühle gehörte Silas und weckte in Lizzie wieder die schrecklichen Erinnerungen an den Mann, den sie mehr verabscheute als alles andere.

Während Lizzie mit wild pochendem Herzen wie angewurzelt dastand und zur Mühle starrte, kamen ihr plötzlich Satzfetzen in den Sinn, als Silas mit seinen Geschäftspraktiken geprahlt hatte. In ihrer Verzweiflung jagten Lizzie unzusammenhängende Worte durch den Kopf, deren Bedeutung sie damals nicht verstanden hatte, die aber nun einen Sinn zu ergeben schienen. In betrunkenem Zustand hatte Silas häufig von seiner Mühle gefaselt und öfter angedeutet, dass ihre Mauern Geheimnisse bargen. Lizzie hatte auf brutale Art gelernt, niemals Fragen zu stellen, aber sie hatte keine Wahl, was das Zuhören betraf. Da sie sich damals auf Silas' Andeutungen keinen Reim machen konnte, hatte sie die Geschichte fast schon wieder vergessen; immer wieder hatte sie den Eindruck gewonnen, dass es mit der Mühle etwas Besonderes auf sich hatte, allerdings war ihr schleierhaft, was an einer Getreidemühle Besonderes sein sollte. Außerdem redete Silas im Vollrausch jedes Mal Unsinn. Plötzlich hob sich Lizzies trübe Stimmung.

Francesca und Neal standen unter der Markise der Bäckerei und sahen zum Bridge Hotel hinüber, genau wie Lizzie mehr als dreißig Minuten zuvor.

»Ich kann sie nirgendwo sehen«, sagte Neal. Alles war wie ausgestorben. »Aber es ist ein Glück, dass es schüttet. Der Regen wird verhindern, dass sie ihren irrsinnigen Plan, Feuer zu legen, in die Tat umsetzt.«

»Wo kann sie nur stecken?«, überlegte Francesca. »Lass uns hinter dem Hotel nachsehen.«

Sie wollten gerade die Straße überqueren, als plötzlich Silas aus dem Hoteleingang trat. Im Schein der Lampe über dem Eingang öffnete er einen Regenschirm.

»Wo will der denn bei so einem Wetter noch hin?«, meinte Neal, nachdem er rasch wieder in den Schatten vor dem Eingang der Bäckerei eingetaucht war.

»Keine Ahnung«, entgegnete Francesca beunruhigt.

Silas wandte sich in Richtung High Street.

»O Gott«, sagte Francesca. »Wenn Lizzie hinter dem Hotel ist, entdeckt er sie vielleicht!«

Neal und Francesca huschten ebenfalls die High Street entlang und folgten Silas, der auf der anderen Straßenseite ging. Dabei hielten sie Abstand zu ihm, damit sie schnell in einem dunklen Ladeneingang oder einer der schmalen Gassen Deckung suchen konnten, sollte er sich umdrehen. Doch Silas stapfte mit gesenktem Kopf und hochgeschlagenem Kragen voran, während der Regen von seinem Schirm strömte.

»Wo will er hin?«, sagte Francesca zu Neal.

»Keine Ahnung«, erwiderte Neal. »Wahrscheinlich will er bloß seine Läden abklappern.«

»Welche gibt es denn hier in der Nähe?«

»Ein Möbelgeschäft, den Krämerladen und die Mühle am Ende der Straße.«

Silas blieb vor seinem Möbelgeschäft stehen, das in völlige Dunkelheit getaucht war. Er rüttelte an der Tür, um sich zu vergewissern, dass sie abgeschlossen war. Mit Michael Bromley hatte er einen guten Geschäftsführer gefunden, und der Laden selbst warf regelmäßig Gewinn ab, aber ihm galt nicht seine Hauptsorge.

»Offenbar macht er tatsächlich einen Kontrollgang. Der Krämerladen ist ein Stück weiter auf unserer Straßenseite«, sagte Neal. »Besser, wir verlassen die Straße.« Er packte Francescas Hand und führte sie durch eine schmale Gasse zur Rückseite der Gebäude, um Silas am Ufer des Campaspe entlang weiter zu folgen.

Lizzie schlug eine Fensterscheibe ein und kletterte in das kleine Büro neben der Mühle. Suchend sah sie sich um, ohne genau zu wissen, wonach sie Ausschau hielt, wobei sie die hübsche Geldkassette entdeckte, die ein paar Shilling enthielt. Lizzie steckte sich die Münzen ein. Unerwartet empfand sie Genugtuung, Silas' Geld an sich zu nehmen, ohne eine Gegenleistung dafür zu erbringen. Sie kostete dieses Gefühl aus vollem Herzen aus. Als Nächstes klaubte sie die Unterlagen vom Schreibtisch, zog die Ordner aus den Schubladen und warf alles auf den Fußboden.

»Jetzt werden deine Geheimnisse in Rauch aufgehen, Silas«, murmelte sie und zündete ein Streichholz an. Lächelnd ließ sie es auf das Papier fallen, das sofort Feuer fing. Dann nahm sie die Bürostühle und stellte sie über den Brandherd. Im Nu standen sie in Flammen. Fasziniert betrachtete sie einige Augenblicke ihr Werk, bis der Rauch und die Hitze sie in die Wirklichkeit zurückholten. Lizzie kletterte wieder durch das Fenster ins Freie und ging die High Street hinunter, ohne zu ahnen, dass Silas ihr in der Dunkelheit entgegenkam.

Als Lizzie ungefähr fünfzig Meter von der Mühle entfernt war, wandte sie sich um. In dem trüben Licht und dem Regen konnte sie lediglich einen rötlichen Schimmer durch das Bürofenster wahrnehmen. Das Feuer breitete sich schnell aus, sodass sie erneut lächelte, zufrieden mit sich selbst.

Im nächsten Moment verflog ihr Hochgefühl, weil sie von schlechten Erinnerungen eingeholt wurde. Sie musste daran denken, wie oft Silas sie geschlagen hatte. Sie musste an all die Schimpfnamen denken, die er ihr an den Kopf geworfen hatte, und wie er ihr die letzte Selbstachtung genommen hatte. Er hatte sie vergewaltigt und angespuckt, benutzt und misshandelt. Nun zahlte sie es ihm heim, wie sie es sich geschworen hatte. Wenn die Mühle abbrannte, hätte ihr Leiden unter Silas Hepburn ein Ende. Sie wusste zwar nicht, was die Zukunft bringen würde – falls sie überhaupt eine Zukunft hatte –, dafür aber wusste sie mit Bestimmtheit, dass Silas ihr nie wieder etwas antun könnte. Diese Zeiten waren vorbei.

Lizzie zog den Kopf ein und beschleunigte ihren Schritt. Da es ohne Laterne zu finster war, um zur *Marylou* zurückzufinden, spielte sie mit dem Gedanken, im Bordell zu übernachten. Sie vermisste die anderen Mädchen, die bestimmt froh wären, sie unversehrt zu sehen.

Hastig eilte Lizzie weiter, als sich ihr plötzlich eine Hand über den Mund legte und sie brutal in eine Seitengasse gezerrt wurde. Sie versuchte zu schreien und sich zu wehren, wurde aber von starken Armen festgehalten. Obwohl sie sicher war, dass ihr letztes Stündlein geschlagen hatte, bereute sie es nicht, die Mühle angesteckt zu haben. Es war das Einzige in ihrem Leben, auf das sie stolz war.

»Still, Lizzie«, zischte ihr eine Männerstimme ins Ohr, während sie weiter festgehalten wurde. Starr vor Angst gehorchte sie. Sie schloss die Augen und erwartete hoffnungslos ihr Ende. Nach einer Weile, die ihr quälend lang erschien, vernahm sie in unmittelbarer Nähe Schritte auf der High Street. Sie schlug die Augen auf. Trotz der Finsternis war Silas eindeutig zu erkennen, und ihr Herz begann erneut zu rasen. Sie wand sich, um aus der Umklammerung freizukommen, und als sie den Kopf drehte, erkannte sie Neal. Neben ihm stand Francesca.

»Pssst«, raunte ihr diese zu. Sie verharrten noch einige Minuten mucksmäuschenstill, bevor Neal sich zur Straße wagte, um nachzusehen.

»Die Luft ist rein«, verkündete er gleich darauf, und sie seufzten vor Erleichterung. »Nichts wie weg hier.«

Schützend hielt Silas den Schirm vor sich, während der Regen ihm auf seinem Weg entgegenpeitschte. In der Entfernung konnte er die Mühle ausmachen. Plötzlich schlug sein Puls schneller. Fassungslos nahm er den rötlichen Schein der Flammen wahr, die sich durch das Dach über dem Büro fraßen.

»Zur Hölle mit euch!«, brüllte er in die Nacht.

Während Lizzie, Neal und Francesca die High Street hinunterrannten, hörten sie Silas' Geschrei. »Was hast du getan, Lizzie?«, fragte Neal. Er und Francesca hatten die Rauchschwaden am Himmel entdeckt. Da sie vermutet hatten, dass Lizzie damit zu tun hatte, waren sie losgerannt, um Silas zu überholen. Als sie durch die Seitengasse wieder zur High Street stießen, kamen sie gerade rechtzeitig, um Lizzie abzufangen. Andernfalls wäre sie Silas direkt in die Arme gelaufen.

»Ich ... habe die Mühle in Brand gesteckt«, antwortete sie stockend.

»Besser, wir machen uns rasch aus dem Staub«, sagte Neal.

Sie brauchten durch den Regen anderthalb Stunden, um zurück zur *Marylou* zu gelangen. Joe und Ned waren erleichtert, als sie eintrafen. Nachdem sie sich trockene Sachen angezogen hatten und sich mit heißen Getränken, die Ned zubereitet hatte, zusammensetzten, blieb keinem verborgen, dass Lizzie wie ausgewechselt wirkte. Zum ersten Mal machte sie den Eindruck, sich des Lebens zu freuen.

»Wir sind froh, dass Sie das Bridge Hotel verschont haben«, sagte Francesca.

Lizzie ließ den Kopf hängen. »Ich war entschlossen, es anzuzünden, doch als ich davor stand, fuhr eine Familie mit Kindern vor. Das hat mich schlagartig daran erinnert, wer dort alles übernachtet. Ich wäre lieber tot umgefallen, als das Risiko einzugehen, dass unschuldigen Menschen, vor allem Kindern, etwas zustößt.«

»Das war richtig von dir, Lizzie«, sagte Neal.

»Danke, dass du mich vorhin in die Gasse gezerrt hast«, entgegnete sie. »Damit hast du mir wahrscheinlich das Leben gerettet.« Die bloße Vorstellung, was Silas mit ihr gemacht hätte, jagte ihr einen eiskalten Schauer über den Rücken, aber dennoch war sie der Überzeugung, dass es das Risiko wert gewesen war. Sie sah Francesca an. »Das ist jetzt schon das dritte Mal, dass Sie mich gerettet haben.«

Francesca schenkte ihr kurz ein Lächeln. »Es wird allmählich zur Gewohnheit.«

»Erzählt, was ist passiert?«, wollte Joe wissen.

»Ich habe die Weizenmühle in Brand gesteckt«, erwiderte Lizzie.

»Warum?«, gab Joe zurück. »Ich weiß zwar, dass Silas die Mühle gehört, aber sie ist nur zweitrangig für ihn.«

»Mit der Mühle hat es etwas Besonderes auf sich«, entgegnete Lizzie. »Wenn Silas betrunken war, hat er oft davon gesprochen. Ich weiß noch, einmal hat er gesagt, dass niemand je auf den Gedanken käme, eine Mühle zu überfallen, sodass sie der beste Ort sei, Wertsachen zu verstecken. Damals habe ich gedacht, er redet Unsinn, aber gleichzeitig habe ich noch sein höhnisches Lachen im Ohr. Wer weiß, vielleicht versteckt er dort sein Geld oder wichtige Papiere.«

»Ich halte es für besser, wenn wir ab sofort aufhören«, sagte Joe. »Bevor wir noch irgendwann auf frischer Tat ertappt werden.«

Die anderen stimmten ihm zu.

Silas geriet völlig außer sich, als er sah, dass das Feuer bereits auf die Mühle übergegriffen hatte. Er versuchte hineinzugelangen, aber drinnen wütete ein undurchdringliches Flammeninferno. Kurze Zeit später traf endlich der Löschwagen ein, doch die Flammen hatten das Büro bereits völlig zerstört, genau wie die Holzböden, die Treppen und die Zwischenböden im Innern der Mühle. Übrig blieb lediglich der ausgebrannte, rauchgeschwärzte Turm. Silas ließ seine ganze Wut an den Feuerwehrmännern aus und wurde sogar tätlich. Sie versuchten, ihn damit zu beschwichtigen, dass niemand bei dem Brand umgekommen war, aber trotzdem musste Silas festgehalten werden. Gegen seinen Willen wurde er in eine Kutsche verfrachtet und zum städtischen Hospital gebracht, wo man ihm unter Zwang ein Beruhigungsmittel verabreichte. Nachdem er fort war, ereigneten sich zur Verblüffung der Feuerwehrleute im Keller mehrere Detonationen. Als es ihnen gelungen war, den Brand vollständig zu löschen, deutete alles auf ein geheimes Alkohollager im Keller hin, wo sich zudem die Überreste von Leinensäcken fanden, die offensichtlich mit Geldbündeln gefüllt gewesen waren. Die Säcke waren in einem Mauerspalt versteckt gewesen, doch ihr Inhalt war größtenteils verkohlt, sodass nicht genau bestimmt werden konnte, wie viel Geld Silas dort gehortet hatte. Da es gegen das Gesetz verstieß, ohne Lizenz Alkohol zu lagern, war die Feuerwehr gezwungen, ihren Fund der Polizei zu melden.

Zwei Stunden nach seiner Einlieferung ins Hospital entließ Silas sich selbst und begab sich ins Bridge Hotel, um sich zu betrinken. Binnen kürzester Zeit entfaltete die Mischung aus Alkohol und dem Beruhigungsmittel ihre Wirkung, aber er schaffte es dennoch, zum Bordell zu torkeln. Hätte er Lizzie dort angetroffen, hätte er ihr den Garaus gemacht. Stattdessen trat er Türen ein und zertrümmerte Fensterscheiben. Er machte einen solchen Lärm, dass einer der Nachbarn die Polizei verständigte, die ihn kurz darauf verhaftete.

Silas hatte die Nacht in der Ausnüchterungszelle verbracht. Am nächsten Morgen bot er einen erbärmlichen Anblick und war so deprimiert wie nie zuvor.

»Es ist mir ein Rätsel, was letzte Nacht in Sie gefahren ist,

Mr Hepburn«, bemerkte Constable Walters, als er ihn wieder freiließ. »Sollten Sie weiterhin Unfrieden stiften, muss ich Sie für dreißig Tage einsperren. Beim Richter stehen Sie momentan ohnehin in keinem günstigen Licht da, zumal Ihnen mehrere schwere Vergehen zur Last gelegt werden. Deshalb rate ich Ihnen, sich in nächster Zeit bedeckt zu halten. Außerdem müssen Sie mit einer Untersuchung rechnen, weil man in Ihrer Mühle Spuren illegaler Alkoholvorräte gefunden hat. Daher möchte ich Sie bitten, uns heute noch für eine Befragung zur Verfügung zu stehen.«

Silas starrte den Constable an. »Zuerst verliere ich meinen Ponton, dann liegt mein bestes Dampfschiff auf dem Grund des Flusses, und jetzt wurde auch noch meine Mühle abgefackelt, und ihr Idioten habt nichts Besseres zu tun, als euch um meinen Schnapsvorrat zu kümmern! Warum schnappt ihr stattdessen nicht diesen Wahnsinnigen, der ständig Anschläge auf mein Eigentum ausübt? Ihr solltet nicht mich verhören, sondern Joe Callaghan!«

»Warum gerade Joe Callaghan? Haben Sie Beweise, dass er hinter den Anschlägen auf die Mühle und das Schiff steckt?«

»Nein. Beweise zu erbringen ist eure Aufgabe.« Mit diesen Worten stürmte Silas zurück ins Bridge Hotel, kurz davor, den Verstand zu verlieren. »Diese Narren haben ja keine Ahnung, was ich verloren habe«, murmelte er vor sich hin, während er die Einrichtung seines Zimmers demolierte. Seine Gedanken landeten unweigerlich wieder bei Joe. »Diese Ratte ist sicher der Grund für mein Unglück«, schäumte er. »Ich werde dir alles nehmen, was du besitzt, Callaghan, und zwar sofort und für die nächsten zehn Jahre. Als Erstes schnappe ich mir die *Marylou* ... und glaub bloß nicht, ich hätte Francesca abgeschrieben! Da täuschst du dich gewaltig. Ich schwöre bei Gott, dass du für alles bezahlen wirst, was du mir angetan hast.«

24

Als Francesca am nächsten Morgen erwachte, betrachtete sie Lizzie, die friedlich neben ihr schlief. Mittlerweile waren ihre Blutergüsse verblasst und die Blessuren verheilt. Ihr Gesicht wirkte so entspannt wie nie zuvor. Zum ersten Mal konnte Francesca sich vorstellen, dass Lizzie ein normales Leben führen würde. Sie hatte den Eindruck, dass es dafür nicht zu spät war, wenn Lizzie nur den Mut aufbrachte. Auch wenn sie nicht in Echuca bleiben konnte, weil ihr dann Silas das Leben zur Hölle machen und sie ständig an ihre Vergangenheit erinnern würde, betete Francesca, dass Lizzie an einem anderen Ort ein neues Leben beginnen könnte, nachdem sie nun selbst die Chance erkannt und erfahren hatte, dass es auch außerhalb des Freudenhauses Menschen gab, denen sie vertrauen konnte. Sie brauchte nur etwas Glück und die richtige Gelegenheit.

Plötzlich wurde Francesca bewusst, dass die Dampfmaschine ratterte, und sie sprang mit einem Satz aus der Koje.

»Wohin fahren wir?«, fragte sie ihren Vater, den sie oben im Ruderhaus vorfand. Ned war unten und fütterte den Kessel mit Holz.

»Zurück nach Echuca«, gab Joe knapp zurück. Er mied ihren Blick.

Sein Tonfall machte Francesca Angst, und sie betete insgeheim, dass er nicht überstürzt handelte. »Das geht nicht, Dad, wir müssen noch warten.« Sie bezweifelte, dass es Regina in der Zwischenzeit bereits gelungen war, ihren Notar damit zu beauftragen, Joe das Geld zu übermitteln.

»Hör zu, Francesca, wir hatten alle unseren Spaß auf Silas' Kosten, aber ich muss mich dem Unvermeidlichen stellen. Ich bin mit den Ratenzahlungen in Verzug ...«

»Es findet sich bestimmt etwas, Dad.«

Joe schüttelte den Kopf, und in seinen Augen lag Mitgefühl. »Ich weiß, dass du fest daran glaubst, mein Mädchen, aber es macht keinen Sinn, auf ein Wunder zu hoffen, weil es nämlich keins geben wird.«

Am liebsten hätte Francesca laut gerufen, dass das Wunder kurz bevorstand, aber sie wusste, dass Joe dann die ganze Wahrheit würde hören wollen und sie ihm die für ihn schmerzliche Offenbarung machen müsste, dass Regina ihre leibliche Mutter und Silas ihr leiblicher Vater war. Sie litt selbst schon genug darunter. Zudem würde Joe Reginas Geld dann niemals annehmen, dafür war er zu stolz. Sie musste unbedingt noch ein wenig Zeit gewinnen.

»Wozu die Eile, Dad? Es gibt keinen Grund, Silas die *Marylou* so schnell wie möglich zu übergeben.«

Joe verzog sein müdes Gesicht. Francesca konnte ihm ansehen, dass die qualvolle Gewissheit, die *Marylou* endgültig zu verlieren, ihm fast das Herz zerriss. Je länger er es hinauszögerte, desto größer wurde sein Schmerz.

»Es tut mir Leid, mein Mädchen. Wir halten den Kurs. Ich will Silas bestimmt nicht hinterherlaufen, aber ich will mich auch nicht länger wie ein Feigling verstecken.«

Francesca wusste, dass Silas noch heute die *Marylou* beschlagnahmen und sie nie wieder herausrücken würde, selbst dann nicht, wenn Joe wie durch ein Wunder mit dem Geld zu ihm käme. Jetzt nicht mehr, nachdem ihre Verlobung geplatzt war.

Als sie im Hafen von Echuca anlegten, erklärte Francesca, sie wolle kurz zum Postamt und nachsehen, ob etwas für sie gekommen sei. Es bestand eine hauchdünne Chance, dass dort bereits der von ihr ersehnte Umschlag bereitlag; sie musste sich einfach vergewissern, bevor Silas die *Marylou* am Pier entdeckte.

Obwohl Francesca nur wenige Minuten fort war, kam es ihr wie eine Ewigkeit vor. Bei ihrer Rückkehr war von Silas nichts zu sehen; dafür war Joe von mehreren Schiffern bestätigt worden, dass Silas sich heute Morgen auf dem Pier nach ihm erkundigt hatte. Einige Schiffer hatten zwar beobachtet, dass die *Marylou* in den Campaspe gebogen war, aber zum Glück waren sie alle mit Joe befreundet. Keiner dieser Männer arbeitete im Auftrag von Silas Hepburn.

»Ich habe einen Brief für dich, Dad«, rief Francesca außer Atem, da sie gerannt war. Der Absender war eine Kanzlei aus Moama, sodass sie wusste, was der Umschlag enthielt, es aber möglichst zu überspielen versuchte. Als der Postvorsteher ihr den Brief ausgehändigt hatte, war ihr vor Erleichterung beinahe das Herz stehen geblieben.

Joe nahm den Brief entgegen, warf einen Blick auf den Absender und ließ ihn achtlos fallen.

»Von wem ist der Brief, Dad?«, fragte Francesca, die versuchte, Ruhe zu bewahren.

»Von einer Kanzlei, zweifellos von Silas' Notar. Ich hätte mir denken können, dass er keine Zeit verschwendet, sein Geld einzufordern.«

»Ich habe die Verlobung erst vorgestern gelöst, sodass ich nicht glaube, dass der Brief von Silas kommt, zumal er seither genügend um die Ohren hatte.« Mit gespielter Ruhe schenkte Francesca sich eine Tasse Tee ein.

»Es gibt nur eine Möglichkeit, das herauszufinden, Dad. Mach ihn auf.« Das Herz schlug ihr bis zum Hals, und sie spähte ständig zum Pier, weil sie insgeheim befürchtete, Silas könnte jeden Moment mit dem Schuldschein ihres Vaters in der Hand dazwischenplatzen.

Joe seufzte. Ihm war klar, dass es nichts nützte, den Brief

zu ignorieren. Wenn er Silas die *Marylou* nicht überließ, würde der einen Haftbefehl gegen ihn erwirken. Joe hob den Brief wieder auf, öffnete ihn und überflog die Zeilen. Francesca beobachtete verstohlen, wie sein Gesichtsausdruck sich beim Lesen veränderte und er den Brief ein zweites Mal durchlas, um den Sinn des Geschriebenen zu erschließen.

»Aber ... das gibt's doch gar nicht«, sagte er perplex und ließ sich auf die Sitzbank sinken.

»Was ist, Dad? Stimmt etwas nicht?«

»Du wirst es nicht glauben ...«

»Was ist denn los, Joe?«, wollte nun auch Ned wissen. Er nahm an, dass Silas Joe vor Gericht bringen wollte.

»Man hat mir Geld vermacht ... viel Geld«, stieß Joe hervor.

Neds Gesicht hellte sich auf. »Wie viel ist es denn?«

Francesca sah den beiden ihre Erleichterung an. Sie wusste, dass Ned sich nicht minder Sorgen gemacht hatte als Joe, obwohl er das nach außen nicht gezeigt hatte. Wie ihr Vater zählte er zu den Menschen, die ein gutes, anständiges Herz hatten. Sie schätzte sich glücklich, dass die beiden zu ihrem Leben gehörten.

»Lies du vor, mein Mädchen«, sagte Joe und reichte ihr den Brief.

Dabei bemerkte Francesca, dass seine Hände zitterten. Sie überflog das Schreiben. »Ein Cousin von dir, ein gewisser John Devaney, hat dich in seinem Testament als Erbe eingesetzt. Er hinterlässt dir ... *tausenddreihundert Pfund*!« Francesca kreischte vor Begeisterung auf und fiel ihrem Vater um den Hals.

»Es könnte sich um ein Versehen handeln, mein Mädchen. Ich kenne nämlich keinen John Devaney«, sagte Joe.

»Du hast mir doch selbst erzählt, dass du einen Großteil deiner Verwandtschaft in Irland gar nicht kennst, Dad.«

»Das stimmt allerdings. Aber warum sollte ein Cousin,

dem ich niemals begegnet bin, mir so viel Geld hinterlassen?«

»Keine Ahnung. Dafür kann es viele Gründe geben. Du nimmst das Erbe doch an, oder?«

»Eher nicht«, entgegnete Joe. »Manche Dinge sind zu schön, um wahr zu sein. Vielleicht liegt da ein Missverständnis vor, und es gibt noch einen anderen Joe Callaghan.«

Francesca und Regina hatten sich eine plausible Geschichte ausgedacht, damit Joe nicht misstrauisch wurde. Sie blickte wieder auf den Brief. »Ich bezweifle stark, dass es einen zweiten Joseph Quinlan Callaghan gibt, der noch dazu am selben Tag wie du geboren ist, Dad. So etwas wird von den Notaren immer genau überprüft. Das ist ihre Pflicht.«

»Ich schätze, du hast Recht.« Fassungslos schüttelte Joe den Kopf. In seinen kühnsten Träumen hätte er nicht damit gerechnet, dass ihm ein solches Wunder zuteil würde. Es war unglaublich.

»Hier steht, dass du das Geld ab sofort in der Kanzlei William Crown an der Marsh Street in Moama abholen kannst. Worauf warten wir noch, Dad?«

Joe war völlig perplex. »Zum ersten Mal im Leben glaube ich an Wunder.« Er blickte Ned und Francesca an. »Ihr wisst, was das bedeutet? Wir müssen die *Marylou* nicht abgeben.« Auf seinem Gesicht erschien ein Lächeln, während Francesca vor Glück zu Tränen gerührt war. Sie hatte den Eindruck, dass Joe und Ned ebenfalls feuchte Augen bekamen. Es war ein Moment, den sie niemals vergessen würde.

»Joe«, rief in diesem Augenblick John Henry, der am Bug der *Syrett* stand, die neben ihnen ankerte. »Silas Hepburn ist im Anmarsch.«

Während Francesca beim Postamt war, hatte Joe John Henry erklärt, weshalb er in die Verlobung von Francesca und Silas eingewilligt hatte. Nachdem diese nun gelöst war, wollte Joe seinen Freunden gegenüber nicht weiter mit der Wahrheit hinterm Berg halten. Er konnte sie nicht in dem Glauben lassen, sich verkauft zu haben.

»Mir kam das von Anfang an spanisch vor«, hatte John Henry erwidert. »Schließlich war Silas dir schon immer verhasst. Du steckst doch nicht etwa hinter Silas' plötzlicher Pechsträhne?«

»Jeder bekommt, was er verdient«, hatte Joe entgegnet, und John war in Gelächter ausgebrochen.

»Lasst uns schnell von hier verschwinden«, sagte Joe jetzt und stieg zum Ruderhaus empor, während Ned auf den Kai sprang, um die Ankerseile einzuholen.

Als Silas das Ende des Piers erreichte, wo die *Marylou* festgemacht hatte, war er außer Atem. Joes Freunde hatten ihm »unbeabsichtigt« Hindernisse in den Weg gestellt, indem sie gemächlich Fässer vor ihm hergerollt hatten und ein Sack mit Kaffeebohnen »versehentlich« vor seinen Füßen geplatzt war.

»Bringt mir sofort mein Schiff zurück!«, brüllte Silas ihnen nach, während die *Marylou* vom Pier zurückstieß. Er schüttelte drohend die Faust, doch Joe grinste nur und salutierte spöttisch in Silas' Richtung. Als Francesca das Schiff mit Kurs auf Moama gewendet hatte, rief er ihm aus dem Ruderhaus zu: »Wir sehen uns heute Nachmittag.« Dann betätigte er die Dampfpfeife, während Francesca das Ruder hielt und die *Marylou* ihre Fahrt nach Moama antrat.

Gegen zwei Uhr nachmittags befand die *Marylou* sich schon wieder auf der Rückfahrt nach Echuca, und Joe Callaghan war um fast tausenddreihundert Pfund reicher, nachdem er zur Feier des Tages ein anständiges Essen und Wein spendiert hatte. Man hatte Joe mitgeteilt, dass es sich bei John Devaney um einen entfernten Cousin väterlicherseits gehandelt habe, der sein Leben lang ein Liebhaber von Schiffen gewesen sei. Anscheinend hatte er längere Zeit in Louisiana am Mississippi gelebt, wo er sich als Matrose auf Schaufelraddampfern verdingt hatte. Er hatte nie geheiratet, besaß keine Geschwister, und seine Eltern waren bereits tot. Ursprünglich hatte er sein Geld einer wohltätigen Organisation vermachen wollen, die sich um ehemalige Matrosen kümmerte, aber nachdem er im Familienstammbaum nachgeforscht hatte, hatte er offenbar entdeckt, dass er einen entfernten Cousin hatte, der Schiffer war und in Australien lebte.

»Mr Devaney hatte seine Eigenarten, daher hat er testamentarisch festgelegt, dass Sie das Erbe ausschließlich für Ihr Schiff verwenden dürfen«, erläuterte William Crown, während er Joe den Scheck überreichte. »Ich weiß, das ist eine recht ungewöhnliche Bedingung, aber wäre das möglich?«

»Oh, das ist kein Problem«, entgegnete Joe. »Wie haben Sie mich eigentlich aufgespürt?«

William Crown sah Joe einen Moment lang verständnislos an.

»Ich nehme an, dass es in Australien nicht so viele Joe Callaghans gibt, Dad«, sagte Francesca rasch, denn Joe durfte nicht stutzig werden.

»So ist es«, bestätigte William Crown. »Sie sind der Einzige, daher gibt es keinen Zweifel.«

»Ich bedaure sehr, dass mein Cousin – Gott habe ihn selig – verschieden ist, aber ich kann Ihnen sagen, dass er sich keinen besseren Zeitpunkt hätte aussuchen können«, sagte Joe. »Woran ist er eigentlich gestorben? Er kann noch nicht sehr alt gewesen sein.«

»Ich ... Sie müssen verzeihen, aber sein Notar hat mich nicht über die genauen Umstände informiert«, erwiderte William Crown beflissen. »Ich weiß lediglich, dass er unter einer schweren Krankheit litt.«

»Nun, ist wohl auch nicht von Belang, da ich ihn ja nicht gekannt habe«, sagte Joe. »Allerdings beschäftigt mich noch eine Frage ...«

Francesca rutschte das Herz in die Hose.

»Ich muss diesen Scheck unbedingt heute noch einlösen, Mr Crown.«

»Gleich gegenüber ist die Bank von New South Wales, dort wird man Ihnen behilflich sein«, entgegnete Crown. »Sie werden bereits erwartet.«

»Das ist äußerst zuvorkommend von Ihnen, Mr Crown.«

»Keine Ursache, Sir. Es hat mich gefreut, Sie in meiner Kanzlei beehren zu können.«

»Die Freude ist ganz auf meiner Seite.« Joe wandte sich zu Francesca und Ned. »Wenn wir bei der Bank waren, schlage ich vor, dass wir einen Abschiedstoast auf John Devaney aussprechen, bevor wir nach Echuca zurückschippern. Silas kann ruhig noch ein wenig auf sein Geld warten.«

Ned lachte fröhlich, und Francesca bekam vor Erleichterung wacklige Knie.

Als die *Marylou* später in Echuca anlegte, erwartete Silas sie bereits am Pier, wo sich einige Schaulustige eingefunden hatten. Es überraschte ihn nicht, dass Joe zurückkehrte, zumal dieser eine ehrliche Haut war und nicht anders konnte. Doch er tobte innerlich, weil Joe ihn so lange hatte schmoren lassen. Dennoch trübte dies kaum Silas' Freude, nun die Möglichkeit zu haben, Joe vor versammelter Meute herunterzuputzen.

Joe war seinerseits genauso wenig überrascht, dass Silas die Schuldpapiere schon in der Hand hielt, aber er versuchte trotzdem, seine Hochstimmung zu verbergen. Er würde genüsslich das Theater abwarten, das Silas gleich veranstalten würde, und ihn gründlich auflaufen lassen.

»Guten Tag, Silas«, sagte er in gespielt resigniertem Tonfall, als er zu ihm an Land trat.

Silas holte tief Luft, um den Moment in die Länge zu ziehen. Dann stieß er den Atem wieder aus und wandte sich sowohl an die Schaulustigen als auch an Joe. »Joseph Callaghan, diese anständigen Leute können bezeugen, dass ich ein großzügiger Mann bin, dem das Wohl der Gemeinde am Herzen liegt, aber da Sie mit den Rückzahlungen für das Darlehn in Verzug sind, beanspruche ich die Sicherheit, mit der Sie gebürgt haben, nämlich die *Marylou*.« Auf dem Pier hätte man in diesem Moment eine Stecknadel fallen hören können. Selbst die Vögel waren verstummt.

»Verstehe«, entgegnete Joe und ließ den Kopf hängen. Ihm war klar, wie schlimm es für ihn geworden wäre, würde das Geld für Silas nicht in seiner Tasche stecken. »Und wie viel genau schulde ich Ihnen, Silas?«

»Mit den Zinsen beläuft sich die Summe auf ...« Silas sah kurz in den Papieren nach, die er in der Hand hielt, obwohl er die Summe bis auf den Penny auswendig wusste. »Neunhundertvierzehn Pfund.«

»Neunhundertvierzehn Pfund!«, wiederholte Joe. »Das ist viel Geld.« Bislang hatte er ihm hundertfünfzig Pfund zurückerstattet, in dem Wissen, dass es nur ein Tropfen auf dem heißen Stein war, da Silas den Zins immer höher geschraubt hatte. »Die Zinsen, die Sie verlangen, sind Wucher, und trotzdem lassen Sie in Ihren Häusern immer noch mit Wasser gepanschten Schnaps ausschenken.«

Er erntete schallendes Gelächter. Bloß Silas lachte nicht mit.

»Das ist gelogen«, widersprach er wütend.

Joe bemerkte das kalte Funkeln in Silas' Augen. Er hatte schon immer den Eindruck gehabt, dass in den toten Augen eines Fisches mehr Wärme lag.

»Sie haben die Bedingungen gekannt, als Sie den Schuldschein unterschrieben haben«, sagte Silas. »Wenn Sie damals schon wussten, dass Sie das Darlehn niemals würden tilgen können, warum haben Sie es dann angenommen? Ich bin ein großzügiger Mensch, aber kein Wohltätigkeitsverein.«

»Sie haben Recht, Silas.« Joe sah kurz in die Gesichter der Männer, die einen Kreis um ihn und Silas gebildet hatten, und bemerkte die mitfühlenden Blicke. Jeder der Männer hatte schon schwere Zeiten durchgestanden, und die meisten hingen genauso an ihren Schiffen wie Joe an der *Marylou.* Er wusste, dass ihm der eine oder andere sogar seine Unterstützung angeboten hätte, wäre es ihm möglich gewesen.

»Ich fordere euch jetzt auf, das Schiff zu räumen«, sagte Silas mit Genugtuung.

»Nein«, gab Joe zurück. »Die *Marylou* bekommen Sie nur über meine Leiche.«

»Muss ich etwa den Constable holen?«, fragte Silas. Es würde seine Rache nur noch stärker befriedigen, mit anzusehen, wie Joe von seinem Schiff geschleift wurde.

Joe hielt seinem Blick eisern stand, und ein Lächeln umspielte seinen Mund. Silas war sichtlich irritiert.

Dann sah er zu, wie Joe in seine Tasche griff und ein Bündel Geldscheine hervorzog. Mit angehaltenem Atem verfolgten er und die versammelten Männer, wie Joe neun Hunderter und vierzehn Ein-Pfund-Noten abzählte. »Hier«, sagte er und drückte Silas das Geld in die Hand. »Jetzt sind wir quitt.« Er holte einen Shilling hervor, schnipste ihn durch die Luft und steckte ihn anschließend in Silas' Brusttasche. »Den gibt es als Trinkgeld.«

Die Zuschauer brachen in johlendes Gelächter aus.

Während Silas fassungslos auf das Geld in seiner Hand starrte, riss Joe ihm den Schuldschein aus der anderen Hand, zerriss ihn in kleine Fetzen und warf sie hoch in die Luft, sodass sie wie Konfetti über den Fluss geweht wurden. Er verspürte überwältigende Erleichterung und Genugtuung angesichts der Gewissheit, dass die *Marylou* wieder sein Schiff war, und er hoffte, dass Mary in diesem Augenblick vom Himmel zu ihm herablächelte.

Silas' Gesicht war zu einer steinernen Maske gefroren.

»Wo haben Sie so viel Geld aufgetrieben?«, brachte er mit krächzender Stimme hervor. Er fragte sich unwillkürlich, ob Joe das Geld in der Mühle gefunden hatte.

»Ich will es mal so ausdrücken: Das Glück war mit mir«, sagte Joe.

»Sie haben es aus der Mühle gestohlen!«, tobte Silas. »Sie haben mir mein Geld gestohlen und danach meine Mühle angesteckt!«

Joe erkannte, dass Lizzie Recht gehabt hatte. Offenbar hatte Silas in der Mühle tatsächlich sein Geld und seine Wertsachen versteckt gehabt. Dieser Gedanke ließ ihn lächeln, denn das setzte dem Ganzen die Krone auf. »Um die Wahrheit zu sagen – mir wurde von einem entfernten Cousin Geld vermacht. Ich komme gerade aus Moama vom Notar. Aber ich höre mit Bedauern, dass in Ihrer Mühle Geld verbrannt ist. Das nennt man Pech.«

Silas' Fassungslosigkeit schlug in Zorn um, als das Publikum Joe jubelnd beklatschte.

»Ich weiß, dass Sie die *Curlew* versenkt haben ... und meinen Ponton ... und dass Sie das Feuer in der Mühle gelegt haben. Glauben Sie ja nicht, Sie kämen ungeschoren davon, Callaghan. Ich werde nicht ruhen, bis man Sie hinter Gitter gesteckt hat.«

Joe reagierte mit gespieltem Erstaunen auf Silas' Bemerkung. »Ich habe von Ihrer unseligen Pechsträhne gehört«, erwiderte er und musste ein Grinsen unterdrücken, als er unter den Schaulustigen Gekicher vernahm. »Ich bin zutiefst erschüttert, dass Sie ausgerechnet mich verdächtigen, mutwillig Ihr Eigentum zerstört zu haben.«

»Dass ich nicht lache«, gab Silas erbost zurück.

»Mehrere meiner Kameraden können bezeugen, dass ich die letzten Tage vor der Sheepwash-Lagune geankert habe, um zu fischen.« Joe wusste, dass seine Kameraden ihm den Rücken stärken würden.

»Aye, das stimmt«, rief John Henry. »Ich habe Joe und die *Marylou* draußen bei der Lagune gesehen.«

»Ich auch«, rief Aidan Fitzpatrick. Ein paar weitere Männer äußerten zustimmendes Gemurmel.

»Sie und Ihr verdammtes irisches Pack, ihr haltet natürlich zusammen«, zischte Silas. »Trotzdem weiß ich, dass Sie es waren, Callaghan, auch wenn ich es nicht beweisen kann.«

Joe machte einen Schritt auf ihn zu und dämpfte die Stimme. »Und ich weiß, dass Sie Ezra Pickerings Werft abgefackelt haben und dass Sie auch für den Unfall von Dolan O'Shaunnessey verantwortlich sind, bloß, ich kann es genauso wenig beweisen.«

»Ich bin noch nicht fertig mit Ihnen, Joe Callaghan«, knurrte Silas.

»Vergessen Sie nicht, Sie haben weitaus mehr zu verlieren als ich«, warnte Joe ihn.

Silas blickte zu Francesca, die an Deck stand. »Da wäre ich mir nicht so sicher, Joe.«

Joe wandte sich um und sah seine Tochter an. Als er sich wieder zu Silas umdrehte, kniff er die Augen zu schmalen Schlitzen zusammen. »Wenn Sie meinem Mädchen auch nur ein Haar krümmen, drehe ich Ihnen mit bloßen Händen den Hals um, Silas.«

»Falls ich dir nicht zuvorkomme, Joe«, sagte Neal. Er hatte sich hinter Silas gestellt und dessen leise Drohung mitbekommen.

Silas wandte sich kurz zu Neal um, die Lippen zusammengepresst; dann sah er Joe wieder an. »Ich werde dafür sorgen, dass ihr beide in dieser Gegend nie wieder Arbeit findet!«

»Habt ihr das gehört?«, rief Joe. »Silas sagt gerade, dass Neal und ich in dieser Gegend nie wieder Arbeit finden. Vielleicht sollte man Silas daran erinnern, dass es in dieser Stadt mehr als zwanzig Schänken gibt, die ihm nicht gehören und die wir genauso gut besuchen können wie seine Kaschemmen.«

»Genau«, murmelten viele der Männer zustimmend.

Silas starrte Joe ins Gesicht. Er wusste, dass Joe in Echuca viele Freunde hatte, sodass er sich vorsehen musste.

»Da ich eine beachtliche Summe geerbt habe, bin ich nicht mehr auf Arbeit angewiesen, Silas. Vielleicht kandidiere ich fürs Bürgermeisteramt oder baue mein eigenes Hotel. Ich könnte mir auch ein Grundstück kaufen und dort Wein anbauen. Man hat viele Möglichkeiten, wenn man viel Geld hat.« Joe übertrieb absichtlich mit seinem neuen Reichtum, um Silas zu ärgern und dessen Zorn auszukosten. Er wusste, dass er Silas am meisten provozieren konnte, wenn er ihm drohte, ihm geschäftlich Konkurrenz zu machen oder noch besser, für ein öffentliches Amt zu kandidieren. Allein die Vorstellung, dass Silas dann für jede amtliche Genehmigung die Zustimmung Joes einholen müsste, musste ihm wie ein Stachel im Fleisch sitzen. Zudem zählte Silas zu der Hand voll Männer, die in der Gegend einen Weinberg besaßen, und vom aufstrebenden Weinhandel versprach er sich in den nächsten Jahren saftige Gewinne.

»Ich werde jedenfalls in Ruhe über meine Zukunft nachdenken und mich in der Zwischenzeit damit begnügen, Passagiere über den Fluss zu befördern, solange die neue Brücke noch nicht gebaut ist.«

Joe sah Silas an, dass dieser ihm am liebsten an die Gurgel gesprungen wäre, und er konnte sein Grinsen nicht länger unterdrücken. Dieser Tag war einfach großartig.

Silas, der kurz vor der Explosion stand, fuhr auf dem Absatz herum und drängte sich durch die Menge. Er wollte vor den Einheimischen nicht die Beherrschung verlieren, aber sobald er alleine war, würde ihn blinde, zügellose Wut übermannen.

»Passen Sie bloß auf das Geld auf«, rief Joe ihm spottend hinterher. Erneut erntete er schallendes Gelächter. Silas war derart aufgebracht, dass er kurz vor einem Zusammenbruch stand. Er verspürte heftige Schmerzen in der Brust und konnte sich kaum noch auf den Beinen halten, als er das Bridge Hotel erreichte.

Lizzie hatte alles durch die Luke der Kajüte verfolgt, und sie musste unwillkürlich lächeln. Obwohl sie nicht jedes Wort gehört hatte, das die Männer gewechselt hatten, hatte Joe offensichtlich Silas völlig aus der Fassung gebracht. Ein wahrhaft denkwürdiger Augenblick.

Im nächsten Moment jedoch erlosch ihr Lächeln wieder, weil sie daran denken musste, wie rachsüchtig Silas war. Zwar konnten Joe und Neal auf sich selbst aufpassen, doch Lizzie hatte Angst um Francesca. Silas würde sie nicht ohne weiteres abschreiben ...

25

Francesca verließ gerade Haggertys Fleischerladen auf der High Street, wo sie Lammkoteletts fürs Abendessen gekauft hatte, als ihr Monty über den Weg lief. Für einen Moment herrschte unbehagliches Schweigen, während sie einander anblickten.

»Wie schön, Sie wiederzusehen, Francesca«, sagte Monty schließlich. »Ich habe gehört, Ihr Verlöbnis ist geplatzt.«

»Gute Neuigkeiten verbreiten sich offenbar schnell«, entgegnete Francesca, während die Erinnerung an den Kuss zwischen Regina und Silas sie erröten ließ.

»Das sind in der Tat gute Neuigkeiten. Ich weiß, dass Sie nichts für Silas empfunden haben, Francesca.«

Francesca schlug die Augen nieder. Sie hatte den Eindruck, dass Monty sich erneut Hoffnungen machte, ihre Freundschaft wieder aufleben zu lassen. Aber das durfte nicht geschehen.

»Bedeutet das eine neue Chance für uns?«, fragte er erwartungsvoll. »Falls ja, verspreche ich Ihnen, dass meine Mutter sich nicht wieder einmischen wird.«

Monty und Francesca bemerkten nicht, dass Neal sie erblickt hatte. Selbst aus dieser Entfernung konnte er sehen, dass zwischen den beiden eine angespannte Atmosphäre herrschte, und er fragte sich, ob Francesca von Monty bedrängt wurde.

»Es tut mir Leid, Monty, aber ...«

In diesem Augenblick kam Neal hinzu und bedachte

Monty mit einem finsteren Blick. »Alles in Ordnung, Francesca?«, fragte er.

»Hallo, Neal. Ja, alles bestens.« Sie blickte Monty an, der wiederum Neal anstarrte. Es war offensichtlich, dass die beiden Männer einander nicht ausstehen konnten.

»Bist du sicher? Du machst einen bekümmerten Eindruck«, sagte Neal.

»Mir geht es gut«, gab Francesca zurück und blickte erneut Monty an. »Ich habe gerade Koteletts fürs Abendessen besorgt. Das ist mal eine Abwechslung zu Fisch.«

»Er ist immer noch in Feierlaune«, sagte Neal. »Ich habe gerade eine Flasche Rum für ihn besorgt. Wolltest du auch zurück zum Schiff?«

»Gleich.«

Wieder warf Neal Monty einen finsteren Blick zu. »Ich kann so lange warten und dich anschließend begleiten, wenn du möchtest.«

Francesca war versucht, Neals Angebot anzunehmen, aber sie hatte mit Monty noch einige Dinge zu klären. Sie musste vermeiden, dass er sich falsche Hoffnungen machte. »Das ist nicht nötig ... trotzdem danke. Ich komme in ein paar Minuten nach.«

Neal blickte Monty missmutig an und schlenderte weiter. Francesca fiel gar nicht auf, dass er die entgegengesetzte Richtung zum Schiff einschlug.

Sollte Monty noch letzte Zweifel gehabt haben, dass Neal bis über beide Ohren in Francesca verliebt war, waren diese nun endgültig verflogen. Mit einem Mal verspürte er heißen Zorn. »Feiert Ihr Vater seinen Geburtstag?«, fragte er steif.

»Nein, ihm ist unverhofft eine größere Geldsumme zuteil geworden, mit der er seine Schulden tilgen konnte. Natürlich ist er sehr glücklich darüber.«

»Ich verstehe.«

Erneut entstand betretenes Schweigen, und Francesca hatte den Eindruck, dass Monty mit sich rang.

»Wissen Sie, Francesca«, sagte er schließlich, »eigentlich hatte ich gehofft, Sie würden mir heute Abend beim Essen Gesellschaft leisten. Ich muss mit Ihnen reden.« Er unterbrach sich, doch Francesca wusste auch so, dass er über eine gemeinsame Zukunft mit ihr sprechen wollte.

»Sind Sie nicht mit Clara liiert?«

»Nein. Ich bin nur mit ihr ausgegangen, um Sie eifersüchtig zu machen. Mein Herz gehört Ihnen, Francesca, und zwar für immer.«

Seine Worte taten Francesca in der Seele weh. »Es tut mir Leid, Monty, aber zwischen uns kann es nur Freundschaft geben.« Wie gern hätte sie ihm gesagt, dass er ihr Halbbruder war; dann hätten sie einander wieder nahe stehen können. Aber sie wusste, das ging nicht.

»Ich dachte immer, wir verstehen uns, Francesca.«

»So ist es auch, Monty, aber es muss ein Funke Leidenschaft vorhanden sein, wenn zwei Menschen sich binden, und so sehr ich Sie auch bewundere, empfinde ich keine Leidenschaft für Sie.« Sie musste sich eingestehen, dass sie ihn nie wirklich begehrt hatte, anderenfalls hätte sie sich nicht so rasch damit abgefunden, dass er ihr Halbbruder war.

»Bitte, sagen Sie nichts mehr, Francesca«, stieß Monty hervor, dem ihre Worte sichtlich Schmerzen bereiteten.

»Ich bedaure das alles zutiefst, Monty. Es war nie meine Absicht, Ihnen Kummer zu bereiten.« Francesca streckte die Hand vor, um ihn zu trösten, doch er wich zurück.

»Ich habe nicht den Eindruck, als hätten Sie uns jemals eine Chance gegeben, Francesca«, sagte er und wandte sich zum Gehen. »Hätte unsere Verbindung sich normal entwickelt, wäre zwischen uns bestimmt die Leidenschaft erwacht.«

»Nein, Monty. Wir können niemals eine Verbindung eingehen, wie Sie Ihnen vorschwebt. Das müssen Sie akzeptieren.«

»Das kann ich nicht.« Monty wandte sich um und eilte davon. Francesca sah, wie aufgewühlt er war, und sie hasste es, der Grund für seinen Schmerz zu sein.

Sie setzte ihren Weg fort, die Augen blind vor Tränen. Sie haderte mit dem Schicksal und der Ungerechtigkeit, der sie sich ausgesetzt sah. Wäre sie an einem anderen Ort als Echuca aufgewachsen, wäre ihr Leben nicht so kompliziert gewesen. Dann hätte sie nie erfahren, dass Joe und Mary Callaghan gar nicht ihre leiblichen Eltern waren, sondern Regina und dieses Scheusal Silas Hepburn. Dann hätte sie auch sicher nicht mit ihrem Halbbruder angebändelt und ihm nicht das Herz gebrochen. Weinend hastete sie voran und stieß plötzlich mit jemandem zusammen.

»Verzeihen Sie«, sagte sie und zwinkerte ihre Tränen fort, um entsetzt festzustellen, dass sie ausgerechnet mit Silas zusammengeprallt war. Sie bedachte ihn mit einem vernichtenden Blick und wollte weitergehen, doch er hielt sie am Arm fest.

»Francesca, ich möchte gern ein Wort mit dir wechseln.«

»Ich bin aber nicht in der Stimmung, mit dir zu reden«, gab sie unwirsch zurück und tupfte sich die Tränen mit einem Taschentuch ab.

»Was hat dich denn so in Erregung versetzt, Liebes?«

»Das geht dich einen feuchten Kehricht an. Und sag nicht *Liebes* zu mir. Ich bin nicht dein Liebes und werde es auch nie sein.«

»Das wird sich vielleicht ändern.«

»Du bist ein elender Schuft, Silas.«

»An dem Vorfall neulich Abend trifft mich keine Schuld. Ich möchte nicht ungalant wirken, aber Regina hat sich praktisch auf mich gestürzt.«

Schlagartig begriff Francesca, dass die Schauspielerin Regina versetzt haben musste, sodass sie gezwungen gewesen war, selbst in die Rolle zu schlüpfen. »Offenbar hast du keine große Gegenwehr geleistet. Aber erspare mir bitte die schlüpfrigen Details.«

»Mein Heiratsantrag hat weiterhin Gültigkeit ...«

Francesca wurde blass. »Das kann nicht dein Ernst sein.«

»O doch.«

»Ich verabscheue dich!«

Ihre Direktheit ließ Silas zusammenzucken. »Dir ist doch klar, dass ich deinem Vater immer noch arg zusetzen kann. Ich bin ein einflussreicher Mann.«

»Soll das eine Drohung sein?«

»Nenn es, wie du willst. Wenn du mich heiratest, hat Joe nichts zu befürchten. Aber wenn nicht ... wer weiß?« Seine Augen funkelten kalt und bedrohlich wie die einer Schlange. Francesca verspürte Zorn und Hass. Der bloße Gedanke, dass sein Blut in ihren Adern floss, verursachte ihr Qualen. Sie hatte gehofft, dass Silas von seinen Heiratsabsichten Abstand nehmen würde, nun, da er gegen ihren Vater kein Druckmittel mehr besaß, aber das war offenbar nicht der Fall. Sie musste ihm die wahnsinnige Idee, sie zu seiner Frau zu machen, ein für alle Mal austreiben, um ihren Vater zu schützen.

»Wenn du meinen Vater schikanierst, wirst du nichts damit erreichen, Silas, weil ... weil ich mich nämlich wieder verlobt habe.«

Silas lachte. »Du erwartest doch nicht, dass ich dir das glaube?« Seine toten grauen Augen wurden schmal. »Ich durchschaue deine Lüge, Francesca. Das behauptest du nur, um deinen Vater zu schützen.«

Francesca zögerte. Sie hatte den Namen eines »Verlobten« nennen wollen, den es gar nicht gab, aber ihr blieb keine andere Wahl. »Du weißt, dass unsere Verlobung eine rein geschäftliche Vereinbarung war, sodass es dich nicht überraschen dürfte, dass ich vorhabe, Neal Mason zu heiraten, den Mann, dem mein Herz gehört.« Sie würde Neal rechtzeitig in ihre Notlüge einweihen. »Nachdem er erfahren hat, dass unsere Verlobung geplatzt ist, hat er um meine Hand angehalten, und ich habe akzeptiert.«

Francesca war immer noch zuversichtlich, Silas täuschen zu können, als sie plötzlich beobachtete, wie Neal aus einem Hotel kam, das sich ein Stück weiter die Straße hinauf befand. Sie hatte angenommen, er sei zum Schiff zurückgekehrt, aber offensichtlich hatte er einen Zwischenstopp in der Schänke eingelegt, um ein Schwätzchen zu halten. Jetzt kam er in ihre Richtung, und sie konnte nichts weiter tun, als tief durchzuatmen und sich innerlich zu wappnen. Sie rechnete damit, dass Neal entsetzt reagierte, wenn Silas ihn auf ihre Verlobung ansprach, zumal er nicht das Geringste ahnte und ohnehin nichts auf den heiligen Stand der Ehe gab, und sie wollte nicht als Lügnerin dastehen. Ihr blieb nur eine Möglichkeit. Sie musste Silas zuvorkommen.

»Hallo, Liebling«, säuselte sie, als Neal zu ihnen stieß. Sie drückte sich an ihn und gab ihm einen Kuss auf die Wange.

Neal kochte vor Wut, Silas an Francescas Seite zu sehen, und ihre stürmische Begrüßung irritierte ihn vollends. »Francesca ...«, begann er, bemerkte aber ihren warnenden Blick, während Silas sie misstrauisch beobachtete.

»Ich habe mich schon gefragt, wo du bleibst, Liebling«, sagte sie und lächelte ihn an.

Besitzergreifend legte Neal den Arm um ihre Taille. Auch wenn er keine Ahnung hatte, was hier gespielt wurde, war er bereit, mitzuspielen – nach allem, was Silas Joe angetan hatte.

»Du hast keine Zeit verschwendet, Mason, was?«, sagte Silas kalt. Er hatte Francesca nicht glauben wollen, obwohl er schon länger vermutete, dass Neal es auf Francesca abgesehen hatte. Selbst Monty hatte diesen Verdacht gehabt. »Du kannst dich glücklich schätzen.« Er konnte nur mit Mühe an sich halten.

Neal blickte Silas verständnislos an. Er hatte keine Ahnung, was er meinte.

»Ich habe Silas gerade erzählt, dass wir uns verlobt haben«, schaltete Francesca sich ein, wobei sie Neals Arm Hilfe suchend drückte, ohne verhindern zu können, dass sie errötete. »Silas dachte, wir beide ... er und ich ... könnten wieder zueinander finden. Aber ich habe ihm gesagt, dass es dafür zu spät ist.«

»Sie haben Ihre Chance gehabt, Silas«, sagte Neal. »Und Sie haben sie vermasselt.« Er wandte sich wieder Francesca zu, die bemerkte, dass alle Farbe aus seinem Gesicht gewichen war. »Hast du etwa die Katze vorzeitig aus dem Sack gelassen, Liebling? Schließlich ist unsere Verlobung nicht offiziell. Noch nicht, jedenfalls.«

Francesca bemerkte sein Unbehagen über diese Lüge. Oder lag es daran, dass er gezwungen war, den Verlobten zu mimen? Sie bemerkte auch, dass Silas vor Wut kochte. Er starrte Neal so hasserfüllt an, dass sie Angst um ihn bekam.

»Mir scheint, Francesca ist so flatterhaft, dass sie alle paar Tage ihren Verlobten wechselt«, stichelte Silas.

»Nehmen Sie sich in Acht, Silas«, warnte Neal ihn.

»Ich bezweifle, dass irgendjemand geglaubt hat, wir wollten aus Liebe heiraten«, rechtfertigte Francesca sich. »Zumal ich bereits die vierte Ehefrau gewesen wäre.«

»Außerdem sind Sie alt genug, um ihr Vater zu sein, Silas«, fügte Neal hinzu.

Francesca verspürte leichten Schwindel.

Silas richtete den Blick wieder auf sie. »Das war mein Ernst vorhin«, murmelte er und ließ sie stehen.

Neal ergriff Francescas Arm.

»Wohin gehen wir?«, fragte sie.

»Auf mein Schiff. Mir scheint, wir haben einiges zu bereden – unter vier Augen.«

Kaum waren sie an Bord der *Ophelia,* verlangte Neal eine Erklärung.

»Silas hat mir gesagt, dass er seinen Heiratsantrag aufrechterhält«, sagte Francesca, »und er hat damit gedroht, Dad das Leben schwer zu machen. Als Ausrede, um ihn abzuschrecken, fiel mir lediglich ein, ihm vorzumachen, dass ich bereits fest vergeben bin.«

»Du hättest mir sagen sollen, dass er dir gedroht hat. Dem Kerl hätte ich gezeigt, wo es langgeht!«

»Man darf ihn nicht unterschätzen, Neal. Du weißt ja, dass er auch mit Ezra Pickering und Dolan O'Shaunnessey kurzen Prozess gemacht hat. Ich möchte nicht, dass dir oder meinem Vater etwas zustößt. Es tut mir Leid, dass ich dich in meine Lüge mit hineingezogen habe, aber du schienst mir der geeignete Kandidat, da Silas denkt, dass du in mich verliebt bist. Das hat er mir auf der Verlobungsfeier gesagt.«

Neal sah sie an, und seine dunklen Augen wurden weich. »Ich liebe dich, Francesca, aber ...«

Es war das erste Mal, dass Neal ihr seine Liebe gestand, und Francescas Herz machte vor Freude einen Satz. »Aber du willst keine Ehe und keine Kinder ...« Die Erkenntnis, dass sie nie ein gemeinsames Leben führen würden, zerriss ihr beinahe das Herz, weil auch sie ihn liebte. »Das alles sollte auch kein Versuch sein, dich an mich zu binden, Neal ...« Francesca machte sich bittere Vorwürfe, weil sie ihn für ihre Notlüge benutzt hatte, und Tränen traten ihr in die Augen. Nachdem Silas ihrem Vater gedroht hatte, hatte sie sich nicht mehr anders zu helfen gewusst. »Ich habe Angst um Dad, Neal. Ich könnte es nicht ertragen, würde ihm etwas zustoßen, wenn ich die Möglichkeit habe, ihn davor zu bewahren.« Sie musste sowohl Silas als auch Monty glaubhaft machen, dass sie einen anderen liebte; es war die einzige Möglichkeit. »Tut mir Leid, dass ich dich in diese Lage gebracht habe, Neal.«

»Ich verstehe deine Gründe, Francesca.«

»Wir brauchen die Verlobung ja nur so lange zu spielen, bis Silas das Interesse an mir verliert.«

»Das wird nicht funktionieren. Man müsste schon zu drastischeren Mitteln greifen, zum Beispiel eine Hochzeit, um Silas zu überzeugen, dass du für immer vergeben bist. Aber ich glaube, nicht einmal das würde ihn davon abhalten, sich an Joe zu rächen.«

Francesca sah Neal an, dass er in der Klemme steckte. »Wir könnten ja zum Schein heiraten. Das ließe sich doch arrangieren, oder?«

»Ja. Aber willst du, dass dein Vater und Ned die Wahrheit erfahren?«

»Stimmt, ich bezweifle, dass Dad mitspielen würde. Die Scheinverlobung mit Silas hat ihm bereits schrecklich zugesetzt. Auch wenn er dich respektiert und schätzt, Neal, hat er dennoch seinen Stolz. Ich glaube nicht, dass ihm die Vorstellung gefällt, dass du dieses Opfer bringst, nur um mich zu beschützen.« Francesca brach in Tränen aus. »Es tut mir Leid, Neal. Das war unüberlegt von mir.«

Neal schloss sie in die Arme. »Du versuchst ja nur, Joe zu beschützen.« Er hielt kurz inne; dann sagte er: »Ich habe einen Freund, der in die Rolle des Pfarrers schlüpfen könnte, aber du müsstest dann bei mir auf der *Ophelia* leben und eine Kajüte mit mir teilen, wenn du deinem Vater und Ned glaubhaft machen willst, dass wir tatsächlich verheiratet sind. Wärst du dazu bereit?«

Francesca wusste, was er verlangte. Sie spürte plötzlich Schmetterlinge im Bauch. »Ja«, erwiderte sie leise. »Aber es wäre keine richtige Ehe.«

»Trotzdem müssen wir überzeugend wirken, um nach außen keinen Verdacht zu erwecken.«

Francesca wusste, dass Neal Recht hatte. Wenn die Ehe auf Monty und Silas glaubhaft wirken sollte, musste sie auch auf alle anderen glaubhaft wirken, vor allem auf Joe und Ned. Francesca konnte nicht fassen, dass ein kleiner Versprecher, eine harmlose Notlüge, sie in eine derart missliche Lage gebracht hatte, und ihr wurde angst und bange.

Als Silas das Bridge Hotel betrat, sah er Monty mit hängenden Schultern am Tresen. Er wirkte völlig niedergeschlagen, und Silas ahnte den Grund dafür. Da Monty wohl die gleiche Abfuhr erhalten hatte wie er, beschloss er, sich zu ihm zu setzen.

»Wie ich sehe, kennen Sie die Neuigkeiten bereits«, bemerkte Silas und sprach damit auf Francescas Verlobung an. Er nahm neben Monty Platz, der ihn ausdruckslos anstarrte. Er war nicht in der Stimmung für Gesellschaft oder eine Unterhaltung.

Aus Montys glasigem Blick und der Reihe leerer Gläser vor ihm auf dem Tresen schloss Silas, dass Monty bereits ziemlich betrunken war. »Ihre Mutter hat mir gesagt, dass Sie Francesca sehr ins Herz geschlossen haben«, fügte er hinzu.

»So, hat sie?«, brummte Monty geistesabwesend. Er hatte Silas' Worte gar nicht richtig mitbekommen. Er starrte in sein Glas, als lägen die Antworten auf all seine Probleme auf dem Grund der bernsteinfarbenen Flüssigkeit.

»Ich kann es selbst kaum glauben«, fuhr Silas fort. »Sie haben ja schon immer mehr dahinter vermutet, genau wie ich. Trotzdem habe ich nicht mit diesen Neuigkeiten gerechnet, jedenfalls nicht so früh.« Er bestellte sich etwas zu trinken.

Monty nahm Silas' Worte kaum wahr. Er wollte sich bloß noch in seinem Elend ertränken. Wie kam Francesca nur zu der Behauptung, zwischen ihnen könne es keine Leidenschaft geben? Immer wieder fragte er sich, ob es ein Fehler gewesen war, sich stets wie ein Gentleman verhalten zu haben. War er zu zurückhaltend gewesen? Hätte er sie einfach küssen sollen? Er hatte angenommen, Francesca würde seine Zurückhaltung zu schätzen wissen, das hatte sich jetzt als schlimmer Irrtum erwiesen. Wie dumm von ihm, sie mit Samthandschuhen anzufassen, nur, weil sie ihm als etwas ganz Besonderes erschienen war.

Monty musste sich eingestehen, dass er von Frauen keine Ahnung hatte.

»Was für ... Neuigkeiten?«, brachte er lallend hervor. Erst jetzt war ihm bewusst geworden, dass Silas von »Neuigkeiten« gesprochen hatte.

Silas erkannte, dass Monty so betrunken war, dass er ihn gar nicht verstanden hatte. »Die Neuigkeiten über Francesca«, gab er zurück, leerte seinen Whisky in einem Zug und bestellte sich gleich den nächsten. Währenddessen überlegte er fieberhaft. Er hatte zwar bereits Vorkehrungen getroffen, um Neal Mason aus dem Weg zu räumen, doch wie es aussah, waren schwerere Geschütze erforderlich – je eher, desto besser.

Plötzlich war Monty ganz Ohr. »Was soll mit Francesca sein?«

»Sie hat mir soeben mitgeteilt, dass sie sich wieder verlobt hat«, entgegnete Silas. »Zuerst habe ich ihr nicht geglaubt, aber es stimmt anscheinend.«

Monty richtete sich kerzengerade auf. »Verlobt!«

»Ihrem Zustand nach zu urteilen, habe ich gedacht, Sie wüssten es bereits.«

»Ich hab ebenfalls vor kurzem mit Francesca gesprochen, und da hat sie nichts von einer Verlobung erwähnt ...« Monty hatte Francesca immer für einen aufrichtigen Menschen gehalten, doch jetzt befielen ihn Zweifel. Offenbar war dieser Unsinn, zwischen ihnen könne es keine Leidenschaft geben, nur ein Vorwand Francescas gewesen, um ihm zu verschweigen, dass sie einem anderen Mann versprochen war.

»Mit ... mit wem hat sie sich denn verlobt?«

»Mit Neal Mason.«

Monty sah seine Befürchtungen bestätigt, sodass seine Überraschung sich in Grenzen hielt. Dennoch verschlug es ihm für den Moment die Sprache, und sein Gesicht wurde aschfahl.

»Offenbar hat Mason sofort um ihre Hand angehalten, nachdem Francesca unsere Verlobung gelöst hatte. Ist mir ein Rätsel, warum sie einen Schiffer heiratet, wo sie doch eine weitaus bessere Partie machen könnte.« Während Silas sich auf sich selbst bezog, nahm Monty in seinem Rausch an, *er* sei damit gemeint.

»Sie darf Neal Mason nicht heiraten«, stieß er hervor und kippte erneut ein Glas herunter. »Das werde ich nicht zulassen!«

Silas musterte Monty. Sein Gesicht wirkte entschlossen, und in seiner Stimme schwang der Wunsch nach Rache mit. Offenbar war es ihm ernst. Dies bestärkte Silas in der Überzeugung, dass Neal Mason ein Problem war, das beseitigt werden musste. Ursprünglich hatte er das selbst erledigen wollen, aber jetzt sah es ganz danach aus, als müsste er sich nicht selbst die Hände schmutzig machen. Auch wenn Silas dem sanftmütigen Monty so etwas im Grunde nicht zutraute – bei manchen Menschen konnte man nie wissen. Wenn Monty sich an seiner Stelle um Neal Mason kümmerte und dafür hinter Gittern landete, wäre der Weg für ihn frei.

»Was haben Sie denn vor?«, fragte Silas. Er wollte sichergehen, dass Montys Drohung nicht nur heiße Luft war.

»Ich hab schon eine Idee«, erwiderte Monty und lehnte sich an den Tresen, um über die Einzelheiten nachzudenken.

»Brauchen Sie Unterstützung?«, fragte Silas im Flüsterton. Er achtete darauf, sich nicht selbst ins Gespräch zu bringen.

»Nein«, lehnte Monty ab. »Je einfacher ein Plan, desto erfolgversprechender.«

Silas nickte zufrieden. »Darf ich Ihnen noch ein Glas spendieren, Monty?«, fragte er mit einem boshaften Funkeln in den leblosen Augen.

26

Du hältst um die Hand meiner Tochter an?«, sagte Joe erstaunt.

»Ich weiß, es kommt plötzlich«, erwiderte Neal, der mit Francesca an Deck der *Marylou* stand. Er spürte, dass sie zitterte, und drückte sanft ihre Hand, um sie zu beruhigen.

»Das kann man wohl sagen«, gab Joe verdutzt zurück. Zwar war offensichtlich, dass die beiden sich schon seit geraumer Zeit zueinander hingezogen fühlten, aber damit hatte Joe nicht gerechnet, zumal er wusste, dass Neal nicht viel auf die Ehe hielt. Er nahm sich vor, herauszufinden, was diesen Gesinnungswandel bewirkt hatte.

Neal wusste genau, was Joe dachte. »Auch für uns kommt das plötzlich«, sagte er und lächelte Francesca an. »Vor allem für mich«, fügte er bedeutungsvoll hinzu. »Wie du weißt, bin ich überzeugter Junggeselle, und da braucht es schon eine ganz außergewöhnliche Frau, um mich ins Wanken zu bringen.«

»Du sagst ja gar nichts dazu, mein Mädchen«, sagte Joe zur seltsam schweigsamen Francesca.

»Ich bin so aufgeregt, Dad«, antwortete sie leise. Es behagte ihr ganz und gar nicht, ihren Vater zu beschwindeln, doch sie hatte keine andere Wahl. Silas Hepburn war ein gefährlicher Mann mit viel Macht, Geld und Einfluss. Wenn er dazu im Stande war, Ezra Pickerings Werft abzufackeln und Dolan O'Shaunnessey brutal außer Gefecht zu setzen, wollte sie sich lieber nicht ausmalen, was er mit ihrem Vater anstellen würde.

Joe suchte nach Worten. Natürlich war ihm klar gewesen, dass er Francesca eines Tages an ihren zukünftigen Ehemann verlieren würde. Er hatte nur nicht so früh damit gerechnet.

Francesca sah ihrem Vater an, dass er irritiert war. »Komm, ich mache uns einen Tee«, schlug sie vor, weil sie spürte, dass er gern ungestört mit ihr reden wollte. Das bot ihr die Gelegenheit, seine Zweifel auszuräumen.

Neal drückte erneut Francescas Hand, bevor er sie losließ.

Francesca ging mit ihrem Vater in die Kombüse. Sie sah ihm an, dass er nicht verstand, was plötzlich in Neal und sie gefahren war.

»Ich weiß, dass es überstürzt klingt, Dad«, sagte sie, bevor er sich äußern konnte. »Aber da wir uns beide fest wünschen zu heiraten, gibt es keinen Grund, länger zu warten.«

»Bist du sicher? Schließlich bist du noch sehr jung.«

»Ich bin mir ganz sicher, Dad.«

»Und was ist mit Monty?«

Francesca war überrascht, dass er Monty erwähnte. »Was soll mit ihm sein, Dad?«

»Wird es ihm nicht das Herz brechen, wenn er erfährt, dass du Neals Frau wirst? Er war ja schon am Boden zerstört, als du ihm gesagt hast, du würdest Silas heiraten. Eigentlich hätte ich erwartet, dass *er* dir einen Antrag macht, nachdem deine Verlobung geplatzt war.«

Francesca musste gegen Tränen ankämpfen, zumal sie wusste, wie sehr Monty darunter litt. »Ich hätte seinen Antrag nicht angenommen, Dad«, sagte sie. Monty konnte nicht ahnen, dass sie seine Halbschwester war, und er durfte es auch nie erfahren. »Und es war nichts Ernstes zwischen uns«, fügte sie wahrheitsgemäß hinzu.

»Ich weiß aber, dass er sehr von dir angetan ist«, wandte Joe ein.

»Dann weißt du ja auch, dass die Damen im heiratsfähigen

Alter bei ihm Schlange stehen und dass er sich derzeit regelmäßig mit Clara Whitsbury trifft.«

Joe zuckte die Achseln. »Genauso wenig habe ich damit gerechnet, den Tag zu erleben, an dem Neal in den Hafen der Ehe einläuft.«

Neal selbst hat auch nicht damit gerechnet, dachte Francesca.

»Ich hoffe, es ist ihm ernst und er bereitet dir keinen Kummer ...«

»Er wird mir keinen Kummer bereiten, Dad. Neal hat nur gewartet, bis ihm die Richtige über den Weg läuft. Er ist ganz hin und weg von mir«, sagte sie, um die Situation aufzulockern, bevor sie sich womöglich verplapperte.

»Daraus kann ich ihm keinen Vorwurf machen«, erwiderte Joe. »Ich wünschte bloß, deine Mutter ...«

Francesca legte tröstend die Hand auf seinen Arm. »Ich weiß, Dad. Ich hätte auch gern, wenn sie jetzt hier wäre.«

Joe nickte, beklommen vor Ergriffenheit. »Komm, gehen wir wieder nach oben«, sagte er. Als sie wieder an Deck standen, fragte er: »Habt ihr an eine kirchliche Trauung gedacht?«

»Nein«, antwortete Francesca ohne Zögern. »Wir haben uns überlegt, einen Pfarrer kommen zu lassen und die Trauung auf der *Marylou* oder der *Ophelia* abzuhalten. Das würde uns beiden sehr gefallen.« Erwartungsvoll blickte sie Neal an.

»Ich weiß sogar einen Pfarrer«, sagte Neal. »Ich kenne ihn aus Moama.«

»Habt ihr schon einen Termin festgesetzt?«, fragte Joe.

»Morgen«, antwortete Neal rasch, was Francesca mit Überraschung vernahm.

Joe machte ebenfalls ein erstauntes Gesicht. Er richtete den Blick auf seine Tochter. »Habt ihr es so eilig mit der Hochzeit?« Francesca benötigte einen Moment, um seine Anspielung zu begreifen, während Neal sofort verstanden hatte.

»Nein, Joe. Ich schwöre dir, dass ich Frannie nicht kompromittiert habe. Aber wir möchten unser Leben gemeinsam verbringen. Warum sollten wir da länger warten?«

»Genauso ist es, Dad«, bekräftigte Francesca. »Wie kommst du bloß auf den Gedanken, Neal und ich hätten ... du weißt schon ...«

»Tut mir Leid, Frannie. Ich weiß, du bist ein anständiges Mädchen, aber das alles kommt so plötzlich.«

»Wenn dir morgen zu überstürzt ist, können wir auch noch ein bisschen warten ...« Francesca sah zu Neal, der zu ihrem Erstaunen missmutig dreinblickte und offenbar nicht länger warten wollte. Sie schloss daraus, dass Neal Silas für weitaus gefährlicher einschätzte, als sie geahnt hatte.

»Nein, nein. Morgen geht in Ordnung«, sagte Joe. »Aber dummerweise habe ich dich am Montag zur Prüfung für dein Kapitänspatent angemeldet, und die fiele dann genau in eure Flitterwochen.«

»Wir haben keine Flitterwochen geplant, Dad«, erwiderte Francesca und errötete erneut. »Ab Montag geht's für uns wieder in eine ganz normale Arbeitswoche.«

»Bist du sicher?«

»Ja, Dad. Wie sehen denn deine Pläne aus? Falls ich das Kapitänspatent schaffe, möchte ich weiterhin die *Marylou* steuern.«

Joe sah Neal an.

»Mir ist es recht, Joe«, sagte Neal. »Ich habe ohnehin vor, auf der *Ophelia* einen Hilfsmatrosen anzuheuern. Du könntest Francesca dann nach der Arbeit bei mir absetzen.«

Er legte ihr den Arm um die Schulter, und Francesca musste den Kloß in ihrer Kehle herunterschlucken. Es hatte ihr nichts ausgemacht zu schwindeln, als sie noch mit Silas verlobt war, doch bei ihrem Vater fiel es ihr weitaus schwerer, als sie gedacht hatte.

»Wenn Silas seine Drohung wahrmacht, könnte es schwer

werden, Aufträge zu bekommen, Neal«, sagte Joe. »Sowohl für uns als auch für dich.«

»Silas hat jetzt keinen Grund mehr, dir das Leben schwer zu machen, Dad«, sagte Francesca. »Da ich Neal heirate, gibt es nichts mehr für ihn zu gewinnen.«

Joe fragte sich unwillkürlich, ob Francesca Neal nur deswegen heiratete, damit er vor Silas Ruhe hatte, doch er verwarf diesen Gedanken rasch wieder. Es war nicht zu übersehen, dass Neal und Francesca verliebt waren. »Ihr handelt doch nicht wegen Silas so überstürzt?«, fragte er dennoch, um sein Gewissen zu beruhigen. Abwechselnd sah er von Fran zu Neal.

»Nein, Dad«, versicherte Francesca ihm.

»Trotzdem rate ich dir, Neal, gut auf mein Mädchen aufzupassen. Ich traue dem Kerl nicht.«

»Du kannst dich darauf verlassen«, entgegnete Neal.

»Wir haben keine Eile, Arbeit zu finden«, sagte Joe. »Ich möchte einige Reparaturen an der *Marylou* vornehmen, und dank meiner Erbschaft kann ich mir das jetzt leisten. Aber eins nach dem anderen. Wen möchtet ihr zu eurer Hochzeit einladen?«

Darüber hatte Francesca sich noch gar keine Gedanken gemacht. »Euch beide«, antwortete sie, »und natürlich Lizzie.«

»Was ist mit deinen Angehörigen, Neal? Du hast mal erwähnt, dass du eine Schwester hast.« Erst jetzt wurde Joe bewusst, dass er niemals die Bekanntschaft von Neals Schwester gemacht hatte, obwohl er Neal schon seit Jahren kannte.

»Meine Schwester kann leider nicht kommen, und weitere Angehörige habe ich nicht in Victoria«, erwiderte Neal in einem Tonfall, der allen den Eindruck vermittelte, dass er über seine Familie nicht sprechen wollte.

Am Morgen des Hochzeitstages suchte Neal seinen Freund in Moama auf, der den Pfarrer mimen sollte. Zuvor hatte er

Francesca das Geld für ein Brautkleid aufgezwungen und darauf bestanden, dass sie sich für den Anlass etwas Besonderes leistete. Francesca hatte den Eindruck, dass er bezweckte, Monty auszustechen, indem er ihr ein noch schöneres Kleid schenkte, zumal er kein Geheimnis daraus gemacht hatte, wie wenig er von dessen Geschenk hielt.

Am Vorabend hatten die *Marylou* und die *Ophelia* eine idyllische Stelle am Fluss angesteuert, direkt gegenüber dem Hafen von Moama. Beide Schiffe ankerten Seite an Seite, doch die Trauung sollte auf der *Ophelia* stattfinden. Im Anschluss daran war mittags ein schlichtes Festmahl auf der *Marylou* geplant.

Während der Zeitpunkt der Trauung näher rückte, kam Francesca mit einem Mal alles unwirklich vor. Als sie in ihrem Brautkleid aus der Kajüte trat, verschlug es Joe die Sprache; doch der Glanz in seinen vor Rührung feuchten Augen verriet, dass er sie hinreißend fand.

»Wenn deine Mutter dich jetzt sehen könnte ...«, sagte er leise, nachdem er seine Stimme wiedergefunden hatte.

Sie wusste, wie es gemeint war, weil sie denselben Gedanken gehabt hatte. Zusammen mit Lizzie hatte sie die Geschäfte in Moama abgeklappert und das perfekte Kleid aus elfenbeinfarbener Spitze entdeckt. Der Rock, dessen hoher Bund direkt unter der Brust angesetzt war, bauschte sich. Das Kleid hatte einen rechteckigen Ausschnitt und lange, maßgeschneiderte Ärmel. Es war schlicht und elegant zugleich – so, wie sie es sich für ihre richtige Hochzeit erträumt hatte.

Für Lizzie, die in der Rolle als Begleitdame sehr unsicher war, kaufte Francesca ein schlichtes, aber modisches Kleid. Es war fliederfarben und stand ihr großartig. Da Lizzie zum ersten Mal im Leben zu einer Hochzeit eingeladen war und noch dazu in die Vorbereitungen mit einbezogen wurde, war sie entsprechend nervös. Nichtsdestotrotz war sie die perfekte Begleitdame, und Francesca wäre ohne sie verloren gewesen. Lizzie machte ihr eine Hochfrisur aus Ringellocken und flocht kunstvoll ein Band mit falschen Perlen hinein. Das Ergebnis war atemberaubend.

Nie würde Fran den Gesichtsausdruck Neals vergessen, als sie am Arm ihres Vaters auf ihn zuschritt und er ihr dabei half, von der *Marylou* auf die *Ophelia* hinüberzusteigen. Er war sprachlos und zu Tränen gerührt. Seine Reaktion verwunderte Francesca umso mehr, da er ja wusste, dass die Hochzeit nur gespielt war.

Auch Jefferson Morris spielte seine Rolle als Pfarrer sehr überzeugend. Er war in vollem Ornat, trug Talar und eine Bibel und gab sich sehr väterlich. Zudem sprach er die richtigen Worte, als hätte er bereits hunderte von Trauungen vollzogen. Sein routiniertes Auftreten war mit ein Grund, dass diese Farce so täuschend echt wirkte. Als Neal ihr mit zitternden Händen den Trauring über den Finger streifte, bemerkte Francesca, dass seine dunklen Augen schimmerten, und vor Rührung liefen ihr ein paar Tränen über die Wangen. Zuvor war ihr bereits sein nervöser Unterton aufgefallen, als er sein Eheversprechen gab, und das hatte sie stutzig gemacht. Nur zu gern hätte Francesca geglaubt, dass er genauso tiefe Gefühle hegte wie sie selbst, aber sie war sich sicher, dass seine Unruhe auf seine ablehnende Haltung zur Ehe zurückzuführen war.

Als Francesca an der Reihe war und Neal ihrerseits gelobte, ihn bis ans Ende ihrer Tage zu lieben, zu ehren und zu achten, wusste sie, dass sie jedes dieser Worte aus tiefster Seele sprach. Sie legte ihm den Trauring an und drückte seine warme Hand. Neal holte tief Luft, als der »Reverend« sie zu Mann und Frau erklärte, und küsste Francesca anschließend. Frannie hatte sich auf einen kurzen, flüchtigen Kuss eingestellt, doch er war zärtlich, liebevoll und anhaltend.

Sie blickte zu ihrem Vater und Ned, die beide sichtlich gerührt waren, und wäre vor Schuldgefühlen, weil alles nur gespielt war, am liebsten im Boden versunken. Gleich darauf umringten Joe, Ned und Lizzie unter fröhlichem Jubel die »Frischvermählten« und umarmten sie. Als Lizzie sie drückte, flüsterte sie Francesca ins Ohr, dies sei der glücklichste Tag in ihrem Leben. Francesca hatte mit dem Gedanken gespielt, Lizzie einzuweihen und ihr anzuvertrauen, dass die Hochzeit nur gespielt war, aber nach Lizzies Bemerkung war sie froh, es nicht getan zu haben.

Während Joe und Ned das junge »Brautpaar« hochleben ließen, betrachtete Neal Francesca voller Staunen. Auf ihrem Kleid und in ihrem Haar spiegelte sich schimmernd das Sonnenlicht, das durch die Baumwipfel drang. Noch nie hatte sie so schön ausgesehen. Francesca erwiderte Neals zärtlichen Blick mit einem liebevollen Lächeln. Auch er hatte nie zuvor so gut ausgesehen. Zu ihrem Erstaunen hatte er sich einen neuen Anzug, ein gestärktes weißes Hemd und ein gestreiftes Halstuch zugelegt. Er sah unwiderstehlich aus, und Francescas Herz strömte über vor Liebe.

Sie wünschte sich, dies alles wäre Wirklichkeit.

Nach der Trauungsfeier und einem kleinen Festmahl, das Lizzie auf der *Marylou* vorbereitet hatte, setzten sie zurück nach Echuca. Joe machte am Pier fest. Er freute sich riesig, endlich die Ersatzteile kaufen zu können, die er für die Reparaturen an der *Marylou* benötigte, und konnte es kaum erwarten, mit der Arbeit zu beginnen. Zuvor hatten er und Ned verschiedene Pläne diskutiert, wobei Francesca aufgefallen war, dass Joes Einstellung zum Geld sich geändert hatte. Er hatte nicht vor, die ganze Summe auf den Kopf zu hauen, wie er es früher getan hätte. Stattdessen wollte er das Geld, das noch übrig war, mit Bedacht verwenden.

Francesca und Neal warfen an einer abgelegenen Stelle am Ufer Anker. Zu Francescas Verwunderung zog Neal sich gleich darauf um und entschuldigte sich mit den Worten, er habe noch zu tun. Unvermittelt alleine gelassen an ihrem Hochzeitstag, zog Francesca sich ebenfalls um und ging an

Land. Aus einiger Entfernung beobachtete sie, wie Neal über die Uferpromenade ging – und wollte ihren Augen nicht trauen, als er im Bordell verschwand.

Francesca war zutiefst schockiert. Auch wenn die Hochzeit nicht echt war, konnte sie nicht fassen, dass Neal ausgerechnet an diesem einzigartigen Tag das Bordell aufsuchte.

»Neal Mason, du wirst mich nie wieder anfassen«, gelobte Francesca sich unter Tränen. Ihr erster Impuls war, zur *Marylou* zu laufen, doch ihr Gefühl der Scham war größer. Stattdessen ging sie zurück auf die *Ophelia* und sperrte sich in einer Kajüte ein.

Als Neal kurze Zeit später zurückkam, war er bester Stimmung. Es hatte geklappt mit Gwendolyn. Er hatte ihr eine einfache, leicht verständliche Version der Wahrheit geschildert, obwohl er nicht sicher war, ob sie ihm hatte folgen können. Gwens einzige Sorge war, dass er sie weiterhin regelmäßig besuchte, wie er es ihr versprochen hatte. Jetzt musste er Francesca nur noch über Gwendolyn ins Bild setzen und ihr sagen, dass sie der Grund für seine häufigen Besuche im Bordell war.

Das Schiff machte einen verlassenen Eindruck. Laut rief Neal nach Francesca, doch sie antwortete nicht. Er nahm an, dass sie sich bereits schlafen gelegt hatte, und wollte in der Kajüte nachschauen, doch zu seiner Verwunderung war die Tür abgeschlossen.

»Francesca«, rief er erneut, ohne eine Antwort zu erhalten. »Warum ist die Tür verschlossen?«

»Was willst du?«, gab sie wütend zurück. Sie konnte nicht fassen, dass er die Frechheit besaß, zurückzukommen und so zu tun, als wäre nichts geschehen.

»Mach auf«, sagte Neal und rüttelte am Türknauf.

»Nein!«, rief Francesca und kämpfte gegen die Tränen an.

Neal war ihr Verhalten ein Rätsel. Es wäre ein Leichtes für ihn gewesen, die Tür aufzubrechen, doch Francesca war in einer so schlimmen Verfassung, dass es keinen Sinn gehabt hätte. Neal stieß einen tiefen Seufzer aus und stieg hinauf an Deck, wo er eine Flasche Wein aufmachte, die er eigens für den Abend besorgt hatte. Er trank direkt aus der Flasche. Er hätte ohnehin nicht gewusst, wie der Abend verlaufen wäre, zumal es ihm unter diesen Umständen nicht richtig schien, zu Francesca in die Koje zu steigen und Zärtlichkeiten auszutauschen. Mit diesem feindseligen Verhalten hatte er allerdings nicht gerechnet. Es würde sehr schwierig werden, das glückliche Brautpaar zu spielen, wenn sie nicht einmal fähig waren, freundschaftlich miteinander umzugehen.

Später am Abend verließ Francesca die Kajüte. Da es an Bord seit längerer Zeit mucksmäuschenstill war, vermutete sie, dass Neal sich in eine Schänke oder wieder ins Bordell verzogen hatte. Umso überraschter war sie, als sie ihn an Deck vorfand. Er war im Sitzen eingeschlafen, die Beine auf die Reling gestützt. Der Mond schien hell und tauchte die Landschaft in ein weiches, silbern schimmerndes Licht. Francesca konnte den Blick nicht von Neal wenden, der im Schlaf so unschuldig wie ein Kind wirkte. Er hatte ihr seine Liebe gestanden, und trotzdem war er nicht fähig, sein Junggesellendasein aufzugeben. Sie malte sich aus, wie es wäre, tatsächlich mit ihm verheiratet zu sein ...

Mit einem Mal schlug Neal die Augen auf und blickte sie an. Francesca hatte nicht damit gerechnet und war verlegen, weil Neal sie dabei ertappt hatte, wie sie ihn heimlich betrachtete. Dann kam er zu ihr und ergriff ihre Hand. Seine Berührung war warm und tröstend, doch Francesca wich zurück und floh in die Kajüte. Einen Augenblick später hörte Neal, wie die Tür zugeschlagen und von innen der Riegel vorgeschoben wurde.

»Wenn so das Eheleben aussieht, war meine Abneigung begründet«, sagte er zu sich selbst.

Am Montagmorgen brach Francesca in aller Frühe zur *Marylou* auf. Ned und ihr Vater wollten sie zum Gebäude neben dem Gericht begleiten, wo sie vor der Kommission ihre Prüfung zum Schiffskapitän ablegen würde. Neal hatte Fran ebenfalls angeboten, mitzukommen, doch sie hatte abgelehnt. So hatte er ihr von Herzen Glück für die Prüfung gewünscht.

Das ganze Wochenende hatten Fran und Joe alles durchgekaut, was man für die Prüfung wissen musste. Dies hatte Francesca zugleich einen Grund geliefert, Neal aus dem Weg zu gehen, zumal ihr Verhältnis mittlerweile sehr angespannt war. Sein Stolz untersagte es ihm, sie nach dem Grund zu fragen, weshalb sie sich in der Kajüte einsperrte, während die Selbstachtung es Frannie untersagte, seinen Besuch im Bordell an ihrem Hochzeitstag zur Sprache zu bringen – mit dem Resultat, dass sie nur noch das Nötigste miteinander redeten. Am Samstag war Francesca abends gegen sechs auf die *Ophelia* zurückgekehrt, um Essen zu kochen, doch Neal hatte behauptet, er habe bereits gegessen. Sie war sich schrecklich dumm vorgekommen, dass sie ihm überhaupt angeboten hatte, ihm etwas zu kochen.

Am Sonntagabend dann war sie erst um acht zurückgekommen, nachdem sie zuvor gemeinsam mit Ned, ihrem Vater und Lizzie zu Abend gespeist hatte, ohne Neal zu fragen, ob er gegessen habe. Er hatte mit dem Essen gewartet, weil er angenommen hatte, sie würden diese Mahlzeit gemeinsam einnehmen. Ihrem Vater, Ned und Lizzie hatte Fran erzählt, Neal habe sie gebeten, mit ihnen zu essen, weil Neal selbst bei seiner Schwester eingeladen sei. Frannie hatte keinerlei Gewissensbisse, Neals Schwester als Ausrede zu benutzen – die ihrer Ansicht nach ohnehin nicht existierte –, da Neal diese imaginäre Schwester ja ebenfalls als Ausrede für seine Besuche im Bordell benutzte.

Die Prüfungskommission bestand aus drei Schiffskapitänen und zwei Maschinisten. Da Francesca sich der Kommission alleine stellen musste, warteten Joe und Ned draußen vor dem Prüfungssaal. Den beiden gelang es nicht, ihre Nervosität zu unterdrücken. Die Kommissionsmitglieder saßen hinter einer langen Tafel und machten ernste Gesichter. Während Francesca vor ihnen stand und darauf wartete, dass sie aufgefordert wurde, Platz zu nehmen, fühlte sie sich wie vor einem Erschießungskommando. Nach einer scheinbaren Ewigkeit, während die Männer ihre Unterlagen ordneten, blickte einer der Prüfer sie schließlich über den Rand seiner Brille hinweg an und bat sie, Platz zu nehmen. Derselbe Mann stellte ihr die Kommissionsmitglieder vor, wobei er sie in kühlem Ton mit »Miss Callaghan« ansprach. Er fragte sie nach ihrem Alter und danach, wie lange sie schon ein Schiff steuere. Ein anderer Prüfer wollte wissen, wer ihr das Steuern beigebracht habe. Sie gab kurze, präzise Antworten, ohne den ernsten, ausdruckslosen Gesichtern entnehmen zu können, wie sie ihre Angaben bewerteten. Als Nächstes wurde Frannie von vier der fünf Mitglieder mit Fragen über die Sicherheit und das Verhalten in Notsituationen bombardiert. Eine Frage lautete, wie sie das Schiff unter Kontrolle halten könne, wenn das Ruder gebrochen sei. Ein anderer wollte wissen, wie sie bei Feuer an Bord reagieren würde. Sie wurde zu Geschwindigkeitsbeschränkungen und Schiffshornsignalen, Maschinenproblemen und Hafenvorschriften befragt. Francesca beantwortete sämtliche Fragen mit unerschütterlichem Selbstvertrauen. Sie war sich ihrer selbst sicher, bis der fünfte Prüfer, der sich bislang mit Fragen zurückgehalten hatte, sie auf das Rennen ansprach, das sie sich mit Mungo McCallister auf dem Fluss geliefert hatte. Francesca hatte nicht erwartet, dass die Kommission darüber informiert war, und sie errötete.

»Der Kommission liegt ein Augenzeugenbericht vor, wonach die Rudergänger der *Marylou* und der *Kittyhawk* sich bei diesem Vorfall, der erst wenige Wochen zurückliegt, äußerst rücksichtslos verhalten haben«, führte der Mann aus. »Uns wurde mitgeteilt, dass die Sache damit endete, dass der Kessel der *Kittyhawk* explodiert ist. Entspricht das den Tatsachen, Miss Callaghan?«

»Ja. Mungo McCallister hatte seinen Maschinisten angewiesen, den Kesseldruck bis über den Anschlag hinaus zu erhöhen«, erwiderte Francesca aufrichtig.

Die Brauen des Prüfers wanderten in die Höhe, und er musterte Francesca eingehend. »Mr McCallister hat dabei Verbrennungen erlitten, nicht wahr?«

»Ja, aber das war seine eigene Schuld.«

»Er hätte sein Leben verlieren können.«

»Ja ...«

»Haben Sie während dieses Vorfalls am Ruder der *Marylou* gestanden?«

»Jawohl, unter Aufsicht meines Vaters.«

»Wollen Sie behaupten, dass Sie keine Schuld an diesem Vorfall trifft?«

»So ist es. Wir ... mein Vater und ich ... hatten es in keiner Weise auf das Rennen angelegt, aber der Rudergänger der *Kittyhawk,* Mr McCallisters Sohn Gerry, hat uns mehrfach bedrängt und mich zu Ausweichmanövern gezwungen, um eine Kollision zu verhindern.«

»Sie hätten das Ufer ansteuern sollen, Miss Callaghan.«

»Ich ... wir hatten einen wichtigen Liefertermin und wollten unseren Auftraggeber nicht verstimmen. Wir legen großen Wert auf Zuverlässigkeit.« Francesca verschwieg absichtlich, dass sie zudem unter dem Druck gestanden hatten, das Geld für die Ratenzahlungen zu verdienen, zumal sie den Eindruck hatte, dass die Prüfer keine weiteren Erklärungen hören wollten.

»Unsere Befragung ist hiermit abgeschlossen, Miss Callaghan. Wir werden Ihnen unsere Entscheidung zu gegebener Zeit mitteilen. Wenn Sie uns nun entschuldigen würden, damit wir über das Ergebnis beraten können.«

Francesca hatte den Eindruck, sie sei nun entlassen, sodass sie sich erhob. Sie sah die Kommissionsmitglieder der Reihe nach an, doch jeder von ihnen mied tunlichst ihren Blick. Obwohl Frannie ahnte, dass sie versagt hatte, wünschte sie den Prüfern einen angenehmen Tag und verließ hoch erhobenen Hauptes den Raum. Doch kaum hatte sie die Tür von außen hinter sich zugezogen, brach sie in Tränen aus. Joe und Ned saßen ein Stück weiter unten im Flur. Sie eilten sofort an ihre Seite.

»Was ist, mein Mädchen?«, fragte Joe.

»Ich werde mein Kapitänspatent nicht bekommen«, schluchzte Francesca. Sie fühlte sich schrecklich, weil sie ihren Vater enttäuscht hatte.

»Haben die das etwa zu dir gesagt?«, sagte Ned aufgebracht.

»Nein, aber sie haben mich auf das Rennen mit der *Kittyhawk* angesprochen, haben mir rücksichtsloses Verhalten vorgeworfen und mich kritisiert, dass ich nicht das Ufer angesteuert habe, statt mich auf das Rennen einzulassen. Ich habe ihnen zwar erklärt, wie es dazu gekommen ist, aber es hat sie nicht beeindruckt.« Francesca tupfte sich die Tränen ab. »Habe ich die Möglichkeit, die Prüfung zu wiederholen?«

»Es gibt keinen Grund, dir das Patent zu verweigern«, sagte Joe wütend. Ohne zu zögern, betrat er den Prüfungsraum, wo die Kommissionsmitglieder über Francesca berieten.

»Verzeihen Sie, Gentlemen«, platzte er dazwischen. »Ich habe Ihnen etwas mitzuteilen.« Am einen Ende des Tisches erkannte er Frank Gardener. Da dieser ein guter Bekannter von Mungo McCallister war, wusste Joe sofort, von wem die Information über das Rennen stammte. Er hatte damit gerechnet, dass Mungo sich auf irgendeine Weise für die Demütigung rächen würde, doch es erfüllte ihn mit Zorn, dass es ausgerechnet auf Kosten Francescas geschehen sollte, die sich so hart auf die Prüfung vorbereitet hatte.

»Wie einige von Ihnen wissen, bin ich Joe Callaghan, Francescas Vater. Fran stand unter meiner Aufsicht am Ruder. Bei dem Vorfall mit der *Kittyhawk* hat sie lediglich meine Anweisungen befolgt.«

»Wir sind der Meinung, dass Ihre Anweisungen nicht gerade ratsam waren, Mr Callaghan«, entgegnete einer der Prüfer.

Joe zügelte mühsam seine Wut. »Meine Anwesenheit war in dieser Situation erforderlich. Seit siebzehn Jahren befahre ich diesen Fluss, und mein Verhalten war stets vorbildlich, auch bei dem fraglichen Zwischenfall. Wir haben alles getan, was in unserer Macht stand, um das Rennen mit der *Kittyhawk* zu vermeiden. Wir haben sogar zwischendurch das Ufer angesteuert.«

»Miss Callaghan hat nichts von einem Zwischenstopp am Ufer erwähnt.«

»Das war unsere erste Reaktion, aber die *Kittyhawk* hat neben uns gehalten. Mungos Sohn schlug eine Wettfahrt vor, aber wir haben den Vorschlag zurückgewiesen. Nachdem wir wieder abgelegt hatten, ist uns die *Kittyhawk* gefolgt, und Mungos Sohn, wie Sie vermutlich bereits von meiner Tochter erfahren haben, hat mehrmals unsere Fahrrinne blockiert. Nicht wir, sondern einzig und allein Mungo und sein Sohn haben sich rücksichtslos verhalten. Da sie zudem die entgegenkommenden Schiffe behindert haben, gab ich meiner Tochter den Befehl, mit voller Kraft voraus zu fahren, um sie abzuhängen. Das ist uns auch gelungen, aber dann ist der Kessel der *Kittyhawk* explodiert.«

»Haben Sie Halt gemacht und Hilfe geleistet? Wir haben Grund zu der Annahme, dass Sie es unterlassen haben.«

»Selbstverständlich haben wir unsere Hilfe angeboten!

Aber Mungo McCallister hat abgelehnt. Sie dürfen meiner Tochter nicht die Schuld an diesem Vorfall geben. Francesca hat großes Geschick am Ruder eines Schaufelraddampfers. Sie ist ein Naturtalent.«

»Vielen Dank für Ihren Einwurf, Mr Callaghan, aber wir können ihn bei unserer Entscheidung nicht berücksichtigen. Miss Callaghan wird das Ergebnis innerhalb der nächsten Tage mitgeteilt.«

Joe ahnte, dass Frannie die Prüfung nicht bestehen würde. Es brach ihm fast das Herz.

27

Von den zwanzig Schankstuben in Echuca hatte Joe bereits fünfzehn abgeklappert, bevor er Mungo McCallister im Fisherman's Inn auf der Red Gum Street vorfand. Er hockte alleine an einem Tisch in der hintersten Ecke der verräucherten Kneipe, eine einsame, Mitleid erregende Gestalt, verbittert in ihrem fehlgeleiteten Groll. Als Joe sich ihm näherte und Mungo daraufhin den Kopf hob, konnte man seine innere Verfassung deutlich an seiner mürrischen Miene ablesen. Für Joe gab es keinen Zweifel, dass Mungo der Kommission von dem Vorfall berichtet hatte, der zur Explosion seines Schiffskessels führte.

Als Joe seinen Tisch erreichte, bemerkte er die Brandnarben an Mungos Händen, dem Arm und dem Hals, wobei er an die vielen Narben denken musste, die sich unter seinem Hemd verbargen. Doch Joe war entschlossen, Francesca zuliebe bis zu Mungos finsterem Herzen vorzudringen.

»Was willst du?«, knurrte Mungo.

»Ich bin sicher, du hast mit meinem Besuch gerechnet«, entgegnete Joe.

Mungo musterte ihn mit eiskaltem Blick, und Joe konnte ihm förmlich ansehen, dass sein Hirn auf Hochtouren lief. Mungo fragte sich, ob Joe wusste, dass er Frank Gardener mit Informationen versorgt hatte.

»Du sabotierst absichtlich und böswillig die Chancen meiner Tochter, ihr Kapitänspatent zu erlangen«, hielt Joe ihm zornig vor.

»Du traust mir ja einiges zu«, gab Mungo bissig zurück, war aber nicht fähig, Joes Blick standzuhalten.

»Du weißt genau, dass du durch deine rücksichtslose Art dein Schiff selbst zerstört hast. Genau wie du für Marys Tod verantwortlich bist, als du uns damals gerammt hast.«

»Das ist doch alles Schnee von gestern. Lass endlich gut sein«, höhnte Mungo und kippte die letzten Tropfen aus seinem Glas herunter.

Das war zu viel für Joe. Er packte Mungo am Kragen, wobei der Tisch umkippte. Ein voller Aschenbecher flog in hohem Bogen durch die Luft und fiel scheppernd zu Boden, zusammen mit mehreren leeren Gläsern. Joe war entschlossen, Mungo den Hals umzudrehen, weil dieser Kerl es gewagt hatte, über Marys Tod zu spotten, doch der Barkeeper und ein zweiter Mann stürzten herbei, um Joe zurückzuhalten.

Nach zähem Ringen gelang es Joe, die beiden abzuschütteln. Regungslos stand er da und starrte auf Mungo, der seinen Stuhl wieder aufhob und sich darauf sinken ließ, sichtlich angeschlagen und noch grimmiger als zuvor.

»Jeder macht Fehler«, sagte Joe keuchend und wischte sich Speichel aus dem Mundwinkel, »aber du hast Francesca die Mutter genommen, und das Schlimmste daran ist, dass du nichts daraus gelernt hast. Es fehlte nicht viel, und du hättest auch Leo Mudluck auf dem Gewissen gehabt, aber du lässt dich einfach nicht beirren. Ich weiß wirklich nicht, was in deinem verdammten Schädel vor sich geht. Muss erst noch ein Mensch sterben, damit du endlich zur Besinnung kommst und darüber nachdenkst, was du tust?«

»Quatsch«, gab Mungo ungerührt zurück. »Du warst immer schon melodramatisch.«

Joe schüttelte den Kopf. Es war offensichtlich, dass er hier nur seine Zeit verschwendete. »Ich kann es nicht fassen, dass du deine Rachegelüste an Francesca auslässt. Wie tief du doch gesunken bist, Mungo!«

»Wie kommst du darauf, dass ich meine Rache an Francesca auslasse?«

»Mir war klar, dass du die Sache mit deinem Schiff nicht auf sich beruhen lässt, zumal du in deinem falschen Stolz gekränkt warst. Francesca hat sich hart auf ihre Prüfung vorbereitet. Wenn du noch einen letzten Funken Anstand besitzt, dann gestehe der Kommission ein, dass du die Explosion in deinem Kesselraum durch eigene Dummheit verschuldet hast. Du hast Leo den Befehl erteilt, bis über die Belastungsgrenze hinauszugehen. Das wissen wir beide.«

»Ich werde keinen Finger für deine Tochter rühren. Eine Frau hat am Ruder eines Dampfers nichts verloren. Und was mein Schiff betrifft ... es war alles, was ich hatte, um meinen Lebensunterhalt zu sichern. Aber was kümmert es dich?«

»Francesca ist zehnmal vernünftiger, als du es jemals sein wirst, und auch wesentlich besser geeignet, ein Schiff zu steuern, als du oder dein Sohn. Ein Glück, dass dein Schiff nicht versichert war. Je länger du nämlich vom Fluss wegbleibst, desto sicherer ist das für alle.«

Darauf hatte Mungo keine Antwort, sodass Joe sich umwandte und die Kneipe verließ.

Im Schutz der Bäume auf der Uferseite des Flusses in New South Wales beobachtete Monty heimlich Neal Mason an Bord der *Ophelia.* Er hatte mit dem Ausspähen begonnen, nachdem er von Silas erfahren hatte, dass Francesca sich neu verlobt hatte. Da die Pontonbrücke nicht mehr existierte, war er gezwungen gewesen, von der Uferböschung der Farm aus das Pferd durch den Fluss zu treiben und anschließend flussabwärts zu reiten, bis die *Ophelia* am gegenüberliegenden Ufer in Sicht kam. Entsetzt hatte Monty beobachtet, dass Francesca bereits zwei Nächte an Bord verbracht hatte – zwei Nächte, die Monty bis zum Morgengrauen ausgeharrt hatte, um Gewissheit zu erlangen. In dieser Zeit hatte Silas herausgefunden, dass Francesca inzwischen mit Neal vermählt war. Monty war am Boden zerstört, aber entschlossener denn je, sein Vorhaben in die Tat umzusetzen. Er würde Neal Mason ein für alle Mal aus dem Weg räumen, und wenn es das Letzte war, was er tat.

Neal hatte den Auftrag bekommen, Post und Versorgungsgüter von Echuca nach Barmah zu transportieren. Es war eine lukrative und begehrte Fuhre, doch Neal ahnte nicht, dass Monty den Auftraggeber bestochen hatte, Neal den befristeten Vertrag anzubieten, damit er, Monty, ihn genauestens im Auge behalten konnte. So verfolgte Monty minutiös, wo und wann Neal und sein Hilfsmatrose Holz luden, und er verspürte mit Genugtuung, dass sein Plan aufging. Falls alles klappte, war Francesca bald Witwe.

Die *Ophelia* lag im Schatten hoher Eukalyptusbäume, auf die eine warme Nachmittagssonne schien. Als Francesca an Bord ging, traf sie Neal alleine am Heck an. Er saß mit einer Flasche dort und ließ sich voll laufen. Sein Hilfsmatrose, Wally Carson, wohnte in der Stadt und ging nach Feierabend immer nach Hause.

Francesca war den ganzen Tag todunglücklich gewesen und hatte rot geweinte Augen. Sie fühlte sich innerlich ausgetrocknet. Neal genügte ein Blick, um zu wissen, dass sie ihre Prüfung nicht bestanden hatte – so wie Francesca ein Blick genügte, um zu erkennen, dass er betrunken war.

»Was ist passiert?«, fragte er.

»Die Kommission wusste von unserer Wettfahrt mit der *Kittyhawk*, und sie kreidet es mir an. Das Thema kam erst zum Schluss zur Sprache. Bis dahin hatte ich den Eindruck gehabt, dass es gut für mich lief.« Erneut traten ihr Tränen in die Augen, die sie ungeduldig fortwischte. Sie war das Selbstmitleid und die Tränen leid.

»Du kannst jetzt sicher ein Glas Wein vertragen.«

»Nein ...«

»Das beruhigt dich ein bisschen«, beharrte Neal. Er schenkte ihr ein Glas ein und zog einen Stuhl neben seinen. Nachdem Francesca sich gesetzt hatte, bemerkte sie, dass Neal die Angelschnur ausgeworfen hatte, und sie folgerte daraus, dass er noch nicht gegessen hatte.

»Wie hat die Kommission von der Wettfahrt mit der *Kittyhawk* erfahren?«, fragte Neal.

»Dad sagt, unter den Prüfern ist ein Freund von Mungo McCallister.«

»Joe muss stocksauer sein.«

»Er hat sich irgendwann verzogen, ohne zu sagen, wohin. Hoffentlich will er sich nicht Mungo vorknöpfen.«

Schweigend saßen sie eine Zeit lang da. Nachdem Francesca ihr Glas geleert hatte, füllte Neal es wieder nach. Sie atmete mehrmals tief durch, und die Anspannung des Tages fiel zum ersten Mal ein wenig von ihr ab. Während die Sonne allmählich hinter den Baumkronen am anderen Flussufer versank, legte sich ein warmer rötlicher Schimmer über die Wasseroberfläche.

»Ich kann es gar nicht abwarten, älter zu werden«, bemerkte Francesca aus heiterem Himmel.

»Warum das denn?«

»In jungen Jahren hat man nicht genügend Menschenkenntnis. Man glaubt an das Gute im Menschen ... und dann ist die Enttäuschung umso größer. Wenn man älter ist, lässt man sich bestimmt nicht mehr so oft ins Bockshorn jagen und hat ein Gespür dafür entwickelt, wem man trauen kann.«

»Es spielt keine Rolle, wie alt man ist – wenn es um Menschen geht, kann man sich immer und überall irren«, entgegnete Neal. Mit einem Mal hatte er Gewissensbisse, weil er mit dem Gedanken gespielt hatte, mit ihr zu schlafen. »Manchmal wird man enttäuscht, aber manchmal erlebt man auch angenehme Überraschungen.«

Francesca hatte nicht allzu viele angenehme Überraschungen in ihrem Leben erlebt. »Wie gehst du mit Enttäuschungen um, Neal?«

Er blickte einen Moment nachdenklich drein. »Enttäuschungen lassen sich nicht vermeiden, Francesca, sie gehören zum Leben. Ich finde, man muss das Glück beim Schopf packen und jeden Augenblick genießen.«

»Das hört sich gut an«, sagte Francesca. Vom Alkohol war sie gelöster und nun auch offen dafür, das Leben von einer anderen Seite zu betrachten, und Neals Ratschlag machte Sinn. Wozu sollte es gut sein, sich ständig den Kopf über die Zukunft zu zerbrechen? »Vor lauter Grübelei, was in nächster oder ferner Zukunft alles eintreten könnte oder nicht, verpasse ich völlig, was um mich herum vorgeht.«

»Stimmt«, pflichtete Neal ihr bei und sah sie an.

Francesca betrachtete sein attraktives Gesicht. In seiner Gegenwart fühlte sie sich immer wie von einer unsichtbaren Kraft zu ihm hingezogen, besonders in diesem Moment, wo ihre Gesichter sich so nahe waren. Um sie herum tauchte die Abendsonne die Landschaft in ein sanftes, beinahe magisches Licht, und die Luft war mild und von tausend Düften erfüllt. Der Alkohol hatte Frannies Widerstand geschwächt, und sie spürte, wie sie in den Bann der dunklen Augen Neals geriet.

Auch Neal war Francescas Charme verfallen – von dem Moment an, als er ihr zum ersten Mal begegnet war. Anfangs hatte er sich noch dagegen gewehrt, aber diesen Kampf konnte er nicht gewinnen. »Genieße den Augenblick, wann immer du kannst, Francesca«, sagte er mit heiserer Stimme, während sein Blick sich auf ihre Lippen heftete, die leicht geöffnet waren, verlangend und erwartungsvoll.

Francesca beugte sich dicht zu ihm, bis ihrer beider Atem sich vermischte, und sah tief in seine dunklen, unergründlichen Augen. »Liebe mich, Neal«, flüsterte sie.

Ihre Lippen vereinigten sich in einem zärtlichen Kuss. Alles schien vergessen, sie gaben sich völlig dem Augenblick hin. Neals starke Arme umschlossen sie, und sein Kuss wurde leidenschaftlicher. Francesca fühlte sich warm und geborgen, und wundervolle, erregende Empfindungen erfassten sie.

»Bist du sicher, dass du das willst, Francesca?«, fragte Neal mit rauer Stimme und küsste ihren Hals. »Es muss nichts geschehen, was du nicht ...«

»Pssst.« Francesca umfasste sein Gesicht mit beiden Händen und drückte ihre Lippen auf seine, während er sie in die Kajüte trug.

Monty beobachtete sie vom gegenüberliegenden Ufer aus. In seinem Innern raste die Eifersucht. Wäre er jetzt auf der anderen Uferseite gewesen, hätte er Neal eine Kugel verpasst. Blind vor Wut und Hass, wandte er sich ab und ließ seine Verbitterung an den umstehenden Bäumen aus. Er schrie vor innerer Qual und schlug sich die Fingerknöchel blutig, bevor er erschöpft auf die Knie sank und schluchzte.

Stürmisch rissen Francesca und Neal sich die Kleider vom Leib und wälzten sich leidenschaftlich auf dem Bett. Neal ging so behutsam wie möglich vor, doch ein plötzlich aufflammendes Gefühl von Liebe ließ Francesca alle Scheu vergessen. Sie liebte Neal voller Lust und Leidenschaft und aus vollem Herzen. Es war ein befreiendes Gefühl, dies endlich einzugestehen und ihm ihre Liebe zum Ausdruck zu bringen. Als sie eins wurden, vergaßen sie die Welt um sich her.

Später lagen sie dicht beieinander. Neal vergrub das Gesicht in ihrem duftenden Haar, während ihre Hand auf seinem heftig pochenden Herzen lag. Beide kosteten den Augenblick aus.

»Ich liebe dich, Neal«, flüsterte Francesca, bevor sie die Augen schloss und einschlief.

Neal, in dessen Innerem die Wogen der Leidenschaft nur

langsam verebbten, hatte die Augen offen und hing seinen Gedanken nach. Er musste daran denken, wie Francesca ihre gemeinsame Zukunft in rosigen Farben geschildert hatte, und das schon nach den ersten Küssen. Er ahnte, was sie sich insgeheim versprach. Eine Ehe, Kinder, ein glückliches Zusammenleben ...

Aber das war kein Leben für ihn. Er wusste, dass Francesca nicht für den Augenblick leben konnte. Es war töricht von ihm gewesen zu glauben, dass sie dazu fähig war.

Als Francesca am nächsten Morgen wach wurde, lag sie alleine in der Koje. Der verlockende Duft von gegrilltem Fisch stieg ihr in die Nase, und sie merkte, dass sie einen Bärenhunger hatte. Ihr wurde bewusst, dass sie nackt im Bett lag, und die Erinnerung an das herrliche Gefühl, in Neals Armen zu liegen und von ihm geliebt zu werden, ließ sie erröten.

Sie traf Neal in der Kombüse an, wo er Fisch briet.

»Guten Morgen«, sagte er schläfrig. »Der Bursche hat heute Nacht angebissen und kommt gerade recht zum Frühstück. Bist du hungrig?«

Francesca war kurz vor dem Verhungern. Doch alles, was sie herausbrachte, war: »Ein bisschen.«

»Ich hab eine Kanne Tee gekocht. Bedien dich.«

Francesca fiel auf, dass Neal ihr kaum in die Augen blicken konnte, wo sie sich doch nach nichts anderem sehnte, als in seinen Armen zu liegen und seine leidenschaftlichen Küsse zu erwidern, wie in der vergangenen Nacht. Doch Neal tat so, als wäre zwischen ihnen beiden nichts Besonderes vorgefallen, während Francesca vor Glück laut hätte jubeln können.

»Neal, wir sollten uns über vergangene Nacht unterhalten ...«

»Hör zu, Francesca, du darfst da nicht zu viel hineininterpretieren.«

»Hineininterpretieren?« Seine Ausdrucksweise entsetzte

sie. Schließlich hatte sie ihm ihren Körper, ihre Seele und ihr Herz geschenkt, und Neal hatte dankbar zugegriffen. Aber er war offensichtlich nicht gewillt, ihr das wiederzugeben. Sie kam sich ausgenutzt vor.

Sie wollte ihm gerade sagen, wie sie fühlte, als plötzlich jemand am Ufer rief: »Francesca Callaghan!« Es war ein junger Bursche.

»Sie heißt Francesca Mason«, rief Neal durch die Kombüsenluke, was bei Frannie Verwunderung hervorrief. Jetzt verstand sie gar nichts mehr.

Der Bursche machte ein ratloses Gesicht und blickte auf einen Umschlag in seiner Hand.

»Hast du einen Brief für mich?«, rief Francesca ihm zu, als sie an Deck trat. Sie rechnete insgeheim damit, dass es ihr Prüfungsergebnis war. Vor Nervosität schlug ihr das Herz bis zum Hals.

»Ich habe ein Schreiben für Miss Francesca Callaghan. Ich wollte es vorhin auf der *Marylou* abgeben, aber dort hat man mir gesagt, dass ich Miss Callaghan auf der *Ophelia* finde«, antwortete der Bursche.

Francesca ging an die Reling. »Ich bin Francesca Callaghan ... vielmehr, ich war es. Ich habe kürzlich geheiratet.«

»Oh«, sagte der Bursche und überreichte ihr den Umschlag. »Ich soll Ihre Antwort abwarten, Ma'am.«

Francesca starrte kurz auf ihren Namen, bevor sie den Umschlag öffnete.

»Was ist das?«, sagte Neal, der jetzt ebenfalls an Deck trat.

Der Umschlag enthielt eine kurze schriftliche Mitteilung. Sie stammte von Regina Radcliffe.

Liebe Francesca,

erweist du mir heute Abend die Ehre, mit mir zu speisen, zumal ich dringend etwas mit dir zu bereden habe? Monty ist nach Ballarat gefahren, und Frederick besucht eine Vieh-

auktion in Shepparton, sodass wir ungestört sind. Ich hoffe, du kommst.
Regina

»Eine Einladung von Regina Radcliffe«, entgegnete Francesca, während sie das Schreiben zusammenfaltete und in den Umschlag zurücksteckte. »Sie lädt mich für heute Abend zum Essen ein, auf die Farm. Anscheinend sind Monty und Frederick außer Haus.«

Sofort war Neals Misstrauen geweckt. Er fragte sich unwillkürlich, ob Monty seine Mutter benutzte, um ein Treffen mit Francesca einzufädeln.

Francesca hatte hingegen den Eindruck, dass zwischen Reginas Zeilen Einsamkeit herausklang. Sicherlich ging es ihr nicht darum, ihr Mutter-Tochter-Verhältnis zu klären. Vielleicht wollte Regina mit ihr ja über das Geld sprechen, das sie ihrem Vater hatte zukommen lassen. Zudem sollte sie, Francesca, auch deshalb zu Regina fahren, um sie wissen zu lassen, dass sie nun mit Neal verheiratet war und dass sie sich wegen Monty und Silas nicht mehr zu sorgen brauchte. Regina musste ja nicht wissen, dass es sich um eine Scheinhochzeit handelte ...

»Ich habe Regina vor kurzem einige neue Methoden der Buchprüfung gezeigt«, sagte Frannie zu Neal. »Vielleicht hat sie Schwierigkeiten damit und benötigt meine Unterstützung.«

»Du solltest nicht alleine fahren«, sagte Neal. Er dachte dabei an Silas' Drohungen.

Francesca wurde nervös, da sie den Eindruck hatte, Neal wolle sie begleiten. Doch sie wäre nicht fähig, mit Regina offen über Joes angebliche Erbschaft zu sprechen, wenn Neal dabei wäre.

»Ich bringe dich mit der *Ophelia* dorthin und hole dich später wieder ab«, schlug er vor.

»Einverstanden, aber du musst dann auf deinen Hilfsmatrosen verzichten, weil er abends ja immer nach Hause geht.«

»Kurze Strecken schaffe ich auch alleine, und auf dem Wasserweg ist es bis Derby Downs nicht weit. Außerdem kannst du das Steuer übernehmen, wenn ich den Kessel schüren muss.«

Daraufhin schrieb Francesca eine kurze Antwort, dass sie Reginas Einladung annehme, und reichte sie dem Botenjungen.

Über mehrere Tage hinweg hatte Monty genau beobachtet und notiert, wo die *Ophelia* ihr Holz lud, sodass er Ort und Zeitpunkt von Neals jeweils letzter Fuhre kannte. Er hielt sich versteckt, um von den Besatzungen der anderen Schiffe nicht bemerkt zu werden, bis die *Ophelia* in Sicht kam. Gleich darauf schob er ein Holzscheit, das er zuvor präpariert hatte, in den Holzstapel, und ging rasch wieder in Deckung, um aus seinem Versteck heraus Neal und dessen Hilfsmatrosen Wally Carson beim Aufladen zu beobachten. Hinterher würde er sich vergewissern, ob das Scheit verschwunden war, in dem eine Stange Sprengstoff steckte. Sein Plan war sorgfältig durchdacht. Er hatte sich sogar von einem der Schiffer erklären lassen, wie weit ein Dampfer wie die *Ophelia* kam, bevor Holz im Dampfkessel nachgelegt werden musste. Daraufhin hatte er einige Berechnungen angestellt und war zu dem Ergebnis gekommen, dass Neal erst wieder auf der zweiten Fahrt nach Derby Downs Holz nachladen musste, wenn er alleine unterwegs war, um Francesca abzuholen. Monty hatte vorhergesehen, dass Neal Frannie niemals alleine mit der Kutsche im Dunkeln nach Derby Downs fahren lassen würde – was der Botenjunge ihm bestätigt hatte.

»Es würde momentan zu großen Verdacht erregen, die *Marylou* verschwinden zu lassen, aber ich begnüge mich auch mit der *Ophelia*«, sagte Silas zu Mike Finnion.

»Aber Neal Mason wohnt mit seiner jungen Braut an Bord«, wandte Mike ein, den eine schreckliche Ahnung befiel. Er hatte längst die Nase voll, für Silas Hepburn die Drecksarbeit zu erledigen, wusste aber nicht, wie er ihm das beibringen sollte, zumal er Silas' Bösartigkeit zur Genüge kannte.

Silas ärgerte es, an die Heirat von Neal und Francesca erinnert zu werden. »Es kann doch nicht so schwer sein, die beiden vom Schiff zu holen, oder?«, fuhr er Mike zornig an.

»Ich weiß nicht, Silas ... Ich finde, wir sollten uns für eine Weile zurückhalten, um nicht gleich in Verdacht zu geraten, wenn die *Ophelia* verschwindet.«

»Mich wird niemand verdächtigen, weil *du* mit dem Schiff den Fluss hinauffährst, es umlackierst und ihm einen neuen Namen verpasst. Du kannst auch einige Umbauten vornehmen lassen. Niemand wird Lunte riechen.«

»Aber nur, wenn ich mich mit dem Schiff nicht mehr in Echuca blicken lasse«, sagte Mike, doch Silas schien das kalt zu lassen. Mike hatte den Verdacht, Silas wollte die *Ophelia* in neuer Aufmachung direkt vor den Augen Joes und Neals zur Schau stellen. Silas spekulierte sicherlich darauf, dass Neal sein Eigentum zurückfordern würde – und es würde Silas unglaubliche Genugtuung verschaffen, wenn Neal dann nicht beweisen konnte, dass es sein Eigentum *war*.

Mike sah ein, dass niemand Silas von seinem Vorhaben abbringen konnte. »Wann soll die Sache über die Bühne gehen?«, fragte er resigniert.

»Am besten gleich heute Nacht. Ich weiß auch schon, wie wir den Kerl von seinem Schiff locken.«

Später am Abend schickte Silas seinen persönlichen Laufburschen, Jimmy, vom Bridge Hotel zur *Ophelia*, um Neal eine Nachricht zu überbringen, doch Jimmy kehrte unverrichteter Dinge wieder zurück, weil die *Ophelia* abgelegt hatte. Silas tobte vor Wut, während Mike Finnion sich insgeheim freute. In der Zwischenzeit war ihm klar geworden, dass er nach dem Verschwinden der *Ophelia* unvermeidlich der Hauptverdächtige wäre und dafür den Kopf hinhalten müsste, wenn er kurze Zeit später mit einem neuen Schiff in Echuca einliefe. Und Silas, das wusste Mike, würde ihn weder in Schutz nehmen noch ihm sonst wie behilflich sein, wenn man ihn einsperrte. Zweifellos würde Silas bestreiten, in die Sache verwickelt zu sein. Und sollte Mike es wagen, ihn zu beschuldigen, stünde Aussage gegen Aussage.

»Ich gehe mal runter zum Pier. Vielleicht kann ich herausfinden, wohin die *Ophelia* im Dunkeln wollte«, sagte Silas. »Du kommst in ein paar Minuten nach.«

Gemeinsam mit dem Laufburschen Jimmy verließ Silas das Bridge Hotel in der Hoffnung, die *Ophelia* sei inzwischen zurückgekehrt, sodass Jimmy die Nachricht überbringen könnte. Währenddessen tat Mike Finnion etwas sehr Ungewöhnliches. Er missachtete Silas' Befehl. Stattdessen ging er nach Hause und packte seine Sachen, um Echuca noch am Abend den Rücken zu kehren. Er hatte genug davon, von Silas Hepburn benutzt zu werden, und wollte sich im Hafen von Melbourne eine Stelle suchen. Mit etwas Glück würde er Silas nie wieder zu Gesicht bekommen.

Am Pier konnte Silas nichts in Erfahrung bringen, doch seine hilflose Wut verflog, als plötzlich die *Ophelia* erschien und in nächster Nähe am Ufer festmachte. Silas wartete ab, um zu beobachten, ob jemand von Bord ging, doch niemand ließ sich blicken.

»Lauf jetzt los, Jimmy«, wies er den Jungen an. »Und vergiss nicht – eins der Freudenmädchen hat dich geschickt.«

»Jawohl, Sir, Mr Hepburn«, erwiderte Jimmy und flitzte davon.

Währenddessen schaute Silas sich ungeduldig nach Mike Finnion um. »Wo bleibt der Kerl, zum Teufel?«, murmelte er.

Neal war überrascht, eine Nachricht aus dem Bordell zu erhalten, und befürchtete das Schlimmste. Rasch überflog er den Inhalt. Die Nachricht war kurz und bündig: Gwendolyn war ernsthaft erkrankt.

Neal eilte sofort los.

Silas verbarg sich im Schatten auf der Uferpromenade und beobachtete, wie Neal an ihm vorüberstürmte. »Bist du ganz sicher, dass niemand sonst an Bord ist?«, fragte er Jimmy, als der Junge zurückkam.

»Ja. Nachdem Mr Mason losgerannt ist, hab ich kurz auf dem Schiff nachgesehen.«

»Wo bleibt Mike Finnion, verdammt?«, murmelte Silas ungehalten. Neal würde in wenigen Minuten zurückkommen, und dann wäre die Chance vertan. Die Zeit drängte. Als Silas plötzlich Schritte hörte, nahm er an, Mike Finnion würde endlich auftauchen.

Er wandte sich um in der Absicht, ihm gehörig die Meinung zu sagen ...

Verwirrt verließ Neal das Bordell. Die Mädchen hatten beteuert, ihm keine Nachricht geschickt zu haben. Gwendolyn war in guter Verfassung und schlief bereits tief und fest. Neal verstand zwar nicht, was hier gespielt wurde, aber wenigstens hatte er Francesca sicher in Derby Downs abgesetzt. In Kürze würde er wieder losmachen, um sie abzuholen.

Doch zuvor musste er den Kesseldruck überprüfen und Holz nachlegen.

28

Regina wartete auf der Veranda, als die *Ophelia* anlegte. Als Francesca die Wiese zwischen Haus und Fluss überquerte, kam Regina ihr entgegen. Francesca verspürte leichtes Unbehagen, nicht nur, weil Regina ihre leibliche Mutter war, sondern auch, weil sie noch lebhaft die Szene vor Augen hatte, wie Silas Regina geküsst hatte.

»Danke, dass du gekommen bist«, sagte Regina. Sie sah der *Ophelia* hinterher, die wieder flussabwärts gewendet hatte. »Ich bin überrascht, dass Neal Mason dich hergebracht hat.«

Francesca holte tief Luft. »Neal ist jetzt mein Ehemann«, erwiderte sie. Sie wusste nicht, warum, doch sie war von einer seltsamen Unruhe erfüllte, als sie Regina dieses Geständnis machte. Selbstverständlich würde sie ihr verheimlichen, dass die Ehe nicht echt war.

Regina machte ein erstauntes Gesicht. »Das wusste ich nicht ...« Sofort wanderten ihre Gedanken zu Monty. Jetzt verstand sie auch den Grund für seine verzweifelte Stimmung.

»Neal und ich haben letzte Woche geheiratet.«

»Das war aber ziemlich plötzlich.«

»Ja. Vor ein paar Tagen bin ich zufällig Silas begegnet, und er hat indirekt damit gedroht, meinen Vater zu schikanieren, falls ich ihn nicht heirate. Offenbar spielt es für Silas keine Rolle, dass ich ihn dabei erwischt habe, wie er ...« Francesca war nicht fähig, weiterzusprechen.

Reginas hellblaue Augen funkelten zornig. »Silas ist ein Mistkerl.«

Francesca sah sie befremdet an. Sie wusste noch immer nicht, was sie davon halten sollte, dass Silas Regina geküsst hatte.

Regina ahnte ihre Gedanken. »Die Schauspielerin, die ich engagiert habe, Silvia Beaumont, ist nicht erschienen, also blieb mir nichts anderes übrig, als in ihre Rolle zu schlüpfen. Anderenfalls wäre es fraglich gewesen, ob sich je wieder die Gelegenheit geboten hätte, Silas in flagranti zu erwischen. Er ist nämlich nicht auf den Kopf gefallen.«

»Ich dachte mir so etwas schon, aber ich war mir nicht sicher.«

»Du hast doch nicht ernsthaft geglaubt, es würde mir Spaß machen, dieses Scheusal zu küssen?«

Francesca zuckte die Achseln. »Nun, du hattest eine Affäre mit ihm ...«

»Das ist schon lange her, und damals war Silas ein ganz anderer.«

Francesca nickte. Sie konnte nicht leugnen, dass sie Regina zu Dank verpflichtet war, weil sie dadurch ihre Verlobung hatte auflösen können. »Ich weiß dein Opfer sehr zu würdigen.«

Ihre Worte bedeuteten Regina mehr, als sie selbst jemals gedacht hätte. »Offenbar hast du ebenfalls ein Opfer gebracht, nämlich die Heirat mit Neal.«

»Das ist etwas anderes.«

»Wieso?« Regina bemerkte den gequälten Ausdruck in Francescas Augen. »Liebst du Neal?«

»Ja«, gestand Francesca, »aber manchmal reicht Liebe allein nicht aus, damit eine Partnerschaft funktioniert.«

»Lass uns ins Haus gehen«, sagte Regina.

Drei Stunden später schlenderten Francesca und Regina wieder zur Anlegestelle hinunter.

»Das Essen war köstlich, Regina. Vielen Dank«, sagte Francesca, während sie sich dem Ufer näherten, wobei Amos Compton ihnen vorausschritt, eine Laterne in der Hand, da inzwischen die Nacht angebrochen war. Amos, der schon bei Tageslicht einen Furcht erregenden Eindruck machte, war in der Dunkelheit noch erschreckender anzusehen, doch Regina bestand darauf, dass er sie begleitete. Zum Glück hatten auf diesem Teilstück in letzter Zeit weder Schafe noch Rinder geweidet; dennoch mussten sie sich vor den Hinterlassenschaften der Kängurus in Acht nehmen.

»Es wäre wirklich nicht nötig gewesen, dass du mich ans Ufer begleitest«, sagte Francesca. »Es hätte mir nichts ausgemacht, alleine zu gehen.«

»Nach dem Essen tut mir der kleine Verdauungsspaziergang bestimmt gut«, entgegnete Regina.

Francesca wusste, dass Regina nicht aus mütterlicher Fürsorge handelte. Sie war kaum weniger reserviert als sonst. Ohnehin war es ein merkwürdiger Abend gewesen. Sofort nach ihrer Ankunft auf Derby Downs hatte Francesca das Gefühl gehabt, dass Regina etwas im Schilde führte. Sie hatte versucht, der Sache auf den Grund zu gehen, doch ohne Erfolg.

Weshalb hatte Regina sie überhaupt eingeladen?

Ihre Unterhaltung hatte sich vor allem um Joe gedreht – und dessen Erleichterung, nicht mehr in Silas' Schuld zu stehen –, sowie um Francescas Heirat, über die Regina sich umso mehr freute, als Monty seine Hoffnungen nun endgültig begraben musste. Zugleich hoffte sie, dass Neal Francesca nicht das Herz bräche. Schließlich war Neal Mason für seinen Ruf berüchtigt.

»Lasst euch Zeit, du und Neal«, riet Regina. »Ihr müsst euch erst aneinander gewöhnen. Als alter Junggeselle tut Neal sich bestimmt schwer damit, plötzlich jemanden um sich zu haben.« Sie räusperte sich. »Bestimmt braucht er eine gewisse Zeit, sich damit abzufinden, dass er durch die Ehe seine Freiheiten verliert.«

Francesca wusste, dass Regina auf Neals Ruf als Schürzenjäger anspielte. Sie musste wieder an seinen Besuch im Bordell am Tag ihrer Scheinhochzeit denken. Sie spürte, wie sie bei dem Gedanken errötete, und wechselte rasch das Thema. »Was Monty angeht ... Ich habe versucht, ihm klar zu machen, dass wir keine Verbindung eingehen können. Ich habe es ihm so schonend wie möglich beigebracht, aber es hat ihn sehr getroffen. Ehrlich gesagt, mache ich mir Sorgen um ihn. Was macht er in letzter Zeit für einen Eindruck?«

»Nicht den besten«, entgegnete Regina, deren Blick sich erneut in der Ferne verlor, »aber mach dir keine Gedanken, das wird schon wieder. Dafür werde ich sorgen.« Sie spielte Montys derzeitige Verfassung absichtlich herunter, falls er eine Dummheit plante und sie ihn decken musste. In Wahrheit war Regina mehr als nur besorgt um ihn. Sie hatte geradezu panische Angst um ihren Sohn. Seit Tagen ließ er sich kaum noch zu Hause blicken, und wenn doch, machte er einen geistesabwesenden und beängstigenden Eindruck. Von Amos hatte sie erfahren, dass Montys Pferd, ein edles Vollblut, völlig verwahrlost war. Nachdem sie sich selbst von dem erbärmlichen Zustand des Tieres überzeugt hatte, bestand sie darauf, Monty ein anderes Pferd zu geben, damit der Stallbursche sich um das Vollblut kümmern konnte.

Reginas Besorgnis hatte weiter zugenommen, als sie entdecken musste, dass Monty seine geschäftlichen Pflichten völlig vernachlässigte – womit sich die Frage ergeben hatte, was er mit seiner Zeit anstellte, wenn er nicht zu Hause war. Auch Frederick war dies nicht entgangen. Als er sich verwundert über die ständige Abwesenheit Montys äußerte, hatte Regina ihn angeschwindelt, Monty habe alle Hände voll zu tun, neue Geschäftsfelder zu erschließen.

Ein Glück, dass Frederick nun mit einem Freund zur

Viehauktion nach Shepparton gefahren war und ein paar Tage fortblieb. Eigentlich hätte Monty ihn begleiten sollen, doch Regina hatte sich erneut eine Ausrede für ihn einfallen lassen. Sie hoffte inständig, dass Monty bald über Francesca hinwegkam und wieder Normalität in ihr Leben einkehrte, bevor Monty vor Wut und Verzweiflung irgendeine Dummheit beging, die er für den Rest seines Lebens bereuen musste ...

Als die beiden Frauen am Ufer auf Neal warteten, zog das Schweigen zwischen ihnen sich immer mehr in die Länge.

»Neal müsste jeden Moment erscheinen«, sagte Francesca schließlich. »Du brauchst nicht zu warten, Regina.«

»Nein, nein, ich bleibe gern noch bei dir an der frischen Luft«, erwiderte Regina. Normalerweise mied sie nachts den Fluss, weil er dann unheimlich wirkte – vor allem aber, weil er Erinnerungen an Francesca in ihr weckte, die sie lieber verdrängte.

»Was macht Monty eigentlich in Ballarat?«, fragte Francesca.

»Wie bitte?«, fragte Regina verwundert.

»In deiner Nachricht stand, er sei nach Ballarat gefahren.« Wieder hatte Francesca den Eindruck, dass Reginas Gedanken abschweiften.

»Ach ja, richtig. Er ... er ist in geschäftlichen Angelegenheiten dort. Morgen erwarte ich ihn zurück.«

Francesca hatte das Gefühl, dass Regina sie belog, sodass sie sich erneut fragte, was sie eigentlich im Schilde führte. Irgendetwas war hier faul, doch ihr Instinkt riet Francesca, sich herauszuhalten.

Gleich darauf vernahm sie das Geräusch von Schaufelrädern und das Tuckern eines Schiffsmotors. Sie, Regina und Amos blickten flussabwärts, wo die gewaltige schwarze Silhouette eines Dampfers in der Flussbiegung erschien.

»Das muss Neal sein«, sagte Francesca, wobei sie sich wunderte, dass an Bord kein Licht leuchtete und das vereinbarte Hornsignal ausblieb.

»Na also«, bemerkte Regina, die sich über die Arme fuhr. Sie fühlte sich unbehaglich und konnte es kaum abwarten, ins Haus zurückzukehren.

Francesca blieb die Erleichterung in Reginas Stimme nicht verborgen. Offensichtlich war sie froh, ihre Tochter loszuwerden, was Francescas Neugier über den wahren Grund der Einladung nur noch mehr entfachte.

Was hatte Regina mit der Einladung bezweckt ...?

Schweigend beobachteten sie, wie das Schiff näher kam. Als Francesca die *Ophelia* erkannte, schlug ihr Herz schneller, und sie musste lächeln. Auch wenn Neal sie nicht auf dieselbe Weise liebte wie sie ihn, spielte das im Moment keine Rolle für sie. Eines Tages wollte sie *wirklich* seine Frau sein und betete insgeheim, dass Neal dies mit der Zeit erkannte.

Während ihr Blick auf der *Ophelia* ruhte, die noch gut fünfzig Meter entfernt war, geschah es. Ein riesiger Lichtblitz erhellte die Nacht, und eine gewaltige Explosion ließ den Boden zu ihren Füßen erbeben. Alle drei warfen sich instinktiv zu Boden. Der Nachthimmel leuchtete grell, als ein gelber Feuerball inmitten weißer, orangefarbener und roter Strahlenkränze aufloderte. Das Ruderhaus, die Radkästen und das Oberdeck des Schiffes zerbarsten in Millionen winzige Trümmerteile, die auf den Fluss und das Ufer regneten. Der ohrenbetäubende Donnerschlag erstickte die Schreie der Frauen, die ihre Gesichter bedeckten.

Wenige Sekunden später rappelte Francesca sich auf. »Neal!«, schrie sie und presste die Hände gegen die Ohren, die fast taub waren. Sie rannte ein paar Schritte am Ufer entlang und stürzte erneut zu Boden.

Amos Compton half Regina hoch. »Was war das?«, fragte sie schockiert. »Großer Gott!«

Francesca kniete am Boden und schrie, während der Rumpf der *Ophelia*, der bei der Detonation auseinander gerissen war, in den dunklen, trüben Fluten des Murray versank. Auf der Wasseroberfläche waren nur noch ein paar brennende Wrackteile zu sehen, die kurz darauf erloschen oder mit der Strömung davontrieben. Am ganzen Körper zitternd, starrte Francesca ihnen mit tränenüberströmtem Gesicht hinterher.

»Neal«, schrie sie verzweifelt, während sie auf Händen und Knien am Ufer kauerte. Doch es gab kein Lebenszeichen. Neal war verschwunden.

Claude Mauston brachte Regina und Francesca mit der Kutsche in die Stadt. Nach dem Unglück war Francesca nicht zu beruhigen gewesen, sodass Amos sie ins Haus getragen hatte, wo Regina ihr zwei Gläser Brandy einflößte. Jetzt, in der Kutsche, schluchzte sie leise, und Regina wusste nicht, wie sie ihr Trost spenden sollte, zumal sie den schrecklichen Verdacht hegte, dass Monty für die Explosion der *Ophelia* verantwortlich war. Bevor Regina in die Kutsche gestiegen war, hatte sie Amos angewiesen, Monty aufzuhalten, falls er auf der Farm erschien, und ihn unter keinen Umständen aus den Augen zu lassen.

Als die Kutsche auf der Uferpromenade hielt, herrschte Tumult auf dem Pier. Die Nachricht von der Explosion hatte sich durch Landstreicher und Ureinwohner, die in der Nähe des Unglücksortes ihr Lager aufgeschlagen hatten, in Windeseile verbreitet; nun wurde wild darüber spekuliert, welchen Raddampfer es erwischt hatte.

Joe und Ned waren außer sich vor Angst, weil sie nicht wussten, wo sich die *Ophelia* mit Neal und Francesca an Bord befand. Als Joe Francesca erblickte und sah, in welcher Verfassung sie war, konnte er sich zunächst keinen Reim darauf machen.

Francesca war zu aufgewühlt, um ihrem Vater zu schildern, was passiert war, sodass Regina dies übernehmen musste.

»Frannie war heute Abend zum Essen auf Derby Downs, und Neal wollte sie anschließend abholen. Während wir am Ufer gewartet haben, kam die *Ophelia* in Sicht. Augenblicke später ist sie ... ist sie in die Luft geflogen.«

»Gütiger Himmel«, stieß Joe hervor und nahm Francesca in die Arme.

»Wir sollten einen Suchtrupp aufstellen«, schlug Ned vor, der die schwache Hoffnung hatte, dass Neal noch am Leben war. Doch Regina schüttelte betrübt den Kopf. Ned verstand und führte Francesca zu ihrer Kajüte.

»Neal kann unmöglich überlebt haben«, sagte Regina zu Joe, nachdem Francesca außer Hörweite war. »Von dem Schiff ist nichts mehr übrig ...«

An Bord der *Marylou* versuchte Lizzie, Francesca zu trösten, doch sie stand vollkommen unter Schock. Weinend warf sie sich auf die Koje, während Lizzie sich an die Luke stellte, um mitzuhören, was draußen gesprochen wurde. Einige Männer machten den Vorschlag, zur Unglücksstelle zu fahren, um einen Beweis dafür zu finden, dass die *Ophelia* explodiert war, während andere argumentierten, dass dies vor Tagesanbruch keinen Sinn mache. Lizzie hörte, dass viele Leute den Verlust eines so anständigen Mannes wie Neal Mason bedauerten, und sie musste an die arme Gwendolyn denken. Jemand musste dem Mädchen die traurige Nachricht übermitteln.

Ob Francesca über Gwendolyn Bescheid wusste? Lizzie schüttelte den Kopf. Was spielte das jetzt noch für eine Rolle, nachdem Neal tot war?

»Bring mich so schnell wie möglich nach Hause, Claude«, befahl Regina, als sie wieder in ihre Kutsche stieg. Nachdem sie Francesca bei der *Marylou* abgesetzt hatte, wollte sie schleunigst nach Derby Downs zurück. Innerlich völlig aufgewühlt, wahrte sie nur mit Mühe die Fassung. Der gemeinsame Abend mit Francesca war Montys Idee gewesen. Er hatte Regina gebeten, Francesca zum Abendessen einzuladen. Er hatte sogar darauf bestanden und ihr versprochen, ihr am späteren Abend die Erklärung dafür zu liefern. Dennoch hatte Regina instinktiv geahnt, dass irgendetwas faul war, und war den ganzen Abend von Unruhe erfüllt gewesen. Sie hatte nur deshalb eingewilligt, weil ihr Montys seelische Verfassung in letzter Zeit Kummer bereitet hatte. Jetzt verfluchte sie sich für ihre Einfalt, zumal sie die schreckliche Ahnung befiel, dass Monty Neal auf dem Gewissen hatte.

Dabei hatte Monty sogar angedeutet, er wolle mit Neal Mason Frieden schließen, um einen Schlussstrich unter seine Beziehung zu Francesca zu ziehen, doch es hatte unglaubwürdig geklungen angesichts seines zwanghaften Verhaltens. Trotzdem hätte Regina niemals gedacht, dass Monty etwas Schlimmes im Sinn hatte, vor allem, da er nach eigenem Bekunden Interesse an Clara zeigte. Zudem verabscheute Monty als wahrer Gentleman Gewalttätigkeit. Doch seine Liebe zu Francesca hatte ihn vielleicht zum Äußersten getrieben – ein Gedanke, der Regina das Herz noch schwerer machte.

Als sie vor der Villa vorfuhren, kam Amos die Eingangstreppe herunter.

»Master Montgomery ist da, Madam«, sagte er.

Regina war so erleichtert, dass ihr beinahe die Knie nachgaben, als sie zitternd aus der Kutsche stieg.

Amos stützte ihren Arm. »Er ist gekommen, kurz nachdem Sie fort waren, Madam.«

»Gott sei Dank.« Als Regina mit eigenen Augen gesehen hatte, wie der Dampfer in die Luft geflogen war, hatte sie für einen Moment die schreckliche Angst beschlichen, Monty könnte die *Ophelia* gekapert und Neal womöglich als Geisel an Bord festgehalten haben. Da Monty sich mit Schiffen nicht auskannte, hatte Regina in ihrer Angst befürchtet, er könnte die Dampfmaschine unabsichtlich zur Explosion gebracht haben.

Regina fand Monty im Salon vor. Sein Anblick ließ sie vor Entsetzen schaudern. Offenbar hatte er sich seit Tagen weder rasiert noch gewaschen; er sah aus wie ein Landstreicher. Erschrocken bemerkte sie, dass seine Kleidung feucht war. Reginas erster Impuls war, ihn nach dem Grund zu fragen, wo es doch überhaupt nicht geregnet hatte, aber plötzlich war sie sich nicht mehr sicher, ob sie es wissen wollte. Sie war entsetzt, wie viel Gewicht er innerhalb kurzer Zeit verloren hatte, ja, sie konnte kaum glauben, dass ihr eigener Sohn vor ihr stand. Er sah wie ein Fremder aus – und er benahm sich auch so.

»Was hast du getan?«, fragte Regina, nachdem Monty ihr Erscheinen hartnäckig ignorierte.

Monty gab keine Antwort. Sie bemerkte, dass er mit glasigem Blick auf seine Hände starrte, die er über der Tischplatte verschränkte. Sie stellte sich die Frage, ob er betrunken war, ahnte jedoch, dass es weitaus schlimmer um ihn stand. »Ich nehme an, du weißt, dass die *Ophelia* explodiert ist und Neal Mason dabei vermutlich ums Leben kam?«

Monty wirkte nicht im Geringsten überrascht, was Reginas schlimmste Befürchtungen bestätigte. Das Herz wurde ihr schwer. »O Gott, Monty. Ich kann nicht glauben, dass du zu so einer Tat fähig bist ... dass du sogar den Verlust von Menschenleben in Kauf nimmst.«

»Ich liebe Francesca, Mutter«, erwiderte er ausdruckslos. »Kein anderer Mann soll sie haben.«

Regina hätte am liebsten laut herausgeschrien, dass Francesca seine Halbschwester war. Allein ihre Angst, Monty dann für immer zu verlieren, hielt sie davor zurück.

»Verzeihung, Madam«, unterbrach in diesem Augenblick Amos Compton.

»Jetzt nicht, Amos!«, entgegnete Regina schroff.

Amos räusperte sich. »Ein Constable Watkins wünscht Sie zu sprechen, Madam.«

Regina zuckte zusammen und wurde aschfahl. Ihr erster Gedanke war, Monty zu verstecken.

»Sag ihm, ich kann ihn im Moment nicht empfangen, Amos. Es ist jetzt sehr ungünstig«, erwiderte Regina. Sie musste erst ihre Fassung zurückgewinnen und benötigte Zeit, um in Ruhe nachzudenken. Da Amos ihrer Aufforderung nicht nachkam, wandte sie sich um, und ihre Augen weiteten sich, als sie den Constable in der Tür stehen sah.

Der junge Polizeibeamte hatte alles gehört, was sie gesagt hatte, und war nicht gewillt, sich abweisen zu lassen. »Verzeihen Sie die Störung, Mrs Radcliffe, aber es ist dringend.«

»Das bezweifle ich. Ich empfange im Moment keine Besucher«, stieß sie hervor. Fieberhaft überlegte sie nach einem Alibi für Monty. Sie könnte behaupten, der Grund für seine feuchte Kleidung sei, dass er in den Fluss gesprungen war, um Neal zu retten. Das würde glaubhaft klingen. »Wir haben einen Todesfall in unserem Bekanntenkreis, Constable Watkins. Die Ehefrau des Verunglückten war heute Abend hier auf Derby Downs zu Gast, als das Schiff ihres Mannes vor unseren Augen explodierte. Gewiss werden Sie Verständnis dafür haben, dass wir alle zutiefst erschüttert sind.«

Constable Watkins zwängte sich unbeeindruckt an Amos vorbei und betrat den Salon. Er reagierte sichtlich überrascht auf Montys Anblick, den er nur als gepflegten, tadellos gekleideten Mann kannte. »Ich bin über das Schiffsunglück informiert, Mrs Radcliffe, aber ich bin in einer dringenden Angelegenheit hier.«

Regina blickte zu Monty. Das Herz schlug ihr bis zum Hals. Monty hingegen machte einen geistesabwesenden Eindruck.

»Worum ... handelt es sich denn?«, fragte Regina stockend.

Instinktiv stellte sie sich neben ihren Sohn und legte ihm die Hand auf die Schulter.

Der junge Constable bemerkte ihre beschützende Geste, doch seine ernste Miene ließ ahnen, dass er gekommen war, um Monty zu verhören oder sogar zu verhaften.

»Vielleicht möchten Sie vorher lieber Platz nehmen, Mrs Radcliffe.«

»Das ist nicht nötig!«, fauchte Regina.

Constable Watkins sah sie mit ernstem Blick an. In dem stillen Haus vernahm Regina plötzlich das Ticken einer Uhr im Nebenraum. Das Geräusch dröhnte unerträglich laut in ihren Ohren.

»Ich muss Ihnen leider etwas Unerfreuliches mitteilen«, begann Constable Watkins.

Regina war einer Ohnmacht nahe. Ihre Welt brach um sie herum zusammen, und sie konnte nichts dagegen tun.

»Ich habe von der Wache in Shepparton eine Benachrichtigung erhalten ...«

»Shepparton?« Regina verstand gar nichts mehr. Mit einem Mal fiel ihr ein, dass Frederick in Shepparton war.

»Ja. Ich muss Ihnen leider mitteilen, dass Ihr Ehemann vor mehreren Stunden bei einer Viehauktion zusammengebrochen ist. Er hatte einen Herzanfall.«

Mit weit aufgerissenen Augen sank Regina auf einen Stuhl neben Monty, der jetzt noch verständnisloser dreinblickte. »Es geht ihm doch gut, oder?«

Constable Watkins zögerte einen Augenblick. »Leider nein. Es wurde zwar sofort ein Arzt geholt, aber er konnte nichts mehr tun. Mrs Radcliffe, ich möchte Ihnen mein aufrichtiges Beileid aussprechen ...«

29

Francesca hatte die ganze Nacht keinen Schlaf gefunden und geweint, bis keine Tränen mehr kamen. Dann hatte sie wach gelegen und auf die Kajütenwand gestarrt, während ihre Gedanken unablässig um Neal kreisten. Sie dachte daran, wie schön es gewesen war, in seinen Armen zu liegen, und dankte Gott für die eine Nacht, in der sie Neal ihre Liebe hatte zeigen dürfen.

Am Morgen war Joe an Land gegangen, wo er beobachtete, dass die Polizei die Schiffer und Matrosen am Pier befragte. Er selbst hatte mit zwei Constables gesprochen, die die Unglücksstelle flussaufwärts begutachtet hatten. Zudem wurde flussab nach Trümmern gesucht, um Beweise zu finden, dass es sich bei dem explodierten Schiff tatsächlich um die *Ophelia* handelte. Ein Beweisstück wurde rasch geborgen: ein Metallschild, auf dem der Name des Dampfers eingraviert war. Sicherlich würde es eine gerichtliche Untersuchung über Neals Tod geben, und auch die Unglücksursache galt es noch zu klären.

»Hast du Silas gesehen, Joe?«, fragte John Henry. Er kam soeben von seinem Gespräch mit den Constables.

»Der Kerl kann bleiben, wo der Pfeffer wächst«, entgegnete Joe verbittert.

»Ich kann deine Wut gut verstehen. Darum wird es dich freuen, dass die Polizei einen Haftbefehl gegen ihn hat. Ich nehme an, es hängt mit den Fördergeldern zusammen, für deren Verschwinden Silas verantwortlich sein soll, und mit den illegalen Alkoholvorräten in seiner Mühle.«

»Dann wünsche ich der Polizei viel Glück bei der Suche«, erwiderte Joe.

»Das ist es ja gerade. Niemand weiß, wo Silas steckt.«

»Denkst du, dieser Mistkerl hat sich aus dem Staub gemacht?«

»Sieht ganz danach aus.«

»Das sieht diesem Feigling ähnlich«, sagte Joe, der zugleich Erleichterung verspürte. Vielleicht hatte Francesca jetzt endlich Ruhe vor Silas.

»Wie geht es deinem Mädchen?«, fragte John Henry.

»Sie steht unter Schock. Wie konnte so etwas geschehen?«

John Henry schüttelte den Kopf. »Wenn der Kessel in die Luft fliegt, muss deswegen nicht gleich das ganze Schiff explodieren. Da drängt sich einem schnell ein finsterer Verdacht auf.«

»Nämlich?«, fragte Joe.

»Beispielsweise könnte jemand das Brennholz mit Sprengstoff präpariert haben. Das wäre nicht das erste Mal.«

Joe wurde blass. Plötzlich kam ihm der Gedanke, dass Silas aus Eifersucht Neals Tod geplant haben könnte. »Mein Gott«, stieß er hervor. John Henrys Bemerkung kam ihm wieder in den Sinn. Silas wurde vermisst. Vielleicht hatte er die Stadt verlassen, um nicht verdächtigt zu werden. »Du entschuldigst mich, John. Ich muss dringend mit den Constables sprechen.«

Die Beamten führten Joe zum Richter, um diesem seinen Verdacht darzulegen.

»Es dürfte nicht leicht sein, Ihre Anschuldigung zu beweisen, Mr Callaghan, vor allem nicht, solange wir Mr Hepburn nicht gefunden haben«, sagte der Richter.

Joe hatte ihm auch seinen Verdacht geschildert, dass Silas hinter den Anschlägen auf Ezra Pickerings Werft und auf Dolan O'Shaunnessey steckte.

»Wir brauchen Beweise, Mr Callaghan. Wir können kein

Ermittlungsverfahren einleiten oder gar Anklage erheben, wenn wir uns lediglich auf Gerüchte und Theorien stützen können.«

»Dann treiben Sie diesen verdammten Beweis endlich auf«, entgegnete Joe, dem der Geduldsfaden riss. »Meine Tochter ist ein gebrochener Mensch, und daran ist dieser Kerl schuld.«

Der *Riverine Herald* berichtete in einem Sonderblatt über Neals Tod und die Explosion der *Ophelia.* Joe hielt es sorgsam vor Francesca unter Verschluss. Sie hatte ihre Kajüte nicht mehr verlassen, seit Regina sie abgesetzt hatte. Sie aß nichts und schlief kaum. Sie weinte nur noch.

Gegen Mittag traf die Kutsche mit Fredericks Leichnam auf Derby Downs ein. Regina war wie gelähmt vor Schmerz und Trauer, und Monty war ihr keine Stütze. Während sie sich um das Begräbnis kümmerte und Beileidsbesuche empfing, verschanzte Monty sich in seinem Zimmer und dachte an Francesca. Erst am Abend, als er den Salon betrat, in dem der offene Sarg aufgebahrt war, zuckte er erschrocken zusammen und starrte auf seinen toten Vater.

Obwohl Monty und Frederick grundverschieden waren, hatten sie sich dennoch sehr nahe gestanden. Als Einzelkind hatte Monty die ungeteilte Aufmerksamkeit beider Eltern genossen, doch Frederick war für ihn mehr als ein Vater gewesen – er war sein Freund. Frederick hatte sich längst damit abgefunden gehabt, dass Monty andere Interessen hatte, als Stiere mit dem Lasso zu fangen oder am Viehtrieb teilzunehmen, aber das spielte keine Rolle. Frederick war damit zufrieden gewesen, dass sein Sohn sich zu einem anständigen Menschen entwickelt hatte, auf den er stolz sein konnte.

Während Monty auf das friedliche Gesicht seines Vaters starrte, blitzten vor seinem geistigen Auge Erinnerungen an glückliche Stunden auf, und ein Gefühl der Trauer überkam ihn, gefolgt von tiefem Schmerz. Es war, als hätte Monty einen Schlag ins Gesicht bekommen, der ihn jäh aus seinem Trancezustand riss, sodass er mit einem Mal erkannte, was er getan hatte. »O Gott«, schrie er auf und sank auf die Knie.

Sofort stürzte Regina in den Salon. Sie hatte in der Eingangshalle gewartet, um Monty ungestört von seinem Vater Abschied nehmen zu lassen. »Monty ...« Sie ging zu ihm und zog ihn hoch in ihre Arme.

»Mutter, was habe ich getan?«, schluchzte er an ihrer Schulter.

»Es wird schon wieder gut«, sagte sie tröstend. Sie war entschlossen, alles zu tun, um ihren Sohn zu schützen, wie sie es immer schon getan hatte.

Die Nacht war bereits hereingebrochen, als Lizzie Joe am Heck der *Marylou* vorfand, wo er auf einem Stuhl saß. Ned lag bereits in seiner Koje. Obwohl Joe – wie die anderen auch – sich erschöpft und ausgelaugt fühlte, fand er keinen Schlaf. Er döste lediglich vor sich hin.

Joe hatte Lizzie erzählt, dass Silas spurlos verschwunden war. Sie hoffte, dass er nie wieder zurückkam, weil sie sich zum ersten Mal seit vielen Jahren frei fühlte.

»Wie geht es meinem Mädchen?«, fragte Joe.

Lizzie schüttelte den Kopf. »Ich wünschte, ich könnte ihr helfen, aber ich bin mit meinem Latein am Ende«, antwortete sie. »Ich weiß nicht, was ich noch zu ihr sagen soll.«

»Das weiß keiner von uns, Elizabeth.« Joe stützte den Kopf in die Hände. »Ich komme mir so nutzlos vor. Schließlich bin ich ihr Vater, aber es gelingt mir einfach nicht, ihren Schmerz zu lindern.«

Lizzie verstand seine Enttäuschung. Joe wollte seine Tochter beschützen, doch in einer Situation wie dieser hätte kein Mensch auf der Welt ihr helfen können.

»Wenn Silas mir jetzt unter die Augen käme, würde ich

ihm den Hals umdrehen!«, stieß Joe hervor. »Das wäre mir eine große Genugtuung ... aber leider würde es Neal nicht zurückbringen. Er war ein anständiger Kerl. Er hätte mit Francesca Kinder haben können. Die beiden hatten das ganze Leben noch vor sich ...«

Lizzie trat näher an Joe heran und stellte sich neben ihn. Sie verspürte den unbändigen Wunsch, ihn zu trösten, wusste aber nicht, wie sie es anstellen sollte. Es war ihr fremd, Mitgefühl zu zeigen, doch Joe war so bedrückt, dass es Lizzie schier das Herz zerriss.

Sie streckte die Hand aus und strich ihm zögernd übers Haar. Seine Reaktion verblüffte sie. Er wandte sich ihr zu, nahm sie in die Arme und lehnte den Kopf an ihren Leib. Lizzie blickte auf ihn hinunter und spürte, wie er schluchzte. Sie strich ihm sanft über den Rücken, um seinen Kummer zu besänftigen. Es war vollkommen ungewohnt für sie, dass sie von einem Mann ohne sexuelle Absichten umarmt wurde. Ungewohnt und wundervoll zugleich.

Nach ein paar Minuten gewann Joe seine Fassung zurück. »Sie ahnen nicht, wie froh ich bin, dass Sie da sind, Elizabeth«, sagte er.

Lizzie war gerührt. Noch nie hatte ihr jemand das Gefühl gegeben, gebraucht zu werden. »Ich habe doch gar nichts getan«, erwiderte sie und senkte den Kopf.

»Sie wissen gar nicht, was für ein besonderer Mensch Sie sind, nicht wahr?«, sagte Joe.

Lizzie wusste nichts darauf zu erwidern. Am liebsten hätte sie entgegnet, dass nicht sie, sondern Joe ein ganz besonderer Mensch sei und dass sie noch nie jemandem wie ihm begegnet sei, doch die Worte kamen ihr nicht über die Lippen.

»In Zeiten wie diesen wird uns erst wieder bewusst, wie kostbar unser Leben ist. Ich habe viele Jahre mit Frannie verloren, weil ich sie aufs Internat geschickt habe. Ich wollte, ich hätte es nicht getan.«

Lizzie wusste, dass Mary unerwartet aus dem Leben gerissen worden war, und Neals Tod hielt Joe wahrscheinlich erneut vor Augen, wie schnell man einen geliebten Menschen verlieren konnte. »Vor Ihnen liegen noch viele gemeinsame Jahre mit Francesca, Joe. Sie dürfen sich keine Vorwürfe machen.«

»Was ist mit Ihnen, Elizabeth?«

»Mit mir?«

»Sie bleiben doch bei uns, oder?«

Lizzies Herz klopfte schneller. »Ja ... wenn ich erwünscht bin.«

Joe nickte, wirkte aber zu erschöpft, um einen klaren Gedanken zu fassen.

»Legen Sie sich hin, Joe«, sagte Lizzie, die erkannte, dass sie seine Worte unter diesen Umständen nicht zu ernst nehmen durfte. »Wenn Sie nicht schlafen können, ruhen Sie sich wenigstens aus. Sie müssen sich erholen.«

Nachdem Joe sich kurz darauf zurückgezogen hatte, schlich Lizzie heimlich vom Schiff und machte sich auf den Weg zum Freudenhaus. Solange Silas verschwunden blieb, fühlte sie sich auf den Straßen sicher. Bestimmt konnten die anderen Mädchen ihr sagen, was die Zeitungen berichtet hatten. Zwar konnte nur Maggie lesen, doch Maggie wusste bestimmt nicht, wie sie es Gwendolyn beibringen sollte, und wäre froh über Lizzies Unterstützung. Das war das Mindeste, das sie für Neal tun konnte.

Überrascht stellte Lizzie fest, dass die Eingangstür verschlossen war, sodass sie anklopfen musste.

»Verschwinde. Wir haben geschlossen«, hörte sie Maggies laute Stimme.

»Ich bin es, Lizzie«, rief sie zurück.

Kaum hatte Maggie die Tür geöffnet, packte sie Lizzie am Kragen und zerrte sie ins Haus, um gleich darauf die Tür zuzuknallen. »Willst du, dass Silas dich erwischt?«, sagte sie.

»Schon gut, Maggie«, entgegnete Lizzie. »Soviel ich weiß, ist er spurlos verschwunden.«

»Silas und spurlos verschwunden? Was du nicht sagst!«

»Die Polizei hat einen Haftbefehl gegen ihn. Bestimmt ist er deshalb untergetaucht. Warum ist denn die Tür abgeschlossen, Maggie? Und warum brennt hier nirgendwo Licht?«

»Der Laden ist vorübergehend dicht.«

»Das sehe ich. Aber warum?«

Von den Stimmen neugierig geworden, erschienen nun auch Bridie und Mitzi auf der Bildfläche. Mitzi trug eine Kerze in der Hand.

»Was ist hier eigentlich los?«, fragte Lizzie. »Wo ist Lori? Geht es ihr gut?«

»Sie ist im Hinterzimmer«, entgegnete Maggie, die durch den ausgeblichenen Vorhang spähte, um sich zu vergewissern, dass niemand Lizzie gefolgt war.

Lizzie war verwundert über diese Heimlichtuerei.

»Geht mit Lizzie nach hinten«, sagte Maggie mit gedämpfter Stimme.

»Geht es Gwendolyn gut, Maggie?«

»Bei aller Liebe, Lizzie, aber du stellst eine Menge Fragen. Gwendolyn schläft, also geh jetzt erst mal mit Bridie nach hinten«, erwiderte Maggie und scheuchte sie mit ihren dicken Armen vor sich her. Maggie war die Älteste unter ihnen, gewissermaßen die Hausdame. Sie war klein und drall, mit riesigen Brüsten. Dank ihrer mütterlichen Ausstrahlung brachte sie viele Männer dazu, ihr ihre dunkelsten Geheimnisse anzuvertrauen.

Die verwunderte Lizzie folgte Bridie durch den schmalen Durchgang, hinter dem ein Licht brannte. In dem kleinen Hinterzimmer angelangt, konnte sie erkennen, dass jemand im Bett lag, offenbar ein Mann, zumal seine Füße aus Bridies Bett ragten. Es war nicht weiter ungewöhnlich, einen Mann im Bordell zu sehen, aber dieser arme Kerl war in einem schlimmen Zustand, dem geschwollenen und zerschundenen Gesicht nach zu urteilen.

»Wer ist das, und was ist mit ihm geschehen?«, fragte Lizzie.

»Sieh mal genau hin«, flüsterte Bridie.

Ihr Unterton machte Lizzie neugierig. Sie ging näher an das Bett heran, hob die Lampe und beugte sich zum Gesicht des Mannes hinunter. Als sie ihn erkannte, stockte ihr der Atem, und sie hätte beinahe die Lampe fallen lassen. Bridie nahm sie ihr ab.

»Wir haben ihn in diesem Zustand in einer Seitengasse gefunden. Wir wissen zwar nicht, wer das verbrochen hat, aber wer immer es gewesen ist – er hatte es auf sein Leben abgesehen. Bis jetzt weiß niemand, dass er hier ist, und das sollte auch so bleiben, bis er wieder auf die Beine kommt.«

Lizzie brachte vor Erschrecken kein Wort heraus.

Joe hatte in der Dunkelheit wach gelegen und darauf gelauscht, ob Lizzie ebenfalls in die Koje ging, doch als er nach einer Stunde noch immer nicht die Tür von Francescas Kajüte gehört hatte, machte er sich Sorgen, stand auf und sah auf den einzelnen Decks und in der Kombüse nach, entdeckte aber keine Spur von Lizzie. Zu guter Letzt suchte er Francescas Kajüte auf und öffnete die Tür so leise wie möglich. Das Mondlicht schien durch die Luke, und er konnte lediglich eine Gestalt im Bett erkennen. Es war Francesca. Zufrieden sah er, dass sie endlich vor Erschöpfung eingeschlafen war. Aber wo steckte Lizzie?

Ihm kam ein schrecklicher Gedanke. Bestimmt war sie zum Bordell gegangen. Er überlegte, ob sie lediglich den Mädchen einen Besuch abstatten wollte oder ob vielleicht mehr dahinter steckte. Zweifelsohne fühlte Lizzie sich jetzt sicher genug, von Bord zu gehen, nachdem Silas verschwunden war. Doch Joe traute dem Kerl alles zu. Er konnte unverhofft wieder auftauchen, an jedem Ort, zu jeder Zeit.

Joe machte sich auf den Weg zum Bordell, fest entschlossen, Lizzie zurück an Bord zu bringen. Er wusste, dass es mit ihrer Selbstachtung nicht weit her war; dennoch quälte ihn der Gedanke, sie könnte glauben, keine andere Wahl zu haben, als sich wieder für die Prostitution herzugeben. Es war schon sehr spät, sodass niemand draußen zu sehen war, auch nicht vor dem Bordell, was ungewöhnlich war. Mit gemischten Gefühlen schritt Joe den kurzen Pfad zur Eingangstür hinauf, seiner selbst nicht sicher. Als er davor stand, fiel sein Blick auf einen Zettel, der an der Tür befestigt war. Mit Mühe entzifferte er die Worte: »Wir haben geschlossen.« Joe klopfte an, doch nichts rührte sich in der Stille. Er klopfte erneut, dieses Mal lauter, worauf eine keifende Frauenstimme sagte: »Verschwinde.«

»Ich suche Elizabeth«, rief Joe laut. »Ist sie hier?«

»Hier gibt es keine Elizabeth«, gab Maggie zurück, die Joe für einen Betrunkenen hielt.

»Das ist Joseph Callaghan«, sagte Lizzie zu Maggie. »Er meint mich.« Sie öffnete die Tür. »Was machen Sie hier, Joseph?«

»Was machen *Sie* hier, Elizabeth?«

»Ich wollte nur ...«

»Bitte, kommen Sie mit mir zurück auf die *Marylou*«, fiel Joe ihr ins Wort. »Ich dachte, Sie hätten erkannt, wie wichtig Sie mir sind und dass ich mich um Sie kümmern werde.«

Hinter sich hörte Lizzie eines der Mädchen kichern.

»Ich komme ja zurück, Joseph«, entgegnete sie, tief gerührt von seinen Worten. Dann warf sie einen raschen Blick auf Maggie. »Kommen Sie kurz herein, Joseph.«

»Das geht nicht, Lizzie ...«, wandte Maggie ein und spähte an Joe vorbei, um sich zu vergewissern, dass niemand sein Kommen beobachtet hatte, bevor sie die Tür wieder schloss.

»Aber ich kann Joseph nicht im Ungewissen lassen, Maggie«, sagte Lizzie. »Er ist ein anständiger Mann und hat es verdient, die Wahrheit zu erfahren.«

»Wenn wir auffliegen, können wir uns warm anziehen. Das ist dir doch klar?«

»Joseph wird schon wissen, was zu tun ist«, versicherte Lizzie ihr.

»Worum geht es denn, Elizabeth?«, fragte Joe beunruhigt.

»Kommen Sie mit«, erwiderte Lizzie und führte ihn durch den schmalen Gang ins Hinterzimmer. Die Lampe war heruntergedreht, sodass es im Raum ziemlich dunkel war.

Von der Türschwelle aus betrachtete Joe den Mann im Bett. Er sah, dass er übel zugerichtet war. »Wer ist das?«

Lizzie machte Licht, während Joe näher ans Bett trat.

»Jesus, Maria und Josef! Das ist ja Neal!« Es war ein Wunder. »Was ist mit ihm geschehen? Wie kommt er hierher?«

»Lori und Mitzi haben ihn in einer Seitengasse entdeckt. Er sah aus, als wäre er von einem Ochsenwagen überrollt worden, so schlimm wurde er zusammengeschlagen.«

»Es braucht mehr als einen Mann, um Neal so zuzurichten. Diese Schweinehunde!« Joe blickte Lizzie an. »Tut mir Leid«, murmelte er gleich darauf.

Lizzie musterte ihn erstaunt, was er jedoch nicht bemerkte. Noch nie hatte jemand sich bei ihr dafür entschuldigt, in ihrer Gegenwart einen Kraftausdruck benutzt zu haben. Noch nie war ihr jemand mit so viel Respekt begegnet wie Joe.

In diesem Augenblick verlor sie ihr Herz an ihn.

Neal, der Stimmen gehört hatte, schlug plötzlich die Augen auf und sah blinzelnd ins Licht. Sein Gesicht war geschwollen und blauviolett verfärbt. »Joe ...«, brachte er flüsternd heraus. »Bist du das?«

»Neal, wir dachten schon, du wärst ...« Für einen Moment versagte Joe die Stimme. »Gott sei Dank, dass du am Leben bist, mein Freund.«

»Darüber ist das letzte Wort noch nicht gesprochen«, erwiderte Neal stöhnend. »Wie lange bin ich schon hier?«

»Seit gestern«, antwortete Lizzie.

»Du hast ja keine Ahnung, wie Francesca sich freuen wird, wenn sie dich sieht«, bemerkte Joe.

»Aber nicht in diesem Zustand«, sagte Neal und krümmte sich vor Schmerz. »Ich habe zwar noch nicht in den Spiegel geschaut, bin aber sicher, mein Anblick wird sie zu Tode erschrecken.«

Joe wusste, dass er Francesca keinen Augenblick länger in dem Glauben lassen durfte, Neal sei tot, egal wie schlimm verletzt er sein mochte. »Vertrau mir, Neal. Sie wird vor Freude außer sich sein.« Er wandte sich an Lizzie. »Hat schon ein Arzt nach ihm gesehen?«

»Nein«, entgegnete Lizzie. »Die Mädchen wollten nicht, dass jemand spitz kriegt, dass er hier ist. Sie fürchten sich vor Rache ... verständlicherweise.«

Joe blickte wieder zu Neal. »Ich hole den Doktor. Er wird dir was gegen die Schmerzen geben.«

Neal nickte, denn seine Schmerzen waren schier unerträglich.

Joe wandte sich erneut zu Lizzie. »Ich passe auf, dass niemand mich sieht, wenn ich den Doktor hole und hierher bringe.«

»Sie können den Hinterausgang benutzen«, entgegnete Lizzie. »Maggie glaubt, dass sein Arm gebrochen ist, und er hat eine große Beule am Hinterkopf. Er war bewusstlos, als Mitzi und Lori ihn gefunden haben.«

»Wann und wo bist du von Bord der *Ophelia* gegangen, Neal?«, fragte Joe.

»Die *Ophelia?* Die müsste doch am Ufer liegen. Ich war gerade auf dem Rückweg zum Schiff, als ich plötzlich von hinten einen Schlag gespürt habe. Zuerst hab ich nur noch Sterne gesehen, und dann wurde mir schwarz vor Augen …«, sagte Neal leise. Er war zwar noch benommen, wusste aber mit Sicherheit, wo er sein Schiff zurückgelassen hatte.

Joe dämmerte, dass jemand das Schiff gestohlen haben musste. Aber wer? Und wer war an Bord gewesen, als es in die Luft geflogen war? »Wir reden später darüber. Ich hole erst einmal Dr. Carmichael. Sobald er dich verarztet hat und grünes Licht gibt, bringe ich dich auf die *Marylou*.«

Maggie erhob keinen Einspruch. Auch wenn sie Neal sehr gern mochte, hatte sie schreckliche Angst, dass seine Peiniger herausfanden, dass sie und die anderen Mädchen ihm Zuflucht gewährt hatten, und sich an ihnen rächten. Allein Gwendolyn zuliebe – und weil Neal sie alle stets anständig behandelte – waren sie dieses Risiko eingegangen. Deshalb war es ihr recht, wenn Neal das Haus rasch verließ, sodass sie die Geschäfte wieder aufnehmen konnten.

Eine halbe Stunde später wurde Neal von Dr. Carmichael gründlich untersucht. Er hatte zwar keine Platzwunden, die genäht werden mussten, aber sein gebrochener Arm musste geschient werden, und der Arzt prüfte zudem seine Sehkraft und befragte ihn zu seinen Kopfschmerzen. Gegen die Prellungen und die gebrochenen Rippen konnte er nichts tun. Sie würden von alleine verheilen.

»Es ist möglich, dass er eine Schädelfraktur erlitten hat. Darum sollte er sich die nächsten paar Wochen schonen«, sagte der Arzt zu Joe. »Wenn die Kopfschmerzen nicht nachlassen, muss ich ihn vielleicht nach Melbourne überweisen.«

Neals linker Arm war direkt unter dem Ellbogen gebrochen. Anhand der Verletzung folgerte der Arzt, dass er offenbar versucht hatte, den Schlag eines Holzknüppels abzuwehren, wobei der Knochen zersplittert war. Auch am Kopf war er getroffen worden, sowie am Oberkörper. Allein der Umstand, dass er sehr muskulös war, hatte ihn vor weiteren Knochenbrüchen bewahrt.

»Du kannst von Glück sagen, dass du noch lebst, Neal«, sagte der Doktor. »Offenbar hält dein Kopf einiges aus.«

»Kein Wunder«, bemerkte Joe. »Ich hab immer schon gesagt, dass er einen Dickschädel hat.«

»Wer den Schaden hat, braucht für den Spott nicht zu sorgen«, entgegnete Neal. Er lachte auf, stöhnte aber gleich darauf vor Schmerz.

»Können wir ihn zur *Marylou* transportieren, Doktor?«, fragte Joe den Arzt.

»Bringt mich lieber auf die *Ophelia*«, sagte Neal.

Joe überhörte seinen Einwand geflissentlich. Jetzt war nicht der richtige Zeitpunkt, Neal zu sagen, was mit seinem Schiff geschehen war.

»In diesem Zustand kann er nicht laufen«, erwiderte Dr. Carmichael, der allerdings Verständnis dafür hatte, dass Joe Neal nicht im Bordell lassen wollte. »Aber ich habe eine Tragbahre.«

Nachdem er Neal eine Spritze verabreicht hatte, um die Schmerzen zu lindern, wurde der Verletzte vorsichtig auf die Trage gehoben; dann trugen Joe und Dr. Carmichael ihn im Schutze der Dunkelheit zur *Marylou.* Maggie versprach Lizzie, Gwendolyn, die noch schlief, Bescheid zu geben, dass Neal weggebracht worden war, um seine Verletzungen auszukurieren.

Wieder an Bord der *Marylou* bettete Joe Neal in seine Koje. Ned, der ohnehin nicht schlafen konnte, stand auf, als er hörte, wie Joe sich von Dr. Carmichael verabschiedete.

»Was ist los?«, fragte er verwirrt.

»Du wirst es nicht glauben, Ned, aber Lizzie hat Neal gefunden.«

Ned wurde blass. »Ist er ...?«

»Er ist in einem schlimmen Zustand, aber er lebt. Ich habe ihn soeben in meine Koje verfrachtet.«

»Dem Herrgott sei Dank!«, jubelte Ned. »Francesca wird außer sich sein vor Freude.«

»Als ich vorhin gegangen bin, hat sie geschlafen. Da sie seit gestern kein Auge mehr zugemacht hat, lassen wir sie am besten in Ruhe und sagen es ihr als Allererstes morgen Früh.«

»Ich kann es kaum erwarten, ihr Gesicht zu sehen. Aber was ist denn eigentlich mit Neal geschehen?«

»Sieht so aus, als hätte jemand versucht, ihn umzubringen«, antwortete Joe ernst.

»Zwei der Freudenmädchen haben ihn schwer verletzt in einer Gasse gefunden«, fügte Lizzie hinzu. »Sie haben ihn mit ins Bordell genommen und dort versteckt.«

»Dann war er gar nicht an Bord, als die *Ophelia* explodiert ist? Wer war es dann? Und wieso?«, fragte Ned entgeistert. Das ergab alles keinen Sinn für ihn.

»Neal glaubt, dass sein Schiff immer noch am Ufer liegt. Aber ich hab keine Ahnung, wer am Ruder war, als die *Ophelia* zerrissen wurde.« Joe verstummte mit einem Achselzucken.

Joe hatte sich zum Schlafen auf den Boden vor seine Koje gelegt, um bei Neal zu wachen, falls der ihn brauchte. Doch er fand wenig Schlaf, zumal Neal bei jeder noch so kleinen Bewegung vor Schmerz stöhnte. Als Joe in der Morgendämmerung aufstand, schlief Neal endlich tief und fest. Da Joe wusste, dass Neal Schlaf bitter nötig hatte, um wieder gesund zu werden, machte er sich so leise davon, wie er nur konnte.

Zu seinem Erstaunen entdeckte er Francesca am Heck, von wo sie auf den Fluss schaute. Über dem Wasser lag ein gespenstischer Nebelschleier, der zu Frannies Stimmung zu passen schien. Sie wirkte so traurig und verloren, dass es Joe einen Stich ins Herz versetzte. In der Kombüse füllte er zwei

Tassen mit schwarzem Tee und begab sich anschließend zu ihr nach draußen. »Guten Morgen, mein Mädchen«, sagte er und reichte ihr eine Tasse.

Francesca nahm sie entgegen, ohne etwas zu erwidern. Es erstaunte sie, dass ihr Vater einen solch unbekümmerten Ton anschlug. Für sie würde es nie wieder einen guten Morgen geben.

Joe, der geahnt hatte, dass Francesca schockiert reagieren würde, wartete geduldig, bis sie am Tee genippt hatte, um ihr gleich darauf die Tasse aus der Hand zu nehmen und sie aufs Deck zu stellen.

»Was machst du da, Dad?«, fragte sie.

»Ich muss dir etwas sagen, mein Mädchen. Es gibt großartige Neuigkeiten.«

Francesca starrte ihren Vater mit großen blauen Augen an. Noch nie hatte sie auf Joe so jung und zerbrechlich gewirkt wie in diesem Moment.

»Was denn?«, sagte sie leise. Was konnte nach Neals Tod denn noch »großartig« sein?

»Man hat Neal gefunden. Er ist am Leben!«, sprudelte es aus Joe heraus.

Einen Moment lang starrte Francesca ihren Vater ungläubig an. Sie fragte sich kurz, ob sie träume, zumal sie denselben Traum tatsächlich gehabt hatte. »Hast du ... hast du eben gesagt, Neal ist am Leben?«

»Das ist kein Traum, mein Mädchen, glaub mir.« Er nahm sie in die Arme. »Das sind doch wundervolle Neuigkeiten, nicht wahr?«

Francesca, der die Knie weich wurden, sah ihrem Vater in die Augen. Sie bemerkte den Ausdruck von Kummer darin und ahnte, dass er ihr nicht die ganze Wahrheit erzählt hatte. »Wo ist Neal jetzt, Dad? Ich möchte ihn sehen.«

Joe nickte, zögerte jedoch. »Er ist hier ... an Bord, Fran.« Noch immer hielt er sie an den Schultern fest, doch sie versuchte, sich freizuwinden. »Warte, Frannie, er ist ziemlich schwer verletzt.«

Francesca blickte ihn entgeistert an. »Wie schwer, Dad?«

»Er kann von Glück sagen, dass er noch lebt. Und er hat Angst, dass sein Anblick dich schockiert.« Joe wollte sie schonend darauf vorbereiten; dann aber fiel ihm ein, dass Neals Zustand nicht viel schlimmer war als Lizzies, als Francesca sie an Bord gebracht hatte.

»Er ist am Leben, Dad. Nur das zählt. Ich kann mich um seine Verletzungen kümmern, Hauptsache, ich habe ihn wieder.« Freudentränen rannen ihr über die Wangen.

Joe nickte mit mattem Lächeln und machte sich mit Francesca auf zu seiner Kajüte.

»Neal ... Neal«, sagte Francesca, als sie ihn sah. Obwohl sie über die Blutergüsse und Prellungen erschüttert war, kniete sie sich neben die Koje ihres Vaters und ergriff Neals Hand. In ihren Augen standen Tränen, aber sie lächelte.

»Francesca«, flüsterte Neal, als er die Augen aufschlug. Ihr Anblick war wie Balsam für seine Seele. Die ganze Zeit hatte ihn nur ein einziger Gedanke gequält: Frannie nie wiederzusehen, sollte er nicht überleben. Jetzt erst hatte Neal erkannt, wie viel sie ihm bedeutete. »Wahrscheinlich sehe ich aus, als wäre ich durch den Fleischwolf gedreht worden.«

»Du bist zwar nicht mehr der schöne Mann, den ich geheiratet habe, aber das wird schon wieder«, entgegnete Francesca mit liebevollem Blick.

»Wir müssen der Polizei melden, dass Neal am Leben ist«, sagte Ned zu Joe, als sie in der Kombüse zusammensaßen. »Auf der *Ophelia* muss jemand anders ums Leben gekommen sein. Bestimmt wird der Betreffende von seinen Angehörigen vermisst.«

»Ich frage mich, ob jemand den Kessel mit Sprengstoff präpariert und das Schiff blind auf Kurs geschickt hat«, meinte

Joe. »Aber dann wäre es sicherlich nicht bis Derby Downs gekommen, ohne vorher auf Grund zu laufen. Was bedeutet, dass jemand die *Ophelia* gesteuert hat. Aber wer könnte das gewesen sein?«

»Keine Ahnung. Jedenfalls müssen wir die Polizei verständigen«, sagte Ned.

»Ja. Dann findet sie vielleicht heraus, wer hinter dem Mordanschlag auf Neal steckt«, sagte Joe. »Ich tippe nach wie vor auf Silas Hepburn.«

»Wenn es keine Waren mehr gibt und auch keine Löhne, wozu sollen wir dann noch arbeiten?«, sagte Moira Smithson. Sie war die Köchin des Bridge Hotels und unterhielt sich gerade mit dem jungen Jimmy. Er war seit seinem vierzehnten Lebensjahr Waise, und kurz nach ihrer Heirat mit Silas hatte Henrietta Chapman sich seiner angenommen. Da sie Jimmys Mutter gekannt hatte, hatte sie Mitleid mit dem Jungen gehabt und ihm ein Zimmer im Hotel überlassen, wo er zum Handlanger und Laufburschen für Silas wurde.

»Ich weiß nicht, Moira. Ich mache mir ernste Sorgen um Mr Hepburn. Bestimmt ist ihm etwas passiert, sonst wäre er nicht spurlos verschwunden.« Jimmy dachte an das letzte Mal, als er Silas gesehen hatte, und an die Explosion der *Ophelia.* Er war sicher, dass Mike Finnion an Bord gewesen war. Er hatte sich sogar auf die Suche nach Mike begeben, jedoch erfolglos.

»Silas vergnügt sich bestimmt mit irgendeinem Weibsbild, wenn du mich fragst«, sagte Moira. »Ich gehe jedenfalls nach Hause. Falls Silas tatsächlich wieder auftauchen sollte, richte ihm von mir aus, dass ich zuerst meinen Lohn haben will, bevor ich mich wieder in die Küche stelle.«

»Nimmst du denn nicht an der Versammlung teil?«, fragte Jimmy.

»Nein. Zu Hause warten ein Berg schmutzige Wäsche und

der Putzlappen auf mich. Du kannst mir ja später erzählen, was dabei herausgekommen ist.«

Kurz nach Mittag, nachdem zahlreiche verärgerte Gäste fortgeschickt worden waren, fand sich das Hotelpersonal zu einer Versammlung im Speisesaal ein. Auch das Personal des Steampacket Hotels war gekommen. Doch niemand konnte sich Silas' Verschwinden erklären. »Wahrscheinlich müssen wir das Hotel schließen, bis wir Näheres erfahren«, sagte Frank Millstrom, der Schankwirt.

Er blickte in betroffene Gesichter, da eine Schließung des Hotels für alle bedeutete, keine Arbeit mehr zu haben und deshalb auch keinen Lohn, auf den sie angewiesen waren, denn die meisten hatten eine Familie zu ernähren.

»Hast du der Polizei gemeldet, dass Mr Hepburn vermisst wird, Jimmy?«, fragte Flo White. Sie war eines der Zimmermädchen im Bridge, genau wie Carmel und Dolcie Bird. Da das Restaurant geschlossen war, waren die Serviererinnen erst gar nicht erschienen.

»Ich?«, entgegnete Jimmy.

»Du warst der Letzte von uns, der ihn lebend gesehen hat«, sagte Frank.

Jimmy sah bestürzt drein. »Wo ... woher wollt ihr das wissen?«, stotterte er.

»Zufällig weiß ich, dass du etwas für Mr Hepburn erledigen solltest.«

Jimmy hatte zwar niemandem erzählt, dass er an jenem Abend in Silas' Auftrag unterwegs gewesen war; dennoch war er nicht überrascht, dass Frank davon wusste. Frank wusste stets über alles Bescheid, und bestimmt hatte er sich das restliche Personal bereits vorgeknöpft.

In diesem Augenblick betrat Silas' Notar, Conrad Emerick, den Saal, und rettete Jimmy durch sein Erscheinen. Das Personal verstummte, nachdem Conrad um Aufmerksamkeit gebeten hatte.

»Ist die Polizei bereits über Mr Hepburns Verschwinden benachrichtigt worden?«, wollte er wissen.

Nachdem seine Frage verneint wurde, bot er an, dies zu übernehmen. »Sollte Mr Hepburn einem Verbrechen zum Opfer gefallen sein, fallen die beiden Hotels in den Besitz seiner ehemaligen Frau Henrietta. Wie Sie sicher alle wissen, ist Mr Hepburn inzwischen von Henrietta geschieden. Es dürfte Ihnen allerdings neu sein, dass er sein Testament noch nicht geändert hat.«

Das Personal wechselte Blicke. Henrietta war bei ihnen beliebt, im Gegensatz zu Silas. Aber würde sie die Hotels tatsächlich weiterführen oder sie verkaufen?

»Und was sollen wir in der Zwischenzeit tun?«, fragte Frank Millstrom.

»Ich kann vorübergehend einen Geschäftsführer einstellen, falls sich kurzfristig jemand findet. Andernfalls müssen wir die Hotels schließen«, erwiderte Conrad. »Als Erstes müssen sämtliche Bargeldbestände in Mr Hepburns Safe deponiert werden. Danach werde ich zur Polizei gehen und eine Vermisstenanzeige aufgeben.«

»Die Polizei war bereits wegen Silas hier«, sagte Frank. »Wie Sie sicher wissen, liegt ein Haftbefehl gegen ihn vor, und die Polizei vermutet, dass er untergetaucht ist.«

»Das halte ich für höchst unwahrscheinlich. Silas hat in dieser Stadt zu viele geschäftliche Verpflichtungen, um auf eine solch unsinnige Idee zu kommen.«

»Du solltest eine Aussage bei der Polizei machen«, sagte Frank, an Jimmy gewandt.

Daraufhin blickte Conrad Emerick Jimmy ernst an. »Hast du uns etwas zu sagen, Junge?«, fragte er streng.

»Nein«, erwiderte Jimmy, der es mit der Angst bekam. »Ehrlich, ich weiß nichts.«

30

Als Joe die Polizeiwache betrat, fand er Constable Watkins am Schreibtisch vor. Erleichtert nahm er zur Kenntnis, dass keine Zivilperson anwesend war.

Als der junge Constable Joe wiedererkannte, stellte er sich innerlich darauf ein, dass dieser ihm erneut wegen Silas Hepburn Beine machen wollte. »Es tut mir Leid, aber ich habe noch nichts Neues für Sie, Mr Callaghan«, sagte er. »Sie können sich aber darauf verlassen, dass wir in dieser Angelegenheit weiter ermitteln ...«

»Dafür habe ich Neuigkeiten für Sie«, unterbrach Joe ihn, »allerdings sind sie streng vertraulich.«

»Worum handelt es sich?«, fragte Constable Watkins stirnrunzelnd.

»Wir haben Neal Mason gefunden. Man hat ihn schlimm zugerichtet, aber er lebt. Jemand hat einen Mordanschlag auf ihn verübt und hätte beinahe Erfolg gehabt.«

»Sind Sie sicher, dass seine Verletzungen nicht von der Explosion seines Schiffes herrühren?«

Joe beherrschte sich mühsam. Was für eine dumme Frage! »Erstens hat er keine Verbrennungen erlitten, und zweitens hat man ihn in einer Seitengasse in der Stadt gefunden, nicht am Ufer. Sie können doch nicht ernsthaft glauben, dass er durch die Detonation so weit weggeschleudert wurde. Ich habe den Doktor kommen lassen, und der sagt, seine Verletzungen würden darauf schließen lassen, dass er mit einem Holzknüppel zusammengeschlagen wurde. Jemand hatte es auf sein

Leben abgesehen, und ich wette, dieser Jemand war Silas Hepburn.« Als Joe den skeptischen Ausdruck im Gesicht des jungen Constable sah, fügte er rasch hinzu: »Selbstverständlich wird er jemanden dazu beauftragt haben. Schließlich wissen wir alle, dass Silas sich niemals selbst die Hände schmutzig macht, auch wenn mancher die Augen davor verschließt.«

»Wenn Sie bitte kurz Platz nehmen würden, Mr Callaghan, dann schaue ich nach, ob der Richter Sie empfängt.«

Joe trat von der Theke zurück und setzte sich, als just in diesem Moment Conrad Emerick die Wache betrat.

»Was kann ich für Sie tun, Mr Emerick?«, fragte Constable Watkins.

»Ich möchte offiziell melden, dass einer meiner Mandanten, Mr Silas Hepburn, seit knapp zwei Tagen vermisst wird.«

»Ach, das ist ja eine Überraschung«, schaltete Joe sich ein. »Dann ist Ihnen wohl noch nicht zu Ohren gekommen, dass er untergetaucht ist, nachdem er in dieser Stadt ein heilloses Chaos angerichtet hat.«

Conrad wandte sich um und blickte ihn hochmütig über den Rand seiner Brille hinweg an. »Ich kann Ihnen versichern, mein Mandant hat sich nicht abgesetzt. Schließlich hat er zahlreiche geschäftliche Verpflichtungen in dieser Stadt, die er niemals vernachlässigen würde.«

»Wegen seiner Machenschaften droht ihm das Gefängnis, und ich bezweifle, dass er dorthin zurück möchte«, entgegnete Joe.

»Halten Sie sich bitte heraus, Mr Callaghan«, sagte Constable Watkins, »solange ich Mr Emerick befrage.«

»Keiner von euch hat den Mumm, Silas Hepburn zur Rechenschaft zu ziehen, das ist das Problem«, sagte Joe aufgebracht. »Bloß weil er reich ist, kommt er mit allem ungeschoren davon.«

Von der lautstarken Auseinandersetzung aufgeschreckt, kam Constable Bennett aus dem Hinterzimmer.

Constable Watkins bat ihn, Joe zum Büro des Richters zu führen.

»Hier entlang, Mr Callaghan«, sagte Bennett.

Bevor Joe aufstehen konnte, betrat Sam Fitzpatrick als Nächster die Wache. Da Joe wusste, dass er der Maschinist auf der *Curlew* war, war er neugierig, was der Mann hier wollte. Es hatte mehrere Tage gedauert, die *Curlew* mit zwei Kränen vom Grund des Flusses zu bergen – ein schwieriges und riskantes Unterfangen. Anschließend hatten ein Frachter und ein Schlepper die *Curlew* in die Mitte genommen und ins Trockendock gezogen, wo sie repariert wurde.

»Ich möchte melden, dass Mike Finnion vermisst wird«, sagte Sam. »Seit knapp zwei Tagen ist er wie vom Erdboden verschluckt.« Er blickte Conrad Emerick an. »Sie sind doch Mr Hepburns Notar, nicht wahr?«

»Ja.«

»Eigentlich sollte er schon vor zwei Tagen den Auftrag für die Reparatur der *Curlew* unterschreiben.«

»Haben Sie nicht eben noch behauptet, Silas würde niemals seine geschäftlichen Verpflichtungen vernachlässigen?«, wandte Joe sich an Emerick, bevor er sich erhob und Constable Bennett folgte.

Ratloser denn je kehrte Joe zur *Marylou* zurück. »Mike Finnion ist verschwunden, und Silas' Notar hat ebenfalls eine Vermisstenanzeige aufgegeben«, berichtete er Ned.

Ned kratzte sich am Kopf. »Vielleicht hat Silas Mike beauftragt, die *Ophelia* zu kapern, sodass Mike der arme Teufel war, den es bei der Explosion erwischt hat«, meinte er.

»Genau das vermute ich auch, aber der Richter will von meiner Theorie nichts wissen. In einer Stunde wird Constable Watkins vorbeikommen, um Neal und Francesca zu befragen. Mittlerweile steht zwar fest, dass es die *Ophelia* war, die explodiert ist, aber niemand weiß, wer am Ruder stand. Ich muss Neal aufklären, bevor der Constable erscheint. Er weiß immer noch nicht, dass er jetzt ein Kapitän ohne Schiff ist.«

»Das mit deinem Schiff tut mir Leid, Neal«, sagte Joe, nachdem er es ihm so schonend wie möglich beigebracht hatte.

Betrübt schüttelte Neal den Kopf. Ihm fiel wieder die Nachricht ein, die er am Abend des Überfalls erhalten hatte. Sie hatte dazu gedient, ihn vom Schiff zu locken. »Hauptsache, ich war nicht an Bord, als die *Ophelia* explodiert ist«, sagte er. »Trotzdem, ich verstehe das alles nicht. Der Kessel war einwandfrei in Schuss. Ich habe ihn überprüfen lassen, als das Schiff im Trockendock lag, er kann also unmöglich die Ursache der Detonation gewesen sein. Das aber bedeutet, dass das Schiff mit Sprengstoff präpariert worden ist, der vermutlich zwischen dem Brennholz versteckt wurde. Aber warum wurde ich dann in der Gasse zusammengeschlagen und liegen gelassen? Wäre es nicht einfacher gewesen, mich mit meinem Schiff in die Luft zu jagen?«

»Vermutlich hat irgendjemand genau das vorgehabt. Aber es gab noch einen zweiten Unbekannten, der dich umbringen und anschließend dein Schiff stehlen wollte.«

»Menschenskind, ich bin vielleicht beliebt, was?«, meinte Neal spöttisch.

»Sieht ganz so aus. Aber da hat der eine Mörder dem anderen dazwischengefunkt.«

Neal zitterte sichtlich. »Mir war gar nicht bewusst, dass ich Feinde habe. Zugegeben, der eine oder andere hat sich schon mal über mich ärgern müssen, aber nicht so, dass er einen Grund hätte, mich umzubringen.«

»Mit Ausnahme von Silas. Wahrscheinlich ist er durchgedreht, als er von deiner Hochzeit mit Francesca erfahren hat – und Silas traue ich alles zu.«

»Aber er kennt sich mit Schiffen nicht aus«, wandte Neal ein.

»Stimmt, aber er hat Helfershelfer, die sich darauf verstehen, Sprengstoff an Bord eines Schiffes zu schmuggeln. Und ich traue ihm auch zu, dass er dir einen Schläger auf den Hals hetzt.«

»Bestimmt hat er nicht damit gerechnet, dass ich überlebe«, sagte Neal.

»Ich war gerade auf der Polizeiwache«, sagte Joe. »Ich musste dort melden, dass du noch am Leben bist, aber man hat mir versprochen, dies zumindest für die Dauer der Ermittlungen vor der Öffentlichkeit geheim zu halten. Hier bist du sicher, also mach dir keine Sorgen. Conrad Emerick, der Notar, war ebenfalls auf der Wache, um Silas als vermisst zu melden. Er bestreitet, dass Silas sich aus dem Staub gemacht hat, aber wir wissen schließlich alle, dass er im Gefängnis gesessen hat und bestimmt nicht dorthin zurück will. Und schließlich war Sam Fitzpatrick auf der Wache, um zu melden, dass Mike Finnion vermisst wird.«

»Merkwürdig. Mike wüsste zum Beispiel, wie man ein Schiff mit Sprengstoff präpariert.«

»Stimmt. Aber wozu sollte er sich selbst in die Luft sprengen? Oder Silas?«

Joe und Neal schüttelten ratlos die Köpfe. Beide konnten sich keinen Reim auf diese Sache machen.

Eine Stunde später kam Constable Watkins an Bord. Er bat darum, zuerst mit Francesca zu sprechen.

»In erster Linie suchen wir nach einem Motiv für den Überfall auf Ihren Ehemann, Mrs Mason«, sagte er. Sie saßen in der Kombüse. Joe wollte der Befragung beiwohnen, aber Francesca hatte darauf bestanden, dass er sie alleine ließ.

»Ich verstehe«, entgegnete Francesca.

»Trifft es zu, dass Sie bis vor kurzem mit Mr Silas Hepburn verlobt waren?«, fragte Watkins.

Francesca errötete. Sie war alles andere als stolz darauf. »Ja.«

»Erlauben Sie mir die Frage, warum Sie die Verlobung gelöst haben?«

»Dazu muss ich Ihnen zuerst erklären, dass ich zu keiner Zeit die Absicht hatte, seine Frau zu werden.«

Constable Watkins machte ein verdutztes Gesicht.

»Urteilen Sie bitte erst über mich, wenn Sie die Hintergründe kennen, Constable Watkins. Mein Vater hat sich vor einiger Zeit von Silas Geld geliehen, um Reparaturen an seinem Schiff vorzunehmen. Silas hat ihm angeboten, ihm die Schulden zu erlassen, wenn ich ihm mein Jawort gebe. Nachdem mein Vater abgelehnt hat, drohte Silas, die *Marylou* zu übernehmen, die Dad als Sicherheit eingesetzt hatte. Zusätzlichen Druck hat er ausgeübt, indem er die Arbeit meines Vaters sabotierte, sodass Dad die Ratenzahlungen nicht mehr aufbringen konnte.«

»Können Sie das beweisen, Mrs Mason?«

»Nein, dafür ist Silas zu gerissen. Für kurze Zeit hat mein Vater dann für Ezra Pickering gearbeitet, aber Silas hat Ezra gezwungen, Dad zum Teufel zu jagen, indem er ihm drohte, seine Aufträge zu sperren.«

»Würde Mr Pickering das bestätigen?«

»Ja, bestimmt, falls seine Aussage vertraulich behandelt wird. Ezra hat meinen Vater daraufhin zu Dolan O'Shaunnessey geschickt, der jedoch kurz darauf einen mysteriösen Unfall hatte, sodass er den Betrieb einstellen musste. Und Ezras Werft wurde niedergebrannt. Silas hat darauf geachtet, dass man ihn nicht mit diesen Vorfällen in Verbindung bringen konnte, und ich wusste, es würde meinem Vater das Herz brechen, wenn er die *Marylou* abgeben müsste. Deshalb kam mir die Idee, mich mit Silas zu verloben, damit Dad in der Lage war, sein Darlehn abzubezahlen, ohne dass Silas noch mehr unschuldigen Menschen Schaden zufügen konnte. Silas hatte sich zwar mit einer langen Verlobungsdauer einverstanden erklärt, muss dann aber misstrauisch geworden sein, zumal er plötzlich mit den Hochzeitsvorbereitungen begann. Dann aber habe ich die Verlobung gelöst, als ich ihn dabei erwischte, wie er eine andere Frau geküsst hat.« Francesca verschwieg absichtlich Reginas Namen sowie den Umstand, dass sie Silas eine Falle gestellt hatten.

»Hat Silas wütend auf die geplatzte Verlobung reagiert?«, fragte Constable Watkins.

»Und ob! Umso mehr, als mein Vater unverhofft eine größere Summe geerbt hatte, sodass er den Kredit abbezahlen konnte. Kurz darauf bin ich Silas in der Stadt begegnet. Er sagte, sein Heiratsantrag bestehe nach wie vor. Ich habe erwidert, dass ich ihn verabscheue, worauf er gedroht hat, meinen Vater weiter zu schikanieren. Da ich Angst um Dad hatte, sagte ich ihm, ich hätte mich mit Neal verlobt.«

Der Constable machte sich Notizen. »Sie haben auch Bekanntschaft mit Montgomery Radcliffe gepflegt, nicht wahr, Mrs Mason?«

Francesca war überrascht, dass der Constable auf Monty zu sprechen kam. »Ja, das stimmt.«

»Wie hat er es denn aufgenommen, dass Sie sich mit Mr Hepburn verlobt haben, um kurz darauf Mr Mason zu heiraten?«

»Nicht sehr gut«, räumte Francesca ein. Ihr wurde bewusst, dass sie Monty damit belastete, doch sie war überzeugt, dass er nie zu körperlicher Gewalt greifen würde. Das sah ihm überhaupt nicht ähnlich.

»Würden Sie sagen, dass es ihn sehr getroffen hat?«

»Ja. Monty ist ein feinfühliger Mensch. Er nimmt sich alles sehr zu Herzen, bewahrt dabei aber stets Haltung.«

Constable Watkins musste daran denken, in welchem Zustand Monty gewesen war, als er nach Derby Downs hinausgefahren war, um ihn über den Tod seines Vaters zu informieren. Constable Watkins hatte ihn noch nie in einem so schrecklichen Zustand gesehen. Monty hatte kaum eine Reaktion auf die Nachricht vom Tod seines Vaters gezeigt. »Vorgestern Abend war ich auf Derby Downs, um Mrs Radcliffe und Monty darüber zu verständigen, dass Frederick Radcliffe bei einer Viehauktion in Shepparton einem Herzanfall erlegen ist.«

Francesca war bestürzt. »O nein.« Tränen traten ihr in die Augen. »Frederick war so ein liebenswürdiger Mensch ...«

»Ich habe ihn persönlich nicht sehr gut gekannt, aber ich weiß, dass er in der Gemeinde hohes Ansehen genoss.«

»Sicher ist es ein schwerer Schlag für die Familie.«

»Ja, die Nachricht war ein Schock für sie«, entgegnete Constable Watkins, aber je mehr er darüber nachdachte, desto mehr stutzte er über Montgomerys merkwürdige Teilnahmslosigkeit. »Mrs Mason, ich muss Sie noch zu der Schiffsexplosion befragen, zumal Sie Augenzeugin waren. Können Sie mir etwas dazu sagen?«

»Ich war von Regina Radcliffe zum Abendessen auf Derby Downs eingeladen. Regina, ich und Amos Compton, einer ihrer Bediensteten, warteten am Ufer, wo Neal mich abholen wollte. Nach einer Weile kam die *Ophelia* in Sicht. Neal hatte versprochen, dreimal die Dampfpfeife zu betätigen, sobald er die Flussbiegung erreicht hatte, aber das Signal blieb aus. Zu diesem Zeitpunkt konnte ich nicht ahnen, dass er gar nicht an Bord war, wie ich inzwischen weiß.«

»Ist Ihnen sonst noch etwas Ungewöhnliches aufgefallen?«

Francesca überlegte kurz. »Ja. Ich fand es merkwürdig, dass kein Licht an Bord brannte.«

»Haben Sie etwas an Bord beobachtet, bevor es zur Explosion kam?«

»Was meinen Sie damit?«

»Eine Bewegung an Deck, zum Beispiel. Hatten Sie den Eindruck, dass mehr als eine Person an Bord war?«

»Ich glaube nicht ... aber ich bin mir nicht sicher. Schließlich war es Nacht, und wir standen ein gutes Stück vom Schiff entfernt.«

»Ich danke Ihnen, Mrs Mason. Sie waren uns sehr behilflich«, sagte Constable Watkins.

»Ich hoffe, Sie erwischen denjenigen, der Neal überfallen hat. Aber es wird sich wohl nie feststellen lassen, wer an Bord der *Ophelia* war, als sie in die Luft geflogen ist.«

»Wer weiß? Vielleicht führen unsere Ermittlungen uns ja doch weiter. Vielleicht geht auch der eine oder andere nützliche Hinweis aus der Bevölkerung ein.«

»Haben Sie denn schon Hinweise bekommen?«

»Oft löst man ein Geheimnis wie ein Puzzle. Die einzelnen Teile ergeben erst dann einen Sinn, wenn man sie zusammenfügt.«

Als Nächstes begab sich Constable Watkins in Joes Kajüte, um sich mit Neal zu unterhalten.

»Was haben Sie an dem Abend gemacht, an dem Sie überfallen wurden, Mr Mason?«

»Gegen sechs Uhr abends habe ich Francesca auf Derby Downs abgesetzt und bin zurück nach Echuca gefahren. Um neun Uhr wollte ich sie wieder abholen, aber gegen halb acht erhielt ich unvermittelt eine Nachricht.« Ned erklärte, was darin gestanden hatte und dass sich dann herausgestellt hatte, dass die Nachricht gefälscht war. »Ich weiß noch, dass ich zur *Ophelia* zurückgegangen bin, aber dann fehlt mir jede Erinnerung. Ich nehme an, jemand hat mir von hinten eins über den Schädel gezogen.«

»Dann können Sie mir keinerlei Hinweise geben, die auf den Angreifer schließen lassen?«

»Leider nein.«

»Hatten Sie an den Tagen vor dem Überfall den Eindruck, beobachtet zu werden?«

»Nein, aber ich habe auch nicht darauf geachtet.«

»Wo und wann haben Sie das letzte Mal Brennholz geladen?«

»Das war am selben Nachmittag, bei Strommeile 299.«

»War es ein regelmäßiger Zwischenstopp?«

»Ich machte den Stopp erst, seit ich einen befristeten Auftrag für Fahrten zwischen Echuca und Barmah angenommen hatte.«

»Wer ist Ihr Auftraggeber?«

»Um ehrlich zu sein, ich weiß es nicht genau. Mir wurde der Auftrag über einen Mittelsmann angeboten. Ich dachte noch, dass ich eine Glückssträhne erwischt habe, zumal es sich um einen Spitzenauftrag handelte. Ich hatte nichts weiter zu tun, als Briefe und Lebensmittel zu den Siedlungen zwischen Echuca und Barmah zu transportieren. Die Fracht war leicht, und die Bezahlung gut.«

»Wann hat man Ihnen dieses Angebot gemacht?«

»Vor ungefähr einer Woche.«

»Können Sie mir den Namen des Vermittlers nennen?«

»Harry Marshall.«

»Ich danke Ihnen, Mr Mason. Ich wünsche Ihnen rasche Genesung.«

»Sie lassen mich doch wissen, wenn Sie den Schuldigen gefunden haben, der mein Schiff in die Luft gesprengt hat?«, sagte Neal.

»Natürlich, Sir.«

»Verzeihen Sie, Madam, Constable Watkins ist schon wieder hier«, sagte Amos Compton bedeutungsvoll. Regina saß an ihrem Schreibtisch in der Bibliothek.

»Ach?«, entgegnete Regina ein wenig überrascht, aber nicht ganz bei der Sache. Seit heute Morgen hatte sie einen Kondolenzbesuch nach dem anderen erhalten, und nun wurde sie von rasenden Kopfschmerzen geplagt.

»Er wartet in der Eingangshalle, Madam.«

»Bitte ihn, sich eine Minute zu gedulden«, erwiderte Regina. Sie konnte den Constable nicht im Salon empfangen, wo Frederick nach wie vor aufgebahrt war. Die Beisetzung sollte am nächsten Vormittag stattfinden.

»Ja, Madam«, sagte Amos und entfernte sich.

Regina versuchte sich zu sammeln. Sie hatte sich bereits eine Geschichte zurechtgelegt, falls sie zu Monty befragt wurde. Noch am Vorabend hatte sie sich mit Monty abgesprochen, wobei sie fürchterlich in Streit geraten waren, doch Regina war fest entschlossen, Monty unter allen Umständen zu decken.

Wenige Minuten später erschien Amos erneut im Türrahmen. »Constable Watkins, Madam«, verkündete er.

»Danke, Amos. Kommen Sie herein, Constable. Nehmen Sie Platz.«

»Vielen Dank, Mrs Radcliffe. Tut mir Leid, dass ich Sie erneut stören muss, aber ich bin mit der Untersuchung der Explosion der *Ophelia* betraut, und da Sie Francesca Mason als eine Freundin der Familie bezeichnet haben, nehme ich an, dass es Ihnen nichts ausmacht, ein paar Fragen zu beantworten. Mit Mr und Mrs Mason habe ich bereits gestern Nachmittag gesprochen. Dabei haben sich neue Fragen ergeben.«

»Wie kann ich Ihnen behilflich sein?«

»Ist Ihr Sohn zu Hause?«

Regina zuckte zusammen. »Ich glaube nicht, Constable Watkins. Möchten Sie ihn ebenfalls sprechen?«

»Ich würde ihm gern ein paar Fragen stellen.«

»Vielleicht kann *ich* Ihnen helfen?«

»Schon möglich. Im Zuge unserer Ermittlungen über die Explosion an Bord der *Ophelia* ...«

Regina unterbrach ihn. »War es nicht der Kessel, der explodiert ist, Constable?«

»Das bezweifeln wir. Jedenfalls haben wir in der Zwischenzeit zahlreiche Befragungen durchgeführt, Mrs Radcliffe, sowohl bei den hiesigen Geschäftsleuten als auch bei den Farmern. Im Zuge dieser Befragungen ist uns aufgefallen, dass in letzter Zeit mehrmals Montgomerys merkwürdiges Verhalten erwähnt wurde. So ist er zum Beispiel nicht zu geschäftlichen Treffen erschienen, und er kassiert auch nicht mehr die Pacht für die Läden, die im Besitz Ihrer Familie sind ...«

»Er hat in letzter Zeit sehr viel zu tun«, unterbrach Regina. »Aber was haben versäumte Geschäftstreffen und nicht eingeholte Pachtgebühren mit dem Schiffsunglück zu tun?«

»Ich versuche lediglich, mir ein Bild vom Verhalten Ihres Sohnes in letzter Zeit zu machen.«

Regina bekam Angst um Monty.

»Zudem hat er sein Pferd durch den Fluss getrieben und sich am anderen Ufer auf dem Grundstück Ihrer Nachbarn herumgetrieben«, fuhr der Constable fort. »Haben Sie eine Erklärung dafür?«

Regina wurde blass. »Nachdem es den Ponton nicht mehr gibt, ist jeder gezwungen, die Pferde und das Vieh durch den Fluss zu treiben, daher scheint mir diese Frage unerheblich.«

»Sie haben soeben erwähnt, dass Ihr Sohn in letzter Zeit viel zu tun hat. Können Sie das genauer erklären?«

»Ja, sicher.« Regina hielt es für besser, sich kooperativ zu zeigen, um nicht den Eindruck zu erwecken, dass sie etwas zu verbergen hatte. »Sicherlich ist Ihnen bekannt, dass mein Sohn rege Bekanntschaft mit Francesca Callaghan gepflegt hat, der jetzigen Mrs Mason. Er hat sich in sie verliebt, aber seine Gefühle wurden nicht erwidert.«

Regina bemerkte das kurze Aufleuchten in den Augen des Constable, weil sie ihm ein mögliches Motiv Montys für den Überfall auf Neal Mason genannt hatte. »Frederick hat sich große Sorgen um ihn gemacht. Montys Verzweiflung war so groß, dass Frederick sogar befürchtete, er würde sich ... vielleicht das Leben nehmen.« Tränen stiegen in Reginas Augen.

»Tatsächlich?«

»Ja. Frederick ist vor Sorge um Monty fast krank geworden. Es würde mich nicht überraschen, wenn das zu seinem Herzanfall geführt hat. Ich glaube, Monty ist sich dessen bewusst und gibt sich die Schuld am Tod meines Mannes. Er ist noch verzweifelter als zuvor.« Sie hoffte, dies würde Montys verwahrlosten Zustand erklären, in dem der Constable ihn bei seinem ersten Besuch angetroffen hatte.

»Die Frage fällt mir schwer, Mrs Radcliffe, aber glauben Sie, dass Monty aus Liebeskummer fähig gewesen wäre, Neal Mason etwas anzutun?«

»Monty? Niemals! Frederick hat häufig mit Montys Sanftmut gehadert. Er kann keiner Fliege etwas zu Leide tun. Frederick hingegen hätte an Montys Stelle ...«

Der junge Constable runzelte die Stirn. Regina tat so, als habe sie Angst davor, zu viel zu sagen. »Sie müssen mich jetzt entschuldigen, Constable, aber ich bin müde. Ich habe vergangene Nacht kaum ein Auge zugetan.«

»Ich bin ohnehin fast fertig, Mrs Radcliffe. Eine letzte Frage: Wäre es möglich, dass Ihr Ehemann Ihrem Sohn geholfen hat?«

Regina tat, als wäre sie bestürzt darüber, dass der Constable durch Zufall auf die Wahrheit gestoßen war. »Inwiefern?«

Der Constable blickte unbehaglich drein. Regina wusste genau, was in ihm vorging.

»Glauben Sie, dass Ihr Mann vielleicht ...«

»Jemandem den Auftrag gegeben hat, die *Ophelia* in die Luft zu sprengen?«, ergänzte Regina seine Frage.

»Ja. Halten Sie das für möglich?«

Regina blickte auf die Unterlagen vor ihr. »Frederick war ein liebevoller, rücksichtsvoller Mann, genau wie Monty, aber wenn man ihn zum Äußersten trieb, kannte er kein Erbarmen. Er liebte seinen Sohn mehr als sich selbst. Er hatte auch Francesca ins Herz geschlossen und gehofft, die beiden würden eines Tages heiraten.« Sie lächelte traurig. »Frederick hätte für Monty seinen rechten Arm geopfert. Obwohl es mir schwer fällt, muss ich gestehen, dass mein Mann zu so etwas fähig gewesen wäre.«

Monty hielt sich derweil im Salon auf, wo er am Sarg seines Vaters stand. Er hatte jedes Wort seiner Mutter gehört; nun hatte er das Gefühl, als würde eine Messerklinge sich durch sein Herz bohren. »Dad«, flüsterte er. »Ich weiß, ich bin auf Abwege geraten, was ich bereue, aber ich kann und werde nicht zulassen, dass dein Ansehen in den Schmutz gezogen wird.« Er legte die Hände auf die seines Vaters, und Tränen stiegen ihm in die Augen. Schließlich wandte er sich um und begab sich in die Bibliothek.

»Das reicht, Mutter«, sagte er von der Tür aus.

»Monty!«, entfuhr es Regina, die sich ruckartig erhob. Ihr Herz schlug heftig. Sie betete insgeheim, dass Monty nichts sagte, womit er sich selbst belastete. Nicht jetzt, nachdem sie so mühsam den Vorwurf ausgeräumt hatte, der über ihm schwebte! Sie blickte ihn flehentlich an, doch Montys Entschluss stand fest.

»Ich werde nicht dulden, dass du den guten Namen meines Vaters in den Schmutz ziehst. Das lasse ich nicht zu«, sagte er. »Er ist nebenan im Salon aufgebahrt, und du scheust dich nicht, ihn einer Tat zu bezichtigen, die *ich* verbrochen habe!«

»Monty, bitte ...«, flehte Regina.

Constable Watkins erhob sich. »Eine Tat, die *Sie* verbrochen haben?«, sagte er zu Monty. »Sind Sie für die Explosion an Bord der *Ophelia* verantwortlich?«

»Natürlich nicht! Er weiß nicht, was er redet!«, sagte Regina. »Um Himmels willen, Monty, lass es sein. Du erreichst damit gar nichts.«

»Ich gestehe, dass ich des Mordes an Neal Mason schuldig bin«, sagte Monty. »Ich habe ein mit Sprengstoff präpariertes Scheit in dem Brennholzstapel versteckt, von dem Mr Mason sich stets Nachschub holte. Ich war verrückt vor Eifersucht ... aber das ist natürlich keine Entschuldigung für mein feiges Verhalten.«

»Ich kann Sie nicht wegen Mordes anklagen, Mr Radcliffe, da Neal Mason nicht tot ist. Er war zum Zeitpunkt des Unglücks nicht an Bord.«

Montys Augen weiteten sich. »Neal ist gar nicht tot?«

»Nein, Sir.«

Monty wurden vor Erleichterung die Knie weich, während Regina auf ihren Stuhl zurücksank und hörbar die Luft ausstieß.

»Aber ... wer war dann an Bord der *Ophelia*?«, fragte sie.

»Das wissen wir nicht, Mrs Radcliffe. Trotzdem rate ich Ihnen, Ihren Anwalt zu verständigen.«

»Was wird meinem Sohn zur Last gelegt?«

»Zunächst einmal mutwillige Sachbeschädigung. Falls wir jedoch ermitteln können, wer an Bord des Schiffes war, muss er mit einer Anklage wegen vorsätzlichen Mordes rechnen.«

31

Es war um die Mittagszeit, als Francesca und Lizzie sich zum Stoffgeschäft aufmachten. Joe hatte Lizzie Geld gegeben, damit sie sich neu einkleiden konnte, aber er wusste, sie würde nicht den Mut aufbringen, alleine zu gehen, und wenn er mitkäme, würden sie in der Stadt ungewollt Aufsehen erregen. Deshalb hatte er Francesca gebeten, Lizzie zu begleiten, zumal ein wenig Ablenkung beiden nur gut tun konnte. Anfangs hatte Francesca gezögert, Neal alleine zu lassen, doch er hatte ihr versichert, dass alles in Ordnung sei und dass er während ihrer Abwesenheit ohnehin schlafen würde.

Als die beiden Frauen über die High Street schlenderten, gestand Lizzie Francesca, dass sie Angst davor habe, erkannt zu werden. Bei jedem männlichen Passanten, der sich ihr näherte, senkte sie den Kopf, weil sie befürchtete, angesprochen zu werden.

»Ist Ihnen denn nicht klar, wie sehr Sie sich verändert haben?«, sagte Francesca. »Sie haben zugenommen, tragen die Haare anders und sind ganz anders gekleidet als damals.« Aus Takt hielt Francesca die Bemerkung zurück, was für ein schreckliches Bild Lizzie früher abgegeben hatte. Francesca war vor allem im Gedächtnis geblieben, Lizzie niemals lächeln gesehen zu haben. Inzwischen wusste sie, dass Lizzie damals zutiefst unglücklich gewesen war und dass Silas sie regelmäßig misshandelt hatte. Doch seit sie an Bord der *Marylou* war, lächelte sie häufig, und in ihre Augen war wieder ein wenig Glanz getreten. Und seit sie sich mehr Mühe mit ihren

Haaren gab und öfter in der Sonne war, was ihr eine gesunde Gesichtsfarbe verliehen hatte, wirkte sie deutlich jünger. Das Rouge und der knallrote Lippenstift, bei Dirnen beliebt, waren längst passé, und eine weitaus attraktivere Frau als früher war zum Vorschein gekommen.

»Ich weiß, dass ich anders aussehe, das spüre ich ja auch, aber trotzdem habe ich Angst davor, erkannt zu werden«, entgegnete Lizzie. »Ich bin mein Leben lang erniedrigt worden, sodass es mir nicht neu ist, aber ich will Ihnen und Joseph peinliche Situationen ersparen. Silas hat mir ständig vorgehalten, wie nutzlos ich bin ...« Sie hielt inne und errötete. »Und seine Brutalität mir gegenüber hat mich in dem Glauben bestärkt, dass er Recht hat. Umso mehr muss ich Ihrem Vater und Ned danken, weil sie mir mit so viel Respekt begegnen. Sie haben mir ein völlig anderes Leben aufgezeigt und mir bewiesen, dass nicht alle Männer in mir lediglich einen Körper sehen, den man benutzt, wie und wann es einem gefällt.«

»Sie können erhobenen Hauptes über die Straße gehen, Lizzie. Nicht nur, weil Sie ein guter Mensch sind, sondern weil Sie es verdient haben, ein glückliches Leben zu führen.«

Tränen schimmerten in Lizzies Augen. »Sie haben mir Zuflucht geboten und mir damit das Leben gerettet. Das wissen Sie doch, Francesca? Ich weiß nicht, wie ich Ihnen das jemals vergelten soll.«

»Das haben Sie bereits, Lizzie. Ich weiß, dass es an dem Abend, als Neal überfallen wurde, bitterkalt war. Hätten die Mädchen aus dem Bordell ihn nicht mitgenommen, hätte er die Nacht nicht überlebt. Und hätten Sie ihn dort nicht entdeckt, würde ich immer noch um ihn trauern.« Sie legte den Arm um Lizzies Schultern. »Kommen Sie, wir suchen jetzt ein paar hübsche Kleider für Sie aus.«

Gregory Pank und seine Gehilfin behandelten Lizzie wie jeden anderen Kunden, sodass sie ihre Hemmungen verlor und bald Freude daran bekam, sich neu einzukleiden. Dennoch achtete sie immer noch auf jeden männlichen Passanten, aus Furcht, als Dirne erkannt zu werden. Sie hatte sich bereits ein anderes Leben ausgemalt, ein Leben an der Seite Joes, wagte es aber nicht, offen mit Francesca darüber zu sprechen. Auch wenn Francesca nichts gegen ihre Freundschaft mit Joe einzuwenden hatte – alles, was darüber hinausging, würde sie bestimmt nicht tolerieren.

»Ihr Vater ist sehr großzügig zu mir, und damit meine ich nicht nur das Geld, das er mir gegeben hat, um mich neu einzukleiden. Er ist in jeder Hinsicht ein großzügiger Mensch«, sagte Lizzie, als sie mit Paketen beladen auf dem Rückweg zur *Marylou* waren. Sie erwähnte jedoch nicht, dass Joe ihr angeboten hatte, für immer auf der *Marylou* zu bleiben, und dass er versprochen hatte, sich stets um sie zu kümmern.

»Ja, Dad hat ein großes Herz«, erwiderte Francesca. »Das ist eine der Eigenschaften, die ich so sehr an ihm liebe.«

Lizzie lag die Bemerkung auf der Zunge, dass es bei ihr nicht anders sei, verkniff sie sich aber rechtzeitig.

Während sie über die High Street spazierten und die Auslagen in den Schaufenstern betrachteten, fielen Francesca plötzlich zwei Männer auf, die vor der Polizeiwache von ihren Pferden stiegen: der große, hagere Constable Watkins in seiner Polizeiuniform sowie ein Mann in Handschellen, der Francesca seltsam vertraut vorkam. Trotz der Entfernung bemerkte sie den verwahrlosten Eindruck des Unbekannten, obwohl er eine würdevolle Haltung bewahrte. Erst als sie und Lizzie näher gekommen waren und der Mann kurz die Straße entlangblickte, bevor er die Wache betrat, erkannte Francesca, wer er war: Monty. Einen flüchtigen Augenblick trafen sich ihre Blicke – lange genug, dass Francesca seine Verzweiflung wahrnahm.

»Das war Monty ... in Handschellen!«, sagte Francesca zu Lizzie. Sie war wie vom Donner gerührt. »Was kann er verbrochen haben, dass er verhaftet wurde?«

»Glauben Sie, es könnte etwas mit dem Schiffsunglück zu tun haben?«, entgegnete Lizzie.

»Niemals«, erwiderte Francesca. Die bloße Vorstellung war absurd; dennoch schlug ihr das Herz bis zum Hals. »Hören Sie, Lizzie, ich muss herausfinden, warum man ihn verhaftet hat. Sagen Sie bitte meinem Vater, dass ich noch etwas erledigen wollte, aber verraten Sie nicht, um was es geht. Falls Neal wach sein sollte, sagen Sie ihm, dass ich bald wieder bei ihm bin.«

»Wohin wollen Sie, Francesca?«

»Zur Polizeiwache. Wenn ich dort nichts in Erfahrung bringen kann, fahre ich nach Derby Downs und statte Regina einen Besuch ab. Ich wollte ihr ohnehin mein Beileid zu Fredericks Tod aussprechen. Vielleicht kann ich auch von ihr erfahren, warum Monty festgenommen wurde.«

Auf der Wache konnte Francesca nichts in Erfahrung bringen, da Monty noch vom Richter verhört wurde, sodass sie unverzüglich den Mietstall aufsuchte, der den Radcliffes gehörte. Dort angekommen, bat sie Henry ein zweites Mal um eine Kutsche und machte sich auf den Weg nach Derby Downs. Als sie dort eintraf, fand sie Regina auf der Veranda vor, von wo sie den Blick über den Fluss schweifen ließ. Sie sah mitgenommen aus, was Francesca nicht wunderte.

»Mein aufrichtiges Beileid«, sagte Francesca, als sie die Eingangstreppe hinaufstieg und einen raschen Blick in die Eingangshalle warf, wo Fredericks leerer Rollstuhl stand. Es schmerzte sie, ihn nicht wie gewohnt mit einem Lächeln darin sitzen zu sehen.

»Danke«, brachte Regina leise hervor. Francesca nahm neben ihr auf einem Rattanstuhl Platz. »Ich wusste, dass er ein schwaches Herz hatte, aber ich hätte nie damit gerechnet, ihn so früh zu verlieren. Sein Tod kommt völlig unerwartet. Ich kann es kaum noch ertragen, im Haus zu sein. Es ist hier so still wie auf einem Friedhof.«

Plötzlich hob Regina den Kopf und blickte Francesca in die Augen.

»Ich bin froh, dass Neal am Leben ist«, sagte sie.

Francesca erschrak, dass Regina darüber informiert war. Unwillkürlich fragte sie sich, wer sonst noch davon wusste und ob Neal in Gefahr schwebte. »Woher weißt du das?«

Regina wirkte peinlich berührt. »Von der Polizei.«

»Von der Polizei?«

»Ja.« Regina sah auf ihre Hände, die in ihrem Schoß ruhten. »Monty wurde verhaftet«, stieß sie mit zitternder Stimme hervor.

In Francesca keimte ein furchtbarer Verdacht. »Weshalb?«

Regina blickte sie an, während sie nach Worten suchte. Francesca bemerkte den gequälten Ausdruck in ihren Augen. Sie wusste, was Regina sagen würde, noch bevor diese die Worte ausgesprochen hatte. Schon auf der Fahrt hierher hatte sie ständig darüber nachgedacht. Obwohl sie es nicht glauben wollte – es ergab einen Sinn. Dennoch betete sie im Stillen, dass sie Unrecht hatte. Sie zitterte, als Regina zu sprechen begann.

»Monty hat gestanden ...«, sagte Regina. Wieder hatte sie Mühe, die Worte über die Lippen zu bringen. Ihre Augen füllten sich mit Tränen, und sie umklammerte Francescas Hand. »Er hat zugegeben, das Brennholz, das Neal auf die *Ophelia* geladen hat, mit Sprengstoff präpariert zu haben.«

Obwohl Francesca mit diesen Worten gerechnet hatte, traf es sie wie ein Schlag. Sie erhob sich, ging ans Ende der Veranda und versuchte, den Schock zu verarbeiten. Sie konnte nicht begreifen, dass jemand wie Monty zu solch einer Gewalttat fähig war. »Ich kann nicht glauben, dass Monty versucht hat, Neal zu ermorden«, flüsterte sie. »Mein Gott, es hätte mich ebenfalls treffen können, wäre ich an Bord gewesen.«

»Nein, Francesca. Auch wenn Monty vor Eifersucht beinahe verrückt war, hat er dafür gesorgt, dich unter einem Vorwand von Bord zu locken.«

»Aber hätte ich deine Einladung nicht angenommen, wäre ich an Bord geblieben, und dann ...« Mit einem Mal begriff Francesca. Sie hatte ja gleich geahnt, dass Regina an jenem Abend, als sie bei ihr zum Essen eingeladen war, irgendetwas im Schilde geführt hatte. Nun wusste sie, was es gewesen war. »Du hast es gewusst, Regina, nicht wahr? *Deswegen* hast du mir die Einladung zum Essen geschickt. Du hast mit Monty gemeinsame Sache gemacht!« Francesca war benommen.

»Nein, ehrlich, ich hatte keine Ahnung. Ich dachte, dass Monty ungestört mit Neal reden wollte, ohne dass du dabei bist. Natürlich hatte ich bemerkt, dass er sich seltsam verhielt, aber ich hätte nie gedacht, dass er ... dass er durchdrehen würde. Andernfalls hätte ich ihn daran gehindert, Francesca, das musst du mir glauben. Ich hätte niemals zugelassen, dass er einen Mord begeht.«

Francesca holte tief Luft. Sie spürte, dass Regina die Wahrheit sagte. »Das ist nun das Ergebnis all dieser Lügen!«, stieß sie zornig hervor. »Monty hätte die Wahrheit erfahren müssen, dass ich seine Schwester bin. Dann wäre es nie so weit gekommen.«

»Du weißt genau, warum ich es ihm nicht gesagt habe, Francesca.«

»Du hattest Angst, ihn zu verlieren, aber ist nicht genau das jetzt eingetreten?«

Regina tupfte sich die Tränen ab, die über ihre Wangen rannen. »Wenigstens hat er Neal nicht auf dem Gewissen«, sagte sie schluchzend. »Er bereut aus tiefstem Herzen, was er getan hat ... und du kannst dir nicht vorstellen, wie erleichtert er war, als er erfuhr, dass Neal nicht an Bord gewesen ist.«

Francesca kam zu ihr. »Was wird ihm zur Last gelegt?«

»Sachbeschädigung mit Tötungsabsicht ...«

»Neal hat er zwar nicht auf dem Gewissen, dafür aber jemand anders«, sagte Francesca mit leiser Stimme.

»Ich weiß. Wenn sie herausfinden, wer das Schiff gesteuert hat ...« Regina drückte sich das Taschentuch vors Gesicht und schluchzte.

Francesca setzte sich wieder neben sie und strich ihr tröstend über den Rücken. Mit einem Mal verspürte sie Mitleid mit dieser gepeinigten Frau, die innerhalb kürzester Zeit ihren Ehemann und ihren Sohn verloren hatte. Schnell schlug sie ein anderes Thema an: »Silas wird vermisst. Die Polizei nimmt an, dass er sich abgesetzt hat, weil ihm Ärger droht.«

»Silas würde niemals davonlaufen. Dafür hat er zu viele geschäftliche Verpflichtungen in der Stadt«, erwiderte Regina. »Außerdem bin ich mir sicher, dass er glaubt, sich mit Geld aus allem freikaufen zu können.«

»Gegen Silas liegt ein Haftbefehl vor, weil er öffentliche Gelder veruntreut und in der Mühle illegal Alkohol gelagert haben soll. Ich weiß nicht, ob er auch des Anschlags auf Neals Schiff verdächtigt wird. Ich hielt ihn für den Schuldigen, bis du mir gesagt hast ...« Francescas Stimme schwankte kurz. »Aber ich bin mir sicher, dass Silas eher die Stadt abbrennt, als dass er wieder ins Gefängnis geht. Mike Finnion, der Kapitän der *Curlew,* wird übrigens ebenfalls vermisst«, fügte sie hinzu.

Regina schüttelte den Kopf und blickte nachdenklich drein, als versuchte sie, sich einen Reim darauf zu machen. »Hat Neal erwähnt, dass er an dem Abend jemand anderen hierher geschickt hat, um dich abzuholen?«

»Nein«, antwortete Francesca. »Er wusste nicht einmal, dass sein Schiff fort war.«

»Dann wurde es gestohlen?«

»Es sieht ganz danach aus.«

»Und wo war Neal zu diesem Zeitpunkt?«

»Er lag in einer Gasse und rang um sein Leben«, antwortete Francesca. »Jemand hatte ihn mit einem Holzknüppel zusammengeschlagen, im Dunkeln, aus dem Hinterhalt.« Zum ersten Mal keimte in Francesca der Verdacht, dass Monty der Angreifer gewesen sein könnte.

Regina schien es zu erahnen. »Ich weiß, was du jetzt denkst, Francesca, aber Monty ist nicht gewalttätig. Das sähe ihm überhaupt nicht ähnlich.«

»Wie kannst du dir so sicher sein? Schließlich wollte er Neal mitsamt dem Schiff in die Luft jagen.«

Regina senkte vor Scham den Kopf. »Ja. Und deshalb kann er nicht in der Stadt gewesen sein und den Überfall auf Neal ausgeführt haben.«

Francesca wusste, dass sie Recht hatte. Offensichtlich besaß Neal mehr als einen Feind – was den Verdacht wieder auf Silas lenkte. Vielleicht hatte Silas keine Schuld an der Explosion, aber wie sah es mit dem Überfall auf Neal aus?

Auf der Rückfahrt beschloss Francesca, ein zweites Mal zu versuchen, mit Monty zu sprechen. Sie *musste* mit ihm persönlich reden, um ihre Gefühlswelt wieder ins Gleichgewicht zu bringen. Beständig schwankte sie zwischen Mitleid und Wut. Auf der Polizeiwache teilte man ihr mit, dass man Monty in einer Zelle hinter der Wache in Gewahrsam genommen habe. Francesca bettelte, ihn wenigstens ein paar Minuten sprechen zu dürfen, doch Constable Watkins befürchtete, sie könnte Monty etwas antun, weil der versucht hatte, ihren Ehemann umzubringen.

»Sie tragen doch keine Waffe bei sich, Mrs Mason, oder?«

Francesca war empört. »Selbstverständlich nicht.« Sie legte ihren Mantel ab und hielt ihm ihre Handtasche entgegen, doch Watkins verzichtete darauf, sie zu durchsuchen. »Ich möchte lediglich begreifen, was Monty zu der Tat getrieben hat, mehr nicht«, sagte sie.

Constable Watkins hatte Verständnis dafür. In ihrer Situation würde es ihm nicht anders ergehen. »Monty Radcliffe erwartet zwar seinen Anwalt, aber der ist noch nicht erschienen. Und da der Richter gerade außer Haus ist, erlaube ich Ihnen ausnahmsweise, Mr Radcliffe zu sehen. Aber nur für ein paar Minuten«, sagte er.

»Vielen Dank«, erwiderte Francesca leise, deren Nerven inzwischen blank lagen.

Auf dem Hof hinter der Wache befanden sich vier Zellen. Drei davon waren mit massiven Türen mit Sehschlitz gesichert. Monty hatte man in die vierte Zelle verfrachtet, die eine Gittertür besaß, damit er sich mit seinem Anwalt bereden konnte, der jeden Moment erwartet wurde. Er saß auf einer Holzbank, die Ellbogen auf die Knie gestützt, mit hängendem Kopf. Ihm war mehr als deutlich anzusehen, dass er tief in seiner Würde und seinem Stolz getroffen war.

Sein verlorener Anblick ließ Francescas Wut verrauchen. Obwohl sie noch immer nicht begreifen konnte, wie er zu so etwas fähig gewesen war, sah sie keinen Mörder in ihm. Genau wie sie selbst war auch Monty ein Opfer der Verlogenheit seiner Mutter und der tragischen Umstände.

Monty hob den Kopf, als er Schritte im Kies vernahm. »Was suchen Sie hier?«, fragte er. Francesca erschrak über die Kälte in seiner Stimme, sah aber, dass er Mühe hatte, Haltung zu wahren. Ihr Besuch war ihm offensichtlich peinlich.

»Ich komme soeben von Derby Downs, wo Ihre Mutter mir sagte, dass Sie den Mordversuch an Neal gestanden haben«, entgegnete Francesca.

Monty ließ den Kopf hängen.

»Warum, Monty? Was hat Sie zu einer so schrecklichen Tat getrieben?« Es schmerzte Francesca, dass es so weit gekommen war. Wäre die Wahrheit nicht verheimlicht worden, hätten sie und Monty einander wie Geschwister lieben können.

»Meine Liebe zu Ihnen ist alles, was ich zu meiner Verteidigung vorbringen kann, Francesca. Ich war krank vor Eifersucht, als Sie Neal Masons Frau wurden.«

»Ich sagte Ihnen doch schon, dass es für Sie und mich keine Zukunft gibt. Daran hätte auch Neals Tod nichts geändert.«

»Vielleicht doch.«

»Nein, Monty.«

»Wenn Sie mir eine echte Chance gegeben hätten ...«

»Hören Sie auf, Monty. Zwischen uns wird es niemals etwas geben.«

Montys Gesichtsausdruck bestätigte Francescas Vermutung, dass seine Hoffnung nie erloschen war. »Es wäre viel Leid vermieden worden«, sagte sie vorwurfsvoll.

»Wie kann ein Mann vermeiden, sich in eine Frau zu verlieben?«

Francesca beschloss, Monty die Wahrheit zu sagen, darüber, weshalb sie seine Gefühle nicht erwidern konnte.

»Monty, all diese Unglücke hätten sich vermeiden lassen, wenn man Ihnen gesagt hätte, wer ich wirklich bin ...«

»Wer Sie wirklich sind? Was soll das heißen, Francesca?«

Sie holte tief Luft. »Ich bin deine Halbschwester.«

Monty wurde schlagartig blass, schüttelte aber entschieden den Kopf. »Nie und nimmer! Wie kommen Sie auf so einen Unsinn?«

»Es ist kein Unsinn, Monty. Es ist die Wahrheit. Als ich es erfahren habe, war ich genauso schockiert wie du.«

Monty starrte Francesca entgeistert an. Sein Verstand sträubte sich gegen das, was er hörte, doch er sah, dass Francesca es ernst meinte.

»Ich habe ein unverkennbares Muttermal am Oberschenkel. Es sieht aus wie ein Stern. An dem Wochenende, an dem ich auf Derby Downs eingeladen war, hat deine Mutter es zufällig gesehen und sofort erkannt.«

»Meine Mutter ... hat es erkannt? Wie das?«

»Wenn du dich erinnerst, hat sie sich damals in ihrem Zimmer eingeschlossen und sich geweigert, herauszukommen. Sie stand unter Schock. Damals habe ich das nicht gewusst, aber etwas später hat sie mir dann die Wahrheit gesagt.«

»Wahrheit? Welche Wahrheit?« Monty begriff immer noch nicht völlig, was er zu hören bekam.

»Dass Regina nicht nur deine Mutter ist, sondern auch meine.«

»Das ergibt überhaupt keinen Sinn, Francesca. Warum sollte sie mir das verschweigen und Ihnen nicht?« Monty sprang auf und stellte sich an die Gittertür.

»Wir brauchen jetzt nicht mehr so förmlich miteinander umzugehen, Monty. Deine Mutter hatte Angst, dass du und dein Vater, dass ihr euch von ihr abwendet, wenn sie euch gestehen würde, dass ich ihre Tochter bin. Mehr will ich darüber gar nicht sagen. Das ist Reginas Aufgabe. Sie wird sicher bald herkommen. Jedenfalls ... nachdem ich erfahren habe, dass wir Geschwister sind, musste ich unsere Verbindung lösen.«

Ein gequälter Ausdruck erschien auf Montys Gesicht. »O Gott«, stieß er hervor und sank gegen die Gitterstäbe.

»Tut mir Leid, Monty, dass ich dir so viel Kummer bereitet habe, doch am meisten bedaure ich, dir nicht eher die Wahrheit gesagt zu haben. Dann wärst du jetzt nicht hier.«

»Wahrscheinlich werde ich für meine Wahnsinnstat hingerichtet«, sagte er. »Gott möge mir vergeben.«

Francescas Augen füllten sich mit Tränen. »Vielleicht stimmt es den Richter milde, wenn er die genauen Umstände erfährt. Wir dürfen die Hoffnung nicht aufgeben.«

Monty, der sich nach wie vor gegen die Gitterstäbe lehnte, hob den Kopf und blickte sie so schmerzerfüllt an, dass es Francesca beinahe das Herz brach. Er war nur noch ein Schatten jenes Mannes, den sie vor ein paar Monaten kennen gelernt hatte. Damals hatte er Warmherzigkeit und Lebensfreude besessen, und eine strahlende Zukunft lag vor ihm. Frannie konnte nicht verhindern, dass sie sich an seinem Untergang mitschuldig fühlte.

»Eigentlich müsste *ich* hinter Gittern sitzen, und nicht du, Monty«, erklang plötzlich eine betrübte Stimme hinter ihnen.

Francesca wandte sich um und sah Regina. Mit tränenüberströmtem Gesicht blickte sie ihren Sohn an.

Als Monty seine Mutter sah, kauerte er sich wieder auf die Bank und ließ den Kopf hängen.

Regina warf einen Blick auf Francesca, während sie versuchte, sich zu sammeln, um ihrem Sohn zu gestehen, dass sie seinen Vater vor vielen Jahren mit Silas Hepburn betrogen hatte.

»Ich musste ihm erklären, weshalb ich seine Gefühle nicht erwidern kann. Den Rest überlasse ich dir«, raunte Francesca ihr zu.

Dann ließ sie die beiden alleine. Regina tat ihr Leid, doch ihr Mitleid mit Monty war größer.

»Montgomery Radcliffe wurde verhaftet«, berichtete Francesca ihrem Vater, Ned und Neal nach ihrer Rückkehr. Sie bemerkte Neals erschrockenes Gesicht. »Er hat sich schuldig bekannt, ein Scheit von dem Brennholz, das du aufgeladen hast, mit Sprengstoff präpariert zu haben.«

»Warum sollte er so etwas tun?«, fragte Neal.

»Er konnte sich nicht damit abfinden, dass ich dich geheiratet habe.«

»Woher weißt du das?«, fragte Joe.

»Ich habe zufällig gesehen, dass er in Handschellen zur Wache gebracht worden ist, also habe ich Regina aufgesucht. Sie hat zwar eingeräumt, dass ihr Montys sonderbares Verhalten in letzter Zeit aufgefallen war, aber sie war gar nicht auf die Idee gekommen, er könnte jemandem Schaden zufügen.«

Neal sah, wie aufgewühlt Francesca war. »Dann hat der Anschlag den Dieb meines Schiffes das Leben gekostet, obwohl es mich treffen sollte?«

Francesca kniete sich neben seinen Schlafplatz und legte den Kopf an seine Schulter. »Ja. Es ist eine schreckliche Geschichte, Neal, und ich danke Gott, dass ich dich noch habe.«

Schweigend hörte Monty Regina zu, als diese ihm erklärte, dass sie sich vor Jahren aus Einsamkeit auf eine Affäre eingelassen, Francesca am Flussufer zur Welt gebracht und sie dann in einer Wanne auf dem Wasser ausgesetzt hatte. Sie hatte Mühe, Monty ihre damalige Verzweiflung und Angst begreiflich zu machen, da sie im Grunde wusste, dass er niemals Verständnis dafür aufbringen würde. Allerdings hatte sie eine völlig andere Reaktion erwartet.

»Ich kann nicht glauben, dass du dein eigenes Kind ausgesetzt hast. Andererseits weiß ich, dass ich keine bessere Mutter haben könnte als dich«, sagte er. »Ich verzeihe dir, weil ich dich liebe, und ich weiß, Vater hätte dir ebenfalls verziehen. Vielleicht hätte es einige Zeit gedauert, aber er hat dich angebetet, und wir wissen ja beide, wie sehr er Francesca ins Herz geschlossen hatte.« Montys Mundwinkel zuckten. »Dann hätte ich eine Schwester gehabt«, fuhr er fort. »Das hätte mir so sehr gefallen ...«

Weinend umklammerte Regina die Gitterstäbe. »Ich war sicher, dass Frederick mir niemals verzeihen würde. Sonst hätte ich ihm die Wahrheit gesagt. Du und dein Vater, ihr habt mir alles bedeutet. Ich hatte solche Angst, euch beide zu verlieren.«

Monty wirkte bekümmert und erschöpft. »Wer ist Francescas Vater?«, fragte er.

»Das spielt keine Rolle.«

»Für mich vielleicht nicht, aber weiß es Francesca?«

»Ja, aber sie will nichts mit dem Mann zu tun haben. Sie betrachtet Joe Callaghan als ihren Vater, und das ist gut so ...«

Ned entdeckte Francesca in der Abenddämmerung am Flussufer, wo sie alleine spazieren ging. Neal schlief, Joe und Lizzie saßen am Heck und angelten.

»Alles in Ordnung, Frannie?«, fragte er, als er sie eingeholt hatte. Er spürte, dass sie jemanden zum Reden brauchte.

»Es wird schon wieder, Ned. Ich mache mir große Sorgen um den armen Monty.« Die Vorstellung, er könnte gehenkt werden, erfüllte sie mit Entsetzen.

Ned hatte sich ebenfalls Gedanken gemacht. Er wusste, dass Francesca nach all den Ereignissen noch unter Schock stand, spürte aber, dass irgendetwas anderes sie zusätzlich belastete. »Ist Regina deine leibliche Mutter, Frannie?«

Francesca erschrak, weil Ned die Wahrheit erraten hatte, aber sie nickte.

»Und hätte Monty das gewusst«, fuhr Ned leise fort, »hätte er nicht versucht, Neal umzubringen ...«

»Oh, Ned«, stieß Francesca hervor und ließ sich in seine Arme fallen.

Ihr Kummer schmerzte Ned. Sie war noch so jung und hatte in der kurzen Zeit, seit sie wieder zu Hause war, Schlimmes durchmachen müssen. Es war ihm ein Rätsel, wie sie das durchstand.

»Das wird schon wieder, Frannie. Auch wenn du Mitleid mit Monty hast – Eifersucht ist keine Entschuldigung für das, was er getan hat. Daran ändert auch nichts, dass Regina deine leibliche Mutter ist.«

»Ich weiß, Ned. Aber hätte Monty die Wahrheit früher erfahren ...«

»Hat Regina dir gesagt, wer dein Vater ist?«, fragte Ned dazwischen.

Francesca sah, dass er Angst vor der Antwort hatte. »Er

war ihr ehemaliger Liebhaber«, entgegnete sie bloß, denn die Wahrheit war zu grausam, um sie zu offenbaren. »Es spielt keine Rolle, wer er ist, Ned. Joe Callaghan ist mein Vater und wird es immer bleiben, und du bist mein Lieblingsonkel. Das ist alles, was für mich zählt.« Sie drückte Ned an sich.

»Wirst du Joe sagen, wer deine leibliche Mutter ist?«, fragte er weiter.

»Nein«, gab Francesca leise zurück. »Regina und ich sind geschiedene Leute.«

Obwohl es unnachgiebig klang, war Ned erleichtert.

Über Neds Schulter hinweg konnte Francesca Joe am Heck der *Marylou* sehen, wo er mit Lizzie saß. Nie zuvor hatte sie so viel Liebe und Dankbarkeit verspürt wie in diesem Augenblick. Auch wenn ihre eigene Mutter sie einem ungewissen Schicksal ausgesetzt hatte, konnte sie sich mehr als glücklich schätzen, dass sie von Joe und Mary Callaghan und ihrem Maschinisten Ned Guilford gerettet worden war.

Francesca wusste, dass sie in jener Nacht auf dem Fluss bei Boora Boora einen Schutzengel gehabt hatte.

32

Ich kann nicht mehr untätig herumliegen«, sagte Neal und setzte sich mühsam auf. Er stöhnte, weil sein Körper protestierte und das Hämmern in seinem Schädel ihn daran erinnerte, dass er seit über zwei Wochen zur Untätigkeit verdammt war.

»Es besteht kein Grund zur Eile, Neal. Du musst dich mindestens noch eine weitere Woche lang schonen«, entgegnete Francesca. »Dr. Carmichael hat dir strenge Bettruhe verordnet, und wir müssen seine Anordnungen befolgen.«

»Währenddessen lauert Silas irgendwo und wartet nur darauf, zuzuschlagen. Du bist in Gefahr. Es nützt weder dir noch sonst jemandem, wenn ich hier herumliege.«

Francesca wusste, dass Neal verzweifelt war. »Silas wurde seit mehr als zwei Wochen nicht gesehen, Neal. Du brauchst dir keine Sorgen zu machen.«

»Vielleicht will er dich entführen. Das wäre ihm zuzutrauen. Er lässt sich wahrscheinlich nur nicht blicken, um uns alle in Sicherheit zu wiegen.«

»Du hast eine lebhafte Fantasie, Neal.« Francesca lachte, musste aber gestehen, dass sie ebenfalls beunruhigt war. »Dad und Ned behalten mich ständig im Auge. Mir kann nichts geschehen.«

Neal griff sich an die linke Seite, seine Rippen schmerzten. Obwohl seine Prellungen allmählich abklangen, hatte Francesca den Verdacht, dass er eine Gehirnerschütterung erlitten hatte, die er jedoch verschwieg. »Ich muss an die frische Luft, Francesca. Hilfst du mir an Deck?«

Francesca konnte sich vorstellen, dass Neal sich fühlte, als wäre er eine Ewigkeit eingesperrt gewesen. »Also gut«, sagte sie. »Draußen ist herrliches Wetter, und vielleicht tun dir die Sonne und die frische Luft ja gut.«

»Das hoffe ich«, entgegnete er und zwinkerte ihr anzüglich zu.

Behutsam stand er auf, und Francesca half ihm an Deck, wo er sich auf einen Stuhl sinken ließ, der in der Sonne stand. »Offenbar waren Joe und Ned sehr fleißig«, bemerkte er, als er den Blick umherschweifen ließ. Sie hatten die Lackierung ausgebessert und die Seile erneuert, mit denen die Reling abgesichert war, sowie zahlreiche kleinere Arbeiten verrichtet, die lange Zeit vernachlässigt worden waren.

»Ja, jetzt sieht die *Marylou* wieder richtig schmuck aus, nicht wahr?«, erwiderte Francesca. Sofort bereute sie ihre unbedachte Äußerung – Neal schmerzte der Verlust der *Ophelia* immer noch sehr. »Sobald dir die Versicherungssumme ausbezahlt wird, kannst du ein neues Schiff in Auftrag geben«, fügte sie rasch hinzu.

Neal nickte. »Aber ich weiß nicht, von wem ich es bauen lassen soll. Ezra war der Beste seines Fachs.«

»Du wirst schon jemanden finden. Möchtest du einen Tee?«

»Gern.«

Lizzie war in der Kombüse und kochte.

»Das riecht köstlich«, sagte Francesca, als sie hereinkam, um für Neal Tee zu kochen.

»Es gibt Auflauf mit Huhn und Pilzen«, sagte Lizzie.

»Dad schwärmt immer noch von dem Auflauf, den Sie letzte Woche gemacht haben.«

Lizzie strahlte. Es machte ihr Freude, Joe und Ned zu bekochen. Den beiden schmeckte, was sie ihnen auftischte, und so fühlte sie sich nützlich. »So kann ich mich ein wenig für die Liebenswürdigkeit Ihres Vaters revanchieren«, sagte sie, »und außerdem macht es mir Spaß.«

Lizzie hatte offenbar großen Gefallen am Leben auf dem Fluss entwickelt. »Dad und Ned werden Sie niemals ziehen lassen, wenn Sie weiterhin so gut für die beiden kochen«, sagte Francesca.

Das wäre zu schön, um wahr zu sein, ging es Lizzie durch den Kopf. Obwohl sie im Bordell nur wenig Hausarbeit gemacht hatte, genoss sie es aus vollem Herzen, sich an Bord der *Marylou* nützlich zu machen, indem sie Wäsche wusch, sauber machte und kochte. Damit entlastete sie auch Francesca, die die meiste Zeit bei Neal wachte. Zudem liebte Lizzie den Sonnenschein. In ihrem früheren Leben hatte sie viel zu viele Tage verschlafen.

Francesca machte Neal ein Sandwich zum Tee und setzte sich zu ihm aufs Deck, bis er müde wurde. Als er sich wieder in die Kajüte zurückzog, um sich hinzulegen, machte Francesca sich zu einem Spaziergang in die Stadt auf. Sie hoffte, dort Claude Mauston oder Amos zu begegnen. Ihr war zu Ohren gekommen, dass Monty gegen Kaution auf freien Fuß gesetzt worden war, allerdings verbunden mit der Auflage, auf der Farm zu bleiben, bis die Polizei ermittelt hatte, wer sich zum Zeitpunkt der Explosion an Bord der *Ophelia* aufgehalten hatte. Francesca hoffte, etwas über Monty in Erfahrung zu bringen, zumal sie sich nicht überwinden konnte, nach Derby Downs hinauszufahren. Schließlich lebte sie mit Neal zusammen, und sie wusste, dass sie sich aus Montys und Reginas Leben heraushalten musste.

Francesca ging gerade am Bridge Hotel vorbei, als jemand laut nach ihr rief.

»Entschuldigen Sie ...«, sprach eine Frau sie an.

»Ja?«

»Sie sind Francesca Mason, nicht wahr?«

Die Frau stand im Eingang des Hotels, das nun schon seit fast drei Wochen geschlossen war.

»Ja«, erwiderte Francesca.

»Ich bin Henrietta Chapman, die ehemalige Mrs Silas Hepburn«, stellte sie sich vor und trat auf sie zu.

»Oh. Woher wussten Sie, wer ich bin?«

»Einer der Hotelangestellten hat es mir gesagt. Gehe ich recht in der Annahme, dass Sie mit meinem geschiedenen Mann verlobt waren?«

Francesca zögerte. »Ja«, sagte sie dann. »Allerdings nur sehr kurz.«

»Ein Glück für Sie«, erwiderte Henrietta zu Francescas Erstaunen.

Henrietta war eine kräftige Frau mit attraktivem Gesicht, das weiblicher gewirkt hätte, hätte sie die Haare nicht zu einem strengen Dutt zusammengebunden, den sie unter einer weißen Haube verbarg. Doch Francesca gefiel die sachliche Art dieser Frau.

»Sie sind sicher sehr beschäftigt, aber ich wollte gerade einen Tee trinken. Haben Sie Lust, mir dabei Gesellschaft zu leisten?«, fragte Henrietta.

Francesca war überrascht. »Ja, gern«, erwiderte sie, obwohl Henriettas Angebot sie ein wenig nervös machte.

Sie betraten den verlassenen Speisesaal, und Henrietta schenkte ihr frisch gekochten Tee ein. »Ich möchte mich für die Unannehmlichkeiten entschuldigen, die mein geschiedener Mann Ihnen und Ihrer Familie vermutlich bereitet hat«, sagte Henrietta, während sie Platz nahmen und sie einen Teller mit Gebäck und Kuchen aufdeckte. »Ich bin zwar erst seit wenigen Tagen in Echuca, aber mir ist schon einiges zugetragen worden über das Leid, das Silas den Bürgern dieser Gemeinde nach meinem Weggang zugefügt hat. Sie waren so kurze Zeit mit Silas verlobt, dass er Ihnen vermutlich übel mitgespielt hat.« Bevor Francesca etwas erwidern konnte, fügte Henrietta hinzu: »Da ich Silas kenne, überrascht mich das nicht, und es tut mir sehr Leid.«

»Es ehrt Sie, dass Sie sich für Silas entschuldigen«, sagte Francesca. »Aber Sie sind für seine Machenschaften nicht verantwortlich. Ich bezweifle, dass Silas sich von irgendjemandem hineinreden lässt.«

»Ich habe es versucht, weiß Gott, aber letztlich musste ich mich geschlagen geben und ihn verlassen. Ich lebe seither in Melbourne und arbeite in einem Frauenhaus in Malvern.«

»Ich bin in Malvern zur Schule gegangen«, sagte Francesca.

»Dann kennen Sie das Frauenhaus auf der Barnaby Street?«

»Die Barnaby Street ist nicht weit von meiner alten Schule entfernt.«

»Was für ein Zufall. Im Frauenhaus werden immer Helfer gesucht, und glücklicherweise nimmt man dort viel Rücksicht auf meine Kinder. Sie ahnen ja nicht, wie viele Frauen und Mädchen dort Zuflucht suchen. Es ist traurig. Falls ich in Echuca bleibe, würde ich hier gern auch so eine Einrichtung gründen. Frauen, die verlassen werden oder auf sich allein gestellt sind, müssen schwere Zeiten durchmachen und enden häufig im Bordell. Gäbe es eine Anlaufstelle, wären sie dazu nicht mehr gezwungen.«

»Da stimme ich Ihnen zu«, sagte Francesca und dachte dabei an Lizzie. Sie holte tief Luft. »Ich will ehrlich sein, Henrietta, und Ihnen sagen, dass ich niemals die Absicht hatte, Silas zu heiraten.«

»Warum haben Sie sich dann mit ihm verlobt?«

»Ich weiß, dass es hinterlistig war, aber ich habe es nur getan, damit mein Vater seine Schulden bei Silas zurückzahlen konnte, ohne befürchten zu müssen, ständig bei seiner Arbeit sabotiert zu werden.«

»Das verstehe ich nicht. Warum sollte Silas Ihren Vater daran hindern zu arbeiten, wenn er ihm Geld schuldete?«

»Er wollte Dad in Zahlungsschwierigkeiten bringen. Das verschaffte ihm die Möglichkeit, meinem Vater das Angebot zu machen, ihm die Schulden zu erlassen – im Austausch gegen die Erlaubnis, um meine Hand anhalten zu dürfen.«

Henrietta schürzte die Lippen. »Ich verstehe.«

»Als mein Vater abgelehnt hatte, setzte Silas ihn unter Druck. Als Dad dann für Ezra Pickering Holz transportierte, hat Silas Ezra gezwungen, meinem Vater den Auftrag wieder wegzunehmen, indem er Ezra gedroht hat, dessen Auftraggeber zu verprellen. Aus schlechtem Gewissen hat Ezra meinen Vater an Dolan O'Shaunnessey vermittelt. Kurz darauf verunglückte Dolan schwer, sodass der Betrieb in seinem Werk eingestellt werden musste. Und dann ist auch noch Ezras Werft niedergebrannt.«

»Sie glauben doch nicht etwa, dass diese Unglücke zufällig passiert sind?«

»Nein, genauso wenig wie mein Vater. Ich habe Silas' Antrag angenommen, damit nicht noch mehr unschuldigen Menschen Leid zugefügt wurde und mein Vater sein Schiff behalten konnte.«

»War Silas wütend, als Sie die Verlobung gelöst haben? Zumal ich annehme, dass Sie dabei die treibende Kraft gewesen sind.«

»Ich habe Silas dabei überrascht, wie er eine andere Frau geküsst hat, aber ich kann Ihnen versichern, es hat mir nicht das Herz gebrochen. Kurz darauf hat mein Vater eine Erbschaft gemacht und konnte von dem Geld seine Schulden tilgen. Silas war außer sich, vor allem, als ich einen anderen Mann geheiratet habe. Erst vor kurzem wurde das Schiff meines Mannes, die *Ophelia*, in die Luft gesprengt, während man ihn selbst in einer dunklen Gasse halb totgeprügelt hat.«

»Das ist ja schrecklich! Wie geht es ihm?«

»Er erholt sich allmählich, aber wir haben keine Ruhe, solange wir nicht wissen, was mit Silas geschehen ist.«

»Sein Verschwinden ist rätselhaft und widerspricht völlig seinem Charakter. Er lässt seine Geschäfte nicht gern im Stich.«

»Wer immer das Schiff meines Ehemannes gestohlen hat, wusste jedenfalls nicht, dass Monty Radcliffe Sprengstoff an Bord versteckt hatte. Offenbar hat der Dieb meinen Mann mit einer falschen Nachricht vom Schiff gelockt und ihn anschließend zusammengeschlagen. Wir bezweifeln allerdings sehr, dass Silas die *Ophelia* gestohlen hat, zumal er nicht weiß, wie man ein Dampfschiff steuert.«

»Das stimmt allerdings.«

»Mike Finnion wird ebenfalls vermisst. Er war Kapitän auf der *Curlew*.«

»Ich weiß«, sagte Henrietta. »Solange wir nicht wissen, wo Silas sich aufhält, ist alles in der Schwebe. Ich möchte die Hotels gern wieder eröffnen, zumal das Personal auf den Lohn angewiesen ist. Andernfalls leiden ganze Familien Not. Doch soviel ich weiß, müssen sieben Jahre verstrichen sein, bis eine vermisste Person offiziell für tot erklärt wird, was bedeutet, dass ich die Hotels nicht vor Ablauf dieser sieben Jahre erbe. Ich weiß nicht, was ich tun soll. Ich bin zwar in der Lage, ein Hotel zu leiten, brauche allerdings eine amtliche Genehmigung für den Alkoholausschank. Aber wie ich diese Spießbürger kenne, lehnen die mich ab, weil ich eine Frau bin. Als rechtmäßige Besitzerin sähe alles ganz anders aus. Deshalb werde ich mein Anliegen vorbringen und um die Hotels kämpfen.«

»Ich wünsche Ihnen viel Glück«, sagte Francesca.

»Danke. Haben Sie und Ihr Mann ein Haus in der Stadt?«

»Nein. Wir leben auf dem Fluss. Derzeit wohnen wir auf dem Schiff meines Vaters.«

»Da muss es ja ganz schön eng sein.«

»Man gewöhnt sich daran.«

»Dennoch ist es keine ideale Situation für Frischvermählte. Sollten Sie den Wunsch haben, sich ein Hotelzimmer zu nehmen, sind Sie herzlich willkommen. Die Zimmer stehen nämlich alle leer.«

»Das ist sehr großzügig von Ihnen.«

»Das ist das Mindeste, was ich tun kann. Sie müssen sich allerdings selbst versorgen. Ich lasse zwar regelmäßig ein Zimmermädchen kommen, um das Haus sauber zu halten, bis ich weiß, wie es weitergeht, aber das ist auch schon alles.«

»Ich werde mit meinem Mann sprechen, aber es kann sein, dass er Ihr Angebot ablehnt.«

»Das macht nichts. Ich hätte Verständnis dafür. Ich möchte nur, dass Sie wissen, dass das Angebot bestehen bleibt.«

»Ich danke Ihnen, Henrietta.«

Jimmy klopfte an die Tür des Hauses Humphries Street 5, wo Mike Finnion sich bei einer Mrs Weatherby eingemietet hatte. Da die Außentür offen stand, konnte er durchs Fliegengitter in die breite Eingangsdiele spähen. Der schwache Dunst von gebratenen Zwiebeln zog an ihm vorüber. Am Ende der Diele erschien eine Frau aus der Küche.

»Ja?«, rief sie.

»Hallo«, rief Jimmy zurück.

»Das Zimmer ist bereits vergeben, falls du deswegen hier bist«, sagte Mrs Weatherby.

»Ich wollte nur fragen, ob Sie etwas von Mike Finnion gehört haben.«

»Warum willst du das wissen?«

Jimmy spürte, dass sie auf der Hut war. »Ich mache mir Sorgen um ihn.«

Daraufhin humpelte Mrs Weatherby auf ihren entzündeten Fußballen zur Tür.

»Ich habe den Herrn von der Polizei bereits gesagt, dass ich nicht weiß, wo er steckt«, sagte sie, während sie sich die Hände an ihrer schmutzigen Schürze abwischte.

»Wenn Sie etwas wissen, wäre ich Ihnen sehr dankbar, wenn Sie es mir sagen würden«, bat Jimmy. Er musste wenigstens wissen, ob Mike noch am Leben war. Viele Existenzen hingen davon ab.

Mrs Weatherby musterte Jimmy. Im Laufe der Jahre hatten an die hundert Untermieter bei Mrs Weatherby logiert, sodass sie eine gute Menschenkenntnis entwickelt hatte. Jimmy schien ein anständiger Bursche zu sein.

»Mike schuldete mir noch eine Wochenmiete«, sagte sie.

Jimmy verstand dies als versteckte Aufforderung, ihr das Geld zu geben, damit sie seine Fragen beantwortete.

»Tut mir Leid, ich habe kein Geld ...«, sagte er traurig.

»Schon gut. Ich habe es gestern mit der Post erhalten.«

Jimmys Augen wurden groß. »Dann ist Mike am Leben?«

»Es geht wohl in Ordnung, wenn ich dir verrate, dass er nach Melbourne ist und dort auf dem Dock arbeitet.«

Jimmy stieß einen Seufzer der Erleichterung aus. Er war unendlich froh, dass Mike lebte, zumal er ein anständiger Kerl war. »Danke, Mrs Weatherby«, sagte er. »Sie wissen gar nicht, wie vielen Menschen Sie damit einen großen Gefallen erweisen.«

»Gern geschehen«, erwiderte sie und humpelte zur Küche zurück.

Jimmy musste sich gut überlegen, wie er mit dieser neuen Information verfuhr. Er wusste, wenn er Silas beschuldigte, Neal Mason unter einem Vorwand vom Schiff gelockt zu haben, würde er sich womöglich selbst belasten. Aber gleichzeitig wusste er auch, dass das Personal des Bridge Hotels und ihre Familien Not litten. Zudem war ihm klar, dass er wieder auf der Straße landen würde, wenn die Hotels verkauft würden, und davor fürchtete er sich am meisten.

Jimmy ging zum Pier, wo zwei Constables mit Joe Callaghan und Neal Mason ein Gespräch führten. Neal hatte gerade erst erfahren, dass die Gesellschaft, bei der er sein Schiff versichert hatte, ihm vorerst seinen Zahlungsanspruch verweigerte. Er vermutete, dass es damit zusammenhing, dass noch kein offizieller Polizeibericht eingegangen war, der wiederum nicht abgeschlossen werden konnte, solange die Polizei nicht ermittelt hatte, wer am Ruder der *Ophelia* gestanden hatte.

»Sie müssen etwas unternehmen«, sagte Neal zu den beiden Constables. Er ärgerte sich, dass die Ermittlungen nicht vorangingen. »Ich bin der Geschädigte, muss aber selbst für den Schaden aufkommen. Das kann doch wohl nicht richtig sein, oder?«

»Ich bedaure«, sagte Constable Watkins.

»Montgomery Radcliffe hat doch gestanden, dass er das von mir geladene Brennholz mit Sprengstoff präpariert hat. Das sollte für einen vorläufigen Polizeibericht genügen, um die Versicherungsgesellschaft zufrieden zu stellen.«

»Ich fürchte, so einfach ist das nicht«, entgegnete Constable Bennett. »Erst wenn wir ermittelt haben, wer am Steuer der *Ophelia* stand, können wir den Bericht abschließen.«

»Vielleicht kann ich helfen«, mischte Jimmy sich ein, der sich der Gruppe näherte.

»Weißt du etwas, Jimmy?«, fragte Joe. Er hatte Jimmys Vater gut gekannt und wusste, dass Henrietta Chapman sich nach dessen Tod um den Jungen gekümmert hatte.

»Ich weiß, dass von Silas die Nachricht stammt, die Neal am Abend der Explosion erhalten hat«, sagte Jimmy.

»Und woher weißt du das?«, wollte Constable Watkins wissen.

»Weil er selbst sie abgegeben hat«, sagte Neal, der Jimmy plötzlich wiedererkannte. An jenem Abend war es bereits dunkel gewesen, und er hatte dem Jungen kaum Beachtung geschenkt. Der Polizei hatte er nur eine ungenaue Beschreibung von Jimmy geben können, aber jetzt, wo er ihn wiedersah, kehrte seine Erinnerung zurück.

»Das stimmt«, bestätigte Jimmy. »Ich sollte für Silas die Nachricht überbringen, und Mike Finnion sollte an dem Abend die *Ophelia* stehlen, ist aber nicht aufgetaucht. Ich habe gerade erfahren, dass er nach Melbourne ist und dort auf dem Dock arbeitet.«

»Kannst du das beweisen?«, fragte Constable Watkins.

»Gestern hat seine Wirtin einen Brief erhalten, in dem das Geld für die Miete steckte, die er ihr noch schuldig war.«

»Weißt du auch, wer die *Ophelia* gestohlen hat?«, fragte Constable Watkins.

Jimmy senkte den Kopf. »Silas hat getobt, weil Mike nicht erschienen ist«, sagte er leise. »Er wusste, dass Mr Mason in wenigen Minuten zurückkommen würde. Ich musste Silas zu der Stelle am Ufer bringen, wo die *Ophelia* vor Anker lag.« Jimmy scharrte unbehaglich mit den Füßen. »Dann hat er mich zum Hotel zurückgeschickt. Ich bin losgerannt, habe aber noch einmal zum Schiff geschaut und gesehen, dass Silas an Bord gestiegen ist. Seitdem ist er spurlos verschwunden.«

Constable Watkins wandte sich an Joe und Neal. »Das scheint des Rätsels Lösung zu sein. Der Junge wird zwar noch vor dem Richter aussagen müssen, aber ich denke, wir können unseren Bericht jetzt abschließen.«

»Weißt du auch, ob Silas einen Schläger auf mich angesetzt hat, Jimmy?«, fragte Neal.

Der Bursche wurde rot. Er war sicher, dass er bereits zu viel gesagt und sich damit selbst belastet hatte.

»Ich verspreche dir, mein Junge, dass ich dir in keiner Weise eine Mitschuld gebe. Ich muss nur wissen, ob ich für den Rest meines Lebens auf der Hut sein muss.«

»Bevor ich Silas zu der Anlegestelle geführt habe, hat er noch kurz im Star Hotel vorbeigeschaut«, sagte Jimmy. »Wenige Minuten später kam er wieder zu Vorschein, zusammen mit zwei Raufbolden ... die Sorte, die gern mit den Matrosen

Streit anfängt, aus Spaß an einer Prügelei. Ich kannte die beiden nicht, aber sie waren ziemlich betrunken und machten den Eindruck, als wären sie darauf aus, jemanden in die Mangel zu nehmen. Silas hat die beiden offenbar gekannt. Er hat ihnen Geld in die Hand gedrückt. Dann sind sie in der Dunkelheit verschwunden.«

»In welche Richtung sind sie gegangen?«, fragte Neal.

Jimmy zeigte auf das Bordell.

»Ich habe die beiden Kerle danach nicht mehr gesehen«, sagte Jimmy. »Ich bin sicher, die waren nicht von hier.«

Während die beiden Constables Jimmy mit zur Wache nahmen, blickten Joe und Neal sich eine Weile stumm an.

Endlich war das Rätsel gelöst.

Kurz darauf gesellten Francesca und Lizzie sich zu den beiden an Deck.

»Was wollten die Constables, Neal?«, fragte Francesca. Durch die Luke in ihrer Kajüte hatte sie gesehen, wie die Polizisten sich entfernt hatten.

»Wir hatten gerade über den noch ausstehenden Polizeibericht gesprochen, als plötzlich ein junger Bursche erschien, der uns erzählt hat, was am Abend der Explosion vorgefallen ist.«

Francesca riss die Augen auf. »Willst du damit sagen, du weißt, wer dein Schiff gestohlen hat?«

»Es war Silas«, sagte Joe.

»Silas? Heißt das, er war an Bord, als das Schiff explodiert ist?«

»Sieht ganz so aus.«

Francesca musste diese Neuigkeit erst verdauen. »Dann ist ihm seine eigene Skrupellosigkeit zum Verhängnis geworden …«, sagte sie schließlich.

»Hätte er das Schiff nicht gestohlen, wären ich und wahrscheinlich auch du an Bord gewesen, Francesca. Silas hat uns auf seltsame Art und Weise das Leben gerettet.«

»Vergiss nicht, dass er zwei Totschläger auf dich angesetzt hat, Neal«, sagte Joe.

»Es steht mir nicht zu, über Silas zu richten, aber vielleicht hatte er es nicht anders verdient«, warf Ned ein, der bis dahin schweigend zugehört hatte. »Ich glaube, wir alle bekommen, was wir verdienen«, fügte er hinzu und blickte dabei Francesca an. Sie wusste, dass Ned an die Nacht dachte, in der er die Wanne im Fluss entdeckt hatte. Statt Regina und Silas hatte sie Mary und Joe als Eltern gehabt.

Nun schien es, als wäre das Schicksal ihr und Neal erneut zu Hilfe geeilt ... und als hätte Silas bekommen, was er verdiente.

33

Teddy McIntyre war soeben hier«, sagte Neal, nachdem Francesca ihm von Henrietta Chapmans Einladung erzählt hatte. »Er hat gefragt, ob ich mich um die *Bunyip* kümmere, solange er seine Tochter in Bunbury besucht. Es war sehr großzügig von deinem Vater, mir seine Kabine zu überlassen, aber er hat jetzt schon lange genug auf dem Boden geschlafen, deshalb habe ich Ja gesagt.«

»Das ist schon in Ordnung, Neal. Ich hatte Henrietta schon gesagt, dass du ihr Angebot vielleicht ablehnst, und sie hat Verständnis dafür.«

»Ich weiß ihre Einladung zu schätzen, aber ich bleibe lieber auf dem Fluss. Das verstehst du doch, Francesca?«

Francesca musste daran denken, dass Neal ihr bereits einmal gesagt hatte, dass er nie ein konventionelles Leben in einem Haus würde führen können und dass er sich nicht vorstellen könne, verheiratet zu sein und Kinder zu haben.

»Ja, Neal. Das verstehe ich. Du hattest mir bereits gesagt, dass so ein Leben nichts für dich ist.«

Plötzlich wirkte Neal verunsichert. »Kommst du mit mir?«, fragte er.

»Möchtest du das denn?«, fragte sie mit leichtem Zittern in der Stimme.

»Ja. Ich weiß nur nicht, ob du es willst. Schließlich sind wir nur verheiratet, um deinen Vater zu schützen.« Neal fühlte sich unbehaglich, weil Francesca nicht die ganze Wahrheit kannte.

Als sie nichts erwiderte, fuhr er fort: »Ich muss dir etwas sagen.«

Francesca Herz schlug schneller. Sie hoffte, dass Neal ihr sagen würde, dass es nun nicht mehr nötig sei, ihre Scheinehe aufrechtzuerhalten, da Silas keine Bedrohung mehr darstellte. Obwohl die Ehe nicht rechtskräftig war, fühlte sie sich dennoch als seine Frau, ja, sie konnte sich ein Leben ohne ihn nicht mehr vorstellen.

»Und was?«, fragte sie mit leiser Stimme.

»Es hat mit unserer Ehe zu tun ...«, antwortete Neal, wurde in diesem Moment jedoch von Joe unterbrochen, der vom Deck aus nach Francesca rief.

»Neal hat uns gesagt, dass er Teddy McIntyre versprochen hat, sich um die *Bunyip* zu kümmern«, sagte Joe. »Daher haben Ned und ich uns überlegt, runter nach Goolwa zu schippern. So bekommt Elizabeth ein bisschen mehr vom Fluss zu sehen. Außerdem können wir alle eine Erholungspause gebrauchen. Bist du einverstanden, mein Mädchen?«

»Sicher, Dad. Das ist eine großartige Idee.« Da ihr Vater in dem Glauben war, sie sei tatsächlich mit Neal verheiratet, nahm er natürlich an, dass sie Neal auf die *Bunyip* begleiten würde. Francesca blickte in sein glückliches, unbeschwertes Gesicht und brachte es nicht über sich, ihm die Wahrheit zu sagen. Es war lange her, dass sie ihn das letzte Mal hatte lächeln sehen. »Aber wie willst du mit deinem steifen Arm die *Marylou* steuern, Dad?«

»Elizabeth wird am Ruder stehen«, entgegnete er und lächelte Lizzie an. Francesca sah, dass Lizzie von der Idee begeistert war.

»Vielleicht sollten Sie Ihr Kapitänspatent machen, Lizzie«, schlug sie vor.

»Daran habe ich auch schon gedacht«, sagte Joe.

Lizzie riss erstaunt die Augen auf. »Traut ihr mir das wirklich zu?«

»Aber sicher«, entgegnete Joe.

»Sie können alles schaffen, Lizzie, Sie müssen es nur wollen«, sagte Francesca, doch ihr war die Enttäuschung anzuhören, dass ihr selbst das Kapitänspatent verwehrt geblieben war.

Lizzie spürte Francescas gedrückte Stimmung. Vermutlich gefielt es Frannie nicht, ihren Platz auf der *Marylou* für sie, Lizzie, zu räumen. Das bestätigte Lizzie auch in der Überzeugung, dass Francesca niemals eine Beziehung zwischen ihr und Joe tolerieren würde.

Francesca blickte ihren Vater an. »Dann werde ich jetzt meine Sachen packen, ihr könnt es sicher kaum abwarten, loszumachen.«

Joe spürte ebenfalls, dass mit Francesca etwas nicht stimmte. Er schob es darauf, dass sie ihn und Ned vermissen würde. Aber sie war jetzt eine verheiratete Frau und gehörte zu Neal. »Es besteht kein Grund zur Eile, mein Mädchen, aber bestimmt freut ihr Frischvermählten euch darauf, mal ungestört zu sein.«

Francesca errötete – nicht nur, weil ihr Vater annahm, sie und Neal würde es nach Intimität verlangen. Sie fragte sich, was sie tun sollte, wenn Neal sie nicht mitnehmen wollte.

»Dad, Ned und Lizzie setzen nach Goolwa über«, sagte Francesca zu Neal, als sie wieder in die Kajüte zurückgekehrt war. »Er geht davon aus, dass ich dich auf die *Bunyip* begleite.«

»Das war zu erwarten«, sagte Neal. Eigentlich hätte er ein schlechtes Gewissen haben müssen, weil er Joe täuschte, aber im Grunde täuschte er vor allem Francesca. Es war höchste Zeit, ihr die Wahrheit zu sagen.

»Leider war jetzt nicht der richtige Moment, meinem Vater zu gestehen, dass wir nur zum Schein verheiratet sind«, sagte Francesca.

»Genau darüber wollte ich mit dir sprechen«, entgegnete Neal.

In Francesca stieg Angst auf. »Das können wir auf später verschieben, Neal. Dad kann es kaum abwarten, den Anker zu lichten, deshalb sollte ich zuerst meine Sachen packen.«

Das Packen nahm fast eine Stunde in Anspruch; dann legten Joe und Ned längsseits der *Bunyip* an, die in Höhe von Strommeile 297 vor Echuca ankerte.

»In ein paar Wochen sehen wir uns wieder«, sagte Joe zum Abschied. »Wir müssen jetzt los, solange noch Tageslicht herrscht.«

Wenige Minuten später winkten Francesca und Neal ihnen zum Abschied hinterher.

»Das war's«, meinte Neal. »Jetzt sind wir unter uns.« Er hatte den Eindruck, Francesca fühle sich unwohl in ihrer Haut, und schob es auf die Trennung von Joe, Ned und Lizzie.

»Ja«, erwiderte Francesca, die sich mit einem Mal gehemmt fühlte. »Hast du Hunger? Ich kann uns etwas zubereiten.«

Neal hatte keinen Hunger, nicht einmal Appetit, hielt sich jedoch zurück. »Teddy sagte, dass in der Speisekammer ein bisschen Brot und Käse sei, und auch Wein«, entgegnete er. »Das reicht uns für heute, nicht wahr? Wir können morgen einkaufen.«

»Soll mir recht sein«, sagte Francesca und betrat mit Neal die Vorderkajüte. Auch sie verspürte keinen Hunger. Stattdessen hatte sie ein flaues Gefühl im Magen, genau wie in ihrer Hochzeitsnacht.

Die *Bunyip* war größer als die *Marylou* und besser ausgestattet. Beim Packen hatte Neal Francesca erzählt, dass Teddy und seine Frau Mavis drei Kinder an Bord großgezogen hatten, doch Mavis war vor einigen Jahren gestorben, und die Kinder waren mittlerweile erwachsen und hatten selbst Familie. Teddy, der inzwischen über sechzig war, verbrachte mehr Zeit damit, seine Kinder zu besuchen, als auf dem Fluss zu schippern. Doch während seiner letzten Abwesenheit von Bord war das Schiff geplündert worden, sodass Teddy die *Bunyip* in guten Händen wissen wollte, wenn er selbst nicht mit dem Schiff unterwegs war. Da Teddy wusste, dass Neal sein Schiff verloren hatte, hatte er ihm das Angebot gemacht, die *Bunyip* in den Zeiten seiner Abwesenheit zu übernehmen – ein Angebot, das Neal nur zu gern angenommen hatte. Denn solange er nicht wusste, wann die Versicherung das Geld ausbezahlen würde, konnte er kein neues Schiff in Auftrag geben.

Während Francesca nun ihre Sachen verstaute, konnte sie Neal in der Kombüse hören. Als sie in die Vorderkajüte zurückkehrte, hatte er Kerzen angezündet, Brot und Käse hergerichtet und schenkte gerade Wein in zwei Gläser.

»Ich möchte mich bedanken, dass du mich in den letzten Wochen so gut gepflegt hast«, sagte er und reichte Francesca eines der Gläser. »Ich war bestimmt kein einfacher Patient ...«

»Nun, du musstest große Schmerzen ertragen«, erwiderte Francesca nervös. »Außerdem weiß ich, wie hart es für dich war, wochenlang in einer Kajüte eingesperrt zu sein.«

»Das Schlimmste war, dass ich nachts auf dich verzichten musste«, sagte Neal. »Auch wenn unsere gemeinsame Zeit auf der *Ophelia* nur kurz war, musste ich immerzu daran denken.«

»Mir ist es nicht anders ergangen«, gestand Francesca und nahm einen Schluck Wein. Sie staunte über Neals Worte, da sie angenommen hatte, er wolle ihr den Laufpass geben.

Neal umfasste ihr Gesicht mit beiden Händen. »Als ich in der Gasse im Dreck lag, war meine größte Angst, dich nie wiederzusehen.« Mit dem Daumen fuhr er zärtlich über ihre weiche, volle Unterlippe. »Und nie mehr deine Lippen zu küssen ...« Er zog Francesca in seine Arme und küsste sie leidenschaftlich. Als er sie wieder freigab, sagte er leise: »Ich begehre dich.«

Vor Verlangen bekam Francesca weiche Knie, denn sie begehrte Neal nicht minder.

Kurz darauf lagen sie in einer der Kajüten in der Koje. Neal zog Francesca behutsam aus. Während er mit geschickten Fingern die Knöpfe aufmachte und sie nach und nach entkleidete, küsste er ihre nackte Haut, und jede Berührung ließ sie innerlich beben.

»Ich habe noch keine Frau so sehr begehrt wie dich, Francesca«, raunte er ihr ins Ohr. »Ich liebe dich.«

»Ich liebe dich auch«, flüsterte sie. »Mehr als du dir vorstellen kannst ...«

Sie liebten sich fast die ganze Nacht und fielen in den frühen Morgenstunden erschöpft in Schlaf. Als Francesca von dem Sonnenlicht wach wurde, das in die Kabine fiel, lag Neal nicht mehr neben ihr. Sie warf einen Blick auf die Uhr und stellte erschrocken fest, dass es kurz vor Mittag war. Rasch stand sie auf. Sie fand Neal an Deck, wo er auf den Fluss schaute, der im Sonnenschein funkelte. Er hatte sich weder gekämmt noch rasiert und sah verschlafen aus, aber Francesca konnte nur an seine leidenschaftlichen Küsse denken und seufzte zufrieden. Wenn jeder Tag so perfekt würde wie dieser, wäre sie für den Rest ihres Lebens glücklich.

»Einen wunderschönen guten Morgen«, sagte sie mit zärtlicher Stimme.

Neal wandte sich um und sah sie lächelnd an. Sie trug einen Morgenrock, und ihre dunklen Haare waren zerzaust; dennoch fand er sie bezaubernder denn je. »Ja, es ist ein wunderschöner Morgen«, entgegnete er, und sein Lächeln wurde verschmitzt, als er in ihre strahlend blauen Augen blickte.

Francesca musste an ihre erste Begegnung denken, als sie den Hafenarbeiter ins Wasser geschubst hatte. Damals hatte Neal sie genauso angelächelt, und auch damals hatte ihr das Herz bis zum Hals geklopft.

»Ich hab ein wenig Brot und Käse hergerichtet, falls du hungrig bist«, sagte er und nahm sie in die Arme.

»O ja. Ich habe einen Bärenhunger«, erwiderte sie und kuschelte sich an ihn. Seine starken Arme umfingen sie, und sie seufzte vor Wonne.

»Ich habe eine Überraschung für dich«, sagte er, die Lippen an ihrem Ohr.

»Eine Überraschung? Was denn?«

»Hier auf dem Schiff gibt's eine Wanne, in der Platz genug für zwei ist.«

Francescas Augen leuchteten auf. »Und wo ist sie?«

»Im Bad.«

»Es gibt ein Bad an Bord?«

»Ja. Vor zwei Stunden habe ich angefangen, Wasser für die Wanne heiß zu machen. Was hältst du davon, wenn wir sie jetzt ausprobieren?«

»Worauf warten wir noch?«, erwiderte Francesca.

Es war bereits Nachmittag, als Neal und Francesca zur Stadt aufbrachen.

»Kommst du mit zur Bäckerei?«, fragte Francesca.

»Nein, ich besorg inzwischen das Fleisch«, gab Neal zurück.

»Sollen wir uns vor dem Fleischerladen treffen?«

»Nein«, sagte Neal hastig. »Ich weiß nicht, wie lange es dauert. Am besten, wir treffen uns auf der *Bunyip*.«

Er hatte sich fest vorgenommen, noch heute ernsthaft mit Francesca zu reden. Das hätte er schon gestern tun sollen, aber er hatte nicht ihren ersten gemeinsamen Abend seit Wochen verderben wollen. Auch wenn es egoistisch und feige von ihm gewesen war, so hatte er wenigstens diese schöne Erinnerung, falls sie ihm den Laufpass geben sollte.

Nachdem sie zwei frische Brotlaibe und Eintopfgemüse gekauft hatte, machte Francesca sich auf den Rückweg zur *Bunyip.* Sie beschloss, den Weg durch den Hafen zu nehmen. Am Pier wurde sie kurz von John Henry aufgehalten. Er hatte gehört, dass Joe nach Goolwa übergesetzt hatte, und wollte wissen, wo Francesca untergekommen war. Freudig erzählte sie ihm, dass sie vorübergehend auf der *Bunyip* wohnte, als sie zufällig zum Bordell blickte.

Sie erstarrte. Spielten ihre Augen ihr einen Streich? War das Neal, der gerade durchs Tor eintrat? Ungläubig beobachtete sie, wie er anklopfte und gleich darauf im Innern verschwand, den Arm um die Taille einer Frau geschlungen.

Francescas Herz begann zu rasen, und ihr wurde heiß und schwindlig. Wie konnte Neal sie fast die ganze Nacht lang lieben und am nächsten Tag zu einer Prostituierten gehen? Wie konnte er etwas so Kostbares wie ihre Liebe mit Füßen treten? Sie versuchte sich einzureden, dass er sich bloß bei den Mädchen bedanken wollte, weil sie ihn gerettet hatten, doch sie wusste, dass dies längst geschehen war.

Francesca murmelte eine Ausrede und schlug den Weg zurück in die Stadt ein. Tränen liefen ihr übers Gesicht, sodass sie blindlings voranstürzte. Sie nahm kaum wahr, dass John Henry ihr etwas hinterherrief, als sie zum Marktplatz eilte.

Dort angekommen, wusste Francesca nicht, welche Richtung sie einschlagen sollte. Am liebsten wäre sie zu ihrem Vater und zu Ned gerannt, aber sie waren beide fort. Sie war ganz auf sich allein gestellt. Als ihr Blick auf das Bridge Hotel fiel, kam ihr Henrietta in den Sinn. Obwohl das Hotel geschlossen war, stand die Eingangstür offen. In Tränen aufgelöst, betrat Francesca das Foyer, in dem kurz darauf Henrietta erschien.

»Francesca! Was ist denn passiert?«, fragte sie bestürzt.

Doch Francesca konnte nur noch den Kopf schütteln. Sie ließ ihre Einkäufe auf den Boden fallen. Da Henrietta ahnte, dass etwas Schreckliches vorgefallen war, nahm sie Francesca mit nach oben in eines der Zimmer.

»Setzen Sie sich«, sagte sie und reichte ihr ein großes Taschentuch. »Ist Ihrem Vater etwas zugestoßen?«

Francesca brachte kein Wort hervor. Schluchzend vergrub sie das Gesicht in den Händen. Henrietta ahnte, dass Francescas Kummer mit ihrem Ehemann zusammenhing, doch sie wollte nicht aufdringlich erscheinen und stellte keine dahingehenden Fragen. »Ich mache uns einen heißen Tee. Sie bleiben erst einmal hier sitzen«, sagte sie. »Sie können bleiben, so lange Sie wollen. Machen Sie es sich bequem.«

Langsam gelang es Henrietta, Francesca zu beruhigen.

»Ich verstehe die Männer nicht«, stieß Francesca unglücklich hervor.

»Da sind Sie nicht die Einzige«, entgegnete Henrietta. »Aber manchmal sehen die Dinge gar nicht mehr so schlimm aus, wenn man Zeit gefunden hat, in Ruhe darüber nachzudenken.« Henrietta ging davon aus, dass es sich lediglich um einen dummen Ehekrach handelte. Schließlich war Francesca noch jung und unerfahren.

»Ich muss weg von hier«, sagte Francesca.

»Aber warum? Bleiben Sie noch ein Weilchen hier im Hotel«, entgegnete Henrietta. »Falls Sie ungestört sein möchten, braucht niemand davon zu erfahren.«

»Nein, Henrietta. Ich fahre noch heute Abend mit dem Zug nach Melbourne.«

»Handeln Sie nicht überstürzt, Francesca? Sie sollten erst einmal alles in Ruhe überdenken. Ich weiß zwar nicht, was zwischen Ihnen und Ihrem Mann vorgefallen ist, aber wenn er Sie mit einer taktlosen Bemerkung gekränkt hat, wird er sich bestimmt dafür entschuldigen.«

Wieder kamen Francesca die Tränen. »Wenn es doch nur so wäre ...«

»Möchten Sie darüber sprechen?«

»Ich habe gesehen, dass er ins Freudenhaus gegangen ist, Henrietta. Dafür gibt es keine Entschuldigung. Das kann ich ihm niemals verzeihen. Zwischen uns ist es aus und vorbei.«

Henrietta wusste nicht, was sie darauf erwidern sollte. Sie musste an Silas denken. Auch er hatte sich damals im Bordell herumgetrieben. Sie hatte es ebenfalls nicht verwinden können, und es war zur Trennung gekommen, weshalb sie Francesca ihren Zorn und Schmerz nachfühlen konnte. »Haben Sie denn eine Anlaufstelle in Melbourne?«

Francesca schüttelte den Kopf.

»Wo wollen Sie unterkommen?«

Francesca blinzelte und tupfte ihre Tränen ab. »Ich könnte ja ins Frauenhaus auf der Barnaby Street gehen, von dem Sie gesprochen haben. Dort könnte ich mir auch meinen Lebensunterhalt verdienen. Sobald ich alleine zurechtkomme, kann ich mich um eine Arbeitsstelle und eine Unterkunft bemühen.« Francesca fiel plötzlich ein, dass sie kein Geld hatte. »Könnten ... könnten Sie mir Geld für die Fahrkarte leihen, Henrietta?«

»Selbstverständlich, meine Liebe.«

»Sobald ich kann, schicke ich Ihnen das Geld zurück. Sie haben mein Wort.«

Als Neal an Bord der *Bunyip* zurückkehrte, nahm er an, dass Francesca dort auf ihn wartete, doch sie war nicht da. Anfangs war er nur ein wenig beunruhigt, doch als sie nach Einbruch der Dunkelheit immer noch nicht zurück war, machte er sich ernsthafte Sorgen. Er zog sich einen Mantel von Teddy über und machte sich auf die Suche nach ihr. Nachdem er die Stadt abgegrast hatte, ging er hinunter zum Pier und hörte sich dort bei den Schiffern um. Vom Maschinisten der *Eliza Jane* erfuhr er, dass Francesca sich nachmittags noch mit John Henry unterhalten hatte. Daraufhin suchte Neal die *Syrett* auf.

»Ich hab gehört, dass du heute mit Francesca gesprochen hast«, sagte Neal zu John Henry.

»Ja, ich habe heute Nachmittag kurz mit ihr gesprochen«, entgegnete John und bedachte Neal mit einem merkwürdigen Blick.

»Was ist?«, fragte Neal.

»Ich mische mich ja ungern in anderer Leute Angelegenheiten, Neal, aber warum treibst du dich im Bordell herum, wenn du so eine schöne und junge Frau hast?«

Neal wusste keine Antwort darauf.

»Während wir unser Schwätzchen hielten, hat Francesca zufällig beobachtet, wie du heute Nachmittag bei Maggie angeklopft hast. Sie war am Boden zerstört.«

»Oh, verflucht«, stieß Neal leise hervor. Er war wütend auf sich selbst, weil er mit Francesca nicht schon früher geredet hatte. »Wohin ist sie anschließend gegangen?«

»In Richtung Marktplatz.«

Wenige Minuten später stand Neal auf dem Marktplatz, wo er herauszufinden versuchte, welche Richtung Francesca eingeschlagen hatte. Dabei blieb sein Blick am Bridge Hotel hängen, und sofort fiel ihm Henriettas Angebot ein. Da die Eingangstür verschlossen war, klopfte er laut an.

»Wer ist da?«, fragte eine Frauenstimme.

»Neal Mason. Ich suche nach meiner Frau Francesca.«

»Sie ist nicht hier«, entgegnete Henrietta.

Neal bemerkte ihren geringschätzigen Unterton und ahnte, dass Francesca bei ihr gewesen war. »Bitte, machen Sie auf«, bat er.

»Das kann ich nicht«, gab Henrietta zurück.

»Bitte, Mrs Hepburn!«

Die Tür schwang auf, und Henrietta starrte ihn an. »Ich trage diesen Namen nicht mehr«, stieß sie hervor. »Ich heiße Henrietta Chapman.«

»Verzeihung, Miss Chapman. Bitte, sagen Sie mir, wo Francesca steckt, falls Sie es wissen. Es gab ein Missverständnis zwischen uns.«

»So nennen Sie das also?«, sagte Henrietta, verschränkte die Arme und schürzte die Lippen.

»Ja.« Neal war sichtlich unbehaglich zumute. »Ich weiß, sie hat mich vor dem Bordell gesehen, aber was sie jetzt sicher vermutet, stimmt nicht.«

Henrietta hob skeptisch die Augenbrauen.

»Ich liebe Francesca«, sagte Neal. »Sie ist die Frau meines Lebens.«

Henrietta entgegnete nichts darauf. Stattdessen starrte sie Neal mit eisigem Blick an. Sie musste gestehen, dass Neal ein sehr attraktiver Mann war und dass die beiden ein reizendes Paar abgaben. Jammerschade, dass er alles vermasseln musste. Aber das hatte er sich selbst zuzuschreiben.

»Ich kenne sämtliche Ausreden der Männer für ihre Lüsternheit, Mr Mason. Sie müssen sich schon etwas Besseres einfallen lassen, um mich milde zu stimmen.«

Neal erkannte, dass es kein leichtes Unterfangen sein würde, Henrietta zu bewegen, ihm Francescas Aufenthaltsort zu verraten. Ihm blieb nur eines. »Wissen Sie, wo meine Frau ist, Miss Chapman?«

»Schon möglich«, entgegnete Henrietta herausfordernd.

»Darf ich eintreten?«

Henrietta wich nicht von der Stelle.

»Geben Sie mir nur fünf Minuten Ihrer Zeit. Damit retten Sie meine Ehe und helfen meiner Frau, ihr Gleichgewicht wiederzufinden.«

»Sind Sie sicher, Mr Mason?«

»So sicher, wie ich hier stehe.«

34

Warum haben Sie Francesca das nicht gesagt?«, fragte Henrietta vorwurfsvoll.

»Ich hatte Angst vor ihrer Reaktion«, gestand Neal. »Selbst wenn sie mir die Gelegenheit gibt, mit ihr zu sprechen, habe ich sie womöglich für immer verloren.«

»Darauf müssen Sie gefasst sein«, entgegnete Henrietta, die ihn nicht so leicht davonkommen lassen wollte. Männer waren sich manchmal selbst ihr größter Feind, wie sie nur zu gut wusste.

»Bitte, sagen Sie mir, wo Francesca ist!«, flehte Neal.

Kurz darauf rannte er zum Bahnhof. Er hörte bereits den Pfiff der Dampflok, die zur Abfahrt nach Melbourne bereitstand, und das Herz schlug ihm bis zum Hals. Als er den Bahnhof erreichte, kontrollierte der Schaffner gerade die Fahrausweise der letzten Passagiere, die zustiegen. Neal drängte die Leute zur Seite und sprang auf einen Wagon auf.

»He«, rief der Schaffner und kam ihm hinterher. »Wo ist Ihre Fahrkarte?«

Neal eilte weiter durch die Zugabteile auf der Suche nach Francesca. Er sah, dass ein zweiter Schaffner über den Bahnsteig rannte, der ihn durch die Fenster verfolgte und ihm etwas zurief, doch Neal beachtete den Mann nicht. Er würde nicht zulassen, dass der Zug mit Francesca an Bord abfuhr.

Als er die Tür des letzten Abteils aufstieß, entdeckte er Francesca zusammengekauert und weinend auf einem Sitz in der Ecke. Er eilte auf sie zu, hörte aber schon die Schritte des Schaffners hinter sich.

Als Francesca Neal erblickte, riss sie entsetzt die Augen auf. »Lass mich in Ruhe!«, fauchte sie ihn wütend an. Andere Fahrgäste drehten sich erstaunt nach ihr um.

Kurz entschlossen nahm Neal sie in die Arme und rannte mit ihr zum Ende des Zuges, wo er auf die Schienen sprang, um dem Schaffner auf dem Bahnsteig nicht in die Arme zu laufen.

»Was machst du da?«, stieß Francesca wütend hervor. »Lass mich sofort runter!«

Der Schaffner, der Neal durch den Zug verfolgt hatte, sah durch die offene Abteiltür nach draußen. »Alles in Ordnung, Miss?«

»Es heißt ›Mrs‹«, rief Neal zurück. »Sie ist meine Frau.«

»Nein, bin ich nicht«, widersprach Francesca. »Sehen Sie denn nicht, dass ich entführt werde?«, rief sie dem Schaffner zu, erbost darüber, dass Neal sie sich einfach geschnappt hatte. »Rufen Sie die Polizei!«

»Francesca, bitte, hör mich nur fünf Minuten an«, flehte Neal. »Wenn du mich dann immer noch verlassen willst, kannst du morgen in den Zug steigen, ohne von mir aufgehalten zu werden. Bitte.«

Francesca sah zu dem Schaffner, der den Kopf schüttelte, nachdem er erkannt hatte, dass es sich um einen Ehekrach handelte. »Wir müssen jetzt abfahren«, sagte er mit Blick auf seine Taschenuhr. »Möchten Sie immer noch, dass die Polizei verständigt wird?«

Francesca schüttelte den Kopf, und Neal seufzte erleichtert.

»Egal was du sagst – nichts kann meinen Entschluss ändern«, sagte sie, wobei sie gegen die Tränen ankämpfte. »Du zögerst bloß das Unvermeidliche hinaus.«

»Vielleicht hast du Recht«, entgegnete Neal und ließ sie herunter, während der Zug abfuhr. In diesem Augenblick prasselte ein Gewitterschauer auf sie nieder. Neal zog Teddys Mantel aus, legte ihn Francesca um die Schultern und hob sie auf den gegenüberliegenden Bahnsteig. Nachdem er ebenfalls hinaufgeklettert war, nahm er ihre Hand, und sie rannten zur Uferpromenade. Francesca nahm an, dass er sich irgendwo mit ihr unterstellen wollte, um zu reden, sodass sie völlig schockiert war, als sie sich dem Bordell näherten und Neal das Eingangstor aufstieß.

»Ich gehe da nicht rein!«, sagte sie. »Niemals! Hast du den Verstand verloren?«

Ohne ein Wort zog Neal sie zur Eingangstür und klopfte an.

»Um Himmels willen, Neal«, sagte Francesca und kämpfte vor Wut mit den Tränen. »Lass mich los.« Sie versuchte, ihre Hand aus der seinen freizubekommen, doch er hielt sie fest.

»Vertrau mir, Francesca. Ich habe nicht die Absicht, dich zu demütigen.«

»Hier zu sein ist demütigend genug«, fauchte Francesca, als plötzlich die Tür geöffnet wurde.

Das Lächeln im Gesicht der Frau, die in der Tür stand, verblasste, als ihr Blick auf Francesca fiel, und sie raffte ihren Morgenrock zusammen. »Neal, ich dachte, du bist ...« Sie biss sich auf die Zunge. »Heute Abend ist nichts los«, fuhr sie fort. »Was machst du hier?«

»Hallo, Bridie. Das ist meine Frau Francesca«, stellte er sie vor.

Bridie sah Francesca ihr Unbehagen an, doch ihr war schon seit langem gleichgültig, was andere von ihr dachten. »Guten Abend«, sagte sie mit starkem irischen Akzent. Stirnrunzelnd blickte sie Neal an. »Wollt ihr hereinkommen?«, fragte sie, ohne schlau daraus zu werden, warum Neal seine Frau mitgebracht hatte.

»Ja. Ist Gwendolyn wach?«

»Ich glaube schon«, entgegnete Bridie und trat zur Seite.

Francesca versuchte erneut, sich loszureißen. »Ich will deine Geliebte nicht kennen lernen!«, zischte sie, doch Neal verstärkte lediglich den Griff um ihre Hand und zog sie ins Haus, während Bridie sie missbilligend musterte. Neal zerrte Francesca durch einen schummrig beleuchteten Gang, in dem ihr der Geruch von billigem Parfum in die Nase stach. Durch die offenen Türen entlang des Flures erhaschte sie Blicke in dämmrig beleuchtete Zimmer und auf spärlich bekleidete Frauen, sodass ihre Wangen vor Scham glühten. Gleich darauf traten sie durch die Hintertür nach draußen in den Regen und gingen auf einen kleinen Anbau zu. Neal klopfte an die Tür.

»Ich bin's, Gwendolyn«, rief er, während er den Kragen seines Hemdes hochschlug, weil der Regen hineinlief.

»Ich kann nicht glauben, dass du mir zumutest, deine Geliebte kennen zu lernen«, stieß Francesca hervor. »Ich dachte, ich kenne dich, aber offensichtlich bist du mir völlig fremd, sonst würdest du mich nicht so grausam behandeln.«

Neal wandte den Kopf und blickte sie an. Trotz der Dunkelheit nahm Francesca seinen gequälten Gesichtsausdruck wahr. Jetzt verstand sie überhaupt nichts mehr.

Im nächsten Augenblick wurde die Tür geöffnet. »Neal«, rief eine mädchenhafte Stimme. Francesca erwartete, eine weitere Person im Zimmer zu erspähen, da die Stimme gar nicht zu der Frau passte, die Neal jetzt um den Hals fiel. Francesca wollte sich umdrehen und davonlaufen, doch Neal hielt sie fest.

»Können wir hereinkommen, Gwennie?«, fragte er. »Es regnet in Strömen.«

Mit einem Kichern machte Gwennie den Weg frei. Neal zog Francesca ins Innere und schloss die Tür hinter ihnen. Sein Hemd war völlig durchnässt, und er zitterte, doch Francescas Aufmerksamkeit war auf ihre Umgebung gerichtet.

Irritiert blickte sie auf eine Ansammlung von Puppen und nahm kaum wahr, dass Neal ihrer Gastgeberin, die ihnen im Nachthemd die Tür geöffnet hatte, heimlich einen Morgenrock überstreifte. Der Raum sah aus wie ein Kinderzimmer. Francesca kam kurz in den Sinn, dass die Frau, die ihnen die Tür geöffnet hatte, vielleicht ein gemeinsames Kind mit Neal hatte, obwohl sie nicht der Typ dafür war, wie immer der auch aussehen mochte. Sie war von kräftiger Statur; ihre blonden Haare waren im Nacken zusammengebunden, und sie trug eine Brille mit dicken Gläsern. Ihr Gesicht war nichts sagend, doch ihre blauen Augen funkelten aufgeregt.

»Gwendolyn, ich habe dir doch erzählt, dass ich eine Frau namens Francesca geheiratet habe«, sagte Neal langsam und betont.

»Ja«, erwiderte Gwen und spielte nervös mit den Fingern, während sie unruhig von einem Bein aufs andere trat.

»Ich habe sie heute mitgebracht, damit ihr euch kennen lernt«, fuhr Neal fort. »Das ist Francesca, meine Frau.«

Francesca war verwirrt, weil Neal so langsam und in einfachen Sätzen sprach. Sie fragte sich, ob Gwendolyn taub war und von seinen Lippen las.

Gwendolyn würdigte Francesca kaum eines Blickes. »Hast du mir ein Geschenk mitgebracht, Neal?«, fragte sie stattdessen.

»Du hast heute schon ein Geschenk von mir bekommen. Willst du Francesca denn nicht begrüßen?«

Gwen warf Francesca einen schüchternen Blick zu, bevor sie ihr um den Hals fiel und sie so fest an sich drückte, dass Francesca kaum noch Luft bekam.

»Sachte, Gwennie«, mahnte Neal, dem Francescas Bestürzung nicht verborgen blieb.

Als Gwendolyn sie schließlich losließ, blickte Neal Francesca an. »Gwendolyn ist meine Schwester«, sagte er mit weicher Stimme.

Francesca konnte es nicht fassen. »Deine Schwester!« Damit hatte sie am wenigsten gerechnet.

»Ja. Sie wohnt hier. Nicht wahr, Gwennie?«, sagte Neal.

»Ja, ich wohne hier.«

»Gwennie kocht und putzt für die Mädchen«, erklärte Neal.

»Ich kann Kartoffel- und Zwiebelsuppe«, sagte Gwennie. »Magst du Suppe?«

»Äh ... ja«, stammelte Francesca. Allmählich dämmerte ihr, dass Gwendolyn geistig behindert war.

»Ich putze auch die Böden«, verkündete Gwendolyn stolz. »Die Mädchen sind meine Freundinnen. Sie sind nett zu mir.«

»Wir müssen jetzt wieder gehen, Gwennie«, sagte Neal. »Wir sind vom Regen ganz nass und müssen uns umziehen, damit wir uns nicht erkälten. Aber wir sehen uns morgen wieder. Schließ die Tür ab, ja?«

»Ja, Neal, bis morgen.« Sie lächelte wie ein Kind. »Auf Wiedersehen, Fran-ces-ca. Kommst du morgen auch? Dann zeig ich dir meine Puppen.«

»Ja«, erwiderte Francesca lächelnd und verließ mit Neal das Zimmer, noch immer so überrascht, dass sie nicht wusste, was sie denken oder sagen sollte.

Mittlerweile war es stockdunkel, aber es hatte aufgehört zu regnen. Neal horchte, bis Gwendolyn den Innenriegel vorgeschoben hatte, bevor er Francesca zu einem Hinterausgang lotste, der nur von innen geöffnet werden konnte. Scheppernd fiel die Tür hinter ihnen ins Schloss. Er hakte Francesca unter, und sie machten sich auf den Rückweg zur *Bunyip.*

»Tut mir Leid, dass ich dir nicht schon früher von Gwendolyn erzählt habe«, sagte Neal. »Ich habe ständig auf den richtigen Zeitpunkt gewartet, aber wenn ich ehrlich bin ... ich habe es immer wieder vor mir hergeschoben. Gwendolyn ist der Grund, weshalb ich regelmäßig ins Bordell gehe – der einzige Grund. Ich weiß, ich habe bei den Damen einen gewissen Ruf, aber ich habe mich mit keinem der Mädchen je eingelassen. Wenn du mir nicht glaubst, kannst du sie selbst fragen, oder Lizzie.«

»Warum hast du mir die Wahrheit verschwiegen, Neal? Du hättest mir viel Kummer erspart.«

»Ich weiß. Doch anfangs dachte ich, ich wäre dir gleichgültig und bräuchte keine Rücksicht auf dich zu nehmen. Aber nachdem sich zwischen uns etwas Ernstes angebahnt hatte, hättest du es erfahren müssen. Verzeih mir. Ich hätte dir von Gwendolyn erzählen müssen.«

»Schämst du dich ihretwegen?«

»Nein. Ich liebe Gwennie von ganzem Herzen, aber Menschen können nun mal grausam sein.«

»Warum lebt sie im Bordell?« Francesca hielt das für den denkbar ungeeignetsten Ort für jemanden wie Gwendolyn.

Neal machte ein betretenes Gesicht. »Meine Mutter ist vor elf Jahren gestorben, und mein Vater starb kurz darauf. Damals hatte ich mir die *Ophelia* gerade erst angeschafft und einen Berg Schulden. Ich musste bis in die Nacht hinein arbeiten, um das Darlehn abzustottern. Ich wollte, dass Gwendolyn mit mir an Bord lebt, aber damals war sie noch sehr jung und hatte panische Angst vor dem Wasser. Inzwischen ist sie Mitte zwanzig, aber die Ärzte sagen, geistig sei sie auf der Stufe einer Zwölfjährigen. Gwennie kann die Sicherheitsvorkehrungen auf einem Schiff nicht verstehen. Und weil sie das Wasser meidet, gibt es keine Chance, ihr das Schwimmen beizubringen. Selbst wenn ich sie irgendwie aufs Schiff bekommen hätte ... hätte ich die ganze Zeit Angst haben müssen, dass sie über Bord geht oder dass ihr an Bord etwas passiert, sodass ich meine Arbeit nicht hätte verrichten können. Also habe ich versucht, ihr eine Stelle und eine Unterkunft in der Stadt zu besorgen, aber niemand wollte sie aufnehmen.«

»Was ist mit Verwandten? Gibt es keine Onkel oder Tanten?«

»In Australien leben keine Verwandten von uns. Ich habe ein paar Tanten in England und Irland geschrieben, aber nie eine Antwort erhalten.«

»Und wie kam es dazu, dass sie hinter dem Bordell wohnt?«

»Maggie und die anderen Mädchen haben mich und Gwendolyn häufiger in der Stadt gesehen, wenn ich versucht habe, sie zu vermitteln. Schließlich haben sie mich angesprochen. Obwohl die Mädchen von manchen Leuten verachtet werden, sind sie liebenswert und freundlich und haben ein großes Herz, so wie Lizzie. Sie haben Gwendolyn das Hinterzimmer angeboten und versprochen, sich um sie zu kümmern. Als Gegenleistung macht Gwennie die Hausarbeit. Da sie anfällig für Keuchhusten ist, beruhigt es mich zu wissen, dass die Mädchen nach ihr sehen. Das alles hört sich ungewöhnlich an, ich weiß, aber bisher hat es wunderbar geklappt. Die Mädchen schlafen meistens tagsüber, und Gwennie macht es Spaß, für sie zu waschen und ihnen einfache Gerichte zu kochen. Sie ist zwar ein bisschen langsam, aber mit Leib und Seele bei der Sache, und Maggie achtet darauf, dass sie von den Männern in Ruhe gelassen wird. Sobald es dunkel ist, zieht sie sich in ihr Zimmer zurück und schließt hinter sich ab. Ihr kann kaum etwas passieren, aber trotzdem erinnere ich sie bei jedem Besuch daran, die Tür zu verriegeln, für den Fall, dass ein Betrunkener sich nach draußen zu ihr verirrt.«

»Verzeih mir, Neal, dass ich dich völlig falsch eingeschätzt habe«, sagte Francesca. Sie schämte sich vor sich selbst.

»Das ist nicht deine Schuld. Bis jetzt habe ich Gwendolyn noch nie jemandem vorgestellt. Schließlich trage ich die Verantwortung für sie, und das schreckt manche Frauen ab. Gwen ist auch der Grund dafür, dass ich nie heiraten oder Kinder haben wollte. Mein Vater hat mich stets gewarnt, ich könnte ebenfalls ein behindertes Kind zeugen, während die Ärzte sich in diesem Punkt streiten. Ich liebe Gwennie von ganzem Herzen, Francesca, aber ich habe miterlebt, was meine Eltern durchgemacht haben. Gwennie ist zu vertrauensselig und manchmal sehr ungestüm in ihrer Liebesbedürftigkeit, wie du sicher bemerkt hast. Man darf sie keine Sekunde aus den Augen lassen, weil sie naiv ist wie ein Kind. Sie kam zur Welt, als meine Mutter schon nicht mehr damit rechnete, noch ein Kind zu bekommen, und mein Vater war damals schon von seiner Krankheit gezeichnet. Auch wenn es grausam klingt – ich glaube, dass Gwennie die beiden so früh ins Grab getrieben hat.«

»Es gibt keinen Grund, davon auszugehen, dass du ein Kind wie Gwendolyn zeugst, Neal, aber selbst wenn, würdest du es ebenfalls ins Herz schließen. Genau wie ich.«

Neal blieb stehen und zog Francesca in seine Arme. »Ich weiß wirklich nicht, womit ich dich verdient habe«, sagte er gerührt. »Du weißt nicht, wie sehr ich dich liebe.«

Francesca sah ihm an, dass er mit den Nerven am Ende war. Die Ereignisse des Tages hatten beide sehr mitgenommen. Sie hielten sich einige Augenblicke lang fest umschlungen.

»Wo ich gerade dabei bin, all meine Sünden zu beichten«, sagte Neal, »muss ich dir noch etwas sagen. Es geht um unsere Ehe.«

»Ich weiß, dass sie bloß gespielt ist, Neal, aber sag mir jetzt bitte nicht, dass du sie beenden möchtest«, entgegnete Francesca, der erneut Tränen in die Augen stiegen. »Es tut mir Leid, dass ich dir misstraut habe, aber ich könnte es nicht verkraften, dich jetzt zu verlieren.«

Neal schüttelte den Kopf. »Ich meine etwas anderes«, sagte er. Auch er wollte Frannie um keinen Preis verlieren, aber er musste endlich mit offenen Karten spielen. »Ich möchte, dass es zwischen uns keine Lügen mehr gibt.«

Francesca blinzelte, während ihre Wimpern von den Tränen feucht glänzten. Sie hatte keine Ahnung, was Neal ihr offenbaren wollte.

»Du weißt doch, dass ich in Moama war, um einen Freund zu bitten, bei unserer Trauung den Pfarrer zu spielen?«

Sie nickte.

»Nun, ich konnte meinen Freund nicht aufspüren. Irgendjemand sagte mir, er sei auf die Goldfelder gegangen.«

»Ich verstehe nicht …«, sagte Francesca verwundert. »Dann war Jefferson Morris ein anderer Freund von dir? Oder ein Schauspieler?« Sie hatte gehört, dass es in Moama eine Theatertruppe gab.

Neal ergriff ihre linke Hand und betrachtete den Trauring, der in der Dunkelheit schimmerte. Er dachte daran, wie er sich gefühlt hatte, als er sein Ehegelübde abgelegt und Frannie den Ring übergestreift hatte. Es war einer der bewegendsten Momente seines Lebens gewesen. Obwohl er stets vor dem Gedanken an eine Heirat zurückgeschreckt war, hatte er nicht damit gerechnet, sein Herz an eine Frau wie Francesca zu verlieren, und er hatte jedes Wort aus tiefster Seele gesprochen. »Jefferson Morris ist ein richtiger Pfarrer«, sagte er. Forschend sah er Francesca in die Augen. »Wir sind rechtmäßig Mann und Frau.«

Francesca stockte der Atem. »Wir sind *tatsächlich* verheiratet?«

Neal nickte. Er rechnete mit einem Wutausbruch, den er auch verdient hätte. »Es war verkehrt, dir vor der Hochzeit nicht die Wahrheit zu sagen. Ich weiß, wir haben uns auf eine Scheinehe geeinigt, um deinen Vater zu retten, aber tief im Herzen habe ich gespürt, dass uns etwas ganz Besonderes verbindet. Ich glaube, du hast es ebenfalls gespürt, vor allem in der Nacht, als wir uns das erste Mal geliebt haben. Spätestens da wusste ich, dass ich mein Leben mit dir verbringen möchte. Aber es hat mir schlaflose Nächte bereitet, dir die

Sache mit Gwennie zu beichten. Ich glaube, ich wollte warten, bis du dich an mich gewöhnt hast ... als deinen Mann.« Er verstummte kurz. »Jedes Gericht würde das als arglistige Täuschung werten, falls es dein Wunsch ist, die Ehe annullieren zu lassen.«

»Annullieren? Hast du den Verstand verloren?« Francesca fiel ihm um den Hals und weinte vor Glück. Sie erinnerte sich, wie ergriffen Neal während der Trauung gewesen war, und vor Freude strömte ihr das Herz über.

»Heißt das, du verlässt mich nicht?«, fragte Neal und drückte sie an sich.

»Du kannst ja mal versuchen, ob du mich wieder loswirst.«

Die nächsten zwei Wochen vergingen wie im Flug. Neal und Francesca genossen ihre Zweisamkeit an Bord der *Bunyip*. Es war wie Flitterwochen. Sie lagen in der Badewanne, tranken Wein und beobachteten die Abenddämmerung oder den Sonnenaufgang. Manchmal bildete sich Nebel über dem Fluss, den Francesca besonders liebte, sodass sie Neal dann bat, sich mit ihr an Deck zu stellen und sie in den Armen zu halten. Sie fühlte sich, als würden sie in ihrer eigenen Welt des Glücks leben. Hin und wieder statteten sie Gwendolyn einen Besuch ab, die sich immer mehr über Francescas Gesellschaft freute. Wenn Passanten sie mit hochgezogenen Augenbrauen dabei beobachteten, wenn sie an die Tür des Bordells klopften, musste Francesca im Stillen lachen.

Bei einem Ausflug in die Stadt schaute Francesca kurz bei Henrietta vorbei, während Neal die Versicherungsgesellschaft aufsuchte, um seine Ansprüche geltend zu machen. Francesca wollte Henrietta dafür danken, dass sie Neal damals gesagt hatte, dass sie im Zug nach Melbourne saß, und ihr das geliehene Geld zurückgeben. Außerdem wollte sie ihr erklären, dass ihr Streit mit Neal auf einem Missverständnis beruht hatte. Doch Henrietta sagte ihr, dass Neal sie damals bereits ins Bild gesetzt hätte.

»Andernfalls hätte ich ihm nicht verraten, wo Sie sind«, sagte Henrietta lächelnd, die sich aufrichtig freute, Francesca wieder glücklich zu sehen. »Außerdem«, fügte sie hinzu, »ist Neal einer der wenigen Männer, die eine zweite Chance verdienen.«

Nachdem Silas offiziell für tot erklärt worden war, hatte Henrietta die Hotels geerbt. Sie war bei den Behörden vorstellig geworden und hatte ihre Hotelierslizenz erhalten, woraufhin sie das Steampacket und das Bridge Hotel wiedereröffnete. Zudem erwähnte sie gegenüber Francesca, dass sie sich mit Ezra Pickering getroffen und ihm finanzielle Unterstützung für den Wiederaufbau seiner Werft angeboten habe. Er hatte angenommen – unter der Bedingung, dass sie Teilhaber wurde.

»Das ist ja großartig! Jetzt kann Neal ihn damit beauftragen, sein neues Schiff zu bauen«, sagte Francesca begeistert.

»Ja. Und es macht mir Freude, Silas' Geld sinnvoll zu verwenden«, sagte Henrietta. »Außerdem eröffne ich eine Wäscherei, in der ich Frauen beschäftige, die andernfalls im Bordell landen würden. Das wird vor allem die Männer auf den Schiffen freuen«, fügte sie hinzu. »Und die Frauen können gegen geringes Geld in den hinteren Zimmern wohnen.«

»Eine großartige Idee«, sagte Francesca. Sie wusste aus eigener Erfahrung, wie eng es auf einem Dampfschiff zuging, sodass es praktisch war, die Wäsche weggeben zu können.

Nur der Umstand, dass Monty wegen Mordes an Silas Hepburn in Haft saß und bald vor Gericht stehen würde, trübte Francescas Glück. In der Stadt kursierte das Gerücht, dass man Monty hängen würde. Sie fühlte sich verpflichtet, Regina einen Besuch abzustatten, doch irgendetwas ließ sie davor zurückschrecken.

Am Tag darauf machte Francesca einen Einkaufsbummel

in der Stadt, während Neal einem Freund aushalf, der in der Klemme steckte, weil sein Kahnführer sich verletzt hatte. Francesca wollte die Vorräte aufstocken, zumal sie jeden Tag ihren Vater, Ned und Lizzie zurückerwartete, und sie hatte vor, ihnen ein besonderes »Willkommensmenü« zu bereiten. Sie schlenderte über die High Street, als sie plötzlich Amos Compton vor der Mastfutterhandlung erspähte. Sie beschloss, die Gelegenheit zu nutzen, um sich nach Regina und Monty zu erkundigen, atmete tief durch und ging auf ihn zu.

»Guten Morgen, Amos«, grüßte sie. Er lud gerade Säcke mit Hafer und Spreu auf eine Kutsche.

»Guten Morgen, Mrs Mason«, erwiderte er.

»Wie geht es Regina?«

Amos richtete sich auf, so weit es ihm möglich war. Den Kopf wie immer zur Seite geneigt, antwortete er: »Nicht besonders.«

»Sie ist sicher krank vor Angst um Monty«, sagte Francesca.

»Aye. Jetzt, wo sie ihren Mann verloren hat und Monty bis zum Hals in Schwierigkeiten steckt, weiß sie nicht mehr ein noch aus. Ich mache mir ernsthaft Sorgen um sie.«

»Empfängt sie Besucher?«

»Nein, sie weist jeden ab.«

»Aber sie braucht Freunde, mit denen sie reden kann.«

Amos nickte. »Das stimmt. In letzter Zeit isst sie wie ein Spatz. Außerdem schläft sie kaum noch. Und sie verbietet mir, dass ich den Doktor hole. Ich weiß nicht, was ich noch tun soll. Wenn sich nicht bald etwas ändert, stirbt sie an gebrochenem Herzen.«

Francesca fasste einen Entschluss. »Fahren Sie jetzt gleich nach Derby Downs zurück?«

Amos nickte erneut. »Ich bin nicht gern lange weg vom Haus. Wenn etwas sein sollte, ist Mabel auf mich angewiesen.«

»Darf ich mitfahren, Amos? Ich weiß zwar nicht, ob ich etwas ausrichten kann, aber vielleicht hilft es ja schon, wenn ich Regina ein offenes Ohr schenke.«

Amos wusste, dass Francesca bei Regina eine besondere Stellung einnahm. Und auch wenn er nicht den Grund dafür kannte, so ahnte er doch, dass nur Francesca bis zu Reginas Innerem vordringen konnte. »Sicher«, entgegnete er. »Aber seien Sie nicht enttäuscht, wenn sie Sie wieder fortschickt.«

»Gehen Sie hinein«, sagte Amos, als sie vor dem Haus, das eine gespenstische Stille umgab, zum Stehen kamen. »Ich bringe die Kutsche nach hinten zu den Ställen.«

Francesca drückte die Eingangstür auf und rief laut nach Regina, bekam jedoch keine Antwort. Im Haus war es ungewohnt kühl und still wie in einem Mausoleum. Sie ging durch bis zum Salon, in dem die Vorhänge zugezogen waren. Gleich darauf kam ihr Mabel aus der Küche entgegen. Sie war überrascht, Francesca zu sehen.

»Hallo, Mabel. Warum sind die Vorhänge zugezogen?«

»Mrs Radcliffe erlaubt mir nicht, sie aufzuziehen.«

Francescas Besorgnis wuchs. »Ist sie unten?«

»Nein, in ihrem Zimmer, aber sie empfängt keine Besucher.«

»Das sagte Amos mir bereits. Würden Sie ihr trotzdem ausrichten, dass ich hier bin?«, bat Francesca.

Mabel machte ein bekümmertes Gesicht. »Ich sage es ihr, aber ich bezweifle, dass sie herunterkommen wird.«

»Vielleicht sollte ich einfach nach oben gehen. Oder schläft sie gerade?«

Mabel schüttelte den Kopf. Die tiefen Sorgenfalten, die sich in ihr Gesicht gegraben hatten, ließen sie erschöpft aussehen. Es war offensichtlich, dass sie die Situation als genauso belastend empfand wie Amos. »Sie hat kein Auge zugetan, seit Master Monty verhaftet wurde«, sagte Mabel. »Sie wandert die ganze Nacht schlaflos umher. Es bricht einem das Herz.« In ihrer Kehle stieg ein Schluchzer hoch, und sie wandte sich ab, um vor Francesca ihre Tränen zu verbergen.

Kurz darauf klopfte Francesca an Reginas Zimmertür, doch sie reagierte nicht. Sie klopfte erneut, dieses Mal mit mehr Nachdruck.

»Was gibt es denn, Mabel?«, fragte eine gebrochene Stimme.

Francesca öffnete die Tür einen Spalt und steckte den Kopf hindurch. »Ich bin es, Mutter«, sagte sie. Im nächsten Augenblick schlug sie die Hand vor den Mund. Sie hatte gar nicht beabsichtigt, Regina »Mutter« zu nennen. Es war ihr herausgerutscht. »Francesca«, fügte sie lauter hinzu in der Hoffnung, dass Regina das Wort »Mutter« nicht gehört hatte.

»Komm herein«, erwiderte Regina. Sie saß aufrecht im Bett.

Als Francesca an das Bett herantrat, sah sie entsetzt, dass Regina erschreckend abgemagert war. Sie wirkte um zehn Jahre gealtert. Sie trug ein Nachthemd und darüber einen Morgenrock, der völlig zerknittert war. Ihr Haar, das sie sonst immer in einer ordentlichen Frisur getragen hatte, hing ihr strähnig und ungekämmt bis auf die Schultern. Die Regina, wie Francesca sie zu Beginn kennen gelernt hatte, hatte mit dieser Frau keine Ähnlichkeit mehr.

Francesca setzte sich auf einen Stuhl neben dem Bett. Regina wandte den Blick von ihr ab und starrte wieder gedankenverloren aus dem Fenster. Sämtliche Vorhänge waren zugezogen bis auf einen, der ihr einen schmalen Ausblick auf den Himmel ermöglichte. Francesca sah, dass Regina bitterlich geweint hatte. Ihre Augen waren rot und geschwollen.

»Wie geht es dir?«, fragte Francesca sanft.

»Nicht besonders«, erwiderte Regina. »Und wie steht es mit dir?«

Francesca war verwundert über die Frage. »Mir geht

es gut.« Sie hatte beinahe ein schlechtes Gewissen, weil sie glücklich war.

Regina musterte sie kurz, wobei sie den Ausdruck der Verliebtheit auf Francescas Gesicht bemerkte. Ohne zu fragen, wusste sie, dass Frannie und Neal sämtliche Probleme, die sie belasteten, ausgeräumt hatten, zumal Francesca schöner aussah denn je, was Regina erneut den Schmerz ihres Sohnes vor Augen führte. »Was führt dich hierher?«

»Ich mache mir Sorgen um dich.«

Regina war gerührt. »Ich wollte, ich selbst käme an den Galgen, anstelle meines Sohnes«, sagte sie, wobei ihr Tränen in die Augen stiegen.

»Du kannst aber nicht mit Monty tauschen, Regina. Außerdem bist du für seine Tat nicht verantwortlich.«

»Doch. Hätte ich ihm gesagt, dass du meine Tochter bist, wäre er auf deine Verbindung mit Neal gar nicht erst eifersüchtig gewesen.«

Francesca wusste, dass Regina die Wahrheit sprach. Trotzdem hatte sie Neds Worte im Ohr. Egal wie eifersüchtig Monty sein mochte – es war keine Rechtfertigung dafür, dass er einen Mordanschlag auf Neal verübt hatte. »Gibt er dir die Schuld?«

»Nein. Er sagt, er habe sich mit seinem Schicksal abgefunden, aber ich weiß, dass er schreckliche Angst hat.« Ihre Stimme war lauter geworden. »Und ich ebenso. Die Vorstellung, ihn hängen zu sehen, geht über meine Kraft. Das ist so ungerecht, Francesca! Nicht einmal Silas hatte den Tod verdient, und dabei war er ein rücksichtsloses Scheusal, während Monty stets ein anständiger Mensch gewesen ist.«

»Wenn sein Verteidiger dem Richter die genauen Umstände erklärt, lässt er vielleicht Milde walten.«

»Silas war charakterlos, aber in der Gemeinde geachtet. Mit der Zeit hat er einige einflussreiche Freunde gewonnen, darunter auch Richter Gleeson. Wenn er die Verhandlung gegen Monty führt, wird er an ihm ein Exempel statuieren, da bin ich mir sicher. Wäre Frederick noch am Leben – er wüsste, was zu tun ist. Er hatte großen Respekt vor ihm, und das zu Recht. Ich vermisse ihn schmerzlich. Jedes Mal, wenn ich nach unten gehe, höre ich seinen Rollstuhl«, sagte Regina und drückte beide Hände auf die Ohren. »Das Geräusch hört nicht auf ...«

Francesca verspürte tiefes Mitleid. Sie erhob sich, setzte sich aufs Bett und umarmte Regina, die an ihrer Schulter den Tränen freien Lauf ließ.

Zum ersten Mal fühlte Francesca sich als ihre Tochter.

»Ich muss jetzt in die Stadt zurück«, sagte Francesca etwas später.

Regina nickte und trocknete ihr tränenüberströmtes Gesicht mit einem zerknüllten Taschentuch. Francesca sah ihr an, dass es ihr widerstrebte, sie gehen zu lassen, aber sie musste sich auf den Weg machen. Sie wollte nicht, dass Neal von ihrem Besuch bei Regina erfuhr. Er würde kein Verständnis dafür haben.

»Ich werde für Monty beten«, sagte Francesca und wandte sich zur Tür.

Regina nickte müde und verfiel wieder in ihre Depression. Die einst so stolze, starke Frau war nur noch ein Häufchen Elend.

»Ich verdiene nicht, dass du mich ›Mutter‹ nennst«, sagte Regina leise.

Francesca blieb vor der Tür stehen und wandte sich um. Offenbar hatte Regina doch gehört, dass sie »Mutter« zu ihr gesagt hatte. Sie blickte durch die offenen Verandatüren zum wolkigen Himmel empor. »Und ich habe auch keinen Sohn wie Monty verdient.«

Francesca beschlich die Angst, sie könnte eine Dummheit begehen. Sie blickte hinaus auf den Balkon und sah bildlich vor sich, wie Regina in den Tod sprang. »Du hast Fehler gemacht, Regina, aber jeder macht Fehler. Ich habe dir verziehen, und Monty wird dir ebenfalls verzeihen – wenn er es nicht schon getan hat, so wie ich.«

»Ich wünschte, er wäre wütend auf mich, aber das Gegenteil ist der Fall. Er hat sogar gesagt, dass es ihm gefallen hätte, eine Schwester zu haben, und dass er glaubt, Frederick hätte mir verziehen. Das macht die Sache aber nur noch schlimmer, denn hätte ich nicht an der Liebe meines Mannes gezweifelt, würde meinem Sohn jetzt nicht der Galgen drohen.«

»Wir können die Zeit leider nicht zurückdrehen«, stieß Francesca heiser hervor.

»Nein, das können wir nicht«, sagte Regina. »Sonst würde ich vieles anders machen.«

35

Claude Mauston brachte Francesca zurück in die Stadt. Sie hatte mehr Zeit bei Regina verbracht, als sie beabsichtigt hatte, da ihr Zustand Besorgnis erregend war. Es war spät geworden, und Francesca fürchtete, dass Neal dahinter kommen könnte, wo sie gewesen war. Sie bat Claude, sie auf der High Street abzusetzen statt auf der Uferpromenade, und stieg unverzüglich aus, als die Kutsche zum Stehen gekommen war.

Nachdem Neal den ganzen Tag mit seinem Freund Fred Cook gearbeitet hatte, war er mit ihm noch auf ein Glas ins Orient Hotel gegangen. Obwohl es ihn drängte, zu Francesca zu kommen, hatte er Freds Vorschlag angenommen, weil er noch eine gute Flasche Wein für den gemeinsamen Abend mit Francesca besorgen wollte. Er verließ gerade das Hotel, als er Francesca aus der Kutsche der Radcliffes aussteigen sah und beobachtete, wie sie in einer Gasse verschwand, die zur Uferpromenade führte. Neal war so verwundert, dass er sich erst an ihre Fersen heftete, nachdem die Kutsche losgefahren war.

Francesca lief mit schnellen Schritten, sodass sie den Pier erreichte, bevor Neal sie entdecken konnte. Sie war ganz aus dem Häuschen vor Freude darüber, dass die *Marylou* dort vor Anker lag. Während sie am Pier entlangeilte, winkte sie Ned, der an Deck war.

»Francesca!«, rief Neal laut, als er sie beinahe eingeholt hatte. »Wo bist du gewesen?«

Francesca erschrak, als sie seine Stimme vernahm, die zornig klang. »Neal«, stieß sie atemlos hervor und wandte sich ihm zu. Sie sah ihm an, dass er verärgert war. Kurz kam ihr in den Sinn, dass Neal sie beobachtet hatte, als sie aus der Kutsche der Radcliffes ausgestiegen war. »Die *Marylou* ist zurück«, sagte sie, um ihn abzulenken.

»Wo bist du gewesen?«, wiederholte Neal und blickte sie zornig an.

»Ich ...« Sie überlegte, ob sie ihm eine Ausrede auftischen sollte, verwarf den Gedanken aber sofort wieder. Neal hatte Ehrlichkeit verdient. »Ich war bei Regina Radcliffe«, antwortete sie. »Ich mache mir große Sorgen um sie und ...«

Neal fiel ihr ins Wort. »Machst du dir Sorgen um Regina oder um Monty?«

Francesca starrte ihn verblüfft an. »Um Regina. Aber ich bin natürlich auch wegen Monty besorgt«, entgegnete sie.

»Hast du denn schon vergessen, dass er versucht hat, mich umzubringen?«

»Selbstverständlich nicht ...«

»Das scheint mir aber so. Regina macht gemeinsame Sache mit ihm, indem sie dich von der *Ophelia* lockt, damit er mich mit dem Schiff in die Luft jagen kann, und du hast nichts Besseres zu tun, als zur Farm zu fahren und dich nach dem Befinden der werten Gesellschaft zu erkundigen.«

»Es ist eine Tragödie, Neal.«

»Zumindest hätte es eine werden können.«

»Regina hat ihren Mann verloren, und jetzt sitzt auch noch Monty in Haft, und ihm droht der Strick ...«

»Hättest du mit ihnen auch Mitleid gehabt, wenn sie mich in die Luft gesprengt hätten?«, knurrte Neal. Nie zuvor war er so wütend gewesen.

»Wie kannst du so etwas fragen, Neal? Ich liebe dich, das weißt du doch.«

»Da habe ich meine Zweifel«, gab er schroff zurück und stapfte davon.

Francesca starrte ihm nach. Dann warf sie einen Blick auf die *Marylou,* von deren Deck aus Ned sie mit bekümmerter Miene beobachtete. Er hatte den Streit verfolgt.

Als Francesca an Bord der *Marylou* stieg, standen Joe und Lizzie mittlerweile ebenfalls an Deck, sodass Ned lieber den Mund hielt.

»Francesca!«, rief Joe aus und umarmte sie. »Wie schön, dich zu sehen.«

»Hallo, Dad ... Lizzie. Habt ihr euch gut erholt?« Francesca machte ein tapferes Gesicht, obwohl es ihr innerlich das Herz zerriss.

»Und ob, und wir haben ganze Eimer voll Fische gefangen. Elizabeth ist im Angeln mittlerweile äußerst geschickt. Sie übertrifft sogar mich.« Er zwinkerte Lizzie kurz zu, die ihm kokett zulächelte. »Trotzdem bezweifle ich, dass du uns vermisst hast.«

»Natürlich habe ich euch vermisst«, widersprach Francesca, wobei sie den Blick ihres Vaters mied, damit er nicht bemerkte, wie aufgelöst sie war. Joe deutete ihr Unbehagen als Verlegenheit. Er hingegen hatte nie glücklicher ausgesehen, fand Francesca, was auch für Lizzie galt. Offensichtlich hatte der Urlaub ihnen sehr gut getan.

»Wo steckt Neal?«, fragte Joe.

»Er hat heute Fred Cook ausgeholfen, aber inzwischen dürfte er wieder auf der *Bunyip* sein. Ich sollte jetzt besser gehen, Dad, aber morgen komme ich wieder.« Das geplante Willkommensmenü hatte sie ganz vergessen.

»Wir freuen uns schon darauf«, erwiderte Joe und gab ihr einen Kuss auf die Wange. Obwohl er enttäuscht war, dass sie sich nicht später am Abend sehen konnten, hatte er Verständnis dafür, dass es zwei frisch Verheirateten schwer fiel, längere Zeit voneinander getrennt zu sein.

Während Joe und Ned in die Kombüse gingen, stieg Lizzie an Land und eilte Francesca hinterher. Sie hatte den Entschluss gefasst, Francesca über ihr Verhältnis zu Joe aufzuklären, das sich in der kurzen Zeit ihrer Abwesenheit vertieft hatte. Joe hatte mit keinem Wort erwähnt, dass er das Thema zur Sprache bringen würde, und Lizzie hatte das Bedürfnis, als Erste mit Francesca darüber zu sprechen. Sollte Francesca ihre Liaison nicht tolerieren, würde sie sich überlegen, was sie tun würde.

»Francesca«, rief Lizzie außer Atem. »Warten Sie bitte. Ich möchte etwas mit Ihnen bereden«, sagte sie. Das Herz schlug ihr bis zum Hals, und vor Angst hatte sie einen trockenen Mund.

»Ich kann jetzt nicht, Lizzie«, entgegnete Francesca gereizt. Sie wollte so schnell wie möglich zu Neal. »Ich muss weiter.« Sie setzte ihren Weg eilig fort.

Lizzie war wie vor den Kopf gestoßen und starrte ihr hinterher. Wahrscheinlich ahnte Francesca, was sie ihr hatte mitteilen wollen, und wahrscheinlich behagte es ihr nicht. Lizzie fühlte sich verletzt und zurückgestoßen – Gefühle, die ihr nur allzu vertraut waren. Außerdem kam sie sich töricht vor. Wie konnte sie jemals glauben, ein anderes, besseres Leben führen zu können?

Es wurde bereits dunkel, als Francesca die *Bunyip* erreichte, und bestürzt stellte sie fest, dass an Bord kein Licht brannte. Das Schiff war verlassen. Sie suchte das Ufer ab und rief dabei nach Neal, konnte ihn aber nirgends aufspüren.

Francesca wartete eine Stunde an Bord. Als Neal nicht erschien, schlug sie wieder den Weg zur *Marylou* ein. Ihr Vater war überrascht, sie zu sehen, und bemerkte erschrocken, dass sie geweint hatte.

»Was ist los, Frannie?« Er saß gerade zusammen mit Lizzie und Ned bei einer Tasse Tee in der Kombüse.

Lizzie erhob sich. »Entschuldigt mich«, sagte sie. »Ich habe Kopfschmerzen und möchte mich hinlegen.«

Joe war irritiert, weil Lizzie die ganze Zeit nichts von Kopfschmerzen erwähnt hatte. »Alles in Ordnung, Elizabeth?«

»Ja, ich brauche nur ordentlich Schlaf. Bis morgen.«

»Gute Nacht«, sagte Joe und lächelte sie an. Nachdem Lizzie sich zurückgezogen hatte, richtete er seine Aufmerksamkeit auf seine Tochter. »Also, was ist, Francesca?«

»Ich weiß nicht, wo Neal ist«, entgegnete sie.

Joe begriff nicht. »Hattet ihr Streit?«

Francesca ließ den Kopf hängen. »Er hat herausbekommen, dass ich heute auf Derby Downs war, und jetzt ist er furchtbar wütend«, sagte sie.

»Oh«, sagte Joe. Er verstand, weshalb Neal sich aufregte. »Das ist nicht weiter verwunderlich, Francesca. Immerhin hat Monty einen Mordanschlag auf ihn verübt.«

»Ich weiß, Dad, aber erst vor kurzem hat Regina ihren Mann verloren, und nun steht sie wegen Monty Todesängste durch. Ich habe gestern Amos Compton in der Stadt getroffen, und er hat mir gesagt, dass er und Mabel sich große Sorgen um Regina machen. Wenn ich ehrlich sein soll ... es geht mir genauso. Ich habe Angst, sie könnte eine Dummheit begehen und sich womöglich etwas antun.«

»Um Regina brauchst du dir keine Sorgen zu machen, Francesca. Du hast ein mitfühlendes Wesen, was an sich nicht verkehrt ist, aber du musst eine Grenze ziehen, was die Radcliffes betrifft. Neals Wut ist völlig verständlich. Monty hat nicht nur versucht, ihn umzubringen, sondern dir obendrein den Hof gemacht ...«

»Neal hat keinen Grund zu glauben, dass ich für Monty etwas empfinde.«

»Nach allem, was er durchmachen musste, weiß er wahrscheinlich gar nicht, was er mit all dem anfangen soll, Francesca. Wenn nicht nur einer, sondern gleich zwei Leute dir nach dem Leben trachten, kann dich das ganz schön aus der Bahn werfen.«

»Aber meine Gefühle Monty gegenüber sind nicht romantischer Natur.«

»Ich nehme an, dass es deinem Mann schwer fällt, das zu verstehen.«

Francesca erkannte, dass ihr Vater Recht hatte. Sie war sehr unsensibel gewesen. »Kann ich heute Nacht auf der *Marylou* bleiben, Dad?« Morgen würde sie sich auf die Suche nach Neal begeben, um ihm begreiflich zu machen, dass sie nichts für Monty empfand.

»Selbstverständlich, Francesca«, erwiderte Joe. »Aber sei bitte leise wegen Elizabeth. Sie war schon den ganzen Tag seltsam still.«

»Vielleicht liegt es an Echuca«, mutmaßte Francesca.

»Schon möglich. Sie hat unseren Ausflug sehr genossen.« Sie war wie eine Rose aufgeblüht. Allein die Erinnerung daran, wie unbeschwert sie gewesen war, ließ Joe lächeln. Und bei dem Gedanken an ihren ersten Kuss schlug sein Herz schneller. Obwohl sie beide sehr nervös gewesen waren und sich ungeschickt angestellt hatten, hatte Joe dennoch gespürt, dass es gut und richtig war. Ihre Küsse waren immer leidenschaftlicher geworden; schließlich hatten sie sich geliebt und dabei vor lauter Glück Tränen vergossen. Es war ein ganz besonderer, bewegender Augenblick für sie gewesen, besonders für Lizzie. Sie hatte so heftig geweint, dass Joe sich gesorgt hatte, doch sie hatte ihm versichert, sie sei lediglich überwältigt vor Glück.

»Ich schnapp mir eine von den Decken und schlafe hier auf der Bank«, sagte Francesca.

»Lizzie wird es nicht stören, wenn du dich zu ihr ins Bett legst«, erwiderte Joe. Schließlich war die Bank nicht gerade bequem zum Schlafen. Sie war zwar lang genug und gepolstert, aber trotzdem.

»Nein, das genügt mir. Wenn Lizzie Kopfschmerzen hat, will ich sie lieber nicht belästigen.«

Am nächsten Morgen waren Francesca und Ned als Erste auf den Beinen. Wie schon so oft standen sie Seite an Seite an der Reling, eine Tasse Tee in der Hand. Ein leichter Wind wehte, und die Sonne spiegelte sich glitzernd auf der Wasseroberfläche und vertrieb die letzten Schatten der Nacht. Leider konnte die Sonne Francescas Ängste nicht vertreiben. Sie hatte kaum geschlafen und sich fast die ganze Nacht den Kopf darüber zerbrochen, ob Neal ihr jemals verzeihen würde.

»Du hast kein Auge zugetan, nicht wahr, Frannie?«, sagte Ned, dem die dunklen Ringe unter ihren Augen auffielen.

Francesca schüttelte den Kopf.

»Ich glaube nicht, dass Neal für deinen Besuch auf Derby Downs Verständnis aufbringt, solange du ihm nicht sagst, dass Regina deine leibliche Mutter ist«, fuhr Ned fort.

Francescas Gedanken kreisten um nichts anderes. Vor einiger Zeit war sie zu dem Schluss gekommen, je weniger Menschen die Wahrheit über ihre leiblichen Eltern wussten, desto besser. Außerdem würde Neal kein Verständnis dafür aufbringen, dass sie ihm ihre Herkunft verheimlicht hatte, insbesondere nachdem er gesagt hatte, zwischen ihnen solle es keine Lügen mehr geben. »Ich weiß nicht, Ned«, entgegnete sie. »Je mehr Leute davon wissen, desto größer ist die Wahrscheinlichkeit, dass Dad ebenfalls davon erfährt. Das darf ich nicht zulassen.«

»Ich habe ja Verständnis dafür, dass du Rücksicht auf Joe nimmst, Fran, aber Neal ist dein Ehemann. Daher hat er das Recht, es zu erfahren. Wenn du nicht offen mit ihm sprichst, wird er weiterhin denken, dass du für Monty Empfindungen hegst und dass diese Empfindungen dich zu Regina treiben.«

Francesca dachte kurz darüber nach. »Du hast Recht, Ned. Ich wüsste gar nicht, was ich ohne dich tun würde.«

»In dieser Hinsicht kannst du ganz beruhigt sein«, entgegnete Ned lächelnd.

Francesca lächelte ebenfalls und umarmte ihn. Sie wusste,

wie kostbar solche Momente mit Ned waren, zumal er in die Jahre kam.

Als Francesca zurück zur *Bunyip* ging, fand sie Neal alleine auf dem Heck des Schiffes vor, tief in Gedanken versunken. Sie bemerkte, dass er immer noch seine Arbeitskleidung vom Vortag trug und ahnte, dass er gar nicht im Bett gewesen war. Er würdigte sie kaum eines Blickes, als sie sich neben ihn setzte, und sein Gesichtsausdruck ließ sie beinahe verzweifeln. Es war offensichtlich, dass er sich hintergangen fühlte.

Francesca lag die Frage auf der Zunge, wo er die ganze Zeit gesteckt hatte, aber diese Frage war im Moment nicht angemessen. Sie musste zuerst eine Erklärung abgeben.

»Neal, ich weiß, du bist wütend auf mich«, begann sie.

»Ich bin enttäuscht, Francesca. Monty hat versucht, mich umzubringen, und du machst dir Sorgen um diesen Kerl.«

»Ja. Aber aus einem völlig anderen Grund, als du denkst, Neal.«

Neal drehte sich zu ihr und runzelte die Stirn. »Was meinst du damit?« Er war die ganze Nacht ziellos umhergelaufen und hatte sich den Kopf zerbrochen, wie er reagieren sollte, wenn sie ihm gestehen würde, dass Monty ihr nicht gleichgültig war. Er war zu keiner Antwort gekommen.

Francesca holte tief Luft. »Monty ist mein Halbbruder.«

»Was sagst du da?« Mit einem Satz war Neal aufgesprungen. »Wie kann das sein?«

»Regina Radcliffe ist meine leibliche Mutter«, sagte Francesca leise.

Neal setzte sich wieder, während sich Fassungslosigkeit auf seinem Gesicht spiegelte.

»Ich habe es die ganze Zeit für mich behalten ... aus Rücksicht auf Dad«, erklärte Francesca. »Er weiß es nämlich nicht, und er soll auch niemals die Wahrheit erfahren.«

»Seit wann weißt du das alles?«, fragte Neal.

»Ich habe es kurz nach meiner Verlobung mit Silas erfahren.«

»Und wie?«

»Regina hat es mir gesagt.«

Neal begriff immer noch nicht, sodass Francesca ihm erzählte, was damals in jener Nacht am Fluss geschehen war, so wie Ned es ihr berichtet hatte.

»Regina hat mich in Boora Boora zur Welt gebracht und dann in einer kleinen Wanne im Fluss ausgesetzt.«

Neal starrte sie offenen Mundes an.

»In jener Nacht schien der Mond, und Ned hatte sein Nachtlager am Ufer aufgeschlagen. Er hat Reginas Schreie während der Geburt gehört, und kurz darauf entdeckte er die Wanne im Fluss. Als er dann den Schrei eines Babys hörte, reagierte er sofort. Er und die Callaghans haben mich aus dem Fluss geborgen.«

»Mein Gott, Francesca«, sagte Neal und zog sie an sich. »Du hättest ertrinken können.«

»Ich weiß. Wenn sie mich nicht so schnell entdeckt hätten, würde ich vermutlich jetzt nicht hier sitzen und mit dir reden.«

Neal wollte gar nicht daran denken, was hätte geschehen können, wäre die Wanne zum Spielball des Flusses geworden. »Hat Regina gewusst, dass die Callaghans und Ned dich aus dem Wasser gefischt haben?«

»Nein, sie hat mich erst als ihre Tochter erkannt, als ich das Wochenende auf Derby Downs verbracht habe. Ich habe Kleider anprobiert, und dabei hat sie das Muttermal an meinem Bein gesehen. Wie du weißt, hat es eine sehr charakteristische Form. Nachdem Regina mich nach meinem Geburtsdatum gefragt hatte, sah sie ihre schlimmsten Befürchtungen bestätigt. Ich war wieder in ihr Leben getreten, und zudem hatte ihr Sohn sich in mich verliebt. Dabei hatte sie nicht die Absicht, mir oder Monty die Wahrheit zu sagen, sondern wollte einen Keil zwischen uns treiben, indem sie mich in Verruf brachte, damit Monty das Interesse an mir verlor.«

»Warum ist sie dann erst nach deiner Verlobung mit Silas mit der Sprache herausgerückt? Im Grunde hätte ihr das sehr gelegen kommen müssen.«

Francesca senkte den Blick. »Ich vertraue dir jetzt etwas an, von dem nur Regina und ich wissen, Neal. Als mein Ehemann sollst du die Wahrheit erfahren, aber du musst mir versprechen, dass es unter uns bleibt.«

»Du hast mein Wort.«

»Vielleicht siehst du mich mit anderen Augen, wenn du es weißt ...« Ihre Stimme zitterte.

»Ich werde dich immer lieben, Francesca.« Er nahm ihre Hand und drückte sie. »Daran wird sich nie etwas ändern.«

Seine Worte verliehen Francesca den nötigen Mut. »Silas Hepburn war mein leiblicher Vater.«

Neal wurde bleich.

»Deshalb war Regina gezwungen, mir die Wahrheit zu offenbaren. Sie wollte verhindern, dass ich meinen eigenen Vater heirate.«

Neal schüttelte fassungslos den Kopf. »Ich ... mir fehlen die Worte, Francesca.« Nach kurzem Schweigen fuhr er fort: »Was konnte eine Frau wie Regina bloß einem Kerl wie Silas abgewinnen?«

»Sie sagt, er sei früher anders gewesen.«

»Hat sie ihm gesagt, dass sie ein Kind von ihm unter dem Herzen trägt?«

»Nein, und dafür bin ich dankbar. Sie hat die Affäre beendet, weil sie Frederick nach wie vor liebte, und dann stellte sich heraus, dass sie schwanger war. Da Frederick oft monatelang fort gewesen ist, konnte sie ihm das Kind nicht unterjubeln, sodass sie mich loswerden musste, ohne Spuren zu hinterlassen. Ich glaube, kurz darauf hatte Frederick seinen Unfall, aber Regina war fest davon überzeugt, dass er ihr niemals verzeihen würde, dass sie ihn betrogen hatte. Es lässt sich nicht bestreiten, dass ihre Tat verwerflich war, aber sie hatte Angst, Frederick und Monty zu verlieren.«

»Bist du sicher, dass es ihr nicht bloß um ihren Ruf ging?«

»Ich bin sicher, dass sie um ihren guten Namen gefürchtet hat, und das hat mir am schlimmsten zugesetzt. Aber ich habe ihr verziehen, Neal. Das Tragische daran ist – wäre Monty im Bilde gewesen, hätte er niemals den Anschlag auf dich verübt und müsste jetzt nicht den Galgen fürchten.«

»Mag sein, Francesca. Aber Mord ist keine Lösung, wenn die Frau, die man liebt, einen anderen zum Mann nimmt. Das kann ich Monty nicht verzeihen.«

Francesca verstand, wie Neal sich fühlte. »Ich habe aber das Gefühl, dass ich an dieser Tragödie nicht unschuldig bin. Es wird noch lange dauern, bis das alles verarbeitet ist, Neal. Ich möchte bloß wissen, ob du jetzt verstehst, weshalb ich bei Regina war.«

Neal nickte, wirkte aber dennoch bekümmert. »Aber ich habe kein Verständnis dafür, dass du Monty besuchst, Francesca. Versprichst du mir, es nicht zu tun?«

Francesca versprach es, und Neal schloss sie erneut in die Arme.

Am nächsten Tag machte Francesca sich auf den Weg zu ihrem Vater, Ned und Lizzie. Als sie die *Marylou* erreichte, wirkte ihr Vater schlecht gelaunt.

»Was ist, Dad?«, fragte sie.

»Nichts«, gab Joe brüsk zurück und stieg zum Ruderhaus hoch.

Francesca blickte Ned verwundert an. »Was hat er denn?« Sie wusste, das diese Schroffheit Joes Methode war, wenn er seine Gefühle nicht zum Ausdruck bringen konnte. Das war schon immer so gewesen.

Ned führte sie in die Kombüse und machte die Tür hinter ihnen zu. Er schenkte Tee in zwei Tassen und setzte sich. »Ich weiß es nicht genau, aber Lizzie ist verschwunden. Ich habe mitbekommen, dass sie vorhat, in der Wäscherei zu arbeiten, die Henrietta Chapman eröffnet hat.«

»Sie hat bereits eröffnet?« Henrietta steckte voller Überraschungen. In geschäftlichen Dingen schien sie genauso zielstrebig zu sein wie Silas, aber glücklicherweise besaß sie nicht dessen Skrupellosigkeit.

»Ja, sie hat den alten Wollschuppen am Ende der Uferpromenade gepachtet und einen Kessel, der von einem gesunkenen Dampfer stammt, und mehrere Bottiche gekauft. Ich glaube, sie hat bereits ein halbes Dutzend Frauen eingestellt. Lizzie hat durch einen der Handzettel davon erfahren, die Henrietta drucken und auf allen Schiffen am Pier verteilen ließ, um für ihre Wäscherei zu werben.«

»Ich dachte, Lizzie ist glücklich, an Bord der *Marylou* leben und arbeiten zu können«, sagte Francesca.

»Sie war auch glücklich. Ich glaube, genau da liegt der Hase im Pfeffer.«

»Ich verstehe nicht, Ned ...«

»Lizzie und Joe sind sich sehr nahe gekommen.«

»Und warum ist das ein Problem?«, fragte Francesca nichts ahnend.

Ned hob die Brauen, und Francescas Augen weiteten sich. »Willst du damit sagen ...«

»Ja. Beide hegen ernste Gefühle füreinander.«

Francesca schnappte nach Luft. »Etwa ... romantische Gefühle?«

»O ja«, erwiderte Ned.

»Dad und Lizzie?«

»Ja. Sie waren sich schon sehr nahe gekommen, bevor wir nach Goolwa übergesetzt haben, aber ich glaube, dass sich mehr daraus entwickelt hat.«

»Dad ... und Lizzie«, wiederholte Francesca. Sie konnte

nicht fassen, dass sie es nicht bemerkt hatte. »Warum hat mir keiner der beiden etwas davon gesagt?«

»Du kennst doch deinen Vater. Über solche Dinge spricht er nicht, nicht einmal mit mir. Er findet, dass es nur ihn etwas angeht. Und was Lizzie betrifft, habe ich so eine Vermutung, weshalb sie dir nichts gesagt hat.«

»Und die wäre?«

»Bestimmt glaubt sie, du hast wegen ihrer Vergangenheit etwas gegen die Verbindung.«

Francesca hatte gar nicht die Zeit gehabt zu überlegen, wie sie darüber dachte. Stattdessen fragte sie Ned: »Wie denkst du denn darüber, Ned? Schließlich seid ihr beide schon seit vielen Jahren unter euch.«

»Das hört sich an, als wären wir zwei verkalkte alte Junggesellen.«

Francesca musste lächeln. »Du weißt schon, wie es gemeint war.«

»Ja. Wenn ich ehrlich bin, freue ich mich darüber, Fran. Immerhin bin ich ein gutes Stück älter als dein Vater, was vermuten lässt, dass er eines Tages alleine zurückbleibt.«

»Bitte, Ned, sag so etwas nicht.«

»Es ist nun mal die Wahrheit, Frannie. Aber mach dir keine Sorgen, ich hab noch ein paar Jährchen und bleibe euch noch eine Weile erhalten. Aber ich hatte schon seit längerem gehofft, dass dein Vater eine Frau kennen lernt, die ihn genauso liebt, wie deine Mutter ihn geliebt hat.«

»Und du meinst, Lizzie ist diese Frau?«

»Ja.«

Francesca hatte keine Mühe, die Wäscherei zu finden. Tatsächlich stand Lizzie an einem der Bottiche, wo sie fremde Wäsche auf einem Waschbrett schrubbte. Obwohl es an diesem Tag nicht besonders warm war, stand ihr der Schweiß auf der Stirn. Es gab fünf weitere Bottiche, an denen Frauen arbeiteten, sowie einen riesigen Kessel dazwischen. Ein Mann war damit beschäftigt, Holz zu zerkleinern und den Kesselofen damit zu befeuern. Wegen der Hitze, die aus dem Kessel drang, war es in dem alten Lagerschuppen heiß und feucht wie in den Tropen.

»Wenn Sie noch wilder schrubben, schrammen Sie sich die Hände auf«, sagte Francesca zu Lizzie, die überrascht zu ihr aufblickte und sichtlich um Worte verlegen war.

»Können wir uns vor der Tür unterhalten?«, bat Francesca.

»Die Wäsche hier muss bis um zehn Uhr fertig sein«, entgegnete Lizzie und wischte sich mit dem Unterarm über die Stirn.

»Es wird nicht lange dauern«, sagte Francesca.

Daraufhin ließ Lizzie die Karbolseife in den Zuber fallen und folgte Francesca hinaus in die Morgensonne.

Einen Moment lang standen die beiden Frauen sich schweigend gegenüber. Francesca konnte immer noch nicht fassen, dass ihr nicht aufgefallen war, dass sich zwischen ihrem Vater und Lizzie eine Liaison angebahnt hatte.

»Ich möchte mich dafür entschuldigen, dass ich gestern so kurz angebunden war, Lizzie. Ich hatte ein Missverständnis mit Neal, und ich wollte es so schnell wie möglich aus dem Weg räumen.«

»Das ist nicht weiter schlimm«, entgegnete Lizzie, doch Francesca sah ihr an, wie verletzt sie war.

»Worüber wollten Sie denn mit mir sprechen?«, fragte sie.

»Das hab ich ganz vergessen«, murmelte Lizzie. »War nicht weiter wichtig.«

Francesca wusste, dass sie schwindelte. »Darf ich fragen, weshalb Sie von Bord gegangen sind, Lizzie? Ich dachte, Sie verstehen sich gut mit Dad und Ned.«

Lizzie ließ den Kopf hängen. »Das stimmt, Francesca, aber ich kann nicht ewig bleiben. Ihr Vater war schon so großzügig, mir in der Not eine sichere Zuflucht zu geben. Ich will seine Gastfreundschaft nicht ausnutzen.«

Francesca hatte Verständnis für Lizzies Stolz. Jede andere Frau in ihrer Situation hätte sich keine Gedanken darüber gemacht, sich von einem Mann aushalten zu lassen, selbst dann nicht, wenn es nicht der eigene Ehemann wäre. Aber nicht Lizzie. »Sie nutzen niemanden aus, Lizzie. Obwohl niemand Sie dazu aufgefordert hat, haben Sie gekocht und sauber gemacht. Sie haben mehr als Ihren Beitrag geleistet.«

Lizzie blickte aufs Wasser und wurde von Trauer übermannt, da sie den Fluss inzwischen genauso liebte wie Joe. Sie konnte sich ein Leben ohne ihn gar nicht vorstellen, zumal sie erst jetzt erfahren hatte, was Glücklichsein bedeutete.

»Ihnen gefällt doch das Leben an Bord, Lizzie«, sagte Francesca. »Es ist auf jeden Fall besser, als den ganzen Tag in der Wäscherei zu stehen. Der Schweiß läuft Ihnen nur so herunter, und dabei haben wir noch nicht mal Sommer.«

»Ich wäre gern an Bord geblieben, aber es war Zeit, weiterzuziehen. Und harte Arbeit macht mir nichts aus.«

Francesca erkannte, dass Lizzie ihre Gefühle nicht freiwillig offenbaren würde. »Lizzie, mein Vater ist todunglücklich, seit Sie fort sind. Ich glaube, er liebt Sie.«

Lizzie wurde rot bis unter die Haarwurzeln. »Es tut mir Leid, Francesca. Ich wollte Ihnen Peinlichkeiten ersparen.«

»Peinlichkeiten? Wovon reden Sie, Lizzie?«

»Ich mache Ihnen keinen Vorwurf, weil Sie eine ehemalige Dirne als Frau für Ihren Vater ablehnen. Das ist verständlich.«

»Das habe ich niemals gesagt, Lizzie! Mir war nur nicht bewusst, dass Sie und mein Vater verliebt sind. Glauben Sie vielleicht, ich hätte nicht bemerkt, dass Dad in den letzten Wochen vor Glück strahlt? Und wenn das Ihr Verdienst ist, Lizzie, stehe ich in Ihrer Schuld.«

Lizzie verspürte Erleichterung, aber sie wusste, dass Francesca ein großes Herz besaß. »So einfach ist das nicht. Ich habe Angst, Joseph mein Herz zu schenken ... und eines Tages wacht er auf und überlegt es sich anders, weil seine Freunde hinter seinem Rücken über ihn lachen.«

»Sie sollten wissen, dass es Dad völlig egal ist, was andere von ihm denken. Das war schon immer so.«

»Joe behandelt mich wie einen ganz normalen Menschen«, sagte Lizzie kopfschüttelnd, als könnte sie es immer noch nicht begreifen.

»Joe sieht in Ihnen mehr als einen normalen Menschen. Sie sind für ihn etwas ganz Besonderes.«

»Sie verstehen nicht, Francesca. Ich bin schon als Mädchen geschlagen und vergewaltigt worden. Seitdem kann ich selber keine Kinder bekommen. Und Sie wissen ja selbst, wie brutal Silas war. Ich habe immer gedacht, ich habe es verdient, wie er mich behandelt.«

»Aber Sie haben sich geirrt, Lizzie! Ich dachte, das hätten Sie mittlerweile erkannt. Dad liebt Sie. Wenn Sie ihn ebenfalls lieben, packen Sie das Glück beim Schopf. Lassen Sie die Chance nicht vorübergehen.«

Lizzies Augen füllten sich mit Tränen. »Meinen Sie das ernst, Francesca?«

»Natürlich. Schließlich sind Sie ... bist du meine beste Freundin, und ich habe keine Zweifel, dass du die perfekte Stiefmutter abgeben wirst.«

»Stiefmutter!« Lizzie fiel Francesca um den Hals. »Du ahnst gar nicht, wie glücklich du mich machst«, sagte sie lachend und weinend zugleich.

»Nicht halb so glücklich wie meinen Vater, wenn du ein Leben lang bei ihm bleibst«, entgegnete Francesca. »Und jetzt lass uns auf die *Marylou* gehen.«

»Und was ist mit meiner Wäsche?«, fragte Lizzie und wischte sich die Tränen ab.

»Ich werde Henrietta alles erklären. Ich bin sicher, sie wird sich mit dir freuen.«

Joe stand am Heck der *Marylou* und blickte aufs Wasser, als Francesca Lizzie zurück an Bord brachte. Francesca musste an früher denken, weil ihr Vater genauso verloren wirkte wie damals, nachdem ihre Mutter umgekommen war.

»Sieh mal, wen ich gefunden habe«, sagte sie. Sie hatte den Arm um Lizzies Schulter gelegt.

Joe wandte sich um. »Elizabeth!«, sagte er. Die Hoffnung, sie sei für immer zurückgekommen, stand ihm ins Gesicht geschrieben. Francesca sah ihm an, dass er Lizzie von ganzem Herzen liebte. Sie musste blind gewesen sein, dass ihr das vorher nicht aufgefallen war.

»Ich habe das meine getan, Dad, jetzt kannst du Elizabeth zu deiner Frau machen. Schließlich kann ich nicht dulden, dass mein eigener Vater in Sünde lebt. Die Schande wäre unerträglich.«

Joes irisches Temperament kam zum Vorschein. »Es kümmert mich einen feuchten Kehricht, was ...« Er verstummte, als er bemerkte, dass Francesca und Lizzie über ihn lachten. »Wenn sie mich haben will, werde ich genau das tun«, sagte er.

Lizzie stürzte in seine ausgebreiteten Arme.

»Francesca«, rief Ned vom Bug. »Du hast Besuch.«

Francesca ließ Joe und Lizzie allein und ging neugierig zum Bug.

Kurz darauf kam sie zurück, ein Dokument in der Hand, während Ned mit einem Matrosen der *Captain Proud*, die neben ihnen ankerte, ein Schwätzchen hielt.

»Könnt ihr noch eine gute Neuigkeit vertragen?«, sagte sie.

»Sicher, welche denn?«, fragte Joe, den Arm um Lizzies Taille geschlungen.

»Ich habe mein Kapitänspatent!« Voller Stolz hielt sie es hoch.

»Was sagst du da? Hat die Kommission es sich plötzlich anders überlegt?«

»Alles der Reihe nach, Dad«, entgegnete sie freudestrahlend. »Anscheinend hat Leo Frank Gardener und den anderen Kommissionsmitgliedern gesagt, was genau sich zugetragen hat, bevor Mungos Schiff explodiert ist. Nachdem sie seine Aussage angehört hatten, mussten sie sich neu beraten.«

»Das ist ja großartig, mein Mädchen!«, sagte Joe und umarmte sie. »Ich freue mich riesig für dich!«

»Tja, Dad, ab sofort darfst du mich Käpt'n Francesca Mason nennen. Klingt ganz gut, finde ich.«

»Das klingt großartig«, sagte Joe.

»Herzlichen Glückwunsch, Francesca«, sagte Lizzie. »Ich bin mächtig stolz auf dich.«

»Danke, Lizzie«, erwiderte Francesca. Sie platzte fast vor Glück und konnte es kaum abwarten, Neal die gute Neuigkeit mitzuteilen.

In diesem Moment gesellte Ned sich zu ihnen, der jedoch alles andere als glücklich wirkte.

»Was ist los?«, fragte Francesca. »Ist etwas mit Neal?«

»Nein, Frannie.«

»Was ist es dann?«

»Ich habe soeben gehört, dass der Prozess gegen Monty Radcliffe morgen eröffnet wird.«

36

Während Francesca der Gerichtsverhandlung beiwohnte, sammelte Neal Brennholz am Ufer, nahe der Anlegestelle der *Bunyip.* Francesca hatte ihm erklärt, dass Regina jetzt jeden Beistand brauchen könne, und Neal hatte Verständnis dafür gezeigt, konnte sich aber nicht überwinden, am Prozess teilzunehmen. Zum Glück hatte man nur eine schriftliche eidesstattliche Erklärung von ihm verlangt.

Obwohl er keine Fahrt machte, musste Neal für Brennholznachschub sorgen, um den Kessel zu befeuern, damit es ausreichend warmes Wasser zum Baden gab. Das lenkte ihn zugleich davon ab, sich über Montys Schicksal Gedanken zu machen oder darüber, dass Monty versucht hatte, ihn umzubringen.

Am Ufer lagen zahlreiche umgestürzte Bäume und dicke Äste, die Neal entweder zum Schiff schleifte, um sie dort klein zu hacken, oder an Ort und Stelle zerlegte und dann an Bord trug. Er hielt gerade nach einem weiteren großen Ast Ausschau, als er plötzlich einen leblosen Körper am Ufer erspähte. Im ersten Moment nahm er an, dass es sich um einen Ertrunkenen oder Ermordeten handelte, doch bei genauerem Hinsehen erkannte er Jock McCree.

»Jock«, sagte er und rüttelte ihn an der Schulter. Er war zwar völlig verdreckt, wies aber keine sichtbaren Verletzungen auf. Neal kam der Gedanke, dass er vielleicht an einer tödlichen Krankheit gestorben war, bis er die leere Flasche neben ihm entdeckte.

Jock war seit vielen Jahren als Säufer bekannt. Er hatte weder eine feste Unterkunft noch irgendwelche Verwandten. Er belästigte häufig Leute, um Geld oder Essen zu erbetteln, doch Neal hatte immer Nachsicht mit Jock gezeigt. Jock wusste heitere Anekdoten zu berichten, da er ein abwechslungsreiches, abenteuerliches Leben geführt hatte – zumindest gab er es vor. Wenn man ihm Glauben schenken durfte, hatte er in jungen Jahren zweimal auf den Goldfeldern ein Vermögen gemacht und wieder verloren, was eine beachtliche Leistung ist, die nur wenige schaffen. Er behauptete, das erste Vermögen verspielt und für Weibsbilder verschleudert zu haben, während das zweite ihm angeblich geraubt worden war. Die meisten Leute hielten Jock für einen Aufschneider mit einer blühenden Fantasie, weil er seine Geschichten ständig ausschmückte, und je betrunkener er war, desto schlimmer übertrieb er.

Als er auch auf heftiges Rütteln nicht reagierte, machte Neal sich ernsthafte Sorgen. Er drehte Jock auf den Rücken und legte ihm die Hand auf die Brust, um seinen Herzschlag zu fühlen. »Jock«, sagte er eindringlich.

»Nich' so laut«, protestierte plötzlich der alte Vagabund in seinem schweren schottischen Akzent. »Hab 'nen Brummschädel.«

Neal stieß einen erleichterten Seufzer aus. »Du hast mir einen Heidenschreck eingejagt, Jock. Na los, hoch mit dir«, sagte er.

»He, was soll das, Kumpel?«, sagte Jock entrüstet und schob Neals Hand weg. Neal erschrak, dass die Hände des alten Mannes kalt wie Eisklötze waren, und er sah, dass Jocks Zehen aus den Löchern in seinen Socken und Schuhen ragten.

»Lass mich in Ruhe«, grummelte Jock und rollte sich wieder zusammen. Er trug einen schäbigen Anzug, der völlig verdreckt war. Unter seinem Jackett trug er ein Hemd mit ausgefranstem Kragen und einen löchrigen Pullover. Neal erschien es wie ein Wunder, dass Jock sich keine Lungenentzündung geholt hatte, zumal es nachts sehr kalt sein konnte.

»Komm schon, Jock, du siehst aus, als könntest du einen heißen Tee und etwas zu essen vertragen.«

Daraufhin murmelte Jock wüste Verwünschungen, die Neal aber nicht persönlich nahm. Stattdessen zog er ihn auf die Beine. Der alte Mann stöhnte, als seine steifen Knochen knackten.

»Du stinkst, Jock«, sagte Neal. »Wann hast du das letzte Mal gebadet?«

»O Mann, der Fluss ist saukalt«, gab Jock zurück.

»Puh«, stieß Neal aus, als er erneut einen Hauch von ihm abbekam.

»Ich hab auch Gefühle, weißt du, Kumpel«, stieß Jock zornig hervor.

»Aber offensichtlich keinen Geruchssinn mehr«, erwiderte Neal.

Jock zuckte die Achseln. »Ich kenne ja keine Damen, die ich beeindrucken muss. Im Gegensatz zu dir.«

»In deinem Fall ist das auch gut so, und ich habe inzwischen meine Herzensdame gefunden.«

»Willst mich wohl veräppeln, Kumpel? Ein hübscher Kerl wie du hat doch jede Menge Eisen im Feuer.«

»Das ist vorbei. Ich bin jetzt verheiratet.«

»Verheiratet?«

»Ganz recht. Mit dem bezauberndsten Mädchen der Welt.«

Nachdem Neal ihn an Bord der *Bunyip* geschafft hatte, brühte er Tee auf.

»Hier an Bord gibt es jede Menge heißes Wasser. Du kannst ein Bad nehmen, sobald du etwas gegessen hast«, sagte er.

Jock rieb sein stoppeliges Kinn. »Ich könnte auch eine klitzekleine Rasur vertragen«, sagte er.

Neal musste über seine plumpe Andeutung fast lächeln. »Du kannst mein Rasiermesser benutzen.«

Nachdem Neal zwei Tassen mit Tee gefüllt hatte, schnitt er zwei dicke Brotscheiben und ein großes Stück Käse ab und machte sich dann daran, heißes Wasser in die Wanne zu gießen.

»Du hast nicht zufällig 'n Schluck Rum für den Tee, Kumpel?«, rief Jock zu ihm herüber.

»Nein«, entgegnete Neal. »Du musst ihn so trinken, aber er wird dir trotzdem gut tun.«

Jock murmelte fluchend vor sich hin; dennoch nippte er dankbar am heißen Tee. Neal hatte gesehen, dass Jock sich auf das Brot und den Käse gestürzt hatte, als hätte er seit Tagen nichts mehr in den Magen bekommen.

Als die Wanne gefüllt war, rief Neal ihn zu sich. »Wirf deine Kleidung einfach auf den Boden«, sagte er. »Ich leg dir was Sauberes zum Anziehen bereit, wenn du fertig bist.«

Während Neal seine Kleidung und ein paar alte Anziehsachen durchsah, die Teddy ihm hinterlassen hatte, hörte er Jock selig seufzen, als dieser seinen halb erfrorenen Körper in das dampfende Wasser gleiten ließ.

Neal musste lächeln, zufrieden, dass der alte Mann seine klapprigen Knochen wärmte. Er suchte ein Hemd, eine Hose, eines seiner Jacketts und einen Pullover von Teddy heraus.

»Was hast du für eine Schuhgröße?«, rief er zu Jock hinüber.

»Keine Ahnung, Kumpel«, entgegnete Jock. »Ich hab klitzekleine Füße, aber wenn mir deine Schuhe zu groß sind, kann ich sie ja mit Zeitungspapier ausstopfen.«

Neal schüttelte den Kopf. Er betrat wieder das Bad und hob mit spitzen Fingern Jocks zerschlissene Kleider vom Boden auf, um sie in einen Beutel fallen zu lassen.

»Warte, Kumpel«, sagte Jock. Er griff nach dem Jackett und räumte die Taschen leer.

»Sind das deine Wertsachen, Jock?«, fragte Neal kichernd.

»Das sind meine Glücksbringer, Kumpel«, erwiderte Jock. »Ohne die wäre ich längst ein toter Mann.«

»Was sind das für Glücksbringer?«, fragte Neal, verwundert, dass ein alter Mann so viele Talismane mit sich herumtrug.

Daraufhin streckte Jock ihm eine übel riechende Hasenpfote und einen grünen Gegenstand entgegen, der mit Dreck verschmiert war. Neal rümpfte angewidert die Nase, fragte Jock jedoch, was es mit dem grünen Gegenstand auf sich habe, der wie eine Anstecknadel aussah. Jock tauchte sie kurz unter Wasser, um den Schmutz abzuwaschen. Als Neal die Nadel genauer betrachtete, wurden seine Augen groß. »Wo hast du die gefunden, Jock?«, fragte er verwundert.

»Ich hab sie nicht gefunden, Kumpel«, entgegnete Jock, der sich über Neals Reaktion wunderte.

»Hat jemand sie dir gegeben?«

»Ich habe sie nicht gestohlen, falls du das denkst. Sie hat mich vor dem Ertrinken bewahrt«, sagte Jock, der daran denken musste, dass der ursprüngliche Besitzer nicht so viel Glück gehabt hatte.

»Vielleicht erzählst du mir, wie du darangekommen bist«, sagte Neal.

Der Gerichtssaal, in dem der Prozess gegen Monty stattfand, war berstend voll. Die gesamte Gemeinde hatte sich um die Plätze gerangelt, und jene, die leer ausgegangen waren, warteten draußen das Urteil ab. Viele nahmen erstaunt zur Kenntnis, dass Francesca neben Regina saß – auch Joe, der von Lizzie und Ned begleitet wurde.

Nach anderthalb Stunden, in denen die Zeugen angehört worden waren, ordnete Richter Gleeson eine kurze Unterbrechung an. Montys Verteidiger hatte die Erlaubnis erwirkt, dass Regina und Francesca einige Minuten lang mit

Monty sprechen durften, bevor er in den Zeugenstand gerufen wurde. Mehrere Zeugen hatten bereits ausgesagt, darunter Sol Baxter, Gelegenheitsarbeiter in einer Mine, der Monty gegen gute Bezahlung eine Stange Dynamit besorgt hatte. Harry Marshall hatte erklärt, Monty habe ihn bestochen, um Neal die Fuhre zwischen Echuca und Moama zu geben. Drei Farmer hatten übereinstimmend ausgesagt, dass Monty sich auf ihren Grundstücken in Ufernähe herumgetrieben habe. Alle drei gaben an, Monty habe die *Ophelia* beobachtet, doch William Randall, Montys Verteidiger, erhob Einspruch mit der Begründung, dies seien Mutmaßungen.

Überdies wurden sechs Gemeindemitglieder im Zeugenstand über Montys Verhalten in den Tagen vor der Explosion befragt. Zwei waren Pächter von Geschäften, die im Besitz der Radcliffes waren. Sie sagten aus, dass Monty geschäftliche Termine nicht wahrgenommen und offenbar große private Sorgen gehabt habe. Wieder erhob Verteidiger Randall mit der Begründung Einspruch, dass es sich um bloße Mutmaßungen handle.

Dann berichteten mehrere Stammgäste des Hotels über Montys sonderbares Verhalten: übermäßiger Alkoholkonsum, Streitlust, Launenhaftigkeit. Einigen fiel es sichtlich schwer, gegen Monty auszusagen, weil er allgemein beliebt war und großen Respekt genoss. Nichtsdestotrotz lag es auf der Hand, dass Monty jede Hoffnung auf Verständnis seitens des Richters begraben konnte.

Francesca stand ebenfalls auf der Zeugenliste, doch sie hatte auf Befangenheit plädiert, mit der Begründung, ihre Aussage sei für die Anklagevertretung nicht von Nutzen. Die Anklage verzichtete tatsächlich darauf, da Monty nicht bestritt, was ihm zur Last gelegt wurde. Stattdessen gestand er, aus Eifersucht gehandelt zu haben, um Francesca das Martyrium eines richterlichen Verhörs zu ersparen, obwohl sein Verteidiger ihm dringend geraten hatte, dies nicht zu tun. Als Monty in Fußketten und Handschellen in einen Vorraum abgeführt wurde, konnte Regina nicht mehr an sich halten.

»Ich werde dem Gericht mitteilen, dass Francesca meine Tochter ist und dass ich dir die Wahrheit verschwiegen habe«, sagte sie zu Monty. »Wenn der Richter die näheren Umstände berücksichtigt, lässt er vielleicht Milde walten. Ich sage William, er soll mich als Zeugin aufrufen.«

»Das ist nicht nötig, Mutter«, entgegnete Monty niedergeschlagen.

»Doch, das werde ich tun«, widersprach Regina. »Ich kann nicht untätig der Verhandlung beiwohnen, ohne dir zu helfen.«

»Ich habe eine schreckliche Tat begangen, Mutter, und ich lasse nicht zu, dass du dafür büßen musst ... oder Francescas Vater. Francesca hat entschieden, Joe zu verschweigen, dass du ihre leibliche Mutter bist, und das sollten wir respektieren.«

»Aber nicht auf deine Kosten, Monty«, sagte Regina verzweifelt. Sie warf Francesca einen flehentlichen Blick zu.

Auch wenn Francesca der seelische Zustand ihres Vaters sehr am Herzen lag, war Montys Tod ein viel zu hoher Preis dafür. »Das rettet dir das Leben, Monty. Ich werde Dad die Wahrheit sagen«, beschied sie ihm. »Du hast es nicht verdient, wegen einer Kurzschlusshandlung gehängt zu werden.«

»Ich danke dir für deine Großmut, Francesca. Ich habe viel darüber nachgedacht, was ich getan habe. Ich weiß selbst nicht, was in mich gefahren ist. Es war, als hätte ich mich in einen anderen Menschen verwandelt. Trotzdem muss ich die Verantwortung für meine Tat übernehmen. Ihr sollt nicht für meine Unbesonnenheit büßen. Ich habe mich mit meinem Schicksal abgefunden, deshalb bitte ich euch beide: Lasst mich das Richtige tun, und zwar mit Würde.«

»Nein, Monty, ich will dich nicht verlieren«, stieß Regina hervor und sank weinend auf die Knie.

Francesca bemerkte, dass Montys mühsam aufrechterhaltene Fassade zu bröckeln begann, als er sah, wie seine Mutter sich quälte. Er starrte an die Decke, um nicht die Fassung zu verlieren. Ihm war deutlich anzusehen, dass er versuchte, um ihretwillen Stärke zu bewahren, doch Francesca erkannte, dass er schreckliche Angst vor dem Galgen hatte. Nach wie vor trug er Handschellen, aber er beugte sich dennoch vor und half Regina wieder hoch.

»Ich muss wieder in den Gerichtssaal, Mutter. Bitte, gib dir keine Schuld an dem, was ich getan habe. Ich bin ein erwachsener Mann und für meine Taten alleine verantwortlich. Aber ich bin froh, dass Vater meine Schande nicht mehr erleben muss. Ich bitte dich, denk stets an die guten Zeiten, die wir hatten, und vergiss nicht, dass ich dich liebe.« Er rang sich ein Lächeln ab, doch seine Augen waren feucht, und seine Lippen bebten. Er blickte Francesca an. »Leb wohl, kleine Schwester«, flüsterte er.

»Oh, Monty«, sagte Francesca und umarmte ihn. »Ich liebe dich.«

»Ich liebe dich auch«, erwiderte er mit leiser Stimme. »Bitte ...« Er rang innerlich mit sich selbst, bevor er weitersprechen konnte. »Gib auf Regina Acht, sie wird dich brauchen.« Er sah kurz auf seine Mutter. »Und versprecht mir, immer füreinander da zu sein.«

Während der Wachmann Monty zurück in den Saal führte, brach Regina weinend an Francescas Schulter zusammen.

Als Monty in den Zeugenstand gerufen wurde, gab er eine kurze, nüchterne Schilderung seiner Tat zu Protokoll. Regina und Francesca waren bewegt, weil er sich so tapfer hielt, und zugleich bekümmert darüber, dass er gewillt war, seine Strafe anzunehmen – ohne jeden Versuch, das Gericht milde zu stimmen. Hätte ihre Tochter nicht neben ihr gesessen, hätte Regina vielleicht die Wahrheit hinausgeschrien. Fran versuchte sie zu trösten, war vor Angst aber selbst wie betäubt.

Mit Würde und Gefasstheit erklärte Monty dem Gericht, dass seine Eifersucht ihn in einen anderen Menschen verwandelt habe, dem jede Vernunft abhanden gekommen sei. Er beschrieb, wie er den Anschlag auf die *Ophelia* geplant hatte. Dann erklärte er, dass er keine persönliche Abneigung gegen Neal Mason hege, den er im Gegenteil für einen anständigen Mann hielte. Er gestand, dass es ihm allein um Francesca gegangen sei. Er sagte aus, dass er bereits bei ihrer ersten Begegnung gespürt habe, dass sie etwas Besonderes verband, aber dass er sich nicht damit habe abfinden können, dass sich daraus nie eine Liebesbeziehung entwickeln würde. Er verschwieg jedoch, dass er inzwischen wusste, dass sie Geschwister waren.

»Ich habe ein schreckliches Unrecht begangen, und durch meine Tat musste ein Mensch sterben«, sagte er. »Mit Neal Mason hätte es einen unschuldigen Menschen getroffen, so aber traf es einen Dieb, denn inzwischen wissen wir alle, dass Silas Hepburn dieser Dieb war. Ich übernehme die volle Verantwortung für seinen Tod. Auch wenn es mir nicht zusteht, das Gericht um Milde anzuhalten, bitte ich dennoch zu berücksichtigen, dass ich bis zu diesem Verbrechen ein Mann von tadellosem Ruf war, der in der Gemeinde hohes Ansehen und Respekt genoss.« Die folgenden Worte kosteten ihn alle Selbstbeherrschung: »Ich möchte nicht, dass meine Mutter sich wegen mir Ächtungen ausgesetzt sieht, und ich hoffe auf die Gnade des Gerichts.«

»Sie dürfen den Zeugenstand wieder verlassen, Mr Radcliffe«, forderte Richter Gleeson Monty auf, nachdem dieser seine Aussage beendet hatte.

Monty wurde wieder zu seinem Verteidiger geführt. Sein demütigender Weg über den Holzfußboden des Saales wurde von den Fesseln verlangsamt, deren Rasseln und Klirren das einzige Geräusch war, das in der gespannten Stille im Gerichtssaal zu vernehmen war.

»Haben Sie abschließend noch etwas zur Verteidigung Ihres Mandanten vorzubringen, Mr Randall?«, fragte Richter Gleeson.

William Randall erhob sich. »Euer Ehren, da mein Mandant Silas Hepburn nicht vorsätzlich umgebracht hat, bitte ich das Gericht, die Anklage wegen Mordes in Totschlag umzuwandeln.« Mit ein wenig Glück drohte Monty dann eine lange Haftstrafe, nicht aber der Strick.

»Ich werde Ihren Antrag in Erwägung ziehen, Mr Randall.«

Daraufhin zog sich der Richter für zehn Minuten ins Richterzimmer zurück, die allen als die längsten zehn Minuten in der Geschichte der Menschheit erschienen.

»Ich kann dieses Warten nicht mehr ertragen«, sagte Regina in dem Moment, als der Richter zurückkehrte und der Gerichtsdiener die Anwesenden bat, sich zu erheben.

Nachdem der Richter Platz genommen hatte, setzten auch die Zuschauer sich wieder. Aufmunternd drückte Francesca Reginas Hand.

»Würden Sie Ihren Mandanten bitte auffordern, sich zur Urteilsverkündung zu erheben?«

»Ja, Euer Ehren.« William wandte sich Monty zu, der der Aufforderung nachkam, kreidebleich und mit resigniertem Gesichtsausdruck.

Sowohl Francesca als auch Regina versuchten, die Entscheidung Richter Gleesons am Klang seiner Stimme vorauszuahnen, doch Gleeson wahrte professionelle Sachlichkeit. Es blieb ihnen nichts anderes übrig, als das Urteil abzuwarten.

Der Richter räusperte sich. »Nach Anhörung sämtlicher Beweise und der Aussage des Angeklagten bin ich in diesem Verfahren zu einem Urteil gelangt.« Er blickte auf Monty, der mit hängendem Kopf dastand. Im Saal herrschte völlige Stille, und Richter Gleesons Miene war ernst.

»Montgomery Arthur Radcliffe, Sie haben gestanden, den Mord an Neal Mason vorsätzlich geplant zu haben. Ihr Plan hat zum Tod von Silas Hepburn geführt, ob vorsätzlich oder nicht. Aus diesem Grunde werde ich die Anklage nicht in Totschlag umwandeln. Sie haben aus Berechnung gehandelt, und auch wenn Sie Reue zu zeigen scheinen, hat das Gericht keine andere Wahl, als die Todesstrafe zu verhängen.«

Regina schrie gellend auf.

Der Richter ließ den Hammer niedersausen. »Ruhe im Saal!« Nachdem der Aufruhr sich gelegt hatte, war nur noch Reginas leises Schluchzen zu hören, als Gleeson verkündete: »Wegen Mordes an Silas Hepburn verurteile ich Sie zum Tod durch den Strang.«

»Nein«, schrie Regina und sank gegen Francesca, die sie festhielt, wobei ihr ebenfalls Tränen über die Wangen liefen.

Joe saß hinter seiner Tochter. Er beugte sich vor und flüsterte ihr zu: »Lass uns rausgehen.« Er verabscheute es, Francesca leiden zu sehen; schließlich war keinem damit gedient, zuzuschauen, wie Monty abgeführt wurde, den Tod durch Erhängen vor Augen, wobei der Vollstreckungstag noch festgesetzt wurde.

Francesca schüttelte den Kopf.

Während Richter Gleeson sich anschickte, den Saal zu verlassen, wurde plötzlich die hintere Tür geöffnet, und Neal erschien mit Jock McCree, der wie ein neuer Mensch aussah. Sein Jackett und die Hose waren sauber, auch wenn sie ihm nicht richtig passten; sein struppiger Bart war abrasiert, sein Haar nach hinten gekämmt. Es dauerte ein paar Momente, bis er von den ersten Zuschauern erkannt wurde.

Da sich das Urteil bereits bis zu der Menge draußen herumgesprochen hatte, befürchtete Neal, dass sie zu spät kamen. »Entschuldigen Sie, Euer Ehren!«, rief er, als der Richter sich erheben wollte. »Silas Hepburn ist nicht bei der Explosion der *Ophelia* ums Leben gekommen!«

Im überfüllten Saal brach Tumult aus.

»Ruhe!«, rief Richter Gleeson und schwang erneut den Hammer. »Ich fürchte, die Beweisaufnahme ist bereits abgeschlossen, Sir«, sagte er zu Neal, sichtlich verärgert. »Jede weitere Störung wird als Missachtung des Gerichts gewertet und mit Arrest bestraft.«

»Mein Name ist Neal Mason, Euer Ehren. Ich bin der Mann, dem Monty Radcliffe das Leben nehmen wollte.«

»Ich weiß, wer Sie sind.«

»Dann sind Sie gewiss einer Meinung mit mir, Sir, dass ich der Letzte wäre, der dem Gericht entlastendes Beweismaterial vorlegen würde.« Neal warf einen kurzen Blick auf Francescas tränenüberströmtes Gesicht und hatte keine Zweifel mehr, das Richtige zu tun. Ihr Glück bedeutete ihm alles.

»Was soll das heißen? Können Sie etwa beweisen, dass Mr Hepburn zum Zeitpunkt der Explosion nicht an Bord der *Ophelia* gewesen ist?« Da im Wasser und im näheren Umkreis weder eine Leiche noch irgendwelche Überreste gefunden worden waren, konnte der Richter einen möglichen Gegenbeweis nicht ignorieren.

»Ich habe sowohl einen Zeugen als auch einen Beweis, Euer Ehren«, entgegnete Neal.

»Treten Sie bitte vors Gericht, Sir, zusammen mit Ihrem Zeugen.«

Neal trat mit Jock vor den Richter. »Das ist Jock McCree, Euer Ehren.«

Der Richter musterte Jock kurz. »Das kann nicht Ihr Ernst sein, Mr Mason«, erwiderte er. Da Jock bereits viele Male wegen kleinerer Vergehen wie Trunkenheit und ungebührlichen Benehmens vor Gericht gestanden hatte, kannte Richter Gleeson ihn.

»Es ist mein voller Ernst, Euer Ehren«, betonte Neal.

»Also gut.« Richter Gleeson blickte auf den Gerichtsdiener. »Führen Sie Mr McCree in den Zeugenstand, und nehmen Sie ihm den Eid ab.«

Nachdem Jock den Eid abgelegt hatte und der Richter Ruhe im Saal befohlen hatte, wies er William Randall an, mit der Befragung zu beginnen.

Neal beugte sich kurz zu William und raunte ihm etwas zu.

»Schildern Sie uns bitte, was an dem Abend geschehen ist, als die *Ophelia* explodiert ist, Mr McCree«, begann William.

Jock räusperte sich. »Am Abend der Explosion, da war ich am Flussufer, wo ich mir ’nen klitzekleinen Schluck Rum gegönnt hab.«

Im Saal wurde gekichert, und der Richter schwang erneut den Hammer und bedachte Neal mit einem Blick, der auszudrücken schien, dass er Jocks Berufung in den Zeugenstand für reine Zeitvergeudung hielt.

»Ich hab gesehen, dass Mr Hepburn an Bord der *Ophelia* gestiegen ist und davor noch die Leinen losgemacht hat. Ich hab mich durch Rufen bemerkbar gemacht.«

»Weshalb?«, fragte William.

»Ich wollte ihn um eine klitzekleine Spende bitten«, antwortete Jock. »Um was in den Magen zu kriegen, verstehen Sie?«, fügte er hinzu, woraufhin wieder Gelächter erscholl. »Ich hab Mr Hepburn fluchen hören, und dann ist er raus an Deck gekommen. Er hat mich gefragt, ob ich mich mit Dampfschiffen auskenne. Ich hab gesagt, dass das der Fall ist. Ich war früher mal Kapitän, aber das ist lange her.«

»Kommen Sie zum Punkt, Mr McCree«, mahnte Richter Gleeson ungeduldig.

Jock machte ein finsteres Gesicht. »Was glauben Sie denn, was ich hier gerade mache?«

»Dann machen Sie schneller«, gab der Richter zurück.

Jock fuhr fort. »Mr Hepburn hat mich gebeten, das Ruder zu übernehmen und flussaufwärts zu fahren. Das hab ich getan. Während der Fahrt hat Mr Hepburn mir gesagt, ich soll auf das Unterdeck gehen. Er ist mir nachgegangen, hat mich plötzlich am Jackett gepackt und mich vor die Reling geschleudert. Im ersten Moment wusste ich gar nich', wie mir geschah, aber dann is' mir klar geworden, dass er mich über Bord werfen wollte, in den Fluss.«

»Ist es ihm gelungen?«, fragte William.

»Beinahe, aber ich konnte mich an seinem Jackett festklammern. Er war außer sich und schlug auf mich ein. Dann ist plötzlich die Reling durchgebrochen, sodass ich nach hinten gekippt bin, aber ich hab ihn mitgerissen.«

»Sind Sie ganz sicher?«

»Ja. Der Mistkerl ist neben mir ins Wasser geplumpst.«

»Achten Sie bitte auf Ihre Ausdrucksweise, Mr McCree«, ermahnte der Richter ihn, was Jock allerdings nicht zu beeindrucken schien. »Und wie wollen Sie beweisen, dass Mr Hepburn tatsächlich zusammen mit Ihnen ins Wasser gestürzt ist?«

Jock griff in eine Tasche seines Jacketts. »Damit, Sir.« Er streckte die Hand aus und legte eine Anstecknadel auf das Richterpult. Richter Gleeson erkannte sie sofort.

»Wie sind Sie darangekommen?«, wollte er wissen.

»Als Silas versucht hat, mich über Bord zu werfen, hab ich mich in Todesangst an ihm festgekrallt. Dabei muss ich es ihm von seiner Jacke abgerissen haben. Als ich ins Wasser gestürzt bin, ist es in mein Hemd gerutscht. Am Ufer hab ich dann gemerkt, dass mich was piekt.«

Das Emblem zeigte ein grünes Kleeblatt, in das der Buchstabe *S* eingraviert war. An der Nadel hing noch ein kleiner Stofffetzen. Silas hatte diese Nadel stets am Revers seiner Anzüge getragen. Das war jedem Bürger in der Stadt bekannt, selbst dem Richter.

»Es steht für Glück. Ich glaube fest daran, dass es mir das Leben gerettet hat«, sagte Jock.

Der Richter sah ihn zweifelnd an. »Ist die ehemalige Mrs Hepburn im Gerichtssaal?«, wandte er sich an die Anwesenden.

Henrietta erhob sich. »Das bin ich, Sir. Mein Name lautet richtig Henrietta *Chapman*.«

»Würden Sie bitte vortreten, Madam?«, bat Richter Gleeson.

Henrietta ging zum Richterpult. Gleeson zeigte ihr die Anstecknadel.

»Können Sie das Emblem identifizieren?«, fragte er.

Henrietta betrachtete es. »Ja, Sir. Diese Anstecknadel gehört meinem geschiedenen Mann. Er hat sie in Melbourne anfertigen lassen. Es handelt sich um ein Einzelstück.«

»Ich danke Ihnen, Madam. Sie dürfen an Ihren Platz zurückkehren.« Der Richter wandte sich wieder an Jock. »Wissen Sie, was mit Mr Hepburn geschehen ist, nachdem er ins Wasser gestürzt war?«

»Ich hörte ihn um Hilfe schreien, aber ich hatte nicht vor, ihn zu retten, nachdem er mir an den Kragen wollte.« Jock machte ein bestürztes Gesicht. »Ich krieg doch jetzt keine Schwierigkeiten deswegen, Kumpel?«

»Nein, Mr McCree. Und nennen Sie mich bitte nicht *Kumpel.*«

»Sorry, Kump ... äh, Sir.«

»Haben Sie Grund zu der Annahme, dass Mr Hepburn ertrunken ist?«

»Ich hab's ja selber nur mit Mühe und Not ans Ufer geschafft, ich kann nämlich nich' schwimmen. Und das Wasser war eiskalt.«

»Silas konnte auch nicht schwimmen«, rief Henrietta dazwischen. Sie ahnte, dass der Richter Jock McCrees Aussage anzweifelte.

Richter Gleeson legte die Stirn in Falten. Der Verteidiger trat zu ihm vor und teilte ihm mit gedämpfter Stimme irgendetwas mit, doch Jock konnte es nicht hören. Der Verteidiger machte das Gericht darauf aufmerksam, dass vor einigen Tagen flussabwärts bei Morgan eine Leiche entdeckt worden war. Offenbar hatte sie längere Zeit im Wasser getrieben. Der Leichnam war noch nicht identifiziert, aber es handelte sich um einen Mann zwischen vierzig und fünfundvierzig Jahren. Der Richter erkannte sofort, dass die Beschreibung genau auf Silas Hepburn passte.

»Ich beantrage daher, die Anklage wegen Mordes fallen zu lassen«, sagte William Randall.

»Dem Antrag wird stattgegeben«, verkündete Richter Gleeson, der es sichtlich bedauerte, dass ihm keine andere Wahl blieb.

Regina stieß einen Jubelschrei aus. Monty sank das Kinn auf die Brust. Er schloss die Augen, stieß erleichtert die Luft aus und blickte dann zu seiner Mutter.

Joe tippte Francesca vorsichtig auf die Schulter. Sie wandte sich um und schenkte ihm ein zaghaftes Lächeln, doch er sah ihr an, wie schlimm die Ereignisse des heutigen Tages sie mitgenommen hatten.

»Ruhe!«, rief der Richter. »Das Verfahren wird erst eingestellt, wenn Miss Chapman den Leichnam identifiziert hat, der flussabwärts angeschwemmt wurde. Außerdem bleibt die Anklage wegen schwerer Sachbeschädigung bestehen …«

»Verzeihen Sie die Unterbrechung, Euer Ehren«, sagte Neal laut. »Ich möchte meine Anzeige gegen Mr Radcliffe wegen Sachbeschädigung zurückziehen.«

»Sind Sie sicher, Mr Mason?«

»Ja, Euer Ehren.«

Monty blickte Neal fassungslos an. Der Richter erklärte sämtliche Anklagepunkte gegen ihn für nichtig und entließ ihn in die Freiheit.

Francesca fiel Neal um den Hals. »Oh, Neal, ich liebe dich«, sagte sie.

Regina eilte zu ihrem Sohn und umarmte ihn, nachdem ein Constable ihm die Fußfesseln und Handschellen abgenommen hatte. Sie weinte hemmungslos vor Glück.

Monty wurde sofort von einer Horde Gerichtsreporter umringt, doch er bahnte sich einen Weg zu Neal, der Francesca im Arm hielt. »Ich verdanke Ihnen mein Leben«, sagte er.

»Ich konnte Sie schließlich nicht für etwas hängen lassen, für das Sie nicht verantwortlich sind«, entgegnete Neal.

»Aber warum haben Sie die Anzeige wegen Sachbeschädigung zurückgezogen? Immerhin habe ich Ihr Schiff in die Luft gejagt.«

Das war Neal nur allzu bewusst. »Meine Bestimmung in diesem Leben besteht darin, meine Frau glücklich zu machen«, gab er zurück und sah tief in Francescas blaue Augen.

»Auch wenn Sie mir vielleicht nicht glauben, wünsche ich Ihnen beiden alles Glück der Welt«, sagte Monty.

»Neal weiß, dass du mein Bruder bist«, raunte Francesca ihm zu.

Monty nickte. »Das ist gut. Es mag Ihnen vielleicht nicht bewusst sein, Neal, aber nachdem Sie die Anzeige zurückgezogen haben, wird Ihre Versicherung die Auszahlung verweigern, zumal keine höhere Gewalt vorliegt. Deshalb sollen Sie wissen, dass ich die Kosten für das neue Schiff tragen werde. Es wird das schönste und beste Schiff auf dem ganzen Fluss, das verspreche ich Ihnen. Ich werde immer in Ihrer Schuld stehen.« Er blickte Francesca an. »Ach, Sie sind ein Glückspilz, Neal, aber Sie haben es wahrlich verdient. Ich weiß, Worte bewirken nicht viel, aber was ich getan habe, werde ich mein Leben lang bereuen.«

Neal wusste, dass es aufrichtig gemeint war, und hielt Monty die Hand hin. Monty kämpfte vor Rührung gegen die Tränen an; dann schüttelte er Neals dargebotene Hand.

»Auch ich danke Ihnen aus tiefstem Herzen, Neal«, meldete Regina sich zu Wort und legte eine Hand auf die der beiden Männer. »Lass uns nach Hause fahren, mein Sohn.« Sie nahm Montys Arm, und gemeinsam verließen die beiden den Gerichtssaal.

Lächelnd blickte Francesca ihnen nach. »Sie haben beide Fehler gemacht, Neal, aber im Grunde haben beide ein gutes Herz. Sie haben eine zweite Chance verdient.«

»Hätte ich mir deine Großzügigkeit nicht zum Vorbild genommen, hätte ich vielleicht falsch reagiert und Jock nicht hergebracht, Francesca.«

»Doch, das hättest du, Neal. Du hast ein gutes Herz. Nimm deine Schwester als Beispiel. Nach dem Tod eurer Eltern hast du dein Glück geopfert, um für sie da zu sein.«

Neal blickte in Francescas lächelndes Gesicht, und sein Herz strömte vor Liebe über. »Ich möchte dich heute Abend zu einem ganz besonderen Essen einladen, Mrs Mason«, sagte er.

»Das hört sich himmlisch am, aber um ehrlich zu sein, sehne ich mich eher nach einem Bad in der Wanne. Ich hoffe, es gibt noch genug warmes Wasser an Bord.«

Neal musste an das Chaos denken, das Jock im Bad hinterlassen hatte, und an das viele warme Wasser, das er verbraucht hatte. Außerdem war er nicht mehr dazu gekommen, Jocks stinkende Kleidung von Bord zu schaffen. »Bist du sauer, Francesca?«, fragte er.

»Wie kommst du denn darauf?« Sein zerknirschter Tonfall machte sie stutzig.

Neal blickte zu Jock hinüber. »Vor ein paar Stunden habe ich Jock am Ufer gefunden. Er hat schlimmer gestunken als ein gammeliger Fisch ...«

Francesca runzelte die Stirn. »Neal, du hast doch nicht etwa ...«

Er nickte stumm.

Francesca schnitt eine Grimasse, lächelte jedoch gleich darauf wieder. »Ein Glück für dich, dass ich so gute Laune habe.«

Joe, Ned, Lizzie und Henrietta kamen zu ihnen. Allen stand die Erleichterung ins Gesicht geschrieben.

»Könnten Sie uns heute Abend einen Tisch im Speisesaal des Bridge Hotels reservieren, Henrietta?«, fragte Francesca.

»Selbstverständlich. Nur für Sie und Neal?«

»Nein.« Francesca rechnete im Kopf nach. »Für insgesamt sechs Personen.«

»Gern. Ich werde einen besonderen Wein bereitstellen.«

Neal blickte verwirrt drein. »Warum für sechs Personen?«

»Du und ich ... Ned ... Dad und Lizzie, die ihre Verlobung zu feiern haben ... und Jock.«

»Jock!«

»Ja. Ich finde, das sind wir ihm schuldig.«

Neal lächelte. »Weißt du eigentlich, wie sehr ich dich liebe?«, sagte er.

»Ja, das hast du heute unter Beweis gestellt«, antwortete Francesca.»Dann können wir heute auch gleich auf eure bevorstehende Hochzeit anstoßen«, sagte sie dann zu Joe und Lizzie, als alle gemeinsam den Gerichtssaal verließen.

»Bis dahin sind noch ein paar Stunden Zeit«, meinte Joe. »Wir könnten so lange mit der *Marylou* zum Angeln rausfahren.«

»Du hast nur noch das Angeln im Kopf, Dad«, zog Francesca ihn auf. »Ich frage mich, ob Lizzie noch viel von dir hat.«

»Ich liebe das Angeln genauso sehr wie Joseph«, sagte Lizzie.

»Ich auch«, krächzte der alte Jock. »Solange eine klitzekleine Flasche Rum mit an Bord ist.«

Ned lachte. »Ich glaube, das lässt sich einrichten.«

Während alle zum Pier aufbrachen, hielt Francesca Neal am Ärmel fest, stellte sich auf die Zehenspitzen und küsste ihn.

»Vielleicht sollte ich meinen Mann lieber von euch fern halten«, sagte sie zu den anderen. »Sonst lässt er sich noch von eurer Begeisterung für das Angeln anstecken.«

»Wir haben schon verstanden ...«, gab Joe lachend zurück und ging mit den anderen davon.

»Du musst eben tun, was du kannst, um mich vom Gedanken an das Angeln abzulenken«, sagte Neal verschmitzt.

»Da wüsste ich etwas«, erwiderte Francesca leise. »Lass uns die nächsten Stunden alleine auf der *Bunyip* verbringen.«

Neal lächelte. »Das ist wirklich eine gute Idee.«